文心雕龙注

上

（南朝）刘勰——著
范文澜——注

华东师范大学出版社

图书在版编目（CIP）数据

文心雕龙注／（南朝）刘勰著；范文澜注．—上海：华东师范大学出版社，2019

ISBN 978－7－5675－9189－9

Ⅰ．①文… Ⅱ．①刘… ②范… Ⅲ．①文学理论－中国－南朝时代 ②《文心雕龙》－注释 Ⅳ．①I206.2

中国版本图书馆 CIP 数据核字（2019）第 087098 号

文心雕龙注

著　　者　（南朝）刘勰
注　　者　范文澜
项目编辑　乔　健　程军川
审读编辑　朱晓韵
装帧设计　吕彦秋

出版发行　华东师范大学出版社
社　　址　上海市中山北路 3663 号　邮编 200062
网　　址　www.ecnupress.com.cn
电　　话　021－60821666　行政传真　021－62572105
客服电话　021－62865537
门市（邮购）电话　021－62869887
地　　址　上海市中山北路 3663 号华东师范大学校内先锋路口
网　　店　http://hdsdcbs.tmall.com

印 刷 者　三河市中晟雅豪印务有限公司
开　　本　710×1000　16 开
印　　张　41.25
字　　数　648 千字
版　　次　2020 年 1 月第 1 版
印　　次　2020 年 1 月第 1 次
书　　号　ISBN 978－7－5675－9189－9/I.2046
定　　价　88.00 元（全两册）

出 版 人　王　焰

（如发现本版图书有印订质量问题，请寄回本社市场部调换或电话 021－62865537 联系）

目 录

编印说明

《文心雕龙注》原分为三册。上册是原书本文的集校，中、下册是详赡的注释。上、中两册原由北平文化学社于 1929 年 9 月出版，1932 年续刊了下册。1936 年开明书店将注释分录于本文之后合订再版。1958 年人民文学出版社将本书收入《中国古典文学理论批评丛刊》据开明书店版校订重印。著者为新版题写了书名。现参据开明书店版与人民文学出版社版校订，改正了若干刊误之字。本书系古籍校注，此次以简体字刊印。

《梁书·刘勰传》

刘勰字彦和，东莞莒人。祖灵真，宋司空秀之弟也。父尚，越骑校尉。勰早孤，笃志好学，家贫不婚娶，依沙门僧祐，与之居处，积十余年，遂博通经论，因区别部类，录而序之。今定林寺经藏，勰所定也。

天监初，起家奉朝请，中军临川王宏引兼记室，迁车骑仓曹参军。出为太末令，政有清绩。除仁威南康王记室，兼东宫通事舍人。时七庙飨荐已用蔬果，而二郊农社犹有牺牲，勰乃表言二郊宜与七庙同改，诏付尚书议，依勰所陈。迁步兵校尉，兼舍人如故。昭明太子好文学，深爱接之。

初，勰撰《文心雕龙》五十篇，论古今文体，引而次之。其序曰（即《序志篇》，兹不复录）……既成，未为时流所称。勰自重其文，欲取定于沈约。约时贵盛，无由自达，乃负其书，候约出，干之于车前，状若货鬻者。约便命取读，大重之，谓为深得文理，常陈诸几案。然勰为文长于佛理，京师寺塔及名僧碑志，必请勰制文。有敕与慧震沙门于定林寺撰经证，功毕，遂启求出家，先燔鬓发以自誓，敕许之。乃于寺变服，改名慧地。未期而卒。文集行于世。

（节选自《梁书·文学传·下》）

黄校本原序

刘舍人《文心雕龙》一书，盖艺苑之秘宝也。观其苞罗群籍，多所折衷，于凡文章利病，抉摘靡遗；缀文之士，苟欲希风前秀，未有可舍此而别求津逮者。若其使事遣言，纷纶葳，罕能切究。明代梅子庚氏为之疏通证明，什仅四三耳，略而弗详，则创始之难也。又句字相沿既久，“别风淮雨”往往有之。虽子庚自谓校正之功五倍于杨用修氏，然中间脱讹，故自不乏，似犹未得为完善之本。余生平雅好是书，偶以暇日，承子庚之绵蕞，旁稽博考，益以友朋见闻，兼用众本比对，正其句字，人事牵率，更历暑寒，乃得就绪，覆阅之下，差觉详尽矣。适云间姚子平山来藩署，因共商付梓。方今文治盛隆，度越先古，海内操奇觚弄柔翰者，咸有腾声飞实之思，窃以为刘氏之绪言余论，乃斯文之体要存焉，不可一日废也。夫文之用在心，诚能得刘氏之用心，因得为文之用心，于以发圣典之菁英，为熙朝之黼黻，则是书方将为鱼兔之筌蹄，而又况于琐琐笺释乎哉！时乾隆三年，岁次戊午，秋九月，北平黄叔琳书。

元校姓氏

杨　慎字用修	焦　竑字弱侯	朱谋玮字郁仪
曹学佺字能始	王一言字民法	许天叙字伯伦
谢兆申字耳伯	孙汝澄字无挠	徐　𤊹字兴公
沈天启字生予	柳应芳字陈父	俞安期字羡长
王嘉弼字青莲	王嘉丞字性凝	张振豪字俊度
叶　遵字循甫	许延祖字无念	钟　惺字伯敬
商家梅字孟和	钦叔阳字愚公	龚方中字仲和
许延襗字无射	郑胤骥字闲孟	陈阳和字道育
程嘉燧字孟阳	李汉烇字孔章	徐应鲁字宗孔
曾光鲁字古狂	孙良蔚字文若	来逢夏字景禹
王嘉宾字仲观	后学儒字醇季	梅庆生字子庚
王惟俭字损仲		

例　言

一、《文心雕龙》以黄叔琳校本为最善。今即依据黄本，再参以孙仲容先生手录顾（千里）黄（荛圃）合校本、谭复堂先生校本、铃木虎雄先生校勘记，及友人赵君万里校唐人残写本。畏友孙君蜀丞尤助我宏多（孙君所校有唐人残写本、明抄本《太平御览》及《太平御览》三种），书此识感。

二、黄注流传已久，惜颇有纰缪，未餍人心。聂松岩谓此注及评出先生客某甲之手，晚年悔之已不可及。今此重注，非敢妄冀夺席，聊以补苴昔贤遗漏云尔。

三、刘氏之书，体大思精，取材浩博，绝非浅陋如予所能窥测。敬就耳目所及，有关正文者，逐条列举，庶备参阅。切望明师益友，毋吝余论，匡其不逮，以启柴塞。

四、王悬河《三洞珠囊》每卷称某书某卷，李匡乂《资暇录》引《通典》多注出某卷，此例极善。兹依其成法，凡有征引，必详记著书人姓氏及书名、卷数。

五、昔人颇议李善注《文选》释事而忘意。《文心》为论文之书，更贵探求作意，究极微旨。古来贤哲，至多善言，随宜录入，可资发明。其驾空腾说，无当雅义者，概不敢取，藉省辞费。

六、刘氏所引篇章，亡佚者自不可复得。若其文见存，无论习见罕遇，悉为抄入，便省览也。惟京都大赋、《楚辞》众篇及马融《广成颂》、陆机《辨亡论》之类，或卷帙累积，或冗繁已甚，为刊烦计，但记出处，不复移录。

七、古人文章，每多训诂深茂，不附注释，颇艰读解。兹为酌取旧注，附见文内，以省翻检。又如郑玄《诫子书》“不为父母昆弟所容”，据陈仲鱼跋知“不”字衍文。《晋书·潘尼传》载其《乘舆箴》，序中所称“高祖”，据《颜氏家训·风操篇》知是“家祖”之误。如此之类，亦随时校正，虽无关本书，而有便循览。

八、古来传疑之文，如李陵《答苏武书》、诸葛亮《后出师表》等篇，本书虽未议及，而昔人雅论，颇可解惑，删要采录，力求简约。至时贤辨疑，亦多卓见，因未论定，暂捐勿载。

九、愚陋之质，幸为师友不弃，教诱殷勤。注中所称黄先生即蕲春季刚师，陈先生即象山伯弢师。其余友人则称某君，前辈则称某先生，著其姓字，以识不忘。

十、凡例之末，类附乞言，而真能虚心承教者或鲜。彼以善意来，我以护前拒，此学者之大蔽也。吾虽不肖，实怀延伫之诚，苟蒙箴其瑕疵，攻其悖谬，无不再拜书绅，敬俟重镌，备录简端。昔郭象盗窃向书，千古不齿；李善四注《文选》，迄今流传。明例具悬，敢不自鉴。

卷　一

梁　刘勰　撰[①]

原道第一[②]

文之为德也大矣[③]，与天地并生者何哉[④]？夫玄黄色杂[⑤]，方圆体分[⑥]，日月叠璧，以垂丽天之象[⑦]；山川焕绮，以铺理地之形[⑧]：此盖道之文也。仰观吐曜，俯察含章[⑨]，高卑定位，故两仪既生矣[⑩]。惟人参之，性灵所钟，是谓三才；为五行之秀，实天地之心[⑪]（一本“实”上有“人”字，“心”下有“生”字）。心生而言立，言立而文明，自然之道也[⑫]。

傍及万品，动植皆文：龙凤以藻绘呈瑞，虎豹以炳蔚凝姿[⑬]；云霞雕色，有逾画工之妙；草木贲华，无待锦匠之奇。夫岂外饰？盖自然耳[⑭]。至于林籁结响，调如竽瑟（孙云《御览》五八一引作“竹琴”；明抄本《御览》作“竽琴”）；泉石激韵，和若球锽：故形立则章成矣，声发则文生矣。夫以无识之物，郁然有彩，有心之器，其无文欤[⑮]！

人文之元，肇自太极[⑯]，幽赞神明（孙云《御览》五八五引“太”作“泰”，“赞”作“谮”），《易》象惟先[⑰]。庖牺画其始[⑱]，仲尼翼其终[⑲]。而《乾》《坤》两位，独制《文言》。言之文也，天地之心哉[⑳]！

若乃《河图》孕乎八卦，《洛（黄云案冯本“洛”校“雒”）书》韫乎九畴[21]，玉版金镂之实（铃木云《御览》作“宝”），丹文绿牒之华[22]，谁其尸之，亦神理而已。

自鸟迹代绳，文字始炳[23]，炎皞遗事，纪在《三坟》[24]，而年世渺邈，声采靡追。唐虞文章，则焕乎始（冯本作“为”，铃木云《御览》亦作“为”）盛[25]。元首载歌，既发吟咏之志[26]；益稷陈谟（元作“谋”，杨改），亦垂敷奏之风[27]。夏后氏兴，业峻鸿绩，九序惟（铃木云《御览》“惟”作“咏”）歌，勋德弥缛[28]。逮及商周，文胜其质，《雅》《颂》所被，英华日新[29]。文王患忧，繇辞炳曜[30]，符采复隐，精义坚深。重以公旦多材，振（元作“缛”，朱改）其徽烈，剬（孙云《御览》“剬”作“制”）诗缉颂，斧藻群言[31]。至（黄云案冯本“至”下有“若”字）夫子继圣，独秀前哲，镕钧六经，必金声而玉振；雕琢情性（孙云《御览》引“情性”作“性情”；谭献校亦作“性情”），组织辞令，木铎起而千里应，席珍流而万世响[32]，写天地之辉光（孙云《御览》“辉光”作“光辉”），晓生民之耳目矣。

爰自风姓[33]，暨于孔氏，玄（一作“元”；孙云明抄本《御览》作“玄”）圣创典，素王述训[34]：莫不原道心以敷章（“以敷”一作“裁文”，从《御览》改。铃木云案诸本作“裁文”），研神理而设教，取象乎《河》《洛》，问数乎蓍龟，观天文以极变，察人文以成化；然后能经纬区宇，弥纶彝宪，发辉（疑作“挥”，孙云《御览》作“挥”）事业，彪炳辞义。故知道沿圣以垂文（铃木云《御览》无“知”字，“沿”作“讼”），圣因文而（孙云《御览》“而”作“明”）明道，旁通而无滞（一作“涯”，从《御览》改。铃木云：“予所见《御览》作‘涯’不作‘滞’。”），日用而不匮。《易》曰：“鼓天下之动者（‘者’字从《御览》增）存乎辞。”辞之[35]所以能鼓天下者，乃（孙云《御览》无“乃”字）道之文也。

赞曰[36]：道心惟微[37]，神理设教。光采玄圣，炳耀仁孝。龙图献体，龟书呈貌。天文斯观，民胥以效。

注释：

①顾千里云：“此所题非也。《时序篇》云‘皇齐驭宝，运集休明’，

是此书作于齐世。”纪昀评云：“据《时序篇》此书实成于齐代，今题曰梁，盖后人所追题；犹《玉台新咏》成于梁而今本题‘陈徐陵’耳。”案钟嵘《诗品》所录诸人，时代多误，亦其例也。

②《淮南子》有《原道训》。高诱注云“原，本也。本道根真，包裹天地，以历万物，故曰原道。”按彦和于篇中屡言“心生而言立，言立而文明，自然之道也”；“夫岂外饰，盖自然耳”；“故知道沿圣以垂文，圣因文而明道”。综此以观，所谓道者，即自然之道，亦即《宗经篇》所谓恒久之至道。《周礼·太宰》“以九两系邦国之民”，其四曰“儒，以道得民”。郑注曰：“儒，诸侯保氏，有六艺以教民者。”孙诒让疏云：“儒则泛指诵说诗书、通该术艺者而言，若《荀子·儒效篇》所称俗儒、雅儒、大儒，道有大小，而皆足以得民，亦不必皆有圣贤之道也。”彦和所称之道，自指圣贤之大道而言，故篇后承以《征圣》《宗经》二篇，义旨甚明，与空言“文以载道”者殊途。纪评曰：“自汉以来，论文者罕能及此。彦和以此发端，所见在六朝文士之上。”又曰：“文以载道，明其当然；文原于道，明其本然。识其本乃不逐其末。首揭文体之尊，所以截断众流。”又曰：“齐梁文藻日竞雕华，标自然以为宗，是彦和吃紧为人处。”《文心》上篇凡二十五篇，排比至有伦序，列表如下（页）。

③章炳麟《国故论衡·文学总略篇》曰：“文德之论，发诸王充《论衡》(《论衡·佚文篇》‘文德之操为文’；又云‘上书陈便宜，奏记荐吏士，一则为身，二则为人，繁文丽辞，无文德之操’。)，杨遵彦依用之。(《魏书·文苑传》杨遵彦作《文德论》，以为古今辞人，皆负才遗行，浇薄险忌，唯邢子才、王元景、温子昇彬彬有德素。）而章学诚窃焉。”杨文亡佚。《论衡·书解篇》：“夫文德世服也，空书为文，实行为德，著之于衣为服。故曰：德弥盛者文弥缛，德弥彰者人弥明。官尊而文繁，德高而文积。”仲任之意，盖指当时儒生讽古经读古文，不能实行以成德，雕缛以成文，倍有德者必有言之旨，而上书奏记之人徒作丽辞，更无德操。此所谓德，指义理情实而言，与彦和文德之意不同。按《易·小畜·大象》：“君子以懿文德。”彦和称文德本此。王章诸说，别有所指，不与此同。

- (一) 原道（道沿圣以垂文，圣因文而明道，文体繁变，皆出于经。）
  - (二) 征圣
    - (三) 宗经
    - (十七) 诸子（鬻惟文友，李实孔师，圣贤并世，经子异流。）
      - (四) 正纬（配经曰纬。）
        - 文类
          - (五) 辨骚（诗） 轩翥诗人之后，奋飞辞家之前，故为文类之首。
          - (六) 明诗（诗） 诗原上古，体备两汉，故次于骚。
          - (七) 乐府（诗） 诗为乐心，声为乐体，故与诗并。
          - (八) 诠赋（诗） 拓宇楚辞，盛于汉代，故次于诗。
          - (九) 颂赞（诗） 诗之流裔。
          - (十) 祝盟（礼） 告于鬼神，礼之大者。
          - (十一) 铭箴（礼） 铭勒功德，箴御过失，生人之事，故次祝盟。
          - (十二) 诔碑（礼） 树碑述亡，死人之事，故次铭箴。
          - (十三) 哀吊（礼） 哀夭横，吊灾亡，故次诔碑。
        - 文笔杂
          - (十四) 杂文、(十五) 谐隐 杂文谐隐，笔文杂用，故列在文笔二类之间。
        - 笔类
          - (十六) 史传（春秋） 史肇轩黄，体备周孔，记事载言，六经皆史，故为笔类之首。
          - (十八) 论说（易） 述经叙理曰论。又博明万事为子，适辨一理为论，故次诸子。
          - (十九) 诏策（书） 帝王号令，衍自尚书。
          - (二十) 檄移（春秋） 国之大事，惟戎与祭，事出非常，故次诏策。
          - (二十一) 封禅（礼） 登岱祀天，祭之大者。
          - (二十二) 章表（书）、(二十三) 奏启（书）、(二十四) 议对（书） 章表奏议，经国枢机，章以谢恩，表以陈情，奏以按劾，议以执异，事有重轻，故三者相次。
          - (二十五) 书记（书） 杂记庶事，故次于末。

④下文云"人文之元，肇自太极"，故曰与天地并生。

⑤《易·坤卦》上六："龙战于野，其血玄黄。"《文言》曰："夫玄黄者，天地之杂也，天玄而地黄。"李鼎祚《周易集解》引荀爽曰："天者阳，始于东北，故色玄也；地者阴，始于西南，故色黄也。"

⑥《大戴礼记·曾子天圆篇》："天道曰圆，地道曰方。"《淮南子·天文训》曰："方者主幽，圆者主明。"

⑦《易·离卦彖辞》："离，丽也。日月丽乎天，百谷草木丽乎土。"王弼注曰："丽，犹著也。"孙君蜀丞曰："《尚书·顾命》《释文》引马融云：'太极上元十一月朔旦冬至，日月如叠璧，五星如连珠。'"

⑧《易·系辞上》："仰以观于天文，俯以察于地理。"《正义》："天有

悬象而成文章，故称文也；地有山川原隰，各有条理，故称理也。”

⑨刘熙《释名·释天篇》：“曜，耀也，光明照耀也。”《淮南子·天文训》：“圆者主明，明者吐气者也。”《易·坤》六三：“含章可贞。”王弼注曰：“含美而可正，故曰含章可贞也。”《坤·文言》：“含万物而化光。”《集解》引干宝曰：“谓坤含藏万物。”

⑩《易·系辞上》：“天尊地卑，乾坤定矣。卑高以陈贵贱位矣。”

⑪《说文》：“人，天地之性最贵者也。”《礼记·礼运篇》：“人者，其天地之德，阴阳之交，鬼神之会，五行之秀气也。”又曰：“人者天地之心也，五行之端也，食味别声被色而生者也。”

⑫扬雄《法言·问神篇》：“言心声也；书心画也；声画形，君子小人见矣。声画者，君子小人之所以动情乎！”《说文》：“詞，意内而言外也，从司从言。”段玉裁注曰：“司者，主也。意主于内而言发于外，故从司言。”

⑬《易·革卦象辞》：“大人虎变，其文炳也。”又：“君子豹变，其文蔚也。”

⑭孙君蜀丞云：“《三国志·蜀志·秦宓传》：‘或谓宓曰：“足下欲自比于巢许四皓，何故扬文藻见瑰颖乎？”宓答曰：“仆文不能尽言，言不能尽意，何文藻之有扬乎？……夫虎生而文炳，凤生而五色，岂以五彩自饰画哉？天性自然也。盖《河洛》由文兴，《六经》由文起，君子懿文德，采藻其何伤？”’彦和语意本此。”陆德明《周易音义》引傅氏云：“贲，古斑字，文章貌。”《说苑·反质篇》：“孔子卦得贲，喟然仰而叹息，意不平……孔子曰，贲，非正色也。吾亦闻之，丹漆不文，白玉不雕，宝珠不饰。何也？质有余者，不受饰也。”《吕氏春秋·慎行论·壹行篇》高诱注云：“贲色不纯也。”皆贲为文章貌之证。

⑮《尚书·皋陶谟》：“戛击鸣球。”《说文》：“球，玉磬也。锽，钟声也。”《易·系辞上》：“形乃谓之器。”韩康伯注曰：“成形曰器。”

⑯《易·系辞上》：“是故《易》有太极，是生两仪。”韩康伯注曰：“夫有必始于无，故太极生两仪也。太极者无称之称，不可得而名，取有之所极，况之太极者也。”《贲卦·彖辞》：“观乎天文以察时变，观乎人文以化成天下。”

⑰《易·说卦》：“昔者圣人之作《易》也，幽赞于神明而生蓍。”韩康伯注曰：“幽，深也。赞，明也。蓍受命如响，不知所以然而然也。”顾

千里曰："幽赞神明，旧本作'讃'是也。《易释文》云'幽赞本或作"讃"。'《孔龢碑》：'幽讃神明。'《白石神君碑》：'幽讃天地。'汉人正用'讃'字。"孙诒让《札迻》十二："彦和用经语，多从别本，如幽讃神明，本《易释文》或本。"

⑱《易·系辞下》："古者庖牺氏之王天下也，仰则观象于天，俯则观法于地，观鸟兽之文，与地之宜，近取诸身，远取诸物，于是始作八卦，以通神明之德，以类万物之情。"

⑲《史记·孔子世家》："孔子晚而喜《易》，序《彖》《系》《象》《说卦》《文言》。"张守节《正义》曰："序，《易·序卦》也。史不出杂卦，杂卦者，于序卦之外别言。"《汉书·儒林传》："孔子好《易》，读之韦编三绝，而为之传。"颜师古注曰："传，谓《彖》《象》《系辞》《文言》《说卦》之属。"《周易正义·卷首》："十翼之辞，孔子所作，先儒更无异论。但数十翼亦有多家。一家数十翼云：《上彖》一，《下彖》二，《上象》三，《下象》四，《上系》五，《下系》六，《文言》七，《说卦》八，《序卦》九，《杂卦》十。"

⑳《周易音义》："《文言》，文饰卦下之言也。"《正义》引庄氏曰："文谓文饰，以乾坤德大，故特文饰以为文言。"黄先生曰："此二说与彦和意正同。"

㉑《易·系辞上》："河出图，洛出书，圣人则之。"《汉书·五行志》："刘歆以为虙羲氏继天而王，受《河图》，则而画之，八卦是也：禹治洪水，赐《雒书》，法而陈之，《洪范》是也。"又曰："初一曰五行，次二曰羞用五事，次三曰农用八政，次四曰叶用五纪，次五曰建用皇极，次六曰艾用三德，次七曰明用稽疑，次八曰念用庶征，次九曰向用五福，畏用六极。凡此六十五字，皆《雒书》本文。"彦和云"《洛书》韫乎九畴"，正同此说。

㉒《尚书中候握河纪》："河龙出图，洛龟书威，赤文绿字，以授轩辕。"（马国翰《玉函山房辑佚书》）纪评云："玉版丹文绿字散见纬书，黄注所云《拾遗记》《宋书》皆非根柢。"

㉓许慎《说文序》："黄帝之史苍颉，见鸟兽蹄迒之迹，知分理之可相别异也，初造书契，百工以乂，万品以察，盖取诸夬。"《易·系辞下》："上古结绳而治，后世圣人易之以书契。"乌迹谓书契也，《情采篇》："镂心鸟迹之中。"

㉔《左传》昭公十二年:“楚左史倚相能读《三坟》《五典》《八索》《九邱》。”杜预注曰:“皆古书名。”《正义》云:“孔安国《尚书序》云:‘伏羲、神农、黄帝之书,谓之《三坟》,言大道也。’《周礼》外史掌三皇五帝之书。郑玄云:‘楚灵王所谓《三坟》《五典》是也。’贾逵云:‘《三坟》,三皇之书。’张平子说:‘三坟三礼,礼为大防。书曰,谁能典朕三礼。三礼,天地人之礼也。’马融说:‘三坟三气,阴阳始生天地人之气也。’此诸家者各以意言,无正验,杜所不信,故云皆古书名。”

㉕《论语·泰伯篇》:“子曰:大哉尧之为君也……焕乎其有文章!”何晏《集解》曰:“焕,明也,其立文垂制又著明。”

㉖《夏书·益稷篇》:“帝乃歌曰:股肱喜哉!元首起哉!百工熙哉!”

㉗《尧典》:“敷奏以言。”《伪孔传》云:“敷,陈;奏,进也。诸侯四朝各使陈进治礼之言。”黄先生曰:“案彦和以元首载歌,《益稷》陈谟,属之文章,则文章不用礼文之广谊。”

㉘黄先生曰:“案‘业’‘绩’同训功,‘峻’‘鸿’皆训大,此句位字殊违常轨。”《伪大禹谟》:“禹曰:於,帝念哉!德惟善政,政在养民。水、火、金、木、土、谷,惟修;正德、利用、厚生,惟和。九功惟叙,九叙惟歌。戒之用休,董之用威,劝之以九歌,俾勿坏。”

㉙郑玄《诗谱序》:“迩及商王,不风不雅。”《正义》曰:“商亦有风雅,今无商风雅,唯有其颂,是周世弃而不录。故云‘迩及商王,不风不雅’,言有而不取之。”

㉚《周易正义·序》:“卦辞、爻辞并是文王所作。知者,案《系辞》云‘《易》之兴也,其于中古乎?’‘作《易》者其有忧患乎?’又曰‘《易》之兴也,其当殷之末世,周之盛德邪?当文王与纣之事邪?’准此诸文,伏羲制卦,文王系辞,孔子作十翼,故史迁云,文王囚而演《易》。”

㉛《尚书·金縢》:“乃元孙不若旦多材多艺。”据《毛诗·豳风·七月·序》,《七月》周公所作;据《尚书·金縢》,《鸱鸮》周公所作;据《国语·周语上》,《时迈》亦周公所作;故彦和云“剬诗缉颂”也。《尚书大传》“周公摄政六年,制礼作乐”,此斧藻群言也。李详《文心雕龙黄注补正》云:“纪文达云:‘剬字即剸字,《说文》训为齐,言切割而使之齐,与诗义无涉。古帖制字多书为剬,此剬字疑为制字之讹。《史记·五帝本

纪》:“依鬼神以剬义。”注曰:“剬有制义。”是三字相乱已久,不必定用本训也。’详案:张守节《史记正义·论字例》云:‘制字作剬,缘古字少,通共用之,《史》《汉》本有此古字者乃为好本。’据此,剬即制字。既不可依《说文》训剸为齐;亦不必辨剬制相似之讹也。”李说亦未甚谛。钱大昕《三史拾遗》谓制篆作𠛐,隶变作剬,字又讹作制;唐人不明小学,误以剬为制之古字。案钱说是也。《法言·学行篇》:“吾未见好斧藻其德,若斧藻其楶者也。”

㉜《孟子·公孙丑》:“自生民以来,未有盛于孔子也。”又《万章》:“孔子之谓集大成。集大成也者,金声而玉振之也。”《论语·八佾》:“仪封人出曰,天将以夫子为木铎。”孔安国注曰:“木铎,施政教时所振也。言天将命孔子制作法度以号令于天下。”《易·系辞上》:“子曰:君子居其室,出其言善则千里之外应之。”《礼记·儒行篇》:“孔子曰:儒有席上之珍以待聘。”

㉝《左传》僖公二十一年:“任、宿、须句、颛臾,风姓也,实司太皞与有济之祀。”《礼记·月令正义》引《帝王世纪》云:“太皞帝庖牺氏,风姓也。”纪评云:“玄圣当指伏羲诸圣,若指孔子,于下句为复。”

㉞杜预《春秋左氏传序》:“说者以仲尼自卫反鲁,修《春秋》,立素王。”《正义》曰:“孔子自以身为素王,故作《春秋》立素王之法,汉魏诸儒,皆为此说。”“玄圣”一作“元圣”,非是,玄圣与素王并举,见《庄子·天道篇》。又《春秋演孔图》辑本,说孔子母征在感黑帝而生,故曰玄圣。

㉟孙君蜀丞曰:“辉当作挥,《御览》引正作挥,当据正。”又曰:“无涯与不匮义近,不当改作滞也。《御览》引此文亦作涯,不作滞,未知所据。”《易·系辞上》:“鼓天下之动者存乎辞。”韩康伯注曰:“辞,爻辞也。”《正义》曰:“谓观辞以知得失也。”

㊱本书《颂赞篇》云:“赞者,明也,助也。”案《周礼》州长、充人、大行人注皆曰:“赞,助也。”《易·说卦传》云:“幽赞于神明而生蓍。”韩康伯注曰:“赞,明也。”此彦和说所本,《说文》无“讚”字,自以作“赞”为是。

㊲《荀子·解蔽篇》引《道经》曰:“人心之危,道心之微。”枚赜采此文入《伪大禹谟》,改两“之”字为“惟”字。彦和时不知《古文尚书》伪造,故用其语。

附 录

《易·乾·文言》

元者，善之长也；亨者，嘉之会也；利者，义之和也；贞者，事之干也。君子体仁足以长人，嘉会足以合礼，利物足以和义，贞固足以干事。君子行此四德者，故曰："乾，元、亨、利、贞。"初九曰"潜龙勿用"，何谓也？子曰："龙德而隐者也。不易乎世，不成乎名，遁世无闷，不见是而无闷，乐则行之，忧则违之，确乎其不可拔，'潜龙'也。"九二曰"见龙在田，利见大人"，何谓也？子曰："龙德而正中者也。庸言之信，庸行之谨，闲邪存其诚，善世而不伐，德博而化。《易》曰'见龙在田，利见大人'，君德也。"九三曰"君子终日乾乾，夕惕若厉，无咎"，何谓也？子曰："君子进德修业。忠信所以进德也。修辞立其诚，所以居业也。知至至之，可与几也。知终终之，可与存义也。是故居上位而不骄，在下位而不忧。故乾乾因其时而惕，虽危无咎矣。"九四曰"或跃在渊，无咎"，何谓也？子曰："上下无常，非为邪也。进退无恒，非离群也。君子进德修业，欲及时也，故无咎。"九五曰"飞龙在天，利见大人"，何谓也？子曰："同声相应，同气相求。水流湿，火就燥，云从龙，风从虎，圣人作而万物睹，本乎天者亲上，本乎地者亲下，则各从其类也。"上九曰"亢龙有悔"，何谓也？子曰："贵而无位，高而无民。贤人在下位而无辅，是以动而有悔也。""潜龙勿用"，下也。"见龙在田"，时舍也。"终日乾乾"，行事也。"或跃在渊"，自试也。"飞龙在天"，上治也。"亢龙有悔"，穷之灾也。"乾元用九"，天下治也。"潜龙勿用"，阳气潜藏。"见龙在田"，天下文明。"终日乾乾"，与时偕行。"或跃在渊"，乾道乃革。"飞龙在天"，乃位乎天德。"亢龙有悔"，与时偕极。"乾元用九"，乃见天则。"乾元"者，始而亨者也。"利贞"者，性情也。乾始能以美利利天下，不言所利，大矣哉！大哉乾乎，刚健中正，纯粹精也！六爻发挥，旁通情也。"时乘六龙"，以御天也。"云行雨施"，天下平也。君子以成德为行，日可见之行也。潜之为言也，隐而未见，行而未成，是以君子弗用也。君子学以聚之，问以辩之，宽以居之，仁以行之。《易》曰"见龙在田，利见大人"，君德也。九三，重刚而不中，上不在天，下不在田。故乾乾因其时而惕，虽危无咎矣。九四，重刚而不中，上不在天，下不在田，中不在人，故或之。或之者，疑之也，故无咎。夫大人者，与天地合其德，与日月合其明，与四时合其序，与鬼神合其吉凶，先天而天弗违，后天而奉天时。天且弗违，而况于人乎？况于鬼神乎？“亢”之为言也，知进而不知退，知存而不知亡，知得而不知丧。其惟圣人乎！知进退存亡，而不失其正者，其惟圣人乎！

《易·坤·文言》

坤至柔而动也刚，至静而德方，后得主而有常，含万物而化光。“坤”道其顺乎？承天而时行！积善之家，必有余庆。积不善之家，必有余殃。臣弑其君，子弑其父，非一朝一夕之故，其所由来者渐矣，由辩之不早辩也。《易》曰“履霜坚冰至”，盖言顺也。直其正也，方其义也。君子敬以直内，义以方外，敬义立而德不孤。“直方大不习，无不利”，则不疑其所行也。阴虽有美，含之以从王事，弗敢成也。地道也，妻道也，臣道也。地道无成，而代有终也。天地变化，草木蕃，天地闭，贤人隐。《易》曰“括囊无咎无誉”，盖言谨也。君子黄中通理，正位居体，美在其中，而畅于四支，发于事业，美之至也。阴疑于阳必战。为其嫌于无阳也，故称“龙”焉。犹未离其类也，故称“血”焉。夫玄黄者天地之杂也，天玄而地黄。

阮元著《文言说》，虽不足以尽文章之封域，而颇有见于文章之原始。录其文（见《揅经室三集》三）如下：

《文言说》

古人无笔砚纸墨之便，往往铸金刻石，始传久远；其著之简策者，亦有漆书刀削之劳，非如今人下笔千言，言事甚易也。许氏《说文》：“直言曰言，论难曰语。”《左传》曰：“言之无文，行之不远。”此何也？古人以简策传事者少，以口舌传事者多，以目治事者少，以口耳治事者多，故同为一言，转相告语，必有愆误，是必寡其词，协其音，以文其言，使人易于记诵，无能增改，且无方言俗语杂于其间，始能达意，始能行远。此孔子于

《易》所以著《文言》之篇也。古人歌诗、箴铭、谚语，凡有韵之文，皆此道也。《尔雅·释训》主于训蒙，“子子孙孙”以下用韵者三十二条，亦此道也。孔子于《乾》《坤》之言，自名曰“文”，此千古文章之祖也。为文章者，不务协音以成韵，修词以达远，使人易诵易记，而惟以单行之语，纵横恣肆，动辄千言万字，不知此乃古人所谓直言之言、论难之语，非言之有文者也，非孔子之所谓文也。《文言》数百字，几于句句用韵。孔子于此发明乾坤之蕴，诠释四德之名，几费修词之意，冀达意外之言。要使远近易诵，古今易传，公卿学士皆能记诵，以通天地万物，以警国家身心，不但多用韵，抑且多用偶。即如“乐行、忧违”偶也，“长人、合礼”偶也，“和义、干事”偶也，“庸言、庸行”偶也，“闲邪、善世”偶也，“进德、修业”偶也，“知至、知终”偶也，“上位、下位”偶也，“同声、同气”偶也，“水湿、火燥”偶也，“云龙、风虎”偶也，“本天、本地”偶也，“无位、无民”偶也，“勿用、在田”偶也，“潜藏、文明”偶也，“道革、位德”偶也，“偕极、天则”偶也，“隐见、行成”偶也，“学聚、问辨”偶也，“宽居、仁行”偶也，“合德、合明、合序、合吉凶”偶也，“先天、后天”偶也，“存亡、得丧”偶也，“余庆、余殃”偶也，“直内、方外”偶也，“通理、居体”偶也。凡偶皆文也。于物两色相偶而交错之，乃得名曰“文”。文即象其形也。然则千古之文，莫大于孔子之言《易》。孔子以用韵比偶之法错综其言，而自名曰“文”，何后人之必欲反孔子之道，而自命曰“文”，且尊之曰“古”也！

阮氏尚有《书梁昭明太子文选序后》亦推阐其说（又其子福有《文笔对》，见下《总术篇》）。兹节录《书后》（见《揅经室三集》二）于下：

《书梁昭明太子文选序后》

昭明所选，名之曰“文”，盖必文而后选也，非文则不选也。经也，史也，子也，皆不可专名之为文也。故昭明《文选序》后三段特明其不选之故。必沈思翰藻，始名之为文，始以入选也。或曰：昭明必以沈思翰藻为文，于古有征乎？曰：事当求其始。凡以言语著之简策，不必以文为本者，皆经也，史也，子也。言必有文，专名之曰文者，自孔子《易·文言》始。《传》曰："言之无文，行之不远。"故古人言贵有文。孔子《文言》实为万世文章之祖。此篇奇偶相生，音韵相和，如青白之成文，如咸韶之合节，非清言质说者比也，非振笔纵书者比也，非佶屈涩语者比也。是故昭明以为经也，史也，子也，非可专名之为文也；专名为文，必沈思翰藻而后可也。自齐梁以后，溺于声律，彦和《雕龙》，渐开四六之体。至唐，而四六更卑。然文体不可谓之不卑，而文统不得谓之不正。自唐宋韩、苏诸大家以奇偶相生之文为八代之衰而矫之，于是昭明所不选者，反皆为诸家所取，故其所著者，非经即子，非子即史，求其合于《昭明序》所谓文者，鲜矣……如必以比偶非文之古者而卑之，则孔子自名其言曰"文"者，一篇之中，偶句凡四十有八，韵语凡三十有五，岂可以为非文之正体而卑之乎?

征圣第二[①]

夫作者曰"圣"，述者曰"明"[②]，陶铸性情，功在上哲[③]，夫子文章，可得而闻[④]，则圣人之情，见乎文辞矣（孙云唐写本无"文"字）[⑤]。先王圣化（孙云唐写本作"声教"），布在方册[⑥]；夫子风采（孙云唐写本作"文章"），溢于格言[⑦]。是以远称唐世，则焕乎为盛；近褒周代，则郁哉可从[⑧]：此政化贵文之征也。郑伯入陈，以文（一作"立"，铃木云案诸本作"立"，敦煌本亦作"立"）辞为功[⑨]；宋置折俎，以多文（元作"方"，孙改；铃木云案诸本"文"作"方"，敦煌本作"文"）举礼[⑩]：此事迹（孙云唐写本作"绩"）贵文之征也[⑪]。褒美子产，则云"言以足志，文以足言"；泛论君子，则云"情欲信，辞欲巧"[⑫]：此修身贵文之征也。然则志（元作"忠"，谢改；赵云唐写本正作"志"）足而（孙云唐写本作"以"）言文，情信而辞巧，乃含章之玉牒，秉文之金科矣[⑬]。

夫鉴周（铃木云冈本"周"作"同"）日月，妙极机（疑作"几"，铃木云案敦煌本作"机"）神[⑭]；文成规矩，思合符契；或简言以达旨，或博文以该情，或明理以立体，或隐义以藏用[⑮]。故《春秋》

一字以褒贬[16]，丧服举轻以包（孙云唐写本作“苞”）重[17]，此简言以达旨也。《邠诗》联章以积句[18]，《儒行》缛说以繁辞（孙云唐写本作“词”）[19]，此博文以该情也。书契断决（孙云唐写本作“决断”）以象夬[20]，文章昭晰（谭校“晰”作“哲”）以象（孙云唐写本作“效”）离[21]，此明理以立体也。四象精义以曲隐[22]，五例微辞以婉晦[23]，此隐义以藏用也。故知繁略殊形（孙云唐写本“形”作“制”），隐显异术，抑引随时，变通会适（孙云唐写本“会适”作“适会”）[24]，征之周孔，则文有师矣。

是以子（元脱，杨补）政论文，必征于圣；稚圭劝学（四字元脱，杨补），必宗于经（“是以子政论文”四句，孙云唐写本作“是以论文必征于圣，窥圣必宗于经”）[25]。《易》称“辨物正言，断辞（孙云唐写本作‘词’）则备”[26]；《书》云“辞尚体要，弗惟好异（孙云唐写本‘弗’作‘不’，‘惟’作‘唯’）”[27]。故知正言所以立辩（孙云唐写本作“辨”），体要所以成辞；辞成（孙云唐写本“成”下有“则”字）无好异之尤，辩立有断辞之义（孙云唐写本“辩”作“辨”，“立”下有“则”字，“义”作“美”）。虽精义曲隐，无伤其正言；微辞婉晦，不害其体要。体要与微辞偕通，正言共精义并用；圣人之文章，亦可见也。颜阖以为：“仲尼饰羽而画，徒（《庄子》作‘从’，铃木云梅本校注同）事华辞（孙云唐写本作‘词’）。”虽欲訾圣（“訾”字一作“此言”二字，误；铃木云敦煌本作“訾”一字），弗可得已（孙云唐写本“弗”作“不”，“已”作“也”）[28]。然则圣文之雅丽，固衔华而佩实者也。天道难闻，犹（孙云唐写本“犹”作“且”）或钻仰；文章可见，胡宁（孙云唐写本“胡宁”作“宁曰”）[29]勿思？若（孙云唐写本无“若”字）征圣立言，则文其庶矣。

赞曰：妙极生知，睿（孙云唐写本作“叡”）哲惟宰。精理为文，秀气成采。鉴悬日月，辞富山海。百龄影徂，千载心在。

注释：

①征，验也，谓验之于圣人遗文也。扬雄《法言·学行篇》：“学者审其是而已矣。或曰焉知是而习之？曰视日月而知众星之蔑也，仰圣人而知

众说之小也。”又《吾子篇》：“好书而不见诸仲尼，书肆也；好说而不见诸仲尼，说铃也。”彦和此篇所称之圣，指周公、孔子。

②《礼记·乐记》：“故知礼乐之情者能作，识礼乐之文者能述，作者之谓圣，述者之谓明。明圣者，述作之谓也。”

③《荀子·性恶篇》：“凡所贵尧禹君子者，能化性，能起伪。伪起而生礼义，然则圣人之于礼义积伪，亦犹陶埏而生之也。”《法言·学行篇》：“或曰：人可铸与？曰：孔子铸颜渊矣。”又：“螟蛉之子殪而逢蜾蠃，祝之曰‘类我，类我’，久则肖之矣。速哉七十子之肖仲尼也。”彦和谓仲尼陶铸性情之功效，见于颜渊及七十子之徒，而其文章则后世尚可得而闻也。孙君蜀丞云：“《北史·常爽传》，仁义者人之性也，经典者身之文也，皆以陶铸神情，启悟耳目。”

④《论语·公冶长篇》：“子贡曰：‘夫子之文章，可得而闻也。’”邢昺疏曰：“子贡言夫子之述作威仪礼法有文彩，形质著明，可以耳听目视，依循学习，故可得而闻也。”

⑤《易·系辞下》：“圣人之情见乎辞。”唐写本无“文”字。案“文”谓文章，“辞”谓言辞。义有广狭，似不可删，循绎语气，亦应有“文”字。

⑥《礼记·中庸篇》：“哀公问政。子曰：‘文武之政，布在方策。’”《正义》云：“言文王、武王为政之道，皆布列在于方牍简策。”

⑦《论语比考谶》：“格言成法，亦可以次序也。”（《文选》潘岳《闲居赋》注，又沈约《奏弹王源》注引）《家语·五仪篇》：“口不吐训格之言。”注：“格，法也。”格言即《庄子·人间世》之法言。彼文曰：“故法言曰，传其常情，无传其溢言。”“溢”有充满义，彦和殆本《庄子》而变其语用之。

⑧《论语·八佾篇》：“子曰：‘周监于二代，郁郁乎文哉！吾从周。’”孔安国注曰：“监，视也。言周文章备于二代，当从之。”

⑨《左传》襄公二十五年：“仲尼曰：‘《志》有之：“言以足志，文以足言。”不言，谁知其志？言之无文，行而不远。晋为伯，郑入陈，非文辞不为功，慎辞哉！’”杜注：“足犹成也。”

⑩《左传》襄公二十七年：“宋人享赵文子，叔向为介，司马置折俎，礼也。仲尼使举是礼也，以为多文辞。”杜注：“折俎体解节折，升之于

俎，合卿享宴之礼。”《正义》曰：“此文甚略，本意难知。盖于此享也，宾主多有言辞，时人迹而记之；仲尼以为此享多文辞，以文辞可为法，故特使弟子记录之。”

⑪“迹”，唐写本作“绩”，是。《尔雅·释诂》：“绩，功也。”

⑫《礼记·表记篇》：“子曰：‘情欲信，辞欲巧。’”郑注曰：“巧谓顺而说也。”《正义》曰：“‘辞欲巧’者，言君子情貌欲得信实，言辞欲得和顺美巧。不违逆于理，与‘巧言令色’者异也。”

⑬“含章”王弼训为“含美”，此所云“含章”，犹言“秉文”耳。《文选》扬雄《剧秦美新》：“金科玉条。”李善注曰：“金科玉条，谓法令也。”玉牒犹言玉条。纪评云：“言金玉，贵之也。”

⑭《易·系辞上》：“阴阳之义配日月。”鉴周日月，犹言穷极阴阳之道。“机”当作“几”。《易·系辞上》：“唯几也，故能成天下之务；唯神也，故不疾而速，不行而至。”韩康伯注云：“适动微之会则曰几。”

⑮《易·系辞上》：“显诸仁，藏诸用。”《正义》曰：“藏诸用者，谓潜藏功用，不使物知，是藏诸用也。”

⑯范宁《春秋穀梁传序》：“一字之褒，宠逾华衮之赠；片言之贬，辱过市朝之挞。”杜预《春秋左氏传序》：“《春秋》虽以一字为褒贬，然皆须数句以成言。”《正义》曰：“杜欲盛破贾服一字，故举多言之。”

⑰黄注曰：“如举緦不祭，则重于緦之服，其不祭不言可知；举小功不税，则重于小功者，其税可知，皆语约而义该也。”案“緦不祭”，见《礼记·曾子问篇》；“小功不税”，见《礼记·檀弓篇》。郑注曰：“日月已过，乃闻丧而服曰税，大功以上然，小功轻不服。”

⑱《说文》：“邠，周大王国。”“豳，美阳亭即豳也。”段玉裁注曰：“经典多作‘豳’，惟《孟子》作‘邠’。”此云《邠诗》，当指《豳风·七月篇》。《七月》一篇八章，章十一句，《风》诗之最长者。

⑲据《礼记·儒行篇》郑注，则孔子所举十有五儒，加以圣人之儒为十六儒也。

⑳《易·系辞下》：“上古结绳而治，后世圣人易之以书契，百官以治，万民以察，盖取诸夬。”韩康伯注曰：“夬，决也。书契所以决断万事也。”

㉑《易·离卦彖辞》：“离，丽也。”离为日为火，皆文明之象。陈寿

祺《左海经辨·晳晢辨》曰："《说文》白部：'晳，人白色也。'日部：'晢，昭晣，明也。从日，折声。'《玉篇》中'晣，之逝切，晢𣊧并同上'。晳、晢二字判然。今经典相沿，往往互乱。且晢误为晳，晳则字书所无，不可用。"

㉒《易·系辞上》："易有四象，所以示也。"《正义》引庄氏曰："四象谓六十四卦之中，有实象，有假象，有义象，有用象，为四象也。"案《原道篇》"乾坤两位，独制《文言》"，彦和同庄氏说，则本篇所云"四象精义以曲隐"，当即指此。

㉓杜预《春秋左氏传序》："为例之情有五：一曰微而显；二曰志而晦；三曰婉而成章；四曰尽而不污；五曰惩恶而劝善。"

㉔作"适会"，是。《易·系辞下》："唯变所适。"韩康伯注曰："变动贵于适时，趣舍存乎其会也。"黄叔琳曰："繁简隐显，皆本乎经。后来文家偏有所尚，互相排击，殆未寻其源。"纪评："八字精微，所谓文无定格，要归于是。"

㉕唐写本作："是以论文必征于圣，窥圣必宗于经。"赵君万里曰："案唐本是也，黄本依杨校，'政'上补'子'字，'必宗于经'句上补'稚圭劝学'四字，臆说非是。"

㉖《易·系辞下》："开而当名，辨物正言，断辞则备矣。"韩康伯注曰："开释爻卦，使各当其名也，理类辨明，故曰断辞也。"

㉗《尚书·伪毕命》："政贵有恒，辞尚体要，不惟好异。"《伪孔传》曰："辞以体实为要，故贵尚之。若异于先王，君子所不好。"

㉘《庄子·列御寇》："鲁哀公问于颜阖曰：'吾以仲尼为贞干，国其有瘳乎？'曰：'殆哉圾乎！仲尼方且饰羽而画，从事华辞，以支为旨……夫何足以上民！'"

㉙"胡宁"犹言"何乃"。

宗经第三

三极彝训[①]，其书言"经"（赵云"言"作"曰"，《御览》六百八引"言"亦作"曰"）[②]。"经"也者，恒久之至道，不刊之鸿教也[③]。

故象天地，效（孙云唐写本作“効”）鬼神，参物序，制人纪，洞性灵之奥区（孙云唐写本作“区奥”），极文章之骨髓者也[④]。皇世《三坟》，帝代《五典》，重以《八索》，申以《九丘》[⑤]，岁历绵暖，条流纷糅。自夫子删述，而大宝咸（一作“启”；赵云咸作“启”；《御览》引此文亦作“启”）耀[⑥]。于是《易》张《十翼》[⑦]，《书》标“七观”[⑧]，《诗》列“四始”[⑨]，《礼》正“五经”[⑩]，《春秋》“五例”[⑪]，义既极（赵云《御览》引作“埏”）乎性情，辞亦匠于文理[⑫]，故能开学养正，昭明有融[⑬]。然而道心惟微，圣谟（元作“谋”，改“谟”；顾校作“谋”；铃木云王本作“谋”）卓绝；墙宇重峻，而（孙云唐写本无“而”字）吐纳自（孙云明抄本《御览》六百八引“自”作“者”）深。譬万钧之洪锺（铃木云闵本作“鐘”），无铮铮之细响矣[⑭]。

夫《易》惟谈天（“夫”字从《御览》增）[⑮]，入（一作“人”，从《御览》改；铃木云案诸本作“人”，敦煌本作“入”）神致用[⑯]。故《系》称旨远辞文（元作“高”，孙改；孙云唐写本作“高”），言中事隐[⑰]，韦编三绝，固（孙云唐写本作“故”）哲人之骊渊也[⑱]。《书》实记（孙云唐写本作“纪”）言[⑲]，而训诂（孙云唐写本“训诂”作“诂训”，谭校作“诂训”）茫昧，通乎尔雅，则文意晓然[⑳]。故子夏叹《书》，“昭昭若日月之明（孙云唐写本‘明’上有‘代’字），离离如星辰之行（孙云唐写本‘行’上有‘错’字）”，言昭（孙云唐写本作“照”）灼也[㉑]。《诗》主（孙云唐写本作“之”）言志，诂训（孙云《御览》作“训诂”）同《书》[㉒]，摛风裁兴，藻辞谲喻[㉓]，温柔在（顾云“在”作“庄”）诵，故（孙云《御览》引此无“故”字）最附深衷矣[㉔]。《礼》以（一作“贵”）立体（一本下有“宏用”二字；铃木云案诸本作“礼记立体宏用”；黄注“贵”疑“记”误；冈本“宏”作“弘”；嘉靖本“体”下无“宏用”二字），据事剬（孙云唐写本“剬”作“制”）范，章条纤曲，执而后显，采掇生（疑作“片”，孙云唐写本作“片”）言，莫非宝也[㉕]。《春秋》辨理（四句一十六字，元脱，朱按《御览》补），一字见义[㉖]，五石六鹢（孙云《御览》作“鹢”），以详略（孙云《御览》作“备”）成文[㉗]；雉门两观，以先后显旨[28]；其（孙云《御览》无“其”字）婉章志晦，谅以（孙云《御览》作“源已”；唐写本“以”作“已”）邃矣[29]。《尚书》则览文如诡，而寻理即（孙云《御览》作“则”）畅；《春秋》则观辞立晓，而访义方隐。此圣人（孙云唐写本“人”作“文”）之（孙云《御览》无“之”字）殊致，表里之异体者也[30]。

至根柢槃深（孙云唐写本作“至于根柢盘固”），枝叶峻茂，辞约而旨丰，事近而喻远，是以往者虽旧，余（孙云唐写本“余”上有“而”字）味日新，后进追取而非晚（元作“晓”），前修文（一作“运”；孙云唐写本“文”作“久”）用而未先[31]，可谓太山遍雨，河润千里者也[32]。

故论、说、辞、序，则《易》统其首（一作“旨”；铃木云梅本“首”作“旨”；嘉靖本、敦煌本作“首”）；诏、策、章、奏，则《书》发其源；赋、颂、歌、赞，则《诗》立其本；铭、诔、箴、祝，则《礼》总其端；纪、传、铭（朱云当作“移”；孙云唐写本“纪”作“记”，“铭”作“盟”）、檄，则《春秋》为根[33]：并穷高以树表，极远以启疆，所以百家腾跃，终入环内者也（孙云唐写本无“者也”二字）[34]。若禀经以制式，酌雅以富言，是仰（孙云唐写本“仰”作“即”）山而铸铜，煮海而为盐也（孙云唐写本“也”上有“者”字）[35]。故文能宗经，体有六义：一则情深而不诡，二则风清而不杂，三则事信而不诞，四则义直（孙云唐写本“直”作“贞”）而不回，五则体约而不芜，六则文丽而不淫。扬子（孙云唐写本“扬”上有“故”字；铃木云冈本、王本、嘉靖本“扬”并从“木”不从“手”）比雕玉以作器，谓“五经”之含文也[36]。夫文以行立，行以文传，四教所先，符采相济。励（孙云唐写本“励”作“迈”）德树声[37]，莫不师圣，而建言修辞（孙云唐写本作“词”），鲜克宗经。是以楚艳汉侈，流弊不还，正末（孙云唐写本作“极正”）归本，不其懿欤[38]？

赞曰：三极彝道，训深稽古（铃木云案“三极彝训”已见正文，此“道”“训”二字疑错置）。致化归（孙云唐写本作“惟”）一，分教斯五。性灵镕匠，文章奥府。渊哉铄乎，群言之祖。

注释：

①《易·系辞上》："六爻之动，三极之道也。"韩康伯注曰："三极，三材也。"《正义》曰："六爻递相推动而生变化，是天地人三才至极之道。""彝训"犹言"常训"。

②唐写本"言"作"曰"，是。

③《白虎通论·五经象五常》："经所以有五，何？经，常也。有五常之道，故曰五经。"陈立《疏证》："《孔丛子·执节篇》：'经者，取其可常也。可常则为经矣。'《诗·小旻》：'匪大猷是经。'《毛传》：'经，常也。'《韩诗外传》引《孟子》云：'常之为经。'经有五，常亦有五，故为有五常之道也。"《释名·释典艺》："经，径也，如径路无所不通，可常用也。"《说文》："经，织从丝也。"段玉裁注云："织之从丝谓之经，必先有经而后有纬，是故三纲五常六艺谓之天地之常经。"窃疑训经为常，或是后起之义。《国语·吴语》："十行一嬖大夫，建旌提鼓，挟经秉枹。十旌一将军，载常建鼓，挟经秉枹。"韦昭注曰："在掖曰挟。经，兵书也。"此文下有"王乃秉枹，亲就鸣钟鼓、丁宁、錞于振铎，勇怯尽应，三军皆哗，扣以振旅，其声动天地"。吴王此战本欲虚声惊敌，故初则拥铎挟经，恐其有声，及后骤发巨声震动天地，晋师乃大骇，所挟之经决非兵书，为理至明。疑"经"乃"金"之假字，丁宁、錞于之属耳。经、金既可通假，疑六经之经，本呼为金。古人凡巨典宝训，或铸钟鼎，或书金策，口曰金口，声曰金声。孔门弟子尊夫子删定之书，称之曰金，其后假经为金，而本义遂湮没不著。(经、金韵部不同，而声类则同，但别无佐证，故附于此以当妄说。)

④《礼记·礼运》："孔子曰：是故夫礼必本于天，殽于地，列于鬼神，达于丧祭射御冠昏朝聘。"《释文》："殽户教切，法也。"此殆彦和说所本。"奥区"见《文选·西京赋》。《汉书·礼乐志》："夫乐本性情，浃肌肤而臧骨髓。"

⑤《左传》昭公十二年《正义》："孔安国《尚书序》云：'伏牺、神农、黄帝之书谓之《三坟》，言大道也。少昊、颛顼、高辛、唐、虞之书谓之《五典》，言常道也。八卦之说，谓之《八索》，求其义也。九州之志，谓之《九丘》，丘，聚也，言九州所有，土地所生，风气所宜，皆聚此书也。'贾逵云：'《三坟》三皇之书，《五典》五帝之典，《八索》八王

之法,《九丘》九州亡国之戒。'”彦和此语,用伪孔安国《尚书序》义。

⑥《易·系辞下》:“圣人之大宝曰位。”此云大宝,与《系辞》义无涉。

⑦十翼,见《原道篇》注⑲。

⑧《尚书大传》:“孔子曰:六誓(《甘誓》《汤誓》《泰誓》《牧誓》《费誓》《秦誓》)可以观义,五诰(《酒诰》《召诰》《洛诰》《大诰》《康诰》;《商书·汤诰》系东晋续出之伪古文,故《大传》仅云五诰)可以观仁,《甫刑》可以观诫,《洪范》可以观度,《禹贡》可以观事,《皋陶》可以观治,《尧典》可以观美。”案七观所属之篇,皆在伏生二十九篇内,若信为孔子之语,何以不及百篇,疑此为伏生傅益之言,非今古文之通说也。

⑨《毛诗序》:“是以一国之事,系一人之本,谓之风。言天下之事,形四方之风,谓之雅。雅者正也,言王政之所由废兴也。政有小大,故有小雅焉,有大雅焉。颂者,美盛德之形容,以其成功告于神明者也。是谓四始,诗之至也。”郑《笺》云:“始者,谓王道兴衰之所由也。”案四始之义,当以此为准。其《史记·孔子世家》之“《关雎》之乱,以为风始,《鹿鸣》为小雅始,《文王》为大雅始,《清庙》为颂始”;《诗大序·正义》所引《汜历枢》“《大明》在亥,水始也;《四牡》在寅,木始也;《嘉鱼》在巳,火始也;《鸿雁》在申,金始也”;皆今文家说,不足据。

⑩《礼记·祭统》:“凡治人之道,莫急于礼;礼有五经,莫重于祭。”郑注:“礼有五经,谓吉礼、凶礼、宾礼、军礼、嘉礼也。”

⑪五例,见《征圣篇》注㉓。

⑫赵君万里曰:“唐写本‘极’作‘挺’。《御览》六百八引作‘埏’,以下文‘辞亦匠于文理’句例之,则作‘埏’是也。唐本作‘挺’,即‘埏’字之讹。”案赵说是。

⑬《易·蒙卦·彖辞》:“蒙以养正,圣功也。”《正义》曰:“能以蒙昧隐默自养正道,乃成至圣之功。”《毛诗·大雅·既醉》:“昭明有融。”传曰:“融,长也。”

⑭《说文》:“铮,金声也。”

⑮陈先生曰:“《宗经篇》‘易惟谈天’至‘表里之异体者也’二百字,并本王仲宣《荆州文学志》文。”案仲宣文见《艺文类聚》三十八、《御览》六百八。《文史通义·说林》曰:“著作之体,援引古义,袭用成文,

不标所出，非为掠美，体势有所不暇及也。亦必视其志识之足以自立，而无所借重于所引之言；且所引者并悬天壤，而吾不病其重见焉，乃可语于著作之事也。"《法言·寡见篇》："说天者莫辩乎《易》。"

⑯《易·系辞下》："精义入神，以致用也。"韩康伯注："精义，物理之微者也，神寂然不动，感而遂通，故能乘天下之微，会而通其用也。"

⑰《易·系辞下》："其旨远，其辞文，其言曲而中，其事肆而隐。"韩康伯注："变化无恒，不可为典要，故其言曲而中也。其事肆而隐者，事显而理微也。"《正义》曰："其旨远者，近道此事，远明彼事，是其旨意深远。其辞文者，不直言所论之事，乃以义理明之，是其辞文饰也。"

⑱《史记·孔子世家》："孔子晚而喜《易》，读《易》韦编三绝。"焦循《易图略》曰："孔子读《易》，韦编三绝，非不能解也，正是解得其参伍错综之故，读至此卦此爻，知其与彼卦彼爻相比例，遂检彼以审之。由此及彼，又由彼及彼，千脉万络，一气贯通，前后互推，端委悉见，所以韦编至于三绝。若云一见不解，读至千百度，至于韦编三绝乃解，失之矣。"《庄子·列御寇》："夫千金之珠，必在九重之渊，而骊龙颔下。"

⑲《汉书·艺文志》："古之王者，世有史官，君举必书……左史记言……言为《尚书》。"

⑳《汉书·艺文志》："《书》者古之号令，号令于众，其言不立具，则听受施行者弗晓，古文读应尔雅，故解古今语而可知也。"王先谦《补注》引沈钦韩曰："《大戴·小辨篇》尔雅以观于古，足以辨言矣。"又引叶德辉曰："《史记·五帝夏周纪》载《尚书》文，多以训诂代经，即读应尔雅也。"

㉑黄注："《尚书大传》：'子夏读《书》毕，见于夫子。夫子问焉：子何为于《书》？子夏对曰：《书》之论事也，昭昭如日月之代明，离离若参辰之错行，上有尧舜之道，下有三王之义，商所受于夫子，志之于心，弗敢忘也。'"郝懿行曰："子夏叹《书》之言，见《尚书大传》，而《韩诗外传》二卷则称子夏言《诗》，是知《诗》《书》一揆，诂训同归，故曰《尔雅》者《诗》《书》之襟带。"唐写本"明"字上有"代"字，"行"字上有"错"字。《荆州文学志》无"代、错"二字。

㉒《诗大序》："诗者，志之所之也，在心为志，发言为诗。"《毛诗·周南关雎诂训传·正义》曰："诂训传者，注解之别名。毛以《尔雅》之作多为

释《诗》，而篇有《释诂》《释训》，故依《尔雅》(诂)训而为《诗》立传。”

㉓《诗大序》：“主文而谲谏，言之者无罪，闻之者足以戒。”

㉔《礼记·经解》：“温柔敦厚，《诗》教也。”《郑风·子衿》传曰：“古者教以诗乐，诵之歌之弦之舞之。”《正义》：“诵之谓背文暗诵之。”故“最附深衷矣”，《文学志》作“最称衷矣”。铃木《校勘记》：“《四部丛刊》覆嘉靖本‘故’作‘敢’，恐非是。《御览》、敦煌本无‘故’字。”

㉕《汉书·艺文志》：“《礼》以明体。”《法言·寡见篇》：“说体者莫辩乎《礼》。”立体犹言明体。《论语·述而》：“《诗》《书》执《礼》，皆雅言也。”邢《疏》：“《礼》不背诵，但记其揖让周旋。执而行之，故言执也。”“生言”唐写本作“片言”，是。《文学志》亦误作“生言”。“据事”下《文学志》无“剬范”二字。

㉖《法言·寡见篇》：“说理者莫辩乎《春秋》。”“一字见义”谓《春秋》一字以褒贬。

㉗陈先生曰：“五石六鹢以详略成文，《文学志》‘略’字作‘备’，与《穀梁传》所云尽其辞合，不当作‘略’字。”臧琳《经义杂记》：“《说文·鸟部》：‘鶃，鸟也，从鸟，儿声。’案《春秋》僖十六年‘六鹢退飞’，《正义》：‘鹢字或作鶃。’《释文》：‘六鹢五历反，本或作鶃，音同。’又《公羊》《穀梁》《释文》皆云‘六鹢五历反’，可证三传本皆作鶃，与《说文》同。今《公羊注疏》皆作‘鹢’，惟何休‘六鶃无常’，此一字未改。《穀梁注疏》皆作‘鶃’，惟经文‘六鹢退飞’此一字从益。盖唐时《左传》已有作‘鹢’者，故后人据以易二传也。”《春秋》僖公十六年《公羊传》：“賈石于宋五。是月，六鹢退飞，过宋都。曷为先言賈而后言石？賈石记闻，闻其磌然，视之则石，察之则五……曷为先言六而后言鹢？六鹢退飞，记见也：视之则六，察之则鹢，徐而察之则退飞。”

㉘《公羊传》定公二年：“雉门及两观灾。其言雉门及两观灾何？两观微也。然则曷为不言雉门灾及两观？主灾者两观也。主灾者两观，则曷为后言之？不以微及大也。”

㉙“谅已邃矣”《文学志》作“原已邃矣”。“婉章志晦”者，杜预《春秋左氏传序》曰：“二曰‘志而晦’，约言示制，推以知例。参会不地、与谋曰‘及’之类是也。三曰‘婉而成章’，曲从义训，以示大顺。诸所

讳避，璧假许田之类是也。”

㉚“圣人”《文学志》作“圣文”，唐写本亦作“圣文”。

㉛唐写本“文”作“久”，是。

㉜《公羊传》僖公三十一年：“触石而出，肤寸而合，不崇朝而遍雨乎天下者，唯泰山尔。海河润于千里。”

㉝唐写本“纪”作“记”，“铭”作“盟”，是。《汉书·艺文志》云：“右史记事，事为《春秋》。”《左传》僖公九年葵丘之盟曰：“凡我同盟之人，言归于好。”

㉞《礼记·乐记》：“夫礼乐之极乎天而蟠乎地，行乎阴阳而通乎鬼神，穷高极远而测深厚。”《易·系辞上》：“范围天地之化而不过。”《汉书·艺文志》：“今异家者，各推所长，穷知究虑，以明其指，虽有蔽短，合其要归，亦六经之支与流裔。”

㉟唐写本“仰”作“即”，是。《汉书·货殖传》：“即铁山鼓铸。”师古曰：“即，就也。”

㊱《法言·寡见篇》：“或曰，良玉不雕，美言不文，何谓也？曰，玉不雕，玙璠不作器；言不文，典谟不作经。”

㊲《伪大禹谟》：“皋陶迈种德。”枚传曰：“迈，行也。”今本“迈”误作“励”，唐写本不误。《左传》文公六年：“树之风声。”《潜夫论·务本篇》：“今学问之士，好语虚无之事，争著雕丽之文，以求见异于世。品人鲜识，从而高之，此伤道德之实，而惑矇夫之大者也。诗赋者，所以颂善丑之德，泄哀乐之情也。故温雅以广文，兴喻以尽意。今赋颂之徒，苟为饶辩屈蹇之辞，竞陈诬罔无然之事，以索见怪于世。愚夫戆士从而奇之，此悖孩童之思而长不诚之言者也。”

㊳《论语·述而篇》：“子以四教：文、行、忠、信。”

正纬第四[①]

夫神道阐幽，天命微显[②]，马龙出而大《易》兴[③]，神龟见而《洪范》燿（孙云唐写本作“耀”）[④]。故《系辞》称“河出图，洛（顾校作“雒”）出书，圣人则之”，斯之（孙云唐写本作“其”）谓也。但世夐文隐，好生矫诞（孙云唐写本“诞”作“托”），真虽存矣，伪亦凭焉[⑤]。

夫六经彪炳，而纬候稠叠[⑥]；《孝（孙云唐写本作“考”）》《论》昭皙（元作“哲”，许改；顾校作“晢”），而钩谶葳蕤[⑦]，按（孙云唐写本作“酌”）经验纬，其伪有四：盖纬之成经，其犹织综，丝麻不杂，布帛乃成[⑧]；今经正纬奇，倍擿（赵云“擿”作“摘”）千里，其伪一矣（顾校作“也”）[⑨]。经显，圣训也（孙云唐写本“圣”作“世”，无“也”字）；纬隐，神教也（孙云唐写本无“也”字）。圣（孙云唐写本“圣”作“世”）训宜广，神教宜约；而今（孙云唐写本无“今”字）纬多于经，神理更繁，其伪二矣（顾校作“也”）[⑩]。有命自天，乃称符谶，而八十一篇皆托于孔子；则是尧造绿图，昌制丹书，其伪三矣（顾校作“也”）[⑪]。商周以前，图箓（孙云唐写本作“绿图”）频见，春秋之末，群经方备；先纬后经，体乖织综，其伪四矣（顾校作“也”）[⑫]。伪既倍（疑作“掊”）摘，则义异自明；经足训矣，纬何豫（赵云“豫”作“预”）焉？

原夫图箓（孙云唐写本“原”字无，“图箓”作“绿图”）之见，迺（孙云唐写本作“乃”）昊天休命，事以瑞圣，义非配经。故河不出图，夫子有叹，如或可造，无劳喟然[⑬]。昔康王河图，陈于东序[⑭]，故知前世（孙云唐写本“世”作“圣”）符命，历代宝传，仲尼所撰，序录而已。于是伎（孙云唐写本作“技”）数之士，附以诡术，或说阴阳，或序灾异，若鸟鸣似语，虫叶成字[⑮]，篇条滋蔓，必假（铃木云敦煌本“假”作“征”）孔氏，通儒讨核，谓（孙云唐写本“谓”下有“伪”字）起哀、平，东序秘宝，朱紫乱矣[⑯]。

至于（赵云无“于”字）光武之世，笃信斯术，风化所靡，学者比肩，沛献集纬以通经[⑰]，曹褒撰（孙云唐写本“撰”作“选”；铃木云冈本“撰”作“制”）谶以定礼[⑱]，乖道谬典，亦已甚矣。是以桓谭疾其虚伪[⑲]，尹敏戏（疑作“娀”；铃木云“戏”字诸本同，《玉海》、嘉靖本作“戲”）其深瑕（孙云唐写本作“浮假”）[⑳]，张衡发其僻谬[㉑]，荀悦明其诡诞（孙云唐写本“诞”作“托”）[22]：四贤博练，论之精矣。

若乃羲农轩皞之源[23]，山渎钟律之要[24]，白鱼赤乌（孙云唐写本作“雀”）之符[25]，黄金（孙云唐写本“金”作“银”）紫玉之瑞（元作“理”，孙改）[26]，事丰奇伟，辞富膏腴，无益经典而有助文章[27]。是以后（孙云唐写本“后”作“古”）来辞人，采（孙云唐写本“采”作“捃”）摭英华。平子恐（孙云唐写本作“虑”）其迷学，奏令禁绝；仲豫惜其杂真，未许煨燔。前代配经，故详论焉。

赞曰：荣（孙云唐写本作“采”）河温洛（顾校作“雒”），是孕图纬[28]。神宝藏用，理隐文贵。世历二汉，朱紫腾沸。芟夷谲诡，糅（孙云唐写本作“采”）其雕蔚。

注释：

①胡应麟《四部正讹》曰：“世率以谶纬并论，二书虽相表里，而实不同。纬之名所以配经，故自《六经》《语》《孝》而外，无复别出，《河图》《洛书》等纬皆《易》也。谶之依附《六经》者，但《论语》有谶八卷，余不概见。以为仅此一种，偶阅《隋（书）·经籍志》，注附见十余家。乃知凡谶皆托古圣贤以名其书，与纬体制迥别。盖其说尤诞妄，故隋禁之后永绝。类书亦无从援引，而唐宋诸藏书家绝口不谈，以世所少知，附其目于此。《孔老谶》十二卷。《老子河洛谶》一卷。《尹公谶》四卷。《刘向谶》一卷。《杂谶书》二十九卷。《尧戒舜禹》一卷。《孔子王明镜》一卷。《郭文金雄记》一卷。《王子年歌》一卷。《嵩山道士歌》一卷。又有以纬候并称者，今惟《尚书中候》见目中，他不可考云。”

上引胡说以明谶纬性质不同。

徐养原《纬候不起于哀平辨》（见严杰《经义丛钞》）云：“昔刘彦和著书，称‘纬有四伪，通儒讨核，谓起哀平’。自尔相沿，俱同此说。按刘熙曰‘纬，围也，反复围绕，以成经也。图，度也，尽其品度也。谶者，纤也，其义纤微也’。此三者同实异名，然亦微有分别。盖纬之名，所以配经，故自《六经》《论语》《孝经》而外，无复别出，《河图》《洛书》等纬皆《易》也……窃意纬书当起于西京之季，而图谶则自古有之。《史记·赵世家》：‘扁鹊言秦穆公寤而述上帝之言，公孙支书而藏之；秦谶于是出矣。'《秦本纪》:'燕人卢生使入海还，以鬼神事因奏录图书。'盖图谶之名实昉于此。他如三户之谣，祖龙之语，《史记·大宛传》'天子发书易，神马当从西北来'，大率类是。要之图谶乃术士之言，与经义初不相涉。至后人造作纬书，则因图谶而牵合于经义，其于经义，皆西京博士家言，为今文学者也。盖前汉说经者，好言灾异，《易》有京房，《尚书》有夏侯胜，《春秋》有董仲舒，其说颇近于图谶，著纬书者，因而文饰之。今有《乾凿度》与孟京《易》学相表里，卦气起中孚，《稽览图》详之。张霸伪撰百两篇，作纬者即造《中候》十八篇以符百二十篇之数。何休注《公羊》，述《演孔图》于终篇。郑康成曰:'《公羊》长于谶。'又翼奉曰'臣学《齐诗》闻五际之要'，其说见于《汜历枢》。此其缘饰经术之大略也。《易》《书》《春秋》言灾异者多，故纬书亦多;《诗》《礼》《乐》言灾异者少，故纬书亦少。既比附经义，必剿袭古语，然后能取信于人。《礼记·经解》引'君子慎始，差若毫厘，谬以千里'，只称《易》曰，不称纬曰，而《通卦验》有之。《史记·天官书》引'虽有明天子，必视荧惑所在'，只称故曰，不称纬曰，而《春秋文耀钩》有之。此乃纬书袭用古语，非古人预知纬书而引之也。《后汉小黄门谯敏碑》称:'其先故国师谯赣，深明典奥，谶录图纬，能精微天意，传道与京君明。'盖东京之世，以纬为内学，而谯京说《易》，流于术数，故遂以明纬推之;其实谯赣时，安得有纬耶?《庄子·天道篇》:'孔子西藏书于周室，翻十二经以说老聃。'其说本属汗漫，而说者以《六经》六纬当之，谬矣。迨《李寻传》始有'《六经》六纬之文'。按寻说王根，在成帝之世，是时纬已萌芽，犹未入秘府，故刘向校书，独不见录。以为始于哀、平之际，王莽之篡，亦未必然也。夫纬书虽起于西京之末，而书中之说，多本于先儒，故纯驳杂陈，精粗互见，谈经之士，莫能废焉。康成之信纬，非信纬也，信其与经义有合者也;《诗》《礼》注中所引，皆淳确可据，比之何休，特为谨严。欧阳永叔欲删《九经》疏中谶纬之文，幸而其言不行，充其说，将并《大传》之'河出图，洛出书'而亦删之，不但注疏无完本而已。善乎昔人之言曰:'纬书之文，未必尽出妄人之手，其间谬妄虽亦不无，要在学者择焉而已。'又曰:'纬书起自前汉，去古未远，彼时学者多见古书，凡为著述，必有所本，不可以其不经而忽之。'斯可谓持平之论矣。"

上引徐说以明纬之起源。

刘申叔先生《国学发微》（见乙巳年《国粹学报丛谈》）曰：“自汉武表章《六经》，罢黜百家，托通经致用之名，在下者视为利禄之途，在上者视为挟持之具。降及王莽，饰奸文过，引经文以济己私，由是崇古文而抑今文，以古文世无传书，附会穿凿，得随己意所欲为……降及东汉，谶纬勃兴。考《后汉（书）·张衡传》谓谶纬起于哀、平；然《隋书·经籍志》则谓西汉之世纬学盛昌，非始于哀、平之际。盖铜符金匮，萌于周秦，秦俗信巫，杂糅神鬼，公孙枝之受册书（见《史记·秦本纪》），陈宝之祀野鸡（见《史记·封禅书》），胡亥之亡秦祚（见《史记·秦始皇本纪》），孰非图箓之微言乎？周、秦以还，图箓遗文，渐与儒道二家相杂，入道家者为符箓，入儒家者为谶纬。董、刘大儒，竞言灾异，实为谶纬之滥觞。哀、平之间，谶学日炽，而王莽、公孙述之徒，亦称引符命，惑世诬民。及光武以符箓受命，而用人行政，惟谶纬之是从。由是以谶纬为秘经，颁为功令，稍加贬斥，即伏非圣无法之诛。故一二陋儒援饰经文，杂糅谶纬，献媚工谀，虽何、郑之伦，且沉溺其中而莫反（康成于纬，或称为传，或称为说，且为之作注）。是则东汉之学术，乃纬学昌盛之时代也。夫谶纬之书，虽间有资于经术，然支离怪诞，虽愚者亦察其非；而汉廷深信不疑者，不过援纬书之说，以验帝王受命之真而使之服从命令耳。上以伪学诬其民，民以伪学诬其上。又何怪贿改漆书接踵而起乎？（《后汉书·儒林传》）此伪学所由日昌也。”

上引刘说以明东汉纬学之盛。

纬书自遭隋火亡佚殆尽，唐时存者，《易纬》而已。宋以后《易纬》亦失传。清乾隆三十八年，采辑《永乐大典》，得《易纬》全书，多宋以后诸儒所未见。其余诸纬，散见诸经注疏，《风俗通》《白虎通》《汉书·五行志》《晋书》《隋书·天文志》《太平御览》《艺文类聚》《玉海》《北堂书钞》《开元占经》《初学记》《文选注》等书征引不少。辑纬书者有明孙瑴《古微书》，清马国翰《玉函山房辑佚书》（清侯官赵在翰亦辑《七纬》）。兹列纬书名目于下：

一、《易纬》八：(1)《乾坤凿度》 (2)《乾凿度》 (3)《稽览图》 (4)《辨终备》 (5)《通卦验》 (6)《乾元序制记》 (7)《是类谋》

(8)《坤灵图》(自《乾凿度》以下均郑玄注)

二、《尚书纬》五:(1)《璇玑钤》(2)《考灵曜》(3)《刑德放》("放"一作"考")(4)《帝命验》(5)《运期授》(五种皆郑玄注)

《尚书中候》(十八篇):(1)《握河纪》(2)《考河命》(3)《题期》(4)《立象》(5)《运衡》(6)《敕省图》(7)《苗兴》(8)《契握》(亦作《契握汤》)(9)《洛予命》(10)《稷起》(11)《我应》(12)《雒师谋》(13)《合符后》(14)《挞洛戒》(15)《准谶哲》(16)《义明》(17)《霸免》(18)《觊期》(十八篇皆郑玄注)

三、《诗纬》三:(1)《推度灾》(2)《氾历枢》(3)《含神雾》(皆宋均注)

四、《礼纬》三:(1)《含文嘉》(2)《稽命征》(3)《斗威仪》(皆宋均注)

五、《乐纬》三:(1)《动声仪》(2)《稽耀嘉》(3)《叶图征》(皆宋均注)

六、《春秋纬》十四:(1)《感精符》(2)《文耀钩》(3)《运斗枢》(4)《合诚图》(5)《考异邮》(6)《保乾图》(7)《汉含孳》(8)《佐助期》(9)《握诚图》(10)《潜潭巴》(11)《说题辞》(12)《演孔图》(13)《元命苞》(14)《命历序》(皆宋均注)

《春秋内事》(孙瑴曰:"《春秋》《孝经》各有内事,虽不系纬谶篇目,而其文辞殊甚庞噩,又均有宋均之注,故以为录。")

七、《孝经纬》九:(1)《援神契》(2)《钩命诀》(3)《中契》(4)《左契》(5)《右契》(6)《内事图》(以上宋均注)(7)《章句》(8)《雌雄图》(9)《古秘》

八、《论语谶》八:(1)《比考谶》(2)《撰考谶》(3)《摘辅象》(4)《摘衰圣承进谶》(5)《阴嬉谶》(6)《素王受命谶》(7)《纠滑谶》(8)《崇爵谶》(皆宋均注)

②《易·系辞下》:"夫《易》彰往而察来,而微显阐幽。"韩康伯注云:"《易》无往不彰,无来不察,而微以之显,幽以之阐。阐,明也。"

③《礼记·礼运》:"河出马图。"郑注:"马图,龙马负图而出也。"《正义》引《中候握河纪》:"伏羲氏有天下,龙马负图出于河,遂法之画

八卦。”又引《握河纪》注云：“龙而形象马。”

④《易·系辞上》：“河出图，洛出书，圣人则之。”《正义》引《春秋纬》云：“河以通乾出天苞，洛以流坤吐地符。河龙图发，洛龟书感。《河图》有九篇，《洛书》有六篇。孔安国以为《河图》则八卦是也，《洛书》则九畴是也。”《尚书·洪范》：“天乃锡禹《洪范》九畴。”

⑤俞正燮《癸巳类稿·纬书论》：“纬者，古史书也。纬如后世灵台候，省寺案牍，先儒所采以辅证经义者，皆淳古之文，他或不逮也。”

⑥《说文》：“稠，多也。”《苍颉篇》：“叠，重也，积也。”

⑦《孝经纬》有《钩命诀》。《四部正讹》引《钩命诀》注曰：“天地失序，必有沮泄，用阴阳移治之也。”孙瑴《古微书》曰：“纬书以命言者，莫如《元命苞》；以钩言者，莫如《春秋》之《文耀钩》、《河图》之《稽耀钩》。兹撰《孝经纬》，则直言诀矣。”《论语》无纬有谶。《古微书》曰：“《论语》不入经，亦不立纬，惟谶八卷。”《史记·司马相如列传》：“纷纶葳蕤。”《索隐》：“乱貌。”

⑧《说文·系部》：“经，织从丝也。纬，织衡丝也。”段玉裁“织”字注云：“经与纬相成曰织。”玄应《一切经音义》引《三仓》：“综，理经也。谓机缕持丝交者也。屈绳制经令得开合也。”

⑨孙诒让《札迻》十二：“今经正纬奇，倍擿千里，倍擿即下文倍摘，字并与适通。《方言》云：‘适，牾也。’（《广雅·释诂》同）郭注云：‘相触迕也。’倍适犹言背迕也。”

⑩唐写本无两“也”字。寻绎语气，两“也”字似不可删。“圣”字唐写本皆作“世”，义亦通。

⑪《尚书中候握河纪》：“尧修坛河洛，仲月辛日礼备，至于日稷，荣光出河，休气四塞，白云起，风回摇，龙马衔甲，赤文绿地，临坛止霁，吐甲图而蹙。”

《尚书中候我应》：“周文王为西伯，季秋之月甲子，赤雀衔丹书入丰鄗止于昌户，乃拜稽首受最（最，要言也）。曰：‘姬昌苍帝子，亡殷者纣也。’”（两条均录自《玉函辑佚书》）

《隋书·经籍志·六艺纬类序》云：

《易》曰：“河出图，洛出书。”然则圣人之受命也，必因积德累业，丰功厚利，诚著天地，泽被生人，万物之所归往，神明之所福飨，则有天命之应。盖龟龙衔负，出于河、洛，以纪易代之征，其理幽昧，究极神道。先王恐其惑人，秘而不传。说者又云：孔子既叙六经，以明天人之道，知后世不能稽同其意，故别立纬及谶，以遗来世。其书出于前汉，有《河图》九篇，《洛书》六篇（案此即《图书秘记》，特篇数略异尔），云自黄帝至周文王所受本文。又别有三十篇，云自初起至于孔子，九圣之所增演，以广其意。又有《七经纬》三十六篇，并云孔子所作，并前合为八十一篇。而又有《尚书中候》《洛罪级》《五行传》《诗推度灾》《氾历枢》《含神雾》《孝经钩命诀》《援神契》《杂谶》等书。汉代有郗氏、袁氏说。汉末，郎中郗萌集图纬谶杂占为五十篇，谓之《春秋灾异》，宋均、郑玄并为谶律（案汉律非谶）之注。然其文辞浅俗，颠倒舛谬，不类圣人之旨。相传疑世人造为之后，或者又加点窜，非其实录。起王莽好符命，光武以图谶兴，遂盛行于世。汉时，又诏东平王苍，正五经章句，皆命从谶。俗儒趋时，益为其学，篇卷第目，转加增广。言五经者，皆凭谶为说。唯孔安国、毛公、王璜、贾逵之徒独非之，相承以为妖妄，乱中庸之典（案谶纬本非儒家之言，故古文家不道。索隐行怪，子所不述，故曰乱中庸之典），故因汉鲁恭王、河间献王所得古文，参而考之，以成其义，谓之"古学"（案此古文家无谶纬之明证。康成兼杂今古，故信纬也）。当世之儒，又非毁之，竟不得行。魏代王肃推引古学，以难其义。王弼、杜预从而明之，自是古学稍立。至宋大明中，始禁图谶，梁天监已后，又重其制。及（隋）高祖受禅，禁之逾切。炀帝即位，乃发使四出，搜天下书籍与谶纬相涉者，皆焚之，为吏所纠者至死。自是无复其学，秘府之内亦多散亡。

⑫图箓，箓图，散见纬书中。陶潜《圣贤群辅录》引《论语摘辅象》："天老受天箓。"宋均注："箓，天教命也。"

⑬《论语・子罕》："子曰：凤鸟不至，河不出图，吾已矣夫！"孔安国曰："圣人受命，则凤鸟至，河出图，今天无此瑞。吾已矣夫者，伤不得见也。"

⑭《尚书・顾命》："河图陈于东序。"案河图与大玉、夷玉、天球并陈，意者天球如浑天仪之类，河图如舆地图之类，虽历代相传，不必真是

神秘之宝器。

⑮《左传》襄公三十年:“鸟鸣于亳社,如曰,嘻!嘻!甲午宋大灾,宋伯姬卒。”《汉书·五行志》:“董仲舒以为伯姬如宋五年,宋恭公卒,伯姬幽居守节三十余年,又忧伤国家之患祸,积阴生阳,故火生灾也。”董说谬妄可笑,汉代阴阳灾异之说,皆董生开其端也。《汉书·五行志》:“昭帝时,上林苑中大柳树断,仆地,一朝起立生枝叶,有虫食其叶成文字,曰‘公孙病已立’。”

⑯《尚书序正义》曰:“纬文鄙近,不出圣人,前贤共疑,有所不取,通人考正,伪起哀、平。”《正义》之文,盖本彦和。唐写本作“谓伪起哀平”,语意最明。又《洪范正义》:“纬候之书,不知谁作,通人讨核,谓伪起哀、平。”正与唐写本合。

⑰《后汉书·沛献王辅传》:“辅好经书,善说《京氏易》《孝经》《论语传》及图谶,作《五经论》,时号之曰《沛王通论》。”

⑱《后汉书·曹褒传》:“褒受命制礼,乃次序礼事,依准旧典,杂以五经谶记之文,撰次天子至于庶人冠婚吉凶终始制度,以为百五十篇。”

⑲《后汉书·桓谭传》载谭论谶事,录之如下:

> 是时帝方信谶,多以决定嫌疑。(《方术传序》云:“光武尤信谶言,士之赴趣时宜者,皆驰骋穿凿争谈之也。故王梁、孙咸,名应图箓,越登槐鼎之任。”)谭复上疏曰:“凡人情忽于见事,而贵于异闻,观先王之所记述,咸以仁义正道为本,非有奇怪虚诞之事。盖天道性命,圣人所难言也。自子贡以下,不得而闻,况后世浅儒,能通之乎?今诸巧慧小才伎数之人,增益图书,矫称谶记,以欺惑贪邪,诖误人主,焉可不抑远之哉!臣谭伏闻陛下穷折方士黄白之术,甚为明矣。而乃欲听纳谶记,又何误也!其事虽有时合,譬犹卜数只偶之类。陛下宜垂明听,发圣意,屏群小之曲说,述五经之正义,略雷同之俗语,详通人之雅谋。”帝省奏,愈不悦。其后有诏会议灵台所处。帝谓谭曰:“吾欲谶决之何如?”谭默然良久曰:“臣不读谶。”帝问其故。谭复极言谶之非经。帝大怒曰:“桓谭非圣无法。”将下斩之。谭叩头流血,良久乃得解。

⑳《后汉书·儒林传·尹敏传》:“帝以敏博通经记,令校图谶,使蠲

去崔发所为王莽著录次比。敏对曰：‘谶书非圣人所作，其中多近鄙别字，颇类世俗之辞，恐疑误后生。’帝不纳。敏因其阙文增之曰：‘君无口，为汉辅。’帝见而怪之，召敏问其故。敏对曰：‘臣见前人增损图书，敢不自量，窃幸万一。’帝深非之。”此文所谓戏即增阙事也。“深瑕”应作“浮假”，字形相近而误。

㉑案平子文检核伪迹，至为精当，兹全录《后汉书》本传所叙如下：

初，光武善谶，及显宗、肃宗，因祖述焉。自中兴之后，儒者争学图纬，兼复附以妖言。衡以图纬虚妄，非圣人之法，乃上疏曰：“臣闻圣人明审律历，以定吉凶，重之以卜筮，杂之以九宫（太乙下行九宫法，见于《乾凿度》。乙下行自坎始，行四卦而复于甲。又自乾始，终于离），经天验道，本尽于此，或观星辰逆顺，寒燠所由，或察龟策之占，巫觋之言，其所因者非一术也。立言于前，有征于后，故智者贵焉，谓之谶书。谶书始出，盖知之者寡。自汉取秦，用兵力战，功成业遂，可谓大事，当此之时，莫或称谶。若夏侯胜、眭孟之徒，以道术立名，其所述者，无谶一言。刘向父子领校秘书，阅定九流，亦无谶录（图书秘记不名谶也）。成、哀之后，乃始闻之。《尚书》尧使鲧理洪水，九载绩用不成，鲧则殛死，禹乃嗣兴。而《春秋谶》云‘共工理水’。凡谶皆云黄帝伐蚩尤，而《诗谶》独以为蚩尤败，然后尧受命。《春秋元命苞》中有公输班与墨翟，事见战国，非春秋时也。又言‘别有益州’。益州之置，在于汉世，其名三辅诸陵，世数可知。至于图中讫于成帝，一卷之书，互异数事。圣人之言，埶无若是，殆必虚伪之徒，以要世取资。往者侍中贾逵擿谶互异三十余事，诸言谶者，皆不能说。至于王莽篡位，汉世大祸，八十篇何为不戒？则知图谶成于哀、平之际也。且《河》《洛》六艺，篇录已定（注引衡集上事云，《河》《洛》五九，六艺四九，谓八十一篇也），后人皮傅，无所容篡。永元中，清河宋景遂以历纪推言水灾，而伪称《洞视玉版》（《洞视玉版》，盖宋景所托书，贤注未谛）。或者至于弃家业，入山林，后皆无效，而复采前世成事，以为证验。至于永建复统（顺帝即位年号），则不能知，此皆欺世罔俗，以昧埶位，情伪较然，莫之纠禁。且律历卦候九宫风角，数有征效，世莫肯学，而竞称不占之书，譬犹画工恶图犬马而好作鬼魅，诚以实事难形，而虚伪不穷也。宜收藏图谶，一禁绝之，则朱紫无所眩，典籍无瑕玷矣。”

㉒荀悦《申鉴·俗嫌篇》曰：“世称纬书仲尼之作也。臣悦叔父故司空爽辨之，盖发其伪也（爽著《辨谶篇》，亡佚）。有起于中兴之前，终张之徒之作乎（终张疑当作终术，即助王莽造符命之田终术，与李寻同称，见《汉书》翟方进及王莽传）。或曰，杂。曰，以己杂仲尼乎？以仲尼杂己乎？若彼者以仲尼杂己而已。然则可谓八十一首非仲尼之作矣。或曰，燔诸？仲尼之作则否，有取焉则可，曷其燔？在上者不受虚言，不听浮术，不采华名，不兴伪事，言必有用，术必有典，名必有实，事必有功。”

㉓轩皞之皞，当指少皞。《左传》昭公十七年：“郯子曰：我高祖少皞挚之立也，凤鸟适至，故纪于鸟为鸟师。”

㉔陈先生曰：“山渎当是《遁甲开山图》《河图括地象》及《古岳渎经》等。”《汉书·艺文志》“五行家”有《钟律灾应》二十六卷，《钟律丛辰日苑》二十三卷，《钟律消息》二十九卷。

㉕《史记·周本纪》：“武王渡河，中流，白鱼跃入王舟中。武王俯取以祭。既渡，有火自上复于下，至于王屋。流为乌，其色赤，其声魄云。”

㉖唐写本“金”作“银”，是。《礼斗威仪》：“君乘金而王，其政象平，黄银见，紫玉见于深山。”

㉗《文选注》多引纬书语，是有助文章之证。彦和生于齐世，其时谶纬虽遭宋武之禁，尚未尽衰，士大夫必犹有讲习者，故列举四伪，以药迷罔。盖立言必征于圣，制式必禀乎经，为彦和论文之本旨。纬候不根之说，踳驳经义者，皆所不取。刘申叔先生著《谶纬论》（见乙巳年《国粹学报·文篇》）谓纬有五善，可与本篇相发明，录之如下：

> 粤在上古，民神杂糅，祝史之职特崇，地天之通未绝。合符受命，乃御宇而作君；持斗运机，即指天而立教。故祷祈有类于巫风，设教或凭乎神道。唐虞以降，神学未湮，玄龟锡禹，䲦鸟生商。降及成周，益崇术数，保章司占星之职，《洪范》详锡畴之文，旧籍所陈，班班可考。王室东迁，卮言日出，《狸首》射侯于洛邑，雉鸣启瑞于陈仓，赵襄获符于常山，卢生奏图于秦阙。推之三户亡秦，五星聚汉，语非征实，说或通灵。盖史官失职，方技踵兴，故说杂阴阳，仍

出羲和之职守，而家为巫史，犹存苗俗之遗风。是为方士家言，实与儒书异轨。及武皇践位，表章六经，方士之流，欲售其术，乃援饰遗经之语，别立谶纬之名，淆杂今文，号称齐学（大约齐学多信谶纬，鲁学不信谶纬）。故玉带献明堂之制，兒宽草封禅之仪，卦气爻辰，京氏援之占易，五行灾异，中垒用以释书。经学之淆，自此始矣。乃世之论谶纬者，或谓溯源于孔氏，或谓创始于哀、平。吾谓纬谶之言，起源太古，然以经淆纬，始于西京，以纬俪经，基于东汉。故图书秘记，不附六艺之科，翼李京眭，弗列儒林之传，刘《略》班《书》，彰彰可据。及光武建邦，兼崇谶纬。以为文因赤制，字别卯金，乃帝王受命之符，应炎历中兴之运。遂谓历数在躬，实唐虞之符箓，《阴嬉》撰考，亦洙泗之微言，尊为秘经，颁为功令，谶以辅纬，纬以正经。而儒生稽古，博士释经，或注《中候》之文，或阐秘书之旨，故《麟经》作注，何休详改制之文，虎观论经，班固引微书之说。纬学之行，于斯为盛。夫察来彰往，立说诚妄诞不经，而只句单词，古籍或因文附著。试详考之，得数善焉：迹溯洪荒，事窥皇古，三王异教（见《尚书璇玑钤》），五帝立师（见《论语撰考谶》），九牧则起原轩帝（见《论语撰考谶》），三皇则并列女娲（见《春秋元命苞》）。七辅各竭其功能（见《论语摘辅象》），四帝各殊其方色（见《尚书运期授》诸书，四帝即《万机论》所言黄帝削平之四帝，非高阳为黑帝、少昊为白帝）。右耳即神农之号（见《春秋命历序》诸书），羲和与重黎同功；有巢敷治于石楼，夏禹藏书于金匮（皆见《遁甲开山图》）。九龙纪官，尊卑莫别（见《春秋命历序》）；六书制字，子母相孳（《孝经援神契》）。人皇九头，始宅中州之土（《尚书璇玑钤》），燧人四佐，亦征群辅之贤（《论语摘辅象》）。循蜚合雒，纪名别疏仡之前；栗陆、伯皇，爵位袭庖牺之号，衣皮处穴，识前民开创之艰（皆见《春秋命历序》）。石鼓铜刀（《遁甲开山图》），溯古器变迁之迹。是曰补史，其善一也。河图括地，遁甲开山，铜柱辨形（《河图括地象》），铁山稽数（《孝经钩命诀》），流州、玄州释其名（《龙鱼河图》），大秦、中秦辨其地（《河图玉版》），嵎夷、禺铁，同实异名（《尚书帝命验》），赤县、神洲，居中御外（《河图括地象》）。

天皇被迹，地征无热之陵（《遁甲开山图》）。王母献环，境隔昆仑之阙（《尚书帝命验》）。州土则域区内外，不数邹衍之谈天（《河图括坤象》），水泉则性判刚柔（《河图始开图》），已启夷吾之释地。恒、岱、嵩、华，既辨方而正位；河、淮、渭、洛，亦思义而顾名（《春秋说题辞》）。凡兹图箓之遗（《尚书璇玑钤》言五帝受箓图，又屡言河图之用，河图者，即古代之舆地图也），足补《山经》之缺。是曰考地，其善二也。《凿度》《运枢》之说，《推灾》《考运》之文，辨地域之广轮（《诗含神雾》），测星辰之高远（《春秋考异邮》）。地乘气立（《春秋元命苞》），月假日明（《春秋说题辞》），气触石而生云，阴激阳而成电（见《春秋元命苞》），天圆则象征覆载（《尚书考灵曜》），地动则义取左旋（《春秋元命苞》）。三百六旬，定时成岁（《春秋元命苞》），七十二候，送暑迎寒（《孝经援神契》）。度密度疏，启《周髀》步天之学（见《尚书刑德考》《春秋考异邮》），景长景短，开土圭测日之先（见《春秋元命苞》）。四表四游（《尚书考灵曜》），明太空之无极；二分二至（《孝经援神契》），辨日晷之还移。莫不甄明度数，稽合历文。屈平《天问》之作，讵足相衡，张氏《灵宪》之书，于焉取法。是曰测天。其善三也。谶纬之说，训故是资，礼履则训近双声（《礼含文嘉》），民萌则义详互训（《孝经纬》又曰："言不文者，指士民也。"此古代下民无学之确证），土力于地，日生为星（见《春秋说题辞》，即八星出于日球之说），以刀守井曰刑（亦见《春秋元命苞》）。推日合月为易（《易经纬》），十一相加是为士，两人相合则为仁（皆见《春秋元命苞》，此即郑君相仁偶说之所本），虫动凡而为风（《春秋考异邮》），禾入水而为黍（《春秋说题辞》），律以六书之学，咸归会意之条。若夫分别部居，依类托义，律训率而岁训遂（《春秋元命苞》），义取谐声；王训往而皇训煌（亦见《春秋元命苞》），说符叠韵。阳为天而阴为地（《春秋说题辞》），遗文征洨长之书（《说文》用其说）；水象坎而火象离。佚象合《义经》之卦（《元命苞》云："两人交一而中出者为水。人散二者为火。"《乾坤凿度》云："三古火字，两人交一为水，人散二者为火。"盖火字古文像离卦之形，而水字古文像坎卦之形）。是曰考文，其善四也。礼名定于黄帝（《礼含文嘉》)。《礼经》设于文王（《礼稽命征》诸书)。叙郊邱则旁征《礼经》，叙祫禘则阴符《王制》（亦见《礼稽命征》)。辨物举四夷之乐（《乐纬》)，赏功详九锡之文（《礼含文嘉》)。千雉百雉异其规（《春秋纬》)，外屏内屏殊其制（《礼纬》)。鼎俎则详其度数（《春秋纬》)，旗物则辨其等差（《礼含文嘉》)。观阙为悬法之区（《礼纬》)，灵台即望氛之地（《易纬》及《礼纬》)。分土列爵，立制隐合于《公羊》(《春秋元命苞》云，周爵五等，殷爵三等)，按亩授田，陈说迥殊于《孟子》(《乐纬》谓九夫为井，八家共治公田八十亩，以外二十亩以为八家井灶庐舍，与《孟子》之论井不同)。推之稽三统之历（《春秋感精符》)，正五刑之名（《尚书璇玑钤》)，二穆二昭，制详七庙（《春秋元命苞》)，四望四类，典异六宗（《礼稽命征》)。梁父太山，刻石不忘纪号（《诗含神雾》及《孝经钩命诀》)，明堂崇屋，祀帝即以配天（《尚书帝命验》)，莫不制征四代，典溯三王。是曰征礼，其善五也。若夫情由性生（《孝经援神契》)，仁从爱起（《春秋元命苞》)，以敬胜怠（《尚书帝命验》)，以义强躬（《论语撰考谶》)。渐兰渐鲍（亦《论语撰考谶》)，证孔门习远之言；太素太初（《孝经钩命诀》)，近老氏真空之旨。凡兹粹语，足辅九流。推之礼详卉服（《春秋命历序》)，地测温泉（《诗经纬》诸书)。横行为蛮貊之书（见《诗含神雾》)，画象别古初之制（《孝经钩命诀》)。数止于五，至六以上皆互乘（《易河图数》云："一与六共宗，二与七同道，三与八为朋，四与九为友，五与十同途。"足证古人纪数至五而止，至六以上皆用互乘之法)；气成于三，与九相推无所戾（《春秋元命苞》云：阳气成于三，阳数极于九，亦足为江都汪氏释三九之证)。计六经之尺度（《孝经钩命诀》)，辨百体之殊名（《春秋元命苞》)。六律则溯其起源（见《乐叶图征》)，五谷则稽其名义（《春秋说题辞》)。阳墟石室，奇铭辨苍颉之文（见《河图玉版》)，洞庭包山，秘籍识夏王之字（《春秋命历序》)。亦足助博物之功，辅多闻之益。殷周绝学，赖此可窥（俞正燮曰识纬者古史书也，其说近是)。及夫胪幽明之序，穷祸福之源。以五常法五行，以八风象八卦（《礼纬》)，九州咸有其分星（《春秋元命苞》)，五纬或凭以推日，或以灾祥验行事，或以星象示废兴（见《春秋演孔图》《诗纬》《春秋文耀钩》《春秋运斗枢》诸书）。四始五际（《齐诗》说），已失经义之真，六甲九宫（《春秋合诚图》），遂启杂占之学。是则前知自诩，格物未明，易蹈疑众之诛，允属诬天之学。复有仓圣四目，虞舜重瞳，丹凤含书（皆见《春秋元命苞》），赤龙纪瑞（《诗含神雾》），白云覆孔子之居，赤血辨鲁门之字（见《春秋演孔图》），亦复说邻荒谬，语类矫诬。此尹敏所由致疑，而君山所由耻习也。然敬天明鬼，实为古学之滥觞，以元统君，足儆后王之失德。是则汉崇谶学虽近诬民，而隋禁纬书亦为蔑古。学术替兴，不可不察也。若夫网罗散失，参稽异同，掇宋均之注。萃郗萌之书，删彼芜词，独标精旨，庶天文历谱，备存《七略》之遗（以《纬书》归入《天文历谱》类），《钩命》《援神》，不附《六经》之列（经自为经，纬自为纬）。则校理秘文，掇拾坠简，殆亦稽古者者所乐闻而博物家所不废者与？

㉘《易乾凿度》："帝盛德之应，洛水先温，六日乃寒。"

辨骚第五[1]

自《风》《雅》寝声，莫或抽绪，奇文郁起，其《离骚》哉！固已轩翥诗人之后，奋飞辞家之前，岂去圣之未远，而楚人之多才乎[2]！昔汉武爱《骚》，而淮南作《传》[3]，以为："《国风》好色而不淫，《小雅》怨诽（元作"谤"，许改）而不乱，若《离骚》者，可谓兼之（孙云唐写本无"兼之"二字）。蝉蜕秽浊之中，浮游尘埃之外，皭然涅而不缁，虽与日月争光可也[4]。"班固以为：露才扬己，忿怼沉江；羿浇二姚，与左氏不合；昆仑悬（一作"玄"，孙云唐写本作"玄"）圃，非经义所载；然其文辞（孙云唐写本"辞"字无）丽雅，为词赋之宗，虽非明哲，可谓妙才[5]。王逸以为：诗人提耳，屈原婉顺。《离骚》之文，依经立义：驷虬乘翳（铃木云洪本"翳"作"鹥"，可从，诸本皆误），则时乘六龙；昆仑流沙，则《禹贡》敷土。名儒辞赋，莫不拟其仪表，所谓金相玉质，百世无匹者也[6]。及汉宣嗟叹，以为皆合经术（赵云“术”作“传”）[7]；扬雄讽（孙云唐写本作“谈”）味，亦言体同《诗・雅》[8]。四家举以方经，而孟坚谓不合传（铃木云洪本“传”下有“体”字）；褒贬任声，抑扬过实，可谓鉴而弗（孙云唐写本作“不”）精，玩而未核者也（孙云唐写本作“矣”）[9]。

将核其论，必征言焉。故其陈尧、舜之耿介，称汤、武（孙云唐写本“汤武”作“禹汤”）之祗敬，典诰之体也[10]；讥桀、纣之猖披（铃木云诸本同，洪本“披”作“狂”），伤羿、浇之颠陨，规讽之旨也；虬龙以喻君子，云蜺以譬谗邪，比兴之义也；每一顾而掩涕，叹君门之九重，忠怨之辞（孙云唐写本作“词”）也：观兹四事，同于（孙云唐写本作“乎”）《风》《雅》者也[11]。至于托云龙，说迂怪，丰（孙云唐写本“丰”上有“驾”字）隆求宓妃，鸩（孙云唐写本“鸩”上有“凭”字）鸟媒娀女，诡异之辞（孙云唐写本作“词”）也；康回倾地，夷羿彃（元作“蔽”，孙改；赵云作“斃”）日[12]，木夫（元作“天”，谢改）九首，土伯三目（元作“足”，朱改）[13]，谲怪之谈也；依彭咸之遗则，从子胥以自适[14]，狷狭之志也；士女杂坐，乱而不分，指以为乐[15]，娱酒不废，沉湎日夜，举以为惧（铃木云洪本作“欢”），荒淫之意也[16]：摘（孙云唐写本作“指”）此四事，异乎（孙云唐写本作“于”）经典者也。

故论其典诰则如彼，语其夸诞则如此。固知《楚辞》者，体慢（元作“宪”，朱据宋本《楚辞》改；孙云唐写本作“宪”）于三代，而风雅（孙云唐写本作“杂”）于战国，乃《雅》《颂》之博徒，而词赋之英杰也[17]。观其骨鲠所树，肌肤所附，虽取镕经意（孙云唐写本作“旨”），亦自铸伟（赵云“伟”作“纬”）辞[18]。故《骚经》《九章》[19]，朗丽以哀志；《九歌》《九辩（孙云唐写本作“辨”）》[20]，绮靡（孙云唐写本作“靡妙”，无“绮”字）以伤情；《远游》《天问》[21]，瑰诡而惠（孙云唐写本作“慧”）巧[22]；《招魂》《招隐（冯云“招隐”《楚辞》本作“大招”，下云“屈宋莫追”，疑“大招”为是；孙云唐写本“招隐”作“大招”；铃木云洪本亦作“大招”）》[23]，耀艳而深（孙云唐写本作“采”）华；《卜居》标放言之致[24]；《渔父》寄独往之才[25]。故能气往轹古，辞来切今，惊采绝艳，难与并能矣。

自《九怀》以下，遽蹑其迹[26]，而屈、宋逸步，莫之能追。故其叙情怨[27]，则郁伊而易感；述离居，则怆怏而难怀；论山水，则循声而得貌；言节候，则披文而见时。是以枚、贾追风以入丽，马、扬沿波而得奇[28]，其衣被词人，非一代也。故才高者菀（赵云“菀”作“苑”）其鸿裁[29]，中巧者猎其艳辞[30]，吟讽者衔其山川，童蒙者拾其香草。若能凭轼以倚《雅》《颂》，悬辔以驭楚篇，酌奇而不失其真（孙云唐写本作“贞”），玩华而不坠其实，则顾盼可以驱辞力，欬唾可以穷文致，亦不复乞灵于长卿，假宠于子渊矣[31]。

赞曰：不有屈原，岂见《离骚》？惊才风逸，壮志（孙云唐写本作“采”）烟（铃木云洪本校注云“烟”一作“云”）高[32]。山川无极，情理实劳。金相玉式，艳溢锱毫（元作“绝益称豪”，朱考宋本《楚辞》改；孙云唐写本“溢”作“逸”）。

注释：

①《汉书·艺文志》：“屈原赋二十五篇。”二十五篇中《离骚》为最重，后人因以《骚》名其全书（《文史通义·经解下》云：“史迁以下，至取《骚》以名其全书。”案《史公自序》“屈原放逐著《离骚》”，《屈原传》亦未尝单以《骚》为名）。《时序篇》谓：“爰自汉室，迄于成、哀，虽世渐百龄，辞人九变，而大抵所归，祖述《楚辞》灵均余影，于是乎在。”以其影响甚大，故彦和于《诠赋篇》外别论之（《文选》亦于赋外别标骚目，其实骚非文体之名）。《史记·屈原列传索隐》引应劭曰：“离，遭也；骚，忧也。”又王逸《离骚序》云：“离，别也；骚，愁也。”案《国语·楚语上》：“伍举曰：德义不行，则迩者骚离，而远者距违。”韦昭注曰：“骚，愁也；离，畔也。”《困学纪闻》卷六：“伍举所谓‘骚离’，屈平所谓‘离骚’，皆楚言也。扬雄为《畔牢愁》，与《楚语》注合。”赵令时《侯鲭录》：“愁忧也。《集韵》扬雄有《畔牢愁》，音曹。今人言心中不快为心曹，当用此愁字，即忧也。”“离骚”即伍举所谓“骚离”，扬雄所谓“牢愁”，均即常语所谓“牢骚”耳，二字相接自成一词，无待分训

也。纪昀评曰："词赋之源出于骚，浮艳之根亦滥觞于骚，辨字极为分明。"又评曰："《离骚》乃《楚辞》之一篇，统名《楚辞》为《骚》，相沿之误也。"李详《文心雕龙黄注补正》（见己酉年《国粹学报·文篇》）曰："周中孚《郑堂札记》云：'《史记·太史公自序》："屈原放逐著《离骚》。"又云："作辞以讽谏，连类以争义，《离骚》有之。"《汉书·迁传》："屈原放逐，乃赋《离骚》。"皆举首篇以统号其全书。'据此，彦和亦统全书而言，纪氏殆未审也。"

②《诗大序》曰："至于王道衰，礼义废，政教失，国异政，家殊俗，而变风变雅作矣。国史明乎得失之迹，伤人伦之废，哀刑政之苛，吟咏情性，以风其上，达于事变而怀其旧俗者也。"此言《诗》之所由变，《孟子·离娄篇》曰："王者之迹熄而《诗》亡，《诗》亡然后《春秋》作。"此言《诗》之所由亡。《滕文公篇》曰："孔子成《春秋》而乱臣贼子惧。"赵岐注曰："言乱臣贼子惧《春秋》之贬责也。"此言讽刺不行，故有贬责。下逮屈子，君暗政坏，小人盈朝，贬责又不足以惧之，忧心烦乱，不知所想。灵修浩荡，岂微言之可感，诗体解散，聊赋志以自慰，顾亭林所谓三百篇之不能不降而《楚辞》，《楚辞》之不能不降而汉魏，势也者（《日知录》二十一"诗体代降"条），是也。《文选》班固《典引》吕向注："三足，乌也。轩，飞貌。翥，飞也。"

③《汉书·淮南王传》："淮南王安入朝，献所作《内篇》，新出，上爱秘之。使为《离骚传》，旦受诏，日食时上。"颜师古注曰："传谓解说之，若《毛诗传》。"王念孙《读书杂志·汉书》"离骚传"条："传当作傅，傅与赋古字通。使为《离骚傅》者，使约其大旨而为之赋也。《汉纪·孝武纪》云：'上使安作《离骚赋》，旦受诏，食时毕。'高诱《淮南鸿烈解》叙云：'诏使为《离骚赋》，自旦受诏，日早食已。'此皆本于《汉书》。《太平御览·皇亲部》十六引此作'离骚赋'，是所见本与师古不同。"《论语·公冶长》"可使治其赋也"，陆德明《论语音义》"赋，《鲁论》作傅"，亦可为王说之证。杨君遇夫《读汉书札记》卷四："树达按，颜、王说并非也。古人所谓传者有二体：解释文字名字若毛公之于诗，此一体也；其他一体，则但记述作意，而不必解释文字名物。何以明之？《文选》卷五十一载王褒《四子讲德论序》云：'褒既为益州刺史，王襄作

中和乐职宣布之诗，又作传，名曰《四子讲德》，以明其意焉。’《褒传》亦云：‘褒既为刺史作其传。’《四子讲德论》但明作意，非解释文字，亦称曰传，传不专为解释名物之称明矣。班固《离骚序》云，淮南王安叙《离骚传》，以《国风》好色而不淫云云。又《文心雕龙·辨骚篇》云，昔汉武爱《骚》而淮南作传，以为《国风》好色而不淫。虽与日月争光可也。所引即是传文，与《四子讲德论》文体略同，并非赋体，具有明证也。荀、高不得其解，改传为傅；王逸又云‘武帝使安作《离骚章句》’，皆误解传字之体裁耳。按马瑞辰《毛诗传笺通释·毛诗诂训传名义考》云：‘诂训第就经文所言者而诠释之，传则并经文所未言者而引伸之，此诂训与传之别也。’”杨君说自是精当。班固《离骚序》谓安说五子为伍子胥，似亦作传而非作赋。本书《神思篇》云“淮南崇朝而赋《骚》”，彦和不应先后矛盾。疑淮南实为《离骚》作传，略举其训诂，而《国风》好色而不淫云云，是安所作传之叙文。班固谓淮南王安叙《离骚传》，是其证。东京以来，《汉书》传本有作传者，有作傅者，彦和两采而用之耳。

④《史记·屈原列传》：“《国风》好色而不淫，《小雅》怨诽而不乱，若《离骚》者，可谓兼之矣。上称帝喾，下道齐桓，中述汤、武，以刺世事。明道德之广崇，治乱之条贯，靡不毕见。其文约，其辞微，其志洁，其行廉，其称文小而其指极大，举类迩而见义远。其志洁故其称物芳，其行廉故死而不容自疏，濯淖污泥之中，蝉蜕于浊秽，以浮游尘埃之外，不获世之滋垢，皭然泥而不滓者也。推此志也，虽与日月争光可也。”据班固《离骚序》，此文是安所作《离骚传》之序文。“泥而不滓”《汉书叙传》作“涅而不缁”。《史记·屈原传索隐》：“泥音涅，滓音淄。”唐写本“可谓”下无“兼之”二字，误。

⑤班固《离骚序》：“昔在孝武，博览古文。淮南王安叙《离骚传》，以‘《国风》好色而不淫，《小雅》怨诽而不乱，若《离骚》者可谓兼之。蝉蜕浊秽之中，浮游尘埃之外，皭然泥而不滓。推此志虽与日月争光可也’。斯论似过其真。又说五子以失家巷，谓伍子胥也。及至羿、浇、少康、二姚、有娀佚女，皆各以所识，有所增损，然犹未得其正也。故博采经书传记本文，以为之解。且君子道穷，命矣。故潜龙不见，是而无闷，《关雎》哀周道而不伤：蘧瑗持可怀之智，宁武保如愚之性，咸以全命避

害，不受世患。故《大雅》曰“既明且哲，以保其身”，斯为贵矣。今若屈原，露才扬己，竞乎危国群小之间，以离谗贼，然责数怀王，怨恶椒兰，愁神苦思，强非其人，忿怼不容，沉江而死，亦贬洁狂狷景行之士（贬洁犹言贬约也）。多称昆仑（“昆仑”下疑脱“悬圃”二字）冥婚宓妃虚无之语，皆非法度之政，经义所载，谓之兼《诗・风》《雅》而与日月争光，过矣！然其文弘博丽雅，为辞赋宗，后世莫不斟酌其英华，则象其从容（从容犹言仪态也）。自宋玉、唐勒、景差之徒，汉兴枚乘、司马相如、刘向、扬雄骋极文辞，好而悲之，自谓不能及也。虽非明智之器，可谓妙才者也。”

又《离骚赞序》：“《离骚》者，屈原之所作也。屈原初事怀王，甚见信任，同列上官大夫妒害其宠，谗之王，王怒而疏屈原。屈原以忠信见疑，忧愁幽思而作《离骚》。离，犹遭也，骚，忧也，明己遭忧作辞也。是时周室已灭，七国并争。屈原痛君不明，信用群小，国将危亡，忠诚之情，怀不能已，故作《离骚》。上陈尧、舜、禹、汤、文、王之法，下言羿、浇、桀、纣之失，以风怀王。终不觉寤，信反间之说，西朝于秦，秦人拘之，客死不还。至于襄王，复用谗言，逐屈原在野。又作《九章赋》以风谏，卒不见纳，不忍浊世，自投汨罗。原死之后，秦果灭楚，其辞为众贤所悼悲，故传于后。”

⑥王逸《楚辞章句序》：“昔者孔子睿圣明哲，天生不群，定经术，删《诗》《书》，正《礼》《乐》，制作《春秋》，以为后王法，门人三千，罔不昭达。临终之日，则大义乖而微言绝。其后周室衰微，战国并争，道德陵迟，谲诈萌生。于是杨、墨、邹、孟、孙、韩之徒，各以所知著造传记，或以述古，或以明世。而屈原履忠被谮，忧悲愁思，独依诗人之义而作《离骚》，上以讽谏，下以自慰。遭时暗乱，不见省纳，不胜愤懑，遂复作《九歌》以下凡二十五篇（《离骚》一，《九歌》十一，《天问》一，《九章》九，《远游》一，《卜居》一，《渔父》一）。楚人高其行义，玮其文采，以相教传。至于孝武帝恢廓道训，使淮南王安作《离骚经章句》，则大义粲然。后世雄俊，莫不瞻慕，舒肆妙虑，缵述其辞。逮至刘向典校经书，分为十六卷。孝章即位，深弘道艺，而班固、贾逵复以所见改易前疑，各作《离骚经章句》。其余十五卷，阙而不说。又以壮为状，义多乖

异，事不要括。今臣复以所识所知，稽之旧章，合之经传，作十六卷章句。虽未能究其微妙，然大指之趣略可见矣。且人臣之义，以忠正为高，以伏节为贤，故有危言以存国，杀身以成仁。是以伍子胥不恨于浮江，比干不悔于剖心，然后忠立而行成，荣显而名著。若夫怀道以迷国，佯愚而不言，颠则不能扶，危则不能安，婉娩以顺上，逡巡以避患，虽保黄耇，终寿百年，盖志士之所耻，愚夫之所贱也。今若屈原，膺忠贞之质，体清洁之性，直若砥矢，言若丹青，进不隐其谋，退不顾其命，此诚绝世之行，俊彦之英也。而班固谓之露才扬己，竞于群小之中，怨恨怀王，讥刺椒兰，苟欲求进，强非其人，不见容纳，忿恚自沉，是亏其高明，而损其清洁者也。昔伯夷、叔齐让国守分，不食周粟，遂饿而死，岂可复谓有求于世而怨望哉！且诗人怨主刺上，曰'呜呼小子，未知臧否，匪面命之，言提其耳'，风谏之语，于斯为切。然仲尼论之，以为大雅。引此比彼，屈原之辞，优游婉顺，宁以其君不智之故，欲提携其耳乎？而论者以为露才扬己，怨刺其上，强非其人，殆失厥中矣。夫《离骚》之文，依托五经以立义焉：'帝高阳之苗裔'则'厥初生民，时惟姜嫄'也；'纫秋兰以为佩'则'将翱将翔，佩玉琼琚'也；'夕揽洲之宿莽'则《易》'潜龙勿用'也；'驷玉虬而乘鷖'则'时乘六龙以御天也'；'就重华而陈词'则《尚书》咎繇之谋谟也；登昆仑而涉流沙则《禹贡》之敷土也。故智弥盛者其言博，才益多者其识远。屈原之词，诚博远矣！自终没以来，名儒博达之士，著造辞赋，莫不拟则其仪表，祖式其模范，取其要妙，窃其华藻，所谓金相玉质，百世无匹，名垂罔极，永不刊灭者矣。"

⑦《汉书·王褒传》："宣帝时修武帝故事，讲论六艺群书，博尽奇异之好，征能为《楚辞》九江被公，召见诵读……所幸宫馆，辄为歌颂，第其高下，以差赐帛。议者多以为淫靡不急。上曰：'不有博弈者乎，为之犹贤乎已。辞赋大者与古诗同义，小者辩丽可喜。辟如女工有绮縠，音乐有郑卫，今世俗犹皆以此虞说耳目，辞赋比之，尚有仁义风谕，鸟兽草木多闻之观，贤于倡优博弈远矣。'"

⑧扬雄语未详所出。

⑨《困学纪闻》卷六："刘勰《辨骚》：'班固以为羿、浇、二姚，与左氏不合。'洪庆善曰：'《离骚》羿、浇等事，正与左氏合，孟坚所云，

谓刘安说耳。'”(陈振孙《书录解题》:“《楚辞》十七卷,汉刘向集。后汉王逸叔师注。知饶州曲阿洪兴祖庆善补注。逸之注虽未能尽善,而自淮南王安以下为训传者,今不复存,其目仅见于《隋唐志》,独逸注幸而尚传,兴祖从而补之,于是训诂名物详矣。”)

⑩“汤、武”唐写本作“禹、汤”。据《离骚》应作“汤、禹”。

⑪诗无典诰之体。彦和云“观兹四事,同于风雅”,似宜云“同于《书》《诗》”。

⑫《天问》:“康回冯怒,地何故以东南倾?”王逸注:“康回,共工名也。《淮南》言共工与颛顼争为帝,不得,怒而触不周之山,天维绝,地柱折,故东南倾。”案《淮南》语在《天文训》。又,“羿焉彃日?乌焉解羽?”王注:“《淮南》言尧时十日并出,草木焦枯。尧令羿仰射十日,中其九日。日中九乌皆死,堕其羽翼。”案《淮南》语在《本经训》。《说文·弓部》:“彃,射也。从弓毕声。《楚辞》曰:‘夫芎焉彃日。'”又芎,帝喾射官,夏少康灭之。从弓并声。《论语》曰:“芎善射。”

⑬宋玉《招魂》:“一夫九首,拔木九千些。”王注:“言有丈夫,一身九头,强梁多力,从朝至暮,拔大木九千枚也。”又:“土伯九约,其角觺觺些……参目虎首,其身若牛些。”案此皆见《招魂》,非屈原之辞。

⑭《离骚》:“虽不周于今之人兮,愿依彭咸之遗则。”王注:“彭咸,殷贤大夫,谏其君不听,自投水而死。遗,余也。则,法也。言己所行忠信,虽不合于今之世,愿依古之贤者彭咸余法,以自率厉也。”《九章·悲回风》:“浮江淮而入海兮,从子胥而自适。”《史记·伍子胥列传》:“子胥乃自刭死。吴王闻之大怒,乃取子胥尸,盛以鸱夷革,浮之江中。”

⑮《招魂》:“士女杂坐,乱而不分些。”王注:“言醉饱酣乐,合樽促席,男女杂坐,比肩齐膝,恣意调戏,乱而不分别也。”

⑯《招魂》:“娱酒不废,沈日夜些。”王注:“言昼夜以酒相乐也。”

⑰“体慢”应据唐写本作“体宪”。宪,法也。体法于三代,谓同乎风雅之四事。“风雅”亦应据唐写本作“风杂”。风杂于战国,谓异于经典之四事。《史记·信陵君列传》:“公子闻赵有处士毛公,藏于博徒。”博徒,人之贱者。

⑱黄先生曰:“二说最谛,异于经典者,固由自铸其词;同于《风》

《雅》者，亦再经镕炼，非徒貌取而已。”唐写本“伟”作“纬”，误。

⑲王逸《离骚经序》：“《离骚经》者，屈原之所作也。屈原与楚同姓，仕于怀王，为三闾大夫。三闾之职，掌王族三姓，曰昭、屈、景。屈原序其谱属，率其贤良，以厉国士。人则与王图议政事，决定嫌疑；出则监察群下，应对诸侯，谋行职修，王甚珍之。同列大夫上官靳尚妒害其能，共谮毁之。王乃疏屈原。屈原执履忠贞而被谗衺，忧心烦乱，不知所愬，乃作《离骚经》。离，别也；骚，愁也；经，径也；言已放逐别离，中心愁思，犹依道径以风谏君也。故上述唐、虞三后之制，下序桀、纣、羿、浇之败，冀君觉悟，反于正道而还已也。是时秦昭王使张仪谲诈怀王，令绝齐交；又使诱楚请与俱会武关，遂胁与俱归，拘留不遣，卒客死于秦。其子襄王复用谗言，迁屈原于江南。屈原放在草野，复作《九章》，援天引圣，以自证明，终不见省，不忍以清白久居浊世，遂赴汨渊自沉而死。《离骚》之文，依诗取兴，引类譬谕，故善鸟香草以配忠贞，恶禽臭物以比谗佞，灵修美人以媲于君，宓妃佚女以譬贤臣，虬龙鸾凤以托君子，飘风云霓以为小人。其辞温而雅，其义皎而朗，凡百君子，莫不慕其清高，嘉其文采，哀其不遇，而愍其志焉。”

王逸《九章序》：“《九章》者，屈原之所作也。屈原放于江南之野，思君念国，忧思罔极，故复作《九章》。章者，著也，明也。言已所陈忠信之道甚著明也。卒不见纳，委命自沉，楚人惜而哀之，世论其词，以相传焉。”

⑳王逸《九歌序》：“《九歌》者，屈原之所作也。昔楚南郢之邑，沅湘之间，其俗信鬼而好祠。其祠必作歌乐鼓舞以乐诸神。屈原放逐，窜伏其域，怀忧苦毒，愁思沸郁；出见俗人祭祀之礼、歌舞之乐，其词鄙陋，因为作《九歌》之曲。上陈事神之敬，下见己之冤结，托之以讽谏，故其文意不同，章句杂错，而广异义焉。”

王逸《九辩序》：“《九辩》者，楚大夫宋玉之所作也。辩者，变也，谓陈道德以变说君也。九者，阳之数，道之纲纪也。故天有九星以正机衡，地有九州以成万邦，人有九窍以通精明。屈原怀忠贞之性而被谗邪，伤君暗蔽，国将危亡，乃援天地之数，列人形之要，而作《九歌》《九章》之颂，以讽谏怀王，明己所言与天地合度，可履而行也。宋玉者，屈原弟子也，闵惜其师忠而放逐，故作《九辩》以述其志。至于汉兴，刘向、王褒之徒，咸悲其文，依而作词，故号为《楚辞》，亦承其九以立义焉。”

㉑王逸《远游序》：“《远游》者，屈原之所作也。屈原履方直之行，不容于世，上为谗佞所谮毁，下为俗人所困极，章皇山泽，无所告诉。乃深惟元一，修执恬漠，思欲济世，则意中愤然，文采秀发；遂叙妙思，托配仙人，与俱游戏，周历天地，无所不到；然犹怀念楚国，思慕旧故，忠信之笃，仁义之厚也。是以君子珍重其志而玮其辞焉。”

王逸《天问序》：“《天问》者，屈原之所作也。何不言问天？天尊不可问，故曰天问也。屈原放逐，忧心愁悴，彷徨山泽，经历陵陆，嗟号旻昊，仰天叹息。见楚有先王之庙及公卿祠堂，图画天地山川神灵，琦玮僪佹，及古贤圣怪物行事，周流罢倦，休息其下，仰见图画，因书其壁，呵而问之，以渫愤懑，舒泻愁思。楚人哀惜屈原，因共论述，故其文义不次叙云尔。”

㉒《庄子·天下篇》释文：“瑰玮，奇特也。”惠、慧，古通用。

㉓王逸《招魂序》：“《招魂》者，宋玉之所作也。招者召也。以手曰招，以言曰召；魂者身之精也。宋玉怜哀屈原，忠而斥弃，愁懑山泽，魂魄放佚，厥命将落，故作《招魂》。欲以复其精神，延其年寿，外陈四方之恶，内崇楚国之美，以讽谏怀王，冀其觉悟而还之也。”

《招隐》，唐写本作《大招》，是。王逸《大招序》：“《大招》者，屈原之所作也。或曰景差，疑不能明也。屈原放流九年，忧思烦乱，精神越散，与形离别，恐命将终，所行不遂，故愤然大招其魂。盛称楚国之乐，崇怀、襄之德，以比三王能任用贤，公卿明察能荐举人，宜辅佐之，以兴至治，因以风谏，达己之志也。”

㉔李详《黄注补正》（见己酉年《国粹学报·文篇》）曰：“陈南星云：‘《论语·微子篇》“隐居放言”《集解》引包咸云：“放，置也，不复言世务。”案《卜居》有云：“吁嗟默默兮，谁知吾之廉贞。”故彦和以放言美之。’详案：此句下云‘寄独往之才’，亦言渔夫鼓枻而去，独往不返也。陈说甚确。”

王逸《卜居序》：“《卜居》者，屈原之所作也。屈原体忠贞之性而见嫉妒。念谗佞之臣承君顺非而蒙富贵；己执忠直，而身放弃，心迷意惑，不知所为。乃往至太卜之家，稽问神明，决之蓍龟，卜己居世，何所宜行，冀闻异策，以定嫌疑，故曰《卜居》也。”

㉕王逸《渔夫序》：“《渔夫》者，屈原之所作也。屈原放逐在江湘之间，忧愁叹吟，仪容变易，而渔夫避世隐身，钓鱼江滨，欣然自乐。时遇屈原川泽之域，怪而问之，遂相应答。楚人思念屈原，因叙其辞以相传焉。”

孙君蜀丞曰：“《文选》任彦升《齐竟陵文宣王行状注》引淮南王《庄子略要》曰：‘江海之士，山谷之人也，轻天下，细万物而独往者也。’司马彪注曰：‘独往自然，不复顾世。’”

㉖晁公武《郡斋读书志·楚辞类楚辞释文》一卷。跋曰：“未详撰人。其篇次不与世行本同。盖以《离骚经》《九辩》《九歌》《天问》《九章》《远游》《卜居》《渔父》《招隐士》《招魂》《九怀》《七谏》《九叹》《哀时命》《惜誓》《大招》《九思》为次。按今《九章》第四，《九辩》第八，而王逸《九章》注云‘皆解于《九辩》中’，知《释文》篇第盖旧本也。后人始以作者先后次第之尔。或曰，天圣中陈说之所为也。”洪兴祖《楚辞章句补注》曰：“按《九章》第四，《九辩》第八，而王逸《九章》注云‘皆解于《九辩》中’（王注见《九章·哀郢》），知《释文》篇第盖旧本也。后人始以作者先后次叙之尔。”据此，彦和所云《九怀》（王褒作）以下，当指东方朔《七谏》、刘向《九叹》、严忌《哀时命》、贾谊《惜誓》、王逸《九思》诸篇。陈振孙《书录解题》云：“洪氏从吴郡林虑得《楚辞释文》一卷乃古本，其篇第与今本不同。首《离骚》，次《九辩》，而后《九歌》《天问》《九章》《远游》《卜居》《渔父》《招隐士》《招魂》《九怀》《七谏》《九叹》《哀时命》《惜誓》《大招》《九思》。”

㉗其，指屈原诸作。

㉘《汉书·枚乘传》：“梁客皆善属辞赋，乘尤高。”《艺文志》“屈原赋类”下有枚乘赋九篇，贾谊赋七篇，司马相如赋二十九篇。《汉书·扬雄传》：“蜀有司马相如作赋甚弘丽温雅，雄心壮之，每作赋，常拟之以为式。”《艺文志》列扬雄赋十二篇于“陆贾赋类”下，未知其故。

㉙菀，训郁，训蕴，是自动词，下列三句中“猎”“衔”“拾”三字皆他动词，语气不顺，疑菀即“捥”之假字。《集韵》：捥，取也。捥其鸿裁。谓取镕屈宋制作之大义，以自铸新辞，然此非浅薄所能，故曰“才高者捥其鸿裁”也。

㉚“中巧”犹言“心巧”。

㉛王褒字子渊，宣帝时辞家之首，故彦和云然。《北堂书钞》九十七引桓谭《新论》云“余少时好《离骚》，博观他书，辄欲反学”，亦此意也。

㉜“壮志”唐写本作“壮采”，是。

案彦和以辨名篇，辨者，辨其与经义之同异，计同于风雅者四事，异乎经典者亦四事，同异既明，取舍有主，所谓“凭轼以倚《雅》《颂》，悬辔以驭《楚篇》，酌奇而不失其真，玩华而不坠其实”，非先有辨别之明，曷足以语此？彦和鉴于齐梁文辞之靡丽，故论文首贵真实，于《离骚》尤谆谆以同异为言。其实屈宋之文，奇华者其表仪，真实者其骨干，学之者遗神取貌，所以有讹体之讥。试读贾生《惜誓》、枚乘《七发》、相如《大人》、扬雄《河东》诸篇，当悟昔贤摹拟变化之方矣。

屈原《离骚》(本篇多引《离骚》语，故全录其文，分段依戴震《屈原赋注》，韵依江有诰《楚辞韵读》。《九章》《九歌》《九辩》《远游》《天问》《招魂》《招隐》《卜居》《渔父》诸篇，均在《楚辞》，不复录)：

帝高阳之苗裔兮，朕皇考曰伯庸；摄提贞于孟陬兮，惟庚寅吾以降。(胡冬反，东中通韵)。皇览揆余初度兮，肇锡余以嘉名；名余曰正则兮，字余曰灵均（真耕通韵)。纷吾既有此内美兮，又重之以修能（奴其反)；扈江离与辟芷兮，纫秋兰以为佩（音邳，之部)。汩余若将不及兮，恐年岁之不吾与；朝搴阰之木兰兮，夕揽洲之宿莽（音姥)。日月忽其不淹兮，春与秋其代序。惟草木之零落兮，恐美人之迟暮。不（戴震《屈原赋音义》云:“俗本作‘不抚壮’，汉唐相传旧本无‘不’字。”）抚壮而弃秽兮，何不改乎此度也？乘骐骥以驰骋兮，来吾道夫先路（鱼部)。昔三后之纯粹兮，固众芳之所在（才里反)；杂申椒与菌桂兮，岂惟纫夫蕙茝（音齿，之部)！彼尧舜之耿介兮，既遵道而得路，何桀纣之猖披兮，夫惟捷径以窘步（鱼部)！惟夫党人之偷乐兮，路幽昧以险隘（音益)。岂余身之惮殃兮，恐皇舆之败绩（支部)。忽奔走以先后兮，及前王之踵武，荃不察余之中情兮，反信谗而齌怒（上声)。(第一段自叙生平大略，而终于君之信谗。后四段乃反复推明之。)

余固知謇謇之为患兮，忍而不能舍（音恕）也！指九天以为正兮，夫惟灵修之故（鱼部）也！初既与余成言兮，后悔遁而有他。余既不难夫离别兮，伤灵修之数化（音呵，歌部）。余既滋兰之九畹兮，又树蕙之百亩（明以反）；畦留夷与揭车兮，杂杜蘅与芳芷（之部）。冀枝叶之峻茂兮，愿俟时乎吾将刈（孽去声）；虽萎绝其亦何伤兮，哀众芳之芜秽（祭部）。众皆竞进以贪婪兮，凭不厌乎求索（音素）；羌内恕己以量人兮，各兴心而嫉妒（鱼部）；忽驰骛以追逐兮，非余心之所急；老冉冉其将至兮，恐修名之不立（缉部）。朝饮木兰之坠露兮，夕餐秋菊之落英（音央）；苟余情其信姱以练要兮，长颇颔亦何伤（阳部）！揽木根以结茝兮，贯薜荔之落蕊（如果反）；矫菌桂以纫蕙兮，索胡绳之缅缅（音縒，歌部）。謇吾法夫前修兮，非时俗之所服（房逼反）；虽不周于今之人兮，愿依彭咸之遗则（音稷，之部）。（第二段申言被谗之故，而因自明其志如此。）

长太息以掩涕兮，哀民生之多艰，余虽好修姱以鞿羁兮，謇朝谇而夕替（脂文借韵）。既替余以蕙纕兮，又申之以揽茝。亦余心之所善兮，虽九死其犹未悔（呼鄙反，之部）。怨灵修之浩荡兮，终不察夫民心；众女嫉余之蛾眉兮，谣诼谓余以善淫（侵部）。固时俗之工巧兮，偭规矩而改错（音醋）；背绳墨以追曲兮，竞周容以为度（鱼部）。忳郁邑余侘傺兮，吾独穷困乎此时（去声）也！宁溘死以流亡兮，余不忍为此态（他吏反，之部）也！鸷鸟之不群兮，自前代而固然。何方圆之能周兮，夫孰异道而相安（音蔫，元部）？屈心而抑志兮，忍尤而攘诟；伏清白以死直兮，固前圣之所厚（侯部）。（第三段言君信谗之故，而己终不随流俗，以申前意也。）

悔相道之不察兮，延伫乎吾将反；回朕车以复路兮，及行迷之未远（元部）。步余马于兰皋兮，驰椒丘且焉止息；进不入以离尤兮，退将复修吾初服（之部）。制芰荷以为衣兮，集芙蓉以为裳；不吾知其亦已兮，苟余情其信芳（阳部）！高余冠之岌岌兮，长余佩之陆离（音罗）；芳与泽其杂糅兮，唯昭质其犹未亏（音柯，歌部）。忽反顾以游目兮，将往观乎四荒；佩缤纷其繁饰兮，芳菲菲其弥章（阳部）。民生各有所乐兮，余独好修以为常；虽体解吾犹未变兮，岂予心之可惩（阳蒸借韵）！（第四段设为退隐之思。言事君虽不得，而好修不变，亦以申前意。）

女媭之婵媛兮，申申其詈予（上声）。曰："鲧婞直以亡身兮，终然殀乎羽之野（音宇，鱼部）。汝何博謇而好修兮，纷独有此姱节（戴云，读如则，盖方音）？薋菉葹以盈室兮，判独离而不服（无韵；戴云，古音匐）！众不可户说兮，孰云察余之中情？世并举而好朋兮，夫何茕独而不予听（耕部）？"依前圣之节中兮，喟凭心而历兹；济沅湘以南征兮，就重华而陈辞（之部）："启《九辩》与《九歌》兮，夏康娱以自纵。不顾难以图后兮，五子用失乎家巷（东部；戴云，古音胡贡切）。羿淫游以佚田兮，又好射夫封狐；固乱流其鲜终兮，浞又贪夫厥家（音姑，鱼部）。浇身被服强圉兮，纵欲而不忍；日康娱而自忘兮，厥首用夫颠陨（文部）。夏桀之常违兮，乃遂焉而逢殃。后辛之菹醢兮，殷宗用而不长（阳部）。汤禹严而祗敬兮，周论道而莫差（音磋）；举贤而授能兮，循绳墨而不颇（平声，歌部）。皇天无私阿兮，览民德焉错辅；夫维圣哲以茂行兮，苟得用此下土（鱼部）。瞻前而顾后兮，相观民之计极；夫孰非义而可用兮，孰非善而可服？阽余身而危死兮，览余初其犹未悔；不量凿而正枘兮，固前修以菹醢（音喜，之部）。"曾歔欷余郁邑兮，哀朕时之不当；揽茹蕙以掩涕兮，沾余襟之浪浪（阳部）。（第五段借女媭之言而因之陈辞。言熟观古今治乱，得其中正之道如是，此所以与世不合之端，已必不可变者也。申前未尽之意。）

跪敷衽以陈辞兮，耿吾既得此中正（平声）；驷玉虬以乘鹥兮，溘埃风余上征（耕部）。朝发轫于苍梧兮，夕余至乎县圃（去声）；欲少留此灵琐兮，日忽忽其将暮，吾令羲和弭节兮，望崦嵫而勿迫（补入声）；路漫漫其修远兮，吾将上下而求索（入声，鱼部）。饮余马于咸池兮，总余辔乎扶桑；折若木以拂日兮，聊须臾以相羊（阳部）。前望舒使先驱兮，后飞廉使奔属（去声），鸾皇为余先戒兮，雷师告余以未具（渠昼反，侯部）。吾令凤鸟飞腾兮，又继之以日夜（音御）；飘风屯其相离兮，帅云霓而来御。纷总总其离合兮，班陆离其上下；吾令帝阍开关兮，倚阊阖而望予（上声）。时暧暧其将罢兮，结幽兰而延伫。世溷浊而不分兮，好蔽美而嫉妒（上声）。（第六段托言往见古先哲王之在天者以自广，卒沮隔于飘风云霓，欲进不遂，因以叹溷浊之世大致如斯。）

朝吾将济于白水兮，登阆风而緤马（音姥）；忽反顾以流涕兮，哀高丘之无女（鱼部）。溘吾游此春宫兮，折琼枝以继佩（音邳）；及荣华之未落兮，相下女之可诒。吾令丰隆乘云兮，求宓妃之所在；解佩纕以结言兮，吾令蹇修以为理（之部）。纷总总其离合兮，忽纬繣其难迁；夕归次于穷石兮，朝濯发乎洧盘（音便，元部）。保厥美以骄傲兮，日康娱以淫游；虽信美而无礼兮，来违弃而改求（幽部）。览相观于四极兮，周流乎天余乃下；望瑶台之偃蹇兮，见有娀之佚女（鱼部）。吾令鸩为媒兮，鸩告余以不好（呼叟反）；雄鸠之鸣逝兮，余犹恶其佻巧（苦叟反，幽部）。心犹豫而狐疑兮，欲自适而不可；凤皇既受诒兮，恐高辛之先我（歌部）。欲远集而无所止兮，聊浮游以逍遥，及少康之未家兮，留有虞之二姚（宵部）。理弱而媒拙兮，恐导言之不固；时溷浊而嫉贤兮，好蔽美而称恶（去声）。（第七段托言欲求淑女以自广，故历往贤妃所产之地，冀或一遇于今日，而无良媒以通己志，因言世之溷浊无所往而可者。）

闺中既以邃远兮，哲王又不寤；怀朕情而不发兮，余焉能忍与此终古（去声，鱼部）。（戴氏注承上而言：欲求淑女则闺中深远，欲见哲王则哲王不遇，安能与溷浊之世久居乎？）索琼茅以筳篿兮，命灵氛为余占之。曰："两美其必合兮，孰信修而慕之（无韵）？思九州之博大兮，岂唯是其有女？"曰："勉远逝而无疑兮，孰求美而释汝。何所独无芳草兮，尔何怀乎故宇？世幽昧以眩曜兮，孰云察余之善恶（上声；鱼部）？人好恶其不同兮，惟此党人其独异；户服艾以盈要兮，谓幽兰其不可佩（音备，之部）。览察草木其犹未得兮，岂珵美之能当；苏粪壤以充帏兮，谓申椒其不芳（阳部）。"（第八段命灵氛为卜其行，而因念世之弃贤如此。）

欲从灵氛之吉占兮，心犹豫而狐疑；巫咸将夕降兮，怀椒糈而要之（之部）。百神翳其备降兮，九疑缤其并迎（当作迓，音寤）；皇剡剡其扬灵兮，告余以吉故（鱼部）。曰："勉升降以上下兮，求矩矱之所同；汤禹俨而求合兮，挚咎繇而能调（无韵）。苟中情其好修兮，又何必用夫行媒（明丕反）？说操筑于傅岩兮，武丁用而不疑（之部）。吕望之鼓刀兮，遭周文而得举；宁戚之讴歌兮，齐桓闻以该辅（鱼部）。及年岁之未晏兮，时亦犹其未央；恐鹈鴂之先鸣兮，使夫百草为之不芳（阳部）。何琼佩之偃蹇兮，众薆然而蔽（鳖去声）之；惟此党人之不谅兮，恐嫉妒而折（去声，祭部）之。时缤纷其变易兮，又何可以淹留？兰芷变而不芳兮，荃蕙化而为茅（音矛，幽部）。何昔日之芳草兮，今直为此萧艾（檗去声）也？岂其有他故兮，莫好修之害（胡列反，祭部）也！余以兰为可恃兮，羌无实而容长；委厥美以从俗兮，苟得列乎众芳（阳部）。椒专佞以慢慆兮，榝又欲充夫佩帏；既干进而务入兮，又何芳之能祗（脂部）？固时俗之从流兮，又孰能无变化？览椒兰其若兹兮，又况揭车与江离（歌部）！惟兹佩之可贵兮，委厥美而历兹；芳菲菲而难亏兮，芬至今犹未沫（无韵）。（第九段既又闻吉占之故而复审之于己。言不独世弃贤，向所称贤者，亦往往因之自弃；惟己则不随流俗迁改，计有去此而已。）

和调度以自娱兮，聊浮游而求女；及余饰之方壮兮，周流观乎上下（鱼部）。灵氛既告余以吉占兮，历吉日乎吾将行（音杭），折琼枝以为羞兮，精琼爢以为粻（阳部）。为余驾飞龙兮，杂瑶象以为车；何离心之可同兮，吾将远逝以自疏（鱼部）。邅吾道夫昆仑兮，路修远以周流；扬云霓之晻蔼兮，鸣玉鸾之啾啾（幽部）。朝发轫于天津兮，夕余至乎西极；凤皇翼其承旗兮，高翱翔之翼翼（之部）。忽吾行此流沙兮，遵赤水而容与；麾蛟龙使梁津兮，诏西皇使涉予（上声，鱼部）。路修远以多艰兮，腾众车使径待（徒其反）；路不周以左转兮，指西海以为期（之部）。屯余车其千乘兮，齐玉轪而并驰（音它）；驾八龙之婉婉兮，载云旗之委移（音它，歌部），抑志而弭节兮，神高驰之邈邈；奏《九歌》而舞《韶》兮，聊假日以媮乐（宵部）。陟升皇之赫戏兮，忽临睨夫旧乡；仆夫悲余马怀兮，蜷局顾而不行（阳部）。（第十段托言远逝，所至忧思不解，志在眷顾楚国终焉。）

乱曰："已矣哉！国无人莫我知兮，又何怀乎故都！既莫足与为美政兮，吾将从彭咸之所居（鱼部）。"

卷　二

明诗第六

大舜云："诗言志，歌永言。"圣谟所析，义已明矣[①]。是以"在心为志，发言为诗"，舒文载实，其在兹乎[②]！诗（孙云唐写本"诗"上有"故"字）者，持也，持人情性；三百之蔽，义归"无邪"，持之为训，有（孙云唐写本"有"上有"信"字）符焉尔[③]。

人禀七情，应物斯感，感物吟志，莫非自然[④]。昔葛天氏乐辞云（孙云唐写本无"天氏"二字，又无"云"字；郝云"云"字疑衍），《玄鸟》在曲[⑤]；黄帝《云门》，理不空绮（朱云当作"弦"，孙云唐写本"绮"作"弦"）[⑥]。至尧有《大唐》（一作"章"；孙云唐写本"唐"作"章"）之歌，舜（孙云《御览》五八六"舜"作"虞"）造《南风》之诗，观其二文，辞达而已[⑦]。及大禹成功，九序（顾校"序"作"叙"）惟歌[⑧]；太（孙云《御览》"太"作"少"）康败德，五子咸怨（孙云唐写本"怨"作"讽"；《御览》亦作"讽"）[⑨]：顺美匡恶，其来久矣[⑩]。自商暨周，《雅》《颂》圆备，四始彪炳，六义环深[⑪]。子夏监（孙云唐写本作"鉴"；铃木云《御览》亦作"鉴"）绚素之章，子贡悟琢磨之句；故商、赐二子，可与（孙云《御览》作"以"）言诗

（孙云唐写本有“矣”字）[12]。自王泽殄（孙云《御览》作“弥”）竭，风人辍采（孙云唐写本作“掇彩”）；春秋观志（孙云《御览》“志”下有“以”字），讽诵旧章，酬酢以为（孙云唐写本作“成”）宾荣，吐纳而成身文[13]。逮楚国讽怨，则《离骚》为刺。秦皇灭典，亦造仙诗[14]。

汉初四言，韦孟首唱[15]，匡谏之义，继轨周人。孝武爱文，柏梁列韵[16]，严、马之徒，属辞（孙云唐写本作“词”；《御览》亦作“词”）无方[17]。至成帝品录，三百余篇[18]，朝章国采，亦云周备，而辞人遗翰，莫见五言，所以李陵、班婕妤（孙云唐写本无“妤”字；《御览》亦无“妤”字）见疑于后（孙云《御览》“后”作“前”；顾校亦作“前”）代也[19]。按《召南·行露》，始肇半章；孺子《沧浪》，亦有全曲[20]；《暇豫》优歌，远见春秋；《邪径》童谣，近在成世：阅时取证（一作“征”；孙云唐写本“证”作“征”；《御览》亦作“征”），则五言久矣[21]。又古诗佳丽，或称（孙云《御览》有“于”字）枚叔，其《孤竹》一篇，则傅毅之词。比采（一作“类”；孙云唐写本作“彩”）而推，两（孙云唐写本“两”上有“故”字；铃木云《御览》“两”上有“固”字）汉之作乎（孙云唐写本“乎”作“也”）[22]？观其结体散文，直而不野，婉转附物，怊（铃木云《御览》作“惆”）怅切情，实五言之冠冕也[23]。至于（孙云唐写本“于”作“如”）张衡《怨》篇，清典（一作“曲”，从纪闻改；赵云“曲”作“典”；孙云《御览》亦作“典”）可味；《仙诗缓歌》，雅有新声[24]。

暨建安之初，五言腾踊（孙云唐写本作“跃”）；文帝、陈思，纵辔以骋节[25]；王、徐、应、刘，望路而争驱[26]；并怜风月，狎池苑，述恩荣，叙酣宴，慷慨以任气，磊落以使才；造怀指事，不求纤密之巧；驱辞逐貌，唯取昭晰（顾校“晰”作“哲”）之能：此其所同也[27]。乃（孙云唐写本作“及”；《御览》亦作“及”）正始明道，诗杂仙心，何晏之徒，率多浮浅[28]。唯嵇志清峻，阮旨遥深，故能标焉（孙云《御览》无此一句）[29]。若乃应璩《百一》，独立不惧，辞谲义贞（孙云《御览》作“具”），亦魏之遗直也[30]。

晋世群才，稍入轻绮。张、潘、左（孙云唐写本作“左潘”；《御览》亦作“左潘”）、陆，比肩诗衢[31]，采缛于正始，力柔于建安；或枡（赵云作“折”）文以为妙，或流靡以自妍：此其大略也[32]。江左篇制，溺乎（孙云《御览》作“于”）玄风，嗤（孙云唐写本作“羞”）笑徇务之志，崇盛亡（赵云“亡”作“忘”；孙云《御览》亦作“忘”；郝云梅本作“忘机”）机之谈。袁孙已下，虽各有雕采，而辞趣一揆，莫与（孙云唐写本作“能”）争雄；所以景纯仙篇，挺拔而为俊矣（孙云唐写本作“隽”；《御览》作“隽也”）[33]。宋初文咏，体有因革，庄老告退，而山水方滋；俪采百字（孙云《御览》作“家”）之偶，争价一句之奇，情必极貌以写物，辞必穷力而追新，此近世之所竞也[34]。

故铺观列代，而情变之数可监（孙云唐写本“监”作“鉴”）；撮举同异，而纲领之要可明矣。若夫四言正体，则雅润为本；五言流调，则（两“则”字从《御览》增；铃木云案敦本亦并有，诸本无）清丽居宗；华实异用，惟才所安[35]。故平子得其雅，叔夜含（孙云唐写本“含”作“合”）其润，茂先凝（赵云“凝”作“拟”；孙云《御览》作“拟”）其清，景阳振其丽；兼（孙云《御览》“兼”上有“若”字）善则子建、仲宣，偏美则太冲、公幹[36]。然诗有恒裁，思无定位，随性适分，鲜能通圆（孙云唐写本作“圆通”；《御览》亦作“圆通”）。若妙识所难，其易也将至；忽之（孙云唐写本“之”作“以”；《御览》亦作“以”）为易，其难也方来[37]。至于三六杂言，则出自篇什[38]；离合之发，则明（孙云“则”下有“亦”字；《御览》“明”作“萌”；赵云“明”作“萌”）于图谶[39]；回文所兴，则道原为始[40]；联句共韵，则柏梁余制；巨细或殊，情理同致，总归诗囿，故不繁云。

赞曰：民生而志，咏歌所含。兴发皇世，风流《二南》。神理共契，政序相参。英华弥缛，万代永耽。

注释：

①《尚书·舜典》：“诗言志，歌永言。”此舜命夔之辞。王肃注曰：“谓诗言志以导之，歌咏其义以长其言。”郑玄《诗谱序·正义》引郑注《尧典》曰：“诗所以言人之志意也。永，长也。歌又所以长言诗之意。”“圣谋”唐写本作“圣谟”，黄校本亦改“谋”作“谟”，《尚书·伪伊训》

“圣谟洋洋，嘉言孔彰”，作“圣谟”是。

②《诗大序》：“诗者，志之所之也。在心为志，发言为诗。”《正义》曰：“诗者，人志意之所之适也。虽有所适，犹未发口，蕴藏在心，谓之为志，发见于言，乃名为诗。言作诗者，所以舒心志愤懑，而卒成于歌咏，故《虞书》谓之诗言志也。包管万虑，其名曰心，感物而动，乃呼为志。志之所适，外物感焉。言悦豫之志，则和乐兴而颂声作，忧愁之志，则哀伤起而怨刺生。《艺文志》云‘哀乐之情感，歌咏之声发’，此之谓也。”

③郑玄《诗谱序·正义》：“名为诗者，《内则》说负子之礼云‘诗负之’，注云‘诗之言承也’。《春秋说题辞》云：‘诗之为言志也。’《诗纬含神雾》云：‘诗者，持也。’然则诗有三训：承也，志也，持也。作者承君政之善恶，述己志而作诗，为诗所以持人之行，使不失队，故一名而三训也。”彦和训诗为持，用《含神雾》说。《论语·为政》：“子曰：《诗》三百，一言以蔽之，曰思无邪。”《正义》：“思无邪者，此《诗》之一言，《鲁颂·駉篇》文也。诗之为体，论功颂德，止僻防邪，大抵皆归于正，于此一句可以当之也。”

④《礼记·礼运》：“何为人情？喜怒哀惧爱恶欲，七者弗学而能。”《礼记·乐记》：“凡音之起，由人心生也。人心之动，物使之然也。感于物而动，故形于声。”又曰：“夫民有血气心知之性，而无哀乐喜怒之常，应感起物而动，然后心术形焉。”

⑤赵君万里曰：“唐写本‘天’字‘氏’字‘云’字均无。案此文疑当作‘昔葛天乐辞，玄鸟在曲’，方与下文‘黄帝云门，理不空绮’相对成文。今本衍‘氏’字‘云’字，唐本夺‘天’字，均有误，然终以唐本近是。”案赵说是也。《吕氏春秋·仲夏纪·古乐篇》：“昔葛天氏之乐，三人掺牛尾投足以歌八阕：一曰《载民》；二曰《玄鸟》；三曰《遂草木》；四曰《奋五谷》；五曰《敬天常》；六曰《达帝功》；七曰《依地德》；八曰《总禽兽之极》。”高诱注曰：“上皆乐之八篇名也。”

⑥《周礼·春官·大司乐》：“以乐舞教国子舞《云门》《大卷》。”郑注：“黄帝曰《云门》《大卷》。黄帝能成名万物，以明民共财。言其德如云之所出，民得以有族类。”“理不空绮”唐写本作“理不空弦”，是。《诗谱序·正义》：“大庭有鼓籥之器，黄帝有《云门》之乐，至周尚有《云

门》，明其音声和集。既能和集，必不空弦，弦之所歌，即是诗也。”案《正义》“必不空弦”之语即本彦和，是作“绮”者误也。

⑦《礼记·乐记》：“《大章》，章之也。”郑注：“尧乐名也。言尧德章明也。《周礼》阙之，或作《大卷》。”《尚书大传》：“谈然乃作《大唐之歌》。乐曰，舟张辟雍，鸧鸧相从，八风回回，凤皇喈喈。”郑注：“谈犹灼也。《大唐之歌》美尧之禅也。”案《大唐》乃舜美尧禅之歌，不得云尧有，似当作《大章》为是。然郑注《乐记·大章》，已云《周礼》阙之。彦和所见，当即《尚书大传》大唐之歌，行文偶误耳。

《乐记》：“昔者舜作五弦之琴，以歌《南风》。”郑注：“南风，长养之风也。以言父母之长养己，其辞未闻也。”《正义》：“案《圣证论》引《尸子》及《家语》难郑云，昔者舜弹五弦之琴，其辞曰：南风之薰兮，可以解吾民之愠兮；南风之时兮，可以阜吾民之财兮。郑云其辞未闻，失其义也。今案马昭云，《家语》王肃所增加，非郑所见。又《尸子》杂说，不可取证正经。故言未闻也。”案《尸子·绰子篇》汪继培注曰：“《文选·琴赋》注引《尸子》曰：‘舜作五弦之琴以歌《南风》。南风之薰兮，可以解吾民之愠。’是舜歌也。《礼记·乐记》疏云：‘《圣证论》引《尸子》及《家语》难郑云……’疑《尸子》本止二语，而肃合《家语》称之也。”

⑧《困学纪闻》卷二：“《大传》二曰‘歌《大化》《大训》《六府》《九原》而夏道兴’，注谓‘四章皆歌禹之功，所谓《九德》惟叙’。《九德》之歌于此犹可考。”

⑨《墨子·非乐》：“于武观曰，启乃淫溢康乐，野于饮食，将将铭苋磬以力。湛浊于酒，渝食于野，万舞翼翼，章闻于大（当作天），天用弗式。”《困学纪闻》卷二：“《左氏传》（昭元年）夏有观扈。汉（《地理志》）东郡有畔观县。《楚语》士亹曰：‘尧有丹朱，舜有商均，启有五观。汤有太甲，文王有管、蔡，是五王者皆元德也，而有奸子。’韦昭注谓：‘五观，启子，太康昆弟也。观，洛汭之地。’《书序》曰：‘太康失国，昆弟五人须于洛汭。’《水经注》（巨洋水）亦云：‘太康弟曰五观。’愚谓五子述大禹之戒作歌，仁义之人，其言蔼如也。岂朱均管蔡之比，韦氏语非也。”翁元圻注曰：“窃谓内传之观扈，是二国名。外传之五观，是启子，而非作

歌以述大禹之戒者也。案《竹书纪年》：'帝启十一年放王季子武观于西河，武观以西河畔。彭伯寿帅师征西河。武观来归。'则即《楚语》之五观也。然《竹书》曰'王季子武观'，明是一人，不得为五。或武、五声相近而误，否则以其为季子而以五系之欤？《书》曰母弟，则必有不同母者，其武观是欤？或武观是五子之一，必来归之后，能率德改行，如太甲之悔过也。"《史记·夏本纪》："帝启崩。子帝太康立。帝太康失国，昆弟五人，须于洛汭，作《五子之歌》。"《枚传》："太康五弟与其母待太康于洛水之北，怨其不反，故作歌。"《伪古文尚书》载《五子之歌》。

其一曰："皇祖有训，民可近，不可下。民惟邦本，本固邦宁。予视天下，愚夫愚妇，一能胜予。一人三失，怨岂在明，不见是图。予临兆民，懔乎若朽索之驭六马，为人上者，奈何不敬！"

其二曰："训有之：内作色荒，外作禽荒，甘酒嗜音，峻宇雕墙，有一于此，未或不亡。"

其三曰："惟彼陶唐，有此冀方。今失厥道，乱其纪纲，乃底灭亡。"

其四曰："明明我祖，万邦之君，有典有则，贻厥子孙。关石和钧，王府则有，荒坠厥绪，覆宗绝祀。"

其五曰："呜呼曷归，予怀之悲；万姓仇予，予将畴依。郁陶乎予心，颜厚有忸怩，弗慎厥德，虽悔可追。"

⑩郑玄《诗谱序》："论功颂德，所以将顺其美；刺过讥失，所以匡救其恶。"《正义》引郑《六艺论·论诗》云："诗者，弦歌讽喻之声也。自书契之兴，朴略尚质，面称不为谄，目谏不为谤，君臣之接，如朋友然，在于诚恳而已。斯道稍衰，奸伪以生，上下相犯。及其制礼，尊君卑臣，君道刚严，臣道柔顺，于是箴谏者希，情志不通，故作诗者，以诵其美而讥其过。"

⑪《诗谱序》："迩及商王，不风不雅。"《正义》曰："汤以诸侯行化，卒为天子。《商颂》成汤'命于下国，封建厥福'，明其政教渐兴，亦有风雅。商周相接，年月未多，今无商风雅，唯有其颂，是周世弃而不录。故云'迩及商王，不风不雅'，言有而不取之。"四始见《宗经篇》。《诗大序》："故诗有六义焉：一曰风，二曰赋，三曰比，四曰兴，五曰雅，六曰颂。"《正义》："风雅颂者，诗篇之异体；赋比兴者，诗文之异辞耳。大小

不同，而得并为六义者，赋比兴是诗之所用，风雅颂是诗之成形，用彼三事，成此三事，是故同称为义，非别有篇卷也。”《左》昭十六年《传》杜注：“环，周也。”六义环深，犹言六义周密而深厚。《校勘记》：“案‘圆’字可疑，下文云‘亦云周备’，‘圆’疑‘周’字讹。”

⑫《论语・学而篇》子贡曰：“《诗》云‘如切如磋，如琢如磨’，其斯之谓与?”子曰：“赐也始可与言诗已矣，告诸往而知来者。”《八佾篇》子夏问曰：“巧笑倩兮，美目盼兮，素以为绚兮。何谓也?”子曰：“绘事后素。”“曰礼后乎?”子曰：“起予者商也！始可与言诗已矣。”

⑬《左传》襄公二十七年：“郑伯享赵孟于垂陇，七子从。赵孟曰：‘七子从君以宠武也，请皆赋以卒君贶，武亦以观七子之志……’赵孟曰：‘诗以言志，志诬其上而公怨之，以为宾荣，其能久乎?’”僖二十四年传：“介之推曰：言，身之文也。”春秋列国朝聘酬酢，必赋诗言志，然皆讽诵旧草，辞非己作，故彦和云然。

⑭郝懿行曰：“案《汉志》以《骚》为赋，此篇以《骚》为诗，盖赋者古诗之流，《离骚》者含诗人之性情，具赋家之体貌也。”《史记・秦始皇本纪》：“三十六年，使博士为《仙真人诗》。”《仙真人诗》不传。智匠《古今乐录》：“秦始皇祠洛水，有黑头公从河中出。呼始皇曰：‘来受天宝。’乃与群臣作歌曰：洛阳之水，其色苍苍，祠祭大泽，倏忽南临，洛滨醊祷，色连三光。”此诗既出附会，亦非《仙真人诗》，姑附见于此。

⑮《汉书・韦贤传》：韦孟为楚元王傅，傅子夷王及孙王戊。戊荒淫不遵道。孟作诗讽谏曰：“肃肃我祖，国自豕韦；黼衣朱黻，四牡龙旂。彤弓斯征，抚宁遐荒；总齐群邦，以翼大商；迭彼大彭，勋绩维光。至于有周，历世会同，王赧听谮，寔绝我邦。我邦既绝，厥政斯逸；赏罚之行，非繇王室。庶尹群后，靡扶靡卫；五服崩离，宗周以队。我祖斯微，迁于彭城；在予小子，勤诶厥生。厄此嫚秦，耒耜以耕；悠悠嫚秦，上天不宁；乃眷南顾，授汉于京。于赫有汉，四方是征；靡适不怀，万国攸平。乃命厥弟，建侯于楚；俾我小臣，惟傅是辅。兢兢元王，恭俭净壹；惠此黎民，纳彼辅弼。飨国渐世，垂烈于后；乃及夷王，克奉厥绪。咨命不永，惟王统祀；左右陪臣，此维皇士。如何我王，不思守保；不惟履冰，以继祖考。邦事是废，逸游是娱；犬马繇繇，是放是驱。务彼鸟兽，忽此

稼苗；烝民以匮，我王以媮。所弘非德，所亲非俊；惟囿是恢，惟谀是信。睮睮谄夫，咢咢黄发；如何我王，曾不是察！既藐下臣，追欲从逸，嫚彼显祖，轻此削黜。嗟嗟我王，汉之睦亲，曾不夙夜，以休令闻。穆穆天子，临尔下土；明明群司，执意靡顾；正遐繇近，殆其怙兹；嗟嗟我王，曷不此思。非思非鉴，嗣其罔则；弥弥其失，岌岌其国。致冰匪霜？致队靡嫚？瞻惟我王。昔靡不练。兴国救颠，孰远悔过；追思黄发，秦缪以霸。岁月其徂，年其逮耇；于昔君子，庶显于后。我王如何，曾不斯览！黄发不近，胡不时监！”

⑯《古文苑》卷八：汉武帝元封三年，作柏梁台，诏群臣二千石有能为七言诗，乃得上坐。日月星辰和四时（皇帝）。骖驾驷马从梁来（梁孝王武）。郡国士马羽林材（大司马）。总领天下诚难治（丞相石庆）。和抚四夷不易哉（大将军卫青）。刀笔之吏臣执之（御史大夫兒宽）。撞钟伐鼓声中诗（太常周建德）。宗室广大日益滋（宗正刘安国）。周卫交戟禁不时（卫尉路博德）。总领从官柏梁台（光禄勋徐自为）。平理清谳决嫌疑（廷尉杜周）。修饬舆马待驾来（太仆公孙贺）。郡国吏功差次之（大鸿胪壶充国）。乘舆御物主治之（少府王温舒）。陈粟万石扬以箕（大司农张成）。徼道宫下随讨治（执金吾中尉豹）。三辅盗贼天下危（左冯翊盛宣）。盗阻南山为民灾（右扶风李成信）。外家公主不可治（京兆尹）。椒房率更领其材（詹事陈当）。蛮夷朝贺常会期（典属国）。柱枅欂栌相枝持（大匠）。枇杷橘粟桃李梅（太官令）。走狗逐兔张罘罳（上林令）。啮妃女唇甘如饴（郭舍人）。迫窘诘屈几穷哉（东方朔）！

《日知录》二十一："汉武《柏梁台诗》本出《三秦记》，云是元封三年作。而考之于史，则多不符。按《史记》及《汉书》，《孝景纪》中六年夏四月，梁王薨。《诸侯王表》梁孝王武立三十五年薨。孝景后元年，共王买嗣，七年薨。建元五年平王襄嗣，四十年薨。《文三王传》同。又按《孝武纪》元鼎二年春，起柏梁台，是为梁平王之二十二年，而孝王之薨，至此已二十九年。又七年始为元封三年。又按平王襄元朔中以与太母争樽，公卿请废为庶人。天子曰，梁王襄无良师傅，故陷不义，乃削梁八城，梁余尚有十城（原注《汉书》言削五县，仅有八城）。又按平王襄之十年为元朔二年来朝，其三十六年为太初四年来朝，皆不当元封时。又按

《百官公卿表》郎中令武帝太初元年更名光禄勋。典客景帝中六年更名大行令，武帝太初元年更名大鸿胪。治粟内史景帝后元年更名大农令，武帝太初元年更名大司农。中尉武帝太初元年更名执金吾。内史景帝二年分置左内史、右内史，武帝太初元年更名京兆尹，左内史更名左冯翊。主爵中尉景帝中六年更名都尉，武帝太初元年更名右扶风。凡此六官，皆太初以后之名，不应预书于元封之时。又按《孝武纪》太初元年冬十一月乙酉，柏梁台灾。夏五月正历，以正月为岁首，定官名，则是柏梁既灾之后，又半岁而始改官名，而大司马大将军青则薨于元封之五年，距此已二年矣。反复考证，无一合者。盖是后人拟作，剽取武帝以来官名及《梁孝王世家》乘舆驷马之事以合之，而不悟时代之乖舛也。”

⑰《汉书·艺文志》“屈原赋类”有庄夫子赋二十四篇（庄夫子即严忌），司马相如赋二十九篇。彦和谓其“属辞无方”，盖二人亦作诗也，《玉台新咏》卷九载司马相如《琴歌》二首，出后人附会，不复录。

⑱《汉书·艺文志·总序》：“成帝时诏光禄大夫刘向校经传诸子诗赋。”《诗赋略》：“凡歌诗二十八家，三百一十四篇。”

⑲纪评曰：“观此则以苏、李为伪，不始于东坡矣。”案颜延年《庭诰》云：“逮李陵众作，总杂不类，元是假托，非尽陵制。至其善写，有足悲者。”此东坡说所出。《师友诗·传录》（郎廷槐问，王士祯等答）张萧亭曰：“十九首或谓《楚骚》同时，或谓枚乘等作，想考无确据，故不书作者姓名。观《青青陵上柏》一章内，‘两宫遥相望，双阙百余尺’，两宫南宫北宫也。蔡质《汉官典职》曰，南宫北宫，相去七里。又《明月皎夜光》一章内，玉衡指孟冬，‘促织鸣东壁，白露沾野草，秋蝉鸣树间，玄鸟逝安适’等语，所序皆秋事，乃《汉令》也。《汉书》曰，高祖十月至霸上，故以十月为岁首。汉之孟冬，今之七月也，似为汉人之作无疑。至于苏、李《河梁诗》，可与十九首相颉颃。东坡先生谓为伪作，亦必有见，然气味高古，纵不出苏、李，定汉之高手所拟，江文通善于拟古者，似不能及也。”

黄先生《诗品讲疏》曰：“《文心雕龙·明诗篇》曰：‘又《古诗》佳丽，或称枚叔（徐陵《玉台新咏》有枚乘诗八首，《青青河畔草》一，《西北有高楼》二，《涉江采芙蓉》三，《庭中有奇树》四，《迢迢牵牛星》五，

《东城高且长》六，《明月何皎皎》七，《行行重行行》八，此皆在《十九首》中。《玉台》又有《兰若生春阳》一首，亦云枚乘作），其《孤竹》一篇则傅毅之辞（傅毅字武仲，当明、章时。《孤竹》，谓十一首中之《冉冉孤生竹》一篇也），比采而推，两汉（以枚叔为西汉人，傅毅为东汉人故）之作乎？'”“《文选》李善注云：‘古诗，盖不知作者，或云枚乘，疑不能明也。诗云“驱车上东门”（阮嗣宗《咏怀诗》注引《河南郡图经》曰：东有三门，最北头有上东门。案：此东都城门名也，故疑为东汉人之辞），又云“游戏宛与洛”（《古诗注》曰：《汉书》南阳郡有宛县。洛，东都也。案，张平子《南都赋》注引挚虞曰：南阳郡治宛，在京之南，故曰南都。《南都赋》曰：夫南阳者，真所谓汉之旧都者也。诗以宛、洛并言，明在东汉之世），此则辞兼东都，非尽是乘明矣。’寻李《注》所言，是古有以《十九首》皆枚乘所作者，故云‘非尽是乘’。孝穆撰诗，但以《十九首》之九首为乘所作，亦因其余句多与时序不合尔。案《明月皎夜光》一诗，其称节序皆是太初未改历以前之言。诗云‘玉衡指孟冬’，而上云‘促织鸣东壁’，下云‘秋蝉鸣树间，玄鸟逝安适’，是此孟冬正夏正之孟秋，若在改历以还，称节序者不应如此，然则此诗乃汉初之作矣。又《凛凛岁云暮》一诗言‘凉风率已厉’，凉风之至，候在孟秋（《月令》：孟秋之月，凉风至），而此云岁暮，是亦太初以前之词也。推而论之，五言之作，在西汉则歌谣乐府为多，而辞人文士犹未肯相率模效。李都尉从戎之士，班婕妤宫女之流，当其感物兴歌，初不殊于谣谚。然风人之旨，感慨之言，竟能擅美当时，垂范来世，推其原始，故亦闾里之声也。按《汉书·艺文志》云：‘自孝武立乐府而采歌谣，于是有代赵之讴，秦楚之风，皆感于哀乐，缘事而发，亦可以观风俗，知薄厚云。’歌诗二十八家中，除诸不系于地者，有吴楚汝南歌诗，燕代讴，雁门云中陇西歌诗，邯郸河间歌诗，齐郑歌诗，淮南歌诗，左冯翊秦歌诗，京兆尹秦歌诗，河东蒲阪歌诗，洛阳歌诗，河南周歌诗（河南周歌声曲折），周谣歌诗（周谣歌诗声曲折），周歌诗，南郡歌诗，都凡十余家，此与陈诗观风初无二致。然则汉世歌谣之有十余家，无殊于《诗》三百篇之有十五《国风》也。”

《讲疏》又曰：“挚仲治（虞）《文章流别论》（《艺文类聚》五十六）

曰：‘古诗有三言、四言、五言、六言、七言、九言，大率以四言为体，而时有一句二句杂在四言之间，后世演之，遂以为篇。古诗之三言者，“振振鹭，鹭于飞”之属是也。《汉郊庙歌》多用之（唐山夫人《安世房中歌诗》中《安其所》《丰草葽》《雷震震》诸篇皆三言，《郊祀歌》中《练时日》《太乙况》《天马徕》诸篇皆三言）。五言者，“谁谓雀无角，何以穿我屋”之属是也。于俳谐倡乐多用之（凡非大礼所用者，皆俳谐倡乐，此中兼有乐府所载歌谣）。六言者，“我姑酌彼金罍”之属是也。乐府亦用之（如《悲歌》“悲歌可以当泣，远望可以当归”二句，《猛虎行》“饥不从猛虎食，暮不从野雀栖”二句，又《上留田行》前四句，皆六言成句者也）。七言者，“交交黄鸟止于桑”之属是也（案从“鸟”字断句亦可，宜举“昔也日辟国百里”二句），于俳谐倡乐多用之（乐府中多以七字为句，如《鼓吹铙歌》中“千秋万岁乐无极，江有香草目以兰”，此外不能悉举）。古诗之九言者，“泂酌彼行潦挹彼注兹”之属是也（案此仍从“潦”字断句，《诗》三百篇实无九言者，当举《九辩》之“吾固知其鉏铻而难入”），不入歌谣之章（按《乌生篇》“我秦氏家有游遨荡子”及“白鹿乃在上林西苑中”等句，皆九言，所谓不入歌谣之章者，盖因其希见尔）。’以挚氏之言推之，则五言固俳谐倡乐所多有。《艺文志》所列诸方歌谣宜在俳谐倡乐之内，而《文心雕龙·明诗篇》谓云‘成帝品录，三百余篇（即《艺文志》诗赋略所载凡歌诗二十八家三百一十四篇），朝章国采，亦云周备，而辞人遗翰，莫见五言’，此以当世文士不为五言，并疑乐府歌谣亦无五言也。（文澜谨案：彦和之意，似谓三百余篇中不见著名文士作五言诗，非谓三百余篇无一五言诗也。采自民间之歌谣，非辞人所作，而尽多五言，彦和殆未尝疑之也。）今考西汉之世，为五言有主名者，李都尉、班婕妤而外，有虞美人《答项王歌》（见《楚汉春秋》）、卓文君《白头吟》、李延年歌（前四语）、苏武诗四首。其无主名者，乐府有《上陵》（前数句）、《有所思》（篇中多五言）、《鸡鸣》、《陌上桑》、《长歌行》、《豫章行》、《相逢行》、《长安有狭斜行》、《陇西行》、《步出夏门行》、《艳歌何尝行》、《艳歌行》、《怨歌行》、《上留田》（《里中有啼儿》一首）、《古八变歌》、《艳歌》、《古咄唶歌》（此中容有东汉所造，然武帝乐府所录，宜多存者）。歌谣有《紫宫谚》（《汉书》曰：李延年善歌，能为新声，与女弟俱幸，时人为之语曰：‘一雌复一雄，双飞入紫宫。’)、长安为尹赏作歌（成帝时歌，见前)、无名人诗八首（《上山采蘼芜》一,《四坐且莫諠》二,《悲与亲友别》三,《穆穆清风至》四,《橘柚垂华实》五,《十五从军征》六,《新树兰蕙葩》七,《步出城东门》八，以上诸诗或见《乐府诗集》,或见《诗纪》)、古诗八首（五言四句，如‘采葵莫伤根’之类)。大抵淳厚清婉，其辞近于《国风》，不杂以赋颂，此乃五言之正轨矣。盖秦汉歌谣，多作五言，饰以雅词，傅之六义，斯其风流日盛，疆画愈远。自建安以来，文人竞作五言，篇章日富，然闾里歌谣，则犹远同汉风。试观乐府所载《清商曲辞》，五言居其什九，托意造句，皆与汉世乐府共其波澜。以此知五言之体肇于歌谣也。彦和云‘不见五言’，斯乃千虑之一失，唯仲伟断为炎汉之制，其鉴审矣。”

汉四言诗浸益衰落，韦玄成之《自劾诗》《戒子孙诗》(此诗元帝时作)，虽懿雅有余，而欲使人味之亹亹不倦也难矣。武帝时，李都尉始著五言之目，今所传苏李诗，皆五言也。《文心雕龙·明诗篇》颇致疑于李陵。钟嵘《诗品》则列李陵为上品，而苏武诗，刘、钟二家均未言及，诚为可疑。(杨慎《丹铅总录》诗话类谓：“挚虞《文章流别志》云，李陵众作，总杂不类，殆是假托，非尽陵制，至其善篇，有足悲者，以此考之，其来古矣。即使假托，亦是东汉及魏人张衡、曹植之流，始能之耳。”) 丁福保《全汉诗·绪言》曰：“《古文苑》有李陵《录别诗》八首，又有苏武《答李陵诗》《别李陵诗》各一首，皆标明苏、李所作。宋章樵注《古文苑》，因大苏疑《文选》中苏李赠答五言为伪作，遂并以此十首为非真。明人选刻古诗，竟列此于无名氏之中，改其题为《拟苏李诗》十首。故有清一代之各选本，无不削苏李之名，而以为后人所拟。然苏、章二氏之所疑者，皆凭空臆度之辞，非有真实确据也。且此等诗在赵宋以前，亦无有疑其伪托者。试观《艺文类聚》之所载，皆确定为苏、李。况‘二凫俱北飞’,《初学记》亦指为苏武《别李陵诗》。杜子美云‘李陵苏武是吾师’，子美岂无见哉？东坡晚年《跋黄子思诗》云‘苏李之天成’，尊之亦至矣，其曰‘六朝拟作’者，一时鄙薄萧统之偏辞耳，盖东坡亦自悔其失言也。”案苏李真伪，实难确断，惟存而不议，庶寡尤悔耳。兹全录所谓苏李诗如下：

苏武诗四首（自此至下附录冯默庵云云，皆从丁福保《全汉诗》移录）：

骨肉缘枝叶，结交亦相因；四海皆兄弟，谁为行路人。况我连枝树，与子同一身；昔为鸳与鸯，今为参与辰。昔者常相近，邈若胡与秦；惟念当乖离，恩情日以新。鹿鸣思野草，可以喻嘉宾。我有一尊酒，欲以赠远人；愿子留斟酌，叙此平生亲。

结发为夫妻，恩爱两不疑；欢娱在今夕，燕婉及良时。征夫怀往路，起视夜何其；参辰皆已没，去去从此辞。行役在战场，相见未有期；握手一长叹，泪为生别滋。努力爱春华，莫忘欢乐时；生当复来归，死当长相思。

黄鹄一远别，千里顾徘徊；胡马失其群，思心常依依。何况双飞龙，羽翼临当乖；幸有弦歌曲，可以喻中怀。请为游子吟，泠泠一何悲；丝竹厉清声，慷慨有余哀。长歌正激烈，中心怆以摧；欲展清商曲，念子不能归。俯仰内伤心，泪下不可挥；愿为双黄鹄，送子俱远飞。

烛烛晨明月，馥馥我（《补注》曰，当作“秋”）兰芳；芬馨良（一作“长”）夜发，随风闻我堂；征夫怀远路，游子恋故乡，寒冬十二月，晨起践严霜；俯观江汉流，仰视浮云翔。良友远别离，各在天一方；山海隔中州，相去悠且长。嘉会难再（《文选》作“两”）遇，欢乐殊未央；愿君（一作“言”）崇令德，随时爱景光。

《答李陵诗》（见《古文苑》及《艺文类聚》）：

童童孤生柳，寄根河水泥；连翩游客子，于冬服凉衣；去家千里余，一身常渴饥。寒夜立清庭，仰瞻天汉湄；寒风吹我骨，严霜切我肌；忧心常惨戚，晨风为我悲。瑶光游何速，行愿支荷（一作“去何”）迟；仰视云间星，忽若割长帷。低头还自怜，盛年行已衰。依依恋明世，怆怆难久怀。

《别李陵》（见《初学记》卷十八，明人以为后人拟苏李诗）：

二（《古文苑》作“双”）凫俱北飞，一凫独南翔；子当留斯馆，我当归故乡。一别如秦胡，会见何讵央，怆恨切中怀，不觉泪沾裳。愿子长努力，言笑莫相忘。

李陵《与苏武诗》三首：

良时不再至，离别在须臾；屏营衢路侧，执手野踟蹰。仰视浮云驰，奄忽互相逾；风波一失所，各在天一隅。长当从此别，且复立斯须；欲因晨风发，送子以贱躯。

携手上河梁，游子暮何之，徘徊蹊路侧，悢悢（一作“恨恨”）不能辞；行人难久留，各言长相思。安知非日月，弦望自有时；努力崇明德，皓首以为期。

嘉会难再遇，三载为千秋；临河濯长缨，念子（一作“别”）怅悠悠。远望悲风至，对酒不能酬。行人怀往路，何以慰我愁；独有盈觞酒，与子结绸缪。

《录别诗》八首（见《古文苑》及《艺文类聚》）：

有鸟西南飞，熠熠似苍鹰；朝发天北隅，暮闻日南陵，欲寄一言去（一作“辞”），托之笺彩缯；因风附轻翼，以遗心蕴蒸。鸟辞路悠长，羽翼不能胜；意欲从鸟逝，驽马不可乘。

烁烁三星列，拳拳月初生；寒凉应节至，蟋蟀夜悲鸣。晨风动乔木，枝叶日夜零；游子暮思归，塞耳不能听。远望正萧条，百里无人声；豺狼鸣后园，虎豹步前庭；远处天一隅，苦困独零丁。亲人随风散，历历如流星；三萍离不结，思心独屏营；愿得萱草枝，以解饥渴情。

寂寂君子坐，奕奕合众芳；温声何穆穆，因风动馨香。清言振东序，良时著西庠；乃命丝竹音，列席无高唱。悲意何慷慨，清歌正激扬；长哀发华屋，四坐莫不伤。

晨风鸣北林，熠耀（一作“熠熠”）东南飞；愿言所相思，日暮不垂帷。明月照高楼，想见余光辉；玄鸟夜过庭，仿佛能复飞；褰裳路踟蹰，彷徨不能归。浮云日千里，安知我心悲；思得琼树枝，以解长渴饥。

陟彼南山隅，送子淇水阳；尔行西南游，我独东北翔。辕马顾悲鸣，五步一彷徨；双凫相背飞，相远日已长。远望云中路，相见来圭璋，万里遥相思，何益心独伤。随时爱景曜，愿言莫相忘。

钟子歌南音，仲尼叹归与；戎马悲边鸣，游子恋故庐。阳鸟归飞云，蛟龙乐潜居；人生一世间，贵与愿同俱。身无四凶罪，何为天一隅！与其苦筋力，必欲荣薄躯；不如及清时，策名于天衢。

凤凰鸣高冈，有翼不好飞；安知凤凰德，贵其来见稀。（阙）

红尘蔽天地，白日何冥冥！（阙）［又记："红尘蔽天地，白日何冥冥；微阴盛杀气，凄风从此兴。招摇西北指，天汉东南倾，嗟尔穷庐子，独行如履冰。短褐中无绪，带断续以绳。泻水置瓶中，焉辨淄与渑。巢父不洗耳，后世有何称。"冯默庵曰："《古文苑》止载二句，下阙。《文选》李善本《西都赋》注亦载二句，'蔽'字作'塞'。已下十二句，《升庵诗话》云出《修文殿御览》，此书亡失已久，所不敢信。然以文义考之，首云'白日何冥冥'，何得遽接云'招摇西北指，天汉东南倾'耶！'短褐中无绪，带断续以绳'二句，别见《御览》，'绪'作'絮'。又小谢诗曰：'泻酒置井中，谁能辨斗升；合如杯中水，谁能辨淄渑。'今直合作二句，无论惠连必无剿袭之病，可得谓之文理通备否？"］

班婕妤《怨诗》（《文选》作《怨歌行（并序）》，《玉台新咏》卷一）："昔汉成帝班婕妤失宠，供养于长信宫，乃作赋自伤，并为《怨诗》一首：'新裂齐纨素，鲜洁（《文选》作"皎洁"，李善注谢朓、江淹诗并引为"鲜洁"）如霜雪，裁为合欢扇，团团似明月。出入君怀袖，动摇微风发；常恐秋节至，凉风（一作"飙"）夺炎热；弃捐箧笥中，恩情中道绝。'"

⑳《诗经·召南·行露篇》（"虽速我狱，虽速我讼"四句皆四言，故曰半章）："谁谓雀无角，何以穿我屋？谁谓女无家，何以速我狱？虽速我狱，室家不足。谁谓鼠无牙，何以穿我墉？谁谓女无家，何以速我讼？虽速我讼，亦不女从。"

《孟子·离娄篇》有孺子歌曰："沧浪之水清兮，可以濯我缨。沧浪之水浊兮，可以濯我足。"（《楚辞·渔父》亦载此歌。）

㉑《国语·晋语二》，优施饮里克酒，中饮，优施起舞曰："暇豫之吾吾，不如鸟乌；人皆集于菀，己独集于枯。"（韦昭注曰："吾吾，不敢自亲之貌也。言里克欲为闲乐事君之道，反不敢自亲吾吾然，其智曾不若鸟乌也。"）

《汉书·五行志》成帝时歌谣曰："邪径败良田，谗口乱善人；桂树华不实，黄爵巢其颠；故为人所美，今为人所怜。”

㉒赵君万里曰：“‘两’上有‘故’字，‘乎’作‘也’。案《御览》五八六引‘两’上有‘固’字，固、故音近而讹。疑此文当作‘固两汉之作也’。”案赵说是也。

枚乘《杂诗》九首（丁福保《全汉诗》云，九首次第依宋本《玉台新咏》）：

西北有高楼，上与浮云齐；交疏结绮窗，阿阁三重阶。上有弦歌声，音响一何悲；谁能为此曲，无乃杞梁妻。清商随风发，中曲正徘徊；一弹再三叹，慷慨有余哀。不惜歌者苦，但伤知音稀；愿为双鸿鹄，奋翅起高飞。

东城高且长，逶迤自相属；回风动地起，秋草萋已绿。四时更变化，岁暮一何速；晨风怀苦心，蟋蟀伤局促；荡涤放情志，何为自结束。燕赵多佳人，美者颜如玉；被服罗裳衣，当户理清曲；音响一何悲，弦急知柱促。驰情整中带，沉吟聊踯躅；思为双飞燕，衔泥巢君屋。

行行重行行，与君生别离；相去万余里，各在天一涯；道路阻且长，会面安可知。胡马依北风，越鸟巢南枝；相去日已远，衣带日已缓。浮云蔽白日，游子不顾返；思君令人老，岁月忽已晚；弃捐勿复道，努力加餐饭。

涉江采芙蓉，兰泽多芳草，采之欲遗谁，所思在远道。还顾望旧乡，长路漫浩浩，同心而离居，忧伤以终老。

青青河畔草，郁郁园中柳；盈盈楼上女，皎皎当窗牖；娥娥红粉妆，纤纤出素手。昔为娼家女，今为荡子妇；荡子行不归，空床难独守。

兰若生春阳，涉冬犹盛滋；愿言追昔爱，情款感四时。美人在云端，天路隔无期；夜光照玄阴，长叹恋所思；谁谓我无忧，积念发狂痴。

庭中有奇树，绿叶发华滋；攀条折其荣，将以遗所思。馨香盈怀袖，路远莫致之；此物何足贵（“贵”李善《文选注》本作“贡”，注“贡，献也”），但感别经时。

迢迢牵牛星，皎皎河汉女；纤纤擢素手，札札弄机杼；终日不成章，泣涕零如雨。河汉清且浅，相去复几许；盈盈一水间，脉脉不得语。

明月何皎皎，照我罗床帏；忧愁不能寐，揽衣起徘徊；客行虽云乐，不如早旋归。出户独彷徨，愁思当告谁。引领还入房，泪下沾裳衣。

《古诗》十一首：

青青陵上柏，磊磊涧中石；人生天地间，忽如远行客。斗酒相娱乐，聊厚不为薄；驱车策驽马，游戏宛与洛。洛中何郁郁，冠带自相索；长衢罗夹巷，王侯多第宅，两宫遥相望，双阙百余尺；极宴娱心意，戚戚何所迫。

今日良宴会，欢乐难具陈；弹筝奋逸响，新声妙入神；令德唱高言，识曲听其真；齐心同所愿，含意俱未申。人生寄一世，奄忽若飙尘；何不策高足，先据要路津；无为守穷贱，轗轲长苦辛。

明月皎夜光，促织鸣东壁；玉衡指孟冬（刘履《文选诗补注》云，“冬”当作“秋”），众星何历历。白露沾野草，时节忽复易；秋蝉鸣树间，玄鸟逝安适。昔我同门友，高举振六翮；不念携手好，弃我如遗迹。南箕北有斗，牵牛不负轭；良无盘石固，虚名复何益。（案太初以前，虽以十月为岁首，而四季之名实未尝改，王引之考之详矣。此诗“孟冬”当是“孟秋”之误，下云秋蝉是其证。）

冉冉孤生竹，结根泰山阿；与君为新婚，兔丝附女萝。兔丝生有时，夫妇会有宜；千里远结婚，悠悠隔山陂；思君令人老，轩车来何迟。伤彼蕙兰花，含英扬光辉；过时而不采，将随秋草萎；君亮执高节，贱妾亦何为。（此篇彦和以为傅毅所作，揆以辞人遗翰，莫见五言之说，则民间歌谣之五言诗体，至东京始为士大夫所采用耳。）

回车驾言迈，悠悠涉长道；四顾何茫茫，东风播百草；所遇无故物，焉得不速老。盛衰各有时，立身苦不早；人生非金石，岂能长寿考；奄忽随物化，荣名以为宝。

驱车上东门，遥望郭北墓；白杨何萧萧，松柏夹广路。下有陈死人，杳杳即长暮；潜寐黄泉下，千载永不寤。浩浩阴阳移，年命如朝露；人生忽如寄，寿无金石固；万岁更相送，贤圣莫能度。服食求神仙，多为药所误；不如饮美酒，被服纨与素。

去者日以疏，生者日以亲；出郭门直视，但见丘与坟。古墓犁为田，松柏摧为薪；白杨多悲风，萧萧愁杀人；思还故里闾，欲归道无因。

生年不满百，常怀千岁忧；昼短苦夜长，何不秉烛游。为乐当及时，何能待来兹；愚者爱惜费，但为后世嗤；仙人王子乔，难可与等期。

凛凛岁云暮，蝼蛄夕鸣悲；凉风率已厉，游子寒无衣。锦衾遗洛浦，同袍与我违；独宿累长夜，梦想见容辉。良人惟古懽，枉驾惠前绥；愿得常巧笑，携手同车归。既来不须臾，又不处重闱；亮无晨风翼，焉能凌风飞。眄睐以适意，引领遥相睎；徙倚怀感伤，垂涕沾双扉。(此篇确系太初改历以前之诗。)

孟冬寒气至，北风何惨栗；愁多知夜长，仰观众星列；三五明月满，四五蟾兔缺。客从远方来，遗我一书札；上言长相思，下言久离别。置书怀袖中，三岁字不灭；一心抱区区，惧君不识察！

客从远方来，遗我一端绮；相去万余里，故人心尚尔。文彩双鸳鸯，裁为合欢被；著以长相思，缘以结不解；以胶投漆中，谁能别离此。

朱彝尊曰（《曝书亭集 · 书玉台新咏后》）：“《古诗十九首》以徐陵《玉台新咏》勘之，枚乘诗居其八。至《驱车上东门行》载乐府《杂曲歌词》。其余六首《玉台》不录。就《文选》本第十五首而论，‘生年不满百，常怀千岁忧；昼短苦夜长，何不秉烛游’，则《西门行》古辞也。古辞‘夫为乐，为乐当及时，何能坐愁怫郁，当复待来兹’，而《文选》更之曰‘为乐当及时，何能待来兹’。古辞‘贪财爱惜费，但为后世嗤’，而《文选》更之曰‘愚者爱惜费，但为后世嗤’。古辞‘自非仙人王子乔，计会寿命难与期’，而《文选》更之曰‘仙人王子乔，难可与等期’。裁剪长短句作五言，移易其前后，杂糅置《十九首》中，没枚乘等姓名，概题曰《古诗》。要之皆出文选楼中诸学士之手也。徐陵少仕于梁，为昭明诸臣后进，不敢明言其非。乃别著一书，列枚乘姓名，还之作者，殆有微意焉。”案《汉书·艺文志》“歌诗类”二十八家，三百一十四篇，彦和谓辞人遗翰，莫见五言，是士大夫所作，或三言，或四言，或杂言，惟采自民间之歌辞为五言耳。朱氏疑昭明辈裁剪长短句作五言，没枚乘等姓名，恐未必然。钟嵘《诗品》专评五言诗，若本是长短句，不得列入《古诗十九首》之中，乘等姓名更无湮没之理。古诗总杂，昭明止取十九首入选，谓其美篇不无遗佚则可，谓其剪裁失真则不可。至于乐府本宜增损辞句以协音律，似不必疑昭明削古辞为五言也。

㉓散文犹言敷文。纪评曰：“直而不野，括尽汉人佳处。”

㉔“典”一作“曲”，纪云：“‘典’字是。‘曲’字作‘婉’字解。”李详《黄注补正》云：“梅庆生、凌云两本并作‘清曲’。《御览》八百八十三引衡《怨诗》曰：‘《秋兰》，嘉美人也。嘉而不获用，故作是诗也。’其辞曰：‘猗猗秋兰，植彼中阿；有馥其芳，有黄其葩。虽曰幽深，厥美弥嘉；之子云遥，我劳如何。’《仙诗缓歌》今已无考，《黄注》引《同声歌》当之，纪氏讥之是也。”（乐府古辞有《前缓声歌》。案作“典”字是。《怨诗》四言，义极典雅。）

㉕钟嵘《诗品》魏文帝列中品，陈思王植列上品。其评曰：“（魏陈思王植诗）其原出于《国风》。骨气奇高，词采华茂，情兼雅怨，体被文质，粲溢今古，卓尔不群。嗟乎！陈思之于文章也，譬人伦之有周孔，鳞羽之有龙凤，音乐之有琴笙，女工之有黼黻。俾尔怀铅吮墨者，抱篇章而景慕，映余晖以自烛。故孔氏之门如用诗，则公幹升堂，思王入室，景阳潘陆，自可坐于廊庑之间矣。”又曰：“魏文帝诗，其源出于李陵，颇有仲宣之体则。新奇（‘奇’疑作‘制’）百许篇，率皆鄙质如偶语，惟《西北有浮云》十余首，殊美赡可玩，始见其工矣。不然，何以铨衡群彦，对扬厥弟者耶。”

㉖《魏志·王粲传》：“王粲字仲宣，著诗赋论议论六十篇。徐幹字伟长，应玚字德琏，刘桢字公幹，咸著文赋数十篇。”魏文帝《典论·论文》云：“斯七子者，于学无所遗，于辞无所假，咸自以骋骐骥于千里，仰齐足而并驰。”彦和“望路而争驱”语本此。

㉗如《文选》所载《公谳诗》《游览诗》《赠答诗》是。

《诗品讲疏》曰：“详建安五言，毗于乐府。魏武诸作，慷慨苍凉，所以收束汉音，振发魏响。文帝弟兄所撰乐府最多，虽体有所因，而词贵独创，声不变古，而采自己舒，其余杂诗，皆崇藻丽，故沈休文曰：‘至于建安，曹氏基命，三祖陈王，咸蓄盛藻，甫乃以情纬文，以文被质。’（《宋书·谢灵运传论》）言自此以上质盛于文也。若其述欢宴，愍乱离，敦友朋，笃匹偶，虽篇题杂沓，而同以苏李古诗为原，文采缤纷，而不能离闾里歌谣之质。故其称物则不尚雕镂，叙胸情则唯求诚恳，而又缘以雅词，振其美响，斯所以兼笼前美，作范后来者也。自魏文已往，罕以五言见诸品藻；至文帝《与吴质书》，始称：‘公幹五言诗之善者妙绝时人。’盖五言始兴，惟乐歌为众，辞人竞效，其风降自建安，既作者滋多，故工拙之数可得而论矣。”

㉘正始，魏废帝年号，其时玄风渐兴，学者惟老庄是宗，故云“诗杂仙心”。何晏诗多不传，《诗纪》载其二首，兹录以备考。

《拟古》(《名士传》曰，是时曹爽辅政，识者虑有危机，晏有重名，与魏姻戚，内虽怀忧，而无复退也，著五言诗以见志)：“双鹤比翼游，群飞戏太清；常恐失网罗，忧祸一旦并。岂若集五湖，顺流唼浮萍，逍遥放志意，何为怵惕惊。”

《失题》：“转蓬去其根，流飘从风移；芒芒四海涂，悠悠焉可弥。愿为浮萍草，托身寄清池；且以乐今日，其后非所知。”

㉙《诗品·上品》云：“晋步兵阮籍，其原出于《小雅》，无雕虫之巧。而《咏怀》之作，可以陶性灵，发幽思，言在耳目之内，情寄八荒之表，洋洋乎会于《风》《雅》，使人忘其鄙近，自致远大。颇多感慨之词，厥旨渊放，归趣难求。颜延之注，怯言其志。”丁福保《全三国诗》卷五曰：“案《读书敏求记》谓阮嗣宗《咏怀诗》行世本惟五言诗八十首，朱子儋取家藏旧本刊于存余堂，多四言《咏怀》十三首云云。余历访海上藏书家都无朱子儋本。今所存四言诗，仅三首耳。”沈德潜《说诗晬语》云：“阮公《咏怀》，反覆零乱，兴寄无端，和愉哀怨，俶诡不羁，令读者莫求归趣。遭阮公之时，自应有阮公之诗也。”

《诗品·中品》云：“晋中散嵇康诗，颇似魏文，过为峻切，讦直露才，伤渊雅之致。然托谕清远，良有鉴裁，亦未失高流矣。”沈德潜《古诗源注》云：“嵇叔夜四言诗，时多俊语，不摹仿《三百篇》，允为晋人先声。”兹录其《幽愤诗》一首：

嗟余薄祜，少遭不造，哀茕靡识，越在襁褓。母兄鞠育，有慈无威；恃爱肆姐，不训不师。爰及冠带，凭宠自放；抗心希古，任其所尚。托好老庄，贱物贵身；志在守朴，养素全真，曰余不敏，好善暗人；子玉之败，屡增维尘。大人含弘，藏垢怀耻；民之多僻，政不由己。惟此褊心，显明臧否，感悟思愆，怛若创痏。欲寡其过，谤议沸腾；性不伤物，频致怨憎。昔惭柳惠，今愧孙登，内负宿心，外恧良朋。仰慕严郑，乐道闲居；与世无营，神气晏如。咨予不淑，婴累多虞；匪降自天，寔由顽疏。理弊患结，卒致囹圄；对答鄙讯，縶此幽阻。实耻颂免，时不我与；虽曰义直，神辱志沮；澡身沧浪，岂曰能补。嗈嗈鸣雁，奋翼北游；顺时而动，得意忘忧。嗟我愤叹，曾莫能俦；事与愿违，遘兹淹留；穷达有命，亦又何求。古人有言，善莫近名；奉时恭默，咎悔不生。万石周慎，安亲保荣；世务纷纭，祇搅予情；安乐必诫，乃终利贞。煌煌灵芝，一年三秀；予独何为，有志不就；惩难思复，心焉内疚；庶勖将来，无馨无臭。采薇山阿，散发岩岫；永啸长吟，颐性养寿。

㉚《魏志·王粲传》裴注引《文章叙录》曰：“应璩字休琏，博学好属文。齐王即位，曹爽秉政，多违法度，璩为诗以讽焉。其言虽颇谐合，多切时要，世共传之。”《诗品·中品》云：“魏侍中应璩诗，祖袭魏文，善为古语，指事殷勤，雅意深笃，得诗人激刺之旨。”《隋志》“总集类”有应璩《百一诗》八卷。《魏书·李寿传》：“龚壮作诗七首，托言应璩以讽寿。”是《百一诗》有后人依托，故多至八卷。陶隐居《集肘后百一方序》：“昔应璩为《百一诗》，以箴规心行；今予撰此，盖欲卫辅我躬。”据陶说则“百一”谓一百又一首也。《文选》仅载一首，李善注：“张方贤《楚国先贤传》曰：‘汝南应休琏作百一篇诗，讥切时事，遍以示在事者，咸皆怪愕，或以为应焚弃之，何晏独无怪也。’然方贤之意，以有百一篇，故曰‘百一’。李充《翰林论》曰：‘应休琏五言诗百数十篇，以风规治道，盖有诗人之旨焉。’又孙盛《晋阳秋》曰：‘应璩作五言诗百三十篇，言时事颇有补益，世多传之。’据此二文，不得以一百一篇而称百一也。《今书七志》曰：‘《应璩集》谓之新诗，以百言为一篇，或谓之百一诗。’然以字名

诗，义无所取。据《百一诗序》云：‘时谓曹爽曰：公今闻周公巍巍之称，安知百虑有一失乎？’百一之名，盖兴于此也。”（《汉魏百三名家集》有应璩《百一诗》八首）兹录其诗如下：

下流不可处，君子慎厥初；名高不宿著，易用受侵诬。前者隳官去，有人适我闾；田家无所有，酌醴焚枯鱼。问我何功德，三入承明庐；所占于此土，是谓仁智居。文章不经国，筐箧无尺书；用等称才学，往往见叹誉。避席跪自陈，贱子实空虚；宋人遇周客，惭愧靡所如。

㉛黄注：“《诗品序》：‘晋太康中，三张二陆、两潘一左，勃尔复兴，踵武前王，风流未沫，亦文章之中兴也。’按三张：载字孟阳，协字景阳，亢字季阳。王注引张华误。二陆：机字士衡，云字士龙。两潘：岳字安仁，尼字正叔。一左：思字太冲。”案黄注是也。《晋书》五十五《张亢传》：“亢字季阳，才藻不逮二昆。时人谓载、协、亢、陆机、云曰‘二陆’‘三张’。”

㉜唐写本“枏文”作“析文”，按“析文”是。张迁、孔耽二碑“析”变作“枏”。《丽辞篇》：“至魏晋群才，析句弥密，联字合趣，剖毫析厘。”

㉝《诗品讲疏》云：“《谢灵运传论》曰：‘有晋中兴，玄风独振，为学穷于柱下，博物止乎七篇。驰骋文辞，义殚乎此。自建武（元帝年号）暨于义熙（安帝年号），历载将百，虽缀响联辞，波属云委，莫不寄言上德（老子曰“上德不德，是以有德”），托意玄珠（庄子曰“黄帝将游乎赤水之北，登昆仑之丘而南归，遗其玄珠”，郭象注曰“此明得真之所由”），遒丽之辞，无闻焉尔。’《续晋阳秋》（宋永嘉太守檀道鸾撰，书已佚，此见《困学纪闻》及《文选注》引）曰：‘自司马相如、王褒、扬雄诸贤，世尚赋颂，皆体则《诗》《骚》，傍综百家之言。及至建安，而诗章大盛。逮乎西朝之末，潘、陆之徒，虽时有质文，而宗归不异也。正始中，王弼、何晏好庄老玄胜之谈，而俗遂贵焉。至过江，佛理尤盛，故郭璞五言，始会合道家之言而韵之。许询及太原孙绰转相祖尚，又加以三世之辞（释氏说过去、现在、未来为三世），而《风》《骚》之体尽矣。询、绰并为一时文宗，自此学者悉体之。’据檀道鸾之说，是东晋玄言之诗，景纯实为之前导，特其才气奇肆，遭逢险艰，故能假玄语以写中情，非夫

钞录文句者所可拟况。若孙、许之诗，但陈要妙，情既离乎比兴，体有近于伽陀（偈语），徒以风会所趋，仿效日众。览《兰亭集诗》，诸篇共旨，所谓琴瑟专一，谁能听之？达志抒情，复将焉赖？谓之《风》《骚》道尽，诚不诬也。《文心雕龙・时序篇》曰：‘自中朝贵玄，江左称盛，因谈余气，流成文体。是以世极迍邅，而辞意夷泰；诗必柱下之旨归，赋乃漆园之义疏（如孙兴公《游天台山赋》，即多用玄言）。故知文变染乎世情，兴废系乎时序，原始以要终，虽百世可知也。’此乃推明崇尚玄虚之习，成于世道之艰危。盖恬憺之言，谬悠之理，所以排除忧患，消遣年涯，智士以之娱生，文人于焉托好，虽曰无用之用，亦时运为之矣。”

袁、孙诸诗，传者甚罕。《文选》载有江文通《拟孙廷尉诗》，可以知其大概。兹录袁宏《咏史诗》二首、孙绰《秋日诗》一首以备考。

袁宏《咏史诗》（袁宏字彦伯。《诗品・中品》云：“彦伯《咏史》，虽文体未遒，而鲜明紧健，去凡俗远矣。”）：

> 周昌梗概臣，辞达不为讷；汲黯社稷器，栋梁天表骨。陆贾厌解纷，时与酒梼杌；婉转将相门，一言和平勃。趋舍各有之，俱令道不没。
>
> 无名困蝼蚁，有名世所疑；中庸难为体，狂狷不及时。杨恽非忌贵，知及有余辞；躬耕南山下，芜秽不遑治；赵瑟奏哀音，秦声歌新诗；吐音非凡唱，负此欲何之。

孙绰《秋日》（孙绰字兴公。《诗品・下品》云：“永嘉以来，清虚在俗。王武子（王济）辈，诗贵道家之言。爰洎江表，玄风尚备……世称孙许（许询），弥善恬淡之词。”）：

> 萧瑟仲秋日，飙唳风云高；山居感时变，远客兴长谣。疏林积凉风，虚岫结凝霄；湛露洒庭林，密叶辞荣条。抚菌悲先落，攀松羡后凋；垂纶在林野，交情远市朝；澹然古怀心，濠上岂伊遥。

郭璞字景纯，著《游仙诗》十四篇。《诗品・中品》云：“（晋弘农太守郭璞诗）宪章潘岳，文体相辉，彪炳可玩。始变永嘉平淡之体，故称中兴第一，《翰林》以为诗首。但《游仙》之作，辞多慷慨，乖远玄宗，其云‘奈何虎豹姿’，又云‘戢翼栖榛梗’，乃是坎壈咏怀，非列仙之趣也。”

㉞《诗品讲疏》云：“《宋书・谢灵运传》曰：‘灵运博览群书，文章

之美，江左莫逮。’《论》曰：‘爰逮宋氏，颜谢腾声（《宋书 · 颜延之传》曰：“延之文章之美，冠绝当时，与谢灵运俱以词采齐名，江左称‘颜谢’焉。”）。灵运之兴会标举，延年（延之字）之体裁明密，并方轨前秀，垂范后昆。’《文心雕龙 · 明诗篇》曰：‘宋初文咏，体有因革，庄老告退，而山水方滋（澜案，写山水之诗起自东晋初庾阐诸人）；俪采百字之偶，争价一句之奇，情必极貌以写物，辞必穷力而追新，此近世之所竞也。’案孙、许玄言，其势易尽，故殷、谢振以景物，渊明杂以风华。浸欲夐规洛京，上继邺下。康乐以奇才博学，大变诗体，一篇既出，都邑竞传，所以弁冕当时，扢扬雅道。于时俊彦，尚有颜、鲍、二谢（谢瞻、谢惠连）之伦，要皆取法中朝，辞禁轻浅。虽偶伤刻饰，亦矫枉之理也。夫极貌写物，有赖于深思；穷力追新，亦质于博学。将欲排除肤语，洗荡庸音，于此假涂，庶无迷路。世人好称汉魏，而以颜、谢为繁巧，不悟规摹古调，必须振以新词；若虚响盈篇，徒生厌倦，其为蔽害，与剿袭玄语者政复不殊。以此知颜、谢之术，乃五言之正轨矣。”

《南齐书 · 文学传论》：“文章者，盖情性之风标，神明之律吕也。蕴思含毫，游心内运，放言落纸，气韵天成。莫不禀以生灵，迁乎爱嗜，机见殊门，赏悟纷杂。若子桓之品藻人才，仲治之区判文体，陆机辨于《文赋》，李充论于《翰林》，张眎擿句褒贬，颜延图写情兴，各任怀抱，共为权衡。属文之道，事出神思，感召无象，变化不穷。俱五声之音响，而出言异句；等万物之情状，而下笔殊形。吟咏规范，本之雅什，流分条散，各以言区。若陈思《代马》群章，王粲《飞鸾》诸制，四言之美，前超后绝。少卿离辞，五言才骨，难与争鹜。桂林湘水，平子之华篇，飞馆玉池，魏文之丽篆，七言之作，非此谁先？卿、云巨丽，升堂冠冕，张、左恢廓，登高不继，赋贵披陈，未或加矣。显宗之述傅毅，简文之摛彦伯，分言制句，多得颂体。裴颜《内侍》，元规《凤池》，子章（‘子章’疑当作‘孔璋’）以来，章表之选。孙绰之碑，嗣伯喈之后；谢庄之诔，起安仁之尘；颜延杨瓒，自比《马督》，以多称贵，归庄为允。王褒《僮约》，束皙《发蒙》，滑稽之流，亦可奇玮。五言之制，独秀众品，习玩为理，事久则渎，在乎文章，弥患凡旧，若无新变，不能代雄。建安一体，《典论》短长互出；潘、陆齐名，机、岳之文永异。江左风味，盛道家之言：

郭璞举其灵变，许询极其名理；仲文玄气，犹不尽除；谢混情新，得名未盛；颜、谢并起，乃各擅奇；休、鲍后出，咸亦标世；朱、蓝共妍，不相祖述。今之文章，作者虽众，总而为论，略有三体：一则启心闲绎，托辞华旷，虽存巧绮，终致迂回；宜登公宴，本非准的，而疏慢阐缓，膏肓之病，典正可采，酷不入情。此体之源，出灵运而成也。次则缉事比类，非对不发，博物可嘉，职成拘制，或全借古语，用申今情，崎岖牵引，直为偶说。唯睹事例，顿失精采；此则傅咸五经，应璩指事，虽不全似，可以类从。次则发唱惊挺。操调险急，雕藻淫艳，倾炫心魂，亦犹五色之有红紫，八音之有郑卫，斯鲍照之遗烈也。三体之外，请试妄谈。若夫委自天机，参之史传，应思悱来，忽先构聚。言尚易了，文憎过意，吐石含金，滋润婉切。杂以风谣，轻唇利吻，不雅不俗，独中胸怀。轮扁斫轮，言之未尽，文人谈士，罕或兼工。非唯识有不周，道实相妨，谈家所习，理胜其辞，就此求文，终然翳夺。故兼之者鲜矣。”

㉟挚虞《文章流别论》云：“雅音之韵，四言为正，其余虽备曲折之体，而非音韵之正也。”纪评云：“此论却局于六朝习径，未得本源，夫雅润清丽，岂诗之极则哉！”

㊱《后汉书·张衡传》：“衡字平子……所著诗、赋、铭、七言，《灵宪》《应间》《七辩》《巡诰》《悬图》（章怀注《衡集》作“玄图”，盖“玄”与“悬”通）凡三十二篇。”张华，字茂先。《诗品·中品》云：“（晋司空张华诗）其源出于王粲。其体华艳，兴托不奇，巧用文字，务为妍冶。虽名高曩代，而疏亮之士，犹恨其儿女情多，风云气少。谢康乐云：‘张公虽复千篇，犹一体耳。’”

《诗品·上品》云：“（张协诗）其源出于王粲，文体华净，少病累，又巧构形似之言，雄于潘岳，靡于太冲，风流调达，实旷代之高手。词采葱蒨，音韵铿锵，使人味之亹亹不倦。”又云：“（王粲诗）其源出于李陵，发愀怆之词，文秀而质羸，在曹、刘间别构一体。方陈思不足，比魏文有余。”又云：“（刘桢诗）其源出于《古诗》。仗气爱奇，动多振绝，真骨凌霜，高风跨俗，但气过其文，雕润恨少。然自陈思以下，桢称独步。”又云：“（左思诗）其源出于公幹。文典以怨，颇为精切，得讽谕之致。虽野于陆机，而深于潘岳。谢康乐尝言，左太冲诗、潘安仁诗古今难比。”

㊲黄先生曰："此数语虽似肤廓，实则为诗之道已具于此。'随性适分'四字，已将古今家数派别不同之故包举无遗矣。"《国语·晋语》："文公谓郭偃曰：'始也吾以治国为易，今也难。'对曰：'君以为易，其难也将至矣；君以为难，其易也将至矣。'"彦和语本此。

㊳三言诗《汉郊祀歌》如《练时日》《象载瑜》《天马歌》等。兹录《天马歌》一首："太一贶，天马下；沾赤汗，沫流赭。志俶傥，精权奇；躡浮云，晻上驰。体容与，厉万里；今安匹，龙为友。"

六言诗《古文苑》有孔融《六言诗》三首。章樵注谓："此诗称美曹操，又率直略无含蓄，必非其真。本传称魏文帝深好融文，人有上融文章者，赏以金帛，岂好事者假此以说丕耶？"案章说甚是。兹录其诗如下：

汉家中叶道微，董卓作乱乘衰，僭上虐下专威，万官惶怖莫违，百姓惨惨心悲。

郭李分争为非，迁都长安思归，瞻望关东可哀，梦想曹公归来，从洛到许巍巍。

曹公辅国无私，减去厨膳甘肥，群僚率从祈祈，虽得俸禄常饥，念我苦寒心悲。

杂言诗如《汉郊祀歌·日出入》，录之于下：

日出入安穷，时世不与人同，故春非我春，夏非我夏，秋非我秋，冬非我冬，泊如四海之池，遍观是耶谓何。吾知所乐，独乐六龙。六龙之调，使我心若。訾黄其何不来下！

㊴"明"唐写本作"萌"，是。纬书多言"卯金刀"以射"刘"字，又"当涂高"射"魏"字（《文选》谢玄晖《和伏武昌登孙权故城诗》注引《保乾图》），音"之于"射"曹"字（《南齐书·祥瑞志》引《尚书中候》）。黄注"图谶"引《玉函山房辑佚书本·孝经右契》："孔子作《孝经》及《春秋》《河洛》成，告备于天，有赤虹下，化为黄玉，长三尺，上刻文云：'宝文出，刘季握；卯金刀，在轸北；字禾子，天下服。'合卯金刀为刘，禾子为季也。"任昉《文章缘起》："孔融作《四言离合诗》。"《四库提要》曰："《隋书·经籍志》载任昉《文章始》一卷，称有录无书，是其书在隋已亡。《唐书·艺文志》载任昉《文章始》一卷，注曰张绩补。今本殆即张绩所补，后人误以为昉本书欤！"

孔融《离合作郡姓名字诗》(《古文苑》):“渔父屈节,水潜匿方(离鱼字);与旹进止,出行施张(离日字,鱼日合成鲁)。吕公矶钓,阖口渭旁(离口字);九域有圣,无土不王(离或字,口或合成国)。好是正直,女回于匡(离子字);海外有截,隼逝鹰扬(离乙字,子乙合成孔;《说文》“乙”或作“鳦”)。六翮将奋,羽仪未彰(离鬲字);蛇龙之蛰,俾也可忘(离虫字,二字合成融)。玟璇隐耀,美玉韬光(去玉成文,不须合)。无名无誉,放言深藏(离与字);按辔安行,谁谓路长(离手字,二字合成举)。”

㊵李详《黄注补正》云:“《困学纪闻》十八评诗云:‘《诗苑类格》谓回文出于窦滔妻所作(《晋书·列女传》:窦滔妻苏氏,名蕙,字若兰。滔被徙流沙,苏氏思之,织锦为回文璇玑图诗以赠滔。宛转循环以读之,词甚凄惋,凡八百四十字),《文心雕龙》云回文所兴则道原为始。又傅咸有《回文反复诗》,温峤有《回文诗》,皆在窦妻前。’翁元圻注引《四库全书总目》宋桑世昌《回文类聚·提要》:‘《艺文类聚》载曹植《镜铭》,八字回环读之,无不成文,实在苏蕙以前。’详案:梅庆生《音注本》云:‘宋贺道庆作四言回文诗一首,计十二句,四十八言,从尾至首,读亦成韵。而道原无可考,恐“原”为“庆”字之误。’案道庆之前回文作者已众,不得定‘原’字为‘庆’之误。”兹录王融《春游》回文诗一首以备考(《艺文类聚》作贺道庆):“枝分柳塞北,叶暗榆关东;垂条逐絮转,落蕊散花丛。池莲照晓月,幔锦拂朝风;低吹杂纶羽,薄粉艳妆红;离情隔远道,叹结深闺中。”

附　录

《毛诗序》

《关雎》,后妃之德也,风之始也,所以风天下而正夫妇也。故用之乡人焉,用之邦国焉。风,风也,教也。风以动之,教以化之。诗者,志之所之也。在心为志,发言为诗。情动于中,而形于言;言之不足,故嗟叹之;叹嗟之不足,故永歌之;永歌之不足,不知手之舞之,足之蹈之也。情发于声,声成文谓之音。治世之音安以乐,其政和;乱世之音怨以怒,其政乖；亡国之音哀以思，其民困。故正得失，动天地，感鬼神，莫近于诗。先王以是经夫妇，成孝敬，厚人伦，美教化，移风俗。

故诗有六义焉：一曰风，二曰赋，三曰比，四曰兴，五曰雅，六曰颂。上以风化下，下以风刺上。主文而谲谏，言之者无罪，闻之者足以戒，故曰风。至于王道衰，礼义废，政教失，国异政，家殊俗，而变风变雅作矣。国史明乎得失之迹，伤人伦之废，哀刑政之苛，吟咏情性，以风其上，达于事变，而怀其旧俗者也。故变风发乎情，止乎礼义。发乎情，民之性也；止乎礼义，先王之泽也。是以一国之事，系一人之本，谓之风。言天下之事，形四方之风，谓之雅。雅者，正也，言王政之所由废兴也。政有小大，故有《小雅》焉，有《大雅》焉。颂者美盛德之形容，以其成功告于神明者也。是谓四始，诗之至也。

然则《关雎》《麟趾》之化，王者之风，故系之周公。南，言化自北而南也。《鹊巢》《驺虞》之德，诸侯之风也，先王之所以教，故系之召公。《周南》《召南》，正始之道，王化之基，是以《关雎》乐得淑女以配君子，忧在进贤，不淫其色。哀窈窕，思贤才，而无伤善之心焉，是《关雎》之义也。

郑玄《诗谱序》

诗之兴也，谅不于上皇之世；大庭轩辕，逮于高辛，其时有亡，载籍亦蔑云焉。《虞书》曰“诗言志，歌永言，声依永，律和声”，然则诗之道放于此乎？有夏承之，篇章泯弃，靡有孑遗。迩及商王，不风不雅。何者，论功颂德，所以将顺其美；刺过讥失，所以匡救其恶。各于其党，则为法者彰显，为戒者著明。周自后稷播种百谷，黎民阻饥，兹时乃粒，自传于此名也。陶唐之末，中叶公刘亦世修其业，以明民共财。至于大王、王季，克堪顾天，文武之德，光熙前绪，以集大命于厥身，遂为天下父母，使民有政有居。其时诗《风》有《周南》《召南》，《雅》有《鹿鸣》《文王》之属。及成王、周公致大平，制礼作乐，而有颂声兴焉，盛之至也。本之由此《风》《雅》而来，故皆录之，谓之诗之正经。后王稍更陵迟，懿王始受谮亨齐哀公，夷身失礼之后，邶不尊贤。自是而下，厉也幽也，政教尤衰，周室大坏，《十月之交》《民劳》《板荡》，勃尔俱作，众国纷然，刺怨相寻。五霸之末，上无天子，下无方伯，善者谁赏，恶者谁罚，纪纲绝矣！故孔子录懿王、夷王时诗，讫于陈灵公淫乱之事，谓之变风变雅，以为勤民恤功，昭事上帝，则受颂声弘福如彼；若违而弗用，则被劫杀大祸如此。吉凶之所由，忧娱之萌渐，昭昭在斯，足作后王之鉴，于是止矣。夷、厉已上，岁数不明；太史年表，自共和始。历宣、幽、平王而得春秋次第，以立斯谱。欲知源流清浊之所处，则循其上下而省之；欲知风化芳臭气泽之所及，则傍行而观之；此诗之大纲也。夫举一纲而万目张，解一卷而众篇明，于力则鲜，于思则寡，其诸君子亦有乐于是与？

钟嵘《诗品序上》

气之动物，物之感人，故摇荡性情，形诸舞咏。照烛三才，晖丽万有，灵祇待之以致飨，幽微藉之以昭告；动天地，感鬼神，莫近于诗。昔《南风》之辞，《卿云》之颂，厥义夐矣！夏歌曰"郁陶乎予心"，楚谣曰"名余曰正则"，虽诗体未全，然是五言之滥觞也。逮汉李陵，始著五言之目矣。古诗眇邈，人世难详，推其文体，固是炎汉之制，非衰周之倡也。自王、扬、枚、马之徒，词赋竞爽，而吟咏靡闻。从李都尉迄班婕妤，将百年间，有妇人焉，一人而已（不计妇人，惟李陵一人而已）。诗人之风，顿已缺丧。东京二百载中，惟有班固《咏史》，质木无文。降及建安，曹公父子，笃好斯文，平原兄弟（曹植于建安中封平原侯），郁为文栋，刘桢、王粲为其羽翼。次有攀龙托凤，自致于属车者，盖将百计，彬彬之盛，大备于时矣。尔后陵迟衰微，迄于有晋。太康中，三张、二陆、两潘、一左，勃尔复兴，踵武前王，风流未沫，亦文章之中兴也。永嘉时贵黄老，稍尚虚谈，于时篇什，理过其辞，淡乎寡味。爰及江表，微波尚传，孙绰、许询、桓、庾诸公诗，皆平典似《道德论》，建安风力尽矣。先是郭景纯用俊上之才，变创其体；刘越石仗清刚之气，赞成厥美。然彼众我寡，未能动俗。逮义熙中，谢益寿斐然继作。元嘉中，有谢灵运，才高词盛，富艳难踪，固已含夸刘、郭，陵轹潘、左，故知陈思为建安之杰，公幹、仲宣为辅；陆机为太康之英，安仁、景阳为辅；谢客为元嘉之雄，颜延年为辅；斯皆五言之冠冕，文词之命世也。夫四言文约意广，取效《风》《骚》，便可多得，每苦文繁而意少，故世罕习焉。五言居文词之要，是众作之有滋味者也，故云会于流俗。岂不以指事造形，穷情写物，最为详切者邪？故诗有三义焉：一曰兴，二曰比，三曰赋。文已尽而义有余，兴也；因物喻志，比也；直书其事，寓言写物，赋也。弘斯三义，酌而用之，干之以风力，润之以丹采，使味之者无极，闻之者动心，是诗之至也。若专用比兴，则患在意深，意深则词踬。若但用赋体，则患在意浮，意浮则文散，嬉成流移，文无止泊，有芜漫之累矣。若乃春风春鸟，秋月秋蝉，夏云暑雨，冬月祁寒，斯四候之感诸诗者也。嘉会寄诗以亲，离群托诗以怨。至于楚臣去境，汉妾离宫，或骨横朔野，或魂逐飞蓬，或负戈外戍，杀气雄边，塞客衣单，孀闺泪尽。或士有解佩出朝，一去忘返，女有扬娥入宠，再盼倾国。凡斯种种，感荡心灵，非陈诗何以展其义？非长歌何以骋其情？故曰："诗可以群，可以怨。"使穷贱易安，幽居靡闷者，莫尚于诗矣。故诗人作者，罔不爱好。今之士俗，斯风炽矣。才能胜衣，甫就小学，必甘心而驰骛焉。于是庸音杂体，人各为容，至使膏腴子弟，耻文不逮，终朝点缀，分夜呻吟，独观谓为警策，众睹终沦平钝。次有轻薄之徒，笑曹、刘为古拙，谓鲍照羲皇上人，谢朓今古独步，而师鲍照终不及"日中市朝满"（鲍照《代结客少年场行》），学谢朓劣得（劣得，仅得也）"黄鸟度青枝"（虞炎《玉阶怨》）。徒自弃于高明，无涉于文流矣。观王公缙绅之士，每博论之余，何尝不以诗为口实，随其嗜欲，商榷不同，淄渑并泛，朱紫相夺，喧议竞起，准的无依。近彭城刘士章，俊赏之士，疾其淆乱，欲为当世诗品，口陈标榜，其文未遂，感而作焉。昔九品论人，《七略》裁士，校以宾实，诚多未值。至若诗之为技，较尔可知，以类推之，殆均博弈。方今皇帝资生知之上才，体沉郁之幽思，文丽日月，赏究天人，昔在贵游，已为称首。况八纮既奄，风靡云蒸，抱玉者联肩，握珠者踵武，固以瞰汉魏而不顾，吞晋宋于胸中，谅非农歌辕议，敢致流别。嵘之今录，庶周旋于闾里，均之于谈笑耳。

《诗品序中》

……夫属词比事，乃为通谈。若乃经国文符，应资博古，撰德驳奏，宜穷往烈。至乎吟咏情性，亦何贵于用事？"思君如流水"（徐幹《杂诗》），既是即目；"高台多悲风"（陈思王《杂诗》），亦唯所见；"清晨登陇首”（诗佚无考，吴均《答柳恽诗》有“清晨发陇西”句，既有“登、发”“首、西”二字之异，又列在谢康乐前，其非均诗明矣。当是魏晋人有此诗，而不传耳），羌无故实；“明月照积雪”（谢康乐《岁暮》），讵出经史；观古今胜语，多非补假，皆由直寻。颜延、谢庄，尤为繁密，于时化之。故大明、泰始中，文章殆同书抄。近任昉、王元长等，辞不贵奇，竞须新事，尔来作者，寖以成俗。遂乃句无虚语，语无虚字，拘挛补衲，蠹文已甚。但自然英旨，罕值其人，词既失高，则宜加事义，虽谢天才，且表学问，亦一理乎！陆机《文赋》，通而无贬，李充《翰林》，疏而不切，王微《鸿宝》，密而无裁，颜延《论文》，精而难晓，挚虞《文志》，详而博赡，颇曰知言。观斯数家，皆就谈文体，而不显优劣。至于谢客集诗，逢诗辄取，张骘《文士》，逢文即书，诸英志录，并载在文，曾无品第。嵘今所录止乎五言。虽然，网罗今古，词文殆集，轻欲辨彰清浊，掎摭病利，凡百二十人。预此宗流者，便称才子。至斯三品升降，差非定制，方申变裁，请寄知者尔。

乐府第七

乐府者，“声依永，律和声”也[①]。钧天九奏，既（孙云唐写本作“暨”）其上帝[②]；葛天八阕，爰乃皇时[③]。自《咸》《英》以降，亦无得而论矣[④]。至于涂山歌于候人，始为南音；有娀谣乎飞燕，始为北声；夏甲叹于东阳，东音以发；殷整（元作“鼇”，孙云唐写本作“鳌”）思于西河，西音以兴：音（赵云“音”作“心”）声推移，亦不一概矣[⑤]。匹（元作“及”，许改；孙云唐写本“及”下有“疋”字）夫庶妇，讴吟土风，诗官采言，乐盲（元作“育”，许改；赵云“育”作“胥”）被律，志感丝篁，气变金石（孙云唐写本作“竹”）[⑥]。是以师旷觇风于盛衰，季札鉴微于兴废，精之至也（孙云唐写本“至”作“志”）[⑦]。

夫乐本心术，故响浃肌髓，先王慎焉，务塞淫滥[⑧]。敷训胄子，必歌九德，故能情感七始[9]，化动八风[10]。自雅声浸微，溺音腾沸[11]，秦燔《乐经》，汉初绍复，制氏纪其铿锵，叔孙定其容与[12]；于是《武德》兴乎高祖，《四时》广于孝文，虽摹《韶》《夏》，而颇袭秦旧，中和之响，阒其不还[13]。暨武帝崇礼（孙云唐写本“礼”作“祀”），始立乐府[14]，总赵代之音，撮齐楚之气[15]；延年以曼声协律，朱（谭云沈校“朱”改“枚”）、马以骚体制歌[16]；《桂华》杂曲，丽而不经，《赤雁》群篇，靡而非典[17]；河间荐（孙云唐写本作“篇”）雅而罕御，故汲黯致讥于《天马》也[18]。至宣帝雅颂（孙云唐写本无“颂”字），诗（孙云唐写本“诗”下有“颇”字）效《鹿鸣》[19]。迩（孙云唐写本“迩”作“逮”）及元、成，稍广淫乐，正音乖俗，其难也如此[20]。暨后（孙云唐写本“后”下有“汉”字）郊庙，惟杂（孙云唐写本“杂”作“新”）雅章，辞虽典文，而律非夔旷[21]。

至于魏之三祖，气爽才丽，宰割辞调，音靡节平[22]。观其“北上”众引，“秋风”列篇，或述酣宴，或伤羁戍，志不出于淫（孙云唐写本作“慆”）荡，辞不离于哀思，虽三调之正声，实《韶》《夏》之郑曲也[23]。逮于晋世，则傅玄晓音，创定雅歌，以咏祖宗[24]；张华新篇，亦充庭万[25]。然杜夔调律，音奏舒雅；荀勖改悬，声节哀（孙云唐写本“哀”作“稍”）急，故阮咸讥其离声（孙云唐写本作“磬”），后人验其铜尺[26]。和乐（孙云唐写本“乐”下有“之”字）精妙，固表里而相资矣[27]。

故知诗为乐心，声为乐体；乐体在声，瞽师务调其器；乐心在诗，君子宜正其文[28]。“好乐无荒”，晋风所以称远（孙云唐写本作“美”）；“伊其相谑”，郑国所以云亡。故知季札观辞，不直听声而已[29]。

若夫艳歌婉娈，怨志诀绝（孙云唐写本作“宛诗诀绝”；谭校“诀”改“诀”），淫辞在曲，正响焉生[30]？然俗听飞驰，职竞新异；雅咏温恭，必欠伸鱼睨；奇辞切至，则拊髀雀跃。诗声俱郑，自此阶（孙云唐写本作“偕”）矣[31]。凡乐辞曰诗，诗（孙云唐写本“诗”作“咏”）声曰歌，声来被辞，辞繁难节；故陈思称李（孙云唐写本“李”作“左”）延年闲于增损古辞，多者则宜减之，明贵约也[32]。观高祖之咏“大风”，孝武之叹“来迟”，歌童被声，莫敢不协[33]；子建、士衡，咸（铃木云敦本“咸”作“亟”）有佳篇，并无诏伶人，故事谢丝管[34]，俗称乖调，盖未思也[35]。

至于斩（俞美长云疑作“轩”）伎（疑作“岐”，赵云“斩伎”作“轩岐”）鼓吹，汉世铙挽，虽戎丧殊事，而并（孙云唐写本无“并”字）总入乐府[36]，缪袭所致（铃木云敦本“袭”作“朱”，“致”作“改”），亦有可算焉[37]。昔子政品文，诗与歌别，故略具（孙云唐写本“具”作“序”）乐篇，以标区界（孙云唐写本有“也”字）[38]。

赞曰：八音摛文，树辞为体。讴吟坰野，金石云陛。《韶》响难追，郑声易启。岂惟观乐？于焉识礼。

注释：

①《尚书·舜典》：“帝曰：夔，命汝典乐……声依永，律和声。”王肃注曰：“声谓五声：宫、商、角、徵、羽。律谓六律六吕十二月之音气，言当依声律以和乐。”

②《史记·赵世家》：“简子寤，语大夫曰：我之帝所甚乐，与百神游于钧天广乐，九奏万舞，不类三代之乐，其声动人心。”（亦见《扁鹊列传》）郝懿行曰：“案其字疑错，然《章表篇》有‘既其身文’句，与此正同，又疑非误。”

③见《明诗篇》注。

④《白虎通·论帝王礼乐》：“《礼记》曰，黄帝乐曰《咸池》，帝喾乐曰《五英》。”郑注《周礼·春官·大司乐》云：“《咸池》，尧乐也。”《乐记正义》引《乐纬》云：“帝喾曰《六英》。”据宋均注，作《六英》是（宋注云：“《六英》者，能为天地四时六合之英华。”）。

⑤《吕氏春秋·季夏纪·音初篇》：“夏后氏孔甲田于东阳萯山，天大风晦盲，孔甲迷惑入于民室。主人方乳。或曰：‘后来，是良日也。之子是必大吉。’或曰：‘不胜也，之子是必有殃。’后乃取其子以归。曰：‘以为余子，谁敢殃之。’子长成人，幕动坼橑，斧斫破其足，遂为守门者。孔甲曰：‘呜呼有疾，命矣夫！’乃作为《破斧之歌》。实始为东音（《豳风》有《破斧》）。禹行功，见涂山之女，禹未之遇而巡省南土。涂山氏之女，乃令其妾候禹于涂山之阳。女乃作歌。歌曰：‘候人兮猗！’实始作为南音。周公及召公取风焉，以为《周南》《召南》。（高诱注：“取涂山氏女南音以为乐歌也。”《曹风》有《候人》。）般整甲（河亶甲名整）徙宅西

河，犹思故处，实始作为西音……秦缪公取风焉，实始作为秦音。有娀氏有二佚女，为之九成之台，饮食必以鼓。帝令燕往视之，鸣若謚謚，二女爱而争搏之……燕遗二卵北飞遂不反。二女作歌，一终曰‘燕燕往飞’。实始作为北音（《邶风》有《燕燕》）。”案吕氏之说，不见经传，附会显然，或者谓《国风》托之以制题，殆信古太甚之失也。

⑥《汉书·食货志上》："冬，民既入，妇人同巷相从夜绩……男女有不得其所者，因相与歌咏，各言其伤……孟春之月，群居者将散，行人振木铎徇于路以采诗。献之大师，比其音律，以闻于天子。故曰，王者不窥牖户而知天下。"《公羊传》宣公十五年何休注曰："男女有所怨恨，相从而歌，饥者歌其食，劳者歌其事。男年六十，女年五十无子者，官衣食之，使之民间求诗。乡移於邑，邑移于国，国以闻于天子。"《方言》载刘歆《与扬雄书》："三代周秦轩车使者遒人使者（《玉海》引《古文苑》‘遒人’二字在‘轩车使者’上，无下‘使者’二字）以岁八月巡路求（音求）代语童谣歌戏。"刘说与班、何略异（应劭《风俗通义序》同刘歆说）。当以《汉书》《公羊传注》为是。《诗大序·正义》引郑答张逸云："国史采众诗时，明其好恶，令瞽矇歌之。其无作主，皆国史主之，令可歌。"《周礼》，瞽矇"掌九德六诗之歌以役大师"。此云乐盲，当指大师瞽矇而言。

⑦《左传》襄公十八年："晋人闻有楚师。师旷曰：‘不害。吾骤歌北风，又歌南风，南风不竞，多死声，楚必无功。’"杜注曰："歌者吹律以咏八风，南风音微，故曰不竞。"吴公子季札观乐，见《左传》襄公二十九年，文繁不具载。

⑧《汉书·礼乐志》："夫乐本情性，浃肌肤而臧骨髓。"又曰："是谓淫过凶嫚之声，为设禁焉。"纪评曰："‘务塞淫滥’四字，为一篇之纲领。"

⑨《汉书·律历志上》："《书》曰‘予欲闻六律五声八音七始咏，以出内五言’，七者天地四时人之始也。顺以歌咏五常之言。"《礼乐志·安世房中歌》："七始华始，肃倡和声。"孟康曰："七始，天地四时人之始；华始，万物英华之始也。"《尚书·益稷》"予欲闻六律五声八音在治忽"，孔传曰"言欲以六律和声音在察天下治理及忽怠者"。《史记·夏本纪》作

“来始滑”。《集解》曰：“骃案，《尚书》‘滑’字作‘曶’，音忽。”《索隐》曰：“古文《尚书》作‘在治忽’，今文作‘采政忽’，先儒各随字解之。今此云‘来始滑’，于意无所通。盖‘来、采’字相近，‘滑、忽’声相乱，‘始’又与‘治’相似，因误为‘来始滑’。”《尚书大传》：“七始，天统也。”郑注：“七始，黄钟、林钟、大簇、南吕、姑洗、应钟、蕤宾也。”案彦和此文用今文《尚书》说。

⑩《史记·律书》说八风：不周风居西北，广莫风居北方，条风居东北，明庶风居东方，清明风居东南，景风居南方，凉风居西南，阊阖风居西方。《易纬通卦验》《春秋纬考异邮》《淮南·天文训》《淮南·地形训》《白虎通·八风篇》、刘熙《释名》言八风皆先条风。惟《左传》隐公五年《正义》引服虔说，始不周风，与《史记》合。

⑪《礼记·乐记》：“子夏对魏文侯曰：‘今君之所好者，其溺音乎！’文侯曰：‘敢问溺音何从出也？’子夏对曰：‘郑音好滥，淫志；宋音燕女，溺志；卫音趋数，烦志；齐音敖辟，乔志（谓傲辟骄志也）；此四者，皆淫于色而害于德，是以祭祀弗用也。’”纪评曰：“八字贯下十余行，非单品秦汉。”

⑫《汉书·艺文志》：“六国之君，魏文侯最为好古。孝文时，得其乐人窦公，献其书，乃《周官·大宗伯》之《大司乐》章也。”此《乐经》未经燔失之证。《礼乐志》：“汉兴，乐家有制氏，以雅乐声律世世在大乐官，但能纪其铿锵鼓舞，而不能言其义（《艺文志》‘乐类’亦同此文）。高祖时，叔孙通因秦乐人制宗庙乐。大祝迎神于庙门，奏《嘉至》，犹古降神之乐也。皇帝入庙门，奏《永至》，以为行步之节；犹古《采荠》《肆夏》也……”此彦和所本。“容与”唐写本作“容典”，案《后汉书·曹褒传论》，正作“容典”。

⑬《汉书·礼乐志》：“《武德舞》者，高祖四年作，以象天下乐已行武以除乱也……《四时舞》者，孝文所作，以（明）示天下之安和也……大氐皆因秦旧事焉。”

⑭“礼”唐写本作“祀”，义亦通。《宋书·乐志一》：“汉武帝虽颇造新哥（歌），然不以光扬祖考，崇述正德为先，但多咏祭祀见事及其祥瑞而已，商周雅颂之体阙焉。”是可为崇祀之证。《汉书·礼乐志》云：“至

武帝定郊祀之礼……乃立乐府，采诗夜诵。”颜师古曰：“始置之也。乐府之名盖起于此。哀帝时罢之。”《志》又谓：“孝惠二年使乐府令夏侯宽，备其箫管。”沈钦韩以为以后制追述前事，是也。采诗夜诵者，案钱大昭曰：“夜诵官名，古宫掖之掖，亦作夜，因诵于宫掖之中，故谓之夜诵。”周寿昌曰：“夜时清静，循诵易娴。”案钱、周说皆非也。细审语意，“采诗夜诵”谓采取百姓讴谣而夜诵之。若作官名解，未免不辞；若谓于宫掖之中诵之，则乐府、掖庭同属少府，各自为官，《志》既云“乃立乐府，采诗夜诵”，明为诵于乐府，而非诵于掖庭也。又《乐志》有“内有掖庭材人，外有上林乐府，皆以郑声施于朝廷”之说。此所谓掖庭材人，当即常从倡常从象人之类，孔光、何武以为郑卫而奏罢之者也。所谓上林乐府者，考《百官表》少府官属有上林中十池监，或上林中别立乐府，以备皇帝游燕之用，孔光斥为不应经法者，当即指此类言也。《乐志》又有夜诵员五人，孔光以为不可罢，设为掖庭材人之类，何以独存之乎？吾故曰钱说非也。周说谓“置官选诗，合于雅乐者，夜静诵之”，尤无根据。周氏引《鲁语》“夜儆百工，使无慆淫”“夜庀其家事，而后即安”“夜而计过无憾而后即安”；谓古人习业，夜亦不辍之证不知《鲁语》所云，重在无慆淫即安二事，非谓深夜不辍业也。如肄习乐章必于夜间，则学业之重于乐难于乐者多矣，岂皆待夜静始能习之哉？吾故曰周说亦非也。窃案《说文 · 夕部》：“夜从夕，夕者相绎也。”夜、绎音同义通，是夜诵即绎诵矣。《说文》“绎抽丝也”，意有未明。反复推演之谓之绎。《周礼 · 大司乐》：“以乐语教国子兴，道，讽，诵，言，语。”郑注云：“倍文曰讽，以声节之曰诵。”《左传》襄公十四年：“师曹欲歌之以怒孙子，公使歌之，遂诵之。”杜注云：“恐孙蒯不解故。”据此，歌辞必讽诵而益明了，故《史记 · 乐书》云：“通一经之士，不能独知其辞，皆集会五经家，相与共讲习读之，乃能通知其意，多尔雅之文。”讴谣初得自里闾，州异国殊，情习不同，必抽绎以见意义，讽诵以协声律，然后能合八音之调，所谓采诗夜诵者此也。给事雅乐用夜诵员五人，其职在抽绎歌义，诵以明之。古者师箴瞍赋蒙诵，可见周代乐官亦有以诵为专职者。

⑮《汉书 · 礼乐志》：“有赵代秦楚之讴。”《艺文志》：“自孝武立乐府而采歌谣，于是有代赵之讴，秦楚之风，皆感于哀乐，缘事而发，亦可以

观风俗，知薄厚云。”案歌诗家有《邯郸河间歌诗》四篇，《燕代讴雁门云中陇西歌诗》九篇，《齐郑歌诗》四篇，《吴楚汝南歌诗》十五篇。歌诗凡有二十八家，彦和特举其大者言之。

⑯《汉书·礼乐志》：“以李延年为协律都尉。多举司马相如等数十人造为诗赋。”《佞幸传》：“延年善歌，为新变声。是时上方兴天地诸祠，欲造乐，令司马相如等作诗颂。延年辄承意弦歌所造诗，为之新声曲。”《补注》引周寿昌曰：“相如死当元狩五年，死后七年延年始得见（元鼎六年）。是相如等前造诗，延年后为新声，多举者言举相如等数十人之诗赋，非举其人也。”周说是。陈先生曰：“朱马或疑为司马之误，非是。案朱或是朱买臣。《汉书》本传言买臣疾歌讴道中，后召见，言《楚辞》，帝甚说之。又《艺文志》有买臣赋三篇，盖亦有歌诗，《志》不详耳。”谨案师说极精。买臣善言《楚辞》，彦和谓以骚体制歌，必有所见而云然。唐写本亦作“朱马”，明“朱”非误字也。

《宋书·乐志·相和歌辞》有《陌上桑》一曲，或即骚体制歌之遗，录之如下：

> 今有人，山之阿，被服薜荔带女萝。既含睇，又宜笑，子恋慕予善窈窕。乘赤豹，从文狸，辛夷车驾结桂旗。被石兰，带杜衡，折芳拔荃遗所思。处幽室，终不见，天路险艰独后来。表独立，山之上，云何容容而在下。杳冥冥，羌昼晦，东风飘飖神灵雨。风瑟瑟，木搜搜，思念公子徒以忧。

⑰纪评曰：“《桂华》尚未至于不经，《赤雁》等篇亦不得目之曰靡，盖深恶涂饰，胡矫枉过正。”

《汉书·礼乐志·安世房中歌》十七章，《桂华》是其第十二章：“冯冯翼翼，承天之则；吾易久远，烛明四极。慈惠所爱，美若休德；杳杳冥冥，克绰永福。”

《赤雁歌》，太始三年行幸东海，获赤雁作，即《郊祀歌·象载瑜》：“象载瑜，白集西；食甘露，饮荣泉。赤雁集，六纷员；殊翁杂，五采文。神所见，施祉福；登蓬莱，结无极。”

⑱《礼乐志》：“河间献王有雅材，亦以为治道非礼乐不成，因献所集雅乐。天子下大乐官常存肄之。岁时以备数，然不常御；常御及郊庙皆非

雅声。”

《史记·乐书》:“(武帝)得神马渥洼水中,复次以为《太一之歌》,歌曲曰:‘太一贡兮天马下,沾赤汗兮沫流赭。骋容与兮跇万里,今安匹兮龙与友。’后伐大宛得千里马,马名蒲梢,次作以为歌,歌诗曰:‘天马来兮从西极,经万里兮归有德。承灵威兮降外国,涉流沙兮四夷服。’中尉汲黯进曰:‘凡王者作乐,上以承祖宗,下以化兆民;今陛下得马,诗以为歌,协于宗庙,先帝百姓,岂能知其音邪!’”

⑲《汉书·王褒传》:“宣帝时,天下殷富,数有嘉应,上颇作歌诗,欲兴协律之事。于是益州刺史王襄欲宣风化于众庶,闻王褒有俊才,请与相见,使褒作《中和乐职宣布诗》,选好事者令依《鹿鸣》之声,习而歌之。”又《礼乐志》:成帝时,“郑声尤甚,黄门名倡丙疆、景武之属,富显于世,贵戚五侯,定陵、富平外戚之家,淫侈过度,至与人主争女乐”。唐写本作“至宣帝雅诗,颇效《鹿鸣》”,案宣帝时君臣侈言福应,正宜有颂字方合。

⑳正音乖俗,如河间献王献雅乐,仅岁时备数,常御及郊庙皆非雅声之类。

㉑唐写本“后”下有“汉”字,是。“杂”作“新”亦是。惟新雅章,指东平王苍所制也。《后汉书·曹褒传》:显宗即位,曹充上言请制礼乐,引《尚书璇玑钤》曰:“有帝汉出,德洽作乐,名予。”帝善之,下诏曰:“今且改太乐官曰太予乐,歌诗曲操,以俟君子。”据此后汉之乐,一仍前汉之旧。(《南齐书·乐志》云:“南郊乐舞歌辞,二汉同用。”)《宋书·乐志》:汉明帝初,东平王苍制《舞歌》一章,荐之光武之庙。其诗曰:“於穆世庙,肃雍显清;俊乂翼翼,秉文之成;越序上帝,骏奔来宁;建立三雍,封禅泰山;章明图谶,放唐之文。休矣惟德,罔射协同;本支百世,永保厥功。”

章帝亲著《食举诗》四篇,又制《云台十二门诗》。

㉒三祖:太祖武帝操,高祖文帝丕,烈祖明帝睿。《宋书·乐志三》:“《相和》,汉旧歌也。丝竹更相和,执节者歌。本一部,魏明帝分为二。”彦和所讥“宰割辞调”,或即指此。

㉓黄注云:“按魏太祖《苦寒行》‘北上太行山’云云,通篇写征人之

苦。文帝《燕歌行》'秋风萧瑟天气凉'云云，亦托辞于思妇，所谓或伤羁戍，辞不离于哀思也。他若文帝《于谯作》《孟津》诸作，则又或述酣宴，志不出于淫荡之证也。"

《宋书·乐志》载：相和歌辞《驾六龙》（当《气出倡》），《厥初生》（当《精列》），《天地间》（当《度关山》），《惟汉二十二世》（当《薤露》），《关东有义士》（当《蒿里行》），《对酒歌太平时》（当《对酒》），《驾虹霓》（当《陌上桑》），皆武帝作。《登山而远望》（当《十五》），《弃故乡》，亦在"瑟调"（当《陌上桑》），皆文帝作。又晋荀勖撰《清商三调》，旧词施用者："平调"则《周西》（《短歌行》），《对酒》（《短歌行》），为武帝词。《秋风》（《燕歌行》），《仰瞻》（《短歌行》），《别日》（《燕歌行》），为文帝词。"清调"则《晨上》（《秋胡行》），《北上》（《苦寒行》），《愿登》（《秋胡行》），《蒲生》（《塘上行》），为武帝词。《悠悠》（《苦寒行》），为明帝词。"瑟调"则《古公》（《善哉行》），《自惜》（《善哉行》），为武帝词。《朝日》（《善哉行》），《上山》（《善哉行》），《朝游》（《善哉行》），为文帝词。《我徂》（《善哉行》），《赫赫》（《善哉行》），为明帝词。此外武帝有《碣石》（"大曲"《步出夏门行》）。文帝有《西山》（"大曲"《折杨柳行》），《园桃》（"大曲"《煌煌京洛行》）。明帝有《夏门》（"大曲"《步出夏门行》），《王者布大化》（"大曲"《棹歌行》）诸篇。陈王所作，被于乐者亦十余篇。盖乐词以曹氏为最富矣。彦和云"三调正声"者，三调本周《房中曲》之遗声。《隋书·音乐志》曰："《清乐》其始即《清商三调》是也，并汉来旧曲，乐器形制，并歌章古词，与魏三祖所作者，皆被于史籍……平陈后获之。高祖听之，善其节奏，曰：'此华夏正声也'。"然则三调之为正声，其来已久。彦和云三祖所为郑曲者，盖讥其词之不雅耳。

㉔《晋书·乐志》：武帝受命，泰始二年诏郊祀明堂。礼乐权用魏仪，但改乐章，使傅玄为之辞，凡十五篇。又傅玄造《四厢乐歌》三首，《晋鼓吹曲》二十二首，《舞歌》二首，《宣武舞歌》四首，《宣文舞歌》二首，《鼙舞》五首。

㉕张华作《四厢乐歌》十六首，《晋凯歌》二首。黄注但举《舞歌》非也。

㉖黄先生曰："《魏志·杜夔传》曰：'杜夔以知音为雅乐郎，后以世乱奔荆州。荆州平，太祖以夔为军谋祭酒，参太乐事，因令创制雅乐。夔善钟律，聪思过人。时散郎邓静、尹齐善咏雅乐，歌师尹胡能歌宗庙郊祀之曲，舞师冯肃、服养晓知先代诸舞。夔总统研精，远考诸经，近采故事，教习讲肄，备作乐器，绍复先代古乐，皆自夔始也。'《晋书·律历志》云：'武帝泰始九年，中书监荀勖校太乐八音不和，始知后汉至魏，尺长于古四分有余。勖乃部著作郎刘恭依《周礼》制尺，所谓古尺也。依古尺更铸铜律吕，以调声韵。以尺量古器，与本铭尺寸无差。又汲郡盗发六国时魏襄王冢，得古周时玉律及钟磬，与新律声韵暗同。于时郡国或得汉时故钟，吹律命之皆应。勖铭其尺……此尺者，勖新尺也。今尺者，杜夔尺也。荀勖造新钟律，与古器谐韵，时人称其精密。惟散骑侍郎陈留、阮咸议其声高，声高则悲，非兴国之音，亡国之音。亡国之音哀以思，其人困。今声不合雅，惧非德正至和之音，必古今尺有长短所致也。会咸病卒，武帝以勖律与周汉器合，故施用之。后始平掘地得古铜尺，岁久欲腐，不知所出何代，果长勖尺四分。时人服咸之妙，而莫能厝意焉。史臣案：勖于千载之外，推百代之法，度数既宜，声韵又契，可谓切密，信而有征也。而时人寡识，据无闻之一尺，忽周汉之两器，雷同臧否，何其谬哉！《世说》称"有田父于野地中得周时玉尺，便是天下正尺，荀勖试以校己所治金石丝竹，皆短校一米"。'《隋书·律历志》云：'炎历将终，而天下大乱。乐工散亡，器法湮灭。魏武始获杜夔，使定音律。夔依当时尺度，权备典章。及晋武受命，遵而不革，至泰始十年，光禄大夫荀勖奏造新度，更造律吕。'又云：'诸代尺度，一十五等。一、周尺。《汉志》王莽时刘歆铜斛尺。后汉建武铜尺。晋泰始十年荀勖律尺，为晋前尺。祖冲之所传铜尺……其铭曰："晋泰始十年，中书考古器，揆校今尺，长四分半。所校古法有七品：一曰姑洗玉律，二曰小吕玉律，三曰西京铜望臬，四曰金错望臬，五曰铜斛，六曰古钱（案《宋史·律历志》曰，古物之有分寸明著史籍者，可以酬验者，惟有法钱而已），七曰建武铜尺。姑洗微强，西京望臬微弱，其余与此尺同。"（已上皆铭文，凡八十二字）此尺者，勖新尺也。今尺者，杜夔尺也……今以此尺为本，以校诸代尺。'谨案如《隋唐志》言，则勖尺合于周尺，而杜夔尺长于勖尺，一尺长四分七

厘，不合甚明。阮咸讥勖，则《晋志》所谓谬也。荀勖尺不可考，宋王伯厚《钟鼎款识》有古尺，铭云：‘周尺，《汉志》刘歆铜尺，后汉建武（阮元云“建”下一字“戈”旁可辨，盖“武”字也）铜尺，前尺并同。’此则依仿晋尺而铸者，得此以求古律吕，信而有征。彦和所言，盖亦《晋志》所云雷同臧否者也。”

㉗唐写本“和乐”下有“之”字，是。表谓乐体，里谓乐心。

㉘《毛诗大序·正义》曰：“诗是乐之心，乐为诗之声，故诗乐同其功也。”又曰：“原夫作乐之始，乐写人音。人音有小大高下之殊，乐器有宫徵商羽之异。依人音而制乐，托乐器以写人，是乐本效人，非人效乐。但乐曲既定，规矩先成，后人作诗，模摩旧法，此声成文谓之音。若据乐初之时，则人能成文，始入于乐。若据制乐之后，则人之作诗，先须成乐之文，乃成为音。声能写情，情皆可见，听音而知治乱，观乐而晓盛衰，故神瞽有以知其趣也。”

㉙《毛诗·唐风·蟋蟀篇》其首章曰：“蟋蟀在堂，岁聿其莫；今我不乐，日月其除。无已大康，职思其居；好乐无荒，良士瞿瞿。”

《左传》襄公二十九年，季札见歌唐，曰：“思深哉，其有陶唐氏之遗民乎？不然，何忧之远也！”

《郑风·溱洧篇》其首章曰：“溱与洧，方涣涣兮，士与女，方秉蕳兮。女曰：‘观乎？’士曰：‘既且，且往观乎？’洧之外，洵訏且乐。维士与女，伊其相谑，赠之以勺药。”

《左传》季札见歌郑，曰：“美哉，其细已甚，民弗堪也，是其先亡乎！”

㉚“怨志诀绝”唐写本作“宛诗诀绝”。案唐本近是。“宛”疑是“怨”之误。古辞《白头吟》“闻君有两意，故来相决绝”，艳歌《何尝行》“上惭沧浪之天，下顾黄口小儿”，殆即彦和所指者耶？《宋志》皆列在大曲，故云淫辞在曲。纪评曰：“此乃折出本旨，其意为当时宫体竞尚轻艳发也。观《玉台新咏》，乃知彦和识高一代。”桂馥《札朴》六：“徐庾体即宫体。徐庾父子（徐摛及子陵，庾肩吾及子信）并在东宫，故称宫体。武帝闻宫体之名，召摛加让，盖自摛始。”据此是宫体起在梁代。（《南史·庾肩吾传》：“齐永明中，王融、谢朓、沈约文章始用四声，以为新变，至是转拘声韵，弥为丽靡，复逾往时。”）彦和此书成于齐世，不得

云为当时宫体发也。彦和所指，当即《南齐书 · 文学传》所称鲍照体。

㉛“诗声俱郑”，犹言“诗声俱淫”。《白虎通 · 总论礼乐》：“孔子曰：‘郑声淫何？郑国土地民人，山居谷浴，男女错杂，为郑声以相诱悦怿，故邪僻，声皆淫色之声也。’”陈立疏云：“《乐记》疏引《异义》云：‘今《论语》说，郑国之为俗，有溱洧之水，男女聚会，讴歌相感，故曰郑声淫。《左氏》说，烦手淫声，谓之郑声者，言烦手踯躅之音使淫，过矣。谨案《郑诗》二十一篇，说妇人者十九，故郑声淫也。’《白帖》引《通义》云：‘郑重之音使人淫故也。’卢校云：‘郑声疑作踯躅之音。’案‘郑’字衍文。左氏不以郑声为郑、卫之郑，故说为踯躅之声。昭元年《传》曰：‘烦手淫声，慆堙心耳，乃忘平和，谓之郑声。’是也。《公羊疏》引古文家服虔曰：‘郑重之音，郑重即踯躅，《乐记》所谓“及优侏儒，獶杂子女”。注：“獶，猕猴也。言舞者如狮猴戏也。”’是也。班氏自用《鲁论》说，以‘郑’为郑卫之郑，本与《左氏》不同，自不得杂引古文《春秋》以乱今文经师家法也。”案烦手踯躅之音生于郑人男女之讴歌相感。以其地言之，则为郑卫之郑；以其音言之，则为烦手踯躅之郑；实二而一者，义可通也。

㉜“李延年”唐写本作“左延年”，是。左延年见《魏志 · 杜夔传》，善郑声者也。亦见《晋书 · 乐志》。陈思语无考。黄先生曰：“增损古辞者，取古辞以入乐，增损以就句度也。是以古乐府有与原本违异者，有不可句度者。或者以古乐府不可句度，遂嗤笑以为不美，此大妄也。”

陈思王植《七哀》诗原文（《文选》）：“明月照高楼，流光正徘徊；上有愁思妇，悲叹有余哀。借问叹者谁，言是客子妻；君行逾十年，孤妾常独栖。君若清路尘，妾若浊水泥；浮沉各异势，会合何时谐。愿为西南风，长逝入君怀；君怀良不开，贱妾当何依。”

晋乐府所奏《楚调怨诗 · 明月篇》东阿王词七解（《宋书 · 乐志》）：

明月照高楼，流光正裴回；上有愁思妇，悲叹有余哀。（一解）
借问叹者谁，自云客子妻；夫行逾十载，贱妾常独栖。（二解）
念君过于渴，思君剧于饥；君为高山柏，妾为浊水泥。（三解）
北风行萧萧，烈烈入吾耳；心中念故人，泪堕不能止。（四解）
沉浮各异路，会合当何谐；愿作东北风，吹我入君怀。（五解）

君怀常不开，贱妾当何依；恩情中道绝，流止任东西。（六解）

我欲竟此曲，此曲悲且长；今日乐相乐，别后莫相忘。（七解）

上古乐府与原本违异者。

《南齐书 · 乐志》载《公莫辞》（《宋志》亦载此辞，而句相连不别，文与此亦异）："'吾不见公莫时　吾何婴公来　婴姥时吾　思君去时　吾何零　子以耶　思君去时　思来婴　吾去时母那　何去吾'……《晋公莫舞歌》二十章，无定句，前是第一解，后是第十九、二十解。杂有三句，并不可晓解。"

上古乐不可句度者。

《晋书 · 乐志》曰：魏雅乐四曲，《驺虞》《伐檀》《文王》皆左延年改其声。晋武泰始五年，张华表曰："魏《上寿》《食举》诗，及汉氏所施用，其文句长短不齐，未皆合古。盖以依咏弦节，本有因循，而识乐知音，足以制声度曲，法用率非凡近之所能改。二代三京，袭而不变，虽诗章辞异，兴废随时，至其韵逗留曲折，皆系于旧，有由然也。"据此是古乐府韵逗有定，故采诗入乐府者，不得不增损其文，以求合古矣。

㉝《史记 · 乐书》：高祖过沛诗《三侯之章》（《索隐》曰："侯，语辞也，兮亦语辞，《沛诗》有三'兮'，故云三侯也。"），令小儿歌之。其辞曰："大风起兮云飞扬，威加海内兮归故乡，安得猛士兮守四方！"

《汉书 · 外戚传》：李夫人少而蚤卒，帝思念不已。方士齐人少翁言能致其神。令帝居他帐，遥望见好女如李夫人之貌。帝益悲感，为作诗曰："是邪非邪？立而望之，偏何姗姗其来迟！"令乐府诸音家弦歌之。

㉞子建诗用入乐府者，惟《置酒》（大曲《野田黄雀行》）、《明月》（楚调《怨诗》）及《鼙舞歌》五首而已，其余皆无诏伶人。士衡乐府数十篇，悉不被管弦之作也。今案《文选》所载自陈思王《美女篇》以下至《名都篇》；陆士衡乐府十七首，谢灵运一首，鲍明远八首，缪熙伯以下三家挽歌，皆非乐府所奏，将以乐音有定，以诗入乐，需加增损，伶人畏难，故虽有佳篇，而事谢丝管欤？黄叔琳曰："唐人用乐府古题及自立新题者，皆所谓无诏伶人。"《古今乐录》曰："《估客乐》者，齐武帝之所制也。帝布衣时尝游樊、邓，登阼以后，追忆往事而作歌，使乐府令刘瑶管弦被之，教习卒无成。有人启释宝月善解音律，帝使奏之，旬日之中，便

就谐合。”是则诗辞非必不可入乐，惟视乐人能否使就谐合耳。

㉟《诗大序·正义》曰：“初作乐者，准诗而为声；声既成形，须依声而作诗。故后之作诗者，皆主应于乐文也。”此即乖调俗说，不如彦和之洞达矣。

㊱《宋书·乐志》：“《鼓吹》盖《短箫铙歌》，蔡邕曰军乐也。黄帝、岐伯所出，以扬德建武劝士讽敌也。”《困学纪闻》十八：“《左传》有《虞殡》，《庄子》有《绋讴》，挽歌非始于田横之客。”《世说·任诞门》注：“《谯子法训》曰：‘今丧有挽歌者，何以哉？谯子曰：“周闻之，盖高帝召田横至于户乡亭，自刎奉首。从者挽至于宫，不敢哭而不胜哀，故为此歌以寄哀者，彼则一时之为也。邻有丧，舂不相引，挽人衔枚，孰乐丧者耶！”’按《庄子》：‘《绋讴》所生，必于斥苦。’司马彪注曰：‘绋，引柩索也。引绋所以有讴歌者，为人有用力不齐，故促急之也。’《左传》哀十一年：‘鲁哀公会吴伐齐，其将公孙夏命歌《虞殡》。’杜预曰：‘《虞殡》，送葬歌，示必死也。’《史记·绛侯世家》曰：‘周勃以吹箫乐丧。’然则《挽歌》之来久矣，非始起于田横也。然谯氏引《礼》之文，颇有明据，非固陋者所能详闻，疑以传疑，以俟通博。”《晋书·礼志》：“汉魏故事，大丧及大臣之丧，执绋者《挽歌》。新礼以为《挽歌》出于汉武帝役人之劳歌，声哀切，遂以为送终之礼，虽音曲摧怆，非经典所制……不宜以歌为名……挚虞以为：‘挽歌因唱和而为摧怆之声，衔枚所以全哀，此亦以感众，虽非经典所载，是历代故事。《诗》称“君子作歌，惟以告哀”，以歌为名，亦无所嫌。宜定新礼如旧。’”崔豹《古今注》曰：“《薤露》《蒿里》，并哀歌也。本出田横门人。横自杀，门人伤之，为作悲歌，故有二章。至孝武时，李延年乃分二章为二曲。《薤露》送王公贵人，《蒿里》送士大夫、庶人。使挽柩者歌之，亦呼为《挽歌》。”

“薤上露，何易晞！露晞明朝更复落，人生一去何时归！”

“蒿里谁家地！聚敛魂魄无贤愚。鬼伯一何相催促，人命不得少踟蹰！”

唐写本无“并”字，是。

兹录《宋书·乐志》所载《鼓吹铙歌》十八曲于下（《古今乐录》曰：“汉《鼓吹铙歌》十八曲，字多讹误。又有务成、玄云、黄爵、钓竿，亦汉曲也。其辞亡。”沈约曰：“乐人以音声相传话，不可复解。”沈约又曰：“按《古今乐录》皆声辞艳相杂，不可复分。”凡古乐录皆大字是辞，细字是声，声辞合写，故致然耳。谭仪有《汉铙歌十八曲集解》，兹略取其说注于曲名下）：

《朱鹭曲》（庄述祖曰：“《朱鹭》，思直臣也。汉承秦弊，始除诽谤妖言之罪，而臣下犹未敢直言极谏焉。”）：“朱鹭，鱼以乌路訾邪。鹭何食，食茄（古荷字）下。不之食，不以吐，将以问诛（一作谏）者。”

《思悲翁曲》（庄曰：“《思悲翁》，伤功臣也。汉诛灭功臣，吕后族信醢越，民尤冤之。”）：“思悲翁，唐思，夺我美人侵以遇，悲翁也，但我思。蓬首（一作蕞）狗，逐狡兔，食交君，枭子五。枭母六，拉沓高飞莫安宿。”

《艾如张曲》（陈祚明曰：“艾与刈同。如读为而。”庄曰：“《艾如张》，戒好田猎也。田猎以时，爱及微物，则四时和，王道成矣。”）：“艾而张罗，夷于何。行成之，四时和。山出黄雀亦有罗，雀以高飞奈雀何？为此倚欲，谁肯礞室。”

《上之回曲》（《汉书·武帝纪》：“元封四年冬十月，行幸雍，祠五畤，通回中道，遂北出萧关。”沈建《乐府广题》曰：“汉曲皆美当时之事。”庄曰：“纪巡狩也。”）：“上之回，所中益。夏将至，行将北。以承甘泉宫，寒暑德。游石关，望诸国，月支臣，匈奴服。令从百官疾驱驰，千秋万岁乐无极。”

《翁离曲》（一作《拥离》。庄曰：“《翁离》，思贤也。贤者在位，则引其类与并进焉。”）：“拥离趾中可筑室，何用葺之蕙用兰，拥离趾中。”

《战城南曲》（庄曰：“《战城南》，思良将帅也。武帝穷武扩土。征伐不休，海内虚耗，士卒死伤相继。末年乃下诏弃轮台，陈即往之悔，故思伊吕之将焉。”）：“战城南，死郭北，野死不葬乌可食。为我谓乌，且为客豪，野死谅不葬，腐肉安能去子逃？水深激激，蒲苇冥冥。枭骑战斗死，驽马裴回鸣。梁筑室，何以南？梁何北？禾黍而获君何食？愿为忠臣安可得？思子良臣，良臣诚可思，朝行出攻，莫不夜归。”

《巫山高曲》(谭仪曰:“《巫山高》,南国之士自伤不达于朝廷也。”):“巫山高,高以大;淮水深,难以逝。我欲东归,害梁不为。我集无高,曳水何梁。汤汤回回,临水远望。泣下沾衣,远道之人心思归。谓之何?”

《上陵曲》(谭曰:“宗庙食举侑食之乐也。”庄曰:“《上陵》,纪福应也。”):“上陵何美美,下津风以寒。问客从何来,言从水中央。桂树为君船,青丝为君笮,木兰为君棹,黄金错其间。沧海之雀,赤翅鸿,白雁随,山林乍开乍合,曾不知日月明。醴泉之水,光泽何蔚蔚。芝为车,龙为马。览遨游,四海外。甘露初二年,芝生铜池中,仙人下来饮,延寿千万岁。”

《将进酒曲》(庄曰:“《将进酒》,戒饮酒无度也。宾主人相劝酬,歌诗相赠答,无沉湎之失焉。”):“将进酒,乘太白。辨加哉,诗审搏(《乐府诗集》作博)。放故歌,心所作。同阴气,诗悉索。使禹良工,观者苦。”

《君马黄曲》(庄曰:“《君马黄》,谏乱也。君臣各从其欲,车马曾不得休息焉。”):“君马黄,臣马苍,二马同逐臣马良。易之有騩蔡有赭,美人归以南,驾车驰马。美人伤我心!佳人归以北,驾车驰马。佳人安终极!”

《芳树曲》(庄曰:“《芳树》,谏时也。衰乱之世,以妾为妻,上无以化下,而好恶拂其性,君子疾其无心焉。”):“芳树,日月君乱,如于风。芳树不上无心。温而鹄,三而为行。临兰池,心中怀我怅。心不可匡,目不可顾,妒人之子愁杀人。君有他心,乐不可禁。王将何似?如孙如鱼乎?悲矣!”

《有所思曲》(庄曰:“《有所思》,谏时也。衰乱之俗,婚姻之礼废,夫妇之道苦,男女各以其私相约誓而轻绝焉。”):“有所思,乃在大海南。何用问遗君?双珠玳瑁簪,用玉绍缭之。闻君有他心,拉杂摧烧之。摧烧之,当风扬其灰。从今以往,勿复相思!相思与君绝。鸡鸣狗吠,兄嫂当知之。妃呼狶,秋风肃肃晨风飔,东方须臾高知之。”

《雉子斑曲》(庄曰:“《雉子斑》,戒贪禄也。”):“雉子,斑如此,之于雉梁,无以吾翁孺。雉子,知得雉子高蜚止,黄鹄蜚之以千里,王可思。雄来蜚从雌，视子趋一雉。雉子车大驾马滕，被王送行所中，尧羊蜚从王孙行。”

《圣人出曲》（庄曰：“《圣人出》，思太平也。秦楚之际，民无定极，汉高帝既灭项羽，即位于济阴定陶，百姓皆欣欣然知上有天子焉。”）：“圣人出，阴阳和。美人出，游九河。佳人来，骓离哉何。驾六飞龙四时和。君之臣明护不道，美人哉，宜天子。免甘星筮乐甫始，美人子，含四海。”

《上邪曲》（一作雅。庄曰：“《上邪》，谏不信也，礼乐陵迟，以誓为信，斯不信矣。”）：“上邪！我欲与君相知，长命无绝衰。山无陵，江水为竭，冬雷震震，夏雨雪，天地合，乃敢与君绝。”

《临高台曲》（庄曰：“《临高台》，谏乱也。”谭曰：“此郡国臣吏饮酒上寿之辞。古者宴饮则有礼射，汉世遗意犹存。香兰黄鹄，言外有乐不可极意。兰易衰，鹄易逝也。”）：“临高台以轩，下有清水清且寒。江有香草目以兰，黄鹄高飞离哉翻。关弓射鹄，令我主寿万年。收中吾。”

《远如期曲》（庄曰：“《远如期》，纪呼韩邪单于来朝也。”）：“远如期，益如寿，处天左侧，大乐，万岁与天无极。雅乐陈，佳哉纷，单于自归，动如惊心。虞心大佳，万人还来，谒者引，乡殿陈，累世未尝闻之。增寿万年亦诚哉！”

《石留曲》（庄曰：“有其声而辞失传。”陈沆曰：“声辞久淆，不可复诂。”）：“石留凉阳凉石水流为沙锡以微河为香向始𦯊冷将风阳北逝肯无敢与于杨心邪怀兰志金安薄北方开留离兰。”

㊲唐写本“缪袭”作“缪朱”，恐误。缪袭作《魏鼓吹曲》十二首，又造《挽歌》一首。纪评曰：“致当作制。”

㊳黄先生曰：“此据《艺文志》为言，然《七略》既以诗赋文艺分略，故以歌诗与诗异类。如令二略不分，则歌诗之附诗，当如《战国策》《太史公书》之附入《春秋》家矣。此乃部类所拘，非子政果欲别歌于诗也。”谨案诗为乐心，声为乐体，诗与歌本不可分，故三百篇皆歌诗也。自汉代有《在邹》《讽谏》等不歌之诗，诗歌遂画然两途。凡后世可歌之辞，不论其形式如何变化，不得不谓为三百篇之嫡属，而摹拟形貌之作，既与声

乐离绝，仅存空名，徒供目赏，久之亦遂陈熟可厌。《别录》诗歌有别，《班志》独录歌诗，具有精义，似非止为部类所拘也。唐写本“具”作“序”，是。

郭茂倩《乐府诗集》分乐府为十二类，每类皆有叙说源流之辞，极为详核，兹移录之（略有删节），并列表如下：

- 乐府
  - 入乐
    - 官乐
      - （一）郊庙
        - 大予乐—典郊庙上陵之乐。
        - 雅颂乐—典六宗社稷之乐。
      - （二）燕射——汉魏皆取周诗《鹿鸣》。晋荀勖始自造诗。
      - （三）鼓吹——崔豹《古今注》曰“汉乐有《黄门鼓吹》，天子所以宴乐群臣也。短箫铙歌，鼓吹之一章尔，亦以赐有功诸侯。”
      - （四）横吹——其始亦谓之鼓吹，马上奏之，盖军中之乐也。李延年因胡曲造《横吹二十八解》。
      - （五）舞曲
        - 雅舞—用于郊庙朝飨。
        - 杂舞—用于宴会。
    - 常乐
      - （六）相和——《宋书》乐志云“《相和》汉旧曲也。丝竹更相和，执节者歌。”《唐书》乐志“《平调》《清调》《瑟调》，皆周《房中曲》之遗声，汉世谓之三调。又有《楚调》《侧调》，与前三调总谓之《相和调》。”
      - （七）清商——其始即《相和三调》是也，并汉魏以来旧曲。
      - （八）琴曲——其曲有畅，有操，有引，有弄。
      - （九）杂曲——《宋书》乐志云“汉魏之世，歌咏杂兴，而诗之流乃有八名：曰行，曰引，曰歌，曰谣，曰吟，曰咏，曰怨，曰叹，皆诗人六义之余也。至其协声律，播金石，而总谓之曲。”
      - （十）近代曲—近代曲者，亦杂曲也。以其出于隋唐之世，故曰近代曲。
  - 不入乐
    - （十一）新乐府—皆唐世之新歌，以其辞实乐府而未尝被于声，故曰新乐府。
    - （十二）歌谣——徒歌。

一、郊庙歌辞

自黄帝已后，至于三代，千有余年，而其礼乐之备，可以考而知者，唯周而已。两汉已后，世有制作，其所以用于郊庙朝廷以接人神之欢者，其金石之响，歌舞之容，亦各因其功业治乱之所起，而本其风俗之所由。武帝时，诏司马相如等造《郊祀歌诗》十九章，五郊互奏之。又作《安世歌诗》十七章，荐之宗庙，至明帝乃分乐为四品：一曰《大予乐》，典郊庙上陵之乐。郊乐者，《易》所谓“先王以作乐崇德，殷荐上帝”。宗庙乐者，《虞书》所谓“琴瑟以咏，祖考来格”，《诗》云“肃雍和鸣，先祖是听”也。二曰《雅颂乐》，典六宗社稷之乐。社稷乐者，《诗》所谓“琴瑟击鼓，以御田祖”，《礼记》曰“乐施于金石，越于音声，用乎宗庙社稷，事乎山川鬼神”是也。永平三年，东平王苍造《光武庙登歌》一章，称述功德，而郊祀同用汉歌。魏歌辞不见，疑亦用汉辞也。武帝始命杜夔创定雅乐，时有邓静、尹商善训雅歌，歌师尹胡能习宗庙郊祀之曲，舞师冯肃、服养晓知先代诸舞，夔总领之。魏复先代古乐，自夔始也。晋武受命，百度草创，泰始二年诏郊庙明堂礼乐权用魏仪，遵周室肇称殷礼之义，但使傅玄改其乐章而已。永嘉之乱，旧典不存，贺循为太常，始有《登歌》之乐。明帝太宁末，又诏阮孚增益之。至孝武太元之世，郊祀遂不设乐。宋文帝元嘉中，南郊始设《登歌》，庙舞犹阙，乃诏颜延之造《天地郊庙登歌》三篇，大抵依仿晋曲，是则宋初又仍晋也。南齐、梁、陈，初皆沿袭，后更创制，以为一代之典。元魏、宇文继有朔漠，宣武已后雅好胡曲，郊庙之乐徒有其名。隋文平陈，始获江左旧乐，乃调五音，为《五夏》《二舞》《登歌》《房中》等十四调，宾祭用之。唐高祖受禅，未遑改造，乐府尚用前世旧文。武德九年，乃命祖孝孙修定雅乐，而梁陈尽吴楚之音，周齐杂胡戎之伎，于是斟酌南北，考以古音，作为唐乐，贞观二年奏之。安史作乱，咸镐为墟，五代相承，享国不永，制作之事，盖所未暇，朝廷宗庙典章文物，但按故常，以为程式云。

二、燕射歌辞

《仪礼·燕礼》曰：“工歌《鹿鸣》《四牡》《皇皇者华》。笙入，奏《南陔》《白华》《华黍》。乃间歌《鱼丽》，笙《由庚》；歌《南有嘉鱼》，笙《崇丘》；歌《南山有台》，笙《由仪》，遂歌乡乐，《周南》（关雎、葛覃、卷耳），《召南》（鹊巢、采蘩、采苹）。”此燕飨之有乐也。《大司乐》曰：“大射，王出入，令奏《王夏》。及射，令奏《驺虞》。诏诸侯以弓矢舞。”《乐师》：“燕射，帅射夫以弓矢舞。”《大师》：“大射，帅瞽而歌射节。”此大射之有乐也。《王制》曰：“天子食，举以乐。”《大司乐》：“王大食，三宥，皆令奏钟鼓。”汉鲍业曰：“古者天子食饮，必顺四时五味，故有食举之乐，所以顺天地、养神明、求福应也。”此食举之有乐也。《隋书·乐志》曰汉明帝时乐有四品，其二曰《雅颂乐》，辟雍飨射之所用。

则《孝经》所谓“移风易俗莫善于乐”者也。《礼记》曰：“揖攘而治天下者，礼乐之谓也。”三曰《黄门鼓吹》，天子宴群臣之所用焉。则《诗》所谓“坎坎鼓我，蹲蹲舞我”者也。汉有殿中御饭食举七曲，太乐食举十三曲。魏有雅乐四曲，皆取周诗《鹿鸣》。晋荀勖以《鹿鸣》燕嘉宾，无取于朝。乃除《鹿鸣》旧歌，更作行礼诗四篇，先陈三朝朝宗之义。又为王公上寿酒、食举乐歌诗十二篇。司律陈颀以为三元肇发，群后奉璧，趋步拜起，莫非行礼，岂容别设一乐，谓之行礼？荀讥《鹿鸣》之失，似悟昔谬，还制四篇，复袭前轨，亦未为得也。终宋齐以来，相承用之。梁陈三朝，乐有四十九等，其曲有《相和》五引及《俊雅》等七曲。后魏道武初，正月上日飨群臣，备列宫县正乐，奏燕赵秦吴之音，五方殊俗之曲，四时飨会亦用之。隋炀帝初，诏秘书省学士定殿前乐工歌十四曲，终大业之世，每举用焉。其后又因高祖七部乐，乃定以为九部。唐武德初，讌享承隋旧制，用九部乐。贞观中，张文收造讌乐，于是分为十部。后更分宴乐为立坐二部。天宝以后，讌乐西凉、龟兹部著录者二百余曲，而清乐天竺诸部不在焉。

三、鼓吹曲辞

鼓吹曲，一曰短箫铙歌。刘瓛定军礼云：“鼓吹未知其始也，汉班壹雄朔野而有之矣。鸣笳以和箫声，非八音也。骚人曰‘鸣篪吹竽’是也。”蔡邕《礼乐志》曰：“汉乐四品，其四曰短箫铙歌，军乐也。黄帝岐伯所作，以建威扬德、风敌劝士也。”《周礼·大司乐》曰：“王师大献，则令奏恺乐。”《大司马》曰：“师有功，则恺乐献于社。”郑康成曰：“兵乐曰恺，献功之乐也。”《宋书·乐志》曰：“雍门周说孟尝君：‘鼓吹于不测之渊。’说者云：‘鼓自一物，吹自竽籁之属，非箫鼓合奏，别为一乐之名也。’然则短箫铙歌此时未名鼓吹矣。应劭《汉卤簿图》唯有骑执箛，箛即笳，不云鼓吹。而汉世有黄门鼓吹。汉享宴食举乐十三曲，与魏世鼓吹长箫同。长箫短箫，《伎录》并云：‘丝竹合作，执节者歌。’又《建初录》云：‘《务成》《黄爵》《玄云》《远期》，皆骑吹曲，非鼓吹曲。’此则列于殿庭者名鼓吹，今之从行鼓吹为骑吹，二曲异也。又孙权观魏武军，作鼓吹而还，此应是今之鼓吹。魏晋世又假诸将帅及牙门曲盖鼓吹，斯则其时方谓之鼓吹矣。”按《西京杂记》：“汉大驾祠甘泉、汾阴，备千乘万骑，有黄门前后部鼓吹。”则不独列于殿庭者名鼓吹也。汉《远如期曲》辞，有

“雅乐陈”及“增寿万年”等语，无马上奏乐之意，则《远如期》又非骑吹曲也。《晋中兴书》曰：“汉武帝时，南越加置交趾、九真、日南、合浦、南海、郁林、苍梧七郡，皆假鼓吹。”《东观汉记》曰：“建初中，班超拜长史，假鼓吹麾幢。”则短箫铙歌，汉时已名鼓吹，不自魏晋始也。崔豹《古今注》曰：“汉乐有黄门鼓吹，天子所以宴乐群臣也。短箫铙歌，鼓吹之一章尔，亦以赐有功诸侯。”然则黄门鼓吹、短箫铙歌与横吹曲，得通名鼓吹，但所用异尔。汉有《朱鹭》等二十二曲，列于鼓吹，谓之铙歌。及魏受命，使缪袭改其十二曲，而《君马黄》《雉子斑》《圣人出》《临高台》《远如期》《石留》《务成》《玄云》《黄爵》《钓竿》十曲并仍旧名。是时吴亦使韦昭改制十二曲，其十曲亦因之。而魏吴歌辞，存者唯十二曲，余皆不传。晋武帝受禅，命傅玄制二十二曲，而《玄云》《钓竿》之名不改旧汉。宋齐并用汉曲，又充庭十六曲，梁高祖乃去其四，留其十二，更制新歌，合四时也。北齐二十曲，皆改古名，其《黄爵》《钓竿》，略而不用。后周宣帝革前代鼓吹制为十五曲，并述功德受命以相代，大抵多言战阵之事。隋制列鼓吹为四部，唐则又增为五部，部各有曲，唯《羽葆》诸曲，备叙功业，如前代之制。齐武帝时，寿昌殿南阁置《白鹭》鼓吹二曲，以为宴乐。陈后主常遣宫女习北方箫鼓，谓之《代北》，酒酣则奏之。此又施于燕私矣。

四、横吹曲辞

横吹曲，其始亦谓之鼓吹，马上奏之，盖军中之乐也。北狄诸国，皆马上作乐，故自汉已来，北狄乐总归鼓吹署。其后分为二部，有箫笳者为鼓吹，用之朝会、道路，亦以给赐。汉武帝时，南越七部皆给鼓吹是也。有鼓角者为横吹，用之军中，马上所奏者是也。《晋书·乐志》曰：“横吹有鼓角，又有胡角。按《周礼》云‘以鼖鼓鼓军事’。旧说云，蚩尤氏帅魑魅，与黄帝战于涿鹿，帝乃始命吹角为龙鸣以御之。其后魏武北征乌丸，越沙漠而军士思归，于是减为半鸣，尤更悲矣。横吹有双角，即胡乐也。汉博望侯张骞入西域，传其法于西京，唯得《摩诃兜勒》一曲。李延年因胡曲更造新声二十八解，乘舆以为武乐，后汉以给边将，和帝时万人将军得用之。魏晋以来，二十八解不复具存，而世所用者有《黄鹄》等十曲。”其辞后亡。又有《关山月》等八曲，后世之所加也。后魏之世，有

《簸逻回歌》，其曲多可汗之辞，皆燕魏之际鲜卑歌，歌辞虏音，不可晓解，盖大角曲也。又《古今乐录》有《梁鼓角横吹曲》，多叙慕容垂及姚泓时战阵之事，其曲有《企喻》等歌三十六曲，乐府胡吹旧曲又有《隔谷》等歌三十曲，总六十六曲，未详时用何篇也。自隋已后，始以横吹用之卤簿，与鼓吹列为四部，总谓之鼓吹：一曰棡鼓部，二曰铙鼓部，三曰大横吹部，四曰小横吹部。唐制，太常鼓吹，令掌鼓吹。施用调习之，节以备卤簿之仪，而分五部：一曰鼓吹部，二曰羽葆部，三曰铙吹部，四曰大横吹部，五曰小横吹部。

五、相和歌辞

《宋书·乐志》曰："《相和》，汉旧曲也。丝竹更相和，执节者歌。本一部，魏明帝分为二，更递夜宿。本十七曲，朱生、宋识、列和等复合之为十三曲。"其后晋荀勖又采旧辞施用于世，谓之清商三调歌诗，即沈约所谓"因弦管金石造歌以被之"者也。《唐书·乐志》曰："平调、清调、瑟调，皆周房中曲之遗声，汉世谓之三调，又有楚调、侧调。楚调者，汉房中乐也。高帝乐楚声，故房中乐皆楚声也。侧调者，生于楚调，与前三调总谓之相和调。"《晋书·乐志》曰："凡乐章古辞，今之存者，并汉世街陌谣讴，《江南可采莲》《乌生十五子》《白头吟》之属。"其后渐被于弦管，即《相和》诸曲是也。魏晋之世，相承用之。永嘉之乱，五都沦覆，中朝旧音，散落江左。后魏孝文、宣武，用师淮汉，收其所获南音，谓之清商乐，《相和》诸曲亦皆在焉。所谓清商正声，相和五调伎也。凡诸调歌辞，并以一章为一解。《古今乐录》曰："伧歌以一句为一解，中国以一章为一解。王僧虔启云："古曰章，今曰解，解有多少。当时先诗而后声，诗叙事，声成文，必使志尽于诗，音尽于曲。是以作诗有丰约，制解有多少，犹《诗》'君子阳阳'两解、'南山有台'五解之类也。"又诸调曲皆有辞、有声，而大曲又有艳、有趋、有乱。辞者，其歌诗也。声者，若"羊吾夷""伊那阿"之类也。艳在曲之前，趋与乱在曲之后，亦犹吴声西曲前有和，后有送也。又大曲十五曲，沈约并列于瑟调。唯《满歌行》一曲，诸调不载，故附见于大曲之下。其曲调先后，亦准技录为次云。

六、清商曲辞

清商乐，一曰清乐。清乐者，九代之遗声。其始即相和三调是也，并汉魏已来旧曲。其辞皆古调及魏三祖所作。自晋朝播迁，其音分散，苻坚灭凉得之，传于前后二秦。及宋武定关中，因而入南，不复存于内地。自时已后，南朝文物号为最盛，民谣国俗亦世有新声。故王僧虔论三调歌曰：“今之清商，实由铜雀。魏氏三祖，风流可怀。京洛相高，江左弥重。而情变听改，稍复零落。十数年间，亡者将半。所以追余操而长怀，抚遗器而叹息者矣。”后魏孝文讨淮汉，宣武定寿春，收其声伎，得江左所传中原旧曲，《明君》《圣主》《公莫》《白鸠》之属，及江南吴歌、荆楚西声，总谓之清商乐。至于殿庭飨宴，则兼奏之。遭梁陈亡乱，存者盖寡。及隋平陈得之，文帝善其节奏，曰：“此华夏正声也。”乃微更损益，去其哀怨，考而补之，以新定律吕，更造乐器。因于太常置清商署以管之，谓之“清乐”。开皇初，始置七部乐，清商伎其一也。大业中，炀帝乃定清乐、西凉等为九部。而清乐歌曲有《杨伴》，舞曲有《明君》《并契》。乐器有钟、磬、琴、瑟、击琴、琵琶、箜篌、筑、筝、节鼓、笙、笛、箫、篪、埙等十五种，为一部。唐又增吹叶而无埙。隋室丧乱，日益沦缺。唐贞观中，用十部乐，清乐亦在焉。至武后时，犹有六十三曲。其后……四十四曲存焉。长安已后，朝廷不重古曲，工伎寖缺，能合于管弦者惟《明君》《杨伴》《骁壶》《春歌》《秋歌》《白雪》《堂堂》《春江花月夜》等八曲。自是乐章讹失，与吴音转远。开元中，刘贶以为宜取吴人，使之传习，以问歌工李郎子。郎子北人，学于江都人俞才生。时声调已失，惟雅歌曲辞，辞典而音雅。后郎子亡去，清乐之歌遂阙。自周隋以来，管弦雅曲将数百曲，多用西凉乐。鼓舞曲多用龟兹乐。唯琴工犹传楚汉旧声及《清调》。蔡邕五弄，楚调四弄，谓之九弄。

七、舞曲歌辞

《通典》曰：“乐之在耳者曰声，在目者曰容。声应乎耳，可以听知；容藏于心，难以貌观。故圣人假干戚羽旄以表其容，发扬蹈厉以见其意，声容选和而后大乐备矣。《诗序》曰：‘咏歌之不足，不知手之舞之足之蹈之。’然乐心内发，感物而动，不觉手之自运，欢之至也。此舞之所由起也。”舞亦谓之万。《礼记外传》曰：“武王以万人同灭商，故谓舞为万。”《商颂》曰“万舞有奕”，则殷已谓之万矣。《鲁颂》曰“万舞洋洋”，《卫诗》曰“公庭万舞”，然则万亦舞之名也。《春秋》鲁隐公五年：“考仲子之宫，将万焉。因问羽数于众仲，众仲对曰：‘天子用八，诸侯六，大夫四，士二。舞所以节八音而行八风，故自八而下，于是初献六羽，始用六佾也。’”杜预以为六六三十六人。而沈约非之，曰：“八音克谐，然后成乐，故必以八人为列。自天子至士，降杀以两，两者减其二列尔。预以为一列又减二人，至士止余四人，岂复成乐！服虔谓‘天子八八，诸侯六八，大夫四八，士二八’，于义为允也。”周有六舞：一曰帗舞，二曰羽舞，三曰皇舞，四曰旄舞，五曰干舞，六曰人舞。帗舞者，析五彩缯，若汉灵星舞子所持是也。羽舞者，析羽也。皇舞者，杂五彩羽，如凤皇色，持之以舞也。旄舞者，牦牛之尾也。干舞者，兵舞，持盾而舞也。人舞者，无所执，以手袖为威仪也。《周官·舞师》：“掌教兵舞，帅而舞山川之祭祀。教帗舞，帅而舞社稷之祭祀。教羽舞，帅而舞四方之祭祀。教皇舞，帅而舞旱暵之事。”乐师亦掌教国子小舞。自汉以后，乐舞寖盛。故有雅舞，有杂舞。雅舞用之郊庙、朝飨，杂舞用之宴会。晋傅玄又有十余小曲，名为舞曲，故《南齐书》载其辞云：“获罪于天，北徙朔方。坟墓谁扫，超若流光。”疑非宴乐之辞，未详其所用也。前世乐饮酒酣，必自起舞。《诗》云“屡舞仙仙”是也。故知宴乐必舞，但不宜屡尔。讥在屡舞，不讥舞也。汉武帝乐饮，长沙定王起舞是也。自是已后，尤重以舞相属，所属者代起舞，犹世饮酒以杯相属也。灌夫起舞以属田蚡，晋谢安舞以属桓嗣是也。近世以来，此风绝矣。

八、琴曲歌辞

琴者，先王所以修身、理性、禁邪、防淫者也，是故君子无故不去其身。《唐书·乐志》曰：“琴，禁也。夏至之音，阴气初动，禁物之淫心也。”《世本》曰：“琴，神农所造。”《广雅》曰：“琴，伏羲所造，长七尺二寸，而有五弦。”扬雄《琴清英》曰：“舜弹五弦之琴而天下化。”《琴操》曰：“琴长三尺六寸六分，象三百六十日；广六寸，象六合也。文上曰池，池，水也，言其平；下曰滨，滨，宾也，言其服也。前广后狭，象尊卑也。上圆下方，法天地也。五弦，象五行也。文王、武王加二弦以合君臣之恩。”《古今乐录》曰：“今称二弦为文武弦是也。”应劭《风俗通》曰：“七弦，法七星也。”《三礼图》曰：“琴第一弦为宫，次弦为商，次为角，次为羽，次为徵，次为少宫，次为少商。”桓谭《新论》曰：“今琴四尺五寸，法四时五行也。”崔豹《古今注》曰：“蔡邕益琴为九弦，二弦大，次三弦小，次四弦尤小。”梁元帝《纂要》曰：“古琴名有清角，黄帝之琴也。鸣鹿、循况、滥胁、号钟、自鸣、空中，皆齐桓公琴也。绕梁，楚庄王琴也。绿绮，司马相如琴也。焦尾，蔡邕琴也。凤皇，赵飞燕琴也。自伏羲制作之后，有瓠巴、师文、师襄、成连、伯牙、方子春、钟子期，皆善鼓琴。而其曲有畅，有操，有引，有弄。”《琴论》曰：“和乐而作，命之曰畅，言达则兼济天下而美畅其道也。忧愁而作，命之曰操，言穷则独善其身而不失其操也。引者，进德修业，申达之名也。弄者，情性和畅，宽泰之名也。其后西汉时有庆安世者，为成帝侍郎，善为《双凤离鸾之曲》，齐人刘道强能作《单凫寡鹤之弄》，赵飞燕亦善为《归风送远之操》，皆妙绝当时，见称后世。若夫心意感发，声调谐应，大弦宽和而温，小弦清廉而不乱，攫之深，醳之愉，斯为尽善矣。古琴曲有五曲、九引、十二操。五曲：一曰《鹿鸣》，二曰《伐檀》，三曰《驺虞》，四曰《鹊巢》，五曰《白驹》。九引：一曰《烈女引》，二曰《伯妃引》，三曰《贞女引》，四曰《思归引》，五曰《霹雳引》，六曰《走马引》，七曰《箜篌引》，八曰《琴引》，九曰《楚引》。十二操：一曰《将归操》，二曰《猗兰操》，三曰《龟山操》，四曰《越裳操》，五曰《拘幽操》，六曰《岐山操》，七曰《履霜操》，八曰《朝飞操》，九曰《别鹤操》，十曰《残形操》，十一曰《水仙操》，十二曰《襄陵操》。自是已后，作者相继，而其义与其所起，略可考而知，故不复备论。”《乐府解题》曰：“《琴操》纪事，好与本传相违，存之者，以广异闻也。”

九、杂曲歌辞

《宋书·乐志》曰：“古者天子听政，使公卿大夫献诗，耆艾修之，而后王斟酌焉。”然后被于声，于是有采诗之官。周室下衰，官失其职。汉魏之世，歌咏杂兴，而诗之流乃有八名：曰行，曰引，曰歌，曰谣，曰吟，曰咏，曰怨，曰叹，皆诗人六义之余也。至其协声律，播金石，而总谓之曲。若夫均奏之高下，音节之缓急，文辞之多少，则系乎作者才思之浅深，与其风俗之薄厚。当是时，如司马相如、曹植之徒，所为文章深厚尔雅，犹有古之遗风焉。自晋迁江左，下逮隋唐，德泽寖微，风化不竞，去圣逾远，繁音日滋。艳曲兴于南朝，胡音生于北俗。哀淫靡曼之辞，迭作并起，流而忘反，以至陵夷。原其所由，盖不能制雅乐以相变，大抵多溺于郑卫，由是新声炽而雅音废矣。昔晋平公说新声，而师旷知公室之将卑。李延年善为新声变曲，而闻者莫不感动。其后元帝自度曲，被声歌，而汉业遂衰。曹妙达等改易新声，而隋文不能救。呜呼，新声之感人如此，是以为世所贵。虽沿情之作，或出一时，而声辞浅迫，少复近古。故萧齐之将亡也，有《伴侣》；高齐之将亡也，有《无愁》；陈之将亡也，有《玉树后庭花》；隋之将亡也，有《泛龙舟》。所谓烦手淫声，争新怨衰，此又新声之弊也。杂曲者，历代有之，或心志之所存，或情思之所感，或宴游欢乐之所发，或忧愁愤怨之所兴，或叙离别悲伤之怀，或言征战行役之苦，或缘于佛老，或出自夷虏。兼收备载，故总谓之杂曲。自秦汉以来，数千百岁，文人才士，作者非一。干戈之后，丧乱之余，亡失既多，声辞不具，故有名存义亡，不见所起。而有古辞可考者，则若《伤歌行》《生别离》《长相思》《枣下何纂纂》之类是也。复有不见古辞，而后人继有拟述，可以概见其义者，则若《出自蓟北门》《结客少年场》《秦王卷衣》《半度溪》《空城雀》《齐讴》《吴趋》《会吟》《悲哉》之类是也。又如汉阮瑀之《驾出北郭门》，曹植之《惟汉》《苦思》《欲游南山》《事君》《车已驾》《桂之树》等行，《磐石》《驱车》《浮萍》《种葛》《吁嗟》《鰕䱇》等篇，傅玄之《云中白子高》《前有一樽酒》《鸿雁生塞北行》《昔君》《飞尘》《车遥遥篇》，陆机之《置酒》，谢惠连之《晨风》，鲍照之《鸿雁》，如此之类，其名甚多，或因意命题，或学古叙事，其辞具在，故不复备论。

十、近代曲辞

《荀子》曰“久则论略，近则论详”，言世近而易知也。两汉声诗著于史者，唯《郊祀》《安世》之歌而已。班固以巡狩福应之事，不序郊庙，故余皆弗论。由是汉之杂曲所见者少，而相和、铙歌，或至不可晓解。非无传也，久故也。魏晋已后，讫于梁陈，虽略可考，犹不若隋唐之为详。非独传者加多也，近故也。近代曲者，亦杂曲也，以其出于隋唐之世，故曰近代曲也。隋自开皇初，文帝置七部乐：一曰西凉伎，二曰清商伎，三曰高丽伎，四曰天竺伎，五曰安国伎，六曰龟兹伎，七曰文康伎。至大业中，炀帝乃立清乐、西凉、龟兹、天竺、康国、疏勒、安国、高丽、礼毕，以为九部，乐器工衣于是大备。唐武德初，因隋旧制，用九部乐。太宗增高昌乐，又造谦乐，而去礼毕曲。其著令者十部：一曰谦乐，二曰清商，三曰西凉，四曰天竺，五曰高丽，六曰龟兹，七曰安国，八曰疏勒，九曰高昌，十曰康国，而总谓之燕乐。声辞繁杂，不可胜纪。凡燕乐诸曲，始于武德、贞观，盛于开元、天宝。其著录者十四调二百二十二曲。又有梨园，别教院法歌乐十一曲，云韶乐二十曲。肃、代以降，亦有因造。僖、昭之乱，典章亡缺，其所存者，概可见矣。

十一、杂歌谣辞

言者，心之声也；歌者，声之文也。情动于中而形于言，言之不足故嗟叹之，嗟叹之不足故咏歌之。歌之为言也，长言之也。夫欲上如抗，下如坠，曲如折，止如槁木，倨中矩，句中钩，累累乎端如贯珠，此歌之善也。《宋书·乐志》曰："黄帝、帝尧之世，王化下洽，民乐无事，故因击壤之欢，庆云之瑞，民因以作歌。其后风衰雅缺，而妖淫靡曼之声起。周衰，有秦青者善讴，而薛谈学讴于秦青，未穷青之伎而辞归。青饯之于郊，乃抚节悲歌，声震林木，响遏行云。薛谈遂留不去，以卒其业。又有韩娥者，东之齐，至雍门匮粮，乃鬻歌假食。既去而余响绕梁，三日不绝。左右谓其人不去也。过逆旅，逆旅人辱之，韩娥因曼声哀哭。一里老幼悲愁垂涕相对，三日不食。遽追之，韩娥还，复为曼声长歌，一里老幼喜跃抃舞，不能自禁，忘向之悲也。乃厚赂遣之。故雍门之人善歌哭，效韩娥之遗声。卫人王豹处淇川，善讴，河西之民皆化之。齐人绵驹居高唐，善歌，齐之右地亦传其业。前汉有鲁人虞公者，善歌，能令梁上尘起。若斯之类，并徒歌也。《尔雅》曰：'徒歌谓之谣。'"《广雅》曰："声比于琴瑟曰歌。"《韩诗章句》曰："有章曲曰歌，无章曲曰谣。"梁元帝《纂要》曰："齐歌曰讴，吴歌曰歈，楚歌曰艳，浮歌曰哇，振旅而歌曰凯歌，堂上奏乐而歌曰登歌，亦曰升歌。"故歌曲有《阳陵》《白露》《朝日》《鱼丽》《白水》《白雪》《江南》《阳春》《淮南》《驾辩》《渌水》《阳阿》《采菱》《下里巴人》，又有长歌、短歌、雅歌、缓歌、浩歌、放歌、怨歌、劳歌等行。汉世有相和歌，本出于街陌讴谣，而吴歌杂曲，始亦徒歌。复有但歌四曲，亦出自汉世，无弦节作伎，最先一人唱，三人和，魏武帝尤好之。时有宋容华者，清彻好声，善唱此曲，当时特妙。自晋已后不复传，遂绝。凡歌有因地而作者，《京兆》《邯郸歌》之类是也；有因人而作者，《孺子》《才人歌》之类是也；有伤时而作者，微子《麦秀歌》之类是也；有寓意而作者，张衡《同声歌》之类是也。宁戚以困而歌，项籍以穷而歌，屈原以愁而歌，卞和以怨而歌，虽所遇不同，至于发乎其情则一也。历世已来，歌谣杂出。今并采录，且以谣谶系其末云。

十二、新乐府辞

乐府之名，起于汉魏。自孝惠帝时，夏侯宽为乐府令，始以名官。至武帝，乃立乐府，采诗夜诵，有赵、代、秦、楚之讴。则采歌谣，被声乐，其来盖亦远矣。凡乐府歌辞，有因声而作歌者，若魏之三调歌诗，因弦管金石，造歌以被之是也。有因歌而造声者，若清商、吴声诸曲，始皆徒歌，既而被之弦管是也。有有声有辞者，若郊庙、相和、铙歌、横吹等曲是也。有有辞而无声者，若后人之所述作，未必尽被于金石是也。新乐府者，皆唐世之新歌也。以其辞实乐府，而未尝被于声，故曰新乐府也。元微之病后人沿袭古题，唱和重复，谓不如寓意古题，刺美见事，犹有诗人引古以讽之义。近代唯杜甫《悲陈陶》《哀江头》《兵车》《丽人》等歌行，率皆即事名篇，无复倚旁。乃与白乐天、李公垂辈谓是为当，遂不复更拟古题。因刘猛、李余赋乐府诗，咸有新意，乃作《出门》等行十余篇。其有虽用古题，全无古义，则《出门行》不言离别，《将进酒》特书列女。其或颇同古义，全创新词，则《田家》止述军输，《捉捕》请先蝼蚁。如此之类，皆名乐府。由是观之，自《风》《雅》之作，以至于今，莫非讽兴当时之事，以贻后世之审音者。傥采歌谣以被声乐，则新乐府其庶几焉。

诠赋第八

《诗》有六义，其二曰“赋”。“赋”者，铺也；铺采（孙云唐写本作“彩”）摛文，体物写志也①。昔邵（《吕览》作“召”）公称：“公卿（孙云唐写本‘卿’字无）献诗，师箴（孙云唐写本‘箴’下有‘瞽’字；《御览》五八七引有‘瞽’字；谭云沈校‘赋’上当脱‘瞍’字）赋”②。《传》云：“登高能赋，可为大夫。”诗序则同义，传说则异体，总其归涂，实相枝干③。刘向云（孙云唐写本“刘”上有

"故"字,"云"字无;《御览》亦有"故"字,无"云"字)明"不歌而颂",班固称"古诗之流也"[4]。

至如郑庄之赋"大隧",士𫇭之赋"狐裘",结言𢭃(孙云唐写本"𢭃"作"短")韵,词自己作,虽合赋体,明而未融[5]。及灵均唱《骚》,始广声貌。然(孙云唐写本"然"下有"则"字;《御览》引亦有"则"字)赋也者,受命于诗人(孙云唐写本"人"下有"而"字;《御览》亦有"而"字),拓(疑作"括";赵云作"拓"字;铃木云案《御览》《玉海》、敦本并作"拓"字)宇于《楚辞》(孙云《御览》有"者"字)也[6]。于是荀况《礼》《智》[7],宋玉《风》《钓》[8],爰锡名号,与诗画境[9],六义附庸,蔚成大国。遂(许云当作"述")客主(元作"至";赵云"至"作"主")以首(孙云唐写本作"守")引,极声(元脱,曹补;孙云唐写本作"形"字)貌以穷文,斯盖别诗之原始,命赋之厥初也[10]。

秦世不文,颇有杂赋[11]。汉初词人,顺(孙云唐写本"顺"作"循";《御览》亦作"循")流而作,陆贾扣其端,贾谊振其绪,枚、马同(孙云唐写本"同"作"播";《御览》作"洞")其风,王、扬骋其势,皋、朔(元作"翔",曹改;赵云"翔"作"朔")已下,品物毕图[12]。繁积于宣时,校阅于成世,进御之赋千有余首,讨其源流,信兴楚而盛汉矣[13]。

夫(孙云唐写本"夫"上有"若"字;《御览》亦有"若"字)京殿苑猎,述行序(孙云唐写本作"叙";《御览》亦作"叙")志,并体国经野,义尚光大。既履端于倡(孙云唐写本作"唱";《御览》亦作"唱")序,亦归余于总乱[14]。序以建言,首引情本;乱以理篇,迭致文契(孙云唐写本作"写送文势";《御览》亦作"写送文势")[15]。按《那》之卒章,闵马(元作"焉",朱改)称"乱",故知殷人辑(孙云唐写本作"缉")颂,楚人理赋,斯并鸿裁之寰(孙云唐写本作"环")域,雅文之枢辖也[16]。至于草区禽族,庶(元作"鹿",曹改)品杂类,则触兴致(孙云唐写本作"置")情,因变取会,拟诸形容,则言务纤密;象其物宜,则理贵侧附:斯又小制(孙云唐写本作

"製"）之区畛，奇巧之机要也[⑰]。

观夫荀结隐语，事数自环（孙云《御览》"数"作"义"，"环"作"怀"）；宋发巧（孙云唐写本作"夸"；《御览》作"诗"）谈，实始淫丽[⑱]；枚乘《菟园》，举要以会新[⑲]；相如《上林》，繁类以成艳[⑳]；贾谊《鹏鸟》，致辨于情理（孙云唐写本作"衷"）[㉑]；子渊《洞箫》，穷变于声貌[㉒]；孟坚《两都》，明绚（元作"朋约"，朱依《御览》改）以雅赡（孙云《御览》作"瞻雅"）[㉓]；张衡《二京》，迅发（一作"拔"；孙云唐写本作"拔"；《御览》亦作"拔"）以宏富[㉔]；子云《甘泉》，构深玮（孙云唐写本作"伟"；《御览》亦作"伟"）之风[㉕]；延寿《灵光》，含飞动之势[㉖]：凡此十家，并辞赋之英杰也。及仲宣靡密，发端（孙云唐写本作"篇"；《御览》亦作"篇"）必遒[㉗]；伟长博通（孙云《御览》作"通博"），时逢壮采[㉘]；太冲、安仁，策勋于鸿规[㉙]；士衡、子安，底绩于流制（孙云《御览》作"製"）[㉚]；景纯绮巧，缛理有余[㉛]；彦伯梗概，情韵不匮[㉜]：亦魏晋之赋首也。

原夫登高之旨，盖睹物兴情。情以物兴，故义必明雅；物以情观（孙云唐写本作"睹"），故词必巧丽。丽词雅义，符采相胜，如组织之品朱紫，画绘之著（孙云《御览》作"差"）玄黄，文虽新而有质（孙云唐写本"新"作"杂"；《御览》"质"作"实"），色虽糅而有本（一作"仪"；孙云唐写本作"义"），此立赋之大体也[㉝]。然逐末之俦，蔑弃其本，虽读千赋（孙云《御览》作"千首"），愈惑体要[㉞]；遂使繁华损（孙云《御览》作"折"）枝，膏腴害骨，无贵（赵云作"实"）风轨，莫益劝戒[㉟]：此扬子所以追悔于雕虫，贻诮于雾縠者也[㊱]。

赞曰：赋自《诗》出，分歧异派（孙云唐写本作"异流分派"）[㊲]。写物图貌，蔚似雕画。枏（赵云作"抑"）滞必扬，言庸（孙云唐写本作"旷"）无隘[㊳]。风归丽则，辞翦美稗（赵云作"词翦稊稗"）[㊴]。

注释：

①郑注《周礼》大师曰："赋之言铺，直铺陈今之政教善恶。"李详《黄注补正》曰："《毛诗·关雎·序》：《诗》有六义，二曰'赋'。《正义》云：'赋者，铺陈今之政教善恶，其言通正变，兼美刺。'又云：'直陈

其事，不譬喻者，皆赋辞。’案彦和铺采二语，特指词人之赋而言，非六义之本源也。”纪评曰：“铺采摛文，尽赋之体；体物写志，尽赋之旨。”

②《国语·周语上》：“召公曰：‘故天子听政，使公卿至于列士献诗（韦注：“献诗以风也。”），瞽献曲，史献书，师箴（韦注：“师，少师也。箴，箴刺王阙以正得失也。”），瞍赋（韦注：“无眸子曰瞍。赋，公卿列士所献诗也。”），蒙诵（韦注：“有眸子而无见曰蒙。《周礼》蒙主弦歌讽诵，谓箴谏之语也。”）。’”唐写本“公”下无“卿”字，非是。“箴”下有“瞽”字，应据《国语》改为“瞍”字。

③《毛诗·鄘风·定之方中·传》曰：“故建邦能命龟，田能施命，作器能铭，使能造命，升高能赋，师旅能誓，山川能说，丧纪能诔，祭祀能语，君子能此九者，可谓有德音，可以为大夫。”《正义》曰：“升高能赋者，谓升高有所见，能为诗赋其形状，铺陈其事势也。”《诗序》同义，谓赋与比兴并列于六义；传说异体，谓《周语》以赋与诗箴谏，《毛传》以赋与誓说诔别称，有似乎自成一体也。然要其归，皆赋诗陈事，非有大殊异，故曰实相枝干。又窃谓赋比兴三义并列，若荀屈之赋，自六义之赋流衍而成，则不得赋中杂出比兴。今观荀屈之赋，比兴实繁，即士蒍所作，有狐裘尨茸语，三句之中，兴居其一，谓赋之原始，即取六义之赋推演而成，或未必然。春秋列国朝聘，宾主多赋诗言志，盖随时口诵，不待乐奏也。《周语》析言之。故以瞍赋矇诵并称，刘向统言之，故云不歌而诵谓之赋。窃疑赋自有一种声调，细别之与歌不同，与诵亦不同，荀屈所创之赋，系取瞍赋之声调而作，故虽杂出比兴，无害其为赋也。汉世朱买臣九江被公能读《离骚》，盖不仅能读楚国方音，兼能明赋之声调耳。《荀子》有《成相篇》，俞樾说：“此相字即舂不相之相，《礼记·曲礼篇》‘邻有丧，舂不相’，郑注曰：‘相谓送杵声。’盖古人于劳役之事，必为歌讴以相劝勉，盖举大木者呼邪许之比，其乐曲即谓之相。讲成相者，请成此曲也。《汉志》有《成相杂词》，足征古有此体。”又《蒿里》《薤露》二曲，本古挽歌，而曹操借以写汉末离乱之事。荀卿、屈原之作赋，或亦借旧有声调别造新词以体物写情欤？

④唐写本“刘向”上有“故”字，是。“云”字衍，应删。《汉书·艺文志》：“不歌而诵谓之赋。”“赋者，古诗之流也。”班固《两都赋序》语。

⑤《左传》隐公元年："公入而赋：'大隧之中，其乐也融融。'姜出而赋：'大隧之外，其乐也泄泄。'"《正义》："赋诗谓自作诗也。中融外泄，各自为韵，盖所赋之诗有此辞，《传》略而言之。"又《左传》僖公五年："士蔿退而赋曰：'狐裘尨茸，一国三公，吾谁适从！'"杜注："士蔿自作诗也。"拒即短之讹别字。《逢盛碑》"命有悠拒"，"悠拒"即修短也。《广韵·上声·二十四缓》："短，都管切。拒同上。""结言短韵"，谓郑庄之赋仅二句，士蔿之赋仅三句也，唐写本"短"字不误。《诗·齐风·东方之日·笺》曰："日在东方，其明未融。"《正义》曰："昭五年《左传》云：'日上，其中明而未融，其当旦乎。'服虔云：'融，高也。'案《既醉》：'昭明有融。'《传》曰：'融，长也。'谓日高其光照长远。日之旦明未高，故以喻不明也。"

⑥唐写本作"然则赋也者"，是。黄疑"拓"作"括"，非是。唐写本正作"拓"。纪评曰："拓字不误，开拓之义也。颜延年《宋郊祀歌》：'奄受敷锡，宅中拓宇。'李善注引《汉书》虞诩曰：'先帝开拓土宇。'"案李注引范晔《后汉书·虞诩传》，纪评误脱"后"字。

⑦《荀子·赋篇》所载六首：《礼》《知》《云》《蚕》《箴》及篇末《佹诗》是也。兹录《礼》《知》二篇于下：

> 爰有大物，非丝非帛，文理成章；非日非月，为天下明。生者以寿，死者以葬；城郭以固，三军以强；粹而王，驳而伯，无一焉而亡。臣愚不识，敢请之王（案此即彦和所云"结句隐语"，下《知赋》同）。王曰：此夫文而不采者与？简然易知而致有理者与？君子所敬而小人所不者与？性不得则若禽兽，性得之则甚雅似者与？匹夫隆之则为圣人，诸侯隆之则一四海者与？致明而约，甚顺而体。请归之礼。礼（此一字即题目，古书题多在文后，如《礼记·乐记篇》"子贡问乐"即其例）。
>
> 皇天降物，以示下民。或厚或薄，帝不齐均。桀纣以乱，汤武以贤。湣湣淑淑，皇皇穆穆；周流四海，曾不崇日。君子以修，跖以穿室。大参乎天，精微而无形；行义以正，事业以成；可以禁暴足穷，百姓待之而后宁泰（杨注云当为"泰宁"）。臣愚不识，愿闻其名。曰：此夫安宽平而危险隘者邪？修洁之为亲而杂污之为狄者耶（狄读

为遂)？甚深藏而外胜敌者耶？法禹舜而能弇迹者耶？行为动静待之而后适者耶？血气之精也，志意之荣也。百姓待之而后宁也，天下待之而后平也，明达纯粹而无疵也，夫是之谓君子之知。知。

⑧宋玉赋自《楚辞》《文选》所载外，有《讽》《笛》《钓》《大言》《小言》五篇，皆在《古文苑》。张惠言以为皆五代宋人聚敛假托为之。《文选》有《风赋》当可信。

⑨谓荀、宋所造，始以赋名。王芑孙《读赋卮言·导源篇》曰："荀况《赋篇》言请陈《佹诗》；班固言赋者古诗之流，曰佹旁出之辞，曰流每下之说。夫既与诗分体，则义兼比兴，用长箴颂矣。单行之始，椎轮晚周，别子为祖，荀况、屈平是也。继别为宗，宋玉是也。追其统系，三百篇其百世不迁之宗矣。下此则两家歧出，有由屈子分支者，有自荀卿别派者，昭明序《选》，所云以荀宋表前，贾马继后，而慨然于源流自兹也。相如之徒，敷兴摛文，乃从荀法；贾傅以下，湛思渺虑，具有屈心。抑荀正而屈变，马愉而贾戚，虽云一毂，略已殊涂。赋家极轨，要当盛汉之隆，而或命骚为的，偏奉东京，岂曰知言者哉。"《抱朴子·钧世篇》："《毛诗》者，华彩之辞也，然不及《上林》《羽猎》《二京》《三都》之汪涉博富也。若夫俱论宫室，而奚斯《路寝》之颂，何如王生之赋《灵光》乎？同说游猎，而《叔畋》《卢令》之诗，何如相如之言《上林》乎？并美祭祀，而《清庙》《云汉》之辞，何如郭氏《南郊》之艳乎？等称征伐，而《出车》《六月》之作，何如陈琳《武军》之壮乎？则举条可以觉焉。"

⑩《汉书·艺文志》"杂赋十二家"，首列《客主赋》十八篇。沈钦韩曰："子墨客卿翰林主人盖用其体。"荀子赋皆用两人问对之体，《客主赋》当取法于此。述客主以首引，谓荀卿赋；极声貌以穷文，谓屈原赋。故曰："斯盖别诗之原始，命赋之厥初。"

⑪《汉书·艺文志》"秦时杂赋九篇"，沈钦韩曰："《文心雕龙·诠赋篇》'秦世不文，颇有杂赋'，本此。"

⑫《汉书·艺文志》，陆贾赋三篇。案贾赋今无存者。贾谊赋七篇。王应麟曰："《惜誓》《吊屈原》《鵩赋》，《古文苑》有《旱云》《虡赋》，《隋志》梁有《贾谊集》四卷。"枚乘赋九篇。王应麟曰："《古文苑》有《梁王菟园赋》。《文选》王粲《七哀诗》注：'《枚乘集》有《临霸池远诀

赋》。'《隋志》《乘集》二卷。" 王先谦曰："《西京杂记》有《柳赋》。又略见《初学记》二十八。" 司马相如赋二十九篇。沈钦韩曰："《隋志》《相如集》一卷。" 叶德辉曰："本传有《子虚赋》(《文选》分亡是公以下为《上林赋》)《哀秦二世赋》《大人赋》凡三篇。《文选》有《长门赋》一篇。《艺文类聚 · 人部》有《美人赋》一篇。(《古文苑》及《初学记 · 人部》同。)《文选 · 魏都赋》注有《黎赋》。《北堂书钞》百四十六有《鱼菹赋》。" 陶绍曾曰："《玉篇 · 石部》有《梓桐山赋》。" 王褒赋十六篇。王应麟曰："本传作《甘泉洞箫颂》。《楚辞》有《九怀》。《文选》注有《碧鸡颂》。隋、唐《志》集五卷。" 扬雄赋十二篇。王应麟曰："本传作四赋。《志》云：'入扬雄八篇。' 盖《七略》所载止四赋也。《古文苑》有《太玄》《蜀都》《逐贫赋》,《文选》注有《核灵赋》。" 沈钦韩曰："《核灵赋》略见《御览》一。" 陶绍曾曰："《说文 · 氏部》引雄赋'响若氏隤'，盖《解嘲》古亦谓之赋也。当在此十二篇中。" 枚皋赋百二十篇（本传云"其尤慢戏不可读者，尚数十篇"）。王应麟曰："本传凡可读者百二十篇。" 案皋制赋最多，而皋赋今不可见。《汉书 · 皋传》云："皋从行至甘泉、雍、河东，东巡狩，封泰山，塞决河宣房，游观三辅离宫观，临山泽弋猎射驭狗马，蹴鞠刻镂，上有所感，辄使赋之。为文疾，受诏辄成，故所赋者多。司马相如善为文而迟，故所作少，而善于皋。"《艺文志》不载东方朔赋。其本传云："有《封泰山》《责和氏璧》及《皇太子生》《禖》《屏风》《殿上柏柱》《平乐观猎赋》诸篇。"《御览》三百五十有朔《对骠骑难》。"品物毕图"，谓皋、朔辄受诏赋宫馆奇兽异物也。

⑬班固《两都赋序》："至于武宣之世，乃崇礼官，考文章……故孝成之世，论而录之，盖奏御者千有余篇。"《艺文志》："至成帝时，诏光禄大夫刘向校经传诸子诗赋。"

⑭黄注："京殿，《文选》中《两都》《二京》《灵光》《景福》之类是也；苑猎，《上林》《甘泉》《长杨》《羽猎》之类是也；述行，《北征》《东征》之类是也；序志，《幽通》《思玄》之类是也。"《周礼 · 天官 · 太宰》："体国经野。" 郑注："体，犹分也。经，谓为之里数。"《左传》文公元年："先王之正时也，履端于始，归余于终。" 王逸《离骚》注："乱，理也。所以发理词指，总撮其要也。极意陈词，文彩纷华，后结括一言以明所趣

之意也。”桂馥《札朴》六:“骚赋篇末皆有乱词。乱者,犹《关雎》之乱。《乐记》:‘武乱皆坐,周召之治也。’郑注:‘乱,谓失行列也。’《记》又云:‘行其缀兆,要其节奏,行列得正焉,进退得齐焉。’馥谓乱则行列不必正,进退不必齐。案骚赋之末,烦音促节,其句调韵脚,与前文各异,亦失行列进退之意。”案桂意盖本《国语》韦昭注。

⑮“迭致文契”唐写本作“写送文势”。赵君万里曰:“案《御览》五八七引此文,与唐本正合。”案唐写本是。写送是六朝人常语,意谓充足也。《附会篇》“克终底绩,寄深写送”,亦谓一篇之终,当文势充足也。

⑯《国语·鲁语下》:“闵马父曰:昔正考父校商之名颂十二篇于周大师,以《那》为首。其辑之乱曰:自古在昔,先民有作,温恭朝夕,执事有恪。”韦昭注曰:“辑,成也,凡作篇章,篇义既成,撮其大要为乱辞。诗者,歌也。所以节儛者也,如今三节儛矣,曲终乃更变章乱节,故谓之乱也。”纪评曰:“分别体裁,经纬秩然,虽义可并存,而体不相假。盖齐梁之际,小赋为多,故判其区畛,以明本末。”

⑰《汉书·艺文志》有“杂禽兽六畜昆虫赋十八篇”,王应麟曰:“刘向《别录》有《行过江上弋雁赋》《行弋赋》《弋雌得雄赋》。”又有《杂器赋》《草木赋》三十三篇。《西京杂记》虽云出自吴均,然其时或尚及见汉代杂赋之遗,兹录其所载小赋数首于下。

枚乘《柳赋》

忘忧之馆,垂条之木,枝逶迟而含紫,叶萋萋而吐绿。出入风云,去来羽族,既上下而好音,亦黄衣而绛足。蜩螗厉响,蜘蛛吐丝,阶草漠漠,白日迟迟。于嗟细柳,流乱轻丝。君王渊穆其度,御群英而玩之,小臣瞽聩,与此陈词。于嗟乐兮!于是樽盈缥玉之酒,爵献金浆之醪;庶羞千族,盈满六庖;弱丝清管,与风霜而共雕;鎗锽啾唧,萧条寂寥;隽乂英旄,列襟联袍;小臣莫效于鸿毛,空衔鲜而嗽醪。虽复河清海竭,终无增景于边撩。

(汉惠帝讳盈,此文何以不讳,殆伪托也。兹复录魏文帝《柳赋》一首以示例。)

魏文帝《柳赋》

昔建安五年,上与袁绍战于官渡,是时余始植斯柳,自彼迄今十有五载矣。感物伤怀，乃作斯赋曰：伊中域之伟木兮，瑰姿妙其可珍；禀灵祇之笃施兮，与造化乎相因。四气迈而代运兮，去冬节而涉春；彼庶卉之未动兮，固肇萌而先辰。盛德迁而南移兮，星鸟正而司分；应隆时而繁育兮，扬翠叶之青纯。修干偃蹇以虹指兮，柔条阿那而蛇伸；上扶疏而孛散兮，下交错而龙鳞。在余年之二七，植斯柳乎中庭；始围寸而高尺，今连拱而九成。嗟日月之逝迈，忽亹亹以遄征；昔周游而处此，今倏忽而弗形；感遗物而怀故，俯惆怅以伤情。于是曜灵次乎鹑首兮，景风扇而增暖；丰宏阴而博覆兮，躬恺悌而弗倦；四马望而倾盖兮，行旅仰而回眷。秉至德而不伐兮，岂简卑而择贱；含精灵而奇生兮，保休体之丰衍；惟尺断而能植兮，信永贞而可羡。
（此赋王粲亦同作，而文不全。）

路乔如《鹤赋》

白鸟朱冠，鼓翼池干。举修距而跃跃，奋皓翅之䎑䎑（同翼）。宛修颈而顾步，啄沙碛而相欢；岂忘赤霄之上，忽池籞而盘桓；饮清流而不举，食稻粱而未安。故知野禽野性，未脱笼樊；赖吾王之广爱，虽禽鸟兮抱恩；方腾骧而鸣舞，凭朱槛而为欢。

公孙诡《文鹿赋》

麀鹿濯濯，来我槐庭；食我槐叶，怀我德声。质如湘缛，文如素綦；呦呦相召，《小雅》之诗。叹丘山之比岁，逢梁王于一时。

羊胜《屏风赋》

屏风鞈匝，蔽我君王；重葩累绣，沓壁连璋；饰以文锦，映以流黄；画以古烈，颙颙昂昂；藩后宜之，寿考无疆。

邹阳《几赋》

高树凌云，蟠纡烦冤，旁生附枝。王尔公输之徒，荷斧斤，援葛藟，攀乔枝，上不测之绝顶，伐之以归。眇者督直，聋者磨砻，齐贡金斧，楚入名工。乃成斯几，离奇仿佛，似龙蟠马回，凤去鸾归。君王凭之，圣德日跻。

中山王胜《文木赋》

丽木离披，生彼高崖；拂天河而布叶，横日路而擢枝。幼雏羸㲉，单雄寡雌，纷纭翔集，嘈嗷鸣啼，载重雪而梢劲风，将等岁于二仪。巧匠不识，王子见知，乃命班尔，载斧伐斯。隐若天崩，豁如地裂，华叶分披，条枝摧折。既剥既判，见其文章；或如龙盘虎踞，复似鸾集凤翔；青緺紫绶，环璧珪璋；重山累嶂，连波叠浪；奔电屯云，薄雾浓雰；麏宗骥旅，鸡族雉群；蠋绣鸯锦，莲藻芰文；色比金而有裕，质参玉而无分。裁为用器，曲直舒卷；修竹映池，高松植巘。制为乐器，婉转蟠纡；凤将九子，龙导五驹。制为屏风，郁茀穹隆。制为杖几，极丽穷美。制为枕案，文章璀璨，彪炳焕汗。制为盘盂，采玩踟蹰。猗与君子，其乐只且。

⑱案《荀子》五赋，皆假为隐语，以问于人，如《礼赋》曰："臣愚不识，敢请之王。"其下则所问之人重演其义而告之。如王曰："此夫文而不采者与？"此即彦和所谓"事数自环"也。"巧谈"，唐写本作"夸谈"，是。

⑲《古文苑》载枚乘《菟园赋》，错脱不可理，黄先生校释之如下：

枚叔《梁王菟园赋》

修竹檀栾，夹池水。旋（旋，回旋之旋）菟园，并驰道。临广衍，长冗（二字有误）坂，〔故〕（即"坂"字，形近讹）径（一作"正"）〔于〕（疑衍）昆仑，貇（即"貌"字）观相物〔芴焉〕（"芴"即"物"字之误，"焉"字涉下而衍）子（"兮"字之误也）有似乎西山，西山隑隑（企立之貌），卹（一作"卲"）焉隗隗（即"隗"字，高貌），崣嵃（二字有误）崣嵃。崟岩㠸（即"纡"字加"山"尔）〔嵸〕（涉上而误）巍，〔𡾟〕（即"巍"字之误，"巍"或作"峞"，归旁俗书或作"来"，所谓追来为归也，"山"又讹为"巛"）焉（上有脱文）暴熛。激扬尘埃，蛇（上有脱文）龙。奏林薄。〔竹〕（疑衍）游风踊焉。秋风扬焉。满庶庶焉。纷纷纭纭。腾踊云乱，枝叶翚散，摩（疑当作"麾"）〔来〕（涉上而形误）幡幡焉，溪谷沙石。涸波沸日。湲〔浸〕（即"湲"之讹）疾东流。连焉辚辚，阴发绪（此三字有误）菲菲。訚訚谨扰。昆（即"鹍"之省）鸡蜈（一作"鹈"）蛙（即鶗鴂也），仓庚密切。别鸟相离，哀鸣其中。若乃附巢蹇鷙（二字有误）之傅于列树也。橘橘（读与"蓰"同）若飞雪之重弗丽（三字有误）也。西望西山。山鹊野鸠，白鹭鹘桐（盖“鹘鸼”字之误），鶤鹗鵾雕，翡翠鸲鹆，守（盖“鸡”字之讹，《尔雅》“鸡，天狗”）狗戴胜。巢枝穴藏。被塘临谷，声音相闻。啄（读为“咮”）尾离属，翱翔群熙，交颈接翼，闟而未至。徐飞翋㩧（即“飒沓”），往来霞水。离散而没合，疾疾纷纷，若尘埃之间白云也，予（字有误）之幽冥。究之乎无端，于是晚春早夏。邯郸襄国易阳之容丽人及其燕饰子相子（“予”之讹，读为“与”）杂遝而往款焉，车马接轸相属，方轮错毂，接服何（字有误）骖。披衔迹蹶，自奋增绝，怵惕腾跃，水（字有误）意而未发，因更阴逐心相秩奔（一作“奋”，一作“夺”，六字有误）隧（与“坠”字同）林临河。怒气未竭，羽盖繇（“繁”字之讹）起。被以红沫，濛濛若雨委雪，高冠扁（即“翩”之省）焉，长剑闲（《文选·宦者传论》注引作“闬”，盖读为“岸”）焉，左挟弹焉，右执鞭焉，日移乐衰。游观西园，〔之芝〕（二字并涉下衍）芝成宫阙。枝叶荣茂，选择纯熟。挐取含苴（读与“咀”同），复取其次，顾赐从者，于是从容安步，斗鸡走菟，俯仰钓射，烹熬炮炙，极欢到莫，若乃夫郊采桑之妇人兮，袿裼错纡，连袖方路，摩驰（“陀”之讹）长髲（“发”之讹）。便娟数顾（《文选》谢灵运《会吟行》注引作“若采桑之女，连褒方路，磨陀长髻，便娟数顾”），芳温往来，接（“精”之讹）神〔连〕（即“神”字讹衍）才结。已诺不分，缥并（读为“绝”）进靖（“请”之讹）。傧（读如“嚬”）笑连便，不可忍视也。于是妇人先称曰：“春阳生兮萋萋，不才子兮心哀，见嘉客兮不能归，桑萎蚕饥中人望奈何。”

⑳《史记·司马相如传》：“蜀人杨得意为狗监，侍上。上读《子虚赋》而善之，曰：‘朕独不得与此人同时哉！’得意曰：‘臣邑人司马相如自言为此赋。’上惊，乃召问相如。相如曰：‘有是。然此乃诸侯之事，未足观也。请为天子游猎赋，赋成奏之。’上许，令尚书给笔札。相如以‘子虚’，虚言也，为楚称；‘乌有先生’者，乌有此事也，为齐难；‘无是公’者，无是人也，明天子之义；故空籍此三人为辞，以推天子诸侯之苑囿。其卒章归之于节俭，因以风谏。奏之天子，天子大说。其辞曰……（文载《史记》《汉书》相如本传，辞繁不录）赋奏，天子以为郎。无是公言天子

上林广大，山谷水泉万物，及子虚言楚云梦所有甚众，侈靡过其实，且非理义所尚，故删取其要归正道而论之。”《汉书》颜师古注曰：“言不尚其侈靡之论，但取终篇归于正道耳，非谓削除其辞也。而说者便谓此赋已经史家刊剟，失其意矣。”

㉑《史记·贾生列传》：“贾生为长沙王太傅三年，有鸮飞入贾生舍，止于坐隅。楚人命鸮曰‘服’。贾生既以適（谪）居长沙，长沙卑湿，自以为寿不得长，伤悼之，乃为赋以自广。其辞曰：‘单阏之岁兮，四月孟夏；庚子日施兮，服集予舍；止于坐隅，貌甚闲暇。异物来集兮，私怪其故；发书占之兮，策言其度。曰“野鸟入处兮，主人将去”。请问于服兮：“予去何之？吉乎告我，凶言其菑，淹数之度兮，语予其期。”服乃叹息，举首奋翼，口不能言，请对以意。万物变化兮，固无休息，斡流而迁兮，或推而还，形气转续兮，变化而嬗，沕穆无穷兮，胡可胜言。祸兮福所倚，福兮祸所伏，忧喜聚门兮，吉凶同域。彼吴强大兮，夫差以败；越栖会稽兮，句践霸世。斯游遂成兮，卒被五刑；傅说胥靡兮，乃相武丁。夫祸之与福兮，何异纠纆；命不可说兮，孰知其极？水激则旱兮，矢激则远；万物回薄兮，振荡相转。云蒸雨降兮，错缪相纷，大专槃物兮，坱轧无垠，天不可与虑兮，道不可与谋，迟数有命兮，恶识其时？且夫天地为炉兮，造化为工；阴阳为炭兮，万物为铜。合散消息兮，安有常则；千变万化兮，未始有极。忽然为人兮，何足控抟；化为异物兮，又何足患！小知自私兮，贱彼贵我；通人大观兮，物无不可。贪夫殉财兮，烈士殉名；夸者死权兮，品庶冯生。怵迫之徒兮，或趋西东，大人不曲兮，亿变齐同。拘士系俗兮，攌如囚拘；至人遗物兮，独与道俱。众人或或兮，好恶积意；真人淡漠兮，独与道息。释知遗形兮，超然自丧；寥廓忽荒兮，与道翱翔。乘流则逝兮，得坻则止；从躯委命兮，不私与己。其生若浮兮，其死若休，澹乎若深渊之静，氾兮若不系之舟，不以生故自宝兮，养空而浮。德人无累兮，知命不忧；细故蒂葪兮，何足以疑！’”（贾生此赋与《鹖冠子·世兵篇》文辞多同。《史记·伯夷列传》“贪夫殉财”作贾生曰，是《世兵篇》伪也。）

㉒《汉书·王褒传》：“王褒字子渊，蜀人也。（宣帝时为谏大夫）……太子体不安，苦忽忽善忘，不乐。诏使褒等皆之太子宫虞侍太子，朝夕诵

读奇文及所自造作。疾平复，乃归。太子喜褒所为《甘泉》及《洞箫颂》，令后宫贵人左右皆诵读之。”《文选》有《洞箫赋》，文繁不具录。其篇末乱辞结句云“连延骆驿，变无穷兮”，彦和“穷变”二字所本。

㉓《后汉书·班固传》：“固字孟坚，年九岁，能属文诵诗赋。及长，遂博贯载籍，九流百家之言，无不穷究……固所著《典引》《宾戏》《应讥》、诗、赋、铭、诔、颂、书、文、记、论、议、六言，在者凡四十一篇。”李调元《赋话》云：“扬马之赋，语皆单行，班张则间有俪句，如‘周以龙兴，秦以虎视，声与风游，泽从云翔’等语是也。下逮魏晋，不失厥初。鲍照江淹，权舆已肇。永明、天监之际，吴均、沈约诸人，音节谐和，属对密切，而古意渐远。庾子山沿其习，开隋唐之先蹋；古变为律，子山实开其先。”本传载《两都赋》而无序文，兹从《文选》移录其序，赋繁不录。

《两都赋·序》：“或曰，赋者古诗之流也，昔成康没而颂声寝，王泽竭而诗不作。大汉初定，日不暇给；至于武宣之世，乃崇礼官，考文章，内设金马石渠之署，外兴乐府协律之事，以兴废继绝，润色鸿业。是以众庶悦豫，福应尤盛。《白麟》《赤雁》《芝房》《宝鼎》之歌，荐于郊庙；神雀、五凤、甘露、黄龙之瑞，以为年纪。故言语侍从之臣，若司马相如、虞丘寿王、东方朔、枚皋、王褒、刘向之属，朝夕论思，日月献纳；而公卿大臣，御史大夫倪宽、太常孔臧、太中大夫董仲舒、宗正刘德、太子太傅萧望之等时时间作。或以抒下情而通讽谕，或以宣上德而尽忠孝，雍容揄扬，著于后嗣，抑亦雅颂之亚也。故孝成之世，论而录之，盖奏御者千有余篇，而后大汉之文章，炳焉与三代同风。且夫道有夷隆，学有粗密，因时而建德者，不以远近易则；故皋陶歌虞，奚斯颂鲁，同见采于孔氏，列于《诗》《书》，其义一也。稽之上古则如彼，考之汉室又如此，斯事虽细，然先臣之旧式，国家之遗美，不可阙也。臣窃见海内清平，朝廷无事，京师修宫室、浚城隍、起苑囿以备制度，西土耆老，咸怀怨思，冀上之眷顾，而盛称长安旧制，有陋洛邑之议。故臣作《两都赋》，以极众人之所眩曜，折以今之法度。”

㉔《后汉书·张衡传》：“张衡字平子，南阳西鄂人也，少善属文。时天下承平日久，自王侯以下，莫不逾侈。衡乃拟班固《两都》作《二京赋》，

因以讽谏。精思傅会，十年乃成。”杨泉《物理论》曰：“平子《二京》，文章卓然。”（李善《西京赋》注引）衡本传谓《二京》文多，故不载。《文选》载《西京》《东京》两赋（薛综注），又载《南都赋》一首，文繁不录。

㉕《汉书·扬雄传》：“扬雄字子云，蜀郡成都人也……孝成帝时，客有荐雄文似相如者。(《西京杂记》三：‘司马长卿赋时人皆称典而丽，虽诗人之作，不能加也。扬子云曰：“长卿赋不似从人间来，其神化所至邪。”子云学相如为赋而弗逮，故雅服焉。’）上方郊祠甘泉泰畤、汾阴后土，以求继嗣，诏雄待诏承明之庭。正月，从上甘泉还，奏《甘泉赋》以风……甘泉本因秦离宫，既奢泰，而武帝复增通天、高光、迎风。宫外近则洪厓、旁皇、储胥、弩阹，远则石关、封峦、枝鹊、露寒、棠梨、师得；游观屈奇瑰玮，非木靡而不雕，墙涂而不画，周宣所考，般庚所迁，夏卑宫室，唐虞棌椽三等之制也。且其为已久矣，非成帝所造。欲谏则非时，欲默则不能已，故遂推而隆之，乃上比于帝室紫宫，若曰此非人力之所为，党鬼神可也。”赋文繁不录。

㉖《后汉书·王逸传》(《文苑传上》)：“(王）延寿字文考，有俊才。少游鲁国，作《灵光殿赋》。后蔡邕亦造此赋，未成，及见延寿所为，甚奇之，遂辍翰而已。”《文选》载其赋文，辞繁不录，录序于下：“鲁灵光殿者，盖景帝程姬之子恭王余之所立也。初，恭王始都下国，好治宫室，遂因鲁僖基兆而营焉。遭汉中微，盗贼奔突，自西京未央、建章之殿，皆见隳坏，而灵光岿然独存，意者岂非神明依凭支持，以保汉室者也。然其规矩制度，上应星宿，亦所以永安也。予客自南鄙，观蓺于鲁，睹斯而眙，曰：嗟乎！诗人之兴，感物而作，故奚斯颂僖，歌其路寝，而功绩存乎辞，德音昭乎声。物以赋显，事以颂宣，匪赋匪颂，将何述焉！”

㉗《三国志·魏志·王粲传》：“王粲，字仲宣，山阳高平人也。善属文，举笔便成，无所改定。时人常以为宿构，然正复精意覃思，亦不能加也。著诗赋论议垂六十篇。文帝书《与元城令吴质》曰：‘仲宣独自善于辞赋，惜其体弱，不足起其文，至于所善，古人无以远过也。’”“发端”唐写本作“发篇”，是。严可均《全后汉文》辑粲赋有《大暑》《游海》《浮淮》《闲邪》《出妇》《思友》《寡妇》《初征》《登楼》《羽猎》《酒》《神女》《槐树》等赋，虽颇残阙，然篇率遒短，故彦和云然。兹录其《登楼赋》

一首。

《登楼赋》

登兹楼以西望兮，聊假日以销忧；览斯宇之所处兮，实显敞而寡仇。挟清漳之通浦兮，倚曲沮之长洲；背坟衍之广陆兮，临皋隰之沃流；北弥陶牧，西接昭丘；华实蔽野，黍稷盈畴。虽信美而非吾土兮，曾何足以少留！遭纷浊而迁逝兮，漫逾纪以迄今；情眷眷而怀归兮，孰忧思之可任！凭轩槛以遥望兮，向北风而开襟；平原远而极目兮，蔽荆山之高岑；路逶迤而修迥兮，川既漾而济深；悲旧乡之壅隔兮，涕横坠而弗禁。昔尼父之在陈兮，有归欤之叹音；钟仪幽而楚奏兮，庄舄显而越吟；人情同于怀土兮，岂穷达而异心！惟日月之逾迈兮，俟河清其未极，冀王道之一平兮，假高衢而骋力；惧匏瓜之徒悬兮，畏井渫之莫食。步栖迟以徙倚兮，白日忽其将匿；风萧瑟而并兴兮，天惨惨而无色；兽狂顾以求群兮，鸟相鸣而举翼；原野阒其无人兮，征夫行而未息；心凄怆以感发兮，意忉怛而憯恻。循阶除而下降兮，气交愤于胸臆；夜参半而不寐兮，怅盘桓以反侧。

㉘《王粲传》：北海徐幹字伟长。文帝《与吴质书》曰："伟长独怀文抱质，恬淡寡欲，有箕山之志，可谓彬彬君子矣。"《典论·论文》曰："如粲之《初征》《登楼》《槐赋》《征思》，幹之《玄猿》《漏卮》《圆扇》《橘赋》，虽张、蔡不过也。然于他文未能称是。"《全后汉文》辑幹赋有《齐都》《西征》《序征》《哀别》《冠》《团扇》《车渠椀》等赋，皆残阙太甚，兹录《齐都赋》一节于下，殆彦和所谓时逢壮采者欤？

齐国实坤德之膏腴，而神州之奥府。其川渎则洪河洋洋，发源昆仑，九流分逝，北朝沧渊，惊波沛厉，浮沫扬奔。南望无垠，北顾无鄂；蒹葭苍苍，莞菰沃若。瑰禽异鸟辟萃乎其间，带华蹈缥，披紫垂丹，应节往来，翕习翩翻。灵芝生乎丹石，发翠华之煌煌。其宝玩则玄蛤抱玑，駮蚌含珰。

㉙"策勋鸿规"谓潘岳作《藉田赋》，左思作《三都赋》。《文选·藉田赋》注引臧荣绪《晋书》曰："泰始四年正月丁亥，世祖初藉于千亩，司空掾潘岳作《藉田颂》。"注又曰："《藉田》《西征》，咸有旧注。"是岳赋以此二篇为最巨制，故独有旧注。藉田尤关国家典制，彦和意即指此。

《晋书 · 文苑传 · 左思传》曰："左思字太冲，齐国临淄人也。貌寝口讷，而辞藻壮丽，不好交游，惟以闲居为事。造《齐都赋》一年乃成。复欲赋三都，乃诣著作郎张载访岷邛之事，遂构思十年，门庭藩溷皆著笔纸，遇得一句即便疏之。及赋成，时人未之重，思自以其作不谢班张，恐以人废言。安定皇甫谧有高誉，思造而示之。谧称善，为其赋序，张载为注魏都，刘逵注吴蜀。司空张华见而叹曰：'班张之流也。使读之者尽而有余，久而更新。'于是豪贵之家，竞相传写，洛阳为之纸贵。陆机绝叹伏，以为不能加也。"

《世说新语 · 文学篇》注引《左思别传》曰："思字太冲，齐国临淄人。父雍起于笔札，多所掌练，为殿中御史。思早丧母，雍怜之，不甚教其书学。及长，博览名文，遍阅百家。司空张华辟为祭酒。贾谧举为秘书郎。谧诛，归乡里，专思著述。齐王冏请为记室参军，不起。时为《三都赋》未成也。后数年疾终。其《三都赋》改定，至终乃上。初作《蜀都赋》云：'金马电发于高冈，碧鸡振翼而云披，鬼弹飞丸以礌礉，火井腾光以赫曦。'今无鬼弹，故其赋往往不同。思为人无吏干而有文才，又颇以椒房自矜，故齐人不重也。思造张载，问岷蜀事，交接亦疏。皇甫谧西州高士，挚仲治宿儒知名，非思伦匹，刘渊林、卫伯舆并早终，皆不为思赋序注也。凡诸注解，皆思自为，欲重其文，故假时人名姓也。"严可均曰："案《别传》失实，《晋书》所弃，其可节取者仅耳。思先造《齐都赋》成，复欲赋三都，泰始八年妹芳为修仪，因移家京师，求为秘书郎，历咸宁至太康初，赋成。《晋书》所谓构思十年者也。皇甫谧卒于太康三年，而为赋序，是赋成必在太康初。此后但可云赋未定，不得云赋未成也。其赋屡经删改，历三十余年，至死方休。太康三年张载为著作佐郎，思访岷蜀事，遂删'鬼弹飞丸'之语，又交挚虞，或尝以赋就正，此可因别传而意会得之者。元康六年后为张华司空祭酒，容或有之，但不得云辟。至谓贾谧举为秘书郎，谧诛归乡里，又谓挚仲治宿儒知名，非思伦匹，刘渊林、卫伯舆并早终，皆不为思赋序注，凡诸注解皆思自为，则《别传》殊失实矣。贾谧本姓韩，太康三年为贾充世孙，至惠帝时用事，思先为秘书郎久矣，非谧所举，永康元年谧诛。太安二年张方逼京师，兵火连岁，思避乱举家适冀州，数岁以疾终。余意度之，当是谧诛去官，久之遭乱客死，而云归乡里，非也。皇甫高名，一经品题，声价十倍。挚虞虽宿儒，与思同在贾谧二十四友中，要是伦匹。刘逵元康中尚书郎，累迁至侍中；卫权，卫贵妃兄子，元康初尚书郎；两人即早终，何不可为思赋序注？况刘、卫后进，名出皇甫下远甚，何必假其名姓？今皇甫序、刘注在《文选》，刘序、卫序在《晋书》，皆非苟作。《魏志·卫臻传》注云：'权作左思《吴都赋》序及注。序粗有文辞，至为注了无所发明，直为尘秽纸墨，不合传写。'如裴此说，权贵游好名，序不嫌空疏，而踬于为注，使思自为，何至尘秽纸墨。《别传》道听涂说，无足为凭。《晋书》汇十八家旧书，兼取小说，独弃《别传》不采，斯史识也。"

㉚《晋书·陆机传》："陆机字士衡，吴郡人也。少有异才，文章冠世。机天才秀逸，辞藻宏丽，张华尝谓之曰：'人之为文常恨才少，而子更患其多。'弟云尝与书曰：'君苗见兄文，辄欲烧其笔砚。'后葛洪著书，称：'机文犹玄圃之积玉，无非夜光焉；五河之吐流，泉源如一焉。其弘丽妍赡，英锐漂逸，亦一代之绝乎！'其为人所推服如此。"又《文苑传·成公绥传》："成公绥字子安，东郡白马人也。少有俊才，嗣赋甚丽，张华雅重绥，每见其文，叹伏以为绝伦。"案陆机《文赋》言文之流品制作；成公绥《啸赋》言因形创声，随事造曲；殆彦和所谓"底绩于流制"者欤?

㉛《晋书·郭璞传》："郭璞字景纯，河东闻喜人也。博学有高才，而讷于言论，词赋为中兴之冠。"《世说·文学篇》注引《璞别传》云："文藻粲丽，诗赋诔颂，并传于世。"《文选·江赋》注引《晋中兴书》曰："璞以中兴，王宅江外，乃著《江赋》，述川渎之美。"彦和称景纯缛理有余，缛谓"文藻粲丽"，理则如《江赋》"忽忘夕而宵归，咏采菱以叩舷；傲自足于一讴，寻风波以穷年"之类。

㉜袁宏赋存者，今无完篇。案《晋书·文苑传·袁宏传》曰："袁宏字彦伯。宏有逸才，文章绝美，累迁大司马桓温府记室，温重其文笔，专综书记。后为《东征赋》，赋末列称过江诸名德，而独不载桓彝。时伏滔先在温府，又与宏善，苦谏之，宏笑而不答。温知之甚忿，而惮宏一时文宗，不欲令人显问。后游青山饮归，命宏同载，众为之惧。行数里，问宏云：'闻君作《东征赋》，多称先贤，何故不及家君?'答曰：'尊公称谓，非下官敢专，既未遑启，不敢显之耳。'温疑不实，乃曰：'君欲为何辞?'宏即答云：'风鉴散朗，或搜或引，身虽可亡，道不可陨，宣城之节，信义

为允也。’温泫然而止。宏赋又不及陶侃。侃子胡奴尝于曲室抽刃问宏曰：‘家君勋迹如此，君赋云何相忽？’宏窘急答曰：‘我已盛述尊公，何乃言无？’因曰：‘精金百汰，在割能断；功以济时，职思静乱；长沙之勋，为史所赞。’胡奴乃止。从桓温北征，作《北征赋》，皆其文之高者。尝与王珣、伏滔同在温坐，温令滔读其《北征赋》，至‘闻所传于相传，云获麟于此野；诞灵物以瑞德，奚授体于虞者；疚尼父之洞（《世说新语·文学篇》“洞”作“恸”是也）泣，似实恸而非假；岂一性（《世说》注作“物”）之足伤，乃致伤于天下。’其本至此便改韵。珣云：‘此赋方传千载，无容率尔。今于天下之后移韵徙事，然于写送之致，似为未尽。’滔云：‘得益写韵一句，或为小胜。’温曰：‘卿思益之。’宏应声答曰：‘感不绝于余心，愬（《世说》作“诉”）流风而独写。’珣诵味久之，谓滔曰：‘当今文章之美，故当共推此生。’”张衡《东京赋》薛综注：“梗概，不纤密，言粗举大纲如此之言也。”《东征赋》述名臣功业，皆略举大概，故云“彦伯梗概”。

㉝《西京杂记》二：“司马相如为《上林》《子虚赋》，意思萧散，不复与外事相关。控引天地，错综古今，忽然如睡，焕然而兴，几百日而后成。其友人盛览尝问以作赋。相如曰：‘合綦组以成文，列锦绣而为质，一经一纬，一宫一商，此赋之迹也。赋家之心，苞括宇宙，总览人物，斯乃得之于内，不可得而传。’览乃作《合组歌》《列锦赋》而退，终身不复敢言作赋之心矣。”《西京杂记》虽伪托，相如语或传之在昔，故彦和本之。纪评曰：“洞见症结，针对当时以发挥。”《校勘记》：“案据下‘物以情观’句，‘睹’疑‘观’字之误。敦本情观之‘观’作‘睹’。”

㉞桓谭《新论》：“余素好文，见子云工为赋，欲从之学。子云曰，能读千赋，则善为之矣。”（《艺文类聚》五十六引；亦见《北堂书钞》一百二）《西京杂记》二：“或问扬雄为赋。雄曰，读千首赋，乃能为之。”

㉟李调元《赋话》云：“邺中小赋，古意尚存。齐梁人为之，琢句愈秀，结字愈新，而去古亦愈远。沈休文《桐赋》‘喧密叶于凤晨，宿高枝于鸾暮’，即古变为律之渐矣。”齐梁文人，竞尚藻艳，淫辞害义，观戒莫闻。兹录梁元帝《荡妇秋思赋》一首，以见流弊之至于斯极。

《荡妇秋思赋》

荡子之别十年，倡妇之居自怜；登楼一望，唯见远树含烟；平原如此，不知道路几千。天与水兮相逼，山与云兮共色；山则苍苍入汉，水则涓涓不测；谁复堪见鸟飞，悲鸣只翼。秋何月而不清，月何秋而不明；况乃倡楼荡妇，对此伤情。于时露萎庭蕙，霜封阶砌；坐视带长，转看腰细。重以秋水文波，秋云似罗；日黯黯而将暮，风骚骚而渡河；妾怨回文之锦，君思出塞之歌；相思相望，路远如何！鬓飘蓬而渐乱，心怀愁而转叹；愁萦翠眉敛，啼多红粉漫。已矣哉！秋风起兮秋叶飞，春花落兮春日晖；春日迟迟犹可至，客子行行终不归。

㊱扬雄《法言·吾子篇》："或问：'吾子少而好赋？'曰：'然。童子雕虫篆刻。'俄而曰：'壮夫不为也。'或曰：'赋可以讽乎？'曰：'讽乎，讽则已，不已吾恐不免于劝也。'或曰：'雾縠之组丽。'曰：'女工之蠹矣。'"又曰："诗人之赋丽以则，辞人之赋丽以淫。"

㊲纪评曰："此分歧异派，非指赋与诗分，乃指京殿一段、草区一段言之，而其语仍侧注小赋一边。"

㊳唐写本"梢"作"抑"，"庸"作"旷"。孙君蜀丞曰："陆士衡《文赋》云，言旷者无隘。此彦和所本。"

㊴"美稗"唐写本作"梯稗"，是。《孟子·告子上》："苟为不熟，不如荑稗。"荑与梯通。

附　录

《汉书·艺文志·诗赋序》

《传》曰："不歌而诵谓之赋，登高能赋可以为大夫。"言感物造耑，材知深美，可与图事，故可以为列大夫也。古者诸侯卿大夫交接邻国，以微言相感，当揖让之时，必称《诗》以谕其志，盖以别贤不肖而观盛衰焉。故孔子曰"不学诗，无以言"也。春秋之后，周道寖坏，聘问歌咏不行于列国，学《诗》之士逸在布衣，而贤人失志之赋作矣。大儒孙卿及楚臣屈原离谗忧国，皆作赋以风，咸有恻隐古诗之义。其后宋玉、唐勒，汉兴枚乘、司马相如，下及扬子云，竞为侈丽闳衍之词，没其风谕之义。是以扬子悔之曰："诗人之赋丽以则，辞人之赋丽以淫。如孔氏之门人用赋也，则贾谊登堂，相如入室矣，如其不用何!”自孝武立乐府而采歌谣，于是有代赵之讴、秦楚之风，皆感于哀乐，缘事而发，亦可以观风俗，知厚薄云。序诗赋为五种。

刘申叔先生《左盦集·〈汉书·艺文志〉书后》曰:“班《志》叙诗赋为五种，赋析四类。区析之故，班无明文，校雠之家亦鲜讨论。今观《客主赋》十二家，皆为总集，萃众作为一编，故姓氏未标。余均别集。其区为三类者，盖屈平以下二十家，均缘情托兴之作也，体兼比兴，情为里而物为表；陆贾以下二十一家，均骋词之作也，聚事征材，旨诡而词肆；荀卿以下二十五家，均指物类情之作也，侔色揣称，品物毕图，舍文而从质。此古赋区类之大略也。班《志》所析，盖本二刘。自昭明《文选》析赋骚为二体，所选之赋，缘题标类，迥非孟坚之旨也。”

《国故论衡·辨诗篇》一节

《七略》次赋为四家：一曰屈原赋，二曰陆贾赋，三曰孙卿赋，四曰杂赋。屈原言情，孙卿效物，陆贾赋不可见，其属有朱建、严助、朱买臣诸家，盖纵横之变也（扬雄赋本拟相如，《七略》相如与屈原同次，班生以扬雄赋隶陆贾下，盖误也）。然言赋者多本屈原。汉世自贾生《惜誓》上接《楚辞》,《鵩鸟》亦方物《卜居》。而相如《大人赋》，自《远游》流变。枚乘又以《大招》《招魂》散为《七发》。其后汉武帝悼李夫人，班婕妤自悼，外及淮南、东方朔、刘向之伦，未有出屈、宋、唐景外者也。孙卿五赋，写物效情,《蚕箴》诸篇，与屈原《橘颂》异状。其后《鹦鹉》《焦鹩》，时有方物。及宋世《雪月》《舞鹤》《赭白马》诸赋放焉。《洞箫》《长笛》《琴笙》之属，宜法孙卿，其辞义咸不类。徐幹有《玄猿》《漏卮》《圆扇》《橘赋》诸篇，杂书征引，时见一端，然勿能得全赋，大抵孙卿之体微矣。陆贾不可得从迹。虽然，纵横者赋之本。古者诵诗三百，足以专对，七国之际，行人胥附，折冲于尊俎间，其说恢张谲宇，䌷绎无穷，解散赋体，易人心志。鱼豢称鲁连、邹阳之徒，援譬引类，以解缔结，诚文辩之隽也。武帝以后，宗室削弱，藩臣无邦交之礼，纵横既黜，然后退为赋家，时有解散。故用之符命，即有《封禅》《典引》；用之自述，而《答客》《解嘲》兴，文辞之繁，赋之末流尔也。杂赋有《隐书》者，传曰，谈言微中，亦可以解纷，与纵横稍出入。淳于髡《谏长夜饮》一篇，纯为赋体，优孟诸家顾少耳。东方朔与郭舍人为隐，依以谲谏，世传《灵棋经》诚伪书，然其后渐流为占繇矣。管辂、郭璞为人占皆有韵，斯亦赋之流也。自屈、宋以至鲍、谢，赋道既极，至于江淹、沈约，稍近凡俗。庾信之作，去古逾远。世多慕《小园》《哀江南》辈，若以上拟《登楼》《闲居》《秋兴》《芜城》之侪，其靡已甚。

颂赞第九[①]

四始之至，颂居其极。颂者，容也，所以美盛德而述形容也[②]。昔帝喾之世，咸墨（孙云唐写本“墨”作“黑”）为颂，以歌《九韶》（孙云唐写本“韶”作“招”；《御览》五八八引亦作“招”）[③]。自商（赵云作“商颂”；孙云《御览》有“颂”字）已下，文理允备（郝云一本作“克备”）[④]。夫化偃一国谓之风，风正四方谓之雅，容告神明谓之颂（孙云“容”上有“雅”字，“明”字无）。风雅序人，事兼变正（孙云“事”上有“故”字；《御览》“兼”作“资”）；颂主告神，义（孙云“义”上有“故”字）必纯美[⑤]。鲁国（元脱，曹补；铃木云敦本无“国”字）以公旦次编，商人（孙云唐写本无“人”字；《御览》亦无“人”字）以前王追录，斯乃宗庙之正歌，非谦飨（孙云《御览》、唐写本作“飨谦”；顾校作“飨谦”）之常（孙云“常”作“恒”）咏也[⑥]。《时迈》一篇，周公所制，哲人之颂，规式存焉[⑦]。夫民各有心，勿壅惟口。晋舆（元作“兴”，曹改；赵云作“舆”）之称原田（元作“由”，曹改），鲁民之刺裘鞸，直言不（赵云“言不”作“不言”）咏，短辞以讽，丘明、子高，并谍为诵（孙云唐写本作“颂”），斯则野诵之变体，浸被乎人事矣（赵云“诵”作“颂”，“乎”作“于”）[⑧]。及三闾《橘颂》，情采（孙云唐写本作“辞采”）芬芳，比类寓意（孙云《御览》作“属兴”），又覃及细物矣（孙云唐写本“又”作“乃”，“细”上有“乎”字）[⑨]。

至于秦政刻文，爰颂其德[10]，汉之惠、景，亦有述容，沿世并作，相继于时矣[11]。若夫子云之表充国[12]，孟坚之序（孙云《御览》作“颂”）戴侯[13]，武仲之美显宗[14]，史岑之述熹（元作“僖”，曹改；铃木云《御览》作“僖”；《玉海》作“熹”；敦本作“燕”）后[15]，或拟《清庙》，或范《駉》《那》（顾校作“坰那”），虽浅深不同，详略各（孙云《御览》作“有”）异，其褒德显容，典章一也[16]。至于班、傅之《北征》《西巡》（元作“逝”；孙云唐写本作“征”），变为序引，岂不褒过（赵云“过”作“通”）而谬体哉[17]！马融之《广成》《上林》（疑作“东巡”；铃木云《玉海》作“上林”）雅而似赋，何弄文而失质乎[18]！又崔瑗《文学》，蔡邕《樊渠》，并致美于序，而简约乎篇[19]；挚虞品藻，颇为精核，至云杂以风雅，而不变（孙云唐写本“变”作“辨”）旨趣，徒张虚论，有似黄白之伪说矣[20]。及魏晋辨（孙云唐写本作“杂”）颂，鲜有出辙。陈思所缀，以《皇（铃木云《玉海》“皇”下有“太”字）子》为标[21]；陆机积篇，惟《功臣》最显[22]；其褒贬杂居，固末代之讹体也。

原夫颂惟典雅（孙云唐写本“雅”作“懿”；《御览》亦作“懿”），辞必清铄；敷写似赋，而不入华侈之区；敬慎如铭，而异乎规戒之域。揄扬以发藻，汪洋以树义（一作“仪”），唯纤曲巧致（孙云唐写本“唯”作“虽”，“曲巧”作“巧曲”），与（赵云“与”作“兴”）情而变，其大体所底（孙云唐写本“底”作“弘”，《御览》作“宏”），如斯而已[23]。

赞者，明也，助也（二字从《御览》增；谭云案《御览》有“助也”二字，黄本从之，似不必有；铃木云《御览》、敦本有二字）[24]。昔虞舜之祀，乐正重赞，盖唱发之辞也[25]。及益赞于禹，伊陟赞于巫咸，并扬言以明事，嗟叹以助辞也（孙云唐写本“也”字无；《御览》“也”上有“者”字）[26]。故汉置鸿胪，以唱拜（顾校“拜”作“言”）为赞，即古之遗语也[27]。至相如属笔（孙云《御览》“笔”作“词”；铃木云《玉海》作“词”），始赞荆轲[28]。及迁《史》固《书》，托赞褒贬（孙云唐写本作“及史班固书”；《御览》作“及史班书记，以赞褒贬”）[29]。约文以总录，颂体以论辞（孙云唐写本“以”作“而”，“辞”下有

“也”字)；又纪传后（元作“侈”，朱考《御览》改）评，亦同其名；而仲洽《流别》，谬称为述，失之远矣[30]。及景纯注（赵云“注”下有“尔”字)《雅》，动植必赞（一作“赞之”，从《御览》改)，义（赵云“义”作“事”）兼美恶，亦犹颂之（孙云《御览》有“有”字）变耳[31]。

然本其为义（“本”字从《御览》增)，事生奖叹，所以古来篇体，促而不广（一作“旷”，从《御览》改；铃木云梅本、敦本作“旷”)，必结言于四字之句，盘桓乎数韵之辞；约举以尽情，昭灼以送（孙云《御览》作“策”）文，此其体也。发源（孙云《御览》作“言”）虽远，而致用盖寡，大抵所归，其颂家之细条乎（铃木云《御览》作“也”)[32]！

赞曰：容体（孙云唐写本“体”作“德”）底颂，勋业垂赞。镂彩（铃木云敦本作“影”）摛文（赵云“文”作“声”)，声（赵云“声”作“文”）理有烂。年积（赵云“积”作“迹”）愈远，音徽如旦。降及品物，炫辞作玩。

注释：

①“讚”应作“赞”(原题“颂讚”)，说见《征圣篇》。

②四始见《宗经篇》。郑玄《周颂谱》：“颂之言容。天子之德，光被四表，格于上下，无不覆焘，无不持载，此之谓容。于是和乐兴焉，颂声乃作。”《正义》：“此解名之为颂之意。颂之言容，歌成功之容状也。”

③《吕氏春秋·仲夏纪·古乐篇》：“帝喾命咸黑作为声歌，九招六列六英……帝舜乃令质修九招六列六英，以明帝德。”毕沅校云：“招列英至此始见，上（指帝誉句所云）乃衍文明矣。”案《困学纪闻》四：“帝喾命咸黑作为声歌……然则九招作于帝喾之时，舜修而用之。”“墨”唐写本作“黑”，“韶”唐写本作“招”，是。

④《商颂谱正义》：“自夏以上，周人亦存其乐，而得无其诗者，或本自不作，或有而灭亡故也。”

⑤此文宜从唐写本作“风雅序人，故事兼变正；颂主告神，故义必纯美”。

⑥郑玄《鲁颂谱》：“初，成王以周公有太平制典法之勋，命鲁郊祭天三望，如天子之礼（此据《礼记·明堂位》文)；故孔子录其诗之颂，同

于王者之后。”又《商颂谱》：“宋大夫正考父校商之名颂十二篇于周之太师，以《那》为首，归以祀其先王（郑说本《鲁语》）。孔子录诗之时，唯得此五篇而已。乃列之以备三颂，著为后王之义，使后人监视三代之成法。”

⑦《毛诗序》曰：“《时迈》，巡守告祭柴望也。”《正义》曰：“宣十二年《左传》云，昔武王克商，作颂曰‘载戢干戈’，明此篇武王事也。《国语》称周公之颂曰‘载戢干戈’，明此诗周公作也。”兹录《时迈》之诗如下：“时迈其邦，昊天其子之。实右序有周。薄言震之，莫不震叠。怀柔百神，及河乔岳，允王维后。明昭有周，式序在位。载戢干戈，载橐弓矢。我求懿德，肆于时夏，允王保之。”

⑧《国语·周语》：“邵公曰：‘防民之口，甚于防川……夫民虑之于心，而宣之于口，成而行之，胡可壅也？’”《左传》僖公二十八年：“晋侯听舆人之诵曰，原田每每，舍其旧而新是谋。”《孔丛子·陈士义篇》：“子顺曰，先君初相鲁，鲁人谤诵曰：‘废裘而芾，投之无戾；芾之麛裘，投之无邮。’及三年政成，化行，民又作诵曰：‘衮衣章甫，实获我所；章甫衮衣，惠我无私。’”黄注：“此子顺述孔子之事，非子高也。子高，孔穿之字。”郝懿行曰：“谍，伺也，又谱也。《后汉书·张衡传》：‘子长谍之，烂然有第’注云：‘谍，谱第也，与牒通。’”

⑨覃，延也。《橘颂》，屈原《九章》之一，其辞曰：“后皇嘉树，橘徕服兮；受命不迁，生南国兮。深固难徙，更壹志兮；绿叶素荣，纷其可喜兮。曾枝剡棘，圆果抟兮；青黄杂糅，文章烂兮。精色内白，类可任兮；纷缊宜修，姱而不丑兮。嗟尔幼志，有以异兮，独立不迁，岂不可喜兮。深固难徙，廓其无求兮；苏世独立，横而不流兮。闭心自慎，终不失过兮；秉德无私，参天地兮。愿岁并谢，与长友兮；淑离不淫，梗其有理兮。年岁虽少，可师长兮；行比伯夷，置以为像兮。”《孟子·万章篇》：“颂其诗。”颂诗，即诵诗也。故《橘颂》即橘诵，亦即橘赋。推之汉人所作，尚存此意，王褒《洞箫颂》即《洞箫诵》，亦即《洞箫赋》。马融《广成颂》即《广成诵》，亦即《广成赋》。盖诵与赋二者音调虽异，而大体可通，故或称颂，或称赋，其实一也。

⑩《史记》载《泰山》《琅邪台》《之罘》《东观》《碣石》《会稽刻石》，凡六篇，独不载《邹峄山刻石》文。兹全录之于下：

李斯《邹峄山刻石》

皇帝立国，维初在昔，嗣世称王。讨伐乱逆，威动四极，武义直方。戎臣奉诏，经时不久，灭六暴强。廿有六年，上荐高庙，孝道显明。既献泰成，乃降溥惠，亲巡远方。登于峄山。群臣从者，咸思攸长。追念乱世，分土建邦，以开争理。攻战日作，流血于野，自泰古始。世无万数，阤及五帝，莫能禁止。乃今皇帝，壹家天下，兵不复起。灾害灭除，黔首康定，利泽长久。群臣诵略，刻此乐石，以著经纪。（严可均《全秦文》曰："案《秦刻石》三句为韵，唯《琅邪台》二句为韵，皆李斯之辞。张守节言《会稽碑》文及书皆李斯，斯《狱中上书》言更刻画平斗斛度量文章布之天下，其显据也。"）

《泰山刻石》

皇帝临位，作制明法，臣下修饬。廿有六年，初并天下，罔不宾服。亲巡远方黎民，登兹泰山，周览东极。从臣思迹，本原事业，祗诵功德。治道运行，诸产得宜，皆有法式。大义休明，垂于后世，顺承勿革。皇帝躬圣，既平天下，不懈于治。夙兴夜寐，建设长利，专隆教诲。训经宣达，远近毕理，咸承圣志。贵贱分明，男女礼顺，慎遵职事。昭隔内外，靡不清净，施于后嗣。化及无穷，遵奉遗诏，永承重戒。

《琅邪台刻石》

维廿六年，皇帝作始；端平法度，万物之纪。以明人事，合同父子；圣智仁义，显白道理。东抚东土，以省卒士；事已大毕，乃临于海。皇帝之功，勤劳本事；上农除末，黔首是富。普天之下，抟心揖志；器械一量，同书文字。日月所照，舟舆所载；皆终其命，莫不得意。应时动事，是维皇帝；匡饬异俗，陵水经地。忧恤黔首，朝夕不懈（音冀）；除疑定法，咸知所辟。方伯分职，诸治经易；举错必当，莫不如画（音志，歌支通韵）。皇帝之明，临察四方；尊卑贵贱，不逾次行。奸邪不容，皆务贞良；细大尽力，莫敢怠荒。远迩辟隐，专务肃庄；端直敦忠，事业有常。皇帝之德，存定四极；诛乱除害，兴利致福。节事以时，诸产繁殖；黔首安宁，不用兵革。六亲相保，终无寇贼；欢欣奉教，尽知法式。六合之内，皇帝之土；西涉流沙，南尽北户；东有东海，北过大夏；人迹所至，无不臣者。功盖五帝，泽及牛马；莫不受德，各安其宇。

《之罘西观铭》

维廿九年，时在中春，阳和方起。皇帝东游，巡登之罘，临照于海。从臣嘉观，原念休烈，追诵本始。大圣作治，建定法度，显著纲纪。外教诸侯，光施文惠，明以义理。六国回辟，贪戾无厌，虐杀不已。皇帝哀众，遂发讨师，奋扬武德。义诛信行，威燀旁达，莫不宾服。烹灭强暴，振救黔首，周定四极。普施明法，经纬天下，永为仪则，大矣哉，宇县之中，承顺圣意。群臣诵功，请刻于石，表垂于常式。

《之罘东观铭》

维廿九年，皇帝春游，览省远方。逮于海隅，遂登之罘，昭临朝阳。观望广丽，从臣咸念，原道至明。圣法初兴，清理疆内，外诛暴强。武威旁畅，振动四极，禽灭六王。阐并天下，灾害绝息，永偃戎兵。皇帝明德，经理宇内，视听不怠。作立大义，昭设备器，咸有章旗。职臣遵分，各知所行，事无嫌疑。黔首改化，远迩同度，临古绝尤。常职既定，后嗣循业，长承圣治。群臣嘉德，祗诵圣烈，请刻之罘。

《碣石刻石文》

遂兴师旅，诛戮无道，为逆灭息。武殄暴逆，文复无罪，庶心咸服。惠论功劳，赏及牛马，恩肥土域。皇帝奋威，德并诸侯，初一泰平。堕坏城郭，决通川防，夷去险阻。地势既定，黎庶无繇，天下咸抚。男乐其畴，女修其业，事各有序。惠被诸产，久并来田，莫不安所。群臣诵烈，请刻此石，垂著仪矩。（严云：“‘遂兴师旅’上脱九句，此颂三句为韵。”）

《会稽刻石文》

皇帝休烈，平一宇内，德惠修长。卅有七年，亲巡天下，周览远方。遂登会稽，宣省习俗，黔首斋庄。群臣诵功，本原事迹，追道高明。秦圣临国，始定刑名，显陈旧章。初平法式，审别职任，以立恒常。六王专倍，贪戾慠猛，率众自强。暴虐恣行，负力而骄，数动甲兵。阴通间使，以事合从，行为辟方。内饰诈谋，外来侵边，遂起祸殃。义威诛之，殄熄暴悖，乱贼灭亡。圣德广密，六合之中，被泽无疆。皇帝并宇，兼听万事，远近毕清。运理群物，考验事实，各载其名。贵贱并通，善否陈前，靡有隐情。饰省宣义，有子而嫁，倍死不贞。防隔内外，禁止淫泆，男女絜诚。夫为寄豭，杀之无罪，男秉义程。妻为逃嫁，子不得母，咸化廉清。大治濯俗，天下承风，蒙被休经。皆遵轨度，和安敦勉，莫不顺令。黔首修洁，人乐同则，嘉保太平。后敬奉法，常治无极，舆舟不倾。从臣诵烈，请刻此石，光垂休铭。

《秦刻石文》多三句用韵，其后唐元结作《大唐中兴颂》每句用韵，而三句辄易，清音渊渊，如出金石；说者以为创体，而不知远效秦文也。兹录于下：

元次山《大唐中兴颂（并序）》

天宝十四载，安禄山陷洛阳，明年陷长安。天子幸蜀，太子即位于灵武。明年皇帝移军凤翔。其年复两京，上皇还京师。於戏！前代帝王有盛德大业者，必见于歌颂，若今歌颂大业，刻之金石，非老于文学，其谁宜为！颂曰：噫嘻前朝，孽臣奸骄，为昏为妖。边将骋兵，毒乱国经，群生失宁。大驾南巡，百僚窜身，奉贼称臣。天将昌唐，繄睨我皇，匹马北方。独立一呼，千麾万旟，戎卒前驱。我师其东，储皇抚戎，荡攘群凶。复服指期，曾不逾时，有国无之。事有至难，宗庙再安，二圣重欢。地辟天开，蠲除妖灾，瑞庆大来。凶徒逆俦，涵濡天休，死生堪羞。功劳位尊，忠烈名存，泽流子孙。盛德之兴，山高日升，万福是膺。能令大君，声容沄沄，不在斯文。湘江东西，中直浯溪，石崖天齐。可磨可镌，刊此颂焉，何千万年。

⑪《汉书·艺文志》有李思《孝景皇帝颂》十五篇。案彦和之意，以孝惠短祚，景帝崇黄老，不喜文学，然《礼乐志》尚称："孝惠二年，使乐府令夏侯宽，备其箫管，更名曰《安世乐》，高庙奏《武德》《文始》《五行》之舞……孝景采武德舞以为昭德，以尊太宗庙。"故云亦有述容也。

⑫《汉书·赵充国传》："初，充国以功德与霍光等列，画未央宫。成帝时，西羌尝有警，上思将帅之臣，追美充国，乃召黄门郎扬雄即充国图

画而颂之，曰：明灵惟宣，戎有先零；先零昌狂，侵汉西疆。汉命虎臣，惟后将军；整我六师，是讨是震。既临其域，谕以威德；有守矜功，谓之弗克。请奋其旅，于罕之羌。天子命我，从之鲜阳；营平守节，娄奏封章；料敌制胜，威谋靡亢。遂克西戎，还师于京；鬼方宾服，罔有不庭。昔周之宣，有方有虎；诗人歌功，乃列于《雅》。在汉中兴，充国作武；赳赳桓桓，亦绍厥后。”

⑬《御览》五八八引《文章流别论》：“昔班固为安丰戴侯（窦融封安丰侯，卒谥“戴”）颂。”案，颂文佚。

⑭《后汉书·傅毅传》：“毅追美孝明皇帝功德最盛，而庙颂未立，乃依《清庙》作《显宗颂》十篇奏之。”文佚。严可均《全后汉文》辑得两条：“体天统物，宁济蒸民。”(《文选》曹植《责躬诗》注引傅毅《上明帝颂表》)“荡荡川渎，既澜且清。”(《文选》张华《励志诗》注引傅毅《显宗颂》。)

⑮《文选》史孝山《出师颂》李善注云：“史岑有二：字子孝者，仕王莽之末；字孝山者，当和、熹之际。”史岑《和熹邓后颂》文佚，惟存《出师颂》，兹录于下：

茫茫上天，降祚有汉；兆基开业，人神攸赞；五曜霄映，素灵夜叹；皇运来授，万宝增焕。历纪十二，天命中易；西零不顺，东夷遘逆。乃命上将，授以雄戟。桓桓上将，寔天所启；允文允武，明诗悦礼；宪章百揆，为世作楷。昔在孟津，惟师尚父；素旄一麾，浑一区宇；苍生更始，朔风变楚。薄伐猃狁，至于大原；诗人歌之，犹叹其艰。况我将军，穷城极边；鼓无停响，旗不暂褰；泽沾遐荒，功铭鼎铉。我出我师，于彼西疆；天子饯我，路车乘黄；言念伯舅，恩深渭阳。介珪既削，列壤酬勋；今我将军，启土上郡；传子传孙，显显令问。

⑯《周颂·清庙》一章，章八句：“於穆清庙，肃雍显相，济济多士，秉文之德，对越在天，骏奔走在庙，不显不承，无射于人斯。”(无韵。王国维《观堂集林》说《周颂篇》谓颂之声较风雅为缓，故风雅有韵而颂多无韵。)

《鲁颂·駉》四章，章八句，兹录其首章：“駉駉牡马（音姥），在坰之野（音宇），薄言坰者（音渚）。有驈有皇，有骊有黄，以车彭彭（音旁）。

思无疆，思马斯臧。”

《商颂·那》一章，二十二句：“猗与那与，置我鞉鼓。奏鼓简简，衎我烈祖。汤孙奏假，绥我思成；鞉鼓渊渊，嘒嘒管声；既和且平，依我磬声。于赫汤孙，穆穆厥声。庸鼓有斁，万舞有奕；我有嘉客，亦不夷怿？自古在昔，先民有作，温恭朝夕，执事有恪。顾予烝尝，汤孙之将。”

⑰“西巡”唐写本作“西征”，是。《古文苑》十二载班固《车骑将军窦北征颂》。严可均《全后汉文》辑得傅毅《西征颂》一条。兹分录于下：

班固《车骑将军窦北征颂》

车骑将军，应昭明之上德，该文武之妙姿，蹈佐历，握辅摞（初责反），翼肱圣上，作主光辉，资天心，谟神明，规卓远，图幽冥。亲率戎士，巡抚疆城（一作域），勒边御之永设，奋辚橹之远径，闵遐黎之骚狄，念荒服之不庭。乃总三选，简虎校，勒部队，明誓号，援谋夫于末言，察武毅于俎豆，取可杖于品象，拔所用于仄陋。料资器使，采用先务，民仪向慕，群英影附，羌戎相率，东胡争骛，不召而集，未令而谕。于是雷震九原，电曜高阙，金光镜野，武旗冒日。云黯长霓，鹿走（此七字从《艺文类聚》改补）黄碛，轻选四纵，所从莫敌。驰飙疾，踵蹊迹，探梗莽，采嶰阸，断温禺，分尸逐，电激私渠，星流霰落，名王交手，稽颡请服。乃收其锋镞干卤甲胄，积象如丘阜，陈阅满广野，戢载连百两，散数累万亿。放获驱孥，揣城拔邑，擒馘之倡，九谷谣谚，响聒东夷，埃尘戎域。然而唱呼郁愤，未逞厥愿，甘平原之酣战，矜讯捷之累算。何则，上将崇至仁，行凯易，弘浓恩，降温泽，同庖厨之珍馔，分裂室之纤帛，劳不御舆，寒不施袢，行无偏勤，止无兼役。悈蒙识而愎戾顺，贰者异而懦夫奋。遂逾涿邪，跨祁连，籍□（疑当作龙）庭，蹈就疆，獵崝嵮，轹幽山，趨凶河，临安侯，轶焉居与虞衍。顾卫霍之遗迹，睎伊秩之所邈，师横骛而庶御，士怫愲以争先，回万里而风腾，刘残寇于沂垠，粮不赋而师赡，役不重而备军。行戎丑以礼教，炘鸿校而昭仁，文武炳其并隆，威德兼而两信。清乾钧之攸冒，拓畿略之所顺，櫜弓镞而戢戈，回双麾以东运。于是封燕然以降高，禋广鞬以弘旷，铭灵陶以勒崇，钦皇祇之祐贶。宣惠气，荡残风，轲泰幽嘉，凝阴飞雪，瀼庶其雨，洒淋榛枯，一握兴（文有脱佚）嘉卉始农，土膏含养。四行分任。于是三军称曰：亹亹将军，克广德心；光光神武，弘昭德音；超兮首天潜，眇兮与神参。(文见《古文苑》及《艺文类聚》五十九)

傅毅《西征颂》佚文

愠昆夷之匪协，咸矫口于戎事，干戈动而复戢，天将祚而隆化。(《御览》三百五十一)

⑱《后汉书 · 马融传》："融字季长……邓太后临朝，(邓) 骘兄弟辅政。而俗儒世士，以为文德可兴，武功宜废……（融）以为文武之道，圣贤不坠，五才之用，无或可废。上《广成颂》以讽谏……太后闻之怒……遂令禁锢之……安帝亲政……出为河间王厩长史。时车驾东巡岱宗，融上《东巡颂》……召拜郎中。"郝懿行曰："案黄注《上林》疑作《东巡》，从《马融传》也。然挚虞《文章流别》作《广成》《上林》，是必旧有其篇，不见于本传而后世亡之耳。"案《艺文类聚》引《典论》逸文，亦称融撰《上林颂》，是融确有此文矣。《广成颂》文繁冗不录（颂文载《融传》)。《东巡颂》载《艺文类聚》三十九，《初学记》十三，《御览》五百三十七。兹自《全后汉文》移录于下：

> 允迪在昔，绍烈陶唐。般天衷，克摇光，若时则，运琼衡，敷六典，经八成，燮和万殊，总领神明。肆类乎上帝，燔柴乎三辰，禋祀乎六宗，祇燎乎群神。遂发号群司，申戒百工，卜筮称吉，蓍龟袭从。南征有时，冯相告祥，清夷道而后行，曜四国而扬光；展圣义于巡狩，喜圻畤而咏八荒；指宗岳以为期，固岱神之所望。散斋既毕，越异良辰，械槱增构，烈火燔燃，晖光四炀，焱烂薄天，萧香肆升，青烟习云。珪璋峨峨，牺牲洁纯；郁鬯宗彝，明水玄樽；《空桑》《孤竹》，《咸池》《云门》，六八匝变，神祇并存。

⑲《后汉书 · 崔瑗传》："瑗字子玉。高于文辞，尤善为书记箴铭。所著《南阳文学官志》，称于后世，诸能为文者，皆自以弗及。"《艺文类聚》三十八，《御览》五百三十四载其《南阳文学颂（并序)》。兹自《全后汉文》移录于下：

昔圣人制礼作乐也，将以统天理物，经国序民，立均出度，因其利而利之，俾不失其性也。故观礼则体敬，听乐则心和，然后知反其性而正其身焉。取律于天以和声，采言于圣以成谋，以和邦国，以谐万民，以序宾旅，以悦远人。其观威仪省祸福也，出言视听，于是乎取之。

民生如何，导以礼乐；乃修礼官，奋其羽籥。我国既淳，我俗既敦；神乐民则，嘉生乃繁。无言不酬，其德宜光。先民既没，赖兹旧章。我礼既经，我乐既馨；三事不叙，莫识其形。

蔡伯喈《京兆樊惠渠颂》

《洪范》八政，一曰食；《周礼》九职，一曰农。有生之本，于是乎出；货殖财用，于是乎在。九土上沃，为大田多稔。然而地有埆埆，川有垫下，溉灌之便，形趋不至。明哲君子，创业农事，因高卑之宜，驱自行之势，以尽水利，而富国饶人，自古有焉。若夫西门起邺，郑国行秦，李冰在蜀，信臣治穰，皆此道也。阳陵县东，厥地衍隩，土气辛螫，嘉谷不植，草莱焦枯。而泾水长流，溉灌维首，编户齐氓，庸力不供，牧人之吏，谋不假综，盖常兴役，犹不克成。光和五年，京兆尹樊君讳陵，字德云，勤恤民隐，悉心政事，苟有可以惠斯人者，无闻而不行焉。遂咨之郡吏，申于政府，佥以为因其所利之事者，不可已者也。乃命方略大吏麴遂令伍琼，揣度计虑，揆程经用，以事上闻，副在三府。司农遂取财于豪富，借力于黎元，树柱累石，委薪积土，基跂工坚，体势强壮。折湍流，款旷陂，会之于新渠；疏水门，通窬渎，洒之于畎亩。清流浸润，泥潦浮游，曩之卤田，化为甘壤，粳黍稼穑之所入，不可胜算。农民熙怡，悦豫且康，相与讴谈疆畔，斐然成章，谓之樊惠渠云尔。其歌曰：

我有长流，莫或闲之；我有沟浍，莫或达之；田畴斥卤，莫修莫厘，饥馑困悴，莫恤莫思。乃有樊君，作人父母；（缺一句）立我畎亩；黄潦膏凝，多稼茂止；惠乃无疆，如何勿喜！我壤既营，我疆斯成；泯泯我人，既富且盈；为酒为醴，蒸畀祖灵；贻福惠君，寿考且宁。（本集）

⑳挚虞《文章流别论》云："颂，诗之美者也，古者圣帝明王，功成治定而颂声兴，于是史录其篇，工歌其章，以奏于宗庙，告于鬼神；故颂之所美者，圣王之德也。则以为律吕，或以颂声，或以颂形，其细已甚，

非古颂之意。昔班固为《安丰戴侯颂》，史岑为《出师颂》《和熹邓后颂》，与《鲁颂》体意相类，而文辞之异，古今之变也。扬雄《赵充国颂》，颂而似雅，傅毅《显宗颂》，文与《周颂》相似，而杂以风雅之意。若马融《广成》《上林》之属，纯为今赋之体，而谓之颂，失之远矣。”

《吕氏春秋·别类篇》：“相剑者曰：‘白所以为坚也，黄所以为牣也。黄白杂，则坚且牣，良剑也。’难者曰：‘白所以为不牣也，黄所以为不坚也，黄白杂，则不坚且不牣也，焉得为利剑！’”

㉑“辨”唐写本作“杂”，是。

陈思王《皇太子生颂》

于我皇后，懿章前志；克篡二皇，三灵昭事；祇肃郊庙，明德敬惠；潜和积吉，钟天之釐。嘉月令辰，笃生圣嗣；天地降祥，储君应祉；庆由一人，万国作喜。喁喁万国，岌岌群生；禀命我后，绥之则荣；长为臣妾，终天之经。仁圣奕世，永戴明明；同年上帝，休祥淑祯。藩臣作颂，光流德声；吁嗟卿士，祇承予听。(《艺文类聚》四十五)

㉒《文选》载陆机《汉高祖功臣颂》，文繁不录。

㉓黄叔琳曰：“陆士衡云‘颂优游以彬蔚’，不及此之切合颂体。”兹录章太炎《辨诗》一节以备参阅：

春官瞽曚掌九德六诗之歌。然则诗非独六义也，犹有九歌。其隆也，官箴占繇皆为诗。故《诗序》《庭燎》称箴，《沔水》称规，《鹤鸣》称诲，《祈父》称刺，明诗外无官箴，《辛甲》诸篇，悉在古诗三千之数矣。《诗赋略》录《隐书》十八篇，则东方朔、管辂射覆之辞所出，又《成相》《杂辞》者，徒役送杵，其句度长短不齐，亦悉入录。扬榷道之，有韵者为诗，其容至博。其杀也，孔子删诗求合于《韶》《武》，赋比兴不可歌，因以被简（其详在《六诗说》）。屈原、孙卿诸家，为赋多名，孙卿以《赋》《成相》分二篇，题号已别，然《赋》篇复有《佹诗》一章，诗与赋未离也。汉惠帝命夏侯宽为乐府令，及武帝采诗夜诵，其辞大备。《七略》序赋为四家，其歌诗与之别。汉世所谓歌诗者，有声音曲折可以弦歌（如《河南周歌声曲折》七篇，《周谣歌诗声曲折》七十五篇是也）。故《三侯》《天马》诸篇，太史公悉称诗，盖乐府外无称歌诗者。自韦孟《在邹》至《古诗十九首》以下，不知其为歌诗耶，将与赋合流同号也？要之《七略》分诗赋者，本孔子删诗意，不歌而颂，故谓之赋，叶于箫管，故谓之诗。其他有韵诸文，汉世未具，亦容附于赋录。古者大司乐以乐语教国子，盖有韵之文多矣。有古为小名而今为大，有古为大名而今为小者。《周语》曰："公卿至列士献诗，瞽献曲，史献书，师箴，矇诵。"瞽师瞍矇皆掌声诗，即诗与箴一实也。故自《虞箴》既显，扬雄、崔骃、胡广为官箴，气体文旨，皆弗能与《虞箴》异，盖箴规诲刺者其义，诗为之名。后世特以箴为一种，与诗抗衡，此以小为大也。赋者，六义之一家。《毛诗传》曰："登高能赋，可以为大夫。"登高孰谓？谓坛堂之上，揖让之时。赋者孰谓？谓微言相感，歌诗必类。是故"九能"有赋无诗，明其互见。汉世赋为四种，而诗不过一家，此又以小为大也。（诔文有韵者，古亦似附诗类。《汉北海相景君铭》"乃作诔曰"后有"乱曰"，则诔亦是诗。）铭者自名，器有题署，若士卒扬徽，死者题旌，下及楬木以记化居，落马以示毛物，悉铭之属。（扬雄自言作《绣补》《灵节》《龙骨之铭诗》三章，又比诗类。）今世专以金石韵文为铭，此以大为小也。九歌者，与六诗同列，水火金木土谷谓之六府；正德、利用、厚生谓之三事，此则山川之颂，江海之赋，皆宜在《九歌》。后世既以题名为异，《九歌》独在屈赋为之陪属，此又以大为小也。且文章流别，今世或繁于古，亦有古所恒睹，今隐没其名者。夫宫室新成则有发（见《檀弓》）；丧纪祖载则有遣（《既夕礼》有读遣之文）；告祀鬼神则有造（见《春官·大祝》）；原本山川则有说（见《毛诗传》）；斯皆古之德音，后生莫有继作，其题号亦因不著。《文章缘起》所列八十五种，至于今日，亦有废弛不举者。夫随事为名，则巧历或不能数；会其有极，则百名而一致者多矣。谓后世为序录者，当从《诗赋略》改题乐语，凡有韵者悉著其中，庶几人识原流，名无棼乱者也。

颂有广狭二义：广义笼罩成韵之文；狭义则唯取颂美功德，若赞，若祭文，若铭、箴、诔、碑、封禅，皆与颂相类者也。黄先生论之曰：

《周礼》太师注曰："颂之言诵也，容也；诵今之德，广以美之。"是颂本兼诵、容二谊。以今考之，诵其本谊，颂为借字，而形容颂美，又缘字后起之谊也。详大司乐以乐语教国子，兴、道、讽、诵、言、语。注曰："倍文曰讽，以声节之曰诵。"疏曰："讽是直言之，无吟咏；诵则非直背文，又为吟咏，以声节之。"又瞽矇讽诵诗，注曰："谓暗读之，不依咏也。"盖不依咏者，谓虽有声节，而仍不必与琴瑟相应也。然则诵而不依咏，即与歌之依咏者殊，故《左传》襄十四年云："卫献公使太师歌《巧言》之卒章，师曹请为之，公使歌之，遂诵之。"又二十八年《传》云："叔孙穆子食庆封，使工为之诵《茅鸱》。"又《毛诗·郑风·子衿》传云："古者教以诗乐，诵之歌之，弦之舞之。"据此诸文，是诗不与乐相依，即谓之诵。故《诗·崧高》《烝民》曰："吉甫作诵。"《国语·周语》曰："瞍赋矇诵。"《楚语》曰："宴居有师工之诵。"《乐师》先郑注云："敕尔瞽，率尔众工，奏尔悲诵。"此皆颂字之本谊。及其假借为颂，而旧谊犹有时存。故《太卜》其颂千有二百，卜繇也而谓之诵；籥章吹豳，风也而谓之颂。瞽矇讽诵诗，后郑曰："讽诵诗，主谓廞作柩谥时也。"讽诵王治功之诗以为谥，则诔也而亦谓之颂。《九夏》之章，后郑以为颂之类，则乐曲也而亦可谓之颂。此颂名至广之证也。厥后《周颂》以容告神明为体。《商颂》虽颂德，而非告成功；《鲁颂》则与风同流，而特借美名以示异。是则颂之义，广之则笼罩成韵之文，狭之则唯取颂美功德。至于后世，二义俱行。属前义者，《原田》《裘铧》，屈原《橘颂》，马融《广成》，本非颂美，而亦被颂名。属后义者，则自秦皇刻石以来，皆同其致；其体或先序而后结韵，或通体全作散语（如王子渊《圣主得贤臣颂》是）。又或变其名而实同颂体，则有若赞（彦和云：颂家之细条），有若祭文（彦和云：中代祭文，兼赞言行），有若铭（《左传》论铭云：天子令德，诸侯计功，大夫称伐。又始皇上泰山刻石颂秦德，而彦和《铭箴篇》称之曰铭），有若箴（《左传》云：工诵箴谏），有若诔（彦和云：传体而颂文），有若碑文（彦和云：标序盛德，昭纪鸿懿，此碑之制也。汉人碑文多称颂，如《张迁碑》铭表颂，此施于生者。蔡邕《胡公碑》云：树石作颂。《胡夫人灵表》称颂曰：此施于死者），有若封禅（彦和云：诵德铭勋，乃鸿绩耳），其实皆与颂相类似。此则颂名至广，用之者或以为局，颂类至繁，而执名者不知其同然，故不可以不审察也。

㉔谭献校云："案《御览》有'助也'二字，黄本从之，似不必有。"案谭说非。唐写本亦有"助也"二字。下文"并扬言以明事，嗟叹以助辞"，即承此言为说，正当补"助也"二字。

㉕《尚书大传》："舜为宾客，禹为主人。乐正进赞曰，尚考大室之义，唐为虞宾，至今衍于四海，成禹之变，垂于万世之后。于时卿云聚，俊乂集，百工相和而歌《庆云》。"

㉖《周礼》州长、充人、大行人，注皆云赞助也。《易·说卦传》"幽赞于神明"，《书·皋陶谟》"思曰赞赞襄哉"，韩注孔传皆曰明也。《书序》："伊陟赞于巫咸，作《咸乂》四篇。"

㉗《汉书·百官公卿表》应劭注曰："郊庙行礼，赞九宾，鸿声胪传之也。"

㉘李详《黄注补正》曰："《汉书·艺文志》杂家有《荆轲论》五篇，班固自注：'轲为燕刺秦王，不成而死，司马相如等论之。'案王氏应麟《汉艺文志考证》引彦和论系于《荆轲论》下，而未辨论与赞歧分之故。详疑彦和所见《汉书》本作《荆轲赞》，故采入《颂赞篇》。若原是论字，则必纳入《论说篇》中，列班彪《王命》、严尤《三将》之上矣。"案李说是也。

㉙《史记》于纪传之后必缀"太史公曰"。《汉书》每篇之后必加"赞曰"。郑樵《通志》序云："班彪《汉书》不可得而见，所可见者，元成二帝赞耳，皆于本纪之外，别纪所闻，可谓深入太史公之阃奥矣。凡《左氏》之有'君子曰'者，皆经之新意，《史记》之有'太史公曰'者，皆史之外事，不为褒贬也。间有及褒贬者，褚先生之徒杂之耳。且纪传之中，既载善恶，足为鉴戒，何必纪传之后更加褒贬！此乃诸生决科之文，安可施于著述！殆非迁、彪之意。况谓为赞，岂有贬词！后之史家，或谓之论，或谓之序，或谓之诠，或谓之评，皆效班固，臣不得不剧论固也。"案赞有明、助二义。纪传之事有未备，则于赞中备之，此助之义也；褒贬之义有未尽，则于赞中尽之，此明之义也。郑氏误以赞为赞美之意，故不觉言之过当如此。

㉚纪传后评者，谓《太史公自序》述每篇作意，如云作《五帝本纪》第一之类。《汉书·叙传》亦仿其体，而云述《高祖本纪》第一。诸纪传评，

皆总萃一篇之中。至范氏《后汉书》始散入各纪传后而称为赞，其用韵则正马班之体也。《汉书·叙传》师古注曰："自'皇矣汉祖'以下诸叙，皆班固自论撰《汉书》意，此亦依仿《史记》之叙目耳。史迁则云为某事作某本纪、某列传，班固谦不言然而改言述，盖避作者之谓圣而取述者之谓明也。但后之学者，不晓此为《汉书》叙目，见有述字，因谓此文追述《汉书》之事，乃呼为《汉书述》，失之远矣。挚虞尚有此惑，其余曷足怪乎？"王先谦曰："《文选》目录于此书纪传赞称'史述赞'，善注引皆作'汉书述'，并其证也。"《校勘记》："挚虞字仲治，作'洽'作'冶'皆误。"

㉛郭璞《尔雅图赞》，《隋志》已亡。严可均《全晋文》辑录四十八篇，兹择其茂美者录如下，并录《山海经图赞》数首于后：

郭景纯《尔雅图赞》

上古结绳，易以书契；经纬天地，错综群艺，日用不知，功盖万世。（笔）

比目之鳞，别号王余；虽有二片，其实一鱼；协不能密，离不为疏。（比目鱼）

蟨与距虚，乍兔乍鼠；长短相济，彼我俱举；有若自然，同心共膂。（比肩兽）

夔称一足，蛇则二首；少不知无，多不觉有；虽资天然，无异骈拇。（枳首蛇）

嵩惟岳宗，华岱恒衡；气通玄漠，神洞幽冥；嵬然中立，众山之英。（太室山）

萍之在水，犹卉植地；靡见其布，漠尔鳞被；物无常托，孰知所寄。（萍）

吹万不同，阳煦阴蒸；款冬之生，擢颖坚冰；物体所安，焉知涣凝。（款冬）

卷葹之草，拔心不死；屈平嘉之，讽咏以比；取类虽迩，兴有远旨。（卷葹）

厥苞橘柚，精者曰柑；实染繁霜，叶鲜翠蓝；屈生嘉叹，以为美谈。（柚）

虫之精絜，可贵惟蝉；潜蜕弃秽，饮露恒鲜；万物皆化，人胡不

然。(蝉)

贵有可贱，贱有可珍；嗟彼尺蠖，体此屈伸；论配龙蛇，见叹圣人。(尺蠖)

麟惟灵兽，与麇同体，智在隐踪，仁表不抵；孰为来哉！宣尼挥涕。(麟)

郭景纯《山海经图赞》

水玉冰鳞，潜映洞川；赤松是服，灵蜕乘烟；吐纳六气，升降九天。(水玉)

彗星横天，鲸鱼死浪；鵸鸣来於邑，贤士见放；厥理至微，言之无况。(鸠鸟)

华岳灵峻，削成四方；爰有神女，是挹玉浆；其谁游之？龙驾云裳。(华山)

禀气方殊，舛错理微；礜石杀鼠，蚕食而肥；物性虽反，齐之一归。(礜石)

安得沙棠，制为龙舟；泛彼沧海，眇然遐游；聊以逍遥，任波去留。(沙棠)

磁石吸铁，琥珀取芥；气有潜通，数亦冥会；物之相感，出乎意外。(磁石)

䔄草黄华，实如菟丝；君子是佩，人服媚之；帝女所化，其理难思。(䔄草)

群籁舛吹，气有万殊；大人三丈，焦侥尺余；混之一归，此亦侨如。(焦侥国)

牢悲海鸟，西子骇麋；或贵穴倮，或尊裳衣；物我相倾，孰了是非！(毛民国)

㉜颂有称颂功德之义，赞则无之。故彦和首标明助二训，盖恐后人之误会也。郑玄注《皋陶谟》曰："赞，明也。"孔子赞《易》，郑作《易赞》，皆以义有未明，作赞以明之。自误赞为美，而其义始歧，此考正文体者所当知也。至于赞之为体，大抵不过一韵数言而止，《东方朔画赞》稍长，《三国名臣序赞》及《后汉书赞》，偶一换韵，彦和所谓"古来篇体，促而不广，必结言于四字之句，盘桓乎数韵之辞"，盖即指此。

陆士衡《高祖功臣颂》与《三国名臣赞》同体，郭景纯《山海经图赞》与江文通《闽中草木颂》同体，是知颂赞有相通者。彦和所谓颂之细条也。

祝盟第十[①]

天地定位，祀遍群神（元作“臣”，朱改；赵云“祀”作“礼”，“臣”作“神”），六宗既禋[②]，三望咸秩[③]。甘雨和风，是生黍稷（孙云唐写本作“稷黍”），兆民所仰，美报兴焉。牺盛惟馨，本于明德，祝史陈信，资乎文辞[④]。

昔伊耆（元作“祁”，柳改；顾校作“祈”）始蜡，以祭八神。其辞云：“土反（元作‘及’，许改）其宅，水归其壑，昆虫无作，草木归其泽。”则上皇祝文，爰在兹矣[⑤]。舜之祠田云：“荷此长耜，耕彼南亩，四（孙云唐写本‘四’上有‘与’字）海俱有。”利民之志，颇形于言矣[⑥]。至于商履，圣敬日跻，玄牡告天，以万方罪己，即郊禋之词也[⑦]；素车祷旱，以六事责躬，则（孙云唐写本作“即”）雩禜之文也[⑧]。及周之大祝，掌六祝（孙云唐写本作“祀”）之辞，是以“庶物咸生”，陈于天地之郊；“旁作穆穆”，唱于迎日之拜[⑨]；“夙兴夜处”（铃木云敦本“处”作“寐”），言于祔庙之祝[⑩]；“多福无疆”，布于少牢之馈[⑪]；宜社类祃，莫不有文[⑫]。所以寅虔（许补）于神祇，严恭于宗庙也。

春（孙云唐写本“春”上有“自”字）秋已下，黩祀谄祭，祝（铃木云梅本、闵本、冈本、张本“祝”作“祀”）币史辞，靡神不至。至于张老成（孙云唐写本“于”作“如”，“成”作“贺”）室，致善（孙云唐写本作“美”）于歌哭之祷[⑬]；蒯聩临战，获佑（孙云作“祐”）于筋骨之请[⑭]：虽造次颠沛，必于祝矣。若夫《楚辞 · 招魂》，可谓祝辞之组缅也（赵云作“丽”，“也”上有“者”字）[⑮]。汉（孙云“汉”上有“逮”字）之（“之”作“氏”）群祀，肃其旨（一作“百”；孙云唐写本作“百”）礼[⑯]，既总硕儒之仪（孙云唐写本作“义”），亦参方士之术[⑰]。所以秘祝移过，异于成汤之心[⑱]；侲子驱疫

（元作“欧疾”，王改），同乎越巫之祝（孙云唐写本作“说”）[19]：礼（铃木云王本同诸本“礼”作“体”）失之渐也。

至如黄帝有祝邪之文[20]，东方朔有骂鬼之书[21]，于是后之谴咒，务于善骂。唯陈思《诰咎》（元脱，曹补；孙云唐写本作“诘”），裁以正义矣[22]。

若乃礼之祭祀（孙云唐写本作“祝”），事止告飨；而中代祭文，兼赞言行，祭而兼赞，盖引神（铃木云闵本“神”作“伸”）而（孙云唐写本作“之”）作也[23]。又汉代山陵，哀策流文[24]。周丧盛姬，内史执策[25]。然则策本书赠（孙云唐写本作“赗”），因哀而（孙云唐写本无“而”字）为文也[26]。是以义同于诔[27]，而文实告神，诔首而哀末，颂体而祝（一作“咒”）仪，太史所作之赞，因周之祝文也（孙云唐写本作“太祝所读，固祝之文者也”）[28]。

凡群言发华，而降神务实，修辞立诚，在于无愧。祈祷之式，必诚以敬；祭奠之楷，宜恭且哀：此其大较也[29]。班固之祀濛（孙云唐写本作“涿”）山，祈祷之诚敬也[30]；潘岳之祭庾妇，奠祭之恭哀也[31]：举汇而求，昭然可鉴矣。

盟者，明也[32]。骍毛（孙云唐写本作“旄”）白马，珠盘玉敦[33]，陈辞乎方明之下，祝告于神明者也[34]。在昔三王，诅盟不及，时有要誓，结言而退[35]。周衰屡盟，以及要契（孙云唐写本“以”作“弊”，“契”作“劫”）[36]，始之以曹沫，终之以毛遂[37]。及秦昭盟夷，设黄龙之诅；汉祖建侯，定山河之誓[38]。然义存则克终，道废而渝始，崇替在人，咒（孙云唐写本作“祝”）何预焉？若夫臧洪歃辞（孙云唐写本作“唾血”），气截云霓[39]；刘琨铁誓，精贯霏霜[40]：而无补于（孙云唐写本无“于”字）晋汉，反为仇雠。故知信不由衷，盟无益也[41]。

夫盟之大体，必序危机，奖（孙云唐写本有“乎”字）忠孝，共存亡，戮心力（孙云唐写本无“共”字，无“心”字），祈幽灵以取鉴，指九天以为正，感激以立诚，切至以敷辞，此其所同也。然非辞之难，处辞为难。后之君子，宜在（孙云唐写本作“存”）殷鉴，忠信可矣，无恃神焉。

赞曰：毖祀钦明（孙云唐写本作“唾血”）[42]，祝史惟谈。立（顾校作"意"）诚在肃，修辞必甘。季代弥饰，绚言朱蓝。神之来格，所贵（顾校"贵"作"责"）无惭。

注释：

①案《周礼·春官》大祝掌六祝，作六辞，此《祝盟》命篇之本。篇中祝之类，有"祝""祈""祠""告""祷""诅"诸名，兹分别解说之。

《说文》："祝，祭主赞词者。从示从人口。"《释名》："祝，属也。以善恶之词相属著也。"《玉篇》："祝，祭词也。"《尚书·洛诰》"逸祝册"，谓使史逸读所作册祝之书告神。《齐策》"为仪千秋之祝"，注："祈也。"《周礼·春官》："大祝掌六祝之辞，以事鬼神示……作六辞以通上下亲疏远近。"祝之本训为祭官，引申为祭神祈福之辞。

祝亦通作诅。《说文》："诅，训也。"《尚书·无逸》："否则厥口诅祝。"《毛诗·荡》："侯作侯祝。"传曰："作、祝，诅也。"《后汉书·贾逵传》注："祝，诅也。"俗字作咒。张衡《西京赋》："东海黄公，赤刀粤祝。"李善注："音咒。"凡善祝曰祝，恶祝曰诅。《周礼·春官》有诅祝，注曰："诅，谓祝之使沮败也。"

祝亦通作祷。《说文》："祷，告事求福也。"《周礼·春官》："小宗伯祷祠于上下神示。"注云："求福曰祷。""大祝作六辞，五日祷。"注云："祷，贺庆言福祚之辞。"《礼记·檀弓》："君子谓之善颂善祷。"注云："祷，求福也。"《晋语》："卫庄公祷。"注谓将战时请福也。《毛诗·定之方中》传述大夫九德云"祭祀能语"。《正义》云："谓于祭祀能祝告鬼神而为言语，若荀偃祷河，蒯聩祷祖之类是也。"是祷与祝一也。祷又通作祈。《说文》："祈，求福也。"《尔雅·释言》："祈，叫也。"郭璞注曰："祈，祭者叫呼而请事也。"孙炎注曰："祈，为民祈福叫告之词也。"《周礼》："大祝掌六祈以同鬼神示。"注曰："祈，嗥也。谓为有灾变号呼告神以求福。"《毛诗·周颂》："噫嘻，春夏祈谷于上帝也。"《笺》云："祈，犹祷也，求也。"是祷与祈一也。

祷又通作祠。《说文》："祠，春祭曰祠，品物少多文词也。"《周礼·春官》："小宗伯祷祠于上下神示。"注："得求曰祠。"女祝："凡内祷祠之事。"注："报福丧祝以祭祀祷祠焉。"《正义》："祈请求福曰祷，得福报赛曰祠。"

祷又通作祰。《说文》："祰，告祭也。"《尔雅·释诂》："祈，告也。"《毛诗·大雅·行苇》:“以祈黄耇。”《笺》云:“祈,告也。”告本字作祰。

以上六名,虽义兼善恶,而祭神祈福则同,故彦和以祝为名,举一而包余事也。纪评曰:“此篇独崇实而不论文,是其识高于文士处。非不论文,论文之本也。”

②《尚书·舜典》:“禋于六宗。”王肃注曰:“精意以享谓之禋。宗,尊也。所尊祭者其祀有六:谓四时也,寒暑也,日也,月也,星也,水旱也。”先儒说六宗者多家,各言其志,未知孰是,因非所急,不复备举,姑以王肃说当之。

③《左传》僖公三十一年《春秋经》:“夏四月,四卜郊不从,乃免牲。犹三望。”杜注:“三望分野之星,国中山川,皆郊祀望而祭之。鲁废郊天而修其小祀,故曰犹。犹者,可止之辞。”

④《周礼·春官》:“大祝掌六祝之辞,以事鬼神示,祈福祥,求永贞。一曰顺祝(顺祝,顺丰年也,谓顺民意而求丰年),二曰年祝(年祝,求多福历年得正命也),三曰吉祝(吉祝,祈福祥也),四曰化祝(化祝,弭灾兵也),五曰瑞祝(瑞祝,逆时雨宁风旱也),六曰筴祝(筴祝,远罪疾)。作六辞以通上下亲疏远近:一曰祠(祠者,交接之辞),二曰命(命,谓盟誓之辞),三曰诰(如盘庚将迁于殷,诰其世臣卿大夫,道其先祖之善功),四曰会(会,谓会同盟誓之辞),五曰祷(祷,贺庆言福祚之辞),六曰诔(诔,谓积累生时德行,以锡之命,主为其辞也)。彦和以祝盟连称,盖本于此,祝辞多种,此先从顺祝、年祝首辞耳。

⑤《礼记·郊特牲》:“伊耆氏始为蜡(伊耆氏即神农,或云帝尧也)。蜡也者,索也。岁十二月合聚万物而索飨之也。”注云:“飨者,祭其神也。万物有功加于民者,神使为之也。祭之以报焉。”“土反其宅”四句,郑云:“此蜡祝辞也。”

⑥《札迻》十二:“顾广圻校云:‘《困学纪闻》卷十引《尸子》曰,舜兼爱百姓,务利天下。其田也,荷彼耒耜,耕彼南亩,与四海俱有其利。’案《尸子》文见《御览》八十一。‘其田也’作‘其田历山也’,无祠田之文,今无可考。”

⑦《诗·商颂·长发》:“汤降不迟,圣敬日跻。”《笺》云:“汤之下士尊贤甚疾,其圣敬之德日进。”《论语·尧曰》:“予小子履,敢用玄牡,

敢昭告于皇皇后帝。有罪不敢赦，帝臣不蔽，简在帝心。朕躬有罪，无以万方；万方有罪，罪在朕躬。”孔安国注曰：“墨子引《汤誓》其辞若此。”孙诒让《墨子间诂·兼爱下》注云：“《论语·尧曰篇·集解》孔安国云：‘《墨子》引《汤誓》。’《国语·周语》内史过引《汤誓》与此下文略同。韦注云：‘《汤誓》，《商书》伐桀之誓也。今《汤誓》无此言，则已散亡矣。’按孔安国引此作《汤誓》，或兼据《国语》文。《尚贤》中篇引《汤誓》，今书亦无之。”郝懿行曰：“案《白虎通·三军三正篇》并引《论语》‘予小子履’数语为汤伐桀告天之辞。”

⑧《墨子·兼爱下》：“汤曰：‘惟予小子履，敢用玄牡告于上天后。曰，今天大旱，即当朕身履，未知得罪于上下，有善不敢蔽，有罪不敢赦，简在帝心。万方有罪，即当朕身，朕身有罪，无及万方。’”此文与《汤誓》大略相同，据《墨子》意，则汤祷旱之辞也。《吕氏春秋·顺民篇》：“汤克夏而正天下，天大旱，五年不收。汤乃以身祷于桑林曰：‘余一人有罪，无及万夫，万夫有罪，在余一人，无以一人之不敏，使上帝鬼神伤民之命。’于是翦其发，鄘其手，以身为牺牲，用祈福于上帝。民乃甚说，雨乃大至。”《尸子》：“汤之救旱也，乘素车白马，著布衣，婴白茅，以身为牲，祷于桑林之野。”（《艺文类聚》八十二《初学记》九引。）《荀子·大略篇》载其祷辞曰：“政不节与？使民疾与？何以不雨至斯极也？宫室荣与？妇谒盛与？何以不雨至斯极也？苞苴行与？谗夫兴与？何以不雨至斯极也？”（《公羊解诂》二引《韩诗传》，《说苑·君道篇》，《御览》八十三引《帝王世纪》略同。）《说文》：“雩，夏祭乐于赤帝，以祈甘雨也。”又：“禜，设绵蕝为营，以禳风雨雪霜水旱疠疫于日月星辰山川也。”

⑨《大戴礼记·公冠篇》：“皇皇上天，照临下土；集地之灵，降甘风雨；庶物群生，各得其所，靡今靡古。维予一人某敬拜皇天之祜。（《祭天辞》）薄薄之土，承天之神；兴甘风雨，庶卉百谷，莫不茂者，既安且宁。维予一人某敬拜下土之灵。（《祭地辞》）维某年某月上日，明光于上下，勤施于四方，旁作穆穆。维予一人某敬拜迎日于郊。（《迎日辞》）”严可均《全汉文》五十七注云：“案《祭天》以下三篇，《大戴礼》列于孝昭《冠辞》后，明非先秦古辞。”

⑩《仪礼·士虞礼》：“明日以其班祔，用嗣尸（卒哭之明日也。班，

次也。《丧服小记》曰：祔必以其昭穆。用嗣尸，谓从虞以至祔祭惟用一尸而已)。曰，孝子某孝显相（称孝者，吉祭，显相，助祭者也），夙兴夜处，小心畏忌不惰，其身不宁（不宁，悲思不安），用尹祭（尹，祭脯也）嘉荐普淖（嘉荐，醢也。普淖，黍稷也)，普荐溲酒，适尔皇祖某甫，以隮祔尔孙某甫。尚飨。"

⑪《仪礼·少牢馈食礼》:"尸执以命祝。(命祝以嘏辞。）卒命祝，祝受以东北，面于尸西，以嘏于主人曰：皇尸命工祝，承致多福无疆于女孝孙。来女孝孙，使女受禄于天，宜稼于田，眉寿万年，勿替引之。"(替，废也。引，长也。)

⑫《礼记·王制》:"天子将出，类乎上帝，宜乎社，造乎祢。天子将出征，类乎上帝，宜乎社，造乎祢，祃于所征之地。"郑注:"类宜造皆祭名，其礼亡。"

⑬唐写本"成"作"贺"，"善"作"美"，是。《礼记·檀弓下》:"晋献文子成室（赵武作室成，晋君献之，谓贺也），晋大夫发焉（诸大夫亦发礼以往）。张老曰:'美哉轮焉！美哉奂焉！歌于斯，哭于斯，聚国族于斯！'君子谓之善颂善祷。"

⑭《左传》哀公二年:"卫太子祷曰:'曾孙蒯聩，敢昭告皇祖文王、烈祖康叔、文祖襄公：郑胜乱从，晋午在难，不能治乱，使鞅讨之。蒯聩不敢自佚，备持矛焉。敢告无绝筋，无折骨，无面伤，以集大事，无作三祖羞。大命不敢请，佩玉不敢爱。'"

⑮《楚辞·招魂》王逸注谓宋玉哀原厥命将落，欲复其精神，延其年寿，故作《招魂》。案招祝双声，招魂犹言祝魂。又《招魂》句尾，皆用些字。《梦溪笔谈》曰:"今夔峡湖湘及江南僚人，凡禁咒句尾皆称些，乃楚人旧俗。"咒即祝之俗字。纪评谓《招魂》似非祝词，盖未审招、祝之互通也。又案"缅也"，敦煌本作"丽也"，是。《扬子法言·吾子篇》:"雾縠组丽。"李轨注:"雾縠虽丽，蠹害女工。"此彦和所本。

⑯《汉书·郊祀志上》高帝诏曰:"吾甚重祠而敬祭。今上帝之祭及山川诸神当祠者，各以其时礼祠之如故。"文帝以下，迭有增益，《史记·封禅书》《汉书·郊祀志》言之详矣。

⑰"仪"唐写本作"义"，案当作"议"为是。既总硕儒之议，亦参方

士之术，谓如武帝命诸儒及方士议封禅，公玉带上黄帝时《明堂图》之类。

⑱《史记 · 封禅书》:“祝官有秘祝，即有灾祥，辄祝祠移过于下（谓有灾祥辄令祝官祠祭，移其咎恶于众官及百姓也）。孝文帝下诏曰:‘今秘祝移过于下，朕甚不取，自今除之。’”

⑲司马彪《续汉书 · 礼仪志》:“先腊一日大傩，谓之逐疫。其仪选中黄门子弟年十岁以上、十二以下百二十人为侲子，皆赤帻皂裳，执大鼗。方相氏黄金四目，蒙熊皮玄衣朱裳，执戈扬盾。十二兽有衣毛角，中黄门行之。冗从仆射将之以逐恶鬼于禁中。夜漏上水，朝臣会，侍中、尚书、御史、谒者、虎贲、羽林郎将执事，皆赤帻陛卫。乘舆御前殿。黄门令奏曰:‘侲子备，请逐疫。’于是中黄门倡，侲子和，曰:‘甲作食殃，胇胃食虎，雄伯食魅，腾简食不祥，揽诸食咎，伯奇食梦，强梁、祖明共食磔死寄生，委随食观，错断食巨，穷奇、腾根共食蛊。凡使十二神追恶凶，赫女躯，拉女幹，节解女肉，抽女肺肠，女不急去，后者为粮。’（呼十二神名及所欲食之鬼名，不去则为粮也。）因作方相与十二兽舞，讙呼，周遍前后省三过，持炬火，送疫出端门。”《汉书 · 郊祀志》:“粤人勇之乃言，粤人俗鬼，而其祠皆见鬼，数有效。昔东瓯王敬鬼，寿百六十岁；后世怠嫚，故衰耗。帝乃命粤巫，立粤祝祠。”

⑳陈先生曰:“黄注引《山海经》:‘白泽能言语。’今《山海经》无此文。《抱朴子 · 极言篇》:‘黄帝穷神奸，则纪白泽之辞。’黄注失引。”《玉函辑佚书》七十七有孙柔之《瑞应图》。其“白泽”条云:“黄帝巡于东海；白泽出，能言语。达知万物之情，以戒于民，为除灾害。贤君德及幽遐则出。”（自《开元占经》卷一百十六辑得。）又有《白泽图》。马国翰序曰:“《南史 · 梁简文帝纪》有《新增白泽图》五卷。《隋唐志》并有《白泽图》一卷，不著撰人姓名。今佚。从诸书所引辑得四十余节，合录为帙，图则佚矣。”张君房《云笈七签》卷一百《轩辕本纪》:“帝巡狩东至海，登桓山。于海滨得白泽神兽，能言，达于万物之情。因问天地鬼神之事，自古精气为物，游魂为变者凡万一千五百二十种。白泽言之，帝令以图写之，以示天下。帝乃作《祝邪之文》以祝之。”

㉑黄注云:“王延寿《梦赋》序云:‘臣遂得东方朔与臣作骂鬼之书。’按朔与延寿隔世久远，或朔本有书，延寿得之则可，曰‘与臣作’谬矣。

倘作书亦是梦中事，便无所不可。然彦和又岂以乌有为实录乎？非后人传写之误，即前代有傅会失实者。”案黄说甚是。东方朔骂鬼之书，今不可考，惟延寿《梦赋》尚存（《古文苑》卷六），盖亦骂鬼之流也。兹录于下。

王延寿《梦赋》（《后汉书·文苑传》：“王延寿字文考，有儁才。曾有异梦，意恶之，乃作《梦赋》以自厉。年二十四，过汉江溺水而死。”）

臣弱冠尝夜寝，见鬼物，与臣战。遂得东方朔与臣作骂鬼之书，臣遂作赋一篇叙梦。后人梦者，读诵以却鬼，数数有验，臣不敢蔽。其词曰：

余宵夜寝息，乃忽有非常之物梦焉。其为梦也，悉睹鬼物之变怪，则有蛇头而四角，鱼尾而鸟身，或三足而六眼，或龙形而似人。群行而奋摇，忽来到吾前，伸臂而舞手，意欲相引牵。于是梦中惊怒，腷臆纷纭。曰：吾含天地之纯和，何妖孽之敢臻！尔乃挥手振拳，雷发电舒，斫游光，斩猛猪，批᠁毅，斫魅虚，捎魍魉，拂诸渠，撞纵目，打三颅，扑苕荛，抶夔魖，搏睍睆，蹴睢盱，剖列蹶，掣羯孽，劓尖鼻，踏赤舌，拏伧䦆，挥髯鬟（自游光而下至此，皆鬼物名）。于是手足俱中，捷猎摧拉，澎濞跌抗，揩倒批。笞强梁，捶捋剡，挨撩予，揔攒黠，拖颓𫗦，抨橙轧。于是群邪众魅，骇扰遑遽，焕衍叛散，乍留乍去，变形瞪眄，顾望犹豫。吾于是更奋奇谲脉，捧获喷，扼挠岘，挞咿嚘，批搧啧。于是三三四四，相随踉蹡而历僻；砉砉磕磕，精气充布；詧詧訾訾，鬼惊魅怖。或盘跚而欲走，或拘挛而不能步，或中创而宛转，或捧痛而号呼，奄雾消而光散，寂不知其何故。嗟妖邪之怪物，敢于真人之正度！耳聊嘈而外朗，忽屈伸而觉寤。于是鸡知天曙而奋羽，忽嘈然而自鸣；鬼闻之以迸失，心慑怖而皆惊。乱曰：齐桓梦物，而以霸兮！武丁夜感，得贤佐兮。周梦九龄，年克百兮。晋文监脑，国以竞兮。老子役鬼，为神将兮。转祸为福，永无恙兮。（《艺文类聚》七十九载此赋，缺残不全。）

㉒曹植《诰咎文》（《艺文类聚》一百）

五行致灾，先史咸以为应政而作。天地之气，自有变动，未必政治之所兴致也。于时大风发屋拔木，意有感焉，聊假天帝之命，以诰咎祈福。其辞曰：

上帝有命，风伯雨师。夫风以动气，雨以润时；阴阳协和，庶物以滋。亢阳害苗，暴风伤条；伊周是过，在汤斯遭。桑林既祷，庆云克举；偃禾之复，姬公走楚。况我皇德，承天统民；礼敬川岳，祇肃百神；享兹元吉，釐福日新。至若炎旱赫羲，飙风扇发；嘉卉以萎，良木以拔；何谷宜填，何山应伐；何灵宜论，何神宜谒。于是五灵振悚，皇祇赫怒；招摇警怯，欃枪奋斧。河伯典泽，屏翳司风。右呵飞廉，顾叱丰隆；息猋遏暴。元敕华嵩；庆云是兴，效厥年丰。遂乃沉阴坱北，甘泽微微，雨我公田，爰既予私。黍稷盈畴，芳草依依；灵禾重穗，生彼邦畿；年登岁丰，民无馁饥。

《古文苑》卷一载《秦诅楚文》，录之以备参考（《诅楚文》字体奇古，不易排印，据《古文苑释文》改为常行字，以便阅览）：

有秦嗣王，敢用吉玉瑄璧，使其宗祝邵鼛布忠，告于丕显大神巫咸，以底楚王熊相之多罪。昔我先君穆公及楚成王，实戮力同心，两邦若壹，绊以婚姻，袗以齐盟。曰：叶万子孙，毋相为不利。亲即丕显大神巫咸而质焉。今楚王熊相康回无道，淫佚耽乱，宣侈竞从，变输盟制。内之则暴虐不辜，刑戮孕妇，幽剌亲戚，拘圉其叔父，置诸冥室椟棺之中；外之则冒改久心，不畏皇天上帝，及丕显大神巫咸之光烈威神，而兼倍十八世之诅盟。率诸侯之兵，以临加我，欲刬伐我社稷，伐灭我百姓，求蔑法皇天上帝及丕显大神巫咸之恤。祠之以圭玉牺牲，逑取我边城新隍，及郚长亲，我不敢曰可。今又悉兴其众，张矜亿怒，饰甲底兵，奋士盛师，以逼我边竞（读作境）。将欲复其凶迹，唯是秦邦之羸众敝赋，鞹输（音俞，刀鞘也，言以革饰刀鞘也）栈舆礼使（上声）介老将（去声）之，以自救也。繄亦应受皇天上帝及丕显大神巫咸之几灵德，赐克剂楚师，且复略我边城。敢数楚王熊相之倍盟犯诅，箸诸石章，以盟大神之威神。

㉓“祀”唐写本作“祝”，是。《仪礼 · 少牢馈食礼》：“主人西面，祝在左，主人再拜稽首。祝祝曰，孝孙某，敢用柔毛（羊也）刚鬣（豕也）嘉荐（菹醢也）普淖（普，大也；淖，和也；德能大和，乃有黍稷）用荐岁事于皇祖伯某（伯某，其字也）。以某妃（某妃，某妻也）配（合食曰

配）某氏（某氏，若言姜氏子氏）。尚飨（尚，庶几；飨，歆也）。”《周礼·考工记·梓人》：“祭侯（射侯）之礼，以酒脯醢。其辞曰：惟若宁侯（若，汝也；宁，安也；谓先有功德，其鬼有神）。毋或若女不宁侯。不属（属，犹朝会也）于王所。故抗而射女。强饮强食，诒女曾孙诸侯百福。”

中代祭文，据《文章缘起》有杜笃《祭延钟文》，文佚。兹录曹操《祭故太尉桥玄文》：

故太尉桥公，诞敷明德，泛爱博容，国念明训，士思令谟，灵幽体翳，邈哉晞矣。吾以幼年，逮升堂室，晞以顽鄙之姿，为大君子所纳，增荣益观，皆由奖助，犹仲尼称不如颜渊，李生之厚叹贾复。士死知己，怀此无忘。又承从容约誓之言：“殂逝之后，路有经由，不以斗酒只鸡，过相沃酹，车过三步，腹痛勿怪。”虽临时戏笑之言，非至亲之笃好，胡肯为此辞乎！匪为灵忿，能诒己疾；怀旧惟顾，念之凄怆。奉命东征，屯次乡里，北望贵土，乃心陵墓。裁致薄奠，公其尚飨。（《魏志·武帝纪》注引《褒赏令》，又见《后汉书·桥玄传》。）

㉔《后汉书·续礼仪志》：“司徒太史令奉谥哀策。”注曰：“晋时有人嵩高山下得竹简一枚，上有两行科斗书之。台中外传以相示，莫有知者。司空张华以问博士束皙。皙曰，此明帝显节陵中策也。检校果然。是知策用此书也。”案彦和谓“哀策流文”指此。《文章缘起》：“汉乐安相李尤作《和帝哀策》。”文佚。

㉕《穆天子传》六：“天子西至于重壁之台，盛姬告病，天子哀之……于是殇祀而哭，内史执策。”郭璞注：“策，所以书赠赗之事。内史，主策命者。”哀册文不传。《左传》昭公七年，周景王追命卫襄公曰：“叔父陟恪，在我先王之左右，以佐事上帝，余敢忘高圉、亚圉（二圉，周之先也，亦受殷王追命者）。”杜注：“命如今之哀策。”兹录魏明帝为《甄皇后哀策》一首（《艺文类聚》十三有魏文帝为《武帝哀策》，文似不全，故不录）：

维青龙二年三月壬申，皇太后梓宫启殡，将葬于首阳之西陵。哀子皇帝睿，亲奉册祖载，遂亲遣奠，叩心擗踊，号咷仰诉，痛灵魂之迁幸，悲容车之向路；背三光以潜翳，就黄垆而安厝。呜呼哀哉！昔二女妃虞，帝道以彰；三母嫔周，圣善弥光；既多受祉，享国延长。哀哀慈妣，兴化闺房；龙飞紫极，作合圣皇；不虞中年，暴离灾殃；

愍予小子，茕茕摧伤；魂虽永逝，定省曷望。呜呼哀哉！（《魏志·文德郭皇后传》注引《魏书》）

㉖“书赠”唐写本作“书旨”，均通。

㉗挚虞《文章流别论》：“今哀策，古诔之义。”（《御览》五百九十六引）

㉘《汉书·百官公卿表上》：“奉常属官有太史。”《后汉书·续百官志》：“太常卿一人。”本注曰：“掌礼仪祭祀。每祭祀，先奏其礼仪及行事，常赞天子。”注曰：“《汉旧仪》曰，赞飨一人，掌赞天子。”案太常卿属官，有太史令一人。《礼仪志》载太史令奉谥哀策，则彦和所云“太史作赞”，当为指汉代而言矣。唐写本作“太祝所读，固祝之文者也”，语意似不甚明。

㉙纪评曰：“此虽老生之常谈，然执是以衡文，其合格者亦寡矣。所谓三岁小儿道得，八十老翁行不得也。”

㉚班固《祀濛山文》不可考。唐写本“濛”作“涿”。严可均《全后汉文》二十六辑得《涿邪山祝文》四句：“晃晃将军，大汉元辅（《文选》颜延之《曲水诗序》注，又王俭《褚渊碑文》注）。仗节拥旄，钲人伐鼓（《文选》虞羲《咏霍将军北伐诗》注，又《宣德皇后令》注）。”

㉛潘岳有《为诸妇祭庾新妇文》，文缺不全。录之如下：

潜形幽榇，宁神旧宇；室虚风生，床尘帷举。自我不见，载离寒暑；虽则乖隔，哀亦时叙。启殡今夕，祖行明朝；雨绝华庭，埃灭大宵。俪执箕帚，偕奉夕朝；仿佛未行，顾瞻弗获，伏膺饮泪，感今怀昔。怀昔伊何？祁祁娣姒。感今伊何？冥冥吾子。形未废目，音犹在耳。（《艺文类聚》三十八）

㉜盟，篆文、古文并从明。《说文》：“《周礼》曰：‘国有疑则盟。诸侯再相与会，十二岁一盟，北面诏天之司慎司命。盟，杀牲歃血，朱盘玉敦，㠯立牛耳。’从囧（段注：‘囧，明也，《左传》所谓昭明于神。’）皿声。”《释名·释言语》：“盟，明也。告其事于神明也。”《周礼·天官·玉府》：“若合诸侯，则共珠槃玉敦。”郑注云：“敦，槃类，珠玉以为饰。古者以槃盛血，以敦盛食。合诸侯者，必割牛耳，取其血歃之以盟。珠槃以盛牛耳，尸盟者执之。”

㉝《左传》襄公十年，瑕禽曰：“昔平王东迁，吾七姓从王，牲用备具，王赖之而赐之骍旄之盟。”杜注：“骍旄，赤牛也。举骍旄者，言得重盟，不

以犬鸡。”案“骍毛”当依《左传》作“骍旄”。唐写本正作“骍旄”。

《汉书·王陵传》：“高皇帝刑白马而盟曰：‘非刘氏而王者，天下共击之。’”

㉞《汉书·律历志下》：“《书序》曰：成汤既没，太甲元年，使伊尹作《伊训》。《伊训篇》曰：惟太甲元年十有二月，乙丑朔，伊尹祀于先王，诞资有牧方明。”注引孟康曰：“方明者，神明之象也。以木为之，方四尺，画六采，东青西白，南赤北黑，上玄下黄。”吴仁杰曰：“明堂者，以其加方明于其上，坛而不屋……然则方明之为明堂，先儒其知之矣。”

㉟《穀梁传》隐公八年：“盟诅不及三王。”范宁注曰：“三王，谓夏殷周也。夏后有钧台之享，商汤有景亳之命，周武有孟津之会，众所归信，不盟诅也。”《左传》桓公三年经：“夏，齐侯、卫侯胥命于蒲。”杜注：“申约言以相命，而不歃血也。”《公羊传》桓公三年：“古者不盟，结言而退。”何注：“善其近正，似于古而不相背，故书以拨乱也。”

㊱“以及要契”唐写本作“弊及要劫”，是。要，谓如《左传》襄公九年“晋士庄子为载书（载书，即盟书）曰，自今日既盟之后，郑国而不唯晋命是听，而或有异志者，有如此盟（如违盟之罚）。公子騑趋进曰，天祸郑国，使介居二大国之间，大国不加德音而乱以要之（谓以兵乱之力强要郑）。子展曰，要盟无质，神弗临也”之类。劫，谓如曹沫、毛遂之类。

㊲《史记·刺客列传》：“曹沫者，鲁人也……为鲁将，与齐战，三败北。鲁庄公惧，乃献遂邑之地以和。齐桓公许与鲁会于柯而盟。曹沫执匕首劫齐桓公，桓公左右莫敢动，乃许尽归鲁之侵地。”《索隐》云：“沫，音亡葛反。《左传》《穀梁》并作‘曹刿’，声相近而字异耳。”《索隐》又云：“（此）事约《公羊》为说，然彼无其名，直云‘曹子’而已。且《左传》鲁庄十年战长勺，用曹刿谋败齐，而无劫桓公之事，十三年盟于柯，《公羊》始论曹子。《穀梁》此年惟云‘曹刿之盟，信齐侯也’，又记不具行事之时。”

《史记·平原君列传》：“秦之围邯郸，赵使平原君求救合从于楚。平原君与楚合从，言其利害，日出而言之，日中不决。毛遂按剑历阶而上，谓平原君曰：‘从之利害，两言而决耳！今日出而言从，日中不决，何也？’楚王叱曰：‘胡不下！’毛遂按剑而前曰：‘合从者，为楚，非为赵也。吾君在前，叱者何也？’楚王曰：‘唯！唯！诚若先生之言，谨奉社稷而以从。'毛遂曰:'取鸡狗马之血来。'毛遂奉铜盘而跪进之楚王,曰:'王当歃血而定从,次者吾君,次者遂。'遂定从于殿上。"

㊳常璩《华阳国志·巴志》:"秦昭襄王与夷人刻石盟曰:秦犯夷,输黄龙一双;夷犯秦,输清酒一钟。"《史记·高祖功臣侯年表》封爵之誓曰:"使河如带,泰山若厉,国以永宁,爰及苗裔。"

㊴《后汉书·臧洪传》:"乃与诸牧守大会酸枣。设坛场,将盟,既而更相辞让,莫敢先登,咸共推洪。洪乃摄衣升坛,操(槃歃)血而盟曰:'汉室不幸,皇纲失统。贼臣董卓,乘衅纵害,祸加至尊,毒(《魏志》作"虐")流百姓。大惧沦丧社稷,翦覆四海。兖州刺史岱,豫州刺史伷,陈留太守邈,东郡太守瑁,广陵太守超等,纠合义兵,并赴国难。凡我同盟,齐心一(《魏志》作"戮")力,以致臣节。陨首丧元,必无二志,有渝此盟,俾坠其命,无克遗育。皇天后土,祖宗明灵,实皆鉴之。'"

㊵刘琨《与段匹磾盟文》

天不静晋,难集上邦,四方豪杰,是焉煽动,乃凭陵于诸夏,俾天子播越震荡,罔有攸底。二虏交侵,区夏将泯,神人乏主,苍生无归,百罹备臻,死丧相枕。肌肤润于锋镝,骸骨曝于草莽,千里无烟火之庐,列城有兵旷之邑,兹所以痛心疾首,仰诉皇穹者也。臣琨蒙国宠灵,叨窃台岳;臣磾世效忠节,忝荷公辅。大惧丑类猾夏,王旅陨首丧元,尽其臣礼。古先哲王,贻厥后训,所以翼戴天子,敦序同好者,莫不临之以神明,结之以盟誓。故齐桓会于邵陵,而群后加恭;晋文盟于践土,而诸侯兹顺。加臣等介在遐鄙,而与主相去迥辽,是以敢于先典,刑牲歃血。自今日既盟之后,皆尽忠竭节,以翦夷二寇。有加难于琨,磾必救;加难于磾,琨亦如之。缱绻齐契,披布胸怀,书功金石,藏于王府。有渝此盟,亡其宗族,俾坠军旅,无其遗育。(《艺文类聚》三十三)

㊶黄叔琳曰:"二盟义炳千古,不宜以成败论之。"案彦和所云"无补晋汉,反为仇雠;信不由衷,盟无益也"诸语,乃指当时与盟之人而言,于臧、刘二子,固已推崇无所不至矣。

㊷《尚书·洛诰》:"予冲子夙夜毖祀。"孔传:"言我童子徒早起夜寐,慎其祭祀而已。"唐写本"钦明"作"唾血",非是。

卷 三

铭箴第十一

昔帝轩（孙云《御览》五百九十引作“轩辕帝”；铃木云《玉海》作“黄帝”，无“昔”字）刻舆几以弼违[①]，大禹勒笋（孙云唐写本作“簨”）虡而招谏[②]，成汤盘盂著日新之规[③]，武王户席题必戒（孙云唐写本作“诫”，《御览》亦作“诫”）之训[④]，周公慎言于金人[⑤]，仲尼革容于欹器：则先（孙云唐写本、《御览》“则”字无，“先”作“列”）圣鉴戒，其来久矣[⑥]。故（孙云唐写本“故”字无）铭者，名也，观器必也（孙云唐写本“必也”作“必名焉”）正名，审用贵乎盛（孙云唐写本“盛”作“慎”）德[⑦]。盖臧武（孙云唐写本无“武”字）仲之论铭也，曰：“天子令德，诸侯计功，大夫称伐。”[⑧]夏铸九牧之金鼎，周勒肃慎之楛矢（孙云唐写本“鼎”字“矢”字无，《御览》亦无此二字），令德之事也[⑨]；吕望铭功于昆吾，仲山镂绩于庸器，计功之义也[⑩]；魏颗纪勋于景钟（元作“铭”，曹改；赵云“铭”作“钟”），孔悝表勤于卫鼎，称伐之类也[⑪]。若乃飞廉有石椁之锡，灵公有蒿里（赵云“蒿”作“旧”）之谥，铭发幽石，吁可怪矣（孙云唐写本“吁”作“噫”，“矣”作“也”；《御览》亦作“噫也”）[⑫]！赵灵勒迹于番吾（元作

“禺”，杨改），秦昭刻博（元作“傅”，朱改）于华山，夸诞示后，吁可笑（元作“茂”，又作“戒”）也[13]！详观众例，铭义见矣[14]。

至于始皇勒岳，政暴而文泽，亦有疏通之美焉[15]。若（孙云唐写本无“若”字；《御览》“若”下有“乃”字）班固燕然之勒，张昶（孙云唐写本“昶”作“旭”）华阴之碣，序亦盛矣[16]。蔡邕铭思，独冠古今（孙云《御览》作“蔡邕之铭，思烛古今”）。桥（元作“侨”，孙改）公之钺（元作“箴”，孙云《御览》作“箴”），吐纳典谟；朱穆之鼎，全成碑文，溺所长也[17]。至如敬通杂器，准矱戒（孙云唐写本“戒”作“武”）铭，而事非其物，繁略违中[18]。崔骃品物，赞多戒少[19]；李尤积篇，义俭辞碎。蓍龟神物，而居博弈之中（孙云唐写本“中”作“下”，《御览》亦作“下”）；衡斛嘉量，而在臼杵（孙云唐写本作“杵臼”，《御览》亦作“杵臼”）之末，曾名品之未暇，何事理之能闲哉[20]？魏文九宝，器利辞钝[21]。唯张载（元作“采”，谢改）《剑阁》，其才清采（孙云唐写本作“清采其才”），迅足骎骎，后发前至，勒铭（孙云“勒铭”作“诏勒”）岷汉，得其宜矣[22]。

箴者（孙云唐写本有“针也”二字），所以攻疾防患，喻针石也（孙云《御览》五八八引此作“箴所以攻疾除患，喻针石垣”）[23]。斯文之兴，盛于三代。夏商二箴，余句颇存[24]。及周之辛甲百官箴（孙云唐写本“及”字无，“箴”下有“阙唯虞箴”四字）一篇，体义备焉。迄至春秋，微而未绝。故魏绛讽君于后羿，楚子训民于在勤[25]。战代以来，弃德务功，铭辞代兴，箴文委（孙云唐写本作“萎”，《御览》亦作“萎”）绝。至扬雄稽古，始范《虞箴》，作（孙云唐写本及《御览》皆无“作”字）卿尹（孙云唐写本有“九”字）州牧二十五（铃木云《御览》无“五”字）篇。及崔、胡补缀，总称《百官》，指事配位，鞶鉴可（赵云“可”作“有”）征，信所（孙云唐写本“所”作“可”，无“信”字）谓追清风于前古，攀辛甲于后代者也[26]。至于潘勖《符节》，要而失浅[27]；温峤《傅（赵云“傅”作“侍”）臣》，博而患繁[28]；王济《国子》，引广（一作“多”）事杂（一作“寡”；赵云作“引多而事寡”）[29]；潘尼《乘舆》，义正（赵云“正”下有“而”

字）体芜[30]：凡斯继作，鲜有克衷。至于王朗《杂箴》，乃置巾履（赵云“履”作“屦”），得其戒慎，而失其所施。观其约文学要，宪章戒（赵云作“武”）铭，而水火井灶，繁辞不已，志有偏也[31]。

夫箴诵于官（铃木云《御览》“官”作“经”），铭题于器，名目（赵云“目”作“用”）虽异，而警戒实同。箴全御过，故文资确（元作“确”，朱改）切；铭兼褒赞，故体贵弘润：其取事也必核（元作“覆”）以辨，其摛文也必简而深，此其大要也[32]。然矢言之道盖阙，庸器之制久沦，所以箴铭异（赵云“异”作“寡”）用，罕施于（孙云唐写本“于”作“后”；《御览》五八八引亦作“后”）代[33]。惟秉文君子，宜酌其远大焉。

赞曰：铭实表器（赵云作“器表”）[34]，箴惟德轨。有佩于言，无鉴于水。秉兹贞厉，敬言乎履（孙云唐写本作“警乎立履”）[35]。义典则弘，文约为美。

注释：

①《汉书·艺文志》道家载《黄帝铭》六篇。蔡邕《铭论》曰：“黄帝有巾几之法。”《后汉书·朱穆传》：“古之明君，必有辅德之臣，规谏之官；下至器物，铭书成败，以防遗失。”注曰：“黄帝作巾几之法。”《路史·疏仡纪》载黄帝《巾几之铭》曰：“毋翕弱。毋俷德。毋违同。毋傲礼。毋谋非德。毋犯非义。”诸书均作“巾几”，无作“舆几”者。留存《事始》：“《文心》曰，轩辕舆几，与弼不逮，即为箴也。”留存唐人，引《文心》作“舆几”，是彦和本作“舆几”，别有所本也。宋胡宏《皇王大纪》亦谓“帝轩作舆几之箴，以警晏安”。

②《鬻子》：“夏禹之治天下也，以五声听。门悬钟鼓铎磬而置鞀，以待四海之士。为铭于簨虡曰：教寡人以道者击鼓，教寡人以义者击钟，教寡人以事者振铎，语寡人以忧者击磬，语寡人以讼狱者挥（《淮南子》作‘摇’）鞀。”《淮南子·氾论训》作“以待四方之士，为号曰……”，文小异。“笋”，唐写本作“簨”。《周礼·春官·典庸器》注引杜子春曰：“笋读如博选之选。横者为笋，从者为鐻。”《释文》：“鐻今或作虡。”

③《礼记·大学篇》：“汤之盘铭曰：苟日新，日日新，又日新。”

④《大戴礼记·武王践阼》载武王铭凡十七:《席四端》《机》《鉴》《盥盘》《楹》《杖》《带》《履屦》《觞豆》《户》《牖》《剑》《弓》《矛》,兹录《席四端铭》《户铭》,并附《鉴》《带》《矛》三铭于后。

《席四端铭》

席前左端:安乐必敬。前右端:无行可悔。后左端:一反一侧,亦不可以忘。后右端:所监不远,视尔所代。(俞樾《群经平议》十七:"'安乐必敬',此与下文前右端之铭'无行可悔',后左端之铭'一反一侧,尔不可不志',后右端'所监不远,视尔所代',通为一韵。'敬'字乃'苟'字之误。'苟'之与'敬',义自可通,但作'敬'则失其韵矣。下文'尔不可不志',今本误作'亦不可以忘',王氏引之已订正,惟未正'敬'字之误,故于韵仍未尽得耳。")

《户铭》

夫名难得而易失。无勤弗志,而曰我知之乎。无勤弗及,而曰我杖之乎。扰阻以泥之。若风将至,必先摇摇,虽有圣人,不能为谋也。(《抱经堂文集》卷八《新刻大戴礼跋》:"案'扰阻以泥之'语,朱子亦谓不可解。窃疑'扰'乃'獿'字之讹。服虔注扬雄《解难》云:'獿,古之善涂塈者。'王伯厚校此篇,一无'阻'字;则当为'獿以泥之'无疑。盖'獿'本亦作'擾',形近易讹也。"案如卢说,仍不可解。《御览》百八十四引《太公金匮户之书》曰:"出畏之,入惧之。")

《鉴铭》

见尔前,虑尔后。

《带铭》

火灭修容,慎戒必恭,恭则寿。

《矛铭》

造矛造矛,少间弗忍,终身之羞。

⑤周公《金人铭》,无可考。案严可均云,《金人铭》旧无撰人名(《全上古文》卷一《金人铭》注)。据《太公阴谋》《太公金匮》,知即黄帝六铭之一,《金匮》仅载铭首廿余字,《说苑·敬慎篇》载其全文,录之于下:

孔子之周,观于太庙。右陛之前,有金人焉,三缄其口而铭其背曰："我古之慎言人也。戒之哉！戒之哉！无多言，多言多败。无多事，多事多患。安乐必戒，无行所悔。勿谓何伤，其祸将长。勿谓何害，其祸将大。勿谓何残，其祸将然。勿谓莫闻，天妖伺人。荧荧不灭，炎炎奈何。涓涓不壅，将成江河。绵绵不绝，将成网罗。青青不伐，将寻斧柯。诚不能慎之，祸之根也。曰是何伤，祸之门也。强梁者不得其死，好胜者必遇其敌。盗怨主人，民害其贵。君子知天下之不可盖也，故后之，下之，使人慕之；执雌持下，莫能与之争者。人皆趋彼，我独守此；众人惑惑，我独不从。内藏我知，不与人论技；我虽尊高，人莫害我。夫江河长百谷者，以其卑下也。天道无亲，常与善人。戒之哉！戒之哉！"（此道家附会之辞，伪迹显然，不可信。）

⑥《淮南子·道应篇》："孔子观桓公之庙（《说苑·敬慎篇》作"周庙"），有器焉（《荀子·宥坐篇》作"欹器"），谓之宥卮。孔子曰：'善哉，予得见此器。'顾曰：'弟子取水。'水至灌之，其中则正，其盈则覆。孔子造然革容曰：'善哉持盈者乎！'"纪评曰："欹器不言有铭，此句未详。或六朝所据之书，今不尽见耳。"《国语·晋语一》郭偃称《商铭》曰："嗛嗛之德，不足就也（嗛嗛，犹小小也），不可以矜而祇取忧也。嗛嗛之食，不足狃也（食，禄也；狃，贪也），不能为膏（膏，肥也）而祇罹咎也。"此亦《商铭》之可见者。

⑦唐写本作："铭者，名也，观器必名焉。正名审用，贵乎慎德。"《毛诗·鄘风·定之方中·正义》曰："作器能铭者，谓既作器能为其铭。若栗氏为量，其铭曰：'时文思索，允臻其极。嘉量既成，以观四国。永启厥后，兹器维则。'是也（案此铭见《考工记》）。《大戴礼》说武王盘盂几杖皆有铭，此其存者也。铭者，名也，所以因其器名而书以为戒也。"《礼记·祭统》："夫鼎有铭。铭者，自名也。自名以称扬其先祖之美而明著之后世者也。为先祖者，莫不有美焉，莫不有恶焉，铭之义称美而不称恶，此孝子孝孙之心也……铭者，论撰其先祖之有德善功烈勋劳庆赏声名列于天下，而酌之祭器，自成其名焉。"注曰："铭，谓书之刻之以识事者也。自名，谓称扬其先祖之德，著己名于下。"《释名·释典艺》："铭，名也。述其功美，使可称名也。"

⑧《左传》襄公十九年："季武子以所得于齐之兵作林钟而铭鲁功焉。

臧武仲谓季孙曰：‘非礼也。夫铭，天子令德（天子铭德不铭功），诸侯言时计功（举得时，动有功，则可铭也），大夫称伐（铭其功伐之劳）。’”

⑨《左传》宣公三年：“楚子伐陆浑之戎，遂至于雒，观兵于周疆。定王使王孙满劳楚子。楚子问鼎之大小轻重焉。对曰：‘在德不在鼎。昔夏之方有德也，远方图物（图画山川奇异之物而献之），贡金九牧（使九州之牧贡金），铸鼎象物（象所图物，著之于鼎），百物而为之备，使民知神奸（图鬼神百物之形，使民逆备之）。’”案禹鼎不言有铭，彦和以意说之。

《国语·鲁语下》：“仲尼曰：‘昔武王克商，通道于九夷、百蛮，使各以其方贿来贡。于是肃慎氏贡楛矢、石砮。先王欲昭其令德之致远也，以示后人，使永监焉，故铭其栝曰“肃慎氏之贡矢”。’（韦昭注曰：‘刻曰铭。栝，箭羽之间也。’）”

⑩蔡邕《铭论》：“吕尚作周太师，而封于齐，其功铭于昆吾之冶。”《逸周书·大聚解》：“乃召昆吾冶而铭之金版。”昆吾，当时善冶人名。

《后汉书·窦宪传》：“南单于漠北遗宪古鼎，容五斗。其傍铭曰‘仲山甫鼎，其万年子子孙孙永保用’。”《周礼·春官·典庸器》注曰：“庸器，伐国所获之器，若崇鼎贯鼎及以其兵物所铸铭也。”

⑪《国语·晋语七》：“昔克潞之役，秦来图败晋功，魏颗以其身却退秦师于辅氏，亲止杜回。其勋铭于景钟。”（事在鲁宣公十五年，韦昭注：“景钟，景公之钟。”）

《礼记·祭统》：“卫孔悝之《鼎铭》曰：六月丁亥，公假于大庙。公曰：‘叔舅！乃祖庄叔，左右成公，成公乃命庄叔随难于汉阳，即宫于宗周，奔走无射。启右献公。献公乃命成叔纂乃祖服。乃考文叔，兴旧耆欲，作率庆士，躬恤卫国，其勤公家，夙夜不解。民咸曰，休哉！’公曰：‘叔舅，予女铭：若纂乃考服。’悝拜稽首，曰：‘对扬以辟之，勤大命施于烝彝鼎。’”

⑫《史记·秦本纪》：“蜚廉为纣石北方（文有误。徐广曰：‘皇甫谧云作石椁于北方。’），还，无所报，为坛霍太山而报。得石棺，铭曰：‘帝令处父不与殷乱，赐尔石棺以华氏。’死，遂葬于霍太山。”《索隐》曰：“言处父至忠，国灭君死而不忘臣节，故天赐石棺，以光华其族。事盖非

实，谯周深所不信。”彦和意同谯周，故云可怪。“石椁”当据《史记》作“石棺”。

《庄子 · 则阳篇》：“狶韦曰：夫灵公也死，卜葬于故墓，不吉；卜葬于沙丘而吉。掘之数仞，得石椁焉。洗而视之，有铭焉，曰：‘不冯其子，灵公夺而里（《释文》：“‘里’一本作‘埋’。”）。’夫灵公之为灵也久矣。”《博物志 · 异闻篇》：“卫灵公葬，得石椁。铭曰：不逢箕子，灵公夺我里。”“蒿”唐写本作“旧”，疑“蒿”字不误。《玉篇》：“薨里，黄泉也，死人里也。”以“蓬蒿”字为“蒿里”，乃流俗所作。“薨里之谥”，犹言薨里中石椁已为灵公作谥耳。

⑬《韩非子 · 外储说左上》：“赵主父令工施钩梯而缘播吾（播吾即番吾。《史记 · 赵世家 · 正义》引《括地志》云：‘番吾故城在恒州房山县东二十里。《汉书 · 地理志》作蒲吾，有铁山。’），刻人疏其上（疏即疋之异文。疋，足也。今本作‘刻疏人迹其上’，不可通，此依俞樾说改），广三尺，长五尺，而勒之曰：‘主父常游于此。’”又：“秦昭王令工施钩梯而上华山，以松柏之心为博。箭长八尺，棋长八寸，而勒之曰：‘昭王常与天神博于此。’（赵武灵王自号主父，秦昭王岂亦生时自谥耶?）”

⑭蔡邕《铭论》

《春秋》之论铭也，曰：“天子令德，诸侯言时计功，大夫称伐。”昔肃慎纳贡，铭之楛矢，所谓天子令德也。黄帝有巾几之法，孔甲有槃盂之诫，殷汤有《甘誓》之勒，毚鼎有丕显之铭。武王践阼，咨于太师，而作席、几、楹、杖杂铭十有八章。周庙金人，缄口书背，铭之以“慎言”，亦所以劝导人主，勖于令德者也。昔召公作诰，先王赐朕鼎，出于武当曾水。吕尚作周太师而封于齐，其功铭于昆吾之冶。汉获齐侯宝樽于槐里，获宝鼎于美阳。仲山甫有补衮阙、式百辟之功，《周礼 · 司勋》凡有大功者铭之大常，所谓诸侯言时计功者也。宋大夫正考父三命兹益恭，而莫侮其国。卫孔悝之父庄叔随难汉阳，左右献公，卫国赖之，皆铭于鼎。晋魏颗获秦杜回于辅氏，铭功于景钟：所谓大夫称伐者也。钟鼎，礼乐之器，昭德纪功，以示子孙。物不朽者，莫不朽于金石，故碑在宗庙两阶之间。近世以来，咸铭之于碑，德非此族，不在铭典。

⑮《颂赞篇》云："秦政刻文，爰颂其德。"彼实颂体而刻石则铭。黄叔琳云："李习之论铭，谓盘之辞可迁于鼎，鼎之辞可迁于山，山之辞可迁于碑，惟时之所纪，而不必专切于是物。其说甚高，然与观器正名之义乖矣。"案李翱《答开元寺僧书》见《唐文粹》八十五，兹节录其文以备参阅："……夫铭古多有焉。汤之《盘铭》，其辞云云；卫孔悝之《鼎铭》，其辞云云；秦始皇帝之《峄山铭》，其辞云云。于盘则曰盘铭，于鼎则曰鼎铭，于山则曰山铭。盘之辞可迁之于鼎，鼎之辞可移之于山，山之辞可书之于碑，惟时之所纪尔。及蔡邕作《黄钺铭》，以纪功于黄钺之上尔。或盘，或鼎，或峄山，或黄钺，其意与言皆同，非如《高唐》《上林》《长杨》为之作赋云尔。近代之文士则不然，为铭为碑，大抵咏其形容，有异于古人之所为；其作钟铭，则必咏其形，与其声音，与其财用之多少，镕铸之勤劳耳，非为勒功德垂诫劝于器也。推此类而极观之，其不知君子之文也亦甚矣。"

⑯《后汉书 · 窦宪传》："宪、秉遂登燕然山，去塞三千余里，刻石勒功，纪汉威德，令班固作铭曰：'惟永元元年秋七月，有汉元舅曰车骑将军窦宪，寅亮圣明，登翼王室，纳于大麓，惟清缉熙。乃与执金吾耿秉，述职巡御，理兵于朔方。鹰扬之校，螭虎之士，爰该六师；暨南单于、东乌桓、西戎、氐羌侯王君长之群，骁骑三万。元戎轻武，长毂四分，云辎蔽路，万有三千余乘。勒以八阵，莅以威神，玄甲耀日，朱旗绛天。遂陵高阙，下鸡鹿，经碛卤，绝大漠，斩温禺以衅鼓，血尸逐以染锷。然后四校横徂，星流彗埽，萧条万里，野无遗寇。于是域灭区单，反旆而旋。考传验图，穷览其山川。遂逾涿邪，跨安侯，乘燕然，蹑冒顿之区落，焚老上之龙庭。上以摅高、文之宿愤，光祖宗之玄灵；下以安固后嗣，恢拓境宇，振大汉之天声。兹所谓一劳而久逸，暂费而永宁者也。乃遂封山刊石，昭铭上德。其辞曰：铄王师兮征荒裔，剿凶虐兮截海外。夐其邈兮亘地界，封神丘兮建隆嵑，熙帝载兮振万世。'"

"张昶"唐写本作"张旭"，《古文苑》十八载昶此文亦一作"张旭"。昶字文舒，建安初为给事、黄门侍郎。昶文又见《艺文类聚》七《初学记》五，录文于下：

张昶《西岳华山堂阙碑铭》

《易》曰："天地定位，山泽通气。"然山莫尊于岳，泽莫盛于渎。

山岳有五，而华处其一；渎有四，而河在其数。其灵也至矣！圣人废兴，必有其应。故岱山石立，中宗继统；太华授璧，秦胡绝绪；白鱼入舟，姬武建业；宝珪出水，子朝丧位。布五方则处其西，列三条则居其中。若广兽奇虫，《山经》有纪矣。是以帝皇巡狩，亲五岳而告至，觐方后而考礼，故经有望秩之禋，典有生殖之祀，盖所以崇山川而报功也。四海一统，天子秉其礼；诸侯力政，强国摄其祭。其奉邑曰华阴也久矣。乃纪于《禹贡》而分秦晋之境，秦鄙晋之西则曰阴，晋边秦之东则曰宁。秦邑既迁徙，礼亦如之。二国力争，以奉以祭。其城险固，基趾犹存，故老之言，未殒于民也。逮至大汉，受命克乱，不愆不忘，旧名是复，率礼不越，故祀是尊，历叶增修，虔恭又备，一祷三祀，终岁而四，以迄于今，而世宗又经集灵之宫于其下。想乔松之畴，是游是憩；郡国方士自远而至者，充岩塞崖；乡邑巫觋宗祀乎其中者，盈谷溢溪；咸有浮飘之志，愉悦之色，必云霄之路可升而越，果繁昌之福可降而致也。故殖财之宝，黄玉自出，令德之珍，卿相是毓，匪惟嵩高降生申甫，此亦有焉。天有所兴，必先废之，故殷宗周宣以衰致盛。是时也，王业中缺，大化陵迟，郡县既毁，财匮礼乏，庭庙倾坏，坛场芜秽，祭祀之礼，颇有缺焉。于是镇远将军领北地太守阌乡亭侯段君讳煨，字忠明，自武威占此土，凭托河华，二灵是与。故能以昭烈之德，享上将之尊，衔命持重，屯斯寄国，讨叛柔服，威怀是示。群凶既除，郡县集宁，家给人足，户有乐生之欢，朝释西顾之虑，而怀关中之恃；虽昔萧相辅佐之功，功冠群后，弗以加也。遂解甲休士，阵而不战，以逸其力，修饰享庙，坛场之位，荒而后辟，礼废而复兴。又造祠堂，表以参阙，建神路之端首，观壮丽乎孔彻，然后旅祀祈请，既有常处，虽雨沾衣而礼不废。于是邑之士女，咸曰宜之，乃建碑刊石，垂示后裔。其辞曰：於穆堂阙，堂阙昭明；经之营之，不日而成。匪奢匪俭，惟德是程；匪丰匪约，惟礼是荣。虔恭禋祀，黍稷芬馨；神具醉止，降福穰穰。

⑰《蔡中郎集》中多铭碑之文，故云独冠古今。黄注曰："按，伯喈作《朱公叔坟前石碑》，前用散体，后系四言韵语。至《鼎铭》则纯作散

体大篇，不著韵语，所谓全成碑文也。”

蔡邕《黄钺铭》

孝桓之季年，鲜卑入塞杪盗，起匈奴左部，梁州叛羌逼迫兵诛，淫衍东夷，高句丽嗣子百固逆谋并发，三垂骚然，为国家忧念。四府表桥公昔在凉州，柔远能迩，不烦军师，而车师克定。及在上谷、汉阳，连在营郡，膂力方刚，明集御众，征拜度辽将军，始受旄钺钲鼓之任，扞御三垂。公以吏士频年在外，勤于奔命，人马疲羸挠钝，请且息州营横发之役，以补困惫。朝廷许之，于是储廪丰饶，室磬不悬，人逸马畜，弓劲矢利，而经用省息，官有余资，执事无放散之尤，簿书有进入之赢；治兵示威，戎士踊跃；旌旗曜日，金鼓霆奋。守有山岳之固，攻有必克之势。羌戎授首于西疆，百固冰散于东邻，鲜卑收迹，烽燧不举，视事三年，马不带铁，弓不受弧。是用镂石假象，作兹征钺军鼓，陈之东阶，以昭公文武之勋焉。铭曰：帝命将军，秉兹黄钺；威灵振耀，如火之烈。公之莅止，群狄斯柔；齐斧罔设，介士斯休。

蔡邕《鼎铭》

忠文朱公名穆，字公叔，有殷之胄，微子启以帝乙元子，周武王封诸宋，以奉成汤之祀。至元子启生公子朱，其孙氏焉。后自沛迁于南阳之宛，遂大于宋，爵位相袭。烈祖尚书令，肃宗之世，守于临淮；考曰实，为陈留太守。乃及忠文，克慎明德，以绍服祖祢之遗风，悉心臣事，用媚天子，显允其勋绩。寻综六艺，契阔驰思，所以启前惑而觉后疑者，亹亹焉，虽商、偃其犹病诸。初举孝廉，除郎中、尚书侍郎，独念运际存亡之要，乃陈五事，谏谋深切，退处畎亩，以察天象，验应著焉。孝顺晏驾，贼发江淮，时辟大将军府，实掌其事，用拜宛陵令，非其好也，遂以疾辞。复辟大将军，再拜博士，高第，作御史，明司国宪，以齐百僚，矫枉董直，罔肯阿顺，以黜其位。潜于郎中，群公并表，乃迁议郎，登于东观，纂业前史。于是冀州凶荒，年馑民匮，而贪婪之徒乘之为虐，锡命作牧，静其方隅。乃摅洪化，奋灵武，昭令德，塞群违，贞良者封植，残戾者芟夷，去恶除盗，无俾比而作慝，用陷于非辜。复征拜议郎，病免官。

征拜尚书，清一以考其素，正直以醇其德，出纳帝命，乃无不允，虽龙作纳言，山父喉舌，靡以尚之。享年六十有四，汉皇二十一世延熹六年夏四月乙巳卒于官。天子痛悼，诏曰："制诏：尚书朱穆，立节忠亮，世笃尔行，虔恪机任，守死善道，不幸而卒，朝廷闵焉。今使权谒者中郎杨贲赠穆益州刺史印绶。魂而有灵，嘉其宠荣。呜呼哀哉!"肆其孤用作兹宝鼎，铭载休功，俾后裔永用享祀，以知其先之德。

⑱"戒铭"，唐写本作"武铭"，是。冯衍字敬通。《全后汉文》二十辑衍铭文有《刀阳》《刀阴》《杖》《车》《席前右》《席后右》《杯》《爵》等，盖拟《武王践阼》诸铭为之。

⑲崔骃字亭伯。《全后汉文》四十四辑有《车左》《车右》《车后》《仲山父鼎》《樽》《冬至袜》《六安枕》《刀剑》《刻漏》《缝》《扇》等铭文。兹录一首《冬至袜铭》："机衡建子，万物含滋；黄钟育化，以养元基。阳升于下，日永于天；长履景福，至于亿年。皇灵既祐，祉禄来臻；本枝百世，子子孙孙。"

⑳李尤字伯仁。《全后汉文》五十严可均注曰："案《华阳国志》十中：'和帝召作《东观》《辟雍》《德阳》诸观赋铭、《怀戎颂》、百二十铭；著《政事论》七篇。帝善之。'今搜集群书，得八十四铭，其余三十七铭亡。"兹录《围棋》《权衡》二铭。《蓍龟》《臼杵》铭佚。(《北堂书钞》六十二引魏文帝《典论》："李尤字伯宗，年少有文章。贾逵荐尤有相如、扬雄之风。拜兰台令史，与刘珍等共撰《汉纪》。")

《围棋铭》："诗人幽忆，感物则思。志之空闲，玩弄游竞。局为宪矩，棋法阴阳；道为经纬，方错列张。"

《权衡铭》："夫审轻重，莫若权衡；正是正非，其唯贤明。"

㉑魏文帝《典论·剑铭》(录自《全三国文》卷八)

昔者周鲁宝赤刀孟劳、雍孤之戟、屈卢之矛、狐父之戈、楚越太阿纯钩，徐氏匕首：凡斯皆上世名器。君子虽有文事，必有武备矣。余好击剑，善以短乘长，选兹良金，命彼国工，精而炼之，至于百辟。其始成也，五色充炉，巨橐自鼓，灵物仿佛，飞鸟翔舞，以为宝器九。剑三：一曰飞景，二曰流采，三曰华锋。刀三：一曰灵宝，二曰含章，三曰素质。匕首二：一曰清刚，二曰扬文。灵陌刀一，曰龙鳞。因姿定名，以铭其柎。工非欧冶子，金非昆吾，亦一时之良也。铭曰：

惟建安廿有四载二月甲午，魏太子丕造百辟宝剑三：（当有“其一”字）长四尺二寸，重一斤十有五两。淬以清漳，厉以磁䃴（音“监诸”，青石也），饰以文玉，表以通犀，光似流星，名曰飞景。其二名流采，色似采虹，长四尺二寸，重一斤十有四两（下有缺文）。魏太子丕造百辟宝刀三：其一长四尺三寸六分，重三斤六两，文似灵龟，名曰灵宝。其二采似丹霞，名曰含章，长四尺三寸三分，重三斤十两。其三锋似明霜（“明”字依严增），刀身剑铗，名曰素质，长四尺三寸，重三斤九两。魏太子造百辟匕首二：其一理似坚冰，名曰清刚；其二曜似朝日，名曰扬文。又造百辟露陌刀一，长三尺二寸，状如龙文，名曰龙鳞。

㉒《晋书·张载传》：“载字孟阳，安平人也。父收，蜀郡太守。载性闲雅，博学有文章。太康初，至蜀省父，道经剑阁。载以蜀人恃险好乱，因著铭以作诫。益州刺史张敏见而奇之，乃表上其文。武帝遣使镌之于剑阁山焉。”

《剑阁铭》

岩岩梁山，积石峨峨；远属荆衡，近缀岷嶓；南通邛僰，北达褒斜；狭过彭碣，高逾嵩华。惟蜀之门，作固作镇；是曰剑阁，壁立千仞。穷地之险，极路之峻；世浊则逆，道清斯顺。闭由往汉，开自有晋。秦得百二，并吞诸侯；齐得十二，田生献筹。矧兹狭隘，土之外区；一人荷戟，万夫趑趄；形胜之地，匪亲勿居。昔在武侯，中流而喜；山河之固，见屈吴起。洞庭孟门，二国不祀；兴实由德，险亦难恃。自古及今，天命匪易；凭阻作昏，鲜不败绩。公孙既役，刘氏衔璧；覆车之轨，无或重迹；勒铭山阿，敢告梁益。

㉓《说文·竹部》：“箴，缀衣箴也。从竹，咸声。”又《金部》：“针（鍼），所以缝也。从金，咸声。”“箴”与“针”通。鍼俗作针。“箴者”下应从唐写本补“针也”二字。韦昭注《周语》曰：“箴，箴刺王阙以正得失也。”

㉔《周书·文传解》引《夏箴》曰：“中不容利，民乃外次。”《夏箴》

曰："小人无兼年之食，遇天饥，妻子非其有也；大夫无兼年之食，遇天饥，臣妾舆马非其有也；国君无兼年之食，遇天饥，百姓非其有也。"（孙诒让《周书斠补》云："卢本无'国无兼年'下十五字，《黄氏日钞》引有此二句，'国'下又有'君'字，于文例尤完备。"）《墨子·七患篇》引《周书》曰："国无三年之食者，国非其国也；家无三年之食者，子非其子也。"又《穀梁传》庄公二十八年云："国无三年之畜，曰国非其国也。"《墨子间诂》曰："疑先秦所传《夏箴》文本如是也。《御览》五百八十八引胡广《百官箴叙》云：'墨子著书，称《夏箴》之辞'，盖即指此。"《吕氏春秋·应同篇》(《困学纪闻》二作《名类篇》。毕沅校《吕览》云"名类"乃"召类"之讹，今以《应同》名篇)《商箴》云："天降灾布祥，并有其职。"

㉕唐写本无"及"字，"箴"下有"阙唯《虞箴》"四字，是。依唐本应作："周之辛甲，百官箴阙，惟《虞箴》一篇，体义备焉。"孙君蜀丞云："《御览》五八八引此文云，及'周之辛甲，百官箴阙，惟《虞箴》一篇，本义存焉'。"《左传》襄公四年："魏绛对晋侯曰：'昔周辛甲之为大史也，命百官官箴王阙（令百官每官各为箴辞）。于《虞人之箴》曰：芒芒禹迹，画为九州，经启九道，民有寝庙，兽有茂草，各有攸处，德用不扰。在帝夷羿，冒于原兽，忘其国恤，而思其麀（据龟甲文此即牝字）牡。武不可重，用不恢于夏家。兽臣司原，敢告仆夫。《虞箴》如是，可不惩乎！'于是晋侯好田，故魏绛及之。"（《正义》曰："魏绛本意主劝和戎，忽云有穷后羿以开公问，遂说羿事以及《虞箴》，乃与初言不相应会，故传为此二句以解魏绛之意。"）

又宣公十二年："栾武子曰：'楚自克庸以来，其君无日不讨国人而训之（讨，治也）。于民生之不易，祸至之无日，戒惧之不可以怠……箴之曰：民生在勤，勤则不匮。'"

㉖挚虞《文章流别论》："扬雄依《虞箴》作《十二州十二（当作"二十五"）官箴》，而传于世，不具九官。崔氏累世弥缝其阙。胡公又以次其首目而为之解，署曰《百官箴》。"《后汉书·胡广传》："初，扬雄依《虞箴》作《十二州二十五官箴》，其九箴亡阙。后涿郡崔骃及子瑗，又临邑侯刘騊駼增补十六篇。广复继作四篇，文甚典美。乃悉撰次首目，为之

解释，名曰《百官箴》，凡四十八篇。”《扬雄传》曰“箴莫大于《虞箴》，故遂作《九州箴》”，崔胡诸人亦皆仿《虞箴》为之，故彦和云“唯《虞箴》一篇，体义备焉”。《左传》庄公二十一年杜注鞶鉴曰：“鞶带而以鉴为饰也。”《正义》曰：“鞶是带也，鉴是镜也。此与定六年传皆鞶鉴双言，则鞶鉴一物，故知以镜饰带。”“可”唐写本作“有”。“鞶鉴有征”，犹言“明而有征”。兹据严可均所辑列《百官箴》篇目于下：

《冀州箴》《青州箴》《兖州箴》《徐州箴》《扬州箴》《荆州箴》《豫州箴》《益州箴》《雍州箴》《幽州箴》《并州箴》《交州箴》《司空箴》（一作崔骃）《尚书箴》（一作崔瑗）《大司农箴》《侍中箴》（《古文苑》无）《光禄勋箴》《大鸿胪箴》《宗正卿箴》《卫尉箴》《太仆箴》《廷尉箴》《太常箴》《少府箴》《执金吾箴》《将作大匠箴》《城门校尉箴》《太史令箴》（《古文苑》无）《博士箴》《国三老箴》（《古文苑》无）《太乐令箴》（《古文苑》无）《太官令箴》（《古文苑》无）《上林苑令箴》　以上扬雄

严可均云（《全汉文》五十四）：“谨案《后汉（书）·胡广传》……凡四十八篇。如传此言，则子云仅存二十八箴。今遍索群书，除《初学记》之《润州箴》，《御览》之《河南尹箴》，显误不录外，得《州箴》十二，《官箴》二十一，凡三十三箴，视东汉时多出五箴。纵使《司空》《尚书》《太常》《博士》四箴可属崔骃、崔瑗，仍多出一箴，与《胡广传》未合。猝求其故而不得，覆审乃明。所谓亡阙者，谓有亡有关，《侍中》《太史令》《国三老》《太乐令》《太官令》五箴多阙文，其四箴亡，故云九箴亡阙也。《百官箴》收整篇不收残篇，故子云仅二十八篇。群书征引据本集，本集整篇残篇兼载，故有三十三篇。其《司空》《尚书》《太常》《博士》四箴，《艺文类聚》作扬雄，必可据信也。”

《太尉箴》《司徒箴》《司空箴》（《古文苑》无）《尚书箴》（《古文苑》无）《太常箴》（《古文苑》无）《大理箴》《河南尹箴》　以上崔骃

《尚书箴》（《古文苑》一作綮钦）《博士箴》（《古文苑》无）《东观箴》《关都尉箴》《河堤谒者箴》《郡太守箴》（《古文苑》一作刘騊駼，《艺文类聚》作刘騊駼）《北军中候箴》《司隶校尉箴》《中垒校尉箴》（《古文苑》无）　以上崔瑗

《侍中箴》（《古文苑》一作崔瑗）《边都尉箴》（《古文苑》无）《陵令

箴》(《古文苑》无)　以上胡广(亡一篇)

㉗潘勖字元茂，初名芝，献帝时为尚书郎，有集二卷。《符节箴》佚。

㉘《晋书·温峤传》:“迁太子中庶子。及在东宫，深见宠遇，太子与为布衣之交，数陈规讽。又献《侍臣箴》，甚有弘益。”今本误“侍”为“傅”，唐写本不误。

《侍臣箴》

勿谓其微，覆篑成高；勿谓其细，巨由纤毫。故曰善不积不足以成名，话言如丝而万里来享，无以处极而利在永贞。是以太子之在东宫，均士抗礼，以卑厥情，入学齐齿，言称先生。不以贤自臧，不以贵为荣；思有虞之蒸蒸，尊周文之翼翼，晨昏靡违，夙兴晏息；师傅是瞻，正人在侧；屏彼佞谀，纳此亮直。故傅敬德义，臣思尽忠，或稽古训导，惟道之不融，或造膝诡辞，惧咎之蕴崇，惴惴兢兢，思二雅之遗风；鉴乎九三，天禄永终。近臣司规，敢告常从。(此文见《艺文类聚》十六，彦和谓其“博而患繁”，未审其故。)

㉙王济《国子箴》佚。《晋书·王济传》谓济文词秀茂，尝为国子祭酒，则《国子箴》当作于此时也。

㉚《晋书·潘尼传》载《乘舆箴》，录如下:

《易》称“有天地然后有人伦，有父子然后有君臣”。《传》曰:“大者天地，其次君臣。”然君臣父子之道，天地人伦之本，未有以先之者也。故天生蒸人而树之君，使司牧之，将以导群生之性，而理万物之情。岂以宠一人之身，极无量之欲，如斯而已哉！夫古之为君者，无欲而至公，故有茅茨土阶之俭；而后之为君，有欲而自利，故有瑶台琼室之侈。无欲者，天下共推之；有欲者，天下共争之。推之之极，虽禅代犹脱屣；争之之极，虽劫杀而不避。故曰“天下非一人之天下，乃天下之天下”，安可求而得，辞而已者乎！夫修诸己而化诸人，出乎迩而见乎远者，言行之谓也。故人主所患莫甚于不知其过，而所美莫美于好闻其过。若有君于此，而曰予必无过，唯其言而莫之违，斯孔子所谓其庶几乎一言而丧国者也。盖君子之过如日月之蚀，过也人皆见之，更也人皆仰之。虽以尧舜汤武之盛，必有诽谤之木，敢谏之鼓，盘杅之铭，无讳之史，所以闲其邪僻而纳诸正道，其自维持如此之备。故箴规之兴，将以救过补阙，然犹依违讽喻，使言之者无罪，闻之者足以自诫。先儒既援古义，举内外之殊；而高祖亦序六官（尼祖勖作《符节箴》，此云高祖，恐误；《颜氏家训·风操篇》“潘尼称其祖曰家祖”，正当指此文言，则“高”是“家”字之误无疑），论成败之要，义正辞约，又尽善矣。自《虞人箴》以至于《百官》，非唯规其所司，诚欲人主斟酌其得失焉。《春秋传》曰“命百官箴王阙”，则亦天子之事也。尼以为王者膺受命之期，当神器之运，总万几而抚四海，简群才而审所授，孜孜于得人，汲汲于闻过，虽廷争面折，犹将祈请而求焉。至于箴规，谏之顺者，曷为独阙之哉？是以不量其学陋思浅，因负担之余，尝试撰而述之。不敢斥至尊之号，故以“乘舆”目篇。盖帝王之事至大，而古今之变至众，文繁而义诡，意局而辞野，将欲希企前贤，仿佛崇轨，譬犹丘垤之望华岱，恒星之系日月也，其不逮明矣。颂曰：

元元遂初，芒芒太始，清浊同流，玄黄错跱。上下弗形，尊卑靡纪；赫胥悠哉，大庭尚矣。皇极启建，两仪既分；彝伦永叙，万邦已纷。国事明王，家奉严君；各有攸尊，德用不勤。羲农已降，暨于夏殷；或禅或传，乃质乃文。太上无名，下知有之；仁义不存，而人归孝慈；无为无执，何欲何思；忠信之薄，礼刑实滋；既誉既畏，以侮以欺；作誓作盟，而人始叛疑。煌煌四海，蔼蔼万乘，匪誓焉凭？左辅右弼，前疑后丞；一日万几，业业兢兢。夫出其言善，则千里是应；而莫余违，亦丧邦有征；枢机之动，式以废兴；殷鉴不远，若之何勿惩！且厚味腊毒，丰屋生灾，辛作璇室，而夏兴瑶台；糟丘酒池，象箸玉杯；厥肴伊何，龙肝豹胎；惟此哲妇，职为乱阶；殷用丧师，夏亦不恢。是以帝尧在位，茅茨不翦；周文日昃，昧旦丕显；夫德輶如毛，而或举之者鲜；故汤有惭德，武未尽善。下世道衰，末俗化浅；耽乐逸游，荒淫沉湎；不式古训，而好是佞辩；不遵王路，而覆车是践；成败之效，载在先典；匪唯陵夷，厥世用殄。故曰，树君如之何，将民是司牧。视之犹伤，而知其寒燠。故能抚之斯柔，而敦之斯睦；无远不怀，靡思不服。夫岂厌纵一人，而玩其耳目；内迷声色，外荒驰逐；不修政事，而终于颠覆？昔唐氏授舜，舜亦命禹；受终纳祖，丕承天序；放桀惟汤，克殷伊武。故禅代非一姓，社稷无常主。四岳三涂，九州之阻；彭蠡洞庭，殷商之旅；虞夏之隆，非由尺土；而纣之百克，卒于绝绪。故王者无亲，唯在择人；倾盖惟旧，白首乃新；望由钓夫，伊起有莘；负鼎鼓刀，而谋合圣神。夫岂借官左右，而取介近臣。盖有国有家者，莫云我聪，或此面从；莫谓我智，听受未易。甘言美疢，鲜不为累；由夷逃宠，远于脱屣；奈何人主，位极则侈？知人则哲，惟帝所难；唐朝既泰，四族作奸；周室既隆，而管蔡不虔。匪我二圣，孰弭斯患？若九德咸受，俊乂在官；君非臣莫治，臣非君莫安；故《书》美康哉，而《易》贵金兰。有皇司国，敢告纳言。

㉛王朗字景兴（《三国志·魏志》有传）。《艺文类聚》八十有朗《杂箴》数句："家人有严君焉，井灶之谓也。俾冬作夏，非灶孰能？俾夏作冬，非井孰闲？"

㉜《说文》："确，磬石也。""磬，坚也。"确有坚正之义，音胡角反。陆机《文赋》曰："铭博约而温润，箴顿挫而清壮。"李善注："博约，谓事博文约也。铭以题勒示后，故博约温润；箴以讥刺得失，故顿挫清壮。"

㉝赵君万里曰："'施'下有'后'字，案唐本是也，与《御览》五八八引合。黄本'施'下有'于'字，即'后'字之讹。"纪评曰："此为当时惟趋诗赋而发，亦补明评文不及近代之故。"

㉞赵君万里曰："'表器'作'器表'。'器表'与下句'德轨'相俪见义。"

㉟唐写本"敬言乎履"作"警乎立履"。《校勘记》："文当作'警乎言履'。"

诔碑第十二

周世盛德，有铭诔之文①。大夫（孙云明抄本《御览》五九六引"大夫"上有"士"字）之材，临丧能诔②。诔者，累也（孙云《御览》五九六无“累也”）；累其德行，旌之不朽也[3]。夏商已前，其详（孙云唐写本“详”作“词”）靡闻[4]。周虽有诔，未被于士[5]。又贱不诔贵，幼不诔长；在（孙云唐写本“在”上有“其”字）万乘，则称天以诔之。读诔定谥，其节文大矣[6]。自鲁庄战乘丘，始及于士[7]。逮（铃木云《御览》“逮”作“迨”）尼父（孙云唐写本“父”下有“之”字）卒，哀公作诔。观其慭遗之切（孙云唐写本作“辞”；《御览》亦作“辞”），呜呼之叹，虽非睿作，古式存焉[8]。至柳妻之诔惠子，则辞哀而韵长矣[9]。

暨乎汉世，承流而作。扬雄之诔元后，文实烦（赵云“烦”作“繁”）秽，“沙麓”撮其（孙云唐写本无“其”字）要，而挚（孙云唐写本作“执”）疑成篇（有脱误，顾校云“沙麓”似脱误），安有累（孙云明抄本《御览》作“诔”）德述尊，而阔略四句乎[10]？杜笃之诔，有誉前代；《吴诔》虽工，而他（孙云《御览》作“结”）篇颇疏，岂以见称光武而改眄（顾校作“盼”）千金哉[11]？傅毅所制，文体伦序[12]；孝山（赵云“孝山”作“苏顺”）、崔瑗，辨絜（孙云唐写本作“洁”）相参：观其序事（黄云活字本无“其”“事”二字）如传，辞靡律调，固诔之才也[13]。潘岳构意（孙云唐写本“意”作“思”），专师孝山，巧于序（孙云唐写本作“叙”）悲，易入新切（《御览》作“丽”），所以隔代相望，能徽（孙云唐写本作“徽”）厥声者也[14]。至如崔骃诔赵，刘陶诔黄，并得宪章，工（孙云《御览》作“贵”）在简要[15]。陈思叨（孙云《御览》作“功”）名，而体实繁缓，文皇诔末，旨（赵云“旨”作“百”）言自陈，其乖甚矣[16]。

若夫殷臣诔（孙云唐写本作“咏”）汤，追褒玄鸟之祚；周史歌文，上阐后稷之烈：诔述祖宗，盖诗人之（孙云明抄本《御览》引无“人”字，“之”作“文”）则也[17]。至于序述哀情，则（孙云《御览》无“则”字）触类而长。傅毅之诔北海，云“白日幽光，氛雾（顾云《古文苑》作‘淮雨’）杳冥”，始序致感（一作“惑”，从《御览》改），遂为后式，景（孙云唐写本作“影”）而效者，弥取于工（元作“功”，谢改；孙云唐写本作“功”；《御览》作“工”）矣[18]。

详夫诔之为制，盖选言（孙云《御览》“言”下有“以”字）录行，传体而颂文，荣始而哀终。论其人也，暧乎若可觌；道（孙云唐写本作“述”）其哀也，凄焉如（孙云唐写本作“其”）可伤：此其旨也。

碑者，埤（孙云唐写本作“裨”）也[19]。上古帝皇（孙云唐写本作“王”），纪号封禅，树石埤（孙云唐写本作“裨”）岳，故曰碑也[20]。周穆纪迹于弇山之石，亦古（孙云唐写本无“古”字）碑之意也[21]。又宗庙有碑，树之两楹，事止（元作“正”；孙云《御览》作“止”）丽牲，未勒勋绩，而庸器渐缺，故后代用碑，以石代金，同乎不朽，自庙徂坟，犹封墓也[22]。

自后汉以来，碑碣云起[23]。才锋所断，莫高蔡邕：观《杨赐之碑》，骨鲠训典；《陈》《郭》二文，词（一作“句”，从《御览》改）无择言；《周》《乎（赵云“乎”作“胡”；《御览》亦作“胡”）》众碑，莫非清（孙云《御览》作“精”）允。其叙事也该而要，其缀采（孙云《御览》作“辞”）也雅而泽。清词转而不穷，巧义出而卓立。察其为才，自然而至（孙云《御览》无“而”字，“至”下有“矣”字）[24]。孔融所创，有慕（赵云“慕”作“摹”）伯喈，《张》《陈》两文，辨给足采，亦其亚也[25]。及孙绰为文，志在碑诔（赵云作“志在于碑”，无“诔”字）；《温》《王》《郤（孙云唐写本“郤”作“郗”；〈御览〉亦作“郗”）》《庾》，辞多枝杂（孙云《御览》作“离”）；《桓彝》一篇，最为辨裁（孙云唐写本有“矣”字，《御览》亦有“矣”字）[26]。

夫属碑之体，资乎史才。其序则传，其文则铭。标序盛德，必见清风之华；昭纪鸿懿，必见峻伟之烈：此碑之制（铃木云《御览》、敦本“制”作“致”）也。夫碑实铭器，铭实碑文，因器立名，事光（当作“先”；孙云唐写本“光”作“先”）于诔。是以勒石（赵云唐写本作“器”；《御览》亦作“器”）赞勋者，入铭之域；树碑述已（孙云唐写本“已”作“亡”）者，同诔之区焉[27]。

赞曰：写实（赵云“实”作“远”）追虚，碑诔以立。铭德慕（孙云唐写本作“纂”）行，文采（孙云唐写本作“光彩”）允集。观风似面，听辞如泣。石墨镌华，颓影岂忒（孙云唐写本“忒”作

"戢")[28]。

注释：

①《周礼·大宗伯·大祝》作六辞，其六曰诔。郑司农云："诔，谓积累生时德行以锡之命，主为其辞也。《春秋传》曰，孔子卒，哀公诔之曰……此皆有文雅辞令，难为者也。故大祝官主作六辞。或曰，诔，《论语》所谓诔曰祷尔于上下神祇。"《正义》曰："诔，谓积累生时德行以赐之命，而引《春秋传》曰者，哀公十六年传辞，此义后郑从之。引《论语》者，为孔子病，子路请祷。孔子问曰有诸，子路对此辞。生人有疾，亦诔列生时德行而为辞，与哀公诔孔子意同，故引以相续。"又大史："遣之日读诔。"注："遣，谓祖庙之庭大奠将行时也。人之道终于此，累其行而读之。"《荀子·礼论篇》："铭诔《系世》敬传其名也。"(《系世》，谓《帝系》《世本》之属也)《墨子·鲁问篇》："子墨子曰：诔者，道死人之志也。"

②见《诠赋篇》。《诗·鄘风·定之方中·正义》曰："丧纪能诔者，谓于丧纪之事，能累列其行，为文辞以作谥。若子囊之诔楚恭之类。"

③《礼记·曾子问》注曰："诔，累也。累列生时行迹，读之以作谥。"《释名·释典艺》："诔，累也。累列其事而称之也。"《说文·言部》："讄，祷也。累功德以求福。"又："诔，谥也。谥行之迹也。"盖"诔"与"谥"相因者也。

④唐写本"详"作"词"，是。《逸周书·谥法解》："维周公旦、太公望开嗣王业，建功于牧之野，终将葬，乃制谥，遂叙谥法。谥者，行之迹也；号者，功之表也；车服，位之章也。是以大行受大名，细行受小名，行出于己，名生于人。"《御览》引《礼记外传》曰："古者生无爵，死无谥，谥法周公所为也。尧舜禹汤皆后追议其功耳。"然殷代亦间有谥号，如成汤、武丁之属，故《白虎通·论谥》曰："《礼·郊特牲》曰：'古者生无爵，死无谥。'此言生有爵，死当有谥也。"其诔词世无传者，故曰"其词靡闻"。

⑤陈立《白虎通·论谥·疏证》曰："《周礼·典命》天子公侯伯子男之士皆有命数。又《檀弓》云：'士之有诔，自此始也。'是周初士有爵无谥之明证。"《周礼·春官·大史》："小丧赐谥。"注："小丧，卿大夫也。"《小史》："卿大夫之丧，赐谥读诔。"皆士死无诔之证。

⑥《白虎通·论天子谥南郊》曰："天子崩，大臣至南郊谥之者何？

以为人臣之义，莫不欲褒称其君，掩恶扬善者也；故至南郊，明不得欺天也。故《曾子问》孔子曰：'天子崩，臣下至南郊告谥之。'"陈立《疏证》："《释名·释典艺》云：'王者无上，故于南郊称天以诔之。'《礼·曾子问》注亦云：'《春秋》《公羊》说以为读诔制谥于南郊，若云受之于天然。'则此今文说也。《曾子问》又云：'天子至尊，故称天以诔之。'有诔必有谥，故知天子谥于南郊也。""贱不诔贵，幼不诔长"，《礼记·曾子问》文。

⑦《礼记·檀弓上》（附郑注文）："鲁庄公及宋人战于乘丘（十年夏），县贲父御，卜国为右，马惊败绩，公队，佐车授绥。公曰：'末之卜也！'（末之犹微哉，言卜国无勇）县贲父曰：'他日不败绩，而今败绩，是无勇也！'遂死之（二人赴敌而死）。圉人浴马，有流矢在白肉（白肉，股里肉）。公曰：'非其罪也。'遂诔之（诔其赴敌之功以为谥）。士之有诔，自此始也。"（周虽以士为爵，犹无谥也。殷大夫以上为爵。）

⑧《左传》哀公十六年夏四月己丑，孔丘卒。公诔之曰："旻天不吊，不慭（且也）遗一老，俾屏余一人以在位，茕茕余在疚！呜呼哀哉，尼父，无自律（律，法也，言丧尼父无以自为法）！"《礼记·檀弓上》亦载："鲁哀公诔孔丘曰：天不遗耆老，莫相予位焉。呜呼哀哉尼父！"郑注曰："尼父因其字以为之谥。"（《左传正义》驳郑此说，恐非是。）

纪评曰："诔之传者始于是，故标为古式。"

⑨《列女传》二："柳下既死，门人将诔之。妻曰：'将诔夫子之德邪？则二三子不如妾知之也。'乃诔曰：'夫子之不伐兮，夫子之不竭兮，夫子之信诚而与人无害兮。屈柔从俗，不强察兮。蒙耻救民，德弥大兮。虽遇三黜，终不蔽兮。恺悌君子，永能厉兮。嗟乎惜哉，乃下世兮。庶几遐年，今遂逝兮。呜呼哀哉，魂神泄兮。夫子之谥，宜为惠兮。'"纪评曰："此诔体之始变，然其文出《列女传》，未必果真出柳下妇也。"

⑩"挚疑成篇"句，黄云有脱误。姚范《援鹑堂笔记》四十云："按此盖谓挚虞读雄此诔，而疑《汉书》所载为全篇耳。"孙诒让《札迻》十二云："案，此谓扬雄作《元后诔》，《汉书·元后传》仅撮举四句，非其全篇也。'挚疑成篇'，挚当即挚虞。盖扬文全篇，虞偶未见，撰《文章流别》遂疑全篇止此四句，故彦和难以累德述尊必不如此阔略也。文无脱误。"案，姚、孙二氏说是也。《汉书·元后传》："莽诏大夫扬雄作诔曰：

'太阴之精，沙麓之灵，作合于汉，配元生成。'"《元后诔》全文见《艺文类聚》十五、《古文苑》二十。兹据严可均《全汉文》所校录于下：

新室文母太后崩，天下哀痛，号哭涕泗，思慕功德，咸上柩（章樵注曰：上柩，谓陈荐奠之物）诔之铭曰：

惟我有新室文母圣明皇太后，姓出黄帝，西陵昌意，实生高阳，纯德虞帝。孝闻四方，登陟帝位。禅受伊唐，爰初胙土。陈田至王，营相厥宇。度河济旁，沙麓之灵。太阴之精，天生圣姿。豫有祥祯，作合于汉。配元生成，孝顺皇姑。圣敬齐庄（《古文苑》作"承家尚庄"），内则纯备（《古文苑》作"被"）。后烈丕光，肇初配元。天命是将，兆征显见。新都黄龙，汉成既终。胤嗣匪生，哀帝承祚。惟离典经，尚是言异。大命俄颠，厥年夭陨。大终不盈，文母览之。千载不倾，博选大智。新都宰衡，明圣作佐。与图国艰，以度厄运。征立中山，庶其可济。博采淑女，备其侄娣。觐（一作"亲"）礼高禖，祈庙嗣继。靡格匪天，靡动匪地。穆穆明明，昭事上帝。弘汉祖考，夙夜匪懈。兴灭继绝，博立侯王。亲睦庶族，昭穆序明。帝致支属，靡有遗荒。咸被祚庆，冀以金火。赤仍有央，勉进大圣。上下兼该，群祥众瑞。正我黄来，火德将灭。惟后于斯，天之所坏。人不敢支，哀平夭折。百姓分离，祖宗之愆。终其不全，天命有托。谪在于前，属遭不造。荣极而迁，皇天眷命。黄虞之孙，历世运移。属在圣新，代于汉刘。受祚于天，汉祖受命。赤传于黄，摄帝受禅。立为真皇，允受（一作"执"）厥中。以安黎众，汉祖黜废。移定安公，皇皇灵祖，惟若孔臧，降兹圭璧，命服有常。为新帝母，鸿德不忘。钦德伊何，奉命是行。菲薄服食，神祇是崇。尊不虚统，惟祇惟庸（一作"惟垣惟墉"），隆循（一作"修"）人敬，先民是从。承天祇家，允恭虔恪。丰阜庶卉，旅力不射。恤民于留（《尔雅》云：留，久也），不皇诡作。别计千邑，国之是度。还奉于此，以处贫薄。罢苑置县，筑里作宅。以处贫穷，哀此嫈独。起常盈仓，五十万斛。为诸生储，以劝好学。志在黎元，是劳是勤。春巡灞浐，秋臻黄山；夏抚楟杜，冬恤泾樊。大射飨饮，飞羽之门；绥宥耆幼，不拘妇人。刑女归家，以育贞信；玄冥季冬，蒐狩上兰。寅宾出日，东秩旸谷；鸣鸠拂羽，胜降桑木（《古文苑》作“戴胜降桑”，失韵）。蚕于茧馆，躬执筐曲；帅导群妾，咸修（《古文苑》作“循”）蚕簇；分茧理丝，女工是敕。遐迩蒙祉，中外禔福；自京逮海，靡不仰德。成类存生，秉天地经，无物不理，无人不宁；尊号文母，与新有成。世奉长寿，靡堕有倾。著德太常，注诸旒旌。呜呼哀哉，以昭鸿名；享国六十，殂落而崩。四海伤怀，擗踊拊心；若丧考妣，遏密八音。呜呼哀哉，万方不胜。德被海表，弥流魂精；去此昭昭，就彼冥冥；忽兮不见，超兮西征；既作下宫，不复故庭。爰缄伊铭，呜呼哀哉！

⑪《后汉书·文苑传·杜笃传》：“笃少博学，不修小节，不为乡人所礼。美阳令收笃送京师。会大司马吴汉薨，光武诏诸儒诔之。笃于狱中为诔，辞最高，帝美之，赐帛免刑。”《吴汉诔》见《艺文类聚》四十七，录如下：

笃以为尧隆稷、契，舜嘉皋陶，伊尹佐殷，吕尚翼周，若此五臣，功无与畴，今汉吴公，追而六之，乃作诔曰：

朝失鲠臣，国丧爪牙；天子愍悼，中宫咨嗟。四方残暴，公不征兹。征兹海内，公其攸平；泯泯群黎，赖公以宁。勋业既崇，持盈守虚；功成即退，挹而损诸。死而不朽，名勒丹书；功著金石，与日月俱。（孙星衍《续古文苑》二十校云：案，此盖未全，故“征兹”句不协韵。）

⑫傅毅有《明帝诔》及《北海王诔》，兹录两诔如下：

《明帝诔》

惟此永平，其德不回；恢廓鸿绩，遐方是怀；明明肃肃，四国顺威；赫赫盛汉，功德巍巍。躬履圣德，以临万国，仁风弘惠，云布雨集；武伏蚩尤，文腾孔墨；下制九州，上系皇极。丰美中世，垂华亿载；冠尧佩舜，践履五代；三雍既洽，帝道继备。七经宣畅，孔业淑著；明德慎罚，尊上师傅，薄刑厚赏，惠慈仁恕。明并日月，无有偏照；譬如北辰，与天同曜。发号施令，万国震惧，庠序设陈，礼乐宣布。璇玑所建，靡不奄有；贡篚纳赋，如归父母。正朔永昌，冠带儋耳；四方共贯，八极同轨。（《艺文类聚》十二）

《北海王诔》

永平六年，北海静王薨。于是境内市不交易，涂无征旅，农不修亩，室无女工，咸相惨怛，若丧厥亲，俯哭后土，仰愬皇旻。于是群英列俊，静思勒铭，惟王勋德，是昭是明，存隆其实，光曜共声，终始之际，于斯为荣。乃作诔曰：

览视昔初，若（若，顺也）论往代；有国有家，篇籍攸载。贵鲜不骄，满罔不溢；莫能履道，声色以卒。惟王建国，作此蕃弼；抚绥方域，承翼京室。对扬休嘉，光昭其则；温恭朝夕，敦循伊德。（《艺文类聚》四十五作傅龙，误；《古文苑》作傅毅）

⑬《后汉书·文苑传·苏顺传》："顺字孝山，所著赋、论、诔、哀辞、杂文凡十六篇。"彦和于傅毅、崔瑗皆称名，不容独字苏顺，当据唐写本改正。顺所撰诔文有《和帝诔》（《艺文类聚》十二）及《陈公》（《文选》曹植《上责躬诗表》注）《贾逵》（《初学记》二十一）二诔残句。兹录《和帝诔》于后：

天王徂登，率土奄伤；如何昊穹，夺我圣皇！恩德累代，乃作铭章。其辞曰：

恭惟大行，配天建德；陶元二化，风流万国；立我蒸民，宜此仪则。厥初生民，三五作纲；载籍之盛，著于虞唐；恭惟大行，爰同其光。自昔何为，钦明允塞；恭惟大行，天覆地载；无为而治，冠斯往代。往代崎岖，诸夏擅命；爰兹发号，民乐其政。奄有万国，民臣咸秩，大孝备矣，闷宫有侐。由昔姜嫄，祖妣之室；本枝百世，神契惟一，弥留不豫，道扬末命；劳谦有终，实惟其性；衣不制新，犀玉远屏。履和而行，威棱上古；洪泽旁流，茂化沾溥；不慭少留，民斯何怙；歔欷成云，泣涕成雨；昊天不吊，丧我慈父。

《后汉书·崔瑗传》："瑗字子玉。瑗高于文辞，尤善为书记箴铭。所著赋、碑、铭、箴、颂、《七苏》（李贤注：《瑗集》载其文，即枚乘《七发》之流）《南阳文学官志》《叹辞》《移社文》《悔祈》《草书势》《七言》凡五十七篇。其《南阳文学官志》称于后世，诸能为文者皆自以弗及。"彦和称瑗为诔之才，而本传不著。《艺文类聚》载瑗所撰《和帝诔》，录于后：

玄景寖曜，云物见征；冯相考妖，遂当帝躬。三载四海，遏密八音；如丧考妣，擗踊号吟。大隧既启，乃徂玄宫；永背神器，升遐皇穹；长夜冥冥，曷云其穷。

纪评曰："所讥者烦秽繁缓，所取者伦序简要新切，评文之中，已全见大意。"纪说是也。"辨絜"，犹言"明约"。

⑭本书《才略篇》云"潘岳敏给，辞旨和畅；钟美于《西征》，贾余于哀诔"，与此同意。唐写本"徵"作"黴"，是。黴，美也。严可均《全晋文》九十二辑岳诔文有《世祖武皇帝诔》(《艺文类聚》十三)《杨荆州诔》《杨仲武诔》《马汧督诔》《夏侯常侍诔》(并《文选》)等篇。兹录《皇女诔》一篇示例，亦彦和所谓"巧于序悲"者也。

《皇女诔》(《艺文类聚》十六)

厥初在鞠，玉质华繁；玄发儵曜，蛾眉连娟；清颅横流，明眸朗鲜；迎时夙智，望岁能言。亦既免怀，提携紫庭；聪惠机警，授色应声；亹亹其进，好日之经；辞合容止，闲于幼龄。猗猗春兰，柔条含芳；落英凋矣，从风飘飏；妙好弱媛，窈窕淑良；孰是人斯，而罹斯殃！灵殡既祖，次此暴庐，披览遗物，徘徊旧居；手泽未改，领腻如初；孤魂遐逝，存亡永殊。呜呼哀哉！

⑮《后汉书·崔骃传》："骃，字亭伯。所著诗、赋、铭、颂、书、记、表、《七依》《婚礼》《结言》《达旨》《酒警》，合二十一篇。"本传不言其作诔，《诔赵文》亦不可考。又《刘陶传》："陶，字子奇。著书数十万言。又作《七曜论》《匡老子》《反韩非》《复孟轲》，及上书言当世便事、条教、赋、奏、书记、辩疑，凡百余篇。"《诔黄文》亦亡。

⑯陈思王所作《文帝诔》，全文凡千余言。诔末自"咨远臣之渺渺兮，感凶讳以怛惊"以下百余言，均自陈之辞。"旨"，唐写本作"百"，是。

⑰纪评云："诔汤之说未详。"案，"诔"唐写本作"咏"，是也。《商颂·长发·序》云："《长发》，大禘也。"《正义》曰："成汤受天明命，诛除元恶，王有天下；又得贤臣为之辅佐，此皆天之所祐，故歌咏天德，因此大禘而为颂。""玄鸟之祚"，即简狄吞鳦卵而生契之事，《正义》所谓"歌咏天德"也。若然，彦和文意当指《长发篇》言之。

《大雅·生民·序》云："《生民》，尊祖也。后稷生于姜嫄，文、武之功起于后稷，故推以配天焉。"

⑱卢文弨《抱经堂文集·文心雕龙辑注书后》云："《练字篇》：'傅毅制诔，已用淮雨。'傅毅作《北海靖王兴诔》云：'白日幽光，淮雨杳冥。'

《古文苑》所载其文不全。今见此书《诔碑篇》者，又为后人改去‘淮雨’，易以‘氛雾’二字矣。”（卢说详下《练字篇》）

⑲《说文·石部》：“碑，竖石也。从石，卑声。”《释名·释典艺》：“碑，被也。此本葬时所设也。施其鹿卢（辘轳），以绳被其上，引以下棺也。臣子追述君父之功美以书其上，后人因焉，无故建于道陌之头显见之处，名其文，就谓之碑也。”“埤、裨”二字，皆有增益之义，然“裨”训接益也，“埤”训增也，用“埤”字较适。

⑳《管子·封禅篇》管仲曰：“古者封泰山禅梁父者七十二家，而夷吾所记者十有二焉。”唐写本“皇”作“王”，是。王，谓禹、汤、周成王之属。

㉑《穆天子传》三：“天子遂驱升于弇山，乃纪丌迹于弇山之石，而树之槐，眉曰西王母之山。”又二：“季夏丁卯，天子北升于舂山之上，以望四野……天子五日观于舂山之上，乃为铭迹于县圃之上，以诏后世。”郭璞注云：“谓勒石铭功德也。秦始皇、汉武帝巡守登名山，所在刻石立表，此之类也。”欧阳修《集古录目序》云：“故上自周穆王以来，下更秦汉隋唐五代……莫不皆有，以为《集古录》。以谓转写失真，故因其石本轴而藏之。”穆王铭辞，岂宋时尚存欤？

纪评曰：“此变质而文之始，故别论之。”

㉒“树之两楹”，谓碑树于中庭，其位置当东楹西楹两楹之间。（《文选·头陀寺碑》注引蔡邕《铭论》：“碑在宗庙两阶之间。”）段玉裁注《说文》“碑”字云：“《聘礼》郑注曰：‘宫必有碑，所以识日景，引阴阳也。凡碑引物者，宗庙则丽牲焉。（《礼记·祭义》郑注：“丽，犹系也。”）其材，宫庙以石，窆用木。’《檀弓》：‘公室视丰碑，三家视桓楹。’注曰：‘丰碑，斲大木为之，形如石碑。’按此《檀弓》注即《聘礼》注所谓窆用木也。非石而亦曰碑，假借之称也。秦人但曰刻石不曰碑，后此凡刻石皆曰碑矣。《始皇本纪》上邹峄山立石，上泰山立石，下皆云刻所立石，其书法之详也。凡刻石必先立石，故知竖石者碑之本义，宫庙识日影者是。”王兆芳《文体通释》曰：“碑者，竖石也。古宫庙庠序之庭碑，以石丽牲，识日景；封圹之丰碑，以木悬棺绋，汉以纪功德。一为墓碑，丰碑之变也；一为宫殿碑，一为庙碑，庭碑之变也；一为德政碑，庙碑、墓碑

之变也。皆为铭辞，所以代钟鼎也。"《礼记 · 檀弓上》："孔子既得合葬于防……于是封之崇四尺。"郑注："聚土曰封。"

㉓《说文》："碣，特立之石也。"《文体通释》曰："碣者，与楬通，特立之石，藉为表楬也。石，方曰碑，圆曰碣。(《后汉书 · 窦宪传》注："方者谓之碑，员者谓之碣。") 赵岐曰：'可立一圆石于墓前。'洪适曰：'似阙非阙，似碑非碑。'隋唐之制，五品以上立碑，七品以上立碣，主于表扬功德，与碑相通。"

㉔《蔡中郎集》有《杨赐碑》四篇，兹录其一篇。"骨鲠训典"，犹言以训典为骨干。陈仲弓、郭林宗，汉季高士，德望并茂。《世说新语 · 德行篇》注引《续汉书》："林宗卒，蔡伯喈为作碑，曰：'吾为人作铭，未尝不有惭容，唯为《郭有道碑颂》无愧耳。'"(《后汉书 · 郭泰传》："蔡邕谓卢植曰：'吾为碑铭多矣，皆有惭德，唯《郭有道》无愧色耳。'") 故彦和谓其"词无择言"。(《尚书 · 吕刑》："罔有择言在身。"《孝经》："口无择言，身无择行。"择，败也。)"周乎众碑"，"乎"字应据唐写本作"胡"，谓《太傅胡广碑》也。

《司空文烈侯杨公碑》

曰汉有国师司空文烈侯杨公，维司徒之孙，太尉公之胤子。皇祖考以懿德胥及聿勤，式建丕休，勋启《洪范》。公祗服弘业，克丕堂构，小乃不敢不慎，大亦不敢不戒，用罔有择言失行，在于其躬。洎在辟举，先志载言，罔不攸该，乃自宰臣，以从王事，立功不有，用辞其禄。逮作御史，允执国宪。纳于侍中，在帝左右。爰董武事，王师孔闲。群公以旧德硕儒，道通术明，宜建师保，延入华光，侍宴路寝，敷典诰之精旨，达圣王之聪睿。帝以机密斋栗，常伯剧任，鲜克知臧，以厘其采。命公再作少府，俾率其属，以熙庶绩。天地作险，国家丕承，军门祛禁，式遏寇虐。命公再作光禄，亦总其熊罴之士，不二心之臣，保乂帝家。岩岩大理，惟制民命，命公作廷尉，惟刑之恤，旁施四方(《札迻》十二："此读当以'旁施惟明'为句，即用《书 · 益稷》'旁施象刑惟明'也。此皆'四字'句，不当增四方二字。") 惟明，折狱蔽罪，于宪之中。亦惟三礼六乐，国之元干，命公作太常，明德惟馨，八音克谐，神人以和，永世丰年。溥天率土，而众莫外，命公作司空，公惟戢之，翊明其政，时惟休哉！唯天阴骘，下民彝伦，所由顺序，命公作司徒，而敬敷五教，以亲百姓，父义母慈，兄友弟恭子孝，时惟休哉！昭孝于辟雍，命公作三老，帝恭以祗敬，遵有虞于上庠。茫茫大运，垂光列曜，命公作太尉，璇玑运周，七精循轨，时惟休哉！帝欲宣力于四方，公则翼之；辟道或回，公则弼之，虔恭夙夜，不敢荒宁，用对扬天子，丕显休命。天子大简其勋，用授爵赐，封侯于临晋。功成化洽，景命有倾，帝乃震恸，执书以泣，命于左中郎将郭仪作策，赐公骠骑将军、临晋侯印绶，兼号特进，谥以文烈。宠命毕备，而后即世。肆其孤彪，敢仪古式，昭铭景烈。铭曰：

天鉴有汉，诞生元辅；世作三事，勋在王府；乃及伊公，克光前矩；悉心毕力，胤其祖武，化洽群生，泽沾区宇。帝曰文烈，朕嘉君功；为邑河渭，建兹土封；申备九锡，以祚其庸。位此特进，于异群公。昔在申吕，匡佐周宣；嵩山作颂，《大雅》扬言。今我文烈，帝载用熙；参光日月，比功四时；身没名存，永世慕思。

《郭有道碑》一首

先生讳泰，字林宗，太原界休人也。其先出自有周，王季之穆，有虢叔者，实有懿德，文王咨焉，建国命氏，或谓之郭，即其后也。先生诞膺天衷，聪睿明哲，孝友温恭，仁笃慈惠。夫其器量弘深，姿度广大，浩浩焉，汪汪焉，奥乎不可测已。若乃砥节厉行，直道正辞，贞固足以干事，隐括足以矫时，遂考览六经，采综图纬，周流华夏，随集帝学。收文武之将坠，拯微言之未绝。于时缨緌之徒，绅佩之士，望形表而影附，聆嘉声而响和者，犹百川之归巨海，鳞介之宗龟龙也。尔乃潜隐衡门，收朋勤诲，童蒙赖焉，用祛其蔽。州郡闻德，虚己备礼，莫之能致。群公休之，遂辟司徒掾，又举有道，皆以疾辞。将蹈鸿涯之遐迹，绍巢许之绝轨，翔区外以舒翼，超天衢以高峙。禀命不融，享年四十有二，以建宁二年正月乙亥卒。凡我四方同好之人，永怀哀悼。靡所置念，乃相与惟先生之德，以谋不朽之事。佥以为先民既没，而德音犹存者，亦赖之于见述也，今其如何，而阙斯礼？于是树碑表墓，昭铭景行，俾芳烈奋乎百世，令问显于无穷。

其辞曰：

於休先生，明德通玄；纯懿淑灵，受之自天，崇壮幽浚，如山如渊。礼乐是悦，《诗》《书》是敦；匪惟摭华，乃寻厥根；宫墙重仞，允得其门。懿乎其纯，确乎其操；洋洋搢绅，言观其高；栖迟泌丘，善诱能教；赫赫三事，几行其招；委辞召贡，保此清妙。降年不永，民斯悲悼；爰勒兹铭，摛其光耀；嗟尔来世，是则是效。

《陈太丘碑》

先生讳寔，字仲弓，颍川许人也。含元精之和，应期运之数，兼资九德，总修百行，于乡党则恂恂焉，彬彬焉，善诱善导，仁而爱人，使夫少长咸安怀之。其为道也，用行舍藏，进退可度，不徼讦以干时，不迁贰以临下。四为郡功曹，五辟豫州，六辟三府，再辟大将军。宰闻喜半岁，太丘一年，德务中庸，教敦不肃，政以礼成，化行有谧。会遭党事，禁锢二十年，乐天知命，澹然自逸，交不谄上，爱不渎下。见机而作，不俟终日。及文书赦宥，时年已七十，遂隐丘山，悬车告老，四门备礼，闲心静居。大将军何公、司徒袁公前后招辟，使人晓喻，云欲特表，便可入践常伯，超补三事，纡佩金紫，光国垂勋。先生曰："绝望已久，饰巾待期而已。"皆遂不至。弘农杨公，东海陈公，每在衮职，群寮贺之，皆举手曰："颍川陈君绝世超伦，大位未跻，惭于臧文窃位之负。"故时人高其德，重乎公相之位也。年八十有三，中平三年八月丙午遭疾而终。临没顾命，留葬所卒，时服素棺，椁财周榇，丧事惟约，用过乎俭。群公百寮，莫不咨嗟，岩薮知名，失声挥涕。大将军吊祠，锡以嘉谥，曰："征士陈君，禀岳渎之精，苞灵曜之纯，天不憖遗老，俾屏我王，梁崩哲萎，于时靡宪。搢绅儒林，论德谋迹，谥曰文范先生。"《传》曰："郁郁乎文哉。"《书》曰："洪范九畴，彝伦攸叙。文为德表，范为士则。存诲没号，不亦宜乎！"三公遣令史祭以中牢。刺史敬吊。太守南阳曹府君命官作诔曰："赫矣陈君，命世是生；含光醇德，为士作程。资始既正，守终又令，奉礼终役，休矣清声！"遣官属掾吏前后赴会，刊石作铭。府丞与比县会葬。荀慈明、韩元长等五百余人缌麻设位，哀以送之。远近会葬，千人以上。河南尹种府君临郡，追叹功德，述录高行，以为远近鲜能及之，重部大掾，以时成铭。斯可谓存荣没哀，死而不朽者已。乃作铭曰：

峨峨崇岳，吐符降神；于皇先生，抱宝怀珍。如何昊穹，既丧斯文；微言圮绝，来者曷闻。交交黄鸟，爰集于棘；命不可赎，哀何有极！

《汝南周勰碑》

君讳勰，字巨胜；陈留太守之孙，光禄勋之子也。君应乾坤之淳灵，继命世之期运，玄懿清朗，贞厉精粹，体仁足以长人，嘉德足以合礼，总《六经》之要，括《河》《洛》之机，援天心以立钧，赞幽明以揆时，沈静微密，沦于无内，宽裕弘博，含乎无外，巨细洪纤，罔不总也。是以实繁于华，德盈乎誉。初以父任拜郎中，疾去官。察孝廉，是时郡守梁氏，外戚贵宠，非其好也，遂以病辞。太守复察孝廉，乃俯而就之，以明可否，然犹私存衡门讲诲之乐，不屑已也，又委之而旋。故大将军梁冀，专国作威，海内从风，世之雄才优逸之徒，莫不委质从命，而颠覆者盖亦多矣；闻君洪名，前后三辟，而卒不降身，由是缙绅归高，群公事德，太尉、司徒，再辟三辟，察贤良方正，州举孝廉，皆病不就。扰攘之际，灾眚仍发，圣上询谘，师锡策命，公车特征。君仰瞻天象，俯效人事，世路多险，进非其时，乃托疾杜门静居。里巷无人迹，外庭生蓬蒿，如此者十余年，强御不能夺其守，王爵不能滑其虑。至延熹二年，乃更辟门延宾，享宴娱乐，及秋而梁氏诛灭。十二月，君卒。然则识几知命，可睹于斯矣。洋洋乎若德，虽崇山千仞，重渊百尺，未足以喻其高、究其深也。夫三精垂耀，处者有表，爰在上世，作者七人，焉有该百行，备九德，齐光日月，洞灵神明，如君之至者与！亶所谓天民之秀也。享年五十，不登期考，遐迩叹悼，痛心失图。乃相与建碑勒铭，以征休美。其辞曰：

厥初生民，天赐之性；有庞有醇，有否有圣。伊维周君，允丁其正，诞兹明德，自贻哲命。焕乎其文，如星之布；确乎不拔，如山之固；追踪先绪，应期作度；潜心大猷，覃思德谟。遁世无闷，屡辞王寮；洋洋泌丘，于以逍遥；蔑尔童蒙，是训是教。瞻彼荣宠，譬诸云霄；

优哉游哉，俾此弘高，名振华夏，光耀昆苗，清风丕扬，德音孔昭。

《太傅胡广碑》

公讳广，字伯始，南郡华容人也。其先自妫姓建国南土曰胡子，《春秋》书焉，列于诸侯，公其后也。考以德行纯懿，官至交趾都尉。公宽裕仁爱，覆载博大，研道知机，穷理尽性，凡圣哲之遗教，文武之未坠，罔有不综。年二十七，察孝廉，除郎中、尚书侍郎、左丞、尚书仆射。内正机衡，允厘其职，文敏畅乎庶事，密静周乎枢机。帝用嘉之，迁济阴太守。公乃布恺悌，宣柔嘉，通神化，道灵和，扬惠风以养贞，激清流以荡邪，取忠肃于不言，消奸宄于爪牙；是以君子勤礼，小人知耻，鞠推息于官曹，刑戮废于朝市，余货委于路衢，余种栖于畎亩。迁汝南太守，增修前业。考绩既明，入作司农，实掌金谷之渊薮，和均关石，王府以充。遂作司徒，昭敷五教。进作太尉，宣畅浑元。人伦辑睦，日月重光。遭国不造，帝祚无主，援立孝桓，以绍宗绪。用首谋定策，封安乐乡侯，户邑之数，加于群公。入录机事，听纳总己。致位就第。复拜司空，敷土导川，俾顺其性。功遂身退，告疾固辞，乃为特进，爰以休息。又拜太常，典司三礼，敬恭禋祀，神明嘉歆，永世丰年，聿怀多福。复拜太尉，寻申前业。又以特进，逍遥致位。又拜太常，遘疾不夷，逊位辞爵，迁于旧都。征拜太中大夫。延和末年，圣主革正，幸臣诛毙，引公为尚书令，以二千石居官，委以阃外之事，厘改度量，以新国家。弘纲既整，衮阙以补，乃拜太仆。车正马闲，六驺习训，迁太常、司徒。成宗晏驾，推建圣嗣，复封故邑，与参机密。寝疾告退，复拜太傅，录尚书事，于时春秋高矣。继亲在堂，朝夕定省，不违子道。旁无几杖，言不称老。居丧致哀，率礼不越。其接下答宾，虽幼贱降等，礼从谦厚，尊而弥恭。劳思万机，身勤心苦，虽老莱子婴儿其服，方叔克壮其猷，公旦纳于台屋，正考父俯而循礼，曷以尚兹！夫蒸蒸至孝，德本也；体和履忠，行极也；博闻周览，上通也；勤劳王家，茂功也。用能七登九命，笃受介祉，亮皇圣于六世，嘉庶绩于九有，穷生民之光宠，享黄耇之遐纪，蹈明德以保身，与福禄乎终始。年八十有二，建宁五年春壬戌薨于位。天子悼痛，赠策遂赐诔，谥曰文恭。如前傅之仪而有加焉，礼也。故吏司徒许诩等，相与钦慕《嵩高》《蒸民》之作，取言时计功之则，论集行迹，铭诸琬琰。其词曰：

伊汉元辅，时惟文恭；聪明睿哲，思心瘁容。毕力天机，帝休其庸。赋政于外，有邈其踪。进作卿士，粤登上公。百揆时序，五典克从。万邦黎献，共唯时雍。勋烈既建，爵土乃封。七被三事，再作特进。弘唯幼冲，作傅以训。赫赫猗公，邦家之镇。泽被华夏，遗爱不沦。日与月与，齐光并运。存荣亡显，没而不泯。

《困学纪闻》十三："蔡邕文今存九十篇，而铭墓居其半，曰碑，曰铭，曰神诰，曰哀赞，其实一也。自云为《郭有道碑》独无愧辞，则其他可知矣。其颂胡广、黄琼，几于老韩同传（《史记》韩非与老聃同传），若继成《汉史》，岂有南董之笔！"（翁注曰："琼非广所能几及，邕作颂而无所轩轾，故王氏讥之。"）

《日知录》十九"作文润笔"条云："《蔡伯喈集》中为时贵碑诔之作甚多，如胡广、陈寔各三碑，桥玄、杨赐、胡硕各二碑，至于袁满来年十五，胡根年七岁，皆为之作碑，自非利其润笔不至为此。史传以其名重，隐而不言耳。文人受赇，岂独韩退之谀墓金哉！"（刘禹锡《祭韩愈文》曰："公鼎侯碑，志隧表阡，一字之价，辇金如山。"）

㉕《全后汉文》八十三据《艺文类聚》四十九又《文选》注辑得孔融《卫尉张俭碑铭》一篇，残缺不全（《陈文》亡佚），录如下：

其先张仲实，以孝友左右周室（其先上有缺文。当据《后汉书·党锢列传·张俭传》补："君讳俭，字元节，山阳高平人也。"）晋主夏盟而张老（此下有阙文）延君誉于四方。君禀乾刚之正性，蹈高世之殊轨，冰洁渊清，介然特立，虽史鱼之励操，叔向之正色，未足比焉。中常侍同郡侯览，专权王命，豺虎肆虐，威震天下。君以西部督邮（据本传当作东部督邮），上览祸乱凶国之罪，鞠没赃奸，以巨万计。俄而制书案，验部党，君为览所陷，亦章名捕逐。当世英雄，授命殒身，以籍济君厄者，盖数十人，故克免斯艰。旋宅旧宇，众庶怀其德，王公慕其声，州宰争命，辟大将军幕府，公车特就家拜少府，皆不就也。复以卫尉征，明诏严切敕州郡，乃不得已而就之（此下当有缺文）。惜乎不登泰阶，以尹天下，致皇代于隆熙（此下当有缺文)。铭曰:桓桓我君,应天淑灵。皓素其质,允迪忠贞。肆志直道,进不为荣。赴戟骄臣,发如震霆。凌刚摧坚,视危如宁。圣主克爱,命作喉唇(此下当有缺文)。

㉖《晋书·孙绰传》:"绰字兴公。少以文才垂称。于时文士,绰为其冠。温、王、郗、庾诸公之薨,必须绰为碑文,然后刊石焉。"《艺文类聚》四十五有绰所撰《丞相王导碑》《太宰郗鉴碑》,四十六有《太尉庾亮碑》,皆颇残阙不全。《桓彝碑》全佚。兹录《王导碑》存文于后:

公胄兴姬文,氏由王乔,玄圣陶化以启源,灵仙延祉以分流,贤俊相承,世冠海岱。二仪交泰,妙气发晖,醇曜所钟,公实应之。玄性合乎道旨,冲一体之自然,柔畅协乎春风,温暖侔于冬日,信人伦之水镜,道德之标准也。惠、怀之际,运在大过,皇德不建,神缗再绝,猃狁孔炽,凶类猋起。公见机而作,超然玄悟,遂扶翼蕃王,室协东岳,弘大顺以一群后之望,仗王道以应天人之会。于时乾维肇振,创制理物,中宗拱己,雅仗贤相,尚父之任,具瞻在公,存烹鲜之义,殉易简之政,大略宏规,卓然可述。公雅好谈咏,恂然善诱,虽管综时务,一日万机,夷心以延白屋之士,虚己以招岩穴之俊,逍遥放意,不峻仪轨。公执国之钧,三十余载,时难世故,备经之矣,夷险理乱,常保元吉。匪躬而身全,遗功而勋举,非夫领鉴玄达,百炼不渝,孰能莫忤于世而动与理会者哉!

㉗陆机《文赋》云:"碑披文以相质,诔缠绵而凄怆。"李善注:"碑以叙德,故文质相半;诔以陈哀,故缠绵凄怆。"纪评曰:"碑非文名,误始陆平原。"案彦和不以碑为文体,观"其序则传,其文则铭""碑实铭器,铭实碑文"数语,义至明显。唐写本"光"作"先","已"作"亡",均是。"因器立名,事先于诔",谓刻石纪功可用于生人,而诔则必用于死亡之后也。

㉘案唐写本作"戢",是,本赞纯用缉韵,若作"忒"则失韵。《礼记·缁衣》:"其仪不忒。"《释文》:"忒一作贰。"而"贰"俗文又作"贰",与"戢"形近,故"戢"初误为"贰",继又误为"忒"也。

附　录

梁元帝《内典碑铭集林序》

（《广弘明集》二十。《金楼子·著书篇》有《内典博要》三十卷，疑即此书。《梁书》本纪作一百卷，误。）

夫法性空寂，心行处断，感而遂通，随方引接，故鹊园善诱，马苑弘宣，白林将谢，青树已列，是宣金牒，方寄银身。自象教东流，化行南国，吴主至诚，历七霄而光曜，晋王画像，经五帝而弥新。次道孝伯，嘉宾玄度，斯数子者，亦一代名人。或修理止于伽蓝，或归心尽于谈论，铭颂所称，兴公而已。夫披文相质，博约温润，吾闻斯语，未见其人。班固硕学，尚云赞颂相似；陆机钩深，犹闻碑赋如一。唯伯喈作铭，林宗无愧，德祖能诵，元常善书，一时之盛，莫得系踵。况般若玄渊，真如妙密，触言成累，系境非真，金石何书，铭颂谁阐。然建塔纪功，招提立寺，或兴造有由，或誓愿所记，故镌之玄石，传诸不朽。亦有息心应供，是曰桑门，或谓智囊，或称印手。高座擅名，预伊师之席；道林见重，陪飞龙之座。峨眉庐阜之贤，邺中宛邓之哲，昭哉史册可得而详。故碑文之兴斯焉尚矣。夫世代亟改，论文之理非一，时事推移，属词之体或异。但繁则伤弱，率则恨省，存华则失体，从实则无味。或引事虽博，其意犹同；或新意虽奇，无所倚约；或首尾伦帖，事似牵课；或翻复博涉，体制不工。能使艳而不华，质而不野，博而不繁，省而不率，文而有质，约而能润，事随意转，理逐言深，所谓菁华，无以间也。予幼好雕虫，长而弥笃，游心释典，寓目词林。顷常搜聚，有怀著述，譬诸法海，无让波澜，亦等须弥，同归一色。故不择高卑，唯能是与；倘未详悉，随而足之。名为《内典碑铭集林》，合三十卷，庶将来君子或裨观见焉。

《墓志铭考》

唐宋以下，凡称文人，多业谀墓，退之明道自任，犹或不免，其他更何足数。此亭林所以发“志状不可妄作”“作文润笔”之笃论也（二条均见《日知录》十九）。自文章与学术分道，缀文之徒，起似牛毛，贵室富贾之死，其子孙必求名士献谀为快，即乡里庸流，亦好牵率文人，冀依附文集传世。文人则亦有所利而轻应之。桐城诸公，喜言义法，所谓法当铭，例得铭者，岂尽计功称伐之意！考墓志铭之盛，起于六朝晋宋以后，东汉则大行碑文，蔡邕为作者之首，后汉文苑诸人，率皆撰碑，东京士风，虽号淳厚，意者慕声市利之事，殆亦不必无乎！《洛阳伽蓝记·城东篇》载隐士赵逸之言曰："生时中庸之人尔。及死也，碑文慕志，必穷天地之大德，尽生民之能事，为君共尧、舜连衡，为臣与伊、皋等迹，牧民之臣，浮虎慕其清尘，执法之吏，埋轮谢其梗直。所谓生为盗跖，死为夷齐，妄言伤正，华辞损实。"此虽有激而谈，然构文之士亦宜有惭于此言也。

《群书治要》载桓范《世要论》曰："夫渝世富贵，乘时要世，爵以赂至，官以贿成，视常侍黄门宾客，假其声势，以至公卿牧守。所在宰莅，无清惠之政，而有饕餮之害；为臣无忠诚之行，而有奸欺之罪；背正向邪，附上罔下，此乃绳墨之所加，流放之所弃，而门生故吏，合集财货，刊石纪功，称述勋德，高邈伊周，下陵管晏，远追豹产，近逾黄邵，势重者称美，财富者文丽。后人相踵，称以为义，外若赞善，内为己发，上下相效，竞以为荣，其流之弊，乃至于此。欺曜当时，疑误后世，罪莫大焉。且夫赏生以爵禄，荣死以诔谥，是人主权柄，而汉世不禁，使私称与王命争流，臣子与君上俱用，善恶无章，得失无效，岂不误哉！"观桓氏此论，东汉刊石之滥，至斯极矣。《宋书·礼志二》曰："汉以后天下送死奢靡，多作石室、石兽、碑铭等物。建安十年，魏武帝以天下雕弊，下令不得厚葬，又禁立碑。"《志》谓高贵乡公时碑禁尚严，此后复弛替。

《宋书·裴松之传》："松之以世立私碑，有乖事实，上表陈之曰（上表在东晋安帝义熙中）：'碑铭之作，以明示后昆，自非殊功异德，无以允应兹典。大者道动光远，世所宗推；其次节行高妙，遗烈可纪。若乃亮采登庸，绩用显著，敷化所莅，惠训融远，述咏所寄，有赖镌勒；非斯族也，则几乎僭黩矣。俗敝伪兴，华烦已久，是以孔悝之铭，行是人非；蔡邕制文，每有愧色。而自是厥后，其流弥多。预有臣吏，必为建立。勒铭寡取信之实，刊石成虚伪之常。真假相蒙，殆使合美者不贵，但论其功费，又不可称。不加禁裁，其敝无已。以为诸欲立碑者，宜悉令言上，为朝议所许，然后听之，庶可以防遏无征，显彰茂实，使百世之下，知其不虚，则义信于仰止，道孚于来叶。’由是并断。”读松之此表，知汉晋二代立碑之滥。《宋书·礼志二》引晋武帝咸宁四年，禁断立碑诏曰：“此石兽碑表，既私褒美，兴长虚伪，伤财害人，莫大于此，一禁断之。其犯者虽会赦令，皆当毁坏。”东晋元帝以后，禁又渐颓，自松之奏禁，迄于宋世，此禁不改，虽六朝敕立奏立之碑，时仍弗乏（刘申叔先生《中古文学史》云：“当时奏立之碑有二：一为墓碑，如梁刘贤等《陈徐勉行状》，请刊石纪德，降诏立碑于墓是也；一为碑颂碑记，如寿阳百姓为刘助立碑记，南豫州人请为夏侯亶立碑是也。”），寺塔碑铭，作者尤众，而向之僭立私碑者，则群趋于墓志铭之作。墓志铭之起，有谓三代有之者。

周益公《跋王献之保母碑》云：“铭墓三代有之。薛尚功《钟鼎款识》第十六卷载，唐开元四年，偃师耕者得比干墓铜盘，篆文云：‘右林左泉，后岗前道，万世之宁，兹焉是保。’”比干墓不在偃师，“右林左泉”亦非三代人语，此殆伪器，未可作征。有谓起于西汉者。宋祝穆《事文类聚》六十载《事始》云：“汉杜子夏临终作文，命刊石埋坟前，厥后墓志恐因此始。”有谓起自东汉者。周益公《跋保母碑》云：“予得光武时梓潼扈居墓砖，先叙所历之官，末云千秋之宅。又有章帝时范君谢君砖铭，以四字为句，以此知东汉志墓，初犹用砖，久方刻石。绍兴中，予亲见常州宜兴邑中劚出灵帝时太尉许馘冢，有碑漫灭，惟前有百余字可读。大略云：‘夫人会稽山阴人，姓刘氏，太尉之妇也。’”欧阳修《集古录》：“《张衡墓铭》，其刻石为二本：一在南阳，一在向城。”又《宋文帝碑跋》云：“余家集古所录三代以来钟鼎彝盘，铭刻备有，至后汉以来，始有碑文，欲求前汉时碑碣，卒不可得，是则冢墓碑，自后汉以来始有也。”有谓起自曹魏者。唐封演《闻见记》引王俭所著《丧礼》云：“魏侍中缪袭改葬父母，制墓下题版文。”有谓起自西晋者。《封氏闻见记》云：“东都殖业坊十字街有王戎墓，隋代酿家穿旁作窖，得铭曰《晋司徒尚书令安丰侯王君铭》，有数百字。然则古人葬者亦有石志，但不如今代贵贱通用耳。”《南齐书·文学传》：“贾渊世传谱学。孝武世，青州人发古冢铭云‘青州世子，东海女郎’，帝问鲍照、徐爰、苏宝生，并不能悉。渊曰：‘此是司马越女嫁荀晞儿。’检访果然。”有谓起于宋者。《文选》五十九《墓志》李善注引吴均《齐春秋》：“王俭曰：‘石志不出礼典，起宋元嘉颜延之为王琳（应作

“球”）石志。’”《事文类聚》载《事始》云：“齐太子穆妃将葬，议立石志。王俭曰：‘石志不出礼经，起颜延之为王弥作墓志，以其素族，无铭诔故也。’”（《南齐书·礼志下》：“高帝建元二年，有司奏大明故事，太子妃玄宫中有石志，俭议云‘墓铭不出礼典，近宋元嘉中，颜延之作《王球石志》。素族无碑策，故以纪德。自尔以来，王公以下，咸共遵用。储妃之重，礼殊恒列，既有哀策，谓不须石志。’”）综上诸说（详见《困学纪闻》卷十三），一为墓志，如王献之《保母砖》、颜延之《王弥墓志》，施于素族贫贱，以纪死人名氏者也。一为墓志有铭，王俭《丧礼》所谓“原此制将以千载之后，陵谷迁变，欲后人有所闻知。其人若无殊才异德者，但记姓名历官祖父姻媾而已。若有德业则为铭文”者也。亦有志铭兼施者，如《南史·裴子野传》谓“湘东王为之墓志铭，陈于藏内，邵陵王又立墓志，堙于羡道”是也。盖两汉迄晋，间或有之，而颂功纪事，大抵用碑。自东晋禁断，稍有德业之人，莫不用墓志铭。迨风气既成（宋齐以降，百僚并有墓志，或由太子诸王撰立），齐武帝且欲为裴后立石志墓中，而不知其为非古矣。

《碑表》（赵翼《陔余丛考》）

《仪礼·士婚礼》：“入门当碑揖。”《聘礼》：“宾自碑内听命。”又曰：“东西北上碑南。”《礼记·祭义》：“牲入庙门，丽牲于碑。”贾氏以为宗庙皆有碑，以识日景。《说文注》又云：“宗庙碑以丽牲，后人因于其上纪功德。”《檀弓》：“公室视丰碑，三家视桓楹。”注：“丰碑，以大木为之，桓楹者，形如大楹也。”《丧大记》：“君葬，四綍，二碑；大夫葬，二綍，二碑。凡封窆，用綍去碑。”注：“树碑于圹前，以綍绕之，用辘轳下棺也。”按此数说，则古人宫寝坟墓皆植大木为碑。而其字从石者，孙何云取其坚且久也。刘勰则谓：“宗庙有碑，树之两楹，事止丽牲，未勒勋绩。后代自庙徂坟，以石代金。”司马温公谓：“古人勋德多勒铭鼎钟，藏之宗庙；其葬则有丰碑以下棺耳。秦汉以来，始作文褒赞功德，刻之于石，亦谓之碑。”此二说，似谓刻石之碑与下棺之碑无涉者。然唐封演《闻见记》：“丰碑本天子、诸侯下棺之柱，臣子或书君父勋伐于其上，又立于隧口，故谓之神道。古碑上往往有孔，是贯綍索之象。”孙宗鉴《东皋杂录》：

"周秦皆以碑悬棺，或木或石。既葬，碑留圹中，不复出矣。后稍书姓名爵里于其上。后汉遂作文字。"李绰《尚书故实》亦云："古碑皆有圆空，盖本墟墓间物，所以悬窆者，后人因就纪功德，由是遂有碑表。数十年前，有树德政碑者，亦设圆空，后悟其非，遂改。"而孙何亦谓："昔在颍中，尝见荀陈古碑，皆穴其上，若贯索为之者。以问起居郎张观。观曰：'汉去古未远，犹有丰碑之遗像。'更以质之柳仲涂，亦云然。"则墓道之有碑刻文，本由于悬窆之丰碑，而或易以石也。古碑之传于世者，汉有《杨震碑》，首题"太尉杨公神道碑铭"，又蔡邕作郭有道、陈太丘墓碑文，载在《文选》。《后汉书》：崔寔卒，袁隗为之树碑颂德。故刘勰谓"东（后）汉以来，碑碣云起"。吴曾《能改斋漫录》亦谓"碑文始自东汉"。而朱竹垞又引汉元初五年谒者景君始有墓表，其崇四尺，圭首方趺，其文由左而右。按表即碑之类，则西汉已有碑制。究而论之，要当以孔子题延陵吴季子"十字碑"为始。或有疑季子碑为后人伪托者，唐李阳冰初工峄山篆，后见此碑，遂变化开合，如龙如虎，则非后人所能造可知也。自此以后，则峄山、之罘、碣石等，虽非冢墓，亦仿之以纪功德矣。

《墓志铭》（赵翼《陔余丛考》）

墓志铭之始，王阮亭《池北偶谈》谓：《事林广记》引《炙毂子》，以为始于王戎。冯鉴《事始》以为始于西汉杜子春。而高承《事物纪原》以为始于比干。《槎上老舌》又引孔子之丧，公西赤志之，子张之丧，公明仪志之，以为墓志之始。不知《檀弓》所谓志之者，犹今之主丧云尔，未可改作志也。惟《封氏闻见记》青州古冢有石刻铭云"青州世子，东海女郎"。贾昊以为东海王越之女，嫁荀晞之子者。又东都殖业坊王戎墓有铭曰"晋司徒尚书令安丰侯王君墓铭"，凡数百字。又魏侍中袭缪葬父母，墓下题版文，则志铭之作纳于圹中者，起于魏晋无疑云云。阮亭所据封氏之说固核矣，然《南史》齐武帝裴皇后薨时，议欲立石志，王俭曰："石志不出《礼经》，起自宋元嘉中颜延之为王球石志，素族无铭策，故以纪行。自尔以来，共相祖袭。今储妃之重，既有哀策，不烦石志。"此则墓志起于元嘉中之明据也（宋建平王宏薨，宋武帝自为墓志铭）。司马温公亦谓南朝始有铭志埋墓之事。然贾昊辨识东海王越之女一事，亦见《南史》，则晋已有墓志之例。又《宋书·何承天传》：文帝开玄武湖，遇大冢，得一铜斗。帝以问群臣。承天曰："此新莽时威斗。三公亡，皆赐之葬。时三公居江左者惟甄邯，此必邯墓也。"俄而冢内更得一石，铭曰"大司徒甄邯之墓"。又张华《博物志》载，西汉南宫殿内有醇儒王史威长葬铭，曰："明明哲士，知存知亡。崇陇原野，非宁非康。不封不树，作灵垂光。厥铭何依，王史威长。"（亦见《学斋占毕》）则西汉时已有墓铭也。《金史·蔡珪传》：金海陵王欲展都城，有两燕王墓，旧在东城外，今在所展之内，命改葬于城外。此两墓俗传燕王及太子丹之葬也。及启圹，其东墓之柩端题曰"燕灵王旧"。"旧"即古"柩"字通用，乃汉高祖子刘建也。其西墓盖燕康王刘嘉之葬也。珪作《两燕王辨》甚详。此又西汉题识于柩之法。不特此也，《庄子》云："卫灵公卜葬于沙丘，掘之得石椁。有铭曰'不凭其子'，灵公乃夺而埋之。"则春秋以前已有铭于墓中者矣。(《唐书·郑钦说传》："梁任昉于大同四年七月在钟山圹中得铭曰：'龟言土，蓍言水，甸服黄钟启灵址，瘗在三上庚，堕遇七中巳，六千三百浃辰交，二九重三四百圮。'当时莫有解者，戒子孙世世以此访人。防五世孙写以问钦说。钦说方出使，得之于长乐驿，行三十里，至敷水驿，乃悟：此冢葬以汉建武四年三月十日，圮以梁大同四年七月十二日也。"解在《钦说传》内。则汉时铭墓又有此一种，盖即《庄子》所谓石椁铭之类也。)由此数事以观，则墓铭之来已久，而王俭谓始自宋元嘉中颜延之，此又何说？窃意古来铭墓，但书姓名官位，间或铭数语于其上，而撰文叙事，胪述生平，则起于颜延之耳。

《碑表志铭之别》（赵翼《陔余丛考》）

《曾子固文集》有云："碑表立于墓上，志铭则埋圹中。"此志铭与碑表之异制也。诸书所载，如庾子山作《崔公神道碑铭》，所谓"思传旧德，宜勒黄金之碑"，杨盈川作《建昌王公碑铭》，所谓"丘陵标榜，式建丰碑"，此碑之立于墓上者也。贾昊所辨东海女郎及甄邯诸事，皆从开冢而见。又《神僧传》："宝志公殁，梁武帝命陆倕制铭于冢内。"司马温公志吕诲云："诲将死，嘱为其埋文志。"张仲倩云："撰次所闻，纳诸圹。"此志铭之藏于墓中者也。故碑表有作于葬后者，《王荆公集》中马正惠葬于天禧而立碑于嘉祐，贾魏公碑亦立于既葬之明年。而墓志之作，必在葬前。温公铭其兄周卿及昭远，皆云“以葬日近，不暇请于他人，而自为铭”，以葬时所用也。惟宋景濂作《常开平神道碑铭》，亦云“序而铭诸幽”，殊不可解。神道碑无纳圹之例，惟《南史》裴子野卒，宋湘东王作墓志铭藏于圹内，邵陵王又作墓志列于羡道，羡道列志自此始。又范传正作《李白新墓铭》，刻二石，一置圹中，一表道上，景濂或仿此欤！（温公谓：碑犹立于墓道，人得见之；志藏于圹中，非开发孰从而睹之？谓志铭可不用也。费衮则引韩魏公四代祖葬博野，子孙避地，遂忘所在。公既贵，始寻求，命其子祭而开圹，各得志铭，然后信。则志铭之设，亦孝子慈孙之深意，未可尽非也。）《涌幢小品》云：刘宋时裴松之以世立私碑，有乖事实，上言以为立碑者宜言上，为朝议所许，然后得立，庶可防遏无征，显章茂实。由是普断遵行（见《南史·裴松之传》）。至隋唐，凡立碑者皆奏请，及五代而弛，今且弥布天下矣。又朱竹垞云“古葬令五品以上立碑，降五品立碣”，此规制之宜审者也。（按此本隋制，五品以上立碑，螭首龟趺，上不得过四尺，载在《丧葬令》。）碑有序有铭，谓之碑文可也，碑铭可也，而直谓之碑则非也。孙何曰：“蔡邕撰郭有道、陈太丘碑，皆有序冠篇，而末乱之以铭，未尝直名之曰碑。（《北史·樊逊传》：‘魏收为《库狄干碑序》，令樊孝谦作铭，陆卬不知，以为皆收作也。’是又有两人合作序、铭者。）迨李翱为《高愍女碑》，罗隐为《三叔碑》《梅先生碑》，则序与铭皆混而不分。其目亦不复曰文而直曰碑。是竟以丽牲悬綍之具而名其文矣。古者嘉量有铭，谓之量铭，钟有铭，谓之钟铭，鼎有铭，谓之鼎铭，不闻其去铭字而直谓之量也、钟也、鼎也。”此名目之宜审者也。（按《南史·虞荔传》：梁武于城西置士林馆，荔乃制碑奏上，帝即命勒于馆，则六朝时已单名曰碑。）《癸辛杂识》引赵松雪云：“北方多唐以前古冢，所谓墓志者，皆在墓中，正方而上有盖。盖丰下杀上，上书某朝某官某人墓志，此所谓书盖也。后立碑于墓，其篆额应止谓之额，今讹为盖，非也。”此题额之宜审者也。又夫妇合葬墓志，近代如王遵岩、王弇州集中皆书曰“某君暨配某氏合葬墓志”。识者非之，以为古人合葬，题不书妇，今曰“暨配某者”，空同以后不典之词也。而考唐宋书法，则并无合葬二字，但云“某君墓志”而已。其妻之祔，则于志中见之，此书法之宜审者也。又古人于碑志之文不轻作，东坡答李方叔云："但缘子孙欲追述其祖考而作者，某未尝措手。"其慎重如此。今世号为能文者，高文大篇，可以一醉博易，风斯下矣。唐荆川云："近日屠沽细人，有一碗饭吃，其死后必有一篇墓志，此亦流俗之最可笑者。"杜子夏临终作文曰："魏郡杜邺立志忠款，犬马未陈，奄先草露，骨肉归于土，魂无所不之，何必故丘，然后即化，长安北郭，此焉宴息。"王阮亭引之，以为此又后人自作祭文及自撰墓志之始也。又《后汉书·赵岐传》："岐久病，敕兄子可立一员石于墓前，刻之曰：'汉有逸人，姓赵名嘉，有志无时，命也奈何。'"此亦与杜子夏临终作文同也。

哀吊第十三

赋宪（孙云当作"议德"；黄云案冯本作"赋宪"）之谥[①]，短折曰哀[②]。哀者，依也。悲实依心，故曰哀也。以辞遣哀，盖不（孙云明抄本《御览》五九六引作"下"；铃木云《御览》、敦本"不泪"作"下流"）泪之悼，故不在黄发，必施夭（元作"天"）昏[③]。昔三良殉秦，百夫莫赎，事均夭横（孙云唐写本"横"作"枉"；《御览》五九六亦作"枉"），《黄鸟》赋哀，抑亦诗人之哀辞乎[④]！

暨（孙云《御览》无"暨"字）汉武封禅，而霍子侯（元作"光病"，曹改；又一本作"霍嬗"）暴亡（孙云唐写本作"霍嬗暴亡"），帝伤而作诗，亦哀辞之类矣[⑤]。及（孙云"及"上有"降"字；《御览》亦有"降"字）后汉，汝阳王亡，崔瑗哀辞，始变前式（元作"戒"，谢改）。然履突鬼门，怪而不辞（孙云唐写本"辞"作"式"；《御览》亦作"式"）驾龙乘云，仙而不哀；又卒章五言，颇似歌谣（孙云明抄本《御览》作"吟"），亦仿佛乎汉武（赵云"武"作"式"）也[⑥]。至于苏慎（疑作"顺"，铃木云《御览》、敦本作"顺"）、张升，并述哀文[⑦]，虽发其情华（孙云《御览》无"华"字；铃木云敦本无"情"字）而未极心（孙云唐写本"心"上有"其"

字；《御览》“心”作“其”）实。建安哀辞，惟伟长差善，《行女》一篇，时有恻怛[⑧]。及潘岳继作，实踵（赵云“踵”作“锺”）其美。观其虑善（孙云唐写本“善”作“赡”；明抄本《御览》亦作“赡”）辞变，情洞悲（孙云唐写本作“哀”）苦，叙事如传，结言摹诗，促节四言，鲜有缓句；故能义直而文婉，体旧而趣新，《金鹿》《泽兰》，莫之或继也（孙云唐写本无“也”字）[⑨]。

原夫哀辞大体，情主于痛伤，而辞穷乎爱惜。幼未成德（孙云《御览》作“性”），故誉止于察惠（“誉”字《御览》作“与言”二字；孙云《御览》作“故兴言”）；弱不胜务，故悼加乎肤色（“悼”字下《御览》有“惜”字，“肤”一作“容”；孙云《御览》作“故悼惜加乎容色”）。隐心而结文则事惬，观文而属心则体奢。奢（赵云二“奢”字均作“夸”）体为辞，则虽丽不哀；必使情往会悲，文来引泣，乃其贵耳[⑩]。

吊者，至也[⑪]。诗云：“神之吊矣。”言神（孙云唐写本有“之”字）至也[⑫]。君子令终定谥，事极理哀，故宾之慰主，以（孙云《御览》“以”上有“亦”字）至到为言也[⑬]。压溺乖道，所以不吊矣（孙云唐写本无“矣”字）[⑭]。又宋水郑火，行人奉辞，国灾民亡，故同吊也[⑮]。及晋筑虒（元作“虎”，孙改；孙云《御览》作“虒”）台，齐袭燕城，史赵（元脱，孙补；孙云《御览》有“赵”字）苏秦，翻贺为吊，虐民构敌（孙云《御览》“虐”作“害”，“敌”作“怨”），亦亡之道。凡斯之例，吊之所设也[⑯]。或骄贵而（孙云唐写本作“以”）殒身，或狷忿（《御览》作“介”）以（孙云唐写本作“而”）乖道，或有志而无时，或美才（赵云“美才”作“行美”）而兼累：追而慰之，并名为吊[⑰]。

自贾谊浮湘，发愤吊屈，体同（孙云《御览》作“周”）而事核，辞清而理哀，盖首出之作也[⑱]。及相如之吊二世，全为赋体，桓谭以为其言恻怆，读者叹息；及平（一作“卒”；孙云唐写本“平”作“卒”；《御览》亦作“卒”）章要切，断而能悲也[⑲]。扬雄吊（孙云明抄本《御览》作“序”）屈，思积功寡，意深文略（赵云“文略”作“反骚”），故辞韵沉腿[⑳]。班彪、蔡邕，并敏于致语（孙云唐写本

"语"作"诘";明抄本《御览》作"诰"),然影附贾氏,难为并驱耳[21]。胡、阮之吊夷齐,褒而(孙云明抄本《御览》"而"上有"丧"字)无闻(孙云唐写本作"间");仲宣所制(孙云唐写本作"製"),讥呵实工。然则胡、阮嘉其清,王子伤其隘(孙云明抄本《御览》作"溢"),各(一本"各"下有"其"字;赵云"各"下有"其"字;铃木云梅本上句"隘"字下、此句"志"字上夹注补"各其"二字)志也[22]。祢衡之吊平子,缛丽而轻清[23];陆机之吊魏武,序(孙云《御览》作"词")巧而文繁[24]。降斯以下,未有可称者矣[25]。

夫吊虽古义,而华辞未(铃木云,案"未","末"字之讹)造;华过韵缓,则化而为赋[26]。固宜正义以绳理,昭德而塞违,割析褒贬,哀而有正,则无夺伦矣。

赞曰:辞定所表(赵云"定"作"之","表"作"哀"),在彼弱弄[27]。苗而不秀,自古斯恸[28]。虽有通才,迷方告(一作"失";孙云唐写本作"失")控[29]。千载可伤,寓言以送。

注释:

①《困学纪闻》二引《周书·谥法》:"惟三月既生魄,周公旦、太师望相嗣王发既赋宪,受胪于牧之野,将葬,乃制作谥。"今所传《周书》云:"维周公旦、太公望开嗣王业,建功于牧之野,终将葬,乃制谥。遂叙《谥法》。"盖今本残阙矣。然唐张守节《史记正义》引《谥法解》,略同今本《周书》,或王伯厚所见系别一本也。朱亮甫《周书集训》云:"赋,布;宪,法;胪,旅也。布法于天下,受诸侯旅见之礼。"纪评云:"'赋宪'二字,不可妄改为'议德'。"

②《周书·谥法解》:"蚤孤短折曰哀。恭仁短折曰哀。"

③《说文》:"哀,闵也。从口,衣声。"哀、依同声为训。《尔雅·释诂上》:"黄发,老寿也。"《诗·南山有台》及《行苇》《正义》引舍人曰:"黄发,老人发白复黄也。"《左传》昭公十九年:"子产曰:'寡君之二三臣,札瘥夭昏。'"杜预注曰:"大疫曰札,小疫曰瘥,短折曰夭,未名曰昏。"《正义》云:"郑玄(注《周礼·大司乐》)云:'札,疫疠也。'是札,大疫死也。子生三月,父名之。未名之曰昏,谓未三月而死也。"《国语·周语下》:

“灵王二十二年，太子晋曰，然则无夭昏札瘥之忧，而无饥寒乏匮之患。”韦昭注曰：“短折曰夭，狂惑曰昏，疫死曰札，瘥，病也。”韦解“昏”曰“狂惑”，是别一义，彦和取杜预说也。挚虞《文章流别论》曰：“哀辞者，诔之流也。率以施于童殇夭折、不以寿终者。”《校勘记》：“《御览》、敦本作‘下流’，可从。下流，指卑者而言。《指瑕篇》曰：‘施之下流。’《雕龙》‘下流’之义可知。”

④《诗·秦风·黄鸟》序曰：“黄鸟，哀三良也。国人刺穆公以人从死，而作是诗也。”《正义》曰：“文六年《左传》云：‘秦伯任好卒，以子车氏之三子奄息、仲行、鍼虎为殉，皆秦之良也，国人哀之，为之赋《黄鸟》。’又《秦本纪》云：‘穆公卒，葬于雍，从死者百七十人。’然则死者多矣，主伤善人，故言哀三良也。”《黄鸟》首章云：“交交黄鸟，止于棘；谁从穆公？子车奄息。维此奄息，百夫之特；临其穴，惴惴其慄。彼苍者天，歼我良人；如可赎兮，人百其身。”

⑤《史记·封禅书》：“天子独与侍中奉车子侯上泰山。”《汉书·霍去病传》：“去病子嬗。嬗字子侯，上爱之，为奉车都尉，从封泰山而薨。”《风俗通义》二“封泰山禅梁父”条云：“奉车子侯暴病而死，悼惕无已。”（《通鉴·武帝纪》：“元封元年……奉车霍子侯暴病，一日死……上甚悼之。”）武帝《伤霍嬗诗》亡。

⑥汝阳王，不知何帝子。崔瑗仕当安顺诸帝朝，皆未有子封王；《哀辞》本文又亡，无可考矣。唐写本“辞”作“式”，似非是。瑗《哀辞》卒章五言，盖仿武帝《伤霍嬗诗》也。

⑦苏顺著《哀辞》等十六篇。张升字彦真，亦见《后汉书·文苑传》，著赋、诔、颂、碑、书凡六十篇（六十篇中必有哀辞，本传失举耳）。二人所著《哀辞》并佚。

⑧黄注曰：“《文章流别论》：‘建安中，文帝与临淄侯各失稚子，命徐幹、刘桢等为哀辞。’是伟长亦有《行女篇》也。”伟长所作哀辞无考。兹录曹植《行女哀辞》如下：

行女生于季秋，而终于首夏，三年之中，二子频丧。

伊上灵之降命，何短修之难裁；或华发以终年，或怀妊而逢灾。感前哀之未阕，复新殃之重来。方朝华而晚敷，比晨露而先晞。感逝者之不追，情忽忽而失度。天盖高而无阶，怀此恨其谁诉？

《曹子建集》尚有《金瓠哀辞》，录如下：

予之首女，虽未能言，固已授色知心矣。生十九旬而夭折，乃作此辞曰：在襁褓而抚育，向孩笑而未言。不终年而夭绝，何见罚于皇天。信吾罪之所招，悲弱子之无愆。去父母之怀抱，灭微骸于粪土（此下有缺文）。天地长久，人生几时？先后无觉，从尔有期。

⑨唐写本“踵”作“钟”，“善”作“赡”，均是。潘岳巧于序悲，故擅长哀辞；《金鹿》《泽兰》而外，《全晋文》九十三尚辑有数篇，并录之：

《金鹿哀辞》

嗟我金鹿，天资特挺。鬒发凝肤，蛾眉蛴领。柔情和泰，朗心聪警。呜呼上天，胡忍我门；良嫔短世，令子夭昏。既披我干，又翦我根；块如瘣木，枯荄独存。捐子中野，遵我归路；将反如疑，回首长顾。

《为任子咸妻作孤女泽兰哀辞》

泽兰者，任子咸之女也。涉三龄，未没衰而殡，余闻而悲之，遂为其母辞：

茫茫造化，爰启英淑。猗猗泽兰，应灵诞育。鬒发蛾眉，巧笑美目。颜耀荣苕，华茂时菊。如金之精，如兰之馥。淑质弥畅，聪惠日新。朝夕顾复，夙夜尽勤。彼苍者天，哀此矜人！胡宁不惠，忍予眇身？俾尔婴孺，微命弗振。俯览衾襚，仰诉穹旻。弱子在怀，既生不遂。存靡托躬，没无遗类。耳存遗响，目想余颜。寝席伏枕，摧心剖肝。相彼鸟矣，和鸣嘤嘤。矧伊兰子，音影冥冥；彷徨丘垄，徙倚坟茔。

《阳城刘氏妹哀辞》

鸟鸣于柏，乌号于荆。徘徊踯躅，立闻其声。相彼羽族，矧伊人情。叩心长叫，痛我同生。诞育圣王，发奇稚齿。如彼名驹，昂昂千里。刘氏怀宝，未曜随和。伊予轻弱，弗克负荷。禄微于朝，贮匮于家。俾我令妹，勤俭备加。珍羞罕御，器服靡华。抚膺恨毒，逝矣奈何！哀哀母氏，蒸蒸圣慈。震恸擗标，何痛如之！魂而有灵，岂不慕思。嗟哉往矣，当复何时？

《京陵女公子王氏哀辞》

猗欤公子，季女惟王。生自洪胄，禀兹义方。盼倩粲丽，窈窕淑良。如彼春兰，吐葩含芳。葩以霜陨，芳以歇尽。彼苍者天，胡宁斯忍？曾未弱笄，无疾而陨。官朝震惊，靡人不愍。嗟尔母氏，劬劳抚鞠。恩斯勤斯，是长是育。帷屏媚子，奄离顾复。哀无废心，涕不辍目。于以祖之，于掖闱庭。于以送之，崔嵬冈陵。仆马回眷，旗旐旋飞。夕阳失映，晴乌忘归。皎皎宵月，载盈载微。冥冥公子，一往不追。长夜无旦，孤魂曷依。

⑩“惠”与“慧”通。“隐心而结文则事惬，观文而属心则体奢”，“隐”本字作“殷”，《说文》：“殷，痛也。”《情采篇》“昔诗人什篇，为情而造文，辞人赋颂，为文而造情”，与此互相发明。

⑪《尔雅·释诂上》：“吊，至也。”郝懿行《义疏》曰：“吊者，迅之假音也。《说文》云‘迅，至也’，通作‘吊’，《诗》‘神之吊矣’（《小雅·天保》），‘不吊昊天’（《小雅·节南山》），‘不吊不祥’（《大雅·瞻卬》），《传》《笺》并云‘吊，至也’，《书》云‘吊由灵’（《盘庚下》），《逸周书·祭公篇》云‘予维敬省不吊’，其义皆为至也。《诗》‘不吊昊天’，《书》‘无敢不吊’（《费誓》），郑《笺》及《注》并云：‘至，犹善也。’《考工记·弓人》云‘覆之而角至’，郑注以至为善，是至有善义，故吊兼善训矣。”案《说文·人部》：“吊，问终也（谓有死丧而问之也），从人弓，古之葬者，厚衣之以薪，故人持弓，会殴禽也。”此训问终之吊也。《辵部》：“迅，至也。从辵，吊声（都历切）。”此训至之吊也。训善之吊则别为一字，郝、段（《说文》“吊”字注）、王（王引之《经义述闻》卷三十一“吊”字条）诸君似皆未得其说，特节录吴大澂《字说》“叔”字说以明之。

古文淑作弔，不从水。许氏《说文解字》有九月叔苴之叔，而无伯弔之弔，盖自汉人借叔为弔，又误弔为吊，而弔字之本义废矣。潍县陈氏藏甗文有弔字，此弔字之最古者。象缯弋所用短矢以生丝系矢而射。古者男子生，桑弧蓬矢六以射天地四方，故弔字从人从弓系矢，男子之所有事也。弔为男子之美称，伯仲弔季为长幼之称，引伸其义又训为善。不弔即不善。此弔字之本义也。叔字从又从尗，以手拾尗，与伯弔之弔义不相类。汉人以叔为弔，又于经文“不弔”二字多误为“不吊”。《书·大诰·君奭》之“弗吊天”，《多士》之“弗吊昊天”，皆弔字之讹。《小雅》“不吊昊天”，郑云：“不善乎昊天也。”《费誓》“无敢不吊”，郑云：“吊，犹善也。”《左传》哀公诔孔子，“昊天不吊”，先郑注《周礼·大祝》引作“昊天不淑”。王氏《经义述闻》以为“吊、淑”二字古通。其实汉人误弔为吊，因弔、吊二字相近耳。

⑫《小雅·天保》：“神之吊矣，诒尔多福。”《笺》云：“神至者，宗庙致敬，鬼神著矣。”《释文》“吊，都历反。”

⑬此说稍迂，由未知“吊、迅、弔”三字之分。

⑭《礼记·檀弓上》：“死而不吊者三（谓轻身忘孝也）：畏（人或时以非罪攻己，不能有以说之死之者，孔子畏于匡），厌（行止危险之下，为崩坠所压杀），溺（冯河潜泳，不为吊也）。”《正义》曰：“除此三事之外，其有死不得礼，亦不吊。”

⑮《左传》庄公十一年：“宋大水，公使吊焉，曰：‘天作淫雨，害于粢盛，若之何不吊！’”（此“吊”字作“善”字解）昭公十八年：“宋卫陈郑皆火……郑使行人告于诸侯。宋卫皆如是。陈不救火，许不吊灾，君子是以知陈许之先亡也。”《周礼》大宗伯职“以吊礼哀祸灾”。郑注：“祸灾，谓遭水火。”司寇小行人职“若国有祸灾，则令哀吊之”。《左传》谓许不吊灾，是诸侯皆相吊灾矣。

⑯《左传》昭公八年：“游吉相郑伯以如晋，亦贺虒祁也（虒，音斯）。史赵见子太叔曰：‘甚哉其相蒙也。可吊也，而又贺之？’”《战国策·燕策一》：“（燕易王初立，）齐宣王因燕丧攻之，取十城。武安君苏秦为燕说齐王，再拜而贺，因仰而吊。”虐民，谓晋筑虒祁；构敌，谓齐伐燕。纪评曰：“史赵苏秦，乃一时说词，不得列之吊类。”

⑰骄贵殒身，谓如二世；狷忿乖道，谓如屈原；有志无时，谓如张衡；美才兼累，谓如魏武。唐写本“美才”作“行美”，非是。

⑱《文选》贾谊《吊屈原文（并序）》

谊为长沙王太傅，既以谪去，意不自得，及渡湘水，为赋以吊屈原。屈原，楚贤臣也，被谗放逐，作《离骚赋》，其终篇曰：“已矣哉，国无人兮，莫我知也。”遂自投汨罗而死。谊追伤之，因自喻。其辞曰：

恭承嘉惠兮，俟罪长沙。侧闻屈原兮，自沉汨罗。造托湘流兮，敬吊先生。遭世罔极兮，乃殒厥身。呜呼哀哉！逢时不祥！鸾凤伏窜兮，鸱枭翱翔。阘茸尊显兮（《字林》曰：阘茸，不肖也），谗谀得志。贤圣逆曳兮，方正倒植。世谓随、夷（卞随、伯夷）为溷兮，谓跖、跅（盗跖、庄跅）为廉；莫邪为钝兮，铅刀为铦。吁嗟默默，生之无故兮。斡弃周鼎（斡，转也，乌活切），宝康瓠兮；腾驾罢牛，骖蹇驴兮；骥垂两耳，服盐车兮。章甫荐屦，渐不可久兮。嗟苦先生，独离此咎兮。讯曰（讯音信，《离骚》下音乱辞也）：已矣！国其莫我知兮，独壹郁其谁语！凤漂漂其高逝兮，固自引而远去。袭九渊之神龙兮，沕深潜以自珍（沕，音昧，潜藏也）；偭蟂獭以隐处兮，夫岂从虾与蛭螾。所贵圣人之神德兮，远浊世而自藏。使骐骥可得系而羁兮，岂云异夫犬羊。般纷纷其离此尤兮，亦夫子之故也；历九州而相其君兮，何必怀此都也。凤凰翔于千仞兮，览德辉而下之；见细德之险征兮，遥曾（益也）击而去之。彼寻常之污渎兮，岂能容夫吞舟之巨鱼，横江海之鳣鲸兮，固将制于蝼蚁。

李善注引应劭《风俗通》曰："贾谊与邓通俱侍中，同位，数廷讥之。因是文帝迁为长沙太傅。及渡湘水，投吊书曰阘茸尊显，佞谀得意，以哀屈原离谗邪之咎，亦因自伤为邓通等所愬也。"《校勘记》："敦本'同'作'周'。案《诸子篇》曰'吕氏鉴远而体周'，此'周'字是也。"

⑲《史记·司马相如传》武帝还过宜春宫（秦二世葬宜春苑中），相如奏赋以哀二世行失也。其辞曰：

登陂陁之长阪兮，坌入曾宫之嵯峨。临曲江之隑州兮，望南山之参差。岩岩深山之谾谾兮，通谷𧮪兮谽谺。汩淢噏习以永逝兮，注平皋之广衍。观众树之塕薆兮，览竹林之榛榛。东驰土山兮，北揭石濑。弥节容与兮，历吊二世。持身不谨兮，亡国失埶。信谗不寤兮，宗庙灭绝。呜呼哀哉！操行之不得（"得"下有"兮"字，依《汉书》删），坟墓芜秽而不修兮，魂无归而不食。敻邈绝而不齐兮，弥久远而愈佅。精罔阆而飞扬兮，拾九天而永逝。呜呼哀哉！

《汉书》本传亦载此文，无"敻邈绝而不齐"以下五句。桓谭语当在《新论》中，亡佚。唐写本"平章"作"卒章"，是。卒章，谓"持身不谨兮，亡国失埶”以下也。

⑳《汉书·扬雄传》：“先是时，蜀有司马相如，作赋甚弘丽温雅，雄心壮之，每作赋，常拟之以为式。又怪屈原文过相如，至不容，作《离骚》，自投江而死，悲其文，读之未尝不流涕也。以为君子得时则大行，不得时则龙蛇，遇不遇命也，何必湛身哉！乃作书，往往摭《离骚》文而反之，自滑山投诸江流，以吊屈原，名曰《反离骚》。其辞曰：

有周氏之蝉嫣兮，或鼻祖于汾隅；灵宗初谍伯侨兮，流于末之扬侯。淑周楚之丰烈兮，超既离虖皇波；因江潭而雒（往也）记兮，钦吊楚之湘累（诸不以罪死曰累）。惟天轨之不辟兮，何纯絜而离纷；纷累以其淟涊兮，暗累以其缤纷。汉十世之阳朔兮，招摇纪于周正；正皇天之清则兮，度后土之方贞。图累承彼洪族兮，又览累之昌辞；带钩矩而佩衡兮，履欃枪以为綦。素初贮厥丽服兮，何文肆而质䶣（音械，狭也）。资娵娃之珍髢兮，鬻九戎而索赖。凤皇翔于蓬陼兮，岂驾鹅之能捷！骋骅骝以曲𩖱（古艰字）兮，驴骡连蹇而齐足。枳棘之榛榛兮，暖狖拟而不敢下；灵修既信椒兰之唼佞兮，吾累忽焉而不蚤睹？衿芰茄之绿衣兮，被夫容之朱裳；芳酷烈而莫闻兮，不如襞而幽之离房。闺中容竞淖约兮，相态以丽佳，知众嫭之嫉妒兮，何必飏累之蛾眉？懿神龙之渊潜，俟庆云而将举，亡春风之被离兮，孰焉知龙之所处？愍吾累之众芬兮，飏熠熠之芳苓，遭季夏之凝霜兮，庆夭顇而丧荣。横江湘以南雒兮，云走乎彼苍吾；驰江潭之泛溢兮，将折衷虖重华。舒中情之烦或兮，恐重华之不累与，陵阳侯之素波兮，岂吾累之独见许？精琼靡与秋菊兮，将以延夫天年；临汨罗而自陨兮，恐日薄于西山。解扶桑之总辔兮，纵令之遂奔驰；鸾皇腾而不属兮，岂独飞廉与云师！卷薜芷与若惠兮，临湘渊而投之；棍申椒与菌桂兮，赴江湖而沤之。费椒稰以要神兮，又勤索彼琼茅；违灵氛而不从兮，反湛身于江皋！累既攀夫傅说兮，奚不信而遂行？徒恐鷤鴂之将鸣兮，顾先百草为不芳！初累弃彼虙妃兮，更思瑶台之逸女；抨雄鸩以作媒兮，何百离而曾不壹耦！乘云霓之旖柅兮，望昆仑以樛流；览四荒而顾怀兮，奚必云女彼高丘？既亡鸾车之幽蔼兮，（焉）驾八龙之委蛇？临江濒而掩涕兮，何有《九招》与《九歌》？夫圣哲之遭兮，固时命之所有；虽增欷以於邑兮，吾恐灵修之不累改。昔仲尼之去鲁兮，斐斐迟迟而周迈；终回复于旧都兮，何必湘渊与涛濑！溷渔夫之铺歠兮，絜沐浴之振衣；弃由、聃之所珍兮，蹠彭咸之所遗。”

“意深文略”，唐写本作“意深反骚”，是。“意深反骚”，犹言“立意反骚”。《左传》成公六年：“于是乎有沉溺重膇之疾。”杜注：“沉溺，湿疾；重膇，足肿。”子云此文，意在反骚，了无新义，故辞韵沉膇，洪涊不鲜也。

㉑班彪《悼离骚》、蔡邕《吊屈原文》均残缺不完。“致语”，唐写本作“致诘”；疑“诘”是“结”之误。结，谓一篇之卒章也。

班彪《悼离骚》(《艺文类聚》五十八)

夫华植之有零茂，故阴阳之度也；圣哲之有穷达，亦命之故也。惟达人进止得时，行以遂伸；否则诎而坼蠖，体龙蛇以幽潜。

蔡邕《吊屈原文》(《艺文类聚》四十)

鸋鴂轩翥，鸾凤挫翮；啄碎琬琰，宝其瓴甋。皇车奔而失辖，执辔忽而不顾；卒坏覆而不振，顾抱石其何补。

㉒“闻”，唐写本作“间”，是。孔安国注《论语·泰伯篇》曰：“孔子推禹功德之盛美，言己不能复间厕其间。”王粲依附曹操，故有“知养老之可归，忘除暴之为念”之讥。“各”下应有“其”字。

胡广《吊夷齐文》，《艺文类聚》三十七载其残文曰：

遭亡辛之昏虐，时缤纷以芜秽；耻降志于污君，溷雷同于荣势，抗浮云之妙志，遂蝉蜕以偕逝；徽六军于河渚，叩王马而虑计。虽忠情而指尤，匪天命之所谓；赖尚父之戒慎，镇左右而不害。

阮瑀《吊伯夷文》(《艺文类聚》三十七)

余以王事，适彼洛师；瞻望首阳，敬吊伯夷。东海让国，西山食薇；重德轻身，隐景潜晖。求仁得仁，报之仲尼；没而不朽，身沉名飞。

王粲《吊夷齐文》(《艺文类聚》三十七)

岁旻秋之仲月，从王师以南征；济河津而长驱，逾芒阜之峥嵘。览首阳于东隅，见孤竹之遗灵；心于悒而感怀，意惆怅而不平。望坛宇而遥吊，抑悲古之幽情；知养老之可归，忘除暴之为念；絜己躬以骋志，愆圣哲之大伦。忘旧恶而希古，退采薇以穷居，守圣人之清概，要既死而不渝。厉清风于贪士，立果志于懦夫。到于今而见称，为作者之表符；虽不同于大道，合尼父之所誉。

㉓祢衡《吊张衡文》(《御览》五百九十六)

南岳有精，君诞其姿；清和有理，君达其机；故能下笔绣辞，扬手文飞。昔伊尹值汤，吕望遇旦（周文王名“昌”，此云遇“旦”，与“汉”协韵)，嗟矣君生，而独值汉！苍蝇争飞，凤皇已散；元龟可羁，河龙可绊。石坚而朽，星华而灭；惟道兴隆，悠永靡绝（此下脱四字)。君音永浮；河水有竭，君声永流；周旦先没，发梦孔丘，余生虽后，身亦存游；士贵知己，君其弗忧。

㉔陆机《吊魏武帝文（并序)》(《文选》)

元康八年，机始以台郎出补著作，游乎秘阁，而见魏武帝遗令，忾然叹息，伤怀者久之。

客曰：夫始终者，万物之大归；死生者，性命之区域。是以临丧殡而后悲，睹陈根而绝哭。今乃伤心百年之际，兴哀无情之地，意者无乃知哀之可有，而未识情之可无乎？

机答之曰：夫日食由乎交分，山崩起于朽壤，亦云数而已矣。然百姓怪焉者，岂不以资高明之质，而不免卑浊之累，居常安之势，而终婴倾离之患故乎？夫以回天倒日之力，而不能振形骸之内；济世夷难之智，而受困魏阙之下。已而格乎上下者，藏于区区之木；光于四表者，翳乎蕞尔之土。雄心摧于弱情，壮图终于哀志。长筭屈于短日，远迹顿于促路。呜呼！岂特瞀史之异阙景，黔黎之怪颓岸乎？观其所以顾命冢嗣，贻谋四子，经国之略既远，隆家之训亦弘。

又云：“吾在军中，持法是也；至于小忿怒，大过失，不当效也。”善乎达人之谠言矣！持姬女而指季豹以示四子曰：“以累汝！”因泣下。伤哉！曩以天下自任，今以爱子托人。同乎尽者无余，而得乎亡者无存。然而婉娈房闼之内，绸缪家人之务，则几乎密与？又曰：“吾婕妤妓人，皆著铜爵台。于台堂上施八尺床，繐帐，朝晡上脯糒之属。月朝十五，辄向帐作妓。汝等时时登铜爵台，望吾西陵墓田。”又云：“余香可分与诸夫人，诸舍中无所为，学作履组卖也。吾历官所得绶，皆著藏中。吾余衣裘，可别为一藏，不能者兄弟可共分之。”既而竟分焉。亡者可以勿求，存者可以勿违，求与违不其两伤呼？

悲夫！爱有大而必失，恶有甚而必得；智惠不能去其恶，威力不能全其爱。故前识所不用心，而圣人罕言焉。若乃系情累于外物，留曲念于闺房，亦贤俊之所宜废乎？于是遂愤懑而献吊云尔。

接皇汉之末绪，值王途之多违。伫重渊以育鳞，抚庆云而遐飞；运神道以载德，乘灵风而扇威。摧群雄而电击，举勍敌其如遗；指八极以远略，必翦焉而后绥；厘三才之阙典，启天地之禁闱；举修网之绝纪，纽大音之解徽；埽云物以贞观，要万途而来归；丕大德以宏覆，援日月而齐晖；济元功于九有，固举世之所推。彼人事之大造，夫何往而不臻；将覆篑于浚谷，挤为山乎九天；苟理穷而性尽，岂长筭之所研。悟临川之有悲，固梁木其必颠。当建安之三八，实大命之所艰；虽光昭于曩载，将税驾于此年。惟降神之绵邈，眇千载而远期；信斯武之未丧，膺灵符而在兹；虽龙飞于文昌，非王心之所怡；愤西夏以鞠旅，溯秦川而举旗；逾镐京而不豫，临渭滨而有疑。冀翌日之云瘳，弥四旬而成灾；咏归途以反旆，登崤渑而朅来；次洛汭而大渐，指六军曰念哉。伊君王之赫奕，寔终古之所难；威先天而盖世，力荡海而拔山；厄奚险而弗济，敌何强而不残；每因祸以禔福，亦践危而必安；迄在兹而蒙昧，虑噤闭而无端；委躯命以待难，痛没世而永言；抚四子以深念，循肤体而颓叹；迨营魄之未离，假余息乎音翰；执姬女以嚬瘁，指季豹而漼焉；气冲襟以呜咽，涕垂睫而汍澜；违率土以靖寐，戢弥天乎一棺。咨宏度之峻邈，壮大业之允昌；思居终而恤始，命临没而肇扬；援贞咎以巷悔，虽在我而不臧；惜内顾之缠绵，恨末命之微详；纡广念于履组，尘清虑于余香；结遗情之婉娈，何命促而意长。陈法服于帷座，陪窈窕于玉房；宣备物于虚器，发哀音于旧倡；矫戚容以赴节，掩零泪而荐觞；物无微而不存，体无惠而不亡；庶圣灵之响像，想幽神之复光；苟形声之翳没，虽音景其必藏；徽清弦而独奏，进脯糒而谁尝；悼繐帐之冥漠，怨西陵之茫茫；登爵台而群悲，眝美目其何望。既晞古以遗累，信简礼而薄葬；彼裘绂于何有，贻尘谤于后王；嗟大恋之所存，故虽哲而不忘；览遗籍以慷慨，献兹文而凄伤。

㉕《御览》五百九十六有晋李充《吊嵇中散文》一篇，颇合彦和之准

绳，录于下：

先生挺邈世之风，资高明之质；神萧萧以宏远，志落落以遐逸；忘尊荣于华堂，括卑静于蓬室；宁漆园之逍遥，安柱下之得一。寄欣孤松，取乐竹林；尚想蒙庄，聊与抽簪。味孙觞之浊醪，鸣七弦之清琴；慕义人之玄旨，咏千载之徽音；凌晨风而长啸，托归流而永吟；乃自足于丘壑，孰有愠乎陆沉？马乐厚而翘足，龟悦涂而曳尾；畴庙堂之是荣，岂和铃之足视？久先生之所期，羌玄达于遐旨；尚遗大以出生，何殉小而入死？嗟乎先生，逢时命之不丁！冀后凋于岁寒，遭繁霜而夏零；灭皎皎之玉质，绝琅琅之金声；投明珠以弹雀，捐所重而为轻；谅心不爽，非大雅之所营。

㉖《礼记·杂记》："吊者东面致命曰，寡君闻君之丧，寡君使某，如何不淑！"《曲礼》："知生者吊，知死者伤。"郑注曰："说者有吊辞云，皇天降灾，子遭罹之，如何不淑！"《曾子问》："父丧称父，母丧称母。"郑注云："父，使人吊之辞云，某子闻某之丧，某子使某，如何不淑！母则若云，宋荡、伯姬闻姜氏之丧，伯姬使某，如何不淑！"此问终之辞也。《左传》庄公十一年："宋大水，公使吊焉，曰：'天作淫雨，害于粢盛，若之何不吊？'"又襄公十四年："卫侯出奔齐，公使厚成叔吊于卫，曰：'寡君使瘠，闻君不抚社稷，而越在他竟，若之何不吊？以同盟之故，使瘠敢私于执事，曰："有君不吊，有臣不敏，君不赦宥，臣亦不帅职，增淫发泄，其若之何？"'"（先吊卫君，复吊卫诸臣。）此吊祸灾之辞也。其辞皆质直无华，后世始敷以华辞耳。郝懿行曰："未造，疑'末造'之讹。"是也。纪评曰："四语正变分明，而分寸不苟。"

㉗唐写本"定"作"之"，"表"作"哀"，均是。《左传》僖公九年："夷吾弱，不好弄。"杜注："弄，戏也。"

㉘《论语·子罕篇》："苗而不秀者有矣夫，秀而不实者有矣夫。"孔安国注曰："言万物有生而不育成者，喻人亦然。"邢昺疏曰："此章亦以颜回早卒，孔子痛惜之，为之作譬也。"

㉙"告"，唐写本作"失"，是。"迷方失控"，谓如华过韵缓，化而为赋之类。

杂文第十四

智术之子，博雅之人，藻溢于辞，辞（孙云唐写本作“辨”）盈乎气。苑囿文情，故日新殊致[①]。宋玉含才，颇亦负俗，始造对问，以申其志，放怀寥廓，气实使之（赵云“之”作“文”）[②]。及枚乘摛艳，首制《七发》，腴辞云构（孙云《御览》五百九十作“构”），夸丽风骇。盖七窍所发，发乎嗜欲，始邪末正，所以戒膏粱之子也[③]。扬雄覃（赵云“覃”作“淡”）思文阔（孙云《御览》作“阁”；无下“业深综述”一句），业深综述，碎文瑣（孙云《御览》作“琐”）语，肇为连珠（《玉海》作“扬雄覃思文阁，碎文璅语，肇为连珠”；铃木云案《御览》《玉海》“阔”作“阁”，《玉海》删“业深综述”四字），其辞虽小而明润矣[④]。凡此三者（孙云《御览》无“凡”“三”“者”三字；唐写本作“凡此三文”），文章之枝派（孙云《御览》作“流”），暇豫之末造也[⑤]。

自《对问》以后，东方朔效（孙云唐写本作“効”）而广之，名为《客难》，托古慰志，疏而有辨。扬雄《解嘲》，杂以谐谑（孙云唐写本作“调”），回环自释，颇亦为工。班固《宾戏》，含懿采之华[⑥]；崔骃《达旨》，吐典言之裁（孙云唐写本作“式”）[⑦]；张衡《应间》（孙云唐写本作“问”；铃木云诸本皆作“问”），密而兼雅[⑧]；崔实（铃木云黄氏原本作“寔”）《客讥》，整而微质[⑨]；蔡邕《释诲》，体奥而文炳[⑩]；景纯（孙云唐写本作“郭璞”）《客傲》，情见而采蔚[⑪]：虽迭相祖述，然属篇之高者也。至于陈思《客问》，辞高而理疏[⑫]；庾敳（元作“凯”，钦改）《客咨》（孙云唐写本作“谘”），意荣而文悴（元作“粹”，朱改）[⑬]：斯类甚众，无所取裁（孙云唐写本“裁”作“才”）矣。原（孙云唐写本有“夫”字）兹文之设，乃发愤以（孙云唐写本作“而”）表志。身挫凭乎道胜，时屯寄于（孙云唐写本作“乎”）情泰，莫不渊岳其心，麟凤其采，此立本（孙云唐写本作“体”）之大要也。

自《七发》以下，作者继踵。观枚氏首唱，信独拔而伟丽矣。及傅毅《七激》，会清要之工[14]；崔骃《七依》，入博雅之巧[15]；张衡《七辨》，结采绵靡[16]；崔瑗《七厉》，植（孙云唐写本作“指”）义纯正[17]；陈思《七启》，取美于（孙云《御览》无“于”字）宏壮[18]；仲宣《七释》，致辨于事理[19]。自桓麟《七说》以下[20]，左思《七讽》以上[21]，枝附影从，十有余家。或文丽而义暌，或理粹而辞驳。观其大抵所归，莫不高谈宫馆，壮语畋（孙云唐写本作“田”；《御览》亦作“田”）猎，穷瑰奇之服馔，极蛊媚之声色；甘意摇骨体（杨云当作“髓”；孙云唐写本作“髓”），艳词动（孙云明抄本《御览》作“洞”）魂识。虽始之以淫侈，而（孙云唐写本无“而”字；《御览》亦无“而”字）终之以居正[22]；然讽一劝百，势不自反。子云所谓“先骋郑卫之声（孙云唐写本无‘先’‘卫’‘之’三字；《御览》亦无此三字），曲终而奏雅（孙云《御览》有‘乐’字）”者也[23]。唯《七厉》（孙云《御览》无“唯”字；唐写本“厉”作“例”）叙贤，归以儒道，虽文非拔群，而意实卓尔矣[24]。

自《连珠》以下，拟者间出。杜笃、贾逵之曹，刘珍、潘勖之辈[25]，欲穿明珠，多贯鱼目。可谓寿陵匍匐，非复邯郸之步；里丑（元作“配”，谢改；孙云《御览》作“丑”）捧心，不关西施（孙云《御览》作“子”）之嚬（孙云《御览》作“颦”）矣。唯士衡运思，理（赵云无“运”“理”二字）新文敏，而裁章置（孙云《御览》作“致”）句，广于旧篇，岂慕朱仲（孙云唐写本作“珠中”）四寸之珰（孙云《御览》作“璠”）乎[26]！夫文小易周，思闲可赡；足使义明而词净，事圆而音泽，磊磊（赵云作“落落”）自转，可称珠耳。

详夫汉来杂文，名号多品；或典诰誓问[27]，或览略篇章[28]，或曲操弄引[29]，或吟讽谣咏[30]。总括其名，并归杂文之区；甄别其义，各入讨论之域[31]。类聚有贯，故不曲述（孙云唐写本有“也”字）。

赞曰：伟矣前修，学坚多（孙云唐写本作“才”）饱[32]。负文余力，飞靡弄巧。枝辞攒映，嘒若参昴。慕嚬之心，于（孙云唐写本“之”下有“徒”字，“于”字无）焉祗搅。

注释：

①苑囿，禽兽草木所聚，以喻文情丰茂也。

②《文选》对问类首列宋玉《对楚王问》一首，文如下：

楚襄王问于宋玉曰："先生其有遗行与（遗行，可遗弃之行也），何士民众庶不誉之甚也？"宋玉对曰："唯，然，有之。愿大王宽其罪，使得毕其辞：客有歌于郢中者，其始曰《下里》《巴人》，国中属而和者数千人；其为《阳阿》《薤露》，国中属而和者数百人；其为《阳春》《白雪》，国中属而和者不过数十人；引商刻羽，杂以流征，国中属而和者不过数人而已。是其曲弥高，其和弥寡。故鸟有凤而鱼有鲲：凤皇上击九千里，绝云霓，负苍天，翱翔乎杳冥之上；夫蕃篱之鷃，岂能与之料天地之高哉！鲲鱼朝发昆仑之墟，暴鬐于碣石，暮宿于孟诸；夫尺泽之鲵，岂能与之量江海之大哉！故非独鸟有凤而鱼有鲲也，士亦有之。夫圣人瑰意琦行，超然独处，夫世俗之民，又安知臣之所为哉！"

纪评曰："《卜居》《渔父》已先是对问，但未标对问之名耳。然宋玉此文载于《新序》，其标曰对问，似亦萧统所题。""放怀寥廓"，谓以凤鲲自比。"之"，唐写本作"文"，是。

③《全晋文》据《艺文类聚》五十七、《御览》五百九十辑傅玄《七谟序》曰："昔枚乘作《七发》，而属文之士，若傅毅、刘广世、崔骃、李尤、桓麟、崔琦、刘梁、桓彬之徒，承其流而作之者纷焉，《七激》《七兴》《七依》《七款》《七说》《七蠲》《七举》《七设》之篇，于是通儒大才马季长、张平子亦引其源其广之。马作《七厉》，张造《七辨》。或以恢大道而导幽滞，或以黜瑰奓而托讽咏，扬辉播烈，垂于后世者，凡十有余篇。自大魏英贤迭作，有陈王《七启》、王氏《七释》、杨氏《七训》、刘氏《七华》、从父侍中《七诲》，并陵前而邈后，扬清风于儒林，亦数篇焉。世之贤明，多称《七激》工，余以为未尽善也。《七辨》似也，非张氏至思，比之《七激》，未为劣也。《七释》佥曰"妙哉"，吾无间矣。若《七依》之卓轹一致，《七辨》之缠绵精巧，《七启》之奔逸壮丽，《七释》之精密闲理，亦近代之所希也。"案上文所举诸七外，尚有多篇，其著者如崔瑗《七苏》、张协《七命》、陆机《七征》、左思《七讽》等作。汉魏以下文人，几无不作七。梁有《七林》十卷（卞景撰），又有《七林》三十卷（《隋志》总集类），洋洋乎大观矣。《文选》特立七之名目。李善注云：

"《七发》者，说七事以起发太子也，犹《楚辞·七谏》之流。"彦和谓"七窍所发，发乎嗜欲，始邪末正，所以戒膏粱之子也"，斯解最得其义。至此体之兴，章实斋《文史通义·诗教上》云："孟子问齐宣王之大欲，历举轻煖肥甘声音采色，《七林》之所启也。而或以为创之枚乘，忘其祖矣。"孙德谦《六朝丽指》云："枚乘《七发》，近儒以《孟子·齐宣王章》'肥甘不足于口'数语，谓为此体滥觞，此固探本之谈矣。然征之《孟子》，犹不若《说大人章》益为符合。其中叠言'我得志弗为'，非枚乘之所宗与？"案枚乘《七发》，本是辞赋之流，其所托始，仍应于《楚辞》中求之。考《楚辞·大招》，自"五谷六仞"至"不遽惕只"，言饮食之醲美，即《七发》"犓牛之腴"一段所本也；自"代秦郑卫"至"听歌撰只"，言歌舞音乐之乐，即《七发》"龙门之桐"一段所本也；自"朱唇皓齿"至"恣所便只"，即《七发》"使先施征舒……嬿服而御"所本也；自"夏屋广大"至"凤皇翔只"，言宫室游观鸟兽之事，即《七发》"既登景夷之台""将为太子驯骥骥之马""将以八月之望"诸段所本也。《大招》篇末言上法三王国治民安之事，即《七发》末首所本也。详观《七发》体构，实与《大招》大致符合，与其谓为学《孟子》，无宁谓其变《大招》而成也。俞樾《文体通释叙》曰："古人之词，少则曰一，多则曰九，半则曰五，小半曰三，大半曰七。是以枚乘《七发》，至七而止，屈原《九歌》，至九而终。不然，《七发》何以不六，《九歌》何以不八乎？若欲举其实，则《管子》有《七臣》《七主》篇，可以释七。"案俞说名七之故，甚是。

④覃思，犹言静思（《后汉书·文苑传·侯瑾传》："覃思著述。"注云："覃，静也。"）；文阔，当作"文阁"。《汉书·扬雄传赞》："雄校书天禄阁。"连珠之体，《文章缘起》谓肇自扬雄。陈懋仁注云："《北史·李先传》：'魏帝（案《李先传》在《北史》二十七，魏帝谓明帝）召先读《韩子·连珠》二十二篇（案《先传》作《连珠论》，陈注引此脱"论"字）。《韩子》，《韩非子》。书中有联语，先列其目而后著其解，谓之连珠。'据此，则连珠又兆韩非。"《艺文类聚》五十七载傅玄《连珠序》曰："所谓连珠者，兴于汉章帝之世，班固、贾逵、傅毅三子受诏作之。而蔡邕、张华之徒又广焉。其文体，辞丽而言约，不指说事情，必假喻以达其旨，而览者微悟，合于古诗劝兴之义。欲使历历如贯珠，易睹而可悦，故

谓之连珠也。”又载沈约《注制旨连珠表》曰：“窃闻连珠之作，始自子云，放《易》象《论》，动模经诰。班固谓之命世，桓谭以为绝伦。连珠者，盖谓辞句连续，互相发明，若珠之结排也。”《李先传》所云《韩子·连珠论》二十二篇，今读韩非书，并无“连珠论”之目。按《韩非子·内储说上》有《七术》七条，《内储说下》有《六微》六条，《外储说左上》所举凡六条，《外储说左下》所学凡六条，《外储说右上》所学凡三条，《外储说右下》所举凡五条，计共三十三条，疑“二十二”为“三十三”之误（《周礼·天官·掌皮》注：“故书二为三，杜子春云当为二。”“二”之与“三”，最易混淆，自古为然）。此三十三条，《韩非子》皆称之曰经，李先嫌其称经，故改名为论；又以其辞义前后贯注，扬雄拟之称“连珠”，因名为“连珠论”。《内储》谓聚其所说，皆君之内谋；《外储》言明君观听臣下之言行，以断其赏罚，赏罚在彼，故曰外也。皆人君南面之术，故李先为魏帝读之（先以《连珠论》与《太公兵法》同读，更可信是《内外储说》）。兹录《七术》之《众端参观篇》于下：

观听不参，则诚不闻；听有门户，则臣壅塞。其说在侏儒之梦见灶，哀公之称莫众而迷，故齐人见河伯，与惠子之言亡其半也。其患在竖牛之饿叔孙，而江乙之说荆俗也。嗣公欲治不知，故使有敌，是以明主推积铁之类，而察一市之患。

持上例与扬雄、陆机所作比较之，立意构体，实相符合，孙德谦《六朝丽指》谓连珠之体始于《邓析子》，远在春秋时代。《无厚篇》云：“夫负重者患涂远，据贵者忧民离。负重涂远者，身疲而无功；在上离民者，虽劳而不治。故智者量涂而后负，明君视民而出政。”又云：“猎罴虎者不于外圂，钓鲸鲵者不于明池。何则？圂非罴虎之窟也，池非鲸鲵之泉也。楚之不溯流，陈之不东麾，长卢之不仕，吕子之蒙耻。”按《邓析子》出战国时人假托，今之存者，又节次不相属，掇拾重编而成（《四库提要》语）。孙氏所举两条，玩其文辞，不特非春秋战国时人所能作，即扬雄连珠，亦视此为质木，安可据以为连珠之体春秋时已有之哉？兹录扬雄《连珠》二首于下：

臣闻明君取士，贵拔众之所遗；忠臣荐善，不废格之所排。是以岩穴无隐，而侧陋章显也。

臣闻天下有三乐，有三忧焉。阴阳和调，四时不忒，年谷丰遂，无有夭折，灾害不生，兵戎不作，天下之乐也。圣明在上，禄不遗贤，罚不偏罪，君子小人，各处其位，众臣之乐也。吏不苛暴，役赋不重，财力不伤，安土乐业，民之乐也。乱则反焉，故有三忧。

⑤《晋语》二："优施曰，我教兹暇豫事君。"韦昭注："暇，闲也；豫，乐也。"

⑥东方朔《答客难》、扬雄《解嘲》、班固《答宾戏》，《文选》标为设论类；宋玉《对楚王问》为对问类。《文选》标目多可议，此亦其一也。兹录《答客难》《解嘲》二篇于后。《答宾戏》以下则不遑全录。

《汉书·东方朔传》：朔上书陈农战强国之计，因自讼独不得大官，欲求试用。其言专商鞅、韩非之语也，指意放荡，颇复诙谐，辞数万言，终不见用。朔因著论，设客难己，用位卑以自慰谕，其辞曰：

客难东方朔曰："苏秦、张仪，一当万乘之主，而都卿相之位，泽及后世。今子大夫修先王之术，慕圣人之义，讽诵诗书百家之言，不可胜数，著于竹帛，唇腐齿落，服膺而不释，好学乐道之效，明白甚矣。自以智能海内无双，则可谓博闻辩智矣。然悉力尽忠以事圣帝，旷日持久，官不过侍郎，位不过执戟，意者尚有遗行邪？同胞之徒无所容居，其故何也？"东方先生喟然长息，仰而应之曰："是固非子之所能备也。彼一时也，此一时也，岂可同哉！夫苏秦、张仪之时，周室大坏，诸侯不朝，力政争权，相禽以兵，并为十二国，未有雌雄，得士者强，失士者亡，故谈说行焉。身处尊位，珍宝充内，外有廪仓，泽及后世，子孙长享。今则不然。圣帝流德，天下震慑，诸侯宾服，连四海之外以为带，安于覆盂，动犹运之掌，贤不肖何以异哉？遵天之道，顺地之理，物无不得其所；故绥之则安，动之则苦；尊之则为将，卑之则为虏；抗之则在青云之上，抑之则在深泉之下；用之则为虎，不用则为鼠；虽欲尽节效情，安知前后？夫天地之大，士民之众，竭精谈说，并进辐凑者不可胜数，悉力慕之，困于衣食，或失门户。使苏秦、张仪与仆并生于今之世，曾不得掌故，安敢望常侍郎乎！故曰时异事异。虽然，安可以不务修身乎哉！《诗》曰：'鼓钟于宫，声闻于外。''鹤鸣于九皋，声闻于天。'苟能修身，何患不荣！

太公体行仁义，七十有二，乃设用于文武，得信厥说，封于齐，七百岁而不绝。此士所以日夜孳孳，敏行而不敢怠也。譬若鹡鸰，飞且鸣矣。传曰：‘天不为人之恶寒而辍其冬，地不为人之恶险而辍其广，君子不为小人之匈匈而易其行。’天有常度，地有常形，君子有常行；君子道其常，小人计其功。《诗》云：‘礼义之不愆，何恤人之言。’故曰：‘水至清则无鱼，人至察则无徒。冕而前旒，所以蔽明；黈纩充耳，所以塞聪。’明有所不见，聪有所不闻，举大德，赦小过，无求备于一人之义也。枉而直之，使自得之；优而柔之，使自求之；揆而度之，使自索之。盖圣人之教化如此，欲自得之，自得之则敏且广矣。今世之处士，魁然无徒，廓然独居，上观许由，下察接舆，计同范蠡，忠合子胥，天下和平，与义相扶，寡耦少徒，固其宜也。子何疑于我哉？若夫燕之用乐毅，秦之任李斯，郦食其之下齐，说行如流，曲从如环，所欲必得，功若丘山，海内定，国家安，是遇其时也。子又何怪之邪！语曰‘以管窥天，以蠡测海，以莛撞钟’，岂能通其条贯，考其文理，发其音声哉！繇是观之，譬犹鼱鼩之袭狗，孤豚之咋虎，至则靡耳，何功之有？今以下愚而非处士，虽欲勿困，固不得已，此适足以明其不知权变，而终或于大道也。”

《汉书·扬雄传》：哀帝时，丁、傅、董贤用事，诸附离之者或起家至二千石。时雄方草《太玄》，有以自守，泊如也。或嘲雄以玄尚白，而雄解之，号曰《解嘲》。其辞曰：

客嘲扬子曰：“吾闻上世之士，人纲人纪，不生则已，生则上尊人君，下荣父母，析人之圭，儋人之爵，怀人之符，分人之禄，纡青拖紫，朱丹其毂。今子幸得遭明盛之世，处不讳之朝，与群贤同行，历金门上玉堂有日矣，曾不能画一奇，出一策，上说人主，下谈公卿。目如耀星，舌如电光，壹从壹衡，论者莫当，顾而作《太玄》五千文，支叶扶疏，独说十余万言，深者入黄泉，高者出苍天，大者含元气，纤者入无伦，然而位不过侍郎，擢才给事黄门，意者玄得无尚白乎？何为官之拓落也？”扬子笑而应之曰：“客徒欲朱丹吾毂，不知一跌将赤吾之族也。往者周罔解结，群鹿争逸，离为十二，合为六七，四分五剖，并为战国。士无常君，国亡定臣，得士者富，失士者贫，矫翼厉翮，恣意所存，故士或自盛以橐，或凿坏以遁。是故驺衍以颉亢而取世资，孟轲虽连蹇，犹为万乘师。今大汉左东海，右渠搜，前番禺，后陶涂，东南一尉，西北一侯。徽以纠墨，制以质铁，散以礼乐，风以诗书，旷以岁月，结以倚庐。天下之士，雷动云合，鱼鳞杂袭，咸营于八区，家家自以为稷契，人人自以为咎繇，戴縰垂缨而谈者皆拟于阿衡，五尺童子羞比晏婴与夷吾。当涂者入青云，失路者委沟渠，旦握权则为卿相，夕失势则为匹夫。譬若江湖之雀，勃解之鸟，乘雁集不为之多，双凫飞不为之少。昔三仁去而殷墟，二老归而周炽，子胥死而吴亡，种、蠡存而粤伯，五羖入而秦喜，乐毅出而燕惧，范雎以折摺而危穰侯，蔡泽虽噤吟而笑唐举。故当其有事也，非萧、曹、子房、平、勃、樊、霍则不能安；当其亡事也，章句之徒相与坐而守之，亦亡所患。故世乱，则圣哲驰骛而不足；世治，则庸夫高枕而有余。夫上世之士，或解缚而相，或释褐而傅，或倚夷门而笑，或横江潭而渔，或七十说而不遇，或立谈间而封侯，或枉千乘于陋巷，或拥帚彗而先驱。是以士颇得信其舌而奋其笔，窒隙蹈瑕而无所诎也。当今县令不请士，郡守不迎师，群卿不揖客，将相不俛眉；言奇者见疑，行殊者得辟，是以欲谈者卷舌而固声，欲行者拟足而投迹。乡使上世之士处乎今，策非甲科，行非孝廉，举非方正，独可抗疏，时道是非，高得待诏，下触闻罢，又安得青紫？且吾闻之，炎炎者灭，隆隆者绝，观雷观火，为盈为实，天收其声，地藏其热，高明之家，鬼瞰其室，攫挐者亡，默默者存；位极者宗危，自守者身全。是故知玄知默，守道之极，爰清爰静，游神之廷；惟寂惟漠，守德之宅。世异事变，人道不殊，彼我易时，未知何如。今子乃以鸱枭而笑凤皇，执蝘蜓而嘲龟龙，不亦病乎！子徒笑我玄之尚白，吾亦笑子之病甚，不遭臾跗、扁鹊，悲夫！”客曰：“然则靡玄无所成名乎，范、蔡以下，何必玄哉！”扬子曰：“范雎，魏之亡命也，折胁拉髂，免于徽索，翕肩蹈背，扶服入橐，激卬万乘之主，界泾阳抵穰侯而代之，当也。蔡泽，山东之匹夫也，锁颐折頞，涕涶流沫，西揖强秦之相，搤其咽，炕其气，拊其背而夺其位，时也。天下已定，金革已平，都于雒阳，娄敬委辂脱挽，掉三寸之舌，建不拔之策，举中国徙之长安，适也。五帝垂典，三王传礼，百世不易，叔孙通起于桴鼓之间，解甲投戈，遂作君臣之仪，得也。甫刑靡敝，秦法酷烈，圣汉权制，而萧何造律，宜也。故有造萧何律于唐虞之世，则谛矣。有作叔孙通仪于夏殷之时，则惑矣。有建娄敬之策于成周之世，则缪矣。有谈范、蔡之说于金、张、许、史之间，则狂矣。夫萧规曹随，留侯画策，陈平出奇，功若泰山，向若阺隤，唯其人之赡知哉，亦会其时之可为也。故为可为于可为之时则从，为不可为于不可为之时则凶。夫蔺先生收功于章台，四皓采荣于南山，公孙创业于金马，票骑发迹于祁连，司马长卿窃訾于卓氏，东方朔割名于细君，仆诚不能与此数公者并，故默然独守吾《太玄》。”

⑦崔骃《达旨》，见《后汉书》本传。本传曰：“(骃) 年十三，能通《诗》《易》《春秋》，博学有伟才，尽通古今训诂百家之言，善属文。少游太学，与班固、傅毅同时齐名，常以典籍为业，未皇仕进之事。时人或讥其太玄静，将以后名失实。骃拟扬雄《解嘲》作《达旨》以答焉。”

⑧张衡《应间》，见《后汉书》本传。李贤注引《衡集》云：“观者睹余去史官，五载而复还，非进取之势也。唯衡内识利钝，操心不改，或不我知者，以为失志矣，用为间余（间，非也)。余应之以时有遇否，性命难求，因兹以露余诚焉。名之《应间》云。”

⑨《客讥》，应作《答讥》。《崔寔传》，寔所著碑、论、箴、铭、答、七言、祠文、表记、书，凡十五篇。答，即此《答讥》也。《艺文类聚》十五载《答讥文》。

⑩蔡邕《释诲》，见《后汉书》本传。本传云：“桓帝时，中常侍徐璜、左悺等五侯擅恣，闻邕善鼓琴，遂白天子，敕陈留太守督促发遣。邕不得已，行到偃师，称疾而归。闲居玩古，不交当世，感东方朔《客难》，及扬雄、班固、崔骃之徒设疑以自通，乃斟酌群言，韪其是而矫其非，作《释诲》以戒厉云尔。”

⑪“景纯”，应改“郭璞”，唐写本是。《客傲》，见《晋书》本传。本传云“璞既好卜筮，缙绅多笑之；又自以才高位卑，乃著《客傲》。”

⑫《文选》张景阳《杂诗》注《广绝交论》注引陈思《辩问》，疑《客问》当作《辩问》。文佚无考（仅存“君子隐居，以养真也，游说之

士，星流电耀”数语)。

⑬庾敳（五来切)，字子嵩，《晋书》有传。《客咨》佚。

⑭傅毅《七激》，载《艺文类聚》五十七。

⑮崔骃《七依》，残佚，《全后汉文》辑得九条。

⑯张衡《七辩》，残佚，《全后汉文》辑得十条。

⑰崔瑗《七厉》，据本传应作《七苏》。李贤注曰：“瑗集载其文，即枚乘《七发》之流。”《全后汉文》自《北堂书钞》一百三十五辑得“加以脂粉，润以滋泽”两句。又案傅玄《七谟序》，《七厉》乃马融所作，此或彦和误记。

⑱陈思《七启》，见《文选》。其序曰：“昔枚乘作《七发》，傅毅作《七激》，张衡作《七辩》，崔骃作《七依》，辞各美丽，余有慕之焉，遂作《七启》，并命王粲作焉。”

⑲王粲《七释》，残佚，《全后汉文》辑得十三条。

⑳桓麟《七说》，残佚，《全后汉文》辑得五条。

㉑左思《七讽》，佚。《文选·齐安陆王碑文》注引左思《七略》：“阊甲第之广袤，建云陛之嵯峨。”《七略》，当作《七讽》。《指瑕篇》云：“左思《七讽》，说孝而不从，反道若斯，余不足观矣。”所谓文丽而义睽也。

㉒观此数语，益信七之源于《大招》。《大招》取《招魂》而扩充之，已稍流于淫丽，汉魏撰七诸公，更极淫丽，使人厌恶。黄叔琳曰：“凡此数子，总难免屋上架屋之讥。七体如子厚《晋问》，对问则退之《进学解》，体制仍前，而词义超越矣。”李详《补正》曰：“《文选》张衡《南都赋》‘侍者蛊媚’善注：‘蛊，已见《西京赋》。’案《西京赋》‘妖蛊艳夫夏姬’善注：‘《左氏传》子产曰：“在《周易》，女惑男谓之蛊。”蛊，媚也。’又张衡《思玄赋》：‘咸姣丽以蛊媚。’”

㉓《汉书·司马相如传赞》：“相如虽多虚辞滥说，然要其归引之于节俭，此亦《诗》之风谏何异？扬雄以为靡丽之赋，劝百而风一，犹骋郑卫之声，曲终而奏雅，不已戏乎！”(谓扬雄之论过轻相如也。《史记·司马相如传》太史公曰云云，与此同。史公书不应引扬雄语，自无待辩，史公赞中本无“扬雄以为”至“不已戏乎”一段。班固取《史赞》自“春秋推见至隐”至“风谏何异”，补缀扬雄说于后，作为《汉书》相如赞，妄

人见《汉书》有扬雄语，乃取以补《史记》，而不自知其大谬也。)

㉔《七厉》，当作《七苏》，即上所谓“植义纯正”也。

㉕杜笃《连珠》，佚，《全后汉文》辑得“能离光明之显，长吟永啸”十字。贾逵《连珠》，佚，《全后汉文》辑得“夫君人者不饰不美，不足以一民”十三字。《后汉书·文苑传》刘珍著诔、颂、连珠凡七篇。珍《连珠》，佚。潘勖《连珠》，《艺文类聚》五十七载其文：“臣闻媚上以布利者，臣之常情，主之所患；忘身以忧国者，臣之所难，主之所愿。是以忠臣背利而修所难，明主排患而获所愿。”

㉖唐写本无“运理”二字，似非。《文选》载陆机《演连珠》五十首（刘孝标注）。兹选录数首。

> 臣闻世之所遗，未为非宝；主之所珍，不必适治。是以俊乂之薮，希蒙翘车之招；金碧之岩，必辱凤举之使。
>
> 臣闻积实虽微，必动于物；崇虚虽广，不能移心。是以都人治容，不悦西施之影；乘马班如，不辍太山之阴。
>
> 臣闻寻烟染芬，薰息犹芳；徵音录响，操终则绝。何则？垂于世者可继，止乎身者难结。是以玄晏之风恒存，动神之化已灭。
>
> 臣闻图形于影。未尽纤丽之容；察火于灰，不睹洪赫之烈。是以问道存乎其人，观物必造其质。

《列仙传》：“朱仲者，会稽人也。常于会稽市上贩珠。鲁元公主以七百金从仲求珠。仲乃献四寸珠，送置于阙即去。”

㉗《说文·丌部》：“典，五帝之书也。从册在丌上，尊阁之也。庄都说，典，大册也。”《尚书》有《尧典》《舜典》，《周书》有《程典》《宝典》《本典》。扬雄《剧秦美新》曰：“宜命贤哲作帝典一篇，旧三为一袠（李善注，言足旧二典而成三典也），以示来人，摛之罔极。”雄以此文比二典，是为称典之始，惟未以名篇耳。班固《典引序》曰：“伏惟相如《封禅》，靡而不典，扬雄《美新》，典而亡实……窃作《典引》一篇。”李善注引蔡邕曰：“《典引》者，篇名也。典者，常也，法也；引者，伸也，长也。《尚书疏》：‘尧之常法，谓之《尧典》。’汉绍其绪，伸而长之也。”此为以典名篇之始。《后汉书·文苑传·李尤传》尤所著有典，是当时文士固有作典者矣。《文体通释》曰：“诰者，古通作告，告也，觉也。刘熙

曰：‘上敕下曰告，使觉悟知己意也。’《易》曰：‘后以施命诰四方。’《周官》：‘大祝作六辞，以通上下亲疏远近；三曰诰。’‘士师五戒，二曰诰，用之于会同。’源出《商书·汤诰》(见《史记·殷本纪》)《仲虺之诰》。(《左传》宣十二、襄十四、襄三十，《墨子·非命》《荀子·尧问》《吕氏春秋·骄恣》引，虺盖奉王命诰。或据伪书，谓下以告上，非。)流有《周书》诸诰，汉张衡作《东巡诰》，及晋夏侯湛《昆弟诰》、刘宋颜延之《庭诰》。”《文章缘起》：“诰，汉司隶冯衍作《德诰》。”按冯衍作《德诰》，已缺佚。

《文体通释》：“誓者，约束也，谨也，束军众使谨也。《毛诗传》曰：‘师旅能誓。’《周官》：‘士师五戒，一曰誓，用之于军旅。’又不涉军旅而束谨，亦为誓也。主于约束身心，诚言示谨。源出《禹誓》(《墨子·兼爱下》引)流有《甘誓》《汤誓》《周书》诸誓。晋惠公《韩誓》，句践《誓众》及鲍叔《塞道誓》、汉郅恽《誓众》、苻秦王猛《渭原誓》。又汤与诸侯誓（见《逸周书·殷祝》)，周公《誓命》(《左传》文十八）及赵鞅《铁誓》。”《文章缘起》：“誓，汉蔡邕作《艰誓》。”

问，如汉武帝元光元年“诏贤良曰……受策察问”之问。《文选》有策问类。《文体通释》曰：“策问者，著词于策，以咨问贤才也。主于询言咨事，制诏试学。源出汉文帝《策贤良文学诏》。流有武帝《策贤良制》、晋陆机《为武帝策秀才文》。《文选》列《策秀才文》。

㉘览，未详。汉来杂文，当有以览名篇者。《吕氏春秋》有《八览》。《隋志》“子类”儒家有《要览》《正览》，杂家有《宜览》《皇览》等。《文体通释》曰：“略者，经略土地也，法也，约要也，得约要之法而经略之者也。主于简举经猷，概陈要法，源出《六韬·兵略篇》(案《六韬》伪书，不如举《淮南·要略篇》)。流有刘歆《七略》、晋邹堪《周易统略》、梁阮孝绪《文字集略》。”

《说文·竹部》：“篇，书也。”《汉书·艺文志》有《史籀篇》(周时史官教学童书)《苍颉篇》(李斯作)《爰历篇》(赵高作)《博学篇》(胡毋敬作)《凡将篇》(司马相如作)《急就篇》(史游作)《元尚篇》(李长作)《训纂篇》(扬雄作)，然皆属记文字之书，似非彦和所指，当别有以篇名文者。

章，详下《章表篇》。

㉙《文体通释》曰：“曲者，屈不直也，行也，屈折委曲而行其歌也；

亦谓之行，行亦曲也，歌曲之行若步趋也。(案《礼记·间传篇》“三曲而偯”注：“一举声而三折也。”) 汉乐府曲有平、清、瑟三调，合以楚调为相和调。主于构象写声，诘屈而能伸，腾趋而不径。源出师旷《阳春白雪曲》(宋玉《笛赋》目；后人称帝王乐歌为曲，非本名；古乐歌亦与称曲者异体)。流有汉乐府、琴笛、铙挽等曲。”

《文体通释》曰：“操者，持也，人所执持之志也。自显志操之琴曲也。桓谭曰：‘穷则独善其身而不失其操。’应劭曰：‘其遇闭塞忧愁而作，命其曲曰操。操者，言遇灾遭害困厄穷迫，虽怨恨失意，犹守礼义，不惧不慑，乐道而不失其操者也。’主于抒写志操，词意坚凝。原出许由《箕山操》。流有伯奇《履霜操》、孔子《猗兰》《龟山》《将归》三操、伯牙《水仙操》、沐犊子《雉朝飞操》、商陵牧子《别鹤操》，及太王《岐山操》、文王《拘幽操》、周公《越裳操》。”

《文选》王褒《洞箫赋》：“时奏狡弄。”注：“弄，小曲也。”马融《长笛赋》：“听篴弄者。”注：“篴弄，盖小曲也。”

《文体通释》曰：“引者，开弓也，导也，长也；歌曲之导引而长者若引弓也。一曰，引与廞通。廞，兴也，犹诗之兴。主于开导忧思，长叹而不怨。源出楚樊姬《烈女引》。流有鲁《伯妃引》、鲁次室女《贞女引》、卫女《思归引》、楚商梁《霹雳引》、樗里牧恭《走马引》、樗里子高妻《箜篌引》(统号‘九引’)。汉以来乐府拟作者甚多。”

㉚《释名·释乐器》：“吟，严也。其声本出于忧愁，故其声严肃，使人听之凄叹也。”《穆天子传》三：“西王母之山还归，丌□世民作忧以吟曰：‘比徂西土，爰居其野，虎豹为群，於鹊与处(於读曰乌)，嘉命不迁，我惟帝女(帝，天帝也)。天子大命而不可称，顾世民之恩，流涕芔陨。吹笙鼓簧，中心翔翔，世民之子，唯天之望。’”

讽，如韦孟《讽谏诗》。“讽”与“风”通。《文选·甘泉赋》注：“不敢正言谓之讽。”

《文体通释》曰：“谣(謠)者，省作䚻，徒歌也，诗歌之不合乐者也。《尔雅》曰：‘徒歌谓之谣。’《毛诗传》曰：‘曲合乐曰歌，徒歌曰谣。’主于有感徒歌，动得天趣。源出《余谣》《大谣》《中谣》《小谣》(《尚书大传》目)《康衢童谣》。流有《丙之晨童谣》《汉邪径谣》(见《五行志》)，晋夏侯湛《寒苦谣》《长夜谣》，及周穆使宫乐为《黄池谣》、西王母《白云谣》。

咏，如夏侯湛《离亲咏》、谢安《洛生咏》(《世说新语·雅量篇》)。郑注《礼记·檀弓》陶斯咏曰："咏，讴也。"《正义》："咏，歌咏也。郁陶情转畅，故曰歌咏之也。"

㉛凡此十六名，虽总称杂文，然典可入《封禅篇》，诰可入《诏策篇》，誓可入《祝盟篇》，问可入《议对篇》，曲操弄引吟讽谣咏可入《乐府篇》；章可入《章表篇》，所谓"各人讨论之域"也(览、略、篇，或可入《诸子篇》)。

㉜多，唐写本作"才"，是。

谐隐第十五

(铃木云嘉靖本、王本、冈本"隐"作"讔"，敦本亦同)

芮良夫之诗云："自有肺肠，俾民卒狂。"①夫心险如山，口壅若川，怨怒之情不一，欢谑之言无方。昔华元弃甲，城者发睅目之讴；臧纥丧师，国人造侏儒之歌：并嗤戏形貌，内怨为俳也②。又蚕蟹鄙谚，狸首淫哇，苟可箴戒，载于礼典③。故知谐辞讔言，亦无弃矣。

谐之言皆也，辞浅会俗，皆悦笑也。昔齐威(元作"宣"，许改)酣乐，而淳于说甘酒④；楚襄宴集，而宋玉赋好色⑤：意在微讽，有足观者。及优旃之讽漆城，优孟之谏葬马，并谲辞饰说，抑止昏暴。是以子长编史，列传《滑稽》，以其辞虽倾回，意归义正也⑥。但本体不雅(一作"杂")，其流易弊。于是东方、枚皋，餔糟啜醨，无所匡正，而诋嫚媟(元作"媒"，谢改)弄，故其自称为赋，乃亦俳也；见视如倡，亦有悔矣⑦。至魏文(元作"大")因俳说以著笑(元作"茂"，孙改)书，薛综凭宴会而发嘲调，虽抃推(疑误)席，而无益时用矣⑧。然而懿文之士，未免枉辔；潘岳丑妇之属，束皙卖饼之类，尤而(一作"相")效之，盖以百数⑨。魏晋滑稽，盛相驱扇，遂乃应玚之鼻，方于盗削卵；张华之形，比乎握舂杵：曾是莠言，有亏德音，岂非溺者之妄笑（元作“茂”，朱改），胥靡之狂歌欤[10]！

讔者，隐也；遁辞以隐意，谲譬以指事也[11]。昔还社（元作“杨”）求拯（元作“极”）于楚师，喻眢井而称麦麹[12]；叔仪乞粮于鲁人，歌佩玉而呼庚癸[13]；伍举刺荆王以大鸟[14]；齐客讥薛公以海鱼[15]；庄姬托辞于龙尾[16]；臧文谬书于羊裘。隐语之用，被于纪传[17]。大者兴治济身，其次弼违晓惑。盖意生于权谲，而事出于机急，与夫谐辞，可相表里者也。汉世《隐书》，十有八篇，歆、固编文，录之歌末[18]。

昔楚庄、齐威，性好隐语。至东方曼倩，尤巧辞述。但谬辞诋戏，无益规补[19]。自魏代以来，颇非俳优，而君子嘲（一本无“嘲”字；铃木云梅本“子嘲”二字用夹注）隐，化为谜语。谜也者，回互其辞，使昏迷也[20]。或体目文字[21]，或图象品物[22]，纤巧以弄思（元作“忠”，谢改），浅察以衒辞，义欲婉而正，辞欲隐而显。荀卿《蚕赋》，已兆其体[23]；至魏文、陈思，约而密之。高贵乡公，博举品物，虽有小巧，用乖远大[24]。夫观古之为隐，理周要务，岂为童稚之戏谑，搏髀而抃笑哉！然文辞之有谐讔，譬九流之有小说[25]，盖稗官所采，以广视听。若效而不已，则髡袒而入室，旃、孟之石交乎[26]！

赞曰：古之嘲隐，振危释惫。虽有丝麻，无弃菅蒯[27]。会义适时，颇益讽诫。空戏滑稽，德音大坏。

注释：

①《毛诗·大雅·桑柔·序》：“桑柔，芮伯刺厉王也。”《正义》曰：“文元年《左传》引此曰：周芮良夫之诗曰‘大风有隧’，且《周书》有《芮良夫》之篇，知字良夫也。”又郑《笺》：“自有肺肠，行其心中之所欲，乃使民尽迷惑也。”

②“内怨为俳”，“俳”当作“诽”。放言曰谤，微言曰诽。内怨，即腹诽也。彦和之意，以为在上者肆行贪虐，下民不敢明谤，则作为隐语，以寄怨怒之情；故虽嗤戏形貌而不弃于经传，与后世莠言嘲弄，不可同日语也。

《左传》宣公二年，郑伐宋，宋师败绩，囚华元。宋人赎华元于郑。半入，华元逃归。宋城，华元为植，巡功。城者讴曰：“睅其目，皤其腹，弃甲而复；于思于思，弃甲复来！”使其骖乘谓之曰：“牛则有皮，犀兕尚多，弃甲则那？”役人又曰：“从其有皮，丹漆若何？”

《左传》襄公四年，臧纥救鄫，侵邾，败于狐骀。国人诵之曰：“臧之狐裘，败我于狐骀；我君小子，侏儒是使，侏儒侏儒，使我败于邾。”

③《礼记 · 檀弓》：“成人有其兄死而不为衰者，闻子皋将为成宰，遂为衰。成人曰：‘蚕则绩而蟹有匡，范则冠而蝉有緌；兄则死而子皋为之衰。’”又：“孔子之故人曰原壤，其母死，夫子助之沐椁。原壤登木曰：‘久矣予之不托于音也！’歌曰：‘狸首之班然！执女手之卷然！’”

④《史记 · 滑稽列传》：“齐威王之时喜隐，好为淫乐长夜之饮，沈湎不治……置酒后宫，召淳于髡赐之酒。问曰：‘先生能饮几何而醉？’对曰：‘臣饮一斗亦醉，一石亦醉。’威王曰：‘先生饮一斗而醉，恶能饮一石哉！其说可得闻乎？’髡曰：‘……日暮酒阑，合尊促坐，男女同席，履舄交错；杯盘狼藉，堂上烛灭；主人留髡而送客，罗襦襟解，微闻芗泽；当此之时，髡心最欢，能饮一石。故曰酒极则乱，乐极则悲；万事尽然。’言不可极，极之而衰。以讽谏焉。齐王曰：‘善！’乃罢长夜之饮。”

⑤宋玉《登徒子好色赋（并序）》（《文选》）

大夫登徒子侍于楚王，短宋玉曰：“玉为人，体貌闲丽，口多微辞，又性好色。愿王勿与出入后宫。”王以登徒子之言问宋玉。玉曰：“体貌闲丽，所受于天也；口多微辞，所学于师也；至于好色，臣无有也。”王曰：“子不好色，亦有说乎？有说则止，无说则退。”玉曰：“天下之佳人莫若楚国，楚国之丽者莫若臣里，臣里之美者莫若臣东家之子。东家之子，增之一分则太长，减之一分则太短，著粉则太白，施朱则太赤，眉如翠羽，肌如白雪，腰如束素，齿如含贝，嫣然一笑，惑阳城，迷下蔡。然此女登墙窥臣三年，至今未许也。登徒子则不然。其妻蓬头挛耳，齞唇历齿，旁行踽偻，又疥且痔。登徒子悦之，使有五子。王孰察之，谁为好色者矣。”是时秦章华大夫在侧，因进而称曰：“今夫宋玉盛称邻之女以为美色，愚乱之邪！臣自以为守德，谓不如彼矣。且夫南楚穷巷之妾，焉足为大王言乎？若臣之陋目所曾睹者，未敢云也。”王曰：“试为寡人说之。”大夫曰：“唯！唯！臣少曾远游，周览九土，足历五都，出咸阳，熙邯郸，从容郑卫溱洧之间。是时向春之末，迎夏之阳，鸧鹒喈喈，群女出桑。此郊之姝，华色含光，体美容冶，不待饰装。臣观其丽者，因称诗曰：'遵大路兮揽子祛，赠以芳华辞甚妙。'于是处子恍若有望而不来，忽若有来而不见，意密体疏，俯仰异观，含喜微笑，窃视流眄。复称诗曰：'寤春风兮发鲜荣，絜斋俟兮惠音声，赠我如此兮不如无生。'因迁延而辞避。盖徒以微辞相感动，精神相依凭，目欲其颜，心顾其义，扬诗守礼，终不过差，故足称也。"于是楚王称善，宋玉遂不退。

李善注曰："此赋假以为辞，讽于淫也。"

⑥《史记·滑稽列传》："优旃者，秦倡侏儒也。善为笑言，然合于大道……二世立，又欲漆其城。优旃曰：'善！主上虽无言，臣固将请之。漆城虽于百姓愁费，然佳哉！漆城荡荡，寇来不能上；即欲就之，易为漆耳，顾难为荫室。'于是二世笑之，以其故止。""优孟，故楚之乐人也。长八尺，多辩，常以谈笑讽谏。楚庄王之时，有所爱马……马病肥死，使群臣丧之，欲以棺椁大夫礼葬之。左右争之，以为不可。王下令曰：'有敢以马谏者，罪至死。'优孟闻之，入殿门，仰天大哭。王惊而问其故。优孟曰：'马者王之所爱也，以楚国堂堂之大，何求不得，而以大夫礼葬之，薄，请以人君礼葬之。'王曰：'何如？'对曰：'臣请以雕玉为棺，文梓为椁，楩枫豫章为题凑，发甲卒为穿圹，老弱负土，齐赵陪位于前，韩魏翼卫其后，庙食太牢，奉以万户之邑，诸侯闻之，皆知大王贱人而贵马也。'王曰：'寡人之过一至此乎！为之奈何？'优孟曰：'请为大王六畜葬之，以垅灶为椁，铜历为棺，赍以姜枣，荐以木兰，祭以粮稻，衣以火光，葬之于人腹肠。'于是王乃使以马属太官，无令天下久闻也。"

《史记索隐》："滑，乱也；稽，同也。言辩捷之人言非若是，说是若非，言能乱同异也。《楚辞》云：'将突梯滑稽，如脂如韦。'崔浩云：'滑音骨。滑稽，流酒器也。转注吐酒，终日不已。言出口成章，词不穷竭，若滑稽之吐酒。'故扬雄《酒赋》云'鸱夷滑稽，腹大如壶，尽日盛酒，人复藉沽'是也。又姚察云：'滑稽犹俳谐也。滑读如字，稽音计也。言谐语滑利，其知计疾出，故云滑稽。'"

⑦《汉书·东方朔传》："上令倡监榜郭舍人，舍人不胜痛，呼謈。朔笑之曰：'咄！口无毛，声謷謷，尻益高。'舍人恚曰：'朔擅诋欺天子从

官，当弃市。’上问：‘朔何故诋之？’对曰：‘臣非敢诋之，乃与为隐耳。’上曰：‘隐云何？’朔曰：‘夫口无毛者，狗窦也；声謷謷者，鸟哺彀也；尻益高者，鹤俯啄也。’舍人不服，因曰：‘臣愿复问朔隐语，不知，亦当榜。’即妄为谐语曰：‘令壶龃，老柏涂，伊优亚，狋吽牙。何谓也？’朔曰：‘令者，命也；壶者，所以盛也；龃者，齿不正也；老者，人所敬也；柏者，鬼之廷也；涂者，渐洳径也；伊优亚者，辞未定也；狋吽牙者，两犬争也。’舍人所问，朔应声辄对，变诈锋出，莫能穷者。”

《枚皋传》：“皋不通经术，诙笑类俳倡，为赋颂，好嫚戏，以故得媟黩贵幸，比东方朔、郭舍人等……皋赋辞中自言为赋不如相如，又言为赋乃俳，见视如倡，自悔类倡也。故其赋有诋娸东方朔，又自诋娸。其文骫骳，曲随其事，皆得其意。”案此即彦和所谓诋嫚媟弄“无益时用”者，故班固谓“（朔）与枚皋、郭舍人俱在左右，诙啁而已”。

⑧《魏志·文帝纪》未言其著《笑书》，裴松之注最为富博，亦未言及。《隋志》不著录，诸类书亦无引之者，未知何故。魏文同时有邯郸淳，撰《笑林》三卷（隋唐志同）。马国翰辑得一卷（《玉函山房辑佚书》卷七十六）。兹录数则于下，魏文《笑书》当亦此类也。

汉世有老人，无子，家富，性俭啬，恶衣蔬食，侵晨而起，侵夜而息，营理产业，聚敛无厌，而不敢自用。或人从之求丐者，不得已而入内，取钱十，自堂而出，随步辄减，比至于外，才余半在。闭目以授乞者，寻复嘱云：“我倾家赡君，慎勿他说，复相效而来。”老人俄死，田宅没官，货财充于内帑矣。

伧人欲相共吊丧，各不知仪。一人言粗习，谓同伴曰：“汝随我举止。”既至丧所，旧习者在前伏席上，余者一一相髡于背。为首者以足触詈曰：“痴物！”诸人亦为仪当尔，各以足相踏曰：“痴物！”最后者近孝子，亦踏孝子而曰“痴物”。

有痴婿，妇翁死，妇教以行吊礼。于路值水，乃脱袜而渡，惟遗一袜。又睹林中鸠鸟云“鹁鸪，鹁鸪”，而私诵之，却忘吊礼。及至，乃以有袜一足立而缩其跣者，但云“鹁鸪，鹁鸪”。孝子皆笑。又曰：“莫笑，莫笑。如拾得袜，即还我。”

《吴志·薛综传》：“西使张奉，于权前列尚书阚泽姓名以嘲泽，泽不能答。综下行酒，因劝酒曰：‘蜀者何也？有犬为独，无犬为蜀，横目苟身，虫入其腹。’奉曰：‘不当复列君吴耶？’综应声曰：‘无口为天，有口为吴，君临万邦，天子之都。’于是众坐喜笑，而奉无以对。”

推，当是“帷”字之误，抃帷席，即所谓“众坐喜笑”也。

⑨枉辔，犹言“枉道”。潘岳《丑妇》，其说未闻。束皙有《劝农》及《饼》诸赋。《劝农赋》残缺，兹节录《饼赋》如下：

> 于是火盛汤涌，猛气蒸作；攘衣振掌，握搦拊搏；面弥离于指端，手萦回而交错。纷纷驳驳（当作驳驳），星分雹落。笼无迸肉，饼无流面；姝媮咧敕，薄而不绽；隽隽和和，臁色外见；弱如春绵，白如秋练；气勃郁以扬布，香飞散而远遍；行人失涎于下风，童仆空嚼而斜眄；挈器者呧唇，立侍者干咽。尔乃濯以玄醢，钞以象箸，伸要虎丈，叩膝偏据。槃案财投而辄尽，庖人参潭（与“趁䟖”古字通用）而促遽。手未及换，增礼复至；唇齿既调，口习咽利；三笼之后，转更有次。(《续古文苑》二)

⑩应场事未闻其说。《世说新语·排调篇》注引《张敏集·头责子羽文》曰：“范阳张华，头如巾齑杵。”谓头著巾形如齑杵也。汉末以后，政偷俗窳，威仪丧亡。《典论》曰，孔融体气高妙，有过人者，然不能持论，理不胜辞，至于杂以嘲戏。又如曹植得邯郸淳甚喜，诵俳优小说数千言，其不持威仪，可以想见。《吴志·诸葛恪传》：恪父瑾，面长似驴，孙权大会群臣，使人牵一驴入，题其面曰“诸葛子瑜”。恪跪曰：“乞请笔，益两字。”因续其下曰“之驴”，举坐欢笑。君臣之间竟相戏弄若此。晋尚清谈，此风尤盛；故彦和讥为“溺者之妄笑，胥靡之狂歌”也（溺人必笑，见《左传》哀公二十年。胥靡，刑徒人也。胥靡狂歌，未知所本。当自《吕氏春秋·大乐篇》“溺者非不笑也，罪人非不歌也”句化出）。

《隋书·经籍志》总集类有袁淑诽谐文十卷，是撰诽谐集之始。其文存者，有《鸡九锡文》《劝进笺》《驴山公九锡文》《大兰王九锡文》《常山王九命文》。兹录二首于下：

> 《鸡九锡文》
>
> 维神爵元年，岁在辛酉，八月己酉朔，十三日丁酉，帝颛项遣征西大将军下雉公王凤、西中郎将白门侯扁鹊，咨尔浚鸡山子：维君天

资英茂，乘机晨鸣，虽风雨之如晦，抗不已之奇声。今以君为使持节金西蛮校尉西河太守，以扬州之会稽封君为会稽公，以前浚鸡山为汤沐邑，君其祇承予命。使西海之水如带，浚鸡之山如砺，国以永存，爰及苗裔。(《艺文类聚》九十一)

《驴山公九锡文》

若乃三军陆迈（此句上有缺文），粮运艰难，谋臣停算，武夫吟叹；尔乃长鸣上党，慷慨应邗，峡岖千里，荷囊致餐，用捷大勋，历世不刊，斯实尔之功也。音随时兴，晨夜不默，仰契玄象，俯协漏刻，应更长鸣，豪分不忒，虽挈壶著称，未足比德，斯复尔之智也。若乃六合昏晦，三辰幽冥，犹忆天时，用不废声，斯又尔之明也。青脊隆身，长颊广额，修尾后垂，巨耳双磔，斯又尔之形也。嘉麦既熟，实须精面，负磨回衡，迅若转电，惠我众庶，神祇获荐，斯又尔之能也。尔有济师旅之勋，而加之以众能，是用遣中大夫闾丘骡加尔使衔勒大鸿胪班脚大将军宫亭侯，以扬州之庐江、江州之庐陵、吴国之桐庐、合浦之珠庐，封尔为庐山公。(《艺文类聚》九十四)

⑪讔，廋辞也。字本作隐。《晋语》五：“有秦客廋辞于朝。”韦昭注云：“廋，隐也。谓以隐伏谲诡之言，问于朝也，东方朔曰：‘非敢诋之，乃与为隐耳。’”

⑫《左传》宣公十二年：“楚子伐萧……遂傅于萧。还无社（萧大夫名）与司马卯言，号申叔展（二人皆楚大夫）。叔展曰：‘有麦麴乎?’曰：‘无。’‘有山鞠穷乎?’曰：‘无。’（麦麴、鞠穷所以御湿，欲使无社逃泥水中）‘河鱼腹疾，奈何?’曰：‘目于眢井而拯之。’‘若为茅绖，哭井则已。’”(展叔又教结茅以表井，须哭乃应，以为信。)

⑬《左传》哀公十三年：“吴申叔仪乞粮于公孙有山氏，曰：‘佩玉檠兮，余无所系之！旨酒一盛兮，余与褐之父睨之！’对曰：‘梁则无矣，粗则有之。若登首山以呼曰“庚癸乎”，则诺。’”杜注：“军中不得出粮，故为私隐。庚西方，主谷；癸北方，主水。”

⑭《史记·楚世家》：“庄王即位三年，不出号令，日夜为乐，令国中曰：‘有敢谏者死无赦。’伍举入谏……曰：‘愿有进。’隐曰：‘有鸟在于阜，三年不蜚不鸣，是何鸟也?’庄王曰：‘三年不蜚，蜚将冲天；三年不

鸣，鸣将惊人。举退矣，吾知之矣。'"

⑮《战国策 · 齐策》："靖郭君将城薛，客多以谏。靖郭君谓谒者，无为客通。齐人有请者曰：'臣请三言而已矣。益一言，臣请烹。'靖郭君因见之。客趋而进曰：'海大鱼。'因反走。君曰：'客有于此。'客曰：'鄙臣不敢以死为戏。'君曰：'亡，更言之。'对曰：'君不闻大鱼乎？网不能止，钩不能牵，荡而失水，则蝼蚁得意焉。今夫齐，亦君之水也，君长有齐阴，奚以薛为？夫齐，虽隆薛之城到于天，犹之无益也。'君曰：'善！'乃辍城薛。"

⑯《列女传 · 辨通传 · 楚处庄侄》："（庄侄见楚顷襄王）曰：'大鱼失水，有龙无尾，墙欲内崩而王不视。'（王问之，）对曰：'大鱼失水者，王离国五百里也；乐之于前，不思祸之起于后也。有龙无尾者，年既四十，无太子也。国无强辅，必且殆也。墙欲内崩而王不视者，祸乱且成而王不改也。'"（孙君蜀丞曰："案《列女传》'侄'作'姬'。《渚宫旧事》三引《列女传》作'侄'，'姬'字定误。"）

⑰《列女传 · 仁智传 · 鲁臧孙母》："臧文仲使于齐，齐拘之而兴兵，欲袭鲁。文仲微使人遗公书，谬其辞曰：'敛小器，投诸台。食猎犬，组羊裘。琴之合，甚思之。臧我羊，羊有母。食我以同鱼。冠缨不足带有余。'臧孙母泣下襟曰：'吾子拘有木治矣！……"敛小器，投诸台"者，言取郭外萌（台，地名，萌同氓），内之于城中也。"食猎犬，组羊裘"者，言趣飨战斗之士而缮甲兵也。"琴之合，甚思之"者，言思妻也。"臧我羊，羊有母"者，告妻善养母也。食我以同鱼，同者其文错（同，合会也，合会有交错之义），错者所以治锯，锯者所以治木也。是有木治系于狱矣。"冠缨不足带有余"者，头乱不得梳，饥不得食也。故知吾子拘而有木治矣。'"

"纪传"，当作"记传"。

⑱《汉书 · 艺文志》杂赋十二家，其第十二家为《隐书》十八篇。师古曰："刘向《别录》云：'隐书者，疑其言以相问，对者以虑思之，可以无不谕。'"歌末，疑当作"赋末"。

⑲谐辞与隐语，性质相似，惟一则悦笑取讽，一则隐谲示意，苟正以用之，亦可托足于文囿，然若空戏滑稽，则德音大坏矣。

⑳《说文 · 言部新附字》："谜，隐语也。从言迷，迷亦声。"

㉑"体目文字"，谓如《世说新语 · 捷悟篇》："魏武尝过曹娥碑下，

杨修从，碑背上见题作‘黄绢幼妇，外孙齑臼’八字。魏武谓修曰：‘解不？’答曰：‘解。’……令修别记所知。修曰：‘黄绢，色丝也，于字为‘绝’；幼妇，少女也，于字为‘妙’；外孙，女子也，于字为‘好’；齑臼，受辛也，于字为‘辞’；所谓‘绝妙好辞’也。’魏武亦记之，与修同。”刘注谓：“曹娥碑在会稽中，而魏武、杨修未尝过江。”事固可疑，然离合解义之法，谶纬中固多有之矣。

㉒“图象品物”，谓如《世说新语·捷悟篇》：“杨德祖为魏武主簿。时作相国门，始构榱桷，魏武自出看，使人题门作‘活’字，便去。杨见，即令坏之。既竟，曰：‘门中活，阔字；王正嫌门大也。’”“人饷魏武一杯酪，魏武噉少许，盖头上题‘合’字以示众，众莫能解。次至杨修，修便噉，曰：‘公教人噉一口也，复何疑！’”又《简傲篇》：“嵇康与吕安善，每一相思，千里命驾。安后来，值康不在，喜（嵇喜，康兄）出户延之，不入，题门上作‘凤’字而去，喜不觉，犹以为欣。故作‘凤（鳳）’字，‘凡鸟’也。”

㉓荀卿《蚕赋》（《荀子·赋篇》）

有物于此，𠐐𠐐兮其状，屡化如神。功被天下，为万世文。礼乐以成，贵贱以分。养老长幼，待之而后存。名号不美，与暴为邻。功立而身废，事成而家败。弃其耆老，收其后世。人属所利，飞鸟所害。臣愚而不识，请占之五泰。五泰占之曰：此夫身女好而头马首者与？屡化而不寿者与？善壮而拙老者与？有父母而无牝牡者与？冬伏而夏游，食桑而吐丝，前乱而后治，夏生而恶暑，喜湿而恶雨，蛹以为母，蛾以为父，三俯三起，事乃大已。夫是之谓蚕理。

㉔魏文、陈思、高贵乡公所作谜语，皆无可考。

㉕《汉书·艺文志》列诸子为十家，而云“其可观者，九家而已”，其一家即小说家也。小说家者流，盖出于稗官。《补注》引沈钦韩曰：“《滑稽传》‘东方朔博观外家之语’，即传记小说也。《文选》注三十一引桓子《新论》曰：‘小说家合丛残小语近取譬论以作短书，治身理家有可观之词。’”

㉖稗官，小官也。纪评云“袒而，疑作‘朔之’”，是。淳于髡、东方朔，滑稽之雄，故云然。《史记·苏秦列传》：“此所谓弃仇雠而得石交者也。”

㉗《左传》成公九年引《逸诗》语。

卷　四

史传第十六[①]

开辟草昧，岁纪绵邈，居今识古，其载籍乎？轩辕之世，史有仓颉，主文之职，其来久矣[②]。《曲礼》曰："史载笔。"左右（铃木云二字疑衍，闵本、王本、冈本无）。史者，使也。执笔左右（八字元脱，按胡孝辕本补），使之记也（元作"已"，按胡本改）[③]。古（元脱，孙补）者，左史记事者，右史记言者（孙云《御览》六百三引无两"者"字）。言经则《尚书》，事经则《春秋》（孙云《御览》无两"则"字，"秋"下有"也"字）[④]。唐虞流于典谟，商夏被于诰誓[⑤]。自（汪本作"洎"）周命维新，姬公定法，䌷三正以班历，贯四时以联事。诸侯建邦，各有国史，彰善瘅恶，树之风声[⑥]。自平王微弱，政不及雅，宪章散紊，彝伦攸斁[⑦]。

昔者（二字从《御览》增；黄云案冯本无"昔者"，校云"夫子"上《御览》有"昔者"二字；铃木云诸本皆无"昔者"二字）夫子闵（铃木云《御览》作"愍"）王道之缺，伤斯文之坠，静居以叹凤，临衢而泣麟[⑧]；于是就太师以正《雅》《颂》，因鲁史以修《春秋》。举得失以表黜陟，征存亡以标劝戒：褒见一字，贵逾轩冕；贬在片言，诛深斧钺[9]。然睿旨存亡（二字衍；黄云案冯本“存亡”校云“各本衍此二字，功甫本无”，此亦误衍，《御览》亦无）幽隐（胡本作“秘”，孙云《御览》六百四作“然睿旨幽秘”），经文婉约，丘明同时（孙云《御览》作“耻”），实得微言，乃原始要终，创为传体[10]。传者，转也；转受经旨，以授于后，实圣文之羽翮，记籍之冠冕也[11]。

及至从横之世（“及”字从《御览》增），史职犹存。秦并七王，而战国有策。盖录而弗（孙云《御览》作“不”）叙，故即简而（孙云《御览》无“而”字）为名也[12]。汉灭嬴、项，武功积年。陆贾稽古，作《楚汉春秋》[13]。爰及太（孙云《御览》无“太”字）史谈，世惟执简；子长继志（元作“至”，胡改；孙云《御览》作“志”），甄序帝勣（孙云《御览》作“续”）。比尧称典，则位杂中贤；法孔题经，则文非元圣。故取式《吕览》，通号曰纪。纪纲之号，亦宏称也（元脱，谢补；孙云《御览》有“也”字）[14]。故“本纪”以述皇王，“列传”以总侯伯，八“书”以铺政体，十“表”以谱年爵，虽殊古式，而得事序焉[15]。尔其实录无隐之旨，博雅弘辩之才，爱奇反经之尤，条例踳落之失，叔皮论之详矣[16]。

及班固述汉，因循前业，观司马迁（孙云《御览》作“史迁”）之辞，思实过半[17]。其十“志”该富，赞序弘丽，儒雅彬彬，信有遗味[18]。至于宗经矩（孙云《御览》作“规”）圣之典，端绪丰赡之功，遗亲攘美（孙云《御览》作“善”）之罪，征贿鬻笔之愆，公理辨之究矣[19]。观夫左氏缀事，附经间出，于文为约，而氏族难明。及史迁各传，人始区详而易览，述者宗焉[20]。及孝惠委机，吕后摄政，班史立纪，违经失（元脱，朱补）实。何则？庖牺以来，未闻女帝者也[21]。汉运所值，难为后法。牝鸡无晨，武王首誓；妇无与国，齐桓著盟；宣后乱秦，吕氏危汉：岂唯政事难假，亦名号宜慎矣[22]。张衡司史，而惑（黄云案冯本“或”校云“‘或’，谢本作‘惑’”）同迁、固，元帝王（“帝王”元作“年二”，孙改）后，欲为立纪，谬亦甚矣[23]！寻子弘虽伪，要当孝惠之嗣；孺子诚微，实继平帝之体：二子可纪，何有于二后哉[24]！

至于后汉纪传，发源《东观》[25]。袁、张所制，偏驳不伦[26]。薛、谢之作，疏谬少信[27]。若司马彪之详实（“若”字从《御览》增），华峤之准当，则其冠也[28]。及魏代三雄，记（铃木云诸本作“记”，闵本作“纪”）传互（孙云《御览》作“并”）出。《阳秋》《魏略》之属，《江表》《吴录》之类，或激抗难征，或（元脱，谢补；孙云《御览》有“或”字）疏阔寡要[29]。唯陈寿三《志》，文质辨洽，荀、张比之于迁、固，非妄誉也[30]。

至于晋代之书，繁乎著作[31]。陆机肇始而未备[32]，王韶续末而不终[33]。干宝述《纪》，以审正得（《御览》作“明”）序[34]；孙盛《阳秋》，以约举为能[35]。按《春秋》经传，举例发凡（孙云明抄本《御览》引“凡”作“目”）[36]；自（孙云《御览》无“自”字）《史》《汉》以下，莫有准的[37]。至邓璨（元作“琰”，朱改；孙云《御览》作“粲”）《晋纪》，始立条例，又摆落（一作“撮略”，从《御览》改；孙云明抄本《御览》作“摆落”）汉魏，宪章殷周，虽湘川（铃木云诸本“川”作“州”）曲学，亦有心（孙云《御览》有“放”字）典谟[38]。及安（元作“交”，朱改；孙云《御览》作“安”）国立例，乃邓氏之规焉[39]。

原夫载籍之作也，必贯乎百氏（元作“姓”），被之千载，表征盛衰，殷鉴兴废：使一代之制，共日月而长存；王霸之迹，并天地而久大。是以在汉之初，史职为盛。郡国文计，先集太史之府，欲其详悉于体国（铃木云《玉海》“国”下有“也”字）。必阅石室，启金匮，抽裂帛，检残竹，欲其博练于稽古也[40]。是立义选言，宜依经以树则；劝戒与夺，必附圣以居宗：然后诠评昭整，苛滥不作矣[41]。

然纪传（孙云《御览》作“传记”）为式，编年缀事，文非泛论（孙云明抄本《御览》“缀”作“经”，“泛”作“纪”），按实而书。岁远则同异难密，事积则起讫易疏，斯固总会（黄云案冯本校云“总会”《御览》作“吻合”；孙云明抄本《御览》作“合”）之为难也[42]。或有同归一事，而（孙云《御览》无“而”字）数人分功，两记则失于复重，偏举则病（孙云《御览》作“漏”）于不周，此又铨配之未易也[43]。故张衡摘史、班之舛滥，傅玄讥《后汉》之尤烦，皆此类也[44]。

若夫追述远代，代远多伪。公羊高（孙云明抄本《御览》作“皋”）云“传闻异辞”，荀况称录远略近，盖文疑则阙，贵信史也。然俗皆爱奇，莫顾实理（孙云《御览》作“理实”）。传闻而欲伟其事，录远而欲详其迹。于是弃同即异，穿凿傍说，旧史所无，我书则传（孙云《御览》作“博”），此讹滥之本源，而述远之巨蠹也[45]。至于记（孙云《御览》作“纪”）编同时，时（元脱，胡补；孙云《御览》有“时”字）同多诡，虽定哀微辞，而世情利害。勋荣之家，虽庸夫而尽饰；迍（孙云《御览》作“屯”）败之士，虽令德而常嗤；理欲（二字衍；孙云《御览》无“常”字“欲”字，“嗤理”作“蚩埋”）吹霜煦（一作“喷”，从《御览》改）露，寒暑笔端：此又同时之枉（孙云明抄本《御览》“枉”下有“论”字），可为叹息者也（“为”字从《御览》增）[46]。故（元作“欲”，朱改；孙云《御览》作“故”）述远则诬矫如彼，记（孙云明抄本《御览》作“略”）近则回邪如此，析理居正，唯素臣（元作“心”，今改；孙云《御览》作“懿上心”三字）乎[47]！

若乃尊贤隐讳，固尼父之圣旨，盖纤瑕不能玷瑾瑜也；奸慝惩戒，实良史之直笔，农夫见莠，其必锄也：若斯之科，亦万代一准焉[48]。至于寻繁领杂之术，务信弃奇之要，明白头讫之序，品酌事例之条，晓其大纲，则众理可贯[49]。然史之为任，乃弥纶一代，负海内之责，而嬴（顾校作“赢”）是非之尤。秉笔荷担，莫此之劳[50]。迁、固通矣，而历诋后世。若任情失正，文其殆哉[51]！

赞曰：史肇轩黄，体备周孔。世历斯编[52]，善恶偕总。腾褒裁贬，万古魂动。辞宗丘明，直归南董。

注释：

①纪评曰：“彦和妙解文理，而史事非其当行。此篇文句特烦，而约略依稀，无甚高论，特敷衍以足数耳。学者欲析源流，有刘子玄之书在。”案《史通》专论史学，自必条举细目；《文心》上篇总论文体，提挈纲要，体大事繁，自不能如《史通》之周密。然如《史通》首列《六家篇》（《尚书》家，《春秋》家，《左传》家，《国语》家，《史记》家，《汉书》

家），特重《左传》《汉书》二家，《文心》详论《左传》《史记》《汉书》，其同一也；《史通》推扬二体（编年体、纪传体），言其利弊，《文心》亦确指其短长，其同二也；至于烦略之故，贵信之论，皆子玄书中精义，而彦和已开其先河，安在其为敷衍充数乎？至如《浮词篇》，夫人枢机之发至章句获全，并《文心》之辞句亦拟之矣。

②刘恕《通鉴外纪·黄帝纪》："史官苍颉造文字。"原注："崔瑗、曹植、蔡邕、索静曰：'苍颉，古之王者。'张揖曰：'苍颉为帝王，生于禅通纪。'慎到曰：'在庖牺前。'卫氏曰：'在包牺、苍帝之世。'谯周曰：'在炎帝世。'徐整曰：'在神农、黄帝之间。'或云：'苍颉作书，天雨粟，鬼夜哭。'"胡克家注云："《周礼·外史疏》引《世本·作篇》曰：'苍颉造文字，黄帝之史。'《广韵·九鱼》又引之曰：'沮诵、苍颉作书。'（案此见"书"字下，不云引《世本》）并黄帝时史官。《说文》序曰：'黄帝之史苍颉。'原注所引崔瑗、蔡邕、索静（"静"当作"靖"）、张揖、卫氏诸书，即《隋书·经籍志》所载《飞龙篇》（崔瑗）、《劝学》《圣皇》诸篇（皆蔡邕）、《古今字诂》（张揖）、《四体书势》（卫恒）之说也（索靖《草书状》一卷，《隋唐志》不著录，马国翰有辑本）。《山海（经）·中山经注》及《水经·洛水注》引《河图玉版》曰：'苍颉为帝南巡狩……'案其言为帝者，为黄帝也。崔瑗等即以苍颉为王者，盖误会《河图》之文而然也。谯周、徐整诸说，盖《古史考》及《三五历》文。或云者见《淮南子·本经训》。"载籍推史官之起，必云苍颉，故详录前说，实则其人有无，非所能知也。

③《礼记·曲礼上》："史载笔，士载言。"无"左右"二字，此衍文当删。《大戴礼记·盛德篇》："天子御者内史太史左右手也。"《白虎通论·记过彻膳之义》："所以谓之史，何？明王者使为之也。"陈立《疏证》曰："《汉书·杜延年传》注云：史、使，一也。或作使字。是史、使或通用。言为王者所使，故谓之史，亦谐声为义者也。"彦和说本《白虎通》。

④"记事者""记言者"二"者"字疑衍。《礼记·玉藻》曰："动则左史书之，言则右史书之。"《汉书·艺文志》："左史记言，右史记事，事为《春秋》，言为《尚书》。"《玉藻》疏引《六艺论》同，与《汉志》反。《春秋左氏传序·正义》云："左是阳道，阳气施生，故令之记动；右是阴

道，阴气安静，故使之记言。《艺文志》称‘左史记言，右史记动’，误耳。”彦和用《玉藻》说。

⑤《穀梁传》隐公八年云：“诰誓不及五帝。”谓典谟唐虞所传，诰誓三王始有也。《尚书》所载皆典谟、训诰、誓命之文，虽为古史，而体例未具，非史之正宗。至周公制《春秋》，编年之体于是起也。

⑥杜预《春秋左氏传序》云：“韩宣子适鲁（昭公二年），见《易象》与《鲁春秋》，曰：‘周礼尽在鲁矣，吾乃今知周公之德与周之所以王。’韩子所见，盖周之旧典礼经也。”《正义》云：“知是旧典礼经者，《传》于隐七年书名例云‘谓之礼经’。十一年不告例云‘不书于策’。明书于策，必有常礼，未修之前，旧有此法，韩子所见而说之，即是周之旧典，以无正文，故言盖为疑辞也。制礼作乐，周公所为，明策书礼经，亦周公所制，故下句每云周公，正谓五十发凡，是周公旧制也。”《史记·历书》：“紬绩日分。”《索隐》：“紬绩者，以言造历算运者，犹若女工缉而织之也。”《左传》隐公元年《经》：“元年春王正月。”《正义》云：“周以建子为正，则周之二月三月，皆是前世之正月也。故于春每月书王。王二月者，言是我王之二月，乃殷之正月也。王三月者，言是我王之三月，乃夏之正月也。既有正朔之异，故每月称王以别之。何休云：‘二月三月皆有王者：二月，殷之正月也，三月，夏之正月也。王者，存二王之后，使统其正朔……所以尊先圣，通三统，师法之义，恭让之礼。’”彦和“紬三正以班历”之义，似用何休说也。杜预序又云：“记事者，以事系日，以日系月，以月系时，以时系年，所以纪远近，别同异也。故史之所记，必表年以首事；年有四时，故错举以为所记之名也。《周礼》有史官……诸侯亦各有国史。”《春秋》之名，经无所见，唯传记有之。昭二年韩起聘鲁，见《鲁春秋》。《外传·晋语》司马侯对晋悼公云：“羊舌肸习于《春秋》。”《楚语》申叔时论傅太子之法，云教之以《春秋》。《礼记·坊记》云：“《鲁春秋》记晋丧曰：杀其君之子奚齐。”又《经解》曰：“属辞比事，《春秋》教也。”凡此诸文所说，皆在孔子之前，则知未修之时，旧有《春秋》之目。闵因叙云：“昔孔子受端门之命，制《春秋》之义，使子夏等十四人求《周史记》，得百二十国宝书。”（《公羊传》疏引）《墨子》云：“吾见百国春秋。”（此《墨子》佚语，《隋书·李德林传》载德林《重答魏

收书》引。）皆诸侯各有国史，通名《春秋》之证。（《史通·六家篇》：“《春秋》家者，其先出于三代，案《汲冢琐语》记太丁时事，目为《夏殷春秋》。”）

⑦郑玄《诗谱·王城谱》云：“于是王室之尊，与诸侯无异，其诗不能复雅，故贬之谓之王国之变风。”

⑧纪评曰：“‘昔者’二字不必增。”“叹凤”，见前《正纬篇》。《公羊传》哀公十四年：“麟者，仁兽也。有王者则至，无王者则不至。有以告者曰：‘有麇而角者。’孔子曰：‘孰为来哉！孰为来哉！反袂拭面涕沾袍……’西狩获麟。孔子曰‘吾道穷矣！’”《孔丛子·记问篇》：“叔孙氏之车卒曰子钼商，樵于野而获兽焉，众莫之识，以为不祥，弃之五父之衢……子曰：‘天子布德，将致太平，则麟凤龟龙先为之祥；今周宗将灭，天下无主，孰为来哉！’遂泣曰：‘予之于人，犹麟之于兽也，麟出而死，吾道穷矣！’”

⑨《论语·八佾篇》：“子语鲁太师乐，曰：‘乐其可知也。始作，翕如也（翕如，盛）；从之，纯如也（从读曰纵，言五音既发，放纵尽其音，声纯纯和谐），皦如也（言其音节明也），绎如也，以成。’（纵之以纯如、皦如、绎如，言乐始作翕如而成于三）”《子罕篇》：“子曰：‘吾自卫反鲁，然后乐正，《雅》《颂》各得其所。’”（郑曰：反鲁，哀公十一年冬。）《汉书·艺文志》：“以鲁周公之国，礼文备物，史官有法，故与左丘明观其史记，据行事，仍人道，因兴以立功，就败以成罚，假日月以定历数，借朝聘以正礼乐。”褒、贬，见前《征圣篇》。

⑩“存亡”二字衍，应删。《汉志》云：“有所褒讳贬损，不可书见，口授弟子，弟子退而异言。丘明恐弟子各安其意，以失其真，故论本事而作传，明夫子不以空言说经也。”杜预《春秋左氏传序》：“左丘明受经于仲尼，以为经者不刊之书也……身为国史，躬览载籍，必广记而备言之。其文缓，其旨远，将令学者原始要终，寻其枝叶，究其所穷。”（《正义》云：“将令学者本原其事之始，要截其事之终，寻其枝叶，尽其根本，则圣人之趣虽远，其赜可得而见。”）

⑪《释名·释书契》：“传，转也。转移所在，执以为信也。”（《广雅·释言》云：“传，转也。”）《史通·六家篇》：“《左传》家者，其先出

于左丘明。孔子既著《春秋》，而丘明受经作传。盖传者，转也，转受经旨，以授后人。或曰，传者，传也，所以传示来世。案孔安国注《尚书》，亦谓之传，斯则传者亦训释之义乎？观《左传》之释经也，言见经文而事详传内，或传无而经有，或经阙而传存，其言简而要，其事详而博，信圣人之羽翮，而述者之冠冕也。”

⑫杜预《左传后序》：“《纪年篇》起自夏、殷、周，皆三代王事，无诸国别。惟特记晋国……皆用夏正建寅之月为岁首。编年相次，晋国灭，独记魏事，下至魏哀王之二十年，盖魏国之史记也。”此战国史职犹存之证。《汉书·艺文志》“春秋类”《战国策》三十三篇，自注“记《春秋》后”。刘向《战国策序》云：“中书本号，或曰国策，或曰国事，或曰短长，或曰事语，或曰长书，或曰修书。臣向以为战国时游士辅所用之国，为之筴谋，宜为《战国策》。”姚范《援鹑堂笔记》四十云：“按录而不叙，即简为名，刘知几亦同彦和此说。余谓此较之向序为优。”（刘说见《史通·六家篇》）

⑬《汉书·艺文志》“春秋类”《楚汉春秋》九篇，自注“陆贾所记”。《史记集解序·索隐》：“贾撰记项氏与汉高祖初起及说惠文间事。”《汉志补注》引沈钦韩曰：“《隋志》九卷。《唐志》二十卷。《御览》引之。《经籍考》不载，盖亡于南宋。”王先谦曰：“《后（汉）书·班彪传》云：‘汉兴，定天下，太中大夫陆贾记录时功，作《楚汉春秋》九篇。’案贾叙述时辈，不容多有抵牾，就其乖舛之迹而言，知唐世所传，已非元书。”（章宗源《隋经籍志考证》征引颇详）

⑭《史记·太史公自序》：“太史公执迁手而泣曰：‘余先周室之太史也……’迁俯首流涕曰：‘小子不敏，请悉论先人所次旧闻，弗敢阙。’卒三岁而迁为太史令。”“位杂中贤”，谓后世帝王不皆贤圣；“文非元圣”，谓迁不敢比《春秋经》，《自序》所谓“述故事，整齐其世传，非所谓作也，而君（君谓壶遂）比之于《春秋》，谬矣”是也。本纪之名，彦和谓取式《吕览》，恐非。《史记·大宛传赞》两言《禹本纪》，正迁所本耳。

⑮《史记》本纪十二，世家三十，列传七十，书八，表十，共一百三十篇。本篇不言世家，恐有脱误。疑当据班彪《史记论》，作“本纪以述帝王（《史记》首列《五帝本纪》；《三皇本纪》，司马贞补撰），世家以总

公侯（《自序》谓三十辐，共一毂，此总字所取义），列传以录卿士”，文始完具。《史通》云：“盖纪之为体，犹《春秋》之经，系日月以成岁时，书君上以显国统。”“纪者，既以编年为主，唯叙天子一人，有大事可书者，则见之于年月；其书事委曲，付之列传，此其义也。”（《本纪篇》）又云：“盖纪者，编年也；传者，列事也。编年者，历帝王之岁月，犹《春秋》之经；列事者，录人臣之行状，犹《春秋》之传。《春秋》则传以解经，《史》《汉》则传以释纪。”（《列传篇》）又云：“司马迁之记诸国也，其编次之体，与本纪不殊（各国自用其年）。盖欲抑彼诸侯，异乎天子，故假以他称，名为世家。”（《世家篇》）又云：“盖谱之建名，起于周代；表之所作，因谱象形。故桓君山有云：‘太史公《三代世表》旁行邪上，并效《周谱》。’此其证欤。”（《表历篇》。《新论》书佚，桓语亦引见《梁书·刘杳传》）又云：“夫刑法、礼乐、风土、山川，求诸文籍，出于三《礼》，及班马著史，别裁书志，考其所记，多效《礼经》。且纪传之外，有所不尽，只字片文，于斯备录，语其通博，信作者之渊海也。”（《书志篇》）案《史记》八书，实取则《尚书》，故名曰书。《尚书·尧典、禹贡》，后世史官所记，略去小事，综括大典，追述而成。故如“乃命羲和，钦若昊天，历象日月星辰，敬授人时……以闰月定四时成岁”。即《律书》《历书》《天官书》所由昉也。“岁二月东巡狩……车服以庸。”《封禅书》所由昉也。“帝曰：咨四岳，有能典朕三礼……直哉惟清。”《礼书》所由昉也。“帝曰：夔，命汝典乐……百兽率舞。”《乐书》所由昉也。“帝曰：弃，黎民阻饥，汝后稷，播时百谷。”《平准书》所由昉也。《禹贡》一篇，《河渠书》所由昉也。刘子玄谓出于三《礼》，恐非。

⑯班彪《史记论》（《后汉书·班彪传》）

唐虞三代，《诗》《书》所及，世有史官，以司典籍。暨于诸侯，国自有史，故孟子曰“楚之《梼杌》，晋之《乘》，鲁之《春秋》，其事一也。”定哀之间，鲁君子左丘明，论集其文，作《左氏传》三十篇；又撰异同，号曰《国语》二十篇。由是《乘》《梼杌》之事遂暗，而《左氏》《国语》独章。又有记录黄帝以来至春秋时帝王公侯卿大夫，号曰《世本》，一十五篇。春秋之后，七国并争，秦并诸侯，则有《战国策》三十三篇。汉兴定天下，太中大夫陆贾记录时功，作

《楚汉春秋》九篇。孝武之世，太史令司马迁采《左氏》《国语》，删《世本》《战国策》，据楚汉列国时事，上自黄帝，下讫获麟，作本纪、世家、列传、书、表凡百三十篇，而十篇缺焉。迁之所记，从汉元至武以绝，则其功也。至于采经摭传，分散百家之事，甚多疏略，不如其本，务欲以多闻广载为功，论议浅而不笃。其论术学，则崇黄老而薄五经；序货殖，则轻仁义而羞贫穷；道游侠，则贱守节而贵俗功：此其大敝伤道，所以遇极刑之咎也。然善述序事理，辩而不华，质而不野，文质相称，盖良史之才也。诚令迁依五经之法言，同圣人之是非，意亦庶几矣。夫百家之书，犹可法也，若《左氏》《国语》《世本》《战国策》《楚汉春秋》《太史公书》，今之所以知古，后之所由观前，圣人之耳目也。司马迁序帝王则曰“本纪”，公侯传国则曰“世家”，卿士特起则曰“列传”。又进项羽、陈涉而黜淮南、衡山，细意委曲，条例不经。若迁之著作，采获古今，贯穿经传，至广博也。一人之精，文重思烦，故其书刊落不尽，尚有盈辞，多不齐一。若序司马相如，举郡县，著其字，至萧、曹、陈平之属，及董仲舒并时之人，不记其字，或县而不郡者，盖不暇也。今此后篇，慎核其事，整齐其文，不为世家，唯纪传而已。《传》曰：“杀史见极，平易正直，《春秋》之义也。”（班彪学《穀梁春秋》，此“《传》曰”当是《穀梁》佚文。）

⑰《汉书·叙传下》：“探纂前记，缀辑所闻，以述《汉书》。”颜师古注曰：“史迁则云为某事作某本纪、某列传，班固谦，不言然，而改言述，盖避作者之谓圣，而取述者之谓明也。”前业，谓太初以前多本《史记》，太初以后又本其父班彪《后传》数十篇。

⑱《汉书》十志：《律历》《礼乐》《刑法》《食货》《郊祀》《天文》《五行》《地理》《沟洫》《艺文》。范晔《狱中与诸甥侄书》云：“班氏最有高名，既任情无例，不可甲乙辨。后赞于理，近无所得，唯志可推耳。博赡不可及之。”《史通·论赞篇》：“孟坚辞惟温雅，理多惬当；其尤美者，有典诰之风，翩翩奕奕，良可咏也。”子玄此说公允，合彦和之旨。

⑲“至于”以下四事，当在仲长统《昌言》中，惜其书佚亡，不能知所以辨之之辞。案《汉书·叙传》，固自谓“旁贯五经，上下洽通，为春

秋考纪（谓帝纪也）、表、志、传，凡百篇”，又言“凡《汉书》，叙帝皇……穷人理，该万方。纬六经，缀道纲；总百氏，赞篇章”。自负甚至，因而有人嫉忌，造作谤语。“宗经矩圣之典，端绪（犹言条理）丰赡之功”二句，当即统证明《叙传》说非夸诞之语。《汉书》赞中数称司徒掾班彪云云，安得诬为遗亲攘美？《北周书·柳虯传》虯上疏言：“汉魏以还，密为记注，徒闻后世，无益当时……纵能直笔，人莫之知。何止物生横议，亦自异端互起。故班固致受金之名，陈寿有求米之论。”据此，虬亦知班、陈之冤。刘子玄深于史学，而《曲笔篇》竟谓“班固受金而始书，陈寿借米而方传，此又记言之奸贼，载笔之凶人，虽肆诸市朝，投畀豺虎可也”，何无识轻诋至此乎！

⑳《左传》为编年之始，《史记》为纪传之祖，二体各有短长，不可偏废。《史通》本彦和此意，作《二体篇》，可备参证。节录如下：

> 夫《春秋》者，系日月而为次，列岁时以相续，中国外夷，同年共世，莫不备载其事，形于目前。理尽一言，语无重出，此其所以为长也。至于贤士贞女，高才俊德，事当冲要者，必盱衡而备言；迹在沉冥者，不枉道而详说。如绛县之老，杞梁之妻，或以酬晋卿而获记，或以对齐君而见录；其有贤如柳惠（展禽，见《左传》僖二十六年，此云不彰，误记），仁若颜回，终不得彰其名氏，显其言行。故论其细也，则纤芥无遗；语其粗也，则丘山是弃。此其所以为短也。《史记》者，纪以包举大端，传以委曲细事，表以谱列年爵，志以总括遗漏；逮于天文、地理、国典、朝章，显隐必该，洪纤靡失。此其所以为长也。若乃同为一事，分在数篇，断续相离，前后屡出，于《高纪》则云语在《项传》，于《项传》则云事具《高纪》；又编次同类，不求年月，后生而擢居首帙，先辈而抑归末章，遂使汉之贾谊，将楚屈原同列，鲁之曹沫，与燕荆轲并编。此其所以为短也。

㉑“委机”，谓孝惠因吕后戮戚夫人以忧疾不听政而崩。孝惠享国七年，宽仁友爱，虽政出母氏，实一代宗主。齐召南曰：“《史记》于《高祖本纪》后、《孝文本纪》前，止作《吕后本纪》，以惠帝事附入，殊非体制；班氏列《惠帝纪》于《高后纪》之前，义理甚正。”（《前汉书》卷二考证）齐氏之说是也。按少帝及恒山王弘实孝惠后宫子，八年之间，帝位

两易，班氏为整齐计，故立《高后纪》，以省烦扰（如立《少帝纪》，则文帝有篡窃之嫌）。彦和怵于后世母后临朝，外戚阉宦肆虐，故云“违经失实”。言各有当，而纪评谓“独抽此条，未免挂漏”，不知彦和实能独见其大也。《说文·女部》：“娲，古之神圣女化万物者也。”郑玄依《春秋纬》注《礼记·明堂位》云：“女娲三皇，承宓羲者。”郑不言其为女身，彦和当即用郑义也。

㉒《通典》六十七载晋庾翼《答何充书》曰：“中古以上，未有母后临朝，女主当阳者也，乃起汉耳。”《尚书·牧誓》：“王曰：古人有言曰：‘牝鸡无晨，牝鸡之晨，惟家之索。’”《穀梁传》僖公九年：“诸侯盟于葵丘。曰：毋雍泉，毋讫籴，毋易树子（嫡子），毋以妾为妻，毋使妇人与国事。”《史记·匈奴列传》：“秦昭王时，义渠戎王与宣太后乱，有二子。”（宣太后，昭王母。）《史记·吕后本纪》：“听诸吕，擅废帝更立，又比杀三赵王，灭梁、赵、燕以王诸吕。”

㉓《后汉书·张衡传》：“（衡）上疏请得专事东观，收检遗文，毕力补缀。又条上司马迁、班固所叙与典籍不合者十余事。又以为王莽本传但应载篡事而已。至于编年月，纪灾祥，宜为《元后本纪》。”《校勘记》：“案梅本作‘元平二后’。校云，元作‘帝王’，孙改。张本亦作‘平二’，嘉靖本作‘年二’，‘年’疑‘平’字之讹。”

㉔子弘实孝惠子，群臣立文帝，故强称：“少帝及梁淮阳、常山王皆非真孝惠子也。吕后以计诈名他人子，杀其母养后宫，令孝惠子之，立以为后。”彦和所云“子弘虽伪”，谓伪称张后子，非谓其非孝惠子也（俞正燮《癸巳类稿》卷十一有“汉少帝本孝惠子考”）。《汉书·王莽传上》：“平帝崩……立宣帝玄孙婴为皇太子，号曰孺子。”《校勘记》：“案上文元帝王后若正，此二后之‘二’字宜作‘王’；此二字若正，上文‘帝王’宜作‘平二’。‘元平二后’，谓元帝、平帝二皇后也。”

㉕《隋书·经籍志》：“《东观汉记》一百四十三卷（起光武记注至灵帝，长水校尉刘珍等撰）。”章宗源《考证》云：“《唐志》一百二十六卷。《书录解题》八卷。《宋志》十卷。其书以新市平林诸人列为载记。房乔修《晋书》刘渊等载记，盖仿其例。今《四库辑本》二十四卷。有《天文志》《地理志》。”《史通·正史篇》：“在汉中兴，明帝始诏班固与陈宗、尹

敏、孟异作《世祖本纪》，并撰功臣及新市、平林、公孙述事，作列传、载记二十八篇（皆本《后汉书·班固传》之文）。自是以来，春秋考纪（谓帝纪也）亦以焕炳，而忠臣义士莫之撰勒。于是又诏刘珍及李尤，杂作纪，表，名臣节士儒林外戚诸传，起自建武（光武元），讫乎永初（安帝元），事业垂竟，而珍、尤继卒（刘珍、李尤事均见《后汉书·文苑传》）。复命伏无忌与黄景作《诸王王子功臣恩泽侯表》《南单于、西羌传》《地理志》(《后汉书·伏湛传》："桓帝元嘉中诏无忌与黄景、崔寔等共撰《汉记》。")。至元嘉元年（桓帝元），复令边韶、崔寔、朱穆、曹寿杂作孝穆崇二皇（文有脱误）及《顺烈皇后传》；又增《外戚传》入安思等后；《儒林传》入崔篆诸人，寔、寿又与延笃杂作《百官表》、顺帝功臣孙程、郭愿及郑众、蔡伦等传，凡百十有四篇，号曰《汉纪》(边韶见《文苑传》，崔寔见《崔骃传》。朱穆见《朱晖传》，惟史不言其修史。曹寿不知何人，或谓即班昭之夫，非是。曹世叔早卒，不得在桓帝时修史。延笃见本传)。熹平中（灵帝改元），马日磾、蔡邕、杨彪、卢植著作东观，接续纪传之可成者。"

㉖《隋书·经籍志》："《后汉书》九十五卷（本一百卷，晋秘书监袁山松撰）。"章宗源《考证》云："《晋书·袁山松传》：'山松著《后汉书》百篇。'《旧唐志》一百二卷。《新唐志》一百一卷，又录一卷。今存姚氏辑本一卷。"又："《后汉南记》四十五卷（本五十五卷，今残缺，晋江州从事张莹撰)。"《考证》征引得十余条。《唐志》五十八卷。

㉗《隋书·经籍志》："《后汉记》六十五卷（本一百卷，梁有，今残缺，晋散骑常侍薛莹撰)。"《考证》云："《唐志》一百卷。今存姚氏辑本一卷。《太平御览·皇王部》引光武、明帝、章帝、安帝、桓帝、灵帝六赞。"又："《后汉书》一百三十卷（无帝纪，吴武陵太守谢承撰)。"《考证》云："《新唐志》同，又录一卷。《旧唐志》三十三卷。史无帝纪，惟闻此书。《北堂书钞·设官部》引承书有《风教传》，亦创见也。《史通·论赞篇》：'谢承曰诠。'今存姚之骃辑本四卷。"案，谢承之外，尚有晋祠部郎谢沈《后汉书》八十五卷。彦和所指，未知何人。

㉘《隋书·经籍志》："《续汉书》八十三卷（晋秘书监司马彪撰)。"《考证》云："《晋书·司马彪传》：'彪讨论众书，缀其所闻，起于世祖，

终于孝献，为纪志传凡八十篇，号曰《续汉书》。'《唐志》八十三卷，又录一卷。今存姚氏辑本一卷。"《续汉书》亡，而志独以附范书得存。又："《汉后书》十七卷（本九十七卷，今残缺，晋少府卿华峤撰）。"《考证》云："《晋书·华峤传》：'初，峤以《汉纪》烦秽，有改作之志。会为台郎，遍观秘籍，遂就其绪。起于光武，终于孝献，一百九十五年，为帝纪十二卷，皇后纪二卷，十典十卷，传七十卷，及三谱序传目录凡九十七卷。'《史通·内篇》曰：'班固、华峤，子长之流也。'（《二体篇》）又曰：'创纪传者五家，推其所长，华氏居最。'（《外篇·正史篇》）又《外篇》曰：'峤删《东观记》为《汉后书》。'（《正史篇》）愚按蔚宗撰史，实本华峤，故亦易外戚为后纪，而《肃宗纪论》《二十八将论》《桓谭、冯衍传论》《袁安传论》《刘赵淳于江刘周赵传序》《班彪传论》，章怀并注为华峤之辞。"案《史通·正史篇》论《后汉书》于《东观记》之下，即论司马彪、华峤二书，亦可以证彦和详实准当之评，必非虚也。

㉙《隋书·经籍志》："《魏氏春秋》二十卷（孙盛撰）。"《考证》云："《晋书·孙盛传》：'盛著《魏氏春秋》。'《史通·题目篇》曰：'孙盛有《魏氏春秋》，孔衍有《汉魏尚书》，陈寿、王劭曰志，何之元、刘璠曰典，此又好奇厌俗，习旧捐新，虽得稽古之宜，未达从时之义。'《模拟篇》曰：'孙盛魏晋二《阳秋》，每书年首必云'某年春帝正月'。夫年既编帝纪，而月又编帝名，以此拟《春秋》，所谓貌同心异也。'《魏志·武纪》注引：'"刘备，人杰也，将生忧寡人。"臣松之以为：孙盛制书，多用《左氏》以易旧文，后之学者将何取信？且魏武方以天下励志，而用夫差分死之言，尤非其类。'又《臧洪传》注：'臣松之案：（酸枣之盟）止有刘岱等五人而已。《魏氏春秋》横内刘表等数人，皆非事实。'《陈泰传》注：'臣松之案：孙盛言诸所改易，非别有异闻，自以意制，多不如旧。凡纪言之体，当使若出其口，辞胜而违实，固君子所不取，况复不胜而徒长虚妄哉。'"盛书称《阳秋》，避简文太后讳也（简文太后讳阿春）。《魏略》三十八卷（《隋志》不著录，魏京兆鱼豢撰），《考证》云："见《旧唐志》正史类。《新唐志》五十八卷，入杂史类。《史通·题目篇》曰：'鱼豢姚察（察，宜作最）著魏梁二史（《隋志》"古史类"编年体有姚最《梁后略》十卷），巨细毕载，芜累甚多，而俱榜之以略。'《称谓篇》曰：

‘鱼豢、孙盛等没吴蜀号谥，呼权、备姓名。’又《外篇·论古今正史》曰：‘魏时京兆鱼豢私撰《魏略》，事止明帝。’愚按《魏略》有纪志列传，自是正史之体。”

《江表传》，《隋志》不著录。《后汉书》章怀注引用，撰人题虞浦。《唐志》入杂史，题五卷，云虞溥撰。《晋书·虞溥传》：“撰《江表传》。子勃过江，上《江表传》于元帝，诏藏于秘书。”

《隋志》：“《吴录》三十卷（张勃撰，梁有，隋亡。）”《考证》云：“《史记索隐》（《伍子胥传》）：‘张勃，晋人，吴鸿胪俨之子也。作《吴录》。裴骃注引之，是矣。’《唐志》入杂史类。《通志略》入编年类。其书有志有传，其体不似编年类。”

㉚《晋书·陈寿传》：“撰魏吴蜀《三国志》，凡六十五篇。时人称其善叙事，有良史之才……张华深善之，谓寿曰：‘当以《晋书》相付耳。’其为时所重如此……张华将举寿为中书郎，荀勖忌华而疾寿，遂讽吏部迁寿为长广太守。”彦和谓荀、张比之于迁、固，张系张华，荀不知何人，岂勖尝称其书，既而又疾之耶？抑荀或是范之误。范頵表言：“陈寿作《三国志》，辞多劝诫，明乎得失，有益风化。”或即彦和所指，非妄誉也。

㉛《校勘记》：“‘繁’当作‘系’，字误也。诸本作‘系’。”《晋书·职官志》：“元康二年诏曰：‘著作旧属中书，而秘书既典文籍，今改中书著作为秘书著作。’于是改隶秘书省……著作郎一人，谓之大著作郎，专掌史任，又置佐著作郎八人。著作郎始到职，必撰名臣传一人。”《史通·史官建置篇》：“若中朝之华峤、陈寿、陆机、束皙，江左之王隐、虞预、干宝、孙盛……斯并史官之尤美，著作之妙选也。”

㉜《隋志》：“《晋纪》四卷（陆机撰）。”《考证》云：“《史通·内篇》曰：‘陆机《晋书》，列纪三祖，直叙其事，竟不编年，年既不编，何纪之有！’（《本纪篇》）《曲笔篇》曰：‘陆机《晋史》，虚张拒葛之锋。’又《外篇》曰：‘《晋史》洛京时著作郎陆机始撰《三祖纪》。’（《正史篇》）”

㉝《隋志》：“《晋纪》十卷（宋吴兴太守王韶之撰）。”《考证》云：“《宋书·王韶之传》：‘少有志尚，当世诏命表奏，辄自书写。泰元、隆安时事，小大悉撰录之。韶之因此私撰《晋安帝阳秋》。既成，时人谓宜居史职，即除著作佐郎，使续后事，讫义熙九年。善叙事，辞论可观，为后

代佳史。'《南史·萧韶传》曰:'昔王韶之为《隆安纪》十卷,说晋末之乱。'《史通·杂述篇》曰:'若王韶(之)《晋安陆记》(安陆当是隆安之讹)此之谓偏记者也。'"

㉞《隋志》:"《晋纪》二十三卷(干宝撰,讫愍帝)。"《考证》云:"《晋书·干宝传》:'宝字令升。著晋纪,自宣帝讫于愍帝,五十三年,凡二十卷。其书简略,直而能婉,咸称良史。'《史通·内篇·论二体》曰:'晋史有王、虞,副以干《纪》。'又曰:'干宝著书,盛誉丘明而深抑子长。其义云:能以三十卷之约,括囊二百四十年之事,靡有遗也。'又《载言篇》曰:'干宝议撰晋史,以为宜准丘明,其臣下委曲,仍为谱注。'又《论赞篇》曰:'必择其善者,则干宝、范晔、裴子野是其最也。'《序例篇》曰:'惟令升先觉,远述丘明,重立凡例,勒成《晋纪》。邓、孙以下,遂蹑其踪……必定其臧否,征其善恶,干宝、范晔,理切而多功,邓粲、道鸾,词烦而寡要。'《唐志》编年类有干宝《晋纪》四十卷,正史类又有干宝《晋书》二十二卷,自是重出。"

㉟《隋志》:"《晋阳秋》三十二卷(讫哀帝,孙盛撰)。"《考证》云:"《晋书·孙盛传》:'盛字安国。著《晋阳秋》,词直而理正,咸称良史。'《文心雕龙·才略篇》曰:'孙盛、干宝,文胜为史,准的所拟,志乎典训,户牖虽异,而笔彩略同。'"

㊱杜预《春秋左氏传序》:"故发传之体有三,而为例之情有五:一曰'微而显',文见于此而起义在彼,称'族,尊君命,舍族,尊夫人'(成十四年),'梁亡'(僖十九年),'城缘陵'(僖十四年)之类是也。二曰'志而晦',约言示制,推以知例。参会不地(桓二年),与谋曰及(宣七年)之类是也;三曰'婉而成章',曲从义训,以示大顺。诸所讳辟(其事非一,故言诸以总之也,如僖十六年齐人止公之类),璧假许田(桓元年)之类是也。四曰'尽而不污',直书其事,具文见意。丹楹(庄二十三年)刻桷(庄二十四年)、天王求车(桓十五年)、齐侯献捷(庄三十一年)之类是也。五曰'惩恶而劝善',求名而亡,欲盖而章。书齐豹'盗'(昭二十年)、三叛人名(襄二十一年、昭五年、昭三十一年)之类是也。推此五体以寻经传,触类而长之,附于二百四十二年行事,王道之正,人伦之纪,备矣。"《左传》有五十凡例。如"隐公七年春,滕侯卒。

不书名，未同盟也。凡诸侯同盟，于是称名。故薨则赴以名，告终嗣也，以继好息民（告亡者之终，称嗣位之主）。谓之礼经。”杜注：“此言凡例，乃周公所制礼经也。”

㊲班彪论《史记》，谓其细意委曲，条例不经。范晔谓班氏最有高名，既任情无例，不可甲乙辨（《狱中与诸甥侄书》）。彦和之说本此。然《史》《汉》，一为通史，一为断代，皆正史不祧之祖。后之撰史者，无能逾其轨范，所谓莫有准的，特以比《春秋经传》为不足耳。

㊳“璨”，当作“粲”。《晋书・邓粲传》：“邓粲，长沙人。以父骞有忠信言而世无知者，乃著《元明纪》十篇。”《隋志》：“《晋纪》十一卷。”注云：“讫明帝。”《世说新语・赏誉篇》注引：“咸和中，贵游子弟慕王平子、谢幼舆为达，卞壶欲奏治之。”咸和，成帝年号，是粲所记不止讫于明帝。《御览・人事部》：“张华多须，以帛缠之，陆云见之，笑不能止。”华、云皆卒于惠帝时，似不宜载于《元明纪》中（《隋志考证》语）。岂粲初撰元明二朝事，既而又扩充称《晋纪》耶！粲书亡佚，彦和所云，无可征实矣。

㊴《才略篇》云：“孙盛准的所拟，志乎典训。”盖取法邓粲也。

㊵《史记・太史公自序・集解》引如淳曰：“《汉仪注》：‘太史公，武帝置，位在丞相上。天下计书，先上太史公，副上丞相，序事如古《春秋》。迁死后，宣帝以其官为令，行太史公文书而已。’”《自序》：“迁为太史令，细史记石室金匮之书。”（《索隐》：“案石室金匮，皆国家藏书之处。”）

㊶《史通・论赞篇》可与彦和此说互证，节录于下：

> 《春秋左氏传》每有发论，假“君子”以称之。二《传》云“公羊子”“穀梁子”，《史记》云“太史公”。既而班固曰“赞”，荀悦曰“论”，《东观》曰“序”，谢承曰“诠”（《后汉书》），陈寿曰“评”，王隐曰“议”（《晋书》），何法盛曰“述”（《晋中兴书》），常璩曰撰（《华阳国志》），刘昞曰“奏”（《三史略记》）……史官所撰，通称史臣。其名万殊，其义一揆，必取便于时者，则总归论赞焉。夫论者，所以辩疑惑，释凝滞。若愚智共了，固无俟商榷。丘明“君子曰”者，其义实在于斯。司马迁始限以篇终，各书一论。必理有非要，则

强生其文，史论之烦，实萌于此。夫拟《春秋》成史，持论尤宜阔略；其有本无疑事，辄设论以裁之，此皆私狥笔端，苟炫文彩，嘉辞美句，寄诸简册，岂知史书之大体，载削之指归者哉？……至若与夺乖宜，是非失中，如班固之深排贾谊，范晔之虚美隗嚣，陈寿谓诸葛不逮管、萧，魏收称尔朱可方伊、霍，或言伤其实，或拟非其伦，必备加击难，则五车难尽，故略陈梗概，一言以蔽之。

“是立义选言”，“是”下当有“以”字。

㊷纪以编年，传以缀事。《史通·烦省篇》实本彦和此说，文载《征圣篇》注。

㊸参阅本篇注第⑳条所录《史通·二体篇》。

㊹《后汉书·张衡传》：“（衡）条上司马迁、班固所叙与典籍不合者十余事。”章怀注曰：“《衡集》其略曰：‘《易》称宓戏氏王天下，宓戏氏没，神农氏作；神农氏没，黄帝、尧、舜氏作。史迁独载五帝，不记三皇，今宜并录。’又一事曰：‘《帝系》，黄帝产青阳、昌意。《周书》曰：乃命少皞清。清即青阳也。今宜实定之。”摘班固不合，见上第㉓条，十余事仅存此三条。《晋书·傅玄传》：“玄少时避难于河内，专心诵学，后虽显贵，而著述不废。撰论经国九流及三史故事，评断得失，各为区例，名为《傅子》。”严可均《全晋文》（四十七至五十）有《傅子》辑本，无论《后汉》尤烦之文。惟《史通·核才篇》引傅玄云：“观孟坚《汉书》，实命代奇作，及与陈宗、尹敏、杜抚、马严撰《中兴纪传》，其文曾不足观，岂拘于时乎？不然，何不类之甚者也！是后刘珍、朱穆、卢植、杨彪之徒，又继而成之，岂亦各拘于时而不得自尽乎？何其益陋也。”三史，谓《史记》《汉书》《东观汉记》。其评断惜亡佚不可考。

㊺“传闻异辞”见《公羊传》隐公元年、桓公二年及哀公十四年。“录远略近”见《荀子·非相篇》，又见《韩诗外传》卷三。彦和此论，见解高绝，《史通》“疑古”“惑经”诸篇所由本也。孔子修《春秋》，托始乎隐，以高祖以来事，尚可问闻知也。《尚书》托始于尧、舜，以尧、舜为孔子所虚悬之理想人物，故《尧》《舜》二典，谓之《尚书》；《尚书》者，上古之书，与《夏书》《商书》之有代可实指者，本自有别。《竹书纪年》起于夏禹，不必可信。司马迁撰《史记》，乃又远推五帝，作《五帝

本纪》；张衡欲纪三皇，司马贞本其意补《三皇本纪》（皇甫谧《帝王世纪》、徐整《三五历记》皆论三皇事，亦记盘古神话）；宋胡宏撰《皇王大纪》，又复上起盘古（盘古本西南夷之神话，自后汉渐流传于中国）；愈后出之史家，其所知乃愈多于前人，牵引附会，务欲以古复有古相高，信述远之巨蠹矣。

㊻《史通 · 曲笔篇》申述彦和此论，兹节录之。

> 盖"子为父隐，直在其中"，《论语》之顺也；略外别内，掩恶扬善，《春秋》之义也。自兹以降，率由旧章，史氏有事涉君亲，必言多隐讳，虽直道不足，而名教存焉。其有舞词弄札，饰非文过，若王隐、虞预，毁辱相凌（《晋书 · 王隐传》："虞预私撰《晋书》，借隐所著书盗写之。后更疾隐形于言色。"），子野、休文，释纷相谢（裴子野曾祖松之，齐永明末沈约撰《宋书》称松之以后无闻焉。子野更撰为《宋略》二十卷，其叙事评论多善，而云戮淮南太守沈璞，以其不从义师故也。沈惧，徒跣谢之，请两释焉），用舍由乎臆说，威福行乎笔端，斯乃作者之丑行，人伦所同疾也。亦有事每凭虚，词多乌有：或假人之美，藉为私惠，或诬人之恶，持报己仇……此又记言之奸贼，载笔之凶人，虽肆诸市朝，投畀豺虎可也……盖史之为用也，记功司过，彰善瘅恶，得失一朝，荣辱千载。苟违斯法，岂云能官。但古来唯闻以直笔见诛，不闻以曲词获罪。是以隐侯（沈约）《宋书》多妄，萧武（梁武帝）知而勿尤；伯起《魏史》不平，齐宣览而无谴。故令史臣得爱憎由己，高下在心，进不惮于公宪，退无愧于私室，欲求实录，不亦难乎！

案史贵信实，不知则阙。历观史家，其任情高下，爱憎无准，固已如刘子玄所论。然亦有才称良史，性好直笔，而记载失实，舛误不免，斯盖事非得已，欲改末由者也。一事：孔子修《春秋》，有褒讳讥贬之例，深文隐晦，莫测精微，三传纷纭，更滋歧径。夫简策定制，云出周公，孔子笔削，取准礼经，古史体式本尔，固不必以后代史学绳墨之也。史迁为纪传之祖，发愤著书，辞多寄托。景武之世，尤著微旨，彼本自成一家言，体史而义诗，贵能言志云尔。班固、陈寿，整齐故事，颇重客观，克称良史。自外诸史，率好驾说是非，炫其褒贬，委曲讳隐，相诩忠厚，主观强烈，真迹掩损，亦有国家丑秽，讳莫如深，生在本朝，宜避时难，岂得责以齐史之死职、孙盛之寄书！抑此二患，非无救药。一则据事直书，弃绝抑扬，闻见必录，毋烦赞论；二则不知之例，无妨阙文，时移世迁，后人可补。必使史如写生画，形色随实物，又如葡萄酒，不入一滴水，纯凭客观，绝无成心，庶几事绝矫饰，文尽可信。二事：右史记言，左史记事，子孙传业，守职不堕，用能优游缀辑，求其真切，自司马迁死后，史无专官，随唐以降，更置监修，限以岁月，钳其喉舌，载笔之士，乌合史馆，仓卒成编，惟务速效。史料所资，朝廷则有实录，语多谄谀，大臣则有行状碑表，或出门生献媚，或出文人鬻笔，类不可信。至于名士专集，杂载传状墓志，本无直笔之责，自多阿世取容。及其易代修史，藉此排编，删改首尾，贵能形似，既乏旁稽参校之暇，故老乡里之询，浊源混混，欲挹清流，乌可得乎？三事：曾参杀人，颜回攫饭，耳目所亲，犹或舛讹。况时代久远，疆域宽广，转展言传，能不失实？记录之士，有闻直书，纵无一字之差，已违事物之直矣。故曰："尽信书，则不如无书。"又曰："吾于《武成》，取二三策而已。"又曰："纣之恶，不若此之甚也。"下流之人，众恶所归，反观上流，众善所归，则史册所称圣贤豪俊，其言行果可无疑乎？四事：编年之法，遇事而书，范野非广，秉笔较易。自纪传创体，号为正史，一代钜典，莫不因循，政治之繁杂，人物之殷盛，既难得其统绪；至于天文、律历、地理、艺文、谱牒世系、典章沿革，尤专门绝学，非一人所能精，《史》《汉》以下，敷衍抄撮，篡袭备数者多矣。此蔚宗所以叹班书十志，该富为不可及，文通衔才，先撰十志，而李延寿诸人竟束手不为也。《晋史》撰述多家，终归沦废，向使诸人用其所长，各作专史，所得不更善乎！精一易工，囊括多漏，此自然之理也。纪传包举既广，踳驳舛讹，势不可免，故非撰造专史，不能救纪传根本之尤。五事：记言记事，古史分职，《尚书》《左传》，颇可考证。自文士撰史，好用古言，鄙薄俚语，嗤为不经；于是武夫走卒，言必雅驯，修饰改易，几类翻译，丧真失实，莫此为甚。夫文言纪事，或收简约之功，口语传神，必须存其本质。李延寿《南史》《北史》，颇著鄙语，及今读之，转富生气；宋子京《新唐书》，文求典雅，词悉独造，用力虽勤，徒资骇笑；观此二史，思过半矣。修史之士，必代他人造作古言，读其书者，又信以为其人之言果真云云；转相传授，后先一辙，虽欲证改，末由也已。凡此五事，皆致尤于不意之中，与“吹霜煦露，寒暑笔端”者，罪当异科，而记事不实，贻误后人，其失惟均。抑吾为此言，非谓古史一不可信，但欲细辨真伪，采求实证，勿轻为作假者所催眠，迷滞而不悟耳。因彦和有“时同多诡”之叹，聊贡瞽说，附兹高论。

㊼纪评曰：“陶诗有‘闻多素心人’句，所谓有心人也，似不必改作素臣。”案纪说是也。素心，犹言公心耳。本书《养气篇》“圣贤之素心”是彦和用素心之证。《文选·陶征士诔》“长实素心”，亦作素心。

㊽《公羊传》闵公元年：“《春秋》为尊者讳，为亲者讳，为贤者讳。”瑾瑜，谓尊者、贤者。讳尊贤，惩奸慝，为作史之准绳。

㊾《史通》全书皆推阐此四句之义，孰谓彦和此篇是敷衍足数者？

㊿“羸”当作“赢”，赢，贾有余利也。韩愈不敢作史，恐赢得是非之祸尤耳。荷担，犹言负责。

51迁、固皆良史，而后世尚诋呵之；若褒贬任情，抑扬失正，则生绝胤嗣，死遭剖斫，难乎免于殃戮矣。韩愈不敢撰史，盖深有见于其难也。

韩愈《答刘秀才论史书》

六月九日，韩愈白秀才：辱问见爱，教勉以所宜务，敢不拜赐。愚以为凡史氏褒贬大法，《春秋》已备之矣。后之作者，在据事迹实录，则善恶自见，然此尚非浅陋偷惰者所能就，况褒贬邪！孔子圣人，作《春秋》，辱于鲁卫陈宋齐楚，卒不遇而死；齐太史氏兄弟几尽；左丘明纪春秋时事以失明；司马迁作《史记》，刑诛；班固瘐死；陈寿起又废，卒亦无所至；王隐谤退死家；习凿齿无一足；崔浩、范晔赤诛；魏收夭绝；宋孝王诛死；足下所称吴兢，亦不闻身贵而今其后有闻也。夫为史者，不有人祸，则有天刑，岂可不畏惧而轻为之哉！唐有天下二百年矣，圣君贤相相踵，其余文武之士，立功名跨越前后者，不可胜数，岂一人卒卒能纪而传之邪！仆年志已就衰退，不可自敦率，宰相知其无他才能，不足用，哀其老穷，龃龉无所合，不欲令四海内有戚戚者，猥言之上，苟加一职荣之耳，非必督责迫蹙，令就功役也。贱不敢逆盛指，行且谋引去。且传闻不同，善恶随人所见，甚者附党，憎爱不同，巧造语言，凿空构立善恶事迹，于今何所承受取信，而可草草作传记，令传万世乎！若无鬼神，岂可不自心惭愧；若有鬼神，将不福人。仆虽骙，亦粗知自爱，实不敢率尔为也。夫圣唐钜迹，及贤土大夫事，皆磊磊轩天地，决不沈没。今馆中非无人，将必有作者勤而撰之。后生可畏，安知不在足下，亦宜勉之。

㊾《南齐书·鱼復侯子响传》豫章王嶷乞葬蛸子响，表云“积代用之为美，历史不以云非”。称史为历史，即世历斯编之义。

诸子第十七[①]

诸子者，入（铃木云《玉海》作“述”）道见志之书[②]。太上立德，其次立言。百姓之群居，苦纷杂而莫显；君子之处世，疾名德之不章。唯英才特达，则炳曜垂文，腾其姓氏，悬诸日月焉[③]。昔风后（元脱，曹补）、力牧、伊尹，咸其流也[④]。篇述者，盖上古遗语，而战伐（黄云案冯本“代”系校增；铃木云嘉靖本、梅本作“代”）所记者也[⑤]。至鬻熊知道，而文王咨询，余文遗事，录为《鬻子》。子自肇始，莫先于兹[⑥]。及伯阳识礼，而仲尼访问，爰序道德，以冠百氏[⑦]。然则鬻惟文友，李实孔师，圣贤并世，而经子异流矣[⑧]。

逮及七国力政，俊乂蜂起：孟轲膺儒以磬折，庄周述道以翱翔，墨翟执俭确之教，尹文课名实之符，野老治国于地利，驺子养政于天文，申、商刀锯以制理，鬼谷唇吻以策勋，尸佼（元作“狡”，柳改）兼总于杂术，青史曲缀以（铃木云《玉海》作“而”）街谈。承流而枝附者，不可胜算，并飞辩以驰术，餍禄而余荣矣[⑨]。

暨于暴秦烈火，势炎昆冈，而烟燎之毒，不及诸子[⑩]。逮汉成留（一作“普”）思，子政雠校，于是《七略》芬菲，九流鳞萃（黄云活字本无“九”字，“萃”下有“止”字），杀青所编，百有八十余家矣[⑪]。迄至魏晋，作者间出，谰（“谰”与“讕”同，元作“讕”，朱改）言兼存，璅语必录，类聚而求，亦充箱照轸矣[⑫]。

然繁辞（谢补）虽积，而本体易总，述道言治，枝条五经。其纯粹者入矩，踳驳者出规。《礼记 · 月令》，取乎吕氏之纪[13]；三年问丧，写乎《荀子》之书[14]：此纯粹之类也。若乃汤之问棘，云蚊睫有雷霆之声[15]；惠施对梁王，云蜗角有伏尸之战[16]；《列子》有移山跨海之谈[17]，《淮南》有倾天折地之说[18]：此踳驳之类也。是以世疾诸混同（一作“洞”；铃木云诸本作“洞”）虚诞[19]。按《归藏》之经，大明迂怪，乃称羿弊（铃木云“弊”当作“毙”；《玉海》及诸本作“毙”）十日，嫦（铃木云《玉海》作“常”；嘉靖本作“姮”）娥奔月。殷汤（疑作“易”）如兹，况诸子乎[20]！

至如《商》《韩》，“六虱”“五蠹”，弃孝废仁，轘药之祸，非虚至也[21]。公孙之白马孤犊，辞巧理拙，魏牟比之鸮（黄云案冯本作“枭”）鸟，非妄贬也[22]。昔东平求诸子、《史记》，而汉朝不与；盖以《史记》多兵谋，而诸子杂诡术也[23]。然洽闻之士，宜撮纲要，览华而食实，弃邪而采正。极睇参差，亦学家之壮观也。

研夫《孟》《荀》所述，理懿而辞雅[24]；《管》《晏》属篇，事核而言练[25]；列御寇之书，气伟而采奇[26]；邹子之说，心奢而辞壮[27]；墨翟、随巢，意显而语质[28]；尸佼、尉缭，术通而文钝[29]；《鹖冠》绵绵，亟发深言[30]；《鬼谷》眇眇（铃木云嘉靖本、王本、冈本作“渺渺”），每环奥义[31]；情辨以泽，文子擅其能[32]；辞约而精，尹文得其要[33]；慎到析密理之巧[34]，韩非著博喻之富[35]；《吕氏》鉴远而体周[36]，《淮南》泛采而文丽[37]：斯则得百氏之华采，而辞气（疑脱，铃木云梅本“气”字下空二格）文之大略也[38]。

若夫陆贾《典语》[39]，贾谊《新书》[40]，扬雄《法言》[41]，刘向《说苑》[42]，王符《潜夫》[43]，崔寔《政论》[44]，仲长《昌言》[45]，杜夷《幽求》[46]，咸（一作“或”）叙经典[47]，或明政术，虽标“论”名，归乎诸子。何者？博明万事为子，适辨一理为论[48]，彼皆蔓延杂说，故入诸子之流。

夫自六国以前，去圣未远，故能越世高谈，自开户牖；两汉以后，体势漫（谭校作“浸”；黄云活字本、汪本作“浸”）弱，虽明乎（“虽”“乎”二字元作“难”“于”，朱改）坦途，而类多依采：此远近之渐变也[49]。嗟夫！身与时舛，志共道申。标心于万古之上，而送怀于千载之下，金石靡矣，声其销乎[50]！

赞曰：大（铃木云当作“丈”）夫处世，怀宝（黄云活字本作“实”）挺秀。辨雕万物[51]，智周宇宙。立德何隐？含道必授。条流殊述[52]，若有区囿。

注释：

①纪评曰：“此亦泛述成篇，不见发明。盖子书之文，又各自一家，在此书原为谰入，故不能有所发挥。”案纪氏此说亦误。柳子厚谓“参之孟、荀以畅其支，参之庄、老以肆其端”（《答韦中立论师道书》），彦和论文，安可不及诸子耶！

②《汉书·艺文志》曰：“今异家者各推所长，穷知究虑，以明其指，虽有蔽短，合其要归，亦六经之支与流裔。”

③《左传》襄公二十四年：“太上有立德，其次有立功，其次有立言。”《正义》曰：“老庄荀孟管晏杨墨孙吴之徒，制作子书，皆是立言者也。”《论语·卫灵公》：“子曰：‘君子疾没世而名不称焉。’”

④《汉书·艺文志》阴阳家“有《风后》十三篇”，自注：“图二卷。黄帝臣，依托也。”又有《力牧》十五篇，自注：“黄帝臣，依托也。”又道家有《力牧》二十二篇，自注：“六国时所作，托之力牧。力牧，黄帝相。”又道家有《伊尹》五十一篇。小说家有《伊尹说》二十七篇。自注：“其语浅薄，似依托也。”

⑤风后力牧伊尹诸人，非自著书，至战国始依托之述于篇耳。《札逐》十二：“‘战伐’元本作‘战代’（冯本活字本并同）。案，元本是也。《铭箴》《养气》《才略》三篇，并有战代之文。”

⑥“子自”当作“子目”，谓子之名目也。留存《事始》引《文心》曰：“鬻熊作书，题为《鬻子》。”《铁桥漫稿》五《鬻子叙》曰：“《汉志》道家‘《鬻子》二十二篇。名熊，为周师，自文王以下问焉。周封为楚祖’。又小说家‘《鬻子说》十九篇。后世所加’。《隋志》道家《鬻子》一卷。《旧唐志》改入小说家。《新唐志》仍归道家。今世流传仅唐永徽中华州郑县尉逢行珪注本，凡十四篇为一卷。《道藏》作二卷，在颠字号。注甚疏蔓，又分篇琐碎，所题甲乙，故作颠倒羼乱，以瞀惑后人。宋又有

陆佃校本，分行珪十四篇为十五篇，琐碎尤甚；又棼其次第，不足存。案《群书治要》所载起迄如行珪，而第二篇至第十三篇联为一篇，则行珪十四篇仅当三篇。《意林》称今一卷六篇，末后所载多出‘昔文王见鬻子’一条，则行珪十四篇未足六篇。行珪姓名不他见，其人为唐人与否，其本为唐本与否，未敢知之。”《四库提要》曰：“考《汉书 · 艺文志》道家《鬻子》二十二篇，又小说家《鬻子说》十九篇，是当时本有二书。《列子》引《鬻子》凡三条，皆黄老清静之说，与今本不类，疑即道家二十二篇之文。今本所载与贾谊《新书》所引六条文格略同，疑即小说家之《鬻子说》也。今本或唐以来好事之流，依仿贾谊所引，撰为赝本，亦未可知。观其标题甲乙，故为佚脱错乱之状，而谊书所引则无一条之偶合，岂非有心相避，而巧匿其文，使读者互相检验，生其信心欤！且其篇名冗赘，古无此体，又每篇寥寥数言，词旨肤浅，决非三代旧文，姑以流传既久，存备一家耳。”

⑦《史记 · 老庄列传》：“老子者，姓李氏，名耳，字伯阳，谥曰聃。老子之子名宗，宗为魏将，封于段干。”孔子问礼于老聃，见《礼记 · 曾子问篇》，当可信。惟著《道德经》之老子，当即其子为魏将者，时代远在孔子后，不得为孔子师。

⑧彦和意谓鬻子、老聃皆贤者，故其遗文称子，其实述老子学者亦尊五千言为经，《汉志》道家所著邻氏《经传》，傅氏、徐氏《经说》是也。

⑨《汉志》：“儒家《孟子》十一篇（赵岐《章指题辞》云：“七篇二百六十一章。又有《外书》四篇：《性善》《辩文》《说孝经》《为正》。其文不能弘深，似非《孟子》本真。”今所传《孟子外书》更伪中之伪。孙志祖《读书脞录》二有《论孟子外书》二节甚善）。”《礼记 · 曲礼下》：“立则磬折垂佩。”《正义》曰：“臣则身宜偻折如磬之背，故云磬折也。”

《汉志》道家“《庄子》五十二篇”，今郭象注本仅三十三篇。《庄子 · 内篇》首列《逍遥游》。《文选》潘安仁《秋兴赋》注引司马彪云：“言逍遥无为者，能游大道也。”翱翔，犹言逍遥。

《汉志》墨家“《墨子》七十一篇”，自注：“名翟，为宋大夫，在孔子后。”《庄子 · 天下篇》论墨学曰：“其生也勤，其死也薄，其道大觳。”郭注：“觳，无润也。”案《说文 · 角部》：“觳，盛觵卮也。一曰射具。从角，殸声。”又石部：“确，磬石也，确或作穀。”（磬石，谓坚也。）《玉篇》：“确，硗确。”《庄子》大觳之觳，系毂之假借字。（《管子·地员篇》亦以毂为觳。）

《汉志》名家“《尹文子》一篇”，自注：“说齐宣王，先公孙龙。”师古曰：“刘向云：‘与宋钘俱游稷下。’钘，音形。”钱大昭曰：“今《道藏本》上下二篇（《大道篇》上下），盖本魏黄初末山阳仲长氏诠次之旧。故《隋志》已作二卷。”其书言：“有形者必有名，有名者未必有形。形而不名，未必失其方圆白黑之实，名而不可不寻名以检其差。故名以检形，形以定名。名以定事，事以检名。”即彦和所称课名实之符也。

《汉志》农家“《野老》十七篇”，自注：“六国时在齐楚间。”应劭曰：“年老居田野，相民耕种，故号野老。”王应麟曰：“《真隐传》：‘六国时人，游秦楚间，年老隐居，著书言农家事，因以为号。’”

《汉志》阴阳家“《邹子》四十九篇”，自注：“名衍，齐人，为燕昭王师，居稷下，号谈天衍。”王应麟曰：“《史记》驺衍深观阴阳消息，而作怪迂之变，终始大圣之篇，十余万言。其语闳大不经云云，燕昭王身亲往师之。作《主运》。又见司爟注郑司农引。”《史记·孟荀列传·集解》引《别录》云：“驺衍之所言，五德终始天地广大，书言天事，故曰谈天。”

《汉志》法家“《申子》六篇”，自注：“名不害，京人。相韩昭侯，终其身诸侯不敢侵韩。”《史记·老庄申韩列传》：“申子之学本于黄老而主刑名。著书二篇，号曰《申子》。”《集解》引《别录》曰：“今民间所有上下二篇，《中书》六篇，皆合二篇，已过太史公所记也。”《铁桥漫稿》五《申子叙》曰：“《泰族训》（《淮南子》）云‘今商鞅之《开塞》，申子之《三符》，韩非之《孤愤》’注‘申不害治韩，有三符验之术也’。案《三符》当是《申子》篇名。《史记正义》引阮孝绪《七录》云：‘三卷。’《隋志》不著录。旧、新《唐志》《意林》皆三卷。宋不著录。明陈第《世善堂书目》有三卷。今复不著录。余从《群书治要》写出一篇，刺取各书引见之文，依《意林》次第之。其篇名可考者，曰《君臣》（见《意林》二，《艺文类聚》十九，《御览》三百九十、六百二十四），曰《大体》（引见《初学记》二十五及《意林》）及《三符》也。余三篇不知也。”

又法家“《商君》二十九篇”。《四库提要》曰：“《文献通考》引周氏

《涉笔》以为鞅书多附会后事，拟取他词，非本所论著。然周氏特据文臆断，未能确证其非。今考《史记》称秦孝公卒，太子立，公子虔之徒，告鞅欲反。惠王乃车裂鞅以徇。则孝公卒后，鞅即逃死不暇，安得著书！如为平日所著，则必在孝公之世，又安得开卷第一篇即称孝公之谥！殆法家者流，掇鞅余论，以成是编，犹管子卒于齐桓公前，而书中屡称桓公耳。"

《鬼谷子》一卷。案《鬼谷子》,《汉志》不著录。《隋志》纵横家有《鬼谷子》三卷，注曰："周世隐于鬼谷。"《玉海》引《中兴书目》曰："周时高士，无乡里族姓名字，以其所隐，自号鬼谷先生。苏秦、张仪事之。授以《捭阖》至《符言》等十有二篇，及《转丸本经》《持枢中经》等篇。"因《隋志》之说也。《唐志》卷数相同，而注曰苏秦。司马贞《索隐》引乐台注《鬼谷子书》云："苏秦欲神秘其道，故假名鬼谷。"(《苏秦列传》)此又《唐志》之所本也。胡应麟《四部正讹》则谓《隋志》有《苏子》三十一篇、《张子》十篇，必东汉人本二书之言，荟萃为此，而托于鬼谷，若子虚亡是之属。其言颇为近理，然亦终无确证。《隋志》称皇甫谧注，则魏晋以来书，固无疑耳。(以上多取《四库提要》说)孙志祖《读书脞录》四《鬼谷子》注条云："《鬼谷子》注向有乐台、皇甫谧、陶宏景、尹知章四家，今所传者，不著撰人名氏。近秦太史恩复刻本题为梁陶宏景注，以注中有引'元亮曰'之文。元亮为陶潜字。宏景引其言去姓称字，故断为陶注。志祖案，注中又有称陶宏景曰者，则其人在宏景后，而非宏景注明矣(近刻去此四字，但注云别本引称陶宏景曰)，去姓称字，古人注书亦无此体例。疑所称元亮者，或其人姓元，未定是五柳先生也。今本盖唐尹知章注。尹知章《鬼谷子叙》,《困学纪闻》尝引之。"

《汉志》杂家"《尸子》二十篇"，自注："名佼，鲁人，秦相商君师之。鞅死，佼逃入蜀。"汪继培辑《尸子》序曰："《汉书·艺文志》杂家《尸子》二十篇。隋唐志并同。宋时全书已亡。王应麟《汉志考证》云李淑《书目》存四卷。《馆阁书目》止存二篇，合为一卷。其本皆不传。章怀太子注《后汉书》(《宦者吕强传》)谓《尸子》书二十篇。十九篇陈道德仁义之纪，一篇言九州险阻水泉所起。刘向序《荀子》，谓尸子著书非先王之法，不循孔氏之术。刘勰又谓其兼总杂术，术通而文钝。今原书散佚，未究大指。"

《汉志》小说家《青史子》五十七篇，自注："古史官记事也。"王应麟曰："《风俗通义》引《青史子》书。《大戴礼·保傅篇》：'青史氏之记曰："古者胎教。"'《隋志》梁有《青史子》一卷。"

案以上十家，并本《汉书·艺文志》，每家举出一人。惟《鬼谷子》不见于《汉志》，彦和时有其书，以为苏秦、张仪之师，故特举之。

⑩《史记·始皇本纪》：三十四年，丞相李斯请史官非秦纪皆烧之；非博士官所职，天下敢有藏《诗》《书》、百家语者，悉诣守、尉杂烧之。所不去者，医药、卜筮、种树之书。若欲有学法令，以吏为师。彦和云"烟燎之毒，不及诸子"，恐非事实。战国诸子之学，亦有师徒相传，珍守勿失，其书籍又非如六经之繁重，山岩屋壁，藏匿自易，故至汉代求书，诸子皆出也。《论衡·书解篇》："秦虽无道，不燔诸子，诸子尺书，文篇具在。"此彦和所本（赵岐《孟子章句·题辞》亦谓秦不焚诸子）。

⑪《汉书·艺文志·总叙》曰："昔仲尼殁而微言绝，七十子丧而大义乖。故《春秋》分为五，《诗》分为四，《易》有数家之传。战国从衡，真伪分争，诸子之言纷然淆乱。至秦患之，乃燔灭文章，以愚黔首。汉兴，改秦之败，大收篇籍，广开献书之路。迄孝武世，书缺简脱，礼坏乐崩，圣上喟然而称曰：'朕甚闵焉。'于是建藏书之策，置写书之官，下及诸子传说，皆充秘府。至成帝时，以书颇散亡，使谒者陈农求遗书于天下。诏光禄大夫刘向校经传诸子诗赋，步兵校尉任宏校兵书，太史令尹咸校数术（占卜之书），侍医李柱国校方技（医药之书）。每一书已，向辄条其篇目，撮其指意，录而奏之。会向卒，哀帝复使向子侍中奉车都尉歆卒父业。歆于是总群书而奏其《七略》（《隋志》："哀帝使歆嗣父之业，乃徙温室中书于天禄阁上，歆遂总括群书，撮其指要，著为《七略》。"），故有《辑略》（师古曰："辑与集同，谓诸书之总要。"），有《六艺略》，有《诸子略》，有《诗赋略》，有《兵书略》，有《术数略》，有《方技略》。今删其要，以备篇籍。"

《文选·魏都赋》注引《风俗通》云刘向《别录》："雠校者，一人读书校其上下得谬误为校；一人持本，一人读书，若怨家相对为雠。"刘向上《晏子》《列子》奏并云："以杀青书可缮写。"然则其录奏者，并先杀青书简也。《御览》六百六引《风俗通》云刘向《别录》："杀青者，直治竹作简书之耳。新竹有汁，善朽蠹。凡作简者，皆于火上炙干之。陈楚间谓之汗，汗者，去其汁也。吴越曰杀，杀亦治也。向为孝成皇帝典校书籍，二十余年，皆先书竹，改易刊定可缮写者，以上素也。”（以上皆《汉书补注》引沈钦韩说）《汉书·艺文志》：“凡诸子百八十九家，四千三百二十四篇。诸子十家，其可观者，九家而已。”

⑫《隋书·经籍志》“子类”著录魏晋人所撰书多种，在杂家小说家者尤不鲜。《说文·言部》“谰”或作“諫”。《广韵》二十五寒：“谰，逸言。”《韩诗外传》五：“成王之时，有三苗贯桑而生，同为一秀，大几满车，长几充箱（舆中载物，形如箱箧，因谓之车箱）。”照轸，疑当作“被轸”。释僧祐《出三藏记集·杂录序》曰：“书序之繁，充车而被轸矣。”《说文》：“轸，车后横木也。”充箱被轸，犹言车不胜载。

⑬《礼记·月令·正义》曰：“按郑《目录》云：‘名曰月令者，以其记十二月政之所行也。本《吕氏春秋·十二月纪》之首章也。’”

⑭黄注：“《荀子·礼论》前半，褚先生补《史记·礼书》采入；其后半皆言丧礼，三年之丧一段，与《礼记·三年问》同文。”

⑮《列子·汤问篇》：“殷汤问于夏革曰：‘古初有物乎？’夏革曰：‘古初无物，今恶得物……江浦之间生么虫（么，细也，亡果反），其名曰焦螟。群飞而集于蚊睫，弗相触也。栖宿去来，蚊弗觉也；离朱、子羽方昼拭眦扬眉而望之，弗见其形；鯱俞、师旷方夜擿耳俛首而听之，弗闻其声。唯黄帝与容成子居空峒之上，同斋三月，心死形废，徐以神视，块然见之，若嵩山之阿；徐以气听，砰然闻之，若雷霆之声。’”

⑯《庄子·则阳篇》：“惠子闻之而见戴晋人，戴晋人曰：‘有所谓蜗者，君知之乎？’曰：‘然。’‘有国于蜗之左角者曰触氏，有国于蜗之右角者曰蛮氏，时相与争地而战，伏尸数万，逐北旬有五日而后返。’”按蛮触相争系戴晋人对梁王语，非惠施也。

⑰《列子·汤问篇》：“太形（行）、王屋二山方七百里，高万仞，本在冀州之南，河阳之北。北山愚公者，年且九十，面山而居，惩山北之塞，出入之迂也；聚室而谋，曰：‘吾与汝毕力平险，指通豫南，达于汉阴，可乎？’杂然相许。其妻献疑曰：‘以君之力，曾不能损魁父之丘，如太形、王屋何？且焉置土石？’杂曰：‘投诸渤海之尾，隐土之北。’遂率

子孙荷担者三夫，叩石垦壤，箕畚运于渤海之尾。”

又夏革曰：“渤海之东，不知几亿万里，有大壑焉，实惟无底之谷，其下无底，名曰归墟……其中有五山焉：一曰岱舆，二曰员峤，三曰方壶，四曰瀛州，五曰蓬莱……龙伯之国有大人，举足不盈数步而暨五山之所。”

⑱《淮南子·天文训》：“昔者共工与颛顼争为帝，怒而触不周之山，天柱折，地维绝。”

⑲“诸”下脱一“子”字。“混同”，疑当作“鸿洞”。鸿洞，相连貌，谓繁辞也。《汉书·扬雄传》：“雄见诸子各以其知舛驰，大氐诋訾圣人，即（王念孙曰：即，犹或也）为怪迂，析辩诡辞，以挠世事，虽小辩，终破大道而或众，使溺于所闻而不自知其非也。”

⑳《周礼》太卜掌三易之法。一曰《连山》，二曰《归藏》，三曰《周易》。郑注：“夏曰《连山》，殷曰《归藏》。”《归藏》为殷代之《易》，殷汤当作《殷易》。《汉志》不载《归藏》。《御览》六百八引桓谭《新论》云：“《归藏》四千三百言。”严可均《全上古三代文》十五辑得八百四十六字。兹录其两条：“昔者羿善射，弹十日，果毙（毙应作毙）之。”“昔常娥以西王母不死之药，服之，遂奔月为月精。”

㉑《五蠹》，《韩非子》篇名。五蠹，谓学者、言谈者、带剑者、串御者（串御犹言近习）、商工之民。此五者，皆邦之蠹也。《商君书·靳令篇》：“六虱：曰礼乐，曰诗书，曰修善，曰孝弟，曰诚信，曰贞廉，曰仁义，曰非兵，曰羞战。国有十二者，上无使农战，必贫至削。”俞樾《诸子平议》二十：“樾谨案，上言六虱，下言十二者，而中所列凡九事，于数皆不合。疑‘礼乐诗书孝悌’当为六事；本作‘曰礼，曰乐，曰诗，曰书，曰修善，曰孝，曰悌，曰诚信，曰贞廉，曰仁义，曰非兵，曰羞战’，故总之为十二也。然则何以称‘六虱’？曰：六虱二字乃衍文也，六虱之文见《去强篇》。其文曰：‘农商官三者，国之常官也。三官者生，虱官者六：曰岁，曰食，曰玩，曰好，曰志，曰行。’此说六虱最得。盖岁也，食也，农之虱也；玩也，好也，商之虱也；志也，行也，官之虱也。《去强篇》又曰：‘国有礼有乐，有诗有书，有善有修，有孝有悌，有廉有辩，国有十者，上无使战，必削至亡。’然则商子之意不以此为六虱明矣。”商鞅轘死（《说文》：“轘，车裂人也。”）。韩非至秦，李斯使人遗非药，使

自杀。

㉒黄注："《列子·仲尼篇》公孙龙诳魏王曰：'白马非马，孤犊未尝有母。'按《列子》所述魏公子牟正深悦公孙龙之辨，所谓承其余窍者也（乐正子舆诋公子牟之忿辞）。《庄子·秋水篇》则异是。龙问牟：'吾自以为至达已，今闻庄子之言，无所开吾喙，何也？'公子牟有坎井之蛙谓东海之鳖之喻，是鸦鸟当作井蛙矣。"

㉓《汉书·宣元六王传》："（东平思王）来朝，上疏求诸子及《太史公书》。上以问大将军王凤。对曰：'……诸子书或反经术，非圣人，或明鬼神，信物怪。《太史公书》有战国从横权谲之谋，汉兴之初谋臣奇策，天官灾异，地形厄塞：皆不宜在诸侯王。不可予。'"

㉔孟、荀皆战国大儒，传孔门之学，不容轩轾于其间。荀子著书，主于明周孔之教，崇礼而劝学。其中最为口实者，莫过于《非十二子》及《性恶》两篇。王应麟《困学纪闻》据《韩诗外传》所引"卿但非十子而无子思、孟子"，以今本为其徒李斯等所增。不知子思、孟子后来论定为大贤耳，其在当时固亦卿之曹偶，是犹朱、陆之相非，不足讶也。至其以性为伪，杨倞注曰"伪，为也"，其义甚明。后人昧于训诂，误以为真伪之伪，遂哗然掊击，是非惟未睹其全书，即《性恶》一篇，自篇首二句以外，亦未竟读矣。彦和称孟、荀"理懿而辞雅"，识力远胜韩愈大醇小疵之论，宋儒盲攻更不足道。

㉕《汉志》道家《管子》八十六篇（今书存七十六篇，十篇有录无书）。刘向上奏云："凡《管子》书，务富国安民，道约言要，可以晓合经义。"又"儒家《晏子》八篇"。刘向上奏云："其书六篇，皆忠谏其君，文章可观，义理可法，皆合六经之义。又有复重文辞颇异，复列以为一篇。又有颇不合经术，似非晏子言，疑后世辩士所为者，故亦不敢失，复以为一篇。凡八篇。"

㉖《汉志》道家《列子》八篇。今本出晋张湛，疑即湛所伪造也。张湛《列子序》云："其书大略明群有以至虚为宗，万品以终灭为验，神惠以凝寂常全，想念以著物自丧，生觉与化梦等情，巨细不限一域，穷达无假智力，治身贵于肆任，顺性则所之皆适，水火可蹈，忘怀则无幽不照，此其旨也。然所明往往与佛经相参，大归同于老庄。属辞引类，特与《庄

子》相似。《庄子》《慎到》《韩非》《尸子》《淮南子》玄示旨归，多称其言，遂注之云尔。”湛序云“往往与佛经相参”，盖湛时佛学已入中国，故得窃取其意。又云“特与《庄子》相似”，盖《庄子》书中多称列御寇，故取材《庄子》特多。又《周穆王篇》非《汲冢书》发见后不能造，尤为湛伪撰之证（《穆天子传》晋初出于汲冢）。《列子》放诞恢诡，故彦和云“气伟而采奇”。

㉗“心奢辞壮”，即《史记·孟子荀卿列传》所谓“其语闳大不经……王公大人初见其术，惧然顾化，其后不能行之”者也。《论衡·案书篇》：“邹衍之书，瀇洋无涯，其文少验，多惊耳之言。案大才之人，率多侈纵，无实是之验，华虚夸诞，无审察之实。”

㉘《韩非子·外储说左上》：“楚王谓田鸠曰：‘墨子者，显学也。其体身则可，其言多不辩，何也?’曰：‘……今世之谈也，皆道辩说文辞之言，人主览其文而忘其用。《墨子》之说，传先王之道，论圣人之言以宣告人。若辩其辞，则恐人怀其文忘其（用），直以文害用也，故其言多不辩。’”《汉志》“墨家《随巢子》六篇”。《隋、唐志》并云一卷。《意林》同。随巢为墨翟弟子（班固自注），其书言鬼神炎祥，阐发《墨子》明鬼之义，以为鬼神贤于圣人。马国翰《玉函山房辑佚书》有《随巢子》一卷。

㉙《汉志》“《尸子》二十篇”“《尉缭子》二十九篇”并在杂家。杂家者流，盖出于议官，兼儒墨，合名法，知国体之有此，见王治之无不贯，此其所长也。故彦和称其术通。《汉志》兵形势家有《尉缭》三十一篇。今所传《尉缭子》五卷，二十四篇。胡应麟谓兵家之《尉缭》，即今所传，而杂家之《尉缭》并非此书，今杂家亡而兵家独传。案胡氏之说是也（晁公武《读书志》称元丰中以《六韬》《孙子》《吴子》《司马法》《黄石公三略》《尉缭子》《李卫公问对》颁武学，号曰“七书”。此兵家之《尉缭》所以得传）。

㉚《汉志》道家“《鹖冠子》一篇”，自注：“楚人，居深山，以鹖为冠。”今所传宋陆佃注本凡十九篇。其中《世兵篇》与贾谊《鵩鸟赋》文辞多同，彦和所谓“亟发深言”者，殆指此篇，《抱经堂文集》十《书鹖冠子后》：“《鹖冠子》十九篇，昌黎称之，柳州疑之，学者多是柳。盖其

书本杂采诸家之文而成。如五至之言，则郭隗之告燕昭者也，伍长里有司之制，则管仲之告齐桓者也。《世兵篇》又袭鲁仲连《遗燕将书》中语，谓其取贾谊《鹏赋》之文又奚疑。”

㉛《四库提要》曰：“高似孙《子略》称其一阖一辟，为易之神；一翕一张，为老氏之术，出于战国诸人之表（《子略》卷三），诚为过当。宋濂《潜溪集》诋为蛇鼠之智；又谓其文浅近，不类战国时人，又抑之太甚。柳宗元《辨鬼谷子》以为言益奇而道益隘，差得其真。盖其术虽不足道，其文之奇变诡伟，要非后世所能为也。”

㉜《汉志》道家《文子》九篇，自注：“老子弟子，与孔子并时，而称周平王问，似依托者也。”《隋志》“《文子》十二卷”，即今所传本也。其书并引《老子》之言而推衍之，旨意悉本《老子》，故云“情辨以泽”（泽，润泽也）。

㉝《汉志》名家《尹文子》一篇。《四库提要》曰：“其书本名家者流。大旨指陈治道，欲自处于虚静，而万事万物则一一综核其实；故其言出入于黄老申韩之间。《周氏涉笔》谓其自道以至名，自名以至法，盖得其真。”

㉞《汉志》法家《慎子》四十二篇。《史记》：“慎到，赵人，著十二论。”（《孟荀列传》）“《隋志》、旧新《唐志》皆十卷。滕辅注。《崇文总目》三十七篇。《书录解题》称麻沙刻本才五篇。余所见明刻本亦皆五篇。今从《群书治要》写出七篇，有注，即滕辅注。其多出之篇，曰《知忠》，曰《君臣》。”（《铁桥漫稿》五《慎子叙》）《四库提要》曰：“今考其书，大旨欲因物理之当然，各定一法而守之，不求于法之外，亦不宽于法之中。则上下相安，可以清静而治。然法所不行，势必刑以齐之；道德之为刑名，此其转关，所以申、韩多称之也。”

㉟《汉志》法家《韩子》五十五篇。《史记·韩非列传》：“喜刑名法术之学，而其归本于黄老……作《孤愤》《五蠹》《内、外储》《说林》《说难》十余万言。”彦和所云“博喻之富”，殆指《内、外储》《说林》等篇而言。

㊱《汉志》杂家《吕氏春秋》二十六篇，自注：“秦相吕不韦辑智略士作。”《四库提要》曰：“今本凡十二纪、八览、六论。纪所统子目六十一，览所统子目六十三，论所统子目三十六，实一百六十篇，《汉志》盖举其纲也。不韦固小人，而是书较诸子之言，独为醇正。大抵以儒为主，

而参以道家、墨家，故多引孔子、曾子之言。其他如论音则引《乐记》，论铸剑则引《考工记》，虽不著篇名，而其文可案。所引庄、列之言，皆不取其放诞恣肆者，墨翟之言，不取其非儒明鬼者，而纵横之术、刑名之说，一无及焉。其持论颇为不苟，论者鄙其为人，因不甚重其书，非公论也。”

㊲《汉志》杂家《淮南内》二十一篇。《汉书·景十三王传》谓：“淮南王安好书，所招致率多浮辩。”(《河间献王德传》）又《淮南王传》：“辩博善为文辞。”《要略》曰：“若刘氏之书（淮南王自谓也），观天地之象，通古今之事，权事而立制，度形而施宜，原道之心，合三王之风；以储与（犹摄业也）扈治（广大也），玄眇之中，精摇靡览（楚人谓精进为精摇，靡小皆览之），弃其畛挈（楚人谓泽浊为畛挈），斟其淑静，以统天下，理万物，应变化，通殊类，非循一迹之路，守一隅之指，拘系牵连之物，而不与世推移也。”（岛田翰《古文旧书考》四《淮南鸿烈篇》曰：“予惟今所存二十一篇之中，《缪称训》《齐俗训》《道应训》《诠言训》《兵略训》《人间训》《泰族训》《要略》八篇注本，则盖为许慎；其余十三篇，恐属高诱注本。”岛田此说颇有征，附记于此。）

㊳彦和特举以上十八家，为晚周百氏之冠冕（其中《淮南》一家虽出于汉代，然撰书之人仍存战国恣肆高谈之风，故得列入），并指明研求诸家之径途，循此以往，则得百氏之华采也。“文”疑是衍字。《论语·泰伯篇》“曾子曰：‘出辞气，斯远鄙倍矣。’”郑玄注曰：“出辞气能顺而说之，则无恶戾之言入于耳。”彦和谓循此则得诸子之顺说，不至为鄙倍之言所误也。

㊴《札迻》十二：“案‘典’当作‘新’。《新语》十二篇，今书具存。《史记》贾本传及《正义》引《七录》并同，皆不云典语。《隋书·经籍志》儒家云‘梁有《典语》十卷，吴中夏督陆景撰’（亦见马总《意林》）。与陆贾书别。彦和盖偶误记也。”汉代子书，《新语》最纯最早，大旨皆崇王道，黜霸术，贵仁义，贱刑威，归本于修身用人。其称引《老子》者，惟《思务篇》引“上德不德”一语，余皆以孔氏为宗。所援据多《诗》《书》《春秋》《论语》之文。绍孟、荀而开贾、董，卓然儒者之言，史迁目为辩士，未足以尽之。（用《四库提要》及严可均《新语叙》语。严语见《铁桥漫稿》五）

㊵《汉志》儒家《贾谊》五十八篇。《崇文总目》云："本七十二篇，刘向删定为五十八篇。《隋、唐志》皆九卷，别本或为十卷。"考今《隋、唐志》皆作十卷，无九卷之说，盖校刊《隋书》《唐书》者，未见《崇文总目》，反据今本追改之。明人传刻古书，往往如是，不足怪也。然今本仅五十六篇，又《问孝》一篇有录无书，实五十五篇，已非北宋之旧。《抱经堂文集》十《书校本贾谊新书后》云："《新书》，非贾生所自为也，乃习于贾生者，萃其言以成此书耳。《过秦论》史迁全录其文，《治安策》见班固书者乃一篇，此离而为四五，后人以此为是贾生平日所草创（《朱子语录》），岂其然欤！《修政语》称引黄帝、颛、喾、尧、舜之辞，非后人所能伪撰，《容经》《道德说》等篇，辞文典雅，魏晋人决不能为，故曰是习于贾生者萃而为之，其去贾生之世不大相辽绝可知也。"

㊶《四库提要》曰："《汉书·艺文志》儒家扬雄所序三十八篇，注曰：'《法言》十三。'雄本传具列其目……凡所列汉人著述，未有若是之详者，盖当时甚重雄书也。自程子始谓其曼衍而无断，优柔而不决；苏轼始谓其以艰深之词，文浅易之说。至朱子作《通鉴纲目》，始书'莽大夫扬雄死'，雄之人品著作，遂皆为儒者所轻。若北宋之前，则大抵以为孟、荀之亚。"

㊷《汉志》儒家刘向所序六十七篇，自注："《新序》《说苑》《世说》《列女传颂图》也。"《新序》十卷，《说苑》二十卷，两书性质略同。彦和特举一以概之耳。《崇文总目》云："《新序》所载皆战国秦汉间事。"以今考之，春秋时事尤多，汉事不过数条，大抵采百家传记以类相从，故颇与《春秋内外传》《战国策》《太史公书》互相出入。推明古训，以衷之于道德仁义，在诸子中犹不失为儒者之言也。《说苑》二十篇，其书皆录遗闻佚事，足为法戒之资者，其例略如《韩诗外传》，古籍散佚，多赖此以存。如《汉志》河间献王八篇，《隋志》已不著录，而此书所载四条，尚足见其议论醇正，不愧儒宗。其他亦多可采择，虽间有传闻异词，固不以微瑕累全璧矣（节录《四库提要》语）。《抱经堂文集》五《新校说苑序》曰："汉禁中先有《说苑》一书，而子政为之校雠奏上，号曰《新苑》。余向阅《文献通考》，疑《新苑》为《说苑》之讹。及后得宋本此书，前有子政所上奏云：'臣向所校中书《说苑》杂事及向书民间书互校雠，分别次

序，除去与《新序》复重者，更造新事十万言以上，凡二十篇，七百八十四章，号曰《新苑》，皆可观。’然后知余向之所疑为妄也。”据卢氏此说，则《说苑》非子政自撰。今本《说苑》当称《新苑》。

㊸《四库提要》曰：“《潜夫论》十卷，汉王符撰。《后汉书》本传称其‘志意蕴愤，乃隐居著书三十余篇，以议当时得失，不欲章显其名，故号曰《潜夫论》’。今本凡三十五篇，合叙录为三十六篇，盖犹旧本。范氏以符与王充、仲长统同传。韩愈因作《后汉三贤赞》。今以三家之书相较，符书洞悉政体似《昌言》而明切过之，辨别是非似《论衡》而醇正过之。前史列之儒家，斯为不愧。”

㊹《铁桥漫稿》五《崔氏政论叙》曰：“《隋志》法家《正论》五卷。汉大尚书崔寔撰。《旧唐志》《政论》五卷。《意林》亦五卷。《新唐志》作六卷。各书引见或作《政论》，或作《正论》，又作《本论》，止是一书。寔明于政体，吏才有余，论当世便事数十条，指切时要，言辩而确。范史论曰：‘寔之《政论》，言当世理乱，虽晁错之徒不能过也。’其本北宋时已佚失，故《崇文总目》不著录，《郡斋读书志》《直斋书录解题》亦无之。《通志略》载有六卷，虚列书名，不足据。余从《群书治要》写出七篇，本传及《通典》各写出一篇，凡九篇。仲长统曰：‘凡为人主，宜写一通置之坐侧。’诚哉是言也。”

㊺《铁桥漫稿》五《昌言叙》：“《隋志》杂家‘仲长子《昌言》十二卷，录一卷。汉尚书郎仲长统撰’。《旧唐志》作十卷。《新唐志》移入儒家，亦十卷，《崇文总目》称今所存十五篇，分为二卷，余皆亡。《郡斋读书志》《直斋书录解题》不著录。明陈第《世善堂书目》有二卷，疑即十五篇本。今所见刻本仅明胡维新《两京遗编》有《理乱》《损益》《法诫》三篇；归有光《诸子汇函》有《理乱》《损益》二篇；皆出本传，无所增多。余从《群书治要》写出九篇，益以本传三篇，以《意林》次第之。本传，统字公理，山阳高平人，著论三十四篇，十余万言。今此收辑，才万余言，亡者盖十八九。而《治要》所载，又颇删节，断续仳离，殆所不免；然其闿陈善道，指抲时敝，剀切之忱，踔厉震荡之气，有不容摩灭者。缪熙伯方之董、贾、刘、扬，非过誉也。神仙家言，儒者所弗道，而《昌言》有其一篇，故是杂家。”

㊻黄以周《儆季杂箸·子叙·幽求子叙》曰："《幽求子》晋杜夷撰。夷字引齐，事迹具《晋书》本传。《隋志》道家作杜氏《幽求新书》二十卷。《唐志》作杜氏《幽求子》三十卷。《意林》标题书名同《唐志》，卷数同《隋志》。考《杜氏新书》即《笃论》，非《幽求子》。《隋志》并题《新书》，《唐志》云三十卷，皆误。当以《意林》为正。杜氏家学皆宗儒，至夷一变而入道。其言曰：'道以无为为家，清静虚寂，宏广多包，圣人所宅。'此其宗恉也。马氏辑是书，兼采《新书》，今补其遣漏四事，黜其误入八事。"

㊼"咸"，一作"或"，作"或"者是。

㊽"适"，疑当作"述"。《论说篇》云："述经叙理曰论。"

㊾"体势漫弱"，谭献校本改"漫"作"浸"，案谭改是也。坦途，谓儒学。六国以前，仍指六国，非谓春秋时代。汉自董仲舒奏罢百家，学归一尊，朝廷用人，贵乎平正，由是诸家撰述，惟有依傍儒学，采掇陈言，为世主备鉴戒，不复敢奇行高论，自投文网，故武帝以后董、刘、扬雄之徒，不及汉初淮南、陆贾、贾谊、晁错诸人，东汉作者又不及西京，魏晋之世学术更衰，所谓"谰言兼存，璅语必录"，几至不能持论矣。

㊿纪评云："隐然自寓。"《金楼子·自序篇》："人间之世，飘忽几何。如凿石见火，窥隙观电，萤睹朝而灭，露见日而消，岂可不自序也。"

(51)《庄子·天道篇》："辩虽雕万物，不自说也。"此彦和所本。《情采篇》亦引此文。

(52)李君雁晴曰："述同术，途也。"

论说第十八

圣哲（元作"世"，朱按《玉海》改）彝训曰"经"，述经叙理曰"论"①。论者，伦也；伦理（孙云明抄本《御览》作"礼"）无爽，则圣意不坠（"无爽"元作"有无"，"圣"字上无"则"字，从《御览》改；孙云《御览》五九五引作"则圣意不堕"）②。昔仲尼微言，门人追记，故仰其经目，称为《论语》。盖群论立名，始于兹矣[3]。自《论语》已前，经无“论”字；《六韬》二论，后人追题乎[4]？

详观论体，条流多品：陈政，则与议说合契；释经，则与传注参体；辨史，则与赞评齐行；铨文，则与叙引共纪[5]。故议者宜言，说者说语，传者转师，注者主解，赞者明意，评者平理，序者次事，引者胤辞：八名区分，一揆宗论[6]。论也（孙云《御览》无“也”字）者，弥纶群言，而研精（元脱，朱补；孙云《御览》有“精”字）一理者也[7]。

是以庄周《齐物》，以论为名[8]；不韦《春秋》，六论昭列[9]；至（孙云《御览》有“于”字）石渠论艺，白虎通讲（孙云明抄本《御览》“通讲”作“讲聚”）；聚述圣言通经（孙云《御览》无“聚”“言”二字），论家之正体也[10]。及班彪《王命》[11]，严尤（元作“允”，朱改；孙云明抄本《御览》作“左”）《三将》[12]，敷述昭情，善入史体。魏之初霸，术兼名法[13]；傅嘏、王粲，校练名理[14]。迄至正始，务欲守文；何晏之徒，始盛玄论。于是聃、周当路，与尼父争涂矣[15]。详观兰石之《才性》[16]，仲宣之《去代（孙云明抄本《御览》作“伐”）》[17]，叔夜之辨声[18]，太初之《本玄》[19]，辅嗣之《两例》[20]，平叔之二论[21]：并师心独见，锋颖（铃木云黄氏原本、《御览》《玉海》作“颍”）精密，盖人伦（铃木云《御览》《玉海》“人伦”作“论”一字）之英也（孙云《御览》引作“盖论之英也”）[22]。至如李康《运命》，同《论衡》而过之[23]；陆机《辨亡》（元作“正”，谢改），效《过秦》而不及[24]，然亦其美矣（孙云明抄本《御览》作“哉”）。

次及宋岱（元作“代”）、郭象（元作“蒙”，朱据旧本改），锐思于幾神之区[25]；夷甫、裴頠，交辨于有无之域[26]：并独步当时，流声后代。然滞有者，全系于形用；贵无者，专守于寂寥：徒锐偏解，莫诣正理；动极神源，其般若之绝境乎[27]？逮江左群谈，惟玄是务；虽有日新，而多抽前绪矣[28]。至如张衡《讥世》，韵似俳说；孔融《孝廉》，但谈嘲戏；曹植《辨道》，体同书抄：言不持正，论如其已（汪本作“才不持论，宁如其已”）[29]。

原夫论之为体，所以辨正然否；穷于有数，追于无形（两“于”字从汪本改；孙云《御览》“于”作“及”；铃木云嘉靖本作“穷有数，追无形”；梅本、冈本无两“于”字，“追”下有“究”字）迹（一作“钻”，孙云《御览》作“钻”）坚求通，钩深取极；乃百虑之筌蹄，万事之权衡也。故其义贵圆通，辞忌枝碎（孙云《御览》有“也”字）。必使心与理合，弥缝莫见其隙；辞共心密，敌人不知所乘：斯（孙云明抄本《御览》作“期”）其要也。是以论如（《御览》作“辟”；孙云《御览》作“譬”）析薪，贵能破理。斤利者，越理而横断；辞辨者，反义而取通：览文虽巧，而检迹如（顾云当作“知”；孙云《御览》作“知”）妄。唯君子能通天下之志，安可以曲论哉[30]？

若夫注释为词，解散论体，杂文虽异，总会是同。若秦延君（元作“君延”，杨改）之注《尧典》，十余万字；朱普之解《尚书》，三十万言：所以通人恶烦，羞（元作“差”，朱改）学章句。若毛公之训《诗》，安国之传《书》，郑君之释《礼》，王弼之解《易》，要约明畅，可为（元作“谓”）式矣[31]。

说者，悦也。兑为口舌，故言咨（铃木云疑作“资”）悦怿；过悦必伪，故舜惊谗说[32]。说之善者，伊尹以论味隆殷[33]，太公以辨钓兴周[34]，及烛武行而纾郑[35]，端木出而存鲁[36]，亦其美也。

暨战国争雄，辨士云踊；从横参谋，长短角势；转丸骋其巧辞，飞钳伏其精术[37]。一人之辨，重于九鼎之宝；三寸之舌，强于百万之师[38]。六印磊落以佩，五都隐赈而封[39]。至汉定秦楚，辨士弭节：郦君既毙于齐镬，蒯子几入乎汉鼎。虽复陆贾籍甚，张释傅会，杜钦文辨，楼护唇舌，颉颃万乘之阶，抵嘘公卿之席，并顺风以托势，莫能逆波而泝洄矣[40]。

夫说贵抚会，弛张相随，不专缓颊，亦在刀笔[41]。范雎之言事[42]，李斯之止逐客[43]，并烦情入机，动言中务，虽批逆鳞，而功成计合，此上书之善说也[44]。至于邹阳之说吴、梁，喻巧而理至，故虽危而无咎矣[45]。敬通之说（元脱，孙补）鲍、邓，事缓而文繁，所以历骋（元作“聘”，柳改）而罕遇（元作“过”）也[46]。

凡说之枢要，必使时利而义贞；进有契于成务，退无阻于荣身。自非谲敌，则唯忠与信。披肝胆以献主，飞文敏以济辞，此说之本也[47]。而陆氏直称"说炜晔以谲诳"，何哉[48]？

赞曰：理形于言，叙理成论。词深人天，致远方寸。阴阳莫贰，鬼神靡遁。说尔飞钳，呼吸沮劝。

注释：

①凡说解谈议训诂之文，皆得谓之为论；然古惟称"经传"，不曰"经论"；"经论"并称，似受释藏之影响。《魏书·释老志》曰："（释迦）后数百年，有罗汉、菩萨相继著论，赞明经义，以破外道……皆傍诸藏部大义，假立外问，而以内法释之。"《隋书·经籍志》："以佛所说经为三部……又有菩萨及诸深解奥义、赞明佛理者，名之为论。"彦和此篇分论为二类：一为述经、传注之属；二为叙理、议说之属。八名虽区，总要则二；二者之中，又侧重叙理一边，所谓"论也者，弥纶群言，而研精一理者也"。

②《释名·释典艺》："论，伦也；有伦理也。"《说文系传》三十五："应诘难，揭首尾，以终其事，曰论。论，伦也。同归而殊涂，一致而百虑；语各有伦，而同归于理也。"伦，理也；爽，差失也。（王弼注《老子》"美味令人爽口"）

③《汉书·艺文志》："《论语》者，孔子应答弟子时人及弟子相与言而接闻于夫子之语也。当时弟子各有所记，夫子既卒，门人相与辑而论纂，故谓之《论语》。"《补注》引王先慎曰："皇、邢二疏并云：'论，撰也。'群贤集定，故曰撰。郑注《周礼》云：'答述曰语。'以此书所载，皆仲尼应答弟子及时人之辞，故曰'语'；而在论下者，必经论撰，然后载之，以示非妄语也。"段玉裁注《说文》"论"字曰："论，以仑会意。《亼部》曰：'仑，思也。'《龠部》曰：'仑，理也。'此非两义。思如玉部䚡理，自外可以知中之䚡。《灵台》：'于论鼓钟。'毛曰：'论，思也。'此正许所本。《诗》于论，正"仑"之假借。凡言语循其理、得其宜，谓之论。故孔门师弟子之言谓之《论语》。《王制》：'凡制五刑，必即天论。'《周易》：'君子以经论。'《中庸》：'经论天下之大经。'皆谓言之有伦有脊者。"《论语》之取义如上。"仰其经目"，疑当作"抑其经目"，谓谦不敢

称经也。

④《困学纪闻》十七：“《文心雕龙》云：‘《论语》以前，经无论字。’晁子止云：不知《书》有论道经邦。”纪评云：“观此知古文《尚书》梁时尚不行于世，故不引论道经邦之文，然《周礼》却有‘论’字。”（纪说误。顾广圻谓刘彦和屡引东晋古文，如《通变篇》《议对篇》《丽辞篇》《事类篇》皆引之。案顾说是也。）《纪闻》阎《笺》云：“论道经邦，乃晚出《书·周官篇》本《考工记》或坐而论道来。”何《笺》云：“论道经邦，出于《古文尚书》，未可以诋彦和。”又云：“书中《议对篇》即引议事以制。”案诸家皆误会彦和语意，遂率断为疏漏；其实“《论语》以前，经无‘论’字”，非谓经书中不见“论”字，乃谓经书无以“论”为名者也。上文云“群论立名”，下文云“六韬二论”，皆指书名、篇名言之。《后汉书·何进传》章怀注曰：“太公《六韬篇》，第一《霸典文论》，第二《文师武论》。”今本《文师》在《六韬》为第一篇，与章怀所举不合，亦无文论武论之目，盖又非唐时之旧矣。

⑤《说文》：“论，议也。”《广雅·释诂二》：“说，论也。”详本篇及《议对篇》，毛公注《诗》，安国注《书》，皆称为传，传即注也。贾逵曰：“论，释也。”《汉书》曰“赞”，《后汉书》曰“论”，《三国志》曰“评”，其实一也。“铨”当作“诠”。《淮南书》有《诠言训》，高注曰：“诠，就也。”诠言者，谓譬类人事，相解喻也。史传多以撰为之序，如《书序》《诗序》《序卦》，及班固《两都赋序》、皇甫谧《三都赋序》之属。引，未详。左思《吴都赋》注：“南音，征引也，商角徵羽，各有引。”《诗·行苇·笺》云：“在前曰引。”《正义》：“引者，牵引之义。”

⑥《礼记·中庸》：“义者，宜也。”议，从言，义声，亦取宜意。《说文》：“议，语也。”段注曰：“议者，谊也，谊者，人所宜也。言得其宜之为议。”说，即悦怿之悦。说语，谓悦怿之语。《释名·释书契》：“传，转也。转移所在，执以为信也。”王褒作《四子讲德》而云作传。《文选》标为《四子讲德论》，是传亦称论之证。转师，谓听受师说，转之后生也。《仪礼·郑氏注·正义》曰：“注者，注义于经下，若水之注物。”《礼记·曲礼·正义》曰：“注者，即解书之名。”主解为注，以解释为主。赞，明也；见《颂赞篇》。《广雅·释诂三》：“评，平也。”序与叙，音义同。

《易·艮》："言有序。"《文言》："与四时合其序。"《诗》："序宾以贤。"《仪礼·燕礼》："序进。"《左传》宣十二年："内官序当其夜。"皆次第之意。陈先生曰："《后汉书·冯衍传》：'退而作赋，又自论曰。'自论，即自序也。"《说文·肉部》："胤，子孙相承续也。"胤，有继续之义，引伸为牵引之义。《文选·长笛赋》"曲胤之繁会丛杂"，《琴赋》"曲引向阑"，"引"与"胤"同义，故曰"引以胤辞"。八名之中，传注为述经之论，叙引诠解文辞，当属此类。其余则皆叙理之论也。

⑦晋释慧远《大智论钞序》曰："又论（指《大智论》）之为体，位始无方而不可诘，触类多变而不可穷，或开远理以发兴，或导近习以入深，或阖殊涂于一法而弗杂，或辟百虑于同相而不分；此以绝夫累瓦之谈，而无敌于天下者也。尔乃博引众经，以赡其辞，畅发义音，以宏其美，美尽则智无不周，辞博则广大悉备，是故登其涯而无津，挹其流而弗竭，汪汪焉莫测其量，洋洋焉莫比其盛。虽百川灌河，未足语其辩矣。虽涉海求源，未足穷其邃矣。"释僧睿《大智度论序》曰："尔乃宪章智典，作兹释论。其开夷路也，则令大乘之驾，方轨而直入；其辩实相也，则使妄见之惑，不远而自复。其为论也，初辞拟之，必标众异以尽美；卒成之终，则举无执以尽善。释所不尽，则立论以明之；论其未辩，则寄折中以定之。使灵篇无难喻之章，千载悟作者之旨，信若人之功矣。"录此二节，可与彦和"弥纶群言，研精一理"之说互参。

⑧纪评云："物论二字相连，此以为论名，似误。同年钱辛楣云。"李详《补正》云："钱说见《十驾斋养新录》，引王伯厚云：'《庄子·齐物论》非欲齐物也，盖谓物论之难齐也。'邵子诗'齐物到头争'，恐误。按左思《魏都赋》：'万物可齐于一朝。'刘渊林注：'《庄子》有齐物之论。'刘琨《答卢谌书》：'远慕老庄之齐物。'《文心雕龙·论说篇》：'庄周《齐物》，以论为名。'是六朝人已误以'齐物'二字连读。详案：《庄子·齐物论》郭象注：'夫自是而非彼，美己而恶人，物莫不皆然，是非虽异，而彼我均也。'正是齐物之意。六朝既有此读，故邵子宗之。其《观物外篇》云'庄子齐物，未免乎较量'，亦读与诗同，非误也。文达、少詹，似皆未得其旨。"

⑨《吕氏春秋》有《开春》《慎行》《贵直》《不苟》《似顺》《士容》

六论，凡三十六篇。

⑩《汉书·宣帝纪》:“(甘露三年)诏诸儒讲五经同异，太子太傅萧望之等平奏其议，上亲称制临决焉。”《补注》引钱大昭曰:“时与议石渠者，可考见者凡二十三人，议奏之见于《艺文志》者，凡一百六十五篇。《易》《诗》二经，独无议奏。班氏失载之耳。”《汉书·瑕邱江公传、刘向传、韦玄成传》皆载讲经石渠事。《三辅故事》曰:“石渠阁在未央殿北，藏秘书之所。”

《后汉书·章帝纪》:“(建初四年冬十一月)下太常，将、大夫、博士、议郎、郎官及诸生、诸儒会白虎观，讲议五经同异，使五官中郎将魏应承制问，侍中淳于恭奏，帝亲称制临决，如孝宣甘露石渠故事，作《白虎议奏》。”《班固传》:“天子会诸儒，讲论五经，作《白虎通德论》。”《儒林传》:“命史臣著为《通议》。”孙诒让《籀庼述林》四有《白虎通义考》上下二篇，甚详明。其下篇云:“今本《文心雕龙》‘述’上衍‘聚’字，‘圣’下衍‘言’字，应依《御览》引删。”《校勘记》:“‘通’字‘言’字并衍，诸本皆误。《玉海》引无‘通’字‘言’字。”又案本书《时序篇》“历政讲聚”即指此事，亦作讲聚，明抄本《御览》作“讲聚”，是。

⑪《后汉书·班彪传》:“隗嚣拥众天水，彪乃避难从之。嚣问彪曰:‘往者周亡，战国并争，天下分裂，数世然后定；意者从横之事复起于今乎?’……彪既疾嚣言，又伤时方艰，乃著《王命论》，以为汉德承尧，有灵命之符，王者兴祚，非诈力所致，欲以感之，而嚣终不寤。”《汉书·叙传》及《文选》五十二载《王命论》，录于下:

> 昔在帝尧之禅曰:“咨尔舜，天之历数在尔躬。”舜亦以命禹。暨于稷契，咸佐唐虞，光济四海，奕世载德。至于汤武，而有天下。虽其遭遇异时，禅代不同，至乎应天顺民，其揆一也。是故刘氏承尧之祚，氏族之世，著乎《春秋》。唐据火德，而汉绍之，始起沛泽，则神母夜号，以彰赤帝之符。由是言之，帝王之祚，必有明圣显懿之德，丰功厚利积絫之业；然后精诚通于神明，流泽加于生民，故能为鬼神所福飨，天下所归往。未见运世无本，功德不纪，而得屈起在此位者也。世俗见高祖兴于布衣，不达其故，以为适遭暴乱，得奋其剑，游说之士至比天下于逐鹿，幸捷而得之，不知神器有命，不可以

智力求也。悲夫！此世所以多乱臣贼子者也。若然者，岂徒暗于天道哉？又不睹之于人事矣！夫饿馑流隶，饥寒道路，思有裋褐之袭，儋石之畜，所愿不过一金，然终于转死沟壑。何则？贫穷亦有命也。况乎天子之贵，四海之富，神明之祚，可得而妄处哉？故虽遭罹阸会，窃其权柄，勇如信、布，强如梁、籍，成如王莽，然卒润镬伏质，亨醢分裂。又况么磨，尚不及数子，而欲暗奸天位者乎！是故驽蹇之乘不骋千里之涂，燕雀之畴不奋六翮之用，楶棁之材不荷栋梁之任，斗筲之子不秉帝王之重。《易》曰“鼎折足，覆公餗”，不胜其任也。当秦之末，豪桀共推陈婴而王之。婴母止之曰：“自吾为子家妇，而世贫贱，卒富贵不祥，不如以兵属人，事成少受其利，不成祸有所归。”婴从其言，而陈氏以宁。王陵之母亦见项氏之必亡，而刘氏之将兴也。是时陵为汉将，而母获于楚。有汉使来，陵母见之，谓曰：“愿告吾子，汉王长者，必得天下，子谨事之，无有二心。”遂对汉使伏剑而死，以固勉陵。其后果定于汉，陵为宰相封侯。夫以匹妇之明，犹能推事理之致，探祸福之机，而全宗祀于无穷，垂策书于春秋，而况大丈夫之事乎！是故穷达有命，吉凶由人，婴母知废，陵母知兴，审此二者，帝王之分决矣。盖在高祖，其兴也有五：一曰帝尧之苗裔，二曰体貌多奇异，三曰神武有征应，四曰宽明而仁恕，五曰知人善任使。加之以信诚好谋，达于听受，见善如不及，用人如由己，从谏如顺流，趣时如向赴。当食吐哺，纳子房之策；拔足挥洗，揖郦生之说；悟戍卒之言，断怀土之情；高四皓之名，割肌肤之爱；举韩信于行阵，收陈平于亡命。英雄陈力，群策毕举，此高祖之大略，所以成帝业也。若乃灵瑞符应，又可略闻矣。初，刘媪任高祖，而梦与神遇，震电晦冥，有龙蛇之怪。及长而多灵，有异于众。是以王武、感物而折券，吕公睹形而进女，秦皇东游以厌其气，吕后望云而知所处。始受命则白蛇分，西入关则五星聚，故淮阴、留侯谓之天授，非人力也。历古今之得失，验行事之成败，稽帝王之世运，考五者之所谓，取舍不厌斯位，符瑞不同斯度，而苟昧于权利，越次妄据，外不量力，内不知命，则必丧保家之主，失天年之寿，遇折足之凶，伏𫓧钺之诛。英雄诚知觉寤，畏若祸戒，超然远览，渊然深识，收陵、婴之明分，绝信、布之觊觎，距逐鹿之瞽说，审神器之有授，毋贪不可几，为二母之所笑，则福祚流于子孙，天禄其永终矣。

⑫《汉书·王莽传下》：“尤素有智略，非莽攻伐四夷，数谏不从，著古名将乐毅、白起不用之意，及言边事，凡三篇，奏以风谏莽。”《三将军论》佚。《全前汉文》六十一辑得两条。

王翦为秦将，灭燕，燕王喜奔逃东夷。秦王曰：“齐、楚何先?”李信曰：“楚地广，齐地狭；楚人勇，齐人怯。请先从事于易。”(《御览》四百三十七)

白起，平原君劝赵孝成王受冯亭。王曰：“受之，秦兵必至，武安君必将，谁能当之者乎?”对曰：“渑池之会，臣察武安君小头而面锐，瞳子白黑分明，视瞻不转。小头而面锐者，敢断决也；瞳子白黑分明者，见事明也；视瞻不转者，执志强也。可与持久，难与争锋。廉颇为人，勇鸷而爱士，知难而忍耻，与之野战则不如，持守足以当之。”王从其计。(《世说新语·言语篇》注引严尤《三将叙》)

⑬《三国志·魏志·武帝纪》评曰：“太祖擥申、商之法术，该韩、白之奇策。”《国故论衡》中《论式篇》曰：“当魏之末世，晋之盛德，钟会、袁准、傅玄皆有家言，时时见他书援引，视荀悦、徐幹则胜。此其故何也?老庄刑名之学，逮魏复作，故其言不牵章句，单篇持论，亦优汉世。然则王弼《易例》、鲁胜《墨序》、裴頠《崇有》，性与天道，布在文章，贾、董卑卑，于是谢不敏焉。经术已不行于王路，丧祭尚在，冠昏朝觐，犹弗能替旧常，故议礼之文亦独至。陈寿、贺循、孙毓、范宣、范汪、蔡谟、徐野人、雷次宗者，盖二戴闻人所不能。上施于政事，张裴《晋律》之序，裴秀地域之图，其辞往往陵轹二汉。乃齐梁犹有继迹者，而严整差弗逮。夫持论之难，不在出入风议，臧否人群，独持理议礼为剧。出入风议，臧否人群，文士所优为也。持理议礼，非擅其学莫能至。”

⑭《三国志·魏志·傅嘏传》：“傅嘏字兰石……常（当作尝）论才性同异。钟会集而论之。”《世说新语·文学篇》：“钟会撰《四本论》。”刘孝标注曰：“四本者，言才性同、才性异、才性合、才性离也。傅嘏论同，李丰论异，钟会论合，王广论离。”《魏志·王粲传》：“粲著诗赋论议垂六十篇。”注引《典略》曰：“粲才既高，辨论应机。钟繇、王朗等虽各为魏卿

相，至于朝廷奏议，皆阁笔不能措手。”《全后汉文》九十一辑得粲所著论六篇，皆残缺不完。兹录王、傅文各一篇于下：

王粲《儒吏论》(《艺文类聚》五十二)

士同风于朝，农同业于野，虽官职殊务，地气异宜，然其致功成利，未有相害而不通者也。古者八岁入小学，学六甲五方书计之事；十五入大学，学君臣朝廷王事之纪，则文法典艺，具存于此矣。至乎末世，则不然矣。执法之吏，不窥先王之典；搢绅之儒，不通律令之要。彼刀笔之吏，岂生而察刻哉！起于几案之下，长于官曹之间，无温裕文雅以自润，虽欲无察刻，弗能得矣。竹帛之儒，岂生而迂缓也！起于讲堂之上，游于乡校之中，无严猛断割以自裁，虽欲不迂缓，弗能得矣。先王见其如此也，是以博陈其教，辅和民性，达其所壅，祛其所蔽，吏服雅训，儒通文法；故能宽猛相济，刚柔自克也。

傅嘏《难刘劭考课法论》(《三国志·魏志·傅嘏传》)

盖闻帝制宏深，圣道奥远，苟非其才，则道不虚行，神而明之，存乎其人。暨乎王略亏颓而旷载罔缀，微言既没，六籍泯玷。何则？道弘致远，而众才莫睎也。案劭考课论，虽欲寻前代黜陟之文，然其制度略以阙亡。礼之存者，惟有周典，外建侯伯，藩屏九服，内立列司，筦齐六职，士有恒贵，官有定则，百揆均任，四民殊业。故考绩可理而黜陟易通也。大魏继百王之末，承秦汉之烈，制度之流，靡所修采。自建安以来，至于青龙，神武拨乱，肇基皇祚，扫除凶逆，芟夷遗寇，旌旗卷舒，日不暇给。及经邦治戎，权法并用，百官群司，军国通任，随时之宜，以应政机，以古施今，事杂义殊，难得而通也。所以然者，制宜经远，或不切近，法应时务，不足垂后。夫建官均职，清理民物，所以务本也。循名考实，纠励成规，所以治末也。本纲未举而造制未呈，国略不崇而考课是先，惧不足以料贤愚之分，精幽明之理也。昔先王之择才，必本行于州闾，讲道于庠序，行具而谓之贤，道修则谓之能。乡老献贤能于王，王拜受之，举其贤者，出使长之，科其能者，人使治之，此先王收才之义也。方今九州之民，爰及京城，未有六乡之举，其选才之职，专任吏部。案品状则实才未必当，任薄伐则德行未为叙，如此则殿最之课，未尽人才，述综王度，敷赞国式，体深义广，难得而详也。

⑮魏氏三祖，皆有文采。正始中，玄风始盛（正始，齐王芳年号）。高贵乡公才慧夙成，好问尚辞，有文帝之风。盖皆守文之主。《晋书·范宁传》载其《王弼何晏论》，可作参考，录于下：

或曰："黄唐缅邈，至道沦翳，濠濮辍咏，风流靡托。争夺兆于仁义，是非成于儒墨。平叔神怀超绝，辅嗣妙思通微，振千载之颓纲，落周孔之尘网；斯盖轩冕之龙门，濠梁之宗匠。尝闻夫子之论，以为罪过桀纣，何哉？"答曰："子信有圣人之言乎？夫圣人者，德侔二仪，道冠三才，虽帝皇殊号，质文异制，而统天成务，旷代齐趣。王、何蔑弃典文，不遵礼度，游辞浮说，波荡后生，饰华言以翳实，骋繁文以惑世。搢绅之徒，翻然改辙，洙泗之风，缅焉将坠。遂令仁义幽沦，儒雅蒙尘，礼坏乐崩，中原倾覆。古之所谓言伪而辩、行僻而坚者，其斯人之徒欤！昔夫子斩少正于鲁，太公戮华士于齐，岂非旷世而同诛乎！桀纣暴虐，正足以灭身覆国，为后世鉴戒耳。岂能回百姓之视听哉？王、何叨海内之浮誉，资膏梁之傲诞，画螭魅以为巧，扇无检以为俗。郑声之乱乐，利口之覆邦，信矣哉！吾固以为一世之祸轻，历代之罪重，自丧之衅小，迷众之愆大也。

⑯傅嘏论才性同，文佚。本传注引《傅子》曰："嘏既达治好正，而有清理识要，好论才性，原本精微，鲜能及之。"

⑰《札迻》十二："案'代'当作'伐'，形近而误。《隋书·经籍志》儒家'梁有《去伐论集》三卷，王粲撰'，即此。去伐，言去矜伐。《艺文类聚》二十三引袁宏《去伐论》，仲宣论意，当与彼同。"

⑱嵇康《声无哀乐论》，全文五千六百五十五字，载本集，文繁不能悉录。《世说新语·文学篇》注引其略曰："夫殊方异俗，歌笑不同，使错而用之，或闻哭而欢，或听歌而戚，然哀乐之情均也。今用均同之情，发万殊之声，斯非声音之无常乎！"

⑲《札迻》十二："案《本玄论》张溥辑《太初集》已佚。考《列子·仲尼篇》张注引夏侯玄曰'天地以自然运，圣人以自然用。自然者，道也。道本无名，故老氏曰强为之名。仲尼称尧荡荡无能名焉'云云，与本无之义正合，疑即《本无论》之文，无无玄元，传写贸乱，遂成歧互

尔。”《三国志·魏志·夏侯玄传》：“玄字太初。”注引《魏氏春秋》曰：“玄尝著《乐毅》《张良》及《本无》《肉刑论》，辞旨通远，咸传于世。”

⑳《三国志·魏志·王弼传》：“弼好论儒道，辞才逸辩，注《易》及《老子》。”“两例”疑当作“略例”。《隋志》有王弼《易略例》一卷，邢璹序称其“大则总一部之指归，小则明六爻之得失”。彦和或即指此欤！姑录《易略例·明象篇》于下：

> 夫象者，出意者也；言者，明象者也。尽意莫若象，尽象莫若言。言生于象，故可寻言以观象；象生于意，故可寻象以观意。意以象尽，象以言著。故言者所以明象，得象而忘言；象者所以存意，得意而忘象。犹蹄者所以在兔，得兔而忘蹄；筌者所以在鱼，得鱼而忘筌也。然则，言者，象之蹄也；象者，意之筌也。是故，存言者，非得象者也；存象者，非得意者也。象生于意而存象焉，则所存者乃非其象也。言生于象而存言焉，则所存者乃非其言也。然则，忘象者，乃得意者也；忘言者，乃得象者也。得意在忘象，得象在忘言。故立象以尽意，而象可忘也；重画以尽情，而画可忘也。是故触类可为其象，合义可为其征。义苟在健，何必马乎？类苟在顺，何必牛乎？爻苟合顺，何必坤乃为牛？义苟应健，何必乾乃为马？而或者定马为乾，案文责卦，有马无乾，则伪说滋漫，难可纪矣。互体不足，遂及卦变；变又不足，推致五行；一失其原，巧愈弥甚，纵复或值，而义无所取。盖存象忘意之由也。忘象以求其意，义斯见矣。

㉑《三国志·魏志·何晏传》：“（晏）好老庄言，作《道德论》及诸文赋著述凡数十篇。”注：“晏字平叔。”《札迻》十二：“案《隋书·经籍志》道家梁有《老子道德论》二卷，何晏撰。《世说·文学篇》云，何平叔注《老子》始成，诣王辅嗣，见王注精奇，因以所注为道、德二论。是二论即《道德论》，显较无疑。考晏有《无为论》，见《晋书·王衍传》。又有《无名论》，见《列子·仲尼篇》注（《天瑞篇》注又引何晏《道德论》，并举其总名）。无为、无名，皆《道德经》语，殆即二论之细目与。”（如《札迻》此说，则似无嫌于辅嗣《略例》之为总名。）

> 何晏《无名论》（《列子·仲尼篇》注。）
>
> 为民所誉，则有名者也；无誉，无名者也。若夫圣人，名无名，

誉无誉，谓无名为道，无誉为大。则夫无名者，可以言有名矣；无誉者，可以言有誉矣。然与夫可誉可名者，岂同用哉！此比于无所有，故皆有所有矣。而于有所有之中，当与无所有相从，而与夫有所有者不同。同类无远而相应，异类无近而不相违。譬如阴中之阳，阳中之阴，各以物类，自相求从。夏日为阳，而夕夜远与冬日共为阴。冬日为阴，而朝昼远与夏日同为阳，皆异于近而同于远也。详此异同，而后无名之论可知矣。凡所以至于此者何哉？夫道者，惟无所有者也。自天地已来，皆有所有也。然犹谓之道者，以其能复用无所有也。故虽处有名之域，而没其无名之象。由以在阳之远体，而忘其自有阴之远类也。夏侯玄曰："天地以自然运，圣人以自然用。"自然者，道也。道本无名，故老氏曰："强为之名。"仲尼称："尧荡荡无能名焉。"下云"巍巍成功"，则强为之名，取世所知而称耳。岂有名而更当云无能名焉者邪！夫惟无名，故可得遍以天下之名名之。然岂其名也哉！唯此足喻而终莫悟，是观泰山崇崛而谓元气不浩芒者也。

㉒以上皆正始以前人，故上文云迄于正始。

㉓李康《运命论》载《文选》五十三，李善注引《集林》曰："李康字萧远，中山人也。性介立，不能和俗，著《游山九吟》。魏明帝异其文，遂起家为寻阳长。政有美绩，病卒。"本论大意在明"治乱，运也；穷达，命也；贵贱，时也"。文气壮利，不可停滞，故骈词叠调虽众，初不觉其繁重。视《论衡》"逢遇""累害"以下十余篇，义虽一致，文则不如萧远远矣。《运命论》文繁而不可剪截，故全录于下：

夫治乱，运也；穷达，命也；贵贱，时也。故运之将隆，必生圣明之君；圣明之君，必有忠贤之臣。其所以相遇也，不求而自合；其所以相亲也，不介而自亲；唱之而必和，谋之而必从；道德玄同，曲折合符；得失不能疑其志，谗构不能离其交，然后得成功也。其所以得然者，岂徒人事哉？授之者天也，告之者神也，成之者运也。

夫黄河清而圣人生，里社鸣而圣人出，群龙见而圣人用。故伊尹，有莘氏之媵臣也，而阿衡于商；太公，渭滨之贱老也，而尚父于周；百里奚在虞而虞亡，在秦而秦霸，非不才于虞而才于秦也。张良受黄石之符，诵《三略》之说，以游于群雄，其言也，如以水投石，莫之受也；及其遭汉祖，其言也，如以石投水，莫之逆也。非张良之拙说于陈、项，而巧言于沛公也。然则张良之言一也，不识其所以合离？合离之由，神明之道也。故彼四贤者，名载于箓图，事应乎天人，其可格之贤愚哉？孔子曰："清明在躬，气志如神。嗜欲将至，有开必先。天降时雨，山川出云。"《诗》云："惟岳降神，生甫及申；惟申及甫，惟周之翰。"运命之谓也。岂惟兴主，乱亡者亦如之焉。幽王之惑褒女也，祅始于夏庭；曹伯阳之获公孙强也，征发于社宫；叔孙豹之暱竖牛也，祸成于庚宗。吉凶成败，各以数至。咸皆不求而自合，不介而自亲矣。

昔者，圣人受命《河洛》曰：以文命者，七九而衰；以武兴者，六八而谋。及成王定鼎于郏鄏，卜世三十，卜年七百，天所命也。故自幽、厉之间，周道大坏，二霸之后，礼乐陵迟。文薄之弊，渐于灵、景，辩诈之伪，成于七国；酷烈之极，积于亡秦；文章之贵，弃于汉祖。虽仲尼至圣，颜、冉大贤，揖让于规矩之内，訚訚于洙泗之上，不能遏其端。孟轲、荀卿体二希圣，从容正道，不能维其末，天下卒至于溺而不可援。夫以仲尼之才也，而器不周于鲁、卫；以仲尼之辩也，而言不行于定、哀；以仲尼之谦也，而见忌于子西；以仲尼之仁也，而取仇于桓魋；以仲尼之智也，而屈厄于陈、蔡；以仲尼之行也，而招毁于叔孙。夫道足以济天下，而不得贵于人；言足以经万世，而不见信于时；行足以应神明，而不能弥纶于俗；应聘七十国，而不一获其主；驱骤于蛮夏之域，屈辱于公卿之门，其不遇也如此。及其孙子思，希圣备体，而未之至，封己养高，势动人主。其所游历诸侯，莫不结驷而造门，虽造门犹有不得宾者焉。其徒子夏，升堂而未入于室者也，退老于家，魏文侯师之，西河之人肃然归德，比之于夫子而莫敢间其言。故曰：治乱，运也；穷达，命也；贵贱，时也。而后之君子，区区于一主，叹息于一朝，屈原以之沈湘，贾谊以之发愤，不亦过乎！

然则圣人所以为圣者，盖在乎乐天知命矣。故遇之而不怨，居之而不疑也。其身可抑，而道不可屈；其位可排，而名不可夺。譬如水也，通之斯为川焉，塞之斯为渊焉，升之于云则雨施，沈之于地则土润。体清以洗物，不乱于浊；受浊以济物，不伤于清。是以圣人处穷达如一也。夫忠直之迕于主，独立之负于俗，理势然也。故木秀于林，风必摧之；堆出于岸，流必湍之；行高于人，众必非之。前监不远，覆车继轨。然而志士仁人，犹蹈之而弗悔，操之而弗失，何哉？将以遂志而成名也。求遂其志，而冒风波于险涂；求成其名，而历谤议于当时。彼所以处之，盖有算矣。子夏曰："死生有命，富贵在天。"故道之将行也，命之将贵也，则伊尹、吕尚之兴于商周，百里、子房之用于秦汉，不求而自得，不徼而自遇矣。道之将废也，命之将贱也，岂独君子耻之而弗为乎？盖亦知为之而弗得矣。凡希世苟合之士，蘧蒢戚施之人，俯仰尊贵之颜，逶迤势利之间，意无是非，赞之如流；言无可否，应之如响。以窥看为精神，以向背为变通。势之所集，从之如归市；势之所去，弃之如脱遗。其言曰：名与身孰亲也？得与失孰贤也？荣与辱孰珍也？故遂絜其衣服，矜其车徒，冒其货贿，淫其声色，脉脉然自以为得矣。盖见龙逢、比干之亡其身，而不惟飞廉、恶来之灭其族也。盖知伍子胥之属镂于吴，而不戒费无忌之诛夷于楚也。盖讥汲黯之白首于主爵，而不惩张汤牛车之祸也。盖笑萧望之跋踬于前，而不惧石显之绞缢于后也。

故夫达者之筭也，亦各有尽矣。曰：凡人之所以奔竞于富贵，何为者哉？若夫立德必须贵乎？则幽、厉之为天子，不如仲尼之为陪臣也。必须势乎？则王莽、董贤之为三公，不如扬雄、仲舒之阒其门也。必须富乎？则齐景之千驷，不如颜回、原宪之约其身也。其为实乎？则执杓而饮河者，不过满腹，弃室而洒雨者，不过濡身；过此以往，弗能受也。其为名乎？则善恶书于史策，毁誉流于千载，赏罚悬于天道，吉凶灼乎鬼神，固可畏也。将以娱耳目、乐心意乎？譬命驾而游五都之市，则天下之货毕陈矣；褰裳而涉汶阳之丘，则天下之稼如云矣；椎紒而守敖庾、海陵之仓，则山坻之积在前矣；扱衽而登钟山、蓝田之上，则夜光玙璠之珍可观矣。夫如是也，为物甚众，为己甚寡，不爱其身，而啬其神。风惊尘起，散而不止。六疾待其前，五刑随其后。利害生其左，攻夺出其右，而自以为见身名之亲疏，分荣辱之客主哉！天地之大德曰生，圣人之大宝曰位，何以守位曰仁，何以正人曰义。故古之王者，盖以一人治天下，不以天下奉一人也。古之仕者，盖以官行其义，不以利冒其官也。古之君子，盖耻得之而弗能治也，不耻能治而弗得也。原乎天人之性，核乎邪正之分，权乎祸福之门，终乎荣辱之算，其昭然矣。故君子舍彼取此。若夫出处不违其时，默语不失其人，天动星回而辰极犹居其所，玑旋轮转，而衡轴犹执其中，既明且哲，以保其身，贻厥孙谋，以燕翼子者，昔吾先友，尝从事于斯矣。

㉔陆机《辩亡论》上下二首，载《文选》五十三。李善注引孙盛曰："陆机著《辩亡论》，言吴之所以亡也。"此论纯规《过秦》，《过秦》首责子婴，此则致讥归命（孙皓降晋，封归命侯）；《过秦》言形势之不足恃，此则言险阻之不能独凭；《过秦》叹子婴之不能救败，此则言归命之不善守成；此用意之相拟也。"吴武烈皇帝慷慨下国"以下，笔致拟"秦孝公据殽函之固"以下；"彼二君子"以下，句法拟"此四君者"以下。《过秦》累叙六国人物，此亦累叙吴朝人物；《过秦》有"尝以十倍之地"以下一节，此有"魏氏尝藉战胜之威"以下一节。《过秦》有"且夫天下非小弱也"以下一节，此亦有"夫曹刘之将"以下一节。《过秦》有"故先王见始终之变"一节，此亦有是"故先王达经国之长规"以下一节。此句读之相拟也。古人每于名篇，不惮因袭；屈、宋以后之九，枚乘以后之七，陈腐可厌；士衡此篇，拟贾虽肖，究嫌碌碌，文又冗繁，故不复录。

㉕《隋书·经籍志》易家有晋荆州刺史宋岱《周易论》一卷。《晋书·郭舒传》有荆州刺史宗岱，疑即宋岱之误。《晋书·郭象传》："郭象字子玄，少有才理，好老庄，能清言，常闲居以文论自娱。永嘉末，病卒。著碑论十二篇。"《世说·文学篇》注引《文士传》曰："象少有才理，慕道好学，托志老庄，时人咸以为王弼之亚。"又曰："象作《庄子注》，最有清辞道旨。"兹录郭象《庄子序》，彦和所谓"锐思幾神之区"，度宋、郭二人必有专论，今不可考矣。

夫庄子者，可谓知本矣，故未始藏其狂言，言虽无会而独应者也。夫应而非会则虽当无用，言非物事则虽高不行，与夫寂然不动，不得已而后起者，固有间矣。斯可谓知无心者也。夫心无为则随感而应，应随其时，言唯谨耳。故与化为体，流万代而冥物，岂曾设对独遘而游谈乎方外哉！此其所以不经，而为百家之冠也。然庄生虽未体之，言则至矣。通天地之统，序万物之性，达死生之变，而明内圣外王之道，上知造物无物，下知有物之自造也。其言宏绰，其旨玄妙，至至之道，融微旨雅，泰然遣放，放而不敖。故曰不知义之所适，猖狂妄行，而蹈其大方，含哺而熙乎澹泊，鼓腹而游乎混芒。至人极乎无亲，孝慈终于兼忘，礼乐复乎已能，忠信发乎天光：用其光则其朴自成。是以神器独化于玄冥之境而源流深长也。故其长波之所荡，高风之所扇，畅乎物宜，适乎民愿；弘其鄙，解其悬，洒落之功未加，而矜夸所以散。故观其书，超然自以为已，当经昆仑，涉太虚而游惚恍之庭矣。虽复贪婪之人，进躁之士，暂而揽其余芳，味其溢流，仿佛其音影，犹足旷然有忘形自得之怀，况探其远情而玩永年者乎！遂绵邈清遐，去离尘埃，而返冥极者也。

㉖《晋书·王衍传》："（王）衍字夷甫……魏正始中，何晏、王弼等祖述老庄，立论以为：'天地万物皆以无为为本。无也者，开物成务，无往不存者也。阴阳恃以化生，万物恃以成形，贤者恃以成德，不肖恃以免身。故无之为用，无爵而贵矣。'衍甚重之。惟裴頠以为非，著论以讥之，而衍处之自若。"《裴頠传》："頠字逸民……頠深患时俗放荡，不尊儒术，何晏、阮籍素有高名于世，口谈浮虚，不遵礼法，尸禄耽宠，仕不事事；至王衍之徒，声誉太盛，位高势重，不以物务自婴，遂相仿效，风教陵迟。乃著《崇有》之论，以释其蔽……王衍之徒攻难交至，并莫能屈。"《三国志·魏志·裴潜传》裴松之注："頠理具渊博，赡于论难，著《崇有》《贵无》二论，以矫虚诞之弊，文辞精富，为世名论。"《世说·文学篇》注引《晋诸公赞》曰："頠疾世俗尚虚无之理，故著《崇有》二论以折之，才博喻广，学者不能究。后乐广与頠清闲，欲说理，而頠辞喻丰博，广自以体虚无，笑而不复言。"《晋书·裴頠传》载有《崇有论》，因其为当时名篇，录之于下：

夫总混群本，宗极之道也。方以族异，庶类之品也。形象著分，有生之体也。化感错综，理迹之原也。夫品而为族，则所禀者偏；偏无自足，故凭乎外资。是以生而可寻，所谓理也。理之所体，所谓有也。有之所须，所谓资也。资有攸合，所谓宜也。择乎厥宜，所谓情也。识智既授，虽出处异业，默语殊涂，所以宝生存宜，其情一也。

众理并而无害，故贵贱形焉。失得由乎所接，故吉凶兆焉。是以贤人君子，知欲不可绝，而交物有会。观乎往复，稽中定务。惟夫用天之道，分地之利，躬其力任，劳而后飨，居以仁顺，守以恭俭，率以忠信，行以敬让，志无盈求，事无过用，乃可济乎！故大建厥极，绥理群生，训物垂范，于是乎在，斯则圣人为政之由也。

若乃淫抗陵肆，则危害萌矣。故欲衍则速患，情佚则怨博，擅恣则兴攻，专利则延寇，可谓以厚生而失生者也。悠悠之徒，骇乎若兹之衅，而寻艰争所缘。察夫偏质有弊，而睹简损之善，遂阐贵无之议，而建贱有之论。贱有则必外形，外形则必遗制，遗制则必忽防，忽防则必忘礼。礼制弗存，则无以为政矣。众之从上，犹水之居器也。故兆庶之情，信于所习；习则心服其业，业服则谓之理然。是以君人必慎所教，班其政刑一切之务，分宅百姓，各授四职，能令禀命之者不肃而安，忽然忘异，莫有迁志。况于据在三之尊，怀所隆之情，敦以为训者哉！斯乃昏明所阶，不可不审。

夫盈欲可损而未可绝有也。过用可节而未可谓无贵也。盖有讲言之具者，深列有形之故，盛称空无之美。形器之故有征，空无之义难检，辩巧之文可悦，似象之言足惑。众听眩焉，溺其成说。虽颇有异此心者，辞不获济，屈于所狎，因谓虚无之理，诚不可盖。唱而有和，多往弗反，遂薄综世之务，贱功烈之用，高浮游之业，埤经实之贤，人情所殉，笃夫名利。于是文者衍其辞，讷者赞其旨，染其众也。是以立言藉其虚无，谓之玄妙；处官不亲所司，谓之雅远；奉身散其廉操，谓之旷达。故砥砺之风，弥以陵迟。放者因斯，或悖吉凶之礼，而忽容止之表，渎弃长幼之序，混漫贵贱之级。其甚者至于裸裎，言笑忘宜，以不惜为弘，士行又亏矣。

老子既著五千之文，表摭秽杂之弊，甄举静一之义，有以令人释然自夷，合于《易》之损、谦、艮、节之旨，而静一守本，无虚无之谓也。损、艮之属，盖君子之一道，非《易》之所以为体守本无也。观老子之书虽博有所经，而云“有生于无”，以虚为主，偏立一家之辞，岂有以而然哉？人之既生，以保生为全；全之所阶，以顺感为务。若味近以亏业，则沉溺之衅兴；怀末以忘本，则天理之真灭。故动之所交，存亡之会也。夫有非有，于无非无；于无非无，于有非有。是以申纵播之累，而著贵无之文。将以绝所非之盈谬，存大善之中节，收流遁于既过，反澄正于胸怀。宜其以无为辞，而旨在全有，故其辞曰“以为文不足”。若斯，则是所寄之涂，一方之言也。若谓至理，信以无为宗，则偏而害当矣！先贤达识，以非所滞，示之深论。惟班固著难，未足折其情。孙卿、扬雄大体抑之，犹偏有所许。而虚无之言，日以广衍，众家扇起，各列其说。上及造化，下被万事，莫不贵无，所存佥同。情以众固，乃号凡有之理皆义之埤者，薄而鄙焉。辩论人伦及经明之业，遂易门肆。頠用矍然，申其所怀，而攻者盈集，或以为一时口言。有客幸过，咸见命著文，擿列虚无不允之征。若未能每事释正，则无家之义弗可夺也。頠退而思之，虽君子宅情，无求于显，及其立言，在乎达旨而已。然去圣久远，异同纷纠，苟少有仿佛，可以崇济先典，扶明大业，有益于时，则惟患言之不能，焉得静默，及未举一隅，略示所存而已哉！

夫至无者无以能生，故始生者自生也。自生而必体有，则有遗而生亏矣。生以有为已分，则虚无是有之所谓遗者也。故养既化之有，非无用之所能全也。理既有之众，非无为之所能循也。心非事也，而制事必由于心，然不可以制事以非事，谓心为无也。匠非器也，而制器必须于匠，然不可以制器以非器，谓匠非有也。是以欲收重泉之鳞，非偃息之所能获也；陨高墉之禽，非静拱之所能捷也；审投弦饵之用，非无知之所能览也。由此而观，济有者皆有也，虚无奚益于已有之群生哉！

㉗梵言“般若”，此云智慧也。动绝神源，谓用思至极深之地，即下云“般若之绝境”也。神源，犹言理源。《世说・文学篇》：“丞相乃叹曰：‘向来语，乃竟未知理源所归。’”

㉘《世说・文学篇》：“旧云：王丞相过江左，止道《声无哀乐》（嵇康《声无哀乐论》）、《养生》（嵇康《养生论》）、《言尽意》（欧阳坚石《言尽意论》）三理而已，然宛转关生，无所不入。”

㉙《讥世》《孝廉》二文佚。《三国・吴志・是仪传》：是仪，本姓氏，以孔融嘲改姓是。曹植《辩道论》，列举当时道士迂怪之语，辨其虚诞，

义颇近正，而文实冗庸，兹据孙星衍《续古文苑》所校录于下：

曹植《辨道论》

夫神仙之书，道家之言，乃言傅说上为辰尾宿，岁星降下为东方朔。淮南王安诛于淮南，而谓之获道轻举。钩弋死于云阳，而谓之尸逝柩空。其为虚妄，甚矣哉！中兴笃论之士有桓君山者，其所著述多善。刘子骏尝问言："人诚能抑嗜欲，阖耳目，可不衰竭乎？"时庭下有一老榆，君山指而谓曰："此树无情欲可忍，无耳目可阖，然犹枯槁腐朽，而子骏乃言可不衰竭，非谈也。"君山援榆喻之，未是也。何者？余前为王莽典乐大夫，《乐记》云："文帝得魏文侯乐人窦公，年百八十，两目盲，帝奇而问之，何所施行。对曰：'臣年十三而失明，父母哀其不及事，教臣鼓琴。臣不能导引，不知寿得何力。'"君山论之曰："颇得少盲，专一内视，精不外鉴之助也。"先难子骏，以内视无益；退论窦公，便以不外鉴证之，吾未见其定论也。君山又曰："方士有董仲君，有罪系狱，佯死数日，目陷虫出，死而复生，后复竟死。"生之必死，君子所达，夫何喻乎？夫至神不过天地，不能使蛰虫夏潜，震雷冬发，时变则物动，气移而事应。彼仲君者，乃能藏其气，尸其体，烂其肤，出其虫，无乃大怪乎？世有方士，吾王悉所招致，甘陵有甘始，庐江有左慈，阳城有郗俭。始能行气导引，慈晓房中之术，俭善辟谷，悉号三百岁。本所以集之于魏国者，诚恐斯人之徒，挟奸宄以欺众，行妖隐以惑民，故聚而禁之也。岂复欲观神仙于瀛洲，求安期于海岛，释金辂而履云舆，弃六骥而羡飞龙哉？自家王与太子及余兄弟咸以为调笑，不信之矣。然始等知上遇之有恒，奉不过于员吏，赏不加于无功，海岛难得而游，六绂难得而佩，终不敢进虚诞之言，出非常之语。余尝试郗俭绝谷百日，躬与之寝处，行步起居自若也。夫人不食七日则死，而俭乃如是。然不必益寿，可以疗疾而不惮饥馑焉。左慈善修房内之术，差可终命，然自非有志至精，莫能行也。

甘始者，老而有少容，自诸术士，咸共归之。然始辞繁寡实，颇有怪言。余尝辟左右，独与之谈，问其所行，温颜以诱之，美辞以导之，始语余："吾本师姓韩，字世雄。尝与师于南海作金，前后数四，投数万斤金于海。”又言：“诸梁时，西域胡来，献香罽腰带、割玉刀，时悔不取也。”又言：“车师之西国，儿生，擘背出脾，欲其食少而努行也。”又言：“取鲤鱼五寸一双，令其一著药，俱投沸膏中，有药者奋尾鼓鳃，游行沈浮，有若处渊，其一者已熟而可啖。”余时问：“言率可试不?”言：“是药去此逾万里，当出塞，始不自行，不能得也。”言不尽于此，颇难悉载，故粗举其巨怪者。始若遭秦始皇汉武帝，则复为徐市、栾大之徒也。桀纣殊世而齐恶，奸人异代而等伪，乃如此耶？又世虚然有仙人之说。仙人者，傥猱猿之属与，世人得道，化为仙人乎？夫雉入海为蛤，燕入海为蜃，当其徘徊其翼，差池其羽，犹自识也。忽然自投，神化体变，乃更与鼋鳖为群，岂复自识翔林薄巢垣屋之娱乎？牛哀病而为虎，逢其兄而噬之，若此者何贵于变化耶？夫帝者，位殊万国，富有天下，威尊彰明，齐光日月。宫殿阙庭，焜耀紫微，何顾乎王母之宫，昆仑之域哉？夫三鸟被致，不如百官之美也；素女常娥，不若椒房之丽也；云衣雨裳，不若黼黻之饰也；驾螭载霓，不若乘舆之盛也；琼蕊玉华，不若玉圭之洁也。而顾为匹夫所罔，纳虚妄之辞，信眩惑之说。隆礼以招弗臣，倾产以供虚求，散王爵以荣之，清闲馆以居之，经年累稔终无一验，或没于沙丘，或崩于五柞，临时虽复诛其身，灭其族，纷然足为天下一笑矣。若夫玄黄所以娱目，铿锵所以耸耳，媛妃所以绍先，刍豢所以悦口也。何必甘无味之味，听无声之乐，观无采之色也。然寿命长短，骨体强劣，各有人焉。善养者终之，劳扰者半之，虚用者夭之，其斯之谓矣。

㉚《韩诗外传》六：“辩者，别殊类使不相害，序异端使不相悖，输公通意，扬其所谓，使人预知焉，不务相迷也。是以辩者不失所守，不胜者得其所求，故辩可观也。”徐幹《中论·核辩篇》曰：“俗士之所谓辩者，非辩也。非辩而谓之辩者，盖闻辩之名而不知辩之实，故目之妄也。俗之所谓辩者，利口者也；彼利口者，苟美其声气，繁其辞令，如激风之至，如暴雨之集，不论是非之性，不识曲直之理，期于不穷，务于必胜，以故浅识而好奇者，见其如此也，固以为辩。不知木讷而达道者，虽口屈而心不服也。夫辩者，求服人心也，非屈人口也。故辩之为言别也，为其

善分别事类而明处之也，非谓言辞切给而以陵盖人也。故传称《春秋》微而显、婉而辩者，然则辩之言必约以至，不烦而谕，疾徐应节，不犯礼教，足以相称，乐尽人之辞，善致人之志，使论者各尽得其愿而与之得解。其称也无其名，其理也不独显，若此则可谓辩。故言有拙而辩者焉，有巧而不辩者焉。君子之辩也，欲以明大道之中也，是岂取一坐之胜哉！故君子之于道也，在彼犹在己也。苟得其中，则我心悦焉，何择于彼；苟夫其中，则我心不悦焉，何取于此。故其论也，遇人之是则止矣；遇人之是而犹不止，苟言苟辩，则小人也。虽美说，何异乎鵙之好鸣、铎之喧哗哉?”

㉛纪评云:“训诂依文敷义，究与论不同科，此段可删。”案纪说非是。陈先生曰:“按此据郑君《六艺论》、王氏《圣证论》言之。”贾逵云:“论，释也。”是彦和所本。《汉书·儒林传》:“张山拊授信都秦恭延君，恭增师法，至百万言。”《艺文志·六艺叙》曰:“博学者又不思多闻阙疑之义，而务碎义逃难，便辞巧说，破坏形体；说五字之文，至于二三万言。”颜师古注曰:“言其烦妄也。桓谭《新论》云:‘秦近君（近字误，当作延）能说《尧典》，篇目两字之说至十余万言，但说曰若稽古三万言。’”(《御览·学部》引作二万言）又《儒林传》:“林尊事欧阳高，为博士……授平陵平当……平当授九江朱普公文。”

案《后汉书·桓郁传》:“初，桓荣受朱普学章句四十万言，浮辞繁长，多过其实。及荣入授显宗，减为二十三万言。郁复删省定成十二万言。由是有桓君大小太常章句。”据此传，三十万当改作四十万。《论衡·效力篇》:“王莽之时，省五经章句皆为二十万，博士弟子郭路夜定旧说，死于烛下，精思不任，绝脉气灭也。”西汉之末，五经章句皆极繁衍，若朱普章句仅三十万言，则比之他经不为太过，范书不应独言其浮辞繁长矣。通人谓如扬雄、班固之等。《扬雄传》:“雄少而好学，不为章句，训诂通而已。”《后汉书·班固传》:“不为章句，举大义而已。”郑玄《诗谱》曰:“鲁人大毛公为训诂传于其家，河间献王得而献之，以小毛公为博士。”彦和所见《尚书》(孔安国传)，即梅颐《伪古文尚书》。梅传实据王肃之注，而附益以旧训。王肃好贾、马之学，渊源有自，不得概以伪目之（郑康成注《古文尚书》又书赞“我先师棘下生子安国”云云，是《孔氏传》至东汉末尚存也，王肃注更可信为古文)。《文苑英华》卷七百六十六，刘子玄引郑康成自序云:“遭党锢之事，逃难注《礼》。党锢事解，注《古文尚书》《毛诗》《论语》，为袁谭所逼，未至元城，乃注《周易》。”王鸣盛《蛾术编》五十八《郑氏著述篇》曰:“康成坐党锢十四年，则是注经，三《礼》居首，阅十四年乃成，用力最深也。”孔颖达《周易正义序》曰:“唯魏世王辅嗣之注独冠古今，所以江左诸儒并传其学。”

㉜《说文》:“说，说释也。从言，兑声。”说释，即悦怿。《说文系传·通论》曰:“悦者，弥小也(小而言之曰喜，大而言之曰乐)。悦，犹说也，拭也，解脱也。若人心有郁结，能解释之也。故于文，心兑为悦。《易》曰:‘兑，说也，决也。’心有不快，忽自开决也。《诗》曰:‘蜉蝣掘阅。’掘阅者，蜉蝣之掘土，使解开也。”兑为口舌，《周易·说卦》文(《说文》“兑，说也。”)。言咨悦怿，咨疑当作资。《舜典》:“帝曰:龙，朕塈(憎疾也)谗说殄行，震惊朕师。命汝作纳言，夙夜出纳朕命，惟允。”

㉝伊尹说汤，见《吕氏春秋·本味篇》，文繁不录。严可均曰:“案《汉志》道家有《伊尹》五十一篇，小说家有《伊尹说》二十七篇，本注‘其语浅薄，似依托也’，此疑即小说家之一篇，《孟子》伊尹以割烹要汤，谓此篇也。”(《全上古三代文》卷一)

㉞《史记·齐太公世家》:“吕尚盖尝穷困，年老矣，以渔钓奸周西伯。”今《六韬·文韬·文师篇》载太公辨钓语。《六韬》词意浅近，必出依托，彦和所见，未知即今本《文师篇》否，文冗庸不录。

㉟《左传》僖公三十年:“晋侯、秦伯围郑，以其无礼于晋……(郑伯使烛之武)见秦伯曰:‘秦晋围郑，郑既知亡矣。若亡郑而有益于君，敢以烦执事;越国以鄙远，君知其难也，焉用亡郑以倍邻?邻之厚，君之薄也。若舍郑以为东道主，行李之往来，共其乏困，君亦无所害。且君尝为晋君赐矣，许君焦、瑕，朝济而夕设版焉，君之所知也。夫晋，何厌之有?既东封郑，又欲肆其西封。不阙秦，将焉取之?阙秦以利晋，唯君图之。’秦伯悦，与郑人盟，使杞子、逢孙、杨孙戍之，乃还。”

㊱《史记·仲尼弟子列传》:“田常欲作乱于齐，惮高、国、鲍、晏，故移其兵，欲以伐鲁。孔子闻之，谓门弟子曰:‘夫鲁，坟墓所处，父母之

国，国危如此，二三子何为莫出？’……子贡请行，孔子许之。遂行，至齐，说田常曰……故子贡一出，存鲁，乱齐，破吴，强晋，而霸越。子贡一使，使势相破，十年之中，五国各有变。”案此事亦见《家语·屈节解》及《越绝书·内传·陈成恒篇》，史公误采战国策士虚托之语，绝不可信。伊尹以下四事，惟烛武说秦伯可信，其余悉不录。

㊲《转丸》《飞钳》，皆《鬼谷子》篇名。《转丸篇》文佚。郝懿行曰：“案刘向《战国策序》，《国策》或曰《短长》。《困学纪闻》卷十：蒯通善为《长短说》，主父偃学《长短纵横术》，边通学《短长》。”

㊳《史记·平原君列传》：“毛先生一至楚，而使赵重于九鼎大吕。毛先生以三寸之舌，强于百万之师。”

㊴《史记·苏秦列传》：“秦喟然叹曰：‘……使我有雒阳负郭田二顷，吾岂能佩六国相印乎！’”《后汉书·蔡邕传》：“连衡者六印磊落。”

《张仪列传》：“秦惠王封仪五邑。”《尔雅·释言》：“赈，富也。”郭璞注曰：“谓隐赈富有。”字亦作“殷赈”。《文选·西京赋》云：“乡邑殷赈。”亦作“殷轸”。《羽猎赋》云：“殷殷轸轸。”

㊵弭，止也，息也。《文选·子虚赋》：“弭节徘徊。”注：“节，所仗信节也。”《史记·郦食其传》：淮阴侯闻郦生伏轼下齐七十余城，乃夜度兵袭齐，齐王田广以为郦生卖己，遂烹郦生。又《淮阴侯列传》：高祖捕蒯通，欲烹之。通曰：“秦失其鹿，天下共逐之……欲为陛下所为者甚众，顾力不能耳。又可尽烹之邪！”乃释通不烹。又《陆贾列传》：“陆生以此游汉廷公卿间，名声藉甚。”以上三人，皆战国末汉初之辩士也。张释，即张释之，去“之”字，便文耳。《汉书·张释之传》：“释之既朝毕，因前言便宜事。文帝曰：‘卑之，毋甚高论，令今可行也。’”颜师古注：“令其议论依附时事也。”《汉书·杜钦传（附杜周传）》赞曰：“钦浮沉当世，好谋而成，以建始之初深陈女戒，终如其言，庶几乎《关雎》之见微，非夫浮华博习之徒所能规也。”文辩之语，本此赞意。又《游侠传》：“楼护字君卿……与谷永俱为五侯上客。长安号曰‘谷子云笔札，楼君卿唇舌’，言其见信用也。”本书《知音篇》亦称君卿唇舌。“颉颃万乘”，谓郦、蒯、张之属；“抵嘘公卿”，谓陆、杜、楼诸人也。《札朴》三：“扬雄《解嘲》：‘邹衍以颉颃而取世资。’夏侯湛《东方朔画赞》：‘苟出不可以直道也，故

颉颃以傲世。’案颉颃，犹上下浮沉也。《诗》：‘燕燕于飞，颉之颃之。’《传》云：‘飞而上曰颉，飞而下曰颃。’”黄注云：“‘抵嘘’疑作‘抵戏’，《杜周传赞》：‘业因势而抵陒。’《注》：‘陒音诡，一说陒读与戏同音（许宜反），险也。言击其危险之处。《鬼谷子》有《抵戏篇》也。’”（案《谐隐篇》“谬辞诋戏”，谓嘲戏取说也，此“抵嘘”即“诋戏”之字误，黄注似迂。）“并顺风以托势，莫能逆波而溯洄”，二语精绝。汉代学术文章，皆可作如此观。

㊶《史记·魏豹列传》：“汉王闻魏豹反……谓郦生曰：‘缓颊往说魏豹，能下之，吾以万户封若。’”《汉书·高帝纪》注引张晏曰：“缓颊，徐言引譬喻也。”“不专缓颊，亦在刀笔”，谓不仅口说，落于笔札者亦得称说。《史记·萧相国世家》太史公曰：“萧相国何于秦时为刀笔吏。”《汉书·萧何传赞》师古注曰：“刀所以削书也。古者用简牒，故吏皆以刀笔自随也。”抚会，犹言合机。

㊷范雎《上秦昭王书》（《战国策》五，又见《史记·范雎传》）

臣闻明主立政，有功者不得不赏，有能者不能不官，劳大者其禄厚，功多者其爵尊，能治众者其官大。故不能者不敢当其职焉，能者亦不得蔽隐。使以臣之言为可，愿行而益利其道；以臣之言为不可，久留臣无为也。语曰：“庸主赏所爱而罚所恶。明主则不然，赏必加于有功，刑必断于有罪。”今臣之胸不足以当椹质，而要不足以待斧钺，岂敢以疑事尝试于王哉！虽以臣为贱而轻辱，独不重任臣者之无反复于王耶！且臣闻周有砥砨，宋有结绿，梁有县黎，楚有和朴，此四宝者，土之所生，良工之所失也，而为天下名器。然则圣王之所弃者，独不足以厚国家乎？臣闻善厚家者取之于国，善厚国者取之于诸侯。天下有明主则诸侯不得擅厚者，何也？为其割荣也。良医知病人之死生，而圣主明于成败之事，利则行之，害则舍之，疑则少尝之，虽舜禹复生，弗能改已。语之至者臣不敢载之于书，其浅者又不足听也。意者臣愚而不概于王心耶？亡其言臣者贱而不可用乎？自非然者，臣愿得少赐游观之间，望见颜色。一语无效，请伏斧质。

㊸李斯《上始皇书》（《文选》）

臣闻吏议逐客，窃以为过矣。昔穆公求士，西取由余于戎，东得百里奚于宛，迎蹇叔于宋，来丕豹、公孙支于晋。此五子者，不产于秦，穆公用之，并国三十，遂霸西戎。孝公用商鞅之法，移风易俗，民以殷盛，国以富强，百姓乐用，诸侯亲服，获楚魏之师，举地千里，至今治强。惠王用张仪之计，拔三川之地，西并巴蜀，北收上郡，南取汉中，包九夷，制鄢郢，东据成皋之险，割膏腴之壤，遂散六国之从，使之西面事秦，功施到今。昭王得范雎，废穰侯，逐华阳，强公室，杜私门，蚕食诸侯，使秦成帝业。此四君者，皆以客之功。由此观之，客何负于秦哉！向使四君却客而弗纳，疏士而弗用，是使国无富利之实，而秦无强大之名也。

今陛下致昆山之玉，有随和之宝，垂明月之珠，服太阿之剑，乘纤离之马，建翠凤之旗，树灵鼍之鼓。此数宝者，秦不生一焉，而陛下悦之，何也？必秦国之所生然后可，则夜光之璧不饰朝廷，犀象之器不为玩好，而赵卫之女不充后庭，骏良駃騠不实外厩，江南金锡不为用，西蜀丹青不为采。所以饰后宫、充下陈、娱心意、悦耳目者，必出于秦然后可，则是宛珠之簪、傅玑之珥、阿缟之衣、锦绣之饰，不进于前，而随俗雅化，佳冶窈窕，赵女不立于侧也。

夫击瓮叩缶，弹筝搏髀，而歌呼呜呜快耳者，真秦之声也；《郑》《卫》《桑间》《韶》《虞》《武》《象》者，异国之乐也。今弃叩缶击瓮而就《郑》《卫》，退弹筝而取《韶》《虞》，若是者何也？快意当前，适观而已矣。今取人则不然，不问可否，不论曲直，非秦者去，为客者逐，然则是所重者在乎色乐珠玉，而所轻者在乎民人也。此非所以跨海内制诸侯之术也。

臣闻地广者粟多，国大者人众，兵强者则士勇。是以太山不让土壤，故能成其大；河海不择细流，故能就其深；王者不却众庶，故能明其德。是以地无四方，民无异国，四时充美，鬼神降福，此五帝三王之所以无敌也。今乃弃黔首以资敌国，却宾客以业诸侯，使天下之士退而不敢西向，裹足不入秦。此所谓"藉寇兵而赍盗粮"者也。夫物不产于秦，可宝者多；士不产于秦，愿忠者众。今逐客以资敌国，损民以益仇，内自虚而外以树怨诸侯，求国无危，不可得也。

㊹《校勘记》："'烦'字可疑。案'烦'当作'顺'，《檄移篇》'顺'

误作‘烦’。可以互证，又《封禅篇》‘文理顺序’，‘顺’元误作‘烦’，是亦一证矣。”《韩非子·说难篇》，精微周密，可作参考，兹依《史记》六十三《韩非传》，录于下：

凡说之难，非吾知之有以说之难也；又非吾辩之难能明吾意之难也；又非吾敢横失能尽之难也。凡说之难，在知所说之心，可以吾说当之。

所说出于为名高者也，而说之以厚利，则见下节而遇卑贱，必弃远矣。所说出于厚利者也，而说之以名高，则见无心而远事情，必不收矣。所说实为厚利而显为名高者也，而说之以名高，则阳收其身而实疏之。若说之以厚利，则阴用其言而显弃其身。此之不可不知也。

夫事以密成，而以泄败。未必其身泄之也，而语及其所匿之事，如是者身危。贵人有过端，而说者明言善议以推其恶者，则身危。周泽未渥也而语极知，说行而有功则德亡，说不行而有败则见疑，如是者身危。夫贵人得计而欲自以为功，说者与知焉则身危。彼显有所出事，乃自以为也故，说者与知焉，则身危。强之以其所必不为，止之以其所不能已者，身危。故曰：与之论大人，则以为间己；与之论细人，则以为鬻权；论其所爱，则以为借资；论其所憎，则以为尝己。径省其辞，则不知而屈之；泛滥博文，则多而久之。顺事陈意，则曰怯懦而不尽；虑事广肆，则曰草野而倨侮。此说之难，不可不知也。

凡说之务，在知饰所说之所敬，而灭其所丑。彼自知其计，则毋以其失穷之；自勇其断，则毋以其敌怒之；自多其力，则毋以其难概之。规异事与同计，誉异人与同行者，则以饰之无伤也。有与同失者，则明饰其无失也。大忠无所拂悟，辞言无所击排，乃后申其辩知焉。此所以亲近不疑，知尽之难也。得旷日弥久，而周泽既渥，深计而不疑，交争而不罪，乃明计利害以致其功，直指是非以饰其身，以此相持，此说之成也。

伊尹为庖，百里奚为虏，皆所由于其上也。故此二子者，皆圣人也，犹不能无役身而涉世如此其污也，则非能仕之所设也。

宋有富人，天雨墙坏，其子曰“不筑且有盗”，其邻之父亦云。暮而果大亡其财，其家甚知其子而疑邻人之父。昔者郑武公欲伐胡，乃以其子妻之。因问群臣曰："吾欲用兵，谁可伐者?"关其思曰："胡可伐。"乃戮关其思，曰："胡，兄弟之国也，子言伐之，何也?"胡君闻之，以郑为亲己而不备郑。郑人袭胡，取之。此二说者，其知皆当矣，然而甚者为戮，薄者见疑。非知之难也，处知则难矣。

昔者弥子瑕见爱于卫君。卫国之法，窃驾君车者罪至刖。既而弥子之母病，人闻，往夜告之，弥子矫驾君车而出。君闻之而贤之曰："孝哉，为母之故而犯刖罪！"与君游果园，弥子食桃而甘，不尽而奉君。君曰："爱我哉，忘其口而念我！"及弥子色衰而爱弛，得罪于君。君曰："是尝矫驾吾车，又尝食我以其余桃。"故弥子之行未变于初也，前见贤而后获罪者，爱憎之至变也。故有爱于主，则知当而加亲；见憎于主，则罪当而加疏。故谏说之士，不可不察爱憎之主而后说之矣。

夫龙之为虫也，可扰狎而骑也。然其喉下有逆麟径尺，人有婴之，则必杀人。人主亦有逆鳞，说之者能无婴人主之逆鳞，则几矣。

㊺《汉书·邹阳传》："阳与吴严忌、枚乘等俱仕吴，皆以文辩著名。久之，吴王以太子事怨望，称疾不朝，阴有邪谋，阳奏书谏。为其事尚隐，恶指斥言，故先引秦为谕，因道胡、越、齐、赵、淮南之难，然后乃致其意。"其辞曰：

臣闻秦倚曲台之宫，悬衡天下，画地而不犯，兵加胡越；至其晚节末路，张耳、陈胜连从兵之据，以叩函谷，咸阳遂危。何则？列郡不相亲，万室不相救也。今胡数涉北河之外，上覆飞鸟，下不见伏菟，斗城不休，救兵不止，死者相随，辇车相属，转粟流输，千里不绝。何则？强赵责于河间，六齐望于惠后，城阳顾于卢博，三淮南之心思坟墓。大王不忧，臣恐救兵之不专，胡马遂进窥于邯郸，越水长沙，还舟青阳。虽使梁并淮阳之兵，下淮东，越广陵，以遏越人之粮，汉亦折西河而下，北守漳水，以辅大国，胡亦益进，越亦益深，此臣之所为大王患也。

臣闻交龙襄首奋翼，则浮云出流，雾雨咸集。圣主底节修德，则游谈之士归义思名。今臣尽智毕议，易精极虑，则无国不可奸；饰固陋之心，则何王之门不可曳长裾乎！然臣所以历数王之朝，背淮千里而自致者，非恶臣国而乐吴民也，窃高下风之行，尤说大王之义。故愿大王之无忽，察听其志。

臣闻鸷鸟絫百，不如一鹗。夫全赵之时，武力鼎士袨服丛台之下者一旦成市，而不能止幽王之湛患。淮南连山东之侠，死士盈朝，不能还厉王之西也。然而计议不得，虽诸、贲不能安其位，亦明矣。故愿大王审画而已。

始孝文皇帝据关入立，寒心销志，不明求衣。自立天子之后，使东牟朱虚东褒义父之后，深割婴儿王之。壤子王梁、代，益以淮阳。卒仆济北，囚弟于雍者，岂非象新垣平等哉！今天子新据先帝之遗业，左规山东，右制关中，变权易势，大臣难知。大王弗察，臣恐周鼎复起于汉，新垣过计于朝，则我吴遗嗣，不可期于世矣。高皇帝烧栈道，水章邯，兵不留行，收弊民之倦，东驰函谷，西楚大破。水攻则章邯以亡其城，陆击则荆王以失其地，此皆国家之不几者也。愿大王熟察之。

又《阳传》云："景帝少弟梁孝王贵盛，亦待士。于是邹阳、枚乘、严忌知吴不可说，皆去之梁，从孝王游。阳为人有智略，慷慨不苟合，介于羊胜、公孙诡之间。胜等疾阳，恶之孝王。孝王怒，下阳吏，将杀之。阳客游以谗见禽，恐死而负絫，乃从狱中上书……书奏孝王，孝王立出之，卒为上客。"《上梁王书》文繁不录。

㊻《后汉书·冯衍传》："冯衍，字敬通……更始二年，遣尚书仆射鲍永行大将军事，安集北方，衍以计说永"云云，文繁不录。章怀注曰："《东观记》：'衍更始时为偏将军，与鲍永相善。更始既败，固守不以时下。建武初，为扬化大将军掾，辟邓禹府，数奏记于禹，陈政言事。'自'明君'以下，皆是谏邓禹之词，非劝鲍永之说，不知何据，有此乖违。"严可均曰（《全后汉文》二十）："案章怀注，据《东观记》谓是谏邓禹之词，非说鲍永。今考建武初，衍未辟邓禹府，禹亦未至并州。至罢兵来降，见黜之后，始诣邓禹耳。此当从范书作说鲍永为是。"据《东观记》，衍数说邓禹，《全后汉文》仅辑得三条，亡佚殆尽矣。衍在光武时被黜，仕不得显，卒至西归故郡，闭门自保，不敢复与亲故通，所谓"历骋而罕遇"也。

㊼纪评曰："树义甚伟。"

㊽陆机《文赋》曰："论精微而朗畅，说炜晔而谲诳。"李善注曰："说以感动为先，故炜晔谲诳。"士衡盖指战国策士而言。彦和谓'言咨悦怿'，正即炜晔之义。惟当以忠信为本，不可流于谲诳。纪氏称为'树义甚伟'，是也。

诏策第十九

皇帝御（孙云《御览》五九三引作"驭"）宇，其言也神。渊嘿黼（孙云《御览》作"负"）扆，而响盈四表，唯（孙云《御览》"唯"上有"其"字）诏策乎[1]？昔轩辕、唐、虞，同称为"命"。"命"之为义，制性之本也[2]。其在三代（孙云《御览》"代"作"王"），事兼诰誓。誓以训（孙云《御览》作"诫"）戎，诰以敷政。命喻自天，故授官（元作"管"）锡胤[3]。《易》之《姤》象，"后以施命诰四方"。诰命动民，若天下之有风矣[4]。降及七国，并称曰令（铃木云王本同嘉靖本、梅本下"令"字作"命"；《御览》两"令"字并作"命"，闵本、冈本、张本同）。令者，使也[5]。秦并天下，改命曰制[6]。汉初定仪则，则命有四品（疑衍一"则"字，以"定仪"为读；孙云《御览》"则"字不重，无"命"字）：一曰策书，二曰制书，三曰诏书，四曰戒敕（孙云《御览》"敕"并作"勅"）。敕戒州部（铃木云《御览》作"郡"；嘉靖本作"邦"），诏诰百官，制施赦命（孙云《御览》作"勅令"），策封王侯[7]。策者，简也。制者，裁也。诏者，告也。敕者，正也[8]。

《诗》云"畏此简书"，《易》称"君子以制度数（顾校作'数度'）"，《礼》称"明君之诏"，《书》称"敕天之命"，并本经典以立名目。远诏近命，习秦制也[9]。《记》称"丝纶"，所以应接群后[10]。虞重纳言，周贵喉舌[11]。故两汉诏诰（铃木云《御览》作"令"），职在尚书[12]。王言之大，动入史策，其出如綍，不反若汗[13]。是以淮南有英才，武帝使相如视草[14]；陇右多文士，光武加意于书辞：岂直取美当时，亦敬慎来叶矣[15]。

观文、景以前，诏体浮新（孙云《御览》作“杂”）；武帝崇儒，选言弘奥[16]。策封三王，文同训典；劝（元作“观”，谢改）戒渊雅，垂范后代[17]；及制诰（黄云“诰”当作“诏”）严助，即云厌承明庐，盖宠才之恩也[18]。孝宣玺书，赐太守陈遂（“赐太守”元作“责博士”，考《汉书》改；汪本作“责博进陈遂”），亦故旧之厚也[19]。逮（孙云《御览》作“及”）光武拨乱，留意斯文（孙云《御览》作“词采”），而造次喜怒，时或偏滥。诏赐邓禹，称司徒为尧；敕责侯霸，称“黄钺一下”[20]。若斯之类，实乖宪章[21]。暨明帝（铃木云《御览》“帝”作“章”）崇学，雅（元作“惟”，朱改）诏间出。安、和政弛（铃木云《御览》作“和安”，“弛”作“弛”），礼阁鲜才，每为诏敕，假手外请[22]。建安之末，文理代兴：潘勖《九锡》，典雅逸群[23]；卫觊（元作“凯”，孙改；顾校作“觊”；孙云《御览》作“觊”）《禅诰》，符命（孙云《御览》作“采”）炳耀，弗可加已（孙云《御览》“弗”作“不”，“已”作“也”）[24]。自魏晋诰策（孙云《御览》作“诏策”），职在中书，刘放、张华，互管（孙云《御览》作“管于”）斯任，施命（孙云《御览》作“令”）发号，洋洋盈耳[25]。魏文帝下诏（孙云《御览》作“魏文以下”），辞义多伟，至于“作威作福”，其万虑之一弊乎[26]？晋氏中兴，唯明帝崇才，以温峤文清，故引入（元脱，朱按《御览》补）中书。自斯以后，体宪（元作“虑”，朱改；孙云《御览》作“宪”）风流矣[27]。

夫王言崇秘，大观在上，所以百辟其刑，万邦作孚[28]。故授官选贤，则义炳重离之辉；优文封策，则气含风（孙云《御览》作“云”）雨之润；敕戒恒诰，则笔吐星汉之华；治（孙云《御览》作“启”）戎燮伐，则声有洊雷之威；眚灾肆赦，则文有春露之滋；明罚敕法，则辞有秋霜之烈：此诏策之大略也[29]。

戒敕为文，实诏之切者，周穆命郊（元作“邓”，朱考《穆天子传》改）父受敕宪，此其事也[30]。魏武称作敕戒，当指事而语（一作“诰”，从《御览》改），勿得依违，晓治要矣。及晋武敕戒，备告百官：敕都督以兵要，戒州牧以董司，警郡守以恤隐，勒牙门以御卫，有训典焉[31]。

戒者，慎也，禹称“戒之用休”。君父至尊，在三罔（元作“同”，许改；孙云《御览》作“罔”）极[32]。汉高祖（孙云《御览》无“祖”

字）之《敕太子》，东方朔之《戒子》，亦顾命之作也[33]。及马援已下，各贻家戒[34]。班姬《女戒》，足称母师也[35]。

教者，效也，出言而民效也（孙云《御览》上“效”作“傚”，下“效”作“効”）。契敷五教（孙云《御览》无此四字），故王侯称教[36]。昔郑弘（孙云《御览》作“宏”）之守南阳，条教为后所述，乃事绪明也[37]；孔融之守北海，文教丽而罕（孙云《御览》“罕”下有“施”字）于理，乃治体乖也[38]。若诸葛孔明之详约，庾稚恭之明断，并理得而辞中，教（一作“辞”，从《御览》改）之善也[39]。

自教以下，则又有命。《诗》云“有命在天”，明（铃木云冈本作“命”）为重也[40]。《周礼》曰“师氏诏王”，为轻命（铃木云冈本作“诏为轻”；梅本“为”上有“明诏”二字，无“命”字）[41]。今诏重而命轻者，古今之变也。

赞曰：皇王施令，寅严宗诰。我有丝言，兆民尹好[42]。辉音峻举，鸿风远蹈。腾义飞辞，涣其大号（铃木云王本、冈本“涣”误作“焕”）。

注释：

①《说文》“宇”，籀文从禹，作“寓”。《文选》沈约《奏弹王源》：“自宸历御寓。”《汉书·成帝纪赞》曰：“临朝渊嘿，尊严若神。”《尚书·顾命》：“设黼扆。”《伪孔传》曰：“扆屏风，画为斧文，置户牖间。”《礼记·曲礼下》：“天子当扆而立。”

②“性”，疑当作“姓”。《说文》：“姓，人所生也。从女从生，生亦声。古之神圣母感天而生子，故称天子。”古人最重得姓，故黄帝二十五子，其得姓者十四人。契为司徒，赐姓子氏；柏翳为舜主畜，赐姓嬴。盖必立功有德，始得赐姓也。《国语·周语下》：“皇天嘉之，祚以天下，赐姓曰姒，氏曰有夏。祚四岳国，命为侯伯，赐姓曰姜，氏曰有吕……唯有嘉功，以命姓受祀，迄于天下。命姓受氏而附之以令名。”制姓，犹言赐姓命姓矣。凡命姓者，亦必授之以官，故百姓即为百官也。禅让之际，尤必称天而命之。《论语·尧曰篇》：“尧曰：‘咨尔舜！天之历数在尔躬，允执其中，四海困穷，天禄永终。’舜亦以命禹。”彦和之意，以为命之本义由于制姓，至三代始事兼诰誓耳。

③黄注：“誓以训戎，《书》‘甘誓’‘汤誓’‘泰誓’‘牧誓’‘费誓’

‘秦誓’是也。诰以敷政，《书》‘召诰’‘洛诰’是也。命以授官，《书》‘微子之命’‘蔡仲之命’‘毕命’‘冏命’是也。”《春秋元命苞》：“命者，天之命也。”万物咸命于天，故天命单谓之命。授官，谓如唐虞三代之命官。《周礼·春官·典命》注：“谓王迁秩群臣之书。”锡胤谓如轩辕唐虞之命姓。《说文》：“胤，子孙相承续也。”《尔雅·释诂》：“胤，继也。”锡胤，犹言赐姓。《诗经·大雅·既醉》：“君子万年，永锡祚胤。”

④《易·姤卦·象》曰：“天下有风，姤，后以施命诰四方（姤卦，巽下乾上）。”《正义》曰：“风行天下，则无物不遇，故为遇象（《彖》曰：“姤，遇也，柔遇刚也。”故为遇之象）。后以施命诰四方者，风行草偃，天之威令，故人君法此以施教命，诰于四方也。”

⑤《说文》：“命，使也。”“令，发号也。”《汉书·东方朔传》：“令者，命也。”《贾子·礼容语下》：“命者，制令也。”戴侗《六书故》曰：“命者，令之物也。令出于口，成而不可易之谓命。秦始皇改令曰诏，命曰制，即诏与制，可以见命令之分。”朱骏声《通训定声》云：“按在事为令，在言为命，散文则通，对文则别。”

⑥《史记·秦始皇本纪》二十六年丞相绾等议上尊号王为泰皇，命为制，令为诏。《独断》曰：“诏，犹诰也。三代无其文，秦汉有焉。”

⑦“汉初定仪则，则命有四品。”上“则”字疑当作“法”。《史记·叔孙通列传》：“定宗庙仪法，及稍定汉诸仪法，皆叔孙生为太常所论著也。”本书《章表篇》：“汉定礼仪，则有四品。”本篇则五字为句。“则”字有写作“劃”者，传书者误分为二“则”字，因缀于上句而夺去“法”字。

蔡邕《独断》：“汉天子正号曰皇帝，其言曰制诏，其命令一曰策书，二曰制书，三曰诏书，四曰戒书。

“策书：策者，简也。《礼》曰：‘不满百文，不书于策。’其制长二尺，短者半之，其次一长一短，两编下附篆书，起年月日，称‘皇帝曰’，以命诸侯、王、三公。其诸侯、王、三公之薨于位者，亦以策书诔，谥其行而赐之，如诸侯之策。三公以罪免，亦赐策文，体如上策而隶书，以尺一木两行，唯此为异者也。

“制书：帝者制度之命也。其文曰‘制诏’，三公赦令、赎令之属是也……

“诏书：诏，诰也。有三品：其文曰‘告某官，官如故事’，是为诏书。群臣有所奏请，尚书令奏之，下有制曰‘天子答之曰可’。(《史记·始皇本纪》集解引蔡邕曰：“群臣有所奏请，尚书令奏之，下有司曰‘制’，天子答之曰‘可’。”）若下某官云云，亦曰诏书。群臣有所奏请，无尚书令奏制之字，则答曰‘已奏’。如书本官下所当至，亦曰诏。

“戒书、戒敕：刺史太守及三边营官被敕，文曰‘有诏敕某官’，是为戒敕也。世皆名此为策书，失之远矣。”

⑧《说文》：“策，马棰也。”“册，符命也。诸侯进受于王也。象其札一长一短中有二编之形。”经传多假策为册。《尚书·金縢》：“史乃册祝。”郑注：“册，谓简书也。”《仪礼·聘礼·正义》：“简者，未编之称；策，是众简相连之名。”《左氏春秋序·正义》：“单执一札谓之简，连编诸简乃名为策。”《释名·释书契》：“策书，教令于上，所以驱策诸下也。汉制，约敕封侯曰册。册，赜也，敕使整赜，不犯之也。”

《说文》：“制，裁也。从刀未。未，物成有滋味，可裁断。”《广雅·释诂》一：“制，折也。”《鲁论语》：“片言可以制狱。”《古论语》作“折狱”。《孟子》：“可使制梃。”注：“作也。”《后汉书·蔡邕传》：“制作，国之典也。”

《说文》：“诏，告也，从言从召，召亦声。”《通训定声》曰：“按《周礼》诸职，凡言诏者，皆下告上之辞。《周礼》职各注皆以告训诏。”《释名·释典艺》：“诏书：诏，照也，昭也。人暗不见事宜，则有所犯，以此照示之，使昭然知所由也。”《管子·小称篇》：“仲父亦将何以诏寡人?”又《小匡篇》：“鲍叔曰：‘君诏使者曰：“寡君有不令之臣在君之国，愿请之以戮群臣。”’”《管子》书出战国，是当时已有尊告卑之意。

《说文》：“敕，诫也。”《小尔雅·广言》：“敕，正也。”《虞书·皋陶谟》：“敕天之命。”《传》：“正也。”此彦和所本。顾炎武《金石文字记》曰：“敕者，自上命下之辞。汉时人官长行之掾属，祖父行之子孙，皆曰敕。《前史（汉书）·陈咸传》言‘公移敕书’，而孙宝之告督邮，何并之告武吏，俱载其文为‘敕曰’。他如韦贤、丙吉、赵广汉、韩延寿、王尊、朱博、龚遂之传，其言敕者凡十数见。《后汉书》始变为勑，而后人因之。《何曾传》：‘人以小纸为书者，勑记室勿报。’则晋时上下犹通称之也。至南北朝以下，则此字惟朝廷专之，而臣下不敢用。”（北齐乐陵王百年习书数勑字，以大逆论被杀。）《说文》有敕无勑，吕忱《字林》始有之（《一切经音义》六引）。勑在《说文·力部》，训劳也，从力来声，与敕字音义全异。徐灏《说文解字注笺》曰：“敕字束旁，与勑字草书相似，因讹为勑。”

⑨《诗经·小雅·出车》：“畏此简书。”《传》曰：“简书，戒命也。”《正义》：“古者无纸，有事书之于简，谓之简书。”《易·节卦·象辞》：“泽上有水，节，君子以制数度，议德行。”制度数当依《易》本文作数度。《尚书·益稷》：“勑天之命，惟时惟几。”孔《传》曰：“勑，正也。奉正天命以临民，惟在顺时，惟在慎微。”陈先生曰：“明君之诏，明君当是明神之误，《周礼·司盟》：‘北面诏明神’是也。”远诏，谓书于简策者；近命，则面谕也。

⑩《礼记·缁衣》：“王言如丝，其出如纶；王言如纶，其出如綍。”注：“言言出弥大也。綍，引棺索也。”纶粗于丝，綍又大于纶。

⑪《尚书·舜典》：“命龙作纳言。”《诗经·大雅·烝民》：“出纳王命，王之喉舌。”

⑫《续汉书·百官志三》：尚书令一人，千石。本注曰：“承秦所置……”尚书六人……侍郎三十六人，四百石。本注曰：“一曹有六人，主作文书起草。”刘昭《注补》曰：“《尚书》：‘龙作纳言，出入帝命。’应劭曰：‘今尚书官，王之喉舌。’”

⑬《汉书·刘向传》：“《易》曰‘涣汗其大号’。言号令如汗，汗出而不反者也。”

⑭《汉书·淮南王传》：“时武帝方好艺文，以安属为诸父，辩博善为文辞，甚尊重之。每为报书及赐，常召司马相如等视草乃遣。”

⑮《后汉书·隗嚣传》：“嚣宾客、掾史多文学士，每所上事，当世士大夫皆讽诵之。故帝有所辞答，尤加意焉。”又《周荣传》：“古者帝王有所号令，言必弘雅，辞必温丽，垂于后世，列于典经。故仲尼嘉唐虞之文章，从周室之郁郁。”

⑯《史记·儒林列传序》：“汉兴……尚有干戈，平定四海，亦未暇遑庠序之事也。孝惠、吕后时，公卿皆武力有功之臣。孝文时颇征用（言孝文稍用文学之士居位），然孝文帝本好刑名之言。及至孝景，不任儒

者……今上即位……武安侯田蚡为丞相，绌黄老、刑名百家之言，延文学儒者数百人……公孙弘为学官，悼道之郁滞，乃请曰：'……臣谨案诏书律令下者，明天人分际，通古今之义，文章尔雅，训辞深厚，恩施甚美。小吏浅闻，不能究宣，无以明布谕下……'制曰：'可。'自此以来，则公卿大夫士吏斌斌多文学之士矣。"《校勘记》："《御览》'新'作'杂'，'杂'字是也。"

⑰《史记·三王世家》载元狩六年《策封三王文》，兹录如下：

《策封齐王闳》

维六年（《汉书》作"惟元狩六年"），四月乙巳，皇帝使御史大夫汤庙立子闳为齐王。曰：於戏！小子闳，受兹青社！朕承祖考（《汉书》作"天序"），维稽古，建尔国家，封于东土，世为汉藩辅。於戏念哉！恭朕之诏，惟命不于常。人之好德，克明显光。义之不图，俾君子怠。悉尔心，允执其中，天禄永终。厥有愆不臧，乃凶于而国，害于尔躬。於戏！保国艾民，可不敬与！王其戒之。（《史记·三王世家》《汉书·武五子传》）

《策封燕王旦》

维六年四月乙巳，皇帝使御史大夫汤庙立子旦为燕王。曰：於戏！小子旦，受兹玄社！朕承祖考，维稽古，建尔国家，封于北土，世为汉藩辅。於戏！荤粥氏虐老兽心，侵犯寇盗，加以奸巧边萌。於戏！朕命将率徂征厥罪，万夫长，千夫长，三十有二君（《汉书》作"帅"）皆来，降期奔师。荤粥徙域，北州以绥，悉尔心，毋作怨，毋俷德（《汉书》作"毋作棐德"），毋乃废备。非教士不得从征。於戏！保国艾民，可不敬与！王其戒之。（同上，《汉书》有删节。）

《策封广陵王胥》

维六年四月乙巳，皇帝使御史大夫汤庙立子胥为广陵王。曰：於戏！小子胥，受兹赤社！朕承祖考，维稽古，建尔国家，封于南土，世为汉藩辅。古人有言曰："大江之南，五湖之间，其人轻心。杨州保强，三代要服，不及以致（《汉书》作"正"）。"於戏！悉尔心，战战兢兢，乃惠乃顺，毋侗（《汉书》作"桐"）好佚，毋迩宵人，维法维则。《书》云"臣不作威，不作福"，靡有后羞。於戏！保国艾民，可不敬与！王其戒之。（同上，《汉书》有删节。）

褚先生曰：“武帝之时，同日而俱拜三子为王……为作策以申戒之。”

⑱《汉书·严助传》武帝《赐严助书》：“制诏会稽太守：君厌承明之庐，劳侍从之事，怀故土，出为郡吏。会稽东接于海，南近诸越，北枕大江。间者，阔焉久不闻问，具以《春秋》对，毋以苏秦纵横。”黄校“诰”作“诏”，是也。

⑲《汉书·游侠传》：“（陈遵）祖父遂，字长子，宣帝微时与有故，相随博弈，数负进。及宣帝即位，用遂，稍迁至太原太守，乃赐遂玺书曰：‘制诏太原太守：官尊禄厚，可以偿博进矣。妻君宁（遂之妻名）时在旁，知状。’遂于是辞谢，因曰：‘事在元平元年赦令前。’其见厚如此。”荀悦《汉纪》云：“杜陵陈遂，字长子。上微时与上游戏博弈，数负遂。上即位，稍见进用，至太原太守。乃赐遂玺书曰：‘制诏太原太守：官尊禄重，可以偿博负矣。’”《札迻》十二：“孝宣玺书赐太守陈遂。注云：‘赐太守，元作责博士，考《汉书》改。汪本作责博进陈遂。’冯校云：‘赐太守，元版作责博士，梅鼎祚所改也，当作责博进。’纪云：‘当作偿博进，改为赐太守，似非。’案疑当作‘责博于陈遂’。此陈遂负博进，玺书责其偿，《汉书》所载甚明。元本惟‘于’字讹作‘士’，‘责博’二字则不误。梅、黄固妄改，纪校亦误读《汉书》，皆不足冯也。”案孙说亦非也。宣帝微时，依许广汉兄弟及祖母家史氏，其贫可知。陈遂杜陵豪右，何至博负而不偿耶！宣帝谓我赐汝之尊官厚禄，可以抵偿负汝之赆矣（钱大昕云“进”本作“赆”）。妻君宁云云者，犹言君宁知我所负之数，明足以相抵也。参以《汉纪》，语意更显。宣帝与遂亲厚，赐玺书以为戏；遂恃有故恩，因曰事在赦令前，亦戏辞也。故《汉书》曰“其见厚如此”。彦和本文当作“偿博与陈遂”。

⑳《后汉书·邓禹传》：“敕邓禹曰：司徒，尧也；亡贼，桀也。长安吏人，遑遑无所依归。宜以时进讨，镇慰西京，系百姓之心。”又《冯勤传》玺书赐侯霸曰：“崇山、幽都何可偶，黄钺一下无处所。欲以身试法耶？将杀身以成仁耶？”

㉑《续汉书·百官志三·补注》引《决录注》曰：“（丁邯）迁汉中太守。妻弟为公孙述将，收妻送南郑狱，免冠徒跣自陈。诏曰：‘汉中太守妻

乃系南郑狱，谁当搔其背垢者？悬牛头，卖马脯，盗跖行，孔子语。以郈服罪，且郈一妻，冠履勿谢。（意谓郈妻弟为敌将，何必以郈妻服罪。）'”此亦所谓乖宪之类。

㉒明帝，如永平二年《诏骠骑将军三公》及《幸辟雍行养老礼诏》；章帝，如建初四年《使诸儒共正经义诏》《令选高材生受古学诏》，皆所谓雅韶间出者。《御览》“帝”作“章”，是也。“安和”当作“和安”。《后汉书·窦宪传》：“和帝即位，太后临朝，宪以侍中内干机密，出宣诰命。其所施为，辄外令太傅邓彪奏，内白太后，事无不从。”安帝政在外戚邓氏，度亦如窦宪故事，所谓“假手外请”也。

㉓《周礼》大宗伯职“以九仪之命正邦国之位”。《韩诗外传》八：“《传》曰诸侯之有德，天子锡之。一锡车马，再锡衣服，三锡虎贲，四锡乐器，五锡纳陛，六锡朱户，七锡弓矢，八锡𫓧钺，九锡秬鬯。”《后汉书·献帝纪》章怀注引《礼含文嘉》曰：“九锡谓一曰车马，二曰衣服，三曰乐器，四曰朱户，五曰纳陛，六曰虎贲士百人，七曰斧钺，八曰弓矢，九曰秬鬯。”《白虎通论·九锡》引《礼说》“乐器”作“乐则”。《汉书·武帝纪》：“三适谓之有功，乃加九锡。”应劭曰：“一曰车马……（物名同《韩诗外传》，次序略异）此皆天子制度，尊之，故事事锡与，但数少耳。”张晏曰：“九锡，经本无文，《周礼》以为九命。《春秋说》有之。”《汉书·王莽传上》载张竦为陈崇草奏，称莽功德，列举多条。潘勖《册魏公九锡文》近拟竦文，远学《尚书》，自后大盗移国，莫不作九锡文，如涂附涂，而典赡雅饬，则无有及此者。《文选》三十五、《三国志·魏志·武帝纪》载其文，依《文选》录于下：

> 制诏：使持节丞相领冀州牧武平侯（《魏志》无此句）：朕以不德（朕上有“曰”字），少遭闵凶，越在西土，迁于唐卫，当此之时，若缀旒然，宗庙乏祀，社稷无位，群凶觊觎，分裂诸夏，一人尺土，朕无获焉。即我高祖之命，将坠于地，朕用夙兴假寐，震悼于厥心。曰：惟祖惟父，股肱先正，其孰恤朕躬。乃诱天衷，诞育丞相，保乂我皇家，弘济于艰难，朕实赖之。今将授君典礼，其敬听朕命：
>
> 昔者董卓初兴国难，群后失位，以谋王室。君则摄进，首启戎行，此君之忠于本朝也。后及黄巾，反易天常，侵我三州，延于平

民。君又讨之，剪除其迹，以宁东夏，此又君之功也。韩暹、杨奉，专用威命，又赖君勋，克黜其难，遂建许都，造我京畿，设官兆祀，不失旧物，天地鬼神，于是获乂，此又君之功也。袁术僭逆，肆于淮南，慑惮君灵，用丕显谋，蕲阳之役，桥蕤授首，稜威南厉，术以殒溃，此又君之功也。回戈东指，吕布就戮，乘轩将反，张扬沮毙，眭固伏罪，张绣稽服，此又君之功也。袁绍逆常，谋危社稷，凭恃其众，称兵内侮。当此之时，王师寡弱，天下寒心，莫有固志。君执大节，精贯白日，奋其武怒，运诸神策，致届官渡，大歼丑类，俾我国家，拯于危坠，此又君之功也。济师洪河，拓定四州，袁谭、高幹，咸枭其首，海盗奔迸，黑山顺轨，此又君之功也。乌丸三种，崇乱二世，袁尚因之，逼据塞北，束马悬车，一征而灭，此又君之功也。刘表背诞，不供贡职，王师首路，威风先逝，百城八郡，交臂屈膝，此又君之功也。马超、成宜，同恶相济，滨据河潼，求逞所欲，殄之渭南，献馘万计，遂定边城，抚和戎狄，此又君之功也。鲜卑、丁令，重译而至，箄于（箄音必计反，《魏志》作“单于”）白屋，请吏帅职，此又君之功也。君有定天下之功，重以明德，班叙海内，宣美风俗，旁施勤教，恤慎刑狱，吏无苛政，民不回慝，敦崇帝族，援继绝世，旧德前功，罔不咸秩。虽伊尹格于皇天，周公光于四海，方之蔑如也。

朕闻先王并建明德，胙之以土，分之以民，崇其宠章，备其礼物，所以蕃卫王室，左右厥世也。其在周成，管蔡不靖，惩难念功，乃使邵康公锡齐太公履，东至于海，西至于河，南至於穆陵，北至于无棣，五侯九伯，实得征之。世胙太师，以表东海。爰及襄王，亦有楚人，不供王职。又命晋文，登为侯伯，锡以二辂，虎贲鈇钺，秬鬯弓矢，大启南阳，世作盟主。故周室之不坏，繄二国是赖。今君称丕显德，明保朕躬，奉答天命，导扬弘烈，绥爰九域，罔不率俾，功高乎伊周，而赏卑乎齐晋，朕甚恧焉。朕以眇身，托于兆民之上，永思厥艰，若涉渊水，非君攸济，朕无任焉。

今以冀州之河东、河内、魏郡、赵国、中山、钜鹿、常山、安平、甘陵、平原凡十郡，封君为魏公。使使持节御史大夫虑，授君印绶册书，金虎符第一至第五，竹使符第一至第十，锡君玄土，苴以白茅，爰契尔龟，用建冢社。昔在周室，毕公、毛公，入为卿佐，周邵师保，出为二伯，外内之任，君实宜之，其以丞相领冀州牧如故。今更下传玺，肃将朕命，以允华夏。其上故传武平侯印绶。今又加君九锡，其敬听后命。

以君经纬礼律，为民轨仪，使安职业，无或迁志；是用锡君大辂、戎辂各一，玄牡二驷。君劝分务本，啬民昏作，粟帛滞积，大业惟兴，是用锡君衮冕之服，赤舄副焉。君敦尚谦让，俾民兴行，少长有礼，上下咸和，是用锡君轩悬之乐，六佾之舞。君翼宣风化，爰发四方，远人回面，华夏充实，是用锡君朱户以居。君研其明哲，思帝所难，官才任贤，群善必举，是用锡君纳陛以登。君秉国之钧，正色处中，纤毫之恶，靡不抑退，是用锡君虎贲之士三百人。君纠虔天刑，章厥有罪，犯关干纪，莫不诛殛，是用锡君鈇钺各一。君龙骧虎视，旁眺八维，掩讨逆节，折冲四海，是用锡君彤弓一，彤矢百，玈弓十，玈矢千。君以温恭为基，孝友为德，明允笃诚，感乎朕思，是用锡君秬鬯一卣，珪瓒副焉。魏国置丞相以下群卿百僚，皆如汉初诸王之制。君往钦哉！敬服朕命。简恤尔众，时亮庶功。用终尔显德，对扬我高祖之休命。

㉔《三国志·魏志·卫觊传》云："顷之，还汉朝为侍郎，劝赞禅代之义，为文诰之诏。"案献帝诸禅诏引见《魏志·文帝纪》注者，皆觊所作也。兹录其《乙卯册诏魏王文》如下：

惟延康元年十月乙卯，皇帝曰，咨尔魏王：夫命运否泰，依德升降，三代卜年，著于《春秋》，是以天命不于常，帝王不一姓，由来尚矣。汉道陵迟，为日已久。安、顺已降，世失其序，冲、质短祚，三世无嗣。皇纲肇亏，帝典颓沮。暨于朕躬，天降之灾，遭无妄厄运之会，值炎精幽昧之期。变兴辇毂，祸由阉宦。董卓乘衅，恶甚浇、豷，劫迁省御，火扑宫庙，遂使九州幅裂，强敌虎争，华夏鼎沸，蝮蛇塞路。当斯之时，尺土非复汉有，一夫岂复朕民？幸赖武王德膺符运，奋扬神武，芟夷凶暴，清定区夏，保乂皇家。今王缵承前绪，至德光昭，御衡不迷，布德优远，声教被四海，仁风扇鬼区，是以四方效珍，人神响应，天之历数实在尔躬。昔虞舜有大功二十，而放勋禅以天下；大禹有疏导之绩，而重华禅以帝位。汉承尧运，有传圣之义，加顺灵祇，绍天明命，釐降二女，以嫔于魏。使使持节行御史大夫事太常音，奉皇帝玺绶，王其永君万国，敬御天威，允执其中，天禄永终，敬之哉！(《隶释》十九载《魏文受禅表》，文有残缺，即彦和所云禅诰也。)

㉕《晋书 · 职官志》："中书监及令：魏武帝为魏王，置秘书令，典尚书奏事。文帝黄初初，改为中书，置监令，以秘书左丞刘放为中书监右丞，孙资为中书令。监令盖自此始也。及晋因之，并置一人。"又："中书侍郎一人，直西省，又掌诏令。"《三国志 · 魏志 · 刘放传》："放善为书檄，三祖诏命，有所招喻，多放所为。"《晋书 · 张华传》：华在魏为中书郎。晋武帝时为度支尚书，当时诏诰皆所草定。惠帝时为中书监。"互管斯任"，当作"并管斯任"。《魏志 · 刘放传评》："刘放文翰，孙资勤慎，并管喉舌。"此"并管"语所本。

㉖《魏志 · 蒋济传》："(文帝) 诏征南将军夏侯尚曰：'卿腹心重将，特当任使。恩施足死，惠爱可怀。作威作福，杀人活人。'……(济谓帝) 曰：'夫作威作福，《书》之明诫。天子无戏言，古人所慎。惟陛下察之。'帝遣追取前诏。""弊"当作"蔽"。

㉗明帝手诏以温峤为中书令云："中书之职，酬对多方，斟酌礼宜，非唯文疏而已。非望士良才，何可妄居？卿既以令望，忠允之怀，著于周旋；且文清而旨远，宜居机密。今欲以卿为中书令，朝论亦咸以为宜。"(《艺文类聚》四十八引檀道鸾《晋阳秋》)

㉘《易 · 观卦 · 彖辞》："大观在上。"《正义》曰："谓大为在下所观，唯在于上。由在上既贵，故在下大观。"《诗经 · 周颂 · 烈文》："不显惟德，百辟其刑之。"郑注《礼记 · 中庸》曰："不显，言显也。辟，君也。言不显乎文王之德，百君尽刑之。谓诸侯法之也。"《大雅 · 文王》："仪刑文王，万邦作孚。"《笺》曰："仪法文王之事，则天下咸信而顺之。"

㉙《易 · 离卦 · 彖辞》："离，丽也。重明以丽乎正。"《象》曰："明两作离，大人以继明照于四方。"恒诰，谓可作常道之诏诰。《易 · 恒卦 · 彖辞》："圣人久于其道，而天下化成。"《大雅 · 大明》："燮伐大商。"《传》

曰：“燮，和也。”《笺》曰：“协和伐殷之事。”《易·震卦·象辞》：“洊雷震，君子以恐惧修省。”《正义》曰：“洊者，重也，因，仍也，雷相因仍，乃为威震也。”《尚书·舜典》：“眚灾肆赦。”王肃注曰：“眚，过；灾，害；肆，缓。过而有害，当缓赦之。”《正义》曰：“《春秋》言肆眚者，皆谓缓纵过失之人，是肆为缓也，眚为过也。言小则恕之，大则宥之。”“明罚来法”，《易·噬嗑·象辞》。

㉚《穆天子传》：“丙寅，天子属官效器，乃命正公郊父受敕宪。”郭注：“宪，教令也。”

㉛魏武语无考。晋武敕戒百官诏，存者有《泰始四年责成二千石诏》（《晋书·武帝纪》）《太康初省州牧诏》（《续汉书·郡国志三》注补引）《泰始五年敕戒郡国计吏》（《晋书·食货志》），其《敕都督》《敕牙门》诸诏未见。

㉜戒、教、命，虽皆尊长示卑下之辞，然不限之于君臣之际，故彦和于篇末附论之。“戒之用休”，《尚书·大禹谟》文。孔《传》曰：“休，美也。言善政之道，美以戒之。”《国语·晋语一》：“栾共子曰：民生于三，事之如一。父生之，师教之，君食之，非父不生，非食不长，非教不知，生之族也（族，类也）。故壹事之。”

㉝汉高祖《手敕太子文》见《古文苑》十，录之如下（章樵注《汉书·艺文志》《高祖传》十三篇。固自注，高祖与大臣述古语及诏策也。此篇或诏策之一）：

> 吾遭乱世，当秦禁学，自喜谓读书无益。洎践阼以来，时方省书，乃使人知作者之意。追思昔所行，多不是。
>
> 尧舜不以天下与子而与他人，此非为不惜天下，但子不中立耳。人有好牛马尚惜，况天下耶。吾以尔是元子，早有立意，群臣咸称汝友四皓，吾所不能致，而为汝来，为可任大事也。今定汝为嗣。
>
> 吾生不学书，但读书问字而遂知耳。以此故不大工。然亦足自辞解。今视汝书犹不如吾。汝可勤学习，每上疏宜自书，勿使人也。
>
> 汝见萧、曹、张、陈诸公侯，吾同时人，倍年于汝者，皆拜。并语于汝诸弟。
>
> 吾得疾遂困，以如意母子相累；其余诸儿皆自足立，哀此儿犹小也。

《东方朔集》载其《诫子诗》

明者处世，莫尚于中；优哉游哉，与道相从。首阳为拙，柳惠为工；饱食安步，以仕代农；依隐玩世，诡时不逢。才尽身危，好名得华；有群累生，孤贵失和；遗余不迁，自尽无多。圣人之道，一龙一蛇；形见神藏，与物变化；随时之宜，无有常家。(《汉书·东方朔传赞》止节录“首阳为拙”下六语,《艺文类聚》二十三、《御览》四百五十九引此“才尽”句上有“是故”二字，又自“才尽”至“无多”句，每句中有者字)

《尚书·顾命·伪孔传》:“临终之命曰顾命。”

㉞《后汉书·马援传》:“(援)兄子严、敦并喜讥议，而通轻侠客，援前在交阯，还，书戒之曰：‘吾欲汝曹闻人过失，如闻父母之名，耳可得闻，口不可得言也。好论议人长短，妄是非正法，此吾所大恶也，宁死不愿闻子孙有此行也。汝曹知吾恶之甚矣，所以复言者，施衿结缡，申父母之戒，欲使汝曹不忘之耳。龙伯高敦厚周慎，口无择言，谦约节俭，廉公有威，吾爱之重之，愿汝曹效之。杜季良豪侠好义，忧人之忧，乐人之乐，清浊无所失，父丧致客，数郡毕至，吾爱之重之，不愿汝曹效也。效伯高不得，犹为谨敕之士，所谓刻鹄不成尚类鹜者也。效季良不得，陷为天下轻薄子，所谓画虎不成反类狗者也。讫今季良尚未可知，郡将下车辄切齿，州郡以为言，吾常为寒心，是以不愿子孙效也。’”

郑玄千古大儒,《后汉书》本传载其《戒子益恩书》一篇；郑公出处大端，传经伟业，仁慈之怀，齐家之道，莫不于此书见之。书中“不为父母昆弟所容”句，黄丕烈《士礼居藏书题跋记》卷二陈鳣《跋元大德本后汉书》云:“‘吾家旧贫，不为父母昆弟所容’，是本无‘不’字，俱与唐史承节所撰《郑公碑》合。”案无“不”字者是。本传谓:“玄少为乡啬夫，得休归，常诣学官，不乐为吏，父数怒之，不能禁。”章怀注引《郑玄别传》:“玄年十一二，随母还家。正腊会同列十余人，皆美服盛饰，语言闲通，玄独漠然如不及。母私督数之，乃曰‘此非我志，不在所愿也’。”妄人误以此为不为父母所容，其实玄志在游学，所以能去厮役之吏者，正是为父母昆弟所优容耳。兹特录其文于下：

吾家旧贫，为父母群(昆)弟所容，去厮役之吏，游学周、秦之都，往来幽、并、兖、豫之域，获觐乎在位通人，处逸大儒，得意者咸从捧手，有所受焉。遂博稽六藝，粗览传记，时睹秘书纬术之奥。年过四十，乃归供养，假田播殖，以娱朝夕。（以上游历学业）遇阉尹擅埶，坐党禁锢，十有四年，而蒙赦令，举贤良方正有道，辟大将军三司府。公车再召，比牒并名，早为宰相。惟彼数公，懿德大雅，克堪王臣，故宜式序。吾自忖度，无任于此，但念述先圣之元意，思整百家之不齐，亦庶几以竭吾才，故闻命罔从。而黄巾为害，萍浮南北，复归邦乡。入此岁来，已七十矣。（以上出处年岁）宿素衰落，仍有失误（仍，频也），案之礼典，便合传家。今我告尔以老，归尔以事，将闲居以安性，覃思以终业。自非拜国君之命，问族亲之忧，展敬坟墓，观省野物，胡尝扶杖出门乎！家事大小，汝一承之。（以上传家）咨尔茕茕一夫，曾无同生相依，其勖求君子之道，研钻勿替，敬慎威仪，以近有德。显誉成于僚友，德行立于己志。若致声称，亦有荣于所生，可不深念邪！可不深念邪！（以上教诫）吾虽无绂冕之绪，颇有让爵之高，自乐以论赞之功，庶不遗后人之羞。末所愤愤者，徒以亡亲坟垄未成，所好群书率皆腐敝，不得于礼堂写定，传与其人，日西方暮，其可图乎！（以上自述志事未竟）家今差多于昔，勤力务时，无恤饥寒。菲饮食，薄衣服，节夫二者，尚令吾寡恨。若忽忘不识，亦已焉哉！

㉟《后汉书·列女传·班昭传》："昭，字惠班，一名姬。博学高才……作《女诫》七篇，有助内训。其辞曰：鄙人愚暗，受性不敏，蒙先君之余宠，赖母师之典训（母，傅母也；师，女师也），年十有四，执箕帚于曹氏，于今四十余载矣。战战兢兢，常惧黜辱，以增父母之羞，以益中外之累。夙夜劬心，勤不告劳，而今而后，乃知免耳。吾性疏顽，教导无素，恒恐子穀（曹成，字子穀，班昭之子也）负辱清朝。圣恩横加，猥赐金紫，实非鄙人庶几所望也。男能自谋矣，吾不复以为忧也。但伤诸女方当适人，而不渐训诲，不闻妇礼，惧失容它门，取耻宗族。吾今疾在沈滞，性命无常，念汝曹如此，每用惆怅。间作《女诫》七章，愿诸女各写一通，庶有补益，裨助汝身，去矣，其勖勉之（去矣，犹言从今以往）！卑弱第一……夫妇第二……敬慎第三……妇行第四……专心第五……曲从

第六……和叔妹第七……”《女诫》文繁不录。

㊱《说文》:“教，上所施下所效也。”《白虎通·三教》:“教者，效也。上为之，下效之。”《文选》三十六注引蔡邕《独断》曰:“诸侯言曰教。”(今《独断》无此语)

㊲《汉书·郑弘传》:“弘为南阳太守，绦教法度，为后所述。”

㊳孔融，汉末忠烈之士，范晔称其与琨玉秋霜比质，自是确论。本传谓融为北海相，到郡收合士民，起兵讲武，表显儒术，荐贤举良，在郡六年，日以抗群贼辑吏民为事，似非罕于理者。魏文深好融文，募天下有上融文章者，辄赏以金帛。疑有北海鄙夫伪造融文献之。(《抱朴子·清鉴篇》云:“孔融、边让文学邈俗，而并不达治务，所在败绩。”此亦成败论人，不足信据。)如《古文苑》载融六言诗，称颂曹操，辞极鄙悖，其作伪显然。彦和所见或即此类也。兹录其《立郑公乡教》于下（此文载《郑玄传》，可信）:

《告高密县立郑公乡教》

昔齐置“士乡”，越有“君子军”，皆异贤之意也。郑君好学，实怀明德。昔太史公、廷尉吴公、谒者仆射邓公，皆汉之名臣。又南山四皓有园公、夏黄公，潜光隐耀，世加其高，皆悉称公。然则公者仁德之正号，不必三事大夫也。今郑君乡宜曰“郑公乡”。昔东海于公仅有一节，犹或戒乡人侈其门闾（事见《汉书·于定国传》)，矧乃郑公之德，而无驷牡之路！可广开门衢，令容高车，号为“通德门”。

㊴《三国·蜀志·诸葛亮传》陈寿《上诸葛氏集表》曰:“论者或怪亮文彩不艳，而过于丁宁周至。臣愚以为咎繇大贤也，周公圣人也，考之《尚书》，咎繇之谟略而雅，周公之诰烦而悉。何则？咎繇与舜禹共谈，周公与群下矢誓故也。亮所与言，尽众人凡士，故其文指不得及远也。然其声教遗言，皆经事综物，公诚之心，形于文墨，足以知其人之意理，而有补于当世。”案彦和称“孔明详约”，详，谓其丁宁周至；约，谓其文彩不艳。

《晋书·庾翼传》:“翼，字稚恭……代庾亮镇武昌……每竭志能，劳谦匪懈，戎政严明，经略深远……人情翕然，称其才干。”《御览》七百五十四引《庾翼集·与僚属教》曰:“顷闻诸君有樗蒲过差者，初为是，政事闲暇以娱意耳，故未有言也；今知大相聚集，渐以成俗，闻之能不怃然！”又《艺文类聚》七十四引《庾翼集·答参军于瓒》曰：“今唯许其围棋，余悉断。”翼盖东晋有为之士，异于清谈委蛇者也。

㊵《诗经·大雅·大明》：“有命自天，命此文王。”凡经典，命皆为上告下之辞，而诏为下告上之辞（《周礼》诸诏字，皆以下告上）。自秦以后，诏惟天子用之，而命则凡上告下之通称，所谓古今之变也。《校勘记》：“‘在’当作‘自’。”

㊶卢文弨《抱经堂文集》十四《文心雕龙辑注书后》：“当作‘《周礼》曰：师氏诏王，明为轻也’，下衍‘命’字。”《札迻》十二：“黄注云：‘案《周官》师氏职无此文。’案此据师氏职有掌以媺诏王之文，明以臣诏君，为诏轻于命，非谓《周礼》有为轻命之文也。黄注缪。”案此句与上“《诗》云‘有命自天’，明命为重也”对文，当依梅本作“《周礼》曰‘师氏诏王’，明诏为轻也”。“轻”字下“命”字衍文，当删。

㊷“尹好”，疑当作“式好”。式，语辞也。

檄移第二十

震雷始于曜电，出师先乎威声；故观电而惧雷壮，听声而惧兵威。兵先乎声，其来已久。昔有虞（铃木云《御览》“虞”下有“氏”字）始戒于国，夏后初誓于军，殷誓军门之外，周将交刃而誓之。故知帝世戒兵，三王誓师，宣训我众，未及敌人也①。至周穆西征，祭公谋父称“古有威让（孙云明抄本《御览》作“仪”）之令，令（顾云“令”字衍；铃木云《御览》无“令”字）有文告（孙云明抄本《御览》五九七引“告”作“诰”）之辞”，即檄之本源也②。及春秋征伐，自诸侯出，惧敌弗（孙云《御览》作“不”）服，故兵出须名，振此威风，暴彼昏乱，刘献公之（孙云《御览》无“之”字）所谓“告之以文辞，董之以武师（元作“师武”，孙云《御览》作“武师”）”者也③。齐桓征楚，诘（元作“告”）苞（汪本作“菁”；孙云《御览》作“菁”）茅之阙④；晋厉伐秦，责箕部之焚⑤；管仲、吕相，奉辞先路，详其意义，即今之檄文[⑥]。暨乎战国，始称为檄。檄者，皦也（孙云明抄本《御览》作“皎”）。宣露（孙云《御览》作“布”）于外，皦然明白也[⑦]。张仪《檄楚》，书以尺二，明白之文，或称露布，播诸视听也（孙云《御览》作“露布者，盖露板不封，布诸视听也”）[⑧]。

夫兵以定乱，莫敢自专：天子亲戎，则称“恭行天罚”；诸侯御（孙云《御览》作“禦”）师，则云“肃将王诛”。故分阃推毂，奉辞伐罪，非唯致果为毅，亦且（孙云《御览》作“属”）厉辞为武[⑨]。使声如冲（元作“衡”；孙云《御览》作“晨”）风所击（元作“系”），气似欃枪所扫，奋其武怒，总其罪人，惩（孙云《御览》作“乘”）其恶稔之时，显其贯盈之数，摇奸宄（铃木云《御览》作“姦凶”）之胆，订信慎（孙云《御览》作“顺”）之心；使百尺之冲，摧折于咫书，万雉之城，颠坠于一檄者也[⑩]。观隗嚣之檄亡新，布（元作“有”；孙云《御览》作“布”）其三逆，文不雕饰，而辞（铃木云《御览》作“意”）切事明，陇右文士得檄之体矣[⑪]。陈琳之檄豫州（元脱，孙云《御览》无“豫州”二字），壮有（孙云明抄本《御览》作“于”）骨鲠，虽奸阉携养，章密太（铃木云《御览》“密太”作“实文”）甚，发丘摸金，诬过其虐；然抗辞（孙云《御览》作“据词”）书衅，皦然露骨（元作“固”，孙改；又一本作“暴露”；孙云《御览》作“曝露”）矣；敢（铃木云“矣敢”当作“敢矣”）指曹公之锋，幸哉免袁党之戮也（孙云《御览》无“敢指”二句）[⑫]。钟会檄蜀，征验甚明[⑬]；桓公（孙云《御览》作“温”）檄胡，观衅尤切[⑭]，并壮笔也。

凡檄之大体，或述此休明，或叙彼苛虐，指天时（孙云明抄本《御览》作“或述休明，或叙否剥”；《御览》“指”上有“则剥”二字），审人事，算（铃木云《御览》作“验”）强弱，角权势，标蓍龟于前验，悬鞶鉴于已然，虽本国信，实参兵诈。谲诡（孙云《御览》作“诡谲”）以驰旨，炜晔以腾说，凡此众条（孙云明抄本《御览》作“作”），莫或违之者也（孙云《御览》“之”在“或”字上）[⑮]。故其植义扬辞，务在刚健。插羽以示迅，不可使辞缓，露板以宣众，不可使义隐；必事昭而理辨，气盛而辞断，此其要也。若曲趣密巧，无所取才

（铃木云当作“材”）矣[16]。又州郡征吏，亦称为檄，固明举之义也[17]。

移者，易也；移风易俗，令往而民随者也[18]。相如之《难蜀老》，文晓而喻博，有移檄之骨焉[19]。及刘歆之《移太常》，辞刚而义辨，文移之首也[20]。陆机之《移百官》，言约（孙云《御览》作“简”）而事显，武移之要者也[21]。故檄移为用，事兼文武，其在金革，则逆党用檄，顺（元作“烦”，曹改）命（孙云《御览》作“顺众”）资移；所以洗濯民心，坚同（元作“用”，曹改）符契，意用（孙云《御览》作“则”）小异，而体义大同（孙云《御览》有“也”字），与檄参伍，故不重论也。

赞曰：三驱弛刚，九伐先话[22]。鞶鉴吉凶，蓍龟成败。惟（黄云活字本作“摧”；谭云作“摧”）压鲸鲵，抵落蜂虿。移宝（一作“实”）易俗，草偃风迈[23]。

注释：

①《左传》文公七年：“赵盾曰：‘先人有夺人之心，军之善谋也。’”又宣公十二年：“孙叔曰：‘宁我薄人，无人薄我……《军志》曰‘先人有夺人之心’，薄之也。”《司马法·天子之义篇》：“有虞氏戒于国中，欲民体其命也。夏后氏誓于军中，欲民先成其虑也。殷誓于军门之外，欲民先意以行事也。周将交刃而誓之，以致民志也。”

②《国语·周语上》：“穆王将征犬戎，祭公谋父谏曰：‘……于是乎有刑罚之辟，有攻伐之兵，有征讨之备，有威让之令，有文告之辞。’”据此“令有文告之辞”句，“令”字衍，当删。马鉴《续事始》：“周穆王令祭公谋父为威让之辞，以责狄人之情，此檄始也。”《司马法·仁本篇》有征师辞及军令，录之如下：

> 冢宰征师于诸侯曰：“某国为不道，征之。以某年月日师至于某国，会天子正刑。”冢宰与百官布令于军曰：“入罪人之地，无暴神祇，无行田猎，无毁土功，无燔墙屋，无伐林木，无取六畜、禾黍、器械。见其老幼，奉归勿伤。虽遇壮者，不校勿敌。敌若伤之，医药归之。”

③《左传》昭公十三年：“晋人将寻盟，齐人不可，晋侯使叔向告刘

献公曰：‘抑齐人不盟，若之何？’对曰：‘盟以厎信。君苟有信，诸侯不贰，何患焉？告之以文辞，董之以武师，虽齐不许，君庸多矣。’”杜注：“董，督也；庸，功也。讨之有辞，故功多也。”

④《左传》僖公四年：“齐侯以诸侯之师侵蔡……伐楚……管仲对曰：‘昔召康公命我先君大公，曰：“五侯九伯，女实征之，以夹辅周室！”赐我先君履，东至于海，西至于河，南至於穆陵，北至于无棣。尔贡包茅不入，王祭不共，无以缩酒，寡人是征。昭王南征而不复，寡人是问。’”《穀梁传》僖公四年，“包茅”作“菁茅”，此彦和所本。《管子·轻重篇》《韩非子·外储说左上》“包茅”亦作“菁茅”。

⑤《左传》成公十三年晋侯使吕相绝秦曰：

昔逮我献公及穆公相好，戮力同心，申之以盟誓，重之以昏姻。天祸晋国，文公如齐，惠公如秦。无禄，献公即世。穆公不忘旧德，俾我惠公用能奉祀于晋。又不能成大勋，而为韩之师。亦悔于厥心，用集我文公，是穆之成也。文公躬擐甲胄，跋履山川，逾越险阻，征东之诸侯，虞、夏、商、周之胤而朝诸秦，则亦既报旧德矣。郑人怒君之疆埸，我文公帅诸侯及秦围郑。秦大夫不询于我寡君，擅及郑盟。诸侯疾之，将致命于秦。文公恐惧，绥静诸侯，秦师克还无害，则是我大有造于西也。无禄，文公即世，穆为不吊，蔑死我君，寡我襄公，迭我殽地，奸绝我好，伐我保城，殄灭我费滑，散离我兄弟，挠乱我同盟，倾覆我国家。我襄公未忘君之旧勋，而惧社稷之陨，是以有殽之师。犹愿赦罪於穆公。穆公弗听，而即楚谋我。天诱其衷，成王陨命，穆公是以不克逞志于我。穆、襄即世，康、灵即位。康公，我之自出，又欲阙翦我公室，倾覆我社稷，帅我蝥贼，以来荡摇我边疆，我是以有令狐之役。康犹不悛，入我河曲，伐我涑川，俘我王官，剪我羁马，我是以有河曲之战。东道之不通，则是康公绝我好也。及君之嗣也，我君景公引领西望曰：“庶抚我乎！”君亦不惠称盟，利吾有狄难，入我河县，焚我箕、郜，芟夷我农功，虔刘我边垂，我是以有辅氏之聚。君亦悔祸之延，而欲徼福于先君献、穆，使伯车来命我景公，曰：“吾与女同好弃恶，复修旧德，以追念前勋。”言誓未就，景公即世，我寡君是以有令狐之会。君又不祥，背弃盟誓。白狄及君同州，君之仇雠，而我之昏姻也。君来赐命曰："吾与女伐狄。"寡君不敢顾昏姻，畏君之威，而受命于吏。君有二心于狄，曰："晋将伐女。"狄应且憎，是用告我。楚人恶君之二三其德也，亦来告我曰："秦背令狐之盟，而来求盟于我，昭告昊天上帝、秦三公、楚三王，曰：'余虽与晋出入，余唯利是视。'不穀恶其无成德，是用宣之，以惩不壹。"诸侯备闻此言，斯是用痛心疾首，昵就寡人。寡人帅以听命，唯好是求。君若惠顾诸侯，矜哀寡人，而赐之盟，则寡人之愿也，其承宁诸侯以退，岂敢徼乱？君若不施大惠，寡人不佞，其不能以诸侯退矣。敢尽布之执事，俾执事实图利之。

⑥齐桓公以私忿侵蔡，因便伐楚，本嫌理屈；而管仲对楚人举召康公之命以夸楚，又举先君四履以自言其盛，吕相尤多诬秦之辞。故彦和谓详其意义，即今之檄文。

⑦《文选序》："书誓符檄之品。"五臣注："檄者，皦也。喻彼令皦然明白。"《一切经音义》十："檄者，皎也。明言此彼，令皎然而识之也。"此本彦和为说者，彦和又必有所本也。

⑧《史记·张仪列传》："张仪既相秦，为文檄告楚相曰：'始吾从若饮，我不盗而璧，若笞我。若善守汝国，我顾且盗而城！'"《索隐》："王劭按《春秋后语》云：'丈二尺檄。'（案丈是长之误。二尺误倒。许慎云'檄，二尺书也'，当作'尺二书也'。）许慎云：'檄，二尺书。'"为檄，即传檄尔。"《说文》："檄，二尺书。"段玉裁注曰："各本作'二尺书'。小徐《系传》已佚，见《韵会》者，作'尺二书'，盖古本也。李贤注《光武纪》曰：'《说文》以木简为书，长尺二寸，谓之檄，以征召也。'与《前汉书·高帝纪》注同。此盖出《演说文》，故语加详。云尺二寸，与锴本合。但汉人多言尺一，未知其分别之详。"《后汉书·鲍昱传》："诏昱诣尚书，使封胡降檄。"注云："檄，军书也，若今之露布也。"《校勘记》："案《御览》引云：露布者，盖露板不封，布诸视听也。洪迈《容斋四笔》引亦云："露布者，盖露板不封，布诸观听也。"乃知"或称露布"句下脱"露布者，盖露板不封"八字，而"播"字则宋时传本或有作"布"者也。"

⑨《白虎通论·天子自出与使方伯之议》："王法天诛者，天子自出者，以为王者乃天之所立，而欲谋危社稷，故自出，重天命也。犯王法，使方伯

诛之。《书》(甘誓) 曰:‘今予惟恭行天之罚。’此言开自出伐扈也。《王制》曰:‘赐之弓矢,乃得专征伐。’谓诛犯王法者也。”《尚书 · 甘誓 · 正义》“天子用兵,称‘恭行天罚’;诸侯讨有罪,称‘肃将王诛’;皆示有所禀承,不敢专也。”孔《疏》盖本彦和。《史记 · 冯唐传》:“臣闻上古王者之遣将也,跪而推毂,曰:‘阃以内者,寡人制之;阃以外者,将军制之。’军功爵赏皆决于外,归而奏之。”《左传》宣公二年:“戎,昭果毅以听之之谓礼。杀敌为果,致果为毅。”(《正义》云:“兵戎之事,明此果毅以听之之谓礼。”)

⑩《史记 · 韩安国列传》:“冲风之末,力不能漂鸿毛。非初不劲,末力衰也。”《尔雅 · 释天》:“彗星为欃枪。”郭璞注:“亦谓之孛。言其形孛,孛似扫彗。”《说文》:“彗,扫竹也。”《韩非子 · 说林下》:“有与悍者邻,欲卖宅而避之。人曰:‘是其贯将满矣,子姑待之。’答曰:‘吾恐其以我满贯也。’遂去之。”稔,熟也。《文选》任昉《奏弹刘整》:“恶积衅稔。”《战国策 · 齐策五》:“千丈之城,拔之尊俎之间;百尺之冲,折之衽席之上。”《诗经 · 大雅 · 皇矣 · 传》曰:“冲,冲车也。”陆德明《释文》曰:“《说文》作‘幢’。幢,阵车也。”《正义》曰:“冲者,从傍冲突之称。兵书有作冲车之法,《墨子》有《备冲》之篇。”《史记 · 张仪列传》:“为文檄告楚相。”《集解》引徐广曰:“一作咫尺之檄。”咫书与下一檄对文。《左传》隐公元年杜注:“方丈曰堵,三堵曰雉。一雉之墙,长三丈,高一丈。”《正义》曰:“定十二年《公羊传》曰:‘雉者何?五板而堵,五堵而雉。’何休以为堵四十尺,雉二百尺。许慎《五经异义》:‘《戴礼》及《韩诗》说,八尺为板,五板为堵,五堵为雉;板广二尺,积高五板为一丈;五堵为雉,雉长四丈。古《周礼》及《左氏》说,一丈为板,板广二尺;五板为堵,一堵之墙,长丈高丈;三堵为雉,一雉之墙,长三丈,高一丈。以度其长者用其长,以度其高者用其高也。’诸说不同,贾逵、马融、郑玄、王肃之徒为古学者,皆云雉长三丈,故杜依用之。”班固《西都赋》:“建金城之万雉。”

⑪隗嚣《移檄告郡国》(《后汉书 · 隗嚣传》)

汉复元年七月己酉朔。己巳,上将军隗嚣、白虎将军隗崔、左将军隗义、右将军杨广、明威将军王遵、云旗将军周宗等,告州牧、部监、郡卒正、连率、大尹、尹、尉队大夫、属正、属令:故新都侯王莽，慢侮天地，悖道逆理，鸩杀孝平皇帝，篡夺其位。矫托天命，伪作符书，欺惑众庶，震怒上帝。反戾饰文，以为祥瑞，戏弄神祇，歌颂祸殃。楚越之竹，不足以书其恶，天下昭然，所共闻见。今略举大端，以喻吏民。

盖天为父，地为母，祸福之应，各以事降。莽明知之，而冥昧触冒，不顾大忌，诡乱天术，援引史传。昔秦始皇毁坏谥法，以一二数欲至万世，而莽下三万六千岁之历，言身当尽此度。循亡秦之轨，推无穷之数，是其逆天之大罪也。

分裂郡国，断截地络。田为王田，买卖不得；规锢山泽，夺民本业。造起九庙，穷极土作；发冢河东，攻劫丘垄。此其逆地之大罪也。

尊任残贼，信用奸佞，诛戮忠正，覆按口语，赤车奔驰，法冠晨夜，冤系无辜，妄族众庶。行炮格之刑，除顺时之法，灌以醇醯，裂以五毒。政令日变，官名月易，货币岁改，吏民昏乱，不知所从，商旅穷窘，号泣市道。设为六管，增重赋敛，刻剥百姓，厚自奉养。苞苴流行，财入公辅，上下贪贿，莫相检考。民坐挟铜炭，没入钟官，徒隶殷积，数十万人，工匠饿死，长安皆臭。既乱诸夏，狂心益悖，北攻强胡，南扰劲越，西侵羌戎，东摘涉貊。使四境之外，并入为害，缘边之郡，江海之濒，涤地无类。故攻战之所败，苛法之所陷，饥馑之所夭，疾疫之所及，以万万计。其死者则露尸不掩，生者则奔亡流散，幼孤妇女，流离系虏。此其逆人之大罪也。

是故上帝哀矜，降罚于莽，妻子颠殒，还自诛刈。大臣反据，亡形已成。大司马董忠、国师刘歆、卫将军王涉，皆结谋内溃；司命孔仁、纳言严尤、秩宗陈茂，举众外降。今山东之兵二百余万，已平齐、楚，下蜀、汉，定宛、洛，据敖仓，守函谷，威命四布，宣风中岳。兴灭继绝，封定万国，遵高祖之旧制，修孝文之遗德。有不从命，武军平之。驰使四夷，复其爵号。然后还师振旅，櫜弓卧鼓。申命百姓，各安其所，庶无负子之责。（注：百姓襁负流亡，责在君上。既安其业，则无责也。）

⑫《三国志·魏志·王粲传》："陈琳字孔璋……避难冀州，袁绍使典

文章。袁氏败，琳归太祖。太祖谓曰：‘卿昔为本初移书，但可罪状孤而已，恶恶止其身，何乃上及父祖邪?’琳谢罪。太祖爱其才而不咎。(《文选》四十四陈孔璋《为袁绍檄豫州》李善注引《魏志》‘琳谢罪’下有‘矢在弦上，不得不发’语，今《魏志》无此文。据《后汉书·袁绍传》章怀注引，则李善所引者乃是流俗本也。)军国书檄，多琳、瑀(阮瑀)所作也。”裴注引《典略》曰：“琳作诸书及檄，草成呈太祖。太祖先苦头风，是日疾发，卧读琳所作，翕然而起曰：‘此愈我病。’数加厚赐。”《校勘记》：“案‘矣敢’当作‘敢矣’，与下句‘幸哉’相对。纪昀曰，‘指’当作‘摁’。”

陈孔璋《为袁绍檄豫州》(《文选》)

左将军领豫州刺史郡国相守。盖闻明主图危以制变，忠臣虑难以立权。是以有非常之人，然后有非常之事；有非常之事，然后立非常之功。夫非常者，故非常人所拟也。曩者强秦弱主，赵高执柄，专制朝权，威福由己，时人迫胁，莫敢正言，终有望夷之败，祖宗焚灭，污辱至今，永为世鉴。及臻吕后季年，产、禄专政，内兼二军，外统梁、赵，擅断万机，决事省禁，下陵上替，海内寒心。于是绛侯、朱虚兴兵奋怒，诛夷逆暴，尊立太宗，故能王道兴隆，光明显融。此则大臣立权之明表也。

司空曹操祖父中常侍腾，与左悺、徐璜并作妖孽，饕餮放横，伤化虐民。父嵩，乞丐携养，因赃假位，舆金辇璧，输货权门，窃盗鼎司，倾覆重器。操赘阉遗丑，本无懿德，犷狡锋协，好乱乐祸。幕府董统鹰扬，扫除凶逆，续遇董卓侵官暴国，于是提剑挥鼓，发命东夏，收罗英雄，弃瑕取用，故遂与操同谘合谋，授以裨师，谓其鹰犬之才，爪牙可任。至乃愚佻短略，轻进易退，伤夷折衄，数丧师徒。幕府辄复分兵命锐，修完补辑，表行东郡，领兖州刺史，被以虎文，奖蹴威柄，冀获秦师一克之报。而操遂承资跋扈，肆行凶忒，割剥元元，残贤害善。故九江太守边让，英才俊伟，天下知名，直言正色，论不阿谄，身首被枭悬之诛，妻孥受灰灭之咎。自是士林愤痛，民怨弥重，一夫奋臂，举州同声。故躬破于徐方，地夺于吕布，彷徨东裔，蹈据无所。幕府惟强干弱枝之义，且不登叛人之党，故复援旌擐甲，席卷起征，金鼓响振，布众奔沮，拯其死亡之患，复其方伯之位。则幕府无德于兖土之民，而有大造于操也。

后会鸾驾反旆，群虏寇攻，时冀州方有北鄙之警，匪遑离局，故使从事中郎徐勋就发遣操，使缮修郊庙，翊卫幼主。操便放志专行，胁迁当御省禁，卑侮王室，败法乱纪，坐领三台，专制朝政，爵赏由心，刑戮在口，所爱光五宗，所恶灭三族，群谈者受显诛，腹议者蒙隐戮，百寮钳口，道路以目，尚书记朝会，公卿充员品而已。

故太尉杨彪，典历二司，享国极位。操因缘眦睚，被以非罪，榜楚参并，五毒备至，触情任忒，不顾宪纲。又议郎赵彦，忠谏直言，义有可纳，是以圣朝含听，改容加饰。操欲迷夺时明，杜绝言路，擅收立杀，不俟报闻。又梁孝王先帝母昆，坟陵尊显，桑梓松柏，犹宜肃恭。而操帅将吏士，亲临发掘，破棺裸尸，掠取金宝，至令圣朝流涕，士民伤怀。操又特置发丘中郎将、摸金校尉，所过隳突，无骸不露。身处三公之位，而行桀虏之态，污国虐民，毒施人鬼。加其细政苛惨，科防互设，罾缴充蹊，坑阱塞路，举手挂网罗，动足触机陷，是以兖豫有无聊之民，帝都有吁嗟之怨。

历观载籍，无道之臣，贪残酷烈，于操为甚。幕府方诘外奸，未及整训，加绪含容，冀可弥缝。而操豺狼野心，潜包祸谋，乃欲摧挠栋梁，孤弱汉室，除灭忠正，专为枭雄。往者伐鼓北征公孙瓒，强寇桀逆，拒围一年。操因其未破，阴交书命，外助王师，内相掩袭，故引兵造河，方舟北济。会其行人发露，瓒亦枭夷，故使锋芒挫缩，厥图不果。尔乃大军过荡西山，屠各左校，皆束手奉质，争为前登，犬羊残丑，消沦山谷。于是操师震慑，晨夜逋遁，屯据敖仓，阻河为固，欲以螗螂之斧，御隆车之隧。幕府奉汉威灵，折冲宇宙，长戟百万，胡骑千群，奋中黄育获之士，骋良弓劲弩之势，并州越太行，青州涉济、漯，大军泛黄河而角其前，荆州下宛、叶而掎其后。雷霆虎步，并集虏庭，若举炎火以焫飞蓬，覆沧海以沃熛炭，有何不灭者哉！

又操军吏士，其可战者，皆出自幽、冀，或故营部曲，咸怨旷思归，流涕北顾。其余兖、豫之民，及吕布、张扬之遗众，覆亡迫胁，权时苟从，各被创夷，人为仇敌。若回旆方徂，登高岗而击鼓吹，扬素挥以启降路，必土崩瓦解，不俟血刃。

方今汉室陵迟，纲维弛绝，圣朝无一介之辅，股肱无折冲之势，方畿之内，简练之臣，皆垂头扬翼，莫所凭恃。虽有忠义之佐，胁于暴虐之臣，焉能展其节？又操持部曲精兵七百，围守宫阙，外托宿卫，内实拘执，惧其篡逆之萌，因斯而作。此乃忠臣肝脑涂地之秋，烈士立功之会，可不勖哉！

操又矫命称制，遣使发兵，恐边远州郡，过听而给与，强寇弱主，违众旅叛，举以丧名，为天下笑，则明哲不取也。即日幽、并、青、冀四州并进，书到荆州，便勒见兵，与建忠将军协同声势。州郡各整戎马，罗落境界，举师扬威，并匡社稷，则非常之功，于是乎著。其得操首者，封五千户侯，赏钱五千万。部曲、偏裨、将校、诸吏降者，勿有所问。广宣恩信，班扬符赏，布告天下，咸使知圣朝有拘逼之难。如律令。

⑬《三国志·魏志·钟会传》姜维守剑阁拒会，会移檄蜀将吏士民曰：

往者汉祚衰微，率土分崩，生民之命，几于泯灭。太祖武皇帝神武圣哲，拨乱反正，拯其将坠，造我区夏。高祖文皇帝应天顺民，受命践祚。烈祖明皇帝奕世重光，恢拓洪业。然江山之外，异政殊俗，率土齐民未蒙皇化，此三祖所以顾怀遗恨也。今主上圣德钦明，绍隆前绪，宰辅忠肃明允，劬劳王室，布政垂惠而万邦协和，施德百蛮而肃慎致贡。悼彼巴蜀，独为匪民，愍此百姓，劳役未已。是以命授六师，龚行天罚，征西、雍州、镇西诸军，五道并进。古之行军，以仁为本，以义治之；王者之师，有征无战；故虞舜舞干戚而服有苗，周武有散财、发廪、表闾之义。今镇西奉辞衔命，摄统戎重，庶弘文告之训，以济元元之命，非欲穷武极战，以快一朝之政。故略陈安危之要，其敬听话言。

益州先主以命世英才，兴兵朔野，困踬冀、徐之郊，制命绍、布之手，太祖拯而济之，与隆大好。中更背违，弃同即异，诸葛孔明仍规秦川，姜伯约屡出陇右，劳动我边境，侵扰我氐羌。方国家多故，未遑修九伐之征也。今边境乂清，方内无事，蓄力待时，并兵一向，而巴蜀一州之众，分张守备，难以御天下之师。段谷、侯和沮伤之气，难以敌堂堂之阵。比年以年，曾无宁岁，征夫勤瘁，难以当子来之民。此皆诸贤所亲见也。蜀相壮见禽于秦，公孙述授首于汉，九州之险，是非一姓。此皆诸贤所备闻也。明者见危于无形，智者窥祸于未萌，是以微子去商，长为周宾，陈平背项，立功于汉。岂晏安酖毒，怀禄而不变哉？今国朝隆天覆之恩，宰辅弘宽恕之德，先惠后诛，好生恶杀。往者吴将孙壹举众内附，位为上司，宠秩殊异。文钦、唐咨为国大害，叛主仇贼，还为戎首。咨困逼禽获，钦二子还降，皆将军、封侯，咨与闻国事。壹等穷蹙归命，犹加盛宠，况巴蜀贤知见机而作者哉！诚能深鉴成败，邈然高蹈，投迹微子之踪，错身陈平之轨，则福同古人，庆流来裔，百姓士民，安堵旧业，农不易亩，市不回肆，去累卵之危，就永安之福，岂不美欤！若偷安旦夕，迷而不反，大兵一发，玉石皆碎，虽欲悔之，亦无及已。其详择利害，自求多福，各具宣布，咸使闻知。

⑭桓温《檄胡文》(《艺文类聚》五十八)

胡贼石勒，暴肆华夏，齐民涂炭。煎困仇孽，至使六合殊风，九鼎乖越；每惟国难，不遑启处，抚剑北顾，慨叹盈怀。寡人不德，忝荷戎重，师次安陆，经营旧邑，瞻望华夏，暂成楚越，登丘凄览，征夫愤慨。昔叔孙绝粒，义不同恶；龚生守节，耻存莽朝。历既逋僭，一朝荡定，拯抚黎民，即安本土；训之以德礼，润之以玄泽，信感荒外，武扬八极，先顺者获赏，后伏者前诛，德刑既明，随才攸叙，此之风范，想所闻也。(此文缺佚，故未见观衅之语。)

⑮《御览》五百九十七引李充《翰林论》:“盟檄发于师旅。”又引充《起居诫》曰:“檄不切厉则敌心陵，言不夸壮则军容弱。”《一切经音义》十:“檄书者，所以罪实当伐者也。又陈彼之恶，说此之德，晓慰百姓之书也。”

⑯《汉书·高帝纪》:“吾以羽檄征天下兵。”注:“有急事，则加以鸟羽插之，示速疾也。”《封氏闻见记》四引《魏武奏事》:“有警急，辄露版插羽。”《闻见记》又云:“露布，捷书之别名也。”又云:“所以名露布者，谓不封检，露而宣布，欲四方速知。”《后汉书·李云传》注:“露布，谓不封之也。”

⑰《后汉书·刘赵淳于等传序》:“中兴，庐江毛义少节(义字少节)

家贫，以孝行称。南阳人张奉慕其名，往候之。坐定而府檄适至，以义守令。义奉檄而入，喜动颜色。”李贤注曰：“檄，召书也。”《晋书 · 王逊传》：“为宁州刺史，未到州，遥举董联为秀才。建宁功曹周悦谓联非才，不下版檄。”《南史 · 刘讦传》：“本州刺史张稷辟为主簿，主者檄召，讦乃挂檄于树而逃。”皆州郡征吏亦称为檄之证。郝懿行曰：“《汉书 · 申屠嘉传》：‘为檄召通。’是则公府征吏，亦称为檄。”

⑱《说文》：“移，禾相倚移也。”假借为迻。《广雅 · 释诂三》：“移，扬也。”《释诂四》：“转也。”《汉书 · 律历志上》：“寿王又移《帝王录》。”王先谦曰：“凡官曹平等不相临敌，则为移书。后汉文‘移’字始见于此。”

⑲《汉书 · 司马相如传》：相如使时，蜀长老多言通西南夷之不为用，大臣亦以为然。相如欲谏，业已建之，不敢，乃著书藉蜀父老为辞，而己诘难之，以风天子，且因宣其使指，令百姓皆知天子意。其辞曰：

汉兴七十有八载，德茂存乎六世，威武纷纭，湛恩汪涉，群生沾濡，洋溢乎方外。于是乃命使西征，随流而攘，风之所被，罔不披靡，因朝冉从駹，定莋存邛，略斯榆，举苞蒲，结轶还辕，东乡将报，至于蜀都。

耆老大夫搢绅先生之徒二十有七人，俨然造焉。辞毕，进曰：“盖闻天子之于夷狄也，其义羁縻勿绝而已。今罢三郡之士，通夜郎之涂，三年于兹，而功不竟，士卒劳倦，万民不赡，今又接之以西夷，百姓力屈，恐不能卒业，此亦使者之累也，窃为左右患之。且夫邛、莋、西僰之与中国并也，历年兹多，不可记已。仁者不以德来，强者不以力并，意者其殆不可乎！今割齐民以附夷狄，弊所恃以事无用，鄙人固陋，不识所谓。”

使者曰：“乌谓此乎？必若所云，则是蜀不变服而巴不化俗也，余尚恶闻若说。然斯事体大，固非观者之所覯也。余之行急，其详不可得闻已，请为大夫粗陈其略：盖世必有非常之人，然后有非常之事；有非常之事，然后有非常之功。非常者，固常之所异也。故曰非常之元，黎民惧焉；及臻厥成，天下晏如也。昔者鸿水沸出，氾滥衍溢，民人升降移徙，崎岖而不安。夏后氏戚之，乃堙洪原，决流疏河，洒沈澹灾，东归之于海，而天下永宁。当斯之勤，岂唯民哉？心烦于虑，而身亲其劳，躬傶骿胝无胈，肤不生毛，故休烈显乎无穷，声称浃乎于兹。且夫贤君之践位也，岂特委琐握龊，拘文牵俗，循诵习传，当世取说云尔哉！必将崇论闳议，创业垂统，为万世规。故驰骛乎兼容并包，而勤思乎参天贰地。且《诗》不云乎：'普天之下，莫非王土；率土之滨，莫非王臣'？是以六合之内，八方之外，浸淫衍溢，怀生之物有不浸润于泽者，贤君耻之。今封疆之内，冠带之伦，咸获嘉祉，靡有阙遗矣。而夷狄殊俗之国，辽绝异党之域，舟车不通，人迹罕至，政教未加，流风犹微。内之则犯义侵礼于边境，外之则邪行横作，放弑其上，君臣易位，尊卑失序，父兄不辜，幼孤为奴，系絫号泣。内乡而怨，曰：'盖闻中国有至仁焉，德洋恩普，物靡不得其所，今独曷为遗己！'举踵思慕，若枯旱之望雨，盭夫为之垂涕，况乎上圣，又乌能已？故北出师以讨强胡，南驰使以诮劲越。四面风德，二方之君鳞集仰流，愿得受号者以亿计。故乃关沫、若，徼牂牁，镂灵山，梁孙原，创道德之涂，垂仁义之统，将博恩广施，远抚长驾，使疏逖不闭，曶爽暗昧得耀乎光明，以偃甲兵于此。而息讨伐于彼。遐迩一体，中外禔福，不亦康乎？夫拯民于沈溺，奉至尊之休德，反衰世之陵夷，继周氏之绝业，天子之急务也。百姓虽劳，又恶可以已哉？且夫王者固未有不始于忧勤，而终于佚乐者也。然则受命之符合在于此。方将增太山之封，加梁父之事，鸣和鸾，扬乐颂，上咸五，下登三。观者未睹指，听者未闻音，犹焦朋已翔乎寥廓，而罗者犹视乎薮泽，悲夫！"

于是诸大夫茫然丧其所怀来，失厥所以进，喟然并称曰："允哉汉德，此鄙人之所愿闻也。百姓虽劳，请以身先之。"敞罔靡徙，因迁延而辞避。

⑳《汉书 · 刘歆传》："（歆）欲建立《左氏春秋》及《毛诗》《逸礼》《古文尚书》皆列于学官。哀帝令歆与五经博士讲论其义。诸博士或不肯置对，歆因移书太常博士，责让之曰：

昔唐虞既衰，而三代迭兴，圣帝明王，累起相袭，其道甚著。周室既微而礼乐不正，道之难全也如此。是故孔子忧道之不行，历国应聘。自卫反鲁，然后乐正，《雅》《颂》乃得其所，修《易》，序

《书》，制作《春秋》，以纪帝王之道。及夫子没而微言绝，七十子终而大义乖。重遭战国，弃笾豆之礼，理军旅之陈，孔子之道抑，而孙吴之术兴。陵夷至于暴秦，燔经书，杀儒士，设挟书之法，行是古之罪，道术由是遂灭。汉兴，去圣帝明王遐远，仲尼之道又绝，法度无所因袭。时独有一叔孙通略定礼仪，天下唯有《易》卜，未有它书。至孝惠之世，乃除挟书之律，然公卿大臣绛灌之属，咸介胄武夫，莫以为意。至孝文皇帝，始使掌故朝错从伏生受《尚书》，《尚书》初出于屋壁，朽折散绝，今其书见在，时师传读而已。《诗》始萌牙。天下众书往往颇出，皆诸子传说，犹广立于学官，为置博士。在汉朝之儒，惟贾生而已。至孝武皇帝，然后邹、鲁、梁、赵颇有《诗》《礼》《春秋》先师，皆起于建元之间。当此之时，一人不能独尽其经，或为《雅》，或为《颂》，相合而成。《泰誓》后得，博士集而读之。故诏书称曰："礼坏乐崩，书缺简脱，朕甚闵焉。"时汉兴已七八十年，离于全经，固已远矣。

及鲁恭王坏孔子宅，欲以为宫，而得古文于坏壁之中，《逸礼》有三十九篇，《书》十六篇。天汉之后，孔安国献之。遭巫蛊仓卒之难，未及施行。及《春秋》左氏丘明所修，皆古文旧书，多者二十余通，臧于秘府，伏而未发。孝成皇帝闵学残文缺，稍离其真，乃陈发秘臧，校理旧文，得此三事，以考学官所传，经或脱简，传或间编。传问民间，则有鲁国桓公、赵国贯公、胶东庸生之遗学与此同，抑而未施。此乃有识者之所惜闵，士君子之所嗟痛也。往者缀学之士不思废绝之阙，苟因陋就寡，分文析字，烦言碎辞，学者罢老且不能究其一艺。信口说而背传记，是末师而非往古。至于国家将有大事，若立辟雍、封禅、巡狩之仪则幽冥而莫知其原。犹欲保残守缺，挟恐见破之私意，而无从善服义之公心，或怀妒嫉，不考情实，雷同相从，随声是非，抑此三学，以《尚书》为备，谓左氏为不传《春秋》，岂不哀哉！

今圣上德通神明，继统扬业，亦闵文学错乱，学士若兹，虽昭其情，犹依违谦让，乐与士君子同之。故下明诏，试《左氏》可立不，遣近臣奉指衔命，将以辅弱扶微，与二三君子比意同力，冀得废遗。今则不然，深闭固距，而不肯试，猥以不诵绝之，欲以杜塞余道，绝灭微学。夫可与乐成，难与虑始，此乃众庶之所为耳，非所望士君子也。且此数家之事，皆先帝所亲论，今上所考视，其古文旧书，皆有征验，外内相应，岂苟而已哉！

夫礼失求之于野，古文不犹愈于野乎？往者博士《书》有欧阳，《春秋》公羊，《易》则施、孟，然孝宣皇帝犹复广立《穀梁春秋》《梁丘易》《大小夏侯尚书》，义虽相反，犹并置之。何则？与其过而废之也，宁过而立之。《传》曰："文武之道未坠于地，在人；贤者志其大者，不贤者志其小者。"今此数家之言，所以兼包大小之义，岂可偏绝哉！若必专己守残，党同门，妒道真，违明诏，失圣意，以陷于文吏之议，甚为二三君子不取也。

㉑黄注曰："按《成都王颖传》'颖表请诛羊玄之、皇甫商等，檄长沙王乂使就第；乃与颙（颙即河间王司马颙）将张方伐京都，以陆机为前锋都督。陆机至洛，与成都王笺曰'王室多故，祸难荐有。羊玄之乘宠凶竖，专记朝政，皇甫商同恶相求，共为乱阶'云云。或机此时有《移百官》文，后代失传耳。"案陆机至洛与成都王笺，《晋书》成都王颖、陆机二传皆不载，引见《艺文类聚》五十九。黄注微误。

㉒《札迻》十二："三驱弛刚，纪云：'刚，疑作网。'案当作'弛网'。'网'讹'纲'，三写成'刚'，遂不可通。《吕氏春秋·异用篇》说汤解网，令去三面，舍一面；与《易》比九五'三驱失前禽'之文偶合，故彦和兼用之。"《周礼》大司马职掌九伐之法。《左传》庄公二十九年："凡师有钟鼓曰伐。"杜预《释例》曰："鸣钟鼓以声其过曰伐。"征伐必先声其罪，故曰"先话"。

㉓《札迻》十二："案惟压，义不可通。惟，黄校元本、冯本、汪本、活字本并作'摧'，是也。当据正。"《左传》宣公十二年杜注曰："鲸鲵，大鱼名，以喻不义之人，吞食小国。"僖公二十二年臧文仲曰："君其无谓邾小，蜂虿有毒，而况国乎！""移宝"，应作"移实"。

文心雕龙注

下

〔南朝〕刘勰——著
范文澜——注

华东师范大学出版社

目录

卷　五

封禅第二十一[①]

夫正位北辰，向明南面，所以运天枢，毓黎献者，何尝不经道纬德，以勒皇迹者哉[②]？《录（铃木云嘉靖本作“绿”）图》曰：“潬潬呐呐，棼棼雉雉，万物尽化。”言至德所被也[③]。《丹书》曰：“义胜欲则从，欲胜义则凶。”戒慎之至也[④]。则戒慎以崇其德，至德以凝其化，七十有二君，所以封禅矣[⑤]。

昔黄帝神灵，克膺鸿瑞，勒功乔岳，铸鼎荆山[⑥]。大舜巡岳，显乎《虞典》[⑦]。成、康封禅，闻之《乐纬》[⑧]。及齐桓之霸，爰窥王迹，夷吾谲陈（当作“谏”；黄云案冯本“陈”校云“‘陈’当作‘谏’”），距（铃木云闵本作“拒”）以怪物。固知玉牒金镂，专在帝皇也。然则西鹣东鲽，南茅北黍，空谈非征，勋德而已[⑨]。是史迁八《书》，明述封禅者，固禋祀之殊礼，名（元作“铭”，朱改）号之秘祝（元脱，朱补），祀天之壮观矣[⑩]。

秦（黄云案冯本有“始”字）皇铭岱，文自李斯，法家辞气，体乏弘润；然疏而能壮，亦彼时之绝采也[⑪]。铺观两汉隆盛，孝武禅号于肃然；光武巡封于梁父，诵（元作“请”，孙改）德铭勋，乃鸿笔耳[⑫]。

观相如《封禅》，蔚为唱首。尔其表权舆，序皇王，炳元（黄云活字本作“玄”）符，镜鸿业，驱前古于当今之下，腾休明于列圣之上，歌之以祯瑞，赞之以介丘，绝笔兹文，固维新之作也[13]。及光武勒碑，则文自（元作“字”）张纯，首胤典谟，末同祝辞，引钩谶，叙离乱（元脱，许补，一本作“合”），计武功，述文德，事核理举，华不足而实有余矣[14]。凡此二家，并岱宗实迹也[15]。

及扬雄《剧秦》[16]，班固《典引》[17]，事非镌石，而体因纪禅。观《剧秦》为文，影写长卿，诡言遁辞，故兼包神怪；然骨掣靡密，辞贯圆通，自称极思，无遗力矣。《典引》所叙，雅有懿乎[18]，历鉴前作，能执厥中，其致义会文，斐然余巧，故称“《封禅》丽而不典，《剧秦》典而不实”。岂非追观易为明，循势易为力欤？至于邯郸《受命》[19]，攀响前声，风末力寡，辑韵成颂，虽文理顺（元作“烦”，一作“颇”）序，而不能奋飞。陈思《魏德》[20]，假论客主，问答迂缓，且已千言，劳深绩寡，飙焰缺焉。

兹文为用，盖一代之典章也。构位之始，宜明大体，树骨于训典之区，选言于宏富之路，使意古而不晦于深，文今而不坠于浅，义吐光芒，辞成廉锷，则为伟矣。虽复道极数殚，终然相袭，而日新其采（元作“来”）者，必超前辙焉[21]。

赞曰：封勒帝绩，对越天休。逖听高岳，声英克彪。树石九旻，泥金八幽。鸿律（黄云活字本作“岳”）蟠采，如龙如虬。

注释：

①《白虎通·封禅》：“王者易姓而起，必升封泰山何？报告之义也。始受命之日，改制应天，天下太平功成，封禅以告太平也。所以必于泰山何？万物之始，交代之处也。必于其上何？因高告高，顺其类也。故升封者，增高也。下禅梁甫之基，广厚也。皆刻石纪号者，著己之功迹以自效也……封者，广也。言禅者，明以成功相传也。”《汉书·武帝纪》元封元年注引孟康曰：“王者功成治定，告成功于天。封，崇也，助天之高也。刻石纪号，有金策石函金泥玉检之封焉。”服虔曰：“增天之高，归功于天。禅，阐也，广土地也。”张晏曰：“天高不可及，于泰山上立封，又禅而祭

之，冀近神灵也。”纪评云：“自唐以前，不知封禅之非，故封禅为大典礼，而封禅文为大著作，特出一门，盖郑重之。”

②《尔雅·释天》：“北极谓之北辰。”《史记·天官书》：“中宫天极星，其一明者，太一常居也。”《正义》：“泰一，天帝之别名也。刘伯庄云：泰一，天神之最尊贵者也。”又：“北斗七星，斗为帝车，运于中央。”《索隐》引《春秋运斗枢》云：“斗第一天枢。”《易·说卦传》：“离也者，明也。万物皆相见，南方之卦也。圣人南面而听天下，向明而治，盖取诸此也。”《说文》：“育，或作毓。”《尚书·益稷》：“万邦黎献。”孔氏《传》：“献，贤也。”《尔雅·释诂上》：“黎，众也。”

③纪评曰：“‘录’当作‘绿’。”案本书《正纬篇》：“尧造绿图，昌制丹书。”绿图与丹书对文，嘉靖本作“绿”，是。

④《史记·周本纪·正义》引《尚书帝命验》：“季秋之月甲子，赤爵衔丹书入于酆，止于昌户。其书云：‘敬胜怠者吉，怠胜敬者灭，义胜欲者从，欲胜义者凶。’”

⑤《管子·封禅篇》：“古者封泰山禅梁甫七十有二家，而夷吾所记者十有二焉。”

⑥《史记·封禅书》：“齐人公孙卿曰：封禅七十二王，唯黄帝得上泰山封……其后黄帝接万灵明廷。明廷者，甘泉也……黄帝采首山铜铸鼎于荆山下。鼎既成，有龙垂胡顊下迎黄帝。”

⑦《尚书·舜典》：“岁二月，东巡守，至于岱宗，柴……五月南巡守，至于南岳，如岱礼。八月西巡守，至于西岳，如初。十有一月朔巡守，至于北岳，如西礼。”王肃注曰：“岱宗，泰山，为四岳所宗。燔柴祭天，告至。”

⑧《管子·封禅篇》谓“周成王封泰山，禅社首”，不记文、武二王。《史记·封禅书》云：“纣在位，文王受命，政不及泰山，武王克殷二年，天下未宁而崩。爰周德之洽维成王，成王之封禅则近之矣。”《后汉书·张纯传》：“纯奏上宜封禅，曰：‘《乐动声仪》曰：“以雅治人，风成于颂。”有周之盛，成康之间，郊配封禅，皆可见也。’”彦和所云闻之《乐纬》，殆即《动声仪》也。

⑨《管子·封禅篇》：“齐桓公既霸，会诸侯于葵丘，而欲封禅。管仲曰：‘……皆受命然后得封禅。’桓公曰：‘寡人北伐山戎，过孤竹；西伐大

夏，涉流沙；束马悬车，上卑耳之山；南伐至召陵，登熊耳山以望江汉。兵车之会三，而乘车之会六，九合诸侯，一匡天下，诸侯莫违我。昔三代受命，亦何以异乎?'于是管仲睹桓公不可穷以辞，因设之以事，曰：'古之封禅，鄗上之黍，北里之禾，所以为盛；江淮之间，一茅三脊，所以为藉也。东海致比目之鱼，西海致比翼之鸟，然后物有不召而自至者十有五焉。今凤凰、麒麟不来，嘉谷不生，而蓬蒿藜莠茂，鸱枭数至，而欲封禅，毋乃不可乎！'于是桓公乃止。"（房玄龄注《管子·封禅篇》云元篇亡。今以司马迁《封禅书》所载管子言补之。）纪评云："陈训敷陈，不必改谏。"《尔雅·释地》："东方有比目鱼焉，不比不行，其名谓之鲽。南方有比翼鸟焉，不比不飞，其名谓之鹣鹣。"《周书·王会篇》："巴人以比翼鸟。"《管子》说盖本《王会篇》。《续汉书·祭祀志》："（封禅）用玉牒书藏方石。牒厚五寸，长尺三寸，广五寸，有玉检……检用金缕五周，以水银和金以为泥。"

⑩《史记·太史公自序》："受命而王，封禅之符罕用，用则万灵罔不禋祀，追本诸神名山大川礼，作《封禅书》第六。"纪评云："铭字不误。"确甚。铭号，犹言刻石纪绩。《封禅书》："（武帝封泰山）封广丈二尺，高九尺，其下则有玉牒书，书秘。"《旧唐书·礼仪志》："玄宗因问：'玉牒之文，前代帝王何故秘之?'贺知章对曰：'玉牒本是通于神明之意。前代帝王所求各异，或祷年算，或思神仙，其事微密，是故莫知之。"“是史迁八书”句不辞，“是”字下疑脱一“以”字。

⑪文见《颂赞篇》。

⑫《汉书·武帝纪》："（元封元年）夏四月癸卯，上还，登封泰山……诏曰：'……遂登封泰山，至于梁父，然后升禮肃然。'"服虔曰："肃然，山名也，在梁父。"《后汉书·光武帝纪》："（中元元年春二月）辛卯，柴望岱宗，登封太山。甲午，禅于梁父。"凡封泰山，必禅梁父，此云孝武禅号，光武巡封，互文耳（封泰山祭天，禅梁父祭地）。“铺观两汉隆盛”，“隆盛”上似当有“之”字。

⑬《史记·司马相如传》：相如既病免，家居茂陵。天子曰："司马相如病甚，可往后悉取其书；若不然，后失之矣。"使所忠往，而相如已死，家无书。问其妻，对曰："长卿固未尝有书也，时时著书，人又取去，即空

居（《汉书》本传无“即空居”）。长卿未死时，为一卷书，曰有使者来求书，奏之。无他书。”其遗札书言封禅事，奏所忠。忠奏其书，天子异之。其书曰（《史记》《汉书》《文选》均载此文，兹录《文选》所载于下）：

伊上古之初肇，自昊穹兮（《汉书》无“兮”字）生民。历选列辟，以迄于秦。率迩者踵武，逖听者风声。纷纶威蕤，湮灭而不称者，不可胜数。继《韶夏》，崇号谥，略可道者七十有二君。罔若淑而不昌，畴逆失而能存？轩辕之前，遐哉邈乎，其详不可得闻已。五三《六经》载籍之传，维风可观也。《书》曰：“元首明哉！股肱良哉！”因斯以谈，君莫盛于唐尧，臣莫贤于后稷。后稷创业于唐尧，公刘发迹于西戎，文王改制，爰周郅隆，大行越成，而后陵迟衰微，千载亡声，岂不善始善终哉！然无异端，慎所由于前，谨遗教于后耳。故轨迹夷易，易遵也；湛恩宠鸿，易丰也；宪度著明，易则也；垂统理顺，易继也。是以业隆于襁褓而崇冠于二后。揆厥所元，终都攸卒，未有殊尤绝迹可考于今者也。然犹蹑梁父，登泰山，建显号，施尊名。大汉之德，逢涌原泉，沕潏曼羡，旁魄四塞，云布雾散，上畅九垓，下泝八埏，怀生之类，沾濡浸润，协气横流，武节猋逝，迩狭游原，遐阔泳末，首恶郁没，晻昧昭晰，昆虫闿泽，回首面内。然后囿驺虞之珍群，徼麋鹿之怪兽，导一茎六穗于庖，牺双觡共柢之兽，获周余珍放龟于岐，招翠黄乘龙于沼。鬼神接灵圉，宾于闲馆，奇物谲诡，俶傥穷变。钦哉，符瑞臻兹，犹以为德薄，不敢道封禅。盖周跃鱼陨航，休之以燎。微夫此之为符也，以登介丘，不亦恧乎！进让之道，何其爽欤！

于是大司马进曰：“陛下仁育群生，义征不譓，诸夏乐贡，百蛮执贽，德侔往初，功无与二，休烈浃洽，符瑞众变，期应绍至，不特创见。意泰山梁甫设坛场望幸，盖号以况荣，上帝垂恩储祉，将以庆成（《文选》无此二句，据《汉书》补），陛下谦让而弗发。挈三神之欢，缺王道之仪，群臣恧焉。或曰且天为质暗，示珍符固不可辞；若然辞之，是泰山靡记而梁甫罔几也。亦各并时而荣，咸济厥世而屈，说者尚何称于后，而云七十二君哉？夫修德以锡符，奉命以行事，不为进越也。故圣王不替，而修礼地祇，谒款天神，勒功中岳，以章至尊，舒盛德，发号荣，受厚福，以浸黎元。皇皇哉此天下之壮观，王者之卒业，不可贬也。愿陛下全之。而后因杂搢绅先生之略术，使获耀日月之末光绝炎，以展寀错事。犹兼正列其义，祓饰厥文，作《春秋》一艺。将袭旧六为七，摅之亡穷，俾万世得激清流，扬微波，蜚英声，腾茂实。前圣所以永保鸿名而常为称首者用此。宜命掌故，悉奏其仪而览焉。"

于是天子俙然改容，曰："俞乎，朕其试哉！"乃迁思回虑，总公卿之议，询封禅之事，诗大泽之博，广符瑞之富。遂作颂曰：自我天覆，云之油油。甘露时雨，厥壤可游。滋液渗漉，何生不育！嘉谷六穗，我穑曷蓄？非惟雨之，又润泽之。非惟遍之我，汜布护之。万物熙熙，怀而慕思。名山显位，望君之来。君乎君乎，侯不迈哉！般般之兽，乐我君圃；白质黑章，其仪可嘉。旼旼穆穆，君子之态。盖闻其声，今亲其来。厥涂靡从，天瑞之征。兹亦于舜，虞氏以兴。濯濯之麟，游彼灵畤。孟冬十月，君徂郊祀。驰我君舆，帝用享祉。三代之前，盖未尝有。宛宛黄龙，兴德而升；采色炫耀，焕炳辉煌。正阳显见，觉悟黎蒸。于传载之，云受命所乘。厥之有章，不必谆谆。依类托寓，喻以封峦。披艺观之，天人之际已交，上下相发允答。圣王之德，兢兢翼翼。故曰于兴必虑衰，安必思危。是以汤武至尊严，不失肃祗，舜在假典，顾省阙遗，此之谓也。

⑭《后汉书 · 张纯传》："中元元年，帝乃东巡岱宗，以纯视御史大夫从，并上元封旧仪及刻石文。"刻石文见《续汉书 · 祭祀志上》，又见《通典》五十四，录于后：

《泰山刻石文》

维建武三十有二年二月，皇帝东巡狩，至于岱宗，柴，望秩于山川，班于群神，遂觐东后。从臣太尉熹、行司徒事特进高密侯禹等。汉宾二王之后在位。孔子之后褒成侯，序在东后，蕃王十二，咸来助祭。《河图赤伏符》曰："刘秀发兵捕不道，四夷云集龙斗野，四七之际火为主。"《河图会昌符》曰："赤帝九世，巡省得中，治平则封。诚合（《通典》作"成治"）帝道孔矩，则天文灵出，地祇瑞兴。帝刘之九，会命岱宗，诚善用之，奸伪不萌。赤汉德兴，九世会昌（《后汉书·光武纪下》建武十九年李贤注引应劭《汉官仪》曰：“光武第虽十二，于父子之次，于成帝为兄弟，于哀帝为诸父，于平帝为祖父，皆不可为之后。上至元帝，于光武为父，故上继元帝而为九代。故《河图》云‘赤九会昌’，谓光武也。”）巡岱皆当。天地扶九，崇经之常。汉大兴之，道在九世之王。封于泰山，刻石著纪，禅于梁父，退省考五。”《河图合古篇》曰：“帝刘之秀，九名之世，帝行德，封刻政（《通典》作‘藏’）。”《河图提刘予》曰：“九世之帝，方明圣，持衡拒（《通典》作‘矩’），九州平，天下予（《通典》作‘经’）。”《雒书甄曜度》曰：“赤三德，昌九世，会修符，合帝际，勉刻封。”《孝经钩命诀》曰：“予谁行，赤刘用帝。三建孝，九会修，专兹竭行封岱青（《通典》作‘齐’）。”《河》《雒》命（《通典》作“名”）后，经谶所传。昔在帝尧，聪明密微，让与舜庶，后裔握机。王莽以舅后之家，三司鼎足冢宰之权势，依托周公、霍光辅幼归政之义，遂以篡叛，僭号自立。宗庙隳坏，社稷丧亡，不得血食，十有八年。杨、徐、青三州首乱，兵革横行，延及荆州，豪杰并兼（《通典》作“兼并”），百里屯聚，往往僭号。北夷作寇，千里无烟，无鸡鸣犬（《通典》作“狗”）吠之声。皇天眷顾皇帝，以匹庶受命中兴，年二十八载兴兵，起是以中次诛讨，十有余年，罪人则斯得。黎庶得居尔田，安尔宅。书同文，车同轨，人同伦。舟舆所通，人迹所至，靡不贡职。建明堂，立辟雍，起灵台，设庠序。同律、度、量、衡。修五礼、五玉、三帛、二牲、一死、贽。吏各修职，复于旧典。在位三十有二年，年六十二。乾乾日昃，不敢荒宁，涉危历险，亲巡黎元，恭肃神祇，惠恤耆老，理庶遵古，聪允明恕。皇帝唯慎《河图》《雒书》正文，是月辛卯，柴，登封泰山。甲午，禅于梁阴。以承灵瑞，以为兆民，永兹一宇，垂于后昆。百寮从臣，郡守师尹，咸蒙祉福，永永无极。秦相李斯燔《诗》《书》，乐崩礼坏。建武元年已前，文书散亡，旧典不具，不能明经文，以章句细微相况八十一卷，明者为验，又其十卷，皆不昭晰。子贡欲去告朔之饩羊。子曰：“赐也，尔爱其羊，我爱其礼。”后有圣人，正失误，刻石记。

⑮相如《封禅文》未闻刻石。《风俗通·正失篇》载武帝《泰山刻石

文》曰："事天以礼，立身以义，事父以孝，成名以仁，四守之内，莫不为郡县，四夷八蛮，咸来贡职。与天无极，人民蕃息，天禄永得。"彦和或误记。

⑯《文选》扬子云《剧秦美新》

诸吏中散大夫臣雄，稽首再拜上封事皇帝陛下：臣雄经术浅薄，行能无异，数蒙渥恩，拔擢伦比，与群贤并，愧无以称职。臣伏惟陛下以至圣之德，龙兴登庸，钦明尚古，作民父母，为天下主。执粹清之道，镜照四海，听聆风俗，博览广包，参天贰地，兼并神明，配五帝，冠三王，开辟以来，未之闻也。臣诚乐昭著新德，光之罔极，往时司马相如作《封禅》一篇，以彰汉氏之休。臣尝有颠眴病，恐一旦先犬马，填沟壑，所怀不章，长恨黄泉，敢竭肝胆，写腹心，作《剧秦美新》一篇，虽未究万分之一，亦臣之极思也。臣雄稽首再拜以闻，曰：

权舆天地未祛，睢睢盱盱，或玄而萌，或黄而牙，玄黄剖判，上下相呕。爰初生民，帝王始存。在乎混混茫茫之时，亹闻罕漫而不昭察，世莫得而云也。厥有云者，上罔显于羲皇，中莫盛于唐虞，迩靡著于成周。仲尼不遭用，《春秋》困斯发。言神明所祚，兆民所托，罔不云道德仁义礼智。独秦屈起西戎，邠荒岐雍之疆，因襄、文、宣、灵之僭迹，立基孝公，茂惠文，奋昭庄，至政破纵擅衡，并吞六国，遂称乎始皇。盛从鞅、仪、韦、斯之邪政，驰骛起、翦、恬、贲之用兵，刬灭古文，刮语烧书，弛礼崩乐，涂民耳目。遂欲流唐漂虞，涤殷荡周，难除仲尼之篇籍，自勒功业，改制度轨量，咸稽之于《秦纪》。是以耆儒硕老，抱其书而远逊；礼官博士，卷其舌而不谈。来仪之鸟，肉角之兽，狙犷而不臻；甘露嘉醴，景曜浸潭之瑞潜；大弗经贯，巨狄鬼信之妖发。神歇灵绎，海水群飞，二世而亡，何其剧与！帝王之道，兢兢乎不可离已。夫能贞而明之者穷祥瑞，回而昧之者极妖愆。上览古在昔，有凭应而尚缺，焉坏彻而能全？故若古者称尧舜，威侮者陷桀纣，况尽汛扫前圣数千载功业，专用己之私而能享祐者哉？

会汉祖龙腾丰沛，奋迅宛叶。自武关与项羽戮力咸阳，创业蜀汉，发迹三秦，克项山东，而帝天下。擿秦政惨酷尤烦者，应时而蠲。如儒林、刑辟、历纪、图典之用稍增焉，秦余制度，项氏爵号，虽违古而犹袭之。是以帝典阙而不补，王纲弛而未张，道极数殚，暗忽不还。

逮至大新受命，上帝还资，后土顾怀，玄符灵契，黄瑞涌出，滭浡沕潏，川流海渟，云动风偃，雾集雨散，诞弥八圻，上陈天庭，震声日景，炎光飞响，盈塞天渊之间，必有不可辞让云尔。于是乃奉若天命，穷宠极崇，与天剖神符，地合灵契，创亿兆，规万世，奇伟倜傥谲诡，天祭地事。其异物殊怪，存乎五威将帅，班乎天下者，四十有八章。登假皇穹，铺衍下土，非新家其畴离之。卓哉煌煌，真天子之表也。若夫白鸠丹乌，素鱼断蛇，方斯蔑矣。受命甚易，格来甚勤。昔帝缵皇，王缵帝，随前踵古，或无为而治，或损益而亡。岂知新室委心积意，储思垂务，旁作穆穆，明旦不寐，勤勤恳恳者，非秦之为与？夫不勤勤，则前人不当；不恳恳，则觉德不恺。是以发秘府，览书林，遥集乎文雅之囿，翱翔乎礼乐之场。胤殷周之失业，绍唐虞之绝风，懿律嘉量，金科玉条，神卦灵兆，古文毕发，炳焕照曜，靡不宣臻。式軨轩旂旗以示之，扬和鸾肆夏以节之，施黼黻衮冕以昭之，正娶嫁送终以尊之，亲九族淑贤以穆之。

夫改定神祇，上仪也。钦修百祀，咸秩也。明堂雍台，壮观也。九庙长寿，极孝也。制成《六经》，洪业也。北怀单于，广德也。若复五爵，度三壤，经井田，免人役，方甫刑，匡《马法》，恢崇祗庸烁德懿和之风，广彼搢绅讲习言谏箴诵之涂，振鹭之声充庭，鸿鸾之党渐阶。俾前圣之绪，布濩流衍而不韫韣。郁郁乎焕哉！天人之事盛矣，鬼神之望允塞。群公先正，罔不夷仪，奸宄寇贼，罔不振威。绍少典之苗，著黄虞之裔。帝典阙者已补，王纲弛者已张，炳炳麟麟，岂不懿哉！厥被风濡化者，京师沈潜，甸内匝洽，侯卫厉揭，要荒濯沐，而术前典，巡四民，迄四岳，增封泰山，禅梁父，斯受命者之典业也。

盖受命日不暇给，或不受命，然犹有事矣。况堂堂有新，正丁厥时，崇岳渟海通渎之神，咸设坛场，望受命之臻焉。海外遐方，信延颈企踵，回面内向，喁喁如也。帝者虽勤，恶可以已乎？宜命贤哲作《帝典》一篇，旧三为一袭，以示来人，摛之罔极。令万世常戴巍巍，履栗栗，臭馨香，含甘实，镜纯粹之至精，聆清和之正声，则百工伊凝，庶绩咸喜。荷天衢，提地厘，斯天下之上则已，庶可试哉！

⑰《文选》班孟坚《典引》

臣固言：永平十七年，臣与贾逵、傅毅、杜矩、展隆、郗萌等，召诣云龙门，小黄门趙宣持《秦始皇帝本纪》问臣等曰："太史迁下赞语中，宁有非邪？"臣对："此赞贾谊《过秦篇》云：'向使子婴有庸主之才，仅得中佐，秦之社稷未宜绝也。'此言非是。"即召臣入，问："本闻此论非耶？将见问意开寤耶？"臣具对素闻知状。诏因曰："司马迁著书成一家之言，扬名后世，至以身陷刑之故，反微文刺讥，贬损当世，非谊士也。司马相如洿行无节，但有浮华之辞，不周于用，至于疾病而遗忠，主上求取其书，竟得颂述功德，言封弹事，忠臣效也。至是贤迁远矣。"臣固常伏刻诵圣论，昭明好恶，不遗微细，缘事断谊，动有规矩。虽仲尼之因史见意，亦无以加。臣固被学最旧，受恩浸深，诚思毕力竭情，昊天罔极！臣固顿首顿首。伏惟相如《封禅》，靡而不典；扬雄《美新》，典而亡实。然皆游扬后世，垂为旧式。臣固才朽不及前人，盖咏《云门》者难为音，观隋和者难为珍。不胜区区，窃作《典引》一篇。虽不足雍容明盛万分之一，犹启发愤满，觉悟童蒙，光扬大汉，轶声前代，然后退人沟壑，死而不朽。臣固愚戆，顿首顿首，曰：

太极之元，两仪始分，烟烟煴煴，有沈而奥，有浮而清。沉浮交错，庶类混成。肇命民主，五德初始，同于草昧，玄混之中。逾绳越契，寂寥而亡诏者，系不得而缀也。厥有氏号，绍天阐绎，莫不开元于太昊皇初之首，上哉敻乎，其书犹得而修也。亚斯之代，通变神化，函光而未曜。

若夫上稽乾则，降承龙翼，而炳诸典谟，以冠德卓绝者，莫崇乎陶唐。陶唐舍胤而禅有虞，有虞亦命夏后，稷契熙载，越成汤武。股肱既周，天乃归功元首，将授汉刘。俾其承三季之荒末，值亢龙之灾孽，县象暗而恒文乖，彝伦斁而旧章缺。故先命玄圣，使缀学立制，宏亮洪业，表相祖宗，赞扬迪哲，备哉粲烂，真神明之式也。虽皋、夔、衡、旦密勿之辅，比兹褊矣。是以高、光二圣，宸居其域，时至气动，乃龙见渊跃。拊翼而未举，则威灵纷纭，海内云蒸，雷动电熛，胡缢莽分，尚不莅其诛。然后钦若上下，恭揖群后，正位度宗，有于德不台渊穆之让，靡号师矢敦奋抙之容。盖以膺当天之正统，受克让之归运，蓄炎上之烈精，蕴孔佐之弘陈云尔。

洋洋乎若德，帝者之上仪，诰誓所不及已。铺观二代洪纤之度，其赜可探也。并开迹于一匮，同受侯甸之服，奕世勤民，以方伯统牧。乘其命赐彤弧黄钺之威，用讨韦、顾、黎、崇之不恪。至于参五华夏，京迁镐、亳，遂自北面，虎螭其师，革灭天邑。是故谊士华而不敦，《武》称未尽，《护》有惭德，不其然与！亦犹於穆猗那，翕纯皦绎，以崇严祖考，殷荐宗配帝，发祥流庆，对越天地者，舄奕乎千载，岂不克自神明哉！诞略有常，审言行于篇籍，光藻朗而不渝耳。

矧夫赫赫圣汉，巍巍唐基，泝测其源，乃先孕虞育夏，甄殷陶周，然后宣二祖之重光，袭四宗之缉熙。神灵日照，光被六幽，仁风翔乎海表，威灵行乎鬼区，匿亡回而不泯，微胡琐而不颐。故夫显定三才昭登之绩，匪尧不兴；铺闻遗策在下之训，匪汉不弘厥道。至于经纬乾坤，出入三光，外运浑元，内沾豪芒，性类循理，品物咸亨，其已久矣。

盛哉！皇家帝世，德臣列辟，功君百王，荣镜宇宙，尊亡与亢。乃始虔巩劳谦，兢兢业业，贬成抑定，不敢论制作。至令迁正黜色宾监之事，涣扬寓内，而礼官儒林屯用笃诲之士，不传祖宗之仿佛，虽云优慎，无乃葸与！

于是三事岳牧之寮，佥尔而进曰：陛下仰监唐典，中述祖则，俯蹈宗轨，躬奉天经，惇睦辨章之化洽。巡靖黎蒸，怀保鳏寡之惠浃。燔瘗县沈，肃祗群神之礼备。是以来仪集羽族于观魏，肉角驯毛宗于外囿，扰缁文皓质于郊，升黄辉采鳞于沼，甘露宵零于丰草，三足轩翥于茂树。若乃嘉谷灵草，奇兽神禽，应图合谍，穷祥极瑞者，朝夕坰牧，日月邦畿，卓荦乎方州，洋溢乎要荒。昔姬有素雉、朱乌、玄秬、黄鍪之事耳，君臣动色，左右相趣，济济翼翼，峨峨如也。盖用昭明寅畏，承聿怀之福。亦以宠灵文武，贻燕后昆，覆以懿铄，岂其为身而有颛辞也？若然受之，亦宜勤恁旅力，以充厥道，启恭馆之金縢，御东序之秘宝，以流其占。

夫图书亮章，天哲也；孔猷先命，圣孚也；体行德奉，正性也；逢吉丁辰，景命也。顺命以创制，因定以和神，答三灵之蕃祉，展放唐之明文，兹事体大，而允寤寐次于心，瞻前顾后，岂蔑清庙惮敕天命也。伊考自遂古，乃降戾爰兹，作者七十有四人，有不俾而假素，罔光度而遗章，今其如台而独阙也！

是时圣上固以垂精游神，苞举艺文，屡访群儒，谕咨故老，与之斟酌道德之渊源，肴核仁谊之林薮，以望元符之臻焉。既感群后之谠辞，又悉经五繇之硕虑矣。将绎万嗣，扬洪辉，奋景炎，扇遗风，播芳烈，久而愈新，用而不竭，汪汪乎丕天之大律，其畴能亘之哉！唐哉皇哉！皇哉唐哉！

⑱《章表篇》"应物掣巧"，《御览》作"制"，是也。此"骨掣"之"掣"，亦当作"制"。"雅有懿乎"，纪评云："乎当作采。"案纪说是，本书《杂文篇》"班固《宾戏》，含懿采之华"，亦以"懿采"评班文。《时序篇》亦有"鸿风懿采"之文。

⑲《艺文类聚》卷十载邯郸淳《受命述》，文冗繁不录。

⑳曹植《魏德论》残缺不全（见《艺文类聚》十）。李详《黄注补正》曰："今本《陈思王集》，《魏德论》存六百余字，俱系答辞。案《北堂书钞》引曹植《魏德论》：'栖笔寝馈，含光而不朗，朦窈惑焉。'（案见《书钞》一百四）此审是客问语。"朦窈惑焉"四字本张衡《西京赋》，张赋作蒙。""风末"，当作"风昧"，即《通变篇》之"风昧"。

㉑黄叔琳曰："能如此，自无格不美。"

章表第二十二

夫设官分职，高卑联事。天子垂珠以听，诸侯鸣玉以朝[①]。敷奏以言，明试以功。故尧咨四岳，舜命八元，固辞再让之请，"俞往钦哉"之授，并陈辞帝庭，匪假书翰。然则敷奏以言，则（一作"即"；孙云《御览》五九四作"即"）章表之义也；明试以功，即授爵之典也[②]。至太甲既立，伊尹书诫（孙云《御览》作"戒"），思庸归亳，又作书以赞（元作"缵"；孙云《御览》作"谮"）。文翰献替，事斯见矣[③]。

周监二代，文理弥盛，再拜稽首，对扬休命，承文受册，敢当丕显。虽言笔未分，而陈谢可见[④]。降及七国，未变古式，言事于主（黄云冯本作“王”，校云“‘王’，《御览》作‘主’”），皆称上书[⑤]。

秦初定制，改书曰奏[⑥]。汉定礼仪（孙云鲍本《御览》引同今本，明抄本作“汉初定仪”），则有四品：一曰章，二曰奏，三曰表，四曰（孙云《御览》有“驳”字）议。章以谢恩，奏以按（铃木云《御览》作“案”）劾，表以陈请（孙云《御览》作“情”），议以执异[⑦]。章者，明也。《诗》云（孙云《御览》作“曰”）“为章于天”，谓文明也；其在（孙云《御览》作“在于”，无“其”字）文物，赤白（孙云《御览》作“青赤”）曰章[⑧]。表者，标（孙云《御览》作“摽”）也。《礼》有《表记》，谓德见于仪；其在器式，揆景曰表。章表（孙云《御览》作“表章”）之目，盖取诸此也[⑨]。按《七略》《艺文》，谣咏必录；章表奏议，经国之（孙云《御览》无“之”字）枢机（孙云《御览》作“要”），然阙而不纂者，乃各有故事，而（孙云《御览》作“布”）在职司也[⑩]。

前汉表谢，遗篇寡存。及后汉察举，必试章奏[⑪]。左雄奏（铃木云《御览》作“表”）议，台阁为式；胡广章奏（一作“表”；孙云明抄本《御览》作“表”），“天下第一”：并当时之杰笔也[⑫]。观伯始谒陵之章，足见其典文之美焉[⑬]。昔晋文受册（孙云《御览》作“策”），三辞（元脱，朱补；孙云《御览》有“辞”字）从命，是以汉末让表，以三为断[⑭]。曹公称为表不必（孙云明抄本《御览》作“止”；黄本、活字本、汪本作“止”）三让，又勿得浮华。所以魏初表章（孙云《御览》作“章表”），指事造实，求其靡丽，则未足美（孙云明抄本《御览》无“美”字）矣[⑮]。至于文举之《荐祢衡》，气扬采飞[⑯]；孔明之辞后主，志尽文畅（孙云《御览》作“壮”）[⑰]：虽华实异旨，并表之英也。琳瑀章表，有誉当时；孔璋称健，则其标也[⑱]。陈思之表，独冠群才；观其体赡而律调，辞清而志显，应物掣（一作“制”；孙云《御览》作“制”）巧，随变生趣，执辔有余，故能缓急应节矣[⑲]。逮（孙云《御览》作“追”）晋初笔札，则张华为俊（元作“俦”）。其三让公封，理周辞要，引义比事，必得其偶，世珍《鷦鷯》，莫顾章表（孙云《御览》无此二句）[20]。及羊公之辞开府，有誉于前谈[21]；庾公之《让中书》，信美于往载（一作“册”）[22]：序志显（孙云《御览》作“联”）类，有文雅焉。刘琨《劝进》[23]，张骏（孙云明抄本《御览》作“驳”）自序[24]，文致耿介，并陈事之美表也。

原夫章表之（元作“文”，谢改）为用也（孙云《御览》无“也”字），所以对扬王庭，昭明心曲。既其身文，且亦国华。章以造阙，风矩应明；表以致禁（孙云《御览》作“策”），骨采宜耀：循名课实，以章（元脱，一作“文”；孙云《御览》作“文”）为本者也[25]。是以章式炳贲，志在典谟；使要（铃木云《御览》作“典”）而非略，明而不浅；表体多包（孙云《御览》作“苞”），情伪屡迁，必雅义以扇其风，清文以驰（孙云《御览》作“驱”）其丽。然恳恻（元作“惬”）者辞为心使，浮侈者情为文（元作“出”）使（一作“情为文屈”；孙云《御览》作“屈”，下有“必使”二字），繁约得正，华实相胜，唇吻不滞，则中律矣[26]。子贡云“心以制之，言以结之”，盖一（一作“以”）辞意也。荀卿以为“观人美辞，丽于（顾校作‘以’）黼黻文章”，亦可以喻于斯乎[27]！

赞曰：敷表降阙，献替黼扆。言必贞明，义则弘伟。肃恭节文，条理首尾。君子秉文，辞令有斐。

注释：

①《周礼·冢宰》：“惟王建国，辨方正位，体国经野，设官分职，以为民极。”太宰职：“以八法治官府，三曰官联以会官治。”郑司农曰：“官联，谓国有大事，一官不能独共，则六官共举之。联，读为连，古书连作联。联，谓连事通职相佐助也。”蔡邕《独断》曰：“汉明帝采《尚书·皋陶》及《周官》《礼记》以定冕制，皆广七寸，长尺二寸，系白玉珠于其端，十二旒。”听，谓听政。《礼记·玉藻》云：“古之君子必佩玉。周还中规，折还中矩，进则揖之，退则扬之，然后玉锵鸣也。”又云：“朝则结佩。天子佩白玉而玄组绶，公侯佩山玄玉而朱组绶，大夫佩水苍玉而纯组绶。”君臣朝见，无不佩玉，此云“诸侯鸣玉”，与上“天子垂珠”对文耳。

②《尚书·舜典》："敷奏以言，明试以功，车服以庸。"王肃注曰："敷，陈；奏，进也。诸侯四朝，各使陈进治理之言；明试其言以要其功，功成则赐车服以表显其能用。"舜命八元，似不见于二典。《左传》文公十八年："昔高阳氏有才子八人：苍舒、隤敳、梼戭、大临、龙降、庭坚、仲容、叔达（杜注：此即垂、益、禹、皋陶之伦。庭坚即皋陶字）……天下之民谓之八恺。高辛氏有才子八人：伯奋、仲堪、叔献、季仲、伯虎、仲熊、叔豹、季狸（杜注：此即稷、契、朱虎、熊罴之伦）……天下之民谓之八元……舜臣尧，举八恺，使主后土（杜注：后土，地官。禹作司空，平水土，即主地之官）。"据《左传》此文，知八恺八元，当即《舜典》二十二人之数，故彦和之八元与四岳并言之。

③《尚书·伊训序》："成汤既没，太甲元年，伊尹作《伊训》。"《传》曰："作训以教道太甲。"《太甲序》："太甲既立，不明，伊尹放诸桐。三年，复归于亳，思庸（念常道），伊尹作《太甲》三篇。"《太甲》上、中二篇首有"伊尹作书曰"云云。

④《诗经·大雅·江汉》第七章："釐尔圭瓒，秬鬯一卣，告于文人（《传》云：釐，赐也。文人，文德之人也。），锡山土田（《传》云：诸侯有大功德，赐之名山土田附庸。），于周受命，自召祖命。虎拜稽首：'天子万年！'（《笺》云：拜稽首者，受王命策书也。臣受恩，无可以报谢者，称言使君寿考而已。）"第八章："虎拜稽首，对扬王休……（《笺》云：对，答；休，美。）"《左传》僖公二十八年："王命尹氏及王子虎、内史叔兴父策命晋侯为侯伯……晋侯三辞，从命，曰：'重耳敢再拜稽首，奉扬天子之丕显休命。'受策以出。"召虎、重耳皆受命口谢，非如后世有谢章，而陈谢之意可见。郝懿行曰："案《左传》载晋文受策之词，又《韩诗外传》载孔子为鲁司寇之命，及孔子答词，皆所谓言笔未分者也。"

⑤《汉书·艺文志》春秋家有《奏事》二十篇，自注："秦时大臣奏事，及刻石名山文也。"王应麟《考证》曰："七国未变古式，言事于王，皆称上书；秦初，改书曰奏。"案王氏说本《文心》此篇。"主"字疑今本误，当依改作"王"。《颜氏家训·省事篇》："上书陈事，起自战国，逮于两汉，风流弥广。原其体度，攻入主之长短，谏诤之徒也；讦群臣之得失，讼诉之类也；陈国家之利害，对策之伍也；带私情之与夺，游说之俦也。"

⑥秦改上书为奏，当亦在始皇二十六年李斯与博士议改命令为制诏时。留存《事始》："《汉杂事》曰：秦初定制，改书为奏。汉定礼仪，则有四品：一曰章，二曰奏，三曰表，四曰驳议。"

⑦蔡邕《独断》："凡群臣上书于天子者有四名（《胡广传》注引《汉杂事》云："凡群臣之书，通于天子者四品。"）：一曰章，二曰奏，三曰表，四曰驳议。章者需头，称稽首上书（《汉杂事》作"稽首上以闻"，无"书"字），谢恩，陈事，诣阙通者也。奏者亦需头，其京师官但言稽首，下言（《汉杂事》"下言"二字倒）稽首以闻；其中者（《汉杂事》无"者"字）所请若罪法劾案，公府送御史台，公卿校尉（《汉杂事》无"公尉"二字）送谒者台也。表者不需头，上言'臣某言'，下言'臣某诚惶诚恐，顿首顿首，死罪死罪'（《汉杂事》无'臣某'二字，又止一'死罪'）。左方下附曰'某官臣某甲上'，文多用编两行，文少以五行，诣尚书通者也。凡章表皆启封，其言密事得皂囊盛。其有疑事，公卿百官会议，若台阁有所正处，而独执异意者曰驳议。驳议曰，某官某甲议以为如是，下言臣愚戆议异。其非驳议，不言议异。"《文选》三十七"表"字注："谢恩曰章。陈事曰表。劾验政事曰奏。推覆平论、有异事进之曰驳。"《晋书·刘寔传》载其《崇让论》曰："人臣初除，皆通表上闻，名之谢章，所由来尚矣……季世所用，不贤不能让贤，虚谢见用之恩而已。"

⑧《说文》："章，乐竟为一章，从音，从十。"假借为"彰"。"彰，彣彰也。"《广雅·释诂四》："彰，明也。"经传多以章为之。《诗经·大雅·棫朴》："倬彼云汉，为章于天。"《笺》云："云汉之在天，其为文章，譬犹天子为法度于天下。"《考工记》画缋之事"赤与白谓之章"。陈先生曰："案《管子·度地篇》'常令水官之吏，冬时行堤防可治者，章而上之'，是为上章之始。"

⑨《说文》："表，上衣也。从衣从毛。古者衣裘以毛为表。"假借为"标"。《管子·君臣篇上》："犹揭表而令之止也。"注："表，谓以木为标，有所告示也。"《荀子·儒效篇》："行有防表。"注："表，标也。"《史记·留侯世家》："表商容之闾。"《索隐》引崔浩曰："表者，标榜其门里也。"《释名·释书契》："下言于上曰表，思之于内，表施于外也。"《文选》三十七"表"下注曰："表者，明也，标也。如物之标表，言标著事序，使

之明白，以晓主上，得尽其忠曰表。三王以前，谓之敷奏，故《尚书》云‘敷奏以言’是也。至秦并天下，改为表，总有四品：一曰章，二曰表，三曰奏，四曰驳。六国及秦汉兼谓之上书，行此五事。至汉魏以来都曰表。进之天子称表，进诸侯称上疏。魏以前天子亦得上疏。”《礼记·表记·正义》引郑《目录》云：“名曰《表记》者，以其记君子之德，见于仪表。”《续汉书·律历志上》：“以比日表。”注：“表即晷景。”取诸此，“此”指“赤白曰章，揆景曰表”二物。

⑩刘歆撰《七略》，班固本之述《艺文志》。各有故事而在职司，谓《汉志》中《尚书》类、《礼》类、《春秋》类、《论语》类各有议奏若干篇。又法家有晁错，儒家有贾山、贾谊等，诸人奏议皆在其中。

⑪感遇谢恩，无当政要，故前汉谢表，彦和时已寡存篇。《后汉书·顺帝纪》：“阳嘉元年，初令郡国举孝廉，限年四十以上，诸生通章句，文吏能笺奏（《胡广传》注引周成《杂字》曰：“笺，表也。”），乃得应选。”《胡广传》广上书驳左雄曰：“郑阿之政，非必章奏。”

⑫《后汉书·左雄传》：“自雄掌纳言，多所匡肃，每有章表奏议，台阁以为故事。”《胡广传》：“广举孝廉，既到京师，试以章奏，安帝以广为天下第一。”（据此传，则安帝时孝廉亦试章奏。《续汉书·百官志》“太尉”注补引应劭《汉官仪》曰：“世祖诏：‘方今选举，贤佞朱紫错用……自今以后……有非其人，临计过署，不便习官事，书疏不端正，不如诏书，有司奏罪名，并正举者。’”据此可知汉初察举已试章奏也。）

⑬胡广，字伯始。本传谓其作《官箴》四篇，其余所著诗、赋、铭、颂、箴、吊，及诸解诂（《续汉书·百官志一》载广所撰《王隆〈汉官篇解诂〉叙》）凡二十二篇，不言有章。其文亡佚无考。

⑭“晋文三辞”见注释④。《北堂书钞·设官部》引应劭《汉官仪》：“凡拜，天子临轩，六百石以上悉会。直事卿赞，御史授印绶。公三让然后乃受之。”据此，可知让表亦以三为止。《三国志·魏志·文帝纪》注引《献帝传》禅代众事曰：“尚书令桓阶等奏曰：‘今汉氏之命已四至，而陛下前后固辞……’”审其语意，四让为过也。

⑮曹操语无考。《艺文类聚》五十一载操建安元年上书让增封曰：“臣虽不敏，犹知让不过三。所以仍布腹心至于四五，上欲陛下爵不失实，下

为臣身免于苟取。”汉末大乱，斯文坠地，魏国诸将亦犹汉初屠狗吹箫之流，故椎鲁少文；若在朝廷名士，则固斐然足美也。

⑯孔融《荐祢衡表》(《后汉书·祢衡传》《文选》)

臣闻洪水横流，帝思俾乂，旁求四方，以招贤俊。昔世宗继统，将弘祖业，畴咨熙载，群士响臻。陛下睿圣，纂承基绪，遭遇厄运，劳谦日昃。惟岳降神，异人并出。窃见处士平原祢衡，年二十四，字正平，淑质贞亮，英才卓砾。初涉艺文，升堂睹奥，目所一见，辄诵于口，耳所瞥闻，不忘于心，性与道合，思若有神。弘羊潜计，安世默识，以衡准之，诚不足怪。忠果正直，志怀霜雪，见善若惊，疾恶若仇。任座抗行，史鱼厉节，殆无以过也。鸷鸟累伯，不如一鹗，使衡立朝，必有可观。飞辩骋辞，溢气坌涌，解疑释结，临敌有余。昔贾谊求试属国，诡系单于；终军欲以长缨，牵致劲越。弱冠慷慨，前世美之。近日路粹、严象，亦用异才擢拜台郎，衡宜与为比。如得龙跃天衢，振翼云汉，扬声紫微，垂光虹蜺，足以昭近署之多士，增四门之穆穆。钧天广乐，必有奇丽之观；帝室皇居，必蓄非常之宝。若衡等辈，不可多得。《激楚》《阳阿》，至妙之容，台牧者之所贪；飞兔騕褭，绝足奔放，良、乐之所急也。臣等区区，敢不以闻。陛下笃慎取士，必须效试，乞令衡以褐衣召见。无可观采，臣等受面欺之罪。

⑰诸葛亮《出师表》(《三国志·蜀志·诸葛亮传》《文选》)

臣亮言：先帝创业未半而中道崩殂，今天下三分，益州疲弊，此诚危急存亡之秋也。然侍卫之臣不懈于内，忠志之士忘身于外者，盖追先帝之殊遇，欲报之于陛下也。诚宜开张圣听，以光先帝遗德，恢弘志士之气，不宜妄自菲薄，引喻失义，以塞忠谏之路也。宫中府中俱为一体，陟罚臧否，不宜异同。若有作奸犯科及为忠善者，宜付有司论其刑赏，以昭陛下平明之理，不宜偏私，使内外异法也。侍中侍郎郭攸之、费祎、董允等，此皆良实，志虑忠纯，是以先帝简拔以遗陛下。愚以为宫中之事，事无大小，悉以咨之，然后施行，必能裨补阙漏，有所广益。将军向宠，性行淑均，晓畅军事，试用于昔日，先帝称之曰能，是以众议举宠为督。愚以为营中之事，悉以咨之，必能使行陈和穆，优劣得所。亲贤臣，远小人，此先汉所以兴隆也；亲小人，远贤臣，此后汉所以倾颓也。先帝在时，每与臣论此事，未尝不叹息痛恨于桓、灵也。侍中、尚书、长史、参军，此悉贞良死节之臣，愿陛下亲之信之，则汉室之隆，可计日而待也。

臣本布衣，躬耕于南阳，苟全性命于乱世，不求闻达于诸侯。先帝不以臣卑鄙，猥自枉屈，三顾臣于草庐之中，谘臣以当世之事，由是感激，遂许先帝以驱驰。后值倾覆，受任于败军之际，奉命于危难之间，尔来二十有一年矣。先帝知臣谨慎，故临崩寄臣以大事也。受命以来，夙夜忧叹，恐托付不效，以伤先帝之明。故五月渡泸，深入不毛。今南方已定，兵甲已足，当奖帅三军，北定中原，庶竭驽钝，攘除奸凶，兴复汉室，还于旧都。此臣所以报先帝而忠陛下之职分也。

至于斟酌损益，进尽忠言，则攸之、祎、允之任也。愿陛下托臣以讨贼兴复之效；不效，则治臣之罪，以告先帝之灵。责攸之、祎、允等咎，以章其慢（李善曰："《蜀志》载亮表曰：'若无兴德之言，则戮允等以章其慢。'"）。陛下亦宜自课，以谘诹善道，察纳雅言，深追先帝遗诏。臣不胜受恩感激。今当远离，临表涕泣，不知所言。

黄式三《儆季居集》二《读蜀志诸葛传》曰："世传诸葛武侯有前后出师之表。前表称郭、费、董、向之贤，足以治宫中营中矣；而后表则追叹赵、阳、马、阎诸人之逝，国内乏材。前表云'不宜妄自菲薄，引喻失义'矣；而后表则援引曹操挫衄之师，以薄己责。前表云'兵甲已足，当北定中原，攘除奸凶'矣；而后表则云'不伐贼，王业亦亡，惟坐而待亡，不如伐之'。前表悲壮，后表衰飒。前表意周而辞简，后表意窘而辞缍。岂街亭一败，遂足以褫其魄而夺其气乎！以是知后表之为赝也。郭冲'五事'甚重诸葛之权智。裴世期引而驳之，以解谬誉。裴氏既见《武侯文集》原无后表之篇，所引张俨《默记》正郭冲'五事'之比，而疑以传疑，未及辩驳。且不知后表之赝者，独不思《赵云传》乎！《云传》曰：'建兴五年，随诸葛亮驻汉中。明年，亮出军扬声就斜谷道，曹真遣大众当之。亮令云与邓芝往拒。七年，卒。'而后表作于六年之十一月，已言赵云之丧，其谬著矣。藉云《云传》七年之字有讹，则传连记五年、六年、七年之事，无由改七为六也。《武侯文集》二十四篇，陈承祚所定，而不载后表；《文选》录武侯之表，而不题《前出师表》；则后表之赝，昔人固知之矣。”黄以周《子叙·默记叙》曰：“《默记》，吴张俨撰。俨字子节，吴人，事迹见《吴志·孙皓传》注。《隋志》杂家《傅子》下云：‘梁有《默记》三卷，亡。’《唐志》复著录。今书已佚。《蜀志·诸葛亮传》注载《述佐篇》及武侯《后出师表》一篇，皆俨所作也。后表不载于《武侯文集》，亦不见于陈寿《志》。裴松之注引《汉晋春秋》有此表，而又溯其所出云‘此亮集所无，出张俨《默记》’，则此表为张俨拟作明矣。”

⑱曹丕《典论·论文》：“琳、瑀之章表书记，今之隽也。”又《与吴质书》曰：“孔璋章表殊健。”

⑲《三国志·魏志·陈思王传》载植上疏四篇，其《求自试表》《求通亲亲表》二篇采入《文选》。兹录其《求通亲亲表》一篇：

> 臣植言：臣闻天称其高者，以无不覆；地称其广者，以无不载；日月称其明者，以无不照；江海称其大者，以无不容。故孔子曰：“大哉尧之为君，惟天为大，惟尧则之。”夫天德之于万物，可谓弘广矣。盖尧之为教，先亲后疏，自近及远。其传曰：“克明俊德，以亲九族，九族既睦，平章百姓。”及周之文王，亦崇厥化。其《诗》曰：“刑于寡妻，至于兄弟，以御于家邦。”是以雍雍穆穆，风人咏之。昔周公吊管蔡之不咸，广封懿亲，以藩屏王室。《传》曰：“周之宗盟，异姓为后。”诚骨肉之恩，爽而不离；亲亲之义，寔在敦固，未有义而后其君，仁而遗其亲者也。
>
> 伏惟陛下，资帝唐钦明之德，体文王翼翼之仁，惠洽椒房，恩昭九亲，群后百僚，番休递上。执政不废于公朝，下情得展于私室，亲理之路通，庆吊之情展，诚可谓恕己治人，推惠施恩者矣。至于臣者，人道绝绪，禁固明时，臣窃自伤也。不敢乃望交气类，修人事，叙人伦。近且婚媾不通，兄弟永绝，吉凶之问塞，庆吊之礼废。恩纪之违，甚于路人；隔阂之异，殊于胡越。今臣以一切之制，永无朝觐之望，至于注心皇极，结情紫闼，神明知之矣。然天寔为之，谓之何哉！退省诸王常有戚戚具尔之心。愿陛下沛然垂诏，使诸国庆问，四节得展，以叙骨肉之欢恩，全怡怡之笃义，妃妾之家，膏沐之遗，岁得再通，齐义于贵宗，等惠于百司。如此，则古人之所叹，《风》《雅》之所咏，复存于圣世矣。

臣伏自思惟，岂无锥刀之用。及观陛下之所拔授，若臣为异姓，窃自料度，不后于朝士矣。若得辞远游，戴武弁，解朱组，佩青绂，驸马奉车，趣得一号，安宅京室，执鞭珥笔，出从华盖，入侍辇毂，承答圣问，拾遗左右，乃臣丹情之至愿，不离于梦想者也。远慕《鹿鸣》君臣之宴，中咏《棠棣》匪他之诫，下思《伐木》友生之义，终怀《蓼莪》罔极之哀。每四节之会，块然独处，左右惟仆隶，所对惟妻子，高谈无所与陈，发义无所与展，未尝不闻乐而拊心，临觞而叹息也。臣伏以为犬马之诚不能动人，譬人之诚不能动天，崩城陨霜，臣初信之，以臣心况，徒虚语耳。若葵藿之倾叶，太阳虽不为之回光，然终向之者，诚也。臣窃自比葵藿，若降天地之施，垂三光之明者，寔在陛下。

臣闻文子曰“不为福始，不为祸先”，今之否隔，友于同忧，而臣独唱言者，何也？窃不愿于圣代使有不蒙施之物，有不蒙施之物，必有惨毒之怀，故《柏舟》有天只之怨，《谷风》有弃予之叹。伊尹耻其君不为尧舜，孟子曰：“不以舜之所以事尧事其君者，不敬其君者也。”臣之愚蔽，固非虞伊。至于欲使陛下崇光被时雍之美，宣缉熙章明之德者，是臣慺慺之诚，窃所独守。寔怀鹤立企伫之心，敢复陈闻者，冀陛下傥发天聪而垂神听也。

⑳《晋书・张华传》：“张华，字茂先。初未知名，著《鹪鹩赋》以自寄（赋载本传及《文选》）。阮籍见之，叹曰：‘王佐之才也！’由是声名始著。久之，论前后忠勋，进封壮武郡公。华十余让，中诏敦譬，乃受。”《让公表》文佚。

㉑《晋书・羊祜传》：羊祜字叔子……后加车骑将军，开府如三司之仪。祜上表固让曰：

臣伏闻恩诏（《文选》作“臣祜言：臣昨出，伏闻恩诏”云云），拔臣使同台司。臣自出身以来，适十数年，受任外内，每极显重之任。常以智力不可顿进，恩宠不可久谬，夙夜战悚，以荣为忧。臣闻古人之言，德未为人所服而受高爵，则使才臣不进；功未为人所归而荷厚禄，则使劳臣不劝。今臣身托外戚，事连运会，诫在过宠，不患见遗。而猥降发中之诏，加非次之荣。臣有何功可以堪之，何心可以安之！身辱高位，倾覆寻至，愿守先人弊庐，岂可得哉！违命诚忤天威，曲从即复若此。盖闻古人申于见知，大臣之节，不可则止。臣虽小人，敢缘所蒙，念存斯义。今天下自服化以来，方渐八年，虽侧席求贤，不遗幽贱；然臣不能推有德，达（《文选》作“进”）有功，使圣听知胜臣者多，未达者不少。假令有遗德于版筑之下，有隐才于屠钓之间，而朝议用臣不以为非，臣处之不以为愧，所失岂不大哉！臣忝窃虽久，未若今日兼文武之极宠，等宰辅之高位也。且臣虽所见者狭，据今光禄大夫李憙执节高亮，在公正色（《文选》作“正身在朝”）；光禄大夫鲁芝洁身寡欲，和而不同；光禄大夫李胤清亮简素，立身在朝（《文选》作“莅政弘简，在公正色”），皆服事华发，以礼终始。虽历位外内之宠（《文选》无“位”字），不异寒贱之家，而犹未蒙此选，臣更越之，何以塞天下之望，少益日月！是以誓心守节，无苟进之志。今道路行通（《文选》作“未通”），方隅多事，乞留前恩，使臣得速还屯。不尔留连，必于外虞有阙。匹夫之志，有不可夺（《文选》作“臣不胜忧惧，谨触冒拜表。惟陛下察匹夫之志不可以夺”）。

案《御览》五九四引《翰林论》：“裴公之辞侍中，羊公之让开府，可谓德音矣。”此彦和所本。

㉒《晋书·庾亮传》：庾亮字元规……明帝即位，以为中书监，亮上书让曰（《文选》作《让中书令表》，李善注曰：“诸《晋书》并云让中书监，此云令，恐误也。”）：

臣凡庸固陋，少无殊操，昔以中州多故，旧邦丧乱，随侍先臣远庇有道，爰容（《文选》作“客”）逃难，求食而已。不悟徼时之福，遭遇嘉运。先帝龙兴，垂异常之顾，既眷同国士，又申以婚姻。遂阶亲宠，累忝非服。弱冠濯缨，沐浴芳风，频烦省闼，出总六军，十余年间，位超先达。无劳受遇，无与臣比。小人禄薄，福过灾生，止足之分，臣所宜守。而偷荣昧进，日尔一日，谤讟既集，上尘圣朝。始欲自闻，而先帝登遐，区区微诚，竟未上达。

陛下践阼，圣政惟新，宰辅贤明，庶僚咸允，康哉之歌实存于至公。而国恩不已，复以臣领中书。臣领中书，则示天下以私矣。何者？臣于陛下，后之兄也。姻娅之嫌，与骨肉中表不同。虽太上至公，圣德无私，然世之丧道，有自来矣。悠悠六合，皆私其姻，人皆有私，则天下无公矣。是以前后二汉，咸以抑后党安，进婚族危。向使西京七族、东京六姓皆非姻族，各以平进，纵不悉全，决不尽败。今之尽败，更由姻昵。

臣历观庶姓在世，无党于朝，无援于时，植根之本轻也薄也。苟无大瑕，犹或见容。至于外戚，凭托天地，势连四时，根援扶疏，重矣大矣。而或居权宠，四海侧目，事有不允，罪不容诛。身既招殃，国为之弊。其故何邪？由姻媾之私群情之所不能免。是以疏附则信，姻进则疑。疑积于百姓之心，则祸成于重闱之内矣。此皆往代成鉴，可为寒心者也。夫万物之所不通，圣贤因而不夺。冒亲以求一寸之用，未若防嫌以明至公。今以臣之才，兼如此之嫌，而使内处心膂，外总兵权，以此求治，未之闻也；以此招祸，可立待也。虽陛下二相明其愚款，朝士百僚颇识其情，天下之人安可门到户说使皆坦然耶！

夫富贵荣宠，臣所不能忘也；刑罚贫贱，臣所不能甘也。今恭命则愈，违命则苦，臣虽不达，何事背时违上，自贻患责邪？实仰览殷鉴，量己知弊，身不足惜，为国取悔。是以悾悾屡陈丹款。而微诚浅薄，未垂察谅，忧惶屏营不知所措。愿陛下垂天地之鉴，察臣之愚，则臣虽死之日，犹生之年矣。

㉓《晋书·刘琨传》："刘琨字越石……是时西都不守，元帝称制江左，琨乃令长史温峤劝进。"表文载《元帝纪》。《文选》三十七李善注曰："何法盛《晋书》曰：'刘琨连名劝进，中宗嘉之。'《晋纪》曰：'刘琨作《劝进表》，无所点窜，封印既毕，对使者流涕而遣之。'"

《劝进表》

建兴五年三月癸未朔十八日辛丑，使持节、散骑常侍、都督河北并冀幽三州诸军事、领护军匈奴中郎将、司空、并州刺史、广武侯臣琨，使持节、侍中、都督冀州诸军事、抚军大将军、冀州刺史、左贤王、渤海公臣磾，顿首死罪，上书。

臣琨臣磾，顿首顿首，死罪死罪。臣闻天生蒸人，树之以君，所以对越天地，司牧黎元。圣帝明王鉴其若此，知天地不可以乏飨，故屈其身以奉之；知黎元不可以无主，故不得已而临之。社稷时难，则戚藩定其倾；郊庙或替，则宗哲纂其祀。所以弘振遐风，式固万世，三五以降，靡不由之。

臣琨臣磾，顿首顿首，死罪死罪。伏惟高祖宣皇帝肇基景命，世祖武皇帝遂造区夏，三叶重光，四圣继轨，惠泽侔于有虞，卜年过于周氏。自元康以来，艰祸繁兴，永嘉之际，氛厉弥昏，宸极失御，登遐丑裔，国家之危，有若缀旒。赖先后之德、宗庙之灵，皇帝嗣建，旧物克甄。诞授钦明，服膺聪哲，玉质幼彰，金声夙振。冢宰摄其纲，百辟辅其治，四海想中兴之美，群生怀来苏之望。不图天不悔祸，大灾荐臻，国未忘难，寇害寻兴。逆胡刘曜，纵逸西都，敢肆犬羊，凌虐天邑。臣等奉表使还，仍承西朝以去年十一月不守，主上幽劫，复沈虏庭，神器流离，再辱荒逆。臣每览史籍，观之前载，厄运之极，古今未有，苟在食土之毛，含气之类，莫不叩心绝气，行号巷哭。况臣等荷宠三世，位厕鼎司，承问震惶，精爽飞越，且悲且惋，五情无主，举哀朔垂，上下泣血。

臣琨臣磾，顿首顿首，死罪死罪。臣闻昏明迭用，否泰相济，天命未改，历数有归，或多难以固邦国，或殷忧以启圣明。齐有无知之祸，而小白为五伯之长；晋有骊姬之难，而重耳主诸侯之盟。社稷靡安，必将有以扶其危；黔首几绝，必将有以继其绪。伏惟陛下，玄德通于神明，圣姿合于两仪，应命代之期，绍千载之运。夫符瑞之表，天人有征，中兴之兆，图谶垂典。自京畿陨丧，九服崩离，天下嚣然无所归怀，虽有夏之遘夷羿，宗姬之离犬戎，蔑以过之。陛下抚宁江左，奄有旧吴，柔服以德，伐叛以刑，抗明威以摄不类，杖大顺以肃宇内。纯化既敷，则率土宅心；义风既畅，则遐方企踵。百揆时叙于上，四门穆穆于下。昔少康之隆，夏训以为美谈；宣王之兴，周诗以为休咏。况茂勋格于皇天，清辉光于四海，苍生颙然，莫不欣戴。声教所加，愿为臣妾者哉！且宣皇之胤，惟有陛下，亿兆攸归，曾无与二。天祚大晋，必将有主，主晋祀者，非陛下而谁？是以迩无异言，远无异望，讴歌者无不吟咏徽猷，狱讼者无不思于圣德，天地之际既交，华裔之情允洽。一角之兽，连理之木，以为休征者，盖有百数；冠带之伦，要荒之众，不谋而同辞者，动以万计。是以臣等敢考天地之心，因函夏之趣，昧死以上尊号。愿陛下存舜、禹至公之情，狭巢、由抗矫之节，以社稷为务，不以小行为先，以黔首为忧，不以克让为事。上以慰宗庙乃顾之怀，下以释普天倾首之望。则所谓生繁华于枯荑，育丰肌于朽骨，神人获安，无不幸甚。

臣琨臣磾，顿首顿首，死罪死罪。臣闻尊位不可久虚，万机不可久旷。虚之一日，则尊位以殆；旷之浃辰，则万机以乱。方今钟百王之季，当阳九之会，狡寇窥窬，伺国瑕隙，齐人波荡，无所系心，安可以废而不恤哉！陛下虽欲逡巡，其若宗庙何，其若百姓何！昔惠公虏秦，晋国震骇，吕郤之谋，欲立子圉。外以绝敌人之志，内以固阖境之情，故曰丧君有君，群臣辑穆，好我者劝，恶我者惧。前事之不忘，后代之元龟也。陛下明并日月，无幽不烛，深谋远虑，出自胸怀，不胜犬马忧国之情，迟睹人神开泰之路。是以陈其乃诚，布之执事。臣等各忝守方任，职在遐外，不得陪列阙庭，共观盛礼，踊跃之怀，南望罔极。谨上。臣琨谨遣兼左长史右司马臣温峤，主簿臣辟闾训，臣磾遣散骑常侍、征虏将军、清河太守、领右长史、高平亭侯臣荣劭，轻车将军、关内侯臣郭穆奉表。臣琨臣磾等，顿首顿首，死罪死罪。

㉔《晋书·张骏传》载《请讨石虎、李期表》，不知即彦和所指“自序”否，录于下：

东西隔塞，逾历年载，夙承圣德，心系本朝。而江吴寂蔑，余波莫及，虽肆力修涂，同盟靡恤。奉诏之日，悲喜交并。天恩光被，褒崇辉渥，即以臣为大将军、都督陕西雍秦凉州诸军事。休宠振赫，万里怀戴，嘉命显至，衔感屏营。

伏惟陛下天挺岐嶷，堂构晋室，遭家不造，播幸吴楚。宗庙有《黍离》之哀，园陵有殄废之痛，普天咨嗟，含气悲伤。臣专命一方，职在斧钺，遐域僻陋，势极秦陇。勒、雄既死，人怀反正，谓季龙、李期之命曾不崇朝，而皆篡继凶逆，鸱目有年。东西辽旷，声援不接，遂使桃虫鼓翼，四夷喧哗，向义之徒更思背诞，铅刀有干将之志，萤烛希日月之光。是以臣前章恳切，欲齐力时讨。而陛下雍容江表，坐观祸败，怀目前之安，替四祖之业，驰檄布告，徒设空文，臣所以宵吟荒漠，痛心长路者也。且兆庶离主，渐冉经世，先老消落，后生靡识，忠良受枭悬之罚，群凶贪纵横之利，怀君恋故，日月告流。虽时有尚义之士，畏逼首领，哀叹穷庐。

臣闻少康中兴，由于一旅，光武嗣汉，众不盈百，祀夏配天，不失旧物。况以荆扬慓悍，臣州突骑，吞噬遗羯。在于掌握哉！愿陛下敷弘臣（疑“臣”字是“圣”字之误）虑，永念先绩，敕司空鉴、征西亮等泛舟江沔，使首尾俱至也。

㉕《左传》僖公二十四年：“介之推曰：‘言，身之文也。’”《文选》颜延年《赠王太常诗》：“舒文广国华。”李善注：“《国语》季文子曰：‘吾闻以德荣为国华。’”

㉖章以谢恩，诣阙拜上，故曰造阙。表以陈事，事体多方，故曰多包。“情为文使”，似宜作“情为文屈”。

㉗《左传》哀公十二年：“公会吴于橐皋。吴子使大宰嚭请寻盟。公不欲，使子贡对曰：‘盟，所以周信也，故心以制之（制其义），玉帛以奉之（奉蛰明神），言以结之（结其信），明神以要之。’”《荀子·非相篇》：“观人以言，美于黼黻文章。”

奏启第二十三

昔唐虞（铃木云《御览》作“陶唐”）之臣，敷奏以言；秦汉之辅（铃木云《御览》作“附之”），上书称奏。陈政事，献典仪，上急变[①]，劾愆（一作“僭”；黄云案冯本“僭”，依《御览》校作“愆”）谬，总谓之奏。奏者，进也；言（元脱，谢补；孙云《御览》五九四引有“言”字）敷于下，情进于（铃木云《御览》作“乎”）上也[②]。

秦始（孙云《御览》有“皇”字）立奏，而法家少文。观王绾之奏勋德，辞质而义近；李斯之奏《骊山》，事略而意逕（孙云《御览》作“诬”）：政（《御览》作“故”）无膏润，形于篇章矣[③]。自汉以来，奏事或称上疏；儒雅继踵，殊采可观[④]。若夫贾谊之务农[⑤]，晁错之兵事（元作“卒”，孙改；孙云《御览》作“术”）[⑥]，匡衡之定郊[⑦]，王吉之观（铃木云《御览》作“劝”）礼[8]，温舒之缓狱[9]，谷永之谏（孙云明抄本《御览》作“陈”）仙[10]，理既切至，辞亦通畅（一作“达”，又作“辨”；孙云《御览》作“辨”；铃木云《御览》作“明”），可谓识大体矣。后汉群贤（孙云《御览》作“臣”），嘉言罔伏。杨秉耿介于灾异[11]，陈蕃愤懑于尺一，骨鲠得焉[12]。张衡指摘于史职（孙云《御览》作“谶”）[13]，蔡邕铨列于朝仪[14]，博雅明焉。魏代名臣，文理迭兴，若高堂天文[15]，王（元作“黄”，从《魏志》改；孙云《御览》亦作“黄”）观教学[16]，王朗（孙云《御览》作“郎”）节省[17]，甄（元作“瓯”，朱改）毅考课[18]，亦尽节而知治矣。晋氏多难，灾屯流移（孙云《御览》作“世交屯夷”），刘颂殷勤于时务[19]，温峤恳恻（一作“切”）于费役[20]，并体国之忠规矣。

夫奏之为笔，固以明允笃诚为本，辨析疏通为首。强志足以成务，博见足以穷理，酌古御今，治繁总要，此其体也[21]。若乃按（铃木云《御览》作“案”）劾之奏，所以明宪清国。昔周之太仆，绳愆纠谬；秦之（孙云《御览》作“有”）御史，职主文法；汉置中丞，总司按劾：故位在鸷（一作“挚”）击，砥砺其气，必使笔端振风，简上凝霜者也[22]。观孔光之奏董贤，则实其奸回[23]；路粹之奏孔融，则诬其衅恶[24]：名儒之与险士，固殊心焉[25]。若夫傅咸（元作“盛”）劲直（孙云《御览》作“果劲”），而按辞坚深[26]；刘隗切正，而劾文阔略[27]：各其（孙云《御览》作“有”）志也。后之弹事，迭相斟酌，惟新日用，而旧准弗差[28]。然函人欲全，矢人欲伤，术在纠恶，势必深（孙云《御览》“必深”作“入刚”）峭。诗刺谗人，投畀豺虎；礼疾无礼，方之鹦猩；墨翟非儒，目以豕（孙云《御览》作“羊”）彘；孟轲讥墨，比诸禽兽：诗礼儒墨，既其如兹，奏劾严文，孰云能免[29]？是以世人（孙云《御览》作“近世”）为文，竞于诋诃，吹毛取瑕，次（孙云《御览》作“刺”）骨为戾，复似善骂（孙云《御览》作“詈”），多失折衷[30]。若能辟礼门以悬规，标义路以植矩，然后逾垣（孙云《御览》作“墙”）者折肱，捷径者灭趾（孙云《御览》作“迹”；黄云按冯本“趾”校“迹”），何必躁言丑句，诟（元作“话”，谢改）病为切（孙云《御览》作“巧”）哉[31]？是以立范运衡，宜明体要；必使理有典刑，辞有风轨，总法家之式（铃木云《御览》作“裁”），秉儒家之文，不畏强御，气流墨中，无纵诡随，声动简外，乃称绝席之雄，直方之举耳（一作“也”；孙云《御览》作“也”）[32]。

启者，开也。高宗云“启乃心，沃朕心”，取（孙云《御览》作“盖”）其义也[33]。孝景讳启，故两汉无称。至魏国笺（孙云《御览》作“牋”）记，始云“启闻”。奏事之末，或云“谨启”（铃木云嘉靖本、梅本、冈本作“或谨密启”）[34]。自晋来盛“启”，用兼表奏。陈政言事，既奏之异条；让爵谢恩，亦表之别干[35]。必敛饬（元作“散”，黄云活字本、汪本作“彻”）入规，促其音节（孙云《御览》无“敛饬”以下八字），辨要轻清，文而不侈，亦启之大略也[36]。

又表奏确切，号为“谠言”。谠者，偏也（铃木云“偏”上疑有脱字）。王道有偏，乖乎荡荡（下有脱字），其偏，故曰“谠言”也[37]。孝成称班伯之谠言，贵直也[38]。自汉置八仪，密奏阴阳；皂囊封板，故曰“封事”[39]。晁错受《书》，还上“便宜”。后代“便宜”（黄云案冯本无此四字，校增），多附封事，慎机密也[40]。夫王臣匪躬，必吐謇谔，事举（黄云活字本作“徙”）人存，故无待泛说也[41]。

赞曰：皂饬（黄云活字本作“饰”）司直，肃清风禁。笔锐干将，墨含淳酖[42]。虽有次骨，无或肤浸。献政陈宜，事必胜任。

注释：

①陈先生曰：“《汉书·丙吉传》：‘驿骑持赤白囊，边郡发奔命书。’此即所云‘上急变’。黄注引《平帝纪》：‘乙未，义陵寝神衣在柙中。丙申旦，衣在外床上。寝令以急变闻。’未得其意。”案《汉书·车千秋传》云：“上急变讼太子冤。”师古曰：“所告非常，故云急变也。”师古说是。《贾谊传》：“谊以为汉兴二十余年，天下和洽，宜当改正朔，易服色制度，定官名，兴礼乐。乃草具其仪法，色上黄，数用五，为官名，悉更奏之。”（《史记》作“悉更秦之法”，王念孙欲据之以改《汉书》。非是。“悉更奏之”，犹言“悉改而奏之耳”。）即彦和所云“献典仪”。

②《说文》：“奏，进也。”《论衡·对作篇》：“上书谓之奏。”《释名·

释书契》："奏，邹也。邹，狭小之言也。"臣下自谦，故云狭小之言。

③《史记 · 秦始皇本纪》："丞相绾、御史大夫劫、廷尉斯等皆曰：'昔者五帝地方千里，其外侯服夷服，诸侯或朝或否，天子不能制。今陛下兴义兵，诛残贼，平定天下，海内为郡县，法令由一统，自上古以来未尝有，五帝所不及。臣等谨与博士议曰：古有天皇，有地皇，有泰皇，泰皇最贵。臣等昧死上尊号，王为泰皇。命为制，令为诏，天子自称曰朕。'"李斯《治骊山陵上书》曰："臣所将隶徒七十二万人治骊山者，已深已极。凿之不入，烧之不然，叩之空空，如下天状。"（凌义渠《湘烟录》引蔡质《汉旧仪》。）

④《汉书 · 苏武传》："数疏光过失。"注："疏谓条录之。"《杜周传》："疏为令。"注："疏谓分条也。"《扬雄传》："独可抗疏。"注："疏者，疏条其事而言之。"陈情叙事，必有条理，故奏亦称上疏。

⑤《汉书 · 食货志上》："文帝即位，躬修俭节，思安百姓。时民近战国，皆背本趋末。贾谊说上曰：'筦子曰："仓廪实而知礼节。"民不足而可治者，自古及今，未之尝闻。古之人曰："一夫不耕，或受之饥；一女不织，或受之寒。"生之有时，而用之亡度，则物力必屈。古之治天下，至孅至悉也，故其畜积足恃。今背奉而趋末，食者甚众，是天下之大残也；淫侈之俗，日日以长，是天下之大贼也。残贼公行，莫之或止；大命将泛，莫之振救。生之者甚少而靡之者甚多，天下财产何得不蹶！汉之为汉几四十年矣，公私之积犹可哀痛。失时不雨，民且狼顾；岁恶不入，请卖爵、子。既闻耳矣，安有为天下阽危者（《贾子》无"者"字，是）若是而上不惊者！世之有饥穰，天之行也，禹、汤被之矣。即不幸有方二三千里之旱，国胡以相恤？卒然边境有急，数千百万之众，国胡以馈之？兵旱相乘，天下大屈，有勇力者聚徒而衡击；罢夫羸老易子而咬其骨。政治未毕通也，远方之能疑者并举而争起矣，乃骇而图之，岂将有及乎？夫积贮者，天下之大命也。苟粟多而财有余，何为而不成？以攻则取，以守则固，以战则胜。怀敌附远，何招而不至？今殴民而归之农，皆著于本，使天下各食其力，末技游食之民转而缘南亩。则畜积足而人乐其所矣。可以为富安天下，而直为此廪廪也，窃为陛下惜之。'于是上感谊言，始开籍田，躬耕以劝百姓。"

⑥《汉书·晁错传》："是时匈奴强，数寇边，上（文帝）发兵以御之。错上言兵事，曰：'臣闻汉兴以来，胡虏数入边地，小入则小利，大入则大利。高后时再入陇西，攻城屠邑，驱略畜产，其后复入陇西，杀吏卒，大寇盗。窃闻战胜之威，民气百倍；败兵之卒，没世不复。自高后以来，陇西三困于匈奴矣，民气破伤，亡有胜意。今兹陇西之吏，赖社稷之神灵，奉陛下之明诏，和辑士卒，底厉其节，起破伤之民以当乘胜之匈奴，用少击众，杀一王，败其众而大有利。非陇西之民有勇怯，乃将吏之制巧拙异也。故《兵法》曰：'有必胜之将，无必胜之民。'繇此观之，安边境，立功名，在于良将，不可不择也。臣又闻用兵，临战合刃之急者三：一曰得地形，二曰卒服习，三曰器用利。兵法曰：丈五之沟，渐车之水，山林积石，经川丘阜，屮木所在，此步兵之地也，车骑二不当一。土山丘陵，曼衍相属，平原广野，此车骑之地也，步兵十不当一。平陵相远，川谷居间，仰高临下，此弓弩之地也，短兵百不当一。两陈相近，平地浅屮，可前可后，此长戟之地也，剑楯三不当一。萑苇竹萧，屮木蒙茏，支叶茂接，此矛鋋之地也，长戟二不当一。曲道相伏，险阸相薄，此剑楯之地也，弓弩三不当一。士不选练，卒不服习，起居不精，动静不集，趋利弗及，避难不毕，前击后解，与金鼓之音相失，此不习勒卒之过也，百不当十。兵不完利，与空手同；甲不坚密，与袒裼同；弩不可以及远，与短兵同；射不能中，与亡矢同；中不能入，与亡镞同：此将不省兵之祸也，五不当一。故《兵法》曰：'器械不利，以其卒予敌也；卒不可用，以其将予敌也；将不知兵，以其主予敌也；君不择将，以其国予敌也。'四者，兵之至要也。臣又闻小大异形，强弱异势，险易异备。夫卑身以事强，小国之形也；合小以攻大，敌国之形也；以蛮夷攻蛮夷，中国之形也。今匈奴地形技艺与中国异。上下山阪，出入溪涧，中国之马弗与也；险道倾仄，且驰且射，中国之骑弗与也；风雨罢劳，饥渴不困，中国之人弗与也：此匈奴之长技也。若夫平原易地，轻车突骑，则匈奴之众易挠乱也；劲弩长戟，射疏及远，则匈奴之弓弗能格也；坚甲利刃，长短相杂，游弩往来，什伍俱前，则匈奴之兵弗能当也；材官驺发，矢道同的，则匈奴之革笥木荐弗能支也；下马地斗，剑戟相接，去就相薄，则匈奴之足弗能给也：此中国之长技也。以此观之，匈奴之长技三，中国之长技五。陛

下又兴数十万之众，以诛数万之匈奴，众寡之计，以十击一之术也。虽然，兵，凶器；战，危事也。以大为小，以强为弱，在俛卬之间耳。夫以人之死争胜，跌而不振，则悔之亡及也。帝王之道，出于万全。今降胡义渠蛮夷之属来归谊者，其众数千，饮食长技与匈奴同，可赐之坚甲絮衣，劲弓利矢，益以边郡之良骑。令明将能知其习俗和辑其心者，以陛下之明约将之。即有险阻，以此当之；平地通道，则以轻车材官制之。两军相为表里，各用其长技，衡加之以众，此万全之术也。传曰："狂夫之言，而明主择焉。"臣错愚陋，昧死上狂言，唯陛下财择。'文帝嘉之，乃赐错玺书宠答焉，曰：'皇帝问太子家令：上书言兵体三章，闻之。'"（注："李奇曰：'三者，得地形，卒服习，器用利。'"）

⑦《汉书 · 郊祀志下》丞相匡衡奏议曰：

陛下圣德，忽明上通，承天之大，典览群下（典训主，主览，犹言总览）。使各悉心尽虑，议郊祀之处，天下幸甚。臣闻广谋从众，则合于天心。故《洪范》曰"三人占，则从二人言"，言少从多之义也。论当往古，宜于万民，则依而从之；违道寡与，则废而不行。今议者五十八人，其五十人言当徙之义，皆著于经传，同于上世，便于吏民；八人不按经蓺，考古制，而以为不宜，无法之议，难以定吉凶。《太誓》曰："正稽古立功立事，可以永年，丕天之大律。"《诗》曰："毋曰高高在上，陟降厥士，日监在兹。"言天之日监王者之处也。又曰："乃眷西顾，此维予宅。"言天以文王之都为居也。宜于长安定南北郊，为万世基。

⑧《汉书 · 礼乐志》："是时上（武帝）方征讨四夷，锐志武功，不暇留意礼文之事。至宣帝时，琅邪王吉为谏大夫，又上疏言：'欲治之主不世出，公卿幸得遭遇其时，未有建万世之长策，举明主于三代之隆者也。其务在于簿书断狱听讼而已，此非太平之基也。今俗吏所以牧民者，非有礼仪科指可世世通行者也，以意穿凿，各取一切。是以诈伪萌生，刑罚无极，质朴日消，恩爱寖薄。孔子曰"安上治民，莫善于礼"，非空言也。愿与大臣延及儒生，述旧礼，明王制，驱一世之民，跻之仁寿之域，则俗何以不若成康？寿何以不若高宗？'上不纳其言。"案此是节文，详载王吉本传。《校勘记》："《御览》'观'作'劝'，是也。诸本皆误。"

⑨《汉书·路温舒传》：宣帝初即位，温舒上书言宜尚德缓刑。其辞曰（《说苑·贵德篇》载此文，无篇首二百五十字）：

臣闻齐有无知之祸，而桓公以兴；晋有骊姬之难，而文公用伯。近世赵王不终，诸吕作乱，而孝文为大宗。繇是观之，祸乱之作，将以开圣人也。故桓、文扶微兴坏，尊文、武之业，泽加百姓，功润诸侯，虽不及三王，天下归仁焉。文帝永思至德，以承天心，崇仁义，省刑罚，通关梁，一远近，敬贤如大宾，爱民如赤子，内恕情之所安，而施之于海内，是以囹圄空虚，天下太平。夫继变化之后，必有异旧之恩，此贤圣所以昭天命也。往者，昭帝即世而无嗣，大臣忧戚，焦心合谋，皆以昌邑尊亲，援而立之。然天不授命，淫乱其心，遂以自亡。深察祸变之故，乃皇天之所以开至圣也。故大将军受命武帝，股肱汉国，披肝胆，决大计，黜亡义，立有德，辅天而行，然后宗庙以安，天下咸宁。臣闻《春秋》正即位，大一统而慎始也。陛下初登至尊，与天合符，宜改前世之失，正始受命之统，涤烦文，除民疾，存亡继绝，以应天意。

臣闻秦有十失，其一尚存，治狱之吏是也。秦之时，羞文学，好武勇，贱仁义之士，贵治狱之吏；正言者谓之诽谤，遏过者谓之妖言。故盛服先生不用于世，忠良切言皆郁于胸，誉谀之声日满于耳；虚美熏心，实祸蔽塞，此乃秦之所以亡天下也。方今天下赖陛下恩厚，亡金革之危，饥寒之患，父子夫妻戮力安家，然太平未洽者，狱乱之也。夫狱者，天下之大命也。死者不可复生，䌸者不可复属。《书》曰："与其杀不辜，宁失不经。"今治狱吏则不然，上下相驱，以刻为明；深者获公名，平者多后患。故治狱之吏皆欲人死，非憎人也，自安之道在人之死。是以死人之血流离于市，被刑之徒比肩而立，大辟之计岁以万数，此仁圣之所以伤也。太平之未洽，凡以此也。夫人情安则乐生，痛则思死。棰楚之下，何求而不得？故囚人不胜痛，则饰辞以视之；吏治者利其然，则指道以明之；上奏畏却，则锻练而周内之。盖奏当之成，虽咎繇听之，犹以为死有余辜。何则？成练者众，文致之罪明也。是以狱吏专为深刻，残贼而亡极，偷为一切，不顾国患，此世之大贼也。故俗语曰："画地为狱，议不入；刻木为吏，期不对。”此皆疾吏之风，悲痛之辞也。故天下之患，莫深于狱；败法乱正，离亲塞道，莫甚乎治狱之吏。此所谓一尚存者也。

臣闻乌鸢之卵不毁，而后凤凰集；诽谤之罪不诛，而后良言进。故古人有言：“山薮藏疾，川泽纳污，瑾瑜匿恶，国君含诟。”唯陛下除诽谤以招切言，开天下之口，广箴谏之路，扫亡秦之失，尊文武之德，省法制，宽刑罚，以废治狱，则太平之风可兴于世，永履和乐，与天亡极，天下幸甚。

⑩《汉书·郊祀志下》：成帝末年颇好鬼神，亦以无继嗣故，多上书言祭祀方术者，皆得待诏。祠祭上林苑中长安城旁，费用甚多，然无大贵盛者。谷永说上曰：

臣闻明于天地之性，不可惑以神怪；知万物之情，不可罔以非类。诸背仁义之正道，不遵五经之法言，而盛称奇怪鬼神，广崇祭祀之方，求报无福之祠，及言世有仙人，服食不终之药，遙兴轻举，登遐倒景，览观县圃，浮游蓬莱，耕耘五德，朝种暮获，与山石无极，黄冶变化，坚冰淖溺，化色五仓之术者，皆奸人惑众，挟左道，怀诈伪，以欺罔世主。听其言，洋洋满耳，若将可遇；求之，荡荡如系风捕景，终不可得。是以明王距而不听，圣人绝而不语。昔周史苌弘欲以鬼神之术辅尊灵王会朝诸侯，而周室愈微，诸侯愈叛。楚怀王隆祭祀，事鬼神，欲以获福助却秦师，而兵挫地削，身辱国危。秦始皇初并天下，甘心于神仙之道，遣徐福、韩终之属多赍童男童女入海求神采药，因逃不还，天下怨恨。汉兴，新垣平、齐人少翁、公孙卿、栾大等，皆以仙人、黄冶、祭祠、事鬼使物、入海求神采药贵幸，赏赐累千金。大尤尊盛，至妻公主，爵位重絫，震动海内。元鼎、元封之际，燕齐之间方士瞠目扼腕，言有神仙祭祀致福之术者以万数。其后，平等皆以术穷诈得，诛夷伏辜。至初元中，有天渊玉女、巨鹿神人轑阳侯师张宗之奸，纷纷复起。夫周秦之末，三五之隆，已尝专意散财，厚爵禄，竦精神，举天下以求之矣。旷日经年，靡有毫氂之验，足以揆今。经曰：“享多仪，仪不及物，惟曰不享。”《论语》说曰：“子不语怪神。”唯陛下拒绝此类，毋令奸人有以窥朝者。

⑪《后汉书·杨秉传》：（桓）帝时微行，私过幸河南尹梁胤府舍。是

日大风拔树，昼昏，秉因上疏谏曰：

臣闻瑞由德至，灾应事生。《传》曰："祸福无门，唯人所召。"（《左传》闵子骞之词）天不言语，以灾异谴告。是以孔子迅雷风烈必有变动。《诗》云："敬天之威，不敢驱驰。"王者至尊，出入有常，警跸而行，静室而止，自非郊庙之事，则銮旗不驾，故《诗》称"自郊徂宫"，《易》曰"王假有庙，致孝享也"。诸侯如臣之家，《春秋》尚列其诫，况以先王法服，而私出槃游！降乱尊卑，等威无序。侍卫守空宫，绂玺委女妾，设有非常之变，任章之谋，上负先帝，下悔靡及。臣奕世受恩，得备纳言，又以薄学，充在讲劝，特蒙哀识，见照日月，恩重命轻，义使士死，敢惮摧折，略陈其愚。

⑫《后汉书·陈蕃传》："时封赏逾制，内宠猥盛。蕃乃上疏谏曰：'……夫狱以禁止奸违，官以称才理物。若法亏于平，官失其人，则王道有缺。而今天下之论，皆谓狱由怨起，爵以贿成。夫不有臭秽，则苍蝇不飞。陛下宜采求失得，择从忠善。尺一选举，委尚书三公，使褒责诛赏，各有所归，岂不幸甚！'"章怀注曰："尺一谓板长尺一，以写诏书也。"

⑬《后汉书·张衡传》："及为侍中，上疏请得专事东观，收检遗文，毕力补缀。又条上司马迁、班固所叙与典籍不合者十余事。"章怀注引衡表曰："臣仰干史职，敢徼官守，窃贪成训，自忘顽愚。愿得专于东观，毕力于纪记，竭思于补阙，俾有汉休烈，比久长于天地，并光明于日月，昭示万嗣，永永不朽也。"

⑭《后汉书·蔡邕传》："邕上封事曰：'……夫昭事上帝，则自怀多福；宗庙致敬，则鬼神以著。国之大事，实先祀典，天子圣躬所当恭事……臣不胜愤懑，谨条宜所施行七事，表左……'"注："表左，谓陈之于表左也，犹今云'如左''如右'。"案邕所陈，皆整饬朝廷仪法纲纪之事，彦和所云当即指此，黄注引《独断》文似非。

⑮《三国志·魏志·高堂隆传》："有星孛于大辰。隆上疏曰：'……今之宫室，实违礼度，乃更建立九龙，华饰过前。天彗章灼，始起于房心，犯帝座而干紫微，此乃皇天子爱陛下，是以发教戒之象，始卒皆于尊位，殷勤郑重，欲必觉寤陛下；斯乃慈父恳切之训，宜崇孝子祗耸之礼，以率先天下，以昭示后昆，不宜有忽，以重天怒。'"

⑯李详《黄注补正》曰:"《太平御览》九百六引《魏名臣奏》有郎中黄观上书云云,'黄'字不当辄改。"

⑰《三国志 · 魏志 · 王朗传》注引《魏名臣奏》载王朗《节省奏文》。

⑱李详《黄注补正》曰:"《太平御览》二百十四引《魏名臣奏》,驸马都尉甄毅奏曰:'汉时公卿皆奏事。选尚书郎,试,然后得为之。其在职,自赍所发书诣天子前发省。便处当事轻重,口自决定。或天子难问,据案处正,乃见郎之割断才技。魏则不然。今尚书郎,皆天下之选,才技锋出,亦欲骋其能于万乘之前,宜如故事,令郎口自奏事,自处当。'案毅奏仅见于此,未知即彦和所指否。《魏志 · 文德甄皇后传》'封兄子毅为列侯,毅数上书陈时政者'是也。"

⑲《黄注》:"《晋书 · 刘颂传》:'除淮南相。颂在郡上疏,言封国之制,宜如古典,及六州将士之役,凡数千言。诏褒美之。'"

⑳《晋书 · 温峤传》:"太子起西池楼观,颇为劳费。峤上疏以为朝廷草创,巨寇未灭,宜应俭以率下,务农重兵,太子纳焉。"

㉑陆机《文赋》:"奏平彻以闲雅。"注:"奏以陈情叙事,故平彻闲雅。"彦和所论,更为明切。

㉒《尚书 · 冏命序》:"穆王命伯冏为周太仆正,作《冏命》。"《冏命》:"王若曰:'……惟予一人无良,实赖左右前后有位之士,匡其不及,绳愆纠谬,格其非心,俾克绍先烈。'"

《汉书 · 百官公卿表》:"御史大夫,秦官,位上卿……有两丞,秩千石。一曰中丞,在殿中兰台,掌图籍秘书,外督部刺史,内领侍御史员十五人,受公卿奏事,举劾按章。"

陈先生曰:"《后汉书 · 安帝纪》诏曰:'秋节既立,鸷鸟将用。'注云,将欲纠其罪,同鹰鹯之鸷击。"案《初学记》十二引崔篆《御史箴》:"简上霜凝,笔端风起。"此彦和所本。

㉓《汉书 · 董贤传》:"贤与妻皆自杀……莽复风大司徒光奏:'贤质性巧佞,翼奸以获封侯,父子专朝,兄弟并宠,多受赏赐,治第宅,造冢圹,放效无极,不异王制,费以万万计,国为空虚。父子骄蹇,至不为使者礼,受赐不拜,罪恶暴著。贤自杀伏辜,死后父恭不悔过,乃复以沙画棺四时之色,左苍龙,右白虎,上著金银日月,玉衣珠璧以棺(师古曰:

"以此物棺敛也。"），至尊无以加。恭等幸得免于诛，不宜在中土。臣请收没入财物县官。诸以贤为官者皆免。'"

㉔《后汉书·孔融传》："曹操既积嫌忌，而郗虑复构成其罪，遂令丞相军谋祭酒路粹枉状奏融曰：'少府孔融，昔在北海，见王室不静，而招合徒众，欲规不轨，云"我大圣之后，而见灭于宋，有天下者，何必卯金刀"。及与孙权使语，谤讪朝廷。又融为九列，不遵朝仪，秃巾微行，唐突宫掖。又前与白衣祢衡跌荡放言，云："父之于子，当有何亲？论其本意，实为情欲发耳。子之于母，亦复奚为？譬如寄物缻中，出则离矣。"既而与衡更相赞扬。衡谓融曰："仲尼不死。"融答曰："颜回复生。"大逆不道，宜极重诛。'"

㉕孔光虽名儒，性实鄙佞。彦和谓与路粹殊心，似嫌未允。

㉖《晋书·傅咸传》："咸字长虞，刚简有大节……顾荣常与亲故书曰：'傅长虞为司隶，劲直忠果，劾按惊人。虽非周才，偏亮可贵也。'"《王戎传》有傅咸劾夏侯骏、夏侯承、王戎三奏。咸本传有劾荀恺、王戎二奏。兹录咸传《奏劾王戎文》于下：

戎备位台辅，兼掌选举，不能谧静风俗，以凝庶绩，至令人心倾动，开张浮竞。中郎李重、李义不相匡正。请免戎等官。

㉗《晋书·刘隗传》："（隗）迁丞相司直……隗之弹奏不畏强御。"又《晋书·祖约传》："约妻无男而性妒，约亦不敢违忤。尝夜寝于外，忽为人所伤，疑其妻所为。约求去职，帝不听，约便从右司马营东门私出。司直刘隗劾之曰：'约幸荷殊宠，显位选曹，铨衡人物，众所具瞻。当敬以直内，义以方外，杜渐防萌，式遏寇害。而乃变起萧墙，患生婢妾，身被刑伤，亏其肤发。群小噂沓，嚣声远被，尘秽清化，垢累明时。天恩含垢，犹复慰喻，而约违命轻出，既无明智以保其身，又孤恩废命，宜加贬黜，以塞众谤。'"

《奏劾周莚、刘胤、李匡》（载《晋书·刘隗传》）

古之为狱，必察五听，三槐九棘以求民情。虽明庶政，不敢折狱。死者不得复生，刑者不可复续，是以明王哀矜用刑。曹参去齐，以市狱为寄。自顷蒸荒，杀戮无度，罪同断异，刑罚失宜。谨案行督运令史淳于伯刑血著柱，遂逆上终极柱末二丈三尺，旋复下流四尺五寸。百姓喧哗，士女纵观，咸曰其冤。伯息忠诉辞称枉，云伯督运讫去二月，事毕代还，无有稽乏。受赇使役，罪不及死。军是戍军，非为征军，以乏军兴论，于理为枉。四年之中，供给运漕，凡诸征发租调百役，皆有稽停，而不以军兴论。至于伯也，何独明之？捶楚之下，无求不得，囚人畏痛，饰辞应之。理曹，国之典刑，而使忠等称冤明时。谨案从事中郎周莚、法曹参军刘胤、属李匡幸荷殊宠，并登列曹，当思敦奉政道，详法慎杀，使兆庶无枉，人不称诉。而令伯枉同周青，冤魂哭于幽都，诉灵恨于黄泉，嗟叹甚于杞梁，血妖过于崩城，怀情抱恨，虽没不忘。故有殒霜之应（已上三句从《文选》王融《永明九年策秀才文》注王隐《晋书》补改），夜哭之鬼，伯有昼见，彭生为豕。刑杀失中，妖眚并见，以古况今，其揆一也。皆由莚等不胜其任，请皆免官。

㉘陈先生曰："案《周书・大聚解》'兴弹相庸'，为弹书命名之始。"朱骏声《通训定声》曰："《众经音义》引仲长统《昌言》云：'绳墨得拼弹。'后人纠弹、讥弹，亦此义也。"《文选》有弹事类。

㉙《孟子・公孙丑上》："孟子曰：矢人岂不仁于函人哉！矢人惟恐不伤人，函人惟恐伤人。"《诗经・小雅・巷伯》："取彼谮人，投畀豺虎。"《礼记・曲礼上》："鹦鹉能言，不离飞鸟；猩猩能言，不离禽兽。今人而无礼，虽能言，不亦禽兽之心乎！"《墨子・非儒下》："贪于饮食，惰于作务，陷于饥寒，危于冻馁，无以违之。是若乞人，鼸鼠藏而羝羊视，贲彘起。"《孟子・滕文公下》："杨氏为我，是无君也；墨氏兼爱，是无父也。无父无君，是禽兽也。"《校勘记》："《御览》'豕'作'羊'，是也。"

㉚《汉书・杜周传》："周少言重迟，而内深次骨。"注："其用法深刻至骨。"

㉛纪评曰："酌中之论。"逾垣，犹言逾越礼法。捷径，谓涉邪径。

㉜《诗经・大雅・燕民》："唯仲山甫，柔亦不茹，刚亦不吐，不侮矜寡，不畏强御。"《正义》曰："不畏惧于强梁御善之人。"又《民劳》"无纵诡随"，《传》曰："诡随，诡人之善，随人之恶者。"绝席，疑当作"夺席"。《后汉书・儒林传・戴凭传》："帝令群臣能说经者更相难诘，义有不通，辄夺其席以益通者，凭遂重坐五十余席。"黄注引《王常传》"常为横

野大将军，位次与诸将绝席”，似非其意。《周易·坤·文言》：“直，其正也；方，其义也。君子敬以直内，义以方外。”

㉝《说文》：“启，开也。启，教也。”经传皆以“启”为“启”。《尚书·说命上》：“启乃心，沃朕心，若药弗瞑眩，厥疾弗瘳。”《传》曰：“开汝心以沃我心，如服药必瞑眩极，其病乃除，欲其出切言以自警。”

㉞《通典》一百四载魏刘辅等《论赐谥启》，是魏奏亦称启之证。《释名·释书契》：“启，亦诣也，以告语官司所至诣也。”据此，东汉已有“启”矣。留存《事始》：“沈约书云，景帝名启，当时俱讳，自魏国笺记，末方云谨启。”

㉟《御览》六百三十四载范宁《断众公受假故事启》，又一百四十九引《东宫旧事》会稽王道子《皇太子纳妃启》。《晋书·孝武文李太后传》道子《请崇正文李太妃名号启》。

㊱此犹言简约毋繁耳。

㊲《后汉书·班彪传下》注、《文选·典引》注皆云“谠，直言也”。《尚书·益稷·正义》引《声类》云：“谠言，善言也。”此云“谠者，偏也”疑有脱字，似当云“谠者，正偏也”。《尚书·洪范》：“无偏无党，王道荡荡。”

㊳《汉书·叙传》：“时乘舆幄坐张画屏风，画纣醉踞妲己作长夜之乐。上以伯新起，数目礼之，因顾指画而问（班）伯：‘纣为无道，至于是乎？’伯对曰：‘《书》云‘乃用妇人之言’，何有踞肆于朝？所谓众恶归之，不如是之甚者也。’上曰：‘苟不若此，此图何戒？’伯曰：‘“沈湎于酒”，微子所以告去也，“式号式讳”，《大雅》所以流连也。《诗》《书》淫乱之戒，其原皆在于酒。’上乃喟然叹曰：‘吾久不见班生，今日复闻谠言！’”师古曰：“谠言，善言也。”

㊴八仪，疑当作“八能”。《后汉书·礼仪志》：“正德曰：‘八能士各言事。’八能士各书板言事。文曰：‘臣某言，今月若干日甲乙日冬至，黄钟之音调，君道得，孝道褒。’商臣、角民、徵事、羽物，各一板。否则召太史令各板书，封以皂囊，送西陛，跪授尚书。”章怀注引《乐叶图徵》曰：“夫圣人之作乐，不可以自娱也，所以观得失之效者也。故圣人不取备于一人，必从八能之士。故撞钟者当知钟，击鼓者当知鼓，吹管者当知

管，吹竽者当知竽，击磬者当知磬，鼓琴者当知琴。故八士曰或调阴阳，或调律历，或调五音……八能之士常以日冬至成天文，日夏至成地理。作阴乐以成天文，作阳乐以成地理。”

蔡邕《独断》：“凡章表皆启封。其言密事，得皂囊盛。”

㊵《史记·晁错传》：“太常遣错受《尚书》伏生所，还，因上便宜事。”《汉书·霍光传》：“上令吏民得奏封事，不关尚书。”

㊶《易·蹇卦》六二：“王臣蹇蹇，匪躬之故。”《后汉书·陈蕃传》窦太后优诏蕃曰：“忠孝之美，德冠本朝，謇愕之操，华首弥固。”

㊷《汉书·百官公卿表》：“武帝元狩五年，置司直……掌佐丞相举不法。”《札迻》十二：“饬，疑当作袀。《续汉书·舆服志》云：‘宗庙皆服袀玄。’刘注云：《独断》云‘袀，绀缯也’。《吴都赋》曰‘袀，皂服’。皂袀，即袀玄也。”郝懿行曰：“《困学纪闻》卷十九引夏文庄表云，诗会余蚳之文，简凝含酖之墨。余蚳，见《诗》‘贝锦’笺。”

议对第二十四

“周爰谘（孙云《御览》五九五作“咨”）谋”，是谓为议。议之言宜，审事宜也①。《易》之《节卦》：“君子以制度数，议德行。”《周书》曰：“议事以制，政乃弗迷。”议贵节制，经典之体也②。

昔管仲称轩辕有明台之议，则其来远矣③。洪水之难，尧咨四岳，宅（孙云《御览》作“百”）揆之举，舜畴五人（一本作“臣”；孙云《御览》作“臣”）；三代所兴，询及刍荛④；春秋释宋，鲁桓务（孙云明抄本《御览》引作“预”；铃木云《御览》“桓务”作“僖预”）议⑤。及赵灵胡服，而季父争论⑥；商鞅变法，而甘龙交辨（孙云《御览》作“辩”）⑦：虽宪章无算，而同异足观。迄至（元作“今”）有汉，始立驳（孙云《御览》“驳”并作“駮”）议⑧。驳者，杂也；杂（孙云《御览》无“杂”字）议不纯，故曰驳也⑨。自两汉文明，楷式昭备，蔼蔼多士，发言盈庭；若贾谊之遍代诸生，可谓捷于议也⑩。至如主父（当作“吾丘”；顾校作“吾丘”；铃木云《御览》作“主父”）之驳挟弓[11]，安国之辨匈奴[12]，贾捐之之（孙云《御览》无两“之”字）陈于朱崖（顾校作“珠崖”）[13]，刘歆之（孙云《御览》无“之”字）辨（孙云《御览》“辨”作“辩”）于祖宗[14]：虽质文不同，得事要矣。若乃张敏之断轻侮[15]，郭躬（孙云明抄本《御览》作“芸”）之议擅诛[16]，程（元作“陈”）晓之驳校事[17]，司马芝之议货钱[18]，何曾蠲出女之科[19]，秦秀定贾充之谥（元作“谥”；孙云《御览》作“谥”）[20]：事实允当，可谓达议体矣。汉世善驳，则应劭为首[21]；晋代能议，则傅咸为宗[22]。然仲瑗博古，而铨贯有（孙云《御览》作“以”）叙；长虞识治，而属辞枝繁[23]；及陆机断议，亦有锋颖（铃木云黄氏原本作“颍”），而谀（孙云《御览》作“腴”）辞弗剪，颇累文骨：亦各有（铃木云《御览》作“有其”）美，风格存焉[24]。

夫动先拟议，明用稽疑，所以敬慎群务，弛张治术[25]。故其大体所资，必枢纽经典：采故（孙云《御览》作“采事”）实于前代，观通变（孙云《御览》作“变通”）于当今；理不谬摇其枝，字不妄舒其藻。又（《御览》作“其”；黄云案冯本校云《御览》作“其”，又云嘉靖癸卯本亦作“又”）郊祀必洞于礼，戎事必（一作“要”，又作“宜”；孙云《御览》作“宜”）练于兵，田（一作“佃”）谷先晓于农，断讼务精于律；然后标以显义，约以正辞。文以辨洁为能，不以繁缛为巧；事以明核为美，不以深（铃木云《御览》作“环”）隐为奇：此纲领之大要也[26]。若不达政体，而舞笔弄文，支离构辞，穿凿会巧，空（铃木云梅本、闵本“空”上有“苟”字）骋其华，固为事实所摈，设得其理，亦为游（孙云《御览》作“浮”）辞所埋矣。昔秦女嫁晋，从文衣之媵（一本下有“者”字；顾校有“者”字），晋人贵媵而贱女；楚珠鬻郑，为薰桂之椟，郑人买椟而还珠。若文浮于理，末胜其本，则秦女楚珠，复在（铃木云《御览》作“存”）于兹矣[27]。

又对策者，应诏而陈政也；射策者，探事而献说也。言中理准，譬射侯中的，二名虽殊，即议之别体也[28]。古之（铃木云《御览》作“者”）造士，选事考言[29]。汉文中年，始举贤良，晁错对策，蔚为举首[30]。及孝武益明，旁求俊乂，对策者以第一登庸，射策者以甲科（铃木云冈本作“第”）入仕：斯固选贤（顾校作“言”）要术也[31]。观晁氏之对，证验古今（铃木云《玉海》作“验古明今”），辞裁以辨，事通而赡，超升高第，信有征矣。仲舒之对，祖述《春秋》，本阴阳之化，究列代之变，烦而不慁者，事理明也。公孙之对，简而未博，然总要以约文，事切而情举，所以太常居下，而天子擢上也[32]。杜钦之对，略而指事，辞以治宣，不为文作[33]。及后汉鲁丕（元作“平”，朱改），辞气质素，以儒雅中策，独（一作“以”）入高第[34]。凡此五家，并前（元作“明”，谢改；又一本作“列”）代之明范也。魏晋已来，稍务文丽，以文纪实，所失已多。及其来选，又称疾不会，虽欲求文，弗可得也[35]。是以汉饮博士，而雉集乎堂；晋策秀才，而麏兴于前：无他怪也，选失之异耳[36]。

夫驳议偏辨，各执异见；对策揄扬，大明治道。使事深于政术，理密于时务，酌三五以熔世，而非迂缓之高谈；驭权变以拯俗，而非刻薄之伪论；风恢恢而能远，流洋洋而不溢，王庭之美对也。难矣哉，士之为才也！或练治而寡文，或工文而疏治，对策所选，实属通才，志足文远，不其鲜欤！

赞曰：议惟畴政，名实相课。断理必纲（铃木云疑当作“刚”）[37]，摛辞无懦。对策王庭，同时酌和。治（顾校作“洽”）体高秉，雅谟远播。

注释：

①《诗经 · 大雅 · 绵》：“爰始爰谋。”《笺》云：“于是始与豳人之从己者谋。”又：“周爰执事。”《笺》云：“于是从西方而往东之人，皆于周执事，竞出力也。”“周爰咨谋”，语本此。段玉裁注《说文》“议”字曰：“议者，谊也；谊者，人所宜也。言得其宜之谓议。”《韵会 · 四置》引《说文》：“议，语也。”下有“一曰谋也”。

②《易 · 节卦 · 大象》：“泽上有水，节，君子以制数度议德行。”《尚书 · 周官》：“议事以制，政乃不迷。”弗，应据《周官》作“不”。

③《管子 · 桓公问篇》：“黄帝立明台之议者，上观于贤也。”

④《尚书 · 舜典》：“咨，四岳！有能奋庸熙帝之载（奋，起；庸，

功；载，事也；访群臣有能起发其功，广尧之事者），使宅百揆，亮采惠畴（亮，信；惠，顺也。求其人使居百揆之官，信立其功顺其事者谁乎）。”此下命禹作司空，弃作后稷，契作司徒，皋陶作士，垂作共工，所谓五人也。《诗经·大雅·板》：“先民有言，询于刍尧。”《传》云：“刍荛，采薪者。”

⑤钱大昕《十驾斋养新录》十四：“《文心雕龙·议对篇》‘《春秋》释宋，鲁桓务议’二句，注家皆未详。惠学士士奇云：‘案文当云“鲁僖预议。”《公羊传》僖二十一年《经》：“释宋公。”《传》云：“执未有言释之者，此其言释之何？公与为尔也。公与为尔奈何？公与议尔也。”“预”与“与”同，转写讹为“务”耳。’”

⑥《史记·赵世家》：“武灵王欲胡服。公子成曰：‘中国者，贤圣之所教也。今王舍此而袭远方之服，变古之教，逆人之心。’王曰：‘儒者一师而俗异，中国同礼而教离。今叔之所言者，俗也；吾所言者，所以制俗也。’公子成曰：‘王将继简襄之意，以顺先王之志，臣敢不听命乎？’”（此条依黄注节录）

⑦《史记·商君列传》：“孝公既用卫鞅，鞅欲变法，恐天下议己。卫鞅曰：‘疑行无名，疑事无功。且夫有高人之行者，固见非于世；有独知之虑者，必见敖于民。愚者暗于成事，知者见于未萌。民不可与虑始而可与乐成。论至德者不和于俗，成大功者不谋于众。是以圣人苟可以强国，不法其故；苟可以利民，不循其礼。’孝公曰：‘善。’甘龙曰：‘不然。圣人不易民而教，知者不变法而治。因民而教，不劳而成功；缘法而治者，吏习而民安之。’卫鞅曰：‘龙之所言，世俗之言也。常人安于故俗，学者溺于所闻。以此两者居官守法可也，非所与论于法之外也。三代不同礼而王，五伯不同法而霸。智者作法，愚者制焉；贤者更礼，不肖者拘焉。’杜挚曰：‘利不百，不变法；功不十，不易器。法古无过，循礼无邪。’卫鞅曰：‘治世不一道，便国不法古。故汤武不循古而王，夏殷不易礼而亡。反古者不可非，而循理者不足多。’孝公曰：‘善。’以卫鞅为左庶长，卒定变法之令。”

⑧见《章表篇》。

⑨《说文》：“驳，马色不纯。从马，爻声。”又：“駮，兽如马，倨

牙，食虎豹。从马，交声。”驳骏二字，义绝异。驳议之驳不应混作骏。《通俗文》：“黄白杂，谓之驳荦。”

⑩《史记·贾谊传》：“谊为博士，每诏令议下，诸老先生不能言，贾生尽为之对，人人各如其意所欲出，诸生于是乃以为能。文帝说之。”诸生即诸老先生。《韩诗外传》六：“问者曰：古之谓知道者曰先生，何也？犹言先醒也。不闻道术之人，则冥于得失，不知乱之所由，眊眊乎其犹醉也。故世主有先生者，有后生者，有不生者。”《汉书·晁错传》：“学申商刑名于轵张恢生所。”《补注》引周寿昌曰：“生，亦先生也。《史记》作张恢先。徐广注：‘先，即先生。’盖生为先生，先亦先生也。”《史记》《汉书》多称贾谊为贾生，盖尊呼之，非因其年少也。

⑪“主父”当作“吾丘”。《汉书·吾丘寿王传》：丞相公孙弘奏言：“民不得挟弓弩。十贼彍弩，百吏不敢前，盗贼不辄伏辜，免脱者众，害寡而利多，此盗贼所以蕃也。禁民不得挟弓弩，则盗贼执短兵，短兵接则众者胜。以众吏捕寡贼，其势必得。盗贼有害无利，则莫犯法，刑错之道也。臣愚以为禁民毋得挟弓弩便。”上下其议。寿王对曰：

> 臣闻古者作五兵，非以相害，以禁暴讨邪也。安居则以制猛兽而备非常，有事则以设守卫而施行阵。及至周室衰微，上无明王，诸侯力政，强侵弱，众暴寡，海内抏敝，巧诈并生。是以知者陷愚，勇者威怯，苟以得胜为务，不顾义理。故机变械饰，所以相贼害之具不可胜数。于是秦兼天下，废王道，立私议，灭《诗》《书》而首法令，去仁恩而任刑戮，堕名城。杀豪桀，销甲兵，折锋刃。其后，民以耰锄棰梃相挞击，犯法滋众，盗贼不胜。至于赭衣塞路，群盗满山，卒以乱亡。故圣王务教化而省禁防，知其不足恃也。
>
> 今陛下昭明德，建太平，举俊材，兴学官，三公有司或由穷巷，起白屋，裂地而封，宇内日化，方外乡风。然而盗贼犹有者，郡国二千石之罪，非挟弓弩之过也。《礼》曰“男子生，桑弧蓬矢以举之”，明示有事也。孔子曰：“吾何执？执射乎？”大射之礼，自天子降及庶人，三代之道也。《诗》云“大侯既抗，弓矢斯张，射夫既同，献尔发功”，言贵中也。愚闻圣王合射以明教矣，未闻弓矢之为禁也。且所为禁者，为盗贼之以攻夺也。攻夺之罪死，然而不止者，大奸之于

重诛固不避也。臣恐邪人挟之而吏不能止，良民以自备而抵法禁，是擅贼威而夺民救也。窃以为无益于禁奸，而废先王之典，使学者不得习行其礼，大不便。

⑫《汉书·韩安国传》载安国与王恢论马邑之讨，反复折辩，较《史记》为详。语繁不录。

⑬《汉书·贾捐之传》：元帝初元元年，珠厓又反，发兵击之。诸县更叛，连年不定。上与有司议大发军，捐之建议，以为不当击。上使……王商诘问捐之曰："珠厓内属为郡久矣，今背畔逆节，而云不当击，长蛮夷之乱，亏先帝功德，经义何以处之？"捐之对曰：

臣幸得遭明盛之朝，蒙危言之策，无忌讳之患，敢昧死竭卷卷。

臣闻尧舜，圣之盛也，禹入圣域而不优。故孔子称尧曰"大哉"，《韶》曰"尽善"，禹曰"无间"。以三圣之德，地方不过数千里，西被流沙，东渐于海，朔南暨声教，迄于四海，欲与声教则治之，不欲与者不强治也。故君臣歌德，含气之物各得其宜。武丁、成王，殷周之大仁也，然地东不过江、黄，西不过氐、羌，南不过蛮荆，北不过朔方。是以颂声并作，视听之类咸乐其生，越裳氏重九译而献，此非兵革之所能致。及其衰也，南征不还，齐桓救其难，孔子定其文。以至乎秦，兴兵远攻，贪外虚内，务欲广地，不虑其害。然地南不过闽越，北不过太原，而天下溃畔，祸卒在于二世之末，《长城之歌》，至今未绝。

赖圣汉初兴，为百姓请命，平定天下。至孝文皇帝，闵中国未安，偃武行文，则断狱数百，民赋四十，丁男三年而一事。时有献千里马者，诏曰："鸾旗在前，属车在后，吉行日五十里，师行三十里，朕乘千里之马，独先安之？"于是还马，与道里费，而下诏曰："朕不受献也，其令四方毋求来献。"当此之时，逸游之乐绝，奇丽之赂塞，郑卫之倡微矣。夫后宫盛色则贤者隐处，佞人用事则诤臣杜口，而文帝不行，故谥为孝文，庙称太宗。至孝武皇帝元狩六年，太仓之粟红腐而不可食，都内之钱贯朽而不可校，乃探平城之事，录冒顿以来数为边害，籍兵厉马，因富民以攘服之。西连诸国至于安息，东过碣石，以玄菟、乐浪为郡，北却匈奴万里，更起营寨，制南海以为八郡，则天下断狱万数，民赋数百，造盐铁酒榷之利以佐用度，犹不能足。当此之时，寇贼并起，军旅数发，父战死于前，子斗伤于后，女子乘亭鄣，孤儿号于道，老母寡妇饮泣巷哭，遥设虚祭，想魂乎万里之外。淮南王盗写虎符，阴聘名士，关东公孙勇等诈为使者，是皆廓地泰大，征伐不休之故也。

今天下独有关东，关东大者独有齐楚，民众久困，连年流离，离其城郭，相枕席于道路。人情莫亲父母，莫乐夫妇，至嫁妻卖子，法不能禁，义不能止，此社稷之忧也。今陛下不忍悁悁之忿，欲驱士众挤之大海之中，快心幽冥之地，非所以救助饥馑，保全元元也。《诗》云"蠢尔蛮荆，大邦为雠"，言圣人起则后服，中国衰则先畔，动为国家难，自古而患之久矣，何况乃复其南方万里之蛮乎！骆越之人父子同川而浴，相习以鼻饮，与禽兽无异，本不足郡县置也。颛颛独居一海之中，雾露气湿，多毒草虫蛇水土之害，人未见虏，战士自死。又非独珠厓有珠犀玳瑁也，弃之不足惜，不击不损威。其民譬犹鱼鳖，何足贪也！

臣窃以往者羌军言之，暴师曾未一年，兵出不逾千里，费四十余万万，大司农钱尽，乃以少府禁钱续之。夫一隅为不善，费尚如此，况于劳师远攻，亡士毋功乎！求之往古则不合，施之当今又不便。臣愚以为非冠带之国，《禹贡》所及，《春秋》所治，皆可且无以为。愿遂弃珠厓，专用恤关东为忧。

文内"东不过江黄"句，各家未注。案《史记 · 殷本纪》载《汤诰》曰："古禹、皋陶久劳于外，其有功乎民，民乃有安。东为江，北为济，西为河，南为淮，四渎已修，万民乃有居。"此东不过江之本也。黄未详。《汉书 · 地理志》东莱郡有黄县，春秋时莱国。周成王东伐淮夷、践奄，岂即捐之所谓东不过黄者欤？

⑭《汉书 · 韦玄成传》：彭宣、满昌、左咸等五十三人皆以为继祖宗以下，五庙而迭毁，后虽有贤君，犹不得与祖宗并列。子孙虽欲褒大显扬而立之，鬼神不飨也。孝武皇帝虽有功烈，亲尽宜毁。王舜、刘歆议曰："臣闻周室既衰，四夷并侵，猃狁最强，于今匈奴是也。至宣王而伐之，诗人美而颂之曰'薄伐捡狁，至于太原'（《小雅 · 六月》），又曰'啴啴

推推，如霆如雷，显允方叔，征伐猃狁，荆蛮来威’（《小雅·采芑》），故称中兴。及至幽王，犬戎来伐，杀幽王，取宗器。自是之后，南夷与北夷交侵，中国不绝如线。《春秋》纪齐桓南伐楚，北伐山戎，孔子曰：‘微管仲，吾其被发左衽矣！’是故弃桓之过而录其功，以为伯首。及汉兴，冒顿始强，破东胡，禽月氏，并其土地，地广兵强，为中国害。南越尉佗总百粤，自称帝。故中国虽平，犹有四夷之患，且无宁岁。一方有急，三面救之，是天下皆动而被其害也。孝文皇帝厚以货赂，与结和亲，犹侵暴无已。甚者，兴师十余万众，近屯京师及四边，岁发屯备虏。其为患久矣，非一世之渐也。诸侯郡守连匈奴及百粤以为逆者非一人也。匈奴所杀郡守都尉，略取人民，不可胜数。孝武皇帝愍中国罢劳无安宁之时，乃遣大将军、骠骑、伏波、楼船之属，南灭百粤，起七郡；北攘匈奴，降昆邪十万之众，置五属国，起朔方，以夺其肥饶之地；东伐朝鲜，起玄菟、乐浪，以断匈奴之左臂；西伐大宛，并三十六国，结乌孙，起敦煌、酒泉、张掖，以鬲婼羌，裂匈奴之右肩。单于孤特，远遁于幕北。四垂无事，斥地远境，起十余郡。功业既定，乃封丞相为富民侯，以大安天下，富实百姓，其规橅可见。又招集天下贤俊，与协心同谋，兴制度，改正朔，易服色，立天地之祠，建封禅，殊官号，存周后，定诸侯之制，永无逆争之心，至今累世赖之。单于守藩，百蛮服从，万世之基也，中兴之功未有高焉者也。高帝建大业，为太祖；孝文皇帝德至厚也，为文太宗；孝武皇帝功至著也，为武世宗：此孝宣帝所以发德音也。《礼记·王制》及《春秋穀梁传》：天子七庙，诸侯五，大夫三，士二。天子七日而殡，七月而葬；诸侯五日而殡，五月而葬：此丧事尊卑之序也，与庙数相应。其文曰：‘天子三昭三穆，与太祖之庙而七；诸侯二昭二穆，与太祖之庙而五。’故德厚者流光，德薄者流卑。《春秋左氏传》曰：‘名位不同，礼亦异数。’（《西汉奏议》内引《左氏传》始见此及《翟方进传》）自上以下，降杀以两，礼也。七者，其正法数，可常数者也。宗不在此数中。宗，变也，苟有功德则宗之，不可预为设数。故于殷，太甲为太宗，太戊曰中宗，武丁曰高宗。周公为毋逸之戒，举殷三宗以劝成王。繇是言之，宗无数也。然则所以劝帝者之功德博矣。以七庙言之，孝武皇帝未宜毁；以所宗言之，则不可谓无功德。《礼记》祀典曰（今见《礼记·祭法篇》）：‘夫圣王之制祀也，功施于民则祀之，以劳定国则祀之，能救大灾则祀之。’窃观孝武皇帝，功德皆兼而有焉。凡在于异姓，犹将特祀之，况于先祖？或说天子五庙无见文，又说中宗、高宗者，宗其道而毁其庙。名与实异，非尊德贵功之意也。《诗》云：‘蔽芾甘棠，勿翦勿伐，邵伯所茇。’思其人犹爱其树，况宗其道而毁其庙乎？迭毁之礼自有常法，无殊功异德，固以亲疏相推及。至祖宗之序，多少之数，经传无明文，至尊至重，难以疑文虚说定也。孝宣皇帝举公卿之议，用众儒之谋，既以为世宗之庙，建之万世，宣布天下。臣愚以为孝武皇帝功烈如彼，孝宣皇帝崇立之如此，不宜毁。”

⑮《后汉书 · 张敏传》：张敏字伯达。建初中，有人侮辱人父者，而其子杀之，肃宗贳其死刑而降宥之，自后因以为比。是时遂定其议，以为《轻侮法》。敏驳议曰：

夫轻侮之法，先帝一切之恩，不有成科班之律令也。夫死生之决，宜从上下，犹天之四时，有生有杀。若开相容恕，著为定法者，则是故设奸萌，生长罪隙。孔子曰：“民可使由之，不可使知之。”《春秋》之义，子不报仇，非子也。(《公羊传》曰：“父不受诛，子复仇可也。”）而法令不为之减者，以相杀之路不可开故也。今托义者得减，妄杀者有差，使执宪之吏得设巧诈，非所以导“在丑不争”之义。又《轻侮》之比，浸以繁滋，至有四五百科，转相顾望，弥复增甚。难以垂之万载。臣闻师言：“救文莫如质。”故高帝去烦苛之法，为三章之约。建初诏书有改于古者，可下三公、廷尉蠲除其敝。

议寝不省。敏复上疏曰：

臣敏蒙恩，特见拔擢，愚心所不晓，迷意所不解，诚不敢苟随众议。臣伏见孔子垂经典，皋陶造法律，原其本意，皆欲禁民为非也。未晓《轻侮》之法将以何禁？必不能使不相轻侮，而更开相杀之路，执宪之吏复容其奸枉。议者或曰：“平法当先论生。”臣愚以为天地之性，唯人为贵，杀人者死，三代通制。今欲趣生，反开杀路，一人不死，天下受敝。记曰：“利一害百，人去城郭。”夫春生秋杀，天道之常。春一物枯即为灾，秋一物华即为异。王者承天地，顺四时，法圣人，从经律。愿陛下留意下民，考寻利害，广令平议，天下幸甚！

和帝从之。

⑯《后汉书·郭躬传》:“郭躬字仲孙……永平中，奉车都尉窦固出击匈奴，骑都尉秦彭为副。彭在别屯而辄以法斩人，固奏彭专擅，请诛之。显宗乃引公卿朝臣平其罪科。躬以明法律，召入议。议者皆然固奏，躬独曰:‘于法，彭得斩之。’帝曰:‘军征，校尉一统于督。彭既无斧钺，可得专杀人乎?’躬对曰:‘一统于督者，谓在部曲也。今彭专军别将，有异于此。兵事呼吸，不容先关督帅。且汉制棨戟（章怀注:“有衣之戟曰棨。”）即为斧钺，于法不合罪。’帝从躬议。”

⑰文见《三国志·魏志·程昱传》。(程)晓，嘉平中为黄门侍郎。时校事放横，晓上疏曰:

《周礼》云:“设官分职，以为民极。”《春秋传》曰:“天有十日，人有十等。”愚不得临贤。贱不得临贵。于是并建圣哲，树之风声。明试以功，九载考绩。各修厥业，思不出位。故栾书欲拯晋侯，其子不听;死人横于街路，邴吉不问。上不责非职之功，下不务分外之赏，吏无兼统之势，民无二事之役，斯诚为国要道，治乱所由也。远览典志，近观秦汉，虽官名改易，职司不同，至于崇上抑下，显分明例，其致一也。初无校事之官干与庶政者也。昔武皇帝大业草创，众官未备，而军旅勤苦，民心不安，乃有小罪，不可不察，故置校事，取其一切耳，然检御有方，不至纵恣也。此霸世之权宜，非帝王之正典。其后渐蒙见任，复为疾病，转相因仍，莫正其本。遂令上察宫庙，下摄众司，官无局业，职无分限，随意任情，唯心所适。法造于笔端，不依科诏;狱成于门下，不顾覆讯。其选官属，以谨慎为粗疏，以謥词为贤能;其治事，以刻暴为公严，以循理为怯弱。外则托天威以为声势，内则聚群奸以为腹心。大臣耻与分势，含忍而不言;小人畏其锋芒，郁结而无告。至使尹模公于目下肆其奸慝，罪恶之著，行路皆知，纤恶之过，积年不闻。既非《周礼》设官之意，又非《春秋》十等之义也。今外有公卿将校总统诸署，内有侍中尚书综理万几，司隶校尉督察京辇，御史中丞董摄宫殿，皆高选贤才以充其职，申明科诏以督其违。若此诸贤犹不足任，校事小吏，益不可信。若此诸贤各思尽忠，校事区区，亦复无益。若更高选国士以为校事，则是中丞司隶重增一官耳。若如旧选，尹模之奸今复发矣。进退推算，无所用之。昔桑弘羊为汉求利，卜式以为独烹弘羊，天乃可雨。若使政治得失必感天地，臣恐水旱之灾，未必非校事之由也。曹恭公远君子，近小人，《国风》托以为刺。卫献公舍大臣，与小臣谋，定姜谓之有罪。纵令校事有益于国，以礼义言之，尚伤大臣之心。况奸回暴露，而复不罢，是衮阙不补，迷而不反也。

于是遂罢校事官。

⑱黄注引《司马芝传》，今传无其文，盖妄引也。《晋书 · 食货志》云："黄初二年，魏文帝罢五铢钱，使百姓以谷帛为市。至明帝世，钱废谷用既久，人间巧伪渐多，竞湿谷以要利，作薄绢以为市，虽处以严刑而不能禁也。司马芝等举朝大议，以为用钱非徒丰国，亦所以省刑。今若更铸五铢钱，则国丰刑省，于事为便。魏明帝乃更立五铢钱。"案芝议可见者仅此数言而已。

⑲案曾使程咸上议，非曾自撰。全文如下（见《晋书 · 刑法志》）：

夫司寇作典，建三等之制；甫侯修刑，通轻重之法。叔世多变，秦立重辟，汉又修之。大魏承秦汉之弊，未及革制，所以追戮已出之女，诚欲殄丑类之族也。然则法贵得中，刑慎过制。臣以为女人有三从之义，无自专之道，出适他族，还丧父母，降其服纪，所以明外成之节，异在室之恩。而父母有罪，追刑已出之女；夫党见诛，又有随姓之戮。一人之身，内外受辟。今女既嫁，则为异姓之妻；如或产育，则为他族之母，此为（"为"字下疑阙一字）元恶之所忽。戮无辜之所重，于防则不足惩奸乱之源，于情则伤孝子之心。男不得罪于他族，而女独婴戮于二门，非所以哀矜女弱，蠲明法制之本分也。臣以为在室之女，从父母之诛；既醮之妇，从夫家之罚。宜改旧科，以为永制。

⑳《晋书 · 秦秀传》：贾充薨，秀议曰：

充舍宗族弗授，而以异姓为后，悖礼逆情，以乱大伦。昔鄫养外孙莒公子为后，《春秋》书"莒人灭鄫"。圣人岂不知外孙亲邪？但以义推之，则无父子耳。又案诏书"自非功如太宰，始封无后如太宰，所取必己自出如太宰，不得以为比"。然则以外孙为后，自非元功显德，不之得也。天子之礼，盖可然乎？绝父祖之血食，开朝廷之祸门。《谥法》"昏乱纪度曰荒"，请谥荒公。

秀又有何曾谥议，文繁不备录。

㉑《后汉书·应劭传》载有《驳韩卓募兵鲜卑议》及《追驳尚书陈忠活尹次史玉议》二首（尹次、史玉，二人名）。本传云：“劭凡为驳议三十篇，皆此类也。”

㉒《晋书·礼志》载有咸议二社表，及驳成粲议太社；又本传载咸为司隶校尉，劾王戎，御史中丞解结以咸为违典制越局侵官。咸上书自辨，文繁不录。李充《翰林论》曰：“驳不以华藻为先，世以傅长虞每奏驳事为邦之司直矣。”

㉓《后汉书·应劭传》：“劭字仲远。”李贤注引谢承书曰：“《应氏谱》并云‘字仲远’，《续汉书·文士传》作‘仲援’，《汉官仪》又作‘仲瑗’，未知孰是。”

㉔案此谓士衡议《晋书》限断也。李充《翰林论》曰：“在朝辨政，而议奏出，宜以远大为本。陆机议晋断，亦名其美矣。”纪评曰：“谀当作腴。”士衡撰文，每失繁富，下云颇累文骨，其作“腴者”是也。陆议佚文见《初学记》二十一：

三祖实终为臣，故书为臣之事，不可不如传，此实录之谓也。而名同帝王，故自帝王之籍，不可以不称纪，则追王之义。

㉕《周易·系辞上》：“拟之而后言，议之而后动，拟议以成其变化。”注曰：“拟议以动，则尽变化之道。”《尚书·洪范》：“次七曰明用稽疑。”《传》曰：“明用卜筮考疑之事。”

㉖论议之文，无一可以陵虚构造，必先习其故事，明其委曲，然后可以建言。虚张议论而无当于理，此乃对策八面锋之技，非独不能与于文章之数，亦言政者所憎弃也。彦和此文，真扼要之言。

㉗《韩非子·外储说左上》：“（田鸠）曰：‘昔秦伯嫁其女于晋公子，为之饰装，从文衣之媵七十人。至晋，晋人爱其妾而贱公女。此可谓善嫁妾而未可谓善嫁女也。楚人有卖其珠于郑者，为木兰之柜，薰以桂椒，缀以珠玉，饰以玫瑰，辑以羽翠，郑人买其椟而还其珠。此可谓善卖椟矣，未可谓善鬻珠也。今世之谈也，皆道辩说文辞之言，人主览其文而忘有用。墨子之说，传先王之道，论圣人之言以宣告人；若辩其辞，则恐人怀其文忘其用，直以文害用也。此与楚人鬻珠、秦伯嫁女同类。’”彦和语意本此。

㉘《汉书·萧望之传》:“望之以射策甲科为郎。”师古曰:“射策者,谓为难问疑义书之于策,量其大小署为甲乙之科,列而置之,不使彰显。有欲射者,随其所取得而释之,以知优劣。射之,言投射也。对策者,显问以政事经义,令各对之,而观其文辞定高下也。”

㉙《礼记·王制》:“司徒论选士之秀者而升之学,曰俊士。升于学者,不征于司徒,曰造士。”郑注:“不征,不给其繇役。造,成也。能习礼则为成士。”《周礼·地官》乡大夫职曰:“三年则大比,考其德行道艺而兴贤者能者。”郑注:“贤者,有德行者;能者,有道艺者。”郑司农云:“兴贤者,谓若今举孝廉。兴能者,谓若今举茂才。”选事,犹言兴能;考言,犹言兴贤,有德者必有言也。

㉚《汉书·文帝纪》:“十五年九月,诏诸侯王公卿郡守举贤良能直言极谏者,上亲策之。”《补注》引周寿昌曰:“此汉廷策士之始。前此,即位二年,诏举贤良方正能直言极谏者,未闻举何人。至是始以三道策士,而晁错以高第由太子家令迁中大夫。”《汉书·晁错传》:“诏有司举贤良文学士……对策者百余人,唯错为高第,由是迁中大夫。”对策文载本传,文繁不录。

㉛《汉书·武帝纪》:“建元元年冬十月,诏……举贤良方正直言极谏之士。丞相绾(卫绾)奏:‘所举贤良,或治申、商、韩非、苏秦、张仪之言,乱国政,请皆罢。’奏可。”董仲舒对策不知在何时。案仲舒对策,请罢斥百家,竟成举首;故丞相卫绾希旨,奏罢贤良之治百家言者。又《仲舒传》言武帝即位,仲舒以贤良对策举首,是其对策在武帝即位之建元元年甚明。

㉜《汉书·董仲舒传》:“仲舒……少治《春秋》……武帝即位,举贤良文学之士,前后百数,而仲舒以贤良对策焉。”对策文载本传,文繁不录。又《平津侯传》:“(公孙弘)使匈奴,还报,不合上意……乃移病免归。元光五年,复征贤良文学……国人固推弘,弘至太常……时对者百余人,太常奏弘第居下。策奏,天子擢弘对为第一。”又《兒宽传》:“以射策为掌故(掌故属太常,主故事之官)。”对策文载本传。文曰:

> 臣闻上古尧舜之时,不贵爵赏而民劝善,不重刑罚而民不犯,躬率以正而遇民信也;末世贵爵厚赏而民不劝,深刑重罚而奸不止,其

上不正，遇民不信也。夫厚［赏］重刑未足以劝善而禁非，必信而已矣。是故因能任官，则分职治；去无用之言，则事情得；不作无用之器，则赋敛省；不夺民时，不妨民力，则百姓富；有德者进，无德者退，则朝廷尊；有功者上，无功者下，则群臣逡；罚当罪，则奸邪止；赏当贤，则臣下劝：凡此八者，治［民］之本也。故民者，业之即不争，理得则不怨，有礼则不暴，爱之则亲上，此有天下之急者也。故法不远义，则民服而不离；和不远礼，则民亲而不暴。故法之所罚，义之所去也；和之所赏，礼之所取也。礼义者，民之所服也，而赏罚顺之，则民不犯禁矣。故画衣冠，异章服，而民不犯者，此道素行也。

臣闻之，气同则从，声比则应。今人主和德于上，百姓和合于下，故心和则气和，气和则形和，形和则声和，声和则天地之和应矣。故阴阳和，风雨时，甘露降，五谷登，六畜蕃，嘉禾兴，朱草生，山不童，泽不涸，此和之至也。故形和则无疾，无疾则不夭；故父不丧子，兄不哭弟。德配天地，明并日月，则麟凤至，龟龙在郊，河出图，洛出书，远方之君莫不说义，奉币而来朝，此和之极也。

臣闻之，仁者爱也，义者宜也，礼者所履也，智者术之原也。致利除害，兼爱无私，谓之仁；明是非，立可否，谓之义；进退有度，尊卑有分，谓之礼；擅杀生之柄，通［壅］塞之涂，权轻重之数，论得失之道，使远近情伪必见于上，谓之术：凡此四者，治之本，道之用也，皆当设施，不可废也。得其要，则天下安乐，法设而不用；不得其术，则主蔽于上，官乱于下。此事之情，属统垂业之本也。

臣闻尧遭鸿水，使禹治之，未闻禹之有水也。若汤之旱，则桀之余烈也。桀纣行恶，受天之罚；禹汤积德，以王天下。因此观之，天德无私亲，顺之和起，逆之害生。此天文地理人事之纪。臣弘愚戆，不足以奉大对。

㉝《汉书 · 杜钦传》：其夏，上（成帝）尽召直言之士诣白虎殿对策，策曰："天地之道何贵？王者之法何如？六经之义何上？人之行何先？取人之术何以？当世之治何务？各以经对。"钦对曰：

臣闻天道贵信，地天道贞；不信不贞，万物不生。生，天地之所贵也。王者承天地之所生，理而成之，昆虫草木靡不得其所。王者法天地，非仁无以广施，非义无以正身；克己就义，恕以及人，六经之所上也。不孝，则事君不忠，莅官不敬，战陈无勇，朋友不信（四语《礼记·祭义》曾子之言）。孔子曰："孝无终始，而患不及者，未之有也。"(《孝经》孔子之言）孝，人行之所先也。观本行于乡党，考功能于官职，达观其所举，富观其所予，穷观其所不为，乏观其所不取，近观其所为主，远观其所主。孔子曰："视其所以，观其所由，察其所安，人焉廋哉?"取人之术也。殷因于夏尚质，周因于殷尚文，今汉家承周秦之敝，宜抑文尚质，废奢长俭，表实去伪。孔子曰"恶紫之夺朱"，当世治之所务也。臣窃有所忧，言之则拂心逆指，不言则渐日长，为祸不细，然小臣不敢废道而求从，违忠而耦意。臣闻玩色无厌，必生好憎之心；好憎之心生，则爱宠偏于一人；爱宠偏于一人，则继嗣之路不广，而嫉妒之心兴矣。如此，则匹妇之说，不可胜也。唯陛下纯德普施，无欲是从，此则众庶咸说，继嗣日广，而海内长安。万事之是非何足备言！

"略而指事"，谓不详答上问，而篇末切指成帝好色之事。

㉞《后汉书·鲁丕传》："丕字叔陵……兼通五经……为当世名儒……肃宗诏举贤良方正，大司农刘宽举丕。时对策者百有余人，唯丕在高第……关东号之曰'五经复兴鲁叔陵'。"

袁宏《后汉纪》十六载丕举贤良方正对策文如下：

政莫先于从民之所欲，除民之所恶，先教后刑，先近后远。君为阳，臣为阴；君子为阳，小人为阴；京师为阳，诸夏为阴；男为阳，女为阴；乐和为阳，忧苦为阴。各得其所则和调。精诚之所发，无不感浃。吏多不良，在于贱德而贵功，欲速莫能修长久之道。古者贡士，得其人者有庆，不得其人者有让，是以举者务力行。选举不实，咎在刺史、二千石。《书》曰："天工，人其代之。"观人之道，幼则观其孝顺而好学，长则观其慈爱而能教。设难以观其谋，烦事以观其治。穷则观其所守，达则观其所施。此所以核之也。民多贫困者故急，急则致寒，寒则万物多不成，去本就末，奢所致也。制度明则民用足，刑罚不中则于名不正。正名之道所以明上下之称，班爵号之制，定卿大夫之位也。狱讼不息，在争夺之心不绝。法者，民之仪表也。法正则民悫。吏民凋弊所从久矣。不求其本，浸以益甚。吏政多欲速。又州官秩卑而任重，竞为小功，以求进取，生凋弊之俗。救弊莫若忠，故孔子曰："孝慈则忠。"治奸诡之道，必明慎刑罚。孔子曰："导之以礼乐，而民和睦；[悦]以犯难，民忘其死。"死且忘之，况使为礼义乎！

㉟《晋书·孔坦传》："先是，以兵乱之后，务存慰悦，远方秀孝到，不策试，普皆除署。至是，帝（元帝）申明旧制，皆令试经，有不中科，刺史、太守免官。太兴三年，秀孝多不敢行，其有到者，并托疾。"

㊱《汉书·成帝纪》："（鸿嘉）二年春，行幸云阳。三月，博士行饮酒礼，有雉蜚集于庭，历阶升堂而雊。"（亦见《五行志》中之下）

《晋书·五行志中·毛虫之孽》："成帝咸和六年正月，会州郡秀孝于乐贤堂。有麇见于前，获之。孙盛以为吉祥。夫秀孝，天下之彦士；乐贤堂，所以乐养贤也。自丧乱以后，风教陵夷。秀孝策试，乏四科之实，麇兴于前，或斯故乎？"

㊲黄先生曰："此句与下句一意相足，下云'摛辞无懦'，则此'纲'字为'刚'字之讹。《檄移篇赞》：'三驱弛刚。'彼文本作'网'，讹为'纲'，又讹为'刚'，此则'刚'反讹'纲'矣。"

书记第二十五

大舜云："书用识哉！"所以记时事也①。盖圣贤言辞，总为之（一作"尚"）书，书（铃木云诸本"书"上有"尚"字）之为体，主言者也②。扬雄曰："言，心声也；书，心画也。声画形，君子小人见矣（铃木云诸本"见"上有"可"字）。"③故书者，舒也；舒布其言，陈（孙云明抄本《御览》五九五作"染"）之简牍，取象于夬，贵在明决而已④。

三代政暇，文翰颇疏。春秋聘繁，书介（孙云《御览》五九五作

"令"）弥盛[5]。绕朝赠士会以策，子家与（孙云明抄本《御览》作"吊"）赵宣以书，巫臣之遗子反，子产之谏范宣，详观四书，辞若对面[6]。又子服敬叔进吊书于滕（孙云明抄本《御览》作"知"）君，固知行人挈（孙云明抄本《御览》作"絜"）辞，多被翰墨矣[7]。及七国献书，诡丽辐辏（顾校作"凑"）[8]；汉来笔札，辞气（孙云《御览》作"旨"）纷纭[9]。观史迁之报任安[10]，东方朔（孙云《御览》无"朔"字）之难（孙云明抄本《御览》作"谒"）公孙[11]，杨恽之酬会宗[12]，子云之答刘歆[13]，志气槃桓，各含殊采，并杼轴乎尺素，抑扬乎寸心[14]。逮后汉书记，则崔瑗尤善[15]。魏之元瑜，号称翩翩；文举属章，半简必录；休琏好事，留意词翰，抑其次也[16]。嵇康绝交，实志高而文伟矣[17]；赵至（孙云明抄本《御览》作"壹"）叙（元作"赠"，王性凝改；孙云《御览》作"赠"，顾校亦作"赠"）离，乃少年之激切也[18]。至如陈遵占辞，百封各意[19]；祢衡代书，亲疏得宜[20]：斯又（《御览》作"皆"）尺牍之偏才（孙云明抄本《御览》"偏才"二字作"文"）也。

详总（孙云《御览》作"诸"）书体，本在尽言，言（孙云《御览》作"所"）以散郁陶，托（孙云《御览》作"咏"）风采，故（孙云《御览》作"固"）宜条畅（《御览》作"涤荡"）以任气，优柔（孙云《御览》作"游"）以怿怀。文明从容，亦心声之献酬也[21]。若夫尊贵差序，则肃以节文。战（孙云《御览》"战"上有"自"字）国以前，君臣同书[22]；秦汉立仪，始有表奏。王公国内，亦称奏书；张敞奏书于胶后，其义美矣（孙云《御览》作"其辞义美哉"）[23]。迄至后汉，稍有名品，公府奏记，而郡将奏笺（铃木云《御览》"奏"作"奉"，"笺"下有"也"字）[24]。记之言志，进己志也。笺者，表也，表识（孙云《御览》作"识表"）其情也[25]。崔寔奏记于公府，则崇让之德音矣[26]；黄香奏（孙云明抄本《御览》作"奉"）笺于江夏，亦肃恭之遗式矣[27]。公幹笺记，丽而规益，子桓弗论，故世所共遗；若略名取实，则有美于为诗矣[28]。刘廙谢恩，喻切以至[29]；陆机自理（孙云《御览》作"叙"），情周而巧[30]，笺之为（孙云《御览》无"为"字）善者也。原笺记之为式，既上窥乎表，亦下睨乎书，使敬而不慑，简而无傲，清美（孙云《御览》作“靡”）以惠其才，彪蔚以文其响，盖笺记之分也[31]。

夫书记广大，衣被事体，笔札杂名，古今多品。是以总领黎庶，则有谱籍簿录；医历星筮，则有方术占试（顾校作“式”）；申宪述兵，则有律令法制；朝市征信，则有符契券疏；百官询事，则有关刺解牒；万民达志，则有状列辞谚：并述理于心，著言于翰，虽艺文之末品，而政事之先务也[32]。

故谓谱者，普也。注序世统，事资周普；郑氏谱《诗》，盖取乎此[33]。

籍者，借也。岁借民力，条之于版；春秋司籍，即其事也[34]。

簿者，圃也。草木区别，文书类聚，张汤、李广，为吏所簿，别情伪也[35]。

录者，领也。古史《世本》，编以简策，领其名数，故曰录也[36]。

方者，隅也。医药攻病，各有所主，专精一隅，故药术称方[37]。

术者，路也。算历极数，见路乃明，《九章》积微，故以为术，《淮南万毕》，皆其类也[38]。

占者，觇也。星辰飞伏，伺候乃见，精（疑作“登”）观书云，故曰占也[39]。

式者（元脱），则也。阴阳盈虚，五行消息，变虽不常，而稽之有则也[40]。

律者，中也。黄钟（铃木云王本、冈本作“锺”）调起，五音以正，（元本下多“音以正”三字）法律驭民，八刑克平。以律为名，取中正也[41]。

令者，命也。出命申禁，有若自天，管仲下命（一作“令”）如流水，使民从也[42]。

法者，象也。兵谋无方，而奇正有象，故曰法也[43]。

制者，裁也。上行于下，如匠之制器也[44]。

符者，孚（元作“厚”，谢改）也。征召防伪，事资中孚；三代玉瑞，汉世金竹，末代从省，易以书翰矣[45]。

契者，结也。上古纯质，结绳执契；今羌胡征数，负贩（孙云《御览》作“版”）记缗，其遗风欤（孙云《御览》作“也”）[46]！

券者，束也。明白约束，以备情伪，字形半分，故周称“判书”。古有铁券，以坚信誓；王褒髯奴，则券之楷（孙云《御览》“则”作“败”，“楷”作“谐”）也[47]。

疏者，布也。布置物类，撮题近意，故小券短书，号为疏也[48]。

关者，闭也。出入由门，关闭当（一作“由”）审；庶务在政，通塞应详。韩非云：“孙亶回（元作“四”，朱改），圣相也，而关于州部。”盖谓此也[49]。

刺者，达也。诗人讽刺，周礼三刺，事叙相达，若针之通结矣[50]。

解者，释也。解释结滞，征事以对也[51]。

牒者，叶也。短简编牒（铃木云《御览》无此四字），如叶在枝；温舒截蒲，即其事也[52]。议政未定（铃木云《御览》“议”上有“短简为牒”四字，“政”作“事”），故短牒咨谋。牒之尤密，谓之为签；签者，纤（一作“签”）密者也[53]。

状者，貌也。体（一作“礼”）貌本原，取其事实，先贤表谥，并有行状，状之大者也[54]。

列者，陈也。陈列事情，昭然可见也[55]。

辞者，舌端之文，通己于人。子产有辞，诸侯所赖，不可已也[56]。

谚者，直语也。丧言亦不及文（元作“交”）[57]，故吊亦称谚。廛路浅言，有实无华。邹穆公云：“囊满（汪本作“漏”；铃木云嘉靖本亦作“漏”）储中。”皆其类也。《太誓》曰：“古人有言，牝鸡无晨。”《大雅》云“人亦有言”，“惟忧用老”。并上古遗谚，《诗》《书》可引者也[58]。至于陈琳谏辞，称“掩目捕雀”；潘岳哀辞，称“掌珠”“伉俪”：并引俗说而为文辞者也[59]。夫文辞鄙俚，莫过于谚，而圣贤《诗》《书》，采以为谈，况逾于此，岂可忽哉？

观此四（疑作“数”）条[60]，并书记所总：或事本相通，而文意各异；或全任质素，或杂用文绮，随事立体，贵乎精要；意少一字则义阙，句长一言则辞妨，并有司（一作“词”）之实务，而浮藻之所忽也[61]。然才冠鸿笔，多疏尺牍，譬九方堙之识骏足，而不知毛色牝牡也[62]。言既身文，信亦邦瑞，翰林之士，思理实焉。

赞曰：文藻条流，托在笔札。既驰金相，亦运木讷[63]。万古声荐，千里应拔。庶务纷纶，因书乃察。

注释：

①《尚书·益稷》："帝曰：'书用识哉！'"《传》曰："书识其非。"

②黄先生曰："案箸之竹帛谓之书，故《说文》曰'箸也'（聿部）。传其言语谓之书，故《说文》曰'如也'（序）。是则古代之文，一皆称之曰书。故外史称三皇五帝之书，又小史以书叙昭穆之俎簋，又小行人及其万民之利害为一书，其礼俗政事教治刑禁之逆顺为一书，其悖逆暴乱作慝犹（与欲同）犯令者为一书，其札丧凶荒厄贫为一书，其康乐和亲安平为一书。据此诸文，知古代凡箸简策者，皆书之类。又记者，疏也（《说文·言部》）。疋，记也（《说文·疋部》）。知记之名，亦缘有文字箸之竹帛，不限于告人，故书记之科，所包至广。彦和谓书记广大，衣被事体，笔札杂名，古今多品，是真能悉文章之原者。纪氏乃欲删其繁文，是则有意狭小文辞之封域，乌足与知舍人之妙谊哉？"

③语见扬子《法言·问神篇》。李轨注曰："声发成言，画纸成书，书有文质，言有史野。二者之来，皆由于心。"又曰："察言观书，断可识也。"

古者使受辞命而行，简牍繁累，故用书者少。其见于传与人书最先者，实惟郑子家。

④《说文》："书，箸也，从聿，者声。"《说文序》曰："箸于竹帛谓之书。"又曰："书者，如也。"《孝经援神契》曰："书，如也；舒也；纪也。"《贾子·道德说》："书者，著德之理于竹帛而陈之，令人观焉以著所从事。"《易·系辞下》："上古结绳而治，后世圣人易之以书契，百官以治，万民以察，盖取诸夬。"韩康伯注："夬，决也。书契所以决断万事也。"

⑤《左传》襄公八年："亦不使一介行李。"杜注："一介，独使也。"书介，犹言书使。

⑥《左传》文公十三年："（士会）乃行。绕朝赠之以策，曰：'子无谓秦无人，吾谋适不用也。'"杜注："策，马楇。"《正义》引服虔云："绕朝以策书赠士会。"彦和用服虔说。窃疑彦和此文有二误。士会仓卒归晋，

绕朝何暇书策为辞（此说本《正义》），其误一也。下文云“详观四书，辞若对面”，案《左传》既不载其文，彦和从何详观，其误二也。杜预训策为马檛，义优于服虔。

又文公十七年，晋侯蒐于黄父（晋地名），遂复合诸侯于扈。于是晋侯不见郑伯，以为贰于楚也。郑子家使执讯而与之书，以告赵宣子（执讯，通讯问之官，为书与宣子），曰：“寡君即位三年，召蔡侯而与之事君。九月，蔡侯入于敝邑以行。敝邑以侯宣多之难，寡君是以不得与蔡侯偕。十一月。克减侯宣多而随蔡侯以朝于执事。十二年六月，归生佐寡君之嫡夷，以请陈侯于楚，而朝诸君。十四年七月，寡君又朝，以蒇陈事。十五年五月，陈侯自敝邑往朝于君。往年正月，烛之武往，朝夷也（将夷往朝晋）；八月，寡君又往朝。以陈、蔡之密迩于楚，而不敢贰焉，则敝邑之故也。虽敝邑之事君，何以不免！在位之中，一朝于襄，而再见于君，夷与孤之二三臣相及于绛。虽我小国，则蔑以过之矣。今大国曰：‘尔未逞吾志。’敝邑有亡，无以加焉。古人有言曰：‘畏首畏尾，身其余几？’又曰：‘鹿死不择音。’小国之事大国也，德，则其人也，不德，则其鹿也，铤而走险，急何能择？命之罔极，亦知亡矣，将悉敝赋以待于儵（晋郑之境地名），唯执事命之！文公二年六月壬申，朝于齐；四年二月壬戌，为齐侵蔡，亦获成于楚。居大国之间，而从于强令，岂其罪也？大国若弗图，无所逃命。”

又成公七年：“巫臣自晋遗二子（子重、子反）书曰：‘尔以谗慝贪婪事君，而多杀不辜；余必使尔罢于奔命以死！’”

又襄公二十四年，范宣子为政，诸侯之币重，郑人病之。二月，郑伯如晋，子产寓书于子西，以告宣子，曰：“子为晋国，四邻诸侯不闻令德，而闻重币，侨也惑之。侨闻君子长国家者，非无贿之患，而无令名之难。夫诸侯之贿聚于公室，则诸侯贰；若吾子赖之，则晋国贰。诸侯贰则晋国坏，晋国贰则子之家坏。何没没也，将焉用贿（没没，言沈灭也）？夫令名，德之舆也，德，国家之基也。有基无坏，无亦是务乎！有德则乐，乐则能久。《诗》云：‘乐旨君子，邦家之基。’（《诗经·小雅·南山有台》）有令德也夫！‘上帝临女，无贰尔心。’（《大雅·大明》）有令名也夫！恕思以明德，则令名载而行之，是以远至迩安。毋宁使人谓子：‘子实生我。’而谓

‘子浚（取也）我以生’乎！象有齿以焚其身，贿也。”宣子说，乃轻币。

⑦《礼记·檀弓下》：“滕成公之丧，使子叔敬叔吊，进书，子服惠伯为介。”郑注：“进书，奉君吊书。”此文“子服敬叔”应改为“子叔敬叔”。子为男子通称，叔是其氏，敬叔其谥也。子服惠伯是副使，非奉君吊书者。

⑧今可见者，若乐毅《报燕惠王书》、鲁仲连《遗燕将书》、荀卿《与春申君书》、李斯《谏逐客书》、张仪《与楚相书》皆是也。

⑨《说文》：“札，牒也。”《汉书·郊祀志》：“卿有札书。”《司马相如传》：“上令尚书给笔札。”注：“札，木简之薄小者也。”《释名·释书契》：“札，栉也。编之如栉齿相比也。”札与牍同。东方朔上书用三千牍，是汉代用素时少，用木时多。又后世称尺牍，汉称短书，古诗“袖中有短书，愿寄双飞燕”是也。下列四书，皆人所习见。《文选》有李少卿《答苏武书》，彦和独不举，岂亦有所疑邪？刘知几《史通·杂说下》曰：“《李陵集》有《与苏武书》，词采壮丽，音句流靡。观其文体，不类西汉人，殆后来所为，假称陵作也。迁史缺而不载，良有以焉，编于《李集》中，斯为谬矣。”苏轼《答刘沔书》曰：“李陵苏武赠别长安，而诗有江汉之语。及陵与武书，辞句儇浅，正齐梁间小儿所拟作，决非西汉人，而统不悟。刘子玄独知之。识真者少，盖从古所病也。”浦起龙《释杂说下》云：“海虞王侍郎峻为予言，子瞻疑此书出齐梁人手，恐亦强坐。江文通《上建平王书》已用少卿搥心之语，岂以时流语作典故哉？当是汉季晋初人拟为之。”案此说是也。《艺文类聚》三十载苏武《报李陵书》。《文选》刘琨《答卢谌诗》注、丘迟《与陈伯之书》注、袁宏《三国名臣赞》注，并引武《答陵书》。

⑩《汉书·司马迁传》：“迁既被刑之后，为中书令，尊宠任职。故人益州刺史任安予迁书，责以古贤臣之义。迁报之曰：……”《汉书》载此书，以“少卿足下”起句。《文选》起句作“太史公牛马走司马迁再拜言，少卿足下”。俞正燮《癸巳类稿》十一《太史公释名义》曰：“太史公者，署宫；牛马走司马迁者，如秦刻石云‘丞相’又云‘臣斯’也。李善注云：‘太史公，迁父谈也。走，犹仆也。言己为太史公掌牛马之仆，自谦之辞也。’如此，则丞相臣为丞相之臣，是陪臣矣。且与任书，何涉于父？称父则当曰太史公子，乃谦为父仆，此将救敲（《说文》：“敲，击头也。”）

之不给也。”朱珔《文选集释》：“案吴仁杰云，‘牛’当作‘先’字之误也。《淮南书》曰：越王勾践亲执戈为吴王先马走。”兹依《文选》所载谨录，《汉书》本传有删节，附识于下：

司马迁《报任少卿书》

太史公牛马走司马迁再拜言（本传无此句），少卿足下：曩者辱赐书，教以顺（作“慎”）于接物，推贤进士为务。意气懃懃（作“勤勤”）恳恳，若望仆不相师，而用（作“用而”）流俗人之言。仆非敢如此（作“是”）也。仆（无“仆”字）虽罢驽，亦尝侧闻长者之（无“之”字）遗风矣。顾自以为身残处秽，动而见尤，欲益反损，是以独（无“独”字）郁悒（作“抑郁”）而与谁语（作“无谁语”）。谚曰：“谁为为之？孰令听之？”盖钟子期死，伯牙终身不复鼓琴。何则？士为知己者用，女为说己者（无两“者”字）容。若仆大质已亏缺矣（无“矣”字），虽才怀随、和，行若由、夷，终不可以为荣，适足以见（作“发”）笑而自点耳。书辞宜答，会东从上来，又迫贱事，相见日浅，卒卒无须臾之间，得竭志（作“指”）意，今少卿抱不测之罪，涉旬月，迫季冬；仆又薄从上雍（作“从上上雍”），恐卒然不可为（无“为”字）讳。是仆终已不得舒愤懑以晓左右，则长逝者魂魄私恨无穷。请略陈固陋，阙然久（无“久”字）不报，幸勿为（无“为”字）过。

仆闻之：修身者，智之符（作“府”字）也；爱施者，仁之端也；取与者，义之表（作“符”字）也；耻辱者，勇之决也；立名者，行之极也。士有此五者，然后可以托于世，而（无“而”字）列于君子之林矣。故祸莫憯于欲利，悲莫痛于伤心，行莫丑于辱先，诟（上有“而”字）莫大于宫刑。刑余之人，无所比数，非一世（无“世”字）也，所从来远矣。昔卫灵公与雍渠同（无“同”字）载，孔子适陈；商鞅因景监见，赵良寒心；同子参乘，袁（作“爰”）丝变色。自古而耻之，夫以（无“以”字）中材之人，事有（无“有”字）关于宦竖，莫不伤气，而（无“而”字）况于慷（无“于”字，“慷”作“忼”）慨之士乎！如今朝廷（无“廷”字）虽乏人，奈何令刀锯之余，荐天下豪俊哉？

仆赖先人绪业，得待罪辇毂下，二十余年矣。所以自惟，上之不能纳忠效信，有奇策才力之誉，自结明主；次之又不能拾遗补阙，招贤进能，显岩穴之士；外之又不能备行伍，攻城野战，有斩将搴旗之功；下之不能积日累劳，取尊官厚禄，以为宗族交游光宠。四者无一遂，苟合取容，无所短长之效，可见如（作“于”）此矣。向（作“乡”）者，仆亦尝厕下大夫之列，陪外廷末议。不以此时引维纲，尽思虑，今以（作“已”）亏形，为扫除之隶，在阘茸之中，乃欲仰首伸眉（“乃”作“迺”，“仰”作“卬”，“伸”作“信”），论列是非，不亦轻朝廷羞当世之士邪？嗟乎！嗟乎！如仆尚何言哉！尚何言哉（四字无）！

且事本末未易明也。仆少负不羁之行，长无乡曲之誉，主上幸以先人之故，使得奏（作“奉”）薄伎，出入周卫之中。仆以为戴盆何以望天？故绝宾客之知，亡（作“忘”）家室之业，日夜思竭其不肖之材力，务一（作“壹”）心营职，以求亲媚于主上。而事乃有大谬不然者夫。

仆与李陵俱居门下，素非能（无“能”字）相善也。趋舍异路，未尝衔杯酒，接殷勤之余（无“余”字）欢，然仆观其为人，自守（无“守”字）奇士，事亲孝，与士信，临财廉，取与义，分别有让，恭俭下人，常思奋不顾身，以徇国家之急。其素所蓄（作“畜”）积也，仆以为有国士之风。夫人臣出万死不顾一生之计，赴公家之难，斯以奇矣。今举事一（作“壹”）不当，而全躯保妻子之臣，随而媒孽（作“蘖”）其短，仆诚私心痛之。且李陵提步卒不满五千，深践戎马之地，足历王庭，垂饵虎口，横挑强胡，仰（作“卬”）亿万之师，与单于连战十有（无“有”字）余日，所杀过半（无“半”字）当。虏救死扶伤不给，旃裘之君长咸震怖，乃悉征其（“乃”作“迺”，无“其”字）左右贤王，举引弓之人（作“民”），一国共攻而围之，转斗千里，矢尽道穷，救兵不至，士卒死伤如积。然陵一（作“壹”）呼劳，军士无不起，躬自（无“自”字）流涕，沫血饮泣，更（无“更”字）张空拳（作“弮”），冒白刃，北向争死敌者（“向”作“首”，无“者”字）。陵未没时，使有来报，汉公卿王侯，皆奉觞上寿。后数日，陵败书闻，主上为之食不甘味，听朝不怡。大臣忧惧，不知所出。仆窃不自料其卑贱，见主上惨怆怛悼，诚欲效其款款之愚。以为李陵素与士大夫绝甘分少，能得人之死力，虽古之名将不能（无“之”字“能”字）过也。身虽陷败，彼观其意，且欲得其当而报于（无“于”字）汉。事已无可奈何，其所摧败，功亦足以暴于天下矣（无“矣”字）。仆怀欲陈之，而未有路，适会召问，即以此指推言陵之（无“之”字）功，欲以广主上之意，塞睚眦之辞。未能尽明，明主不晓（“晓”上有“深”字），以为仆沮贰师，而为李陵游说，遂下于理。拳拳之忠，终不能自列。因为诬上，卒从吏议。家贫，货（作“财”）赂不足以自赎，交游莫救；左右亲近，不为一（作“壹”）言。身非木石，独与法吏为伍，深幽囹圄之中，谁可告诉者？此真（作“正”）少卿所亲见，仆行事岂不然乎（作“邪”）？李陵既生降，隤其家声，而仆又佴之（作“茸以”）蚕室，重为天下观笑。悲夫悲夫，事未易一二为俗人言也。

仆之先（下有“人”字），非有剖符丹书之功，文史星历，近乎卜祝之间，固主上所戏弄，倡优所畜（“所畜”作“畜之”），流俗之所轻也。假令仆伏法受诛，若九牛亡一毛，与蝼蚁何以（无“以”字）异？而世俗（无“俗”字）又不与能（作“能与”）死节者，特以为智穷罪极，不能自免，卒就死耳。何也？素所自树立使然也（无“也”字）。人固有一死，或（作“有”字）重于太山，或轻于鸿毛，用之所趋异也。太上不辱先，其次不辱身，其次不辱理色，其次不辱辞令，其次诎体受辱，其次易服受辱，其次关木索被棰楚受辱，其次剔（作“鬄”）毛发婴金铁受辱，其次毁肌肤断肢（作“支”）体受辱，最下腐刑，极矣。《传》曰：“刑不上大夫。”此言士节不可不勉励（无“勉”字，“励”作“厉”）也。猛虎在（作“处”）深山，百兽震恐，及（有“其”字）在槛阱（作“阱槛”）之中，摇尾而求食，积威约之渐也。故有画地为牢势不可入，削木为吏议不可对（无两“可”字），定计于鲜也。今交手足，受木索，暴肌肤，受榜棰，幽于圜墙之中。当此之时，见狱吏则头枪地，视徒隶则正（作“心”）惕息，何者？积威约之势也。及以至是（“以”作“已”，“是”作

"此"）言不辱者，所谓强颜耳，曷足贵乎！且西伯，伯也，拘于羑里（作"拘牖里"）；李斯，相也，具于（无"于"字）五刑；淮阴，王也，受械于陈；彭越、张敖，南面（作"乡"）称孤，系狱抵（作"具"）罪；绛侯诛诸吕，权倾五伯，囚于请室；魏其，大将也，衣赭衣（无"衣"字），关三木；季布为朱家钳奴，灌夫受辱于（无"于"字）居室。此人皆身至王侯将相，声闻邻国，及罪至罔加，不能引决自裁（作"财"），在尘埃之中，古今一体，安在其不辱也？由此言之，勇怯，势也；强弱，形也。审矣，何（作"曷"）足怪乎？夫人不能早自裁绳墨之外（"夫"作"且"，"早"作"蚤"，"裁"作"财"），以稍陵迟（"以"作"已"，"迟"作"夷"）至于鞭棰之闲，乃（作"迺"）欲引节，斯不亦远乎？古人所以（无"以"字）重施刑于大夫者，殆为此也。

夫人情莫不贪生恶死，念父母（作"亲戚"），顾妻子，至激于义理者不然，乃有所（"乃"作"迺"，无"所"字）不得已也。今仆不幸，早（作"蚤"）失父母（作"二亲"），无兄弟之亲，独身孤立，少卿视仆于妻子何如哉？且勇者不必死节，怯夫慕义，何处不勉焉！仆虽怯懦（作"耎"）欲苟活，亦颇识去就之分矣，何至自沈溺缧（"沈"作"湛"，"缧"作"累"）绁之辱哉？且夫臧获婢妾，由（作"犹"）能引决，况（下有"若"字）仆之不得已乎？所以隐忍苟活，幽于（二字作"函"）粪土之中而不辞者，恨私心有所不尽，鄙陋（无"陋"字）没世，而文彩不表于后世（无"世"字）也。

古者富贵而名摩灭，不可胜记，唯倜（作"俶"）傥非常之人称焉。盖文王（作"西伯"）拘而演《周易》；仲尼厄（作"戹"）而作《春秋》；屈原放逐，乃赋《离骚》；左丘失明，厥有《国语》；孙子膑（作"髌"）脚，兵法修列；不韦迁蜀，世传《吕览》，韩非囚秦，《说难》《孤愤》；《诗》三百篇，大氐（作"氐"）圣贤发愤之所为作也。此人皆意有所郁结，不得通其道，故述往事，思来者。乃（作"及"）如左丘无目，孙子断足，终不可用，退而（无"而"字）论书策以舒其愤，思垂空文以自见。

仆窃不逊，近自托于无能之辞，网罗天下放失旧闻，略考其行事

（作“考之行事”），综其终始（无此句），稽其成败兴坏之纪（作“理”），上计轩辕，下至于兹，为十表，本纪十二，书八章，世家三十，列传七十（自“上计轩辕”至此凡二十六字，《汉书》无），凡百三十篇，亦欲以究天人之际，通古今之变，成一家之言。草创未就，会遭（作“适会”）此祸，惜其不成，已就极刑而无愠色。仆诚以（作“已”）著此书藏诸（作“臧之”）名山，传之其人，通邑大都，则仆偿前辱之责，虽万被戮，岂有悔哉？然此可为智者道，难为俗人言也。

且负下未易居，下（作“上”）流多谤议，仆以口语遇遭此祸，重为乡党所（作“戮”）笑，以（无“以”字）污辱先人，亦何面目复上父母（下有“之”字）丘墓乎？虽累百世，垢弥甚耳！是以肠一日而九回，居则忽忽若有所亡，出则不知其所（“其所”作“所如”）往。每念斯耻，汗未尝不发背沾（作“霑”）衣也。身直为闺阁之臣，宁得自引深藏（“藏”作“臧”，下有“于”字）岩穴邪？故且从俗浮沈（作“湛”），与时俯仰，以通其狂惑。今少卿乃（作“迺”）教以推贤进士，无乃（作“迺”）与仆私心刺（“私心刺”作“之私指”）谬乎！今虽欲自雕琢（作“彫瑑”），曼辞以自饰（作“解”），无益于俗不信，只足（无“足”字）取辱耳。要之死日，然后是非乃（作“迺”）定。书不能悉（作“尽”）意，略（上有“故”字）陈固陋。谨再拜（此句无）。

⑪《难公孙书》佚。《全汉文》二十五自《初学记》十八、《御览》四百十辑得东方朔《与公孙弘借车书》：“盖闻爵禄不相责以礼，同类之游不以远近为叙。是以东门先生居蓬户空穴之中，而魏公子一朝以百骑尊宠之；吕望未尝与文王同席而坐，一朝让以天下半。大丈夫相知，何必抚尘而游，垂发齐年偃伏以日数哉。”李详《黄注补正》云：“玩其辞气，似与公孙弘不协，疑即此书矣。”案《艺文类聚》九十六载弘《答东方书》佚文曰：“譬犹龙之未升，与鱼鳖为伍；及其升天，鳞不可睹。”或此即弘答朔之难书欤！

⑫《汉书·杨恽传》：恽既失爵位，家居治产业，起室宅，以财自娱。岁余，其友人安定太守西河孙会宗，知略士也，与恽书谏戒之，为言大臣废退，当阖门惶惧，为可怜之意，不当治产业，通宾客，有称誉。恽宰相

子，少显朝廷，一朝晻昧语言见废，内怀不服，报会宗书曰：

恽材朽行秽，文质无所底，幸赖先人余业得备宿卫，遭遇时变以获爵位，终非其任，卒与祸会。足下哀其愚，蒙赐书，教督以所不及，殷勤甚厚。然窃恨足下不深惟其终始，而猥随俗之毁誉也。言鄙陋之愚心，若逆指而文过，默而息乎，恐违孔氏“各言尔志”之义。故敢略陈其愚，唯君子察焉！

恽方家隆盛时，乘朱轮者十人，位在列卿，爵为通侯，总领从官，与闻政事，曾不能以此时有所建明，以宣德化，又不能与群僚同心并力，陪辅朝廷之遗忘，已负窃位素餐之责久矣。怀禄贪势，不能自退，遭遇变故，横被口语，身幽北阙，妻子满狱。当此之时，自以夷灭不足以塞责，岂意得全首领，复奉先人之丘墓乎？伏惟圣主之恩，不可胜量。君子游道，乐以忘忧；小人全躯，说以忘罪。窃自思念，过已大矣，行已亏矣，长为农夫以没世矣。是故身率妻子，戮力耕桑，灌园治产，以给公上，不意当复用此为讥议也。

夫人情所不能止者，圣人弗禁，故君父至尊亲，送其终也，有时而既。臣之得罪，已三年矣。田家作苦，岁时伏腊，烹羊炰羔，斗酒自劳。家本秦也，能为秦声。妇，赵女也，雅善鼓瑟，奴婢歌者数人，酒后耳热，仰天拊缶而呼乌乌。其诗曰：“田彼南山，芜秽不治，种一顷豆，落而为萁。人生行乐耳，须富贵何时！”是日也，拂衣而喜，奋褎低卬，顿足起舞，诚淫荒无度，不知其不可也。恽幸有余禄，方籴贱贩贵，逐什一之利，此贾竖之事，污辱之处，恽亲行之。下流之人，众毁所归，不寒而栗。虽雅知恽者，犹随风而靡，尚何称誉之有！董生不云乎：“明明求仁义，常恐不能化民者，卿大夫之意也；明明求财利，常恐困乏者，庶人之事也。”故“道不同，不相为谋”。今子尚安得以卿大夫之制而责仆哉！

夫西河魏土，文侯所兴，有段干木、田子方之遗风，漂然皆有节概，知去就之分。顷者，足下离旧土，临安定，安定山谷之间，昆戎旧壤，子弟贪鄙，岂习俗之移人哉？于今乃睹子之志矣。方当盛汉之隆，愿勉旃，毋多谈。

⑬《方言》载刘子骏《与扬雄书从取方言》及扬子云《答刘歆书》。

《古文苑》十仅载雄《答刘歆书》。章樵注引洪内翰迈曰:“世传扬子云《輶轩使者绝代语释别国方言》凡十三卷,郭璞序而解之,其末又有汉成帝时刘子骏《与雄书从取方言》及雄《答书》。以予考之殆非也,雄自序所为文初无所谓《方言》,观其《答刘子骏书》称蜀人严君平。按君平本姓庄,汉显宗讳庄,始改曰严。《法言》所称‘蜀庄沈冥’‘蜀庄之才之珍’‘吾珍庄也’,皆是本字,何独至此而曰‘严’?又子骏只从之求书,而答云‘必欲胁之以威,陵之以武,则缢死以从命也’,何至是哉!既云成帝时子骏与雄书,而其中乃云‘孝成皇帝’,反覆抵梧。又书称汝颍之间,先汉人无此语也,必汉魏之际好事者为之云。”案洪氏之误,在未明《方言·子骏书》前“雄为郎一岁,作《绣补》《灵节》《龙骨之铭诗》三章,及天下上计孝廉,雄问异语,纪十五卷,积二十七年,汉成帝时刘子骏与雄书从取《方言》”数语,乃后人缀补,非雄自著。汉成帝时又是王莽时之语,洪氏不达此意,反复辨说。亦见其考证之疏矣。兹删去书前数语,录两书于下:

刘子骏《与扬雄书从取方言》

歆叩头。昨受诏,宓(当作“案”)五官郎中田仪与官婢陈征、骆驿等私通,盗刷越巾事,即其夕竟。归府,诏问三代周秦轩车使者,遒人使者(《玉海》引《古文苑》“遒人”二字在“轩车使者”上,无下“使者”二字),以岁八月巡路,宋(与求音义并同)代语僮谣歌戏,欲得其最目。因从事郝隆宋之有日,篇中但有其目无见文者。歆先君数为孝成皇帝言,当使诸儒共集训诂,《尔雅》所及,五经所诂不合《尔雅》者,诂籀为病;及诸经氏(误字)之属,皆无证验,博士至以穷。世之博学者,偶有所见,非徒无主而生是也。会成帝未以为意,先君又不能独集。至于歆身,修轨(“修轨”犹言“循轨”)不暇,何偟更创?属闻子云独采集先代绝言,异国殊语,以为十五卷,其所解略多矣,而不知其目。非子云淡雅之才,沈郁之思,不能经年锐积,以成此书,良为勤矣。歆虽不遘(当为“逮”)过庭,亦克识先君雅训,三代之书,蕴藏于家直不计耳。今闻此甚为子云嘉之,已今圣朝留心典诰,发精于殊语,欲以验考四方之事,不劳戎马高车之使,坐知傜俗,适子云攘意之秋也。不以是时发仓廪以振赡,殊无为明语。将何（将，持也；何即“负荷”字）独挈之宝，上以忠信明于上，下以置恩于罢朽，所谓知蓄积善布施也。盖萧何造律，张苍推历，皆成之于帷幕，贡之于王门，功列于汉室，名流乎无穷。诚以隆秋之时，收藏不殆（当为“怠”），饥春之岁，散之不疑，故至于此。今谨使密人奉手书，愿颇与其最目，得使入箓，令圣朝留明明之典。歆叩头，叩头。

扬子云《答刘歆书》

雄叩头。赐命谨至，又告以田仪事，事穷竟白，案显出，甚厚甚厚。田仪与雄同乡里，幼稚为邻，长艾相更（《古文苑》作“爱”），视觊动精采，似不为非者，故举至日（卢文弨校云，《七十二家集》《百三名家集》“日”俱作“之”，误也。举者任者各是一人，观下文可见），雄之任也。不意淫迹暴于官朝，令举者怀赧而低眉，任者含声而宛舌。知人之德，尧犹病诸，雄何惭焉！叩头，叩头。又敕以《殊言》十五卷，君何由知之？谨归诚底里，不敢违信。雄少不师章句，亦于五经之训所不解。常闻先代輶轩之使，奏籍之书，皆藏于周秦之室。及其破也，遗弃无见之者。独蜀人有严君平（卢云：“后人熟习于严君平之称，因误改之也。”），临邛林闾翁孺者，深好训诂，犹见輶轩之使所奏言。翁孺与雄外家牵连之亲，又君平过误，有以私遇少而与雄也。君平财有千言耳。翁孺梗概之法略有。翁孺往数岁死，妇蜀郡掌氏子，无子而去。而雄始能草文，先作《县邸铭》《王佴颂》《阶闼铭》及《成都城四隅铭》。蜀人有杨庄者，为郎，诵之于成帝。成帝好之，以为似相如。雄遂以此得外见（《文选·甘泉赋》注无“外”字）。此数者，皆都水君常见也（刘向尝为护左都水使者），故不复奏。雄为郎之岁，自奏少不得学，而心好沈博绝丽之文，愿不受三岁之奉，且休脱直事之繇，得肆心广意以自克就。有诏可（卢云：“可者免其直事之役，仍不夺其郎奉。”）不夺奉，令尚书赐笔墨钱六万，得观书于石室。如是后一岁，作《绣补》《灵节》《龙骨之铭诗》三章（《古文苑》注云：“绣补，疑是裀褥之类。灵节，灵寿杖也。”卢引丁桀云：“《华阳国志·巴志》竹木之璜者，有桃支灵寿。巴东郡朐忍县有灵寿木。《蜀志》广汉郡五城县出龙骨。”）。成帝好之，遂得尽意。故天下上计孝廉，及内郡卫卒会者，雄常把三寸弱翰，赍油素四尺，以问其异语，归即以铅摘次之于椠，二十七岁于今矣。而语言或交错相反覆，方论思详悉集之燕其疑（《古文苑》注云："会集所未闻，使疑者得所安。"）。张伯松不好雄赋颂之文，然亦有以奇之，常为雄道言其父及先君（卢云："伯松名竦，张敞孙，其父吉，杜邺从受学焉。事见《汉书》。"）憙典训，属雄以此篇目颇示其成者。伯松曰："是悬诸日月不刊之书也。"又言："恐雄为《太玄经》，由（同'犹'）鼠坻之与牛场也。如其用，则实五稼饱邦民；否则为抵粪，弃之于道矣。"而雄般（乐也）之。伯松与雄独何德慧（"惠"同），而君与雄独何谮隟，而当匿乎哉。其不劳戎马高车，令人君坐帏幕之中，知绝遐异俗之语，典流于昆嗣，言列于汉籍，诚雄心所绝极，至精之所想遘也。扶（卢云："此足上语耳，改作'夫'者非。"窃疑"扶"是衍文。圣朝远照之明，即歆书诏问云云也）圣朝远照之明，使君宷此。如君之意，诚雄散之之会也。死之日，则今之荣也。不敢有贰，不敢有爱。少而不以行立于乡里，长而不以功显于县官，著训于帝籍，但言词博览，翰墨为事，诚欲崇而就之，不可以遗，不可以怠。即君必欲胁之以威，陵之以武，欲令人之于此，此又未定，未可以见，今君又终之，则缢死以从命也。而（卢引戴震曰："而如古通用。"）可且宽假延期，必不敢有爱。雄之所为，得使君辅贡于明朝，则雄无恨，何敢有匿？唯执事图之。长监于规，绣之就，死以为小（《古文苑》注云："言当长以所规为监，得缉成其书，以死为轻。"），雄敢行之。谨因还使。雄叩头，叩头。

案子云所以不与歆书者，以其书未成，且又无复本，子骏索之甚急，不得不以死自誓也，古人自惜其学术如此。

⑭陆机《文赋》云："函绵邈于尺素，吐滂沛乎寸心。"

⑮《后汉书·崔瑗传》："瑗高于文辞，尤善为书记箴铭。"《全后汉文》四十五辑得《与葛元甫书》（葛龚字元甫）两条，其一条云：

今遣奉书钱千为赞，并送《许子》十卷。贫不及素，但以纸耳。（《北堂书钞》一百四，《艺文类聚》三十一。）

⑯魏文帝《与吴质书》："元瑜（阮瑀字）书记翩翩，致足乐也。"《说

文》:“翩，疾飞也。”翩翩，轻举敏捷之意。《三国志 · 魏志 · 王粲传》注引《典略》:“太祖尝使瑀作书与韩遂。时太祖适近出，瑀随从，因于马上具草，书成呈之。太祖揽笔欲有所定，而竟不能增损。”《后汉书 · 孔融传》:“魏文帝深好融文辞……募天下有上融文章者，辄赏以金帛。”《王粲传》注引《文章叙录》曰:“(应)璩字休琏，博学好属文，善为书记。”彦和谓其好事，必有所本，不可考矣。阮瑀、孔融、应璩,《文选》并载其书牍。

⑰《魏志 · 王粲传》注引《魏氏春秋》曰:“山涛为选曹郎，举康自代，康答书拒绝，因自说不堪流俗，而非薄汤、武。大将军闻而怒焉。初，康与东平吕昭子巽及巽弟安亲善。会巽淫安妻徐氏，而诬安不孝，囚之。安引康为证，康义不负心，保明其事。安亦至烈，有济世志力。钟会劝大将军因此除之，遂杀安及康。康临刑自若，援琴而鼓，既而叹曰:‘雅音于是绝矣!’时人莫不哀之。”《文选》载《绝交书》，录于下:

嵇叔夜《与山巨源绝交书》

康白：足下昔称吾于颍川，吾常谓之知言。然经怪此意，尚未熟悉于足下，何从便得之也？前年从河东还，显宗、阿都说足下议以吾自代，事虽不行，知足下故不知之。足下傍通，多可而少怪，吾直性狭中，多所不堪，偶与足下相知耳。间闻足下迁，惕然不喜，恐足下羞庖人之独割，引尸祝以自助，手荐鸾刀，漫之膻腥，故具为足下陈其可否。

吾昔读书，得并介之人，或谓无之，今乃信其真有耳。性有所不堪，真不可强。今空语同知有达人，无所不堪，外不殊俗，而内不失正，与一世同其波流，而悔吝不生耳。老子、庄周，吾之师也，亲居贱职；柳下惠、东方朔，达人也，安乎卑位。吾岂敢短之哉！又仲尼兼爱，不羞执鞭，子文无欲卿相，而三登令尹，是乃君子思济物之意也。所谓达能兼善而不渝，穷则自得而无闷。以此观之，故尧舜之君世，许由之岩栖，子房之佐汉，接舆之行歌，其揆一也。仰瞻数君，可谓能遂其志者也。故君子百行，殊涂而同致，循性而动，各附所安。故有处朝廷而不出，入山林而不反之论。且延陵高子臧之风，长卿慕相如之节，志气所托，不可夺也。

吾每读《尚子平、台孝威传》，慨然慕之，想其为人。少加孤露，母兄见骄，不涉经学，性复疏懒，筋驽肉缓，头面常一月十五日不洗，不大闷痒，不能沐也。每常小便，而忍不起，令胞中略转乃起耳。又纵逸来久，情意傲散，简与礼相背，懒与慢相成，而为侪类见宽，不攻其过。又读《庄》《老》，重增其放。故使荣进之心日颓，任实之情转笃。此由禽鹿少见驯育，则服从教制，长而见羁，则狂顾顿缨，赴蹈汤火，虽饰以金镳，飨以嘉肴，逾思长林，而志在丰草也。

阮嗣宗口不论人过，吾每师之，而未能及。至性过人，与物无伤，唯饮酒过差耳。至为礼法之士所绳，疾之如仇，幸赖大将军保持之耳。吾不如嗣宗之贤，而有慢弛之阙，又不识人情，暗于机宜；无万石之慎，而有好尽之累。久与事接，疵衅日兴，虽欲无患，其可得乎？

又人伦有礼，朝廷有法，自惟至熟，有必不堪者七，甚不可者二：卧喜晚起，而当关呼之不置，一不堪也。抱琴行吟，弋钓草野，而吏卒守之，不得妄动，二不堪也。危坐一时，痹不得摇，性复多虱，把搔无已，而当裹以章服，揖拜上官，三不堪也。素不便书，又不喜作书，而人间多事，堆案盈几，不相酬答，则犯教伤义，欲自勉强，则不能久，四不堪也。不喜吊丧，而人道以此为重，已为未见恕者所怨，至欲见中伤者，虽瞿然自责，然性不可化，欲降心顺俗，则诡故不情，亦终不能获无咎无誉如此，五不堪也。不喜俗人，而当与之共事，或宾客盈坐，鸣声聒耳，嚣尘臭处，千变百伎，在人目前，六不堪也。心不耐烦，而官事鞅掌，机务缠其心，世故繁其虑，七不堪也。又每非汤武而薄周孔，在人间不止，此事会显世教所不容，此甚不可一也。刚肠疾恶，轻肆直言，遇事便发，此甚不可二也。以促中小心之性，统此九患，不有外难，当有内病，宁可久处人间邪！又闻道士遗言，饵术黄精，令人久寿，意甚信之；游山泽，观鱼鸟，心甚乐之。一行作吏，此事便废，安能舍其所乐，而从其所惧哉！

夫人之相知，贵识其天性，因而济之。禹不逼伯成子高，全其节也；仲尼不假盖于子夏，护其短也；近诸葛孔明不逼元直以入蜀，华子鱼不强幼安以卿相。此可谓能相终始，真相知者也。足下见直木必不可以为轮，曲者必不可以为桷，盖不欲以枉其天才，令得其所也。故四民有业，各以得志为乐，唯达者为能通之，此足下度内耳。不可自见好章甫，强越人以文冕也；己嗜臭腐，养鸳雏以死鼠也。吾顷学养生之术，方外荣华，去滋味，游心于寂寞，以无为为贵。纵无九患，尚不顾足下所好者，又有心闷疾，顷转增笃，私意自试，不能堪其所不乐。自卜已审，若道尽涂穷则已耳。足下无事冤之，令转于沟壑也。

吾新失母兄之欢，意常凄切，女年十三，男年八岁，未及成人，况复多病，顾此悢悢，如何可言！今但愿守陋巷，教养子孙，时与亲旧叙阔，陈说平生，浊酒一杯，弹琴一曲，志愿毕矣。足下若嬲之不置，不过欲为官得人，以益时用耳。足下旧知吾潦倒粗疏，不切事情，自惟亦皆不如今日之贤能也。若以俗人皆喜荣华，独能离之，以此为快，此最近之，可得言耳。然使长才广度，无所不淹，而能不营，乃可贵耳。若吾多病困，欲离事自全，以保余年，此真所乏耳，岂可见黄门而称贞哉！若趣欲共登王涂，期于相致，时为欢益，一旦迫之，必发其狂疾，自非重怨，不至于此也。

野人有快炙背而美芹子者，欲献之至尊，虽有区区之意，亦已疏矣。愿足下勿似之！其意如此，既以解足下，并以为别。嵇康白。

⑱《文选》赵景真《与嵇茂齐书》，李善注曰："《嵇绍集》曰：'赵景真与从兄茂齐书，时人误谓吕仲悌与先君书，故具列本末。赵至，字景真，代郡人，州辟辽东从事。从兄太子舍人蕃，字茂齐，与至同年相亲。至始诣辽东时，作此书与茂齐。'干宝《晋纪》以为吕安与嵇康书。二说不同，故题云景真，而书曰安。"《晋书·文苑传·赵至传》："至与康兄子蕃友善，及将远适，乃与蕃书叙离，并陈其志。"兹据《文选》所载录于后：

安白（本传无此二字）：昔李叟入秦，及关而叹；梁生适越，登岳长谣（梁生，梁鸿也）。夫以嘉遁之举，犹怀恋恨，况乎不得已者哉！

惟别之后，离群独游，背荣宴，辞伦好，经迴路，涉沙漠。鸣鸡（本传作"鸡鸣"）戒旦，则飘尔晨征；日薄西山，则马首靡托。寻历曲阻，则沈思纡结；乘高远眺，则山川悠隔。或乃回飙狂厉，白日寝光，踦踽交错，陵隰相望。徘徊九皋之内，慷慨重阜之巅，进无所依，退无所据，涉泽求蹊，披榛觅路，啸咏沟渠，良不可度，斯亦行路之艰难，然非吾心之所惧也。

至若兰茝倾顿，桂林移植，根萌未树，牙浅弦急，常恐风波潜骇，危机密发，斯所以怵惕于长衢，按辔而叹息（本传无“按辔”句）也。又北土之性，难以托根，投人夜光，鲜不按剑。今将植橘柚于玄朔，蒂（本传作“荣”）华藕于修陵，表龙章于裸壤，奏《韶》舞于聋俗，固难以取贵矣。夫物不我贵，则莫之与；莫之与，则伤之者至矣。飘飖远游之士，托身无人之乡；总辔遐路，则有前言之艰；悬鞍陋宇，则有后虑之戒；朝霞启晖，则身疲于遄征；太阳戢曜，则情劬于夕惕；肆目平隰，则辽廓而无睹；极听修原，则淹寂而无闻。吁其悲矣！心伤悴矣！然后乃知步骤之士，不足为贵也。

若乃顾影中原，愤气云踊，哀物悼世，激情风烈（本传作“厉”），龙睇大野，虎啸六合（本传作“龙啸大野，兽睇六合”），猛气纷纭，雄心四据，思蹑云梯，横奋八极，披艰扫秽，荡海夷岳，蹴昆仑使西倒，蹋太山令东覆，平涤九区，恢维宇宙，斯亦吾之鄙愿也。时不我与，垂翼远逝，锋钜靡加，翅翮摧屈，自非知命，谁能不愤悒者哉！

吾子植根芳苑，擢秀清流，布叶华崖，飞藻云肆，俯据潜龙之渊，仰荫栖凤之林，荣曜眩其前，艳色饵其后，良俦交其左，声名驰其右，翱翔伦党之间，弄姿帷房之里，从容顾眄，绰有余裕，俯仰吟啸，自以为得志矣，岂能与吾同大丈夫之忧乐者哉！

去矣嵇生，永离隔矣！茕茕飘寄，临沙漠矣！悠悠三千，路难涉矣！携手之期，邈无日矣！思心弥结，谁云释矣！无金玉尔音，而有遐心。身虽胡越，意存断金。各敬尔仪，敦履璞沈，繁华流荡，君子弗钦，临书怅然，知复何云！

⑲《汉书·游侠传·陈遵传》：“（遵）起为河南太守。既至官，当遣从史西，召善书吏十人于前，治私书谢京师故人。遵冯几，口占书吏，且省官事，书数百封，亲疏各有意。”师古曰：“占，隐度也。口隐其辞以授吏也。”

⑳《后汉书·文苑传·祢衡传》：“衡为（黄祖）作书记，轻重疏密，各得体宜。祖持其手曰：‘处士，此正得祖意，如祖腹中之所欲言也。’”

㉑此数语与上“书之为体，主言者也”相应。条畅任气，优柔怿怀，

书之妙尽之矣。自晋而降，丘迟《与陈伯之书》、徐孝穆《在北齐与杨仆射求还书》，皆其选。

㉒黄注曰："如乐毅报燕王，燕王谢乐毅，上下无别，同称书也！"

㉓《汉书·张敞传》："天子征敞，拜胶东相……王太后数出游猎，敞奏书谏曰：'臣闻秦王好淫声，叶阳后（据《论衡·谴告篇》当作"华阳后"）为不听郑卫之乐；楚严好田猎，樊姬为之不食鸟兽之肉。口非恶旨甘，耳非憎丝竹也，所以抑心意，绝耆欲者，将以率二君而全宗祀也。礼，君母出门则乘辎軿，下堂则从傅母，进退则鸣玉佩，内饰则结绸缪。此言尊贵所以自敛制，不从恣之义也。今太后资质淑美，慈爱宽仁，诸侯莫不闻，而少以田猎纵欲为名，于以上闻，亦未宜也。唯观览于往古，全行乎来今，令后姬得有所法则，下臣有所称诵，臣敞幸甚！'书奏，太后止不复出。"

㉔《汉书·丙吉传》："（昌邑王贺）以行淫乱废。（霍）光与车骑将军张安世诸大臣议所立，未定。吉奏记光曰：'将军事孝武皇帝，受襁褓之属，任天下之寄。孝昭皇帝早崩亡嗣，海内忧惧，欲亟闻嗣主。发丧之日以大谊立后，所立非其人，复以大谊废之，天下莫不服焉。方今社稷宗庙群生之命在将军之壹举。窃伏听于众庶，察其所言，诸侯宗室在位列者，未有所闻于民间也。而遗诏所养武帝曾孙名病已在掖庭外家者，吉前使居郡邸时见其幼少，至今十八九矣，通经术，有美材，行安而节和。愿将军详大议，参以著龟，岂宜褒显（钱大昕曰："岂宜者，宜也。"），先使入侍，令天下昭然知之，然后决定大策，天下幸甚！'光览其议，遂尊立皇曾孙。"又杜延年奏记霍光争侯史吴事，郑明奏记萧望之，李固奏记梁商，此皆公府称奏记之事。（《论衡·对作篇》："论衡之人，奏记郡守宜禁奢侈，以备困乏。"是上书郡守亦得称奏记。）《说文》："笺，表识书也。"徐锴曰："今作牋。"张华《博物志·文籍考》："或云，毛公尝为北海郡守，玄是此郡人，故以为敬。"案此说虽未得郑玄笺《诗》之意，然可见郡民对守将称笺，有自来矣（郡守兼领武事，故亦称郡将）。应劭《汉官仪》曰："孝廉先试笺奏。"（《北堂书钞》设官部引）王隐《晋书》："刘官由亭民举秀才，刺史笺久不成。官指语笺体，然后成。"

㉕《周礼·保章氏》："以志星辰日月之变动。"郑注："志，古文识。

识，记也。”《左传》成公十四年：“志而晦。”杜注云：“志，记也。”《诗大序》云：“诗者，志之所之也。在心为志，发言为诗。”笺训表识，本《说文》。案笺之与记，随事立名，义非大异。观《文选》所载阮嗣宗《奏记诣蒋公》，诚为公府所施；而任彦升《到大司马记室笺》，则亦公府也。故知六朝时已不甚分晰矣。

㉖文佚。公府盖谓梁冀，寔尝为大将军冀司马也。《后汉书》本传云，所著碑、论、箴、铭、答、七言、词、文、表、记、书，凡十五篇，是寔文中有记也。

㉗《后汉书·文苑传·黄香传》：“黄香字文强，江夏安陆人也……所著赋、笺、奏、书、令凡五篇。”今《奏笺江夏文》亦佚。

㉘李详《黄注补正》云：“《魏志·邢颙传》载桢《谏曹植书》。又《王粲传》注引《典略》桢《答魏文帝书》，此皆彦和所谓‘丽而规益’者。《典论·论文》但以琳、瑀书记为隽，而云公幹壮而不密，是不重桢之为文，故言弗论。黄注未悉。”兹录桢书于下：

《与曹植书》(《御览》七百三十九)

明使君始垂哀怜，意眷日崇，譬之疾，乃使炎农分药，岐伯下针，疾虽未除，就没无恨。何者？以其天医至神，而荣魄自尽也。

《谏曹植书》(《魏志·邢颙传》)

家丞邢颙，北土之彦，少秉高节，玄静淡泊，言少理多，真雅士也。桢诚不足同贯斯人，并列左右。而桢礼遇殊特，颙反疏简，私惧观者将谓君侯习近不肖，礼贤不足，采庶子之春华，忘家丞之秋实。为上招谤，其罪不小，以此反侧。

《答魏太子丕借廓落带书》(孙志祖《读书脞录》七云：“案《史记·匈奴传》‘黄金饰具带一’注，张晏曰：‘鲜卑郭洛带，瑞兽名也。’此廓落带当即郭洛带尔。亦见《淮南·主术训》注。”)

桢闻荆山之璞，曜元后之宝；随侯之珠，烛众士之好；南垠之金，登窈窕之首；貂𧴭(《御览》作“𧴭貂”)之尾，缀侍臣之帻。此四宝者，伏朽石之下，潜污泥之中，而扬光千载之上，发彩畴昔之外，亦皆未能初自接于至尊也。夫尊者所服，卑者所修也；贵者所御，贱者所先也。故夏屋初成而大匠先立其下，嘉禾始熟而农夫先尝其粒。恨桢所带，无他妙饰，若实殊异，尚可纳也。(《典略》曰："文帝尝赐桢廓落带，其后师死，欲借取以为像，因书嘲桢云：'夫物因人为贵，故在贱者之手，不御至尊之侧。今虽取之，勿嫌其不反也。'桢答云云。"案公干之文，正与子桓之言相酬酢，故补录《典略》之文于此。)

㉙见《魏志·刘廙传》，文如下：

臣罪应倾宗，祸应覆族。遭乾坤之灵，值时来之运，扬汤止沸，使不燋烂；起烟于寒灰之上，生华于已枯之木。物不答施于天地，子不谢生于父母，可以死效，难用笔陈。(案刘廙文，《魏志》目之为疏。)

㉚黄注以《谢平原内史表》当之。案表文有云"崎岖自列，片言只字，不关其间，事踪笔迹，皆可推校，而一朝翻然更以为罪"。是士衡本先有自理之文。检《全晋文》九十七有《与吴王表》佚文二条，则真自理之词也。文如下：

臣以职在中书，诏命所出。臣本以笔札见知。

禅文本草，见在中书，一字一迹，自可分别（此条与《谢表》"崎岖自列"之词相应)。

㉛谓敬而不慑，所以殊于表（表有"诚惶诚恐，死罪死罪"之语)；简而无傲，所以殊于书（上文云，书体在尽言，宜条畅以任气，则有类乎傲也)。

㉜彦和之意，书记有广狭二义。自狭义言之，则已如上文所论。自广义言之，则凡书之于简牍，记之以表志意者，片言只句，皆得称为书记。章太炎本此而更扩充之作《文学总略》篇，可参阅。纪评云："此种皆系杂文。缘第十四先列杂文，不能更标此目，故附之书记之末，以备其目。然与书记颇不伦，未免失之牵合。况所列或不尽文章，入之论文之书，亦为不类。若删此四十五行，而以'才冠鸿笔'句直接'笺记之分'句下，较为允协。"案纪氏不达书记有广狭二义，故有此论，其实置之杂文篇中，反为不伦矣。二十四名，分解于后。

㉝《说文·言部新附字》："谱，籍录也。"钮树玉《说文新附考》曰："《释名》：'谱，布也。布列见其事也。'《博雅》：'谱，牒也。'按韦昭

《辨释名》云：‘主簿者，主诸簿书。簿，普也。关普诸事也。’（《北堂书钞》卷七十三引。）《文选》陆士衡《文赋》云：‘普辞条与文律。’并与谱义有合。又《汉书·五行叙传》表与禹叙武举为韵，《西域叙传》表与旅为韵。《史通·表历篇》云：‘盖谱之建名，起于周代；表之所作，因谱象形。故桓君山有云，太史公《三代世表》，旁行斜上，并效《周谱》。’（桓谭语，见《梁书·刘杳传》。）据此，则表与谱音义并同。孙星衍云，《东都事略·刘恕传》著《包牺至周厉王疑年普》《共和至熙宁年略普》各一卷。是古止作普。”郑珍《说文新附考》曰：“古字作普为是。《世本》有《帝王谱》《诸侯谱》《大夫谱》各篇，则谱名出先秦以上。而《说文》无谱字，古《世本》当作普，如韦昭簿普之义，久乃因加言旁。《史记》依《世本》之谱变名为表。盖表音古与谱同，而义相近，非即一字。”郑玄《诗谱序》曰：“夷、厉以上，岁数不明，太史年表，自共和始。历宣、幽、平王而得《春秋》次第以立斯谱。欲知源流清浊之所处，则循其上下而省之；欲知风化芳臭气泽之所及，则傍行而观之。”观郑语，知“诗谱”即“诗表”。《正义》云：“谱者，普也。注序世数（孔颖达应避“世”字，此是后人追改），事得周普，故《史记》谓之谱牒是也。”案《正义》此文窃取彦和而小变者。

㉞《说文》：“籍，簿书也。”《尚书·伪孔安国序》：“由是文籍生焉。”《正义》：“籍者，借也。借此简书以记录政事。”《孟子·滕文公上》：“助者，藉也。”赵岐注曰：“藉者，借也，犹人相借力助之也。”此训借说所本。《释名·释书契》：“籍，籍也。所以籍疏（疏，条列也）人民户口也。”《左传》襄公二十五年“赋车籍马”注：“籍，疏其毛色岁齿以备军用。”《周礼·天官叙·司书·正义》：“簿，今手版。”此岁借民力说所本。《左传》昭公十五年：“孙伯黡司晋之典籍，以为大政，故曰籍氏。”此《春秋》司籍说所本。

㉟“簿”字《说文》无。簿训圃，同声为训。《汉书·张汤传》：“使使八辈簿责汤。”师古曰：“以文簿次第一一责之。”《李广传》：“急责广之莫府上簿。”师古曰：“簿，谓文状也。”《释名·释书契》：“簿，言可以簿疏密也。”

㊱《说文》：“録，金色也。”假借为录，古刻木为书，故曰录也。《后

汉书·和帝纪》注:“录,谓总领之也。”章宗源《隋经籍志考证》七曰:“《周礼》:‘小史掌邦国之志,奠世系,辨昭穆。’注曰:‘系世,谓帝系、世本之属。’疏曰:‘天子谓之帝系,诸侯谓之世本。’《汉书·司马迁传赞》曰:‘又有《世本》,录黄帝以来至春秋时帝王公侯卿大夫祖世所出。’《汉书·艺文志》春秋家有《世本》十五篇。愚按:其篇名可见者,有《帝系篇》(《一切经音义》曰:《世本》有《帝系篇》,谓子孙相继续也),有《氏姓篇》(《左传正义》《世本·氏姓篇》曰:任姓:谢章薛舒吕祝终泉毕过),有《作篇》(《礼记》郑注《世本》作曰:垂作钟,无句作磬,女娲作笙簧),有《居篇》(《史记索隐》引《系本居篇》曰:魏武子居魏),有《谥法篇》(《玉海书目》沈约《谥法序》曰《大戴礼》及《世本》旧并有《谥法》,而二书传至约时已亡其篇)。《史记序·索隐》刘向曰:‘《世本》,古史官明于古事者之所记也,录黄帝以来帝王诸侯及卿大夫系谥名号,凡十五篇。’《颜氏家训·书证篇》曰:‘《世本》,左丘明所书(本注:此说出皇甫谧《帝王世纪》),而有燕王喜、汉高祖。’《左传》宣公《正义》曰:‘《世本》传写多误,其本未必然。’昭公《正义》又曰:‘司马迁采《世本》为《史记》,而今之《世本》与迁言不同。《世本》多误,不足依凭。’《隋志》载《世本王侯大夫谱》二卷,无撰人名,又《世本》二卷,刘向撰。是自有两本,一在周代,一在汉楚之际,皆十五篇。故同为二卷。刘向所撰,当是注文。宋衷撰四卷,亦注也。”

㊲《太玄·周》:“周无隅。”注:“方也。”《汉书·艺文志》:“经方者,本草石之寒温,量疾病之浅深,假药味之滋,因气感之宜,辨五苦六辛,致水火之齐,以通闭解结,反之于平。”方亦不尽用于医药。《初学记》二十一有韦诞《墨方》,《齐民要术》九有诞《笔方》,言作笔墨之法。

㊳《说文》:“术,邑中道也。”《九章算术》九卷。《四库提要》曰:“不著撰人名氏。原本久佚,今从《永乐大典》录出,盖《周礼》保氏之遗法。汉张苍删补校正,而后人又有所附益也。晋刘徽、唐李淳风皆为之注。自《周髀》以外,此为最古之算经。”黄以周《子叙·万毕术叙》:“《万毕术》旧题汉刘安撰,《汉志》不著录。《史记·龟策传》褚先生见《万毕石朱方》。梁《七录》有《淮南万毕经》《淮南变化术》各一卷。或以为此即《汉志》《淮南外书》之一种,或以为淮南好方技,后世多依托

其名以成书。如《淮南九师道训》《淮南八公相鹤经》亦皆袭其称。《万毕》未必是刘安外书，然褚少孙见其方，阮孝绪著诸录，其书自古矣。《白帖》引神龟在江南嘉林中，斋戒以待，状如有人来告，因以醮酒求之，三宿而得。《艺文类聚》引术为山精，结阴阳精气，服之令人长生绝谷，是其书本言神仙之术也。《白帖》所引神龟云云，即褚先生为郎时所见《万毕石朱方》（司马贞《索隐》曰《万毕术》有《石朱方》）。《艺文类聚》所引《万毕术》，亦《石朱方》之类，不及其《万毕经》。《太平御览》又专录鄙琐之术，并不及其养生之方。而作者之意遂晦霾，莫得而知矣。孙凤翼辑是书，尚多挂漏。今校正其误字，补辑其遗文，并阐发其作书之大指如此。”案彦和所云《万毕术》，似书中多言历算，当即《七录》所著之一卷也。

㊴《说文》：“占，视兆问也。”《方言》十：“占，伺视也。凡相候谓之占，犹瞻也。”《广雅・释诂四》：“占，谂（验）也。”《左传》僖公五年：“春王正月辛亥朔，日南至。公既视朔，遂登观台（台上构屋，可以远观者也）以望而书，礼也。凡分至启闭，必书云物，为备故也。”杜注：“云物，气色灾变也。”“精观”，当作“登观”。《文献通考・经籍考》：“《京氏积算易传》三卷，《杂占条列法》一卷。晁景迁曰：‘是书兆乾坤之二象，以成八卦。卦凡八变六十有四，于其往来升降之际以观消息盈虚于天地之元。大抵辨三易，运五行，正四时，谨二十四气，悉七十二候，而位五星，降二十八宿。其进退以几而为一卦之主者谓之世。奇耦相与，据一以超二而为主之相者谓之应。世之所位而阴阳之肆者谓之飞。阴阳肇乎所配，而终不脱乎本，以隐赜佐神明者谓之伏。’”

㊵《汉书・艺文志》五行家《羡门式》二十卷。《周礼・大史》：“大师（大师者，大起军师也），抱天时，与大师同车。”郑司农曰：“大出师，则大史主抱式，以知天时，处吉凶。史官主知天道。故《国语》曰‘吾非瞽史，焉知天道’。《春秋传》曰：‘楚有云如众赤鸟，夹日以飞，楚子使问诸周大史。’大史主天道。”（《国语・周语》、《左传》哀公六年）《疏》曰：“抱式者，据当时占文谓之式，以其见时候有法式，故谓载天文者为式。”《史记・日者列传》：“分策定卦，旋式正基。”王应麟《汉志考证》曰：“《唐六典》三式，曰雷公、太一、六壬。其局以枫木为天，枣心为

地，刻十二神，下布十二辰。”

㊶《说文》：“律，均布也。”段注曰：“律者，所以范天下之不一而归于一，故曰均布也。”《尔雅·释言》：“律，铨也。”（《说文》：铨，衡也。）彦和训律为中，盖取平衡中正之义。《汉书·律历志》：“五声之本，生于黄钟之律。九寸为宫，或损或益，以定商、角、徵、羽。”《周礼·大司徒》：“以乡八刑纠万民：一曰不孝之刑；二曰不睦之刑；三曰不姻之刑；四曰不弟之刑；五曰不任之刑；六曰不恤之刑；七曰造言之刑；八曰乱民之刑。”

㊷《说文》：“令，发号也。”《汉书·东方朔传》：“令者，命也。”《贾子·等齐篇》：“天子之言曰令，令甲令乙是也。”《广雅·释诂四》：“令，禁也。”《管子·牧民篇·士经》：“下令于流水之原者，令顺民心也。”

㊸《吕氏春秋·仲春纪·情欲》：“故古之治身与天下者，必法天地也。”高诱注曰：“法，象也。”《汉志》兵家列兵法多家。班固序曰：“汤武受命，以师克乱而济百姓，动之以仁义，行之以礼让，《司马法》是其遗事也。自春秋至于战国，出奇设伏，变诈之兵并作。汉兴，张良、韩信序次兵法。”法之本训为刑，因上文已有律令，故此专指兵法。

㊹《说文》：“制，裁也。”《后汉书·蔡邕传》：“制作，国之典也。”《史记·封禅书·索隐》引刘向《七录》云文帝所造书，有《本制》《兵制》《服制》篇。

㊺《说文》：“符，信也。汉制以竹，长六寸，分而相合。”《史记·律书》：“言万物剖符甲而出也。”是“符”与“孚”声同而通。《史记·孝文本纪》：“初与郡国守相为铜虎符、竹使符。”《集解》：“应劭曰：‘竹使符者皆以竹箭五枚，长五寸，镌刻篆书，第一至第五。’张晏曰：‘符以代古之珪璋，从简易也。’”《释名·释书契》：“符，付也。书所敕命于上，付使传行之也。”书敕命于上，为渐易书翰之始。《全后汉文》九十七录《古刻丛钞·讨羌符》曰：“永初二年六月丁未朔廿日丙寅，得车骑将军幕府文书，上郡属国都尉中二千石守丞廷义，县令三水，十月丁未到府受印绶发夫讨叛羌。急急如律令。马卌匹，驴二百头，日给。”《晋书·梁王肜传》载《诘博士蔡充符》。

㊻契，诸书皆训“刻”也。《释名·释书契》：“契，刻也。刻识其数

也。”《易·系辞下》：“上古结绳而治，后世圣人易之以书契。”李鼎祚《周易集解》引《九家易》曰：“古者无文字，其有约誓之事，事大大其绳，事小小其绳，结之多少，随物众寡，各执以相考，亦足以相治也。”《书序·正义》引郑注曰：“书之于木，刻其侧为契。”

㊼《说文》：“券，契也。券别之书以刀判契其旁，故曰契券。”《释名·释书契》：“券，绻也。相约束缱绻以为限也。”《周礼·小宰》：“听称责以傅别。”注云：“傅别，谓为大手书于一札，中字别之，今之券书也。”《秋官·朝士》：“凡有责者，有判书以治则听。”郑司农云：“谓别券也。”《汉书·高祖纪下》：“丹书铁契。”王先谦《补注》曰：“《通鉴》胡注以铁为契，以丹书之，谓以丹书盟誓之言于铁券。”《释名·释书契》：“莂，别也。大书中央，中破别之也。”莂，即契券。兹录晋杨绍《买地券》于下，亦略窥古券契之一斑。

> 大男杨绍从土公买冢地一丘。东极阚泽，西极黄縢，南极山背，北极于湖。直钱四百万，即日交毕。日月为证，四时为任，太康五年九月廿九日对共破莂。民有私约如律令。（《十驾斋养新录》十五云，山阴童二如游洛阳，得此石刻。）

《古文苑》十七载黄香《责髯奴辞》，系讥世之文，与券无涉。又载王褒《僮约》，盖即《责髯奴文》。李善《东京赋》注引，亦云王褒《责髯奴文》。《艺文类聚》八十二刘孝威《谢东宫赉藕启》云：“根出杨池，闻之《僮约》。”

> 王子渊《僮约》（此文据孙星衍《续古文苑》二十）
>
> 蜀郡王子渊以事到湔，止寡妇杨惠舍。惠有夫时奴名便了，子渊倩奴行酤酒。便了拽大杖上夫冢巅曰：“大夫买便了时，但要守家，不要为他人男子酤酒。”子渊大怒曰：“奴宁欲卖耶？”惠曰：“奴大忤人，人无欲者。”子渊即决买券云云。奴复曰：“欲使皆上券，不上券，便了不能为也。”子渊曰诺。券文曰：
>
> > 神爵三年正月十五日，资中男子王子渊，从成都安志里女子杨惠买亡夫时户下髯奴便了，决贾万五千。奴当从百役使，不得有二言。晨起早扫，食了洗涤（扫涤为韵）。居当穿臼缚帚，裁盂凿斗，浚渠缚落（落，离落也），鉏园斫陌。杜埤地，刻大枷，

屈竹作杷，削治鹿卢。出入不得骑马载车，踑（箕同）坐大呶，下床振头，捶钩刈刍，结苇腊纑（《孟子》曰“妻辟纑”）。汲水酪，佐酾醭。织履作粗，黏雀张乌，结网捕鱼，缴雁弹凫，登山射鹿，入水捕龟（与鱼部字为韵，今吴音犹然矣）。后园纵养雁鹜百余，驱逐鸱乌，持梢牧猪，种姜养芋，长育豚驹，粪除堂庑，餧食马牛，鼓四起坐，夜半益刍（《太平御览》子部载《僮约》云：“雨坠如注瓮，披薜戴子公。”注云：薜，蓑衣也。子公，笠也。语亦难解，辑《僮约》者俱不载之。今按子公乃棕字之合音，言披蓑戴笠也。说详《癸巳类稿·裒棕反切文义篇》，依韵两句应位在此处，而文义却不贯，姑附注于此）。二月春分，被隄杜疆，落桑皮棕（谓取棕皮也）；种瓜作瓠，别茄披葱（棕葱为韵）；焚槎发芋，垄集破封，日中早熥，鸡鸣起舂。调治马户，兼落三重（《御览》注云：马户，水门也。蜀每以落置水流养鱼，欲食乃取之）。舍中有客，提壶行酤，汲水作铺；涤杯整桉，园中拔蒜，断苏切脯。筑肉臛芋，脍鱼炰鳖，烹荼尽具（据此知汉时已饮茶）。已而盖藏，关门塞窦；餧猪纵犬，勿与邻里争斗。奴但当饭豆饮水，不得嗜酒，欲饮美酒，唯得染唇渍口，不得倾盂覆斗，不得辰出夜入，交关伴偶。舍后有树，当裁作船，上至江州下到湔，主为府掾求用钱。推访垩（“访”当为“纺”之讹），贩棕索（垩索为韵），绵亭买席，往来都洛（“洛”当为“落”，谓村落也），当为妇女求脂泽。贩于小市，归都担枲，转出旁蹉（市名），牵犬贩鹅；武都买茶（即荼也），杨氏担荷（杨氏，池名）。往来市聚，慎护奸偷（聚偷为韵）。入市不得夷蹲旁卧，恶言丑骂（卧骂为韵）。多作刀矛，持入益州，货易羊牛。奴自教精慧，不得痴愚（矛州牛愚为韵）。持斧入山，断辋裁辕；若有余残，当作俎几、木屐及彘盘。焚薪作炭，垒石薄岸。治舍盖屋，削书代牍（《颜氏家训·书证篇》云：“古者书误则削之，故《左传》云削而投之，是也。或即谓札为削。王褒《僮约》曰书削代牍。”据此，“削书”当作“书削”），日暮欲归，当送干薪两三束。四月当披，九月当获，十月收豆，抡麦窖芋。南安拾栗采橘，持车载辏。多取蒲苎，益作绳索。雨堕无所为，当编蒋织簿。种植桃李梨柿柘桑，三丈一树，八树为行。果类相从，纵横相当；果熟收敛，不得吮尝。犬吠当起，惊告邻里，枨门柱户，上楼击鼓；荷盾曳矛，还（读为环）落三周；勤心疾作，不得遨游。奴老力索，种莞织席；事讫休息，当舂一石。夜半无事，浣衣当白。若有私钱，主给宾客。奴不得有奸私，事事当关白。奴不听教，当笞一百（索席石白客白百为韵）。

读券文适讫，词穷诈索，仡仡叩头，两手自搏，目泪下落，鼻涕长一尺："审如王大夫言，不如早归黄土陌，丘蚓钻额。早知当尔，为王大夫酤酒，真不敢作恶（索搏尺陌落额恶为韵）。"

㊽《楚辞·湘夫人》："疏石兰兮为芳。"王注："疏，布陈也。"《周礼·地官·质人》："大市以质，小市以剂。"郑注："大市，人民马牛之属，用长券；小市，兵器珍异之物，用短券。"

㊾《释名·释书契》："过，所过所至关津以示之也。"疑此即所谓关。《方言》十二："关，闭也。"《韩非子·问田篇》徐渠问田鸠曰："阳城义渠，名将也，而试于屯伯；公孙亶回，圣相也，而关于州部；何哉？"顾广圻《韩非子识误》云："《文心雕龙·书记篇》引此云'孙亶回'，无'公'字，省耳。"

㊿《释名·释书契》："下官刺曰长刺，长书中央一行而下之也。又曰爵里刺，书其官爵及郡县乡里也。"《三国志·魏志·夏侯渊传》注引夏侯湛叙夏侯荣曰："宾客百余人，人一奏刺，悉书其乡邑名氏，世所谓爵里刺也。"《周礼·秋官·司刺》："掌三刺之法。一刺曰讯群臣；二刺曰讯群吏；三刺曰讯万民。"

51《仪礼·大射仪》郑注："解，犹释也。"《三国志·魏志·孙礼传》："今二郡争界八年，一朝决之者，缘有解书图画可得寻案擿校也。"

52王兆芳《文体通释》曰："札牒者，札，牒也；牒，札也。简牍之小者版书之属也，主于小事通言，简略明意。源出汉齐人公孙卿《奏札书》，流有薛宣《与阳湛手牒》、钟离意《白周树牒》、蜀蒲元《与武侯牒》。"《汉书·路温舒传》："温舒取泽中蒲，截以为牒，编用写书。"师古曰："小简曰牒，编联次之。"孙君蜀丞曰："《说文系传》牒字下引云：议政未定，短牒咨谋，曰牒简也，叶在枝也。”《御览》六百六引云：“牒者叶也。如叶在枝也。短简为牒，议事未定，故短牒咨谋。牒之尤密谓之签。”

㊺《说文》：“签，验也。”桂馥《义证》曰：“验也者，本书：‘谶，验也。’《通俗文》：‘记识曰签。’《南史》：‘府州部论事，皆签前直叙所论之事，后云谨签具日，下又云某官签。’馥案江左有典签之职，官府画诺谓之签押，亦征验意。”（典签，魏文帝为诸王置。）

㊻《左传》僖公二十八年：“且曰献状。”杜注：“责其功状。”王兆芳《文体通释》曰：“状者，犬形也，形貌也。官民之事臧否之形状也。《解诂》曰（案下列数条皆见《续汉志·百官五》刘昭注补引胡广曰）：课第长吏不称职者为殿举免之，其有治能者为最，察上尤异。州又状州中吏民茂才异等。又曰，岁尽，赍所状纳京师，名奏事。源出汉初，流有阙名《置五经博士举状》（见《汉官仪》）、张敞《条奏昌邑王居处状》、赵充国《条上屯田便宜十二事状》。”案《后汉书·朱浮传》注引应劭《汉官仪》五经博士举状曰：“生事爱敬，丧没如礼，通《易》《尚书》《孝经》《论语》，兼综载籍，穷微阐奥，隐居乐道，不求闻达。身无金痍痼疾。世六属不与妖恶交通王侯赏赐。行应四科，经任博士。下言某官某甲保举。”《通典》有《督邮保举博士状》，世六属作三十六属，文亦小异。《通释》又曰：“行事而趋于正道，既死而亲旧门人表其事状，供诔谥也。初状之于朝，后亦状诸戚友。主于追叙行事，得其形貌。源出汉丞相仓曹傅胡幹作《杨元伯行状》（《文章缘起》目），流有阙名《裴瑜行状》（《后汉书·史弼传》注引《先贤行状》），梁任昉、沈约多行状。”

㊼黄先生曰：“陆机文有自列之言（案司马迁《报任安书》已有‘列’字）。又任彦升《奏弹刘整》云，辄摄整亡父旧使到台辩问，列称云云。沈休文《奏弹王源》云，辄摄媒人刘嗣之到台辩问，嗣之列称云云。是‘列’与‘辞’同，即今世谳狱之供招也。”《吴志·孙皓传》注引《邵氏家传》：“邵畴诣吏自列。”王符《潜夫论》有《卜列》《正列》《相列》《梦列》四篇，列，犹辩也。

㊽《说文》：“辞，讼也。”辞之本训为狱讼之辞，通用为言说之词。《左传》襄公三十一年：“叔向曰，辞之不可以已也如是夫。子产有辞，诸侯赖之，若之何其释辞也。”《韩诗外传》七：“君子避三端……避辩士之舌

端。”此彦和所本。

㊼《孝经·孝亲章》:“孝子之丧亲也，言不文。”本书《情采篇》:“《孝经》垂典，丧言不文。”“文”元作“交”，误。

㊽黄先生曰:“案吊唁之唁，与谚语之谚异字。《说文》:‘唁，吊生也。’‘谚，传言也。’音近相假，彦和乃合为一矣。”贾谊《新书·春秋篇》:“邹穆公令食凫雁者必以秕，于是仓无秕，而求易于民，二石粟而易一石秕。吏请以粟食之。公曰:‘去，非而所知也。汝知小计而不知大会。’《周谚》曰‘囊漏贮中’，而独弗闻与?”《宋书·范泰传》谏改钱法云:“囊漏贮中，识者不吝。”黄先生曰:“满，当依汪本作‘漏’;储，今《贾子》作‘贮’。作储者，当为‘褚’，本字当为‘䉵’。说文曰:‘㡌也，所以载盛米也。’‘㡌，载米䉵也(㡌，陟伦切)。’《庄子》曰‘褚小者不可以怀大’，即此䉵字。‘囊漏䉵中’者，遗小而存大也。作‘贮’者亦借字。”“牝鸡”语在《牧誓》。《大雅》无用老语。《小雅·小弁》“维忧用老”，无人亦有言句。“《诗》《书》可引”句，杨慎《古今谚》引作“《诗》《书》所引”。

㊾黄注:“《何进传》:袁绍等欲召外兵向京城以胁太后，进然之。陈琳谏曰:‘《易》称“即鹿无虞”(屯卦六三)，谚有“掩目捕雀”，夫微物尚不可欺以得志，况国之大事，其可以诈立乎?’”掌珠不见潘文(傅玄《短歌行》“昔君视我掌中珠”，盖当世常谚矣)。《文选·杨仲武诔序》:“子之姑，予之伉俪焉。”黄先生曰:“观此言，故知文质无常，视其体所宜耳。”

㊿“四条”疑当作“六条”。

(61)二十四种杂文各有一定体制，亦犹今世公文及契券等类，不得随意增损。《抱朴子·吴失篇》:“不识几案之所置，而处机要之职。”是公文有定式之证。

(62)九方堙相马，见《吕氏春秋·观表篇》。《淮南子·道应训》:“秦穆公使九方堙求马。三月而反报曰，已得马矣，在于沙丘。穆公曰:‘何马也?’对曰:‘牡而黄。’使人往取之，牝而骊。穆公不说，召伯乐而问之曰:‘败矣!子之所使求者，毛物牝牡弗能知，又何马之能知?’伯乐喟然太息曰:‘若堙之所观者天机也，得其精而忘其粗。’”

(63)上句谓宜文者，下句谓宜质者。

卷　六

神思第二十六[①]

古人云："形在江海之上，心存魏阙之下。"神思之谓也[②]。文之思也，其神远矣[③]。故寂然凝虑，思接千载；悄焉动容，视通万里；吟咏之间，吐纳珠玉之声；眉睫之前，卷舒风云之色：其思理之致乎[④]？故思理为妙，神与物游[⑤]。神居胸臆，而志气统其关键[⑥]；物沿耳目，而辞令管其枢机[⑦]。枢机方通，则物无隐貌；关键将塞，则神有遁心[⑧]。

是以陶钧文思，贵在虚静，疏瀹五藏，澡雪精神[⑨]。积学以储宝，酌理以富才，研阅以穷照，驯致以怿（一作"绎"；顾校作"绎"）辞[⑩]；然后使玄解之宰，寻声律而定墨；独照之匠，窥意象而运斤：此盖驭文之首术，谋篇之大端[⑪]。

夫神思方运，万涂竞萌，规矩虚位，刻镂无形。登山则情满于山，观海则意溢于海，我才之多少，将与风云而并驱矣[⑫]。方其搦翰，气倍辞前；暨乎篇成，半折心始。何则？意翻空而易奇，言征实而难巧也[⑬]。是以意授于思，言授于意[⑭]，密则无际，疏则千里。或理在方寸而求之域表，或义在咫尺而思隔山河。是以秉心养术，无务苦虑；含章司契，不必劳情也[15]。

人之禀才，迟速异分，文之制体，大小殊功：相如含笔而腐毫[16]，扬雄辍翰而惊梦，桓谭疾感于苦思[17]，王充气竭于思虑[18]，张衡研京以十年[19]，左思练都以一纪[20]；虽有巨文，亦思之缓也。淮南崇朝而赋《骚》[21]，枚皋应诏而成赋[22]，子建援牍如口诵[23]，仲宣举笔似宿构[24]，阮瑀据案（顾校作"鞌"）而制书[25]，祢衡当食而草奏[26]；虽有短篇，亦思之速也。

若夫骏发之士，心总要术，敏在虑前，应机立断；覃思之人，情饶歧路，鉴在疑后，研虑方定[27]。机敏故造次而成功，虑疑故愈久而致绩[28]。难易虽殊，并资博练。若学浅而空迟，才疏而徒速，以斯成器，未之前闻[29]。是以临篇缀虑，必有二患：理郁者苦贫，辞溺者伤乱。然则博见（一作"闻"；黄云《御览》作"见"）为馈贫之粮，贯一为拯乱之药，博而能一，亦有助乎心力矣[30]。

若情数诡杂，体变迁贸，拙辞或孕于巧义，庸事或萌于新意；视布于麻，虽云未费（铃木云张本作"贵"），杼轴献功，焕然乃珍[31]。至于思表纤旨，文外曲致，言所不追，笔固知止。至精而后阐其妙，至变而后通其数，伊挚不能言鼎，轮扁不能语斤，其微矣乎[32]！

赞曰：神用象通，情变所孕。物以貌求，心以理应（汪作"胜"）。刻镂声律，萌芽比兴。结虑司契，垂帷制胜。

注释：

①萧子显《南齐书 · 文学传论》："属文之道，事出神思，感召无象，变化不穷。俱五声之音响，而出言异句；等万物之情状，而下笔殊形。"

《文心》上篇剖析文体，为辨章篇制之论；下篇商榷文术，为提挈纲维之言。上篇分区别囿，恢宏而明约；下篇探幽索隐，精微而畅朗。孙梅《四六丛话》谓彦和此书，总括大凡，妙抉其心，五十篇之内，百代之精华备矣，知言哉！兹将下篇二十篇列表于次，可以知其组织之靡密：

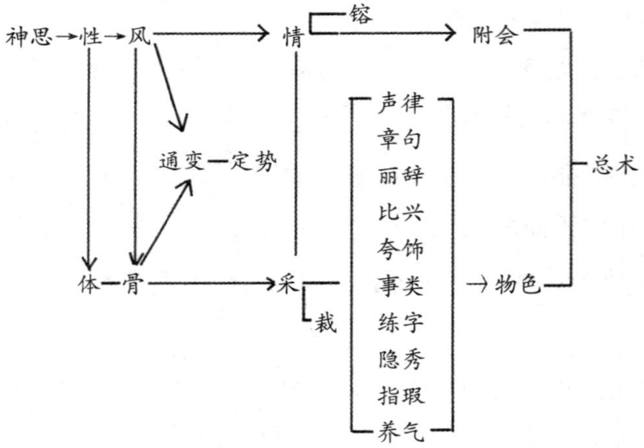

②《易·系辞下》:“精义入神,以致用也。”韩康伯注曰:“精义,物理之微者也。神寂然不动,感而遂通,故能乘天下之微,会而通其用也。”《正义》曰:“精义入神以致用者,言先静而后动。圣人用精粹微妙之义,人于神化,寂然不动,乃能致其所用。精义入神,是先静也;以致用,是后动也;是动因静而来也。”彦和“陶钧文思,贵在虚静”之说本此。《庄子·让王篇》:“中山公子牟谓瞻子曰:身在江海之上,心居乎魏阙之下,奈何!”案公子牟此语,谓身在草莽,而心怀好爵,故瞻子对以重生则轻利。彦和引之,以示人心之无远不届,与原文本义无关。

③黄先生《文心雕龙札记》(以下简称《札记》)曰:“此言思心之用,不限于身观,或感物而造端,或凭心而构象,无有幽深远近,皆思理之所行也。寻心智之象,约有二耑:一则缘此知彼,有斠量之能;一则即异求同,有综合之用。由此二方,以驭万理,学术之原,悉从此出,文章之富,亦职兹之由矣。”

④陆机《文赋》曰:“伫中区以玄览,颐情志于典坟(《老子》曰:“涤除玄览。”河上公曰:“心居玄冥之处,览知万物,故谓之玄览。”);遵四时以叹逝,瞻万物而思纷(瞻视万物盛衰而思虑纷纭也);悲落叶于劲秋,喜柔条于芳春;心懔懔以怀霜,志眇眇而临云。咏世德之骏烈,诵先人之清芬;游文章之林府,嘉丽藻之彬彬;慨投篇而援笔,聊宣之乎斯文。”又曰:“观古今于须臾,抚四海于一瞬。”又曰:“伊兹文之为用,固众理之所因;恢万里而无阂,通亿载而为津。”

⑤《札记》曰："此言内心与外境相接也。内心与外境，非能一往相符会：当其窒塞，则耳目之近，神有不周；及其怡怿，则八极之外，理无不浃。然则以心求境，境足以役心；取境赴心，心难于照境。必令心境相得，见相交融，斯则成连所以移情，庖丁所以满志也。"

⑥《礼记·孔子闲居》："清明在躬，气志如神。"《正义》曰："清，谓清静；明，谓显著；气志变化，微妙如神。"据《礼记》此文"志气"当作"气志"。

⑦物，谓事也，理也。事理接于心，心出言辞以明之。《易·系辞上》："言行君子之枢机。"韩注："枢机，制动之主。"

⑧《文赋》曰："若夫应感之会，通塞之纪。来不可遏，去不可止。藏若景灭，行犹响起。方天机之骏利，夫何纷而不理。思风发于胸臆，言泉流于唇齿。纷威蕤（盛貌）以馺遝（多貌），唯毫素之所拟。文徽徽以溢目，音泠泠而盈耳。及其六情底滞，志往神留。兀若枯木，豁若涸流；揽营魂以探赜，顿精爽于自求；理翳翳而愈伏，思乙乙（难出之貌）其若抽。是以或竭情而多悔，或率意而寡尤。虽兹物之在我，非余力之所勠（物，事也；勠，并也。言文之不来，非余力之所并）。故时抚空怀而自惋，吾未识夫开（谓天机骏利）塞（谓六情底滞）之所由。"陆士龙思劣，而其《登遐颂》须臾便成，视之复谓可行，是思有利钝之证。

⑨《庄子·知北游》："老聃曰：'汝齐戒，疏瀹而心，澡雪而精神。'"《白虎通·论五脏六府主性情》曰："五脏者何也？谓肝心肺肾脾也。"又《论五性六情》曰："内有五脏六府，此情性之所由出入也。"疏瀹五脏，谓情性不可妄动，使人烦懑也。又《论精神》曰："精者静也。神者恍惚（变化之极，是即恍惚之义）。"陈立《疏证》曰："《国语·周语》：'袚除其心洁也。'注：'精，洁也。'洁有静义。"《庄子·庚桑楚》："彻志之勃，解心之缪，去德之累，达道之塞。富贵显严名利六者，勃志也；容动色理气意六者，缪心也；恶欲喜怒哀乐六者，累德也；去就取与知能六者，塞道也。此四六者不荡，胸中则正，正则静，静则明，明则虚。"纪评曰："虚静二字，妙入微茫。补出积学酌理，方非徒骋聪明。观理真则思归一线，直凑单微，所谓用志不分，乃疑于神。"《札记》曰："此与《养气篇》参看。《庄子》之言曰：'惟道集虚。'《老子》之言曰：'三十辐共一毂，当

其无，有车之用。’尔则宰有者无，制实者虚，物之常理也。文章之事，形态蕃变，条理纷纭，如令心无天游，适令万状相攘。故为文之术，首在治心，迟速纵殊，而心未尝不静，大小或异，而气未尝不虚。执璇机以运大象，处户牖而得天倪，惟虚与静之故也。”袁守定《占毕丛谈》云：“陆厥《与沈休文书》曰：‘王粲《初征》，他文未能称是；杨修敏捷，《暑赋》弥日不献；一人之思，迟速天悬；一家之文，工拙壤隔。’夫一人载笔为文，而有迟速工拙之不同者，何也？机为之耳。机鬯则文敏而工，机塞则文滞而拙。先正常养其文之所自出，盖为此也。”

⑩此四语极有伦序。虚静之至，心乃空明。于是禀经酌纬，追骚稽史，贯穿百氏，泛滥众体，巨鼎细珠，莫非珍宝，然圣经之外，后世撰述，每杂邪曲，宜斟酌于周孔之理，辨析于毫厘之间，才富而正，始称妙才。才既富矣，理既明矣，而理之蓄蕴，穷深极高，非浅测所得尽，故精研积阅（研，礦也，审也，有精思渐得之意；阅有积历之意）以穷其幽微。及其耳目有沿，将发辞令，理潜胸臆，自然感应。若关键方塞而苦欲搜索，所谓理翳翳而愈伏，思乙乙其若抽，伤神劳情，岂复中用。怿，疑当作绎；绎，抽也，谓神理之致，须顺自然，不可勉强也。《札记》曰：“此下四语，其事皆立于神思之先，故曰：‘驭文之首术，谋篇之大端。’言于此未尝致功，即徒思无益，故后文又曰：‘秉心养术，无务苦虑；含章司契，不必劳情。’言诚能秉心养术，则思虑不至有困；诚能含章司契，则情志无用徒劳也。纪氏以为彦和练字未稳，乃明于解下四字，而未遑细审上四字之过也。”袁守定《占毕丛谈》曰：“文章之道，遭际兴会，摅发性灵，生于临文之顷者也。然须平日餐经馈史，霍然有怀，对景感物，旷然有会，尝有欲吐之言，难遏之意，然后拈题泚笔，忽忽相遭，得之在俄顷，积之在平日，昌黎所谓有诸其中是也。舍是虽刓精竭虑，不能益其胸之所本无，犹探珠于渊而渊本无珠，探玉于山而山本无玉，虽竭渊夷山以求之，无益也。”

⑪《庄子·养生主》：“古者谓是帝之县解。”《释文》：“县，音玄。”又《齐物论》：“若有真宰。”玄解之宰谓心。《礼记·玉藻》：“卜人定龟，史定墨。”郑注：“视兆坼也。”此文所云定墨，不可拘滞本义。《庄子·天道》：“轮扁曰：斫轮，徐则甘而不固，疾则苦而不入。不徐不疾，得之于

手而应于心，口不能言，有数存焉于其间。臣不能以喻臣之子，臣之子亦不能受之于臣，是以行年七十而老斫轮。’”“独照之匠”语本此。意象，见《论说篇》引王弼《周易略例·明象篇》。《庄子·徐无鬼》：“匠石运斤成风。”

⑫《文赋》曰：“伊兹事之可乐，固圣贤之所钦；课虚无以责有，叩寂寞而求音；函绵邈于尺素，吐滂沛乎寸心。言恢之而弥广，思按之而逾深。播芳蕤之馥馥，发青条之森森；粲风飞而猋竖，郁云起乎翰林。体有万殊，物无一量（文章之体有万变之殊，众物之形无一定之量也）。纷纭挥霍，形难为状（纷纭，乱貌，挥霍，疾貌）。辞程才以效伎，意司契而为匠（众辞俱凑，若程才效伎；取舍由意，类司契为匠）；在有无而僶俛，当浅深而不让；虽离方而遁员，期穷形而尽相（方圆，谓规矩也，言文章在有方圆规矩也）。故夫夸目者尚奢，惬心者贵当（其事既殊，为文亦异。故欲夸目者为文尚奢，欲快心者为文贵当。惬，犹快也）；言穷者无隘，论达者唯旷（其言穷贱者，立说无非湫隘；其论通达者，发言唯存放旷）。”

⑬言语为表彰思想之要具，学者之恒言也。然其所以表彰思想者，果能毫发无遗憾乎？则虽知言善思者，必又苦其不能也。思想上精密足以区别，而言语有不足相应者；思想上有精密之区别，言语且有不存者。无论何种言语，其代表思想虽有程度之差，而缺憾则一也。据此，知言语不能完全表彰思想，而为言语符号之文字，因形体声音之有限，与文法惯习之拘牵，亦不能与言语相合而无间。故思想发为言语，已经一层障碍，由言语而著竹帛，又受一次朘剥，则文字与思想之间固有不可免之差殊存矣。陆士衡曰：“恒患意不称物，文不逮意。”彦和亦曰：“暨乎篇成，半折心始。”由此观之，孔子辞达之训诚难能而可贵矣。黄庭坚《与王观复书》引此“难巧”作“难工”。

⑭欧阳建《言意尽论》曰：“古今务于正名，圣贤不能去言，其故何也？诚以理得于心，非言不畅；物定于彼，非名不辩。言不畅志，则无以相接；名不辩物，则鉴识不显。鉴识显而名品殊，言称接而情志畅。原其所以，本其所由，非物有自然之名，理有必定之称也。欲辩其实，则殊其名；欲宣其志，则立其称。名逐物而迁，言因理而变，此犹声发响应，形

存影附，不得相与为二矣。苟其不二，则言无不尽矣。”（《全晋文》百九卷）言之尽意与否，为当时学者间争论一大问题，兹可不论，彦和谓“密则无际”，则似谓言尽意也，上文云“半折心始”，盖指常人言之，非所喻于圣贤之典谟。

⑮“密则无际”，即上文所云“枢机方通，则物无隐貌”。“疏则千里”，即上文所云“关键将塞，则神有遁心”。纪评曰：“意在游心虚静，则腠理自解，兴象自生，所谓自然之文也。而‘无务苦虑，不必劳情’等字，反似教人不必冥搜力索，此结字未稳，词不达意之处，读者毋以词害意。”案纪氏之说非是。“或理在方寸”以下指“疏则千里”而言，夫关键将塞，神有遁心，虽穷搜力索何益？若能秉心养术，含章司契，则枢机常通，万涂竞萌，正将规矩虚位，刻镂无形，又安见其不加经营运用之功耶！

⑯《汉书·枚皋传》：“司马相如善为文而迟，故所作少而善于皋。”《西京杂记》二：“司马相如为《上林子虚赋》，意思萧散，不复与外事相关，控引天地，错综古今，忽然如睡，焕然而兴，几百日而后成。”《御览》八十八引《汉武故事》曰：“上好词赋，每行幸及奇兽异物，辄命相如等赋之，上亦自作诗赋数百篇，下笔而成，初不留思。相如造文弥时而后成，上每叹其工妙，谓相如曰：‘以吾之速易子之迟，可乎？’相如曰：‘于臣则可，未知陛下何如耳？’上大笑而不责。”此皆言相如文迟，含笔腐毫之说，想彦和以意为之。

⑰《全后汉文》十四辑桓谭《新论·祛蔽篇》：“余少时见扬子云之丽文高论，不自量年少新进，而猥欲逮及。尝激一事而作小赋，用精思太剧，而立感动发病，弥日瘳。子云亦言，成帝时赵昭仪方大幸，每上甘泉，诏令作赋，为之卒暴，思虑精苦，赋成遂困倦小卧，梦其五脏出在地，以手收而内之。及觉病喘悸，大少气，病一岁。由此言之，尽思虑，伤精神也。”

⑱《论衡·对作篇》：“夫论说者闵世忧俗，与卫骖乘者同一心矣。愁精神而幽魂魄，动胸中之静气，贼年损寿，无益于性，祸重于颜回，违负黄老之教；非人所贪，不得已，故为《论衡》。”《后汉书·王充传》：“充好论说，始若诡异，终有理实。以为俗儒守文，多失其真，乃闭门潜思，

绝庆吊之礼，户牖墙壁各置刀笔。著《论衡》八十五篇，二十余万言……年渐七十，志力衰耗，乃造《养性书》十六篇，裁节嗜欲，颐神自守。”

⑲《后汉书·张衡传》：“时天下承平日久，自王侯以下，莫不逾侈。衡乃拟班固《两都》，作《二京赋》，因以讽谏。精思傅会，十年乃成。”

⑳《文选·三都赋序》李善注引臧荣绪《晋书》曰：“左思字太冲，齐国人。少博览文史，欲作《三都赋》，乃诣著作郎张载访岷邛之事。遂构思十稔，门庭藩溷皆著纸笔，遇得一句即疏之。赋成，张华见而咨嗟，都邑豪贵竞相传写。”《札记》曰：“案（张、左）二文之迟，非尽由思力之缓，盖叙述都邑，理资实事，故太冲尝从文士问其方俗山川。是则其缓亦半由储学所致也。”袁枚《历代赋话序》曰：“古无志书，又无类书，是以《三都》《两京》，欲叙风土物产之美，山则某某，水则某某，草木鸟兽虫鱼则某某，必加穷搜博访，精心致思之功，是以三年乃成、十年乃成，而一成之后，传播远迩，至于纸贵洛阳。盖不徒震其才藻之华，且藏之巾笥，作志书类书读故也。今志书类书，美矣备矣，使班左生于今日，再作此赋，不过翻撷数日，立可成篇，而传抄者亦无有也。”

㉑见《诠赋篇》。《札迻》十二：“高诱《淮南子序》云‘诏使为《离骚赋》，自旦受韶，日早食已上’，即彦和所本也。《汉书·淮南王传》云‘武帝使为《离骚传》’，王逸《楚辞序》又云‘作《离骚经章句》’，并与《淮南序》不同。传及章句非崇朝所能成，疑高说得之。”可参阅《辨骚篇》。

㉒《汉书·枚皋传》：“上有所感，辄使赋之。为文疾，受诏辄成，故所赋者多。”《西京杂记》三：“枚皋文章敏疾，长卿制作淹迟，皆尽一时之誉。而长卿首尾温丽，枚皋时有累句，故知疾行无善迹矣。”

㉓《文选》杨德祖《答临淄侯笺》：“又尝亲见执事，握牍持笔，有所造作，若成诵在心，借书于手，曾不斯须，少留思虑。”《魏志·陈思王传》：“年十岁余，诵读诗论及辞赋数十万言，善属文。太祖尝视其文，谓植曰：‘汝倩人邪?’植跪曰：‘言出为论，下笔成章，顾当面试，奈何倩人?’时邺铜爵台新成，太祖悉将诸子登台，使各为赋，植援笔立成，可观。”

㉔《魏志·王粲传》：“善属文，举笔便成，无所改定，时人常以为宿

构。然正复精意覃思，亦不能加也。”

㉕《魏志·王粲传》注引《典略》曰：“太祖尝使瑀作书与韩遂。时太祖适近出，不瑀随从，因于马上具草，书成呈之。太祖揽笔欲有所定，而竟不能增损。”案，当依顾校作“輂”。

㉖《后汉书·祢衡传》：“（刘）表尝与诸文人共草章奏，并极其才思。时衡出，还见之，开省未周，因毁以抵地。表怃然为骇。衡乃从求笔札，须臾立成，辞义可观。表大悦，益重之。”《衡传》又曰：“（黄祖长子射）时大会宾客，人有献鹦鹉者，射举卮于衡曰：‘愿先生赋之，以娱嘉宾。’衡揽笔而作，文无加点，辞采甚丽。”案草奏一事，当食作赋又一事，彦和云“当食草奏”，殆合两事而言之。

㉗《札记》曰：“此言文有迟速，关乎体性，然亦举其大概而已。世固有为文常速，忽窘于数行。为文每迟，偶利于一首。此由机有通滞，亦缘能有短长。机滞者骤难求通，能长者早有所豫，是故迟速之状，非可以一理齐也。”

㉘《陆士龙集·与兄平原书》：“忆兄常云，文后成者恒谓之佳。”黄叔琳曰：“迟速由乎禀才，若垂之于后，则迟速一也，而迟常胜速。枚皋百赋无传，相如赋皆在人口，可验。”罗大经《鹤林玉露》云：“昌黎志孟东野云‘刿目怵心，刃迎缕解，钩章棘句，掏擢胃肾’，言其得之艰难。赠崔立之云‘朝为百赋犹郁怒，暮作千诗转遒紧，摇毫掷简自不供，顷刻青红浮海蜃’，言其得之容易。余谓文章要在理意深长，辞语明粹，足以传世觉后，岂但夸多斗速于一时哉！”

㉙古今文士之成名，半由于天才，半由于学力，失一焉则其所至必画。若夫学浅才疏而徒以敏捷为能，是犹跛鳖不积跬步，而妄冀千里也。故彦和决绝其辞曰：“以斯成器，未之前闻。”刘定之《刘氏杂志》曰：“韩退之自言口不绝吟于六艺之文，手不停披于百家之篇，贪多务得，继晷穷年，其勤至矣。而李翱谓退之下笔时，他人疾书之，写诵之，不是过也，其敏亦至矣。盖其取之也勤，故其出之也敏。后之学者，束书不观，游谈无根，乃欲刻烛毕韵，举步成章，仿佛古人，岂不难哉！”

㉚理贫者救之以博，辞乱者救之以练。纪评曰：“指出本原工夫，总结前二段。”《韩诗外传》二：“凡治气养心之术，莫慎一好，好一则博，博则

精，精则神，神则化，是以君子务结心乎一也。”

㉛“情数诡杂，体变迁贸”，隐示下篇将论体性。《文心》各篇前后相衔，必于前篇之末，预告后篇所将论者，特为发凡于此。《札记》曰：“此言文贵修饰润色。拙辞孕巧义，修饰则巧义显；庸事萌新意，润色则新意出。凡言文不加点，文如宿构者，其刊改之功，已用之平日，练术既熟，斯疵累渐除，非生而能然者也。”布之于麻，虽云质量相若，然既加杼轴，则焕然可珍矣。

㉜《吕氏春秋 · 本味篇》：“汤得伊尹，祓之于庙，明日设朝而见之。说汤以至味曰，鼎中之变，精妙微纤，口弗能言，志弗能喻。”（高诱注云：“鼎中品味，分齐纤微，故曰不能言也，志意揆度，不能谕说。”）纪评曰：“补出刊改乃工一层，及思入希夷，妙绝蹊径，非笔墨所能摹写一层，神思之理，乃括尽无余。”

体性第二十七

夫情动而言形，理发而文见，盖沿隐以至显，因内而符外者也。然才有庸俊，气有刚柔，学有浅深，习有雅郑，并情性所铄（顾校作“烁”），陶染所凝，是以笔区云谲，文苑波诡者矣[①]。故辞理庸俊，莫能翻其才；风趣刚柔，宁或改其气[②]；事义浅深，未闻乖其学[③]；体式雅郑，鲜有反其习[④]；各师成心，其异如面[⑤]。

若总其归涂，则数穷八体：一曰典雅，二曰远奥，三曰精约，四曰显附，五曰繁缛，六曰壮丽，七曰新奇，八曰轻靡。典雅者，镕式经诰，方轨儒门者也；远奥者，馥采典文，经理玄宗者也；精约者，核字省句，剖析毫厘者也；显附者，辞直义畅，切理厌心者也；繁缛者，博喻酿采，炜烨枝派者也；壮丽者，高论宏裁，卓烁（顾校作“铄”）异采者也；新奇者，摈古竞今，危侧趣诡者也；轻靡者，浮文弱植，缥缈附俗者也。故雅与奇反，奥与显殊，繁与约舛，壮与轻乖，文辞根叶，苑囿其中矣[⑥]。

若夫八体屡迁[7]，功以学成[8]，才力居中，肇自血气；气以实志，志以定言，吐纳英华，莫非情性。是以贾生俊发，故文洁而体清[9]；长卿傲诞，故理侈而辞溢[10]；子云沉寂，故志隐而味深[11]；子政简易，故趣昭而事博[12]；孟坚雅懿，故裁密而思靡[13]；平子淹通，故虑周而藻密[14]；仲宣躁锐，故颖出而才果[15]；公幹气褊，故言壮而情骇[16]；嗣宗俶傥，故响逸而调远[17]；叔夜俊侠，故兴高而采烈[18]；安仁轻敏，故锋发而韵流[19]；士衡矜重，故情繁而辞隐[20]。触类以推，表里必符，岂非自然之恒资，才气之大略哉[21]！

夫才有天资，学慎（铃木云《玉海》作“谨”）始习[22]，斫梓染丝，功在初化，器成采定，难可翻移。故童子雕琢（黄云孙氏本作“瑑”），必先雅制，沿根讨叶，思转自圆，八体虽殊，会通合数，得其环中，则辐辏相成。故宜摹体以定习，因性以练才，文之司南，用此道也[23]。

赞曰：才性异区，文辞（黄云冯本校作“体”）繁诡。辞为肤根，志实骨髓。雅丽黼黻，淫巧朱紫。习亦凝（一作“疑”）真[24]，功沿渐靡。

注释：

①《札记》曰：“体斥文章形状，性谓人性气有殊，缘性气之殊而所为之文异状。然性由天定，亦可以人力辅助之，是故慎于所习。此篇大旨在斯。”又曰：“才气本之情性，学习并归陶染，括而论之，性习二者而已。”李详《黄注补正》曰：“扬雄《甘泉赋》：‘于是大厦云谲波诡。’注孟康曰：‘言厦屋变巧，乃为云气水波相谲诡也。’”

②《札记》曰：“风趣即风气，或称风气，或称风力，或称体气，或称风辞，或称意气，皆同一义。气有清浊，亦有刚柔，诚不可力强而致。为文者欲练其气，亦惟于用意裁篇致力而已。《风骨篇》云：‘深乎风者，述情必显。’又云：‘思不环周，索莫乏气，无风之验。’可知情显为风深之符，思周乃气足之证，彼舍情思而空言文气者，荡荡如系风捕景，乌可得哉？”

③见事理之浅深，系乎学力之程度，若学浅而欲出深义，弊精劳神，

不可得已。

④《札记》曰:“体式全由研阅而得,故云鲜有反其习。”俗学不能发雅议,是故当慎所习也。

⑤《庄子·齐物论》:“夫随其成心而师之。”郭象注曰:“夫心之足以制一身之用者,谓之成心。”《左传》襄公三十一年:“人心之不同,如其面焉。”

⑥《札记》曰:“八体之成,兼因性习,不可指若者属辞理,若者属风趣也。又彦和之意,八体并陈,文状不同,而皆能成体,了无轻重之见存于其间。下文云‘雅与奇反,奥与显殊,繁与约舛,壮与轻乖’,然此处文例未尝依其次第,故知涂辙虽异,枢机实同,略举畛封,本无轩轾也。”案彦和于新奇、轻靡二体,稍有贬意,大抵指当时文风而言。次节列举十二人,每体以二人作证。独不为末二体举证者,意轻之也。

典雅者,镕式经诰,方轨儒门者也。若孟坚、平子所作者是,义归正直,辞取雅驯,皆入此类。若班固《典引》、潘勖《册魏公九锡文》之流是也(自此以下八条,有用《札记》语者,有出自鄙见者,《札记》书具在,不复分别,以省烦累)。

远奥者,馥(“馥”当作“复”,《总术篇》云“奥者复隐”)采典文,经理玄宗者也。若嗣宗、叔夜所作者是,理致渊深,辞采微妙,皆入此类。若阮籍《大人先生论》、嵇康《声无哀乐论》之流是也。

精约者,核字省句,剖析毫厘者也。若贾生、仲宣所作者是,断义务明,练辞务简,皆入此类。若贾谊《过秦论》、王粲《登楼赋》之流是也。

显附者,辞直义畅,切理厌心者也。若子政、安仁所作者是,言惟折中,情必曲尽,皆入此类。若刘向《谏起昌陵疏》、潘岳《闲居赋》之流是也。

繁缛者,博喻酿采(《礼记·内则》“酿之蓼”注:酿谓切杂之也),炜烨枝派者也。若子云、士衡所作者是,辞采纷披,意义稠复,皆入此类。若扬雄《甘泉赋》、陆机《豪士赋序》之流是也。

壮丽者,高论宏裁,卓跞异采者也。若长卿、公幹所作者是,陈义俊伟,措辞雄瑰,皆入此类。若司马相如《大人赋》、潘岳《籍田赋》之流是也。

新奇者，摈古竞今，危侧趣诡者也。词必研新，意必矜创，皆入此类。得者如潘岳《泽兰金鹿哀辞》（见《哀吊篇》），失者如王融《曲水诗序》之流是也（如“侮食来王”之句，好奇而致讹者也）。

轻靡者，浮文弱植，缥缈附俗者也。辞须蒨秀，意取柔靡，皆入此类，若梁元帝《荡妇秋思赋》、徐陵《玉台新咏序》之流是也。

《才略篇》云：“殷仲文之孤兴，谢叔源之闲情，并解散辞体，缥渺浮音，虽滔滔风流，而大浇文意。”

⑦《札记》曰：“此语甚为明憭。人之为文，难拘一体，非谓工为典雅者，遂不能为新奇，能为精约者，遂不能为繁缛。下文云‘八体虽殊，会通合数，得其环中，则辐辏相成’，此则挥本之谈，通变之术，异夫胶柱锲舟之见者矣。”

⑧《札记》曰：“此句已下至‘才气之大略’句，皆言学习之功，虽可自致，而情性所定，亦有大齐，故广举前文以为证。”案《抱朴子·自叙篇》：“洪年十五六时，所作诗赋杂文，当时自谓可行；至于弱冠，更详省之，殊多不称意。夫才未必为增也，直所览差广，而觉妍蚩之别。”才不必增而学可广，亦可以证彦和之说。

⑨《札记》曰（自此至“士衡矜重”多录《札记》语）：“《史记·屈贾列传》：‘廷尉乃言贾生年少，颇通诸子百家之书。文帝召以为博士。是时贾生年二十余，最为少，每诏令议下，诸老先生不能言，贾生尽为之对。’此俊发之征。”《神思篇》“骏发之士”，此“俊”字疑当作“骏”。

⑩《文选》谢惠连《秋怀诗》注引嵇康《高士传赞》曰：“长卿慢世，越礼自放；犊鼻居市，不耻其状；托疾避患，蔑此卿相；乃至仕人，超然莫尚。”此傲诞之征。

⑪《汉书·扬雄传》：“默而好深湛之思，清静亡为，少嗜欲。”此沉寂之征。

⑫《汉书·刘向传》：“向为人简易，无威仪，廉靖乐道，不交接世俗。”此简易之征。

⑬《后汉书·班固传》：“及长，遂博贯载籍，九流百家之言无不穷究。性宽和容众，不以才能高人。”此雅懿之征。

⑭《后汉书·张衡传》：“通五经，贯六艺，虽才高于世，而无骄尚之

情。常从容淡静，不好交接俗人。”此淹通之征。

⑮案《程器篇》：“仲宣轻脆以躁竞。”此“锐”疑是“竞”字之误。《魏志·杜袭传》：“（王）粲性躁竞。”此彦和所本。

⑯《魏志·王粲传》注引《典略》载桢平视太子夫人甄氏事。谢灵运《拟邺中集诗序》曰：“桢卓荦偏人。”此气褊之征。

⑰《魏志·王粲传》：“籍才藻艳逸，而倜傥放荡，行己寡欲，以庄周为模则。”此俶傥之征。《晋书》本传详载其行事。

⑱《魏志·王粲传》：“康文辞壮丽，好言老庄而尚奇任侠。”注引《康别传》曰：“孙登谓康曰：‘君性烈而才俊。’”此俊侠之征。嵇康《幽愤诗》自述其个性最确切。兴高，谓旨趣高迈；采烈，谓言辞峻烈。

⑲《晋书·潘岳传》：“岳性轻躁，趋世利，与石崇等谄事贾谧，每候其出，与崇辄望尘而拜。构愍、怀之文，岳之辞也。”此轻敏之征。（《文选·籍田赋》注引臧荣绪《晋书》曰：“岳总角辩慧，摛藻清艳。”《才略篇》：“潘岳敏给。”）

⑳《晋书·陆机传》：“机服膺儒术，非礼不动。”此矜重之征。

㉑纪评曰：“此亦约略大概言之，不必皆确。百世以下，何由得其性情？人与文绝不类者，况又不知其几耶！”案彦和所举贾生以下十二人，并指其才性而言。才性内蕴，文辞外发。大抵雅正之人，其言真实；巧诈之徒，其言佞伪。即如潘岳行事卑污，而《闲居》《秋兴》，俨然高士；正以禀性轻敏，故能辞无不可。若谓满纸仁义，即是圣贤，偶赋闲情，便疑狂童，以此论文，未免浅拙，彦和不若是之愚也。

㉒《札记》曰：“自此已下，言性非可力致，而为学则在人。虽才性有偏，可用学习以相补救。如令所习纰缪，亦足以贼其天性，纵姿淑而无成。贵在省其所短，因其所长，加以陶染之功，庶成器服之美；若习与性乖，则勤苦而罕效；性为习误，则劬劳而鲜成。性习相资，不宜或废。求其无弊，惟有专练雅文，此定习之正术，性虽异而可共宗者也。”纪评曰：“归到慎其先入，指出实地功夫。盖才难勉强，而学可自为，故篇内并衡，而结穴侧注。”《庄子·则阳篇》：“冉相氏得其环中以随成。”郭象曰：“居空以随物，而物自成。”“才有天资”，“有”当作“由”。

㉓王闿运《湘绮楼文集》论文曰：“文有时代而无家数，今所以不及

古者，习俗使之然也。韩退之遂云，非三代两汉之书不敢观。如是仅得为拟古之文，及其应世，事迹人地，全非古所有，则失其故步，而反不如时手驾轻就熟也。明人号为复古，全无古色，即退之文亦岂有一句似子长、扬雄耶。故知学古当渐渍于古，先作论事理短篇，务使成章，取古人成作，处处临摹，如仿书然，一字一句，必求其似。如此者家书帐记，皆可摹古，然后稍记事，先取今事与古事类者比而作之，再取今事与古事远者比而附之，终取今事为古所绝无者改而文之，如是非十余年之专功，不能到也。人病在好名欲速，偷懒姑息，孰肯而刊楮七日以削棘猴？故自唐以来，绝无一似古之文，唯八家为易似耳。今贬八家不得言文，及其作文更不如八家，以八家亦自有二三年工力乃可至耳。诗则有家数，易摹拟，其难亦在于变化，于全篇摹拟中能自运一两句，久之可一两联，久之可一两行，则自成家数矣。成家之后，亦防其泛滥。诗者持也，持其所得而谨其易失，其功无可懈者。”

㉔文辞，当作“文体”，与上句“才性”相对成文。肤根，“根”当作“叶”。朱紫，当作“青紫”。纪评曰：“疑字是。《庄子》乃疑于神，正作疑字。后人或作凝，或作拟，皆不知妄改。”案“凝”字似不误。上文云“陶染所凝”，此云“习亦凝真”。真者，才气之谓，言陶染学习之功，亦可凝积而补成才气也。

［日］遍照金刚《文镜秘府论》卷四《论体篇》可与本篇参阅，附录于下：

> 凡制作之士，祖述多门，人心不同，文体各异。较而言之：有博雅焉，有清典焉，有绮艳焉，有宏壮焉，有要约焉，有切至焉。夫模范经诰，褒述功业，渊乎不测，洋哉有闲，博雅之裁也。敷演情志，宣照德音，植义必明，结言唯正，清典之致也。体其淑姿，因其壮观，文章交映，光彩傍发，绮艳之则也。魁张奇纬，阐耀威灵，纵气凌人，扬声骇物，宏壮之道也。指事述心，断辞趣理，微而能显，少而斯洽，要约之旨也。舒陈哀愤，献纳约戒，言唯折中，情必曲尽，切至之功也。
>
> 至如称博雅，则颂、论为其标（颂明功业，论陈名理，体贵于弘，故事宜博，理归于正，故言必雅也）；语清典，则铭、赞居其极

（铭题器物，赞述功能，皆限以四言，分有定准，言不沉遁，故声必清，体不诡杂，故辞必典也）；陈绮艳，则诗、赋表其华（诗兼声色，赋叙物象，故言资绮靡，而文极华艳）；叙宏壮，则诏、檄振其响（诏陈王命，檄叙军容，宏则可以及远，壮则可以威物）；论要约，则表、启擅其能（表以陈事，启以述心，皆施之尊重，须加肃敬，故言在于要，而理归于约）；言切至，则箴、诔得其实（箴陈戒约，诔述哀情，故义资感动，言重切至也）。凡斯六事，文章之通义焉。苟非其宜，失之远矣。博雅之失也缓，清典之失也轻，绮艳之失也淫，宏壮之失也诞，要约之失也简，切至之失也直。体大义疏，辞引声滞，缓之致焉（文体既大，而义不周密，故云疏；辞虽引长，而声不通利，故云滞也）。理入于浮，言失于浅，轻之起焉（叙事为文，须得其理，理不甚会，则觉其浮；言须典正，涉于流俗，则觉其浅）。艳貌违方，逞欲过度，淫以兴焉（文虽绮艳，犹准其事类相当，比拟叙述；不得体物之貌，而违于道，逞己之心，而过于制也）。制伤迂阔，辞多诡异，诞则成焉（宏壮者，亦须准量事类可得施言，不可漫为迂阔，虚陈诡异也）。情不申明，事有遗漏，阑自见焉（谓论心意不能尽申，叙事理又有所阙焉也）。体尚专直，文好指斥，直乃行焉（谓文体不经营，专为直詈；言无比附，好相指斥也）。故词人之作也，先看文之大体，随而用心（谓上所陈文章六种，是其本体也），遵其所宜，防其所失（博雅、清典、绮艳、宏壮、要约、切至等是所宜，缓、轻、淫、阑、诞、直等是所失），故能辞成炼核，动合规矩。而近代作者，好尚互舛，苟见一涂，守而不易，至令摛章缀翰，罕有兼善。岂才思之不足，抑由体制之未该也。

风骨第二十八[①]

《诗》总六义，风冠其首，斯乃化感之本源，志气之符契也[②]。是以怊怅述情，必始乎风；沉吟铺辞，莫先于骨[③]。故辞之待骨，如体之树骸；情之含风，犹形之包气。结言端直，则文骨成焉；意气骏爽，则文风清（一作“生”）焉[④]。若丰藻克赡，风骨不飞，则振采失鲜，负声无力。是以缀虑裁篇，务盈守气，刚健既实，辉光乃新，其为文用，譬征鸟之使翼也[⑤]。

故练于骨者，析辞必精；深乎风者，述情必显。捶字坚而难移，结响凝而不滞，此风骨之力也[⑥]。若瘠义肥辞，繁杂失统，则无骨之征也[⑦]。思不环周，索莫（元作“课”，杨改）乏气（元作“风”，杨改），则无风之验也[⑧]。昔潘勖锡魏，思摹经典，群才韬笔，乃其骨髓畯（铃木云黄氏原本“畯”作“峻”）也[⑨]；相如赋仙，气号凌云，蔚为辞宗，乃其风力遒也[⑩]。能鉴斯要，可以定文，兹术或违，无务繁采[⑪]。

故魏文称：“文以气为主，气之清浊有体，不可力强而致。”故其论孔融，则云“体气高妙”；论徐幹，则云“时有齐气”[⑫]；论刘桢，则云（一本下有“时”字）“有逸气”[⑬]。公幹亦云“孔氏卓卓，信含异气，笔墨之性，殆不可胜”，并重气之旨也[⑭]。夫翚翟备色，而翾（孙云《御览》五八五作“翔”）翥百步，肌丰而力沈也；鹰隼乏（孙云《御览》作“无”）采，而翰飞戾天，骨劲而气猛也；文章才力，有似于此。若风骨乏采，则鸷集翰林；采乏风骨，则雉窜文囿：唯（孙云《御览》作“若”）藻耀而高翔，固文笔（孙云《御览》作“章”）之鸣凤也[⑮]。

若夫镕铸（一作“冶”）经典之范，翔集子史之术，洞晓情变，曲昭文体，然后能孚（汪作“莩”）甲新意，雕画奇辞[⑯]。昭体，故意新而不乱；晓变，故辞奇而不黩。若骨采未圆，风辞未练，而跨略旧规，驰骛新作，虽获巧意，危败亦多，岂空结奇字，纰缪而成经（黄云案冯本经顾校作“轻”）矣[⑰]？《周书》云：“辞尚体要，弗惟好异。”盖防文滥也[⑱]。然文术多门，各适所好，明者弗授，学者弗师。于是习华随侈，流遁忘反。若能确乎正式，使文明以健，则风清骨峻，篇体光华。能研诸虑，何远之有哉[⑲]！

赞曰：情与气偕，辞共体并。文明以健，珪璋乃骋（黄云案冯本“骋”，谭校作“聘”）[⑳]。蔚彼风力，严此骨鲠。才锋峻立，符采克炳。

注释：

①《札记》曰：“二者皆假于物以为喻。文之有意，所以宣达思理，

纲维全篇，譬之于物，则犹风也。文之有辞，所以摅写中怀，显明条贯，譬之于物，则犹骨也。必知风即文意，骨即文辞，然后不蹈空虚之弊。或者舍辞意而别求风骨，言之愈高，即之愈渺，彦和本意不如此也。紬诵斯篇之辞，其曰‘怊怅述情，必始于风，沈吟铺辞，莫先于骨’者，明风缘情显，辞缘骨立也。其曰‘辞之待骨，如体之树骸，情之含风，犹形之包气’者，明体恃骸以立，形恃气以生。辞之于文，必如骨之于身，不然则不成为辞也；意之于文，必若气之于形，不然则不成为意也。其曰‘结言端直，则文骨成焉，意气骏爽，则文风清焉’者，明言外无骨，结言之端直者，即文骨也；意外无风，意气之骏爽者，即文风也。其曰‘丰藻克赡，风骨不飞’者，即徒有华辞，不关实义者也。其曰‘缀虑裁篇，务盈守气’者，即谓文以命意为主也。其曰‘练于骨者，析辞必精，深乎风者，述情必显’者，即谓辞精则文骨成，情显则文风生也。其曰‘瘠义肥辞，无骨之征，思不环周，无气之征’者，明治文气以运思为要，植文骨以修辞为要也。其曰‘情与气偕，辞共体并’者，明气不能自显，情显则气具其中，骨不能独章，辞章则骨在其中也。综览刘氏之论，风骨与意辞，初非有二。然则察前文者，欲求其风骨，不能舍意与辞也；自为文者，欲健其风骨，不能无注意于命意与修辞也。风骨之名，比也；意辞之实，所比也。今舍其实而求其名，则适令人迷罔而不得所归宿。彦和既明言风骨即辞意，复恐学者失命意修辞之本而以奇巧为务也，故更揭示其术曰：‘镕铸经典之范，翔集子史之术，洞晓情变，曲昭文体，然后能孚甲新意，雕画奇辞。昭体，故意新而不乱；晓变，故辞奇而不黩。’明命意修辞，皆有法式，合于法式者以新为美，不合法式者以新为病。推此言之，风借意显，骨缘辞章，意显辞章，皆遵轨辙，非夫弄虚响以为风、结奇辞以为骨者矣。大抵舍人论文，皆以循实反本、酌中合古为贵，全书用意必与此符。《风骨篇》之说易于凌虚，故首则诠释其实质，继则指明其径途，仍令学者不致迷罔，其斯以为文术之圭臬者乎。”

②本篇以风为名，而篇中多言气。《广雅 · 释言》：“风，气也。”《庄子 · 齐物论》：“大块噫气，其名为风。”《诗大序》：“风以动之。”盖气指其未动，风指其已动，《国风》所陈多男女饮食之事，故曰“化感之本源，志气之符契”。

③志气有感而动，其所述之情始真。《情采篇》云“风雅之兴，志思蓄愤，而吟咏情性，以讽其上”，是也。及其铺辞造句，必锻炼以求端直，言与意适相合符，不得空结腴辞，滥谓之骨焉。

④风即文意，骨即文辞，黄先生论之详矣。窃复推明其义曰：此篇所云风情气意，其实一也，而四名之间，又有虚实之分。风虚而气实，风气虚而情意实，可于篇中体会得之。辞之与骨，则辞实而骨虚。辞之端直者谓之辞，而肥辞繁杂亦谓之辞，惟前者始得文骨之称，肥辞不与焉。

⑤“丰藻克赡”下四语，谓瘠义肥辞，其弊若此。“务盈守气”，谓文以情志为主也。《礼记·月令》：“季冬之月，征鸟厉疾。”《正义》曰：“征鸟，谓鹰隼之属也。时杀气盛极，故鹰隼之属，取鸟捷疾严猛也。”此以征鸟气盛为喻。

⑥《淮南子·道应训》高诱注：“捶，锻击也。”捶字坚而难移，则析辞精而练于骨矣。义详《练字》《章句》两篇。《札记》曰：“‘结响凝而不滞’者，此缘意义充足，故声律畅调。凝者不可转移，声律以凝为贵，犹捶字以坚为贵也。不滞者，由思理圆周，天机骏利，所以免于滞涩之病也。”

⑦辞必与义相适，若义瘠而辞过繁，则杂乱失统，失统即无骨矣。《唐文粹》卷八十四杜牧《答庄充书》曰：“凡为文以意为主，以气为辅，以辞采章句为之兵卫。未有主强盛而辅不飘逸者，兵卫不华赫而庄整者。四者高下圆折步骤，随主所指，如鸟随凤，鱼随龙，师众随汤武，腾天潜泉，横裂天下，无不如意。苟意不先立，止以文采辞句绕前捧后，是辞愈多而理愈乱，如入阛阓，纷纷然莫知其谁，暮散而已。是以意全胜者，辞愈朴而文愈高；意不胜者，辞愈华而文愈鄙。是意能遣辞，辞不能成意，大抵为文之旨如此。”

⑧思理不周，条贯失序，安得有骏爽之风？

⑨潘文规范典诰，辞至雅重，为《九锡文》之首选，其事鄙悖而文足称者，练于骨之功也。《说文》：“畯，农夫也。”“畯”是“峻”之误，下云“风清骨峻”。

⑩《汉书·司马相如传》：“相如以为列仙之儒居山泽间，形容甚臞，此非帝王之仙意也，乃遂奏《大人赋》……相如既奏《大人赋》，天子大

说，飘飘有陵云气游天地之闲意。”（《补注》引李慈铭曰：“《史记》‘游’上有‘似’字，此十二字为一句。《扬雄传》‘帝反缥缥有陵云之志’，可证。”）李详《补正》曰：“《汉书·叙传》述司马相如‘蔚为辞宗，赋颂之首’。”《札记》曰：“此赞其命意之高。”《诗·破斧·传》曰：“遒，固也。”

⑪风骨并善，固是高文；若不能兼，宁使骨劲，慎勿肌丰。瘠义肥辞，所不取也。故下文云“并重气之旨”，又云“鸷集翰林，雉窜文囿”。

⑫此魏文帝《典论·论文》语。《典论》曰：“文以气为主，气之清浊有体，不可力强而致。譬诸音乐，曲度虽均，节奏同检，至于引气不齐，巧拙有素，虽在父兄，不能以移子弟。”细审文意，所谓气之清者，即彦和云“意气骏爽，则文风清焉”之风。文风之清，其关键在意气骏爽。故文帝论孔融“体气高妙”，以融为人性近高明也；徐幹为人恬淡优柔，性近舒缓，故曰“时有齐气”。李善注曰：“言齐俗文体舒缓，而徐幹亦有斯累。”《汉书·地理志》曰：“故《齐诗》曰：‘子之营兮，遭我乎崍之间兮。’此亦其舒缓之体也。”

⑬《文选》魏文帝《与吴质书》：“公幹有逸气，但未遒耳。”《颜氏家训·文章篇》：“凡为文章，犹人乘骐骥，虽有逸气，当以衔勒制之，勿使流乱轨躅，放意填坑岸也。”《才略篇》曰：“刘桢情高以会采。”情高，故有逸气；未遒，谓有时至流乱轨躅也。

⑭刘桢论孔融文佚，观其语意，推重融文甚至。

⑮纪评曰：“风骨乏采是陪笔，开合以尽意耳。”案纪说非是。夏侯湛《昆弟诰》、苏绰《大诰》之属，不得谓为无风骨，而藻采不足，故喻以鸷集翰林。风骨乏采，则齐梁文章通病也。王应麟《辞学指南》引此文作“若藻耀而高翔，固文章鸣凤也”。

⑯《辞学指南》引“铸”作“冶”，“孚”作“莩”，“雕”作“彫”。

⑰《艺文类聚》二十五梁简文帝《诫当阳公大心书》：“立身先须谨重，文章且须放荡。”放荡之教，彦和所讥为危败亦多者也。《颜氏家训·文章篇》：“文章当以理致为心肾，气调为筋骨，事义为皮肤，华丽为冠冕。今世相承，趋末弃本，率多浮艳。辞与理竞，辞胜而理伏；事与才争，事繁而才损。放逸者流宕而忘归，穿凿者补缀而不足，时俗如此，安能独违，但务去泰去甚耳。必有盛才重誉，改革体裁者，实吾所希。古人

之文，宏材逸气，体度风格，去今实远，但缉缀疏朴，未为密致耳。今世音律谐靡，章句偶对，讳避精详，贤于往昔多矣。宜以古之制裁为本，今之辞调为末，并须两存，不可偏废也。”颜氏说可与彦和转相发明。《札记》曰：“此乃研练风骨之正术，必如此而后意真辞雅，虽新非病。纪氏谓：‘补此一段，以防纵横逾法之弊。’非也。”“纰缪而成经”，“经”字不误，经，常也，言不可为常道。“矣”字疑当作“乎”。

⑱《尚书·毕命篇》语，引见《征圣篇》。

⑲“明者弗授，学者弗师”，即《神思篇》所云“伊挚不能言鼎，轮扁不能语斤”。《札记》曰：“此言命意选辞，好尚各异，惟有师古酌中，庶无疵咎也。‘能研诸虑，何远之有’，指明风骨之即辞意，欲美其风骨者，惟有致力于修辞命意也。”

⑳“骋”，应作“聘”。

通变第二十九①

夫设文之体有常，变文之数无方，何以明其然耶？凡诗赋书记，名理相因，此有常之体也；文辞气力，通变则久，此无方之数也②。名理有常，体必资于故实；通变无方，数必酌于新声：故能骋无穷之路，饮不竭之源。然绠短者衔渴，足疲者辍涂，非文理之数尽，乃通变之术疏耳③。故论文之方，譬诸草木，根干丽土而同性，臭味晞（铃木云“睎”当作“晞”，黄氏原本不误，两广本误）阳而异品矣。

是以九代咏歌，志合文则（元作“财”，许无念改）④。黄歌“断竹”，质之至也⑤；唐歌《在昔》，则广于黄世⑥；虞歌《卿云》，则（铃木云《玉海》引删“则”字）文于唐时⑦；夏歌“雕墙”，缛于虞代⑧；商周篇什，丽于夏年：至于序志述时，其揆一也⑨。暨楚之骚文，矩式周人；汉之赋颂，影写楚世；魏之策（元作“荐”，许无念改；一本作“篇”）制，顾慕汉风；晋之辞章，瞻望魏采⑩。搉（铃木云诸本作“确”）而论之，则黄唐淳而质，虞夏质而辨，商周丽而雅，楚汉侈而艳，魏晋浅而绮，宋初讹而新[11]。从质及讹，弥近弥澹。何则？竞今疏古，风味（一作“末”）气衰也[12]。

今才颖之士，刻意学文，多略汉篇，师范宋集[13]，虽古今备阅，然近附而远疏矣。夫青生于蓝，绛生于蒨，虽逾本色，不能复化[14]。桓君山云：“予见新进丽文，美而无采；及见刘、扬言辞，常辄有得。”此其验也[15]。故练青濯绛，必归蓝蒨，矫讹翻浅，还宗经诰[16]，斯斟酌乎质文之间，而檃括乎雅俗之际，可与言通变矣[17]。

夫夸张声貌，则汉初已极[18]。自兹厥后，循环相因；虽轩翥出辙，而终入笼内。枚乘《七发》云：“通望兮东海，虹洞兮苍天。”相如《上林》云：“视之无端，察之无涯，日出东沼，月生西陂。”马融《广成》云：“天地虹洞，固（元作“因”，按颂文改）无端涯，大明出东，月生西陂。”扬雄“校猎”云：“出入日月，天与地沓。”张衡《西京》云：“日月于是乎出入，象扶桑于蒙汜。”此并广寓极状，而五家如一。诸如此类，莫不相循，参伍因革，通变之数也[19]。

是以规略文统，宜宏大体：先博览以精阅，总纲纪而摄契；然后拓衢路，置关键，长辔远驭，从容按节，凭情以会通，负气以适变，采如宛虹之奋鬐，光（元作“毛”，曹改）若长离之振翼，乃颖脱之文矣[20]。若乃龌龊于偏解，矜激乎一致，此庭间之回骤，岂万里之逸步哉[21]？

赞曰：文律运周，日新其业。变则其（疑作“可”）久，通则不乏。趋时必果，乘机无怯（一作“路”）。望今制奇，参古定法[22]。

注释：

①纪评曰：“齐梁间风气绮靡，转相神圣，文士所作，如出一手，故彦和以通变立论。然求新于俗尚之中，则小智师心，转成纤仄，明之竟陵、公安，是其明征，故挽其返而求之古。盖当代之新声，既无非滥调，则古人之旧式，转属新声。复古而名以通变，盖以此尔。”案纪氏之说是也。《札记》曰：“此篇大指，示人勿为循俗之文，宜反之于古。其要语曰：‘矫讹翻浅，还宗经诰，斯斟酌乎质文之间，而檃括乎雅俗之际，可与言通变矣。’此则彦和之言通变，犹补偏救弊云尔。文有可变革者，有不可变革者。可变革者，遣辞捶字，宅句安章，随手之变，人各不同。不可变革

者，规矩法律是也，虽历千载而粲然如新，由之则成文，不由之而师心自用，苟作聪明，虽或要誉一时，徒党猥盛，曾不转瞬而为人唾弃矣。拘者规摹古人，不敢或失，放者又自立规则，自以为救患起衰。二者交讥，与不得已，拘者犹为上也。彦和此篇既以通变为旨，而章内乃历举古人转相因袭之文，可知通变之道惟在师古。所谓变者，变世俗之文，非变古昔之法也。自世人误会昌黎韩氏之言，以为'文必己出'，不悟文固贵出于己，然亦必求合于古人之法，博览往载，熟精文律，则虽自有造作，不害于义，用古人之法，是亦古人也。若夫小智自私，讦言欺世，既违故训，复背文条，于此而欲以善变成名，适为识者所嗤笑耳。彦和云：'夸张声貌，汉初已极。自兹厥后，循环相因，虽轩翥出辙，而终入笼内。'明古有善作，虽工变者不能越其范围，知此，则通变之为复古，更无疑义矣。陆士衡曰'收百世之阙文，采千载之遗韵，谢朝华于已披，启夕秀于未振'，此言通变也。'普辞条与文律，良余膺之所服，练世情之常尤，识前修之所淑'，此言师古也。抽绎其意，盖谓法必师古，而放言造辞，宜补苴古人之阙遗。究之美自我成，术由前授，以此求新，人不厌其新，以此率旧，人不厌其旧。天动星回，辰极无改；机旋轮转，衡轴常中；振垂弛之文统，而常为世师者，其在斯乎?"

②《札记》曰："放言遣辞，运思致力，即一身前后所作，亦不能尽同。前篇云'八体虽殊，会通合数，得其环中，则辐辏相成'，是也。况于规摹往文，自宜斟酌损益，非如锲舟胶柱者之所为明矣。"

③此篇虽旨在变新复古，而通变之术要在"资故实，酌新声"两语，缺一则疏矣。《唐文粹》八十四裴度《寄李翱书》曰："不诡其词而词自丽，不异其理而理自新。若夫《典》《谟》《训》《诰》《文言》《系辞》《国风》《雅》《颂》，经圣人之笔削者，则又至易也，至直也。虽大弥天地，细入无间，而奇言怪语，未之或有。意随文而可见，事随意而可行，此所谓文可文，非常文也。其可文而文之，何常之有……观弟近日制作大旨，常以时世之文，多偶对丽句，属缀风云，羁束声韵，为文之病甚矣，故以雄词远致，一以矫之，则是以文字为意也。且文者，圣人假之以达其心，达则已，理穷则已，非故高之下之详之略之也。昔人有见小人之违道者，耻与之同形貌，共衣服，遂思倒置眉目，反易冠带以异也，不知其倒之反

之非也。虽失于小人，亦异于君子矣。故文之异，在气格之高下，思致之深浅，不在磔裂章句，隳废声韵也。人之异，在风神之清浊，心志之通塞，不在于倒置眉目，反易冠带也。”《札记》曰：“新旧之名无定，新法使人厌观，则亦旧矣。旧法久废，一旦出之尘霾之中，加以拂拭之事，则亦新矣。变古乱常而欲求新，吾未见其果能新也。”纪昀《爱鼎堂遗集序》曰：“三古以来，文章日变，其间有气运焉，有风尚焉。史莫善于班马，而班马不能为《尚书》《春秋》，诗莫善于李杜，而李杜不能为《三百篇》，此关乎气运者也。至风尚所趋，则人心为之矣，其间异同得失，缕数难穷。大抵趋风尚者三途：其一厌故喜新；其一巧投时好；其一循声附和，随波而浮沉。变风尚者二途：其一乘将变之势，斗巧争长；其一则于积坏之余，挽狂澜而反之正。若夫不沿颓弊之习，亦不欲党同伐异，启门户之争，孑然独立，自为一家，以待后人之论定，则又于风尚之外自为一途焉。”

④楚属于周，故云九代。

⑤《吴越春秋》：“越王欲谋伐吴，范蠡进善射者陈音。王问曰：‘孤闻子善射，道何所生？’对曰：‘臣闻弩生于弓，弓生于弹，弹起于古之孝子，不忍见父母为禽兽所食，故作弹以守之。’歌曰：‘断竹，续竹。飞土，逐宍（宍，古“肉”字）。’”案彦和谓此歌本于黄世，未知何据，书缺有间，不可考矣。李详《黄注补正》曰：“黄生《义府》云，此未知诗理。盖‘断竹续竹，飞土逐宍’，必四言成句，语脉紧，声情始切；若读作二言，其声啴缓而不激扬，恐非歌旨。若昔人读‘黄绢，幼妇，外孙，齑臼’，成二言四句，此实妙解文章之味。又古文八字用四韵者，《老子》‘知足不辱，知止不殆’，《韩非》‘名正物定，名倚物徙’，是也。”案李引似非。《断竹歌》虽仅八字，而写事凡四：断竹一事，续竹二事，飞土三事，逐肉四事，正如黄绢隐“绝”字，幼妇隐“妙”字，上下文各不相关者类似。李引所举《老子》《韩非》二例，似与此不同。盖二例虽皆二字为韵，而义实贯穿：知足而后不辱，知止而后不殆；名正而后物定，名倚而后物徙；与《断竹歌》之二字自为一事，恐不同科。

⑥《礼记·郊特牲》：“伊耆氏始为蜡，蜡也者，索也。祝曰：‘土反其宅。水归其壑。昆虫毋作。草木归其泽。’”《札记》云：“案上文‘黄歌断竹’，下文‘虞歌卿云，夏歌雕墙’，‘断竹’‘卿云’‘雕墙’，皆歌中字，

此云‘在昔’，独无所征，倘‘昔’为‘蜡’之讹与?《礼记》载伊耆氏蜡辞，伊耆氏，或云尧也。”窃案蜡辞非歌，在蜡亦非句中语，或彦和时有此歌尔。

⑦《尚书大传》载舜《卿云歌》曰:“卿云烂兮，纠缦缦兮。日月光华，旦复旦兮。”

⑧见《明诗篇》。

⑨自“断竹之质”至“商周之丽”，所谓“酌于新声，通变无方”也。考其根柢，要皆序志述事，其揆则一。彦和于商周以前，不称“后模前代”，而称之曰“其揆一也”，明商周以前之文，皆本自然之趋向，以序志述时为归。至楚汉以下，则谓之矩式、影写、顾慕、瞻望，而终之曰“竞今疏古，风味气衰”。据此以观，文章须顺自然，不可过重模拟。盖因袭之弊，必至躯壳仅存，真意丧失，后世一切虚伪涂饰之文，皆由此道而生者也。商诗指《商颂》，彦和用《毛诗》古文说。

⑩楚骚，古诗之流，故曰“矩式周人”。《时序篇》曰:“爰自汉室，迄至成哀，虽世渐百龄，辞人九变，而大抵所归，祖述《楚辞》，灵均余影，于是乎在。”策制，应作“篇制”。

⑪陆云《与兄平原书》曰:“文章当贵经绮(“经”是“轻”之误)，如谓后颂语(云作《澄遐颂》)如漂漂，故谓如小胜耳。”轻绮，即此云“浅绮”。孙德谦《六朝丽指》曰:“《文心 · 通变篇》‘宋初讹而新’，谓之讹者，未有解也。及《定势篇》则释之曰:‘自近代辞人，率好诡巧，原其为体，讹势所变。厌黩旧式，故穿凿取新。察其讹意，似难而实无他术也，反正而已。故文反正为乏，辞反正为奇。效奇之法，必颠倒文句，上字而抑下，中辞而出外，回互不常，则新色耳。’观此，则讹之为用，在取新奇也。顾彼独言宋初者，岂自宋以后即不然乎?非也。《通变》又曰:‘今才颖之士，刻意学文，多略汉篇，师范宋集。’则文之反正喜尚新奇者，虽统论六朝可矣。闻之魏文有言‘文章经国大业，不朽之盛事’，文而专求新奇，为识者蚩鄙，在所不免。然而论乎骈文，自当宗法六朝，一时作者并起，既以新奇制胜，则宜考其为此之法。吾试略言之。有诡更文体者，如韦琳之有《䱇表》，袁阳源之有《鸡九锡文》并《劝进》，是虽出于游戏，然亦力趋新奇，而不自觉其讹焉者也。有不用本字，其义难

通，遂使人疑其上下有阙文者。如任彦升《为范始兴作求立太宰碑表》'阮略既泯，故首冒严科'，'故'即'固'字，自假'固'为'故'，而文意甚明者转至不可解矣。此亦新奇之失，讹于一字者也。又《北山移文》'道帙长殡'，此'殡'字借为埋没意，且其文究非移檄正格，犹可说也。而江文通《为萧拜太尉扬州牧表》'若殒若殡'，《说文》'殡，尸在棺，将迁葬柩，宾遇之'，今文果从本义，则殡为死矣。章表之体，理宜谨重，何必须此'殡'字，盖亦惟务新奇，讹谬若此也。以上二者，皆系用字之讹，以为苟不如此，不足见其新奇耳。他如鲍明远《石帆铭》'君子彼想'，恐是'想彼君子'，类彦和之所谓颠倒文句者。句何以颠倒，以期其新奇也。又庾子山《梁东宫行雨山铭》'草绿衫同，华红面似'，其句法本应作'衫同草绿，面似花红'，今亦颠之倒之者，使之新奇也。或曰，铭为韵文，所以颠倒者，取其音叶。其说是也。以吾言之，律赋有官韵，无可如何，而颠倒其文句，既非律赋，凡为骈偶文字，造句之时可放笔为之，无容倒置。然则此铭两句，其有意取讹者，亦好新奇之过也。其余则哲如仁之类，一言蔽之，不离乎新奇者近是。虽然，记有之，情欲信，辞欲巧，礼家且云尔，又何病夫新奇哉！"

⑫《说文》："澹，水摇也。"又："淡，薄味也。"弥澹，应作"弥淡"。风味，疑当作"风昧"。"风昧"与"风清"相对。《说文》："昧，暗也。"《小尔雅·广诂》："昧，冥也。"孙君蜀丞曰："按作'末'是也。《封禅篇》云'风末力寡'，与此意同。"

⑬《南齐书·武陵王晔传》："（晔）与诸王共作短句，诗学谢灵运体，以呈上。（高帝）报曰：'见汝二十字，诸儿作中最为优者。但康乐放荡，作体不辨有首尾。安仁、士衡深可宗尚，颜延之抑其次也。"此略汉篇、师宋集之证。《南齐书·文学传论》可参阅。

⑭青生于蓝，本《荀子·劝学篇》。《尔雅·释草》："茹芦，茅蒐。"郭注："今之蒨也，可以染绛。"此言习近略远之弊。

⑮桓谭语当是《新论》佚文。刘、扬，谓子骏、子云也。

⑯《梁书·萧子云传》：武帝敕子云撰定郊庙乐辞曰："郊庙歌辞，应须典诰大语，不得杂用子史文章浅言。"典诰大语，能善用之固佳，然魏晋以下郊庙歌词非不庄重，其能动人者鲜矣。

⑰“斟酌质文之间，檃括雅俗之际”二语，极可深味，后世惟韩退之最得此意，若樊宗师则踬矣。《南齐书·张融传》载其《门律自序》曰：“吾文章之体，多为世人所惊，汝可师耳以心，不可使耳为心师也。夫文岂有常体，但以有体为常，政当使常有其体。丈夫当删诗书，制礼乐，何至因循寄人篱下。且中代之文，道体阙变，尺寸相资，弥缝旧物。吾之文章，体亦何异，何尝颠温凉而错寒暑，综哀乐而横歌哭哉？政以属辞多出，比事不羁，不阡不陌，非途非路耳。然其传音振逸，鸣节竦韵，或当未极，亦已极其所矣。汝若复别得体者，吾不拘也……”临卒，又诫其子曰：“……吾文体英绝，变而屡奇，即不能远至汉魏，故（同‘固’）无取嗟晋宋。”融说可与彦和互证。桂馥《晚学集·书〈北史·苏绰传〉后》曰：“传云：自有晋之季，文章竞为浮华，遂以成俗，周文欲革其弊，因魏帝祭庙，群臣毕至，乃命绰为《大诰》奉行之，自是之后，文笔皆依此体。馥以为此甚谬举也。文至北魏，诚病浮华，欲革其弊，但可文从字顺，以求辞达，若必仿佛训诰，袭其形貌，羊质虎皮，叔敖衣冠，率天下以作伪而已。既无真气，何以自立？且文章递变，本不相沿，汉魏诏诰，未尝式准商周，而自为一代之体；今读绰他文，精神焕发，及读此诰，不欲终篇，何至踵新莽之故智，而遗笑来世乎？后之效《左》《国》，摹汉、魏，戴假面登场者，又绰之罪人也。”

⑱此特举一例言之耳，其实历代皆有新创作，可资模范，不必拘泥于汉初也。

⑲据《上林赋》“月生西陂”，当作“入乎西陂”。彦和虽举此五家为例，然非教人屋下架屋，模拟取笑也。《札记》曰：“彦和此言，非教人直录古作，盖谓古人之文，有能变者，有不能变者，有须因袭者，有不可因袭者，在人斟酌用之。大抵初学作文，于摹拟昔文，有二事当知：第一，当取古今相同之情事而试序之。譬如序山川，写物色，古今所同也。远视黄山，气成葱翠，适当秋日，草尽萎黄，古作者言，今亦无能异也。第二，当知古今情事有相殊者，须斟酌而为之。或古无而今有，则不宜强以古事傅会，施床垂脚，必无危坐之仪，髡首戴帽，必无免冠之礼，此一事也。或古有而今无，亦不宜以今事比合，古上书曰‘死罪’，而后世但曰‘跪奏’，古允奏称‘制曰可’，而后世但曰‘照所请’，若改以就古，则

于理甚乖，此二事也。必于古今同异之理，名实分合之原，旁及训故文律，悉能谙练，然后拟古无优孟之讥，自作无刻楮之诮，此制文之要术也。”顾亭林《救文格论》可参阅。

⑳《札记》曰：“博精二字最要。”窃案“凭情以会通，负气以适变”二语，尤为通变之要本。盖必情真气盛，骨力峻茂，言人不厌其言，然后故实新声，皆为我用；若情匮气失，效今固不可，拟古亦取憎也。《文选》张衡《西京赋》“瞰宛虹之长鬐”，薛综注曰“鬐，脊也”。又衡《思玄赋》“前长离使拂羽兮”，旧注“长离，朱鸟也”。《史记·平原君列传》：“毛遂曰：‘臣乃今日请处囊中耳。使遂蚤得处囊中，乃颖脱而出，非特其末见而已。’”《索隐》：“郑玄曰：‘颖，环也。’”《札记》曰：“彦和此言，为时人而发，后世有人高谈宗派，垄断文林，据其私心以为文章之要止此，合之则是，不合则非，虽士衡、蔚宗，不免攻击，此亦彦和所讥也。嘉定钱君有与人书一首，足以解拘挛，攻顽顿，录之如下：

钱晓徵《与友人书》(《潜研堂文集》三十三)

前晤吾兄，极称近日古文家以桐城方氏为最……（予）取方氏文读之，其波澜意度，颇有韩、欧阳、王之规橅，视世俗冗蔓獶杂之作，固不可同日语。惜乎其未喻古文之义法尔。夫古文之体，奇正、浓淡、详略，本无定法。要其为文之旨有四，曰明道、曰经世、曰阐幽、曰正俗。有是四者，而后以法律约之，夫然后可以羽翼经史，而传之天下后世。至于亲戚故旧，聚散存殁之感，一时有所寄托，而宣之于文，使其姓名附见集中者，此其人事迹原无足传，故一切阙而不载，非本有所纪而略之，以为文之义法如此也。方氏以世人诵欧公王恭武、杜祁公诸志，不若黄梦升、张子野诸志之熟，遂谓功德之崇，不若情辞之动人心目。然则使方氏援笔而为王、杜之志，亦将舍其勋业之大者，而徒以应酬之空言了之乎？六经三史之文，世人不能尽好，间有读之者，仅以供场屋饾饤之用，求通其大义者罕矣。至于传奇之演绎，优伶之宾白，情辞动人心目，虽里巷小夫妇人，无不为之歌泣者，所谓曲弥高则和弥寡，读者之熟与不熟，非文之有优劣也。以此论文，其与孙钅、林云铭、金人瑞之徒何异！文有繁有简，繁者不可减之使少，犹之简者不可使之增多。《左氏》之繁，胜于《公》

《穀》之简，《史记》《汉书》互有繁简，谓文未有繁而能工者，非通论也。太史公，汉时官名，司马谈父子为之。故《史记·自序》云‘谈为太史公’，又云‘卒三岁而迁为太史公’，《报任安书》亦自称太史公，‘公’非尊其父之称，而方以为称‘太史公曰’者皆褚少孙所加。《秦本纪》《田单传》别出它说，此史家存类之法，《汉书》亦间有之，而方以为后人所附缀。韩退之撰《顺宗实录》，载陆贽《阳城传》，此实录之体应尔，非退之所创，方亦不知，而妄讥之。盖方所谓古文义法者，特世俗选本之古文，未尝博观而求其法也。法且不知，而义于何有！昔刘原父讥欧阳公不读书，原父博闻，诚胜于欧阳，然其言未免太过。若方氏乃真不读书之甚者。吾兄特以其文之波澜意度近于古而喜之，予以为方所得者，古文之糟粕，非古文之神理也。王若霖言：‘灵皋以古文为时文，却以时文为古文。’方终身病之。若霖可谓洞中垣一方症结者矣……”

㉑《史记·郦食其传》：“郦生闻其将皆握龊好苛礼自用。”《集解》：“应劭曰：‘握龊，急促之貌。’”《索隐》：“应劭曰龊音若‘促’。韦昭云：‘握龊，小节也。’贾逵云：‘苛，烦也。’小颜云：‘苛，细也。’”致，至也。一致，犹言一得。《楚辞》严忌《哀时命》：“骋骐骥于中庭兮，焉能极夫远道。”王逸注曰：“言骐骥一驰千里，乃骋之中庭促狭之处，不得展足以极远道也。”

㉒《抱朴子·尚博篇》：“俗士多云：‘今山不及古山之高，今海不及古海之广，今日不及古日之热，今月不及古月之朗。’何肯许今之才士，不减古之枯骨？”今亦有胜于古者，岂可一概论乎！望今制奇，参古定法，彦和固不教人专事效古也。

定势第三十[①]

夫情致异区，文变殊术，莫不因情立体，即体成势也[②]。势者，乘利而为制也。如机发矢直，涧曲湍（元作“文”，王性凝按本赞改）

回，自然之趣也。圆者规体，其势也自转；方者矩形，其势也自安：文章体势，如斯而已[3]。

是以模经为式者，自入典雅之懿；效《骚》（元作“验”，王改）命篇者，必归艳逸之华；综意浅切者，类乏酝藉；断（一作“斫”）辞辨约者，率乖繁缛[4]：譬激水不漪，槁木无阴，自然之势也[5]。

是以绘事图色，文辞尽情，色糅而犬马殊形，情交而雅俗异势，镕范所拟，各有司匠，虽无严郛，难得逾越[6]。然渊乎文者，并总群势：奇正虽反，必兼解以俱通；刚柔虽殊，必随时而适用。若爱典而恶华，则兼通之理偏，似夏人争弓矢，执一不可以独射也[7]；若雅郑而共篇，则总一之势离，是楚人鬻矛誉楯，两难得而俱售也[8]。

是以括囊杂体，功（一作“切”，从《御览》改）在铨别，宫商朱紫，随势各配[9]。章表奏议，则准的乎典雅（一作“雅颂”，从《御览》改）；赋颂歌诗，则羽仪乎清丽；符檄书移，则楷式于明断；史论序注，则师（孙云《御览》五八五作“轨”）范于核要；箴铭碑诔，则体制于弘深；连珠七辞，则从事于巧艳：此循体（黄云案冯本“循体”校云“‘循体’,《御览》作‘修本’”）而成势，随变而立功者也[10]。虽复契会相参，节文互杂，譬五色之锦，各以本采为地矣[11]。

桓谭称：“文家各有所慕，或好浮华而不知实核，或美众多而不见要约。”[12]陈思亦云：“世之作者，或好烦文博采，深沈其旨者；或好离言辨白，分毫析厘者：所习不同，所务各异。”言势殊也[13]。刘桢云：“文之体指实强弱，使其辞已尽而势有余，天下一人耳，不可得也。”公幹所谈，颇亦兼气。然文之任势，势有刚柔，不必壮言慷慨，乃称势也[14]。又陆云自称：“往日论文，先辞而后情，尚势而不取悦泽；及张公论文，则欲宗其言。”夫情固先辞，势实须泽，可谓先迷后能从善矣[15]。

自近代辞人，率好诡巧，原其为体，讹势所变。厌黩旧式，故穿凿取新，察其讹意，似难而实无他术也，反正而已[16]。故文反“正”为“乏” （元作“支”），辞反正为奇。效奇之法，必颠倒文句（元作“向”，王改），上字而抑下，中辞而出外，回互不常，则新色耳[17]。

夫通衢夷坦，而多行捷径者，趋近故也；正文明白，而常务反言者，适俗故也。然密会者以意新得巧，苟异者以失体成怪。旧练之才，则执正以驭奇；新学之锐，则逐奇而失正；势流不反，则文体遂弊。秉兹情术，可无思耶[18]？

赞曰：形生势成，始末相承。湍回似规，矢激如绳。因利骋节，情采自凝。枉辔学步，力止襄（谢云当作“寿”，顾校作“寿”）陵[19]。

注释：

①此篇与《体性篇》参阅，始悟定势之旨。所谓势者，既非故作慷慨，叫嚣示雄，亦非强事低回，舒缓取姿；文各有体，即体成势，章表奏议不得杂以嘲弄，符册檄移不得空谈风月，即所谓势也。《抱朴子 · 辞义篇》曰：“夫才有清浊，思有修短，虽并属文，参差万品，或浩瀁而不渊潭，或得事情而辞钝，违物理而言功。盖偏长之一致，非兼通之才也。暗于自料，强欲兼之，违才易务，故不免嗤也。”葛洪此论实为知言。人之才性不同，善此者不必善于彼，如阮瑀、陈琳，独擅章表，陆云、阎纂，不便五言，贵能自料量，就所长者为之耳。若夫兼解俱通，惟渊乎文者为能，偏才之士，但能郛郭不踰，体势相因，即文非最休，亦可以无大过矣。《札记》论《定势》甚善，录之于下：

> 古今言文势者，提封有三焉：其一以为文之有势，取其盛壮，若飘风之旋，奔马之驰，长河大江之倾注，此专标忼慨以为势，然不能尽文而有之。其次以为势有纡急，有刚柔，有阴阳向背，此与徒崇忼慨者异撰矣。然执一而不通，则谓既受成形，不可变革，为春温者必不能为秋肃，近强阳者必不能为惨阴。为是取往世之文，分其条品，曰：此阳也，彼阴也，此纯刚而彼略柔也。一夫倡之，众人和之。噫，自文术之衰，窾言文势者，何其纷纷耶！吾尝取刘舍人之言，审思而熟察之矣。彼标其篇曰《定势》，而篇中所言，则皆言势之无定也。其开宗也，曰“因情立体，即体成势”，明势不自成，随体而成也。申之曰“机发矢直，涧曲湍回，自然之趣”“激水不漪，槁木无阴，自然之势”，明体以定势，离体立势，虽玄宰哲匠有所不能也。又曰“循体成势，因变立巧”，明文势无定，不可执一也。举桓谭以下诸子之言，明拘固者之有所谢短也。终讥近代辞人以效奇取势，明文势随体变迁，苟以效奇为能，是使体束于势，势虽若奇，而体因之

弊，不可为训也。《赞》曰“形生势成，始末相承”，明物不能有末而无本，末又必自本生也。凡若此者，一言蔽之曰：体势相须而已。为文者信喻乎此，则知定势之要在乎随体。譬如水焉，槃圆则圆，盂方则方；譬如雪焉，因方为珪，遇圆成璧；焉有执一定之势，以御数多之体，趣捷狭之径，以偭往旧之规，而阳阳然自以为能得文势，妄引前修以自尉荐者乎！是故彦和之说，视夫专标文势妄分条品者，若山头之与井底也，视徒知崇慷慨者，相去乃不可以道里计也。虽然，势之为训隐矣。不显言之，则其封略不憭，而空言文势者，得以反唇而相稽。《考工记》曰：“审曲面势。”郑司农以为审察五材曲直、方面、形势之宜。是以曲、面、势为三，于词不顺。盖匠人置槷以县，其形如柱，傅之平地，其长八尺以测日景，故势当为槷，槷者臬之假借。《说文》：“臬，射埻的也。”其字通作艺，《上林赋》“弦矢分，艺殪仆”是也。本为射的，以其端正有法度，则引申为凡法度之称。《书》曰：“汝陈时臬事。”《传》曰：“陈之艺极。”作臬、作槷、作埶（埶即执之后出字），一也。言形势者，原于臬之测远近，视朝夕，苟无其形，则臬无所加，是故势不得离形而成用。言气势者，原于用臬者之辨趣向，决从违，苟无其臬，则无所奉以为准，是故气势亦不得离形而独立。文之有势，盖兼二者之义而用之。知凡势之不能离形，则文势亦不能离体也；知远近朝夕非槷所能自为，则阴阳刚柔亦非文势所能自为也；知趣向从违随乎物形而不可横杂以成见，则为文定势，一切率乎文体之自然，而不可横杂以成见也。惟彦和深明势之随体，故一篇之中数言自然，而设譬于织综之因于本地，善言文势者，孰有过于彦和者乎？若乃拘一定之势，驭无穷之体，在彦和时则有厌黩旧式，颠倒文句者；其后数百年，则有磔裂章句，隳废声韵者；彼皆非所明而明之，知文势之说者所不予也。要之文有坦涂而无门户，彼矜言文势，拘执虚名，而不究实义，以出于己为是，以守旧为非者，盍亦研揅彦和之说哉。

②势者，标准也，审察题旨，知当用何种体制作标准。标准既定，则意有取舍，辞有简择，及其成文，止有体而无所谓势也。纪评曰：“自篇首至自然之势一段，言文各有自然之势。”

③此以天地为喻也。天圆则势自转动，地方则势自安静。天地至大，尚不能违自然之势，文章体势亦如斯而已。

④《宗经篇》："禀经以制式。"《辨骚篇赞》："惊才风逸，艳溢锱毫。"《汉书·薛广德传》："温雅有酝藉。"注"酝，言如酝酿也。藉，有所荐借也。"藉亦有厚意。

⑤《文选·吴都赋》："刷荡漪澜。"刘注："漪澜，水波也。"《尔雅·释水》有"漪"字，未训为水波，《吴都赋》盖误也。纪评曰："'模经'四句与'综意'四句，是一开一合文字，'激水'三句，乃单承'综意'四句也。"

⑥此以绘事喻文势也。势之不得离体，犹善画马者不得画犬如马。纪评曰："自绘事图色以下，言势无定格，各因其宜，当随其自然而取之。"

⑦陈先生曰："《御览》三四七引《胡非子》：'一人曰：吾弓良，无所用矢。一人曰：吾矢善，无所用弓。羿闻之曰：非弓，何以往矢？非矢，何以中的？令合弓矢而教之射。'是以羿为夏射官，故云夏人。"

⑧《韩非子·难一》："楚人有鬻楯与矛者。誉之曰：'吾楯之坚，物莫能陷也。'又誉其矛曰：'吾矛之利，于物无不陷也。'或曰：'以子之矛，陷子之楯，何如？'其人弗能应也。"总一，犹言一体，雅体不得杂以郑声也。

⑨《易·坤》六四："括囊无咎无誉。"《正义》："括，结也。囊，所以贮物。"宫商，谓声律。朱紫，谓辞采。功在铨别，即所谓定势。

⑩本书上篇列举文章多体，而每体必敷理以举统，即论每体应取之势。《札记》曰："《典论·论文》与《文赋》论文体所宜，与此可以参观。"

⑪此言文辞虽贵通变，而势之大本不得背离。

⑫桓谭语无考，当在《新论》中。

⑬陈思语无考。

⑭《札记》曰："'文之体指实强弱'句有误。细审彦和语，疑此句当作'文之体指贵强'，下衍'弱'字。"窃案《抱朴子·尚博篇》云"清浊参差，所禀有主，朗昧不同科，强弱各殊气"，疑公幹语当作文之体指，实殊强弱，《抱朴》语或即本之公幹也。故下文云"公幹所谈，颇亦兼

气”。《诗品》云：“魏文学刘桢，其源出于《古诗》。仗气爱奇，动多振绝，真骨凌霜，高风跨俗。但气过其文，雕润恨少。”案此亦公幹尚气之证。

⑮陆云《与兄平原书》曰：“往日论文，先辞而后情，尚洁而不取悦泽。尝忆兄道张公父子论文，实自欲得，今日便欲宗其言。”《札记》曰：“尚势，今本《陆士龙集》作‘尚洁’，盖草书‘势’‘絜’形近，初讹为‘絜’，又讹为‘洁（潔）’也。”悦泽，谓润色。《与兄平原书》曰：“久不作文，多不悦泽，兄为小润色之，可成佳物。”“势实须泽”，犹言文之体式虽合，而辞句之润色，所以助成文体，安可忽乎？

⑯《通变篇》曰：“宋初讹而新。”齐梁承流，穿凿益甚，如江淹《恨赋》“孤臣危涕，孽子坠心”，强改“坠涕危心”为“危涕坠心”，于辞不顺，好奇之过也。《六朝丽指》曰：“六朝文字，其开合变化，有令人不可探索者。及阅《无邪堂答问》有论六朝骈文，其言曰‘上抗下坠，潜气内转’，于是六朝真诀，益能领悟矣。盖余初读六朝文，往往见其上下文气，似不相接，而又若作转，不解其故，得此说乃恍然也。试取刘柳之《荐周续之表》为证：‘虽汾阳之举，辍驾于时艰；明扬之旨，潜感于穷谷矣。’上用“虽”字，而于“明扬”句上并无“而”字为转笔，一若此四语中，下二语仍接上二语而言，不知其气已转也。所谓“上抗下坠，潜气内转”者，即是如此。每以他文类推，无不皆然，读六朝文者，此种行文秘诀，安可略诸。”

⑰《左传》宣公十五年“故文反正为乏”，此节可参阅《通变篇》第十一条。

⑱彦和非谓文不当新奇，但须不失正理耳。上文云“章表奏议则准的乎典雅，赋颂歌诗则羽仪乎清丽”，言文章措辞，势有一定，若颠倒文句，穿凿失正，此齐梁辞人好巧取新之病也。绎彦和之意，措辞贵在得体，贵在雅正。世之作者，或捃摭古籍艰晦之字，以自饰其浅陋，或弃当世通用之语，而多杂诡怪不适之文，此盖采讹势而成怪体耳。

⑲作“寿陵”是。本书《杂文篇》“可谓寿陵匍匐，非复邯郸之步”正作“寿陵”不误。《庄子·秋水篇》：“子独不闻夫寿陵余子之学行于邯郸与？未得国能，又失其故行矣，直匍匐而归耳。”

卷　七

情采第三十一[①]

圣贤书辞，总称“文章”，非采而何[②]？夫水性虚而沦漪结，木体实而花萼振：文附质也[③]。虎豹无文，则鞟同犬羊；犀兕有皮，而色资丹漆：质待文也[④]。若乃综述性灵，敷写器象，镂心鸟迹之中，织辞鱼网之上，其为彪炳，缛采名矣[⑤]。

故立文之道，其理有三：一曰形文，五色是也；二曰声文，五音是也；三曰情文，五性是也[⑥]。五色杂而成黼黻，五音比而成韶夏，五情（疑作“性”）发而为辞章，神理之数也。

《孝经》垂典，丧言不文；故知君子常（一作“尝”）言，未尝质也[⑦]。老子疾伪，故称“美言不信”[⑧]；而五千精妙，则非弃美矣。庄周云“辩雕万物”，谓藻饰也[⑨]。韩非云“艳采辩说”，谓绮丽也[⑩]。绮丽以艳说，藻饰以辩雕，文辞之变，于斯极矣。

研味李（黄云案冯本作“孝”；孙诒让曰案“孝老”不误，当据改）、老[⑪]，则知文质附乎性情；详览庄、韩，则见华实过乎淫侈。若择源于泾渭之流，按辔于邪正之路，亦可以驭文采矣。夫铅黛所以饰容，而盼倩生于淑姿；文采所以饰言，而辩丽本于情性。故情者文之经，辞者理之纬；经正而后纬成，理定而后辞畅：此立文之本源也[12]。

昔诗人什篇，为情而造文；辞人赋颂，为文而造情。何以明其然？盖《风》《雅》之兴，志思蓄愤，而吟咏情性，以讽其上，此为情而造文也[13]；诸子之徒，心非郁陶，苟驰夸饰，鬻声钓世，此为文而造情也[14]。故为情者要约而写真，为文者淫丽而烦滥[15]。而后之作者，采滥忽真，远弃《风》《雅》，近师辞赋，故体情之制日疏，逐文之篇愈盛。

故有志深轩冕，而泛咏皋壤；心缠几务，而虚述人外。真宰弗存，翩其反矣[16]。夫桃李不言而成蹊，有实存也；男子树兰而不芳，无其情也[17]。夫以草木之微，依情待实，况乎文章，述志为本，言与志反，文岂足征？

是以联辞结采，将欲明经（汪本作“理”；黄云案冯本作“理”）；采滥辞诡，则心理愈翳[18]。固知翠纶桂饵，反所以失鱼。“言隐荣华”，殆谓此也[19]。是以“衣锦褧衣”，恶文太章；“贲”象穷白，贵乎反本[20]。夫能设谟（谢云当作“模”）以位理，拟地以置心，心定而后结音，理正而后摛藻；使文不灭质，博不溺心，正采耀乎朱蓝，间色屏于红紫；乃可谓雕琢其章，彬彬君子矣[21]。

赞曰：言以文远，诚哉斯验。心术既形，英华乃赡。吴锦好渝，舜英徒艳[22]。繁采寡情，味之必厌。

注释：

①《札记》曰：“舍人处齐梁之世，其时文体方趋于缛丽，以藻饰相高，文胜质衰，是以不得无救正之术。此篇旨归，即在挽尔日之颓风，令循其本，故所讥独在采溢于情，而于浅露朴陋之文未遑多责，盖揉曲木者未有不过其直者也。虽然，彦和之言文质之宜，亦甚明憭矣。首推文章之称，缘于采绘，次论文质相待，本于神理，上举经子以证文之未尝质，文之不弃美，其重视文采如此，曷尝有偏畸之论乎？然自义熙以来，力变过江玄虚冲淡之习而振以文藻，其波流所荡，下至陈、隋，言既隐于荣华，则其弊复与浅露朴陋相等，舍人所讥，重于此而轻于彼，抑有由也。综览南国之文，其文质相剂，情韵相兼者，盖居泰半，而芜辞滥体，足以召后来之谤议者，亦有三焉：一曰繁，二曰浮，三曰晦。繁者，多征事类，意

在铺张；浮者，缘文生情，不关实义；晦者，窜易故训，文理迂回。此虽笃好文采者不能为讳，爱而知恶，理固宜尔也。或者因彦和之言，遂谓南国之文，大抵侈艳居多，宜从屏弃，而别求所谓古者，此亦失当之论。盖侈艳诚不可宗，而文采则不宜去；清真固可为范，而朴陋则不足多。若引前修以自张，背文质之定律，目质野为淳古，以独造为高奇，则又堕入边见，未为合中。方乃标树风声，传诒来叶，借令彦和生于斯际，其所讥当又在此而不在彼矣。故知文质之中，罕能不越，或失则过质，或失则过文。救质者不得不多其文，救文者不得不隆其质，刍狗有时而见弃，澼絖有时而利师，善学者高下在心，进退可法。何必以井蛙夏虫自处，而妄诮冰海也哉？"

②《礼记·乐记》："文采节奏，声之饰也。"文采文章，皆修饰章明义。

③陈先生曰："沦漪，本《诗·伐檀篇》。沦漪，犹《吴都赋》云'刷荡漪澜'，刘渊林注：'漪澜，水波也。'澜即涟漪之涟。《毛诗·释文》亦云，猗本作漪。"

④《论语·颜渊》："子贡曰：文犹质也，质犹文也；虎豹之鞟，犹犬羊之鞟。"《左传》宣公二年："宋城，华元为植巡功。城者讴曰……华元使骖乘者谓之曰：'牛则有皮，犀兕尚多，弃甲则那？'役人曰：'从其有皮，丹漆若何？'"

⑤许慎《说文》序："黄帝之史仓颉，见鸟兽蹄迒之迹，知分理之可相别异也，初造书契。"《后汉书·宦者列传·蔡伦传》："伦乃造意，用树肤、麻头及敝布、鱼网以为纸。"

⑥形文，如《练字篇》所论；声文，如《声律篇》所论。

⑦《孝经·丧亲章》："子曰：孝子之丧亲也，哭不偯，礼无容，言不文。"

⑧老子《道德经》八十一章："信言不美，美言不信。"

⑨《庄子·天道篇》："故古之王天下者，辩虽雕万物不自说也。"《释文》："说，音悦。"

⑩《韩非子·外储说左上》："范且、虞庆之言，皆文辩辞胜而反事之情……夫不谋治强之功，而艳乎辩说文丽之声，是却有术之士，而任坏屋

折弓也。”此云“艳采”，“采”岂“乎”字之误与？

⑪纪评曰：“李，当作‘孝’。《孝》《老》，犹云《老》《易》。”

⑫纪评曰：“此一篇之大旨。”

⑬《汉书·礼乐志》曰：“夫民有血气心知之性，而无哀乐喜怒之常，应感而动，然后心术形焉。”《食货志上》曰：“男女有不得其所者，因相与歌咏，各言其伤。”《公羊传》宣公十五年注曰：“男女有所怨恨，相从而歌。饥者歌其食，劳者歌其事。”可知诗人什篇，皆出于性情，盖苟有其情，则耕夫织妇之辞，亦可观可兴。汉之乐府，后世之谣谚，皆里闾小子之作，而情文真切，有非翰墨之士所敢比拟者。即如《古诗十九首》，在汉代当亦谣谚之类，然拟《古诗》者，如陆机之流，果足与抗颜行论短长乎！彦和“诗人什篇，为情而造文；辞人赋颂，为文而造情”，寥寥数语，古今文章变迁之迹、盛衰之故，尽于此矣。

⑭《抱朴子·应嘲篇》：“非不能属华艳以取悦，然不忍违情曲笔，错滥真伪，欲令心口相契，顾不愧景，冀知音之在后也。”心口不契，即彦和下文所讥者。《宋书·王微传》载微《与从弟僧绰书》曰：“文词不怨思抑扬，则流淡无味。”夫怨思发于性情，强作抑扬，非为文造情而何？

⑮陆云《与兄平原书》曰：“此是情文，但本少情，而颇能作泛说耳。”

⑯刘歆作《遂初赋》，潘岳作《秋兴赋》，石崇作《思归引》，古来文人类此者甚众，然不得谓其必无皋壤人外之思。盖鱼与熊掌，本所同欲，不能得兼，势必去一，而反身绿水，固未尝忘情也。故尘俗之缚愈急，林泉之慕弥深，彦和所讥，尚非伊人。若夫庸庸禄蠹，鄙性天成，亦复摇笔鼓舌，虚言遐往，斯则所谓“真宰弗存，翩其反矣”者也。孙君蜀丞曰：“《文选》嵇叔夜《与山巨源绝交书》云，机务缠其心。”

⑰《史记·李广传赞》：“桃李不言，下自成蹊。”《淮南子·缪称训》：“男子树兰，美而不芳。”

⑱“经”作“理”，是。

⑲鲁人有好钓者，以桂为饵，黄金之钩，错以银碧，垂翡翠之纶。马国翰《辑佚书》七十二曰：“《太平御览》卷八百三十四引《阙子》。徐坚《初学记》引‘或有以桂为饵’至‘翡翠之纶’，亦作《阙子》。《后汉

书·班彪传》章怀太子注引首四句，《御览》卷九百五十七引首三句，并作《阚子》，误。”《庄子·齐物论》：“言隐于荣华。”

⑳《诗·卫风·硕人》：“硕人其颀，衣锦褧衣。”《正义》曰：“锦衣所以加褧者，为其文之大著也。故《中庸》云‘衣锦尚絅，恶其文之大著’，是也。”

《易·贲卦》上九：“白贲无咎。”《象》曰：“白贲无咎，上得志也。”王弼注曰：“处饰之终，饰终反素，故在其质素，不劳文饰而无咎也。以白为饰，而无患忧，得志者也。”

㉑“谟”作“模”，是。地，即《定势篇》各以本采为地之地。昭明太子《答湘东王求文集及诗苑英华书》曰：“夫文典则累野，丽亦伤浮；能丽而不浮，典而不野，文质彬彬，有君子之致。吾尝欲为之，但恨未逮耳。”孙君蜀丞曰：“《庄子·缮性篇》云：‘（知）而不足以定天下，然后附之以文，益之以博，文灭质，博溺心。’郭注：‘文博者，心质之饰也。’”《诗·大雅·棫朴》：“追琢其章。”红紫，疑当作“青紫”，上文云“正采耀乎朱蓝”。

㉒《诗·郑风·有女同车》：“有女同行，颜如舜英。”毛传：“舜，木槿也。英，犹华也。”陆玑《草木疏》曰：“舜，一名木槿，今朝生暮落者是也。”

镕裁第三十二[1]

情理设位，文采行乎其中。刚柔以立本，变通以趋时。立本有体，意或偏长；趋时无方，辞或繁杂。蹊要所司，职在镕裁，檃括情理，矫揉文采也[2]。规范本体谓之镕，剪截浮词谓之裁。裁则芜秽不生，镕则纲领昭畅，譬绳墨之审分，斧斤之斫削矣[3]。骈拇枝指，由侈于性，附赘悬疣，实侈于形。二（黄校作“一”）意两出，义之骈枝也；同辞重句，文之疣赘也[4]。

凡思绪初发，辞采苦杂，心非权衡，势必轻重[5]。是以草创鸿（黄云案冯本作“鸣”）笔，先标三准：履端于始，则设情以位体；举正于中，则酌事以取类；归余于终，则撮辞以举要[6]。然后舒华布实，献替（疑作“质”，元作“赞”）节文，绳墨以外；美材既斫，故能首尾圆合，条贯统序。若术不素定，而委心逐辞，异端丛至，骈赘必多[7]。

故三准既定，次讨字句。句有可削，足见其疏；字不得减，乃知其密[8]。精论要语，极略之体；游心窜句，极繁之体：谓繁与略，随（铃木云诸本作“适”）分所好[9]。引而申之，则两句敷为一章；约以贯之，则一章删成两句。思赡者善敷，才核者善删。善删者字去而意留，善敷者辞殊而意（汪本作“义”；铃木云《玉海》、嘉靖本、王本、冈本作“义”）显。字删而意阙，则短乏而非核；辞敷而言重，则芜秽而非赡[10]。

昔谢艾、王济，西河文士，张俊（当作“骏”）以为艾繁而不可删，济略而不可益；若二子者，可谓练镕裁而晓繁略矣[11]。至如士衡才优，而缀辞尤繁；士龙思劣，而雅好清省。及云之论机，亟恨其多，而称“清新相接，不以为病”，盖崇友于耳[12]。夫美锦制衣，修短有度，虽玩其采，不倍领袖，巧犹难繁，况在乎拙？而《文赋》以为“榛楛勿剪”“庸音足曲”，其识非不鉴，乃情苦芟（元作“厷”）繁也[13]。夫百节成体，共资荣卫[14]，万趣会文，不离辞情。若情周而不繁，辞运而不滥，非夫镕裁，何以行之乎？

赞曰：篇章户牖，左右相瞰。辞如川流，溢则泛滥。权衡损益，斟酌浓淡。芟繁剪秽，弛于负担[15]。

注释：

①《札记》曰：“作文之术，诚非一二言能尽，然挈其纲维，不外命意、修词二者而已。意立而词从之以生，词具而意缘之以显，二者相倚，不可或离。意之患二：曰杂，曰竭。竭者，不能自宣；杂者，无复统序。辞之患二：曰枯，曰繁。枯者，不能求达；繁者，徒逐浮芜。枯竭之弊，宜救之以博览；繁杂之弊，宜纳之于镕裁。舍人此篇，专论其事。寻镕裁之义，取譬于范金制服；范金有齐，齐失则器不精良；制服有制，制谬而衣难被御；洵令多寡得宜，修短合度，酌中以立体，循实以敷文，斯镕裁

之要术也。然命意修词，皆本自然以为质，必知骈拇县疣，诚为形累；凫胫鹤膝，亦由性生。意多者未必尽可訾謷，辞众者未必尽堪删剟；惟意多而杂，词众而芜，庶将施以炉锤，加之剪截耳。又镕裁之名，取其合法，如使意郁结而空简，辞枯槁而徒略，是乃以铢黍之金，铸半两之币，持尺寸之帛，为逢掖之衣，必不就矣。或者误会镕裁之名，专以简短为贵，斯又失自然之理，而趋狭隘之途者也。

"'草创鸿笔'以下八语，亦设言命意谋篇之事，有此经营。总之意定而后敷辞，体具而后取势，则其文自有条理。舍人本意，非立一术以为定程，谓凡文必须循此所谓始中终之步骤也，不可执词以害意。舍人妙达文理，岂有自制一法，使古今之文必出于其道者哉……章实斋《文史通义·古文十弊篇》有一节论文无定格，其论闳通，足以药拘挛之病，与刘论相补苴，兹录于下：

> 古人文成法立，未尝有定格也。传人适如其人，述事适如其事，无定之中有一定焉。知其意者旦暮遇之；不知其意，袭其形貌，神弗肖也。往余撰《和州志·故给事成性传》，性以建言著称，故采录其奏议，然性少遭乱离，全家被害，追悼先世，每见文辞，而《猛省》之篇，尤沉痛可以教孝，故于终篇全录其文。其乡有知名士赏余文曰：'前载如许奏章，若无《猛省》之篇，譬如行船，鹢首重而柁楼轻矣，今此婪尾，可谓善谋篇也。'余戏诘云：'设成君本无此篇，此船终不行耶？'盖塾师讲授四书文义，谓之时文，必有法度以合程式；而法度难以空言，则往往取譬以示蒙学：拟于房室，则有所谓间架结构；拟于身体，则有所谓眉目筋节；拟于绘画，则有所谓点睛画毫；拟于形家，则有所谓来龙结穴；随时取譬，然为初学示法，亦自不得不然，无庸责也。惟时文结习，深锢肠腑，进窥一切古书古文，皆此时文见解，动操塾师启蒙议论，则如用象棋枰布围棋子，必不合矣。

"'士衡才优'已下一段，极论文之不宜繁，自是正论。然士龙所云'清新相接，不以为病'，士衡所云'榛楛勿翦，蒙荣集翠'，亦有此一理。古人文伤繁者，不仅士衡一人，阅之而不以繁为病者，必由有新意清气以弥缝之也。患专在辞，故其疵犹小，若意辞俱滥，斯真无足观采矣。"

②文以情理为根本，辞采为枝叶；镕所以治情理，使纲领清晰，裁所

以治辞采，使芜秽不生。刚柔，指性气言；变通，指文辞言。

③《世说·文学篇》：“乐令善于清言，而不长于手笔，将让河南尹，请潘岳为表。潘云：‘可作耳，要当得君意。’乐为述己所以为让，标位二百许语。潘直取错综，便成名笔。时人咸云，若乐不假潘之文，潘不取乐之旨，则无以成斯矣。”此可证善镕裁者始得成名笔。

④《庄子·骈拇篇》：“骈拇枝指，出乎性哉，而侈于德；附赘县疣，出乎形哉，而侈于性。”“二意”，黄荛圃校本作“一意”，极是。

⑤遍照金刚《文镜秘府论》四曰：“文思之来，苦多纷杂，应机立断，须定一途。若空勤品量，不能取舍，心非其决，功必难成。然文无定方，思容通变，下可易之于上，前得回之于后（若语在句末，得易之于句首，或在前言，可逐于后句），研寻吟咏，足以安之，守而不移，则多不合矣。”

⑥此谓经营之始，心中须先历此三层程序。首审题义何在，体应何取；次采集关于本题之材料；最后审一篇之警策应置何处。盖篇中若无出语（陆云《与兄平原书》中数言出语，出语即警策语），则平淡不能动人，故云撮辞以举要。始中终非指一篇之首中尾而言，彦和盖借《左传》文公元年语以便文词耳。

⑦“然后舒华布实”至“美材既斫”，谓既形之于文，仍须随时加以修饰之功。《文镜秘府论》四《定位篇》可资参阅，录于下：

> 凡制于文，先布其位，犹夫行陈之有次，阶梯之有依也。先看将作之文，体有大小（若作碑、志、颂、论、赋、檄等，体法大；启、表、铭、赞等，体法小也）；又看所为之事，理或多少（叙人事、物类等事，理有多者，有少者）。体大而理多者，定制宜弘；体小而理少者，置辞必局。须以此义，用意准之，随所作文，量为定限（谓各准其文体事理，量定其篇句多少也）。既已定限，次乃分位，位之所据，义别为科（虽主一事为文，皆须次第陈叙，就理分配，义别成科，其若夫、至如、于是、所以等，皆是科之际会也），众义相因，厥功乃就（科别所陈之义，各相准望连接，以成一文也）。故须以心揆事，以事配辞（谓人以心揆所为之事，又以此事分配于将作之辞），总取一篇之理，折成众科之义（谓以所为作篇之大理，分为科别小

义)。其为用也,有四术焉:一者,分理务周(谓分配其理,科别须相准望,皆使周足得所,不得令或有偏多偏少者也);二者,叙事以次(谓叙事理须依次第,不得应在前而入后,应入后而出前,及以理不相干,而言有杂乱者);三者,义须相接(谓科别相连,其上科末义必须与下科首义相接也);四者,势必相依(谓上科末与下科末,句字多少及声势高下,读之使快,即是相依也。其犯避等状,已具声病条内。然文纵有非犯而声不便者,读之是悟,即须改之,不可委载也)。理失周,则繁约互舛(多则义繁,少则义约,不得分理均等,事故云舛也);事非次,则先后成乱(理相参错,故失先后之次也);义不相接,则文体中绝(两科际会,义不相接,故寻之若文体中断绝也);势不相依,则讽读为阻(两科声势,自相乖舛,故读之以致阻难也)。若斯并文章所尤忌也。故自于首句,迄于终篇,科位虽分,文体终合。理贵于圆备,言资于顺序,使上下符契,先后弥缝(上科与下科,事相成合,如符契然;科之先后,皆相弥缝,以合其理也),择言者不觉其孤(言皆符合不孤),寻理者不见其隙(隙,孔也。理相弥合,故无孔也),始其宏耳。又文之大者,藉引而申之(文体大者,须依其事理,引之使长,又申明之,使成繁富也);文之小者,在限而合之(文体小者,亦依事理,豫定其位,促合其理,使归约也)。申之则繁,合之则约。善申者,虽繁不得而减(言虽繁多,皆相须而成义,不得减之令少也);善合者,虽约不可而增(言虽简少,义并周足,不可增之使多)。合而遗其理(谓合之伤于疏略,漏其正理也),疏秽之起,实在于兹(理不足,故体必疏;义相越,故文成秽也)。皆在于义得理通,理相称惬故也。若使申而越其义(谓申之乃虚相依托,越于本义也),此固文人所宜用意。或有作者,情非通晤,不分先后之位,不定上下之伦,苟出胸怀,便上翰墨,假相聚合,无所附依,事空致于混淆,辞终成于隙碎,斯人之辈,吾无所裁矣。

上文似即本《镕裁篇》而畅演之,不欲割裂其章句,故全录如上。

⑧案上节论“镕”,此节论“裁”。裁者,剪截浮词之谓。《史通·叙事篇》论省句省字之法,至为精核,兹节录之于下(《史通·点烦篇》其

法甚善，惜已缺佚；《文选》载干宝《晋纪总论》与《晋书 · 元帝纪》所载详略不同，亦可以观剪裁之法则）：

夫国史之美者，以叙事为工；而叙事之工者，以简要为主。简之时义大矣哉！历观自古作者权舆，《尚书》发踪，所载务于寡事。《春秋》变体，其言贵于省文。斯盖浇淳殊致，前后异迹。然则文约而事丰，此述作之尤美者也。

始自两汉，迄乎三国，国史之文，日伤烦富。逮晋已降，流宕逾远。必寻其冗句，摘其烦词，一行之间，必谬增数字，尺纸之内，恒虚费数行。夫聚蚊成雷，群经折轴，况于章句不节，言词莫限，载之兼两，曷足道哉！

盖叙事之体，其别有四：有直纪其才行者，有唯书其事迹者，有因言语而可知者，有假赞论而自见者。至如《古文尚书》，称帝尧之德，标以“允恭克让”；《春秋左传》言子太叔之状，目以“美秀而文”。所称如此，更无他说，所谓直纪其才行者。又如《左氏》载申生为骊姬所谮，自缢而亡；班史称纪信为项籍所围，代君而死；此则不言其节操，而忠孝自彰，所谓唯书其事迹者。又如《尚书》称武王之罪纣也，其誓曰“焚炙忠良，刳剔孕妇”。《左传》纪随会之论楚也，其词曰“筚路蓝缕，以启山林”。此则才行、事迹，莫不阙如，而言有关涉，事便显露。所谓因言语而可知者。又如《史记 · 卫青传》后，太史公曰“苏建尝责大将军不荐贤待士”。《汉书 · 孝文纪》末，其赞曰“吴王诈病不朝，赐以几杖”。此则记之与传，并所不书，而史臣发言，别出其事，所谓假赞论而自见者。然则才行、事迹、言语、赞论，凡此四者，皆不相须。若兼而毕书，则其费尤广。但自古经史，通多此类，能获免者，盖十无一二。又叙事之省，其流有二焉：一曰省句，二曰省字。如《左传》宋华耦来盟，称其先人得罪于宋，鲁人以为敏。夫以钝者称敏，则明贤达所嗤，此为省句也。《春秋经》曰“陨石于宋五”，夫闻之陨，视之石，数之五，加以一字太详，减其一字太略，求诸折中，简要合理，此为省字也。其有反于是者，若《公羊》称郄克眇，季孙行父秃，孙良夫跛，齐使跛者逆跛者，秃者逆秃者，眇者逆眇者。盖宜除跛者已下句，但云各以其类逆者，必事加再述，则于文殊费，此为烦句也。《汉书·张苍传》云“年老口中无齿”，盖于此一句之内，去“年”及“口中”可矣，夫此六文成句，而三字妄加，此为烦字也。然则省句为易，省字为难，洞识此心，始可言史矣。苟句尽余剩，字皆重复，史之烦芜，职由于此。盖饵巨鱼者，垂其千钓，而得之在于一筌；捕高鸟者，张其万罝，而获之由于一目。夫叙事者，或虚益散辞，广加闲说，必取其所要，不过一言一句耳。苟能同夫猎者、渔者，既执而罝钓必收，其所留者，唯一筌一目而已，则庶几骈枝尽去，而尘垢都捐。华逝而实存，滓去而沈在矣。嗟乎！能损之又损，而玄之又玄，轮扁所不能语斤，伊挚所不能言鼎也。

⑨《庄子·骈拇篇》：“骈于辩者，累瓦结绳窜句棰辞，游心于坚白同异之间。”《释文》引司马彪云：“窜句，谓邪说微隐，穿凿文句也。”“随分所好”，谓各随作者性之所好。

⑩“裁”字之义，兼增删二者言之，非专指删减也。此节极论繁略之本原，明白不可复加，《日知录》十九《文章繁简》条颇可参阅，录于下（附原注）：

韩文公作《樊宗师墓铭》曰：“维古于辞必己出，降而不能乃剽贼，后皆指前公相袭，从汉迄今用一律。”此极中今人之病。若宗师之文，则惩时人之失而又失之者也（如《绛守居园池记》以“东西”二字平常，而改为“甲辛”，殆类吴人之呼“庚癸”者矣）。作书须注，此自秦汉以前可耳。若今日作书而非注不可解，则是求简而得繁，两失之矣。子曰：“辞达而已矣。”（胡缵宗修《安庆府志》书正德中刘七事，大书曰：“七年闰五月，贼七来寇江境”，而分注于“贼七”之下曰“姓刘氏”，举以示人，无不笑之。不知近日之学为秦汉文者，皆“贼七”之类也。）

辞主乎达，不论其繁与简也。繁简之论兴而文亡矣。《史记》之繁处，必胜于《汉书》之简处；《新唐书》之简也，不简于事而简于文，其所以病也。（钱氏曰：“文有繁有简，繁者不可简之使少，犹之简者不可增之使多。《左氏》之繁，胜于《公》《穀》之简，《史记》《汉书》互有繁简，谓文未有繁而能工者，亦非通论也。”）

“时子因陈子而以告孟子，陈子以时子之言告孟子。”此不须重见而意已明。“齐人有一妻一妾而处室者，其良人出，则必餍酒肉而后反。其妻问所与饮食者，则尽富贵也。其妻告其妾曰：‘良人出，则必餍酒肉而后反，问其与饮食者，尽富贵也，而未尝有显者来。吾将瞷良人之所之也。’”“有馈生鱼于郑子产，子产使校人畜之池。校人烹之，反命曰：‘始舍之，圉圉焉，少则洋洋焉，攸然而逝。’子产曰：‘得其所哉！得其所哉！’校人出，曰：‘孰谓子产智？予既烹而食之，曰：得其所哉！得其所哉！’”此必须重叠而情事乃尽，此《孟子》文章之妙。使入《新唐书》，于齐人则必曰“其妻疑而瞷之”，于子产则必曰“校人出而笑之”，两言而已矣。是故辞主乎达，不主乎简。

刘器之曰：“《新唐书》叙事好简略其辞，故其事多郁而不明，此作史之病也。且文章岂有繁简邪！昔人之论，谓‘如风行水上，自然成文’。若不出于自然，而有意于繁简，则失之矣。当日《进新唐书表》云：‘其事则增于前，其文则省于旧。’《新唐书》所以不及古人者，其病正在此两句也。”

《黄氏日钞》言：“苏子由《古史》改《史记》，多有不当。如《樗里子传》，《史记》曰‘母，韩女也，樗里子滑稽多智’，《古史》曰‘母韩女也，滑稽多智’，似以母为滑稽矣。然则‘樗里子’三字其可省乎？《甘茂传》，《史记》曰‘甘茂者，下蔡人也。事下蔡史举，学百家之说’，《古史》曰‘下蔡史举学百家之说’，似史举自学百家矣。然则‘事’之一字其可省乎？以是知文不可以省字为工，字而可省，太史公省之久矣。”

⑪张骏字公庭，十岁能属文，传见《晋书》八十六。谢艾见骏子《重华传》。王济不见于传。骏语无闻。

⑫陆云《与兄平原书》曰：“云今意视文，乃好清省。”又曰：“兄文章之高远绝异，不可复称言，然犹皆欲微多，但清新相接，不以此为病耳。若复令小省，恐其妙欲不见，可复称极，不审兄犹以为尔不？”又曰：“兄文方当日多，但文实无贵于为多。多而如兄文者，人不餍其多也。”又曰：“有作文唯尚多，而家多猪羊之徒，作《蝉赋》二千余言，《隐士赋》三千余言，既无藻伟体，都自不似事。文章实自不当多，古今之能为新声

绝曲者，又无过兄，兄往日文虽多瑰铄，至于文体，实不如今日……张公文无他异，正自情省无烦长，作文正尔，自复佳。兄文章已显一世，亦不足复多自困苦。适欲白兄可因今清静，尽定昔日文，但当钩除，差易为功力。"

⑬《文赋》曰："石韫玉而山辉，水怀珠而川媚（虽无佳偶，因而留之，譬若水石之藏珠玉，山川为之辉媚也）；彼榛楛之勿翦，亦蒙荣于集翠（榛楛，喻庸音也。以珠玉之句既存，故榛楛之辞亦美）；缀《下里》于《白雪》，吾亦济夫所伟（言以此庸音而偶彼嘉句，譬以《下里》鄙曲缀于《白雪》之高唱，吾虽知美恶不伦，然且以益夫所伟也）。"又曰："放庸音以足曲。"

⑭《素问·汤液醪醴论》："荣卫不可复收。"注："荣卫者，气之主。"

⑮"弛于负担"，谓免于累也。

声律第三十三[①]

夫音律所始，本于人声者也。声含（铃木云闵本、冈本作"合"）宫商，肇自血气，先王因之，以制乐歌。故知器写人声，声非学（当作"效"）器者也[②]。故言语者，文章神明枢机，吐纳律吕，唇吻而已[③]。古之教歌，先揆以法，使疾呼中宫，徐呼中徵[④]。夫商徵响高，宫羽声下[⑤]，抗喉矫舌之差，攒唇激齿之异，廉肉相准，皎然可分[⑥]。今操琴不调，必知改张，摘（黄云作"摛"）文乖张，而不识所调。响在彼弦，乃得克谐，声萌我心，更失和律，其故何哉？良由内（元作"外"，王改；顾校作"外"）听难为聪也[⑦]。故外听之易，弦以手定，内听之难，声与心纷；可以数求，难以辞逐[⑧]。

凡声有飞沈，响有双叠（二字脱，杨云"有"字下诸本皆遗"翕散"二字；谢云据下文当作"双叠"二字）。双声隔字而每舛，叠韵杂句而必睽；沈则响发而断，飞则声飏不还：并辘轳交往，逆鳞相比；迂其际会，则往蹇来连，其为疾病，亦文家之吃也[⑨]。夫吃文为患，生于好诡，逐新趣异，故喉唇纠纷，将欲解结，务在刚断。左碍而寻右，末滞而讨前，则声转于吻，玲玲如振玉；辞靡于耳，累累如贯珠矣⑩。是以声画妍蚩，寄在吟咏；吟咏滋味，流于字（元作“下”，商孟和改；黄云案冯本作“字”）句，气力（孙云“气力”上当复有“字句”二字）穷于和韵⑪。异音相从谓之和，同声相应谓之韵。韵气一定，故（铃木云《文镜秘府论》《玉海》“故”作“则”）余声易遣；和体抑扬，故遗（铃木云冈本作“遣”）响难契。属笔易巧，选和至难；缀文难精，而作韵甚易。虽纤意（一作“毫”）曲变，非可缕言，然振其大纲，不出兹论⑫。

若夫宫商大和，譬诸吹籥；翻回取均，颇似调瑟。瑟资移柱，故有时而乖贰；籥含定管，故无往而不壹。陈思、潘岳，吹籥之调也；陆机、左思，瑟柱之和也。概举而推，可以类见⑬。

又《诗》人综韵，率多清切；《楚辞》辞楚，故讹韵实繁⑭。及张华论韵，谓士衡多楚，《文赋》亦称知楚不易，可谓衔灵均之声余，失黄钟之正响也⑮。凡切韵之动，势若转圜（铃木云《玉海》作“圆”，嘉靖本亦同）；讹音之作，甚于枘方；免乎枘方，则无大过矣⑯。练才洞鉴，剖字钻响，识疏（汪本作“疏识”）阔略（黄云汪本作“疏识简略”），随音所遇，若长风之过籁，南（元作“东”，叶循父改；黄云案冯本作“东”）郭之吹竽耳⑰。古之佩玉，左宫右徵，以节其步，声不失序。音以律文，其可忘（王本作“忽”）哉⑱！

赞曰：标情务远，比音则近。吹律胸臆，调钟唇吻⑲。声得盐梅，响滑榆槿⑳。割弃支离㉑，宫商难隐㉒。

注释：

①古代竹帛繁重，学术传授多凭口耳，故韵语杂出，藻绘纷陈，自《易》之《文言》《系辞》以及百家诸子，大率如此。西汉盛行章句，训说一经，往往数十万言，苟以博依曼衍为高，文采声韵，殆鲜措意。能文之士，类皆深湛儒术；而守经儒生，则未必能文。流至东汉，儒林与文苑分途，文士制作，力有所专，制作益广。今其辞失传者众，考其篇目，固泰半有韵之文也。韵文既极恢宏，自须探求新境，以驭无穷。自佛教东流，

中国文学受其薰染，释慧皎《高僧传》十三《经师论》云："始有魏陈思王曹植深爱声律，属意经音，既通般遮之瑞响，又感鱼山之神制；于是删治《瑞应本起》，以为学者之宗，传声则三千有余，在契则四十有二。"又云："昔诸天赞呗，皆以韵入弦管，五众既与俗违，故宜以声曲为妙。原夫梵呗之起，亦肇自陈思。始著《太子颂》及《睒颂》等。因为之制声，吐纳抑扬，并法神授，今之皇皇顾惟，盖其风烈也。"夫制梵呗者，必精达经旨，洞晓音律，三位七声，次而无乱，五言四句，契而莫爽，其间起掷荡举，平折放杀，游飞却转，反叠娇哢，动韵则揄靡弗穷，张喉则变态无尽，故能超畅微言，令人乐闻者也（此亦《经师论》语）。曹植既首唱梵呗，作《太子颂》《睒颂》，新声奇制，焉有不扇动当世文人者乎！故谓作文始用声律，实当推原于陈王也。或疑陈王所制，出自僧徒依托，事乏确证，未敢苟同。况子建集中如《赠白马王彪》云"孤魂翔故域，灵柩寄京师"，《情诗》"游鱼潜绿水，翔鸟薄天飞；始出严霜结，今来白露晞"，皆音节和谐，岂尽出暗合哉？李登在魏世撰《声类》十卷，为韵书之祖。大辂椎轮，固不得与《切韵》比，然亦当时文士渐重声律之一证矣。

继陈王而推衍其说者，则为晋之陆士衡。《文赋》云："暨音声之迭代，若五色之相宣。虽逝止之无常，固崎锜而难便。苟达变而识次，犹开流以纳泉。如失机而后会，恒操末以续颠。谬玄黄之帙叙，故淟涊而不鲜。"据杜甫诗，陆机二十作《文赋》，则尚在魏之季世也。《世说·排调篇》载陆云"云间陆士龙"，荀隐"日下荀鸣鹤"二语，以为美谈，今观二语了无奇意，盖徒以声律相尚也。魏晋之世，声律之学初兴，故子建、士衡虽悟文有音律，而未娴协调音律之定术，踯躅燥吻，即谋音律之调谐耳。《隋书》载晋吕静《韵集》六卷，张谅《四声韵林》二十八卷。

《宋书·范晔传》载晔《自序》云："性别宫商，识清浊，斯自然也。观古今文人，多不全了此处，纵有会此者，不必从根本中来……年少中，谢庄最有其分，手笔差易，于（《宋书》无"于"字，据《南史》补）文不拘韵故也。吾思乃无定方，特能济难（黄先生《札记》"难"上有"艰"字，见《总术篇》注）适轻重。"观蔚宗此辞，似调声之术已得于胸怀，特深自秘异，未肯告人。"左碍而寻右，末滞而讨前"，即所谓"济艰难，适轻重"矣。谢庄深明声律，故其所作《赤鹦鹉赋》，为后世律赋之祖。

《文镜秘府论》一《四声论》曰："宋末以来，始有四声之目，沈氏乃著其谱，论云，起自周颙。"《南史·陆厥传》云："时盛为文章，吴兴沈约、陈郡谢朓、琅邪王融以气类相推毂。汝南周颙善识声韵。约等文皆用宫商，将'平上去入'四声，以此制韵，有平头、上尾、蜂腰、鹤膝。五字之中，音韵悉异，两句之内，角徵不同，不可增减，世呼为'永明体'。"四声之分，既已大明，用以调声，自必有术。八病苛细固不可尽拘，而齐梁以后，虽在中才，凡有制作，大率声律协和，文音清婉（《南齐书·张融传》云，文音清婉在其韵），辞气流靡，罕有挂碍，不可谓非推明四声之功。钟嵘《诗品》，独非四声，以为襞积细微，文多拘忌，伤其真美，斯论通达，当无间然。抑知清浊通流，口吻调利，苟无科条，正复不易。夫大匠诲人，必以规矩，神而化之，存乎其人，何得坚拒声律之术，使人冥索，得之于偶然乎。且齐梁以下，若唐人之诗、宋人之词、元明人之曲，旁及律赋四六，孰不依循声律，构成新制，徒以迂见之流，不瞭文章贵乎新变，笑八病为妄作，摈齐梁而不谈，岂知沈约之前，声律方兴而莫阻，沈约之后，緫理剖析而弥精哉！文学通变不穷，声律实其关键，世人由之而不自觉，其识又非钟记室之比矣。彦和于《情采》《镕裁》之后，首论声律。盖以声律为文学要质，又为当时新趋势，彦和固教人以乘机无怯者，自必畅论其理。而或者谓彦和生于齐世，适当王沈之时，又《文心》初成，将欲取定沈约，不得不枉道从人，以期见誉。观《南史》舍人传，言约既取读，大重之，谓深得文理，知隐侯所赏，独在此一篇矣。又谓《南史·钟嵘传》云："嵘尝求誉于沈约，约拒之。及约卒，嵘品古今诗为评言其优劣云云，盖追宿憾以此报约也。"《南史》喜杂采小说家言，恐不足据以疑二贤也。

②学器，当作"效器"。《毛诗大序》："情发于声，声成文谓之音。"《正义》曰："原夫作乐之始，乐写人音，人音有小大高下之殊，乐器有宫徵商羽之异，依人音而制乐，托乐器以写人，是乐本效人，非人效乐。"冲远数用彦和语，此亦其一也。

③《札记》曰："'文章'下当脱二字。'者'下一豆，'神明枢机'四字一豆，'吐纳律吕'四字一豆。"案"文章"下疑脱"关键"二字，言语，谓声音，此言声音为文章之关键，又为神明之枢机，声音通畅，则文

采鲜而精神爽矣。至于律吕之吐纳，须验之唇吻，以求谐适；下赞所云吹律胸臆，调钟唇吻，即其义也。《神思篇》用“关键枢机”字。

④《札记》曰：“《韩非子·外储说右上》曰：‘夫教歌者，使先呼而诎之，其声反清徵者乃教之。一曰，教歌者先揆以法，疾呼中宫，徐呼中徵，疾不中宫，徐不中徵，不可谓（与“为”同）教。’案韩非之言，乃验声之术，彦和引用以为声音自然之准，意与《韩子》微异。”

⑤《札记》曰：“案此二句有讹字。当云‘宫商响高，徵羽声下’。《周语》曰：‘大不逾宫，细不逾羽。’《礼记·月令》郑注云：‘凡声尊卑取象五行，数多者浊，数少者清。’案宫数八十一，商数七十二，角数六十四，徵数五十四，羽数四十八（详见《律历志》），是宫商为浊，徵羽为清，角清浊中。彦和此文为误无疑。”

⑥“抗喉矫舌”“攒唇激齿”，皆歌时发声之状。《札记》曰：“《乐记》云：‘使其曲直繁瘠，廉肉节奏，足以感动人之善心而已矣。’注曰：‘曲直，歌之曲折也；繁瘠、廉肉，声之鸿杀也；节奏，阕作进止所应也。’《正义》曰：‘曲谓声音回曲，直谓声音放直，繁谓繁多，瘠谓省约，廉谓廉棱，肉谓肥满。’案从郑注，廉肉属乐器言，不属人声言。”

⑦黄叔琳曰：“‘由’字下王损仲本有‘外听易为□而’六字。”案□或是“巧”字。操琴不调，必知改张，语本《汉书·董仲舒传》对策文。摘文，当作“摛文”。

⑧内听之难，由于声与心纷，故欲求声韵之调谐，可设律数以得之，徒骋文辞，难期切合也。“凡声有飞沈”以下，即言和谐声律之法则。

⑨“双声隔字而每舛”，即八病中傍纽病也。《文镜秘府论》五引元氏云：“傍纽者，一韵之内有隔字双声也。”又引刘滔云：“重字之有关关，叠韵之有窈窕，双声之有参差，并兴于风如诗矣。王玄谟问谢庄何者为双声，何者为叠韵。答云：悬瓠为双声，碻磝为叠韵。时人称其辩捷。如曹植诗云：‘壮哉帝王居，佳丽殊百城。’即‘居、佳、殊、城’是双声之病也。凡安双声唯不得隔字，若踟蹰、踯躅、萧瑟、流连之辈，两字一处，于理即通，不在病限。”

“叠韵杂句而必睽”，即八病之小韵病也。《文镜秘府论》五引或云“凡小韵居五字内急，九字内小缓”，又引刘氏曰“五字内犯者，曹植诗云

‘皇佐扬天惠’，即皇扬是也。十字内犯者，陆士衡《拟古歌》云‘嘉树生朝阳，凝霜封其条’，即阳霜是也。是故为叠韵两字一处，于理得通，如飘飖、窈窕、徘徊、周流之等，不是病限，若相隔越，即不得耳。”“杂句”，《文镜秘府论》一引此文作“离句”，疑作“离”者是，离亦隔也，谓叠韵字在句中隔越成病也。

“沈则响发而断”，《文镜秘府论》一引此作“如断”，案作“如”义较优。《札记》曰：“飞谓平清，沈谓仄浊……一句纯用仄浊，或一句纯用平清，则读时亦不便，所谓‘沈则响发而断，飞则声飏不还也’。‘辘轳交往’二语，言声势不顺。黄注引《诗品》释之，大谬。”案“辘轳”二语，《文镜秘府论》引作“鹿卢交往，逆鳞相批（‘批’字恐误，似当作‘比’）”。《汉书 · 隽不疑传》：“擩具剑。”颜注引晋灼曰：“古长剑首以玉作井鹿卢形。”鹿卢，亦作辘轳。《韩非子 · 说难篇》：“夫龙之为虫也，柔可狎而骑也。然其喉下有逆鳞径尺，若人有婴之者则必杀人。”彦和以井鹿卢喻声韵之圆转，逆鳞相比喻声律之靡密。所谓逆鳞相比者，颇似《文镜秘府论》所云调声三术之相承术。相承者，有向上承、向下承二种。向上承者，若上句五字之内，去上入字多而平声极少者，则下句用三平承之。如谢康乐诗云“溪壑敛冥色，云霞收夕霏”，上句惟有“溪”一字是平，四字是去上入，故下句之上用“云霞”收三平承之。三平向下承者，如王中书诗曰“待君竟不至，秋雁双双飞”，上句惟有“君”一字是平，四上去入，故下句末“双双飞”三平承之。前后密接，岂即以谓逆鳞相比者与！“迂其际会”，纪评曰“迂当作迕”。案“迂、迕”二字均通，谓若错失音律之际会，则往蹇来连也。《易 · 蹇卦》六四曰：“往蹇来连。”王弼注曰：“往则无应，来则乘刚；往来皆难，故曰往蹇来连。”声律谬误，则喉唇纠纷，犹人之病口吃也。

⑩《文镜秘府论》四曰：“若文系于韵者，则量其韵之少多。若事不周圆，功必疏阙，与其终将致患，不若易之于初。然参会事情，推校声律，动成病累，难悉安稳。如其理无配偶，音相犯忤，三思不得，足以改张。或有文人，昧于机变，以一言可取，殷勤恋之，劳于用心，终是弃日。若斯之辈，亦胶柱之义也。”此说颇可推畅彦和之意。“左碍寻右，末滞讨前”，即以声律之数，求其纠纷所在也。

⑪妍蚩，犹美恶也。“言，心声也；书，心画也。”扬雄《法言》文。此云声画，犹言文章声韵。《文镜秘府论》一《四声论》引此作“滋味流于下句，风力穷于和韵”。无下“吟咏”二字。下句，犹言安句、造句。和与韵为二事，下文分言之。范晔《狱中与诸甥侄书》曰：“常耻作文士文，患其事尽于形，情急于藻，义牵其旨，韵移其意，虽时有能者，大较多不免此累。”又曰：“手笔差易于文，不拘韵故也。”

⑫“异音相从谓之和”，指句内双声叠韵及平仄之和调；“同声相应谓之韵”，指句末所用之韵。“韵气一定，故（“故”，《四声论》引作“则”，是）余声易遣”，谓择韵既定，则余韵从之；如用东韵，凡与同韵之字皆得选用。“和体抑扬，故遗响难契”，谓一句之中音须调顺，上下四句间亦求和适。此调声之术，所以不可忽略也。《文镜秘府论》谓笔有上尾鹤膝隔句上尾沓发（音“废”）等病，词人所常避。如束皙表云“薄冰凝池，非登庙之珍”，“池”与“珍”同平声，是其上尾也。左思《三都赋序》云“魁梧长者，莫非其旧，风谣歌儛，各附其俗”，“者”与“儛”同上声，是鹤膝也。隔句上尾者，第二句末与第四句末同声也。如鲍照《河清颂序》云“善谈天者，必征象于人；工言古者，必考绩于今”，“人”与“今”同声是也。沓发者，第四句末与第八句末同声也。如任孝恭书云“昔钟仪恋楚，乐操南音；东平思汉，松柏西靡；仲尼去鲁，命云迟迟；季后过丰，潸焉出涕”，“涕”与“靡”同声是也。

陈先生曰：“彦和此文，实本《左传》晏子曰：‘和与同异，和如羹焉。声亦如味，清浊、大小、短长、疾徐、哀乐、刚柔、迟速、高下、出入、周疏以相济也。若琴瑟之专壹，谁能听之！同之不可也如是。’故彦和本之谓异音相从也。”兹录《文镜秘府论》所举调声三术于后，以资参阅：

> 元氏曰：声有五声，角徵宫商羽也，分于文字四声，平上去入也。宫商为平声，徵为上声，羽为去声，角为入声。故沈隐侯论云：“欲使宫徵相变，低昂舛节，若前有浮声，则后须切响。一简之内，音韵尽殊，两句之中，轻重悉异。妙达此旨，始可言文。”固知调声之议，其为用大矣。调声之术，其例有三：一曰换头，二曰护腰，三曰相承。
>
> 一、换头者，若兢于《蓬州野望诗》曰：“飘飘宕渠城，旷望蜀

门隈。水共三巴远，山随八阵开。桥形疑汉接，石势似烟回。欲下他乡泪，猿声几处催。”此篇第一句头两字平，次句头两字去上入，次句头两字去上入，次句头两字平，次句头两字又平，次句头两字去上入，次句头两字又去上入，次句头两字又平，如此轮转，自初以终篇，名为变换头，是最善也……

二、护腰者，腰，谓五字之中第三字也；护者，上句之腰不宜与下句之腰同声。然同上去人则不可用，平声无妨也。庾信诗曰：“谁言气盖代，晨起帐中歌。”气是第三字，上句之腰也；帐亦第三字，是下句之腰。此为不调，宜护其腰，慎勿如此。

三、相承（已见上，不复录）。

⑬此谓陈思、潘岳吐音雅正，故无往而不和。士衡语杂楚声，须翻回以求正韵，故有时而乖贰也。左思齐人，后乃移家京师，或思文用韵有杂齐人语者，故彦和云然。胶柱鼓瑟，《法言·先知篇》文。

⑭《札记》曰：“此诗人对下《楚辞》而言，则指三百篇之诗人。”

⑮陆云《与兄平原书》：“张公语云云，兄文故自楚，须作文为思昔所识文。”观云诸书中论韵者，如“李氏云，雪与列韵。曹便复不用。人亦复云，曹不可用者，音自难得正”（所云李氏，岂即李登与？曹或指陈思王也）。又如“彻与察皆不与日韵。思惟不能得，愿赐此一字”。又如“音楚，愿兄便定之”。观此诸语，知当时无标准韵书，故得正韵颇不易也。《札记》曰：“案《文赋》云：‘亮功多而累寡，故取足而不易。’彦和盖引其言以明士衡多楚，不以张公之言而变。‘知楚’二字乃涉上文而讹。”

⑯《札记》曰：“此言文中用韵，取其谐调，若杂以方音，反成诘诎。今人作文杂以古韵者，亦不可不知此。”自陆法言撰《切韵》，方言虽歧，而诗文用韵无不正矣。

⑰《札记》曰：“南，原作东。孙云：‘《新论·审名篇》：东郭吹竽而不知音。袁孝政注亦以齐宣王东郭处士事为释。是古书南郭自有作东郭者，不必定依《韩子》（《韩非子·内储说上·七术篇》），但滥竽事终与文义不相应。’侃谨案：彦和之意，正同《新论》，亦云不知音而能妄成音，故与长风过籁连类而举。章先生云：‘当作南郭之吹于耳，正与上文相连。《庄子》前者唱于而随者唱喁，此本南郭子綦语，而彦和遂以为南郭事，

俪语之文，固多此类，后人不知吹于之义，遂误加竹耳。’侃谨案：如师语亦得，但原文实作东郭，自以孙说为长。”案《晋书·刘寔传·崇让论》：“南郭先生不知吹竽者也。”南郭、东郭皆可通。

“剖字钻响”，谓调声有术，随音所遇，谓偶然而调。长风过籁，南郭吹竽，皆以喻无术驭声者。

⑱《礼记·玉藻》：“古之君子必佩玉，右徵角，左宫羽，趋以采齐，行以肆夏。”梁玉绳《瞥记》曰：“彭龟年《读书吟示子铉》云：‘吾闻读书人，惜气胜惜金；累累如贯珠，其声和且平；忽然低复昂，似绝反可听；有时静以默，想见紬绎深；心潜與理会，不觉咏叹淫。昨夕汝读书，厉响醒四邻；方其气盛时，声能乱狂霖；倏忽气已竭，口亦遂绝吟；体疲神自昏，思虑那得清；安能更隽永，温故而知新；永歌诗有味，三复意转精。勉汝讽诵余，且学思深湛。’”

⑲《吕氏春秋·长见篇》：“师旷欲善调钟，以为后世之知音者也。”

⑳《礼记·内则》：“堇、荁、枌、榆、免、薨、滫、瀡以滑之。”郑注：“此等总为调和饮食。”此文“槿”是“堇”之假字。《释文》云：“堇，菜也。”

㉑《庄子·德充符·释文》：“支离，不正貌。”支离，指上文逐新趣异之流。

《文镜秘府论》论声病甚详，其序云“颙、约已降，兢、融以往，声谱之论郁起，病犯之名争兴，家制格式，人谈疾累，徒竞文华，空事拘检。”兹约举其说于下：

一、平头

平头诗者，五言诗第一字不得与第六字同声，第二字不得与第七字同声。同声者，谓不得同平上去入四声，如：“今日良宴会，欢乐难具陈。”“芳时淑气清，提壶台上倾。”

或曰：“上句第一字与下句第一字同平声不为病，同上去入声一字即病。若上句第二字与下句第二字同声，无问平上去入皆是巨病。”

或曰：“沈氏云：‘第一、第二字不宜与第六、第七同声，若能参差用之，则可矣。’谓第一与第七、第二与第六同声……如‘秋月照绿波，白云隐星汉’之类。”

四言、七言及诗赋颂，以第一句首字、第二句首字不得同声，不复拘以字数次第也。如曹植《洛神赋》云“荣曜秋菊，华茂春松”是也。铭诔之病，一同此式（此病五言颇为不便，文笔未足为尤，疥癣微疾，非是巨害）。

二、上尾（或名土崩病）

上尾诗者，五言诗中第五字不得与第十字同声。此病齐梁以前时有犯者，齐梁以来无有犯者。此为巨病，若犯者，文人以为未涉文途者也。如：“西北有高楼，上与浮云齐。”“衰草蔓长河，寒木入云烟。”

或曰：“其赋颂铭诔以第一句末不得与第二句末同声。如张休明《芙蓉赋》云‘潜灵根于玄泉，擢英耀于清波’是也。”

沈氏亦云“上尾者，文章之尤病，自开辟迄今多慎（此字疑误）不免，悲夫。”

凡诗赋之体，悉以第二句末与第四句末以为韵端。若诸杂笔不束以韵者，其第二句末即不得与第四句同声，俗呼为隔句上尾，必不得犯之。

刘滔云：“下句之末，文章之韵，手笔之枢要。在文不可夺韵，在笔不可夺声。且笔之两句，比文之一句，文事三句之内，笔事六句之内，第二、第四、第六，此六句之末，不宜相犯。”此即是也。

三、蜂腰

蜂腰诗者，五言诗一句之中，第二字不得与第五字同声，言两头粗中央细，如：“闻君爱我甘，窃独自雕饰。”“徐步金门出，言寻上苑春。”

或曰：“‘君’与‘甘’非为病，‘独’与‘饰’是病。所以然者，如第二字与第五字同去上入，皆是病，平声非病也。”

沈氏云：“五言之中，分为两句，上二下三，凡至句末并须要杀。”即其义也。

刘滔亦云：“为其同分句之末也。其诸赋颂，皆须以情斟酌避之。如阮瑀《止欲赋》云：“思在体为素粉，悲随衣以消除。”即“体”与“粉”、“衣”与“除”同声是也。

四、鹤膝

鹤膝诗者，五言诗第五字不得与第十五字同声，言两头细、中央粗，似鹤膝也。以其诗中央有病。如：“客从远方来，遗我一书札，上言长相思，下言久离别。”“新裂齐纨素，皎洁如霜雪，裁为合欢扇，团团似明月。”

或曰：“此云第三句者，举其大法耳。但从首至末，皆须以次避之；若第三句不得与第五句相犯，第五句不得与第七句相犯，犯法准前也。”

刘氏云：“凡诸赋颂一同五言之式。如潘安仁《闲居赋》云‘陆擿紫房，水挂赪鲤；或宴于林，或禊于汜’，即其病也。其诸手笔，第一句末不得犯第三句末，其第三句末复不得犯第五句末，皆须鳞次避之……其诗赋铭诔，言有定数，韵无盈缩，必不得犯。且五言之作，最为机妙，既恒宛（‘宛’字疑误）口实，病累尤彰，故不可不事也。自余手笔，或赊或促，任意纵容，不避此声，未为心腹之病。”

五、大韵（或名触绝病）

大韵诗者，五言诗若以“新”为韵。上九字中更不得安“人”“津”“邻”“身”“陈”等字，既同其类，名犯大韵。如：“游鱼牵细藻，鸣禽哢好音，谁知迟暮节，悲吟伤寸心。”

元氏曰：“此病不足累文，如能避者弥佳。若立字要切，与文调畅，不可移者，不须避之。”

六、小韵（或名伤音病）

小韵诗，除韵以外，而有迭相犯者，名为犯小韵病也。如：“嘉树生朝阳，凝霜封其条（‘阳’‘霜’是病）。”“搴帘出户望，霜花朝漾日（‘望’‘漾’是病）。”

元氏曰：“此病轻于大韵，近代咸不以为累文。”

刘氏曰：“小韵者。五言诗十字中，除本韵以外自相犯者。若已有‘梅’，更不得复用‘开’‘来’‘才’‘台’等字。”

七、傍纽（亦名大纽，或名爽切病）

傍纽诗者，五言诗一句之中有“月”字，更不得安“鱼”“元”“阮”“愿”等字，此即双声，双声即犯傍纽。亦曰，五字中犯最急，十字中犯稍宽。如此之类，是其病。如：“鱼游见风月，兽走畏伤蹄

（鱼、月、兽、伤并双声）。”“元生爱皓月，阮氏愿清风（阮、元、愿、月为一纽）。”

元氏云：“傍纽者，一韵之内，有隔字双声也。”

刘氏云：“傍纽者，即双声是也。譬如一韵中已有‘任’字，即不得复用‘忍’‘辱’‘柔’‘蠕’‘仁’‘让’‘尔’‘日’之类。”

刘滔以双声亦为正纽。其傍纽者，若五字中已有“任”字，其四字不得复用“锦”“禁”“急”“饮”“荫”“邑”等字。以其一纽之中，有“金”“音”等字，与“任”同韵故也。

八、正纽（亦名小纽，或亦名爽切病）

正纽者，五言诗“壬”“衽”“任”“入”四字为一纽，一句之中已有“壬”字，更不得安“衽”“任”“入”等字，如此之类，名为犯正纽之病也。如：“心中肝如割（肝、割同纽）”“旷野莽茫茫（莽、茫同纽）”。

或曰：“正纽者，谓正双声相犯。其双声虽一，傍正有殊。从一字纽之得四声，是正也（若‘元’‘阮’‘愿’‘月’）。若从他字来会成双声，是傍也（若‘元’‘阮’‘愿’‘月’是正，而有‘牛’‘鱼’‘妍’‘砚’等字来会‘元’‘月’等字成双声是也）。如云‘我本汉家子，来嫁单于庭’（‘家’‘嫁’是一纽之内，名正双声，名犯正纽者也）。傍纽者，如‘贻我青铜镜，结我罗裙裾’（‘结’‘裙’是双声之傍，名犯傍纽也。）”

《文镜秘府论》于八病外复有龃龉病，亦颇切要。附录于后：

龃龉病者，一句之内，除第一字及第五字，其中三字，有二字相连，同上去入是（若犯上声，其病重于鹤膝，此例文人以为秘密，莫肯传授。上官仪云：“犯上声是斩刑，去入亦绞刑。”）。如曹子建诗云：“公子敬爱客。”“敬”与“爱”是。其中三字有二字相连，同去声是也。元兢曰：“平声不成病，上去入是重病，文人悟之者少，故此病无名。兢案《文赋》云‘或龃龉而不安’，因以此病名为龃龉之病焉。”

㉒附沈约及其同时人论声韵之文：

沈约《宋书·谢灵运传论》

史臣曰：民禀天地之灵，含五常之德，刚柔迭用，喜愠分情。夫志动于中，则歌咏外发，六义所因，四始攸系，升降讴谣，纷披风什，虽虞夏以前，遗文不睹，禀气怀灵，理或无异。然则歌咏所兴，宜自《生民》始也。周室既衰，风流弥著，屈平、宋玉，导清源于前，贾谊、相如，振芳尘于后，英辞润金石，高义薄云天。自兹以降，情志愈广。王褒、刘向、扬、班、崔、蔡之徒，异轨同奔，递相师祖。虽清辞丽曲，时发乎篇，而芜音累气，固亦多矣。若夫平子艳发，文以情变，绝唱高踪，久无嗣响。至于建安，曹氏基命，二祖陈王，咸蓄盛藻，甫乃以情纬文，以文被质。自汉至魏，四百余年，辞人才子，文体三变：相如巧为形似之言，班固长于情理之说，子建、仲宣以气质为体，并标能擅美，独映当时。是以一世之士，各相慕习，原其飙流所始，莫不同祖《风》《骚》。徒以赏好异情，故意制相诡。降及元康，潘、陆特秀，律异班、贾，体变曹、王，缛旨星稠，繁文绮合。缀平台之逸响，采南皮之高韵，遗风余烈，事极江右。有晋中兴，玄风独振，为学穷于柱下，博物止乎七篇，驰骋文辞，义单乎此。自建武暨于义熙，历载将百，虽缀响联辞，波属云委，莫不寄言上德，托意玄珠，遒丽之辞，无闻焉尔。仲文始革孙、许之风，叔源大变太元之气。爰逮宋氏，颜、谢腾声。灵运之兴会标举，延年之体裁明密，并方轨前秀，垂范后昆。若夫敷衽论心，商榷前藻，工拙之数，如有可言。夫五色相宣，八音协畅，由乎玄黄律吕，各适物宜。欲使宫羽相变，低昂互节，若前有浮声，则后须切响。一简之内，音韵尽殊；两句之中，轻重悉异。妙达此旨，始可言文。至于先士茂制，讽高历赏，子建函京之作，仲宣霸岸之篇，子荆零雨之章，正长朔风之句，并直举胸情，非傍诗史，正以音律调韵，取高前式。自骚人（《文选》作“灵均”）以来，多历年代，虽文体稍精，而（此十字据《文选》补）此秘未睹。至于高言妙句，音暗天成，皆暗与理合，匪由思至。张、蔡、曹、王，曾无先觉，潘、陆、颜、谢，去之弥远。世之知音者，有以得之，知此言之非谬。如曰不然，请待来哲。

陆厥《与沈约书》

范詹事《自序》：“性别宫商，识清浊，特能适轻重，济艰难。古今文人，多不全了斯处，纵有会此者，不必从根本中来。”沈尚书亦云“自灵均以来，此秘未睹”或“暗与理合，匪由思至，张、蔡、曹、王，曾无先觉，潘、陆、颜、谢，去之弥远”。大旨钧使“宫羽相变，低昂舛节。若前有浮声，则后须切响，一简之内，音韵尽殊，两句之中，轻重悉异”。辞既美矣，理又善焉。但观历代众贤，似不都暗此处，而云“此秘未睹”，近于诬乎？

案范云“不从根本中来”，尚书云“匪由思至”，斯可谓揣情谬于玄黄，擿句差其音律也。范又云“时有会此者”，尚书云“或暗与理合”，则美咏清讴，有辞章调韵者，虽有差谬，亦有会合，推此以往，可得而言。夫思有合离，前哲同所不免，文有开塞，即事不得无之。子建所以好人讥弹，士衡所以遗恨终篇。既曰遗恨，非尽美之作，理可诋诃。君子执其诋诃，便谓合理为暗，岂如指其合理而寄诋诃为遗恨邪？（意谓子何得执彼可诋诃之处，而谓合理处为偶然；何不指其合理之处知谓可诋诃之处为即前人自云遗恨之处耶?）

自魏文属论，深以清浊为言，刘桢奏书，大明体势之致，岨峿妥帖之谈，操末续颠之说，兴玄黄于律吕，比五色之相宣，苟此秘未睹，兹论为何所指邪？故愚谓前英已早识宫徵，但未屈曲指的，若今论所申。至于掩瑕藏疾，合少谬多，则临淄所云“人之著述，不能无病”者也。非知之而不改，谓不改则不知，斯曹、陆又称“竭情多悔，不可力强”者也。今许以有病有悔为言，则必自知无悔无病之地，引其不了不合为暗，何独诬其一合一了之明乎！意者亦质文时异，古今好殊，将急在情物，而缓于章句。情物，文之所急，美恶犹且相半；章句，意之所缓，故合少而谬多，义兼于斯，必非不知明矣。

《长门》《上林》，殆非一家之赋，《洛神》《池雁》，便成二体之作。孟坚精整，《咏史》无亏于东主；平子恢富，《羽猎》不累于凭虚，王粲《初征》，他文未能称是；杨修敏捷，《暑赋》弥日不献。率意寡尤，则事促乎一日；翳翳愈伏，而理赊于七步。一人之思，迟速天悬；一家之文，工拙壤隔。何独宫商律吕，必责其如一邪？论者乃可言未穷其致，不得言曾无先觉也。

沈约《答陆厥书》

宫商之声有五，文字之别累万，以累万之繁，配五声之约，高下低昂，非思力所举。又非止若斯而已也。十字之文，颠倒相配，字不过十，巧历已不能尽，何况复过于此者乎？灵均以来，未经用之于怀抱，固无从得其仿佛矣。若斯之妙，而圣人不尚，何耶？此盖曲折声韵之巧，无当于训义，非圣哲立言之所急也。是以子云譬之“雕虫篆刻”，云“壮夫不为”。

自古辞人岂不知宫羽之殊、商徵之别？虽知五音之异，而其中参差变动，所昧实多，故鄙意所谓“此秘未睹”者也。以此而推，则知前世文士便未悟此处。

若以文章之音韵，同弦管之声曲，则美恶妍蚩，不得顿相乖反。譬由子野操曲，安得忽有阐缓失调之声，以《洛神》比陈思他赋，有似异手之作。故知天机启，则律吕自调；六情滞，则音律顿舛也。

士衡虽云“炳若缛锦”，宁有濯色江波，其中复有一片是卫文之服？此则陆生之言，即复不尽者矣。韵与不韵，复有精粗，轮扁不能言，老夫亦不尽辨此。

(以上两书，均载《南齐书·陆厥传》)

钟嵘《诗品序下》

昔曹、刘殆文章之圣，陆、谢为体贰之才，锐精研思，千百年中，而不闻宫商之辨，四声之论。或谓前达偶然不见，岂其然乎？尝试言之：古曰诗颂皆被之金竹，故非调五音，无以谐会。若“置酒高堂上”“明月照高楼”，为入韵之首。故三祖之词，文或不工，而韵入歌唱，此重音韵之义也，与世之言宫商异矣。今既不被管弦，亦何取于声韵耶？齐有王元长者，尝谓余云：“宫商与二仪俱生，自古词人不知之，唯颜宪子乃云律吕音调，而其实大谬；唯见范晔、谢庄颇识之耳。常欲造《知音论》，未就而卒。”王元长创其首，谢眺、沈约扬其波，三贤咸贵公子孙，幼有文辨。于是士流景慕，务为精密，襞积细微，专相凌架，故使文多拘忌，伤其真美。余谓文制本须讽读，不可蹇碍，但令清浊通流，口吻调利，斯为足矣。至平上去入，则余病未能；蜂腰鹤膝，闾里已具。

章句第三十四[①]

夫设情有宅，置言有位；宅情曰章，位言曰句。故章者，明也；句者，局也。局言者，联字以分疆；明情者，总义以包体：区畛相异，而衢路交通矣[②]。夫人之立言，因字而生句，积句而成章，积章而成篇。篇之彪炳，章无疵也；章之明靡，句无玷也；句之清英，字不妄也：振本而末从，知一而万毕矣[③]。

夫裁文匠笔，篇有小大；离章合句，调有缓急；随变适会，莫见定准。句司数字，待相接以为用；章总一义，须意穷而成体。其控引情理，送迎际会，譬舞容回环，而有缀兆之位；歌声靡曼，而有抗坠之节也[④]。

寻诗人拟喻，虽断章取义，然章句在篇，如茧之抽绪，原始要终，体必鳞次。启行之辞，逆萌中篇之意；绝笔之言，追媵（元作“胜”，谢改）前句之旨：故能外文绮交，内义脉注，跗萼相衔，首尾一体[⑤]。若辞失其朋（元作“明”），则羁旅而无友；事乖其次，则飘寓而不安。是以搜句忌于颠倒，裁章贵于顺序，斯固情趣之指归，文笔之同致也[⑥]。

若夫笔句无常，而字有条（铃木云闵本作“常”）数：四字密而不促，六字格而非缓，或变之以三五，盖应机之权节也[⑦]。至于《诗·颂》大体，以四言为正，唯“祈父”“肇禋”，以二言为句。寻二言肇于黄世，《竹弹》之谣是也；三言兴于虞时，《元首》之诗是也；四言广于夏年，《洛汭之歌》是也；五言见于周代，《行露》之章是也；六言、七言，杂出《诗》《骚》，而（疑有脱字，黄云案冯本“而”下空一格；铃木云梅本“而”作“两”，其下空二字）体之篇，成于两（铃木云梅本作“西”）汉。情数运周，随时代用矣[⑧]。

若乃改韵从（铃木云案“从”疑作“徙”）调，所以节文辞气。贾谊、枚乘，两韵辄易；刘歆、桓谭，百句不迁：亦各有其志也。昔魏武论赋（顾云《玉海》作“诗”），嫌于积韵，而善于资（顾云“资”

《玉海》作“贸”）代。陆云亦称“四言转句，以四句为佳”。观彼制韵，志同枚、贾。然两韵辄易，则声韵微躁；百句不迁，则唇吻告劳；妙才激扬，虽触思利贞，曷若折之中和，庶保无咎⑨。

又《诗》人以“兮”字入于句限，《楚辞》用之，字出句外。寻“兮”字成句，乃语助余声。舜咏《南风》，用之久矣；而魏武弗好，岂不以无益文义耶？至于“夫”“惟”“盖”“故”者，发端之首唱；“之”“而”“于”“以”者，乃劄句之旧体；“乎”“哉”“矣（铃木云闵本作‘已’）”“也”，亦送末之常科。据事似闲，在用实切。巧者回运，弥缝文体，将令数句之外，得一字之助矣。外字难谬，况章句欤⑩！

赞曰：断章有检，积句不恒。理资配主，辞忌失（元作“告”，谢改）朋。环情草（孙云当作“节”）调，宛转相腾。离合同（王本作“同合”）异，以尽厥能。

注释：

①《札记》释章句之名曰：“《说文》：‘丶，有所绝止，丶而识之也。’施于声音，则语有所稽，宜谓之丶；施于篇籍，则文有所介，宜谓之丶。一言之遡，可以谓之丶；数言联贯，其辞已究，亦可以谓之丶。假借为读，所谓句读之读也，凡一言之停遡者用之。或作句投，或作句豆，或变作句度，其始皆但作丶耳。其数言联贯而辞已究者，古亦同用绝止之义，而但作丶。从声以变则为章，《说文》‘乐竟为一章’是也。言乐竟者，古但以章为施于声音之名，而后世则泛以施之篇籍。舍人言章者明也，此以声为训，用后起之义傅丽之也。句之语原于𠄌，《说文》‘𠄌，钩识也，从反亅’，是𠄌亦所以为识别，与丶同意。章先生说：‘《史记·滑稽列传》东方朔至公车上书，公车令两人共持举其书，人主从上方读之。止，辄乙其处。乙非甲乙之乙，乃钩识之𠄌。𠄌字见于传记，惟有此耳。’声转为曲，‘曲’古文作𠃊，正象句曲之形，凡书言文曲（《荀子》），言曲折（《汉书·艺文志》），言曲度（傅毅《舞赋》），皆言声音于此稽止也。又转为句。《说文》曰：‘句，曲也。’句之名，秦汉以来众儒为训诂者乃有之，此由讽诵经文，于此小遡，正用钩识之义。舍人曰：‘句者，局也。’此亦以声为训，用后起之义傅丽之也。《诗疏》曰古者谓句为言，《论语》

以‘思无邪’为一言。《左传》‘臣之业在《扬之水》卒章之四言’，谓第四句不敢以告人也。及赵简子云大叔‘遗我以九言’，皆以一句为一言也。案古称一言，非必词意完具，但令声有所稽，即为一言，然则称言与称句无别也。总之，‘句’‘读’‘章’‘言’四名，其初但以目声势，从其终竟称之则为章，从其小有停趨言之则为句、为曲、为读、为言。降后乃以称文之词意完具者为一句，结连数句为一章。或谓句、读二者之分，凡语意已完为句，语意未完、语气可停者为读，此说无征于古。检《周礼·宫正》注云：‘郑司农读火绝之，云禁凡邦之事跸。’又《御史》注云：‘郑司农读言掌赞书数，玄以为不辞，故改之。’案康成言读火绝之，是则语意已完乃称为读。又云不辞，不辞者，文义不安之谓。若语势小有停顿，文义未即不安，何以必须改破？故知读亦句之异名，连言句读者，乃复语而非有异义也。要之，语气已完可称为句，亦可称为读，前所引先郑二文是矣。语气未完可称为读，亦可称为句，凡韵文断句多此类矣（《文通》有句读之分，取便学者耳，非古义已然）。若乃篇章之分，一著简册之实，一著声音之节，以一篇所载多章皆同一意，由是谓文义首尾相应为一篇，而后世或即以章为篇，则又违其本义。案《诗》三百篇，有一篇但一章者，有一篇累十六章者，此则篇章不容相混也。其他文籍，如《易》二篇不可谓之二章，《孟子》七篇不可谓之七章，《老子》著书上下篇，不可谓之二章。自杂文猥盛，而后篇章之名相乱。舍人此篇云：‘积章成篇，篇之彪炳，章无疵也。’又云：‘篇有大小。’盖犹是本古谊以为言。今谓集数字而显一意者，谓之一句；集数意以显一意者，谓之一章。一章已显则不待烦辞，一章未能尽意则更累数章以显之，其所显者仍为一意，无问其章数多寡。或传一人，或论一理，或述一事，皆谓之一篇而已矣。”刘大櫆《论文偶记》曰：“神气者，文之最精处也；音节者，文之稍粗处也；字句者，文之最粗处也。然余谓论文而至于字句，则文之能事尽矣。盖音节者，神气之迹也；字句者，音节之矩也。神气不可见，于音节见之；音节无可准，以字句准之。”又曰：“音节高则神气必高，音节下则神气必下，故音节为神气之迹。一句之中，或多一字，或少一字；一字之中，或用平声，或用仄声；同一平字仄字，或用阴平阳平，上声去声入声，则音节迥异，故字句为音节之矩。”又曰：“积字成句，积句成章，积章成篇，合而读之，音节见矣，歌而咏之，神气出矣。”又曰：“作文若字句安顿不妙，岂复有文字乎？但所谓字句音节，须从古人文字中实实讲贯过始得。”

②《说文》：“宅，所托也。”《国语 · 鲁语上》：“宅，章之次也。”谓章明情志，必有所寄而次序显晰也。郑注《尧典》“平章百姓”曰：“明也。”《说文》：“句，曲也。”局亦曲也。《毛诗 · 关雎 · 正义》：“句必联字而言。句者，局也；联字分疆，所以局言者也。章者，明也；总义包体，所以明情者也。”即本彦和为说。

③《关雎 · 正义》曰：“篇者，遍也。言出情铺事，明而遍者也。”字不妄用，论详《练字篇》，此篇专论章句。

④《关雎 · 正义》曰：“句者联字以为言，则一字不制也。以诗者申志，一字则言蹇而不会，故诗之见句，少不减二，即‘祈父’‘肇禋’之类也。”案此说亦通于一切文笔，凡一字不得成为句，句必集数字而后成。《礼记 · 乐记》：“屈伸俯仰，缀兆舒疾，乐之文也。”正义曰：“缀，谓舞者行列相连缀也；兆，谓位外之营兆也。”又：“歌者上如抗，下如坠，曲如折，止如槁木。”

⑤《文镜秘府论》四：“故将发思之时，先须推诸事物合于此者。既得所求，然后定其体分，必使一篇之内，文义得成（篇，谓从始至末使有文义可得连接而成也）。一章之间，事理可结（章者，若文章皆有科别，叙义可得连接而成事以为一章，使有事理，可结成义），通人用思，方得为之。大略而论，建其首，则思下辞而可承，陈其末，则寻上义不相犯，举其中，则先后须相附依，此其大指也。”《毛诗 · 小雅 · 常棣》：“鄂不韡韡。”《笺》曰：“不当作柎，柎，鄂足也。”（柎不声同，柎字亦作跗。）

⑥彦和论文，最恶诡诡，此语尤极明通。盖文之善者，情高理密，辞气声调，言而有物，斯为可贵。若思理方郁，兴象未生，宜静居以养神，浮览以绎绪，非复空摇笔端，妄动喉唇所能效绩。或者不察，以为艰涩可以文鄙浅，绮语可以市宠悦，舍本逐末，务尚怪奇，是犹德行卑下，而服上古冠服以衒鬻也。虽轩辕之裳，周公之冕，何所用之？夫语法变迁，势由自然，古之常言，今成异语，理苟不慊，异于何有！故研阅典籍，期于明理，摘句寻章，徒见其陋。今自《札记》移录《约论古书文句异例》一篇，使知古有而今无者，既生今之世，不可好异追逐而取嗤也。

恒文句读，但能辨解字谊，悉其意旨，即可憭然无疑，或专以文法剖判之，亦可以无差忒。惟古书文句驳荦奇侅者众，不悉其例，不能得其义旨，言文法者，于此又有所未暇也。幸顾王、俞诸君，有成书在，兹删取其要，分为五科，科有细目，举旧文以明之，皆辨审文句之事。若夫订字谊，正讹文，虽有关于文句，然于成辞之质无所增省，虽有条例，不阑入于此云。

第一，倒文

一、句中倒字

《左传》昭公十九年："谚所谓室于怒，市于色。"（顺言当云"怒于室，色于市"。）

《孟子·尽心下》："若崩厥角稽首。"（顺言当云"厥角稽首若崩"。）

二、倒字叶韵

《诗·节南山篇》："弗问弗仕，勿罔君子，式夷式已，无小人殆。"（顺言当云"无殆小人"。）

《墨子·非乐上》引《武观》曰："启乃淫溢，野于饮食，将将铭苋磬以力。"（顺言当云"饮食于野"。）

三、倒句

《左传》闵公二年："为吴太伯不亦可乎！犹有令名，与其及也。"（顺言当云"与其及也，犹有令名"。）

《礼记·檀弓篇》："盖殡也，问于聊曼父之母。"（顺言当云"问于聊曼父之母，盖殡也"。）

四、倒序

《周礼》大宗伯职："以肆献祼享先生。"（以次第言，祼在先，献次之，肆又次之。）

《书·立政》："或五六年，或四三年。"

第二，省文

一、蒙上省

《书·禹贡》："终南惇物至于鸟鼠。"（不言治，蒙上"荆岐既旅"之文。）

《左传》定公四年："楚人为食，吴人及之，奔，食而从之。"（"奔"不言楚人，"食而从之"不言吴人，蒙上。）

二、因下省

《书·尧典》："期三百有六旬有六日。"（三百者，三百日也。不言日，因下省。）

《诗·七月篇》："七月在野，八月在宇，九月在户，十月蟋蟀入我床下。"（在野、在宇、在户，皆蟋蟀也。不言者，因下省。）

三、语急省

《左传》庄公二十二年："敢辱高位以速官谤。"（敢，不敢也，语急省。）

《公羊传》隐公元年："如勿与而已矣。"（如，不如也，语急省。）

四、因前文已具而省

《易·同人》九五："同人先号咷而后笑。"象曰："同人之先，以中直也。"（《象》意当说同人之先号咷而后笑，以中直也。今但曰同人之先，蒙上省也。《易传》此例至多。）

《诗·板篇》："天之牖民，如埙如篪，如璋如圭，如取如携，携无曰益，牖民孔易。"（无曰益，但承携言。以文不便，省埙篪以下也。）

五、以疏略而省

《论语》："沽酒市脯不食。"（当云"沽酒不饮"，疏略也。）

《左传》襄公二年："以索马牛皆百匹。"（牛当称头，疏略也。）

六、反言省疑词

《书·西伯戡黎》："我生不有命在天？"（言"有命在天也"。）

《老子》七十七章："是以圣人为而不恃，功成丽弗处，其不欲见贤？"（言"其不欲见贤乎"。）

七、记二人之言省曰字

《孟子·滕文公篇》："从许子之道"至"屦大小同，则贾相若"。（皆陈相之词，上省曰字。）

《礼记·檀弓篇》："悼公之丧，季昭子问于孟敬子，曰：'为君何食？'敬子曰：'食粥，天下之达礼也。''吾三臣者之不能居公室也，四方莫不闻矣，勉而为瘠则吾能，毋乃使人疑夫不以情居瘠者乎！我则食食。'”（自“吾三臣者”以下皆昭子之词，而省曰字。）

第三，复文

一、同义字复用

《左传》襄公三十一年：“缮完葺墙以待宾客。”（缮、完、葺三字同谊。二字复用不可悉数。）

《左传》昭公十六年：“庸次比耦以艾杀此地。”（庸、次、比、耦四字同义。）

二、复句

《易·系辞》：“言天下之至赜而不可恶也，言天下之至赜而不可乱也。”（下“赜”字郑、虞、王本皆同，今本作“动”。）

《孟子·梁惠王篇》：“故王之不王，非挟泰山以超北海之类也。王之不王，是折枝之类也。”（《诗》中复句极多，不能悉数。）

三、两字义类相因牵连用之而复

《礼记·文王世子篇》：“养老幼于东序。”（言养幼者，牵于老而言之。）

《玉藻篇》：“大夫不得造车马。”（言造马者，牵于车而言之。）

四、语词叠用

《尚书·多方篇》：“尔曷不忱裕之于尔多方？尔曷不夹介乂我周王享天之命？今尔尚宅尔宅，畋尔田，尔曷不惠王熙天之命？尔乃迪屡不静，尔心未爱，尔乃不大宅天命，尔乃屑播天命，尔乃自作不典，图忱于正。”（十一句中，三“尔曷不”字，四“尔乃”字。）

《诗·大雅·绵篇》：“乃慰乃止，乃左乃右，乃疆乃理，乃宣乃亩。”（四句用叠八“乃”字。）

五、语词复用

《书·秦誓》：“尚犹询兹黄发。”（言“尚”又言“犹”。）

《礼记·檀弓篇》：“人喜则斯陶。”（言“则”又言“斯”。）

六、一人之词中加“曰”字

《左传》哀公十六年：“乞曰，不可得也；曰，市南有熊宜僚者，若得之，可以当五百人矣。”（下“曰”字仍为乞语，此记者加以更端。）

《论语》：“怀其宝而迷其邦，可谓仁乎？曰：不可。”（“曰”字阳虎自答，此自为问答之词。）

第四，变文

一、用字错综

《春秋》僖公十六年："陨石于宋五。是月六鹢退飞过宋都。"（上言石五，下言六鹢，错言之耳。）

《论语》："迅雷风烈。"（即迅雷烈风。）

二、互文见义

《礼记·文王世子篇》："诸父守贵宫贵室，诸子诸孙守下宫下室，诸父诸兄守贵室，子弟守下室，而让道达矣。"（郑曰："上言父子孙，此言兄弟，互相备也。"）

《祭统篇》："王后蚕于北郊以共纯服……夫人蚕于北郊以共冕服。"（郑曰："纯服亦冕服也，互言之尔。"）

三、连类并称

《仪礼·少牢馈食礼》："日用丁己。"（或用丁，或用己。）

《孟子》："华周杞梁之妻，善哭其夫，而变国俗。"（哭夫为杞梁妻事，华周妻乃连类言之也。）

四、两语平列而实相联

《论语》："君子耻其言而过其行。"（言君子耻其言之过其行也。）

《诗·荡篇》："侯作侯祝。"（《传》曰："作祝诅。"）

五、两语小殊而实一意

《诗·关雎》："参差荇菜，左右流之；参差荇菜，左右求之。"（《传》曰："流，求也。"）

《礼记·表记》："仁有数，义有长短小大。"（数即长短小大。）

六、变文叶韵

《易·小畜》上九："既雨既处。"（处，止也，与雨韵，故变言处。）

《诗·鄘风·柏舟》："母也天只，不谅人只。"（《传》曰："天，谓父也。"《正义》曰："先母后天，取其韵句。"案变父言天，亦取韵句耳。）

七、前文隐没至后始显

《礼记·曲礼篇》："天子谓之伯父，异姓谓之伯舅。"（下言异姓，则上言同姓明矣。）

《檀弓篇》："晋献公之丧，秦穆公使人吊公子重耳。子显以致命于秦穆公。”（上不言使人为谁，至后始显。）

八、举此见彼

《易·文言》：“地道也，臣道也，妻道也，地道无成而代有终也。”（不言臣妻。）

《礼记·王制》：“大国之卿不过三命，下卿再命。小国之卿与下大夫一命。”（郑曰：“不著次国之卿者，以大国之下互明之。”）

九、上下文语变换

《书·洪范》：“金曰从革，土爰稼穑。”（爰即曰也。）

《论语》：“爱之能勿劳乎？忠焉能勿诲乎？”（焉即之也。）

十、叙论并行

《左传》僖公三十三年：“秦伯素服郊次，向师而哭，曰：‘孤违蹇叔以辱二三子，孤之罪也。’不替孟明。‘孤之过也，大夫何罪！且吾不以一眚掩大德。’”（“不替孟明”乃记者之词。）

《史记·周本纪》：“尹佚筴祝曰：‘殷之末孙季纣，殄废先王明德，侮蔑神祇不祀，昏暴商邑百姓，其章显闻于皇天上帝。’于是武王再拜稽首，曰：‘膺更大命，革殷受天明命。’武王又再拜稽首。”（“于是武王再拜稽首曰”九字夹叙于祝文之中，“再拜稽首”叙其事，“曰”者，史佚更读祝文也。）

十一、录语未竟

《左传》襄公二十五年：“盟国人于大宫，曰：所不与崔庆者。”（下无文。）

《史记·高祖本纪》：“诸君必以为便，便国家。”（下无文。）

第五，足句

一、间语

《书·君奭》：“迪惟前人光。”（惟，间语也。）

《左传》隐公十一年：“天而既厌周德矣。”（而，间语也。）

二、助语用虚字

《诗·车攻篇》：“徒御不惊，大庖不盈。”（《传》：“不惊，惊也。不盈，盈也。”）

《书·洪范》：“皇建其有极。”（有极，极也。）

三、以语齐句

《诗·匏有苦叶篇》:“济盈不濡轨，雉鸣求其牡。”(“不”字所以齐句。)

《无羊篇》:“众维鱼矣，旐维旟矣。”(“维”字所以齐句。)

右（上）所甄举，大抵取之《古书疑义举例》中。其文与恒用者殊特，不憭其例，则于其义茫然，或因以生误解。文法书虽工言排列组织之法，而于旧文有所不能施用。盖俞君有言，执今人寻行数墨之文法，而以读周秦两汉之书，犹执山野之夫，而与言甘泉、建章之巨丽也。斯言谅矣。兹为讲说计，窃取成篇，聊以证古书文句之异，若其详则先师遗籍具在，不烦罗缕于此云。

⑦《文镜秘府论》四曰:“篇既连位而合，位亦累句而成。然句无定方，或长或短。长有逾于十，如陆机《文赋》云‘沈辞怫悦，若游鱼衔钩而出重渊之深；浮藻联翩，犹翔鸟缨缴而坠层云之峻’（下句皆十一字也)。短有极于二，如王褒《圣主得贤臣颂》云‘翼乎，若鸿毛之顺风；沛乎，若巨鳞之纵壑’（上句皆两字也）在于其内，固无待称矣（谓十字已下，三字已上，文之常体，故不待称也)。然句既有异，声亦互舛，句长声弥缓，句短声弥促，施于文笔，须参用焉（杂文笔等，皆句字或长或短，须参用也。其若诗、赞、颂、铭，句字有限者，非也)。就而品之，七言已去，伤于大缓，三言已还，失于至促，惟可以间其文势，时时有之。至于四言，最为平正，词章之内，在用宜多，凡所结言，必据之为述。至若随之于文，合带以相参，则五言、六言，又其次也。至如欲其安稳，须凭讽读，事归临断，难用辞穷（言欲安施字句，须读而验之，在临时断定，不可预言者也)。然大略而论，忌在于频繁，务遵于变化（若置四言、五言、六言等体，不得频繁，须变化相参用也)。假令一对之语，四句而成（笔皆四句合成一对)，便用四言，以居其半，其余二句杂用五言、六言等（谓一对语内，二句用四言，余二句或用五言、六言、七言是也)。或经一对、两对已后，仍须全用四言（若一对四句，并全用四言也)，既用四言，又更施其杂体（还谓上下对内，四言与五言等参用也)，循环反覆，务归通利。然之、于、而、以，间句常频，对有之，读则非便。能相回避，则文势调矣（谓而、以、之、于等间成句者，不可频，对

体同)。其七言、三言等，须看体之将变，势之相宜，随而安之，令其抑扬得所。然施诸文体，互有不同：文之大者，得容于句长（若碑、志、论、檄、赋、诔等，文体大者，得容六言已上者多），文之小者，宁取于句促（若表、启等，文体法小，宁使四言已上者多也）。何则？附体立辞，势宜然也。细而推之，开发端绪，写送文势，则六言、七言之功也；泛叙事由，平调声律，四言、五言之能也；体物写状，抑扬情理，三言之要也。虽文或变通，不可专据（谓可任人意改变，不必尽依此等状），叙其大抵，实在于兹。其八言、九言、二言等，时有所值，可得施之，其在用至少，不复委载也。”六字格而非缓，《说文》“格，木长貌”，是格有宽长之义。《四六丛话·凡例》云：“四六之名，何自防乎？古人有韵谓之文，无韵谓之笔。梁时沈诗任笔，刘氏三笔六诗是也。骈俪肇自魏晋，厥后有齐梁体、宫体、徐庾体，工绮递增，犹未以四六名也。唐重文选学，宋目为词学，而章奏之学，则令狐楚以授义山，别为专门。今考《樊南·甲乙》始以四六名集，而柳州《乞巧文》云，骈四俪六，锦心绣口，又在其前。《辞学指南》云，制用四六，以便宣读，大约始于制诰，沿及表启也。”

⑧此文本于挚虞《流别论》，彼论有九言而彦和不说者，颜延年《庭诰》所谓诗体本无九言者，将由声度阐缓，不协金石之故也（颜说引见《关雎·正义》)。“而体之篇”，疑当作“二体之篇”。二体指上六言、七言。盖六言、七言杂出诗骚，未有全篇用之者。赵翼《陔余丛考》二十三曰：“任防云‘六言始于谷永’，然刘勰云‘六言七言杂出诗骚’。今按《毛诗》‘谓尔迁于王都’‘曰予未有室家’等句，已开其端，则不始于谷永矣。或谷永本此体创为全篇，遂自成一家。然永六言诗今不传。《后汉书·孔融传》：‘融所著诗、颂、碑文、六言、策文、表檄。’其曰六言者，盖即六言诗也，今亦不传（《古文苑》载融六言诗，伪作不可信)。古六言诗间有可见者：《文选》注引董仲舒《琴歌》二句；边孝先《解嘲》‘寐与周公通梦，静与孔子同意’；《三国志》注曹丕《答群臣劝进书》自述所作诗曰‘丧乱悠悠过纪，白骨纵横万里，哀哀下民靡恃，吾将佐时整理，复子明辟致仕’。据此，是六言诗成于汉代也（曹丕虽为魏主，亦得属之于汉)。”

至七言诗则吴检斋先生《缌斋笔记》曰：“《后汉书》东平王苍、杜笃、崔琦、崔瑗、崔寔等传，并云著七言若干篇，《班固传》则有六言若干篇。由是推之，知汉人称诗，皆以四言为限，其六言、七言、八言者，或本为琴歌，或质称六言、七言、八言，皆不与之诗名也。汉人七言之词，今世已不数见，唯《文选》李注所引数事而已。《西京赋》注引刘向七言曰'博学多识与凡殊'，王仲宣《赠士孙文始诗》注引刘歆《七略》(是刘向《七言》之讹）曰'宴处从容观诗书'，嵇叔夜《赠秀才入军诗》注引刘向《七言》曰'山鸟群鸣动我怀'，张景阳《杂诗》注引刘向《七言》曰'朅来归耕永自疏'；案李引七言四句，其三句以殊、书、疏为韵，明其同出一篇。"《吴越春秋》所载《穷劫》等曲，通首皆七言，此书出赵长君手，后汉人也。又史游《急就章》以七言成句，盖今时里间歌括之类，亦可以证汉世民间七言之行用。彦和所指成于两汉者，其即六言、七言二体乎！

⑨陆云《与兄平原书》："文中有于是尔乃，于转句诚佳，然得不用之更快。有故不如无。又于文句中自可，不用之便少。亦常云，四言转句，以四句为佳……《喜霁》'俯顺习坎，仰炽重离'，此下重得如此语为佳，思不得其韵，愿兄为益之。"详士龙此文，所论者乃赋也。《玉海》《词学指南》引魏武论赋作论诗，诗赋亦得通称。"资代"作"贸代"，是。贸，迁也。《南齐书·乐志》永明二年尚书殿中曹奏定朝乐歌诗云："寻汉世歌篇，多少无定，皆称事立文，并多八句，然后转韵。时有两三韵而转，其例甚寡。张华、夏侯湛亦同前式。傅玄改韵颇数，更伤简节之美。近世王韶之、颜延之并四韵乃转，得赊促之中。颜延之、谢庄作《三庙歌》，皆各三章，章八句，此于序述功业详略为宜，今宜依之。"观此文知彦和所谓折之中和者，是四韵乃转也。《札记》论句末用韵，可资参考，录于下：

> 彦和引魏武之言，今无所见。士龙说见《与兄平原书》。书云"四言转句，以四句为佳"。彦和谓其志同枚、贾，观贾生《吊屈原》及《鹏赋》，诚哉两韵辄易，《惜誓》(《惜誓》伪托贾谊，不可信）及枚乘《七发》乃不尽然。彦和又谓刘歆、桓谭百韵不迁，子骏赋完篇存者惟《遂初赋》，固亦四句一转也。其云"折之中和，庶保无咎"者，盖以四句一转则太骤，百句不迁则太繁，因宜适变，随时迁移，使口吻调利，声调均停，斯则至精之论也。若夫声有宫商，句中虽不

必尽调，至于转韵，宜令平侧相间，则声音参错，易于入耳。“（魏武）嫌于积韵，善于资代”，所谓善于资代，即工于换韵耳。

⑩《六朝丽指》曰：“作骈文而全用排偶，文气易致窒塞。即对句之中，亦当少加虚字，使之动宕。六朝文如傅季友《为宋公求加赠刘前军表》‘俾忠贞之烈，不泯于身后，大赉所及，永及于后人’，任彦升《宣德皇后令》‘客游梁朝，则声华藉甚，荐名宰府，则延誉自高’，邱希范《永嘉郡教》‘才异相如，而四壁徒立，高惭仲蔚，而三径没人’，或用‘于’字，或用‘则’字，或用‘而’字，其句法乃栩栩欲活。至庾子山《谢滕王集序启》‘譬其毫翰，则风雨争飞；论其文采，则鱼龙百变。’更觉跃然纸上矣。然如去此虚字，将‘譬其’‘论其’易为藻丽之字，则平板而不能如此流利矣。于是知文章贵有虚字旋转其间，不可落入滞相也。”陆以湉《冷庐杂识》云：“作文固无取冗长，然用字有以增益而愈佳者。如欧阳公作《书锦堂记》云‘仕宦至将相，富贵归故乡，此人情之所荣，今昔之所同也’，后增二字，作‘仕宦而至将相，富贵而归故乡’，乃觉更胜。又作《史照岘山亭记》云‘元凯铭功于二石，一置兹山，一投汉水’，章子厚谓宜改作‘一置兹山之上，一投汉水之渊’，方为中节，公喜而用之。黄山谷《题仁宗飞白书跋末》云‘誉天地之高厚，赞日月之光华，臣知其不能也’，集中作‘臣自知其不能也’，增‘自’字语意乃足。于此知作文之法，不得概以简削为高。”审是则文家虽立意求简，遇字句中有宜增者，仍依文益之，斯正所以善用其简者欤。

陈鳣《简庄集》有《对策》一篇，发助语之条例最详备，今全录之：

粤自方策既陈，训诂斯尚，文章结构，虚实相生，实字其形体而虚字其性情也。是以语小则试白公于三岁，尽识之无；语大则说《尧典》数万言，未明粤若。溯文原于《易象》，大都也字收声；陈列国之风诗，半属兮字断句。盖以文代言，取神必肖，上抗下队，前轾后轩，实事求是，有所凭依，虚字稍乖，不能条达矣。《尔雅》：“孔魄哉延虚无之言，闲也。”《广雅》：“曰欥惟歔每虽兮者其各而乌岂也乎些只，词也。”《说文》：“尔，词之必然也；曾，词之舒也；余，词之舒也；哉，言之间也；啻，语时不啻也；各，异词也；只，语已词也；皆，俱词也；者，别事词也；畴，词也；曰，词也；曶，出气词也；乃，曳词之难也；

粤，亟词也；宁，愿词也；兮，语有所稽也；乎，语之余也；于，於也；粤，于也；平，语平舒也；矣，语已词也；欥，诠词也；凡，最括也。”按《说文》所谓词者，方是虚字，若《尔雅》《广雅》所释，则杂出假借矣。夫之本训出，其本训簸，岂为陈乐，惟为凡思，虽为虫名，乌焉为鸟名，然为烧物，而为颊毛，且之为荐，与之为党，是皆以实为虚。若夫余之为我，哉之为始，曶之为笏，寧之为宁，是又以虚为实，又若读而为如，又转而为奈，以乃为奈，奈又转而为那，变动不居，难以概论。举其大略凡数十端：曰发词，如夫盖系惟是也；曰顿词，如也者矣乎是也；曰疑词，如乎哉邪与是也；曰急词，如则即是也；曰缓词，如斯乃是也；曰设词，如虽纵假借是也；曰断词，如信必也矣是也；曰仅词，如稍可略只是也；曰几词，如将殆傥或是也；曰专词，如第惟独特是也；曰别词，如其于若乃是也；曰继词，如爰乃于是是也；曰承词，如是故然则是也；曰转词，如然而抑又是也；曰单词，如唉咄然否是也；曰总词，如都凡无虑是也；曰叹词，如呜呼噫嘻是也；曰余词，如兮只罢了是也；曰极词，如殊绝尽悉是也；曰或词，如假令容有是也；曰原词，如向初前始是也；曰复词，如其斯以为是也；曰信词，如固然洵诚是也；曰拟词，如譬彼犹若是也；曰到词，如及可数乎是也；曰互词，如或之为言是也；曰省词，如不日不显是也；日增词，如焉耳乎哉是也；曰进词，如况乃矧可是也；曰竟词，如毕斯而已是也。他如矣之为已，虖之为乎，欤之为与，尔之为耳，虽形异而同意；又如适之为适，麽之为么，衹之为秖，邪之为耶，皆流俗之别文。夫《尔雅》三篇，以初哉首基为始，童蒙《千字》，以焉哉乎也而终。诗云子曰，理本无穷，者也之乎，俗堪共喻。子云释《别国方言》，当不独问以奇字；相如著《凡将》小学，或亦如赋托《子虚》。行将作释词，附诸雅训，兹因对策，发其大凡。

丽辞第三十五[1]

造化赋形，支体必双，神理为用，事不孤立。夫心生文辞，运裁百虑，高下相须，自然成对。唐虞之世，辞未极文，而皋陶赞云：“罪疑惟轻，功疑惟重。”益陈谟云：“满招损，谦受益。”岂营丽辞，率然对尔（黄云案冯本作“耳”）[②]。《易》之《文》《系》，圣人之妙思也：序《乾》四德，则句句相衔；龙虎类感，则字字相俪；乾坤易简，则宛转相承；日月往来，则隔行悬合。虽句字或殊，而偶意一也[③]。至于诗人偶章，大夫联辞，奇偶适变，不劳经营[④]。自扬、马、张、蔡，崇盛丽辞，如宋画吴冶（“画”元作“尽”，“冶”元作“治”，朱改），刻形镂法，丽句与深采并流，偶意共逸韵俱发[⑤]。至魏晋群才，析句弥密，联字合趣，剖（一作“割”）毫析厘[⑥]。然契机者入巧，浮假者无功。

故丽辞之体，凡有四对：言对为易，事对为难，反对为优，正对为劣。言对者，双比空辞者也；事对者，并举人验者也；反对者，理殊趣合者也；正对者，事异义同者也[⑦]。长卿《上林赋》（元脱，补）云“修容乎礼园，翱翔乎书圃”，此言对之类也；宋玉《神女赋》云“毛嫱鄣袂，不足程式；西施掩面，比之无色”，此事对之类也；仲宣《登楼》（铃木云闵本、冈本有“赋”字）云“钟仪幽而楚奏，庄舄显而越吟”，此反对之类也；孟阳《七哀》云“汉祖想枌榆，光武思白水”，此正对之类也[⑧]。凡偶辞胸臆，言对所以为易也；征（元作“拟”，一作“微”）人之学，事对所以为难也；幽显同志，反对所以为优也；并贵共心，正对所以为劣也。又以事对，各有反正，指类而求，万条自昭然矣[⑨]。

张华诗称“游雁比翼翔，归鸿知接翮”，刘琨诗言（元在“诗”字上）“宣尼悲获麟，西狩泣孔丘”，若斯重出，即对句之骈枝也[⑩]。

是以言对为美，贵在精巧；事对所先，务在允当。若两事相配，而优劣不均，是骥在左骖，驽为右服也。若夫事或孤立，莫与相偶，是夔之一足，趻（谭校作“踸”；铃木云嘉靖本作“踸”）踔而行也[⑪]。若气无奇类，文乏异采，碌碌丽辞，则昏睡耳目。必使理圆事密，联壁其章。迭用奇偶，节以杂佩，乃其贵耳。类此而思，理自（汪本作“斯”）见也[⑫]。

赞曰：体植必两，辞动有配。左提右挈，精味兼载。炳烁联华，镜静含态。玉润双流，如彼珩佩。

注释：

①《说文》："丽，旅行也。"古文作丽，象两两相比之形。此云丽辞，犹言骈俪之辞耳。原丽辞之起，出于人心之能联想。既思云从龙，类及风从虎，此正对也。既想西伯幽而演《易》，类及周旦显而制《礼》，此反对也。正反虽殊，其由于联想一也。古人传学多凭口耳，事理同异，取类相从，记忆匪艰，讽诵易熟，此经典之文，所以多用丽语也。凡欲明意，必举事证，一证未足，再举而成；且少既嫌孤，繁亦苦赘，二句相扶，数折其中。昔孔子传《易》，特制《文》《系》，语皆骈偶，意殆在斯。又人之发言，好趋均平，短长悬殊，不便唇舌；故求字句之齐整，非必待于耦对，而耦对之成，常足以齐整字句。魏晋以前篇章，骈句俪语，辐辏不绝者此也。综上诸因，知耦对出于自然，不必废，亦不能废，但去泰去甚，勿蹈纤巧割裂之弊，斯亦已耳。凡后世奇耦之议，今古之争，皆胶柱鼓瑟，未得为正解也。彦和云"岂营丽辞，率然对尔"，又云"奇偶适变，不劳经营"，此诚通论，足以释两家之惑矣。

②皋陶、益语皆见《尚书·伪大禹谟篇》。

③《易·乾卦·文言》："元者，善之长也；亨者，嘉之会也；利者，义之和也；贞者，事之干也。君子体仁足以长人，嘉会足以合礼，利物足以和义，贞固足以干事。君子行此四德者，故曰，乾元亨利贞。"又："九五曰：飞龙在天，利见大人，何谓也？子曰：同声相应，同气相求，水流湿，火就燥，云从龙，风从虎，圣人作而万物睹。本乎天者亲上，本乎地者亲下，则各从其类也。"《易·系辞上》："天尊地卑，乾坤定矣。卑高以陈，贵贱位矣。动静有常，刚柔断矣。方以类聚，物以群分，吉凶生矣。在天成象，在地成形，变化见矣。是故刚柔相摩，八卦相荡，鼓之以雷霆，润之以风雨；日月运行，一寒一暑；乾道成男，坤道成女。乾知大始，坤作成物。乾以易知，坤以简能。易则易知，简则易从；易知则有亲，易从则有功；有亲则可久，有功则可大；可久则贤人之德，可大则贤人之业。易简而天下之理得矣。天下之理得，而成位乎其中矣。"《易·系辞下》："子曰：天下何思何虑。天下同归而殊涂，一致而百虑，天下何思何虑。日往则月来，月往则日来，日月相推，而明生焉。寒往则暑来，暑往则

寒来，寒暑相推，而岁成焉。往者屈也，来者信也，屈信相感，而利生焉。”

④“诗人偶章”，指《诗》三百篇。“大夫联辞”，指《左传》《国语》所记列国大夫朝聘应对之辞。

⑤扬雄、司马相如、张衡、蔡邕，两汉文人之首。《庄子·田子方篇》：“宋元君将画图，众史皆至，受揖而立，舐笔和墨，在外者半。有一史后至者，儃儃然不趋，受揖不立，因之舍。公使人视之，则解衣槃礴裸。君曰：‘可矣，是真画者也。’”《吴越春秋·阖闾内传》：“干将作剑，采五山之铁精，六合之金英，候天伺地，阴阳同光，百神临观，天气下降。”李君雁晴曰：“《淮南·修务训》：‘夫宋画吴冶，刻刑镂法，乱修曲出。’高诱注：‘宋人之画，吴人之冶，刻镂刑法，乱理之文，修饰之功，曲出于不意也。’”

⑥刘申叔先生《论文杂记》谓由汉至魏，文章变迁计有四端，其中有论及对偶之语，兹全录之，以免割裂：

> 由汉至魏，文章迁变，计有四端：西汉之时，箴、铭、赋、颂，源出于文；论、辨、书、疏，源出于语。观邹（邹阳）、枚（枚乘、枚皋）、扬（子云）、马（司马相如）之流，咸工作赋，沈思翰藻，不歌而诵。旁及箴、铭、骚、七，咸属有韵之文。若贾生作论（《过秦论》之类是），史迁报书，刘向、匡衡之献疏，虽记事记言，昭书简册，不欲操觚率尔，或加润饰之功。然大抵皆单行之语，不杂骈俪之词。或出语雄奇（如史迁、贾生之文是，出于《韩非子》者也），或行文平实（如晁错、刘向之文是，出于《吕氏春秋》者也），咸能抑扬顿挫，以期语意之简明。东京以降，论辩诸作，往往以单行之语，运排偶之词（载于《后汉书》之文，莫不如是；即专家之文集，亦莫不然），而奇偶相生，致文体迥殊于西汉（东汉之儒，凡能自成一家言者，如《论衡》《潜夫论》《申鉴》《中论》之类，亦能取法于诸子，不杂排偶之词；《论衡》语意尤浅，其文在两汉中殆别成一体者）。建安之世，七子继兴，偶有撰著，悉以排偶易单行（如《加魏公九锡文》之类，其最著者也），即有非韵之文（如书启之类是也），亦用偶文之体，而华靡之作，遂开四六之先，而文体复殊于东汉，其迁变者一也。西汉之书，言词简直，故句法贵短，或以二字成一言（如《史记》各列传中是也），而形容事物，不爽锱铢（且能用俗语

方言以形容其实事)。东汉之文，句法较长，即研炼之词，亦以四字成一语（未有用两字即成一句者)。魏代之文，则合二语成一意（或上句用四字，下句用六字，或上句用六字，下句用四字，或上句下句皆用四字，而上联咸与下联成对偶，诚以非此不能尽其意也，已开四六之体)。由简趋繁（此文章进化之公例也)，昭然不爽。其迁变者二也。西汉之时，虽属韵文（如骚赋之类)，而对偶之法未严（西汉之文，或此段与彼段互为对偶之词，以成排比之体，或一句之中以上半句对下半句，皆得谓之偶文，非拘于用同一之句法也，亦非拘拘于用一定之声律也)。东汉之文，渐尚对偶（所谓字句之间互相对偶也)。若魏代之体，则又以声色相矜，以藻绘相饰，靡曼纤冶，致失本真（魏晋之文虽多华靡，然尚有清气，至六朝以降，则又偏重词华矣)。其迁变者三也。要而论之，文虽小道，实与时代而迁变。故东京之文殊于西京，魏代之文复殊东汉。文章之体，在前人不能强同。若夫去古已远，犹欲择古人一家之文，以自矜效法，吾未见其可也。

⑦此仅举言对、事对二对，二对又各有正反，故总为四对。《文镜秘府论》三《论对》谓对有二十九种，殊觉繁碎，兹约录十对于下：

一、的名对（又名正名对，又名正对，又名切对） 初学作文章，须作此对，然后学余对也。或曰天、地，日、月，好、恶，去、来，如此之类，名正对。

二、隔句对 隔句对者，第一句与第三句对，第二句与第四句对。

三、双拟对 双拟对者，一句之中，所论假令第一字是“秋”，第三字亦是“秋”，二“秋”拟第二字，下句亦然。如此之类，名为双拟对。如：“夏暑夏不衰，秋阴秋未归；炎至炎难却，凉消凉易追。”

四、联绵对 联绵对者，不相绝也。一句之中，第二字、第三字是重字，即名为联绵对，但上句如此，下句亦然。如：“看山山已峻，望水水乃清；听蝉蝉响急，思卿卿别情。”

五、互成对 互成对者，天与地对，日与月对，两字若上下句安，名的名对；若两字一处用之，是名互成对，言互相成也。如：“天地心闲静，日月眼中明；麟凤千年贵，金银一代荣。”

六、异类对　异类对者，上句安天，下句安山，上句安鸟，下句安花，如此之类，名为异名对。如：“风织池间字，虫穿叶上文。”

七、双声对　如：“秋露香佳菊，春风馥丽兰（佳、菊双声，丽、兰双声）。”

八、叠韵对　如：“郁律构丹巘，棱层起春嶂（郁、律叠韵，棱、层叠韵）。”

九、回文对　如：“情亲由得意，得意遂情亲。”

十、字对　字对者，若桂楫、荷戈，“荷”是负之义，以其字草名，故与“桂”为对。不用义对，但取字为对也。如：“山椒架寒雾，池筱韵凉飙。”

程杲《识孙梅〈四六丛话〉》论对颇精切，节录以备参阅：

四六盛于六朝，庾、徐推为首出。其时法律尚疏，精华特浑，譬诸汉京之文，盛唐之诗，元气淼沦，有非后世所能造其域者。唐兴以来，体备法严，然格亦未免稍降矣。前如燕、许称大手笔，嗣如王、杨、卢、骆称四杰，今即其集博览之，所以擅名一代者，不尚可寻其绪乎？宋自庐陵、眉山以散行之气运对偶之文，在骈体中另出机杼，而组织经传，陶冶成句，实足跨越前人。要之，两端不容偏废也。由唐以前，可以征学殖；由宋以后，可以见才思。苟兼综而有得焉，自克树帜于文坛。四六主对，对不可以不工，《雕龙》所论言对、事对、反对、正对尽之矣。至谓言对易，事对难，反对优，正对劣，其所谓难者，若古“二十四考中书，三十六年宰辅”“秦塞重关一百二，汉室离宫三十六”之类，比事皆成绝对，故难也。近时翻类书，举故事。往往一意衍至数十句，不惟难者不见其难，亦且劣者弥形其劣。孙夫子于《总论》篇中有以意为主之说，学骈体者不可无别裁之识。

按四六对法，一句相对者为单对，两句相对者为偶对。一篇中，须以单偶参用，方见流宕之致。更有长偶对，若苏轼《乞常州居住表》“臣闻圣人之行法也，如雷霆之震草木，威怒虽盛而归于欲其生；人主之罪人也，如父母之谴子孙，鞭挞虽严而不忍致之死”之类是也。反对、正对之外，有借对，若骆宾王《冒雨寻菊序》“白帝徂秋，黄金胜友”之类是也。有巧对，若宾王《上司列太常启》“搏羊角而高翥，浩若无津；附骥尾以上驰，邈焉难托”之类是也。有虚实对，若柳宗元《为裴中丞贺东平表》“愧无横草之功，坐见覆盂之泰”之类是也。有流水对，若欧阳修《谢赐汉书表》“惟汉室上继三代之盛，而《班史》自成一家之书”之类是也。有各句自对，若王勃《滕王阁序》“物华天宝，龙光射牛斗之墟；人杰地灵，徐孺下陈蕃之榻”之类是也。要使百炼千锤，句斟字酌，阅之有璧合珠联之采，读之有敲金戛玉之声，乃为能手。

四六中以言对者，惟宋人采用经传子史成句为最上乘，即元明诸名公表启，亦多尚此体，非胸有卷轴不能取之左右逢源也。以事对者，尚典切忌冗杂，尚清新忌陈腐。否则陈陈相因，移此俪彼，但记数十篇通套文字，便可取用不穷。况每类皆有熟烂故事，俗笔伸纸便尔挦扯，令人对之欲呕。然又非必舍康庄而求僻远也，要在运笔有法，或融其字面，或易其称名，或巧其属对，则旧者新之，顿觉别开壁垒，庄子所谓臭腐化为神奇也。

（四六通篇句法）平仄相衔，與律诗律赋同体，唐以前不尽然者，法未备也。唐以后间有不然者，如律诗中之拗句也，不得沿以为例。偶对上下句一事相承，或有各用故事者，必须意义联贯，不得艮限贻讥。

⑧《上林》《神女》《登楼》三赋均载《文选》。张载《七哀诗》二首载《文选》二十三，无此二句，盖别有一首用水字韵，昭明不采，故亡逸也。

⑨纪评曰：“‘贵’当作‘肩’。又以四句，当云指类而求，万条自昭然矣。又言对、事对，各有反正，于文义乃顺。”案‘万’字衍，‘自’为‘目’之误，当作指类而求，条目昭然，即上所云四对也。

⑩张华《杂诗》见《玉台新咏》。刘琨《重赠卢谌诗》见《文选》，亦载《晋书》本传。

⑪两事相配，纪评云“两事当作两言”。《韩非子·外储说左下》：“鲁哀公问于孔子曰：吾闻古者有夔一足，其果信有一足乎?”《庄子·秋水篇》：“吾以一足跉踔而行。”

⑫纪评曰：“张华一段，申反对正对；是以以下，申言对事对；若气无

以下，就四对推入一层，言对偶虽合法，而无骨采亦不可。”朱一新《无邪堂答问》曰：“有阳则有阴，有奇则有偶，此自然之理。古文参以排偶，其气乃厚，马、班、韩、柳皆如此。然非骈四俪六之谓。凡文必偶，意虽是而语稍过，若《揅经室》诸论则偏矣。”

《札记》曰：“文之有骈俪，因于自然，不以一时一人之言而遂废。然奇偶之用，变化无方，文质之宜，所施各别。或鉴于对偶之末流，遂谓骈文为下格；或惩于俗流之恣肆，遂谓非骈体不得名文；斯皆拘滞于一隅，非闳通之论也。惟彦和此篇所言，最合中道。一曰‘高下相须，自然成对’，明对偶之文依于天理，非由人力矫揉而成也。次曰‘岂营丽辞，率然对尔’，明上古简质，文不饰雕，而出语必双，非由刻意也。三曰‘句字或殊，偶意一也’，明对偶之文，但取配俪，不必比其句度，使语律齐同也。四曰‘奇偶适变，不劳经营’，明用奇用偶，初无成律，应偶者不得不偶，犹应奇者不得不奇也。终曰‘迭用奇偶，节以杂佩’，明缀文之士，于用奇用偶，勿师成心，或舍偶用奇，或专崇俪对，皆非为文之正轨也。舍人之言明白如此，真可以息两家之纷难，总殊轨而齐归者矣……近世褊隘者流，竞称唐宋古文，而于前此之文，类多讥诮，其所称述，至于晋宋而止。不悟唐人所不满意，止于大同已后轻艳之词，宋人所诋为俳优，亦裁上及徐庾，下尽西昆，初非举自古丽辞一概废阁之也。自尔以后，骈散竟判若胡秦，为散文者力避对偶，为骈文者又自安于声韵对仗，而无复迭用奇偶之能。以愚意论之，彼以古文自标橥者，诚可无与诤难，独奈何以复古自命者，亦自安于骈文之号，而不一审究其名之不正乎？阮伯元云：‘沈思翰藻始得为文，而其余皆经史子。’是以骈文为文，而反尊散文为经史子也。李申耆选晚周之文以讫于隋，而名之曰《骈体文钞》，是以隋以前文为骈文而唐以后反得为古文也。何其于彦和此篇所说通局相妨至于如是耶！今录阮、李二君文三篇于后，以备考镜。”

阮伯元《与友人论古文书》

读足下之文，精微峻洁，具有渊源，甚善甚善……元谓古人于籀史奇字，始称古文，至于属辞成篇，则曰文章，故班孟坚曰：“武宣之世，崇礼官，考文章。”又曰：“雍容揄扬，著于后嗣，大汉之文章炳焉与三代同风。”是故两汉文章，著于班、范，体制和正，气息渊雅，不为激音，不为客气。若云后代之文有能盛于两汉者，虽愚者亦知其不能矣。近代古文名家，徒为科名时艺之累，于古人之文有益时艺者，始竞趋之。元尝取以置之两汉书中诵之，拟之，淄渑不能同其味，宫徵不能壹其声，体气各殊，弗可强已。若谓前人拙朴，不及后人反复思之，亦未敢以为然也。夫势穷者必变，情弊者务新，文家矫厉，每求相胜，其间转变，实在昌黎。昌黎之文，矫《文选》之流弊而已。昭明《选序》，体例甚明，后人读之，苦不加意。《选序》之法，于经子史三家不加甄录，为其以立意纪事为本，非沈思翰藻之比也。今之为古文者，以彼所弃，为我所取，立意之外，惟有纪事，是乃子史正流，终与文章有别。千年坠绪，无人敢言，偶一论之，闻者掩耳，非聪颖特达深思好问如足下者，元未尝少为指画也。呜呼！修涂具在，源委远分，古人可作，谁与归欤？惟足下审之。

阮伯元《文韵说》

福问曰："《文心雕龙》云：'今之常言，有文有笔，以为无韵者笔也，有韵者文也。'据此，则梁时恒言有韵者乃可谓之文，而《昭明文选》所选之文不押韵脚者甚多，何也？"曰："梁时恒言所谓韵者，固指押脚韵，亦兼谓章句中之音韵，即古人所言之宫羽，今人所言之平仄也。"福曰："唐人四六之平仄，似非所论于梁以前。"曰："此不然，八代不押韵之文，其中奇偶相生，顿挫抑扬，咏叹声情，皆有合乎音韵宫羽者。《诗》《骚》而后，莫不皆然。而沈约矜为创获，故于《谢灵运传论》曰：'夫五色相宣，八音协畅，由乎元（玄）黄律吕，各适物宜，欲使宫羽相变，低昂舛节，若前有浮声，则后须切响，一简之内，音韵尽殊，两句之中，轻重悉异，妙达此旨，始可言文。'又曰：'自灵均以来，此秘未睹，至于高言妙句，音韵天成，皆暗与理合，匪由思至。'又沈约《答陆厥书》云：'韵与不韵，复有精粗，轮扁不能言，老夫亦不尽辨。'休文此说，乃指各文章句之内有音韵宫羽而言，非谓句末之押脚韵也（即如雌霓连蜷，'霓'字必读仄声是也）。是以声韵流变而成四六，亦只论章句中之平仄，不复有押脚韵也。四六乃有韵文之极致，不得谓之为无韵之文也。昭明所选不押韵脚之文，本皆奇偶相生有声音者，所谓韵也。休文所矜为创获者，谓汉魏之音韵，乃暗合于无心，休文之音韵，乃多出于意匠也。岂知汉魏以来之音韵，溯其本原，亦久出于经哉？孔子自名其言《易》者曰文，此千古文章之祖。《文言》固有韵矣。而亦有平仄声音焉。即如‘湿’‘燥’‘龙’‘虎’‘睹’上下八句，何等声音，无论‘龙’‘虎’二句不可颠倒，若改为‘龙’‘虎’‘燥’‘湿’‘睹’，即无声音矣。无论‘其德’‘其明’‘其序’‘其吉凶’四句不可错乱，若倒‘不知退’于‘不知亡’‘不知丧’之后，即无声音矣。此岂圣人天成暗合，全不由于思至哉？由此推之，知自古圣贤属文时亦皆有意匠矣。然则此法肇开于孔子而文人沿之。休文谓灵均以来此秘未睹，正所谓文人相轻者矣，不特《文言》也。《文言》之后，以时代相次，则及于卜子夏之《诗大序》。《序》曰：‘情发于声，声成文谓之音。’又曰：‘主文而谲谏。’又曰：‘长言之不足，则嗟叹之。’郑康成曰：‘声谓宫商角徵羽也。声成文者，宫商上下相应。主文，主与乐之宫商相应也。’此子夏直指诗之声音而谓之文也，不指翰藻也。然则孔子《文言》之义益明矣。盖孔子《文言》《系辞》，亦皆奇偶相生，有声音嗟叹以成文者也，声音即韵也。《诗·关雎》‘鸠’‘洲’‘逑’押脚有韵，而‘女’字不韵，‘得’‘服’‘侧’押脚有韵，而‘哉’字不韵，此正子夏所谓声成文之宫羽也。此岂诗人暗于韵合，匪由思至哉？（王怀祖先生云：‘《三百篇》用韵，有字字相对极密，非后人所有者。如“有瀰”“有鷕”，“济盈”“雉鸣”，“不”“求”，“濡”“其”，“轨”“牡”，“凤凰”“梧桐”，“鸣矣”“生矣”，“于彼”“于彼”，“高冈”“朝阳”，“菶菶”“雍雍”“萋萋”“喈喈”，无一字不相韵。’此岂诗人天成暗合，全无意匠于其间哉？此即子夏所谓声成文之显然可见者。）子夏此序，《文选》选之，亦因其中有抑扬咏叹之声音，且多偶句也（乡人、邦国，偶一；风、教，偶二；为志，为诗，偶三；手之、足之，偶四；治世、乱世、亡国，偶五；天地、鬼神，偶六；声教、人伦、教化、风俗，偶七、八；化下、刺上，偶九；言之、闻之，偶十；礼义、政教，偶十一；国异、家殊，偶十二；伤人伦、哀刑政，偶十三；发乎情、止乎礼义，偶十四；谓之风、谓之雅，偶十五；系之周、系之召，偶十六；正始、王化，偶十七；哀窈窕、思贤才，偶十八；其偶之长者如周公、召公，即比也。后世《四书》文之比，基于此）。综而论之，凡文者在声为宫商，在色为翰藻。即如孔子《文言》‘云龙风虎’一节，乃千古宫商翰藻奇偶之祖；‘非一朝一夕之故’一节乃千古嗟叹成文之祖；子夏《诗序》‘情文声音’一节，乃千古声韵性情排偶之祖。吾固曰，韵者即声音也，声音即文也（‘韵’字不见于《说文》，而王复斋楚公钟篆文内实有‘韵’字，从音从匀，许氏所未收之古文也）。然则今人所便单行之文，极其奥折奔放者，乃古之笔，非古之文也。沈约之说，或可横指为八代之衰体。孔子、子夏之文体，岂亦衰乎？是故唐人四六之音韵，虽愚者能效之，上溯齐梁，中材已有所限，若汉魏以上，至于孔、卜，此非上哲不能拟也。”乙酉三月，阅兵香山，阻风舟中，笔以训福。

李申耆《骈体文钞序》

少读《文选》，颇知步趋齐梁。后蒙恩入庶常，台阁之制，例用骈体，而不能致工。因益搜辑古人遗篇，用资时习，区其钜细，分为三编。序而论之曰：天地之道，阴阳而已，奇偶也，方圆也，皆是也。阴阳相并俱生，故奇偶不能相离，方圆必相为用。道奇而物偶，气奇而形偶，神奇而识偶。孔子曰：“道有动变，故曰爻；爻有等，故曰物；物相杂，故曰文。”又曰：“分阴分阳，迭用柔刚。”故《易》六位而成章，相杂而迭用。文章之用，其尽于此乎？六经之文，班班具存，自秦迄隋，其体递变，而文无异名。自唐以来，始有古文之目，而目六朝之文为骈俪。而为其学者，亦自以为与古文殊路。既歧奇与偶为二，而于偶之中又歧六朝与唐与宋为三。夫苟第较其字句，猎其影响而已，则岂徒二焉三焉而已，以为万有不同可也。夫气有厚薄，天为之也；学有纯驳，人为之也。体格有变迁，人与天参焉者也；义理无殊途，天与人合焉者也。得其厚薄纯杂之故，则于其体格之变，可以知世焉；于其义理之无殊，可以知文焉。文之体，至六代而其变尽矣。沿其流，极而溯之，以至乎其源，则其所出者一也。吾甚惜夫歧奇偶而二之者之毗于阴阳也。毗阳则躁剽，毗阴则沉膇，理所必至也，于相杂迭用之旨均无当也。

卷　八

比兴第三十六

《诗》文弘奥，包韫六义；毛公述传，独标“兴”体①，岂不以“风”通（一作“异”）而“赋”同，“比”显而“兴”隐哉②？故“比”者，附也；“兴”者，起也。附理者切类以指事，起情者依微以拟议。起情故“兴”体以立，附理故“比”例以生。“比”则畜愤以斥言，“兴”则环譬以记（一作“托”）讽，盖随时之义不一，故诗人之志有二也③。

观夫“兴”之托谕，婉而成章，称名也小，取类也大。关雎有别，故后妃方德；尸鸠贞一，故夫人象义。义取其贞，无从于夷禽；德贵其别，不嫌于鸷鸟：明而未融，故发注而后见也④。且何谓为“比”？盖写物以附意（铃木云疑当作“理”），飏言以切事者也。故金锡以喻明德，珪璋以譬秀民，螟蛉以类教诲，蜩螗以写号呼，浣衣以拟心忧，席卷（汪本作“卷席”）以方志固：凡斯切象，皆“比”义也⑤。至如“麻衣如雪”“两骖如舞”，若斯之类，皆“比”类者也⑥。楚襄信谗，而三闾忠烈，依《诗》制《骚》，讽兼“比”“兴”⑦。炎汉虽盛，而辞人夸毗，诗刺（谭云疑当作“讽刺”）道丧，故“兴”义销亡。于是赋颂先鸣，故“比”体云构，纷纭杂遝，信旧章矣[⑧]。

夫“比”之为义，取类不常：或喻于声，或方于貌，或拟于心，或譬于事。宋玉《高唐》云“纤条悲鸣，声似竽籁”，此比声之类也。枚乘《菟园》云“猋猋纷纷，若尘埃之间白云”，此则比貌之类也；贾生《鹏赋》（顾云当作“鸟”）云“祸之与福，何异纠纆”，此以物比理者也；王褒《洞箫》云“优柔温润，如慈父之畜子也”，此以声比心者也；马融《长笛》云“繁缛络绎，范蔡之说也”，此以响比辩者也；张衡《南都》云“起郑舞，茧曳（元作“茧抽”，按本赋改）绪”，此以容比物者也[⑨]。若斯之类，辞赋所先，日用乎“比”，月忘乎“兴”，习小而弃大，所以文谢于周人也。至于扬、班之伦，曹、刘以下，图状山川，影写云物，莫不纤（疑作“织”）综“比”义，以敷其华，惊听回视，资此效绩[⑩]。又安仁《萤赋》云“流金在沙”，季鹰《杂（顾校作“春”）诗》云“青条若总翠”，皆其义者也[⑪]。故比类虽繁，以切至为贵[⑫]，若刻鹄（元作“鹤”，谢改）类鹜，则无所取焉。

赞曰：诗人比兴，触物圆览。物虽胡越，合则肝胆。拟容取心，断辞必敢。攒杂咏歌，如川之涣[⑬]。

注释：

①《札记》曰：“题云比兴，实侧注论比，盖以兴义罕用，故难得而繁称。原夫兴之为用，触物以起情，节取以托意，故有物同而感异者，亦有事异而情同者，循省六诗，可榷举也。夫《柏舟》命篇，《邶》《鄘》两见。然《邶诗》以喻仁人之不用（《诗·邶风·柏舟·笺》云：舟载渡物者，今不用而与众物泛泛然俱流水中。兴者，喻仁人之不见用而与群小人并列，亦犹是也），《鄘诗》以譬女子之有常（《鄘风·柏舟·笺》云：舟在河中，犹妇人之在夫家，是其常处）。《杕杜》之目，风雅兼存，而《小雅》以譬得时（《小雅·杕杜·传》云：杕杜犹得其时蕃滋，役夫劳苦，不得尽其天性），《唐风》以哀孤立（《唐风·有杕之杜·传》云：道左之阴人所宜休息也。《笺》云：今人不休息者，以其特生阴寡也。兴者，喻武公初兼其宗族，不求贤者与之在位，君子不归，似乎特生之杜然）。此物同而感异也。九罭鳟鲂，鸿飞遵渚，二事绝殊，而皆以喻文公之失所

(《豳风・九罭・传》云：九罭，緵罟小鱼之网也。鳟鲂，大鱼也。疏引王肃云：以兴下土小国，不宜久留圣人。又《鸿飞遵渚・传》云：鸿不宜循渚也。《笺》云：鸿，大鸟也，不宜与凫鹥之属飞而循渚，以喻周公今与凡人处东都之邑失其所也)。牂羊坟首，三星在罶，两言不类，而皆以伤周道之陵夷（《小雅・苕之华・传》云：牂羊坟首，言无是道也。三星在罶，言不可久也。《笺》云：无是道者，喻周已衰，求其复兴不可得也。不可久者，喻周将亡，如心星之光耀，见于鱼笱之中，其去须臾也)。此事异而情同也。夫其取义差在毫厘，会情在乎幽隐，自非受之师说，焉得以意推寻。彦和谓明而未融，发注后见；冲远谓毛公特言，为其理隐：诚谛论也。孟子云'学诗者以意逆志'，此说施之说解已具之后，诚为谠言，若乃兴义深婉，不明诗人本所以作，而辄事探求，则穿凿之弊固将滋多于此矣。自汉以来，词人鲜用兴义，固缘诗道下衰，亦由文词之作，趣以喻人，苟览者恍惚难明，则感动之功不显。用比忘兴，势使之然，虽相如、子云，未如之何也。然自昔名篇，亦或兼存比兴，及时世迁贸，而解者只益纷纭，一卷之诗，不胜异说。九原不作，烟墨无言。是以解嗣宗之诗，则首首致讥禅代，笺杜陵之作，则篇篇系念朝廷，虽当时未必不托物以发端，而后世则不能离言而求象。由此以观，用比者历久而不伤晦昧，用兴者说绝而立致辩争。当其览古，知兴义之难明，及其自为，亦遂疏兴义而希用，此兴之所以浸微浸灭也。虽然，微子悲殷，实兴怀于禾黍，屈平哀郢，亦假助于江山，兴之于辞，又焉能遽废乎！"

②《诗大序・正义》曰："风之所吹，无物不扇，化之所被，无往不沾，故取名焉。"《五行大义》引翼奉说："风通六情。"《正义》又曰："赋者，铺陈今之政教善恶，其言通正变，兼美刺也。"又曰："比之与兴，虽同是附托外物，比显而兴隐，当先显后隐，故比居兴先也。毛《传》特言兴也，为其理隐故也。"

③《札记》曰："《周礼・大师》先郑注曰：'比者，比方于物也。(《诗》孔疏引而释之曰：诸言如者，皆比辞也）兴者，托事于物也（孔疏曰：兴者起也，取譬引类，起发己心，诗文诸举草木鸟兽以见意者，皆兴辞也)。'后郑注曰：'比，见今之失，不敢斥言，取比类以言之。兴，见今之美，嫌于媚谀，取善事以喻劝之。'案后郑以善恶分比兴，不如先

郑注谊之确。且墙茨之言，《毛传》亦目为兴，焉见以恶类恶，即为比乎？至钟记室云‘文已尽而意有余，兴也；因物喻志，比也’，其解比兴，又与诂训乖殊。彦和辨比兴之分，最为明晰。一曰起情与附理，二曰斥言与环譬，介画憭然，妙得先郑之意矣。”谨案师说固得，然彦和解比兴实亦兼用后郑说。

④《周南·关雎》传曰：“雎鸠，王雎也。鸟挚而有别。”《召南·鹊巢》传曰：“鸠，鸤鸠，秸鞠也。鸤鸠不自为巢，居鹊之成巢。”《笺》云：“鹊之作巢，冬至架之，至春乃成，犹国君积行累功，故以兴焉。兴者，鸤鸠因鹊成巢而居有之，而有均壹之德，犹国君夫人来嫁，居君子之室，德亦然。”

《札记》曰：“‘从’当为‘疑’字之误。”案作“疑”字是。《家语·好生篇》：“孔子曰：小辨害义，小言破道。《关雎》兴于鸟而君子美之，取其雌雄之有别；《鹿鸣》兴于兽而君子大之，取其得食而相呼。若以鸟兽之名嫌之，固不可行也。”郑注《周礼·天官·司裘》曰：“玄谓廞，兴也，若《诗》之兴，谓象似而作之。”但有一端之相似，即可取以为兴，虽鸟兽之名无嫌也。释皎然《诗式》曰：“取象曰比，取义曰兴。”

⑤《诗·卫风·淇奥》：“瞻彼淇奥，绿竹如箦，有匪君子，如金如锡，如圭如璧。”《毛传》曰：“金锡练而精，圭璧性有质。”

《诗·大雅·卷阿·序》曰：“卷阿，召康公戒成王也，言求贤用吉士也。”其第十一章曰：“颙颙卬卬，如圭如璋，令闻令望，岂弟君子，四方为纲。”《笺》云：“王有贤臣与之以礼义相切磋，体貌则颙颙然敬顺；志气则卬卬然高朗，如玉之圭璋也。”

《诗·小雅·小宛》：“螟蛉有子，蜾蠃负之，教诲尔子，式谷似之。”《笺》曰：“蒲卢取桑虫之子，负持而去，煦妪养之以成其子，喻有万民不能治，则能治者将得之。”

《诗·大雅·荡》：“文王曰咨！咨女殷商。如蜩如螗，如沸如羹。”《笺》云：“饮酒号呼之声，如蜩螗之鸣。”

《诗·邶风·柏舟》：“心之忧矣，如匪浣衣。”《传》曰：“如衣之不浣矣。”《笺》云：“衣之不浣，则愦辱无照察。”

《诗·邶风·柏舟》：“我心匪石，不可转也；我心匪席，不可卷也。”

《笺》云“言己心志坚平，遇于石席。”

⑥《诗·曹风·蜉蝣》：“蜉蝣掘阅，麻衣如雪。”《传》曰：“如雪，言鲜洁。”

《诗·郑风·大叔于田》：“大叔于田，乘乘马，执辔如组，两骖如舞。”《正义》曰：“两骖之马与两服马和谐，如人舞者之中于乐节也。”

此所举两例，皆取事物以比形状，与上所云比义者略殊。

⑦《札记》曰：“王逸《楚辞章句·离骚序》云：‘《离骚》之文，依诗取兴，引类譬喻，故善鸟香草以配忠贞，恶禽臭物以比谗佞，灵修美人以媲于君，宓妃佚女以譬贤臣，虬龙鸾凤以托君子，飘风云霓以喻小人。’案《离骚》诸言草木，比物托事，二者兼而有之。故曰，讽兼比兴也。”《辨骚篇》曰：“虬龙以喻君子，云霓以譬谗邪，比兴之义也。”讽兼比兴，“讽”当作“风”。楚骚，楚风也。

⑧黄叔琳曰：“非特兴义销亡，即比体亦与《三百篇》中之比差别。大抵是赋中之比，循声逐影，拟诸形容，如鹤鸣之陈诲。鸱鸮之讽谕也。”《诗·大雅·板·传》曰：“夸毗，体柔人也。”《正义》引李巡曰：“屈己卑身求得于人曰体柔。”“诗刺”当作“讽刺”。“故比体云构”，“故”字疑衍。“信旧章矣”，“信”当作“倍”，倍即背也。

⑨《高唐》《鹏鸟》《长笛》三赋，皆在《文选》。《菟园赋》引见《诠赋篇》。“焱焱”，《古文苑》作“痰痰”，误。张衡《南都赋》曰：“坐南歌兮起郑儛，白鹤飞兮茧曳绪。”注曰：“白鹤飞兮茧曳绪，皆舞人之容。”此云“以容比物”，似当作“以物比容”。

⑩“纤”当作“织”。扬、班、曹、刘，谓扬雄、班固、曹植、刘桢。

⑪《札记》曰：“《全晋文》九十二载其文，兹录于下：

潘安仁《萤火赋》

嘉熠耀之精将（此字疑误），与众类乎超殊。东山感而增叹，行士慨而怀忧。翔太阴之玄昧，抱夜光以清游；颎若飞焱之霄逝，彗似移星之云流。动集阳晖，灼如隋珠。熠熠荧荧，若丹英之照葩；飘飘频频（《初学记》作“款款”），若流金之在沙。载飞载止，光色孔嘉；无声无臭，明影畅遐。饮湛露于旷野，庇一叶之垂柯；无干欲于万物，岂顾恤于网罗。至夫重阴之夕，风雨晦冥；万物眩惑，翩翩独征；奇姿燎朗，在阴益荣。犹贤哲之处时，时昏昧而道明；若兰香之在幽，越群臭而弥馨。随阴阳之飘飖，非饮食之是营。同螽斯之无忌，希夷惠之清贞。美微虫之琦玮，援彩笔以为铭。”

张翰《杂诗》曰：“青条若总翠，黄华如散金。”诗载《文选》。

⑫纪评曰：“亦有太切转成滞相者。”《札记》曰：“切至之说，第一不宜沿袭，第二不许蒙笼。纪评谓太切转成滞相，按此乃措语不工，非体物太切也。”《唐文粹》载杜牧《晚晴赋》，全用比辞，录备参阅。

杜牧之《晚晴赋》并序

秋日晚晴，樊川子目于郊园，见大者小者，有状类者，故书赋云：

雨晴秋容新沐兮，忻绕园而细履。面平池之清空兮，紫阁青横，远来照水。如高堂之上，见罗幕兮，垂乎镜里。木势党伍兮，行者如迎，偃者如醉，高者如达，低者如跂。松数十株，切切交峙，如冠剑大臣，国有急难，庭立而议。竹林外裹兮，十万丈夫，甲刃摐摐，密阵而环侍。岂负军令之不敢嚣兮，何意气之严毅。复引舟于深湾，忽八九之红芰，姹然如妇，敛然如女，堕蕊黦颜，似见放弃。白鹭潜来兮，邈风标之公子，窥此美人兮，如慕悦其容媚。杂花差于岸侧兮，绛绿黄紫，格顽色贱兮，或妾或婢。闲草甚多，丛者束兮，靡者杳兮，仰风猎日，如立如笑兮，千千万万之容兮，不可得而状也。若予者则谓何如？倒冠落珮兮，与世阔疏。敖敖休休兮，真徇其愚而隐居者乎！

⑬《札记》曰：“‘涣’字失韵，当作‘澹’，字形相近而误。澹淡，水貌也。”

夸饰第三十七①

夫形而上者谓之道，形而下者谓之器。神道难摹，精言不能追其极；形器易写，壮辞可得喻其真：才非短长，理自难易耳。故自天地以降，豫入声貌，文辞所被，夸饰恒存。虽《诗》《书》雅言，风格（顾校作“俗”；黄云冯本作“俗”）训世，事必宜广，文亦过焉②。是以言峻则“嵩高极天”，论狭则“河不容舠”，说多则“子孙千亿”，称少则“民靡孑遗”，襄陵举“滔天”之目，倒戈立“漂杵”之论，辞虽已甚，其义无害也③。且夫鸮音之丑，岂有泮林而变好？荼味之苦，宁以周原而成饴？并意深褒赞，故义成矫饰。大圣所录，以垂宪章。孟轲所云“说诗者不以文害辞，不以辞害意”也④。

自宋玉、景差，夸饰始盛⑤，相如凭风，诡滥愈甚。故上林之馆，奔星与宛虹入轩；从禽之盛，飞廉与鷦鹩（按本赋作“焦明”）俱获⑥。及扬雄《甘泉》，酌其余波，语瑰奇则假珍于玉树，言峻极则颠坠于鬼神⑦。至《东都》之比目，《西京》之海若，验理则理无不验，穷饰则饰犹未穷矣⑧。又子云《羽（一作“校”）猎》，鞭宓妃以饟屈原；张衡《羽猎》，困玄冥于朔野。娈彼洛神，既非罔两，惟此水师，亦非魑魅；而虚用滥形，不其疏乎⑨？此欲夸其威而饰（元脱）其（下有阙字）事义暌刺也。

至如气貌山海，体势宫殿，嵯峨揭业，熠耀焜煌之状，光采炜炜而欲然，声貌岌岌其将动矣。莫不因夸以成状，沿饰而得奇也⑩。于是后进之才，奖气挟声，轩翥而欲奋飞，腾掷而羞跼步。辞入炜烨，春藻不能程其艳；言在萎绝，寒谷未足成其凋。谈欢则字与笑并，论戚则声共泣偕，信可以发蕴而飞滞，披瞽而骇聋矣。

然饰穷其要，则心声锋起；夸过其理，则名实两乖。若能酌《诗》《书》之旷旨，翦扬、马之甚泰，使夸而有节，饰而不诬，亦可谓之懿也⑪。

赞曰：夸饰在用，文岂循检？言必鹏运，气靡鸿渐。倒海探珠，倾昆取琰。旷而不溢，奢而无玷。

注释：

①案《比兴篇》云：“夫比之为义，取类不常，或喻于声，或方于貌，或拟于心，或譬于事。”盖比者，以此事比彼事，以彼物比此物，其同异之质，大小多寡之量，差距不远，殆若相等。至饰之为义，则所喻之辞，

其质量无妨过实，正如王仲任所云："誉人不增其美，则闻者不快其意；毁人不益其恶，则听者不惬于心。闻一增以为十，见百益以为千。"《庄子》亦云："两喜必多溢美之言，两恶必多溢恶之言。"夸饰之文，意在动人耳目，本不必尽合论理学，亦不必尽符于事实，读书者不以文害辞，不以辞害意，斯为得之。《说文》："夸，奢也。从大，亏声。"《艸部》："芌（芋），大叶实根，骇人，故谓之芌（芋）也。"夸从大于会意，有太过惊人之义。彦和所谓"验理则理无可验，穷饰则饰犹未穷"者也。

②《礼记·曲礼》："定，犹与也。"《释文》："本作豫。"《诗大序》："风，教也。"《缁衣》："言有物而行有格。"注曰："格，旧法也。"

③《诗·大雅·崧高》："崧高维岳，骏极于天。"《传》曰："崧，高貌，山大而高曰崧。岳，四岳也。骏，大；极，至也。"《释文》："骏，音峻。"

《卫风·河广》："谁谓河广，曾不容刀。"《笺》曰："不容刀亦喻狭。小船曰刀。"《释文》："刀如字。字书作舠，《说文》作𦨴，并音刀。"《大雅·假乐》："干禄百福，子孙千亿；穆穆皇皇，宜君宜王。"《笺》曰："干，求也。十万曰亿。天子穆穆，诸侯皇皇，成王行显显之令德，求禄得百福，其子孙亦勤行而求之，得禄千亿。"

《大雅·云汉》："周余黎民，靡有孑遗。"《笺》曰："黎，众也。周之众民，多有死亡者矣，今其余无有孑遗者，言又饿病也。"

《尚书·尧典》："帝曰：咨，四岳！汤汤洪水方割，荡荡怀山襄陵，浩浩滔天！"孔《传》曰："汤汤，流貌；洪，大；割，害也。怀，包；襄，上也。包山上陵，浩浩盛大若漫天。"

《尚书·伪武成》："罔有敌于我师，前徒倒戈，攻于后以北，血流漂杵。"《正义》："《孟子》云：'（尽）信书（则）不如无书，吾于《武成》，取二三策而已。仁者无敌于天下，以至仁伐不仁，如何其血流漂杵也？'是言不实也。"

④《诗·鲁颂·泮水》："翩彼飞鸮，集于泮林，食我桑黮，怀我好音。"《笺》曰："怀，归也。言鸮恒恶鸣，今来止于泮水之木上，食其桑黮，为此之故，故改其鸣，归就我以善音，喻人感于恩则化也。"《诗·大雅·绵》："周原膴膴，堇荼如饴。"《笺》云："广平曰原，周之原地，在岐

山之南。朊朊然肥美，其所生菜，虽有性苦者，甘如饴也。”纪评曰：“先以六经说入，分两层钩剔，语自斟酌，非刘子玄惑经之比。”

⑤扬雄《法言·吾子篇》：“或问：‘景差、唐勒、宋玉、枚乘之赋也益乎？’曰：‘必也淫。’‘淫则奈何？’曰：‘诗人之赋丽以则，辞人之赋丽以淫。’”屈原，诗人之赋也，尚存比兴之义；宋玉以下，辞人之赋也，则夸饰弥盛矣。

⑥《汉书·司马相如传》：“相如既奏《大人赋》，天子大悦，飘飘然有陵云气游天地之间意。”

《文选·上林赋》：“于是乎离宫别馆，弥山跨谷……奔星更于闺闼，宛虹拖于楯轩。”李善注曰：“奔，流星也。行疾，故曰奔。”如淳曰：“宛虹，屈曲之虹也。”应劭曰：“楯，阑槛也。”司马彪曰：“轩，楯下版也。”又：“于是乎背秋涉冬，天子校猎……椎蜚廉，弄獬豸……捷鵕鸟，掩焦明。”郭璞曰：“飞廉，龙雀也，鸟身鹿头。”李善曰：“掩，取也。《乐汁图》曰：焦明状似凤皇。”案“鷦鷯”应依本赋作“焦明”。

⑦《文选》扬雄《甘泉赋》：“翠玉树之青葱兮。”李善注曰：“《汉武帝故事》曰：‘上起神屋，前庭植玉树，珊瑚为枝，碧玉为叶。”又：“鬼魅不能自逮兮，半长途而下颠。”李善注曰：“逮，及也。《尔雅》曰：颠，陨也。”

⑧《文选》班固《西都赋》曰：“揄文竿，出比目。”李善注曰：“《说文》曰：‘揄，引也。’音头。《尔雅》曰：‘东方有比目鱼焉，不比不行，其名谓之鲽。’”此云《东都》，盖误记也。

《文选》张衡《西京赋》：“海若游于玄渚。”薛综注曰：“海若，海神。”

“验理则理无不验”，纪评曰：“不验当作可验。”纪说是也。顾千里曰：“左太冲《三都赋序》云：然相如赋《上林》而引‘卢橘夏熟’，扬雄赋《甘泉》而陈‘玉树青葱’。班固赋《西都》而叹以出比目，张衡赋《西京》而述以游海若。”

⑨《文选》扬雄《羽猎赋》：“鞭洛水之宓妃，饷屈原与彭胥。”郑玄曰：“彭，彭咸也。”晋灼曰：“胥，伍子胥也。”严可均辑《全后汉文》有张衡《羽猎赋》残文，无“困玄冥于朔野”语。《左传》昭公二十九年：“水正曰玄冥。”

⑩谓如孙兴公《游天台山赋》、木玄虚《海赋》、郭景纯《江赋》、王

文考《鲁灵光殿赋》、何平叔《景福殿赋》之类，并见《文选》。

⑪纪评曰："文质相扶，点染在所不免，若字字摭实，有同史笔，实有难于措笔之时。彦和不废夸饰，但欲去泰去甚，持平之论也。"《六朝丽指》曰："汪容甫先生《述学》有《释三九篇》，其中篇云：'若其辞则又有二焉：曰曲，曰形容。'所谓形容者，盖以辞不过其意则不鬯，故以形容出之，可知其深于文矣。《文心雕龙·夸饰篇》'言高则峻极于天，言小则河不容舠'，尝引诗以明夸饰之义。吾谓夸饰者，即是形容也。《诗经》而外，见于古人文字者，不可殚述。试举六朝骈文证之：梁简文帝《谢赉扇启》：'肃肃清风，即令象簟非贵；依依散采，便觉夏室含霜。'庾子山《谢明帝赐丝布等启》：'天帝赐年，无逾此乐；仙童赠药，未均斯喜。'又：'是知青牛道士，更延将尽之年；白鹿真人，能生已枯之骨。'非皆刻意以形容者乎！子山又有《谢赵王赉丝布启》，其言云：'妾遇新缣，自然心伏；妻闻裂帛，方当含笑。'则尤为形容尽致矣。《尚书·武成篇》：'罔有敌于我师，前徒倒戈，攻于后以北，血流漂杵。'此史臣铺张形容之辞，孟子则谓'尽信书则不如无书，以至仁伐不仁，而何其血之流杵'。夫书为孔子所删定，孟子岂欲人之不必尽信哉？特以书言血流漂杵，当知此为形容语，不可遽信其真也。遽信其真，不察其形容之失实，而拘泥文辞，因穿凿附会以解之，斯真不善读书矣。故通乎形容之说，可以读一切书，而六朝之文亦非苟驰夸饰，乃真善于形容者也。班固《西都赋》'攀井干而未半，目眴转而意迷，舍棂槛而却倚，若颠坠而复稽'，可知古人为文，多以形容为之。"

附　录

刘申叔先生《论美术与征实之学不同》

古人词章导源小学，记事贵实，不尚虚词；后世文人渐乖此例，研句炼词，鲜明字义，所用之字多与本义相违。如琼为赤玉，而词章之士则以白花为琼花；略举一端，则知文人所用之字，名与实违，是为用字之讹。又或假设名词，独标奇语，名词而外别以隐语为代词。以天渊二字喻善恶之悬殊，以萍水一言喻朋友之聚首，言得志则曰青云，言誓词则曰白水；

略举数端，则知文人之作，以词害义，是为造语之讹。又或好奇之士，颠倒其词，以夸巧慧。如江淹赋云“孤臣危涕，孽子坠心”，易坠涕为危涕，即易危心为坠心；杜甫诗云“香稻啄余鹦鹉粟，碧梧栖老凤凰枝”，又名词互易，以逞句法之奇。律以言贵有序之例，则江、杜之作均与文律相违，是为造句之讹。又或出语不经，借物寓意，文人沿袭，以伪为真，如夔仅一足、尧有八眉是也，是为用事之讹。四者而外，文人之失犹有数端：或用事不考其源，如海客乘槎误为博望，姮娥窃药指为羿妻是也。或记事词过其实，如“民靡孑遗”见于《云汉》，孟子斥为害词，“血流漂杵”载于《武成》，孟子指为难信是也。或序事之文以词害义，如言兵败则曰“睢水不流”，言纳降则曰“甲高熊耳”是也。或隶事之文考证多疏，如杜甫之诗误伏胜为服虔，陆游之文误许浑为许远是也。或谓后世之文隶事失真，事因文晦，以斥文章为小道。不知文言、质言自古分轨，文言之用在于表象，表象之词愈众，则文病亦愈多；然尽删表象之词则去文存质，而其文必不工。故有以寓言为文者，如《庄》《列》《楚辞》是也，而其文最美。有寓言与事实相参者，如《战国策》之文是，而其文亦工。后世史书事资虚饰，而观者因以忘倦；汉魏词赋曲意形容，而诵者称为绝作。又如庾信《枯树赋》以桓温与仲文同时，此立词之爽实者也，而后世不闻废其词。又唐人之诗有所谓“白发三千丈”者，有所谓“白头搔更短”者，此出语之无稽者也，而后世不闻议其短。则以词章之文，不以凭虚为戒，此美术背于征实之学者二也。二端而外，若画绘一端，有白描山水者，又有图列鬼魅者；小说一端，有虚构事实者，亦有踵事增华者：皆美术与实学不同之证。盖美术以性灵为主，而实学则以考核为凭。若于美术之微而必欲责其征实，则于美术之学反去之远矣。

事类第三十八①

事类者，盖文章之外，据事以类义，援古以证今者也。昔文王繇《易》，剖判爻位；《既济》九三，远引高宗之伐；《明夷》六五，近书箕子之贞：斯略举人事，以征义者也[②]。至若胤征羲和，陈《政（黄云案冯本“正”；顾校作“正”）典》之训；盘庚诰民，叙迟任之言：此全引成辞以明理者也[③]。然则明理引乎成辞，征义举乎人事，乃圣贤之鸿谟，经籍之通矩也。《大畜》之象，“君子以多识前言往行”，亦有包于文矣[④]。

观夫屈、宋属篇，号依诗人，虽引古事，而莫取旧辞。唯贾谊《鹏赋》，始用鹖冠之说；相如《上林》，撮引李斯之书：此万分之一会也[⑤]。及扬雄《百（元作“六”）官箴》，颇酌于《诗》《书》[⑥]；刘歆《遂初赋》，历叙于纪传[⑦]：渐渐综采矣。至于崔、班、张、蔡，遂捃摭经史，华实布濩，因书立功，皆后人之范式也[⑧]。

夫姜桂同（孙云《御览》五八五作“因”）地，辛在本性；文章由学，能在天资（孙云明抄本《御览》作“才资”）。才（铃木云《御览》“才”上有“故”字）自内发，学以外成，有学饱而才馁，有才富而学贫。学贫者迍邅于事义，才馁者劬劳于辞情，此内外之殊分（《御览》作“方”；顾校作“方”；孙云明抄本《御览》作“贫”；铃木云案《御览》作“分”不作“方”）也[⑨]。是以属意立（孙云《御览》作“于”）文，心与笔谋，才为盟主，学为辅佐，主佐合德（孙云《御览》无“主佐”二字，“德”作“得”；明抄本《御览》亦无“主佐”二字，“德”作“缕”），文采必霸，才学褊狭，虽美少功。夫以子云之才，而自奏不学，及观书石室，乃成鸿采。表里相资，古今一也[⑩]。故魏武称张子之文为拙，然学问肤浅，所见不博，专拾掇崔、杜小文，所作不可悉难，难便不知所出。斯则寡闻之病也[⑪]。

夫经典沉深，载籍浩瀚，实群言之奥区，而才思之神皋也[⑫]。扬、班以下，莫不取资，任力耕耨，纵意渔猎，操刀能割，必列（汪作“裂”；黄云案冯本校“裂”）膏腴，是以将赡才力，务在博见，狐腋非一皮能温，鸡蹠必数千而饱矣[⑬]。是以综学在博，取事贵约，校练务精，捃理（一作“摭”）须核，众美辐辏，表里发挥[⑭]。刘劭《赵都赋》云：“公子之客，叱劲楚令歃盟；管库隶臣，呵强秦使鼓缶。”用事如斯，可称理得而义要矣[⑮]。故事得其要，虽小成绩，譬寸辖制轮，尺枢运关也[16]。或微言美事，置于闲散，是缀金翠于足胫，靓粉黛于胸臆也。

凡用旧合机，不啻自其口出[17]；引事乖谬，虽千载而为瑕。陈思，群才之英也，报孔璋书云："葛天氏之乐，千人唱，万人和，听者因以蔑韶夏矣。"此引事之实谬也。按葛天之歌，唱和三人而已[18]。相如《上林》云："奏陶唐之舞，听葛天之歌，千人唱，万人和。"唱和千万人，乃相如接人（疑当作"推之"二字；黄云案冯本"接人"校"推之"），然而滥侈葛天，推三成万者，信赋妄书，致斯谬也[19]。陆机《园葵》诗云："庇足同一智，生理合异端。"夫"葵能卫足"，事讥鲍庄；"葛藟庇根"，辞自乐豫。若譬"葛"为"葵"，则引事为谬；若谓"庇"胜"卫"，则改事失真：斯又不精之患[20]。夫以子建明练，士衡沉密，而不免于谬。曹仁之谬高唐，又曷足以嘲哉[21]？夫山木为良匠所度，经书为文士所择，木美而定于斧斤，事美而制于刀笔，研思之士，无惭匠石矣。

赞曰：经籍深富，辞理遐亘。皓如江海，郁若昆邓。文梓共採（顾校作"采"），琼珠交赠。用人若已，古来无懵。

注释：

①《礼记》曰："文之为用，自喻喻人而已。自喻奚贵？贵乎达。喻人奚贵？贵乎信。《传》曰'言以足志，文以足言'，达之说也。《书》曰'圣有谟勋，明征定保'，信之说也。夫以言传意，自古殆已有不能吻合之患，是故譬喻众而假借繁。水深曰深，室深亦曰深；布广曰幅，地广亦曰幅：此譬喻也。相之字，观木也，而凡视皆曰相；㬎之字，日中视丝也，而凡明皆曰㬎：此假借也。言期于达，而不期于与本义合，则故训之用，由此滋多。若夫累字成句，累句成文，而意仍有时而疐碍，则兴道之用，由此兴焉。道古语以剀今，道之属也。取古事以托喻，兴之属也。意皆相类，不必语出于我；事苟可信，不必义起乎今；引事引言，凡以达吾之思而已。若夫文之以喻人也，征于旧则易为信，举彼所知则易为从。故帝舜观古象，太甲称先民，盘庚念古后之闻，箕子本在昔之谊，周公告商而陈册典，穆王详刑而求古训，此则征言征事，已存于《左》《史》之文。凡

若此者，皆所以为信也。尚考经传之文，引成事述故言者，不一而足。即以宣尼大圣，亲制《易传》《孝经》之辞，亦多甄采前言，旁征行事。降及百家，其风弥盛。词人有作，援古尤多。夫《沧浪》之歌，一见于《孟子》，素餐之咏，远本于诗人。彦和以为屈、宋莫取旧辞，斯亦未为诚论也。逮及汉魏以下，文士撰述必本旧言，始则资于训诂，继而引录成言（汉代之文几无一篇不采录成语者，观二《汉书》可见），终则综辑故事。爰至齐梁，而后声律对偶之文大兴，用事采言，尤关能事。其甚者，捃拾细事，争疏僻典，以一事不知为耻，以字有来历为高，文胜而质渐以漓，学富而才为之累，此则末流之弊，故宜去甚去奢，以节止之者也。然质文之变，华实之殊，事有相因，非由人力，故前人之引言用事，以达意切情为宗，后有继作，则转以去故就新为主。陆士衡云“虽杼轴于余怀，怵他人之我先，苟伤廉而愆义，故虽爱而必捐”，岂唯命意谋篇有斯怀想，即引言用事亦如斯矣。是以后世之文，转视古人，增其繁缛，非必文士之失，实乃本于自然。今之訾謷用事之文者，殆未之思也。且夫文章之事，才学相资，才固为学之主，而学亦能使才增益。故彦和云：‘将赡才力，务在博见。’然则学之为益，何止为才裨属而已哉？然浅见者临文而踌躇，博闻者裕之于平素，天资不充，益以强记，强记不足，助以钞撮，自《吕览》《淮南》之书，《虞初》百家之说，要皆探取往书，以资博识。后世《类苑》《书钞》，则输资于文士，效用于谀闻，以我搜辑之勤，祛人翻检之剧，此类书所以日众也。惟论文用事，非可取办登时，观天下书必遍而后为文，则皓首亦无操觚之事。故凡为文用事，贵于能用其所尝研讨之书，用一事必求之根据，观一书必得其绩效，期之岁月，浏览益多，下笔为文，何忧贫窭。若乃假助类书，乞灵杂纂，纵复取充篇幅，终恐见笑大方。盖博见之难，古今所共，俗学所由多谬，浅夫视为畏涂，皆职此之由矣。又观省前文，迷其出处，假令前人注解已就，自可因彼成功，若笺注未施，势必须于翻检。然书尝经目，翻检易为，未识篇题，何从寻讨？是以昔人以遭人而问为懿，以耳学不精为耻。李善之注《文选》，得自师传，颜籀之注《汉书》，亦资众解，是则寻览前篇，求其根据，语能得其本始，事能举其原书，亦须年载之功，岂能卤莽以就也。尝谓文章之功，莫切于事类。学旧文者不致力于此，则不能逃孤陋之讥；自为文者不致力于此，则不能免空虚之诮。试观《颜氏家训》‘勉学’‘文章’二篇所述，可以知其术矣。”

②《易 · 既济》九三：“高宗伐鬼方，三年克之。”《正义》曰：“高宗伐鬼方以中兴殷道，事同此爻，故取譬焉。”《明夷》六五：“箕子之明夷，利贞。”《正义》曰：“六五取比暗君，似箕子之近殷纣，故曰箕子之明夷也。”孔颖达《论爻辞谁作》曰：“武王观兵之后，箕子始被囚奴，文王不宜豫言箕子之《明夷》。”据此，彦和用事亦小误也。

③《尚书 · 伪胤征》：“政典曰，先时者杀无赦，不及时者杀无赦。”《伪孔传》曰：“政典，夏后为政之典籍，若《周官》六卿之治典。”

《尚书 · 盘庚》：“迟任有言曰：人惟求旧，器非求旧，惟新。”

④《周易 · 大畜》：“象曰：君子以多识前言往行，以畜其德。”《正义》曰：“君子则此大畜，物既大畜，德亦大畜，故多记识前代之言，往贤之行，使多闻多见以畜积己德。”

⑤贾谊《鹏赋》语多与《鹖冠子 · 世兵篇》同，可参阅《诸子篇》注。

黄注曰：“李斯《谏逐客书》：‘建翠凤之旗，树灵鼍之鼓。’司马相如《上林赋》：‘建翠华之旗，树灵鼍之鼓。’”

⑥扬雄作《十二州二十五官箴》，不得云“扬雄《百官箴》”（《百官箴》之名，起自胡广）。“百”疑是“州”之误。录一首以示例：

《兖州牧箴》

悠悠济河，兖州之寓；九河既导，雷夏攸处。草繇木条，漆丝絺纻；济漯既通，降丘宅土（以上并见《禹贡》）。成汤五徙，卒都于亳；盘庚北渡，牧野是宅。丁感雊雉，祖己伊忠；爰正厥事，遂绪高宗。厥后陵迟，颠覆汤绪；西伯戡黎，祖伊奔走。致天威命，不恐不震（以上事俱见《商书》各篇）。妇言是用，牝鸡司晨（见《牧誓》）。三仁既知，武果戎殷。牧野之禽，岂复能耽？甲子之朝，岂复能笑？有国虽久，必畏天咎。有民虽长，必惧人殃。箕子歔欷，厥居为墟（箕子作《麦秀之歌》）。牧臣司兖，敢告执书。

⑦《古文苑》载刘歆《遂初赋》。其序略曰：“歆以论议见排摈，志意不得，之官（歆出为五原太守），经历故晋之域，感今思古，遂作斯赋，

以叹往事而寄己意。”

⑧《后汉书·崔骃传》：“崔骃字亭伯，少游太学，与班固、傅毅同时齐名。”后汉崔氏文学甚盛，此崔与班同称，则崔骃也。班谓班固，张谓张衡，蔡谓蔡邕。《说文》“攈，拾也。”字亦作“攟”作“捃”。又：“拓，拾也。”字或作“摭”。《汉书·刑法志》：“萧何攈摭秦法，取其宜于时者，作律九章。”《文选》张衡《东京赋》：“声教布濩。”薛综注曰：“布濩，犹散被也。”

⑨《韩诗外传》七：“宋玉因其友见楚襄王，襄王待之无以异，乃让其友。友曰：‘夫姜桂因地而生，不因地而辛。’”亦见《新序》。《南齐书·文学传论》云：“缉事比类，非对不发，博物可嘉，职成拘制。或全借古语，用申今情，崎岖牵引，直为偶说，唯睹事例，顿失精采。”此即彦和所云学饱才馁之人。又案《庄子·逍遥游》：“定乎内外之分。”此彦和所本，作“方”者非是。

郎廷槐《师友诗传录》述渔洋之说曰：“司空表圣云‘不著一字，尽得风流’，此性情之说也；扬子云云‘读千赋则能赋’，此学问之说也。二者相辅而行，不可偏废。若无性情而侈言学问，则昔人有讥点鬼录、獭祭鱼者矣。学力深，始见性情，此一语是造微破的之论。”又述张历友之说曰：“严沧浪有云，‘诗有别才’，非关学也，‘诗有别趣’，非关理也。此得于先天者，才性也。读书破万卷，下笔如有神，贯穿百万众，出入由咫尺，此得力于后天者，学力也。非才无以广学，非学无以运才，两者均不可废。有才而无学，是绝代佳人唱莲花落也，有学而无才，是长安乞儿著宫锦袍也。”

⑩子云语见上《书记篇》扬子云《答刘歆书》。黄叔琳曰：“才禀天授，非人力所能为，故以下专论博学。”

⑪魏武语未知所出。“然”字疑衍。魏武语止“难便不知所出”句。

⑫《文选》张衡《西京赋》：“尔乃广衍沃野，厥田上上，寔惟地之奥区神皋。”李善注：“《广雅》曰：‘皋，局也。’谓神明之界局也。”

⑬《淮南子·说山训》：“天下无粹白狐而有粹白之裘，掇之众白也。善学者若齐王之食鸡，必食其蹠数十而后足。”高诱注曰：“蹠，鸡足踵也。喻学取道众多然后优。”彦和语即本《淮南》文。《淮南》又本《吕

氏春秋·用众篇》。“数千”似当作“数十”，数千不将太多乎？

⑭黄叔琳曰：“徒博而校练不精，其取事据理不能约核，无当也。”

⑮《三国志·魏志·刘劭传》：“刘劭字孔才……劭尝作《赵都赋》，明帝美之。”严可均《全三国文》三十二辑《赵都赋》佚文，漏辑此条。“公子之客”，谓平原君之客毛遂迫楚王定盟。《礼记·檀弓下》：“赵文子所举于晋国管库之士七十有余家。”郑注：“管库之士，府史以下，官长所置也。举之于君，以为士大夫也。”黄注：“《史记·蔺相如传》：‘赵王与秦王会渑池。秦王酒酣，令赵王鼓瑟。蔺相如奉盆缶秦王，以相娱乐。秦王不肯击缶，相如曰：“五步之内，相如请得以颈血溅大王矣。”于是秦王不怿，为一击缶。’……按相如本宦者缪贤舍人，故云管库隶臣。”

⑯孙君蜀丞曰：“黄以周辑《子思子》卷六云：终年为车，无一尺之轸，则不可以驰。黄以周云：《淮南子·缪称训》云‘终年为车，无三寸之辖，不可以驱驰；匠人断户，无一尺之楗，不可以闭藏’，即取《子思子》之文而少变之。”“三寸”，当作“一寸”。《文心雕龙·事类篇》“寸辖制轮，尺枢运关”，即其义也。

⑰《颜氏家训·文章篇》：“沈隐侯曰：‘文章当从三易：易见事，一也……’邢子才常曰：‘沈侯文章，用事不使人觉，若胸臆语也。’”

⑱《颜氏家训·文章篇》：“自古宏才博学，用事误者有矣。百家杂说，或有不同，书傥湮灭，后人不见，故未敢轻议之。今指知决纰缪者，略举一两端以为诫。《诗》云‘有鷕雉鸣’，又云‘雉鸣求其牡’。毛传亦曰‘鷕，雌雉声’，又云‘雉之朝雊，尚求其雌’。郑玄注《月令》亦云‘雊，雄雉鸣’。潘岳赋曰‘雉鷕鷕以朝雊’，是则混杂其雄雌矣。《诗》云：‘孔怀兄弟。’孔，甚也；怀，思也；言甚可思也。陆机《与长沙顾母书》，述从祖弟士璜死，乃言：‘痛心拔脑，有如孔怀。’心既痛矣，即为甚思，何故方言有如也？观其此意，当谓亲兄弟为孔怀。《诗》云‘父母孔迩’，而呼二亲为孔迩，于义通乎？《异物志》云：‘拥剑状如蟹，但一螯偏大尔。’何逊诗云‘跃鱼如拥剑’，是不分鱼蟹也。《汉书》：‘御史府中列柏树，常有野乌数千栖宿其上，晨去暮来，号朝夕乌。’而文士往往误作乌鸢用之。《抱朴子》说项曼都诈称得仙，自云：‘仙人以流霞一杯与我饮之，辄不饥渴。’而简文诗云‘霞流抱朴椀’，亦犹郭象以惠施之辨为

庄周言也。《后汉书》:‘囚司徒崔烈以银铛锁。’银铛，大锁也，世间多误作金银字。武烈太子亦是数千卷学士，尝作诗云‘银锁三公脚，刀撞仆射头’，为俗所误。”陈思《报陈孔璋书》佚。《吕氏春秋·古乐篇》:“昔葛天氏之乐，三人操牛尾投足以歌八阕。”

⑲《文选》司马相如《上林赋》:“奏陶唐氏之舞，听葛天氏之歌，千人唱，万人和，山陵为之震动，川谷为之荡波。”“接人”，黄校云“疑当作‘推之’二字”。纪评谓疑或“增人”二字之误。案似作“推之”为是。

⑳陆机《园葵诗》二首,《文选》载其一首。彦和所引诗本集载之，作“庇足同一智，生理各万端”。“合异”当是“各万”之误。《左传》成公十七年，齐灵公刖鲍牵，仲尼曰:“鲍庄子之知不如葵，葵犹能卫其足。”杜注:“葵倾叶向日，以蔽其根，言鲍牵居乱，不能危行言孙。”又文公七年:“(宋)昭公将去群公子。乐豫曰:‘不可。公族，公室之枝叶也。若去之，则本根无所庇阴矣。葛藟犹能庇其本根，故君子以为比，况国君乎?’”

㉑《文选》有陈琳《为曹洪与魏文帝书》。“曹仁”当是“曹洪”之误。书云:“盖闻过高唐者，效王豹之讴。”李善注引《孟子》淳于髡曰:“昔王豹处淇，而河西善讴，绵驹处高唐，而齐右善歌。”彦和讥曹洪之谬高唐，谓绵驹误作王豹也。文帝《答洪书》佚(李善注《为曹洪与文帝书》引两条)，其中当有嘲辞。

练字第三十九[①]

夫文象列而结绳移，鸟迹明而书契作，斯乃言语之体貌，而文章之宅宇也[②]。苍颉造之，鬼哭粟飞[③]；黄帝用之，官治民察。先王声教，书必同文；輶轩之使，纪言殊俗，所以一字体，总异音[④]。《周礼》保(张本有“章”字)氏掌教六书[⑤]。秦灭旧章，以吏为师，乃李斯删籀而秦篆兴，程邈造隶而古文废[⑥]。

汉初草律，明著厥法：太史学童，教试六体；又吏民上书，字谬辄劾。是以马字缺画，而石建惧死，虽云性慎，亦时重文也[7]。至孝武之世，则相如撰篇。及宣、成二帝，征集小学，张敞以正读传业，扬雄以奇字纂训，并贯练《雅》《颂》，总阅音义，鸿（元作“鸣”，朱改）笔之徒，莫不洞晓[8]。且多赋京苑，假借形声；是以前汉小学，率多玮字，非独制异，乃共晓难也[9]。暨乎后汉，小学转疏，复文隐训，臧否大半[10]。

及魏代缀藻，则字有常检，追观汉作，翻成阻奥。故陈思称：“扬、马之作，趣幽旨深，读者非师传不能析其辞，非博学不能综其理。”岂直才悬，抑亦字隐[11]。自晋来用字，率从简易；时并习易，人谁取难？今一字诡异，则群句震惊；三人弗识，则将成字妖矣。后世所同晓者，虽难斯易；时所共废，虽易斯难：趣舍之间，不可不察[12]。

夫《尔雅》者，孔徒之所纂（元作“慕”，许改），而《诗》《书》之襟带也；《苍颉》者，李斯之所辑，而鸟籀之遗体也。《雅》以渊源诂训，《颉》以苑囿奇文，异体相资，如左右肩股，该旧而知新，亦可以属文[13]。若夫义训古今，兴废殊用，字形单复，妍媸异体。心既托声于言，言亦寄形于字；讽诵则绩在宫商，临文则能归字形矣。

是以缀字属篇，必须练择：一避诡异，二省联边，三权重出（元作“幽钦”，愚公改），四调单复。诡异者，字体瑰怪者也。曹摅诗称“岂不愿斯游，褊心恶讻呶”。两字诡异，大疵美篇，况乃过此，其可观乎[14]！联边者，半字同文者也。状貌山川，古今咸用，施于常文，则龃龉（元作“钼铻”，朱改）为瑕，如不获免，可至三接，三接之外，其字林乎[15]！重出者，同字相犯者也。《诗》《骚》（元作“验”）适会，而近世忌同，若两字俱要，则宁在相犯。故善为文者，富于万篇，贫于一字，一字非少，相避为难也[16]。单复者，字形肥瘠者也。瘠字累句，则纤疏而行劣；肥字积文，则黯黕（元作“默”，朱改）而篇暗；善酌字者，参伍单复，磊落如珠矣。凡此四条，虽文不必有，而体例不无。若值而莫（铃木云《玉海》作“不”）悟，则非精解[17]。

至于经典隐暧，方册纷纶；简蠹帛裂，三写易字[18]，或以音讹，或以文变。子思弟子，“於穆不祀”者，音讹之异也[19]，晋之史记，“三豕渡河”，文变之谬也[20]。《尚书大传》有“别风淮雨”，《帝王世纪》云“列风淫雨”。“别”“列”“淮”“淫”，字似潜移。“淫”“列”义当而不奇，“淮”“别”理乖而新异。傅毅制诔，已用“淮雨”（顾校补“元长作序，亦用别风”二句），固知爱奇之心，古今一也[21]。史之阙文，圣人所慎，若依义弃奇，则可与正文字矣[22]。

赞曰：篆隶相镕，《苍》《雅》品训。古今殊迹，妍媸异分。字靡异流[23]，文阻难运。声画昭精，墨采腾奋。

注释：

①《章句篇》以下，《丽辞》《比兴》《夸饰》《事类》四篇所论，皆属于句之事。而四篇之中，《事类》属于《丽辞》，以《丽辞》所重在于事对也。《夸饰》属于《比兴》，以比之语味加重则成夸饰也。《练字篇》与上四篇不相联接，当直属于《章句篇》。《章句篇》云“积字而成句”，又云“句之清英，字不妄也”，练训简，训选，训择，用字而出于简择精切，则句自清英矣。《词学指南》引宋景文云：“人之属文，有稳当字，第初思之未至也。”即此义矣。本篇首段教人贯练《雅》《颂》，总阅音义，此探本之论也。又恐作者好怪，若樊宗师宋子京之流，用字艰僻。义背随时，则告之曰“趣舍之间，不可不察”“义训古今，兴废殊用”。太史公撰史，凡用《尚书》之文，必以训诂字代之，诚千古文章之准绳矣。《梁溪漫志》云：“蜀中石刻东坡文字稿，其改窜处甚多，玩味之可发学者文思。《乞校正陆贽奏议进御札子》‘学问日新’下云‘而臣等才有限而道无穷’，于‘臣’字上涂去‘而’字。‘窃以人臣之献忠’改作‘纳忠’。‘方多传于古人’改作‘古贤’，又涂去‘贤’字，复注‘人’字。‘智如子房而学则过’，改‘学’字作‘文’。‘但其不幸所事暗君’，改‘所事暗君’作‘仕不遇时’。‘德宗以苛察为明’，改作‘以苛刻为能’。‘以猜忌为术，而贽劝之以推诚；好用兵而贽以消兵为先；好聚财而贽以散财为急’，后于逐句首皆添注‘德宗’二字。‘治民驭将之方’，先写‘驭兵’二字，涂去注作‘治民’。‘改过以应天变’，改作‘天道’。‘远小人以除民害’，改作‘去小人’。‘以陛下圣明，若得贽在左右，则此八年之久，可致三代之隆’，自‘若’字以下十八字并涂去，改云‘必喜贽议论，但使圣贤之相

契，即如臣主之同时’。‘昔汉文闻颇、牧之贤’，改‘汉文闻’三字作‘冯唐论’。‘取其奏议编写进呈’，涂去‘编’字，却注‘稍加校正缮’五字。‘臣等无任区区爱君忧国感恩思报之心’，改云‘臣等不胜区区之意’。《获鬼章告裕陵文》自‘孰知耘耔之劳’而下，云‘昔汉武命将出师而呼韩来廷，效于甘露；宪宗厉精讲武而河湟恢复，见于大中’，后乃悉涂去不用。‘犷彼西羌’，改作‘憬彼西戎’。‘号称右臂’，改作‘古称’。‘非爱尺寸之疆’，改作‘非贪’。‘爰敕诸将’，改作‘申命诸将’。‘盖酬未报之恩’，改作‘争酬’。‘生擒鬼章’，改作‘生获’。末句‘务在服近而柔远’，改作‘来远’。”《唐子西语录》云：“吾作诗甚苦，悲吟累日，仅能成篇。初读时未见可羞处，姑置之，明日取读，瑕疵百出，辄复悲吟累日，反复改正。比之前时，稍稍有加焉。”好句必须要好字，名篇佳什，读之快心，不知作者几经锻炼，得之匪易。《神思篇》云“捶字坚而难移”，欲字之坚，大抵不惮多改，或庶乎近之。

②《易·系辞下》：“上古结绳而治，后世圣人易之以书契，百官以治，万民以察，盖取诸夬。”《吕氏春秋·君守篇》：“苍颉作书。”高诱注：“苍颉生而知书，写仿鸟迹以造文章。”许慎《说文解字叙》：“黄帝之史苍颉见鸟兽蹄远之迹，知分理之可相别异也，初造书契。”言语之体貌，犹曰言语之符号。文章之宅宇，谓文章寄托于字体。

③《淮南子·本经训》：“昔者仓颉作书而天雨粟，鬼夜哭。”《论衡·感虚篇》：“书传言仓颉作书，天雨粟，鬼夜哭。此言文章兴而乱渐见，故其妖变致天雨粟，鬼夜哭也。”

④《礼记·中庸》：“非天子，不议礼，不制度，不考文。今天下，车同轨，书同文，行同伦。”《周礼·秋官·大行人》：“七岁属象胥，谕言语，协辞命。九岁，属瞽史，谕书名，听声音。”即天子考文之事。《方言》刘歆《与扬雄书》：“诏问三代周秦轩车使者、逌人使者以岁八月巡路，宋代语、僮谣、歌戏。”《说文》：“迈，古之逌人，以木铎记诗言。”《说文序》曰：“分为七国，言语异声（桂馥《义证》曰：‘如郑注三《礼》齐秦楚人语。’），文字异形（桂氏曰：‘今所传刀布文不合古籀者，皆列国之异形。’）。”

⑤《周礼·地官·保氏》：“养国子以道，乃教之六艺……五曰六书。”

郑众注："六书：象形、会意、转注、处事、假借、谐声。"

⑥《史记·秦始皇本纪》三十四年："李斯请史官非《秦纪》皆烧之，非博士官所职天下敢有藏《诗》《书》百家语者，悉诣守尉杂烧之；若欲有学法令，以吏为师。"《说文序》曰："秦始皇帝初兼天下，丞相李斯乃奏同之，罢其不与秦文合者。斯作《仓颉篇》，中车府令赵高作《爰历篇》，大史令胡毋敬作《博学篇》，皆取史籀大篆，或颇省改，所谓小篆者也。"又曰："四曰佐书，即秦隶书，秦始皇帝使下杜人程邈所作也。"

⑦《汉书·艺文志》："汉兴，萧何草律，亦著其法，曰：'太史试学童，能讽书九千字以上，乃得为史。又以六体试之，课最者以为尚书御史史书令史。吏民上书，字或不正，辄举劾。'六体者，古文、奇字、篆书、隶书、缪篆、虫书。"《汉书·石奋传》："长子建为郎中令。奏事下（《史记·万石君传》作'奏事事下'），建读之，惊恐曰：'书马者，与尾而五，今乃四，不足一，获谴死矣。'其为谨慎，虽他皆如是。"

⑧《汉书·艺文志》："武帝时，司马相如作《凡将篇》，无复字。"《说文序》曰："孝宣皇帝时，召通《仓颉》读者（《艺文志》：'《仓颉》多古字，俗师失其读，宣帝时征齐人能正读者，张敞从受之。'），张敞从受之。凉州刺史杜业、沛人爰礼、讲学大夫秦近亦能言之。孝平皇帝时，征礼等百余人，令说文字未央廷中。以礼为小学元士。黄门侍郎扬雄采以作《训纂篇》（《艺文志》：'至元始中，征天下通小学者以百数，各令记字于庭中，扬雄取其有用者，以作《训纂篇》。'）。"《汉书·扬雄传赞》："刘棻尝从雄学作奇字。"据《艺文志》及《说文序》张敞正读在孝宣时，扬雄作《纂训》在孝平时，此云"宣成二帝"，疑"成"是"平"之误。"并贯练《雅》《颂》"，"颂"是"颉"字之误。下文云："《雅》以渊源诂训，《颉》以苑囿奇文。"

⑨刘申叔先生《论文杂记》曰："西汉文人，若扬马之流，咸能洞明字学，故选词遣字，亦能古训是式，非浅学所能窥（所用古文奇字甚多，非明六书假借之用者，不能通其词也）。东汉文人，既与儒林分列（案如班固、张衡之伦，仍有西汉风规，不可一概论），故文词古奥，远逊西京（此由学士未必工作文，而文人亦非真识字）。魏代之文，则又语意易明，无俟后儒之解释。"

⑩《后汉书·马援传》注引《东观记》曰:“援上书:‘臣所假伏波将军印,书“伏”字,“犬”外向。成皋令印,“皋”字为“白”下“羊”,丞印“四”下“羊”,尉印“白”下“人”,“人”下“羊”。即一县长吏,印文不同,恐天下不正者多。符印所以为信也,所宜齐同。’荐晓古文字者,事下大司空正郡国印章。奏可。”《说文序》曰:“今虽有尉律不课,小学不修,莫达其说久矣(莫达六书之说也)。”此皆小学转疏之证。“复文”,谓如有长字斗字而重作马头人之长,人持十之斗。“隐训”,谓诡僻之训,如屈中为虫,苛之字止句也之类。“臧否大半”,“大”疑是“亦”字之误,谓后汉之文,有深于小学者,有疏于小学者,臧否各半也。

⑪陈思语无考。

⑫《颜氏家训·文章篇》沈约谓文章当从三易,其二为易识字,盖恐一字诡异震惊群句也。又《书证篇》曰:“吾昔初看《说文》,蚩薄世字,从正则惧人不识,随俗则意嫌其非,略是不得下笔也。所见渐广,更知通变,救前之执,将欲半焉。若文章著述,犹择微相影响者行之;官曹文书,世间尺牍,幸不违俗也。”案此与彦和趣舍之语相发明。黄叔琳曰:“《六经》之文,有三尺童子胥知者,有师儒宿老所未习者,岂有一定之难易哉,缘于世所共晓与共废耳。”

袁守定《占毕丛谈》曰:“庾持善字书,每属辞,好为奇字,世以为讥。夫字体数万,人所常用不过三千,若摭拾古僻不可识者以炫奇,此刘舍人所谓字妖也。然则奇字遂不可用乎?可用也。史迁更遣长者扶义而西,不曰仗义而曰扶义,有扶持之意也;《范史》邓彪仁厚委随,不能有所匡正,不曰委靡而曰委随,有随从之意也;又左雄疏或因罪咎引高求名,不曰务高而曰引高,有借饰之意也;《南史》沈约曰,此公护前,不让则羞死,不曰护过而曰护前,前字所包更广也。必用此字,其义乃安,其义乃尽耳。然即此便是奇字,非以不可识者为奇也。”

⑬张揖《进广雅表》曰:“昔在周公制礼以导天下,著《尔雅》一篇以释其义。今俗所传三篇,或言仲尼所增,或言子夏所益,或言叔孙通所补,或言沛郡梁文所考。皆解家所说,先师口传,疑不能明。”《西京杂记》:“扬子云曰:《尔雅》者,孔子门徒游夏之俦,所记以解释六艺者也。”郑玄《驳五经异义》曰:“玄之闻也,《尔雅》者,孔子门人所作,

以释六艺之旨，盖不误也。”“鸟籀”当作“史籀”。《艺文志》云：“《苍颉》七章者，秦丞相李斯所作也。文字多取《史籀篇》。”《说文序》亦云：“斯作《仓颉篇》，取史籀大篆。”《仓颉》所载皆小篆，而鸟虫书别为一体，以书幡信，与小篆不同。

⑭曹摅另见《才略篇》注，诗无考。

⑮黄注曰：“按三接者，如张景阳《杂诗》‘洪潦浩方割’、沈休文《和谢宣城诗》‘别羽泛清源’之类。三接之外，则曹子建《杂诗》‘绮缟何缤纷’、陆士衡《日出东南隅行》‘璚珮结瑶璠’，五字而联边者四，宜有字林之讥也。若赋则更有十接、二十接不止者矣。”

⑯陆云《与兄平原书》云：“未能补所欲去，彻与察皆不与日韵，思惟不能得，愿赐此一字。”此虽因拘韵之故，亦贫于一字之例也。纪评曰：“复字病小，累句病大，故宁相犯。”曹子建《弃妇篇》二十四语中，重二庭韵，二灵韵，二鸣韵，二成韵。潘岳《秋兴赋》用二省字。唐人诗亦多有重押韵者，殆所谓两字俱要，则宁相犯也。

⑰“虽文不必有，而体例不无”，似当作“而体非必无”。

⑱《抱朴子·遐览篇》：“故谚曰：书三写，鱼成鲁，帝成虎。”

⑲《札迻》十二：“‘祀’当作‘似’。《诗·周颂》‘於穆不已’，《毛传》引孟仲子说。《正义》引郑《谱》云：‘孟仲子者，子思弟子。’又云：‘子思论诗，於穆不已。孟仲子曰：於穆不似。’即彦和所本。”案《宏明集》刘勰《灭惑论》云：“是以于穆不祀，谬师资于《周颂》。”《周颂·维天之命·正义》曰：“此传虽引仲子之言，而文无不似之义，盖取其所说，而不从其读。故王肃述毛，亦为不已，与郑同也。”殆彦和所见《毛传》引孟仲子说作不祀欤！

⑳《吕氏春秋·察传篇》：“子夏之晋，过卫。有读史记者，曰‘晋师三豕涉河（《意林》作“渡河”）’，子夏曰：‘非也。是己亥耳。’夫‘己’与‘三’相近，‘豕’与‘亥’相似。至于晋而问之，则曰：晋师己亥涉河也。辞多类非而是，多类是而非，是非之经，不可不分。”

㉑卢文弨《钟山札记》一：“《尚书大传》：‘越裳以三象重九译而献白雉，其使请曰：吾受命吾国之黄耇曰，久矣天之无别风淮雨，意者中国有圣人乎？’郑康成注：‘淮，暴雨之名也。’自后诸书所引皆作‘烈风淫

雨’，若《说苑·辨物篇》《书·舜典·正义》《诗》“蓼萧”“臣工”及《周颂谱·正义》所引，皆无有作‘别风淮雨’者。刘彦和《雕龙·练字篇》有云‘《尚书大传》有别风淮雨。《帝王世纪》云列风淫雨。别列淮淫，字似潜移，淫列义当而不奇，淮别理乖而新异。傅毅制诔，已用淮雨，元长作序，亦用别风（今本脱此二句，宋本有之）。’案《古文苑》载傅毅《靖王兴诔》云‘白日幽光，淮雨杳冥’，但其文不全。今《雕龙·诔碑篇》所载，为后人易以‘氛雾杳冥’矣。《蔡中郎集》中有《太尉杨赐碑》云‘烈风淮雨，不易其趣’，今俗间本‘淮雨’改作‘虽变’，余所见者宋本也。安知烈风不亦出后人所改乎！元长序无考。惟陆士龙《九愍》有思振袂于别风之语，于彦和所举之外，又得此二证。”《困学记闻》：“《周书·王会》‘东越海蛤’，或误为侮食，而王元长《曲水诗序》用之，其别风淮雨之类乎！”

㉒纪评曰：“胸富卷轴，触手纷纶，自然瑰丽，方为巨作。若寻检而成，格格然著于句中，状同镶嵌，则不如竟用易字。文之工拙，原不在字之奇否，沈休文三易之说，未可非也。若才本肤浅，而务于炫博以文拙，则风更下矣。”纪说甚是。用字以达意晓人为主，彦和云“依义弃奇”，诚取舍之权衡也。

㉓“字靡异流”，《札记》曰“异”当作“易”。

隐秀第四十

夫心术之动远矣，文情之变深矣，源奥而派生，根盛而颖峻，是以文之英蕤，有秀有隐。隐也者，文外之重旨者也；秀也者，篇中之独拔者也。隐以复意为工，秀以卓绝为巧，斯乃旧章之懿绩，才情之嘉会也[①]。夫隐之为体，义主（汪作“生”）文外[②]，秘响旁通，伏采潜发，譬爻象之变互（元作“玄”，王改）体，川渎之韫珠玉也。故互体变爻，而化成四象；珠玉潜水，而澜表方圆[③]。

“朔风（铃木云王本同嘉靖本‘朔’作‘凉’；梅本、闵本‘朔风’作‘凉飙’）动秋草，边马有归心”，气寒而事伤，此羁旅之怨曲也。凡文集胜篇，不盈十一；篇章秀句，裁可百二：并思合而自逢，非研虑之所求（元作“果”，谢改）也④。或有晦塞为深，虽奥非隐（铃木云嘉靖本、梅本、冈本无“晦塞”以下八字）；雕削取巧，虽美非秀矣。故自然会妙，譬卉木之耀英华；润色取美，譬缯帛之染朱绿。朱绿染缯，深而繁鲜；英华曜树，浅而炜烨：秀句所以照文苑，盖以此也。

赞曰：深文隐蔚，余味曲包。辞生互体，有似变爻。言之秀矣，万虑一交。动心惊耳，逸响笙匏。

注释：

①重旨者，辞约而义富，含味无穷，陆士衡云“文外曲致”，此隐之谓也。独拔者，即士衡所云“一篇之警策”也。陆士龙《与兄平原书》云：“《祠堂颂》已得省，然了不见出语，意谓非兄文之休者。”又云：“《刘氏颂》极佳，但无出语耳。”所谓出语，即秀句也。隐秀之于文，犹岚翠之于山，秀句自然得之，不可强而至，隐句亦自然得之，不可摇曳而成。此本文章之妙境，学问至，自能偶遇，非可假力于做作，前人谓谢灵运诗如初日芙蕖，自然可爱，可知秀由自然也。所谓“文章本天成，妙手偶得之”“尽日觅不得，有时还自来”，正是自然之旨。宋梅尧臣言：“含不尽之意，见于言外，状难写之情，如在目前。”含、状二字，即是有意为之，非自然之致，虽与隐秀之旨略同，而似不可溷。

黄先生曰《隐秀篇》阙文盖在宋后。《岁寒堂诗话》引刘勰云“情在词外曰隐，状溢目前曰秀”，此文为今本所无。《岁寒堂诗话》为张戒著，南宋时人尚见《隐秀》全文，而今本无此二语，即此一端足征今本之伪，不徒文字不类而已。

②纪评曰：“‘生’字是。”

③黄注云：“《左传》杜氏注：‘《易》之为书，六爻皆有变体，又有互体，圣人随其义而论之。’《疏》云：‘二至四，三至五，两体交互，各成一卦，先儒谓之互体。圣人随其义而论之，或取互体，言其取义无常也。’”四象，已见《征圣篇》。

《艺文类聚》八引《尸子》：“凡水，其方折者有玉，其圆折者有珠。”《淮南子 · 地形训》亦有此说。

④案“果”疑“课”字坏文，本书《才略篇》“多役才而不课学”即与此同义。陆机《文赋》：“课虚无以责有，叩寂寞而求音。”则课亦有责求义，谢氏臆改非是。

附　录

黄叔琳曰：“《隐秀篇》自‘始正而末奇’至‘朔风动秋草’朔字，元至正乙未刻于嘉禾者即阙此叶，此后诸刻仍之，胡孝辕、朱郁仪皆不见完书。钱功甫得阮华山宋椠本钞补，后归虞山，而传录于外甚少。康熙庚辰，何心友从吴兴贾人得一旧本，适有钞补《隐秀篇》全文；辛巳，义门过隐湖，从汲古阁架上，见冯已苍所传功甫本，记其阙字以归。如‘疏放豪逸’四字，显然为不学者以意增加也。”《校勘记》：“何义门文集卷九载有《跋文心雕龙》三则，叔琳括约其前后文以作此记。义门，名焯。心友，焯之弟。虞山，言钱谦益也。冯已苍名舒，钱功甫，名允治，明末常熟人，即称得阮华山宋椠本者。”

纪昀曰：“癸巳三月，以《永乐大典》所收旧本校勘，凡阮本所补，悉无之，然后知其真出伪撰。”又曰：“此一页词殊不类，究属可疑。‘呕心吐胆’似摭玉溪《李贺小传》‘呕出心肝’语。‘煅岁炼年’似摭《六一诗话》周朴‘月煅季炼’语。称渊明为彭泽，乃唐人语，六朝但有征士之称，不称其官也。称班姬为匹妇，亦摭钟嵘《诗品》语。此书成于齐代，不应述梁代之说也。且《隐秀》三段，皆论诗而不论文，亦非此书之体，似乎明人伪托，不如从元本缺之。”明人最喜作伪，此篇之不可信，已无疑义，故特删去。伪文附录于后：

> 始正而末奇，内明而外润，使玩之者无穷，味之者不厌矣。彼波起辞间，是谓之秀。纤手丽音（‘纤’‘丽’字阙），宛乎逸态，若远山之浮烟霭，娈女之靓容华。然烟霭天成，不劳于妆点；容华格定，无待于裁镕；深浅而各奇，秾（字典无‘秾’字，应是‘秾’字之误）纤而俱妙，若挥之则有余，而揽之则不足矣。夫立意之士，务欲造奇，每驰心于玄默之表；工辞之人，必欲臻美，恒匿思于佳丽之乡。呕心吐胆，不足语穷；锻岁炼年，奚能喻苦？故能藏颖词间，昏

迷于庸目；露锋文外，惊绝乎妙心。使酝藉者蓄隐而意愉，英锐者抱秀而心悦；譬诸裁云制霞，不让乎天工；斫卉刻葩，有同乎神匠矣。若篇中乏隐，等宿儒之无学，或一叩而语穷；句间鲜秀，如巨室之少珍（冯本有此二字），若百诘（“诘”字阙）而色沮：斯并不足于才思，而亦有愧于文辞矣。将欲征隐，聊可指篇：古诗之离别，乐府之长城，词怨旨深，而复兼乎比兴。陈思之《黄雀》，公幹之《青松》，格刚才劲，而并长于讽谕。叔夜之□□（阙二字），嗣宗之□□（阙二字），境玄思淡，而独得乎优闲；士衡之□□（阙二字），彭泽之□□（阙二字；以上四句，功甫本阙八字；一本增入“疏放、豪逸”四字），心密语澄，而俱适乎□□（下阙二字，一本有“壮采”二字）。如欲辨秀，亦惟摘句：“常恐秋节至，凉飙夺炎热”，意凄而词婉，此匹妇之无聊也。“临河濯长缨，念子怅悠悠”，志高而言壮，此丈夫之不遂也。“东西安所之，徘徊以旁皇”，心孤而情惧，此闺房之悲极也。

卢文弨《抱经堂文集》十四《文心雕龙辑注书后》云“昨年吴秀才伊仲示余校本，无可比对，复就长安市觅得此本，纸墨俱不精，吴所录《隐秀篇》之缺文及胜国诸人增删改正之处，此本具有之。然他人所改俱著其姓，唯梅子庚独不，不几攘其美以为己有耶！”

卷　九

指瑕第四十一[①]

管仲有言："无翼而飞者声也，无根而固者情也。"然则声不假翼，其飞甚易；情不待根，其固匪难：以之垂文，可不慎欤[②]？古来文才，异世争驱，或逸才以爽迅，或精思以纤密，而虑动难圆，鲜无瑕病。陈思之文，群才之俊也，而《武帝诔》云"尊灵永蛰"，《明帝颂》云"圣体浮轻"。浮轻有似于胡蝶，永蛰颇疑于昆虫，施之尊极，岂其（顾校作"有"）当乎[③]？左思《七讽》，说孝而不从，反道若斯，余不足观矣。潘岳为才，善于哀文，然悲内兄则云感口泽，伤弱子则云心如疑。礼文在尊极，而施之下流，辞虽足哀，义斯替矣[④]。

若夫君子拟人，必于其伦。而崔瑗之诔李公，比行于黄虞；向秀之赋嵇生，方罪于李斯；与其失也，虽宁僭（元作"降"，孙改）无滥，然高厚之诗，不类甚矣[⑤]。

凡巧言易标，拙辞难隐，斯言之玷，实深白圭，繁例难载，故略举四条[⑥]。

若夫立文之道，惟字与义。字以训正，义以理宣。而晋末篇章，依稀其旨，始有"赏际奇至"之言，终无"抚叩酬即（谢云当作"酢"；

铃木云冈本作“即酬”）”之语，每单举一字，指以为情。夫“赏”训锡赉，岂关心解？“抚”训执握，何预情理[7]？《雅》《颂》未闻，汉魏莫用；悬领似如可辩，课文了不成义：斯实情讹之所变，文浇之致弊。而宋来才英，未之或改，旧染成俗，非一朝也[8]。

近代辞人，率多猜忌，至乃比语求蚩（铃木云冈本作“媸”），反音取瑕，虽不屑于古，而有择于今焉[9]。又制同他文，理宜删革，若排（王本作“掠”）人美辞，以为己力，宝玉大弓，终非其有。全写则揭箧，傍采则探囊，然世远者太轻，时同者为尤矣[10]。

若夫注解为书，所以明正事理；然谬于研求，或率意而断[11]。《西京赋》称中黄育获之畴，而薛综谬注谓之阉尹，是不闻执雕虎之人也。又《周礼》井赋，旧有疋马，而应劭释“疋”，或量首数蹄，斯岂辩物之要哉[12]？

原夫古之正名，车“两”而马“疋”，“疋”（元脱，杨补）“两”称目，以并耦为用[13]。盖车贰佐乘，马俪骖服，服乘不只，故名号必双，名号一正，则虽单为疋矣。疋夫疋妇，亦配义矣（顾校作“也”）[14]。夫车马小义，而历代莫悟；辞赋近事，而千里致差；况钻灼经典，能不谬哉？夫辩言（一作“疋”）而数筌（一作“首”）蹄[15]，选勇而驱阉尹，失理太甚，故举以为戒。丹青初炳而后渝，文章岁久而弥光，若能檃括于一朝，可以无惭（铃木云梅本、闵本、冈本作“愧”）于千载也。

赞曰：羿氏舛射[16]，东野败驾[17]。虽有俊才，谬则多谢。斯言一玷，千载弗化。令章靡疚，亦善之亚。

注释：

①《札记》曰：“此篇所指之瑕，凡为六类：一、文义失当之瑕；二、比拟不类之瑕；三、字义依稀之瑕；四、语音犯忌之瑕；五、掠人美辞之瑕；六、注解谬误之瑕。虽举证稀阔，正宜引申以求。观《颜氏家训》《匡谬正俗》诸书，知文士属辞，实多瑕颣。古人往矣，诚宜为之掩藏，然覆车之轨，无或重迹，别白书之，亦所以示鉴也。窃谓文章之瑕，大分五族，而注谬之瑕不与焉。一曰体瑕，二曰事瑕，三曰语瑕，四曰字瑕，五曰剿袭之瑕。体瑕者，王朗《杂箴》，乃置巾履；陈思《文诔》，旨

言自陈是也。事瑕者，相如述葛天之歌，千唱万和；曹洪谬高唐之事，不记绵驹是也。语瑕者，陈思之圣体浮轻，潘岳之将反如疑是也。字瑕者，诡异则若誳呶，依稀则若赏抚是也。（以上举例，皆本原书。）剿袭之瑕，苏绰拟《周书》而作《大诰》，扬雄拟《易》而作《太玄》是也（此本颜君说）。总之，古人之瑕，不可不知，己文之瑕，亦不可不检。元遗山诗曰：'撼树蚍蜉自觉狂，书生技痒爱论量；老来留得诗千首，却被何人较短长。'今之人欲指斥前瑕者，岂可不知斯旨哉?"

吾人属文，志在行远，而文字之疵瑕，与夫意义之疏误，谁能自免，正赖同好之士，砻诸错诸，以求完密。《颜氏家训·文章篇》云："江南文制，欲人弹射，知有病累，随即改之。"此其雅量，诚非山东鄙俗所能梦想者矣。窃谓评时人之文，不可稍杂意气；评古人之文，不可略存成心；持商量之诚意，发和悦之德音；献替臧否，孰不喜纳。所谓虽古人复生，亦不得罪其诽谤者也。

颜氏又曰："学为文章，先谋亲友，得其评裁，知可施行，然后出手；慎勿师心自任，取笑旁人也。自古执笔为文者，何可胜言；然至于宏丽精华，不过数十篇耳。但使不失体裁，辞意可观，便称才士，要须动俗盖世，亦俟河之清乎!"

又曰："自子游、子夏、荀况、孟轲、枚乘、贾谊、苏武、张衡、左思之俦，有盛名而免过患者，时复闻之，但其损败居多耳。每尝思之，原其所积，文章之体，标举兴会，发引性灵，使人矜伐，故忽于持操，果于进取。今世文士，此患弥切，一事惬当，一句清巧，神厉九霄，志凌千载，自吟自赏，不觉更有傍人。加以砂砾所伤，惨于矛戟，讽刺之祸，速乎风尘，深宜防虑，以保元吉。"

②《札记》曰："案《管子·戒篇》文曰：'管仲复于桓公曰：无翼而飞者声也（注："出言门庭，千里必应，故曰无翼而飞。"），无根而固者情也（注："同舟而济，胡越不患异心，故曰无根而固。"），无方而富者生也。公亦固情谨声，以严尊生，此谓道之荣。'案彦和引此，断章取义，盖以无翼而飞、无根而固，喻文之传于久远，易为人所记识，即后文'文章岁久而弥光，若能檃栝（于）一朝，可以无惭（于）千载'之意。亦即《赞》'斯言一玷，千载弗化'意。"

③《金楼子·立言篇下》引彦和此文，自“管仲有言”至“不其嗤乎”，兹依《金楼子》校之。“文”才作“文士”。无“或逸才以爽迅，或精思以纤密”二句。“难圆”作“难固”。“俊”作“隽”。“颇疑”作“可拟”。“岂其当乎”作“不其嗤乎”。

《曹子建集·武帝诔》：“幽闼一扃，尊灵永蛰。”又《冬至献袜履颂》：“翱翔万域，圣体浮轻。”

《颜氏家训·文章篇》：“古人之所行，今世以为讳。陈思王《武帝诔》，遂深永蛰之思；潘岳《悼亡赋》，乃怆手泽之遗；是方父于虫，匹妇于考也。蔡邕《杨秉碑》云‘统大麓之重’，潘尼《赠卢景宣诗》云‘九五思飞龙’，孙楚《王骠骑诔》云‘奄忽登遐’，陆机《父诔》云‘亿兆宅心，敦叙百揆’，《姊诔》云‘俔天之和’，今为此言，则朝廷之罪人也。王粲《赠杨德祖诗》云：‘我君饯之，其乐泄泄。’不可妄施人子，况储君乎?”

《艺文类聚》三十四有潘岳《悼亡赋》，惟无手泽之语，今之存者，殆非全文。

④左思《七讽》文已残佚，说孝语无可考见。

《礼记·玉藻》：“父没而不能读父之书，手泽存焉尔。母没而杯、圈不能饮焉，口泽之气存焉尔。”案潘岳《悲内兄文》，今已无考。

又《檀弓》：“孔子观送葬者曰：‘善哉为丧乎！其往也如慕，其反也如疑。’”《金鹿哀辞》：“将反如疑，回首长顾。”文载《哀吊篇》注。

⑤拟人必于其伦，见《礼记·曲礼下》。

崔瑗《李公诔》今已无考。《后汉书·谢夷吾传》载班固荐表，崔文当亦此类。《文选》向秀《思旧赋》：“昔李斯之受罪兮，叹黄犬而长吟；悼嵇生之永辞兮，顾日影而弹琴。”“宁僭”，谓崔瑗之诔李公；“无滥”，谓向秀之赋嵇生。《左传》襄公二十六年：“蔡声子曰：善为国者，赏不僭而刑不滥。若不幸而过，宁僭无滥。”哀五年杜注：“僭，差也。滥，溢也。”“高厚之诗不类”，见《左传》襄公十六年。

《金楼子·杂记篇上》：“宋玉（“玉”是“书”字之误）戏太宰屡游之谈，后人因此流迁反语，至相习。至如太宰之言屡游，鲍照之伐鼓（《文镜秘府论》五：“翻语病者，正言是佳词，反语则深累是也。如鲍明远诗云‘鸡鸣关吏起，伐鼓早通晨。’伐鼓正言是佳词，反语则不祥，是其病也。崔氏曰：伐鼓反语腐骨是其病。”)，孝绰步武之谈，韦粲浮柱之说，是中太甚者，不可不避耳。俗士非但文章如此，至言论尤事反语。何僧智者，尝于任昉坐赋诗而言其诗不类。任云：‘卿诗可谓高厚。’何大怒曰：‘遂以我为狗号（高厚切狗，厚高切号）。’任逐后解说，遂不相领。任君复云：‘经蓄一枕，不知是何木。’会有委巷之□（原缺），谓任君曰：‘此枕是标槠之木（反语为铺糟）。’任托不觉悟。此人乃以宣夸于众，有自得之色。夫子曰‘必也正名乎，’斯言说矣!”

《颜氏家训·文章篇》：“《吴均集》有《破镜赋》。昔者，邑号朝歌，颜渊不舍，里名胜母，曾参敛襟：盖忌夫恶名之伤实也。破镜乃凶逆之兽，事见《汉书》，为文幸避此名也。比世往往见有和人诗者，题云敬同。《孝经》云‘资于事父以事君而敬同’，不可轻言也。梁世费旭诗云‘不知是耶非’，殷沄诗云‘飖飏云母舟’，简文曰‘旭既不识其父，沄又飖飏其母’，此虽悉古事，不可用也。世人或有文章引《诗》‘伐鼓渊渊’者，《宋书》已有屡游之诮，如此流比，幸须避之。北面事亲，别舅摛渭阳之咏，堂上养老，送兄赋桓山之悲，皆大失也。举此一隅，触涂宜慎。”

⑥陈思比尊于微，一也；左思反道，二也；潘岳称卑如尊，三也；崔向僭滥，四也。

⑦“终无‘抚叩酬即’之语”，《札记》曰“无”当作“有”，谢校曰“即”当作“酢”。此节所论，未得确解，聊引《世说新语》数事说之。‘赏际奇至（“至”疑当作“致”）或即如《文学篇》：“谢公因子弟集聚，问《毛诗》何句最佳。遏称曰：‘昔我往矣，杨柳依依；今我来思，雨雪霏霏。’公曰：‘讦谟定命，远猷辰告。’谓此句偏有雅人深致。”《诗》三百篇似不得单指一二句以为最佳，然各以己之所喜，谓有深致，似尚无大过。又如刘注引《郭璞别传》曰：“璞奇博多通，文藻粲丽，才学赏豫，足参上流。”又：“孙兴公作《庾公诔》。袁羊曰，见此张缓。于时以为名赏。”《晋书·文苑传·顾恺之传》：“尝为笔赋，成，谓人曰：‘吾赋之比嵇康琴，不赏者必以后来相遗，识者亦当以高奇见赏。’”六朝人好言赏，然如上例，似不应致讥。《明诗篇》云“宋初文咏，争价一句之奇”，或其甚者，竟举一字以为赏。李谔上书谓争一字之巧，殆指此与？“抚叩酬酢”，或即如《言语篇》：“顾司空未知名，诣王丞相。丞相小极，对之疲睡。顾

思所以叩会之，因谓同坐曰：‘昔每闻元公（顾荣）道公协赞中宗，保全江表。体小不安，令人喘息。’丞相因觉，谓顾曰：‘此子珪璋特达，机警有锋。”单举一字，指以为情，或即如《排调篇》：“庾园客诣孙监，值行，见齐庄在外，尚幼，而有神意。庾试之曰：‘孙安国何在？’即答曰‘庾稺恭家。’庾大笑曰：‘诸孙大盛，有儿如此。’又答曰：‘未若诸庾之翼翼。’还语人曰：‘我故胜，得重唤奴父名。’”注引《孙放别传》曰：“放应机制胜，时人仰焉。”《说文》：“赏，赐有功也。”《广雅·释诂三》：“抚，持也。”《札记》曰：“用‘赏’者，如沈休文《宋书·谢灵运传论》之‘讽高历赏’。用‘抚’者，如傅季友《为宋公修张良庙教》之‘抚事弥深’。”

⑧《札记》曰：“案晋来用字有三弊：一曰造语依稀，如赏抚二字之外，戒严曰纂严，送别曰瞻送，解识曰领悟，契合曰会心。至如品藻称誉之词，尤为模略，如嵇绍劭长，高坐渊箸，王微迈上，卞壸峰距，王恭亭亭直上，王忱罗罗清疏，叩其实义，殊欠分明，而世俗相传，初不撢究。二曰用字重复，容貌姿美，见于《魏书》，文艳博富，亦载《国志》，此皆三字稠叠；两字复语，尤难悉数。三曰用典饰滥，呼征质曰周郑，谓霍乱为博陆，言食则餬口，道钱则孔方，称兄则孔怀，论婚则宴尔，求莫而用为求瘼，计偕而以为计阶，转相祖述，安施失所，比喻乖方，斯亦彦和所云‘文浇之致弊’也。”

⑨反音取瑕，如高厚、伐鼓之类是。比语求蚩，如是耶非，云母舟之类是。

《金楼子·捷对篇》云：“羊戎好为双声，江夏王设斋使戎铺坐。戎曰：‘官教前床，可开八尺。’王曰：‘开床小狭。’戎复曰：‘官家恨狭，更广八分。’又对文帝曰：‘金沟清泚，铜池摇漾，既佳光景，当得剧棋。”《洛阳伽蓝记》载郭氏婢对人曰：“郭冠军家。”其人曰：“此婢双声。”婢曰：“佇奴慢骂。”此即周颙体语之类，亦与反语同为言语声变之法，而六朝南北皆有此风习矣。彦和云“不屑于古，有择于今”，谓此虽不雅，然习俗如是，作者亦不可不留意，以免世之猜忌也。

⑩《春秋》定公八年：“盗窃宝玉大弓。”杜注：“盗谓阳虎也。宝玉，夏后氏之璜。大弓，封父之繁弱。”《庄子·胠箧篇》：‘将为胠箧探囊发匮之盗而为守备……然而巨盗至，则负匮揭箧担囊而趋。”世远者太轻，时

同者为尤，谓窃取古辞，是轻薄无行；掠取时说，将自招咎尤。造文之士，能杼轴己怀，不相剽贼，斯免瑕累矣。

⑪纪评曰："此条无与文章，殊为汗漫。"案《论说篇》云："若夫注释为词，解散论体，离文虽异，总会是同。"据此，注解为文，所以明正事理，尤不可疏忽从事，贻误后学。何晏见王弼《老子注》，乃以所注作《道德二论》，郭象注《庄子》，亦即以意阐发，无异单篇之论，注与论本可通也。彦和于本篇特为指说，殊存微意，纪氏讥之，未见其可。

⑫张衡《西京赋》："乃使中黄之士，育获之俦。"李善注："《尸子》曰：'中黄伯曰，余左执泰行之獶而右搏雕虎。'《战国策》范雎说秦王曰：'乌获之力焉而死，夏育之勇焉而死。'"案薛综注，未见此说，当为李善所删去。

《周礼·地官·小司徒》："乃经土地而井牧其田野，九夫为井，四井为邑，四邑为丘，四丘为甸，四甸为县，四县为都，以任地事而令贡赋，凡税敛之事。"郑注引《司马法》曰："六尺为步，步百为亩，亩百为夫，夫三为屋，屋三为井，井十为通，通为匹马。"《正义》曰："三十家使出马一匹，故曰通为匹马。"

今存《风俗通》无释匹（疋）之文。《艺文类聚》九十三引《风俗通》云："马一匹，俗说相马比君子，与人相匹。或曰，马夜行，目明照前四丈，故曰一匹。或曰度马纵横，适得一匹。或说马死卖得一匹帛。或云，《春秋》左氏说，诸侯相赠乘马束帛，束帛为匹，与马相匹耳。"案此皆与量首数蹄说未合。《说文》：匹，四丈也。《汉书·食货志》布帛广二尺二寸为幅，长四丈为匹。

⑬《尚书·牧誓》："戎车三百两。"《传》："车称两。"《风俗通》："车有两轮，故称为两；犹履有两只，亦称为两。"段玉裁注《说文》"匹"字云："凡言匹敌匹耦者，皆于二端成两取意（二丈为一端，二端为两，每两为一匹）。凡言匹夫匹妇者，于一两成匹取意。两而成匹，判合之理也，虽其半亦得云匹也。马称匹者，亦以一牝一牡离之而云匹，犹人言匹夫也。"案本篇"疋"字皆当作"匹"。《群经正字》曰："按匹，俗作疋，经典亦偶一见之。《孟子·告子》：'力不能胜一匹雏。'孙奭《音义》云'匹，丁公著作疋'，是也。疋即匹字之讹。盖汉隶匹有变'八'为'小'而作'匹'者，见武荣冯绲等碑，故俗又讹为'疋'。且以匹为匹偶之匹，

足为丈足之足，则尤讹也。”

⑭《礼记 · 少仪》：“乘贰车则式，佐车则否。贰车者，诸侯七乘，上大夫五乘，下大夫三乘。”郑注：“贰车，佐车，皆副车也。朝祀之副曰贰；戎猎之副曰佐。”

《诗 · 郑风 · 大叔于田》：“叔于田，乘乘黄，两服上襄，两骖雁行。”《正义》曰：“《小戎》云：‘骐骝是中，騧骊是骖。’骖中对文，则骖在外；外者为骖，则知内者为服。”

《白虎通》：“匹，偶也。与其妻为偶，阴阳相成之义也。”

⑮“夫辩言而数筌蹄”，应依一作“辩匹而数首蹄”。

⑯《史记 · 夏本纪 · 正义》及《御览》八十二引《帝王世纪》曰：“帝羿有穷氏与吴贺北游。贺使羿射雀左目，误中右目，羿俯首而愧，终身不忘。”

⑰《庄子 · 达生篇》：“东野稷以御见庄公，进退中绳，左右旋中规。庄公以为文弗过也，使之钩百而反。颜阖遇之，入见曰：‘稷之马将败。’公密而不应。少焉，果败而反。公曰：‘子何以知之?’曰：‘其马力竭矣，而犹求焉，故曰败。’”

养气第四十二

昔王充著述，制养气之篇，验己而作，岂虚造哉[①]！夫耳目鼻口，生之役也；心虑言辞，神之用也。率志委和，则理融而情畅；钻砺过分，则神疲而气衰：此性情之数也[②]。

夫三皇辞质，心绝于道华；帝世始文，言贵于敷奏；三代春秋，虽沿世弥缛，并适分胸臆，非牵课才外也。战代枝（铃木云冈本作“技”）诈，攻奇饰说；汉世迄今，辞务日新，争光鬻采，虑亦竭矣。故淳言以比浇辞，文质悬乎千载；率志以方竭情，劳逸差于万里：古人所以余裕，后进所以莫遑也[③]。

凡童少鉴浅而志盛，长艾识坚而气衰，志盛者思锐以胜劳，气衰者虑密以伤神，斯实中人之常资，岁时之大较也。若夫器分有限，智用无涯，或惭凫企鹤，沥辞镌思；于是精气内销，有似尾闾之波；神志外伤，同乎牛山之木；怛（铃木云嘉靖本作“恒”）惕之盛（一作“成”）疾，亦可推矣④。

至如仲任置砚以综述⑤，叔（元作“敬”，孙无挠改）通怀笔以专业⑥，既暄之以岁序，又煎之以日时，是以曹公惧为文之伤命，陆云叹用思之困神，非虚谈也⑦。

夫学业在勤，功庸弗怠，故有锥股自厉，和熊以苦之人⑧（黄云案冯本与元刻无“功庸弗怠”及“和熊以苦之人”二句）。志（纪昀云“志”当作“至”）于文也，则申写郁滞；故宜从容率情，优柔适会。若销铄精胆，蹙迫和气，秉牍以驱龄，洒翰以伐性，岂圣贤之素心，会文之直理哉⑨？

且夫思有利钝，时有通塞，沐则心覆，且或反常⑩，神之方昏，再三愈黩。是以吐纳文艺，务在节宣，清和其心，调畅其气，烦而即舍，勿使壅滞⑪；意得则舒怀以命笔，理伏则投笔以卷怀，逍遥以针劳，谈笑以药倦，常弄闲于才锋，贾余于文勇，使刃发如新，凑（铃木云当作“腠”）理无滞⑫，虽非胎息之迈（顾校作“万”）术⑬，斯亦卫气之一方也。

赞曰：纷哉万象，劳矣千想。玄神宜宝，素气资养。水停以鉴，火静而朗。无扰文虑，郁此精爽。

注释：

①《论衡·自纪篇》：“章和二年，罢州家居，年渐七十，时可悬舆……发白齿落，日月逾迈，俦伦弥索，鲜所恃赖。贫无供养，志不娱快；历数冉冉，庚辛域际，虽惧终徂；愚犹沛沛，乃作《养性》之书凡十六篇。养气自守，适食则酒，闭明塞聪，爱精自保，适辅服药，引导庶冀，性命可延，斯须不老。”

②《史记·太史公自序》司马谈论六家要旨云：“凡人所生者，神也；所托者，形也。神大用则竭，形大劳则敝，形神离则死。”《抱朴子·至理篇》：“身劳则神散，气竭则命终。”彦和论文以循自然为原则，本篇大意

即基于此。盖精神寓于形体之中，用思过剧，则心神昏迷。故必逍遥针劳，谈笑药倦，使形与神常有余闲，始能用之不竭，发之常新，所谓游刃有余者是也。

③时移世迁，质不胜文，彦和非欲人复返三代以前也。其意亦犹《神思篇》所云"秉心养术，无务苦虑，含章司契，不必劳情"云尔。

④《庄子・骈拇》："是故凫胫虽短，续之则忧；鹤胫虽长，断之则悲。故性长非所断，性短非所续，无所去忧也。"又《秋水》："天下之水，莫大于海，万川归之，不知何时止而不盈，尾闾泄之，不知何时已而不虚。"《文选・养生论》注引司马彪云："尾闾，水之从海水出者也。"《孟子・告子上》："牛山之木尝美矣，以其郊于大国也，斧斤伐之……牛羊又从而牧之，是以若彼濯濯也。"赵岐注："濯濯，无草木之貌。"《说文》："怛，憯也。"《毛诗・匪风》："中心怛兮。"《传》云："怛，伤也。"《文选》嵇康《幽愤诗》："怛若创痏。"《说文》："惕，惊也。"《一切经音义》七："惕，怵惕，悚惧也。"怛惕有迫促伤害之义。"盛"一作"成"，是。

⑤李详《黄注补正》曰："《北堂书钞・著述篇》谢承《后汉书》：'王充贫无书，往市中省所卖书，一见便忆。门墙屋柱，皆施笔砚，而著《论衡》。'"

⑥《后汉书・曹褒传》："褒字叔通，博雅疏通……常感朝廷制度未备，慕叔孙通汉礼仪，昼夜研精，沈吟专思，寝则怀抱笔札，行则诵习文书，当其念至，忘所之适。"

⑦曹公语未详。《金楼子・立言上》："颜回希舜，所以早亡；贾谊好学，遂令速殒；扬雄作赋，有梦肠之谈，曹植为文，有反胃之论。生也有涯，智也无涯，以有涯之生，逐无涯之智，余将养性养神，获麟于金楼之制也。"陆云《与兄平原书》云："兄文章已自行天下，多少无所在，且用思困人，亦不事复及。"

⑧卢文弨《抱经堂文集》十四《文心雕龙辑注书后》："《养气篇》'故有锥股自厉，和熊以苦之人'，案下六字吴本无，当本脱四字，不学者妄增成之，而忘其年代之不合也。"《新唐书・柳仲郢传》："母韩……善训子，故仲郢幼嗜学，尝和熊胆丸，使夜咀咽以助勤。"

⑨纪评曰："此非惟养气，实亦涵养文机，《神思篇》虚静之说，可以

参观。彼疲困纷扰之余，乌有清思逸致哉。”《论衡 · 效力篇》：“贤者有云雨之知，故其吐文万牒以上，可谓多力矣。世称力者常褒乌获，然则董仲舒、扬子云，文之乌获也。秦武王与孟说举鼎不任，绝脉而死；少文之人，与董仲舒等涌胸中之思，必将不任，有脉绝之变。王莽之时，省五经章句皆为二十万，博士弟子郭路夜定旧说，死于烛下；精思不任，绝脉气灭也。”

李详《黄注补正》曰：“《吕氏春秋 · 本生篇》：‘靡曼皓齿，郑卫之音，务以自乐，命之曰伐性之斧。’”

⑩《左传》僖公二十四年：“晋侯之竖头须求见，公辞焉以沐。谓仆人曰：沐则心覆，心覆则图反，宜吾不得见也。”《校勘记》：“‘且’字疑当作‘旦’。盖用孟轲氏所谓平旦之气之意也。反，复也。”案“且”字不误，无待改字。

⑪李详《黄注补正》：“《左传》昭公元年：‘先王之乐，所以节百事也。故有五节，迟速本末以相及，中声以降，五降之后，不容弹矣。于是有烦手淫声，慆堙心耳，乃忘平和，君子弗听也。物亦如之，至于烦，乃舍也已，无以生疾。’又曰：‘勿使有所壅闭湫底，以露其体。’杜注：‘湫，集也；底，滞也；露，羸也。’”

⑫《庄子 · 养生主》：“庖丁曰：‘臣之刀十九年矣，所解数千牛矣，而刀刃若新发于硎。’”郭注：“硎，砥石也。”

⑬李详《黄注补正》曰：“《后汉书 · 方术传》王真能行胎息胎食之方，章怀注：‘《汉武内传》曰：王真字叔经，上党人，习闭气而吞之，名曰胎息。’”

附会第四十三

何谓“附会”？谓总文理，统首尾，定与夺，合涯际，弥纶一篇，使杂而不越者也[①]。若筑室之须基构，裁衣之待缝缉矣。夫才量学文，宜正体制，必以情志为神明，事义为骨髓（铃木云《御览》作“鲠”）[②]，辞采为肌肤，宫商为声气；然后品藻玄黄，摛振金玉，献可替否，以裁厥中：斯缀思之恒数也[③]。

凡大体文章，类多枝派，整派者依源，理枝者循干。是以附辞会义，务总纲领，驱万涂于同归，贞百虑于一致。使众理虽繁，而无倒置之乖，群言虽多，而无棼丝之乱；扶阳而出条，顺阴而藏迹；首尾周密，表里一体：此附会之术也[④]。夫画者谨发而易貌，射者仪毫而失墙，锐精细巧，必疏体统。故宜诎寸以信尺，枉尺以直寻，弃偏善之巧，学具美之绩：此命篇之经略也[⑤]。

夫文变多（汪作“无”）方[⑥]，意见浮杂，约则义孤，博则辞叛，率（铃木云《御览》作“变”）故多尤，需为事贼[⑦]。且才分不同，思绪各异，或制首以通尾，或尺（一作“片”）接以寸附，然通制者盖寡，接附者甚众[⑧]。若统绪失宗，辞味必乱；义脉不流，则偏枯文体。夫能悬识凑理，然后节文（一作“文节”）自会，如胶之粘木，豆之合黄（孙云《御览》五八五“豆”作“石”，“黄”作“玉”）矣[⑨]。是以驷牡异力，而六辔如琴；并驾齐驱，而一毂统辐：驭文之法，有似于此。去留随心，修短在手，齐其步骤，总辔而已。

故善附者异旨如肝胆，拙会者同音如胡越。改章难于造篇，易字艰于代句，此已然之验也。昔张汤拟（铃木云嘉靖本、梅本、冈本作“疑”）奏而再却，虞松草表而屡谴，并理事（铃木云《御览》作“事理”）之不明，而词旨之失调也。及兒宽更草，钟会易字，而汉武叹奇，晋景称善者，乃理得而事明，心敏而辞当也[⑩]。以此而观，则知附会巧拙，相去远哉！

若夫绝笔断章，譬乘舟之振楫；会词切理，如引辔以挥鞭。克终底绩，寄深写远（黄云案冯本“写”下多“以”字，“远”下多“送”字）。若首唱荣华，而媵句憔悴，则遗势郁湮，余风不畅。此《周易》所谓“臀无肤，其行次且”也。惟首尾相援，则附会之体，固亦无以加于此矣[⑪]。

赞曰：篇统间关，情数稠叠。原始要终，疏条布叶。道味相附，悬绪自接。如乐之和，心声克协。

注释：

①《后汉书 · 张衡传》：“时天下承平日久，自王侯以下莫不逾侈。衡

乃拟班固《两都》作《二京赋》，因以讽谏，精思傅会，十年乃成。”《札记》曰：“《晋书 · 文苑 · 左思传》载刘逵《三都赋序》曰：‘傅辞会义，抑多精致。’彦和此篇，亦有附辞会义之言（傅、附，同类通用字），正本渊林，然则附会之说旧矣。循玩斯文，与《镕裁》《章句》二篇所说相备。然《镕裁篇》但言定术，至于术定以后用何道以联属众辞，则未暇晣言也。《章句篇》致意安章，至于章安以还用何理以斟量乖顺，亦未中说也。二篇各有首尾圆合、首尾一体之言，又有纲领昭畅、内义脉注之论，而总文理定首尾之术，必宜更有专篇以备言之，此《附会篇》所以作也。附会者，总命意修辞为一贯，而兼草创讨论修饰润色之功绩也。”

《镕裁篇》云“草创鸿笔，先标三准……然后舒华布实，献替节文，绳墨以外，美材既斫，故能首尾圆合，条贯统序。若术不素定，而委心逐辞，异端丛至，骈赘必多。”案《附会篇》即补成彼篇之义，讨论如何而能“首尾圆合，条贯统序”，如何而能“异端不至，骈赘尽去”之术也。附与会二者，其用不同。彦和云“附辞会义，务总纲领”，是“附”对“辞”言，“会”对“义”言。“群言虽多，而无棼丝之乱”，善附之谓也；“众理虽繁，而无倒置之乖”，善会之谓也。

②案《御览》五八五引“骨髓”作“骨鲠”，是。本书《辨骚篇》“骨鲠所树，肌肤所附”亦是以骨鲠与肌肤对言。“才量学文”，“量”疑当作“优”，或系传写之误，殆由“学优则仕”意化成此语。

③《颜氏家训 · 文章篇》云“文章当以理致为心肾，气调为筋骨，事义为皮肤，华丽为冠冕”，与彦和此文略同。

④贞，正也。“扶阳出条”，谓辞义之宜见于文者；“顺阴藏迹”，谓辞义之不必见于文者。《镕裁篇》云：“若术不素定，而委心逐辞，异端丛至，骈赘必多。”

陈沣《东塾集 · 复黄芑香书》云：“昔时读《小雅》有伦有脊之语，尝告山舍学者，此即作文之法，今举以告足下可乎？伦者，今日老生常谈所谓层次也；脊者，所谓主意也。夫人必其心有意，而后其口有言，有言而其手书之于纸上则为文；无意则无言，更安得有文哉？有意矣，而或不止有一意，则必有所主，犹人身不止一骨，而脊骨为之主，此所谓有脊也。意不止一意，而言之何者当先，何者当后，则必有伦次；即止有一意，而一言不能尽意，则其浅深本末，又必有伦次，而后此一意可明也。非但达意当如此，即援引古书亦当如此。且作文必先读文，凡读古人文，必明乎古人之文有伦有脊也。虽然，伦犹易为也，脊不易为也，必有学有识，而后能有意，是在乎读书，而非徒读文所可得者也。仆之说虽浅，然本之于经，或当不谬。”

⑤《吕氏春秋·处方篇》：“今夫射者仪毫而失墙，画者仪发而易貌，言审本也。”注：“仪，望也。”《淮南子·说林训》：“画者谨毛而失貌，射者仪小而遗大。”注：“谨悉微毛，留意于小，则失其大貌。仪望小处而射之，故能中。事各有宜。”此谓谋篇之始，宜规画大体，明立骨干，体干既立，然后整理枝派，献替可否，以裁厥中。若仅知锐精细巧，则体干必有倒置棼乱之失。“易貌”，疑当作“遗貌”。遗貌，即失貌也。

⑥案《御览》五八五引“多方”作“无方”，与汪本同，本书《通变篇》“变文之数无方”，文与此正同，疑作“无方”为是。

⑦《左传》哀公十四年：“需，事之贼也。”《释文》：“需，疑也。”谓率尔操觚，事不经思，固多尤悔；若意见浮杂，迟疑失断，亦文之贼也。

⑧尺接寸附，由于体统之疏，苟能总挈纲领，颠末合序，则无此累矣。《章句篇》云“搜句忌于颠倒，裁章贵于顺序”，亦此义也。

⑨“豆之合黄”，未详其说，《御览》引作“石之合玉”。《校勘记》：“石之合玉，谓玉石之声，其调和合也。”郑注《仪礼·乡射礼》：“腠，肤理也。”

⑩《汉书·兒宽传》：“张汤为廷尉……有疑奏已再见却矣，掾史莫知所为。宽为言其意，掾史因使宽为奏。奏成……即时得可。异日，汤见上，问曰：‘前奏非俗吏所及，谁为之者？’汤言兒宽。上曰：‘吾固闻之久矣。’”《三国志·魏志·钟会传》注引《世语》：“司马景王命中书令虞松作表，再呈辄不可意，命松更定。松思竭不能改，心苦之，形于颜色。会察其有忧，问松，松以实答。会取视，为定五字。松悦服，以呈景王，王曰：‘不当尔耶！’”举此两事，盖以证善附善会之义。

⑪纪评曰：“此言收束亦不可苟。诗家以结句为难，即是此意。”《易·夬卦》九四爻辞：“臀无肤，其行次且。”寄深写远，“写远”当作“写送”。《世说新语·文学篇》注：“（袁）宏尝与王询、伏滔同侍温坐，温令滔续其《北征赋》，至‘致伤于天下’，于此改韵。询云：‘今于“天下”

之后便移韵，于写送之致，如为未尽。'"

总术第四十四[1]

今（元作"令"，商改）之常言，有"文"有"笔"，以为无韵者"笔"也，有韵者"文"也。夫文以足言，理兼《诗》《书》，别目两名，自近代耳。颜延年以为："笔"之为体，"言"之文也；经典则"言"而非"笔"，传记则"笔"而非"言"。请夺彼矛，还攻其楯矣。何者？《易》之《文言》，岂非"言"文？若"笔"不"言"文，不得云经典非"笔"矣。将以立论，未见其论立也[2]。予以为：发口为"言"，属笔曰"翰"，常道曰"经"，述经曰"传"。经传之体，出"言"入"笔"，"笔"为"言"使，可强可弱。分（疑有脱误）经以典奥为不刊，非以"言""笔"为优劣也[3]。昔陆氏《文赋》，号为曲尽，然泛论纤悉，而实体未该。故知九变之贯（元作"实"，杨改）匪穷（元作"躬"，孙改），知言之选难备矣[4]。

凡精虑造文，各竞新丽，多欲练辞，莫肯研术。落落之玉，或乱乎石；碌碌之石，时似乎玉。精者要约，匮者亦鲜；博者该赡，芜（元作"无"，朱改）者亦繁；辩者昭晰，浅者亦露；奥者复隐，诡者亦典。或义华而声悴，或理拙而文泽。知夫调钟未易，张琴实难。伶人告和，不必尽窕槬桍（字衍，铃木云嘉靖本无"桍"字）之中；动用挥扇，何必穷初终之韵：魏文比篇章于音乐，盖有征矣[5]。夫不截盘根，无以验利器；不剖文奥，无以辨通才。才之能通，必资晓术，自非圆鉴区域，大判条例，岂能控引情（元作"清"）源，制胜文苑哉[6]？

是以执术驭篇，似善弈之穷数；弃（元作"筑"；铃木云嘉靖本作"无"）术任心，如博塞之邀遇。故博塞之文，借巧傥来，虽前驱有功，而后援难继，少既无以相接，多亦不知所删，乃多少之并（元作"非"，许改）惑，何妍蚩（铃木云当作"媸"）之能制乎[7]？若夫善弈之文，则术有恒数，按部整伍，以待情会，因时顺机，动不失正。数逢其极，机入其巧，则义味腾跃而生，辞气丛杂而至[8]。视之则锦绘，听之则丝簧，味之则甘腴，佩之则芬芳：断章之功，于斯盛矣[9]。

夫骥足虽骏，纆（元作“缠”，许改）牵忌长，以万分一累，且废千里[10]。况文体多术，共相弥纶，一物携贰，莫不解体。所以列在一篇，备总情变，譬三十之辐，共成一毂，虽未足观，亦鄙夫之见也[11]。

赞曰：文场笔苑，有术有门。务先大体，鉴必穷源。乘一总万，举要治繁。思无定契，理有恒存[12]。

注释：

①《札记》曰：“此篇乃总会《神思》以至《附会》之旨，而丁宁郑重以言之，非别有所谓总术也。篇末曰：‘文体多术，共相弥纶，一物携贰，莫不解体。所以列在一篇，备总情变。’然则彦和之撰斯文，意在提挈纲维，指陈枢要明矣。自篇首至‘知言之选’句，乃言文体众多。自此以下，则明文体虽多，皆宜研术，即以证圆鉴区域大判条例之不可轻。纪氏于前段则云汗漫，于次节则云与前后二段不相属，愚诚未喻纪氏之意也。今当取全文而为之销解，庶览者毋惑焉。若夫练术之功，资于平素，明术之效，呈于斯须。‘剖情析采，笼圈条贯，摛神性，图风势，苞会通，阅声字’，其事至多，其例至密，其利害是非之辨至纷纭。必先之以博观，继之以勤习，然后览先士之盛藻，可以得其用心，每自属文，亦能自喻得失。真积力久，而文术稠适，无所滞疑，纵复难得善文，亦可退求无疚，虽开塞之数靡定，而利病之理有常。颜之推云‘但使不失体裁，辞意可观，遂称才士’，言成就之难也。是以练术而后为文者，如轮扁之引斧；弃术而任心者，如南郭之吹竽。绳墨之外，非无美材，以不中程而去之无吝；天籁所激，非无殊响，以不合度而听者告劳。是知术之于文，等于规矩之于工师，节奏之于矇瞍，岂有不先晓解而可率尔操觚者哉？若夫晓术之后，用之临文，迟则研《京》以十年，速则奏赋于食顷，始自用思，终于定稾，同此必然之条例，初无歧出之衢途。盖思理有恒，文体有定，取势有必由之准臬，谋篇有难畔之纲维，用字造句，合术者工而不合术者拙，取事属对，有术者易而无术者难。声律待术而后安，采饰待术而后美，果其辨之有明通之识，斯为之无愦惑之虞。虽文意细若秋毫，而识照朗于镜燧。故曰

‘乘一总万，举要治繁’也。欲为文者，其可不先治练术之功哉!”

②宋翔凤《过庭录》云：“所谓令之常言者，盖谓当时功令有此别目也。元刻作令，俗刻改为今。”案宋说迂，“令”自是“今”字之误。颜延年语未知所出，当为《庭诰》逸文。“若笔不言文”句，“不”字误。《札记》曰：“‘若笔不言文’，‘不’字是‘为’字之误。纪氏以此一字不憭，而引郭象注《庄》之语以自慰，览古者宜如是耶?”颜延年谓“经典则言而非笔，传记则笔而非言”，此“言”字与“笔”字对举，意谓直言事理、不加彩饰者为“言”，如《礼经》《尚书》之类是；言之有文饰者为“笔”，如《左传》《礼记》之类是；其有文饰而又有韵者为“文”。颜氏分为三类，未始不善，惟约举经典传记，则似嫌笼统。盖《文言》经典也，而实有文饰，是经典不必皆言矣；况《诗》三百篇，又为韵文之祖耶!

③强弱，犹言质文。《札记》曰：“予以为以下数语，言属笔皆称为笔，而经传又笔中之细名。同出于言，同入于笔，经传之优劣在理，而不以言笔为优劣也。信如此言，则上一节所云文笔之分，何不可以是难之。以此而观，知彦和不坚守文笔之辨明矣。‘分经以典奥为不刊’，‘分’当作‘六’。”谨案《文心》书中屡以文笔分类，此处盖专指颜氏分经传为言笔论之。

④《札记》曰：“此一节言陆氏《文赋》所举文体未尽，而自言圆鉴区域大判条例之超绝于陆氏。案《文赋》以辞赋之故，举体未能详备，彦和拓之，所载文体，几于网罗无遗。然经传子史、笔札杂文，难于罗缕，视其经略，诚恢廓于平原。至其诋陆氏非知言之选，则亦尚待商兑也。”《汉书鐩武帝纪》元朔元年诏引诗（应劭曰：逸诗也）云：“九变复贯，知言之选。”师古曰：“贯，事也。选，择也。”

⑤此节言诗人昧于文字之本原，惟辞采是竞，舍根趋末，玉石纷杂。所谓匮、芜、浅、诡、声悴、理拙诸病，皆由于不知研术之故。术者，自《神思》以下诸篇，皆造文之要术也。能明乎术，则少知所以接，多知所以删，术有定数，无待邀遇矣。《札记》曰：“此一节言作文须术，而无术者之外貌，有时与有术者外貌相同。譬诸调钟张琴，其事匪易，而庸工奏乐，亦时有可取，究之不尽其术，则适然之美不足听也。”

《左传》昭公二十一年：“天王将铸无射。泠州鸠曰：‘王其以心疾死乎?……小者不窕，大者不槬，则和于物，物和则嘉成。”杜注：“窕，细不满。槬，横大不入。”“栲”字衍，当删。“动用挥扇”二句，未详其义。

《典论·论文》：“文以气为主，气之清浊有体，不可力强而致。譬诸音乐，曲度虽均，节奏同检，至于引气不齐，巧拙有素，虽在父兄，不能以移子弟。”

⑥“圆鉴区域”，谓审定体势，上篇所论是也；“大判条例”，谓举要治繁，下篇所论是也。陈先生曰：“不判文奥，‘文’字当是‘窔’之误。班孟坚《答宾戏》：‘守窔奥之荧烛，未仰天庭而睹白日也。’‘窔’与‘文’字形近，故误。杜诗‘文章开窔奥’，又本此文。”

⑦《说文·竹部》：“簙，局戏也；六箸，十二棋也。古者乌曹作簙。”玉裁曰：“古戏今不得其实。箸，韩非所谓博箭。《招魂》注云‘篦簬作箸’，故其字从竹。”

⑧此节极言造文必先明术之故，本篇以《总术》为名，盖总括《神思》以下诸篇之义，总谓之术，使思有定契，理有恒存者也。或者疑彦和论文纯主自然，何以此篇亟称执术，讥切任心，岂非矛盾乎？谨答之曰：彦和所谓术者，乃用心造文之正轨，必循此始为有规则之自然，否则狂奔骇突而已。弃术任心者，有时亦或可观，然博塞之文，借巧傥来，前驱有功，后援未必能继，不足与言恒数也。若拘滞于间架格律，则又彦和之所诃矣。

《札记》曰：“此言晓术之后，未必所撰皆工，初求令章靡疚，所谓因时顺机，动不失正也。天机骏利，或有奇文，所谓数逢其极，机入其巧，则义味腾跃而生，辞气丛杂而至也。然不知恒数者，亦必无望于机入其巧矣。”

⑨视之则锦绘，辞采也；听之则丝簧，宫商也；味之则甘腴，事义也；佩之则芬芳，情志也。黄叔琳曰：“四者兼之为难，可视可听，而不可味，尤不堪嗅者，品之下也。”

⑩《战国策·韩策三》：“段干越人谓新城君曰：‘王良之弟子驾，云取千里马，遇造父之弟子。造父之弟子曰：‘马不千里。’王良弟子曰：‘马，千里之马也；服，千里之服也。而不能取千里，何也？’曰：‘子纆牵长。故纆牵于事，万分之一也，而难千里之行。’’”“万分一累”，谓如《指瑕篇》所论，《练字篇》所指四条，若值而不悟，亦万分一累也。

⑪文之精神，曰情志，曰事义；文之声貌，曰辞采，曰宫商。此四要素者，皆有一定之轨途，《神思篇》以下论之详矣。故曰“文体多术，共

相弥纶”，言不可缺一也。

《老子》十一章：“三十辐共一毂，当其无，有车之用。”

⑫《札记》曰：“八字最要。不知思无定契，则谓文有定格；不知理有恒存，则谓文可妄为。救此二流，咨惟舍人矣。”

附　录

《学海堂文笔策问》

（阮氏父子强与桐城派争古文之名，故说颇支离，惟采拾甚富，足资参考）

问：六朝至唐皆有长于文、长于笔之称，如颜延之云“竣得臣笔，测得臣文”是也。何者为文？何者为笔？何以宋以后不复分别此体？

男福谨拟对曰：自明人以唐宋八家为古文，于是世之人惟知有唐宋古文之称，窃考之唐以前所称似不如此也。唐人每以文与笔并举，又每以诗与笔并举，是笔与诗、文似有别也。由唐溯晋，则南北朝文笔之称多见于史，分别更显矣，况《金楼子》《文心雕龙》诸书极分明哉。谨综六朝、唐人之所谓文，所谓笔，与宋、明之说不同而见于书史者，不分年代，类列之，以明其体矣。

《汉书 · 楼护传》：“长安号曰‘谷子云笔札’。”

《晋书 · 蔡谟传》：“文笔议论，有集行于世。”（《古文苑》载闻人牟准《魏敬侯卫觊碑阴文》：“所著述注解故训及文笔等甚多，皆已失坠。”《论衡 · 超奇篇》：“文笔不足类也。”皆在蔡谟前，应补。）

《宋书 · 傅亮传》：“高祖登庸之始，文笔皆是记室参军滕演。北征广固，悉委长史王诞。自此后至于受命，表策文诰，皆亮辞也。”

《南史 · 颜延之传》：“宋文帝问延之诸子才能，延之曰：‘竣得臣笔，测得臣文。’”

《北史 · 魏高祖纪》：“帝好为文章诗赋铭颂，有大文笔，马上口授，及其成也，不改一字。”

《魏书 · 温子昇传》：“熙平初，中尉、东平王匡召辞人以充御史，同时射策者八百余人，子昇与卢仲宣、孙搴等二十四人为高第。于时预选者争相引决，匡使子昇当之，皆受屈而去。搴谓人曰：‘朝来靡旗乱辙者，皆子昇逐北。’遂补御史，时年二十二。台中文笔皆子昇为之。”

《北史·温子昇传》：“张皋写子昇文笔传于江外。”

《北齐书·李广传》：“广曾荐毕义云于崔暹。广卒后，义云集其文笔十卷，托魏收为之叙。”

《陈书·陆琰传》：“其所制文笔多不存本，后主求其遗文，撰成二卷。”

《刘师知传》：“师知好学，有当世才，博涉书传，工文笔。”

《徐伯阳传》：“伯阳年十五，以文笔称。”

按：文笔之分称，此最显然有别。

梁元帝《金楼子·立言篇》云：“古人之学者有二，今人之学者有四。夫子门徒，转相师受，通圣人之经者，谓之儒。屈原、宋玉、枚乘、长卿之徒，止于辞赋，则谓之文。今之儒，博穷子史，但能识其事，不能通其理者，谓之学。至如不便，为诗如阎纂，善为章奏如伯松，若此之流，泛谓之笔。吟咏风谣，流连哀思者，谓之文。而学者率多不便属辞，守其章句，迟于通变，质于心用。学者不能定礼乐之是非，辨经教之宗旨，徒能扬榷前言，抵掌多识，然而挹源知流，亦足可贵。笔退则非谓成篇，进则不云取义，神其巧惠，笔端而已。至如文者，惟须绮縠纷披，宫徵靡曼，唇吻遒会，情灵摇荡。而古之文笔，今之文笔，其源又异。至如《象》《系》《风》《雅》，名、墨、农、刑，虎炳豹郁，彬彬君子，卜谈四始，李言七略，源流已详，今亦置而弗辨。潘安仁清绮若是，而评者止称情切，故知为文之难也。曹子建、陆士衡皆文士也，观其辞致侧密，事语坚明，意匠有序，遗言无失，虽不以儒者命家，此亦悉通其义也。遍观文士，略尽知之。至于谢元晖始见贫小，然而天才命世，过足以补尤。任彦升甲部阙如，才长笔翰，善缉流略，遂有‘龙门’之名，斯亦一时之盛。夫今之俗，搢绅稚齿，闾巷小生，学以浮动为贵。用百家则多尚轻侧，涉经记则不通大旨，苟取成章，贵在悦目，龙首豕足，随时之义，牛头马髀，强相附会，等张君之弧，徒观外泽，亦如南阳之里，难就穷检矣。”

按：福读此篇与梁《昭明文选序》相证无异，呈家大人，家大人甚喜，曰：“此足以明六朝文笔之分，足以证《昭明序》经子史与文之分，而余平日著笔不敢名曰文之情益合矣。”

刘勰《文心雕龙·总术篇》:“今之常言，有文有笔，以为无韵者笔也，有韵者文也。”

按：文笔之义，此最分明。盖文取乎沈思翰藻，吟咏哀思，故以有情辞声韵者为文。笔从聿，亦名不聿；聿，述也，故直言无文采者为笔。《史记》“《春秋》笔则笔”，是笔为据事而书之证。

《南史·孔珪传》:“高帝取为记室参军，与江淹对掌辞笔。”

《陈书·岑之敬传》:“之敬始以经业进，而博涉文史，雅有辞笔。”

按：辞亦文类。《周易·系辞》，汉儒皆谓《系辞》为卦爻辞，至今从之。《系辞》上、下篇云:“圣人设卦观象，系辞焉以明吉凶。”又云:“圣人有以见天下之动而观其会通，以行其典礼，系辞焉以断其吉凶，是以谓之爻。”又云:“系辞焉而命之动在其中矣。”又云:“系辞焉以尽其言。”据此诸文，则明指卦爻辞谓之“系辞”。孔子之上、下二篇乃《系辞》之传不得直谓之“系辞”也（今本无“传”字，《释文》:“王肃本原有‘传’字”)。其谓之“系辞”者，系，属也；系辞即属辞，犹世所称属文焉尔。然则辞与文同乎？曰:“否”。孟子曰:“说诗者不以文害辞。”赵岐注云:“文，诗之文章，所引以兴事也。辞，诗人所歌咏之辞。”是文者，音韵铿锵，藻采振发之称，辞特其句之近于文而异乎直言者耳。又按：“辞”本是“词”字。《说文》:“词，意内而言外也。从言从司。”《释名》曰:“词，嗣也。令撰善言相续嗣也。”然则词之从司，即有系续之意。词为本字，辞乃假借也（唐以前每称善属文，此古义也，宋后此称少矣)。孔子《十翼》(《系辞传》《文言》）皆多用偶语，而《文言》几于句句用韵，《系辞》虽是传体而韵亦非少（《系辞传》上、下篇，用偶者三百二十六，用韵者一百一十，与家大人所举《文言》中偶句韵语之义相合)。此文与辞区别之证，亦文辞与言语区别之证也。楚国之辞称《楚辞》，皆有韵。《楚辞》乃诗之流，《诗》三百篇乃言语有文辞之至者也。

王充《论衡》:“古之帝王建鸿德者，须鸿笔之臣褒颂纪载，乃彰万世。”

按：此笔即记事之属。

《梁书·任昉传》:“昉尤长载笔，才思无穷。”

按:《南史》本传作"尤长为笔"。《沈约传》云:"彦昇工于笔。"考《礼记》:"史载笔。"任彦昇长于碑版,亦记事之属,故曰笔。

《唐书·蒋偕传》:"三世踵修国史,世称良笔。"

按:此笔亦记事之属。

《陈书·徐陵传》:"世祖、高宗之世,国家有大手笔,必命陵草之。"

《陆琼传》:"琼素有令名,深为世祖所赏。及讨周迪、陈宝应等,都官符及诸大手笔,并敕付琼。"

按:此笔谓诏制碑版文字。故唐张说善碑志,称"燕许大手笔"。

《梁书·刘潜传》:"潜字孝仪,秘书监孝绰弟也。幼孤,兄弟相励勤学,并工属文。孝绰常曰:'三笔六诗。'三即孝仪,六孝威也。"

按:诗亦有韵者,故与笔对举,明笔为无韵者也。上曰"工属文",下曰"笔"曰"诗",盖诗即有韵之文,与散体称笔有别。

《南齐书·晋安王子懋传》:"文章诗笔,乃是佳事。"

按:此文章是有辞有韵之文,诗又有韵之文之一体,故以文章诗笔并举。

《梁书·庾肩吾传》简文与湘东王论文曰:"《阳春》高而不和,妙声绝而不寻,竟不精讨锱铢,核量文质,有异《巧心》,终愧妍手。是以握瑜怀玉之士,瞻郑邦而知退;章甫翠履之人,望闽乡而叹息。诗既若此,笔又如之。"

《北史·萧圆肃传》:"圆肃撰时人诗笔为《文海》四十卷。"

刘禹锡《中山集·祭韩侍郎文》:"子长在笔,予长在论,持矛举楯,卒不能困。"

赵璘《因话录》:"韩文公与孟东野友善,韩公文至高,孟长于五言,时号'孟诗韩笔'。"(金元好问诗云"杜诗韩笔愁来读,似倩麻姑痒处搔"本于此。)

杜甫《寄贾司马严使君诗》:"贾笔论孤愤,韩诗赋几篇。"

按:此皆以诗与笔并举。

《南齐书·高逸传》:"欢口不辨,善于著笔。"

按:此笔为无藻韵之著作之名。

晋陆机《文赋》:"诗缘情而绮靡,赋体物而浏亮,碑披文以相质,诔缠绵而凄怆，铭博约而温润，箴顿挫而清壮，颂优游以彬蔚，论精微而朗畅，奏平彻以闲雅，说炜晔而谲诳。”

按：此赋赋及十体之文，不及传志，盖史为著作，不名为文。凡类于传志者，不得称文。是以状文之情，分文之派，晋承建安，已开其先，《昭明》《金楼》，实守其法。

家大人开学海堂于广州，与杭州之诂经精舍相同，以文笔策问课士，教福先拟对，爰考之如右（上）。家大人以为此可与《书文选序后》相发明也，命附刻于《三集》之末。

《札记》曰“今之常言”八句

此一节为一意，论文笔之分。案彦和云，文笔别目两名自近代，而其区叙众体，亦从俗而分文笔。故自《明诗》以至《谐隐》，皆文之属；自《史传》以至《书记》，皆笔之属。《杂文》篇末曰：“汉来杂文，名号多品。”《书记》篇末曰：“笔札杂名，古今多品。”详杂文名目猥繁，而彦和分属二篇，且一曰杂文，一曰笔札，是其论文叙笔，囿别区分，疆畛昭然，非率为判析也。(《谐隐篇》曰：“文辞之有谐隐，譬九流之有小说。”是彦和之意，以谐隐为文，故列《史传》前。）书中多以文笔对言，惟《事类篇》曰“事美而制于刀笔”，为通目文翰之辞。《镕裁篇》草创鸿笔，先标三准，为兼言文笔之辞。《颂赞篇》相如属笔，始赞荆轲，为以笔目文之辞。盖散言有别，通言则文可兼笔，笔亦可兼文。(刘先生云笔不该文，未谛。）审彼三文，弃局就通尔。然彦和虽分文笔，而二者并重，未尝以笔非文而遂屏弃之。故其书广收众体，而讥陆氏之未该。且其驳颜延之曰不以言笔为优劣，亦可知不以文笔为优劣也。其他并重文笔之辞，曰“文场笔苑，有术有门”(本篇赞)，曰“文藻条流，托在笔札”(《书记篇》赞)，曰“藻耀而高翔，固文笔之鸣凤也”(《风骨篇》)，曰“裁章贵于顺序，文笔之同致也”(《章句篇》)。斯皆论文与论笔相联，曷尝屏笔于文外哉？案《文心》之书，兼赅众制，明其体裁，上下洽通，古今兼照，既不从范晔之说，以有韵无韵分难易，亦不如梁元帝之说，以有情采声律与否分工拙，斯所以为笼圈条贯之书。近世仪征阮君《文笔对》，综合蔚宗、二萧（昭明、元帝）之论，以立文笔之分，因谓无情辞藻韵者不得称文，此其说实有救弊之功，亦私心夙所喜好，但求之文体之真谛，与舍人之微旨，实不得如阮君所言；且彦和既目为今之常言，而《金楼子》亦云今人之学，则其判析，不自古初明矣。与其屏笔于文外而文域狭隘，曷若合笔于文中而文囿恢弘？屏笔于文外，则与之对垒而徒启斗争；合笔于文中，则驱于一途而可施鞭策。阮君之意诚善，而未为至懿也；救弊诚有心，而于古未尽合也。学者诚服习舍人之说，则宜兼习文笔之体，洞谙文笔之术，古今虽异，可以一理推，流派虽多，可以一术订，不亦足以张皇阮君之志事哉？今录范、沈、二萧之说于后，加以诠释。

范蔚宗《狱中与诸甥侄书》曰："常谓情志所托，故当以意为主，以文传意，然后抽其芬芳，振其金石耳。性别宫商，识清浊，斯自然也。（案此言文以有韵为主，韵即谓宫商清浊。）手笔差易于文，不拘韵故也。（案此言无韵为笔，韵亦谓宫商清浊。）吾思乃无定方，特能济艰难，适轻重，所禀之分犹当未尽。（案此蔚宗自言兼工文笔也。）"

笔札之语，始见《汉书·楼护传》："长安号曰谷子云笔札。"或曰笔牍（《论衡·超奇》），或曰笔疏（同上），皆指上书奏记施于世事者而言。然《论衡》谓采掇传书以上书奏记者为文人，是固以笔为文，文笔之分，尔时所未有也。今考六朝人当时言语所谓笔者，如《晋书·王珣传》（珣梦人以大笔如椽与之，既觉，语人曰："此当有大手笔事。"俄而帝崩，哀册谥议，皆珣所草），《南史·颜延之传》（宋文帝问延之诸子才能，延之曰："竣得臣笔，测得臣文。"），《沈庆之传》（庆之谓颜竣曰："君但知笔札之事。"），《任昉传》（时人云"任笔沈诗"），《刘孝绰传》（"三笔六诗"，三孝仪，六孝威也），诸笔字皆指公家之文，殊不见有韵无韵之别。今案文笔以有韵无韵为分，盖始于声律论既兴之后。滥觞于范晔、谢庄（《诗品》引王元长之言云："惟见范晔、谢庄颇识之耳。"），而王融、谢朓、沈约扬其波，以公家之言，不须安排声韵，而当时又通谓公家之言为笔，因立无韵为笔之说，其实笔之名非从无韵得也。然则属辞为笔，自汉以来之通言；无韵为笔，自宋以后之新说。要之声律之说不起，文笔之别不明，故梁元帝谓"古之文笔，今之文笔，其源又异"也。

沈休文《宋书·谢灵运传论》曰："夫五色相宣，八音协畅，由乎玄黄律吕，各适物宜。欲使宫羽相变，低昂舛节，若前有浮声，则后须切响。一简之内，音韵尽殊；两句之中，轻重悉异。妙达此旨，始可言文。”（案此休文袭蔚宗之说而以有韵为文也。）

案彦和《声律篇》云“摘文乖张而不识所调”，又云“亦文家之吃也”，又云“缀文难精，而作韵甚易”。此所谓文，皆同隐侯之说。《南史·陆厥传》云：“永明末，盛为文章，沈约、谢朓、王融，以气类相推毂，汝南周颙善识声韵，为文皆用宫商，以平上去入为四声。以此制韵，有平头、上尾、蜂腰、鹤膝。五字之中音韵悉异，两句之内角徵不同，不可增减，世呼为永明体。”又《庾肩吾传》云：“齐永明中，王融、谢朓、沈约，文章始用四声，以为新变。至是转拘声韵，弥为丽靡。”是有韵为文之说，托始范、谢而成于永明，所谓文者，即指句中声律而言。沈约既云“词人累千载而未悟”，则文笔之别，安可施于刘宋以前耶？愚谓文笔之分，不关体制，苟惬声律，皆可名文，音节粗疏，通谓之笔。此永明以后声韵大行时之说，与专指某体为文、某体为笔之说，又自不同，然则以有韵为押脚韵者隘矣。要之文笔之辨，缴绕纠缠，或从体裁分，则与声律论有时牴牾（永明以前虽诗赋亦有时不合声律，休文明云“张、蔡、曹、王，曾无先觉；潘、陆、颜、谢，去之弥远”矣）；或从声律分，则与体裁或致参差（章表奏议在笔之内，非无高文；封禅书记，或时用韵）。今谓就永明以前而论，则文笔本世俗所分之名，初无严界，徒以施用于世俗与否为断，而亦难于晰言。就永明以后而论，但以合声律者为文，不合声律为笔，则古今文章称笔不称文者太众，欲以尊文，而反令文体狭隘，至使苏绰、韩愈之流起而为之改更，矫枉过直，而文体转趣于枯槁，磔裂章句，隳废声韵，而自以为贤。夫孰非襞积细微，转相凌架，文多拘忌，伤其真美者之有以召衅哉。故曰：“中之为用，故未可远也。”

梁昭明太子《文选序》曰：“自姬汉以来，眇焉悠邈，时更七代，数逾千祀。词人才子，则名溢于缥囊；飞文染翰，则卷盈乎缃帙。自非略其芜秽，集其清英，盖欲兼功，太半难矣！（以上言选文以清英为贵。）若夫姬公之籍，孔父之书，与日月俱悬，鬼神争奥，孝敬之准式，人伦之师友，岂可重以芟夷，加之剪截？（以上言尊经不选之意。）老庄之作，管孟之流，盖以立意为宗，不以能文为本，今之所撰，又以略诸。（以上言子以立意为宗，而文未必善，故不选。）若贤人之美辞，忠臣之抗直，谋夫之话，辨士之端……事美一时，语流千载，概见坟籍，旁出子史，若斯之流，又亦繁博，虽传之简牍，而事异篇章，今之所集，亦所不取。（以上言子史载言，虽美不取。）至于记事之史，系年之书，所以褒贬是非，纪别异同，方之篇翰，亦已不同。（以上言不选史之意。）若其赞论之综缉辞采，序述之错比文华，事出于沈思，义归乎翰藻，故与夫篇什，杂而集之。（以上言不选史而选史之赞论序述之意，篇什谓文章之单行者。）”

案此昭明自言选文之例。据此序观之，盖以“综缉辞采，错比文华，事出沈思，义归翰藻”为贵，所谓“集其清英”也，然未尝有文笔之别。阮君补苴以刘彦和、梁元帝二家之说，而强谓昭明所选是文非笔耳。

梁元帝《金楼子·立言篇下》曰：“古人之学者有二，今人之学者有四。夫子门徒，转相师受，通圣人之经，谓之儒。屈原、宋玉、枚乘、长卿之徒，止于辞赋，则谓之文（此言古之学二）。今之儒，博穷子史，但能识其事，不能通其理者，谓之学（此言儒分为二）。至如不便，为诗如阎纂，善为章奏如伯松，若此之流，泛谓之笔（此言文分为二，而指明今之所谓笔之义界）。吟咏风谣，流连哀思者，谓之文（此言今之所谓文之义界）。”又曰：“笔退则非谓成篇（此篇即单篇，亦即昭明所云篇什），进则不云取义（谓有所立义如经史子，然则以经史子为笔者非矣），神其巧惠，笔端而已（此言笔但以当时施用能达意而已）。至如文者，惟须绮縠纷披（即昭明所谓综缉辞采，错比文华，亦即翰藻），宫徵靡曼，唇吻遒会（所谓有韵之文），情灵摇荡（即前所云吟咏风谣，流连哀思，亦即昭明所谓事出沈思。以上言今之所谓文，其好尚如此）。而古之文笔，今之文笔，其源又异（此言古之文笔以体裁分，今之文笔以声律分）。”

案文笔之别，以此条为最详明。其于声律以外，又增情采二者，合而定之，则曰有情采韵者为文，无情采韵者为笔。然自永明以来，声律之说新起，所重在韵，但言有韵为文，无韵为笔。虽然，若从梁元帝之说，则文笔益不得以体制分也。详声律之说，为梁武所不好（见《沈约传》）。而昭明、简文（《与湘东王书》推谢朓、沈约之诗，任昉、陆倕之笔）、元帝似皆信从。固知风气既成，举世仿效，自非钟记室，岂敢言平上去入，余病未能哉。

李详云：“彦和言文笔别目两名自近代，而颜延之以为笔之为体，言之文也。案此尚言笔文未分，然《南史·颜延之传》言其诸子'竣得臣笔，测得臣文'，又作首鼠两端之说，则无怪彦和诋之矣。而南朝所言文笔界目，其理至微。阮文达《揅经室文集》有《学海堂文笔策问》，其子阮福《拟对》附后，即文达所修润也。《拟对》略云：'《金楼子》云：吟咏风谣，流连哀思者谓之文。而学者率多不便属辞，守其章句，迟于通变，质于心用，徒能扬搉前言，抵掌多识，然而挹源知流，亦足可贵。笔退则非谓成篇，进则不云取义，神其巧惠，笔端而已。至如文者，惟须绮縠纷披，宫徵靡曼，唇吻遒会，情灵摇荡。'福又引彦和'无韵为笔，有韵为文'，谓文笔之义，此最分明。盖文取乎沈思翰藻，吟咏哀思，故有情辞声韵者为文。笔从聿，亦名不聿。聿，述也，故直言无文采为笔。详案阮氏父子断断于文笔之别，最为精审，而以情辞声韵附会彦和之说，不使人疑专指用韵之文而言，则于六朝文笔之分豁然矣。"谨案：李氏之引《文心》，不达章句。延之论笔一节，本不与上八句相联，其言言笔之分，与其"竣得臣笔，测得臣文"之语，自为二事，未见其首鼠两端也。阮福之引《金楼》，亦不达章句，中间论今之所谓学数语，引之何为？又永明以来，所谓有韵，本不指押韵脚而言；文贵情辞声韵，本于梁元，亦非阮氏独创。至彦和之分文笔，实以押韵脚与否为断，并无有情采声韵为文之意。阮氏不能辨于前，李君亦不能辨于后，斯可异已。又案：彦和他篇虽分文笔，而此篇则明斥其分别之谬。故曰："文以足言，理兼诗书，别目两名，自近代耳。"师法彦和者，断从此篇之论可也。

时序第四十五

时运交移，质文代变，古今情理，如可言乎！昔在陶唐，德盛化钧，野老吐"何力"之谈，郊童含"不识"之歌[①]。有虞继作，政阜民暇，"熏风"诗于元后，"烂云"歌于列臣。尽其美者何？乃心乐而声泰也[②]。至大禹敷土，九序咏功；成汤圣敬，"猗欤"作颂[③]。逮姬文之德盛，《周南》勤而不怨；大王之化淳，《邠风》乐而不淫。幽、厉昏而

《板》《荡》怒，平王微而《黍离》哀。故知歌谣文理，与世推移，风动于上，而波震于下者④。

春秋以后，角战英雄，六经泥蟠，百家飙骇。方是时也，韩、魏力政，燕、赵任权；五蠹六虱，严于秦令；唯齐、楚两国，颇有文学。齐开庄衢之第，楚广兰台之宫，孟轲宾馆，荀卿宰邑；故稷下扇其清风，兰陵郁其茂俗，邹子以谈天飞誉，驺奭以雕龙驰响，屈平联藻于日月，宋玉交彩于风云。观其艳说，则笼罩雅颂。故知晔烨之奇意，出乎纵横之诡俗也⑤。

爰至有汉，运接燔书，高祖尚武，戏儒简学。虽礼律草创，《诗》《书》未遑，然《大风》《鸿鹄》之歌，亦天纵之英作也⑥。施及孝惠，迄于文、景，经术颇兴，而辞人勿用；贾谊抑而邹枚沈，亦可知已⑦。逮孝武崇儒，润色鸿业，礼乐争辉，辞藻竞骛：柏梁展朝讌之诗，金堤制恤民之咏，征枚乘以蒲轮，申主父以鼎食，擢公孙之对策，叹兒宽之拟（铃木云当作“疑”）奏，买臣负薪而衣锦，相如涤器而被绣；于是史迁、寿王之徒，严终、枚皋之属，应对固无方，篇章亦不匮，遗风余采，莫与比盛⑧。

越昭及宣，实继武绩；驰骋石渠，暇豫文会，集雕篆之轶材，发绮縠之高喻。于是王褒之伦，底禄待诏⑨。自元暨成，降意图籍，美（元作“笑”）玉屑之谭（元作“谏”），清金马之路，子云锐思于千首，子政雠校于六艺，亦已美矣⑩。爰自汉室，迄至成、哀，虽世渐百龄，辞人九变，而大抵所归，祖述《楚辞》，灵均余影，于是乎在⑪。

自哀、平陵替，光武中兴，深怀图谶，颇略文华。然杜笃献诔以免刑，班彪参奏（元作“表”，张俊度改）以补令，虽非旁求，亦不遐弃⑫。及明帝叠耀，崇爱儒术，肄礼璧堂，讲文虎观；孟坚珥笔于国史，贾逵给札（元作“礼”，张改）于瑞（元作“端”，张改）颂，东平擅其懿文，沛王振其通论，帝则藩仪，辉光相照矣⑬。自安、和已下，迄至顺、桓，则有班、傅、三崔，王、马、张、蔡，磊落鸿儒，才不时乏，而文章之选，存而不论⑭。然中兴之后，群才稍改前辙，华实所附，斟酌经辞，盖历政讲聚，故渐靡儒风者也⑮。降及灵帝，时好辞制，造羲皇之书，开鸿都之赋；而乐松之徒，招集浅陋，故杨赐号为驩兜，蔡邕比之俳优，其余风遗文，盖蔑如也[16]。

自献帝播迁，文学蓬转，建安之末，区宇方辑。魏武以相王之尊，雅爱诗章；文帝以副君之重，妙善辞赋；陈思以公子之豪，下笔琳琅；并体貌英逸，故俊才云蒸[17]。仲宣委质于汉南，孔璋归命于河北，伟长从宦于青土，公幹徇质于海隅，德琏综其斐然之思，元瑜展其翩翩之乐。文蔚、休伯之俦，于叔（元作"子俶"）、德祖之侣，傲（铃木云冈本作"俊"）雅觞豆之前，雍容衽席之上，洒笔以成酣歌，和墨以藉谈笑。观其时文，雅好慷慨，良由世积乱离，风衰俗怨，并志深而笔长，故梗概而多气也[18]。

至明帝纂戎，制诗度曲，征篇章之士，置崇文之观，何、刘群才，迭相照耀。少主相仍，唯高贵英雅，顾盼合（铃木云冈本作"含"）章，动言成论。于时正始余风，篇体轻淡，而嵇、阮、应、缪，并驰文路矣[19]。

逮晋宣始基，景、文克构，并迹沈儒雅，而务深方术。至武帝惟新，承平受命，而胶序篇章，弗简皇虑。降及怀、愍，缀旒而已[20]。然晋虽不文，人才实盛：茂先摇笔而散珠，太冲动墨而横锦，岳、湛曜联璧之华，机、云标二俊之采，应、傅、三张之徒（元作"从"），孙、挚、成公之属，并结藻清英，流韵绮靡。前史以为运涉季世，人未尽才，诚哉斯谈，可为叹息[21]。

元皇中兴，披文建学，刘、刁礼吏而宠荣，景纯文敏而优擢[22]。逮明帝秉哲（元作"秉晳"），雅好文会，升储御极，孳孳讲艺，练情于诰策，振采于辞赋；庾以笔才逾亲，温以文思益厚，揄扬风流，亦彼时之汉武也[23]。及成、康促龄，穆、哀短祚，简文勃兴，渊乎清峻，微言精理，函（何本改"亟"）满玄席，淡思浓（黄云冯本作"酞"）采，时洒文囿。至孝武不嗣，安、恭已矣[24]；其文史则有袁、殷之曹，孙、干之辈，虽才或浅深，珪璋足用[25]。

自中朝贵玄，江左称盛，因谈余气，流成文体。是以世极迍邅，而辞意夷泰；诗必柱下之旨归，赋乃漆园之义疏。故知文变染乎世情，兴废系乎时序，原始以要终，虽百世可知也[26]。

自宋武爱文，文帝彬雅；秉文之德，孝武多才，英采云构。自明帝（元脱）以下，文理替矣[27]。尔其缙绅之林，霞蔚而飙起；王、袁联宗以龙章，颜、谢重叶以凤采，何、范、张、沈之徒，亦不可胜也[28]。盖闻之于世，故略举大较。

暨皇齐驭宝，运集休明：太祖以圣武膺箓，高祖以睿文纂业，文帝以贰离含章，中宗以上哲兴运，并文明自天，缉遐（疑作“熙”）景祚[29]。今圣历方兴，文思光（元作“充”）被，海岳降神，才英秀发。驭飞龙于天衢，驾骐骥于万里；经典礼章，跨周轹汉，唐虞之文，其鼎盛乎！鸿风懿采，短笔敢陈；飏言赞时，请寄明哲[30]。

赞曰：蔚映十代，辞采九变。枢中所动，环流无倦。质文沿时，崇替在选。终古虽远，旷（汪作“暧”）焉如面[31]。

注释：

①《文选》谢灵运《初去郡》注：“周处《风土记》曰：‘击壤者以木作之，前广后锐，长四尺三寸，其形如履。将戏，先侧一壤于地，遥于三四十步以手中壤击之，中者为上部。’《论衡》曰：‘尧时百姓无事，有五十之民，击壤于涂。观者曰：“大哉尧之德也！”击壤者曰：“吾日出而作，日入而息，凿井而饮，耕田而食，尧何力于我也！”’”《帝王世纪·击壤歌》盖据此而附会成之。《列子·仲尼篇》：“尧微服游于康衢，闻儿童谣曰：‘立我蒸民，莫匪尔极，不识不知，顺帝之则。’”

②《南风诗》见《明诗篇》注。《尚书大传》：“于时俊乂百工相和而歌卿云。帝乃倡之曰：‘卿云烂兮，纠缦缦兮，日月光华，旦复旦兮。’八伯咸进稽首曰：‘明明上天，烂然星陈，日月光华，弘于一人。’”“诗于元后”，疑当作“咏于元后”。

③《尚书·禹贡》：“禹敷土，随山刊木。”“九序咏功”见《原道篇》注。《诗·商颂·长发》：“汤降不迟，圣敬日跻。”《笺》曰：“汤之下士尊贤甚疾，其圣敬之德日进。”《商颂·那》篇首句曰：“猗与那与！”《传》曰：“猗，叹辞；那，多也。”

④“勤而不怨”，谓《周南·汝坟》之诗。《汝坟序》曰：“汝坟，道

化行也。文王之化行乎汝坟之国，妇人能闵其君子，犹勉之以正也。”《诗 · 豳谱》曰：“成王之时，周公避流言之难，出居东都二年。思公刘、大王居豳之职，忧念民事至苦之功，以比序己志。后成王迎而反之，摄政，致大平。大师大述其志，主意于豳公之事，故别其诗以为豳国变风焉。”“乐而不淫”，谓《东山》四章乐男女之得及时也。《诗 · 大雅 · 板 · 序》曰：“板，凡伯刺厉王也。”又《荡 · 序》曰：“荡，召穆公伤周室大坏也。厉王无道，天下荡荡无纲纪文章，故作是诗也。”《板》《荡》皆厉王时诗，此云幽、厉，盖连类言之。《王风 · 黍离 · 序》曰：“黍离，闵宗周也。周大夫行役，至于宗周，过故宗庙宫室，尽为禾黍，闵周室之颠覆，彷徨不忍去而作是诗也。”而“波震于下者”，“者”下当有“也”字。

⑤《文选》班固《答宾戏》：“泥蟠而天飞者，应龙之神也。”五蠹六虱，见《诸子篇》注。《史记 · 孟子荀卿列传》：“驺奭者，齐诸驺子，亦颇采驺衍之术以纪文。于是齐王嘉之，自如淳于髡以下，皆命曰列大夫，为开第康庄之衢，高门大屋，尊宠之。览天下诸侯宾客，言齐能致天下贤士也。”《文选 · 风赋》：“楚襄王游于兰台之宫，宋玉、景差侍。”《孟子 · 公孙丑下》赵岐注曰：“孟子虽仕齐，处师宾之位，以道见敬……王欲见之，先朝使人往谓孟子云‘寡人如就见’者，若言就孟子之馆相见也。”《孟荀列传》：“齐人或谗荀卿，荀卿乃适楚，而春申君以为兰陵令。”又：“自驺衍与齐之稷下先生，如淳于髡、慎到、环渊、接子、田骈、驺奭之徒，各著书言治乱之事。”《索隐》：“按，稷下，齐之城门也。或云稷下，山名。谓齐之学士集于稷门之下也。”刘向《荀子叙》：“兰陵多善为学，盖以孙卿也。长老至今称之，曰：兰陵人喜字为卿，盖以法孙卿也。”《孟荀列传》：“驺衍之术迂大而闳辩，奭也文具难施……故齐人颂曰：‘谈天衍，雕龙奭。’”《史记 · 屈原列传》：“推此志也，虽与日月争光可也。”《文选》有宋玉《风赋》《高唐赋》(《高唐》赋朝云)。

⑥《史记 · 郦食其传》：“骑士曰：‘沛公不好儒，诸客冠儒冠来者，沛公辄解其冠，溲溺其中。’”

《汉书 · 礼乐志》：“汉兴拨乱反正，日不暇给，犹命叔孙通制礼仪，以正君臣之位……未尽备而通终。”《律历志》：“汉兴，方纲纪大基，庶事草创，袭秦正朔。以北平侯张苍言，用颛顼历。”《艺文志》：“汉兴，萧何草律。”《刑法志》：“萧何攈摭秦法，取其宜于时者，作律九章。”《史记·留侯世家》：“（上）欲易太子。留侯谏，不听……及燕，置酒，太子侍，四人（东园公、角里先生、绮里季、夏黄公）从太子……（上召戚夫人）曰：‘……彼四人辅之，羽翼已成，难动矣。’戚夫人泣。上曰：‘为我楚舞，吾为若楚歌。’歌曰：‘鸿鹄高飞，一举千里。羽翮已就，横绝四海。横绝四海，当可奈何！虽有矰缴，尚安所施！”又《高祖本纪》：“高祖击筑，自为歌诗曰：‘大风起兮云飞扬，威加海内兮归故乡，安得猛士兮守四方！”

⑦孝文时，《论语》《孝经》《孟子》《尔雅》皆置博士（赵岐《题辞》），又立韩生《诗》及申公《诗》(《史记·儒林传》《后汉书·翟酺传》，置一经博士），景帝又置齐辕固生《诗》及《春秋》胡毋生、董仲舒《公羊》博士，故云“经术颇兴”。《汉书·惠帝纪》：“四年除挟书律。”《汉书·贾谊传》：“天子议以谊任公卿之位，绛、灌、东、阳侯、冯敬之属尽害之，乃毁谊曰：‘雒阳之人，年少初学，专欲擅权，纷乱诸事。’于是天子后亦疏之，不用其议，以谊为长沙王太傅。”《史记·邹阳传》：“邹阳者，齐人也。游于梁，与故吴人庄忌夫子、淮阴枚生之徒交，上书而介于羊胜、公孙诡之间。胜等疾邹阳，恶之梁孝王。孝王怒，下之吏，将欲杀之，邹阳客游，以谗见禽，恶死而负累，乃从狱中上书……书奏梁孝王，孝王使人出之，卒为上客。”《汉书·枚乘传》：“景帝召拜乘为弘农都尉。乘久为大国上宾，与英俊并游，得其所好，不乐郡吏，以病去官。”

⑧《汉书·武帝纪赞》：“孝武初立……表章六经……兴太学……号令文章，焕焉可述。后嗣得遵洪业，而有三代之风。”《严助传》：“公孙弘起徒步，数年至丞相，开东阁，延贤人与谋议，朝觐奏事，因言国家便宜。上令助等与大臣辩论，中外相应以义理之文，大臣数诎。”柏梁诗见《明诗篇》注。又《沟洫志》：“（武帝既封禅，）发卒数万人，塞瓠子决河……上既临河决，悼功之不成，乃作歌曰：‘瓠子决兮将奈何？浩浩洋洋，虑殚为河。殚为河兮地不得宁，功无已时兮吾山平。吾山平兮钜野溢，鱼弗郁兮柏冬日。正道弛兮离常流，蛟龙骋兮放远游。归旧川兮神哉沛，不封禅兮安知外！皇谓河公兮何不仁，泛滥不止兮愁吾人！啮桑浮兮淮泗满，久不反兮水维缓。’一曰：‘河汤汤兮激潺湲，北渡回兮迅流难。搴长茭兮湛美玉，河公许兮薪不属。薪不属兮卫人罪，烧萧条兮噫乎何以御水！隤林

竹兮揵石灾，宣防塞兮万福来。’于是卒塞瓠子，筑宫其上，名曰宣防。”《王尊传》：“河水盛溢，泛浸瓠子金堤。”《枚乘传》：“武帝自为太子闻乘名，及即位，乃以安车蒲轮征乘。”《主父偃传》：“尊立卫皇后及发燕王定国阴事，偃有功焉。大臣皆畏其口，赂遗累千金。或说偃曰：‘太横！’偃曰：‘……丈夫生不五鼎食，死则五鼎亨耳！”公孙宏对策，见《议对篇》注。兒宽拟奏，见《附会篇》注。

《朱买臣传》：“家贫……常艾薪樵，卖以给食……拜会稽太守。上谓曰：‘富贵不归故乡，如衣绣夜行，今子何如？’”《司马相如传》：“相如与（文君）俱之临邛，尽卖车骑，买酒舍，乃令文君当卢。相如身自著犊鼻裈，与庸保杂作，涤器于市中……（后为中郎将）……至蜀，太守以下郊迎，县令负弩矢先驱，蜀人以为宠。”《司马迁传》：“迁既被刑之后，为中书令，尊宠任职。”《吾丘寿王传》：“年少以善格五召待诏……后征入为光禄大夫侍中。”《严安传》：“安，临菑人，以故丞相史上书……为骑马令。”《终军传》：“（军）少好学，以辩博能属文闻于郡中……上书言事，武帝异其文，拜军为谒者给事中。”《枚皋传》：“皋不通经术，诙笑类俳倡，为赋颂，好嫚戏，以故得媟黩贵幸，比东方朔、郭舍人等，而不得比严助等得尊官。”以上诸人事，并载《汉书》枚皋附枚乘传，主父偃、朱买臣、吾丘寿王、严安、终军合传，公孙弘、兒宽、司马迁、司马相如各自立传。

⑨昭帝年少，在位日浅，至宣帝时始立大小夏侯《尚书》，大小戴《礼》，施、孟、梁、丘《易》，穀梁《春秋》。《王褒传》：“宣帝时，修武帝故事，讲论六艺群书，博尽奇异之好，征能为《楚辞》九江被公，召见诵读，益召高材刘向、张子侨、华龙、柳褒等待诏金马门。神爵、五凤之间，天下殷富，数有嘉应。上颇作歌诗，欲兴协律之事。”“石渠”，见《论说篇》。“绮縠”，见《诠赋篇》。《左传》昭公元年：“底禄以德。”杜注：“底，致也。”

⑩《汉书 · 元帝纪赞》：“元帝多材艺，善史书……少而好儒，及即位，征用儒生，委之以政，贡、薛、韦、匡（贡禹、薛广德、韦贤、匡衡）迭为宰相。”《成帝纪》：“成帝好经书。”又赞曰：“博览古今。”《周礼 · 天官 · 玉府》注：“王齐，当食玉屑。”《论衡 · 书解篇》：“玉屑满箧，不成为宝。”《史记》褚先生补《滑稽列传》：“（东方朔）歌曰：‘陆沈于

俗，避世金马门……’金马门者，宦署门也。门傍有铜马，故谓之金马门。”《后汉书·马援传》：“孝武皇帝时，善相马者东门京铸作铜马法献之。有诏立马于鲁班门外，则更名鲁班门曰金马门。”“子云千首”，见《诠赋篇》注。“子政雠校”，见《诸子篇》注。

⑪《汉书·武帝纪》元朔元年诏臣瓒注“九变”曰：“九，数之多也。”《艺文志》“屈原赋类”凡二十家，三百六十一篇，视陆贾、孙卿、客主三类为特多。

⑫“光武崇谶”，见《正纬篇》注。“杜笃献诔”，见《诔碑篇》注。《后汉书·班彪传》：“彪为窦融画策事汉。及融征还京师，光武问曰：‘所上章奏，谁与参之？’融对曰：‘皆从事班彪所为。’召见，拜徐令。”

⑬《后汉书·桓荣传》：“永平二年（明帝年号），三雍初成，拜荣为五更。每大射养老礼毕，帝辄引荣及弟子升堂，执经自为下说。”章怀注曰：“三雍，宫也，谓明堂、灵台、辟雍。”“讲文虎观”，见《论说篇》注。此是章帝事，疑“明帝叠耀”当作“明章叠耀”，“帝”与“章”形近而讹。班固撰《东观记》见《史传篇》注。《贾逵传》：“永平中，有神雀集宫殿官府，冠羽有五采色。帝异之，乃召见逵问之。对曰：‘此胡降之征也。’帝敕兰台给笔札，使作《神雀颂》。”《东平王苍传》：“苍少好经书，雅有智思。是时中兴三十余年，四方无虞，苍以天下化平，宜修礼乐，乃与公卿共议定南北郊冠冕车服制度及光武庙登歌八佾舞数。”“沛王通论”，见《正纬篇》注。

⑭《后汉书·崔骃传》：“（骃字亭伯）年十三，能通《诗》《易》《春秋》，博学有伟才，尽通古今训诂百家之言，善属文。少游太学，与班固、傅毅同时齐名……（骃）中子瑗。瑗字子玉……锐志好学，尽能传其父业……明天官、历数、《京房易传》、六日七分。诸儒宗之。与扶风马融、南阳张衡特相友好……（瑗子寔）寔，字子真……少沈静，好典籍……明于政体，吏才有余，论当世便事数十条，名曰《政论》。”范晔论曰：“崔氏世有美才，兼以沈沦典籍，遂为儒家文林。”又赞曰：“崔为文宗，世禅雕龙。”章怀注引刘向《别录》曰：“言邹奭修饰之文若雕龙文也。”黄注谓王为王延寿，延寿附见《文苑传·王逸传》，似不得列马、张、蔡之前。此王疑指王充。《充传》曰：“师事扶风班彪，好博览而不守章句。家贫无

书，常游洛阳市肆，阅所卖书，一见辄能诵忆，遂博通众流百家之言。”章怀注引谢承书曰：“（谢）夷吾荐充曰：‘充之天才，非学所加，虽前世孟轲、孙卿，近汉扬雄、刘向、司马迁，不能过也。”《马融传》：“融才高博洽，为世通儒，教养诸生，常有千数。涿郡卢植、北海郑玄，皆其徒也。”《张衡传》：“衡少善属文，游于三辅，因入京师，观太学，遂通五经，贯六艺。虽才高于世，而无骄尚之情。”《蔡邕传》：“少博学，师事太傅胡广。好辞章、数术、天文，妙操音律。”

⑮《事类篇》曰：“至于崔、班、张、蔡，遂捃摭经史，华实布濩，因书立功，皆后人之范式也。”

⑯《后汉书·蔡邕传》：“（灵）帝好学，自造《皇羲篇》五十章，因引诸生能为文赋者。本颇以经学相招，后诸为尺牍及工书鸟篆者，皆加引召，遂至数十人。侍中祭酒乐松、贾护，多引无行趣势之徒，并待制鸿都门下，熹陈方俗间里小事，帝甚悦之，待以不次之位……邕上封事曰：‘……夫书画辞赋，才之小者，匡国理政，未有其能……诸生竞利，作者鼎沸。其高者颇引经训风喻之言，下则连偶俗语，有类俳优；或窃成文，虚冒名氏……’”《杨赐传》：“光和元年，有虹蜺昼降于嘉德殿前……乃书对曰：‘……鸿都门下，招会群小，造作赋说，以虫篆小技见宠于时，如驩兜、共工更相荐说……’”案东汉辞质，建安文华，鸿都门下诸生其转易风气之关键欤。李详《黄注补正》曰：“《汉书·东方朔传赞》：‘其流风遗书蔑如也。’师古注曰：‘言辞义浅薄，不足称也。’”

⑰“文学蓬转”，犹言文学之士流离失所。《三国·魏志·文帝纪评》注引《典论·自叙》曰：“上雅好诗书文籍，虽在军旅，手不释卷。”《金楼子·兴王篇》：“魏武帝御事三十余年，手不舍书。昼则讲军策，夜则思经传。登高必赋，被之管弦，皆成乐章。”《文帝纪》：“帝好文学，以著述为务，自所勒成垂百篇。”陈寿评曰：“文帝天资文藻，下笔成章，博闻强识，才艺兼该。”《陈思王植传评》注引鱼豢曰：“余每览植之华采，思若有神。”《汉书·贾谊传》：“体貌大臣。”师古曰：“体貌，谓加礼容而敬之。”《陈思王传》注引植《与杨修书》曰：“昔仲宣独步于汉南，孔璋鹰扬于河朔，伟长擅名于青土，公幹振藻于海隅，德琏发迹于大魏，足下高视于上京。当此之时，人人自谓握灵蛇之珠，家家自谓抱荆山之玉也。吾王于是

设天网以该之，顿八纮以掩之，今尽集兹国矣。”

⑱《魏志·王粲传》：“粲字仲宣……以西京扰乱……乃之荆州依刘表。表以粲貌寝而体弱通侻（裴注：‘通侻者，简易也。’），不甚重也。表卒，粲劝表子琮，令归太祖。太祖辟为丞相掾，赐爵关内侯……陈琳字孔璋……琳避难冀州，袁绍使典文章。袁氏败，琳归太祖。”“北海徐幹，字伟长，为司空军谋祭酒掾属，五官将文学。”姚范《援鹑堂笔记》三十九：“范案《南丰序》亦取《先贤传》而疑《中论》二十篇与魏文语不合。又案《中论·爵禄篇》似即伟长之自喻其志，盖皭然不滓者也。不仕可信。”《王粲传》：“东平刘桢，字公幹。”彦和“徇质于海隅”，语本陈思王而改“振藻”为“徇质”，不知其说。应玚，字德琏。文帝《与吴质书》曰：“德琏常斐然有述作意，其才学足以著书，美志不遂，良可痛惜。”阮瑀字元瑜。文帝《与吴质书》曰“元瑜书记翩翩，致足乐也。”路粹，字文蔚。繁钦（繁音婆），字休伯。邯郸淳，字子叔。杨修，字德祖。事迹均见《魏志·王粲传》及裴注。《艺文类聚》五十五陈思王《前录序》曰：“余少而好赋，其所尚也，雅好慷慨，所著繁多，虽触类而作，然芜秽者众。”“梗概”“慷慨”，声同通用，袁宏《咏史诗》“周昌梗概臣”，亦慷慨之意。

⑲《三国志·魏志·明帝纪》：“青龙四年，置崇文观，征善属文者以充之。”《御览》五八七引《文士传》青龙元年诏何桢曰：“扬州别驾何桢，有文章才，试使作《许都赋》。成上不封，得令人见。”此可见明帝褒扬文士之切。《魏志·曹爽传》：“何晏，何进孙也。少以才秀知名，好老庄言，作《道德论》及诸文赋著述凡数十篇。”又《刘劭传》：“劭尝作《赵都赋》，明帝美之。诏劭作《许都（赋）》《洛都赋》。时外兴军旅，内营宫室，劭作二赋，皆讽谏焉。凡所撰述《法论》《人物志》之类百余篇。”

《魏志·高贵乡公纪评》：“高贵乡公才慧夙成，好问尚辞，盖亦文帝之风流也。”《金楼子·杂记篇》：“高贵乡公赋诗，给事中甄歆、陶成嗣各不能著诗，受罚酒。”宴会赋诗，是“顾盼含章”也。“合章”应据冈本作“含章”。“动言成论”，谓如论帝王优劣之差，幸太学问诸儒经义等事。《王粲传》：“阮瑀子籍，才藻艳逸，而倜傥放荡，行己寡欲，以庄周为模则……时又有谯郡嵇康，文辞壮丽，好言老庄而尚奇任侠。”“应玚弟璩，璩子贞，咸以文章显。”裴注引《文章叙录》曰：“璩字休琏，博学好属文，善为书记文……贞字吉甫，少以才闻，能谈论。正始中，夏侯玄盛有名势，贞尝在玄坐作五言诗，玄嘉玩之。”《刘劭传》：“劭同时东海缪袭，亦有才学，多所述叙。”刘申叔先生《中古文学史》曰：“案彦和此论，盖兼王弼、何晏诸家之文言，故言篇体轻淡。其兼及嵇、阮者，以嵇、阮同为当时文士，非以轻淡目嵇、阮之文也。即以诗言，嵇诗可以轻淡相目，岂可移以目阮诗哉?”

⑳晋宣帝司马懿、景帝师、文帝昭，皆志深篡窃，不暇文事。武帝炎受魏禅。怀帝炽、愍帝邺，并为匈奴刘聪所虏。

㉑《晋书·张华传》：“张华，字茂先……陆机兄弟志气高爽，自以吴之名家，初入洛，不推中国人士，见华一面如旧，钦华德范，如师资之礼焉。”华在晋初声誉最盛，名辈亦高，故彦和首称之。左思，字太冲，见《晋书·文苑传》。《晋书·夏侯湛传》：“湛幼有盛才，文章宏富，善构新词而美容观。与潘岳友善，每行止同舆接茵，京都谓之连壁。”又《陆机传》：“太康末，与弟云俱入洛。造太常张华。华素重其名，如旧相识。曰，伐吴之役，利获二俊。”《文苑传·应贞传》：“贞字吉甫，贞善谈论，以才学称。武帝于华林园宴射，贞赋诗最美。”史臣论曰：“应贞宴射之文，极形言之美，华林群藻，罕或畴之。”《傅玄传》：“玄字休弈……少孤贫，博学善属文……后虽显贵，而著述不废。撰《傅子》百四十首，数十万言，并文集百余卷行于世。玄子咸，字长虞。好属文论，虽绮丽不足，而言成规鉴。庾纯常叹曰：‘长虞之文近乎诗人之作矣!’”张载及其弟协、协弟亢，并称“三张”，见《明诗篇》。《孙楚传》：“楚，字子荆。”本传载王齐铨楚品状云：“天才英博，亮拔不群。”《挚虞传》：“虞，字仲洽。少事皇甫谧，才学通博，著述不倦。”成公绥，字子安，见《文苑传》。《文选·啸赋》注引臧荣绪《晋书》曰：“绥少有俊才，辞赋壮丽。”《晋史》作者多家，彦和称前史之论，未知本于何家也。

㉒元帝兴学，见《议对篇》。《刘隗传》：“隗，字大连。隗少有文翰，元帝以为从事中郎。隗雅习文史，善求人主意，帝深器遇之。迁丞相司直，委以刑宪……隗虽在外，万机秘密皆豫闻之。”《刁协传》：“协，字玄亮。协少好经籍，博闻强记。(元帝)中兴建，拜尚书左仆射。于时朝廷草创，宪章未立，朝臣无习旧仪者。协久在中朝，谙练旧事，凡所制度，

皆禀于协焉。”隗、协皆刚严不阿，排抑豪强，诸刻碎之政，皆云二人所建。此云礼吏，犹云秉礼法之吏。《郭璞传》：“璞，字景纯。璞好经术，博学有高才而讷于言论，词赋为中兴之冠。璞著《江赋》，其辞甚伟，为世所称。后复作《南郊赋》，帝见而嘉之，以为著作佐郎。”

㉓《晋书·明帝纪》：“帝讳绍，字道畿，元皇帝长子也。性至孝，有文武才略，钦贤爱客，雅好文辞。”（《世说新语·夙惠篇》载明帝数岁对长安与日远近，睿知天成，故云“秉哲”。）手诏以温峤为中书令，是练情于诰策也（见《诏策篇》）。《艺文类聚》九七载《蝉赋》残文，是振采于辞赋也。大宁中，复征任旭、虞喜为博士（《晋书·虞喜传》），是孳孳讲艺也。《温峤传》：“峤，字太真。峤性聪敏，有识量，博学能属文。明帝即位，拜侍中，机密大谋皆所参综，诏令文翰亦悉豫焉。”《庾亮传》：“亮，字元规，明穆皇后之兄也。明帝即位，以为中书监。”《章表篇》曰：“庾公之让中书，信美于往载。”逾亲，当作“愈亲”。

㉔《晋书·简文帝纪》：“简文皇帝讳昱，字道万……清虚寡欲，尤善玄言。帝少有风仪，善容止，留心典籍，不以居处为意，凝尘满席，湛如也。”《孝武帝纪》：“孝武皇帝讳曜，字昌明，简文帝第三子也。初，简文帝见谶云：‘晋祚尽昌明。’及帝之在孕也，李太后梦神人谓之曰：‘汝生男，以昌明为字。’及产，东方始明，因以为名焉。简文帝后悟，乃流涕。”晋祚至孝武始移，故云“至孝武不嗣”。《安帝纪》：“帝不惠，自少及长，口不能言，虽寒暑之变，无以辨也。凡所动止，皆非己出。初，谶云‘昌明之后有二帝’，刘裕将为禅代，故密使王韶之缢帝而立恭帝，以应二帝云。”恭帝立二年为刘裕所篡弑，故云“安、恭已矣”。

㉕《晋书·文苑传·袁宏传》：“袁宏，字彦伯。宏有逸才，文章绝美。曾为咏史诗，是其风情所寄。撰《后汉纪》三十卷及《竹林名士传》三卷，诗赋诔表等杂文凡三百首，传于世。”《殷仲文传》：“仲文少有才藻。桓玄将为乱，使总领诏命。玄九锡，仲文之辞也。仲文善属文，为世所重。谢灵运尝云：‘若殷仲文读书半袁豹，则文才不减班固。’言其文多而见书少也。”《孙盛传》：“盛字安国。盛笃学不倦，自少至老，手不释卷。著《魏氏春秋》《晋阳秋》，并造诗赋论难复数十篇。《晋阳秋》词直而理正，咸称良史焉。”《干宝传》：“干宝，字令升。宝少勤学，博览书记。宝

撰《搜神记》凡三十卷。又为《春秋左氏义外传》，注《周易》《周官》凡数十篇，及杂文集皆行于世。”

㉖《世说新语 · 文学篇》注引《续晋阳秋》曰：“许询有才藻，善属文。自司马相如、王褒、扬雄诸贤，世尚赋颂，皆体则《诗》《骚》，傍综百家之言。及至建安而诗章大盛。逮乎西朝之末，潘、陆之徒，虽时有质文，而宗归不异也。正始中，王弼、何晏好庄老玄胜之谈，而世遂贵焉。至过江，佛理尤盛。故郭璞五言始会合道家之言而韵之。询及太原孙绰转相祖尚，又加以三世之辞，而《诗》《骚》之体尽矣。询、绰并为一时文宗，自此作者悉体之。至义熙中，谢混始改。”

㉗《宋书 · 武帝纪下》永初二年，车驾幸延贤堂，策试诸州郡秀才孝廉。三年，诏建国学。《齐书 · 王俭传》谓：“宋武帝好文章，天下悉以文采相尚。”《南史 · 宋文帝本纪》：“元嘉十五年，立儒学馆于北郊，命雷次宗居之。十六年，上好儒雅，又命丹阳尹何尚之立玄学，著作佐郎何承天立史学，司徒参军谢元立文学，各聚门徒，多就业者。江左风俗，于斯为美，后言政化，称元嘉焉。”《南史 · 临川王义庆传》谓：“文帝好文章，自谓人莫能及。”《南史 · 孝武帝纪》：“帝少机颖，神明爽发，读书七行俱下，才藻甚美。”《南史 · 明帝纪》：“帝好读书，爱文义。在藩时撰《江左以来文章志》，又续卫瓘所注《论语》二卷。及即大位，旧臣才学之士多蒙引进。”“（泰始六年）立总明观，征学士以充之，置东观祭酒、访举各一人，举士二十人，分为儒道文史阴阳五部学。”明帝以下，谓历后废帝、顺帝而宋亡矣。

㉘“胜”字下疑脱数字。王、袁二姓，文士多人，故曰联宗。兹录刘申叔先生《中古文学史》两节，以见宋代文学之盛：

> 案：晋宋之际，若谢混、陶潜、汤惠休之诗，均自成派。至于宋代，其诗文尤为当时所重者，则为颜延之、谢灵运（《宋书 · 灵运传》云：“文章之美，与颜延之为江左第一，纵横俊发，过于延之，深密则不如也；所著文章传于世。”又《南史 · 延之传》云：“字延年，文章冠绝当时。”又云：“延之与谢灵运俱以辞采齐名，而迟速悬绝……延之尝问鲍照己与灵运优劣，照曰：‘谢五言如初发芙蓉，自然可爱；君诗若铺锦列绣，亦雕缋满眼。’……时议者，以延之、灵运自潘岳、陆机之后，文士莫及，江右称‘潘陆’，江左称‘颜谢’焉。”）。颜

谢而外，文人辈出（案晋宋之际，人才最盛，然当时人士如孔淳之、臧寿、雷次宗、徐广、裴松之均通经史，宗少文、周续之、戴颙综达儒玄，不仅以文章著）：以傅亮（《宋书·颜延之传》："傅亮自以文义一时莫及。"又《宋书》："傅亮字季友，博涉经史，尤善文辞。武帝受命，表策文诰，皆亮辞也。"）、范晔（《宋书·范泰传》："好为文章，文集传于世。子晔，字蔚宗，善为文章，为《后汉书》，其《与甥侄书》，谓诸序论不减《过秦》，非但不愧班氏，赞无一字空设，奇变不穷。"）、袁淑（《宋书·淑传》："字阳源，文采遒逸，纵横有才辩，文集传于世。子觊，好学美才。"又《南史·临川王义庆传》亦谓："太尉袁淑，文冠当时。"）、谢瞻（《宋书·瞻传》："字宣远，六岁能属文，文章之美，与从叔混、族弟灵运相抗。"又《谢密传》云："瞻等才词辩富。"）、谢惠连（《宋书·惠连传》："十岁能属文。灵运见其新文，每叹曰：'张华重生，不能易也。'文章并行于世。"）、谢庄（《宋书·庄传》："字希逸，七岁能属文。袁淑叹曰：'江东无我，卿当独步。'著文章四百余首行世。"又《殷淑仪传》谓："谢庄作哀策文奏之，帝流涕曰：'不谓当今复有此才。'都下传写，纸墨为之贵。"）、鲍照（《南史·临川王义庆传》云："照，字明远，文辞赡逸。尝为古乐府，文甚遒丽。元嘉中为《河清颂》，其序甚工。"《史通·人物篇》亦谓："鲍照文学宗府，驰名海内，方之汉代，褒、朔之流。"）为尤工（谢庄、鲍照诗文尤为后世所祖述，次则傅亮诸人）。若陆展、何长瑜（《宋书·谢灵运传》："东海何长瑜，才亚惠连。"）、何承天（《南史·承天传》："所纂文及文集，并传于世。"）、何尚之（《宋书·尚之传》："爱尚文义，老而不休。"）、沈怀文（《宋书·怀文传》："少好玄理，善为文，集传于世。弟怀远，颇娴文笔。"）、王诞（《宋书·诞传》："少有才藻。"）、王僧达（《宋书》本传云："少好学，善属文。"）、王微（《宋书·微传》："字景玄，少善属文，为文多古言，所著文集传于世。"）、张敷（《宋书·敷传》："好读玄言，兼属文论。"）、王韶之、王淮之（《宋书·韶之传》："博学有文辞，宋武帝使领西省事，凡诸诏，皆其词。"又云："宋朝歌词，韶之所制也。文集行于世。"又《王淮之传》云："赡于文词。"）、殷淳、殷冲、殷淡（《宋书·淳传》："爱好文义，未尝违舍。弟冲，有学义文辞。冲弟淡，大明世以文章见知。"）、江智深（《宋书》本传："爱好文雅，辞采清赡。"）、颜竣、颜测（《南史·颜延之传》："延之曰：'竣得臣笔，测得臣文。'"）、释慧琳（《南史·颜延之传》："时沙门释慧琳，以才学为文帝所赏。"），亦其次也。

又案：宋代臣僚，若谢晦（《宋书》本传称："晦涉猎文义，时人以方杨德祖。"）、蔡兴宗（《宋书》本传："文集传于世。"）、张永（《宋书》本传："能为文章。"）、江湛（《宋书·湛传》："爱文义。"）、孔琳之（《宋书·琳之传》："少好文义。"）、萧惠开（《宋书》本传云："涉猎文史。"）、袁粲（《宋书》本传："有清才，著《妙德先生传》。"）、刘勔（《宋书》本传："兼好文义。"），亦有文学。自是而外，别有鲍令晖（工诗）、荀伯子（《宋书》本传："少好学，文集传世。"）、孔宁之（《宋书·王华传》："会稽孔宁之为文帝参军，以文义见赏。"）、谢恂（《宋书·恂传》："少与族兄庄齐名。"）、荀雍、羊璿之（《宋书·谢灵运传》："与族弟惠连、东海何长瑜、颖川荀雍、太山羊璿之以文章赏会，长瑜才亚惠连，雍、璿之不及也。"）、苏宝（《南史·王僧达传》："时有苏宝者，生本寒门，有文义之美。"）、王昙生（《宋书·王弘之传》："子昙生好文义。"）、顾愿（《宋书·顾恺之传》："弟子愿，好学有才词。"）、江邃之（《南史·江秉之传》："宗人邃之，有文义，撰《文释》传于世。"）、袁炳（《齐书·王智深传》："陈郡袁炳，有文学，为袁粲所知。"）、卞铄（《南史·文学传》："铄为袁粲主簿，好诗赋。"）、吴迈远（《南史·文学传》："迈远好为篇章。"）、王素（《南史·素传》："著《蚿赋》自况。"）诸人（又《南史·宋武穆傅皇后传》："妇人吴郡韩兰英，有文辞，宋孝武时献《中兴赋》。"附志于此）。此可证宋代文学之盛矣。

㉙《南史·齐本纪》："齐太祖高皇帝讳道成，姓萧氏。博学善属文，工草隶书。所著文，诏中书侍郎江淹撰次之。又诏东观学士撰《史林》三十篇，魏文帝《皇览》之流也。世祖武皇帝讳赜，高帝长子也。"武帝庙号"世祖"，此云"高祖"，"高"是"世"之误。《南齐书·文惠太子传》："文惠太子长懋，世祖长子也。郁林立，追尊为文帝，庙称世宗。"

《易·离卦象》曰："明两作，离。大人以继明照于四方。""中宗以上哲兴运"，中宗不知何帝。案明帝号高宗，岂"中"为"高"之误欤?《南齐书·郁林王纪》："皇太后令曰：'太祖以神武创业，草昧区夏；武皇以英明提极，经纬天人；文帝以上哲之资，体元良之重。'"此彦和所本。

㉚纪评曰："阙当代不言，非惟未经论定，实亦有所避于恩怨之间。"参阅《序志篇》注。

㉛郝懿行曰："蔚映十代，并数萧齐而言也。《才略篇》及于刘宋而止，故云九代而已。"《校勘记》："案'暧'当作'僾'，此用《祭义》'僾然必有见乎其位'文。"

附　录

裴子野《雕虫论》

宋明帝博好文章（《通典》作"史"），才思朗捷，常读书奏，号称七行俱下。每（《通典》此下有"国"字）有祯祥及（《通典》此下有"行"字）幸讌集，辄陈诗展义，且以命朝臣；其戎士武夫则托请不暇，困于课限，或买以应诏焉。于是天下向风，人自藻饰，雕虫之艺，盛于时矣。梁鸿胪卿裴子野论曰：

> 古者四始六义，总而为诗，既形四方之气，且彰君子之志，劝美惩恶，王化本焉。后之作者，思存枝叶，繁华蕴藻，用以自通。若悱恻芳芬，《楚骚》为之祖，靡漫容与，相如和其音。由是随声逐影之俦，弃指归而无执；赋诗歌颂，百帙五车，蔡应等之俳优，扬雄悔为童子，圣人不作，雅郑谁分？其五言为家，则苏、李自出，曹、刘伟其风力，潘、陆固其枝叶（《通典》作"柯"）。爰及江左，称彼颜、谢，箴绣鞶悦，无取庙堂。宋初迄于元嘉，多为经史；大明之代，实好斯文，高才逸韵，颇谢前哲，波流相尚，滋有笃焉。自是闾阎年少，贵游总角，罔不摈落六艺，吟咏情性，学者以博依为急务，谓章句为专鲁，淫文破典，斐尔为功。无被于管弦，非止乎礼仪，深心主卉木，远致极风云，其兴浮，其志弱，切而不要，隐而不深，讨其归途，亦有宋之遗风也。若季子聆音，则非兴国；鲤也趋室，必有不

敢。荀卿有言，乱代之征，文章匿而采，岂斯之谓乎！

梁简文帝《与湘东王书》

吾辈亦无所游赏，止事披阅，性既好文，时复短咏，虽是庸音，不能阁笔，有惭伎痒，更同故态。比见京师文体，儒钝殊常，竞学浮疏，争事阐缓，玄冬修夜，思所不得，既殊比兴，复背风骚。若夫六典三礼，所施则有地；吉凶嘉宾，用之则有所；未闻吟咏情性，反拟《内则》之篇，操笔写志，更摹《酒诰》之作。迟迟春日，翻学《归藏》；湛湛江水，遂同《大传》。

吾既拙于为文，不敢轻有掎摭，但以当世之作，历方古之才人，远则扬、马、曹、王，近则潘、陆、颜、谢，而观其遣辞用心，了不相似。若以今文为是，则古文为非；若昔贤可称，则今体宜弃。俱为盍各，则未之敢许。又时有效谢康乐、裴鸿胪文者，亦颇有惑焉。何者？谢客吐言天拔，出于自然，时有不拘，是其糟粕；裴氏乃是良史之才，了无篇什之美。是为学谢则不届其精华，但得其冗长；师裴则蔑绝其所长，惟得其所短。谢故巧不可阶，裴亦质不宜慕。故胸驰臆断之侣，好名忘实之类，方分肉于仁兽，逞卻克于邯郸，入鲍忘臭，效尤致祸。决羽谢生，岂三千之可及；伏膺裴氏，惧两唐之不传。故玉徽金铣，反为拙目所嗤，《巴人》《下里》，更合郢中之听。《阳春》高而不和，妙声绝而不寻，竟不精讨锱铢，核量文质，有异巧心，终愧妍手。是以握瑜怀玉之士，瞻郑邦而知退，章甫翠履之人，望闽乡而叹息。诗既若此，笔又如之。徒以烟墨不言，受其驱染，纸札无情，任其摇襞。甚矣哉，文之横流，一至于此！

至如近世谢朓、沈约之诗，任昉、陆倕之笔，斯实文章之冠冕，述作之楷模。张士简之赋，周升逸之辩，亦成佳手，难可复遇。文章未坠，必有英绝，领袖之者，非弟而谁？每欲论之，无可与语，思吾子建，一共商榷，辨兹清浊，使如泾渭，论兹月旦，类彼汝南，朱白既定，雌黄有别，使夫怀鼠知惭，滥竽自耻。譬斯袁绍，畏见子将，同彼盗牛，遥羞王烈。相思不见，我劳如何。（《梁书 · 庾肩吾传》："时太子与湘东王书论之。"）

李谔《上书正文体》

臣闻古先哲王之化民也，必变其视听，防其嗜欲，塞其邪放之心，示以淳和之路。五教六行，为训民之本，《诗》《书》《礼》《易》为道义之门。故能家复孝慈，人知礼让，正俗调风，莫大于此。其有上书献赋，制诔镌铭，皆以褒德序贤，明勋证理，苟非惩劝，义不徒然。降及后代，风教渐落，魏之三祖，更尚文词，忽君子之大道，好雕虫之小艺。下之从上，有同影响，竞骋文华，遂成风俗。江左齐梁，其弊弥甚，贵贱贤愚，唯务吟咏，遂复遗理存异，寻虚逐微，竞一韵之奇，争一字之巧。连篇累牍，不出月露之形；积案盈箱，唯是风云之状。世俗以此相高，朝廷据兹擢士。禄利之路既开，爱尚之情愈笃。于是闾里童昏，贵游总丱，未窥六甲，先制五言，至如羲皇、舜、禹之典，伊、傅、周、孔之说，不复关心，何尝入耳？以傲诞为清虚，以缘情为勋绩，指儒素为古拙，用词赋为君子。故文笔日繁，其政日乱，良由弃大圣之轨模，构无用以为用也。损本逐末，流遍华壤，递相师祖，久而愈扇。

及大隋受命，圣道聿兴，屏黜轻浮，遏止华伪。自非怀经抱质，志道依仁，不得引预搢绅，参厕缨冕。开皇四年，普诏天下公私文翰，并宜实录。其年九月，泗州刺史司马幼之文表华艳，付所司治罪。自是公卿大臣，咸知正路，莫不钻仰坟集，弃绝华绮，择先王之令典，行大道于兹世。如闻外州远县，仍踵弊风，选吏举人，未遵典则。至有宗党称孝，乡曲归仁，学必典谟，交不苟合，则摈落私门，不加收齿；其学不稽古，逐俗随时，作轻薄之篇章，结朋党而求誉，则选充吏职，举送天朝。盖由县令、刺史未行风教，犹挟私情，不存公道。臣既忝宪司，职当纠察。若闻风即劾，恐挂网者多，请勒诸司，普加搜访，有如此者，具状送台。(《隋书·李谔传》)

阮元《〈四六丛话〉后序》

昔《考工》有言：“青与白谓之文，赤与白谓之章。”良以言必齐偕，事归镂绘。天经错以地纬，阴偶继夫阳奇。故虞廷采色，臣邻施其璪火；

文王寿考，诗人美其追琢。以质杂文，尚曰彬彬；以文被质，乃称彧彧。文之与质，从可分矣。懿夫人文大著，肇始六经，《典》《坟》《丘》《索》，无非体要之辞，《礼》《乐》《诗》《书》，悉著立诚之训。商瞿观象于文言，丘明振藻于简策，莫不训辞尔雅，音韵相谐。至于命成润色，礼举多文，仰止尼山，益知宗旨。使其文章正体，质实无华，是犬羊虎豹，翻追棘子之谈，黼黻青黄，见斥庄生之论也。周末诸子奋兴，百家并骛。老、庄传清净之旨，孟、荀析善恶之端。商、韩刑名，吕、刘杂体。若斯之类，派别子家，所谓以立意为宗，不以能文为本者也。至于纵横极于战国，春秋纪于楚汉。马、班创体，陈、范希踪。是为史家，重于序事。所谓传之简牍，而事异篇章者也。夫以子若彼，以史若此，方之篇翰，实有不同。是惟楚国多才，灵均特起。赋继孙卿之后，词开宋玉之先。隐耀深华，惊采绝艳。故圣经贤传，六艺于此分途，文苑词林，万世咸归围范矣。洎夫贾生、枚叔，并辔汉初。相如、子云，联镳西蜀；中兴以后，文雅尤多。孟坚、季长之伦，平子、敬通之辈，综两京文赋。诸家莫不洞穴经史，钻研六书，耀采腾文，骈音丽字。故雕虫绣帨，拟经者虽改修涂；月露风云，变本者妄执笑柄也。建安七子，才调辈兴，二祖、陈、王，亦储盛藻，握径寸之灵珠，享千金于荆玉。至于三张、二陆、太冲、景纯之徒，派虽弱于当涂，音尚闻夫正始焉。文通、希范，并具才思，彦昇、休文，肇开声韵。轻重之和，拟诸金石；短长之节，杂以《咸》《韶》。盖时会使然，故元音尽泄也。孝穆振采于江南，子山迁声于河北。昭明勒《选》，六代范此规模；彦和著书，千古传兹科律。迄于陈、隋，极伤靡敝。天监、大业之间，亦斯文升降之会哉。唐初四杰，并驾一时。式江、薛之靡音，追庾、徐之健笔。若夫燕、许之宏裁，常、杨之巨制，《会昌一品》之集，元、白《长庆》之编，莫不并掞龙文，联登凤阁。至于宣公《翰苑》之集，笃挚曲畅，国事赖之，又加一等矣。义山、飞卿以繁缛相高，柯古、昭谏以新博领异，骈俪之文，斯称极致。赵宋初造，鼎臣、大年，犹沿唐旧；欧、苏、王、宋，始脱恒蹊。以气行则机杼大变，驱成语则光景一新。然而衣辞锦绣，布帛伤其无华；工谢雕几，虡业呈其朴凿。南渡以还，浮溪首倡。野处、西山，亦称名集，渭南、北海，并号高文。虽新格别成，而古意寖失。元之袁、揭，冕弁一世，则又扬南宋余波，非复三唐雅调也。载稽往古，统论斯文，日月以对待曜采，草木以错比成华。玉十瞉而皆双，锦百两而名匹。明堂斧藻，视画缋以成文；阶陀笙镛，听铿铉而应节。自周以来，体格有殊，文章无异。若夫昌黎肇作，皇、李从风，欧阳自兴，苏、王继轨，体既变而异今，文乃尊而称古。综其议论之作，并升荀孟之堂；核其叙事之辞，独步马、班之室。拙目妄讥其纰缪，俭腹徒袭为空疏。实沿子史之正流，循经传以分轨也。考夫魏文《典论》，士衡赋文，挚虞析其流别，任昉溯其原起，莫不精严体制，评隲才华；岂知古调已遥，矫枉或过，莫守彦和之论，易为真氏之宗矣。

卷 十

物色第四十六[1]

春秋代序，阴阳惨舒，物色之动，心亦摇焉。盖阳气萌而玄驹步，阴律凝而丹鸟羞，微虫犹或入感，四时之动物深矣[2]。若夫珪璋挺其惠心，英华秀其清气，物色相召，人谁获安[3]？是以献岁发春，悦豫之情畅；滔滔孟夏，郁陶之心凝；天高气清，阴沈之志远；霰雪无垠，矜肃之虑深。岁有其物，物有其容；情以物迁，辞以情发。一叶且或迎意，虫声有足引心，况清风与明月同夜，白日与春林共朝哉[4]！

是以诗人感物，联类不穷；流连万象之际，沈吟视听之区；写气图貌，既随物以宛转；属采附声，亦与心而徘徊[5]。故“灼灼”状桃花之鲜，“依依”尽杨柳之貌，“杲杲”为出日之容，“瀌瀌”（铃木云当作“瀌瀌”）拟雨雪之状，“喈喈”逐黄鸟之声，“喓喓”学草虫之韵。“皎日”“嘒星”，一言穷理；“参差”“沃若”，两字穷形：并以少总多，情貌无遗矣。虽复思经千载，将何易夺[6]？及《离骚》代兴，触类而长，物貌难尽，故重沓舒状，于是“嵯峨”之类聚，“葳蕤”之群积矣[7]。及长卿之徒，诡势瑰声，模山范水，字必鱼贯，所谓诗人丽则而约言，辞人丽淫而繁句也[8]。

至如《雅》咏棠华，“或黄或白”；《骚》述秋兰，“绿叶”“紫茎”：凡摛表五色，贵在时见，若青黄屡出，则繁而不珍[9]。

自近代以来，文贵形似，窥情风景之上，钻貌草木之中。吟咏所发，志惟深远；体物为妙，功在密附。故巧言切状，如印之印泥，不加雕削，而曲写毫芥。故能瞻言而见貌，印（疑作“即”）字而知时也[10]。然物有恒姿，而思无定检，或率尔造极，或精思愈疏。且《诗》《骚》所标，并据要害，故后进锐笔，怯于争锋。莫不因方以借巧，即势以会奇，善于适要，则虽旧弥新矣[11]。是以四序纷回，而入兴贵闲；物色虽繁，而析辞尚简；使味飘飘而轻举，情晔晔而更新。古来辞人，异代接武，莫不参伍以相变，因革以为功，物色尽而情有余者，晓会通也[12]。若乃山林皋壤，实文思之奥府，略语则阙，详说则繁。然屈平所以能洞监（孙云吴曾《能改斋漫录》卷七引无“能”字“监”字）《风》《骚》之情者，抑亦江山之助乎[13]？

赞曰：山沓水匝，树杂云合。目既往还，心亦吐纳。春日迟迟，秋风飒飒。情往似赠，兴来如答[14]。

注释：

①《文选》赋有物色类。李善注曰：“四时所观之物色而为之赋。”又云：“有物有文曰色，风虽无正色，然亦有声。”本篇当移在《附会篇》之下，《总术篇》之上。盖物色犹言声色，即《声律篇》以下诸篇之总名，与《附会篇》相对而统于《总术篇》，今在卷十之首，疑有误也。

②《大戴礼记·夏小正篇》：“十有二月玄驹贲。玄驹也者，蚁也。贲者何也？走于地中也。八月，丹鸟羞白鸟。丹鸟也者，谓丹良也。白鸟也者，谓蚊蚋也。羞也者，进也，不尽食也。”《月令正义》：“丹良未知何物，皇氏以为是萤火。”按“丹良”即“螳螂”之转音，丹良即螳螂也。八月萤食蚊蚋，恐无是理。

③“惠”与“慧”通。钟嵘《诗品序上》：“气之动物，物之感人，故摇荡性精，形诸舞咏。”

④《楚辞·招魂·乱辞》：“献岁发春兮，汩吾南征。”王注：“献，进言。岁始来进，春气奋扬，万物皆感气而生，自伤放逐，独南行也。”《九

章·怀沙》："滔滔孟夏兮，草木莽莽。"王注："滔滔，盛阳貌也。《史记》作'陶陶'。"《九辩》："泬寥兮，天高而气清。"《九章·涉江》："霰雪纷其无垠兮。"《淮南子·说山训》："见一叶落，而知岁之将暮。"

⑤纪评曰："'随物宛转，与心徘徊'八字，极尽流连之趣，会此，方无死句。"

⑥《毛诗·周南·桃夭》："桃之夭夭，灼灼其华。"《传》曰："灼灼，华之盛也。"《小雅·采薇》："昔我往矣，杨柳依依。"《卫风·伯兮》："其雨其雨，杲杲日出。"《传》曰："杲杲然日复出矣。"《小雅·角弓》："雨雪瀌瀌。"《笺》曰："雨雪之盛瀌瀌然。"《周南·葛覃》："黄鸟于飞，集于灌木，其鸣喈喈。"《传》曰："喈喈，和声之远闻也。"《召南·草虫》："喓喓草虫，趯趯阜螽。"《传》曰："喓喓，声也。"《王风·大车》："谓予不信，有如皦日。"《传》曰："皦，白也。"《召南·小星》："嘒彼小星，维参与昴。"《传》曰："嘒，微貌，小星众无名者。"一言即一字也。《周南·关雎》："参差荇菜，左右流之。"正义曰："后妃言此参差然不齐之荇菜，须嫔妾左右佐助而求之。"《卫风·氓》："桑之未落，其叶沃若。"《传》曰："沃若，犹沃沃然。"古人形状之词，确有心会神领，百思而无得移易者，朱谋玮《骈雅》网罗甚富，可资采获。

⑦《诠赋篇》云："及灵均唱骚，始广声貌。"

⑧司马相如《上林赋》："荡荡兮八川分流，相背而异态……汩乎混流，顺阿而下，赴隘狭之口，触穹石，激堆埼。沸乎暴怒，汹涌滂濞，滭浡滵汩，湢测泌瀄……于是乎崇山矗矗，巃嵸崔巍，深林巨木，崭岩嵾嵯，九嵕嶻嶭，南山峨峨……"状貌山川，皆连接数十百字，汉赋此类极多，所谓字必鱼贯也。《法言·吾子篇》："诗人之赋丽以则，辞人之赋丽以淫。"

⑨《小雅·裳裳者华》："裳裳者华，或黄或白。"《笺》曰："华或有黄者，或有白者，兴明王之德，时有驳而不纯。"《楚辞·九歌·少司命》："秋兰兮青青，绿叶兮紫茎。"此言五色之字不可屡见，黄鸟度青枝，所以见讥于记室也。"时见"犹云"偶见"。

⑩《明诗篇》云："宋初文咏，体有因革，庄老告退，而山水方滋……情必极貌以写物，辞必穷力而追新，此近世之所竞也。"《续汉书·祭祀志上》："以水银合金以为泥，玉玺一方，寸二分。""印"当作"即"。《文镜秘府

论》曰："形似体者，谓貌其形而得其似，可以妙求，难以粗测者是。"

⑪黄叔琳曰："化臭腐为神奇，秘妙尽此。"

⑫纪评曰："'四序纷回'四语尤精。凡流传佳句，都是有意无意之中，偶然得一二语，都无累牍连篇苦心力造之事。"可参阅《通变篇》。

⑬《水经注·江水篇》："江水又东迳归乡县故城北。"袁山松曰："父老传言原既流放，忽然蹔归，乡人喜悦，因名曰归乡。抑其山秀水清，故出俊异，地险流疾，故其性亦隘。《诗》曰：'惟岳降神，生甫及申。'信与！"余谓山松此言，可谓因事而立证，恐非名县之本旨矣。黄宗羲《景州诗集序》云："诗人萃天地之清气，以月露风云花鸟为其性情，其景与意，不可分也。月露风云花鸟之在天地间，俄顷灭没，而诗人能结之不散；常人未尝不有月露风云花鸟之咏，非其性情，极雕绘而不能亲也。"

⑭纪评曰："诸赞之中，此为第一。"

才略第四十七[①]

九代之文，富矣盛矣；其辞令华采，可略而详也。虞夏文章，则有皋陶六德，夔序八音，益则有赞，五子作歌，辞义温雅，万代之仪表也[②]。商周之世，则仲虺垂诰，伊尹敷训，吉甫之徒，并述诗颂，义固为经，文亦师矣[③]。

及乎春秋大夫，则修辞聘会，磊落如琅玕之圃，焜耀似缛锦之肆。薳敖（元作"教"，曹改）择楚国之令典，随会讲晋国之礼法，赵衰（元作"襄"，曹改）以文胜从飧，国侨以修辞扞郑，子太叔美秀而文，公孙挥（铃木云嘉靖本、梅本、冈本作"翚"）善于辞令，皆文名之标者也[④]。

战代任武，而文士不绝。诸子以道术取资，屈、宋以《楚辞》发采；乐毅报书辨以义，范雎上书密而至，苏秦历说壮而中，李斯自奏丽而动。若在文世，则扬、班俦矣[⑤]。荀况学宗，而象物名赋，文质相称，固巨儒之情也[⑥]。

汉室陆贾，首案奇采，赋孟春而选典诰，其辩之富矣[7]。贾谊才颖，陵轶飞兔，议惬而赋清，岂虚至哉[8]！枚乘之《七发》，邹阳之上书，膏润于笔，气形于言矣[9]。仲舒专儒，子长纯史，而丽缛成文，亦诗人之告哀焉[10]。相如好书，师范屈、宋，洞入夸艳，致名辞宗。然覆取精意，理不胜辞，故扬子以为“文丽用寡者长卿”，诚哉是言也[11]！王褒构采，以密巧为致，附声测貌，泠然可观[12]。子云属意，辞人（疑误）最深，观其涯度幽远，搜选诡丽，而竭才以钻思，故能理赡而辞坚矣[13]。桓谭著论，富号猗顿，宋弘称荐，爰比相如；而《集灵》诸赋，偏浅无才，故知长于讽论（铃木云疑当作“谕”），不及丽文也[14]。敬通雅好辞说，而坎壈盛世；《显志》自序，亦蚌病成珠矣[15]。二班、两刘，弈叶继采；旧说以为固文优彪，歆学精向，然《王命》清辩，《新序》该练，璿璧产于昆冈，亦难得而逾本矣[16]。傅毅、崔骃，光采比肩，瑗、寔踵武，能（铃木云梅本、冈本作“龙”）世厥风者矣[17]。杜笃、贾逵，亦有声于文，迹其为才，崔、傅之末流也[18]。李尤（元作“充”，王改；黄云案冯本作“尤”）赋铭，志慕鸿裁，而才力沉膇，垂翼不飞[19]。马融鸿儒，思洽识（一作“登”）高，吐纳经范，华实相扶[20]。王逸博识有功，而绚采无力；延寿继志，瑰颖独标，其善图物写貌，岂枚乘之遗术欤[21]？张衡通赡，蔡邕精雅，文史彬彬，隔世相望。是则竹柏异心而同贞，金玉殊质而皆宝也[22]。刘向之奏议，旨切而调缓；赵壹之辞赋，意繁而体疏；孔融气盛于为笔，祢衡思锐于为文，有偏美焉[23]。潘勖凭经以骋才，故绝群于锡命；王朗发愤以托志，亦致美于序铭[24]。然自卿、渊已前，多俊才而不课学[25]，雄、向以后，颇引书以助文，此取与之大际，其分不可乱者也[26]。

魏文之才，洋洋清绮，旧谈抑之，谓去植千里。然子建思捷而才俊，诗丽而表逸；子桓虑详而力缓，故不竞于先鸣；而乐府清越，《典论》辩要，迭用短长，亦无懵焉。但俗情抑扬，雷同一响，遂令文帝以位尊减才，思王以势窘益价，未为笃论也[27]。仲宣溢才，捷而能密，文多兼善，辞少瑕累，摘其诗赋，则七子之冠冕乎[28]？琳、瑀以符檄擅声，徐幹以赋论标美，刘桢情高以会采，应玚学优以得文，路粹、杨修颇怀笔记之工，丁仪、邯郸亦含论述之美，有足算焉[29]。刘劭《赵都》，能攀于前修；何宴《景福》，克光于后进；休琏风情，则《百壹》标其志；吉甫文理，则《临丹》成其采；嵇康师心以遣（铃木云梅本校“遣”疑作“造”）论，阮籍使气以命诗：殊声而合响，异翮而同飞[30]。

张华短章，弈弈（铃木云嘉靖本、梅本、冈本作“奕奕”）清畅，其《鷦鷯》寓意，即韩非之《说难》也[31]。左思奇才，业深覃思，尽锐于《三都》，拔萃于《咏史》，无遗力矣[32]。潘岳敏给，辞自（疑作“旨”；铃木云诸本作“自”）和畅，锺美于《西征》，贾余于哀诔，非自外也[33]。陆机才欲窥深，辞务索广，故思能入巧而不制繁；士龙朗练（元作“陈”；王青莲改），以识检乱，故能布采鲜净，敏于短篇[34]。孙楚缀思，每直置以疏通；挚虞述怀，必循规以温雅，其品藻《流别》，有条理焉[35]。傅玄篇章，义多规镜；长虞笔奏，世执刚中：并桢（汪作“桢”）、幹之实才，非群华之韡萼也[36]。成公子安选（铃木云当作“撰”）赋而时美，夏侯孝若具体而皆微。曹摅清靡于长篇，季鹰辨切于短韵，各其善也[37]。孟阳、景阳，才绮而相埒，可谓鲁卫之政，兄弟之文也[38]。刘琨雅壮而多风，卢谌情发而理昭，亦遇之于时势也[39]。

景纯艳逸，足冠中兴，郊赋既穆穆以大观，仙诗亦飘飘而凌云矣[40]。庾元规之表奏，靡密以闲畅；温太真之笔记，循理而清通：亦笔端之良工也[41]。孙盛、干宝（元作“子实”），文胜为史，准的所拟，志乎典训；户牖虽异，而笔彩略同[42]。袁宏发轸以高骧，故卓出而多偏；孙绰规旋以矩步，故伦序而寡状。殷仲文之孤（疑作“秋”，顾校作“秋”）兴，谢叔源之闲情，并解散辞体，缥渺浮音；虽滔滔风流，而大浇文意[43]。

宋代逸才，辞翰鳞萃，世近易明，无劳甄序[44]。

观夫后汉才林，可参西京；晋世文苑，足俪邺都。然而魏时话言，必以元封为称首；宋来美谈，亦以建安为口实。何也？岂非崇文之盛世，招才之嘉会哉？嗟夫，此古人所以贵乎时也[45]！

赞曰：才难，然乎？性各异禀。一朝综文，千年凝锦。余采徘徊，遗风籍（铃木云嘉靖本作“藉”）甚。无曰纷杂，皎然可品。

注释：

①纪评曰："《时序篇》总论其世，《才略篇》各论其人。"

②《书·皋陶谟》："日严祗敬六德，亮采有邦。"《传》曰："有国，诸侯。日日严敬其身，敬行六德，以信治政事，则可以为诸侯。"《舜典》："帝曰：'夔，命汝典乐，教胄子。'……八音克谐，无相夺伦。"《大禹谟》："益赞于禹曰：'惟德动天，无远弗届。满招损，谦受益，时乃天道。'帝初于历山，往于田，日号泣于旻天于父母，负罪引慝，祗载见瞽瞍，夔夔斋栗，瞽瞍亦允若。至诚感神，矧兹有苗。"《五子之歌》见《明诗篇》注。

③《仲虺之诰》序曰："汤归自夏，至于大坰，仲虺作诰。"《伊训》序曰："成汤既没，太甲元年，伊尹作《伊训》。"《诗·大雅》"崧高""烝民""韩奕""江汉"皆尹吉甫美宣王而作。"文亦师矣"句有缺字，疑"师"字上脱一"足"字。

④《左传》宣公十二年，随武子曰："蔿敖为宰，择楚国之令典……百官象物而动，军政不戒而备，能用典矣。"宣公十六年："晋侯使士会平王室。定王享之……殽蒸。武子私问其故。王闻之，召武子曰：'……王享有体荐，宴有折俎，公当享，卿当宴，王室之礼也。'武子归而讲求典礼，以修晋国之法。"僖公二十三年："(秦穆享公子重耳。)子犯曰：'吾不如衰之文也，请使衰从。'公子赋《河水》，公赋《六月》。赵衰曰：'重耳拜赐。'公子降，拜稽首；公降一级而辞焉。衰曰：'君称所以佐天子者命重耳，重耳敢不拜。'"襄公三十一年："子产之从政也，择能而使之。冯简子能断大事，子太叔美秀而文，公孙挥能知四国之为，而辨于其大夫之族姓、班位、贵贱、能否，而又善为辞令。"子产修辞扞郑，见《征圣篇》注。

⑤《战国策·燕策二》："昌国君乐毅为燕昭王合五国之兵而攻齐，下七十余城，尽郡县之以属燕。三城未下而燕昭王死。惠王即位，用齐人反间，疑乐毅，而使骑劫代之将。乐毅奔赵，赵封以为望诸君……燕王悔……乃使人让乐毅，且谢之……望诸君乃使人献书报燕王曰：'臣不佞，不能奉承先王之教，以顺左右之心，恐抵斧质之罪，以伤先王之明，而又害于足下之义，故遁逃奔赵。自负以不肖之罪，故不敢为辞说。今王使使者数之罪，臣恐侍御者之不察先王之所以畜幸臣之理，而又不白于臣之所

以事先王之心，故敢以书对。臣闻贤圣之君不以禄私其亲，功多者授之；不以官随其爱，能当者处之。故察能而授官者，成功之君也；论行而结交者，立名之士也。臣以所学者观之，先王之举错，有高世之心，故假节于魏王，而以身得察于燕。先王过举，擢之乎宾客之中，而立之乎群臣之上，不谋于父兄，而使臣为亚卿。臣自以为奉令承教，可以幸无罪矣，故受命而不辞。先王命之曰："我有积怨深怒于齐，不量轻弱，而欲以齐为事。"臣对曰："夫齐，霸国之余教，而骤胜之遗事也，闲于兵甲，习于战攻。王若欲攻之，则必举天下而图之。举天下而图之，莫径于结赵矣。且又淮北、宋地，楚、魏之所同愿也。赵若许约，楚、魏尽力，四国攻之，齐可大破也。"先王曰："善。"臣乃口受令，具符节，南使臣于赵。顾反命，起兵随而攻齐。以天之道，先王之灵，河北之地随先王举而有之于济上。济上之军奉令击齐，大胜之。轻卒锐兵，长驱至国。齐王逃遁走莒，仅以身免。珠玉财宝，车甲珍器，尽收入燕。大吕陈于元英，故鼎返于历室，齐器设于宁台。蓟丘之植，植于汶篁（当作"蓟丘植乎汶篁"）。自五伯以来，功未有及先王者也。先王以为慊其志，以臣为不顿命，故裂地而封之，使之得比乎小国诸侯。臣不佞，自以为奉令承教，可以幸无罪矣，故受命而弗辞。臣闻贤明之君，功立而不废，故著于春秋；蚤知之士，名成而不毁，故称于后世。若先王之报怨雪耻，夷万乘之强国，收八百岁之蓄积，及至弃群臣之日，余令诏后嗣之遗义，执政任事之臣，所以能循法令，顺庶孽者，施及萌隶，皆可以教于后世。臣闻善作者，不必善成；善始者，不必善终。昔者伍子胥说听乎阖闾，故吴王远迹至于郢；夫差弗是也，赐之鸱夷而浮之江。故吴王夫差不悟先论之可以立功，故沉子胥而不悔。子胥不蚤见主之不同量，故入江而不改。夫免身全功，以明先王之迹者，臣之上计也。离毁辱之非，堕先王之名者，臣之所大恐。临不测之罪，以幸为利者，义之所不敢出也。臣闻古之君子，交绝不出恶声；忠臣之去也，不洁其名。臣虽不佞，数奉教于君子矣。恐侍御者之亲左右之说而不察疏远之行也，故敢以书报，唯君之留意焉。'"

范雎《上秦昭王书》、李斯《谏逐客书》引见《论说篇》注。苏秦说辞见《史记》本传及《战国策》，不复引。

⑥荀卿赋见《诠赋篇》注。

⑦《汉志》陆贾赋三篇，当有篇名《孟春》者，彦和时尚存，今则无可考矣。《札迻》十二云："'选典诰'当作'进典语'。《诸子篇》云'陆贾典语'并误以'新语'为'典语'也。进、选，语、诰，皆形近而误。"据孙说当作"进《新语》"。

⑧《汉书·贾谊传》："文帝召谊为博士。是时谊年二十余，最为少。每诏令议下，诸老先生未能言，谊尽为之对，人人各如其意所出。诸生于是以为能。"《吕氏春秋·离俗览》："飞兔、要褭，古之骏马也。"

⑨枚乘见《杂文篇》注。邹阳见《时序篇》注。

⑩《艺文类聚》三十有董仲舒《士不遇赋》，司马迁《悲士不遇赋》。《诗·小雅·四月》："君子作歌，维以告哀。"《笺》云："告哀，言劳病而愬之。"

⑪《汉书·司马相如传》："少时好读书。"《法言·君子篇》："文丽用寡长卿也。""覆"疑当作"核"。

⑫骈俪之文，始于王褒《圣主得贤臣颂》，故云以密巧为致。《庄子·逍遥游》："夫列子御风而行，泠然善也。"郭注："泠然，轻妙之貌。"

⑬《汉书·扬雄传》："雄少而好学……默而好深湛之思。"子云多知奇字，亦所谓"搜选诡丽"也。"搜选诡丽"，辞深也；"涯度幽远"，义深也。"辞人最深"，"人"当作"义"，俗写致讹。

⑭《论衡·佚文篇》："挟桓君山之书，富于积猗顿之财。"《后汉书·宋弘传》："帝尝问弘通博之士。弘荐沛国桓谭，才学洽闻，几能及扬雄、刘向父子。"此云"爰比相如"，恐误。《艺文类聚》七十八载谭《仙赋》曰：

> 余少时为郎，从孝成帝出祠甘泉河东，见部先置华阴集灵宫。宫在华山下，武帝所造，欲以怀集仙者王乔、赤松子，故名殿曰存仙。端门南向山，署曰望仙门。余居此焉，窃有乐高眇之志，即书壁为小赋以颂美曰：
>
> 夫王乔、赤松，呼则出故，翕则纳新；夭矫经引，积气关元；精神周洽，鬲塞流通；乘凌虚无，洞达幽明；诸物皆见，玉女在旁；仙道既成，神灵攸迎。乃骖驾青龙，赤腾为历；躇玄厉之摧靠，有似乎鸾凤之翔飞。集于胶葛之宇，泰山之台；吸玉液，食华芝，漱玉浆，饮金醪。出宇宙，与云浮，漉轻雾，济倾崖，观沧川而升天门，驰白

鹿而从麒麟，周览八极，还崦华坛。汜汜乎，滥滥乎，随天转旋，容容无为，寿极乾坤。

⑮《后汉书·冯衍传》：衍得罪，不得志，“乃作赋自厉，命其篇曰《显志》。显志者，言光明风化之情，昭章玄妙之思也”。赋文载本传，不复录。《淮南子·说林训》：“明月之珠，蚌之病而我之利也。”

⑯《王命论》，见《论说篇》注。《新序》，见《诸子篇》注。

⑰崔骃、崔瑗、崔寔，见《时序篇》注。

⑱《后汉书·贾逵传》：“逵所著经传义诂及论难百余万言。又作诗、颂、诔、书、连珠、酒令，凡九篇，学者宗之，后世称为通儒。”又《文苑传·杜笃传》：“笃所著赋、诔、吊、书、赞、七言、女诫及杂文，凡十八篇。又著《明世论》十五篇。”本传载其《论都赋》一篇。

⑲黄注：“原作李充。按《后汉（书）·独行传》，李充，陈留人，不言有著述。《晋中兴书》，李充，江夏人，著《学箴》。然此在贾逵之后，马融之前，则李尤也。尤在和帝时拜兰台令史，有《函谷》诸赋，并《车》诸铭。而贾逵仕明帝时，马融仕顺、桓时，以序观之，乃李尤无疑。”《左传》成公六年：“献子曰：‘民愁则垫隘，于是乎有沉溺重腿之疾。’”《易·明夷》初九：“明夷于飞，垂其翼。”

⑳《后汉书·马融传》：“融才高博洽，为世通儒。所著赋、颂、碑、诔、书记、表奏、七言、琴歌、对策、遗令，凡二十一篇。”

㉑《后汉书·文苑传·王逸传》：“王逸，字叔师，南郡宜城人也。著《楚辞章句》行于世。其赋、诔、书、论及杂文，凡二十一篇。又作《汉诗》百二十三篇。子延寿，字文考，有俊才，少游鲁国，作《灵光殿赋》。后蔡邕亦造此赋，未成；及见延寿所为，甚奇之，遂辍翰而已。曾有异梦，意恶之，乃作《梦赋》以自厉。后溺水死，时年二十余。”

㉒《后汉书·张衡传》：“衡所著诗、赋、铭、七言、《灵宪》《应间》《七辩》《巡诰》《悬图》，凡三十二篇。及为侍中，上疏请得专事东观，收检遗文，毕力补缀。书数上，竟不听。及后之著述，多不详典，时人追恨之。”范晔赞曰：“崔瑗之称平子曰‘数术穷天地，制作侔造化’（章怀注：瑗撰平子碑文也）。”又《蔡邕传》：“邕所著诗、赋、碑、诔、铭、赞、连珠、箴、吊、论议、《独断》《劝学》《释诲》《叙乐》《女训》《篆势》、祝

文、章表、书记，凡百四篇，传于世。”又曰：“邕前在东观，与卢植、韩说等撰补《后汉记》，会遭事流离，不及得成，因上书自陈，奏其所著《十意》。”范晔赞曰：“邕实慕静，心精辞绮。”

㉓《汉书·刘向传》：“向自见得信于上，故常显讼宗室，讥刺王氏及在位大臣；其言多痛切，发于至诚。”“旨切调缓”，向文确评。《后汉书·文苑传·赵壹传》载其《穷鸟赋》一篇。其又作《刺世疾邪赋》，赋末系诗二首。其一曰：“河清不可俟，人命不可延。顺风激靡草，富贵者称贤。文籍虽满腹，不如一囊钱。伊优北堂上，抗脏倚门边。”其二曰：“势家多所宜，咳唾自成珠。被褐怀金玉，兰蕙化为刍。贤者虽独悟，所困在群愚。且各守尔分，勿复空驰驱。哀哉复哀哉，此是命矣夫！”所谓体疏，殆此类也。《文选》采录孔融书表，是“气盛于为笔”之证。祢衡作《鹦鹉赋》，文无加点，辞采甚丽，是“思锐于为文”也。

㉔潘勖《九锡文》见《诏策篇》注。《魏志·王朗传》：“朗著奏议论记，咸传于世。”序铭未闻。

㉕案《史通·杂说下》引“俊才”作“役才”，是。

㉖《事类篇》曰：“及扬雄《百官箴》，颇酌于《诗》《书》；刘歆《遂初赋》，历叙于纪传；渐渐综采矣。至于崔、班、张、蔡，遂捃摭经史，华实布濩，因书立功，皆后人之范式也。”

㉗钟嵘列思王于中品，文帝于中品。《明诗篇》曰：“兼善则子建、仲宣。”是彦和之意，亦以子建诗优于文帝也。而乐府清越，《典论》辨要，则亦特有所长，不得一概抑之。彦和此说，诚是笃论。

㉘《文选》曹植《王仲宣诔》曰：“强记洽闻，幽赞微言；文若春华，思若涌泉；发言可咏，下笔成篇。”《诗品》云：“陈思以下，桢称独步。”又云：“公幹升堂，思王入室。”而称仲宣为“在曹、刘间，别构一体，方陈思不足，比魏文有余”。仲伟与彦和，小有出入。姚范《援鹑堂笔记》三十九：“仲宣续自善于辞赋，惜其体弱，不足起其文。按体弱未必论文，疑即《魏志·粲传》所云‘貌寝而体弱’也。又《魏略》亦有‘元瑜病于体弱’之语。”

㉙陈琳见《檄移篇》注。阮瑀见《章表篇》《书记篇》注。《全三国文》五十五《中论序》曰：“君之性常欲损世之有余，益俗之不足。见辞

人美丽之交，并时而作，曾无阐弘大义，敷散道教，上求圣人之中，下救流俗之昏者。故废诗赋颂铭赞之文，著《中论》之书二十篇。”《典论·论文》：“幹之《玄猿》《漏卮》《圆扇》《橘赋》，虽张、蔡不过也。”《文选》谢灵运《拟魏太子邺中集诗序》：“刘桢卓荦偏人，而文最有气，所得颇经奇。”《文选》文帝《与吴质书》：“德琏常斐然有述作之意，其才学足以著书。”《魏志·王粲传》路粹注：“粹后为军谋祭酒，与陈琳、阮瑀等典记室，诬奏孔融而杀之（见《奏启篇》）。融诛之后，人睹粹所作，无不嘉其才而畏其笔也。”又《陈思王植传》注引《典略》曰：“杨修，字德祖，建安中举孝廉，除郎中；丞相请署仓曹属主簿。是时军国多事，修总知内外，事皆称意。”又引《魏略》曰：“丁仪，字正礼，太祖辟仪为掾，到與论议，嘉其才朗。”《艺文类聚》五十四载仪《刑礼论》一篇。《王粲传》注引《魏略》曰：“邯郸淳，字子叔，博学有才章。”《艺文类聚》十载淳《受命述》。

㉚刘劭《赵都赋》见《事类篇》注。《文选》何平叔《景福殿赋》注引《典略》曰：“魏明帝将东巡，恐夏热，故许昌作殿，名曰景福。既成，命人赋之。平叔遂有此作。”应璩《百壹诗》见《明诗篇》注。李详《黄注补正》：“吉甫，晋应贞字。贞有《临丹赋》，见《类聚》八。”嵇康《养生论》见《文选》。本集有《答向子期难养生论》《声无哀乐论》《释私论》《管蔡论》《明胆论》《难张辽叔自然好学论》《难张辽叔宅无吉凶摄生论》《答张辽叔释难宅无吉凶摄生论》。魏晋群才，叔夜作论为最富矣。《晋书·阮籍传》：“籍容貌瑰杰，志气宏放，傲然独得，任性不羁，而喜怒不形于色……籍能属文，初不留思。作《咏怀诗》八十余首，为世所重。”《文选》采录十七首，颜延年注曰：“说者谓阮籍在晋文代常虑祸患，故发此咏耳。”

㉛陆云《与兄平原书》：“张公文无他异，正是情省无烦长；作文正尔自复佳。”《文选·鹪鹩赋》注引臧荣绪《晋书》曰：“张华少好文义，博览坟典。为太常博士，转兼中书郎。虽栖处云阁，慨然有感，作《鹪鹩赋》。”录赋于下：

鹪鹩，小鸟也，生于蒿莱之间，长于藩篱之下，翔集寻常之内，而生生之理足矣。色浅体陋，不为人用，形微处卑，物莫之害，繁滋族类，乘居匹游，翩翩然有以自乐也。彼鹫鹗鹍鸿，孔雀翡翠，或凌赤霄之际，或托绝垠之外，翰举足以冲天，觜距足以自卫，然皆负矰缨缴，羽毛入贡。何者？有用于人也。夫言有浅而可以托深，类有微而可以喻大，故赋之云尔。

何造化之多端兮，播群形于万类；惟鹪鹩之微禽兮，亦摄生而受气。育翩翾之陋体，无玄黄以自贵。毛弗施于器用，肉弗登乎俎味。鹰鹯过犹俄翼，尚何惧于罿罻。翳荟蒙笼，是焉游集；飞不飘飏，翔不翕习。其居易容，其求易给。巢林不过一枝，每食不过数粒。栖无所滞，游无所盘。匪陋荆棘，匪荣茝兰。动翼而逸，投足而安。委命顺理，与物无患。

伊兹禽之无知，何处身之似智。不怀宝以贾害，不饰表以招累。静守约而不矜，动因循以简易。任自然以为资，无诱慕于世伪。雕鹖介其觜距，鹄鹭轶于云际。鹍鸡窜于幽险，孔翠生乎遐裔。彼晨凫与归雁，又矫翼而增逝。咸美羽而丰肌，故无罪而皆毙。徒衔芦以避缴，终为戮于此世。苍鹰鸷而受绁，鹦鹉惠而入笼。屈猛志以服养，块幽絷于九重。变音声以顺旨，思摧翮而为庸。恋钟代之林野，慕陇坻之高松。虽蒙幸于今日，未若畴昔之从容。

海鸟鶢鶋，避风而至。条枝巨雀，逾岭自致。提挈万里，飘飖逼畏。夫惟体大妨物，而形瑰足玮也。阴阳陶蒸，万品一区。巨细舛错，种繁类殊。鹪螟巢于蚊睫，大鹏弥乎天隅。将以上方不足，而下比有余。普天壤以遐观，吾又安知其小大之所如？

㉜左思《三都》见《诠赋篇》注。《文选》左思《咏史》八首：

弱冠弄柔翰，卓荦观群书；著论准《过秦》，作赋拟《子虚》。边城苦鸣镝，羽檄飞京都；虽非甲胄士，畴昔览《穰苴》。长啸激清风，志若无东吴；铅刀贵一割，梦想骋良图。左眄澄江湘，右盼定羌胡；功成不受爵，长揖归田庐。

郁郁涧底松，离离山上苗；以彼径寸茎，荫此百尺条。世胄蹑高位，英俊沈下僚；地势使之然，由来非一朝。金张籍旧业，七叶珥汉貂；冯公岂不伟，白首不见招。

吾希段干木，偃息藩魏君；吾慕鲁仲连，谈笑却秦军。当世贵不羁，遭难能解纷；功成不受赏，高节卓不群。临组不肯绁，对珪不肯分；连玺耀前庭，比之犹浮云。

济济京城内，赫赫王侯居；冠盖荫四术，朱轮竞长衢。朝集金张馆，暮宿许史庐；南邻击钟磬，北里吹笙竽。寂寂扬子宅，门无卿相舆；寥寥空宇中，所讲在玄虚；言论准宣尼，辞赋拟相如；悠悠百世后，英名擅八区。

皓天舒白日，灵景耀神州；列宅紫宫里，飞宇若云浮。峨峨高门内，蔼蔼皆王侯。自非攀龙客，何为欻来游？被褐出阊阖，高步追许由；振衣千仞冈，濯足万里流。

荆轲饮燕市，酒酣气益震；哀歌和渐离，谓若傍无人。虽无壮士节，与世亦殊伦；高眄邈四海，豪右何足陈？贵者虽自贵，视之若埃尘。贱者虽自贱，重之若千钧。

主父宦不达，骨肉还相薄；买臣困采樵，伉俪不安宅；陈平无产业，归来翳负郭；长卿还成都，壁立何寥廓。四贤岂不伟，遗烈光篇籍；当其未遇时，忧在填沟壑。英雄有屯邅，由来自古昔；何世无奇才，遗之在草泽。

习习笼中鸟，举翮触四隅；落落穷巷士，抱影守空庐。出门无通路，枳棘塞中涂；计策弃不收，块若枯池鱼。外望无寸禄，内顾无斗储。亲戚还相蔑，朋友日夜疏。苏秦北游说，李斯西上书；俯仰生荣华，咄嗟复雕枯。饮河期满腹，贵足不愿余；巢林栖一枝，可为达士模。

㉝《文选》潘安仁《西征赋》注引臧荣绪《晋书》："岳为长安令，作《西征赋》述行，历论所经人物山水也。"李善注："岳，荥阳中牟人。晋惠元康二年，岳为长安令，因行役之感，而作此赋。岳家在巩县东，故曰《西征》。"《诔碑篇》："潘岳构意，专师孝山；巧于序悲，易入新切。"《哀吊篇》："及潘岳继作，实踵其美。观其虑善辞变，情洞悲苦，叙事如传；结言摹诗，促节四言，鲜有缓句，故能义直而文婉，体旧而趣新，《金鹿》《泽兰》，莫之或继也。"《金鹿》《泽兰》，见《哀吊篇》注。

㉞《镕裁篇》："士衡才优，而缀辞尤繁；士龙思劣，而雅好清省。"《世说新语·文学篇》注引《文章传》："机善属文，司空张华见其文章，篇篇称善，犹讥其作文大治，谓曰'人之作文，患于不才；至子为文，乃患太多也'。"

㉟《晋书 · 孙楚传》:“楚才藻卓绝，爽迈不群，多所陵傲，缺乡曲之誉。晋文帝遣符劭、孙郁使吴，将军石苞令楚作书遗孙皓。”本传及《文选》均载楚书。观其指陈利害，深切著明，措辞率直，无所隐避，殆所谓“直置疏通”也。“直置”不可解，“置”或“指”之误欤?《晋书 · 挚虞传》载虞《思游赋》，其序曰“虞尝以死生有命，富贵在天。天之所佑者，义也；人之所助者，信也。履信思顺，所以延福；违此而行，所以速祸。然道长世短，祸福舛错，怵迫之徒，不知所守，荡而积愤，或迷或放。故借之以身，假之以事，先陈处世不遇之难，遂弃彝伦，轻举远游，以极常人罔惑之情，而后引之以正，反之以义。推神明之应于视听之表，崇否泰之运于智力之外，以明天任命之不可违，故作《思游赋》。”“循规温雅”，即指《思游赋》也。《文章流别论》见《序志篇》注。

㊱《晋书 · 傅玄传》:“(玄)性刚劲亮直，不能容人之短。(司空王)沈与玄书曰:‘省足下所著书，言富理济，经纶政体，存重儒教，足以塞杨、墨之流遁，齐孙、孟于往代。每开卷未尝不叹息也。’(玄子)咸，字长虞，刚简有大节，风格峻整，识性明悟，疾恶如仇，推贤乐善，尝慕季文子、仲山甫之志。好属文论，虽绮丽不足，而言成规鉴。”《易 · 蒙卦 · 彖辞》:“以刚中也。”《师卦 · 彖辞》:“刚中而应。”

㊲《晋书 · 文苑传 · 成公绥传》:“绥少有俊才，词赋甚丽。”《世说新语 · 文学篇》注:“《文士传》曰:‘夏侯湛字孝若，有盛才，文章巧思，善补雅辞，名亚潘岳。’”《湛集》载其叙曰:“《周诗》者，《南陔》《白华》《华黍》《由庚》《崇丘》《由仪》六篇，有其义而亡其辞，湛续其亡，故曰《周诗》也。”其诗曰:“既殷斯虔，仰说洪恩。夕定晨省，奉朝侍昏。宵中告退，鸡鸣在门。孳孳恭诲，夙夜是敦。”《晋书 · 夏侯湛传》载其《昆弟诰》一篇，纯模《尚书》。本传谓湛著论三十余篇，别为一家之言。曹摅，字颜远，《晋书》在《良吏传》。《文选》载其五言《思友人诗》《感旧诗》各一首。《文馆词林》载《赠韩德真》《赠石崇》《赠王弘远》《赠欧阳建》《答赵景猷》五首，并四言长篇，殆即彦和所指。《文选》张季鹰《杂诗》注引王俭《七志》曰:“翰，字季鹰，文藻新丽。”

㊳“三张”，见《明诗篇》注。

㊴《晋书 · 刘琨传》:“(琨)为匹磾所拘，自知必死，神色怡如也。

为五言诗，赠其别驾卢谌……琨诗托意非常，摅畅幽愤，远想张、陈（张良、陈平），感鸿门、白登之事，用以激谌。谌素无奇略，以常词酬和，殊乖琨心，重以诗赠之，乃谓琨曰：'前篇帝王大志，非人臣所言矣。'"《文选》载琨《答卢谌》四言诗一首，又《重赠卢谌》五言诗一首。重赠诗载琨本传，即谌所谓"帝王大志，非人臣所言"者也。《卢谌传》："谌，字子谅，清敏有理思，好老庄，善属文。"彦和称卢谌"情发而理昭"，盖指其上表理刘琨，本传所谓"文旨甚切"者也。表文载《刘琨传》。

㊵《世说新语 · 文学篇》注引《璞别传》："文藻粲丽，诗赋诔颂，并传于世。"《郊赋》见《才略篇》注。《文选》郭景纯《游仙诗》七首，李善注曰："凡游仙之篇，皆所以滓秽尘网，锱铢缨绂，餐霞倒景，饵玉玄都。而璞之制，文多自叙，虽志狭中区，而辞无俗累，见非前识，良有以哉！"

㊶庚亮，见《章表篇》注。温峤，见《诏策篇》注。

㊷孙盛、干宝，见《史传篇》注。

㊸《世说新语 · 文学篇》注引《续晋阳秋》："袁宏少有逸才，文章绝丽。"钟嵘《诗品》曰："彦伯虽文体未遒，而鲜明紧健，去凡俗远矣。"孙兴公《游天台山赋》多用佛老之语，不甚状貌山水，与汉赋穷形尽貌者颇异。《世说新语 · 文学篇》："殷仲文天才弘赡。"注引《续晋阳秋》："仲文雅有藻才，著文数十篇。"殷仲文《孤兴》、谢混《闲情》未闻。

㊹此亦犹《时序篇》不论当代之意。

㊺《论衡 · 案书篇》："夫俗好珍古不贵今，谓今之文不如古书。夫古今一也。才有高下，言有是非，不论善恶而徒贵古，是谓古人贤今人也……才有浅深，无有古今；文有伪真，无有故新。"彦和之意同此。

知音第四十八

知音其难哉！音实难知，知实难逢，逢其知音，千载其一乎！夫古来知音，多贱同而思古，所谓"日进前而不御，遥闻声而相思"也①。

昔《储说》始出，《子虚》初成，秦皇、汉武，恨不同时；既同时矣，则韩囚而马轻，岂不明鉴同时之贱哉[②]！至于班固、傅毅，文在伯仲，而固嗤毅云“下笔不能自休”。及陈思论才，亦深排孔璋；敬礼请润色，叹以为美谈；季绪好诋诃，方之于田巴：意亦见矣。故魏文称“文人相轻”，非虚谈也[③]。至如君卿唇舌，而谬欲论文，乃称“史迁著书，谘东方朔”，于是桓谭之徒，相顾嗤笑。彼实博徒，轻言负诮，况乎文士，可妄谈哉[④]！故鉴照洞明，而贵古贱今者，二主是也；才实鸿懿，而崇己抑人者，班、曹是也；学不逮文，而信伪迷真者，楼护是也。酱瓿之议，岂多叹哉[⑤]！

夫麟凤与麏雉悬绝，珠玉与砾石超殊，白日垂其照，青眸写其形；然鲁臣以麟为麏，楚人以雉为凤，魏氏（铃木云梅本、闵本作“民”）以夜光为怪石，宋客以燕砾为宝珠。形器易征，谬乃若是；文情难鉴，谁曰易分[⑥]？

夫篇章杂沓，质文交加，知多偏好，人莫圆该。慷慨者逆声而击节，酝籍（黄校作“藉”）者见密而高蹈，浮慧者观绮而跃心，爱奇者闻诡而惊听。会己则嗟讽，异我则沮弃，各执一隅之解，欲拟万端之变，所谓“东向而望，不见西墙”也[⑦]。

凡操千曲而后晓声，观千剑而后识器；故圆照之象，务先博观。阅乔岳以形培塿，酌沧波以喻畎浍。无私于轻重，不偏于憎爱，然后能平理若衡，照辞如镜矣[⑧]。是以将阅文情，先标六观：一观位体，二观置辞，三观通变，四观奇正，五观事义，六观宫商。斯术既形，则优劣见矣[⑨]。

夫缀文者情动而辞发，观文者披文以入情，沿波讨源，虽幽必显。世远莫见其面，觇文辄见其心。岂成篇之足深？患识照之自浅耳[⑩]。夫志在山水，琴表其情，况形之笔端，理将焉匿[⑪]？故心之照理，譬目之照形，目瞭则形无不分，心敏则理无不达。然而俗监（铃木云宜作“鉴”）之迷者，深废浅售，此庄周所以笑《折杨》，宋玉所以伤《白雪》也[⑫]！昔屈平有言：“文质疏内，众不知余之异采。”见异唯知音耳。扬雄自称：“心好沈博绝丽之文。”其事浮浅，亦可知矣[⑬]。夫唯深识鉴奥，必欢然内怿，譬春台之熙众人，乐饵之止过客。盖闻兰为国香，服媚弥芬；书亦国华，玩泽（王作“绎”）方美：知音君子，其垂意焉⑭。

赞曰：洪锺（铃木云闵本、冈本作“钟”）万钧，夔、旷所定。良书盈箧，妙鉴乃订。流郑淫人，无或失听。独有此律，不谬蹊径。

注释：

①李详《黄注补正》：“《抱朴子·广譬篇》：‘贵远而贱近者，常人之情也；信耳而遗目者，古今之所患也。是以秦王叹息于韩非之书，而想其为人；汉武慷慨于相如之文，而恨不同世。及既得之，终不能拔，或纳谗而诛之，或放之乎冗散。’彦和之论本此。”

《鬼谷子·内揵篇》：“日进前而不御，遥闻声而相思。”

②《史记·韩非传》：“（非）作《孤愤》《五蠹》《内外储》《说林》《说难》十余万言。秦王见《孤愤》《五蠹》之书，曰：‘嗟乎！寡人得见此人与之游，死不恨矣！’因急攻韩。（韩）乃遣非使秦。李斯、姚贾害之……下吏治非。李斯使人遗非药，使自杀。”《汉书·司马相如传》：“蜀人杨得意为狗监，侍上。上读《子虚赋》而善之，曰：‘朕独不得与此人同时哉！’得意曰：‘臣邑人司马相如自言为此赋。’上惊，乃召问相如。相如曰：‘有是。然此乃诸侯之事，未足观，请为天子游猎之赋。’……赋奏，天子以为郎。”

③《文选·典论·论文》：“文人相轻，自古而然。傅毅之于班固，伯仲之间耳，而固小之。与弟超书曰：‘武仲以能属文为兰台令史，下笔不能自休。’”

《文选》曹子建《与杨德祖书》：“以孔璋之才，不闲于辞赋，而多自谓能与司马长卿同风，譬画虎不成，反为狗也……昔丁敬礼常作小文，使仆润饰之，仆自以才不过若人，辞不为也。敬礼谓仆：‘卿何所疑难？文之佳恶，吾自得之；后世谁相知定吾文者耶！’吾尝叹此达言，以为美谈……刘季绪才不能逮于作者，而好诋诃文章，掎摭利病。昔田巴毁五帝，罪三王，呰五霸于稷下，一旦而服千人，鲁连一说，使终身杜口。刘生之辩，未若田氏，今之仲连，求之不难，可无息乎！”丁廙，字敬礼。季绪，名修，刘表子也。

④《史记·太史公自序·索隐》："桓谭云'迁所著书成，以示东方朔，朔皆署曰太史公。"《孝武纪·索隐》亦引此说。据彦和此文，则是桓谭笑楼护之说，《索隐》误记。楼护唇舌，见《论说篇》注。

⑤二主，谓秦皇、汉武。班、曹，谓班固、曹植。《汉书·扬雄传赞》："（雄著《太玄》）刘歆尝观之，谓雄曰：'空自苦！今学者有禄利，然尚不能明《易》，又如《玄》何？吾恐后人用覆酱瓿也。'"

⑥《公羊》哀公十四年："有以告者，曰：有麇而角者。孔子曰：孰为来哉！孰为来哉！"《尹文子·大道下》："楚有担山雉者，路人问：'何鸟也？'担雉者欺之曰：'凤凰也。'买而献之楚王。"又："魏之田父得玉径尺，不知其玉也，以告邻人。邻人绐之曰：'怪石也。'归而置之庑下，明照一室，怪而弃之于野。"《艺文类聚》六《阙子》："宋之愚人得燕石于梧台之东，归而藏之，以为大宝。周客闻而观焉，掩口而笑曰：'此特燕石也，与瓦甓不殊。'"

⑦纪评曰："此似是而非之见，虽相赏识，亦非知音。"

⑧《意林》引《新论》曰："扬子云工于赋，王君大习兵器。予欲从二子学。子云曰：能读千赋则善赋。君大曰：能观千剑则晓剑。谚曰：伏习象神，巧者不过习者之门。"纪评曰："扼要之论，探出知音之本。"

⑨一观位体，《体性》等篇论之。二观置辞，《丽辞》等篇论之。三观通变，《通变》等篇论之。四观奇正，《定势》等篇论之。五观事义，《事类》等篇论之。六观宫商，《声律》等篇论之。大较如此，其细条当参伍错综以求之。

⑩纪评曰："此一段说到音本易知，乃弥觉知音不逢之可伤。"

⑪《吕氏春秋·孝行览》："伯牙鼓琴，钟子期听之。方鼓琴而志在太山，钟子期曰：'善哉乎鼓琴，巍巍乎若太山。'少选之间，而志在流水，钟子期又曰：'善哉乎鼓琴，汤汤乎若流水。'钟子期死，伯牙终身不复鼓琴。"

⑫《庄子·天地篇》："大声不入于里耳，《折杨皇荂》，则嗑然而笑。是故高言不止于众人之心，至言不出，俗言胜也。"《文选》宋玉《对楚王问》："客有歌于郢中者，其始曰《下里巴人》，国中属而和者数千人。其为《阳春白雪》，国中属而和者数十人。是以其曲弥高，其和弥寡。"

⑬《楚辞·九章·怀沙》："文质疏内兮，众不知余之异采。""其事浮

浅”，疑当作“不事浮浅”。

⑭《老子》二十章：“众人熙熙，如春登台。”俞樾《诸子平议》曰：“‘如春登台’与十五章‘若冬涉川’一律。《河上公本》作‘如登春台’，非是。然其注曰‘春阴阳交通，万物感动，登台观之，意志淫淫然’，是亦未尝以春台连文，其所据本亦必作‘春登台’，今传写误倒耳。《文选·闲居赋》注引此已误。”案如俞说，则彦和时已误矣。《释藏》迹八释道安《十二门经论序》：“世人游此，犹春登台。”是晋代尚不误也。又三十五章：“乐与饵，过客止。”王弼注：“乐与饵，则能令过客止。”《左传》宣公三年：“以兰有国香，人服媚之。”“玩泽”，疑当作“玩绎”。

程器第四十九

《周书》论士，方之“梓材”，盖贵器用而兼文采也。是以朴斫成而丹雘施，垣墉立而雕杇（铃木云嘉靖本、梅本“杇”误作“朽”，闵本、冈本、王本、张本作“墁”）附[①]。而近代词人，务华弃实。故魏文以为：“古今文人之（“之”字衍）类不护细行。”韦诞所评，又历诋群才。后人雷同，混之一贯，吁，可悲矣[②]！

略观文士之疵：相如窃妻而受金，扬雄嗜酒而少算；敬通之不循廉隅，杜笃之请求无厌；班固谄窦以作威，马融党梁而黩货；文举傲诞以速诛，正平狂憨以致戮；仲宣轻脆以躁竞，孔璋偬恫以粗疏；丁仪贪婪以乞货，路粹餔啜而无耻；潘岳诡祷于愍、怀，陆机倾仄于贾、郭；傅玄刚隘而詈台，孙楚狠（汪作“佷”）愎而讼府。诸有此类，并文士之瑕累[③]。

文既有之，武亦宜然。古之将相，疵咎实多：至如管仲之盗窃，吴起之贪淫，陈平之污点，绛灌之谗嫉。沿兹以下，不可胜数[④]。孔光负衡据鼎，而仄媚董贤；况班、马之贱职，潘岳之下位哉[⑤]？王戎开国上秩，而鬻官嚣俗；况马、杜之磬悬，丁、路之贫薄哉[⑥]？然子夏无亏于名儒，浚冲不尘乎竹林者，名崇而讥减也。若夫屈、贾之忠贞，邹、枚之机觉，黄香之淳孝，徐幹之沈默，岂曰文士必其玷欤[7]？

盖人禀五材，修短殊用，自非上哲，难以求备。然将相以位隆特达，文士以职卑多诮；此江河所以腾涌，涓流所以寸折者也。名之抑扬，既其然矣；位之通塞，亦有以焉。盖士之登庸，以成务为用。鲁之敬姜，妇人之聪明耳，然推其机综，以方治国，安有丈夫学文，而不达于政事哉[8]？彼扬、马之徒，有文无质，所以终乎下位也。昔庾元规才华清英，勋庸有声，故文艺不称；若非台岳，则正以文才也[9]。文武之术，左右惟宜，卻（铃木云"卻"当作"郤"；黄氏原本不误）縠敦书，故举为元帅，岂以好文而不练武哉？孙武《兵经》，辞如珠玉，岂以习武而不晓文也[10]？

是以君子藏器，待时而动，发挥事业；固宜蓄素以弸（黄云案冯本校"刚"）中，散采（元作"悉"，龚仲和改）以彪外，楩柟其质，豫章其干。摛文必在纬军国，负（元作"贤"，龚改）重必在任栋梁，穷则独善以垂文，达则奉时以骋绩。若此文人，应《梓材》之士矣[11]。

赞曰：瞻彼前修，有懿文德。声昭楚南，采动梁北[12]。雕而不器，贞幹谁则？岂无华身，亦有光国？

注释：

①《尚书·梓材》："若作室家，既勤垣墉，惟其涂塈茨。若作梓材，既勤朴斫，惟其涂丹雘。"《传》曰："为政之术，如梓人治材为器，已劳力朴治斫削，惟其当涂以漆丹以朱而后成，以言教化亦须礼义然后治。"《五子之歌》："峻宇雕墙。"《说文》："杇，所以涂也。秦谓之杇，关东谓之槾。"

②李详《黄注补正》曰："魏文帝《与吴质书》：'古今文人，类不护细行，鲜能以名节自立。'"《三国志·魏志·王粲传》注引鱼豢曰："寻省往者，鲁连、邹阳之徒，援譬引类，以解缔结，诚彼时文辩之隽也。今览王、繁、阮、陈、路诸人前后文旨，亦何昔不若哉？其所以不论者，时世异耳。余又窃怪其不甚见用，以问大鸿胪卿韦仲将（韦诞，字仲将）。仲将云：'仲宣伤于肥戆，休伯都无格检，元瑜病于体弱，孔璋实自粗疏，文蔚性颇忿鸷……然君子不责备于一人，譬之朱漆，虽无桢幹，其为光泽亦壮观也。'"

③《汉书·司马相如传》:"卓王孙有女文君新寡，好音，故相如缪与令相重而以琴心挑之……文君窃从户窥，心悦而好之，恐不得当也……夜亡奔相如，相如与驰归成都。"又:"其后人有上书言相如使（蜀）时受金，失官。"《颜氏家训·文章篇》:"司马长卿窃赀无操。"

《汉书·扬雄传》:"（雄）家素贫，耆酒……时有好事者载酒肴从游学。"又:"家产不过十金，乏无儋石之储，晏如也。"彦和谓其"少算"，岂指是与?《颜氏家训》云:"扬雄德败《美新》。"

《后汉书·冯衍传》:"衍，字敬通……显宗即位，又多短衍文过其实，遂废于家。衍娶北地女任氏为妻，悍忌，不得畜媵妾，儿女常自操井臼，老竟逐之，遂埳壈于时。"章怀注引《衍集·与妇弟任武达书》丑诋其妇，词极惨苦；注又引衍《与宣孟书》，似又出其后妻，其人之鄙薄可知。《宋书·王微传》:"光武以冯衍才浮其实，故弃而不齿。"

《后汉书·文苑传》:"杜笃居美阳，与美阳令游，数从请托不谐，颇相恨。令怒，收笃送京师。"

《后汉书·班固传》:"大将军窦宪出征匈奴，以固为中护军，与参议。及窦宪败，固先坐免官。固不教学诸子，诸子多不遵法度，吏人苦之。"《颜氏家训》曰:"班固盗窃父史。"

《后汉书·马融传》:"（融）为梁冀草奏李固，又作大将军《西第颂》，以此颇为正直所羞。"范晔论曰:"（马融）奢乐恣性，党附成讥，固知识能匡欲者鲜矣。"《颜氏家训》曰:"马季长佞媚获诮。"

李详《黄注补正》:"黄注引《融传》不及黩货，今当添入。《融传》:'先是融有事忤大将军梁冀旨，冀讽有司奏融在郡贪浊，免官。'惠栋《后汉书训纂》引《三辅决录》注云:'融为南郡太守，二府以融在郡贪浊，受主记掾岐肃钱四十万，融子强又受吏白向钱六十万、布三百匹，以肃为孝廉，向为主簿。'"

《后汉书·孔融传》:"时年饥兵兴，操表制酒禁，融频书争之，多侮慢之辞。既见操雄诈渐著，数不能堪，故发辞偏宕，多致乖忤。"《意林》引傅玄《傅子》:"汉末有管秋阳者，与弟及伴一人避乱俱行。天雨雪，粮绝，谓其弟曰:'今不食伴，则三人俱死。'乃与弟共杀之，得粮达舍，后遇赦无罪。此人可谓善士乎?孔文举曰:'管秋阳爱先人遗体，食伴无嫌也。’荀侍中难曰：‘秋阳贪生杀生，岂不罪耶？’文举曰：‘此伴非会友也。若管仲啖鲍叔，贡禹食王阳，此则不可。向所杀者犹鸟兽而能言耳。今有犬啮一狸，狸啮一鹦鹉，何足怪也？’”观文举此论，可见其诞之甚。《宋书·王微传》：“诸葛孔明云，来敏乱郡（按《三国志·来敏传》注作“群”），过于孔文举。”《金楼子·立言篇》亦载文举食人语，文小异。

祢衡傲诞事详《后汉书》本传，后竟为黄祖所杀。《颜氏家训》曰“孔融、祢衡，诞傲致殒。”

“王粲轻脆躁竞”，说已详《体性篇》注。

丁仪、路粹事未详。《颜氏家训》曰：“路粹隘狭已甚。”黄注：“《晋书·愍怀太子传》：贾后将废太子，诈称上不和，召太子置别室，逼饮醉之。使潘岳作书草若祷神之文，有如太子素意，因醉而书之。令小婢以纸笔及书草使太子依而写之。后以呈帝，废太子。”

《晋书·陆机传》：“机好游权门，与贾谧亲善，以进趣获讥。”又《郭彰传》：“彰，贾后从舅也。与贾充素相亲，遇贾后专朝，彰与参权势，宾客盈门，世人称为‘贾郭’。”《颜氏家训》曰：“陆机犯顺履险。”

《晋书·傅玄传》：“玄天性峻急，不能有所容。”“转司隶校尉……谒者以弘训宫为殿内，制玄位在卿下。玄恚怒，厉声色而责谒者。谒者妄称尚书所处，玄对百僚而骂尚书以下。御史中丞庾纯奏玄不敬……坐免官。”

《晋书·孙楚传》：“楚参石苞骠骑军事，初至，长揖曰：‘天子命我参卿军事。’因此而嫌隙遂构。苞奏楚与吴人孙世山共讪毁时政。楚亦抗表自理，纷纭经年。”

④《说苑·尊贤篇》：“邹子说梁王曰：‘……管仲故成阴之狗盗也，天下之庸夫也，齐桓公得之，以为仲父。’”《史记·吴起传》：“（起）闻魏文侯贤，欲事之。文侯问李克曰：‘吴起何如人哉？’李克曰：‘起贪而好色，然用兵司马穰苴不能过也。’”

《史记·陈丞相世家》：“绛侯、灌婴等咸谗陈平曰：‘……臣闻平居家时，盗其嫂；事魏不容，亡归楚；归楚不中，又亡归汉。今日大王尊官之，令护军。臣闻平受诸将金，金多者得善处，金少者得恶处。平，反覆乱臣也。’”又《贾谊传》：“绛、灌、东阳侯、冯敬之属尽害之。”

⑤《汉书·佞幸传》：“初，丞相孔光为御史大夫，时董贤父恭为御

史，事光。及贤为大司马，与光并为三公，上故令贤私过光……（光）知上欲尊宠贤，及闻贤当来也，光警戒衣冠出门待，望见贤车乃却入。贤至中门，光入阁，既下车，乃出拜谒，送迎甚谨，不敢以宾客钧敌之礼。贤归，上闻之喜。"《孔光传》："莽以光为旧相名儒，天下所信。"光字子夏。班、马，谓班固、马融。

⑥黄注："《晋书·王戎传》：戎与阮籍诸人为竹林之游……后以平吴功封安丰侯。南郡太守刘肇赂戎筒中细布五十端，为司隶所纠。帝虽不问，然为清慎者所鄙。"又本传："戎以晋室方乱，慕蘧伯玉之为人，与时舒卷，无蹇谔之节。自经典选，未常进寒素，退虚名，但与时浮沈，户调门选而已。"马、杜，谓司马相如、杜笃。

⑦《汉书·邹阳传》："吴王濞阴有邪谋，阳奏书谏，吴王不内其言。于是邹阳、枚乘、严忌知吴不可说，皆去之梁。"《后汉书·文苑传》："黄香，年九岁失母，思慕憔悴，殆不免丧，乡人称其至孝。年十二，太守刘护闻而召之，署门下孝子。（香）博学经典，究精道术，能文章。肃宗诏香诣东观，读所未尝见书。"《魏志·王粲传》注引《先贤行状》："幹清玄体道，六行修备，聪识洽闻，操翰成章，轻官忽禄，不耽世荣。"

⑧陈先生曰："江河所以腾涌，涓流所以寸折，语意本《荀子·王霸篇》，小巨分流者，亦一若彼一若此也。"李君雁晴曰："《列女传·母仪传》文伯相鲁，敬姜谓之曰：'吾语汝，治国之要尽在经矣。夫幅者所以正曲枉也，不可不强，故幅可以为将。画者所以均不均、服不服也，故画可以为正……推而往，引而来者，综也，综可以为关内之师。'"

⑨庾亮，见《章表篇》注。

⑩《左传》僖公二十七年："（晋侯）蒐于被庐，作三军，谋元帅。赵衰曰：'郤縠可。臣亟闻其言矣，说礼乐而敦诗书。'"《史记·孙子传》："（孙武）以兵法见于吴王阖庐。阖庐曰：'子之十三篇，吾尽观之矣，可以小试勒兵乎？'对曰：'可。'"《正义》引《七录》云："《孙子兵法》三卷。案：十三篇为上卷，又有中、下二卷。"

⑪《法言·君子篇》："或问：'君子言则成文，动则成德，何以也？'曰：'以其弸中而彪外也。'"注："弸，满也；彪，文也。积行内满，文辞外发。"《汉书·司马相如传》："其北则有阴林巨树，楩柟豫章。"服虔曰：

"豫章，大木也。"颜注："楩音便……即今黄楩木也。枏音南，今所谓楠木。"《史记·司马相如传·正义》："按（温）《活人》云：'豫，今之枕木。章，今之樟木也。二木生至七年，枕樟乃可分别。'"

⑫《抱朴子·尚博篇》："或曰：'德行者本也，文章者末也，故四科之序，文不居上。'抱朴子答曰：'文章之与德行，犹十尺之与一丈，谓之余事，未之前闻。且夫本不必皆珍，末不必悉薄，譬若锦绣之因素地，珠玉之居蚌石，云雨生于肤寸，江河始于咫尺，尔则文章虽为德行之弟，未可呼为余事也。'""声昭楚南"，谓屈、贾；"采动梁北"，谓邹、枚。

序志第五十[①]

夫"文心"者，言为文之用心也。昔涓子《琴心》，王孙《巧心》，心哉美矣，故（一本上有"夫"字）用之焉（元脱，按《广文选》补）[②]。古来文章，以雕缛成体，岂取驺奭之群言雕龙也[③]。夫宇宙绵邈，黎献纷杂，拔萃出类，智术而已。岁月飘忽，性灵不居，腾声飞实，制作而已。夫有（衍，铃木云梅本"有"作"自"，校云曹改；《梁书》"有"字"自"字并无）肖貌天地，禀性五才（一作"行"；黄云《梁书》作"才"），拟耳目于日月，方声气乎风雷，其超出万物，亦已灵矣[④]。形同（铃木云《梁书》"同"作"甚"）草木之脆，名逾金石之坚，是以君子处世，树德建言。岂好辩哉？不得已也！

予生七龄（铃木云梅本校云《梁书》无"生七龄"以下十四字），乃梦彩云若锦，则攀而采之。齿在逾立，则（铃木云《梁书》无"则"字）尝夜梦执丹漆之礼器[⑤]，随仲尼而南行。旦而寤，乃怡然而喜（铃木云《御览》无"旦而""乃怡然"五字）。大哉圣人之难见哉（铃木云《梁书》《御览》、嘉靖本、闵本、冈本"哉"作"也"），乃小子之垂梦欤！自生人（铃木云《御览》作"灵"）以来，未有如夫子者也！敷赞圣旨，莫若注经，而马、郑诸儒，弘之已精；就有深解，未足立家（铃木云《御览》无此二句）。唯文章之用，实经典枝条；五礼资之以成（铃木云《御览》“成”下有“文”字），六典因之（铃木云《御览》有“以”字）致用，君臣所以炳焕，军国所以昭明，详其本源，莫非（一作“外”）经典[6]。而去圣久远，文体解散，辞人爱奇，言贵浮诡，饰羽尚画，文绣鞶帨，离本弥甚，将遂讹滥[7]。盖《周书》论辞，贵乎体要；尼父陈训，恶乎异端[8]；辞训之异，宜体于要，于是搦笔和墨，乃始论文。

详观近代之论文者多矣：至于（一作“如”）魏文述典[9]，陈思序书[10]，应玚《文论》[11]，陆机《文赋》[12]，仲洽（铃木云黄氏原本“洽”作“治”；梅本、王本、冈本同《梁书》作“洽”）《流别》[13]，宏范《翰林》[14]。各照隅隙，鲜观衢路，或臧否当时之才，或铨品前修之文，或泛举雅俗之旨，或撮题篇章之意。“魏典”密而不周，“陈书”辩而无当，“应论”华而疏略，“陆赋”巧而碎乱，《流别》精而少巧（《梁书》作“功”）[15]，《翰林》浅而寡要。又君山、公幹之徒[16]，吉甫、士龙之辈[17]，泛议文意，往往间出，并未能振叶以寻根，观澜而索源。不述先哲之诰，无益后生之虑。

盖《文心》之作也，本乎道，师乎圣，体乎经，酌乎纬，变乎骚：文之枢纽，亦云极矣。若乃论文叙笔[18]，则囿（汪作“品”）别区分；原始以表末（黄校“末”活字本作“时”；顾校亦作“时”），释名以章义，选文以定篇，敷理以举统[19]：上篇以上，纲领明矣。至于割（铃木云《梁书》作“表”；嘉靖本作“剖”）情析采（一作“表”），笼圈条贯：摛《神》《性》，图《风》《势》，苞（一作“包”）《会》《通》，阅《声》《字》，崇替于《时序》，褒贬于《才略》，怊怅（元作“怡畅”，王性凝改）于《知音》，耿介于《程器》，长怀《序志》，以驭群篇：下篇以下，毛目显矣。位理定名，彰乎大易之数，其为文用，四十九篇而已[20]。

夫铨序一文为易，弥纶群言为难[21]，虽复（一作“或”）轻采毛发，深极骨髓；或有曲意密源，似近而远，辞所不载，亦不（黄校有“可”字）胜数矣。及其品列（一作“许”；铃木云《梁书》作“评”）成文，有同乎旧谈者，非雷同也，势自不可异也；有异乎前论者，非苟异也，理自不可同也[22]。同之与异，不屑古今，擘肌分理，唯务折衷。按辔文雅之场，环络藻绘之府，亦几乎备矣。但言不尽意，圣人所难；识在瓶（黄云活字本作“缾”）管，何能矩矱（元脱，许补；黄云活字本作“规矩”）。茫茫往代，既沈（一作“洗”；铃木云梅本校“沈”字；谢云一作“洗”）予闻；眇眇来世，倘（铃木云嘉靖本、梅本、闵本、王本、冈本作“谅”）尘彼观也㉓。

赞曰：生也有涯，无涯惟智。逐物实难，凭性良易。傲岸泉石，咀嚼文义，文果载心，余心有寄！

注释：

①纪评曰：“此全书之总序。古人之序皆在后，《史记》《汉书》《法言》《潜夫论》之类，古本尚斑斑可考。”

②《释藏》迹十释慧远《阿毗昙心序》：“《阿毗昙心》者，三藏之要颂，咏歌之微言，管统众经，领其会宗，故作者以心为名焉。有出家开士，字曰法胜，渊识远鉴，探深研机，龙潜赤泽，独有其明。其人以为《阿毗昙经》源流广大，难卒寻究，非赡智宏才，莫能毕综。是以探其幽致，别撰斯部，始自界品，讫于问论，凡二百五十偈，以为要解，号之曰心。”彦和精湛佛理，《文心》之作，科条分明，往古所无。自《书记篇》以上，即所谓界品也；《神思篇》以下，即所谓问论也。盖采取释书法式而为之，故能鰓理明晰若此。《札记》曰：“涓子，盖即《史记·孟子荀卿列传》之环渊。环渊楚人，为齐稷下先生（此《列仙传》所以称为齐人），言黄老道德之术，著书上下篇（《琴心》盖即此书之名，犹《王孙子》一名《巧心》也）。环，一作蠉，一作蜎，声类并同。”《汉书·艺文志》道家《蜎子》十三篇，自注“名渊，楚人，老子弟子”。又儒家《王孙子》一篇，自注“一曰《巧心》”。《释名·释言语》：“文者，会集众彩以成锦绣，会集众字以成辞义，如文绣然也。”

③《札记》曰：“此与后章‘文绣鞶帨，离本弥甚’之说似有差违，实则彦和之意，以为文章本贵修饰，特去甚去泰耳。全书皆此旨。”《后汉书·崔骃传赞》：“世禅雕龙。”章怀注引《别录》曰：“言驺奭修饰之文，若雕龙文也。”

④《尚书·益稷》：“万邦黎献。”黎献，谓众贤。《汉书·刑法志》：“夫人肖天地之貌，怀五常之性。”此彦和所本。“有”，是“人”之误。

《淮南子·精神训》:“是故耳目者,日月也;血气者,风雨也。”孙君蜀丞曰:“《春秋繁露·人副天数篇》:‘耳目戾戾,象日月也;鼻口呼吸,象风气也。’”

⑤《札记》曰:“丹漆之礼器,盖笾豆也。《三礼图》(玉函山房辑本)云:‘豆以木为之,受四升,高尺二寸,桼赤中。’《周礼》注曰:‘笾,竹器圆者。’”

⑥刘毓崧《通义堂文集·书〈文心雕龙〉后》:

《文心雕龙》一书,自来皆题“梁刘勰著”,而其著于何年,则多弗深考。予谓勰虽梁人,而此书之成,则不在梁时而在南齐之末也。观于《时序篇》云“暨皇齐驭宝,运集休明,太祖以圣武膺录,世祖以睿文纂业,文帝以贰离含章,高宗以上哲兴运,并文明自天,缉遐(‘遐’疑当作‘熙’)景祚。今圣历方兴,文思光被”云云。此篇所述,自唐虞以至刘宋,皆但举其代名,而特于齐上加一“皇”字,其证一也。魏晋之主,称谥号而不称庙号,至齐之四主,惟文帝以身后追尊,止称为帝,余并称祖称宗,其证二也。历朝君臣之文,有褒有贬,独于齐则竭力颂美,绝无规过之词,其证三也。东昏上高宗之庙号,系永泰元年八月事,据“高宗兴运”之语,则成书必在是月以后。梁武受和帝之禅位,系中兴二年四月事,据“皇齐驭宝”之语,则成书必在是月以前。其间首尾相距,将及四载,所谓“今圣历方兴”者,虽未尝明有所指,然以史传核之,当是指和帝而非指东昏也。《梁书·勰传》云:“(撰《文心雕龙》)既成,未为时流所称。勰自重其书[文],欲取定于沈约。约时贵盛,无由自达,乃负其书,候约出,干之于车前……约便命取读,大重之。”今考约之事东昏也,官司徒、左长史、征虏将军、南清河太守,虽品秩渐崇,而未登枢要,较诸同时之贵幸,声势曾何足言。及其事和帝也,官骠骑司马,迁梁台吏部尚书兼右仆射。维时梁武尚居藩国,而久已帝制自为,约名列府僚,而实则权侔宰辅,其委任隆重,即元勋宿将,莫敢望焉。然则约之贵盛,与勰之无由自达,皆不在东昏之时而在和帝之时明矣。且勰为东莞莒人,此郡侨置于京口,密迩建康,其少时居定林寺十余年,故晚岁奉敕撰经证,即于其地,则踪迹常在都城可知。约自高宗朝由东阳征还，任内职最久，其为南清河太守，亦京口之侨郡，与勰之桑梓甚近，加以性好坟籍，聚书极多，若东昏时此书业已流行，则约无由不见。其必待车前取读，始得其书者，岂非以和帝时书适告成，故传播未广哉？和帝虽受制于人，仅同守府，然天命一日未改，固俨然共主之尊，勰之飏言赞时亦儒生之职分。其不更述东昏者，盖和帝与梁武举义，本以取残伐暴为名，故特从而削之，亦犹文帝之后，不叙郁林王与海陵王，皆以其丧国失位而已。东昏之亡，在和帝中兴元年十二月，去禅代之期，不满五月，勰之负书干约，当在此数月中。故终齐之世不获一官，而梁武天监之初即起家奉朝请，未必非约延誉之力也。至于约之《宋书》，成于齐世祖永明六年，而自来皆题“梁沈约撰”，与勰之此书，事正相类。特约之《序传》言成书年月，而勰之《序志》未言成书年月，故人但知《宋书》成于齐而不知此书亦成于齐耳。

刘氏此文，考彦和书成于齐和帝之世，其说甚确，兹本之以略考彦和身世。史料简缺，闻见隘陋，徒凭推想，庶得郛郭而已。《宋书·刘秀之传》云：“东莞莒人，世居京口，弟粹之，晋陵太守。”秀之、粹之兄弟以“之”字为名，而彦和祖名灵真，殆非同父母兄弟，而同为京口人则无疑。彦和之生，当在宋明帝泰始元年前后，父尚早殁，奉母家居读书。母殁当在（其）二十岁左右，丁婚娶之年，其不娶者，固由家贫，亦以居丧故也。三年丧毕，正齐武帝永明五六年。《高僧传·释僧祐传》云：“永明中，敕入吴。试简五众，并宣讲十诵，更伸受戒之法。凡获信施，悉以治定林、建初及修缮诸寺，并建无遮大集舍身斋等。及造立经藏，抽校卷轴，使夫寺庙广开，法言无坠，咸其功也。”彦和终丧，值僧祐宏法之时，依之而居，必在此数年中。今假设永明五六年，彦和年二十三四岁，始来居定林寺，佐僧祐搜罗典籍，校定经藏。《僧祐传》又云：“初，祐集经藏既成，使人抄撰要事，为《三藏记》《法苑记》《世界记》《释迦谱》及《弘明集》等，皆行于世。”僧祐宣扬大教，未必能潜心著述，凡此造作，大抵皆出彦和手也。《释超辩传》：“以齐永明十年终于山寺，沙门僧祐为造碑墓所，东莞刘勰制文。”永明十年，彦和年未及三十，正居寺定经藏时也。假定彦和自探研释典以至校定经藏撰成《三藏记》等书，费时十年，至齐明帝建武三四年，诸功已毕，乃感梦而撰《文心雕龙》，时约三十三四岁，正与《序志篇》“齿在逾立”之文合。《文心》体大思精，必非仓卒而成；缔构草稿，杀青写定，如用三四年之功，则成书适在和帝之世，沈约贵盛时也。天监初，彦和始起家奉朝请，计自永明五六年至是已十五六年，彦和之于僧祐，知己之感深矣，二公宾主久处，欢情相接，剡石城山大石佛像，僧祐于天监十二年春就功，至十五年春竟（见《释僧护传》），彦和为作碑铭，残文尚载《艺文类聚》七十六；及祐于天监十七年五月卒于建初寺，弟子正度立碑颂德，亦彦和为制文，尤可谓始终其事者。天监十六年冬十月去宗庙荐修，始用蔬果，本传谓勰乃表言二郊宜与七庙同改。彦和上表当即在是冬。本传云：“有敕与慧震沙门于定林寺撰经。证功毕，遂启求出家，敕许之。乃于寺易服，改名慧地，未期而卒。”定林寺撰经，在僧祐殁后。盖祐好搜校卷轴，自第一次校定后，增益必多，故武帝敕与慧震整理之，大抵一二年即毕功。因求出家，未期而卒，事当在武帝普通元二年间。慧皎《高僧传》始汉明帝永平十年，终于梁天监十八年，故传中称东莞刘勰制文，不称其僧名，其时或彦和尚未出家，否则似应称其僧名矣。彦和自宋泰始初生，至普通元二年卒，计得五十六七岁。所惜本传简略，文集亡逸，如此贤哲，竟不能确知其生平，可慨也已。

五礼，谓吉凶宾军嘉，见《宗经篇》注。《周礼》：“太宰之职，掌建邦之六典：一曰治典；二曰教典；三曰礼典；四曰政典；五曰刑典；六曰事典。”《论语 · 泰伯》：“子曰：大哉尧之为君也！……焕乎其有文章。”《集解》：“焕，明也。其立文垂制又著明。”

⑦《通变》《定势》二篇已论之。

⑧体要，见《征圣篇》注。《论语 · 为政》：“子曰：攻乎异端，斯害也已！”

⑨魏文帝《典论 · 论文》（录自《全三国文》八）：

夫（“夫”字依《艺文类聚》五十三加）文人相轻，自古而然，傅毅之于班固，伯仲之间耳，而固小之。与弟超书曰：“武仲以能属文为兰台令史，下笔不能自休。”夫人善于自见，而文非一体，鲜能备善。是以各以所长，相轻所短。里语曰：“家有弊帚，享之千金。”斯不自见之患也。今之文人，鲁国孔融文举、广陵陈琳孔璋、山阳王粲仲宣、北海徐幹伟长、陈留阮瑀元瑜、汝南应玚德琏、东平刘桢公幹，斯七子（《艺文类聚》作“人”）者，于学无所遗，于辞无所假，咸以自骋骥騄于千里（《三国志·王粲传》注作“咸自以骋骐骥于千里”。《艺文类聚》作“咸自以骋騄骥于千里”），仰齐足而并驰，以此相服，亦良难矣。盖君子审己以度人，故能免于斯累，乃（本作“而”，依《艺文类聚》改）作《论文》：

王粲长于辞赋，徐幹时有齐气，然粲之匹也（《三国志·王粲传》注作“时有逸气，然非粲匹也”；《艺文类聚》与《粲传》同，无“非”字）。如粲之《初征》《登楼》《槐赋》《征思》，幹之《玄猿》《漏卮》《圆扇》《橘赋》，虽张、蔡不过也。然于他文，未能称是。陈琳、阮瑀（“陈”字、“阮”字依《艺文类聚》加）之章表书记，今之隽也。应玚和而不壮，刘桢壮而不密。孔融体气高妙，有过人者，然不能持论，理不胜词，以至乎（《王粲传》注、《艺文类聚》无“以”字，“乎”字作“于”）杂以嘲戏，及其时有（“时有”二字，依《艺文类聚》加）所善，扬、班（《王粲传》注有“之”字）俦也。常人贵远贱近，向声背实，又患暗于自见，谓己为贤。夫文本同而末异，盖奏议宜雅，书论宜理，铭诔尚实，诗赋欲丽，此四科不同，故能之者偏也。唯通才能备其体。文以气为主，气之清浊有体，不可力强而致。譬诸音乐，曲度虽均，节奏同检，至于引气不齐，巧拙有素，虽在父兄，不能以移子弟。盖文章经国之大业，不朽之盛事。年寿有时而尽，荣乐止乎其身，二者必至之常期，未若文章之无穷。是以古之作者，寄身于翰墨，见意于篇籍，不假良史之辞，不托飞驰之势，而声名自传于后。故西伯幽而演《易》，周旦显而制《礼》，不以隐约而弗务，不以康乐而加思。夫然，则古人贱尺璧而重寸阴，惧乎时之过已。而人多不强力，贫贱则慑于饥寒，富贵则流于逸乐，遂营目前之务，而遗千载之功。日月逝于上，体貌衰于下，忽然与万物迁化，斯志士之（《艺文类聚》作“所”）大痛也。融等已逝，唯幹著论，成一家言。

或问屈原、相如之赋孰愈。曰：“优游案衍，屈原之尚也；穷侈极妙，相如之长也。然原据托譬喻，其意周旋，绰有余度矣。长卿、子

云，意未能及已。”(《北堂书钞》一百)

余观贾谊《过秦论》，发周秦之得失，通古今之制义，洽以三代之风，润以圣人之化，斯可谓作者矣(《御览》五百九十五)。

李尤，字伯宗(《后汉书》本传作“伯仁”)，年少有文章。贾逵荐尤有相如、扬雄之风，拜兰台令史，与刘珍等共撰《汉记》(《北堂书钞》六十二)。

议郎马融以永兴中(《后汉书》本传作“元初二年”)帝猎广成，融从。是时北州遭水潦、蝗虫，融撰《上林颂》以讽(《艺文类聚》一百。此三条疑当在前半，《文选》删落者尚多也)。

《典论》以外，文帝尚有《与吴质书》亦可备参阅。

昔年疾疫，亲故多离其灾，徐、陈、应、刘，一时俱逝，痛可言耶！昔日游处，行则连舆，止则接席，何曾须臾相失。每至觞酌流行，丝竹并奏，酒酣耳热，仰而赋诗，当此之时，忽然不自知乐也。谓百年已分，可长共相保。何图数年之间，零落略尽，言之伤心！顷撰其遗文，都为一集。观其姓名，已为鬼录，追思昔游，犹在心目，而此诸子，化为粪壤，可复道哉！

观古今文人，类不护细行，鲜能以名节自立。而伟长独怀文抱质，恬淡寡欲，有箕山之志，可谓彬彬君子者矣。著《中论》二十余篇，成一家之言，辞义典雅，足传于后，此子为不朽矣。德琏常斐然有述作之意，其才学足以著书，美志不遂，良可痛惜。间者历览诸子之文，对之抆泪，既痛逝者，行自念也。孔璋章表殊健，微为繁富。公幹有逸气，但未遒耳；其五言诗之善者，妙绝时人。元瑜书记翩翩，致足乐也。仲宣续自善于辞赋，惜其体弱，不足起其文，至于所善，古人无以远过。昔伯牙绝弦于钟期，仲尼覆醢于子路，痛知音之难遇，伤门人之莫逮。诸子但为未及古人，自一时之隽也。今之存者，已不逮矣！后生可畏，来者难诬，恐吾与足下不及见也。

年行已长大，所怀万端。时有所虑，至通夜不瞑，志意何时复类昔日？已成老翁，但未白头耳。光武言年三十余，在兵中十岁，所更非一；吾德不及之，年与之齐矣。以犬羊之质，服虎豹之文，无众星之明，假日月之光，动见瞻观，何时易乎？恐永不复得为昔日游也。少壮真当努

力，年一过往，何可攀援！古人思炳烛夜游，良有以也。(《文选》)

⑩“陈思序书”谓子建《与杨德祖书》也。自《文选》移录于下：

仆少小好为文章，迄至于今，二十有五年矣。然今世作者，可略而言也。昔仲宣独步于汉南，孔璋鹰扬于河朔，伟长擅名于青土，公幹振藻于海隅，德琏发迹于此魏，足下高视于上京，当此之时，人人自谓握灵蛇之珠，家家自谓抱荆山之玉。吾王于是设天网以该之，顿八纮以掩之，今悉集兹国矣。然此数子，犹复不能飞轩绝迹，一举千里。以孔璋之才，不闲于辞赋，而多自谓能与司马长卿同风，譬画虎不成，反为狗也。前书嘲之，反作论盛道仆赞其文。夫钟期不失听，于今称之。吾亦不能妄叹者，畏后世之嗤余也。

世人之著述，不能无病。仆尝好人讥弹其文，有不善者，应时改定。昔丁敬礼常作小文，使仆润饰之，仆自以才不过若人，辞不为也。敬礼谓仆：“卿何所疑难，文之佳恶，吾自得之，后世谁相知定吾文者耶?”吾尝叹此达言，以为美谈。昔尼父之文辞，与人通流，至于制《春秋》，游、夏之徒乃不能措一辞。过此而言不病者，吾未之见也。盖有南威之容，乃可以论其淑媛；有龙泉之利，乃可以议于断割。刘季绪才不能逮于作者，而好诋诃文章，掎摭利病。昔田巴毁五帝，罪三王，呰五霸于稷下，一旦而服千人，鲁连一说，使终身杜口。刘生之辩，未若田氏，今之仲连，求之不难，可无息乎！人各有好尚，兰茝荪蕙之芳，众人所好，而海畔有逐臭之夫；《咸池》《六茎》之发，众人所共乐，而墨翟有非之之论，岂可同哉！

今往仆少小所著辞赋一通相与。夫街谈巷说，必有可采，击辕之歌，有应风雅，匹夫之思，未易轻弃也。辞赋小道，固未足以揄扬大义，彰示来世也。昔扬子云先朝执戟之臣耳，犹称壮夫不为也。吾虽德薄，位为蕃侯，犹庶几戮力上国，流惠下民，建永世之业，留金石之功，岂徒以翰墨为勋绩，辞赋为君子哉！

⑪应玚《文质论》(《艺文类聚》二十二；此论无关于文，姑录之)：

盖皇穹肇载，阴阳初分，日月运其光，列宿曜于文，百谷丽于土，芳华茂于春。是以圣人合德天地，禀气淳灵，仰观象于玄表，俯察式于群形，穷神知化，万物是经。故否泰易趍，道无攸一，二政代序，有文有质。若乃陶唐建国，成周革命，九官咸乂，济济休令，火龙黼黻，暐韡于廊庙，衮冕旂旒，舄弈乎朝廷，冠德百王，莫参其政。是以仲尼叹焕乎之文，从郁郁之盛也。夫质者端一，玄静俭啬，潜化利用，承清泰，御平业，循轨量，守成法。至乎应天顺民，拨乱夷世，摛藻奋权，赫弈丕烈，纪禅协律，礼仪焕别，览坟丘于皇代，建不刊之洪制，显宣尼之典教，探微言之所弊。若夫和氏之明璧，轻縠之袿裳，必将游玩于左右，振饰于宫房，岂争牢伪之势，金布之刚乎！且少言辞者，孟僖所以不能答郊劳也；寡智见者，庆氏所以困相鼠也。今子弃五典之文，暗礼智之大，信管望之小，寻老氏之蔽，所谓循轨常趍，未能释连环之结也。且高帝龙飞丰沛，虎据秦楚，唯德是建，唯贤是与。陆、郦摛其文辩，良、平奋其权谞，萧何创其章律，叔孙定其庠序，周、樊展其忠毅，韩、彭列其威武。明建天下者，非一士之术；营宫庙者，非一匠之矩也。逮自高后乱德，损我宗刘，朱虚轸其虑，辟强释其忧，曲逆规其模，郦友诈其游，袭据北军，实赖其畴；冢嗣之不替，实四老之由也。夫谏则无义以陈，问则服汗沾濡，岂若陈平敏对，叔孙据书，言辨国典，辞定皇居，然后知质者之不足，文者之有余哉。

⑫《文选》陆机《文赋》(用《文镜秘府论》所载《文赋》校)：

余（“余”上有“或曰”二字）每观才士之所（无“所”字）作，窃有以得其用心。夫（有“其”字）放言遣辞，良多变矣，妍蚩好恶，可得而言。每自属文，尤见其情，恒患意不称物，文不逮意，盖非知之难，能之难也。故作《文赋》，以述先士之盛藻，因论作文之利害所由，他日殆可谓曲尽其妙。至于操斧伐柯，虽取则不远，若夫随手之变，良难以辞逮，盖所能言者，具于此云（有“尔”字）。

伫中区以玄览，颐情志于典坟。遵四时以叹逝，瞻万物而思纷。悲落叶于劲秋，喜（作“嘉”字）柔条于芳春；心懔懔以怀霜，志眇眇而临云。咏世德之骏烈（作“后列”)，诵先人（作“民”字）之清芬。游文章之林府，嘉丽藻（作“藻丽”）之彬彬。慨投篇而援笔，聊宣之乎斯文。

其始也，皆收视反听，耽（作“躭”字）思傍讯，精骛（作“惊”字）八极，心游万仞。其致也，情曈昽而弥鲜，物昭晰而互进。倾群言之沥液，漱六艺之芳润。浮天渊以安流，濯下泉而潜浸。于是沈辞怫（作“拂”字）悦，若游鱼衔钩而出重渊之深；浮藻联翩，若翰鸟缨缴而坠曾（作“层”字）云之峻。收百世之阙文，采千载之遗韵。谢朝华（作“花”字）于已披，启夕秀于未振。观古今于须臾，抚四海于一瞬。

然后选义按部，考辞就班；抱暑者咸叩，怀响者毕弹。或因枝以振叶，或沿波而讨源。或本隐以之（作“末”字）显，或求易而得难。或虎变而兽扰，或龙见而鸟澜。或妥帖而易施，或岨峿（作“钼铻”）而不安。罄澄心以凝思，眇众虑而为言。笼天地于形内，挫万物于笔端。始踯躅于燥吻，终流离于濡翰。理扶质以立干，文垂条而结繁。信情貌之不差，故每变而在颜。思涉乐其必笑，方言哀而已叹。或操觚（作“觚”字）以率尔，或含毫而邈然。

伊兹事之可乐，固圣贤之所钦。课虚无以责有，叩寂寞而求音。函绵邈于尺素，吐滂沛乎寸心。言恢之而弥广，思按之而逾（作“愈”字）深。播芳蕤之馥馥，发青条之森森。粲风飞而猋竖，郁云起乎翰林。

体有万殊，物无一量；纷纭挥霍，形难为状。辞程才以效伎，意司契而为匠；在有无而僶俛，当浅深而不让。虽离方而遁员，期穷形而尽相。故夫夸（作“诗”字）目者尚奢，惬心者贵当。言穷者无隘，论达者唯旷。

诗缘情而绮靡，赋体物而浏亮；碑披文以相质，诔缠绵而凄怆。铭博约而温润，箴顿挫而清壮。颂优游以彬蔚，论精（作“晶”字）微而朗畅。奏平彻以闲雅，说炜晔而谲诳。虽区分之在兹，亦禁邪而制放。要辞达而理举，故无取乎冗长。

其为物也多姿，其为体也屡迁。其会意也尚巧，其遣言也贵妍。暨音声之迭代，若五色之相宣。虽逝止之无常，固崎锜而难便。苟达变而识次，犹开流以纳泉。如失机而后会，恒操末以续颠。谬玄黄之秩叙，故淟涊而不鲜。

或仰逼于先条，或俯侵于后章。或辞害而理比，或言顺而义妨。离之则双美，合之则两伤。考殿最于锱铢，定去留于毫芒。苟铨衡之所裁，固应绳其必当。或文繁理富，而意不指适。极无两致，尽不可益。立片言而居要，乃一篇之警策。虽众辞之有条，必待兹而效绩。亮功多而累寡，故取足而不易。

或藻思绮合，清丽千眠。炳（作"晒"字）若缛绣，凄若繁弦。必所拟之不殊，乃暗合乎曩篇。虽杼轴于予怀，怵他人之我先。苟伤廉而愆义，亦虽爱而必捐。

或苕发颖竖，离众绝致。形不可逐，响难为系。块孤立而特峙，非常音之所纬。心牢落而无偶，意徘徊而不能揥。石韫玉而山辉，水怀珠而川媚。彼榛楛之勿翦，亦蒙荣于集翠。缀《下里》于《白雪》，吾亦（有"以"字）济夫所伟。

或托言于短韵，对穷迹而孤兴；俯寂寞而无友，仰寥廓而莫承；譬偏弦之独张，含清唱而靡应。或寄辞于瘁音，徒靡言而弗华；混妍蚩而成体，累良质而为瑕；象下管之偏疾，故虽应而不和。或遗理以存异，徒寻虚以逐微；言寡情而鲜爱，辞浮漂而不归；犹弦么（作"缓"字）而徽急，故虽和而不悲。或奔放以谐合，务嘈赞而妖冶；徒悦目而偶俗，固高声（作"声高"）而曲下。寤防露与桑间，又虽悲而不雅。或清虚以婉约，每除烦而去滥。阙大羹之遗味，同朱弦之清汜。虽一唱而三叹，固既雅而不艳。

若夫丰约之裁，俯仰之形。因宜适变，曲有微（作"徽"字）情。或言拙而喻巧，或理朴（作"质"字）而辞轻。或袭故而弥新，或沿浊而更清。或览之而必察，或研之而后精。譬犹舞者赴节以投袂，歌者应弦而遣声。是盖轮扁（有"之"字）所不得言，故亦非华说之所能精（作"明"字）。

普辞条与文律，良余膺之所服。练世情之常尤，识前（作"删"字）修之所淑。虽浚发于巧心，或受欰（作"嗤"字）于拙目。彼琼敷与玉藻，若中原之有菽。同橐籥之罔穷，与天地乎并育。虽纷蔼于此世，嗟不盈于予掬。患挈缾之屡空，病昌言之难属。故踸踔于短垣（作"韵"字），放庸音以足曲。恒遗恨以终篇，岂怀盈而自足。惧蒙尘于叩缶，顾取笑乎（作"于"字）鸣玉。

若夫应感之会，通塞之纪。来不可遏，去不可止。藏若景灭，行犹响起。方天机之骏利，夫何纷而不理。思风发于胸臆，言泉流于唇齿。纷葳蕤以馺遝，唯毫素之所拟。文徽徽以溢目，音泠泠而盈耳。及其六情底滞，志往神留。兀若枯木，豁若涸流。揽营（作“茕”字）魂以探赜（作“潜”字），顿精爽于（作“而”字）自求。理翳翳而愈伏，思乙乙（作“轧轧”）其若抽。是以或竭情而多悔，或率意而寡尤。虽兹物之在我，非余力之所戮。故时抚空怀而自惋，吾未识夫开塞之所由。

伊兹文之（作“其”字）为用，固众理之所因（作“由”字）。恢万里而（作“使”字）无阂，通亿载而为津。俯贻则于来叶，仰观象乎（作“于”字）古人。济文武于将坠，宣风声于不泯。涂无远而不弥，理无微而弗（作“不”字）纶。配沾润于云雨，象变化乎鬼神。被金石而德广，流管弦而日新。

⑬《全晋文》七十七辑挚虞《文章流别论》（《晋书·挚虞传》：“虞撰《文章志》四卷，又撰古文章类聚区分为三十卷，名曰《流别集》，各为之论，辞理惬当，为世所重。”《文镜秘府论》云：“挚虞之《文章志》，区别优劣，编缉胜辞。”）：

文章者，所以宣上下之象，明人伦之叙，穷理尽性，以究万物之宜者也。王泽流而诗作，成功臻而颂兴，德勋立而铭著，嘉美终而诔集。祝史陈辞，官箴王阙。《周礼》太师掌教六诗：曰风，曰赋，曰比，曰兴，曰雅，曰颂。言一国之事，系一人之本，谓之风；言天下之事，形四方之风，谓之雅；颂者，美盛德之形容；赋者，敷陈之称也；比者，喻类之言也；兴者，有感之辞也。后世之为诗者多矣，其（称）功德者谓之颂，其余则总谓之诗。颂，诗之美者也。古者圣帝明王，功成治定而颂声兴。于是史录其篇，工歌其章，以奏于宗庙，告于鬼神。故颂之所美者，圣王之德也，则以为律吕。或以颂形，或以颂声，其细已甚，非古颂之意。昔班固为《安丰戴侯颂》，史岑为《出师颂》《和熹邓后颂》，与《鲁颂》体意相类，而文辞之异，古今之变也。扬雄《赵充国颂》，颂而似雅；傅毅《显宗颂》，文与《周颂》相似，而杂以风雅之意。若马融《广成》《上林》之属，纯为今赋之体，而谓之颂，失之远矣。

赋者，敷陈之称，古诗之流也。古之作诗者，发乎情，止乎礼义。情之发，因辞以形之；礼义之旨，须事以明之。故有赋焉，所以假象尽辞，敷陈其志。前世为赋者有孙卿、屈原，尚颇有古诗之义。至宋玉则多淫浮之病矣。《楚辞》之赋，赋之善者也。故扬子称赋莫深于《离骚》。贾谊之作，则屈原俦也。古诗之赋，以情义为主，以事类为佐；今之赋，以事形为本，以义正为助。情义为主，则言省而文有例矣；事形为本，则言当而辞无常矣。文之烦省，辞之险易，盖由于此。夫假象过大则与类相远，逸辞过壮则与事相违，辩言过理则与义相失，丽靡过美则与情相悖。此四过者，所以背大体而害政教，是以司马迁割相如之浮说，扬雄疾辞人之赋丽以淫。

《书》云“诗言志，歌永言”，言其志谓之诗。古有采诗之官，王者以知得失。古之诗，有三言、四言、五言、六言、七言、九言。古诗率以四言为体，而时有一句二句杂在四言之间，后世演之，遂以为篇。古诗之三言者，“振振鹭，鹭于飞”之属是也，汉郊庙歌多用之。五言者，“谁谓雀无角，何以穿我屋”之属是也，于俳谐倡乐多用之。六言者，“我姑酌彼金罍”之属是也，乐府亦用之。七言者，“交交黄鸟止于桑”之属是也，于俳谐倡乐世用之。古诗之九言者，“洞酌彼行潦挹彼注兹”之属是也，不入歌谣之章，故世希为之。夫诗虽以情志为本，而以成声为节；然则雅音之韵，四言为正，其余虽备曲折之体，而非音之正也。

《七发》造于枚乘，借吴楚以为客主，先言“出舆入辇，蹷痿之损；深宫洞房，寒暑之疾；靡曼美色，晏安之毒；厚味暖服，淫曜之害。宜听世之君子，要言妙道，以疏神导引，蠲淹滞之累”。既设此辞以显明去就之路，而后说以色声逸游之乐，其说不入，乃陈圣人辨士讲论之娱，而霍然疾瘳。此因膏粱之常疾，以为匡劝，虽有甚泰之辞而不没其讽谕之义也。其流遂广，其义遂变，率有辞人淫丽之尤矣。崔骃既作《七依》，而假非有先生之言曰：“呜呼！扬雄有言，童子雕虫篆刻，俄而曰壮夫不为也。孔子疾小言破道。斯文之簇（疑是‘族’之误），岂不谓义不足而辨有余者乎！赋者将以讽，吾恐其不免于劝也。”

扬雄依《虞箴》作《十二州（箴）》《十二（当作“二十五”）官

箴》而传于世，不具九官。崔氏累世弥缝其阙，胡公又以次其首目而为之解，署曰《百官箴》。

夫古之铭至约，今之铭至繁，亦有由也。质文时异，论既论则之矣（此句有误）。且上古之铭，铭于宗庙之碑。蔡邕为杨公作碑，其文典正，末世之美者也。后世以来之器铭之嘉者，有王莽《鼎铭》、崔瑗《机铭》、朱公叔《鼎铭》、王粲《砚铭》，咸以表显功德。天子铭嘉量，诸侯大夫铭太常勒钟鼎之义。所言虽殊，而令德一也。李尤为铭，自山河都邑，至于刀笔平契，无不有铭，而文多秽病，讨论润色，言可采录。

诗颂箴铭之篇，皆有往古成文，可放依而作。惟诔无定制，故作者多异焉。见于典籍者，《左传》有鲁哀公为孔子诔。

哀辞者，诔之流也。崔瑗、苏顺、马融等为之，率以施于童殇夭折不以寿终者。建安中，文帝与临淄侯各失稚子，命徐幹、刘桢等为之哀辞。哀辞之体，以哀痛为主，缘以叹息之辞。

今所谓哀策者，古诔之义。

若《解嘲》之弘缓优大，《应宾》之渊懿温雅，《述旨》之壮丽忼慷，《应间》之绸缪契阔，郁郁彬彬，靡有不长焉矣。

古有宗庙之碑，后世立碑于墓，显之衢路，其所载者铭辞也。

图谶之属，虽非正文之制，然以取其纵横有义，反覆成章。

《金楼子·立言下》："挚虞论邕《元表赋》曰：《通》精以整（《札迻》曰："通"上当有"幽"字），《思玄》博而赡，《元表》拟之而不及。"（案此条严氏未辑，应补入）《文选·东征赋》注引《流别论》云："发洛至陈留述所经历也。"（严氏亦未收）

⑭李充《翰林论》（《全晋文》五十三辑得下列八条。《文镜秘府论》曰："李充之制《翰林》，褒贬古今，斟酌利病。"）：

或问曰："何如斯可谓之文?"答曰："孔文举之书，陆士衡之议，斯可谓成文矣。"

潘安仁之为文也，犹翔禽之羽毛，衣被之绡縠。

容象图而赞立，宜使辞简而义正。孔融之赞杨公，亦其义也。

表宜以远大为本，不以华藻为先。若曹子建之表，可谓成文矣；

诸葛亮之表刘主，裴公之辞侍中，羊公之让开府，可谓德音矣。

驳不以华藻为先，世以傅长虞每奏驳事，为邦之司直矣。

研核名理，而论难生焉，论贵于允理，不求支离，若嵇康之论，成文美矣。

在朝辨政而议奏出，宜以远大为本，陆机议晋断（机有《晋书限断议》），亦名其美矣。

盟檄发于师旅，相如《喻蜀父老》，可谓德音矣。

《文选·百一诗》注引《翰林论》曰："应休琏五言诗百数十篇，以风规治道，盖有诗人之旨焉。"又《剧秦美新》注引《翰林论》云："扬子论秦之剧，称新之美，此乃计其胜负，比其优劣之义。"以上两条，严氏未收，应补录。

《札记》曰："此《翰林论》之一斑，观其所取，盖以沈思翰藻为贵者，故极推孔、陆而立名曰《翰林》。"

⑮《广文选》四二引"少巧"亦作"少功"，案作"少功"是。《史记·太史公自序》："儒者博而寡要，劳而少功。"此彦和所本。

⑯桓谭《新论》颇有论文之言，今自《全后汉文》所辑，略举数条如下：

贾谊不左迁失志，则文采不发；淮南不贵盛富饶，则不能广聘骏士，使著文作书；太史公不典掌书记，则不能条悉古今；扬雄不贫，则不能作《玄》言。

余少时好《离骚》，博观他书，辄欲反学。

扬子云攻于赋……余欲从学。子云曰："能读千赋则善赋。"

谚曰："侏儒见一节而长短可知。"孔子言："举一隅足以三隅反。"观吾小时二赋，亦足以揆其能否。

案严辑之外，应补本书所引两条。《哀吊篇》相如之吊二世，全为赋体。桓谭以为"其言恻怆，读者叹息"。《通变篇》桓君山云"予见新进丽文，美而无采，及见刘、扬言辞，常辄有得"。

刘桢论文语无考，本书《风骨篇》《定势篇》各引一条。

⑰《札记》曰："士龙与兄平原书牍，大抵商量文事，兹且录一首以示一节：'云再拜。往日论文，先辞而后情，尚絜（据《定势篇》引当作

“势”）而不取悦泽。尝忆兄道张公父子论文，实欲自得，今日便欲宗其言。兄文章之高远绝异，不可复称言。然犹皆欲微多，但清新相接，不以此为病耳。若复令小省，恐其妙欲不见可复称极，不审兄由以为尔不？’”

应贞，字吉甫，论文语无考。

⑱《札记》曰：“六朝人分文笔，大概有二途：其一以有韵者为文，无韵者为笔；其一以有文采者为文，无文采者为笔。谓宜兼二说而用之。”

⑲《札记》曰：“谓《明诗篇》以下至《书记篇》每篇叙述之次第。兹举《颂赞篇》以示例：自‘昔帝喾之世’起，至‘相继于时矣’止，此原始以表末也。‘颂者，容也’二句，释名以章义也。‘若夫子云之表充国’以下，此选文以定篇也。‘原夫颂惟典雅’以下，此敷理以举统也。”论文叙笔，谓自《明诗》至《哀吊》皆论有韵之文，《杂文》《谐隐》二篇，或韵或不韵，故置于中，《史传》以下，则论无韵之笔。

⑳“割”当作“剖”。“剖情析采”，“情”指《神思》以下诸篇，“采”则指《声律》以下也。《易 · 系辞上》：“大衍之数五十，其用四十有九。”焦循《易通释》：“大衍，犹言大通。”“大易”，疑当作“大衍”。

㉑《金楼子 · 立言上》：“诸子兴于战国，文集盛于二汉。至家家有制，人人有集，其美者足以叙情志，敦风俗；其弊者只以烦简牍，疲后生。往者既积，来者未已，翘足志学，白首不遍。或昔之所重，今反轻；今之所重，古之所贱。嗟我后生，博达之士，有能品藻异同，删整芜秽，使卷无瑕玷，览无遗功，可谓学矣。”金楼所希，盖指如挚虞、昭明之撰总集，然何如彦和之示人规矩准绳邪？

㉒《札记》曰：“此义最要。同异是非，称心而论，本无成见，自少纷纭。故《文心》多袭前人之论，而不嫌其抄袭，未若世之君子必以己言为贵也。即如《颂赞篇》大意本之《文章流别》，《哀吊篇》亦有取于挚君，信乎通人之识，自有殊于流俗已。”《宗经篇》取王仲宣成文，不以为嫌，亦即此意。

㉓《诸子篇》曰：“嗟夫！身与时舛，志共道申，标心于万古之上，而送怀于千载之下，金石靡矣，声其销乎！”案《战国策 · 赵策》：“赵武灵王曰：‘学者沈于所闻。’”此彦和所本，作“洗”者不可从。

校　记

《文心雕龙》一书，为吾国文学批评之先河，其识见之卓越，文辞之瑰丽，自古莫不称善。旧有黄昆圃注，盖出其门客之手，纰缪疏漏，时或不免。余友范君仲沄，博综群书，为之疏证，取材之富，考订之精，前无古人，询彦和之功臣矣。黄氏尝于诸本异同，亲施校勘，范君更为订补，厘正已多。最近得涵芬楼影印日本帝室图书寮京都东福寺东京岩崎氏静嘉堂文库藏宋刊本《太平御览》，偶加寻检，其中所引《雕龙》文字，颇有同异。尤足珍者，如《哀吊篇》“汝阳王亡”，注谓汝阳王不知何帝子，今此本“王”作“主”，则是崔瑗作哀辞者，乃公主，非帝子。《史传篇》“左史记事者，右史记言者”，注谓彦和用《玉藻》说。此本作左史记言，右史书事，则用《汉志》说。《论说篇》“仰其经目”，注谓疑当作“抑其经目”，此本果作“抑”。又如《颂赞篇》“义兼”之为“赞兼”，《诔碑篇》改“盼之”为“顾眄”，《史传篇》“同异”之为“周曲”，“迍败”之为“屯贬”，《章表篇》“盖阙”之为“然阙”，《书记篇》“遗子反”之为“责子反”，“激切”之为“激昂”，《神思篇》“缀虑”之为“缀翰”，《指瑕篇》“颇疑”之为“颇拟”，义胥较长。他类是者尚众，不遑举缕。辄为签校，附之卷末，尘山露海，倘有稗乎！

民国二十五年（1936）六月，开明书店编辑部

原道第一（据《御览》五百八十一、五百八十五校）

调如竽瑟（“竽瑟”作“竽琴”）肇自太极（“太”作“泰”）幽赞神明（“赞”作“讚”）若迺河图孕乎八卦（“迺”作“乃”）玉版金镂之实

（“实”作“宝”）而年世渺邈（“渺”作“眇”）则焕乎始盛（“始”作“为”）益稷陈谟（“益稷”作“稷益”，“谟”作“谟”，不作“谋”）九序惟歌（“惟”作“咏”）文王患忧（“患忧”作“忧患”）繇辞炳曜（“曜”作“耀”）重以公旦多材（“材”作“才”）振其徽烈（“振”作“振”，不作“缛”）剬诗缉颂（“剬”作“制”，“缉”作“缛”）至夫子继圣（“至”下有“若”字）雕琢情性（“情性”作“性情”）木铎起而千里应（“起”作“启”）写天地之辉光（作“辉光”不作“光辉”）爰自风姓（“爰”上有“故”字）玄圣创典（“玄”作“玄”，不作“元”）莫不原道心以敷章（“以敷”作“以敷”，不作“裁文”）研神理而设教（“而”作“以”）取象乎河洛（“取”作“著”）问数乎蓍龟（“问”作“间”）发辉事业（“辉”作“挥”）故知道沿圣以垂文（“知”字无，“沿”作“沿”）圣因文而明道（“而”作“以”，“不”作“明”）旁通而无滞（“滞”作“涯”）鼓天下之动者存乎辞（“鼓”作“皷”，“下”同“者”字有）乃道之文也（“乃”字无）

宗经第三（据《御览》六百八校）

其书言经（“言”作“曰”）而大宝咸耀（“咸”作“启”）义既极乎性情（“极”作“埏”）辞亦匠于文理（“于”作“乎”）故能开学养正（“正”作“政”）圣谟卓绝（“谟”作“谟”，不作“谋”）而吐纳自深（“而”字无，“自”作“者”）譬万钧之洪钟（“钟”作“锺”，不作“镫”）夫易惟谈天（“夫”字有）入神致用（“入”作“入”，不作“人”）故系称旨远辞文（“文”作“文”，不作“高”）固哲人之骊渊也（“固”作“固”，不作“故”）书实记言（作“纪”）而训诂茫昧（“训诂”作“诂训”）昭昭若日月之明（“明”上无“代”字）离离如星辰之行（“行”上无“错”字）言昭灼也（“昭”作“昭”，不作“照”）诗主言志（“主”作“主”，不作“之”）诂训同书（作“诂训”，不作“训诂”，“同”作“周”）温柔在诵（“在”作“在”，不作“庄”）故最附深衷矣（作“最附哀矣”，无“故深”二字）礼以主体据事剬范（作“礼以立体据事”，无“剬范”二字）采掇生言（“生”作“片”）春秋辨理（“辨”作“辩”）五石六鹢（“鹢”作“鶂”）以详略成文（“略”作“备”）其婉章志晦（“其”字无）谅以邃矣（“谅以”作“源已”）而寻

理即畅（“即”作“则”）此圣人之殊致（“人”作“文”，“之”字无）

明诗第六（据《御览》五百八十六校）

有符焉尔（“有”上无“信”字）至尧有大唐之歌（“尧”上无“至”字；“唐”作“唐”，不作“章”）舜造南风之诗（“舜”作“虞”）九序惟歌（“序”作“序”，不作“叙”）太康败德（“太”作“少”）五子咸怨（“怨”作“讽”）子夏监绚素之章（“监”作“鉴”）可与言诗（“与”作“以”，“诗”下无“矣”字）自王泽殄竭（“殄”作“弥”，不作“以”）风人辍采（作“辍采”，不作“掇彩”）讽诵旧章（“讽”上有“以”字）酬酢以为宾荣（“为”作“为”，不作“成”）吐纳而成身文（“身”作“声”）属辞无方（“辞”作“词”）而辞人遗翰（“辞”作“词”，“遗”作“遣”）所以李陵班婕妤（无“妤”字）见疑于后代也（“疑”作“拟”，“后”作“前”，“也”字无）按召南行露（“召”作“邵”）阅时取证（“证”作“征”）或称枚叔（“称”下无“于”字）比采而推（“采”作“采”，不作“类”）两汉之作乎（“两”上有“固”字；“乎”作“乎”，不作“也”）宛转附物（“婉”作“宛”）怊怅切情（“怊”作“惆”）至于张衡怨篇（“于”作“于”，不作“如”）清典可味（“典”作“典”，不作“曲”）五言腾踊（“踊”作“踴”）叙酣晏（“叙”作“序”）驱辞逐貌（“貌”作“皃”）唯取昭晰之能（“晰”作“晰”，不作“哲”）此其所同也（“同”作“用”）乃正始明道（“乃”作“及”）故能标焉（此句无）辞谲义贞（“贞”作“具”）亦魏之遗直也（“亦”字无）张潘左陆（“潘左”作“左潘”）或析文以为妙（“析”作“折”，“妙”作“武”）或流靡以自妍（“妍”作“研”）溺乎玄风（“乎”作“于”）嗤笑徇务之志（“蚩”作“羞”）崇盛亡机之谈（“亡”作“忘”）莫与争雄（“与”作“与”，不作“能”）挺拔而为俊矣（“俊矣”作“儁也”）庄老告退（“庄”作“严”）俪采百字之偶（“字”作“家”）辞必穷力而追新（“辞”字无）此近代之所竞也（“竞”作“竟”）而情变之数可监（“监”作“鉴”）则雅润为本（“则”字有，下句同）叔夜含其润（“含”作“合”）茂先凝其清（“凝”作“拟”）兼善则子建仲宣（“兼”上有“若”字）偏美则太冲公幹（“偏”作“遍”）鲜能通圆（“通圆”作“圆通”）忽之为易（“之”作“以”）其难也方来（“来”下有"矣"字）则明于图谶（"明"作"萌"）回文所兴（"回"作"迴"）

诠赋第八（据《御览》五百八十七校）

铺采摛文（"采"作"采"，不作"彩"）昔邵公称公卿献诗（"邵"作"邵"，"卿"字有）师箴赋（"箴"下有"瞽"字）刘向云（作"故刘向"）班固称古诗之流也（"也"字无）结言拉韵（"拉"作"短"）虽合赋体（"合"下有"作"字）然赋也者（"然"下有"则"字）拓宇于楚辞也（"拓"作"拓"，不作"括"，上有"而"字；"也"上有"者"字）遂客主以首引（"遂"作"遂"，不作"述"；"主"作"主"，不作"至"；"首"作"首"，不作"守"）极声貌以穷文（"声"作"声"，不作"形"）斯盖别诗之原始（"原"作"源"）顺流而作（"顺"作"循"）枚马同其风（"同"作"洞"）皋朔已下（"朔"作"朔"，不作"翔"，"已"作"以"）夫京殿苑猎（"夫"上有"若"字）述行序志（"序"作"叙"）既履端于倡序（"倡"作"唱"）亦归余于总乱（"乱"作"词"）乱以理篇（"乱"作"词"）迭致文契（作"写送文势"）事数自环（"数"作"义"，"环"作"怀"）宋发巧谈（"巧"作"夸"）致办于情理（"理"作"理"，不作"衷"）明绚以雅赡（"明绚"作"明绚"，不作"朋约"；"雅赡"作"赡雅"）迅发以宏富（"发"作"拔"，"以"字无）构深玮之风（"構"作"搆"，"玮"作"伟"）发端必遒（"端"作"篇"，"遒"作"道"）伟长博通（"博通"作"博通"，不作"通博"）底绩于流制（"制"作"製"）彦伯梗概（"概"作"槩"）物以情观（"观"作"睹"）画绘之著玄黄（"著"作"差"）文虽新而有质（"新"作"杂"，"质"作"实"）色虽糅而有本（"本"作"仪"）虽读千赋（"赋"作"首"）愈惑体要（"愈"作"逾"）遂使繁华损枝（"损"作"折"）无贵风轨（"贵"作"贯"）

颂赞第九（据《御览》五百八十八校）

咸墨为颂（"墨"作"累"）以歌九韶（"韶"作"招"）自商以下（"商"下有"颂"字，"以"作"已"）文理允备（"允"作"允"，不作"克"）容告神明谓之颂（"容告神明"作"雅容告神"）事兼变正（作"故事资变正"）义必纯美（"义"上有"故"字）鲁国以公旦次编（"国"字"公"字无）商人以前王追录（"人"字无）非谳飨之常咏也

（“谶飨”作“飨燕”，“常”作“恒”）周公所制（“製”作“製”，不作“制”）及三闾橘颂（“及”作“夫”）情采芬芳（“情”作“情”，不作“辞”）比类寓意（“寓意”作“属兴”）又覃及细物矣（作“又覃及细矣”）沿世并作（“沿”作“讼”）孟坚之序戴侯（“序”作“序”，不作“颂”）史岑之述熹后（“熹”作“僖”）详略各异（“各”作“有”）原夫颂惟典雅（“雅”作“懿”）而异乎规戒之域（“乎”作“于”，“戒”作“式”）汪洋以树义（“义”作“仪”）唯纤曲巧致（作“虽纤巧曲致”）与情而变（“与”作“与”，不作“兴”）其大体所底（“底”作“弘”）助也（二字有）乐正重赞（“讚”作“赞”，下同）及益赞于禹（“於”作“于”，下句同）嗟叹以助辞也（“辞”作“词”，下有“者”字）以唱拜为赞（“拜”作“拜”，不作“言”）至相如属笔（“至”下有“如”字，“笔”作“词”）及迁史固书托赞褒贬（作“及史班书记以赞褒贬”）颂体以论辞（“以”作“而”，“辞”作“词”）又纪传后评（“后”作“后”，不作“侈”）及景纯注雅（“雅”上无“尔”字）动植必赞（“必赞”作“必赞”，不作“赞之”）义兼美恶（“义”作“赞”）亦犹颂之变耳（“之”下有“有”字）然本其为义（“本”字有）促而不广（“广”作“广”，不作“旷”）盘桓乎数韵之辞（“盘”作“盘”，“乎”作“于”，“辞”作“词”）昭灼以送文（“昭”作“照”，“送”作“送”，不作“策”）发源虽远（“源”作“言”）其颂家之细条乎（“乎”作“也”）

铭箴第十一（据《御览》五百八十八、五百九十校）

昔帝轩刻舆几以弼违（“帝轩”作“轩辕帝”，“几”字无）大禹勒笋虡而招谏（“笋”作“笋”，不作“簨”；“而”作“以”）题必戒之训（“戒”作“诫”）则先圣鉴戒（“则”字无；“先”作“列”）故铭者名也（“故”字有）观器必也正名（“必也”作“必也”，不作“必名焉”）审用贵乎盛德（“盛”作“慎”）盖臧武仲之论铭也（“武”字有）夏铸九牧之金鼎周勒肃慎之楛矢（“鼎”字“矢”字无）魏颗纪勋于景钟（“鐘”作“锺”）灵公有蒿里之谥（“蒿”作“夺”）吁可怪矣（“吁”作“噫”，“矣”作“也”）赵灵勒迹于番吾（“番吾”作“潘吾”）秦昭刻博于华山（“博”作“传”）吁可笑也（“笑”作“笑”，不作“戒”）若班固燕然之勒（“若”下有“乃”字）张昶华阳之碣（“昶”作“旭”）序亦盛矣

（“盛”作“成”）蔡邕铭思独冠古今（作“蔡邕之铭思烛古今”）桥公之钺（“桥”作“橋”，“钺”作“针”）吐纳典谟（“吐”上有“则”字；“谟”作“誉”）至如敬通杂器（“杂”作“新”）准矱戒铭（作“鑊准武铭”）而居博弈之中（“中”作“下”）而在臼杵之末（“臼杵”作“杵臼”）唯张载剑阁（“载”作“载”，不作“采”）其才清采（“采”作“彩”）勒铭岷汉（作“铭勒岷汉”）箴者所以攻疾防患喻针石也（作“箴所以攻疾除患喻针石垣”）及周之辛甲百官箴一篇（作“及周之辛甲百官箴阙惟虞箴一篇”）楚子训民于在勤（“民”作“人”）战代以来（“代”作“伐”，“以”作“已”）箴文委绝（“委”作“萎”）作卿尹州牧二十五篇（“作”字“五”字无）鞶鑑可征（“鑑”可作“鉴有”）信所谓追清风于前古（“信所谓”作“可谓”）温峤傅臣（“傅”作“侍”）引广事杂（作“引多事寡”）义正体芜（“正”下无“而”字）乃寘巾履（“履”作“履”，不作“屦”）宪章戒铭（“戒”作“武”）夫箴诵于官（“官”作“经”）名目虽异（“目”作“用”）故文资确切（“确”作“确”，不作“碓”）其取事也必核以辨其摛文也必简而深此其大要也（三句作“取其要也”）所以箴铭异用（“异”作“实”）罕施于代（“于”作“后”）宜酌其远大焉（“焉”作“矣”）

诔碑第十二（据《御览》五百八十九、五百九十六校）

大夫之材（“大”上有“士”字；“材”作“才”）累也（二字无）夏商已前（“已”作“以”）其详靡闻（“详”作“详”，不作“词”）幼不诔长（“不”上有“而”字）在万乘（“在”作“其”）始及于士（“于”作“於”）逮尼父卒（“逮”作“迨”；“卒”上有“之”字）观其憖遗之切（“切”作“辞”）暨乎汉世（“乎”作“于”）文实烦秽（“烦”作“烦”，不作“繁”）沙麓撮其要（“麓”作“鹿”；“其”字有）而挚疑成篇（“挚”作“执”）安有累德述尊（“累”作“诔”）杜笃之诔（“诔”下有“德”字）而他篇颇疏（“他”作“结”）而改盼千金哉（“改盼”作“顾眄”）傅毅所制（“制”作“製”）孝山崔瑗（“孝山”作“孝山”，不作“苏顺”）辨絜相参（“絜”作“潔”）观其序事如传（“其事”二字有）潘岳构意（“構”作“搆”；“意”作“意”，不作“思”）巧于序悲（“序”作“叙”）易入新切（“切”作“丽”）能征厥声者也（“征”作

“征”，不作“徽”）工在简要（“工”作“贵”）陈思叨名（“叨”作“功”）旨言自陈（“旨”作“百”）若夫殷臣诔汤（“诔”作“诔”，不作“咏”）盖诗人之则也（“人”字无；“之”作“之”，不作“文”）则触类而长（“则”字无）雰雾杳冥（“雰雾”作“雰霞”）始序致感（“感”作“感”）景而效者（“景”作“影”）弥取于工矣（“工”作“切”）盖选言录行（“言”下有“以”字）道其哀也（“道”作“送”，不作“述”）凄焉如可伤（“如”作“如”，不作“其”）碑者埤也（“埤”作“裨”）上古帝皇（“皇”作“皇”，不作“王”）树石埤岳（“埤”作“裨”）亦古碑之意也（“古”字有）事止丽牲（“止”作“止”，不作“正”）而庸器渐缺（“缺”作“阙”）自后汉以来（“以”作“已”）词无择言（“词”作“词”，不作“句”）周乎众碑（“乎”作“胡”）莫非清允（“非清”作“不精”）其叙事也该而要（“叙”作“序”）其缀采也雅而泽（“采”作“采”；“也”作“已”）自然而至（“而至”作“至矣”）有慕伯喈（“慕”作“慕”，不作“摹”）辨给足采（作“辞洽之来”）志在碑诔（“碑诔”作“于碑”）温王郤庾（“郤”作“郗”）辞多枝杂（“杂”作“离”）最为辨裁（“裁”下有“矣”字）夫属碑之体（“夫”字无）昭纪鸿懿（“昭”作“照”）此碑之制也（“制”作“致”）事光于诔（“光”作“光”，不作“先”）是以勒石赞勋者（“石”作“器”）树碑述已者（“已”作“亡”）

哀吊第十三（据《御览》五百九十六校）

盖不泪之悼（“不泪”作“下流”）必施天昏（“天昏”作“夭昬”）事均夭横（“横”作“枉”）暨汉武封禅（“暨”字无）而霍子侯暴亡（“霍子侯”作“霍嬗”）帝伤而作诗（“帝”作“哀”）亦哀辞之类矣（“矣”作“也”）及后汉汝阳王亡（“及”上有“降”字；“王”作“主”）始变前式（“式”作“式”，不作“戒”）然履突鬼门（“履突”作“复突”）怪而不辞（“辞”作“辞”，不作“式”）仙而不哀（“仙”作“僊”）颇似歌谣（“谣”作“谣”，不作“吟”）亦仿佛乎汉武也（“仿佛”作“髣髴”；“武”作“武”，不作“式”）至于苏慎张升（“慎”作“顺”）虽发其情华（“情”字无）而未极心实（“心”作“心”，无“其”字）行女一篇（“一”字无）实踵其美（“踵”作“钟”）观其虑善辞变

（“善”作“赡”）情洞悲苦（“悲”作“悲”）莫之或继也（“也”字有）幼未成德（“德”作“性”）故誉止于察惠（“誉”作“兴言”）故悼加乎肤色（作“故悼惜加乎容色”）奢体为辞（“奢体”作“体奢”）言神至也（“神”下无“之”字）以至到为言也（“以”上有“亦”字）所以不吊矣（“矣”字有）国灾民亡（“民”作“人”）及晋筑虒台（“虒”作“虎”）史赵苏秦（“赵”字有）虐民构敌（作“害民构怨”）或骄贵而殒身（“而”作“以”）或狷忿以乖道（“忿”作“介”）或美才而兼累（“美才”作“行美”）发愤吊屈（“吊”上有“而”字）体同而事核（“同”作“周”）及平章要切（“平”作“卒”；“章”下有“意”字）扬雄吊屈（“吊”作“序”）意深文略（“文略”作“文累”）并敏于致语（“于”作“於”；“语”作“诘”）胡阮之吊夷齐（“胡”上有“故”字）褒而无闻（“而”上有“丧”字；“闻”作“文”）仲宣所制（“制”作“製”）王子伤其隘（“隘”作“隘”，不作“溢”）各志也（“各”下有“其”字）序巧而文繁（“序”作“词”）降斯以下（“以”作“已”）未有可称者也（“也”作“矣”）而华辞未造（“未”作“未”，不作“末”）割析褒贬（“割析”作“析割”）

杂文第十四（据《御览》五百九十校）

腴辞云构（“搆”作“構”）扬雄覃思文阔业深综述碎文璅语肇为连珠其辞虽小而明润矣（无“覃思”至“其辞”十八字）凡此三者文章之枝派（作“此文章之枝流”）植义纯正（“植”作“植”，不作“指”）取美于宏壮（“于”字有）壮语畋猎（“畋”作“田”）甘意摇骨体（“体”作“髓”）艳辞动魂识（“动”作“洞”）而终之以居正（无“而”字）子云所谓先骋郑卫之声（无“先”“卫”“之”三字）曲终而奏雅者也（“雅”下有“乐”字）唯七厉叙贤（“唯”字无；“厉”作“厉”，不作“例”）自连珠以下（作“自此已后”）里丑捧心（“丑”作“丑”，不作“配”）不关西施之嚬矣（“施”作“子”；“嚬”作“嚬”，不作“颦”）惟士衡运思理新文敏（有“思理”二字）而裁章置句（“章置”作“意致”）岂慕朱仲四寸之珰乎（“朱仲”作“朱仲”，不作“珠中”；“珰”作“璠”）足使义明而词净（“词”作“辞”）磊磊自转（“磊磊”作“磊磊”，不作“落落”）

史传第十六（据《御览》六百三、六百四校）

史者使也执笔左右（“八”字有）使之记也（“记”作“谓”；“也”作“也”，不作“已”）古者（“古”字有）左史记事者右史记言者（作“左史记言，右史书事”）言经则尚书事经则春秋（无两“则”字；“秋”下有“也”字）昔者夫子闵王道之缺（“昔者”二字有；“闵”作“憨”）于是就太师以正雅颂（“太”作“大”）因鲁史以修春秋（“修”作“脩”）然睿旨存亡幽隐（作“然睿旨幽秘”）丘明同时（“时”作“耻”）转受经旨（“受”作“授”）及至纵横之世（“及”字有）盖录而弗叙（“弗叙”作“不序”）故即简而为名也（“而”字无）爰及太史谈（“太”字无）甄序帝勣（“勣”作“续”，“绩”之误）亦宏称也（“也”字有）博雅宏辩之才（“宏辩”作“弘辩”）观司马迁之辞（“司马”二字作“史”）至于宗经矩圣之典（“矩”作“规”）遗亲攘美之罪（“美”作“善”）征贿鬻笔之愆（“愆”作“僁”）袁张所制（“製”作“制”）偏驳不伦（“驳”作“骏”）疏谬少信（“疏”作“踈”）若司马彪之详实（“若”字有；“详”作“祥”）记传互出（“记”作“记”，不作“纪”；“互”作“并”）或疏阔寡要（“或”字有）唯陈寿三志（“唯”作“惟”）以审正得序（“得”作“明”）按春秋经传（“按”作“案”）举例发凡（“凡”作“目”）自史汉以下（“自”字无）莫有准的（“有”作“不”）至邓璨晋纪（“璨”作“粲”）又摆落汉魏（“摆落”作“摆落”，不作“撮略”）虽湘川曲学（“川”作“川”，不作“州”）亦有心典谟（“心”下有“放”字）及安国立例（“安”作“安”）然纪传为式（“纪传”作“传记”，“记”误“托”）编年缀事（“缀”作“经”）文非泛论（“泛”作“记”）岁远则同异难密（“同异”作“周曲”）斯固总会之为难也（“会”作“合”）而数人分功（“而”字无）两记则失于复重（“记”作“纪”）偏举则病于不周（“病”作“漏”）故张衡摘史班之舛滥（“摘”作“擿”）皆此类也（“此”字无）公羊高云（“高”作“皋”）传闻异辞（“辞”作“词”）莫顾实理（“实理”作“理实”）于是弃同即异（“弃”作“弃”）我书则传（“传”作“博”）至于记编同时（“记”作“记”，不作“纪”）时同多诡（“时”字有）迍败之士（“迍败”作“屯贬”）虽令德而常嗤（“常嗤”作“嗤埋”）理欲吹霜煦露（“理欲”二字无）此又同时之枉（“枉”下有“论”字）可为叹息者也（“为”字有）故述远则诬矫如彼（“故”作“故”，不作“欲”）记近则回邪如此（“记”作“略”）惟素臣乎（作“唯懿上心乎”）

论说第十八（据《御览》五百九十五校）

论者伦也伦理无爽（“伦也”二字无；“理”作“理”，不作“礼”）则圣意不坠（“则”字有；“坠”作“坠”，不作“堕”）故仰其经目（“仰”作“抑”）论也者（“也”字无）而研精一理者也（“精”字有；无“者”字）至石渠论艺（“至”下有“如”字；“艺”作“执”）白虎通讲（“通”字无）聚述圣言通经（“言”字无）乃班彪王命（“乃”作“及”）严尤三将（“尤”作“左”）何晏之徒（“何”上有“而”字）始盛元论（“元”作“玄”）与尼父争途矣（“途”作“涂”）仲宣之去代（“代”作“伐”）太初之本元（“元”作“玄”）锋颖精密（“颖”作“颍”）盖人伦之英也（“人伦”二字作“论”）至如李康运命（“如”作“乃”）陆机辨亡（“亡”作“亡”，不作“正”）然亦其美矣（“矣”作“哉”）所以辨正然否（“辨”作“辩”）穷于有数追于无形（两“于”字并作“於”）迹坚求通（“迹”作“钻”）辞忌枝碎（“辞”作“词”，“碎”下有“也”字）辞共心密（“辞”作“词”）斯其要也（“斯”作“斯”，不作“期”）是以论如析薪（如作“譬”）辞辨者反义而取通（“辞”作“词”）而检跡如妄（“跡如”作“迹知”）

诏策第十九（据《御览》五百九十三校）

皇帝御寓（“御”作“驭”）渊嘿黼扆（“黼”作“负”）唯诏策乎（“唯”上有“其”字）其在三代（“代”作“王”）誓以训戎（“训戎”作“训诫”）并称曰令令者使也（两“令”字并作“命”）汉初定仪则则命有四品（作“汉初定仪则有四品”）四曰戒敕（“敕”作“勅”，下同）敕戒州部（作“勅戒州郡”）诏诰百官（“诰”作“告”）制施赦命（“赦命”作“赦令”）诏体浮新（“新”作“杂”）文同训典（“训典”作“典训”）劝戒渊雅（“劝”作“劝”，不作“观”）逮光武拨乱（“逮”作“及”）留意斯文（“斯文”作“词采”）暨明帝崇学（“帝”作“章”）雅诏间出（“雅”作“雅”，不作“惟”）安和政弛（“安和”作“和安”；“弛”作“弛”）卫觊禅诰（“觊”作“觊”）符命炳耀（“命”作“采”）弗可加已（作“不可加也”）自魏晋诰策（“诰策”作“策诰”）互管斯任

(“互管”作“管于”)施命发号(“命”作“令”)魏文帝下诏(作“魏文以下”)辞义多伟(“辞”作“词”)故引入中书(“引入”二字有)自斯以后(“以”作“已”)体宪风流矣(“宪”作“宪”,不作“虑”)则义炳重离之辉(“辉”作“晖”)则气含风雨之润(“风”作“云”)治戎燮伐(作“启戎变伐”)则声有洊雷之威(“有”作“存”)明罚敕法(“罚”作“诏”)则辞有秋霜之烈(“辞”作“词”)当指事而语(“语”作“语”,不作“诰”)在三罔极(“罔”作“同”)汉高祖之敕太子(“祖”字无)及马援已下(“已”作“以”)足称母师也(“也”作“矣”)教者效也(“效”作“傚”)言出而民效也(“效”作“効”)契敷五教(此句无)昔郑弘之守南阳(“弘”作“弘”,不作“宏”)文教丽而罕于理(“于理”二字作“施”)若诸葛孔明之详约(“约”作“酌”)并理得而辞中(“辞”作“词”)教之善也(“教”作“教”,不作“辞”)

檄移第二十(据《御览》五百九十七校)

昔有虞始戒于国(“虞”下有“氏”字)周将交刃而誓之(“而”字无)古有威让之令(“让”作“让”,不作“仪”)令有文告之辞(“令”字无;“告”作“诰”;“辞”作“词”)惧敌弗服(“弗”作“不”)暴彼昏乱(“暴”作“曝”)刘献公之所谓告之以文辞(“公”下无“之”字;“辞”作“词”)董之以武师者也(“武师”作“武师”,不作“师武”;“也”字无)诘苞茅之阙(“诘苞”作“诘菁”)奉辞先路(“辞”作“词”)檄者皦也(“皦”作“皦”,不作“皎”)宣露于外(“露”作“布”)播诸视听也(“播”作“布”,上有“露布者盖露板不封”八字)则称恭行天罚(“则”字无)诸侯御师(“御”作“禦”)奉辞伐罪(“辞”作“词”)亦且厉辞为武(“亦且”作“抑亦”;“辞”作“词”)使声如冲风所击(“冲”作“冲”,不作“晨”)惩其稔恶之时(“惩”作“征”)摇奸宄之胆(“奸宄”作“姦凶”)订信慎之心(“慎”作“顺”)布其三逆(“布”作“布”)而辞切事明(“辞”作“意”)得檄之体矣(“矣”作“也”)陈琳之檄豫州(“豫州”二字无)壮有骨鲠(“有”作“于”)虽奸阉携养(“奸”作“姧”)章密太甚(“密太”作“实太”)然抗辞书衅(“抗辞”作“抗词”)皦然露骨矣(作“皦然曝露”)敢指曹公之锋幸哉免袁党之戮也(二句无)桓公檄胡(“公”作“温”)或述此休明或叙彼苛虐（作“或述休明或叙否剥”，下无“则剥”二字）算强弱（“算”作“验”）谲诡以驰旨（“谲诡”作“诡谲”）凡在众条（“条”作“则”）莫或违之者也（“之”在“或”上）故其植义飏辞（“辞”作“词”）气盛而辞断（“辞”作“词”）无所取才矣（“才”作“才”，不作“材”）令往而民随者也（“民”作“人”）有移檄之骨焉（“移檄”作“檄移”）及刘歆之移太常（此句无）辞刚而义辨（“辞”作“词”）言约而事显（“约”作“简”）顺命资移（“顺命”作“顺众”）坚同符契（“同”作“明”）意用小异而体义大同（“用”作“用”，不作“则”；“义”字无；“同”下有“也”字）

章表第二十二（据《御览》五百九十四校）

并陈辞帝庭（“辞”作“词”）则章表之义也（“则”作“即”）伊尹书诫（“诫”作“戒”）又作书以赞（“赞”作“赞”，不作“缵”）文翰献替（“献替”二字无）言事于主（“主”作“主”，不作“王”）汉定礼仪（作“汉初定制”）四曰议（“议”上有“驳”字）奏以按劾（“按”作“案”）表以陈请（“请”作“请”，不作“情”）诗云为章于天（“云”作“云”，“於”作“于”）其在文物（“其在”作“其在”，不作“在于”）赤白曰章（“赤白”作“青赤”）表者标也（“标”作“摽”，下同）谓德见于仪（“於”作“于”）章表之目（“章表”作“表章”）按七略艺文（“按”作“案”；“艺”作“蓺”）经国之枢机（“之”字无；“机”作“要”）而在职司也（“而”作“布”）左雄奏议（“奏”作“表”）胡广章奏（“奏”作“奏”，不作“表”）足见其典文之美焉（“之”字无）昔晋文受册（“晋”字无，“册”作“策”）三辞从命（“辞”字有）曹公称为表不必三让（“为”作“表”；“必”作“止”）所以魏初表章（“表章”作“章表”）则未足美矣（“美”字无）至于文举之荐祢衡（“至于”二字作“如”）志尽文畅（“畅”作“壮”）应物掣巧（“掣”作“制”）逮晋初笔札（“逮”作“迨”）理周辞要（“周”作“同”）世珍鷓鴣莫顾章表（二句无）信美于往载（“载”作“载”，不作“册”）序志显类（“显”作“联”）张骏自序（“骏”作“驳”；“序”作“叙”）原夫章表之为用也（“之”作“之”，不作“文”；“也”字无）昭明心曲（“昭”作“照”）表以致禁（“禁”作“策”）以章为本者也（“章”作“文”）使要而非略（“要”作“典”）表体多包（“包”作“苞”）情伪屡迁（“伪”作“位”）清文以驰其丽（“驰”作“驱”）然恳恻者辞为心使（“恻”作“恻”，不作“惬”）浮侈者情为文使（“文使”作“文出”）繁约得正（上有“必使”二字）盖一辞意也（“一”作“一”，不作“以”）

奏启第二十三（据《御览》五百九十四、五百九十五校）

昔唐虞之臣（“唐虞”作“陶唐”）秦汉之辅（“之辅”作“附之”）劾愆谬（“愆”作“愆”，不作“僭”）言敷于下（“言”字无）情进于上也（“于”作“乎”）秦始立奏（“始”下有“皇”字）观王绾之奏勋德（“勋”字无）事略而意逕（“逕”作“诬”）政无膏润（“政”作“故”）自汉以来（“以”字无）晁错之兵事（“事”作“术”）王吉之观礼（“观”作“劝”）谷永之谏仙（“谏”作“陈”）辞亦通畅（“畅”作“辨”）后汉群贤（“贤”作“臣”）张衡指摘于史职（“职”作“谶”）王观教学（“王”作“黄”）王朗节省（“朗”作“朗”，不作“郎”）甄毅考课（“甄”作“甄”，不作“瓯”）灾屯流移（作“世交屯夷”）温峤恳恻于费役（“恻”作“恻”，不作“切”）若乃按劾之奏（“按”作“案”）绳愆纠缪（“纠”作“纠”）秦之御史（“之”作“有”）总司按劾（“按”作“案”）故位在鸷击（“鸷”作“鸷”，不作“挚”）则实其奸回（“奸”作“姧”）名儒之与险士（“险”作“俭”）若夫傅咸劲直（作“若夫傅咸果劲”）而按辞坚深（“按辞”作“辞案”）各其志也（“其”作“有”）而旧准弗差（“弗”作“不”）然函人欲全（“函”作“甲”）术在纠恶（“纠”作“纠”）势必深峭（作“势入刚峭”）目以豕彘（“豕”作“羊”）既其如兹（“兹”作“此”）是以世人为文（“世人”作“近世”）次骨为戾（“次”作“刺”）复似善骂（“复”作“覆”；“骂”作“詈”）然后逾垣者折肱（“垣”作“墙”）捷径者灭趾（“趾”作“迹”）诟病为切哉（“诟”作“诟”，不作“诘”；“切”作“巧”）总法家之式（“式”作“裁”）气流墨中（“流”作“留”）直方之举耳（“耳”作“也”）取其义也（“取”作“盖”）故两汉无称（“故”作“后”）至魏国笺记（“笺”作“牋”）或云谨启（作“或云谨启”，不作“或谨密启”）必敛饬入规促其音节（“敛饬”下八字无）辨要轻清（“辨”作“辩”）

议对第二十四（据《御览》五百九十五校）

周爰“谘”谋（“谘”作“咨”）宅揆之举（“宅”作“百”）舜畴五人（“人”作“臣”）鲁桓务议（“桓务”作“桓预”）而甘龙交辨（“辨”作“辩”）迄至有汉（“至”作“至”，不作“今”）始立驳议（“驳”并作“駮”）杂议不纯（“杂”字无）自两汉文明（“文”作“之”）可谓捷于议也（“也”作“矣”）至如主父之驳挟弓（“主父”作“主父”，不作“吾丘”）安国之辨匈奴（“辨”作“辩”）贾捐之之陈于朱崖（作“贾捐陈于朱崖”）刘歆之辨于祖宗（“之”字无；“辨”作“辩”）郭躬之议擅诛（“躬”作“躬”，不作“芸”）程晓之驳校事（“程”作“程”，不作“陈”）司马芝之议货钱（“芝”作“芸”）秦秀定贾充之谥（“谥”作“谧”）然仲瑗博古（“瑗”作“援”）而铨贯有叙（“而”字无；“有”作“以”）及陆机断议（“断”字无）亦有锋颖（“颖”作“颍”）而谀辞弗剪（“谀”作“腴”；“弗”作“不”）亦各有美（“各有”作“有其”）弛张治术（“弛”作“施”）采故实于前代（“采故”作“顾事”）观通变于当今（“通变”作“变通”）理不谬摇其枝（“摇”作“插”）又郊祀必洞于礼（“又”字无）戎事必练于兵（“必”作“宜”）田谷先晓于农（“田”作“田”，不作“佃”）文以辨洁为能（“辨”作“辩”）不以深隐为奇（“深”作“环”）支离构辞（“構”作“搆”）空骋其华（“空”上无“苟”字）亦为游辞所埋矣（“游”作“浮”）从文衣之媵（下无“者”字）楚珠鬻郑（作“楚鬻珠于郑”）末胜其本（其上有“于”字）复在于兹矣（“在”作“存”）

书记第二十五（据御览五百九十五、五百九十八、六百六校）

总为之书（“之”作“之”，不作“尚”）书之为体（“书”上无“尚”字）君子小人见矣（“见”上无“可”字）陈之简牍（“陈”作“染”）取象于夬（“于”作“乎”）书介弥盛（“介”作“令”）子家与赵宣以书（“与”作“吊”）巫臣之遗子反（“遗”作“责”）又子服敬叔进吊书于滕君（“滕”作“滕”，不作“知”）固知行人挈辞（“固”作“故”；“挈”作“絜”）多被翰墨矣（“矣”字无）诡丽辐辏（“辏”作“凑”）辞气纷纭（“气”作“音”）东方朔之难公孙（“朔”字无；“难”作“谒”）各含殊采（“殊”作“珠”）留意词翰（“词翰”作“翰辞”）

赵至叙离（“至叙”作“壹赠”）乃少年之激切也（“迺”作“乃”；“切”作“昂”）斯又尺牍之偏才也（作“斯皆尺牍之文也”）详总书体（“总”作“诸”）言以散郁陶（“言”作“所”）托风采（“托”作“咏”）故宜条畅以任气（“故”作“固”；“条畅”作“涤荡”）优柔以怿怀（“柔”作“游”）战国以前（作“自战国已前”）其义美矣（作“其辞义美哉”）而郡将奏笺（作“而郡将奉笺也”）表识其情也（“表识”作“识表”）黄香奏笺于江夏（“奏”作“奉”）丽而规益（“丽”上有“文”字）子桓弗录（“弗”作“不”）陆机自理（“理”作“叙”）笺之为善者也（“为”字无）清美以惠其才（“美”作“靡”）盖笺记之分也（“牋”作“笺”）符者孚也（“孚”作“孚”，不作“厚”）易以书翰矣（“易”作“代”）负贩记缗（“贩”作“贩”，不作“版”；“记缗”二字无）其遗风欤（“欤”作“也”）字形半分（“字”作“自”）则券之楷也（“则”作“则”，不作“败”；“楷”作“谐”）短简编牒如叶在枝（作“如叶在枝也短简为牒”）温舒截蒲即其事也（二句无）议政未定（“政”作“事”）故短牒咨谋（“咨”作“谘”）谓之为签（“为”字无）

神思第二十六（据《御览》五百八十五校）

意翻空而易奇（“翻”作“飜”）是以临篇缀虑（“虑”作“翰”）理郁者苦贫（“苦”作“始”）然则博见为馈贫之粮（“见”作“见”，不作“闻”）

风骨第二十八（据《御览》五百八十五校）

而翾翥百步（“翾”作“翱”）鹰隼乏采（“乏”作“无”）有似于此（“于”作“於”）唯藻耀而高翔（“唯”作“若”；“耀”作“曜”）固文笔之鸣凤也（“笔”作“章”）

定势第三十（据《御览》五百八十五校）

功在铨别（“功”作“功”，不作“切”）则准的乎典雅（“典雅”作“典雅”，不作“雅颂”）则师范于核要（“师”作“轨”）则从事于巧艳（“巧”作“功”）此循体而成势（“循体”作“修体”）

事类第三十八（据《御览》五百八十五校）

夫姜桂同地（“同”作“因”）文章由学（“由”作“讼”）能在天资（“天资”作“天才”，不作“才资”）才自内发（上有“故”字）此内外之殊分也（“分”作“分”，不作“方”）是以属意立文（“立”作“于”）主佐合德（“主佐”二字无；“德”作“德”，不作“得”）

指瑕第四十一（据《御览》五百九十六校）

群才之俊也（“俊”作“儁”）浮轻有似于胡蝶（“浮轻”作“轻浮”；“胡”作“蝴”）永蛰颇疑于昆虫（“疑”作“拟”）岂其当乎（作“不其蚩乎”）

附会第四十三（据《御览》五百八十五校）

才量学文（“最”作“童”）宜正体制（“製”作“制”）事义为骨髓（“髓”作“骾”）夫文变多方（“多”作“无”）率故多尤（“率”作“变”）需为事贼（“需”作“而”；“贼”作“贱”）或尺接以寸附（“尺”作“尺”，不作“片”）夫能悬识腠理（“腠”作“凑”）然后节文自会（“节文”作“节文”，不作“文节”）豆之合黄矣（“豆”作“石”；“黄”作“玉”）并驾齐驱而一毂统辐（此句无）昔张汤拟奏而再却（“拟”作“疑”）并理事之不明（“理事”作“事理”）而词旨之失调也（“词”作“辞”）

序志第五十（据《御览》六百一校）

齿在踰立（“踰”作“逾”）则尝夜梦执丹漆之礼器（“则”字无）旦而寤乃怡然而喜（作“寤而喜曰”）大哉圣人之难见哉（“哉”作“也”）自生人以来（“人以”作“灵已”）就有深解未足立家（二句无）实经典枝条（作“实经典之条枝”）五礼资之以成（下有“文”字）六典因之致用（“之”下有“以”字）于是搦笔和墨（“于”作“由”）

黄叔琳本《文心雕龙》校勘记

铃木虎雄

第一　绪言

大正乙丑春，斯波、吉川二子在大学课以《文心雕龙》，因校诸本，相共读之。二子用工甚力，起予之言不鲜。课读所用，以黄叔琳辑注附载纪昀评本，及养素堂板黄氏原本为本，傍及诸书。憾插架单薄，宋元旧刻，概无由窥。虽则明刻，或未及采搜。夫黄氏辑注，专据梅庆生音注本。纪昀则曰："黄云宜从王惟俭本，而所从仍是梅本。"卢文弨则曰："他人所改，俱著其姓，唯梅子庚独不，不几攘其美以为己有耶?"黄本不明言其所本，固不为无失。而其于文义，发明实多。独其校语，殆全袭梅本。梅本、闵本具录校者姓字。黄则唯记其姓，校者姓中，三许五王，二孙二徐。单著姓氏，其果为何人?何由辨之?且校语之出于黄者，寥若晨星。予之校语，凡曰梅本校同者，黄皆用梅本也。然予犹谓：苟订一字，有一字功，安较多少?何焯尝引冯已苍记云，谢耳伯尝借钱功甫本于钱牧斋，牧斋仍秘《隐秀》一篇，已苍以天启丁卯从牧斋借得，因乞友人谢功甫录之。其《隐秀》一篇，恐遂多传于世，已苍自录之。焯因论钱、谢之用心，颇近于隘。何焯之言，可谓得学者之公矣。于是予慨然奋起，努任校雠，善本虽不多得，而左右所置可以供用。凡予之所见，与所未见，书目列记于下。若夫《文镜秘府论》、敦煌本者，西土学子固不经见。乃若《御览》《玉海》者，明人以下，有目俱视。然而予所录出，已逾六七百条。其余《宗经篇》《尚书・大禹谟》一条，《辨骚篇》洪兴祖《楚辞补注》若干条，《乐府篇》《宋书·乐志》一条，《祝盟篇》《礼记·郊特牲》一条，《哀吊篇》《日知录集释》一条，《史传篇》《曲礼》一条、《玉藻》一条，《诏策篇》《易·节卦》一条、《诗·大明》《周礼·师氏》各一条，《奏启篇》《墨子·非儒篇》一条，《议对篇》钱大昕《十驾斋养新录》一条，《书记篇》《后汉书·赵壹传》一条，《定势篇》《陆士龙集》一条，《声律篇》《韩非子》一条，《序志篇》《梁书》本传若干条，亦各有所引，以资考正。书名不列于目，就简便也。论校语之得失，则请俟世之贤者。

昭和三年（1928）十月十八日。

第二　校勘所用书目

上　旧籍著录而已亡佚者

一《文心雕龙》十卷梁兼东宫通事舍人刘勰撰

上见《隋书·经籍志·别集类》。

一《文心雕龙》十卷刘勰撰

上见《旧唐书·经籍志·总集类》。

一刘勰《文心雕龙》十卷

上见《新唐书·艺文志》。

一刘勰《文心雕龙》十卷

一辛处信《文心雕龙》注十卷

上见《宋史·艺文志》。

一《文心雕龙》十卷梁通事舍人东莞刘勰彦和撰；勰后为沙门，名慧地。

上见陈振孙《书录解题·文史类》。

一《文心雕龙》十卷晁氏曰，晋（当作梁）刘勰撰。评自古文章得失，别其体制，凡五十篇，各系之以赞云。勰著书垂世，自谓尝梦执丹漆器，随仲尼南行，其自负亦不浅矣。观其《论说篇》"《论语》以前，经无'论'字，《六韬》二论，后人追题"，是殊不知书有论道经邦之言也。

上见马端临《文献通考·经籍考·文史类》。

上七种旧籍著录并俱亡佚，今不得复见。

中　钞校注解诸专本

一敦煌本《文心雕龙》

敦煌莫高窟出土本，盖系唐末钞本。自《原道篇》赞尾十三字起，至《谐隐》第十五篇名止，文学博士内藤虎次郎君自巴里将来。余与黄叔琳本对比，大正十五年五月既有校勘记之作，今之所引止其若干条耳。余所称敦本者，即此书也。

一宋本《文心雕龙》

清何焯校本所用者，未见。

一阮华山宋椠本

明末常熟钱允治所得者，其书晚出，诸家疑其依托，未见。允治所钞补四百余字，见四部丛刊刻嘉靖本卷尾。

一元至正乙未刻本

至正乙未（十五年、西历一三五五）刻于嘉禾者，见何焯跋语，未见。黄丕烈校元至正刊本《文心雕龙》，见孙氏诒让《札迻》。

一明《永乐大典》所引本

纪昀所见者，未见。

一明弘治本

弘治甲子（十七年、西历一五〇四）刻于吴门者，见钱功甫记。又弘治本，见黄丕烈记。何焯弟子蒋杲子遵，亦获弘治本。郴阳冯氏重刻本，见都穆跋文。并未见，又不知诸本刻时先后。

一明嘉靖本

嘉靖辛卯（十年、西历一五三一）刻于建安，庚子（十九年、西历一五四〇）刻于新安，癸卯（二十二年、西历一五四三）又刻于新安，见钱功甫记。明汪一元所校者，清何焯用宋本所校者，何焯弟子沈岩所获者，并庚子新安刻本也。近时涵芬楼《四部丛刊》所收嘉靖本，疑是庚子新安刻本。余之所称嘉靖本者，即四部丛刊本也。

一明万历本

万历己卯（七年、西历一五七九）张之象刻，见沈岩所引何焯语。万历癸巳（二十一年、西历一五九三）朱谋㙔有校本，参考《御览》《玉海》诸籍，补完改正，共三百二十余字，见其跋文。万历己酉（三十七年、西历一六〇九）刻于南昌，见钱功甫记。

一吴本　歙本　浙本

上见朱谋㙔跋，未见。

一杨慎批点《文心雕龙》十卷

原刊本未见。

一杨升庵先生批点《文心雕龙》十卷

即梅庆生音注本。天启壬戌（二年、西历一六二二）金陵聚锦堂刊，京都帝国大学所藏。余所称梅本者，即此书也。卷首载有万历己酉（三十七年、西历一六〇九）江宁顾起元序，天启壬戌长至日莆阳宋谷重书，题曰《文心雕龙批评音注序》。又有己酉孟冬梅庆生识语。卷之一第一叶左端，刻“天启二年梅子庚第六次校定藏板”字样。又双行署“梁通事舍人刘勰著”。明豫章梅庆生音注。

梅本载《文心雕龙》校雠姓氏如下：

杨　慎　焦　竑　朱谋㙔　曹学佺　王一言

许天叙　谢兆申　孙汝澄　徐　𤊹　沈天启

音注校雠姓氏如下：

柳应芳　俞安期　王嘉弼　王嘉丞　张振豪

叶　遵　许延祖　钟　惺　商家梅　钦叔阳

龚方中　许延禩　郑胤骥　陈阳和　程嘉燧

李汉烇　徐应鲁　曾光鲁　孙良蔚　来逢夏

王嘉宾　后学儒

一杨升庵先生批点《文心雕龙》十卷

梁刘勰撰，明张墉、洪吉臣参注，康熙三十四年（西历一六九五）重镌，武林抱青阁梓行，豹轩所藏。卷头云西湖张石宗、洪载之两先生参注。又载有武林周兆斗所识凡例及校雠姓氏。

校雠姓氏如下：

闻启祥子将　顾懋樊霖调　张元徵梦珠

柴世皋式谷　钱震泷飞卿　吴太冲默寘

江元祝邦善　柴世埏莲生　刘士鳞羽石

龚五祺华茂　张　墉石宗　洪吉臣载之

严于铁公威　黄中吉元辰　柴世尧云倩

朱天璧子玄　陆鸣烇梦文　张　埁幼青

严　渡子岸　陆　焘文垓　沈尤含英多

姜午生镇恶

此书全袭梅本者。

一刘子《文心雕龙》五卷

万历壬子（四十年、西历一六一二）曹学佺序，吴兴闵绳初刻序，豹轩所藏。首载曹、闵二序，及吴兴凌云宣之凡例。

校雠姓氏如下：

批评　杨　慎字用修

参评　曹学佺字能始

音注　梅庆生字子庚（虎曰他本作“庚”，此本皆作“庚”）

校正

朱谋玮字郁仪　王一言字民法　许天叙字伯伦

谢兆申字耳伯　孙汝澄字无挠　沈天启字生予

柳应芳字陈父　俞安期字美长　王嘉弼字青莲

王嘉丞字性凝　张振豪字俊度　叶　遵字循甫

许延祖字无念　商家梅字孟和　钦叔阳字愚公

龚方中字仲和　许延禩字无射　李汉熿字孔章

胡　□字孝辕

此书亦用梅本，移出音注，别为一卷。在本书上下两卷中，又分上之上、上之下、下之上、下之下四支卷。校者姓字，则具录之。黄叔琳本校，止记姓氏，而不及其字。梅本及此书，并可补其缺也。余所称闵本者，即此书也。

一汉魏丛书王谟本

豹轩所藏。余所称王本者，即指此书。诸家称王本者，王惟俭本也。

一王惟俭本

见黄叔琳辑注，未见。

一《文心雕龙》十卷

日本享保辛亥（十六年、西历一七三一）冈白驹校正句读本，浪华书肆文海堂梓行，豹轩所藏，上下二册。上册自卷一《原道篇》起，至卷四《移檄篇》讫。下册自卷五《封禅篇》起，至卷十《序志篇》讫。余所称冈本者，即此书也。

一何焯校本

嘉靖庚子新安刻本，清何焯用宋本所校，未见。

一黄叔琳辑注本

乾隆三年（西历一七三八）黄叔琳序刊。长山聂松岩云：注及评，叔琳客某甲所为。校本实出叔琳。叔琳共商之人，为顾尊光、金雨叔、张实甫、陈亦韩、姚平山、王延之、张今涪及诸同学。

辑注本所载原校姓氏如下：

杨　慎　焦　竑　朱谋玮　曹学佺　王一言　许天叙
谢兆申　孙汝澄　徐　燉　沈天启　柳应芳　俞安期
王嘉弼　王嘉丞　张振豪　叶　遵　许延祖　钟　惺
商家梅　钦叔阳　龚方中　许延禩　郑胤骥　陈阳和
程嘉燧　李汉烇　徐应鲁　曾光鲁　孙良蔚　来逢夏
王嘉宾　后学儒（虎曰以上姓氏亦见梅庆生音注本）
梅庆生　王惟俭

养素堂板原本，豹轩所藏，卷头云“北平黄叔琳昆圃辑注，吴趋顾进尊光、武林金甡雨叔参订”。余所称黄氏原本者，此书是也。

一黄叔琳节钞本

见辑注例言，未见。

一黄叔琳辑注附载纪昀评本

道光十三年（西历一八三三）两广节署刊本，翰墨园藏板。

光绪癸巳（十九年、西历一八九三）湖南思贤精舍刊本。

民国十三年（西历一九二四）扫叶山房石印本。

上三种豹轩所藏，卷首署曰“梁刘勰撰，北平黄叔琳注，河间纪昀评”。纪昀评记于乾隆辛卯（三十六年、西历一七七一）八月六日。《隐秀篇》评记于癸巳（三十八年、西历一七七三）三月。余之所用以为底本者，即节署本也。

一吴伊仲校本

卢文弨所见者，未见。

一张松孙辑注本十卷

乾隆五十六年（西历一七九一）张松孙序，豹轩所藏，卷首署曰“梁刘勰撰，明杨慎批点，长洲张松孙鹤坪辑注，男智莹乐水校”。书据梅庆生本及黄叔琳本，略加增损，余所称张本者是也。

一黄丕烈校元至正刊本

上见孙诒让《札迻》，未见。

一冯舒顾广圻校本

见孙诒让《札迻》，未见。

一《文心雕龙黄注补正》

兴化李详审言撰，不分卷，神田鬯盦自《国粹学报》抄出。

一《文心雕龙札记》

蕲春黄侃季刚撰，民国十六年（西历一九二七）北京文化学社发行，豹轩所藏。

上录钞校注解诸专本

下　引用及摘录校论诸本

一《文镜秘府论》六卷

日本释空海撰。空海承和二年（即唐太和九年、西历八三五）卒。此书卷一《四声论》，引《文心雕龙·声律篇》文，盖后人所引《雕龙》文之最古者。

一《太平御览》一千卷

宋李昉等撰，太平兴国八年（西历九八三）成。余所用者，日本安政乙卯（二年、西历一八五五）江都喜多村氏仿宋椠校刻聚珍版本也，京都帝国大学所藏。《御览》卷五百八十五至五百九十、卷五百九十三至五百九十八、卷六百一、六百三、六百四、六百六、六百八，并引《雕龙》。

一《玉海》二百四卷附《诗考　诗地理考》以下四十五卷

宋王应麟撰。嘉庆丙寅（十一年、西历一八〇六）康基由序，覆刻元至正本，京都帝国大学所藏。《玉海》卷二十九、三十一、三十五、三十七、四十二、四十五、四十六、五十三、五十四、卷五十九至卷六十四、卷百二、百六、百九十六、卷二百一、二百三、二百四，并引《雕龙》。

一《困学纪闻》二十卷

宋王应麟撰，道光五年（西历一八二五）翁元圻注通行本，豹轩所藏。《纪闻》翁本卷二、六、十七、十八、十九、二十，并引《雕龙》。

一《洪容斋笔记》七十四卷

宋洪迈撰，《随笔》《续笔》《三笔》《四笔》各十六卷，《五笔》十卷，民国二年（西历一九一三）扫叶山房重刻明崇祯三年（西历一六三〇）马元调本，豹轩所藏。《四笔》卷十引《雕龙》。

一《抱经堂丛书》

清卢文弨撰，民国十二年（西历一九二三）傅增湘序，北京直隶书局影印本，京都帝国大学所藏。《抱经堂文集》卷十四《文心雕龙辑注书后》，及《钟山札记》卷一，并有卢氏校语。

一《札迻》十二卷

清瑞安孙诒让撰，光绪廿年（西历一八九四）瑞安杨衙街集古斋发行，豹轩所藏。卷十二有孙氏《雕龙》校语。

上录引用及摘录校论诸本

《文心雕龙注》征引篇目

《易·乾文言》
又《坤文言》
阮元《文言说》
又《书梁昭明太子文选序后》
上《原道》第一
徐养原《纬候不起于哀平辨》
刘师培《国学发微》一节
《隋书·经籍志·六艺纬类序》
桓谭上疏论谶
张衡上疏论谶
荀悦《申鉴·俗嫌篇》
刘师培《谶纬论》
上《正纬》第四
班固《离骚序》
又《离骚赞序》
王逸《楚辞章句序》
又《离骚经序》
又《九章序》
又《九歌序》
又《九辩序》
又《远游序》
又《天问序》
又《招魂序》
又《大招序》
又《卜居序》
又《渔夫序》
屈原《离骚》
上《辨骚》第五
《五子之歌》
《祠洛水歌》
韦孟《讽谏诗》
《柏梁台诗》
苏武诗四首
又《答李陵诗》
又《别李陵》
李陵与苏武诗三首
《录别诗》八首
班婕妤《怨诗》
《孺子歌》
优施《暇豫歌》
成帝时童谣
枚乘《杂诗》九首
古诗十一首
何晏《拟古诗》一首
又失题诗一首
嵇康《幽愤诗》
应璩《百一诗》
袁宏《咏史诗》
孙绰《秋日诗》
《南齐书·文学传论》
《汉郊祀歌·天马歌》
孔融六言诗三首
《汉郊祀歌·日出入》
孔融《离合作郡姓名字诗》
王融《春游回文诗》
《毛诗序》
郑玄《诗谱序》
钟嵘《诗品序上》
又《诗品序中》
上《明诗》第六
《陌上桑》
《汉安世房中歌·桂华》
《汉郊祀歌·赤雁歌》
汉《太一歌》
又《天马歌》
刘苍《舞歌》一章
曹植《七哀诗》
《明月篇》
《公莫辞》
《三侯之章》
《李夫人歌》
《挽歌》二章
《铙歌十八曲》
《乐府分类表》
《郊庙歌辞》
《燕射歌辞》
《鼓吹曲辞》
《横吹曲辞》
《相和歌辞》
《清商曲辞》
《舞曲歌辞》

《琴曲歌辞》
《杂曲歌辞》
《近代曲辞》
《杂歌谣辞》
《新乐府辞》
上《乐府》第七
荀况《礼赋》
又《知赋》
枚乘《柳赋》
魏文帝《柳赋》
路乔如《鹤赋》
公孙诡《文鹿赋》
羊胜《屏风赋》
邹阳《几赋》
刘胜文《木赋》
枚乘《梁王菟园赋》
贾谊《鹏鸟赋》
班固《两都赋序》
王延寿《灵光殿赋序》
王粲《登楼赋》
徐幹《齐都赋》佚文
梁元帝《荡妇秋思赋》
《汉书·艺文志·诗赋序》
刘师培《〈汉书·艺文志〉书后》
章炳麟《辨诗》一节
上《诠赋》第八
《周颂·时迈》
屈原《橘颂》
李斯《邹峄山刻石文》
又《泰山刻石文》
又《琅邪台刻石文》
又《之罘西观铭》
又《之罘东观铭》
又《碣石刻石文》
又《会稽刻石文》
元结《大唐中兴颂》
扬雄《赵充国颂》
史岑《出师颂》
《周颂·清庙》
《鲁颂·駉》
《商颂·那》
班固《北征颂》
傅毅《西征颂》佚文
马融《东巡颂》
崔瑗《南阳文学颂》
蔡邕《京兆樊惠渠颂》
曹植《皇太子生颂》
章炳麟《辨诗》一节
郭璞《尔雅图赞》
郭璞《山海经图赞》
上《颂赞》第九
《桑林祷辞》
《祭天辞》
《祭地辞》
《迎日辞》
卫太子祷辞
王延寿《梦赋》
曹植《诰咎文》
秦《诅楚文》
《考工记·祭侯辞》
魏武帝《祭桥玄文》
魏明帝《甄皇后哀策》
潘岳《为诸妇祭庾新妇文》
秦昭王与夷人盟辞
臧洪盟辞
刘琨与段匹磾盟辞
上《祝盟》第十
武王铭五首
《金人铭》
《礼记·卫孔悝鼎铭》
蔡邕《铭论》
班固《燕然山铭》
张昶《西岳华山堂阙碑铭》
蔡邕《黄钺铭》
又《鼎铭》
李尤《围棋铭》
又《权衡铭》
魏文帝《典论·剑铭》
张载《剑阁铭》
《虞箴》
温峤《侍臣箴》
潘尼《乘舆箴》
上《铭箴》第十一
《柳下惠诔》
扬雄《元后诔》
杜笃《吴汉诔》
傅毅《明帝诔》
又《北海王诔》
苏顺《和帝诔》
崔瑗《和帝诔》
潘岳《皇女诔》
蔡邕《杨公碑》
又《郭有道碑》
又《陈太丘碑》
又《周勰碑》
又《胡广碑》
孔融《张俭碑》
孙绰《王导碑》
梁元帝《内典碑铭集林序》
《墓志铭考》
赵翼《碑表考》
又《墓志铭考》
又《碑表志铭之别考》
上《诔碑》第十二
曹植《行女哀辞》
又《金瓠哀辞》
潘岳《金鹿哀辞》
又《泽兰哀辞》
又《刘氏妹哀辞》
又《王氏哀辞》
吴大澂《字说》
贾谊《吊屈原文》
司马相如《吊秦二世文》
扬雄《反离骚》

班彪《悼离骚》
蔡邕《吊屈原文》
胡广《吊夷齐文》
阮瑀《吊伯夷文》
王粲《吊夷齐文》
祢衡《吊张衡文》
陆机《吊魏武帝文》
李充《吊嵇中散文》
上《哀吊》第十三
宋玉《对楚王问》
傅玄《七谟序》
《韩非子·七术》
扬雄《连珠》二首
东方朔《答客难》
扬雄《解嘲》
陆机《演连珠》四首
《穆天子传·世民吟》
上《杂文》第十四
《宋城者讴》
宋玉《登徒子好色赋》
邯郸淳《笑林》三节
束皙《饼赋》节文
袁淑《鸡九锡文》
又《驴山公九锡文》
荀况《蚕赋》
上《谐隐》第十五
班彪《史记论》
《史通·二体篇》节文
又《论赞篇》节文
又《曲笔篇》节文
韩愈《答刘秀才论史书》
上《史传》第十六
班彪《王命论》
严尤《三将军论》佚文
王粲《儒吏论》
傅嘏《难刘劭考课法论》
范宁《王弼何晏论》
王弼《明象篇》
何晏《无名论》
李康《运命论》
郭象《庄子序》
裴頠《崇有论》
曹植《辨道论》
徐幹《核辩篇》
范雎《上秦昭王书》
李斯《上始皇书》
韩非子《说难》
邹阳《上吴王书》
上《论说》第十八
汉武帝《封三王策》
潘勖《册魏公九锡文》
卫觊《册诏魏王文》
汉高祖《手敕太子文》
东方朔《诫子诗》
马援《戒兄子书》
郑玄《戒子益恩书》
班昭《女诫序》
孔融《告高密县立郑公乡教》
上《诏策》第十九
《左传·吕相绝秦》
隗嚣《移檄告郡国》
陈琳《为袁绍檄豫州》
钟会《檄蜀将吏》
桓温《檄胡文》
司马相如《难蜀父老文》
刘歆《移太常博士书》
上《檄移》第二十
司马相如《封禅文》
张纯《泰山刻石文》
汉武帝《泰山刻石文》
扬雄《剧秦美新》
班固《典引》
上《封禅》第二十一
孔融《荐祢衡表》
诸葛亮《出师表》
黄式三《读蜀志诸葛传》
黄以周《默记叙》
曹植《求通亲亲表》
羊祜《让开府表》
庾亮《让中书令表》
刘琨《劝进表》
张骏《请讨石虎李期表》
上《章表》第二十二
李斯治骊山陵上书
贾谊上书言积贮
晁错上书言兵事
匡衡奏议郊祀
王吉上疏言礼仪
路温舒上书言尚德缓刑
谷永上书论鬼神
杨秉上疏谏微行
陈蕃上疏言封赏
高堂隆上疏言天变
路粹枉状奏孔融
傅咸奏劾王戎
刘隗奏劾祖约
又奏劾周筵等
上《奏启》第二十三
吾丘寿王《禁民挟弓弩对》
贾捐之《罢珠厓对》
刘歆《不毁孝武皇帝庙议》
张敏《轻侮法驳议》
程晓上疏请罢校事
程咸《议妇人刑》
秦秀《贾充谥议》
陆机《议晋书限断》
公孙弘对策文
杜钦对策文
鲁丕对策文
上《议对》第二十四
郑子家《与赵宣子书》
子产寓书告赵宣子
司马迁《报任少卿书》
杨恽《报孙会宗书》

刘歆《与扬雄书从取〈方言〉》
扬雄《答刘歆书》
崔瑗《与葛元甫书》
嵇康《与山巨源绝交书》
赵至《与嵇茂齐书》
张敞奏书谏太后游猎
丙吉奏记霍光
刘桢与曹植书二首
又《答魏太子丕借廓落带书》
《杨绍买地券》
王褒《僮约》
上《书记》第二十五
王闿运《论文》
《文镜秘府论·论体篇》
上《体性》第二十七
裴度《寄李翱书》
纪昀《爱鼎堂文集序》
桂馥《书〈北史·苏绰传〉后》
钱大昕《与友人书》
上《通变》第二十九
章学诚《古文十弊》一节
《文镜秘府论·定位篇》
《史通·叙事篇》节录
《日知录·文章繁简》
上《镕裁》第三十二
《文镜秘府论·论八病》
沈约《宋书·谢灵运传论》
陆厥《与沈约书》
沈约《答陆厥书》
钟嵘《诗品序下》
上《声律》第三十三
刘大櫆《论文偶记》
《文镜秘府论·论句》节录
孙梅《四六丛话·凡例》
孙德谦《六朝丽指·论虚字》
陆以湉《冷庐杂识·论用字》
陈鳣《对策》
上《章句》第三十四
刘师培《论文章迁变》
《文镜秘府论·论对》节录
程杲《识孙梅〈四六丛话〉》
阮元《与友人论古文书》
又《文韵说》
李兆洛《骈体文钞序》
上《丽辞》第三十五
潘岳《萤火赋》
杜牧《晚晴赋》
上《比兴》第三十六
刘师培《论美术与征实之学不同》
上《夸饰》第三十七
扬雄《兖州牧箴》
郎廷槐《师友诗传录》
上《事类》第三十八
陈沣《复黄芑香书》
上《附会》第四十三
《学海堂文笔策问》
上《总术》第四十四
刘师培《中古文学史》两节
裴子野《雕虫论》
梁简文帝《与湘东王书》
李谔《上书正文体》
阮元《〈四六丛话〉后序》
上《时序》第四十五
乐毅《报燕王书》
桓谭《仙赋》
赵壹《穷鸟赋》诗二首
张华《鹪鹩赋》
左思《咏史诗》
挚虞《思游赋序》
夏侯湛《周诗》
上《才略》第四十七
刘毓崧《书〈文心雕龙〉后》
魏文帝《典论·论文》
又逸文四条
又《与吴质书》
曹植《与杨德祖书》
应玚《文质论》
陆机《文赋》
挚虞《文章流别论》佚文
李充《翰林论》佚文
桓谭《新论》佚文
陆云《与兄平原书》
上《序志》第五十